绿杠文库

见珍于世

哥伦比亚中国文学史

第一编·基础

[美] 梅维恒 主编

马小悟
张治
刘文楠 译

新星出版社 NEW STAR PRESS

向中国人民致敬——不管是汉族还是少数民族，知识阶层还是非知识阶层。

他们都以自己的方式合力创造了今天的中华文明。

目 录

二〇二一年中文版序

梅维恒（Victor H. Mair）

欣闻新星出版社即将推出《哥伦比亚中国文学史》的新版中译本。虽然2001年英文原版的出版仿佛昨日之事，但实际上已过去整整二十年，做一点关键更新的时机可以说已然成熟。利用撰写新版序言的机会，我想介绍中国文学研究领域中的些许新进展。

《哥伦比亚中国文学史》的初版对三千多年来中国文学的各种特质与发展提供了兼收并蓄、细节极为丰富的概览。在这本书中，我们检视了书写本身的起源，神话的发展，来自哲学和经学的冲击式影响，宗教的潜移默化，与其他艺术类别的互动，诗歌、散文、小说、戏剧等各种人文与大众文学体裁的分门别类阐述，文学创作和表现的口头与书写维度，文学理论与批评，翻译，海外对中国文学的接受，以及包括谚语和幽默等在内的其他体裁。

很自然地，自《哥伦比亚中国文学史》初版以来，无论中国文学自身还是中国文学史的学术研究都有了颇多进展。在这篇序言的下半部分，我会提到2001年以来发生的一系列有意思的现象。不过我想首先谈一谈过去二十年里中国文学史及其相关研究中我认为发生最根本变化的三个主领域：训诂学（philology）、华语语系（Sinophone）和虚构性（fictionality）。

一、新千年的根本变化

首先，我们来看在中国文学研究领域中有转换乾坤之功的三大现象，它们不仅超越了个别作品与作家，而且氤氲激荡不已，整个动摇了中国文学史研究的根基。

训诂学

中国文学研究起初是作为汉学的一个无足轻重的附属，而后者则可以被概括为一种采用训诂学方法对汉语材料进行的研究。换句话说，一个多世纪以前的汉学是训诂学的一个分支，中国文学研究本身是不存在的。只有到了狩野直喜(1868—1947)、铃木虎雄(1878—1963)、青木正儿 (1887—1964)、吉川幸次郎 (1904—1980)、郑振铎(1898—1958)、马古烈（Georges Margouliès，1902—1972)、海陶玮（James Robert Hightower，1915—2006) 那一代人，才开始将中国文学作品作为一种纯文学来进行探究与欣赏，而非仅仅将其视作与其他文献无异的文本。

这是研究中国文学的外国人在正确对待文学之所以为文学的那些精微层面（美学和情感意趣）之前，所要跨越的最艰难的障碍之一。在中国文学研究正式浮出水面之前，阅读中国文学作品无异于对排列组合的方块字的意思进行破译和解码，没有人真正尝试跨出关键一步解答，为什么阅读中国文学作品是如此感人肺腑、摇荡心魂。如同我的一位年长同事昔日所言，阅读中国文学作品在早先就等同于“懂大概的意思” ——差不多相当于一种翻译，不论这一翻译有多好（或多蹩脚）。对中国文学作品的这一浅尝辄止的阅读方式一直延续到20世纪中期甚至接下来的四分之一个世纪。不过，批评家在当时也开始质疑其训诂学前提，甚至在欲将之重塑、使它与时俱进上跃跃欲试。

古文书学、金石学、音韵学和其他的训诂学分支仍然是不可或缺的，这样我们才可以正确掌握文本的意旨，但如今这些活动不再被视为独立的活动，也不再被当作止步于此的终点，而被当成为文学文本的整体理解与欣赏服务的。这就需要将更多的注意力投向文本的哲学、历史、社会、政治甚至民族维度，以及阅读时所使用的工具与方法。这样一种训诂学取径远比一百年以前更为复杂，也使得在援引训诂学来解释文本时更有价值。

我们完全可以想象到，这些转化对于训诂学的生存是必不可少的，若缺少了它们，训诂学或早已成为可有可无之物，被丢进过时的思想垃圾桶。现在，随着不断自我更新，训诂学正在为中国文学和其他文学提供激动人心的慧见，以至于把它称为“新训诂学”都非过誉。训诂学的这些变化也可以套用在汉学上，毕竟从谱系上看，训诂学是母，汉学则是训诂学在中文领域所诞之子。有些人也许会提出“超越汉学”的主张，然而现在我们认识到这一主张完全没有必要，因为汉学跟随着训诂学已然再造新生。新汉学正引领着我们迈向对中国文学文本的更细致理解，当下有太多工作有待跟进完成。

张舒姮和梅维恒合编的《中国柏拉图文库》（*Sino-Platonic Papers*）第300辑对从一开始就与中国语言和文学息息相关的训诂学进行了盘点，尤其聚焦于公元后第一个千年这段极为关键的成型期：

> 目前的研究毋宁说是对所谓“汉学的训诂学大全”的一种初步尝试。更准确地说，本篇论文关涉的是训诂学的研究与发展轨迹，而不是训诂学本身。这里的取径利用原始历史材料的序言和评点，将训诂学视为一种哲学演变的从属物，一种各传统与学派在其中既相互竞争也相互调和的混合物，而不是一种处于文字和音训研究之间静态的、非历史的对比。训诂学文本

> 和“势”(immanent configuration)背后双聚焦的庞大案例反映在语言研究畛域，便是摇摆在本土思想体系和外国哲学之间，捍卫国族性和向国外声音的开放之间，聚焦于汉字（眼）vs发音（耳）。(《中国柏拉图文库》第300辑，第1页）

由此我们看到，训诂学非但不可放弃，如果充满创造性、极具智慧地对其加以运用，这一再造新生之后的训诂学能帮助我们以更深刻的方式来展望文学——文学的历史、哲学、民族等层面的特质曾长久地为人们所忽视。

华语语系

二十年前，还没有人听说过“华语语系”一词，然而近二十年来，此概念席卷了整个中国文学领域，甚至位居现代中国文学研究讨论最热烈和令人激动的话题中心，给前现代文学研究的解读带来了强有力的影响。

到底什么是华语语系研究？当然，在华语语系研究出现以前，就已经有法语语系、盎格鲁语系、西班牙语系、葡语语系等研究存在了，相当于提供了一块可供建造的地基。不过由于华人移民及语言所具有的特质，其他语系的研究很难直接套用在华语语系身上。

第一个将华语语系研究概念化的学者当属史书美（2004年）。自从她原创性提出此概念之后，这一新的子领域如雨后春笋，以至于现在已经有专用心于此的整套丛书，比如美国坎布里亚出版社蓬勃的“华语语系世界系列”，华语语系研究学会也在年青一代学者的带领下非常活跃。他们如此描述自己的使命：

> 十多年前，“华语语系研究”这个概念首次提出，随之一个新的研究领域出现，专门检视遍布全世界的、异质性极大

> 的各种华语文化和社群。这一领域的学术研究变得越来越跨学科，不仅涉及文学和电影研究，而且也涵括了历史、人类学、音乐学、语言学、艺术史、舞蹈等。现在，我们通常将华语语系视为带有多重意涵的标记物，它不再仅仅指向字面意思，而是使得边缘化的声音、地域和活动进入学术视野，同时也与后殖民研究、定居者殖民研究、移民研究、族裔研究、酷儿研究和区域研究等领域展开了丰富对话。围绕重大议题和观点的定义和概念界定，展开了激烈的讨论，比如离散框架（diasporic framework）的优缺点（作为历史的离散 vs 作为价值的离散），克服中国性（Chineseness）的困难重重，语言所决定的身份认同感的利弊，帝国主义和反帝国主义政治，少数群体的种族化和民族自决，在地化的文化实践，根与路径（roots and routes）的辩证关系，等等。近来，文学和电影研究之外的相关学者也纷纷加入这些讨论。华语语系研究日益增强的跨学科特质迫使我们在这一特殊的历史时刻，对于如下三问做出全面评估：华语语系研究这一从本质上跨学科的研究领域的历史如何，现状怎样，以及未来可能朝向的方向。（2021 年 3 月 24 日，https://www.sinophonestudies.org/about-us-1）

鉴于华语语系研究是一个全新的研究领域，对于该领域的某些关键问题必然会出现不同意见，比如中华人民共和国的主流文学是否应该包括在华语语系的视域之内。如果将华语语系文学和法语语系等其他“语系”文学做一下比较，那么很明显将它包括进来无甚益处，因为那会让华语语系研究的特殊性模糊不清，使它弱化为与一般的中国文学研究没多大区别。

一国的语言和文学使民族国家和现代帝国主义的国族基础构建成为可能。对现代民族国家而言，必须通过国内的文化和语言大一统来强化与外国文化的外在区别。后现代和后殖民领域的学者则致力于挑战那些为各种国族主义和帝国主义形式保驾护航的论述范式。在东亚，历史学家西嶋定生（1919—1998）提出了“汉字文化圈”这一概念，重新审视日本与西方、日本及中国的帝国主义和国族主义之间的关系。

与此同时，史书美生造出“华语语系”这一术语来考察全世界华语社群中全球帝国主义和国族主义对自由表达和身份构建的压制。如果说“汉字文化圈”概念通过解构日本帝制时代所推广的日本民族之文学和语言，从而动摇了与别国划清界限的基础建构，那么华语语系研究则是通过激发华语世界的地方语言和文化的生命力，以解决僵化的大一统问题。虽然这两个研究领域有着不同的路径和侧重点，但二者都志在击碎现代民族国家和帝国的虚假论述。西嶋定生和史书美的学术研究尝试着对中国和西方去中心化，二人也都创造出了新的理论框架来确认华语在中国之外所起到的作用，其理论影响之广远不限于东亚研究领域——有些是正面影响，有些是负面影响。

华语语系文学可以说有两大主要特点，一是它的多语性（涵括了所有华语语言），一是它的在地化（华语语系文学因地而异，与当地的历史和文化极大相关，比如在不同的东南亚国家的华语语系文学，或者中国的藏语文学）。

虚构性

中国的文人士大夫从来就抬高历史性，贬低虚构性，对此学界已达成广泛共识。由此形成了这样的认知：在中国先兴起的是历史书写，而虚构书写则相对晚出。当然正如《哥伦比亚中国文学史》中所展现的，真实的情况其实非常复杂。21世纪的今天，随着虚构性成为西方叙事学中激辩的主题之一，同样的论争也发生在中国文学圈中。我们如何从小说研究过渡到叙事研究？虚构性研究是否局限于短篇和长篇小说？答案是否定的。在当下的研究中，真实与现实不再是区分历史与虚构的必要条件。

关于当下虚构性的论述，有三点值得提及：

第一，虚构性的理解和表达都因特定的时间和文化而异。我们需要认识到，现代文学所建立的虚构性符号，比如有别于现有的“故事组合”（story cycles），或者将超自然因素等同于虚构，不总是适用于前现代的文学。

第二，虚构性的标准可以是高度政治化的。现代人对前现代中国虚构性的理解为现代政治，如五四时期的政治（详见下文）所形塑。中日两国对前现代中日小说的理解，也受到日本、中国和西方的种族政治与意识形态政治的深刻影响。比如，某些前现代作品的口语化和白话特质可以当作无产者意识觉醒的宣传之用，前现代中国的小说往往改编自现有的“故事组合”——这一点可以被用来论证中国人比西方人缺少原创思维，等等。

第三，小说作为一种兼具文学性和施为性[①]的文学体裁，并不是普遍存在的。在拥有小说的那些文化中，小说也相对晚出。小说（虚构）和欺骗之间的本质差别并非在所有文化和所有历史时期中都存在。

与虚构性紧密关联的一个主题，当属事实性（factuality）。在《前现代中国的事实性叙事》（Factual Narrative in Pre-Modern China）一文中，梅维恒与刘映雪探讨了历史、小说和事实中，梦境与真实错综复杂的关系。

我们考察可证实的事实，即历史在前现代中国的重要地位

①英国哲学家奥斯汀将语言分为施为性的(performative)和描述性的(constative)两大类。——译者注，下同。

> 的同时，必须牢记的是，梦幻与超自然在前现代中国文学和意识中并非无足轻重。东西方人文学科的许多学生都听说过庄周梦蝶，在这个故事中，庄子梦见自己变成一只蝴蝶，醒来后疑惑到底是他梦见自己变成了蝴蝶，还是一只蝴蝶梦见自己变成了庄子。[①] 梦如人生（或者人生如梦）这一观念在清代小说巨著《红楼梦》里达到巅峰。在《红楼梦》里，故事内核具有惊人的真实性，而它的叙事框架实际上又在质疑故事之真实性，二者产生了极为醒目的张力，也让读者开始困惑是否人生真就恍如一场红楼梦（“红楼”为对物质和感官的欢愉世界的隐喻）。对现实与梦境之边界及其哲学可靠性的质疑在中国文学作品中反复出现。许多作品——不限于虚构叙事作品——中的佛道寓意也一再有此质疑，所有这一切都强有力地将事实性问题复杂化了。虽然现实和事实性不是一码事，不过中国文学总是在挑战梦与现实边界的可靠性，研究这一文化中的事实性必然产生一系列新的理论问题，有待后来者一一解答。（pp.659—660）

对小说vs历史的研究不再只是去辨别某一叙事是否在所有方面都可证实，也严重依赖作者的价值观和读者的阅读期待。

二、中国文学研究中新的维度和取径

上半部分谈的是21世纪中国文学研究中关于中国文学最根本的、概念性的三个方面，这一部分来谈谈对具体文本的实操描述与分析的技术、方法和取径。

---

① 《庄子·齐物论》有云：“昔者庄周梦为胡蝶，栩栩然胡蝶也。自喻适志与！不知周也。俄然觉，则蘧蘧然周也。不知周之梦为胡蝶与？胡蝶之梦为周与？”

数字人文和信息

过去的十年里，数字人文（Digital Humanities）领域出现了兴趣与活动的爆炸式激增。数字人文的前身即人文计算（humanities computing），起源于20世纪40年代，50年代末勃兴。值得注意的是，“人文计算”这一术语在2004年被“数字人文”取代，这正是史书美提出以“华语语系”作为审视华语文学材料的革命性新方式的同一年。变化无处不在，这是新千年的时代精神。

一夜之间，大量金钱挹注进入数字人文计划，包括中国文学研究在内的数字人文研究中心也纷纷建立起来。气氛如此热烈，人们坐拥海量的资源却不知道拿它们来做什么。很多数字人文计划虽得到丰厚资助，却粗制滥造，大好机会白白错失。最好也最实用的数字人文应用也许只是从某个人或者某几个人组成的小团体为实现某个精心构思的目标开始的。

这一类小团体计划中最令人瞩目的当属德龙（Donald Sturgeon在2006年发起的中国哲学书电子化计划（Chinese Text Project，CTP）。到目前为止，该网站已经有2500多万字的文本可供以不同方式检索，而且以档案形式存储了更多文本，以及综合的词汇材料、注疏、译文等，为该网站的使用者助力不小。我受益于该网站的巨大价值，它大大地启发并加速了我的研究工作。

大量的语料库和学术数据库如雨后春笋般出现，四分之一个世纪前不可能甚至不可想象的研究计划如今可以在它们的帮助下顺利推进。以我本人为例，我大约在四十年前开始了对“格义”（最早英译为matching concepts，现在的译法为categorizing concepts）的深入考察，我知道为了解决问题要做些什么，但却推进得异常缓慢。我必须要逐条检查3世纪到20世纪的书面文本，以确定其中是否出现“格义”二字；如果出现这两个字，还要判断是在什么上下文中，具体指涉为何。到了21世纪的头五年，当海量数据库可供检索时，我居然可以在一个下午把它全部搞定。（如今维基百科上有一个内容详尽、信息量巨大的“格义”词条，将相关议题“一网打尽”。）

还出现了不少专门化的软件帮助研究者对这些海量材料进行不同维度的分析。比如在某些软件的帮助下，现在很容易便可从地理、日期、内容的重大调整，编辑网络等角度确定某个文本不同版本的作者、注释者、评点者和出版者之间错综复杂的关系。Gephi便是这样一种工具，它能将各种实体之间的关系可视化。这些实体被称为节点（nodes），它们以点状出现在可视化图中。各种关系被称为界线（edges），它们被可视化为连接点与点的线条。下面这段引文中所描写的案例，节点是作家的文选，而界线则是不同文选所共有文本的百分比。Timothy Clifford 所开展的一项研究就使用了Gephi，这项研究是探究明代各种文选是否专门收录不同类别的文本。若在此前，他首先要将收入不同文选中的文章标题逐一输入表格——这个工作量相当大，但在Gephi可视化功能的帮助下，他注意到了这些文选明显的“组团化”趋势。如果没有软件的帮助，这一现象不会呈现得如此明晰。从文选的不同“组团”中，他得出了与标准的明代文学史有歧出的结论。

> 16—17世纪，中国明代印刷业大繁荣，这一时期所编的古文文选数以百计。这些文选证实了在日益扩大的公共阅读群体中，对古文（ancient-style prose）的爱好何其汹涌，对于研究中国文学史这一关键时刻的品位形成而言，这些文选的选目提供了极为珍贵的资源。问题在于每部文选至少收入数百篇古文，我们又如何对比这些文选的内容呢？这个方法如何阐明或修正我们对明代文学与文化的理解？本文描述了我如何使

用 Gephi 来对比三十四部文选的选目，将不同编选思路的文选“集群”进行视觉化的过程。我将指出，这些文选集群之间的共时性和历时性关系为我们提供了一种明代文学史叙述的新方法——一波又一波前后相继的文学正典塑造潮是其标志。他还指出，秦汉时期和跨越多个朝代的文学正典最初是在官方和民间所编文选中逐渐成形的，而小品（非正式随笔）正典则纯粹是 17 世纪早期书商的发明。这只是几十种专业化的数字人文工具中的一种，我们可以用高度创造性的方式将这些工具用到中国文学研究当中。

另一个为最近学术界关注的领域可以称之为“信息”。信息具有跨学科的性质，它是历史导向的，使研究人员得以重新审视中国文学史。运用这种方法，学者们考察了信息是如何组织、存储、编码乃至如何在整个历史中传播的。这些问题绝不仅仅是随着计算机的出现才出现的，而是文本出现的那一天就存在了。该领域的研究者仔细查看词汇、文本和作品集各个层次的信息处理，并审视它们如何在每个层级（如词典、文选、图书馆）发挥作用。

通俗文学

《哥伦比亚中国文学史》的突出特点之一在于它将大量注意力留给各个时空中的中国民间和通俗文学。它的阅读搭档《哥伦比亚中国传统文学作品选》（*The Columbia Anthology of Traditional Chinese Literature*，1994）也一样，它所收入的非文人作品篇数是前所未有的。现在甚至出现了一部完全专注于此领域的作品选，那就是2011年出版的《哥伦比亚中国民间和通俗文学作品选》（*The Columbia Anthology of Chinese Folk and Popular Literature*）。更有甚者，我们很幸运地拥有了越来越多直接从非汉语翻译过来的文本

（如 Mark Bender与其同事的学术成果），而非像以前常见的那样经由汉语这个过滤器间接地译为英文文本。

21世纪头二十年里，《中国俗曲演唱文艺》（*CHINOPERL: Journal of Chinese Oral and Performing Literature*，简写为CHINOPERL）这一学术刊物获得了持久的成功，由此可见中国民间和通俗文学研究的枝繁叶茂。随手举一例，仅就“宝卷”（明清时期的讲唱叙事文本）这一文学形式而言，伊维德（Wilt Idema）、白若思（Rostislav Berezkin）、车锡伦等学者的研究和译文就如雪片般涌来，而之前仅有一位前辈研究者欧大年（Daniel Overmyer）在这片“处女地”上独自耕耘。

中国民间和通俗文学研究领域在新千年的另一个重要进展在于对用非主流语言写成和表演的文本的研究。为了促进这方面的研究，多年来我一直在对地方和社会学领域起决定作用的语言类型进行深入的语言学分析。Topolect是我对中文里“方言”的翻译。我提出，用dialect来对译“方言”是一种根深蒂固的误译，在前现代中国，方言意指一种本地语，常常以“粗俗或不标准”为特征。与dialect不同，不同地方的方言不一定可相互交流。我之所以强调dialect是对方言的不准确翻译，正是因为dialect有相互之间可交流的意味（dialect的希腊语词根有“与另一方交流”之意）。为了表明这一相互不可交流性，我提请大家注意，“方言”曾被用来指代“如朝鲜语、蒙古语、满语、越南语和日语等明显的非汉语”。在这种情况下，像朝鲜、蒙古、满洲、越南和日本等被预设为以中华为中心的世界边缘化和非标准之地，而中国则是语言和文化的标准之所在。在现代中国，标准汉语（mandarin）是汉语世界中的官方语言，方言则指的是各个地方所使用的语言，它们不是标准汉语。在汉语世界的不同地方，“标准汉语”的构成要件有所不同。在中国台湾，标准汉语指的是“国语”，其发音、词汇甚至某些语法都有自己的特色；在中国大陆，标准汉语则是普通话。

要想全面了解整个中国的语言和文学，就必须将藏语、维吾尔语、蒙古语、壮语等语言纳入考察范围，仅仅讨论汉语语言和文学是远远不够的。

一百多年前，中国曾发生一场摧枯拉朽般的语言和文化革命，那就是1919年的五四运动。众所周知，五四运动的爆发发生在长达两千多年的封建帝制被推翻之后，在这场巨变下，文言文（literary language）被白话文（ written vernacular）取而代之，给文学带来深刻的影响——白话文学在中古时期也曾达到辉煌巅峰，敦煌文献（4世纪末—11世纪初）可为证。

1919—2020年，对五四运动的各种纪念层出不穷，包括相关图书的出版和多部纪录片的拍摄，对于五四运动的意义进行了颇多回顾、反思以及新世纪的展望，特别是如何提高读写能力给予了极大的关注，这是题中应有之义，而且还在持续进展中。中国政府不再像20世纪时那样积极地资助语言文字项目，而是从致力于提升读写能力转向对电子学习工具的积极使用上。于是，读写能力不再依靠死记硬背，但提笔忘字的危险也随之而来。

随着百分之九十的手机和电脑的中文输入都用汉语拼音，不同寻常的语言用法和新的文学形式开始出现，还出现了可以在数字设备上阅读的网络连载小说。语言用法也在剧烈变化，其显著现象之一便是夹杂着英语、汉语拼音和方言的只言片语（如四川话）。推特和微博等社交媒体的便捷性使得人们灵光一闪间便可下笔，与此同时也使得包括图片、表情符号等在内的视觉和文本材料愈加混合在一起。

我们正在见证文学和电影在更大范围内的亲密结合与共生。戏剧中的创新继续大跨步发展，以免落后于文学和电影。这些社交媒体和文学形式中的许多——如果不是全部的话，正在以跨学科的方式被研究，艺术形式之间的边界已然模糊。

由人工智能（AI）、计算机和各种数字设备引发的这一实验，其最终结果是，现在已经远远超出了19世纪末和20世纪语言改革者所能设想到的——《哥伦比亚中国文学史》等书中有所论及——任何范畴。

写本学

过去二十年里中国文学研究的另一片飞跃领域，是对写本材料的物理性质和特征的详细研究。追溯写本和后来古版书中的书写文字之根源，似乎是对传统训诂的一种回归，但现在它更细腻，也更复杂精密，并利用了更多的资源和工具（特别是电子数据库和量身定做的软件）。

现在的研究者时常从对墨和纸张的分析，从汉字的形状和位置，从“末页”[①]的性质和内容，从页面边缘、行间光泽度和插图等中提取重要的信息。通过写本学获得有意义的发现的可能性非常大，以至于许多大学都建立了设备完善的研究中心。

传统的写本学与古文字学天然有颇多重合之处，但是新的写本学除了对写本进行详细描述之外，更加强调对更容易由先进的化学、原子和光学仪器所获得的数据进行解释。

写本学的方法在敦煌写本、竹简等考古出土材料的研究中特别有价值，甚至可以说必不可少。过去二十年中，对这些材料的研究变得尤为突出，并在历史、文学、法律和其他领域取得了突破性进展。

①一般有抄写者或出版商的名字，还有出书的日期地点。

全球化

过去二十年里，中国文学研究的许多瞩目变化，都伴随着它骨子里固有的全球化脉络，或者更准确地说——“中国”文学如何不被我们所认为的“中国”所限。这存在于前现代中国研究中，如中国中古文学与印度和中亚的接触，以及后来的“汉学界”及其当下对应的华语语系研究中。

归结到一点便是，中国文学在多大程度上成为，以及如何成为世界文学的有机组成部分。翻译具有一如既往的重要性。需要注意的是，翻译是双向的：从中文译为世界各国文字，以及从后者译为中文。关键在于要将这两个向量权衡比对，以便判断主导影响正以何种方式流动，以及它以何种方式塑造着中国和世界文学的演化。

另一个必须纳入考量的现象是“洋泾浜”译文。当然，蹩脚的翻译无处不在，但进入21世纪后，误译的规模和范围却肉眼可见地以指数级别在增加。这和频繁使用即时翻译软件但又缺乏合格译者对机器翻译结果进行校正有关。近些年来翻译软件虽进步迅猛，不过仍需要通晓双语——特别是目标语言——的有经验译者，如此，方能不仅确保译文的准确和道地，而且也保留原文的微妙之处。

最后，涉及外语的教与学问题，它对中国产生着巨大的影响。所有的中国孩子都从小学开始学英语，经由初中、高中和大学，始终不辍。个人的英语能力决定他/她能否进入最好的学校，并最终赴海外留学。过去二十年里，以我本人与数百名中国学生的接触而言，这些学生的英语水平参差不齐，好的极好，差的极差。这势必会对正创作于中国的文学的特质产生实质性影响，无论在风格上还是内容上。

这里我要做一个补充说明，英语是雇用大量中国员工的在华外国公司的主要语言。指示牌、广告、公共设施等上，英文也随处可见。与此同时，我们也需要追踪中文的海外传播。与中国人的外语习得率相比，掌握流利汉语、中文写作等的外国学生和职员的占比如何？中国台湾地区制定了到2030年成为双语地区的蓝图，英语成为两种官方语言之一。完全可以这样说，在中国，外国人和本国人之间的距离正在迅速拉近，这无疑改变了当下中国文学的创作类型和形态。

结 论

现代普通话被规定为中国的标准语言，这从根本上塑造了华语世界的语言景观。自创生之日起，现代普通话就被用来解决幅员辽阔的中国大地上的方言多样化问题。对方言的华语语系研究便致力于揭开中国现存的多方言共存现状与对全国语言统一的期待之间的关系。现代普通话近来流行于华语世界，这是由中华民族的国族主义兴起所致，它在全世界范围内重新塑造了华人的身份认同和语言使用方式。现代时期，因普通话被视为能代表中国性和中国的国族性的语言，其推广成为中国人获取国族认同的方式，经常取代与方言联系在一起的地方认同感。在后现代的今天，中国的国族性和国族主义等观念已颇受争议，甚至成为某一种压制性象征。20世纪上半叶的方言运动目标是加强国家统一感，后现代的方言已成为对国家所要求的文化和语言上的大统一发起挑战的一大利器。

《哥伦比亚中国文学史》的新版中译本出版于中国乃至整个世界发生巨大变化的时刻。正如我们对2001年《哥伦比亚中国文学史》问世以来的种种回顾所显示的，中国文学及其研究在这二十年来发生了许多重要变化。展望未来，不管从宏观还是从微观角度，接下来二十年也将会发生同样改天换地的转变。在中国文学的世界里，离心力和向心力同时发挥着作用，而目睹它们如何演变令人兴奋不已。

二〇一六年中文版序

梅维恒

欣闻《哥伦比亚中国文学史》中文版已经译就，即将问世。在所有单卷本中国文学史中，最全面完整的当属这部作品，本书还对散文、诗歌和戏剧等文学体裁的发展提出了不少全新诠释。每一章的执笔者都是目前各自领域中最权威的学者，因此可以说，不管你感兴趣的是中国文学史中的古典文学，还是白话文学，或者精英文学、通俗文学或者民间文学，本书都称得上是可信赖的有用的研究工具。

衷心希望《哥伦比亚中国文学史》能在中国受欢迎，也希望西方学者的研究方法能对中国读者有所启发。中西方的研究方法要碰撞出火花，但愿本书能尽到一点绵薄之力。

将这部厚重的作品译成中文，实在不是一件易事，谢谢三位译者。也要感谢新星出版社承担了这一艰巨的任务，以及玉成此事的哥伦比亚大学出版社。中国读者若在本书中读到某些新鲜和有意思之处，那将是我能得到的最好回报。

【xvi】 # 引言

大约一百年前，世界上有史以来的首部中国文学史才姗姗面世。最早的中国文学史通常类似于文选，将中国文学经典迻译过来，而缺少解读或评论。在这些中国文学史中，也绝少见到为中国的文学类型、文体和主题建立一个诠释体系的尝试，而分析文学与社会、政治制度，甚至中国文学与其他艺术的关系者都付之阙如。半个世纪之后，为中国文学史撰写导论这项工作开始成为可能，出现了数十种以汉语、日语、英语、法语和德语写成的中国文学史导论。不过，这些中国文学史中的大部分还是基本上以翻译和节录为主，解读只占很小的位置。当然，与此同时，也出现了数十部专著以及数以百计的论文，它们围绕具体作家、作品、运动和时期进行了讨论。

然而到二十世纪六十至九十年代，以中国文学所有方面为主题的第二手研究开始如雨后春笋般出现，导致完全掌握参考书目都成了一个很大的问题。如何跟上新研究潮水般的步伐，就成为让编写参考书目、指南和百科全书的许多专家头疼不已的问题。学术研究井喷式的进展（许多研究是非常高水准的），既是一种可喜的现象，也是一种
【xii】 噩梦。其可喜在于，有价值的见解和材料纷纷出炉；说它是噩梦，是因为人们不可能像二十世纪上半叶的学界那样，掌握本领域的所有文

献。新研究成果的指数级增长，导致中国文学研究领域最出色的学者都宣布现在已经不可能再写一部中国文学史了——即使是学界合作起来也不可能，以个人之力就更是妄谈。相关内容如大海般浩繁，不可能压缩成一卷甚至多卷。另外，随着中国文学之复杂性日益为人所了解，撰写一部言之凿凿的中国文学史也便毫无意义。

研究视野和范式的变化，也加剧了对编写综合性中国文学史的悲观情绪。曾经大家都认同，中国文学史从时间上可以根据朝代来划分，从主题上可以根据文学类型来编排，这些一度让人放心的预设现在遭受了严厉质疑。批判性分析以及怀疑的诠释学将关于中国文学的最基本预设都驳得体无完肤。于是，断代问题不再以朝代来划分。传统的分类方法也不再灵验了，以前被忽略的一些文学领域被带到了聚光灯前。

虽然在我们这个时代，编撰一部中国文学史面临着这些重重障碍，但是对这样一部大书的实际需要其实是很迫切的，所以我们还是启程了——带着对所有困难的充分自我意识。《哥伦比亚中国文学史》要做的，就是将最新的学术成果聚拢在一个框架中，其编排方式兼取年代与主题。本书中的断代方式，远不是严格按照朝代，不过也并非完全弃朝代的分期于不顾，有时候它还是管用的。至于所覆盖的主题方面，本书并不赞同中国文学可以完全与传统文类分道扬镳这样的观点。由于一些旧的文类范畴确实问题重重，所以本书在提到它们的时候并不视之为铁律。总之，我们以超越时间与文类的全新棱镜来审视中国文学史。这种解读中国文学的新方法在有几章中比较明显（如第六编第一章和第七编第三章），不过全书对此也都有所反映。

本书的视野是从其发轫期到当今的中国文学史全景。当然，最多的注意力留给了前现代时期，因为它本身的浩繁，也因为后帝国时代（1911年以后）的中国文学在主题和形式上都日益国际化。然而由于同一原因，本书收录二十世纪中国文学的目的，就是为了显示传统的持续性，以及传统在二十世纪的嬗变。全书的主要目的是揭示中国文学史的核心特征，这样对中国文学完全不熟悉或者仅了解中国文学的某一领域的读者能够对它有更深的理解、更全面的把握。

【xiii】我们可以先列出贯穿全书的一些议题和主题。我们的主要关注点之一是，（广义上的）思想和宗教如何影响中国文学的发展。儒释道和民间宗教在中国文学的演变过程中都扮演了决定性的角色。中国各种世俗和神圣话语之间的互动与混合非常复杂，因此要对中国文学有一个精确完备的理解，对上述互动与混合的掌握又是必不可少的。本书同时也努力澄清精英与民众之关系对中国文学的重要性——这并不是一项轻省的工作。同样的，存世文献中体现出的汉民族与少数民族之间错综复杂的互动也是本书的考量之一。与此相关的，便是要对语言（包括文言与白话）在决定特定文本性质方面的角色作一番详尽考察。这也不可避免引向了另一个重要话题：在中国文学风景中的书面语言与口头语言，全国语言与地方语言。

一般来说，本书将中国文学视为与社会紧密联系的存在，因为文学从社会中得到滋养和流传。文学不是自在自为之物，而是社会政治的力量和文化事实之无尽序列的产物。每一章都尽可能多地揭示这些交织互动关系。显然我们无法尽数提到中国文学悠久历史中的每一位作者和每一部作品。本书尽量不遗漏所有具有代表性的人物和作品，不过出于某些原因，同时也会介绍一些迄今不太为人重视的作者及作品。尽管本书力求全面综合，但它也不可能巨细靡遗。作为一部力求真实的文学史，更重要的是具有启发性，而不是面面俱到。因此本书会触及这样的主题，比如散文与诗歌之间模糊的分界，小说与戏剧之间不确定的边界，以及口语和书面语之间难以言表的互动。最后，本书帮助各位撰稿作者去看到（也希望能帮助我们读者看到）中国文学的多样面相，它流变的轮廓以及万花筒般的转化，它的微妙以及持久的生命力。在读者读完这部著作之后，如果说可以对中国文学史有什么定论的话，那也许就是——中国文学的悠久、充盈与活力。希望这能够纠正认为中国文学贫瘠、奇怪、单调的习惯性偏见，因为，中国文学史和地球上的其他文学传统一样丰富多彩，活力四射。

梅维恒

北京

2000年5月25日

【xv】
序

随着美国大众对中国文化越来越熟悉，越来越多的东亚裔美国公民开始对自己原民族文化遗产感兴趣，许多人希望能够读到一部全面而且目标多元的中国文学史。最理想的状态是，这是一部当所有专家和非专家需要获得中国文学的文学类型、作品文本、人物和运动方面的背景知识时，都能够依靠的一部参考书。《哥伦比亚中国文学史》的编写初衷就是为了满足这一需求。

本书与早先的中国文学史（这些都已经在市场上绝迹了）不同，它尽量避免对文本的大量征引。现在市面上，各个历史时期的中国文学作品都已经有大量优秀译本，精粹的选本也出了不少。对这些感兴趣的读者可以直接找到相关作品，所以本书中没必要附上冗长的引文段落。这部中国文学史的目的在于尽可能多地提供基本信息。这样，本书能成为中国文学专业的研究者、爱好者可信赖的工具书，使他们能在历史语境中得到中国作家和作品的基本事实。

本书的语境和概念框架使其有别于各种中国文学的手册、指南、词典和百科全书（很多都各有特色，是很好的参考书）。《哥
【xvi】伦比亚中国文学史》的组织编写旨在成为《哥伦比亚中国传统文学选》（*The Columbia Anthology of Traditional Chinese Literature*,1994）

和《哥伦比亚简明中国传统文学精选》（*The Shorter Columbia Anthology of Traditional Chinese Literature*, 2000）的补充。它从中国文学的语言和思想基础开始，然后展开对诗歌、散文、小说、戏剧和文论的讨论，最后是大众文学和周边影响。书中对长久以来被轻视或者忽视、但是对深度理解中国文学十分重要的一些方面作了特别的强调。比如，我们关注了神鬼现象（见第一编第六章和第三编第四章），因为这是中国文学灵感中最重要的来源之一。同样，民间和地方的文体和文类也得到重视，因为它是汉民族与少数民族之间的互动，也是中国文学发展中的强大动力（参见第七编第四章和第五章）。还有一些关键的时期和人物也得到了较多关注，比如十七世纪的王士禛，十九世纪末二十世纪初的鲁迅，还有二十世纪八九十年代（见第二编第十至十二章，第四编第六、第八章），因为这些主题关涉到重大的文学变迁和转型。和《哥伦比亚中国传统文学选》一样，本书希望在一个全景式的年代框架下，进行主题式的探索。我们并不给每一章套用整体划一的公式，相反鼓励每一章的作者运用他们的材料建构出各自的样式。

在这样一部卷帙浩繁的著作中，超过四十位作者共襄其事，各任其劳，参与整部中国文学史的编写，一些观点或者诠释上的分歧也是不可避免的。比如，怎么解释十五世纪的文化荒原呢？它是明代开国皇帝朱元璋偏执破坏的结果，是蒙古统治的后遗症，是内部惰性，还是所有这些因素的混合呢？或者十五世纪并不完全是文学和艺术的空白时期？不同作者从不同角度解释了十五世纪的文化样态。而事实上，塞翁失马，焉知非福，因为各个观点都揭示了这一复杂多面问题的一个或者多个层面。所以，我并不坚持观点的绝对一致性，我坚持的只是论据的严格组织。

作为主编，我详细审阅了所有的五十五章，给其中的大多数章节增加了内容，同时对一些章节进行删减。为了保持整体融贯性，我也在必要的地方进行了文体上的修改。令人欣慰的是，1996年6月这个项目开展之初，我给作者列出了比较明确的写作说明，所以绝大多数章节都不需要进行大的修改。

由于这是一部文学史，所以不可避免会包含数以百计的日期。
【xvii】有些情况下，事件发生的具体日期是清楚的，而有一些只有大概年份可以确定。由于中国古代采用农历（经常会出现闰月），而当今国际上通用公历，这经常使得某些事件的确切年月日（比如某位统治者的起讫时间，某位诗人的生日或去世日期，等等）成为悬案。另外，有时候对于某些历史事件的具体时间，学者的观点也莫衷一是。虽然在年代时间上有这些困难，我们还是尽可能做到前后一致并精确。

本书中的一些特殊用法处理，也需要开宗明义先解释一下。首先是中国古人有很多名字这一问题。除了极少数情况，本书通常采用名。但是，要指出的是，许多作家以其他名字闻名于世，比如室名、斋名，以及大量外号，等等。除了作家的本名之外，最常见的还有字，即男子成年之后得到的名。

出现在斜体字之前的五角星★表示，它是对古代发音的尝试重现。

在这里有两个与部分书籍相关的术语需要介绍。“卷”这个词在讨论汉字文本的时候到处出现，因为古代早期，手写文本是卷起来的，直到约十一世纪，成册的木刻图书才越来越常见。虽然后来的图书不再成“卷”，但是“卷”的用法延续了下来。“卷”这个词在英语中一般翻译成chapter、volume和fascicle。但后两个名词代表的文本一般远长于“卷”，所以读者可不要把八卷的一部作品想象成有8 volumes，或者甚至6 fascicles那么厚。fascicle（来自拉丁文，意思是一小束）这个英文字最对应的汉字应该是另一个经常会遇到的目录学术语译名，即“册”字——意指一部书订在一起的多个部分。

本书还使用了已经在中国研究专家中通用的两个名词："里"（tricent，大约等于三分之一英里），以及"方言"（topolect）。"方言"很多时候被误译为dialect，这导致了对汉语的大量误解和困惑（见第一编第一章以及*The American Heritage Dictionary of the English Language*, 4th ed., p.1822a）。

接下来是汉语的罗马拼音化问题。本书中的罗马拼音方法是对韦氏拼音的略微修改（比如，i在严格的韦氏拼音中应该拼为yi）。【xviii】对韦氏拼音作调整的原因有很多。首先（除了韦氏拼音比现在使用的其他拼音都更加接近国际音标IPA之外），韦氏拼音成为汉语英译的标准系统，已经超过一百年了，大量翻译和学术成果都使用它。第二，绝大多数的图书馆直到最近才停止使用韦氏拼音，所以韦氏拼音积累了数以百万计的图书馆目录。第三，有关汉语、文学和历史研究的许多最有用的工具书（如利氏学社的几部词典，如倪豪士[William H. Neinhauser, Jr.]编写的《印第安纳传统中国文学指南》，以及贺凯的《中国古代官名辞典》）都使用韦氏拼音。第四，哥伦比亚大学出版社的几乎所有关于传统中国的出版物也都是用韦氏拼音（哥伦比亚大学出版社是美国境内中国研究著作出版方面的翘楚）。与此同时，由于汉语拼音是中华人民共和国的官方拼音，作为基本教学工具近年来呈席卷之势，所以在本书末尾（第1155—1160页）附上韦氏拼音与汉语拼音的转换表。[①]

有些中国大陆作家，他们的名字以汉语拼音而为人熟知，在这种情况下，汉语拼音与韦氏拼音同置。

最后，读者如果想要了解中国历史方面最出色的学术著作和最重要的资料，我们推荐魏根深（Endymion Wilkinson）的《中国历史手册》（Cambrige: Harvard University Asia Center, 2000），以及

① 简体中文版未收录此表。——编者注

狄百瑞（Wm.Theodore de Bary）、华蔼仁（Irene Bloom）和陆冬远（Richard Lufrano）所编写的《中国传统研究资料集》（第二版，New York: Columbia University Press, 1999—2000）。

梅维恒

Swarthmore Pennsylvania

2000年1月15日

致谢

编者向如下个人和单位谨表谢忱：

各章的作者，没有他们的工作就不可能有这部作品。对他们的学术工作，以及这么多年来对这部作品的支持，编者表示最衷心的感谢。

哥伦比亚大学出版社人文部的编辑 Jennifer Crewe，是她建议编者启动撰写中国文学史这一项目，在这部书付梓前的每一步她都给予编者拨云见日般的指导。

哥伦比亚大学出版社的总编辑助理Ron Harris，他及时地回复编者的各种技术问题，在出版过程中事无巨细，亲力亲为。

Debra E. Soled，她细心校读了杂乱的书稿。

哥伦比亚大学出版社的两位匿名审稿人。他们为书稿质量的改善提出了大量极具启发性的建议。本人唯一的遗憾是，没能够将这些建议完全体现在书稿修改中。当这部书稿仍然比较凌乱的时候，他们对本书的不吝赞扬，对我们来说是一个极大的鼓励，使我们继续完成似乎一眼望不到边的后续编辑工作。

Patricia Ebrey, Ronald Egan, Patrick Hanan, Stephen Owen, Evelyn Rawski, Haun Saussy和John E.Wills, Jr.，他们阅读了导论，并作出了评论。W.South Coblin, S.Robert Ramsey, Charles N.Li,John

DeFrancis,David Prager Branner, William C.Hannas, Axel Schuessler, 【xx】
Benjamin Ao, Wolfgang Behr, Peter Daniels, James A. Matisoff, Denis C.Mair,以及Michael Carr，阅读并评论了第一编第一章；Daniel Boucher, Stephen F.Teiser, Chun-fang Yu，阅读并评论了第一编第九章；Li-ching Chang，提供了鲁迅生平和作品的详细资料；Sara Davis，阅读并评论了第七编第五章；Keith Taylor, G.Cameron Hurst Ⅲ，William C.Hannas和Linda Chance，阅读并评论了最后三章；而遗留下来的错讹之处和他们并无关系。

Perry Link, Jeffrey Kinkley, Jidong Yang, Philip F.C.Williams, David Derwei Wang, Julia F.Andrews,Bert Scruggs和Patricia Schiaffini,帮助查找了第四编第八章中日期和汉字的遗漏（Helmut Martin去世而中途留下了这些半完成状态的工作）。

感谢Rick Fields, Brian Catillo和Mayuma Oda在*The Turquoise Bee: Love Songs of the Sixth Dalai Lama*（San Francisco: Harper, 1998; 1993; 节选可在www.tricycle.com阅读）中的四行诗句。

感谢Kayhan Kalhor关于伊朗乐器的有趣讨论。

感谢Bert Scruggs创建和维护了参考书目网站，以及Vasu Renganathan, Mark Wilhelm, Jay Treat, Phil Miraglia, Laura Geller, EliAlberts和所有参与网站建设、丰富和精炼工作的朋友。

感谢 Jidong Yang在汉字词汇表的编制中的助手工作。

感谢Anne Holmes和Rob Rudnick帮助编写了索引。

感谢Timothy Connor, Helen Greenberg, Denis Mair, and Paula Roberts通读了清样。

感谢普林斯顿大学的高等研究院（The Institute for Advanced Study）提供极佳的思想氛围和自然环境，使手稿的最后润色得以完成。感谢编者在宾夕法尼亚大学的学生、同事和图书馆员二十年来对他的激励和支持，最后使这部作品孕育而生。

感谢编者的研究助手Conán Carey以火眼金睛核对全文，并重新输入了全部章节。

感谢编者的好友 Justine Snow, Carol Conti-Entin和Xu Wenkan的真诚欣赏和不息耐心。

感谢 Julie Lee Wei提出了许多很好的问题以及许多敏锐的看法。

感谢编者的兄弟姐妹（Joe, Dave, Sue, Tom, Denis, and Heidi）给他的无限的大爱和灵感。

感谢编者的妻子张立青和儿子梅东篱（Thomas Krishna Mair）所给予的充分理解和鼓励。

【1】 导论：文人文化的起源和影响

从隋朝（581—618）起，中国有文化的年轻人主要志向就是考取进士。拥有进士头衔，权力、地位和特权都会随之而来。进士头衔授予在京师会试中的及第者，表示他们在官僚体系中有资格获得一官半职。有时候，某位历史人物唯一可考的生平日期，就是他通过进士考试的年份。

为什么这一特定头衔在中国得到如此追捧？最简明扼要的回答就是，它表明了进士头衔拥有者具有读写文言文的最高级技能。这并不是对某人政治能力或者实践技能的考试，而是考察考生在文学写作（文章）方面的才能，所以实际上是一种文学博士。连等级稍逊的秀才头衔（参加省一级的会试的必要条件）都被疯狂追捧，发须斑白的老人终其一生一次又一次参加，屡败屡战，这样的故事不胜枚举。

另外一种非常流行、竞争激烈的考试是“明经”。地方官府会提名明经候选人进入每年的官职录用中。不过，进士考试强调的是文学写作，而明经则要求对经书的全面掌握。

【2】 通过这些考试，等于向所有人宣布头衔的拥有者是书面汉语的精通者。这不啻为一项丰功伟绩，因为书面汉语非常难，必须要记诵大量文本。对科举考试的备考是一场旷日持久又艰巨的战役。因

而，考生需要大量经济投入，通常只有来自富贵之家的子弟才能负担得起。

甚至在科举制度之前的西汉或者更早，拥有卓越文章技能的官员（比如“博士”）会得到高规格的尊敬。于是在古代中国，出色的文学能力会得到大量实惠，但是只有极少数人（约总人口的百分之一至百分之二）能够拥有这一能力。士大夫人数的稀缺反过来又增添了他们头顶上的光环。逐渐地，一种以文章能力为中心的文人文化便发展起来了，我们可以将它称为“文”的气质。

于是，要理解过去两千多年的中国思想生活，就必须把握“文”的意义和重要性。现代词典也许会对“文”这一词条给出如下定义：书写；文学写作；文章；文学；文化；文雅的；文化的；教育；文官（与武对应）。所有这些派生意义的根义是“（美化的）模式”，“文”便是所有审美上美化之物的总和，不过总体来说是和文学相关的。它构成了如下词汇：文化、文明、文艺、文学和文字等等。“文”尤其用来指称书写，特别是美文书写，在某种程度上（在大多数中国人的心目中）它几乎等同于文学。不过追寻“文”的深层起源，以期完全理解这一核心术语，还是很有必要的。

如今的古文字学家在公认的最早的古汉字（约前1200年）中发现，“文”字像一个胸口有文身的人。这便使人有些不解，因为在后来的中国历史长河中，文身一般是与野蛮人和囚犯联系在一起的。不过这不值得大惊小怪，在青铜器时代的中国，文身是美好的象征。在许多人类早期文化中，文身都带有强烈的正面含义。比如在色雷斯人、塞西亚人和其他中亚民族，以及毛利人中间，文身是头领还有其他领导人的专属。实际上，“文”的基本意思在一个现在仍在使用的古老表达（即“文身”）中很好地保留了下来。

从文身到（美化的）模式，再到文字、文章和文化，是一部漫

【3】长的发展史，而且从文身到文学、文化的演化太过彻底，所以根据“文”的起源几乎无法推演出其结果。不过，有意思的是，在塔里木盆地发现的一些青铜器时代木乃伊身上，发现了像文字一样的E和S形状的文身。

不管青铜器时代的文身最终被证明是一种个人装饰还是一种公共书写，在中国历史中“文”变成了精英文化的核心特征。中国知识分子自己心里清楚“文”的中心地位，习惯性地将它称为“斯文”（“我们的”这个文化），这句话出自公元前五世纪早期的《论语·子罕》“天之将丧斯文也，后死者（文王之后，这是孔子夫子自道）不得与于斯文也”。“斯文”被视为孔子及其先人——周王朝（约前1027—前246）的开国君主——还有在这之前传说中的圣人流传下来的宝贵政治文化遗产。

中国文人文化中的“文”这一核心观念在西方文学理论家和美学家手里焕发了新的生命。最著名的是欧内斯特·费诺罗萨（Ernest Fenollosa，卒于1908年）就这一主题写了一部短小精悍却极具影响力的《汉字作为诗媒》（*The Chinese Written Character as a Medium for Poetry*；在其过世后的1919年首度出版）。庞德（Ezra Pound）和多位意象派诗人的创作受到这部作品的巨大启发。而该书的影响究竟是有害的（因为它对汉字的介绍是扭曲的）还是有益的（因为它将中国诗歌的基本概念介绍给西方诗人），评论家现在对此仍然聚讼不已。

书写对儒家而言是至关重要的，也是儒家最典型的特征。儒家指的是拥护孔子之道的一派学者，最初活跃于战国时代（前481/403—前221）。“儒”一词有儒雅、文弱以及温顺之意，实际上是这些词的同源词，也与有“乳儿”之意的字同源。儒产生于士阶层，实际上“儒士”这一全称表明了他们是特殊类型的士。士又是哪些人呢？在西周王朝（约前1045—前771）初，士是像后世日本武士那样的武士，是早期封建社会中最低级的贵族阶层。在接下来的春秋（前722—前481/463）和战国时期，士渐渐演变为后期封建社会中的学者阶层。成为士阶层主导的儒士，以其儒雅、文弱和温顺而著称，这既是一种讽刺，也颇具历史的吊诡。而孔子自己，是由武士一变而为文人的最佳例证。

作为武士的后裔，孔子肩负效力于军事的职责。实际上，他曾担任鲁昭公（在位时期：前541—前510）卫队的成员，但他的心思既不在御，也不在射（《论语·子罕》）。相反，他走向了一条政治游说的仕途。在鲁昭公针对实掌鲁国大权的公族季氏的秘密兵变失败之后，孔子益加坚定地选择了“师”这一角色，吸引了大批忠诚的门徒。他将自己所理解的先圣之道传授下去，整理编订包含先圣教导的古代典籍（包括《诗》和《易》），并致力于说服当政者采纳符合这些教导的政策。这确立了后世儒家对道德的重视，对经典的虔诚，以及对社会政治的入世态度。 【4】

儒家的经典文本并不是来自神启，所以并不能被视为宗教经文。对儒者而言，这些由孔子和其门徒所编纂的儒家经典所起的作用和宗教中的经文并无二致。正如经文在犹太教、基督教、佛教和伊斯兰教中是权威的源泉，儒教经典也是儒家权威的源泉。在早期中国，书面文本受到极度敬畏，甚至书写本身也披上了权威的大氅。帝国政府的根基同书写技艺紧密交缠在一起。政府给士人文化以主导地位，这在具体的政府机构中可以窥得端倪。公元前二世纪，就已经有实际上作为国家学术机构的太学或者国子监。在这些学校，经过精挑细选得以入学的学生在各专某些经书的博士指导下就学。毕业后，年轻的学者们通常进入官员队伍，得到选派。从唐代（618—907）开始，一直到清朝（1644—1911）末年，最具声望的学者通常被安置在翰林院中，“翰林”二字明显指涉了他们精湛的写作技能。翰林学士担负着为皇帝起草诏制的任务，他们经常——有的在翰林院任命的同时，有的在此之后——在帝国政府中身居要津，位极人臣。翰林院代表了仕途成功的顶峰，其唯一标志正是笔墨文章。

· 多样化的文类

传统中国文学可以分为许多不同类别。南朝梁（502—557）昭明太子萧统《文选》的《序》中，有以下分类：箴、戒、论、铭、【5】诔、赞、诏、诰、教、令、表、奏、笺、记、书、誓、符、檄、吊、祭、悲、哀、答客、指事、三言、八字、篇、辞、引、序、碑、碣、志以及状。让人印象深刻的是，在所有这些文学类型中，与官员的生活和活动有着直接或者间接关系的竟如此之多。政府官员生涯中使用的文类，还有一些未被萧统提到。在中国文学史上，文章与官仕之间的紧密关系贯穿始终。因此，作家总是处于其作品要直接或间接地服从国家的道德和政治需要的重重压力之下。“纯文学”或者“为文学而文学”的观念在中国出现得相当缓慢。直到佛教美学来临之后，文学的非实用主义方面才开始得到系统的欣赏、审视以及提倡。甚至到二十世纪中叶，在共产党的领导下，文以载道的旧传统又在中国文学中再度抬头。论述文学在社会中担任的意识形态宣传角色，最著名的便是人尽皆知的毛泽东（1893—1976）《在延安文艺座谈会上的讲话》。

文学的公共的实用主义使命和追求创造性表达的个人愿望之间达成的微妙平衡，可以在赋的演变中得到展现。在文学语境中，“赋”最早是指《诗经》中的六种表达方式（赋、比、兴、风、雅、颂）之一。作为一种特定文学形式的赋形成于西汉晚期（公元前一世纪下半叶），但是在几个世纪之前的历史长河中能找到它的根柢，在西汉之后的数个世纪中，赋继续保持繁盛之势。

关于大夫（对高官的敬称）或者说君子，一句经常提到的话便是“登高必赋”。换句话说，当大夫或君子登上山之巅峰时，他必然情不自禁以一种美文的方式表达自己。“登高必赋”告诉我们，贤士不仅具有作赋的才华来表达自己崇高感受的能力，而且这么做也是环境使然。对于一位有修为的君子来说，从高处描述自己的所见近乎是一种责任。

然而在汉代，一些作家倾心于自身的描写才华，开始创作辞藻华丽的赋。（在沉郁冷静的人来看）他们的赋作辞藻铺陈，情感 【6】
过度，手法夸饰，其因缺乏节制招致了不少批评。虽然这种新文学形式具有纯然之美感，但当时最知名的赋作家中至少有一位曾对自己的赋公开表示过羞愧。还有一些作者甚至在他们最出色作品的末尾加上否定自身的结语。但是，赋还是继续得到繁荣和发展，在六朝（220—589）重新勃兴，被运用到各种主题上（长啸、感怀、鹦鹉和雪等等）。到唐代，赋可以分为追溯到晋朝（265—420）的俗赋，以及音韵谐和、对偶工整的律赋。虽然旧的汉赋及其变体在唐代仍然间或有创作，但是总体而言赋已经衰落，在宋代（960—1279）的文赋之后，赋作为一种文学表达方式已经极少被采用。

简而言之，这就是赋这一文体在一千多年中从发轫到式微的波谲云诡的变化。要完全领略中国文学，需要全面把握从最讲究节律到最汪洋恣肆的各种文体。考察纷繁复杂的中国文学类型，面对的是除了专家之外少有人知的一整个巨大文学宝藏，其富饶程度至今难以估量。比如，在明代（1368—1644）晚期和清代早期（即约16—17世纪），有一种叫做小品文的文体曾盛极一时。小品文是中国文学数百种文体中的一种，对其一瞥，可以透过多种多样文体的棱镜管窥中国文学的不竭宝藏。

“小品”一词最早来自《小品般若波罗蜜经》，它是全译本二十四卷《大品般若波罗蜜经》的七卷本简译本。很明显，“品”

是标准的佛教词汇，指的是“章”。刘义庆（403—444）在《世说新语》的“文学”（文与学）章三十四、四十三和四十五节中曾以“小品”来指称《小品般若波罗蜜经》。值得注意的是，《世说新语·文学》中所记轶事大多与佛教有关，而我们在前文提到现代汉语中的“文学”是十九世纪经由日本对《世说新语》中“文学”（其根源来自《论语》中“文学：子游、子夏”）的借译。因此，不仅“小品”具有很深的佛教背景，甚至五世纪浓郁的佛教氛围还
【7】催生了新的文学概念。不过，对晚明的小品当然不能仅仅通过早期佛教用法来理解。

小品难以用正式术语来描述其特征。小品若翻译成英文，在长度上从寥寥数句到三页或者多页不等。它们通常是非虚构的，不过有些作品却具有高度想象力。小品通常从头到尾都是散文，但掺杂韵文的情况也不少见。所有小品的共同之处在于形式的非正式性。阅读小品，往往同阅读日本法师吉田兼好（约1283—约1350/1352）的《徒然草》（约1330）一般，虽然并不皆如后者那样麻痹自我。

最知名的小品作家有归有光（1506—1571）、陆树声（1509—1605）、徐渭（1521—1593）、李贽（1527—1602）、屠隆（1542—1605）、陈继儒（1558—1639）、袁宗道（1569—1600）、袁宏道（1568—1610）、袁中道（1570—1624）、钟惺（1574—1624）、李留芳（1575—1629）、王思任（1575—1646）、谭元春（1585—1637）以及张岱（1597—约1684），其中尤以张岱最为突出。小品作家涉及的主题有战争、寺庙、观景楼、凉亭、草棚、学者、侍女、歌伎、演员、说书人、口技表演者、狗、书法、文房四宝、竹子、藤、乡村之旅、侍者、愚人、绘画、肖像、诗歌、退休、年老、死亡、梦境、童心、桃花、远足、溪水、湖泊、池塘、群山、饮酒，等等。阅读小品文集是赏心悦目的，它不仅使读者进入晚明的历史世界，更进入整个中国文学的恢

弘景观中。

中国文学中的一些丰碑性作品，很难被严格归为定义清晰的特定文学类型，然而却因其具纪念意义的特质得到广泛认可。比如，许多传世书信，最初的读者只有收信人一位，但现在作为书信体文学而拥有无数读者。书信来自许多不同时代、地点和人物：司马迁（约前145—约前85）的《报任安书》，解释了自己为何宁愿接受宫刑，而不选择自尽或者死刑，这样他便能接续父亲未尽的工作，完成中国的第一部纪传体通史《史记》。放浪形骸的嵇康（223—262）在《与山巨源绝交书》中，告诉山涛为何自己决定与之决裂。诗人白居易（772—846）贬官南下，在江州给他三年未见的挚友元稹寄去《与元微之书》，凄凉深挚。中国人对字字珠玑、饱含感情的书信的这种偏爱，一直持续到当代中国。像鲁迅（周树人，1881—1936）、陈寅恪（1890—1969）和胡适（1891—1962）这些文学界人士私人书信的公之于众所起到的作用，有的是激起学术争议，有的是解决学术争议。例如在苏轼（苏东坡，1037—1101）和袁枚（1716—1797）这样的名士书信中，我们可以看到自传、时事的评论、私事的吐露以及对各种主题（日常生活、亲族关系、道德 【8】
或者政治倾向）的持续讨论。简而言之，中国作家在私人信件中袒露自己最私密的想法和感受。因此，许多书信之所以具有纪念意义，不仅仅因为它们文字上的优美，更因为其中情感的完全敞露。书信在中国文学文化中占据崇高的地位，存世书信被编订成大量书信集，以供学生背诵和模仿。汉字里，信的提法有多种——书、笺、札、牍、尺牍、尺函、信，这不仅说明了书信的流行，而且说明了文学权威专家是如何严肃对待它的。

中国文学特别是小说和戏剧的另一个醒目特征在于，同一材料在许多不同文类中会以文学语言或者白话语言的方式被再创作。清官包公破案便是其中用之不竭的一个主题。传奇性人物包公以历史上宋代官员包拯为原型，在各种故事和戏剧中成为正义的化身。

最后，中国文学的变化多端从其修辞性上可见一斑。虽然文人写作的曲笔表达是一种正常的修辞必要（见第六编第一章），但是这一倾向在具体情境要求下往往会被秉笔直书所中和。大量与宫廷活动相关的文献（刘勰［约465—520］《文心雕龙》中有大量分类，如箴、诔和书——比如王安石［1021—1086］著名的“万言书”，康有为[1858—1927]向清光绪帝力论变法而一石激起千层浪的上书），都是在不懈努力以求获得最大社会政治效应的环境中创作出来的。在这些情况下，作者基本上不可能过于迂回曲折。并且，这一环境为政府监督的科举考试体系所不断强化，因为科举考试要求对具体主题进行程式化的遣词造句和文章结构。

汉代建立起来的经典注疏传统（见第六编第二章）也加强了文官语境中对于清晰解释的追求。这里衍生了大量文类：注、疏、批、评、判、校、勘、解、释义、析等。中国的诗歌、小说和戏剧往往使注疏和评论（见第六编第三、第四章）泛滥，由此可见注疏冲动之广
【9】之深。无论从文类，还是从应用在各种文体上的注疏策略来看，中国文学都不是单声部的，相反，它呈现了丰富多彩的多声部。

· 多样化的意识形态与人民

如果说中国有难以计数的文学类型、文体和修辞，那么它同样拥有丰富多彩的学说、民族和民间故事。有一种老生常谈，说中国是一个“整齐划一的帝国”：数以亿计的人民属于同一民族，有着同一种语言、文字、饮食、服饰和习俗，等等，此种说法纯属谬误。中国的人口、社会和文化，与世界上其他国家一样存在着多样性。即便是中国的精英社会和文化，也显示出高度的多样性。比如以思想体系为例，佛教和道教有着儒家难以望其项背的浩繁经文。

还有，“儒家”内部也不是铁板一块。早在汉代以前（即公元前206年以前），对于如何解读孔子思想，荀子（约前300—约前219）和孟子（前372—前289）之间就歧见迭出。而近两千年之后的新儒家中，朱熹（1130—1200）和王阳明（王守仁，1472—1529）的追随者在一些基本问题上的激烈冲突，几乎很难让人相信他们属于同一思想学派。（我们不否认某些人会提倡学说的一致性理想。虽然这些努力从未成功过，但它确实会对知识分子的生活和命运产生影响，使他们根据后来的思想，时代错置地解读前人思想，甚至添加附会。）另外，中国的思想光谱也绝不仅仅局限在佛教、道教和儒教，包括萨满教、法家、墨家、杨朱学说、阴阳家、名家、农家、纵横家、景教、摩尼教、袄教、犹太教、伊斯兰教、印度教、天主教、新教等在内的多种学说和实践，都曾在中国历史中或长或短地存在过。虽然这些思想派别并非都有宗师的世系更替以及权威的经典文本，却都对中国社会的方方面面产生了影响。传统中国文化和当代中国文化一样，实际上由无限多的支脉和纤维构成，因此社会的整体纹理无论在结构还是在性质上，都是极其复杂的。

这些学说立场以各种方式或深或浅地影响了文学。浸润了某一意识形态的碑文、诗歌、散文、故事、小说和戏剧，是很容易辨识出来的。“佛教”和“道教”是中国文学两种最丰沃的养分。仅仅说“佛教”和“道教”，就好像它们是泾渭分明的单一体，这种提法当然是过于简单化的，因为佛教和道教各自有多种派别，更不用说大量的佛道合流了。有些宗派，如禅宗和净土宗是文学家和批评家特别丰富的文化资源。而道家思想天才庄子（前355—前275）对文学的影响则不可估量。仅试举一例，贾谊（前200—前168）的《鹏鸟赋》是作者和创作日期都可以确定的最早一首赋。在这首作品全部四十四行中的九行（占六分之一）直接引用自庄子，而两行可以说来自《道德经》，另有一行同时出现在《淮南子》（公元前 【10】

二世纪一部内容杂糅的道家著作）和《吕氏春秋》（公元前二世纪的一部法家汇编）中。庄子在后代作品中的回响不胜枚举。可以说，如果没有庄子，很难想象中国文学将会是怎样一副面貌。

虽然本书单辟两章（第一编第九、十章）专论佛教和道教，但必须指出的是，将佛教和道教从过去两千年来中国文学发展的各个历史时期中单独提取出来，是根本不可能的，也是错误的。因此，在本书各章中，都能找到佛教和道教的身影。专论佛道的两章主要处理宗教团体自身创作或翻译的经书。虽然这些作品卷帙浩繁，除了经文自身之外，还涵盖各种文本类型（传记、叙事和历史，等等），但也不可能穷尽佛教和道教的作用，以及它们对措词、意象、符号、结构、寓意方法、韵律特征还有一些全新文类和文体方面的文学发展中所起的不可磨灭的作用。

如Rolf Stein, Edward Schafer, Kristofer Schipper, Nathan Sivin, Anna Seidel, Michel Strickmann, Michael Saso, Isabelle Robinet, John Lagerwey, Paul Kroll, Livia Kohn, Stephen Bokenkamp, Kenneth Dean, Terry Kleeman和Lowell Skar等先驱学者已经给我们展示了道教这一变化万千的思维和信仰如何建构起了中国想象性作品的巨大框架。Schafer和Kroll的研究揭橥了大量中国诗歌中的道家维度。道教概念如仪式、炼金、养生和房中术对于中国小说的创作也产生了不可低估的深刻影响。近来学术界特别关注的是全真教和正一教对各种明代小说（包括当时的几部重要色情作品）的影响（见第四编第三至六章）。

【11】至于佛教，特别值得注意的是它对中国音韵学、韵律学、逻辑论证体系和分类法（以《文心雕龙》这样的文学批评著作为代表）的语言学影响，以及它对世俗领域内全国性半方言写作风格的通行，佛经中“佛教汉语”（文白汉语、梵文以及各种中亚语的独特混合）的形成和标准化的影响等。一些佛教徒，如慧远（334—

416）和玄奘（约600—664）在各种传奇和传说中有着惊人的地位，前者以其对时政的批评，后者以其远赴天竺艰苦卓绝的朝圣、对经文的高超翻译技能和对艰深学问的讲授而流芳百世。

到唐代为止——如果不是之前，佛教就已经全面渗透进中国社会，不受佛教影响是根本不可能的。甚至曾经写过言辞犀利的毁佛文章的大儒韩愈（768—824），也与佛教僧侣有着密切联系，并且有可能无意识地在自己的散文或者诗歌中不时流露对佛教的情感。唐代是一个皇室公开以道教为宗的朝代，而佛教在唐代社会无处不在，在《全唐诗》约四万八千首诗中，将近十分之一在标题中明白无误地提到佛教。而在诗的内容中公开提到佛教的则无疑更多，至于在诗的意象、隐喻、措词和价值观中隐含的佛教指涉，则数不尽数。如白居易、王维（701—761）、寒山和王梵志等唐代大诗人的诗，如果没有基本佛教概念和术语知识，是难以理解的。佛教在唐诗中的无处不在，极好地说明了为什么难以将佛教和世俗文化一刀划开。

二十世纪最丰硕的中国文学研究成果之一，是郑振铎（1898—1958）和普实克（Jaroslav Průšek，1906—1980）等学者对所谓讲唱文学的研究。这项研究的开展最初是受到敦煌出土文献（见第七编第二章）的推动，因为在敦煌文物中发现了这类文本的最早样本。但是，研究不久就拓展为对两千多年来中国民间文学中讲唱文学的系统考察。在讲唱文学的兴起中，佛教居功至伟，在许多印度宗教和世俗文学类型中十分典型的讲唱经由佛教文献被引入中国。佛教也导致了中国文学理论中一些基本概念的产生，比如宋代学者严羽在《沧浪诗话》中提出的颇具禅意而作为诗歌灵感的“妙悟”概念，以及博学多识的现代学者王国维（1877—1927）提出的诗歌领域的“境界”概念。佛教对中国文学发展的这些以及其他贡献，是由以下优秀的二十世纪学者发掘出来的：季羡林、饶宗颐、霍世休、吴 【12】

晓铃、周绍良、项楚、孙昌武、藤枝晃、入矢义高、川口久雄、牧田谛亮、金冈照光和福井文雅。

虽然佛教和道教对中国文学的发展都产生了不可估量的影响，不过有时很难将佛教与道教的影响清楚地分开。比如有些宋词词牌起源于道教，而同时又有一些词牌与佛教有着密不可分的具体联系。佛教与道教传统协力促成了晚唐的“宝卷”转变为宋词。两部最著名的中国小说《西游记》和《红楼梦》中，充满了佛教和道教的观念和意象，如果对这两门宗教一无所知，那么这些观念和意象会让人一头雾水。这一现象凸显了佛教和道教之间的紧密关系，这一紧密关系从佛教传道者踏上东土的第一天起就已经开始了。

如果说很难从中国社会和文化这幅织锦中将佛教、道教和其他之前所提到的思想体系独立出来，那么将所谓非汉人从中国人中单独划分出来就更加困难。少数族裔对中华文明的贡献不只是异域丝绸。一语概之，如果没有“夷狄”，也就没有中华。

中华文明公认的“核心区域”为黄河和陕西省的渭河交汇地区（或者后来山东省的泰山周边），被非汉族四面包围（在其统治体制和国民之外）。统治集团不断从所谓核心区域迁徙到北方和西北方——在青铜器时代，与现在的中国文化并存的异族文化在这些土地上曾经辉煌过，与此同时，非汉族进入中国内部（包括黄河流域）繁衍生息。

从古到今的中国人，习惯说中外之分（中和外除了指空间上的，也指文化上的），就好像在中国，世界是严格二分的。然而中
【13】与外之间的分界是非常模糊不清的，想要将其判然分清的尝试注定失败。纵观中国历史，太多伟大的军事家、政治家、艺术家、建筑师、作家、数学家、物理学家甚至皇室成员都来自中国社会的外族，所以持有这样一种二元世界观毫无意义。

“汉化”这一过时概念同样也不能充分解释中国文化领域里中

与外关系的复杂动力模式。根据一度流行的这种概念，外部的非汉族元素（外族和他们的文化）通过转化过程而内化为汉元素。这种研究进路的错谬可以通过列举出种种中国文明中未转化或者部分转化的成分而揭示出来。我们只需要提一下“外在于”中国原生文化领域的马与战车即可，这两种元素后来成为帝国仪式和军事力量的核心符号。实际上，如果骑马的游牧民族穿的不是裤子，就不会有赵武灵王在前307年提倡胡服骑射。像胡服骑射这样的例子不胜枚举，这不禁让人开始严肃考虑，是否把“汉化”改为“胡化”（拓跋化、蒙古化和满化，等等）更为贴切。最好的方法，应是避免化约性的二元解释，而是认识到中华文明起源和性质的错综复杂性。毕竟，世界其他文明都是如此，没有理由期待中华文明是其中的例外，特别是考虑到它有着辽阔国土和悠久历史，中国人与边邻的互动便是自然的事了。

· 中国文学的研究进路

考虑到中国人口和文化上的复杂性，中国文学何以不能仅仅以精英的儒家作品来涵盖，便不值得大惊小怪了。本导论的开始，讨论了中国文人创作的起源与重要性。但是，接下来我们可以看到，虽然儒家文本和作家可以说是胸怀匡济天下大志的官员的最动人样板，却绝不能囊括中国人的全部文学表达，它们自身也最终不可避免受到非儒家、甚至反儒家的情感和文体的沾染。

词在唐代的兴起，以及在宋代的大放异彩，反映了中国文学史中微妙的社会文化差异（见第二编第四章）。词产生的背景是进取开放而国际化的唐代。它们起源于中亚、南亚和东南亚的所谓丝路文化。在丝路的客栈、旅店和中转站，在城市的娱乐场所，这些地方表演着最早的词。所以从广义来看，词的最初创作在文化上是异 【14】

族的，而在社会学意义上是下层的。然而，这并未阻挡文人被词吸引，开始尝试自己创作新词。于是，词的韵律模式被固定下来，措词也更精致。不过，这一文类的民间形式还是保留着，在元朝以元曲（见第二编第六章）的形式盛极一时。在整个中国文学史上，文人不断采纳借鉴民间材料、主题和模式。二十世纪著名学者胡适在他的《白话文学史》中首次清晰描述了这一范式。

与此同时，中古时代以来，不谙熟文言文的作者开始用白话写故事、诗和戏剧。这一史无前例的书面汉语文体为文学表达开启了一扇通往广阔天地的窗户。早期阶段的白话作品保留在敦煌出土文献中。虽然我们专辟一章给敦煌文献，不过它实在太重要，所以在其他章节中也会时常提到。尽管它们属于“民间”，但除了纯粹地理学上的意义，绝不是“边缘性的”。

中国文学研究中另一个令人激动的事件是对女性文学及其地位的再诠释（见第一编第十一章）。孙康宜、苏源熙（Haun Saussy）与数十位合作者发掘、翻译和注释了数百首长久以来被忽略的女性诗歌。完全或部分致力于中国性别研究的学术期刊纷纷创刊，以性别与社会为主题的研讨会也多次召开。这些学术活动有助于对中国文学和社会中的妇女更精微的理解。仅试举一例，白居易家喻户晓的《长恨歌》从通常的儒家解读来看，讲的是一位被打上邪恶符号的后妃。而用感受力细细辨读该诗，会发现白居易与历史分道而行，他其实是在尝试讲述唐明皇和杨贵妃的相爱故事。《长恨歌》的最后部分不惜笔墨地描写了杨贵妃对唐明皇的真挚挂念，她甚至起于地下，“唯将旧物表深情，钿合金钗寄将去”，提醒唐明皇“词中有誓两心知”。这样一种立意，虽然迂回，却似乎挑战了悠久神圣的儒家和父权的“美人祸水”或“女祸”固见。如果说在女性主义者看来，白居易有何错谬之处的话，他错在将唐明

【15】 皇与杨贵妃塑造得过于多愁善感，过于理想化，但这幅图景的确是

白居易满心默默赞许的。

正是因为这些动态过程（白话和文言、汉胡之间的互动，各种宗教的相互交流，男性与女性声音之间的张力），中国文学直到今天依然活力充沛。考虑到内外各种力量的场面壮观的相互角力，不可能准确预测二十一世纪的中国文学将孕育何种图景。不过有一点是可以确定的：这一古老而其命维新的文学传统，将继续呈现令人兴奋的新面貌，包括也许会出现地域性的白话文学。这种进展将具有深远意蕴，但也并非完全出人意料，因为过去的三千二百年间中国文学史就曾目睹从甲骨文到金文，从古文到声律铿锵、辞藻华丽的骈文，从文言的志怪到半白话叙事，从韵律上和措词上革新的乐府与讲唱到元杂剧，从讲唱故事和口头表演艺术（曲艺）到成熟的白话小说和戏曲，从白话短故事到话剧，从苏维埃风格的报告文学到伤痕文学、暴露文学、朦胧诗、先锋小说、荒诞剧、后现代批评、新文化运动的无政府主义幻灭（见第二编第十三章、第三编第七章、第四编第七至第八章和第五编第二章）的演化过程。中国文学的下一幕静待开场，大家拭目以待！

梅维恒

1999年3月25日于新泽西州普林斯顿

【19】 第一章 语言和文字

没有语言，便没有文学。因此我们的中国文学史，从对汉语及其书写形式汉字的介绍开始。很不走运，关于汉字和汉语有太多的民间神话和错误观念。因此，这一章会放慢脚步，专心细致地介绍汉语书写系统的基本元素和特征，对汉字和汉语根本性质的牢固把握是准确理解和真正欣赏中国文学的一道坚实基础。

首先要强调的最重要一点是，现在并不存在，也未曾有过（除了在四千年前汉语发轫时期）一种单一的汉语。像所有人类历史上日常生活中使用的语言一样，汉语随着时间和空间的变化而变化。关于中国有一个流布甚广的错误观念，即认为所有中国人（除了所谓少数民族）都说着同一种语言，仅有“口音”或者“方言”上的细小差别。关于中国语言的第二个重大误解，是认为汉语和汉字是同一的：汉字就是汉语。这一观念明显错误，但是在公众想象中却几近普遍。同样，像世界上所有其他语言一样，汉语比汉字更为根本，且先于汉字。文字是用来记录语言的衍生工具。在口语和书面语中总是有沟壑相隔。汉语和汉字尤为如此，在
【20】至少过去的两千年中二者之间横亘着一道明显的鸿沟。

在现代社会发明出或多或少可以忠实记录话语的各种机械电子录音设备之前，我们对语言的知识都依赖于书面记录。由于古代汉语口

语经过数千个字符所构成的汉字的过滤，因而在某种程度上被扭曲。

要估量汉字/汉语二元性对中国文学发展带来的影响，事先必须在脑海里牢记文言和白话两种文体的分道而行。用我们熟悉一些的术语来说，文言和白话之间的区别，就好比古典希腊语和民间希腊语，古典拉丁语和现代意大利语，梵文和印地语之间的差别。这两种文体之间的分野并不绝对，但是在对于语法、句法、词法和音韵学的细微差别非常敏感的语言学家看来，其界限通常相当明显。文言文与白话文之间的差别甚大，甚至可以说是各自构成了两种不同的语言学体系。文言文基本上是一种书面语言，而书面的白话文则是一种与以阿提喀方言为主的希腊共通语言类似的民间通用语，与中国地方（特别是北方）的各种口语有模糊的纽带。一般而言，通用语无论何时都与首都方言有着最密切的联系。问题在于，中国的白话文和文言文之间的分野从来就不清晰，因为二者频繁互相借鉴。于是在唐代（618—907）大诗人如杜甫（712—770）的诗中，会有一些白话表达，而不羁的寒山和尚（约九世纪）的白话诗基本上在古典框架中写就。

中国文学史中非常引人注意的一点是，和欧洲、印度以及其他地方不同，许多汉方言从来没有发展起自己的白话文学。纵观整个中国历史，只有两种书面汉语，即文言文和通用白话文。而且通用白话文或多或少浸润了很多文言元素，与任何地方的实际口语都没有太高的近似度。

本章首先讨论汉语的起源、经典化和特征，然后考察汉字的历史和文化内蕴，最后以中国目前的语言和文学状况收尾，并兼展望未来。

若要完全专题式地讨论汉语和汉字，还应该包括其他主题，如 【21】
声调的作用和标记，其他东亚文化书写系统的影响，书写材料与工具。但是这些主题过于专业，与我们这里讨论的主要理论和实用话题没有直接关系。因此，我们不会给它们留出专门篇幅，不过会在行文中提及，许多内容也会在本书其他章节中加以讨论。

· 起源和亲缘关系

汉语的起源性亲缘关系至今仍迷雾重重。许多学者认为汉语和藏缅语有关联（于是，我们常听到“汉藏语系”的提法），宣称在它们之间发现了近千个同源词，但是却未能总结性地列出它们亲缘关系的确切性质和范围。另有一些学者发现南岛语族（也称为马来—波利尼西亚语族，分布在马来半岛、印度尼西亚、菲律宾、越南、中国台湾、大洋洲诸岛、马达加斯加）或其他语族同汉语之间存在亲缘关系。实际上，我们对新石器时代中华文明的复杂起源、青铜器时代诸国的首度兴起、铁器时代帝国的大一统了解得越多，也就会越清楚汉语语系的起源交织了与六种或更多考古文化之间的互动。从这些已经湮灭文化的地点和原生语言（许多仍然保留在地方族群的语言中）来看，它们都是单独的语言学实体。在这层意义上看，汉语语系是后来发展或聚合起来的，其萌芽混合了之后汇聚成中华文化的多个地区文化语言的各种元素。

公元前2000年中期至晚期，生活于黄河流域东部及其周边地区的商人基本上说着一种语言，而在公元前十一世纪中期左右，取代商朝统治北中国中心区域的周人来自遥远的西北，他们可能原来是操另一种语言的，至于这种语言究竟为何，目前仍不得而知。（很明显，周朝天子开创了征服中国的一种模式，即采用他们所征服人民的语言和文字。这一模式在历史上不断重复着。）取代周朝的秦朝创立者代表了蚕食中原的另一个军力强盛的西北边陲民族。正是【22】秦朝，建立了延续两千多年直到1911年才寿终正寝的帝国体制。在汉语这一特定语系的最后成形中，有着复杂的各种语言元素的层层叠加。到汉代（前206—220）为止，我们今天所知的汉语语系已经明显打下基础，因而现代标准汉语之所以被称为汉语也就不是一种巧合。经过一个世纪的重建上古汉语（即先秦以及之前的汉语）的努力之后，一些历史语言学家（如柯蔚南［South Coblin］和罗杰瑞［Jerry Norman］）意识到汉代是一道分水岭或者分界线，在此共识之外，各种观点莫衷一是。换句话说，虽然就汉代以后语音再建构的主要特征，学界已经达成初步共识，而汉代以前音韵学的发掘却似乎步履维艰，有着难以克服的障碍。不仅作为整体的汉语，而且其分支都是这种情况。

毋庸置疑，在汉代和汉代以前，汉语已经（尤其从伊朗人、吐火罗人、印度人和其他族群那里）借鉴了许多印欧词汇，如轱辘、珊瑚、麦、巫、狮子、琵琶和蜜。通常的观点认为，随着汉族在历史上向南拓殖，他们吸收了长江流域和更远地区土著的语言词汇，包括用来称谓长江的“江”，还有“弩”和多簧管的吹奏乐器“笙”。深深埋藏的南亚和南岛元素的词汇和其他类型的证据，在汉语的南方分支中可以窥得端倪。这一语言学证据得到显示中国在种族、社会和文化上有着重大南北差异的各种数据（比如基因、牙齿结构、指纹、姓氏、氏族结构和活动）的进一步确证。

汉代以后，当中原处于说阿尔泰语的民族（这一中内亚语系的现代形式是土耳其语、蒙古语和满语，不过并不是所有语言学家都接受这一说法）统治下时，一股来自北方的巨大语言学影响席卷全中国，一些学者（如David Prager Branner）将之称为发生在东晋（317—420）和南北朝（420—589）的“混杂化”过程。这一包括了“词汇替代”（relexification）、词法重建和语音转换的过程即所谓的阿尔泰化。历史语言学家桥本万太郎和李讷（Charles N. Li）研究发现，在金（女真人，1115—1234）、辽（契丹人，916—1125）、元（蒙古人，1260—1368）这些阿尔泰人取代汉人统治大部分中国或者至少北中国的各朝时，这一过程以较小规模继续。

【23】 汉代以后，数千印地语词汇（有音译也有意译）同样随着佛教涌入中国，不过印地语对于汉语的结构和语音只产生了细微影响。与此相似，十六世纪中期耶稣会士以及追随他们的各路西方人士到来之后，汉语也借用了数千印欧词汇，然而印欧语对汉语语法和句法的影响并不明显。

·分类

我们会老生常谈地说起中国的“方言”（dialect），就好像中国只有一种单一语言，以及约十来种相互能听懂的变体。实际上，如果将“相互听懂”这一准绳运用到中国的语言情境，我们可以粗略得出结论，中国有数十种不同的汉语，它们又分为数百种方言和数千种子方言。（不包括属于其他语系的大量中国其他语言和方言，如蒙古语、满语、维吾尔语、哈萨克语、吉尔吉斯语、壮语、傣语、苗语、白族语、彝语和朝鲜语。）实际情况虽然如此，人们还是习惯性地提到“八大方言”（这一数量近来被一些学术权威增加到十到十一种）。我们如何解释语言现实与通常说法之间的显著不同呢?

问题部分在于“方言”一词的意义上，绝大多数词典都将“方言”等同于dialect。然而从字面意思看，它仅仅意味着“地方的言语”，被用来指谓各种相去甚远的语言实体，如维吾尔语、藏语、北京话、沪语、厦门话、闽南语、客家话、粤语和台山话（许多在美华裔说的一种粤语变体）。（早期旅欧的中国人甚至把意大利语和德语都叫做方言。）地方这一概念明显可大可小，可远可近，因此能包摄各种完全异质的语言。有鉴于此，一些具有科学思维的学者开始将“方言”与在语言学中一般指相互之间可理解的“dialect”

脱钩，将之译为“topolect”这一生造的词，来保证其原初意义保留在英语中。《美国英语遗产词典》（*American Heritage Dictionary of the English Language*）第四版已经收录了topolect这一个词条。然而由于dialect对译“方言”的看法根深蒂固，为了清晰讨论中国的语言情境，还是有必要更加彻底地对比一下language和dialect。下面的讨论区分了政治主导的定义和语言学标准主导的定义。

language和dialect很难被单独定义，因为它们依理论概念、抽象水平和具体化程度的不同而可以有多种定义。不过有一个共识是，当把这两个术语放在相互关系中看待时，后者是前者的子类。问题在于二者之间的分界线实难分辨。【24】

有一句被广泛引用的俏皮话“language就是装配了军队/海军的dialect”，由于粤语、沪语和苏州话等没有自己的军队/海军，所以不能被视为独立的language。先不管这句话后半段扭曲的逻辑，那耳熟能详的前半句（引号内部分）本身就不正确。仅需指出美国、加拿大、英国和澳大利亚都有自己颇具规模的陆海军，然而其国民却都说着同一种language（虽然分属不同dialect）。反过来，瑞士只有一支军队，然而瑞士人却说着起码四种language：德语、法语、意大利语和里托—罗曼斯方言。所有人都赞成纳瓦霍印第安语是一门language，它却并没有为自己撑腰的军队。当然，世界上像纳瓦霍语这样缺少一支军队的其他language有数千种。很显然，什么是language以及dialect的问题，并不能单单由俏皮话或者军事力量来决定。

必须要承认，dialect和language之间的区别是极其微妙的。比如，约克郡dialect对于中西部美国人来说，也许很难听懂，不过它仍然属于英语，来自约克郡的文化人习惯上使用着标准英语。另外，一种language在边境地区的dialect会与另一种language的边陲dialect相混合，法语和意大利语的混合即是一例。这一种边际现象，当然是“‘dialect’不等于‘language’”定律的例外。

在这些复杂现象之外，区分dialect和语言的最好办法一般仍旧是相互可理解性这条标准。如果我们将这一办法运用于汉语语系，会发现在中国有数十种相互之间不可理解的语言。仅以将近八亿人口所说的官话为例，从东北边陲到西南边陲人们说着这同一种语言，仅有“口音”的细微差别。虽然在幅员辽阔的国土上，各地官话在发音（包括语调）和口语表达上存在着巨大的实际差异，但这些地方的城市居民还是或多或少能够相互交谈的。而如果进入内陆农村

【25】或者山区，情况便完全不一样了。我们会很快发现，在这些地方，标准官话经常不敷使用，同使用本地话（也是官话）的当地人进行交谈会变得非常困难，有时甚至不可能。

处理中国的语言和dialect问题时遇到的迷惑，其最大的来源之一在于人们长久以来的定见，认为所有付诸笔端的汉语表达，代表的是单一语言学实体。这很清楚地体现在这一近乎异口同声的观点中：虽然汉语方言在说的时候，也许相互之间听不懂，但一旦写下来，就能奇迹般相互理解。换句话说，汉字某种程度上被认为具有一种将相互听不懂的口头语言转化为相互理解的书面语的能力。此即“汉字是各种方言的桥梁”这一著名概念。实际上，汉字并没有这般魔力。除了极其零星的例子，书面汉语要么是文言文，要么是官话。过去，如有人希望掌握汉字——无论他来自何方，他的母语是什么，他会去学习写文言文，或者全国通用语。他不会去写自己的方言。由于并没有说文言的群体，并且全国通用语也不是绝大多数中国人的口语，这意味着如果要掌握汉字，他必须去学习一门新的语言（或者两门——文言和全国通用语）。文言完全是一种书面语，从来不是口语。

我们可以援引印度的语言情境与之对比。在过去的两千年间，梵文在印度所扮演的角色与文言在中国类似。虽然饱学之士实际上

可以说梵文（正如在欧洲的饱学之士可以说拉丁文一样），梵文却并非任何人的母语，所以必须作为一种单独的经典语言来学习。然而印度的主要地区性白话却进入书面——大多数有自己的独特文字——并发展出自身的大量文学作品。它们因此被认作独立的语言。在中国，地区性汉语白话并没有以其特有文字或者汉语被用来写作，未能发展起自己的文学。要理解中国的“语言”与“方言”之关系这一聚讼不已的问题，要牢记于脑海的关键一点是，印地语各种地区性白话之间的语言学差异程度，要比汉语地区性白话之间的差异程度（从语音、语法、词汇、句法和习语等来看）来得低（当然至少不会高）。因此，将地区性印地白话视为“语言”，而将地区性汉语白话视为“dialect”，似乎不合逻辑，或者至少前后矛盾，但是绝大多数人仍然依此分类。有些人会从共同文化角度为这一矛盾做法辩护，但是说汉语的中国人之间的文化差异肯定不输给印度人，甚或比后者更大。还有人会基于中国人都属于同一政治实【26】
体，支持将“dialect”运用于说明地区性汉语白话的做法，但是印度的政治情况也是一样的。用dialect来概括地区性汉语白话，最后倚靠的一个观点是，这些白话都使用汉字书写。不过如上述所言，地区性汉语白话在历史上并未使用汉字。即便退一万步讲，假设使用过汉字，这一事实自身也不能作为称它们为“dialect”的依据。因为根据同一逻辑，世界上现在用罗马字母书写的几百种语言（例如土耳其语、印度尼西亚语、马来西亚语、越南语、芬兰语、匈牙利语、捷克语和罗马尼亚语），就要被认为是某一语言的“dialect”了。这当然很荒谬。于是简而言之，无论语言学、文化、政治或者文字，都不能支持地区性汉语白话是“dialect”而非“语言”的陈年积见。这一积见主要是误解和误译了“方言”（topolect）一词，再加上纯粹的习惯成自然而导致的。不论其肇始者是谁，将“dialect”指代地区性汉语白话导致了语言学分类的极大混乱。

不过，汉语分类的另一个问题，正在于“汉语”“中国话”“中文”等这些在英语中一概粗略译为Chinese。它们有时被用来指代汉语语系整体，而有时候则被严格限定为官话。

解决汉语分类法的最合理方法应该是重起炉灶，将适用于其他语族的规则和标准运用到汉语上。根据这样一种分类原则，汉语就应该被视为一组语言（好比印欧语系中的印度—伊朗语族或者德语）。上文已提到，汉语究竟属于何种语系现在还没有定论，不过许多历史语言学家认为，在某种程度上汉语主要和藏缅语有亲缘关系。中文参考著作中的权威观点认为，汉语不是一种单一语言，而是“相当于一个语族”。一旦我们接受汉语是一个语族的看法，这意味着“八种（或者十种或者十一种）主要‘方言’”实际上属于语支。（如果汉语最终不能令人信服地与藏缅语或者其他语系链接在一起，那么它就要被视为自成一种语系。不过，由于汉语与藏缅语系、南岛语系以及其他语系之间的关系目前依然不明朗，我们最好还是谨慎一些，不宜将汉语当作单独的语系。）和这世界上所有
【27】其他语族一样，汉语内部有数种语言分支，在语言分支内有数种方言，再往下就是子方言。只有采用这样一种严格而系统化的分类图式，不同汉语种类之间的相互关系才能清晰起来。

· 白话与文言

如上所述，中国文学在语言学上最突出的特点在于白话文和文言文之间的区别。这二者之间的边界很模糊，因为它们相互借鉴。然而，绝大多数文言文本采用一种几乎或者完全未被白话成分所污染的纯洁形式，而不含文言成分的白话文本则几近凤毛麟角，许多被称作白话文的文本实际上都饰以文言成分，或者在文言整体框架中点缀了一些白话成分。

在中国最早的书写阶段，特别强调简洁性，所以会省略许多口语部分。这也许最初是由书写工具的棘手特性（用尖锐工具在甲骨上刻字），以及文本高度特殊化的功能导致的。然而在书写开始之后，以文言风格写作便成为不可或缺的条件。无所不用其极的回指（anaphora）和省略（elision）使文言文成为作者和读者之间的一场竞技比赛。看作者在不失去读者的情况下能尽量省略到何种程度。如果不用主语还能让人懂，那么便要不计代价地去掉主语。如果双音节词或者三音节词中的一个音节就绰绰有余了，何必还要平添麻烦保留冗余音节呢？这种简约主义书写范式建立起来之后，成为一种规范，被认为是“雅”。将口语成分都保留在内的白话便被认为是“俗”，被无情地从文本中清除出去。结果导致在白话和文言之间形成了一道深壑，二者最终成为两种不同的语言形式，具有各自的语法和词汇。

这些现象并不是上古汉语书写以及它的衍生体文言文中所独有的。恰恰相反，它们在词形（甚至部分语音）于历史长河中被忽略甚至扭曲的“表意文字”（logography）书写体系中是相当常见的。例如苏美尔语一度被认为是几乎完全单音节的（正如文言在民间想象中仍然被误认的那样），或者至少仅仅是轻微粘着，只有简单的语音。但是近来研究揭示了苏美尔书面语背后的口语实际上是高度 【28】
屈折的，与索卡西亚语这一西北高加索语具有类似的语音复杂度，而索卡西亚语被认为拥有比世界上任何现存语言都要多的音素。

提请大家注意文言和白话之间的巨大沟壑，并不是说二者彼此不相干。即便在书写体系最简略的形式里，以及最早的阶段中，它依然有口语的残余：缓板和快板的形式，合音词，由于同音或者连续变调（tone sandhi，语素变化由语音环境所决定）而（无意识地）使用错字，方言中的语音通假，等等。实际上，丢失曾经一度复杂的词形的过程并不是瞬时而就的，也并非完全丢失，因为在后世的口语和书面语中保留了大量前缀、中缀、后缀、元音变换（ablaut，内部语言结构的有规律变化，通常起到语法上的作用）等等，足以使历史语言学家确定元汉语（汉语的最早形态）不是一种严格意义上的单音节、孤立的（只有很少或者没有粘着形式，而主要通过词的顺序来表示语法关系）非屈折语言。

文体的简约风格部分通过重复用典得到补偿。用一两个词来暗示整个句子、整首诗或之前某位作家的文章，通过这种元语言的方法，如果读者有足够学问准确抓住并回想起作者所指的源文本，作者就可以在实际上完全没有直接叙述的情况下，传达大量（旧有）信息。古典文学中最受推崇的不少作品几乎无不包含对前人文本的大量用典和摘引。这种有意（不过通常并不公然）征引根本不会被轻视为一种模仿或者缺乏创造力的表现，反倒是文采斐然以及博古通今的标志。反过来，认不出这些作品中的所有典故和引用的读者则会被视为学养不够。文言文于是给记忆以双重重视：需要掌握的不仅有大量独立汉字（有数千个之多），还有浩瀚的经典文学作品。由于汉字和经典文学作品都与初学者原本的口语无涉，所以需要成年累月的机械背诵，以及天才的联想能力。

很自然，文言是文人的书面语，而白话则无可避免地是不通文墨的老百姓（以及文人需要交谈时）的口语。一个人说话的时候，或者自己的意思有可能不被理解的时候（在战争中或者在工作中，这种情况是相当危险的），他必须要说得明白直接。书写则完全是另一件事。书写时，因省略过多而可能被误解这件事情，给作者带
【29】来的是兴奋。就好比一个人在问：“在我没有直接说出来的时候，能够同我心有灵犀的那位读者在哪里？”另外，书写与阅读都允许实质上无限制的反复咀嚼与思量，而言谈却是瞬间的事情。一旦言者的话说出来，听者要么听懂了，要么没听懂。虽然听者也可以再咀嚼他听到的话，但交流行为本身却是瞬间性的。最后，因为汉语

书写体系（下文有详述）贫乏的语音、丰富的语义和高度视觉化的特质，所以汉语书写体系会强调言谈和书写之间的沟壑。

白话和文言之间类似的沟壑也存在于世界其他语言中，比较明显的是阿拉伯语。在中国和阿拉伯语世界的双言现象（Diglossia，同一语言社区使用两种高度区分、用途各不相同的正式和非正式两种语言变体）之间，有诸多类似之处。在阿拉伯语世界中，所有的书写都使用一种叫做fusha（意思就是“雅”）的古兰经文学风格，而口语则使用多多少少很难相互理解的全国性或者地方性白话。彼此完全没有语言学关联度的汉语和阿拉伯语，它们之间这种吊诡的相似性，可以通过造成白话和文言二元局面的社会学事实和意识形态事实得到比较彻底的解释。反过来，不同的社会学事实和意识形态事实（二者决定了政治和经济事实）则似乎使（比如欧洲和印度的）白话和文学领域之间的距离不那么遥远。对于任何语言来说，在说与写之间都有文体的差异，在英语、法语、德语、印地语和孟加拉语种那里，这种差异相对较小；在阿拉伯语中，差异就很大；而在汉语中（特别是在前现代中国，但即使在今天），差异有如天壤。

一些卓越的中国学者敏锐地意识到了方言差别，如在扬雄（前53—18）传世的《方言》中，在郭璞（276—324）对古籍中晦涩词汇灵感四溅的注释中都有所体现。不幸的是，他们所收集的材料和特别的观察由于缺少进行语音标注的精确、方便又可信的方法，所以对研究而言只有有限的价值。不过，这些学者的工作极大地支持了古代中国语言风景拥有其复杂性的观点。

在中国，佛教徒进入中国之前，用白话写作是不可想象的。佛教到来之前的白话，我们发现仅有少量在两千多年的、严酷的反白话编纂过程中幸免于难。佛教到来之前汉语白话的残留，可以在文学作品中辑佚到一些，还有在近年来的新出土文本中也能发现部分。前佛教时期中国的白话之稀缺显示了这一语域中的书写并不是 【30】

现在看到的这个样子。

为什么佛教促进了中国对白话的使用，其原因很多，也很复杂。首先是记录在戒律（vinaya，僧众行为的规范）中的佛陀自己的律令，即以各地区语言而不是以《吠陀》（*the Vedas*）中的前古典语言来传播佛法（dharma）。这样从在印度创立甫初，佛教就强烈赞成白话优先于古典。其次，印度传统对记诵文本的强调，甚于对通过书写使其传承的强调。这一对口头表达的重视以牺牲文言为代价，促进了白话的发展。第三，印度的语言学是相当精深的，可追溯到著名的语法大师波你尼（Pāṇini，约前500）和钵颠阇梨（Patañjali，约前二世纪）。印度对语言语音的分析，远比中国先进。当印度音韵学的概念和训练被传入中国之际，它们促进了中国学者对口语重要性的醒悟。在此之前，比起文字来，口语总体上被迷恋文字的传统学者所低估——这种迷恋近乎一种语言学上的偏执。第四，佛教在哲学上甚为轻视书面文本在捕获或者传达关于人类境况的慧见上的能力。第五，佛教在根本上持一种平等主义的社会价值观，偏好语言的民间体甚于精英体和祭司体。第六个因素在于印地经文翻译到汉语的这一过程。由于在早期阶段，绝大部分译经工作都是由外国僧侣完成的，他们对文言掌握得很有限，白话却讲得很流利，所以白话成分不可避免会出现在他们的译笔中。甚至在译经团队加入了汉人助手和译人之后，情况依然如此。对各段落意义的讨论，以及将翻译记录下来的机制，造成了在最后成品中会留有白话成分。

由于上述这些以及其他原因，佛教来到中国后，白话写作逐渐合法化。最初触发中国人白话写作的无疑正是佛教。保存在敦煌的八至十世纪的变文（见第七编第二章），是中国最早的大规模半白话文本，而在此之前的书面白话证据，则绝大部分出现在佛教文本或者佛教语境中。

虽然佛教在中国的传播在一定程度上使得白话写作具有合法

化，但此中隐含的完全意义上的白话革命却从未开花结果。下面会详细讲到，中国的绝大多数白话语言从来没能转变为书写形式。甚【31】至标准书面官话都通常杂以大量文言成分，以致从真正意义上来看，很难在语法、句法和词汇上被认为是一种白话。从白话向文言的习惯性退行，其原因有多重，下文将详述，其中最主要的有两个：一、几千年来对文言风格情有独钟的一种惯性；二、汉字特性（或者本质）一方面完美地适合文言体，自然地加强文言体，而另一方面也妨碍了白话的写作。

· 地区性书面白话文的停滞发展

中国的语言情境的一个显著特征是，虽然汉族和回族人口说着无数种不同的汉语，但是在历史上真正发展起来的书面语只有两种：文言文以及现在的现代标准官话。（我们这里仅指汉语人口，而不提属于如藏语、蒙语、满语和维吾尔语等其他语系的人口，后者中有不少发展出了自己的书面文学传统。）于是，虽然拥有各自口头传统的粤语、沪语、苏州话以及其他汉语分支的人口达到数亿，他们却从未发展出独立的书写传统。这与在欧洲和印度的情况大不相同，在那里大量全国性和地区性白话文学兴盛了几百年。

在十六世纪晚期，耶稣会士以及稍后其他欧美传教士来到中国的时候，他们用罗马字母创造了许多当地和地区性白话的书面体。在十九世纪晚期、二十世纪早期，汉语改革者模仿前者，为书写当地和地区性语言创制了各种方案。然而，没有一种方案预想到今天在中国仅有的非官话书面白话文，是罗马化的台语（直到今天仍然很大程度上只限在基督教长老教会的信众中使用），还有偶尔口语化的粤语，它混合了标准、半标准和暂用汉字，再加上一些罗马化的本土或借用词（尤其是英语）。

可以明确地说，地区性书面白话文在中国没有发展起来的主要原因之一在于汉字不适合书写白话，这是让人无奈的，虽然它非常【32】适合书写文言（其原因可以参见本章的其他部分）。台语的权威学者郑良伟曾经论及“为台语词素寻找汉字表达”，但却找不到。而北京话的小说家、戏剧家老舍（1899—1966）也曾感叹不得不丢掉许多他喜欢的京味表达，因为这些表达不可能用汉字写出来。

即使因佛教的影响，白话得到有限合法化之后，在中国唯一发展起来的书面白话文也仅仅是唐代的通用语。它的起源并不明朗（对于它是否以洛阳话或者其他地方话为基础，以及它吸收了多少南方成分［当时官话在北方已经成形很久］，学者们仍旧莫衷一是），书面通用语在宋代（960—1279）继续发展，到元朝便确定无疑地凝聚成一种全国性白话。这并不是说它成为一种正式的共通语（lingua franca，在中国直到二十世纪才出现），但至少它是地方官员以及更高层的政府官员之间的通用语言。这在汉语名称“官话”二字上可见一斑（从字面上来说，“官话”＝Mandarin<西班牙mandarin<葡萄牙mandarim<马来mēnēri<印度mantri<梵语mantrin<mantrah）。

官话也是一种繁荣的白话文学（特别是小说、戏剧以及各种来自口头表演的文学体裁，见第第五编第一章和第七编第三章）的基础。虽然即便在后者领域中，白话也绝对没有取文言而代之，不过在宋元明清四代，它的地位稳步提高，为1912年中华民国建立后一种书面大众化语言的广泛接受铺平了道路。除了宋词（见第二编第四章）、元曲（见第二编第六章）和一些民间乐府，在二十世纪之前，白话在诗歌中并无多少建树，在非虚构的散文中就更少。

通用语开始是作为来自全国各地、彼此难以听懂对方母语的官员之间的共同口语，虽然极小一部分官员之间会说另一种汉语。然而，不久它也被商人和僧侣采用，他们的流动性比官员还高。书面白话文学是在资产阶级而非农民或者无产者中间繁荣起来的，因为他们完全不识字且赤贫，不可能负担得起哪怕最廉价的印刷读物。

各个朝代通用语的变化，某种程度上部分是因为首都位置的变动（长安、洛阳、北京和南京），部分是因为不同朝代具主导地位的知识分子群体来自不同地区。这些因素都会引起通用语的改动而非彻底转变。

考虑到在官僚圈中的起源背景，官话是在明清两代时通用语的最合宜名称。然而，现在它在不同地区有不同名称：在中国内地，叫做普通话；在新加坡，叫做华语；在台湾，叫做国语。【33】

在元朝，标准官话以首都（大都，也就是北京）方言为基础。到了明代（1368—1644）晚期，标准官话的地点转移到了南京，但是随着清王朝的建立又重新回到了北京。从官话历史来看，很明显官话基本上是一种与阿尔泰统治民族有密切关系的北方语言。因此在整个汉语语系中，官话在许多方面都最不像早先的汉语也就毫不奇怪了。

著名的湖南江永女书是局域或地区性书面白话文停滞发展状况中为数不多的例外。女书在二十世纪七十年代才被外界发现，这种奇特的书面形式大概创制于清代，不过当地传说倾向于将其往前推到宋代。不管它成形于何时，也不管使用这种书面形式的人数在任何时候都不超过三位数的事实，女书在理论上仍具有无比的重要性。基本上，这是一种非标准化的音节文字，包含了代表近500种基本音节的约700个不同文字（不计入音调，否则音节数会超过1300种）。女书文字绝大多数都是汉字的长菱形变体。（将女书与汉语的古体联系在一起的做法是完全缺乏历史根据的。）换句话说，在女书中，汉字被放在菱形空间而非方形空间中，另外它用来代表一种与官话发音几乎一样的语言中的所有语素。这与传统汉语的语素音节文字（morphosyllabic writing）迥异，在传统书写中每一语素

（最小的语言单位）通常由单个单音节汉字表达。比如，标准汉语书写有数百个不同的汉字读音为yi（忽略音调），而在女书中，尽管有时会有2—5个字同时表示一个音节的现象，但通常还是用一个
【34】单音节字来一一对应所涉及的语素。很明显，这是对复杂汉字体系的一种巨大简化，这也使江永女子比起中国其他地方的姐妹来，学习识字变得相对容易。不过男子对这个秘密（女子有意向他们保密）一无所知，所以不认识这种文字。结果，女子便用女书来写下悲哀与不满（通常针对她们的丈夫），或者用它来写信给闺蜜。

书面白话文停滞发展状况中少有的另一个著名例外是东干文。东干人是西北的回族，他们在十九世纪晚期为了躲避清政府的迫害而逃到现在属吉尔吉斯斯坦和哈萨克斯坦地区的帝俄境内。在离开中国时，这些农民和村民中的大多数都目不识丁，不过最后他们开始以一种表音文字书写自己的语言，开始时用罗马字母，后来是用西里尔字母。用表音文字使其能够毫无音节扭曲地从波斯语、阿拉伯语、俄语和其他语言中自由借字，而汉字借字必然有音节扭曲。因此，东干语中表示“tractor”意思的词就简单写成“traktor”，而非现代标准汉语中的“拖拉机”。二十世纪最知名的东干诗人Mohamud Sushanlo的姓据说就是原来的发音——如果用汉字来写就是“苏尚洛”。东干人使用他们弹性化的表音文字来写剧本、短篇故事、小说、散文和诗歌。东干文学传统证明了汉语可以很方便地用表音文字来书写。用一种简单的拼音文字来书写任何汉语口语都不会有特别的语言学局限。毕竟，十几亿中国人每天流利地说汉语白话的时候，并不会去参考它的汉字写法。将中国人言语转换成一种文字，完全是手到擒来的事情。

虽然中国人与音节和字母的结识（虽然非常有限）已经过了将近两千年（自从佛教进入中国，以及与日本人和其他有自己书写系统的在华非汉人的接触），虽然女书和东干文证明了完全可以

用音节和字母来书写汉语白话，但是作为整体的中国人（自然是在知识分子的带领下）始终不愿意采用这种文字，拒绝用当地和地区性白话文来写作。尽管许多学者对于这一始终弃拼音文字于不顾的现象大惑不解，其原因并不那么扑朔迷离。首先，汉字享有至尊地位，即便是在目不识丁的中国人中也是一样。第二，汉字文学传统已经超过三千二百年，这使得即使思考一下另一种书写形式的可能性也变得困难重重。第三，“俗”（即白话）书写不断受到中国文 【35】
人的阻碍，士大夫们受到持精英主义立场的各朝政府集权力量的支持。第四，东亚地区缺乏其他有竞争力的文字体系，难以对虬根盘结的汉字传统造成真正的挑战。关于为何拼音文字以及用拼音文字写就的当地或地区性白话文没有在中国兴起，还有其他历史原因和文化原因，比如，罗马化的闽南语（二十世纪二三十年代在福建和台湾数万人口中使用）在五六十年代，被在中国大陆败给共产党且于1949年退居台湾的国民党当局无情取缔了。而如果在香港以外出版粤语读物，则有无人问津之虞（自从1997年香港归还中国，情况更是如此）。不过在过去的几十年里，中国的社会、政治、经济和文化都发生了翻天覆地的变化。这些变化再加上革命性的新信息技术，也许会在未来促成各种书面白话文的开花结果。反过来，这也会对古老而迄今为止铁板一块的中国文学传统带来不可估量的发展契机。

· 汉字简史

中国最早的文字可追溯到公元前1200年左右的“甲骨文”（不过这是个现代词汇）。些许零星分散的陶器标记和其他人造器皿上的符号可以追溯到三千到四千年前，不过它们构不成可以记录一种句法清晰的语言的书写体系，而且也没有证据表明它们与后来中国文字有什么关联。这样，基于现存记录，中国的书写体系首先出现于将近两千年前，比美索不达米亚和埃及（二者都出现在公元前3000年左右，美索不达米亚明显略先于埃及）要晚。这自然生发了一个问题，即中国文字是否独立产生？以下几点证据会表明，颇有一些刺激性传播发生着作用：一、汉字看起来是在一夜之间羽翼丰满，没有经历过长期的逐渐演化过程，而在西南亚，文字产生中的这些演化有案可稽；二、汉字被证明是紧接着炼铜术产生的，并和马车的出现几乎同时，而考古学家和科学史专家已经确认炼铜术和马车都源出于西亚；三、中国文字体系的特性（基本上是具有语义量词和听觉元素的语素音节，同时也包括象形成分和表意成分等
【36】等）；四、许多学者多次独立发现最早汉字的一些字符群在视觉上和对应的西亚字符群很相像（在中国用于计数和历法的二十二个天干地支，可比之于在它之前的腓尼基人和乌干特人呈现各种变体的二十二个字母［特别是其最短形式最明显］），并且就我们所知的三千多年前它们的发音而言，它们似乎有共同的语音对应（这不必然需要黎凡特地区[①]和中国之间有直接联系，而是某种间接传播，或者刺激物最早产生于东西方之间的某地，同时向两个方向传播）；五、大量个体汉字在形状上、意思上以及有时甚至发音上很像其西亚对应字；六、已经高度发展的汉字在最初的几百年间只服务于一种高度专门化的用途（王朝卜筮的记录），而在接下来的几百年中又用于另一个高度专门化的用途（贵族青铜钟鼎上的铭文），这暗示着汉字为贵族或者神职人员及其后继者这一小团体所垄断，他们小心翼翼地护卫着自己书写汉字的技能。以上没有哪个单独证据能够充分质疑汉字的本土原生性，但是这些证据加在一起就足以说明，不能轻易打消外来影响的可能性。

① Levant，近东的地中海东岸。——译者注

不论它何时形成，我们今天所知的汉字原来只是用来记录卜筮中的问与答，这就是上文中提到的甲骨文。甲骨文和商朝国君有密切的关系，起始于武丁（在位时期：约前1200—约前1181）及其长于卜筮和释卜的亲近顾问。这样，中国最早的文字是王室专属物，专门指派给史官卜人。然而在近东（西南亚和东北非），早期的文字有从经济管理到文学宗教等各种用途。

不能说甲骨文是出于一种文学意图，它们所触及的仅是君王所感兴趣诸主题的一小部分，但是有时也显示出某些文学效果，或者预见了后来中国文学写作的一些特质。下一时期的文字（金文）同 【37】
样也是如此。金文主要是在周朝，不过重要的是，汉字在这一阶段已经伴随着青铜器流布到王公贵族一层。而且，现存最长的金文从甲骨文的十数个字扩展到将近五百字。

随着文本长度的增加，汉字的数量也激增。甲骨文单字总共加起来接近4500个（包括约1000个异体字），其中仅有1000到1500个字有后世的对应文字。周朝的金文有差不多4000个单字，其中略超过2400个字是可辨的。由于证据过于支离破碎，所以很难确定战国时代（前403—前221）丝帛、竹简、青铜和石刻铭文等中使用的汉字数量，不过肯定是超过了5000个，包括各地使用的许多异体字。秦始皇在公元前三世纪后期统一六国，“书同文”政策清除了各地的异体字和重复字，不过不久汉字的数量又再次激增。此后各时代字典收录的汉字个数如下：9353（100），11520（约227—239），12824（400），13734（500），22726（534），26911（753），31319（1066）。最近的字典收录了超过六万个汉字，有两部字典甚至收录了超过八万汉字，而几位北京大学学者甚至计划编写一部罗列超过十万汉字的大字典。汉字的这种天文级数量对于表音文字使用者而言是不可思议的，因为他们字母表中的字母通常在20到40个之间。

实际上，汉字的数量是开放的，仍然在不断增长。汉字使用者可以自由创制新字（许多人这样做了，比如在取名时，或者科学家首次发现未知元素时）。某个汉字一经创制，它就永久在汉字表中获得一席之地。这迥异于不增加字母总数而通过重新排列字母来创造新词的表音文字（莎士比亚一个人创造了将近1700个新词，比如barefaced, castigate, countless, critical, dwindle, excellent, fretful, frugal, gust, hint, hurry, leapfrog, lonely, majestic, monumental, obscene, pedant, radiance, submerged和summit）。也就是说，无论英语中加入多少新词，字母的数目（26个）是不变的。当然，汉语也可以通过组合语素来增加词汇量，而从来就是这么做的。比如在官话中，天、花、粉和板四个字可以组合成为“天花”“天花粉”（栝楼根制成的一
【38】种中药）“天花板”等等。实际上这是汉语中创造新词的标准方式，但它没有阻止新汉字的激增，这部分是因为每个时代都有全新语素产生，不过也是由于人们希望与众不同，而与众不同的方式之一就是创造新词。

很明显，人们只能记住这些天文级数量汉字中的很小一部分。若要基本能够识文断字，需要记住1000个汉字，2000—3000个汉字则足以应付大多数环境，而达到“完全识读”水平（包括读报以及就各种主题进行书面交流）则需要约4000个汉字。掌握6000个汉字（中文处理软件和常用案头字典所提供的汉字字数）是非常了不起的，而单个人是否掌握1万或者更多汉字则值得怀疑。大多数书写都习惯性地仅限于使用几千个汉字，这一现象不仅发生在今天，在中国文学的最高峰唐诗中亦如是。数万汉字中的许多字在历史上仅仅被使用过一两次，它们的发音或意义（或者二者都）很难确定。然而，字体创建者必须要考虑到这些汉字，因为它们会不时出现在文本中。信息处理专家必须准备提供至少25000个汉字以敷日常之用，即便这些汉字中的绝大多数在大多数文本中的出现频率小于十万分

之一，它们仍然不时出现在姓名、历史事件、词汇讨论等中间。

汉字的数量虽然很庞大，但它明显不等同于任何一种汉语中的全部词汇，也更不等同于所有汉语中的全部词汇。实际上现代标准汉语中的词通常是双音节的，即便是文言文中也经常使用双音节或者多音节的词或者术语（包括所谓连绵字、复合字或者复音字、拟声词、同义词，以及其他种类的共同词项）。于是，虽然汉语被广泛认为是单音节的（由单音节词构成），但是经过对实际使用情况的细心分析后，我们会发现并非如此。汉语中的绝大多数语素是单音节的，但是包括英语在内的绝大多数其他语言中的语素也以单音节为主，另外在汉语中（甚至在文言中）有大量多音节语素，比如“蝴蝶”“蜘蛛”“孑孓”“琵琶”“枇杷”“珊瑚”“麒
麟”“凤凰”“忐忑”“逶迤”和“尴尬”。这些词中的一部分 【39】
也许在古代是包含复辅音的单音节字，而语音演化以及随之而来的音位配列导致了汉语中所有复辅音的分裂。复辅音被再分配在两个相邻音节中，这叫做“一分为二”（dimidiation），此种双音节化过程似乎在晚近的上古汉语中相当常见。并且一些学者认为，复辅音的分裂和某些末尾辅音的消失导致了汉语中声调作为一种补偿而诞生。还有一些学者则提出，这些过程也导致了双音节词数目的激增，使得汉语在面临日趋同音化时，能确保口语中有足够的词汇差异性，特别是在一些汉方言中的声调日趋减少的时候（在普通话中，现在只剩下四声：阴平、阳平、上声和去声，但在一些传统分支如闽南语和粤语中，声调要多得多）。

藏缅语中的对应词研究，以及与印欧语系、南亚语系、南岛语系和其他语系之间相互的古老借词比较，表明了汉语中原来是有复辅音的。除了上面提到的语音变动，汉字本身的音节特性也强化了复辅音的分裂，因为世界范围内的音节文字都展现了一种在结构上单个辅音加元音的大趋势。类似的语音约束，加之以上提到的对

极致简洁的追求，也导致了曾经一度存在于上古汉语中的词形成分（前缀、后缀和屈折等等）的丢失。而在中古汉语，甚至在现代汉语中，这些丢失的词形成分在上文提到的阿尔泰化和白话过程中，又得到了复原，区别在于语法成分不再加于词根之上作为变化，而是作为加于语素音节开头或末尾的单独音节（书面中则为单独汉字）。

· 汉字的特性

正如上文所提到，文字不等于语言，语言不等于文字。某种特定文字可以用来书写多种不同而彼此无关的语言（比如英语、土耳其语、越南语和印尼语都用罗马字来书写），而某种特定语言也可以用不同文字来书写（如维吾尔语根据历史年代排序曾用过以下文字来书写：卢恩文字［runes］、古回鹘文字［起源于阿拉米文字，经由粟特草体演变而来，是蒙文字和满文字的祖先］、阿拉伯文字、西里尔文字、罗马文字，然后又再是阿拉伯文字）。因此文字的分类与语言的分类是无关的，反之亦然。汉语的分类上面已经讨论过了，本节主要对汉字进行分类。

对于该给汉字贴上什么样的标签，仍旧未有定论。虽然在非专业文献中，经常把汉字称为“象形文字”，这是非常不正确的，
【40】因为只有一小部分汉字如山、日、马、鸟、鱼、龟，在创制之初是有意仿照事物样子的。即使是这一小部分象形字，其现在的字形，对于不熟悉汉字的人来说，也完全辨认不出来它们的象形对象。同样只有一小部分汉字——如“上”“下”和“中”等等——是表意的，而且只有接受过专门训练的人才能辨识出它们的表意之处。所以将汉字称为表意文字也不妥当。许多权威专家比较接受“意符文字”（logographic）这个提法，这意味着汉字的每个音节单位都等于

一个词，因而汉语是单音节的。对汉字的更准确描述应该是语素音节型（morphosyllabic），这指的是每一个汉字单位在长度上都是单音节，传递一个基本意思。这里要重申的是，汉字的基本音节特性不能用来宣称所有汉字只包含一个音节。学者们使用语法分析、心理语言学和其他方法结论性地表明，除了汉字，汉语使用者对于其他单词的不同音节长度也有一种明白无误的感觉。

诚然，汉字基本上是单音节的，但还是有些例外，因为确实存在一些具有多个音节的汉字（有些可追溯到唐朝，甚至更早）。在这种所谓“合文”的汉字中，有比如“𦬇”（菩萨）、“𦬈”（菩提）、“𦬉”（涅槃）、“乄”（某乙）、“𦳝”（营田［使］）、“瓩”（千瓦）、“闩”（问题）、“邗”（干部）、“𥘺”（社会主义）、“圕”（图书馆）（这些汉字当然也可以用多个汉字写出来），有些合字被广泛使用，甚至今天还能在标准字典中找到。在二十世纪，超过1000个这样的多音节汉字被广泛使用，这清楚地说明了汉语使用者有一种汉语并非完全单音节的天然的认知。这些多音节汉字多为代替许多常用词汇，所以这也预示着简化汉字的内心愿望。

另一个从十世纪后半期一直持续到十九世纪末的相关现象，是反切的使用。这是一种受佛教启发的注音方法，用两个汉字合起来为另一个汉字注音。反切时，通常写做“X Y反”，这表示X（反切上字）注声母，Y（反切下字）注韵母和声调。有时“X Y反”（三 【41】
个字）经常写做“XY”（一个字）。在这种情况中，两个汉字就合成了一个汉字。这再次显示了，中华帝国晚期的学者不仅能进行语音分析——这一分析具有发展成真正拼音的潜力，而且显示了汉字体系并非毫无变通即注定是单音节以及单语素的，汉语更是如此。

实际上，在已知的最早汉字（甲骨文）中，两个甚至三个音节写成一个汉字的情况并不罕见，比如“乙祖”、“三万”、“十五发”所对应的甲骨文字。周朝的金文中双音节汉字不乏其例，如“小子”“小臣” “武王”和“文王”对应的金文。这些证据表明，在中国文字的最早阶段中，仍然有清晰的认识，即文字（和明显的词汇单位）是可以有一个以上的音节的。然而到了秦汉时期，汉字的单音节化趋势将有保留和传承价值的文本中的双音节字和多音节字几乎铲除殆尽。不过词汇单位可以是多音节的这一直觉还是保留着的，所以多音节汉字仍在不断被创造出来，如“不要”“二十”“三十”和“四十”的对应字。但是由于忠实于汉字单音节限制的压力太过强大，这些表达的合音和别的特定发音便孕育而生（分别是“甭”“廿”“卅”“卌”）。不过许多汉字双音节和多音节特质是不可否认的。而且上面提到过，许多汉语语素不止包括一个音节，因此在汉字的基本单位同时传递语音与语义的意义上，我们最好认为汉字是语素语音型或语义语音型（而非简单称之为语素音节性），而汉字的长度并不必然是单音节的。

不管我们将汉字完全称为意符型、语素音节型，还是语素语音型/语义语音型，大多数汉字（约85%，即形声字）都由一个传达语音的部分（声旁）和一个传达意义的部分（形旁）构成。不过声旁和形旁都不会准确告诉读者这个汉字的意思或者发音，而只是给出大略近似于该字的字义和字音。比如，读者也许会碰到一个字，它的形旁是三点水。三点水意味着这个汉字极有可能
【42】（但不必然）与水或者液体有关，这样我们会猜这个字也许意思是“浪”“溅”“浅”，等等。但是，仅仅从三点水来判断，我们不可能确定这个字的确切含义，只能得出这个字与水及其引申义沾亲带故。带三点水的汉字超过2000个，词义纷呈，从洁到汽、河、游、渔、泡、消、汁、液、油、酒、沟、淌、泻、沫、湿、滞、泥、淫、泪和澳，等等。仅仅辨识出一个汉字的形旁，在实际判断其词义的时候不一定会派上很大用场。同样的，读者可能会碰到一

个汉字声旁为“方”（其四声代表的意思有很多，如方、妨、仿、访、舫、放、芳、枋等），而它的形旁表示它和“门”有关。只有将声旁和形旁连起来看，有经验的读者才能明白这个字读fang的第二声，它的意思是“房子，建筑物”。这一词素在文言文中是单独出现的，不过在现代标准汉语中与名词后缀或者一个同义字组成双音节词，比如“房子”、“房间”和“楼房”。另外，要确定某个汉字的意思，我们必须暂时忘记声旁（如“方”）自身也可以作为形旁，例如在於、施、游和旗等汉字中。在“旁”这个汉字中，“方”既是声旁也是形旁。

另外，许多形声字不止有一个读音，这很难用语音衍生过程来简单解释。比如上面提到的“施”字，实际上有下述多种读音：shī（施行），yí，yì，shǐ。在这种情况下（有两个及以上读音的汉字即“破音字”或“多音字”数以千计，其中最多的有十一种读音），读者必须在上下文中用直觉来判断某个字的确切读法和意思。

必须要指出的是，形声字是相对容易处理的汉字。读者要辨识 【43】
剩下15%—20%的汉字，必须完全靠记忆从字形中抽取语音和语义。

虽然形声字有上面提到的种种复杂特性，但是它们的优势地位极大地支持了为汉字贴上单音节或者语素语音的标签。而且因为形声字的声旁是更重要的部分，汉字可以在基本上被视为一种附加了语义成分的音节或者语音文字体系。它由一张非标准的音节表所构成，若被标准化，现代标准汉语的所有音节可以在有声调的情况下用约400个汉字，或者在忽略声调的情况下用1300个汉字涵盖。在通用计算机字库中并不是这种简单的1∶1对应，汉字和音节的比率为5∶1或者16∶1（后者考虑了声调）。这可以与类似的非标准化英文体系中约40个音素的15∶1到40∶1这一比率形成比较，英文中像sent, cent和scent这样的语义—语音词段也为英语贴上了语素语音文字体系的标签。

当我们了解到汉字体系包含了超过4万个兼具语音与语义的独立单位，便会很明显认识到汉字是一种令人费神的文字。只有花费大量时间，才能达到熟练掌握的程度。甚至像写下“打喷嚏”这样常用的词，都会遇到难以预期的困难，连中国人（除了汉字能力强的人）都很少能完全正确地写出来。中国西部约占全国六分之一国土的维吾尔自治区——新疆的“疆”字有十九画，也让很多人不堪其扰。灰心至极的他们，要么丢掉右边声旁的上半部，要么用六画的“江”这个同音字来代替，不过这样写是“不合法的”。同样的，“舞”字有十四画，也让许多舞厅经常用只有四画的同音字“午”来代替。另一个十二画的常用汉字“街”，由于它的出现频率太高，所以会让很多信笔写来的人丢掉中间的六画。“疆”“舞”“街”这三个都没有官方认可的简化形式，但是由于汉字的平均笔画是十二画，我们完全可以理解一直存在着创造出这几个简化字的强烈的冲动。运用最广泛的语音文字体系（如罗马字
【44】和日本的假名）是从更复杂的形式中演变而来的，所以汉字笔画简化的自然趋势可能将其导向一种语音文字。然而在政府和知识分子的强有力抵制下，这种趋势被阻挡了。

现代汉语中出现频率最高的语素“de”的对应汉字“的”值得我们特别关注。“的”表示所有格、形容词结尾、关系从句、介词短语和动名词等。这个汉字在文本中每间隔二十个字就会出现一次（！），一共有八画，即使其草体也让有些人觉得麻烦，所以——在私人场合——用字母“d”来代替（d是“的”拼音首字母）。“的”字的通用简化形式还没有发明出来，官方接受的简化形式更需假以时日。更具讽刺意义的是，用来书写无处不在的语素de的汉字“的”，其第二声至今还具有其原初意义“光亮，目标”（一千多年以前的发音为tiek，两千多年前的发音大概为**tiawk*）。

许多人现在经常私下使用字母d来代替“de”这个频率非常高的语素。实际上，de是个多义语素，至少是三个同音语素合而为一，而在书面中则用三个不同汉字来表示。有意思的是，用来表示这三个高频率语素的三个汉字原先的字义都不包括语素所指代的意思，而是被借用了：一、上文已提到，标记所有格和关系从句的de，用实际上意思是“目标”的“的”字表示；二、标记形容词补语的de，用原初字义为“得到”的“得”字表示；三、标记动词补语的de，用“地”字表示，其原初字义为“大地”，原初发音为di。现代汉语中这三个出现频率最高的语素（在通常的文本中平均占全部汉字6.5%）的对应汉字居然是原初具有不同语义、语义上被漂白的汉字，这一事实凸显了本章前几节中提到的汉字体系和白话之间的鸿沟。于是，有些人用一划而就的d（即写这个字母的时候，笔可以不离开纸面），来代替分别为八画、十画和六画的“的”“地”“得”。

汉字极其错综复杂和难以把握的特性对汉字读写和中国文学都产生了重大影响。汉字的一些社会意蕴、语言意蕴和审美意蕴，在本章以下的讨论以及全书各章中将得到清晰呈现。

· 中国传统的语言研究

【45】

中国传统的语言研究叫做“小学”，这颇为发人深省，因为其对应的是处理社会政治主题、更宏阔的所谓“大学”。前佛教时期的小学——始于公元前数个世纪——几乎完全以汉字为中心，而对于语言本身一无所涉。（在现代标准汉语中，由于受日本的影响，大学的意思是university，小学则用来指primary school。）正是佛教，说服了不情愿的中国知识界在他们珍视的汉字之外，对口语也给予应有的关注。不过直到二十世纪之前，中国传统的语言研究都还在很大程度上聚焦于汉字，对口语只偶尔投以一瞥。

模仿日语中しょうがく和だいがく的对应汉字，小学的意思变成是primary school，大学用来指university——这一事实指向现代汉语词汇形成过程中一个非常有意思的方面。即，数以百计有其原初意义的重要词汇（特别是在科学、文化、社会学、经济学和教育领域），在前现代时期从汉语借用到日语中，然后这些词汇被日语赋予新的意义（通常在西方启发下），最终带着新的词义又回借给汉语。这种“往返词”包括了文学、文化、文明、语法、词汇、物理学、铅笔、演讲、讽刺、学士、博士、艺术、决心、具体、安全、封建、方面、法律、模特、保证、表达、观念、意义、自由、阶级、改革、革命、环境、课程、计划、经理、经济、权利、自我批评、机械、机会、机体、抗议、讲义、故意、公司、结构、教育、教授、共和、劳动、理解、流行、政治、社会、进步、信用、支持、思想、自然、方法、宗教、主席、便当、投机、预算、运动、游击，等等。（其中特别有意思的一个词汇是China在汉语中的对应词“支那”。China来自于秦朝的chin，后被梵语借用为Cīna，而最晚到唐代，这个词又回译为汉字“支
【46】那”，并远渡重洋到了日本。所以，“支那”基本上是一个“二度往返词”。“支那”这个词现在在中国是禁止使用的，因为在二战时被日本官兵所污，除了有些学者出于特殊历史效果仍偶尔使用它。）现代汉语词汇中更大的一个子类（用来对应英语中具-ology和-ism词尾的词汇）也是最初为日语所生造出来以对应西方概念，后来又为汉语所借用。与以上列举的“往返词”不同，这类词汇在汉语中原来并不存在。

对汉字的首次彻底考察是许慎的《说文解字》，这部完成于公元100年的作品至今仍作为与汉字有关事物的“福音书”而被频频征

引。许慎将所有汉字分为六大类：

1.“指事”，属表意文字；

2.“象形”；

3.“形声”，形声字包含一个声旁和一个形旁，大多数汉字属于这个类别；

4.“会意”，字义由其组成部分的合义构成（如仁，言，信）。这是一个错谬的类别，因为实际上并没有哪个汉字是起源于这种方式；

5.“转注”，这是一个晦涩的类别，它试图解释人们所认为的具有近似形状而相互之间轻微变形的汉字。有些成对的汉字之间具有非常微小的字形区别；

6.“假借”，这个类别涵盖的是同义词，同义词在金文中相对突出。

以许慎“六书”为代表的汉字研究一般被认为是中国的词源学。实际上，严格而系统化的汉语词源科学从未在中国建立起来。而词源学的基本内容——最早的使用以及词形词义的变化，告诉我们真正的词源学处理的是词的源流和演变。它包括词根和词素的语音语义分析，以及它们在不止一个词根的词汇中的结合。词源学关涉的是词的源流与演变，而非字的演变。中外学者正在合作编写一部中文的词源学词典，将于二十一世纪问世。

《说文解字》的另一处瑕疵在于，即使是它的汉字研究也只以年代追溯到公元前三世纪左右的小篆为基础。小篆与之前的金文、甲骨文有长达千年的时间距离。结果是许慎对汉字字形的解读经常是严重错误的。由于未能意识到字从起源时到他所处的东汉，其间会发生何等巨大的语音转变，许慎有时在分析字的发音时会谬以千里。虽然有这么多不足，许慎还是被追认为中国的语言研究（更精确的应该是汉字研究）创始人，他的《说文解字》也成为后世这一 【47】

领域著作的标杆。

许慎的最伟大贡献之一在于他抓住了如何给数千汉字排序这一至今让信息专家头疼不已的重要问题。许慎的解决方案是创立540个形旁部首，然后将所有现存汉字分门分类在540个部首之下。到了清代的《康熙字典》，部首慢慢削减为214个（其排序法实际上早在明代的1615年已由梅膺祚所创立）。当我们考虑到如下事实，才能充分理解这一体系令人生畏之处：一、一个汉字可能包括两个、三个甚至更多部首，这让人很难确定它到底属于哪个部首（比如只有九画的“章”字，却有不少于五个可能的部首）；二、因为有要将它放进汉字的方块形状中这一削足适履的习惯，部首很可能会以变形的面貌出现；三、即便成功辨别某字的“正确”部首，一个部首之下有可能会包括数百个汉字，这便又提出了一个如何给部首之下的汉字逻辑排序的复杂问题。（通常的方法是根据减去部首之后的剩余笔画排序，但实际笔画数有时候也是模棱两可的，同时如在“木”或“心”部首的七画下，会超过一百个汉字。）除了用许慎发明的部首法查字带来的困难之外，部首分类法的存在还或多或少排除了汉字逐渐演变为语音文字的可能性，因为这一分类强调所有包含一个以上成分的汉字（绝大多数汉字）都能这样进行分析，这样它们就能被视为包含一个语义成分——不管被分配的语义是否在该词的词源学演变中确有其事。

如何排列（反过来就是如何查找）数万个汉字这样一个头疼的问题，导致产生很多其他方法。中国传统的类书经常根据名词概念

【48】（如天、地、人、岁时、鸟兽或者草木）来组织。而在吸收了印度音韵学之后，汉字开始根据音律这一高度技术化的体系来分组，一共出现过数百种排序和查找汉字的其他方法（四角法、上下笔画法和笔画顺序法等）。大多数方法发明于急迫追求效率的二十世纪，此时的中国词典编纂者面临着前所未有的国际经济和文化竞争压

力。汉语使用者越来越发现拼音是最简易快速的检字方法。（这一点从图书馆词典中拼音检字表的污损，以及非专业打字员的一般电脑使用者的输入习惯那里得到证明。）对所有词汇（单音节、双音节以及多音节）来说，完全的字母音序排序正在成为比首字排序更受欢迎的方法。在词典编纂领域和信息以及计算机科学领域都是如此。

除了《说文解字》，中国传统的语言研究中另一部标杆性著作是东汉刘熙的《释名》（约200）。《释名》的主要分析技术是“声训”，就是用声音相同或相近的字来解释词义。于是基本上，它试图用双关法来解释词汇的起源与关联。虽然这让《释名》多少具有音律研究方面的价值，但是对于词义和词源研究而言，就很难采信。

概括一下本节以及前两节的主要观点：汉字既非完全语音，也非完全语义。只有通过其语音部分和语义部分的结合，汉字才成其为汉字。汉字的这一典型双重特性使之在世界现存通行文字中独一无二，这对于艺术和文学都具有重要意义。

· 汉字的审美特征

前面几节旨在澄清关于汉字的几种错误概念，但是有一种广为接受的概念却毋庸置疑：汉字之美。即使目不识丁者一般都觉得汉字有大美，这一事实表明了汉字之美是一种共识。上文已提到，汉字不是象形文字，而是高度视觉性的。这样，汉字就和书法有一种亲近感。当书法家写下与木、水、山等有关的汉字时，他可以将木之苍虬、水之灵动、山之肃穆赋予这些汉字。即便视觉特征不是很明显的汉字，书法家的情感也能很容易地从作为弥补的字形变化中找到宣泄出口。当然，这些情感的表达用阿拉伯文字、罗马文字和其他文字一样可以实现，但达不到这么看似无拘无束的程度。

【49】书法在中国士大夫的世界里的重要性如何强调也不为过。从甲骨文到金文，以及在春秋（前722—前481/463）战国时期大量地区异体字的出现，秦始皇的“书同文”，再到各种主要书法体的演变——大篆、小篆、隶书、楷书、行书和草书——每一个阶段的字体都在其通行时代过去之后，作为一种书法体被运用，得到永久保留。书法是文人生活的中心，所以笔墨纸砚有“文房四宝”之称。即便在今天，知名人物的墨宝还是得到高度珍视，人们热忱地拜请书法家撰写书名、店名和其他公用展示性文字。中国人对汉字的这份浓情也传到了其他东亚国家——日本、韩国和越南——实际上，这三个国家中最早的已知文本无一例外都是用汉字书写的（见第七编第七至九章）。汉字的高度视觉化特性导致文学与艺术之间界限的模糊化。一位诗人在墙上题诗，与仅高声口占有很大不同。他同时在视觉性和文学性地表达自己。类似的，一位书法家在卷轴上写下一首诗，通过笔画的厚重度、墨的浓度、字的布局等表达自己的同时，他也必定传递了诗句的文本情感。

因为在中国，艺术与文学的分界线并不总是泾渭分明，如用绘画表现诗句，在绘画上题字、极具个性的签名和印章。文学与艺术的结合作品已然超越了单维度的语言或者视觉。

诗与画的结合于是成为中华文化的一个典型特征（见第二编第十四章），因为这对于使用字母或者音节文字的文化而言是不可思议的事情。字母和音节文字的纯粹语音特质导致了语言与视觉之间的二元分立。而相反，汉字的半语音半语义特性为这一二元分立架起了桥梁，很自然地为艺术与文学的微妙中介形式提供服务：回文、变位词（anagram）、视觉双关语和字谜、刻有铭文的雕塑、同时也是绘画的地图、同时也是地图的绘画，看上去是人像的一个或一组汉字等等。虽然东西方批评家经常提出，汉字的特性可能抑制
【50】了西方人所熟悉的抽象和分析思维（知识论、本体论、线性逻辑、

笛卡尔的二元实在论、假言命题等）的发展以及白话文学的繁盛，不过它的最强力量却在于其无边的具象性。熟悉汉字者认识到，汉字为纯粹语音文字的使用者不易到达的观照、感受和冥想打开了视域。

汉字对文学的意蕴

汉字的特征对中国文学产生了巨大影响。汉字对文学的影响涵盖了作品的技术性和语言学，以及社会学和人生观各个方面。

首先，汉字在中国享有至尊地位。掌握汉字者拥有不可比拟的力量。甚至目不识丁者都对汉字怀有敬畏感。汉字的这种近乎神秘的性质在1984年的电影《黄土地》中一览无遗。在《黄土地》中，目不识丁的农民请不起人写对联。当他们把对联贴在门框上希望能带来福气时，我们惊诧地发现，对联上只画了几个圆圈，用来代表字。究竟是什么使得汉字受到如此礼遇，其原因值得深思。

可以列出的方方面面无疑有很多：内在特性、历史遗产、宗教和意识形态情结，等等。然而不管这些因素有多少，这些因素实际上是由少数精通汉字者（也即能书写流利文言文，占总人口的约2%）无与伦比的社会政治权威所支撑的。两千多年来（起于汉文帝时期［在位时期：前180—前157］公元前178年的“对策”，历史上时断时续直到1905年，7世纪以来尤盛），对汉字的精通程度通过在科举考试中的表现来衡量。在科举考试中表现出优异书写才能的考生，锦绣前程指日可待，官运的亨通总是会带来财富与权势。结果，才华出众者都希望通过科举考试，因为这不仅意味着一种荣耀，更因为这将为他的整个大家族带来“千秋万代”的兴盛。

汉字享有如此崇高的地位，所以它当仁不让地使文字优越于言语。这与印度、希腊和其他古代文化相反，在这些地方，祭司、先知、演说家和吟游诗人之所以受到尊重，是因为在他们头脑中有

【51】智慧与美，当有要求的时候，能够滴水不漏地背诵这些文本。在中国，文字优于言语的地位是由文人丝毫不被质疑的权威所决定的。文人精通深奥的汉字，反过来也创造出关于文学诸形式的一种特别格局，居于此格局顶端的是史书（记录君臣大事）、道德论文（强化了社会政治秩序）、抒情诗（表达文人最深沉的抱负）。就这样，复杂的文字体系和文人主导的社会政治秩序相互加持，抗拒任何变革的可能性。

中国文学史专家经常为七零八落的古代中国神话，以及缺少堪与《摩诃婆罗多》《罗摩衍那》《伊利亚特》和《奥德赛》比肩的伟大史诗而大惑不解。神话与史诗基本上都是叙事的、起源于“说唱者”口头保存的故事，在古代中国的文学格局中自然处于低贱之位。叙事文学最终还是发展起来了，但是首先以历史（见第三编第一章）特别是历史传记（见第三编第二章）为伪装，其次更为纵情的是借佛教之光——佛教给中国带来了对好故事热情洋溢的印度式热爱。

汉字第二个显而易见的特征在于它的方块形状。不管一个汉字的笔画是二画还是四十二画（笔画最复杂的汉字多达六十四画），它都占据同样大小的方格，所以汉字也叫方块字。并且，大多数汉字都是具有强大语义携带能力的语素（或者被视为语素）。最后，汉字传统上以连续行书写（仅受到书写表面长度的限制），中间没有任何中断或者空间，也没有任何标点。中文这些特点对于汉语和文学的意蕴相当深远。中文还有以下补充特征：（1）屈折词缀的丢失；（2）省略部分对于传递语义并非必不可少的词句；（3）在诗歌与散文中极端强调（词汇、语法和句法的）对仗；（4）对双音节耦对与结构的强烈偏好；（5）强制性词序（主谓宾，修饰词在被修饰词前），只有极少数倒装的例外情况（与为了效果可以自由改换语句成分位置的拉丁文以及其他屈折语言不同）。这些现象明显会以各种方式给中国文学上色。

中国文学史充满了中文这些特质（以及本章中提到的汉字的其他特质）所带来的影响的生动例子。总体而言，简洁被抬到了极其重要的位置，情感、情绪和印象的表达价值被认为高于逻辑分析思维能力，同时拥抱具体意象，冷落抽象概念。每当中国的作家、词 【52】
典编纂者和评论者想要定义某物时，他们经常借助于文字双关。两个汉字的发音如果很接近，人们就用它们来相互解释，而罔顾其各自的实际词源。虽然对于词源考察而言，这是一种很危险的方法，但是几乎所有前现代中国学者都心照不宣地信任它，频频借助于它。迷恋于狭隘的文字双关，这生动表现了汉字的权力和威望。这一声势浩大的权力和威望，使得汉字不仅对文学，还在一定程度上对语言本身起到了塑造性作用。

· 现状及其展望

汉语很可能已经存在了至少四千年，汉字的使用也超过了三千二百年。中国文学可以追溯到约两千六百年前，于是中国的文学传统有着悠久历史。虽然和中国的政治体制和意识形态体系一样，中国文学在其悠久历史中也体现了全面的稳定性和延续性，但也不乏重大变化。文字发生变化，语言发生演进，文学类型来了又去，文学潮流起起落落。然而，在二十世纪，汉字、汉语所经历的变化以及这些变化对文学的影响大得令人震撼，让人不禁思索，在未来类似强度的变化是否会导致全新的语言和文学形式在中国的兴起。

当1911年清王朝被推翻时，一起轰然倒下的还有延续两千多年的官僚体制和帝国结构。随着士大夫阶层的消失，挑选士大夫的儒教为导向的考试制度也土崩瓦解，到此时支撑着士大夫与科举考试的病态的文言才正式寿终正寝。虽然代替它们的民主政体和白话（中国改革者于二十世纪二三十年代所提倡的）至今仍没有完全成熟。不过几乎可以肯定的是，帝国政权、儒家官僚体制和文言文不可能再还魂，尽管颇有一些海外学者及其国内支持者鼓吹所谓“新儒家”。

甚至在清政府被推翻前，至少部分受到耶稣会学者利玛窦（Matteo Ricci, 1522—1610）和金尼阁（Nicolas Trigault, 1577—1628）字母推广工作的启发，中国的语言改革家已经开始讨论采用一种大众容易掌握的文字。关于汉字的缺点，二十世纪中国最著名
【53】的作家鲁迅（1881—1936）在写于1934年的一本小册子《门外文谈》中对此有睿智的审视。去世前，鲁迅据说在病榻上疾呼“汉字不灭，中国必亡”。即使鲁迅并没有真正说过这句话，在二十世纪三十年代末颇有一些人士希望代他完成此“遗志”。不管这句偏激之语是如何流传起来的，它确实显示了汉字能够激发起如此强烈的情绪。

清王朝之后的民国政府实际上向汉字改革家的目标行进至半途，创立了两种辅助语音文字（国语注音符号和国语罗马字——一种巧妙的拼声拼音体系）。国民党残部1949年败走大陆，溃退到台湾之后，兼用了这两种体系。中国共产党取得政权之后，迅速推广了更为激进的语言改革运动。共产党弃用了国语注音符号和国语罗马字，转而创立了一套叫做拼音的罗马字。拼音现在由联合国和国际标准组织认定为现代标准汉语的正式注音标准。在中国，拼音被广泛运用在各种标识上，为信号、电报系统、考古标记、科学术语和公式以及计算机应用服务。（中国的盲文总是采用以语音为基础的这种或那种并不指示词义的拼音体系。）中国所有的学童都用拼音学习读写，在某些实验校区，学生允许使用拼音到六年级。另外，政府现在颁布了拼音使用规则，具体规定了如何以及何时在词汇之间留空格、进行大写、斜体等等，对于仅仅写汉字的人来说，这些都不需要考虑。（包括杰出的信息科学家冯志伟在内的一些专家已经郑重其事地提议在汉字文本之间进行空格。）虽然原来只是作为一种标音，一种为了特定用途而创制出来的辅助性文字，如今

拼音在事实上的双文制（digraphia）中已逐渐跻身于正式成员之位。在这逐渐成形的双文制中，另外一位成员也就是汉字。汉子自身发生了翻天覆地的变化，导致过去三四十年没有在中华人民共和国待过的人会有辨认和书写方面的问题。数千个常用汉字被极大简化或者被清理出汉字队伍。中国内地使用的简体字与台湾通行的繁体字大相径庭，独立自成系统，它们的字形和给人的感觉都差别很大。而且中国出版界的通行做法是用简体字印刷古代文本，这经常导致混淆与困惑，因为一个简体字会代表好几个繁体字。中华人民共和国政府希望 【54】
通过简化汉字使复杂而费时的汉字变得比较容易学习和运用，来实现减少文盲率的目标。由于大多数中国人都乐见于继续使用简体字，所以最终可能会出现一种三文制局面：简体字用于大多数一般用途，繁体字用于古典研究和历史研究，拼音则用于技术性和国际性场合。实际上，这一种三文制一定程度上在今天已经存在。于是，我们可以说，在二十一世纪的门槛上，作为一个整体的“汉字系统”由三个子系统组成：简体字、繁体字和罗马拼音。

虽然有些人也许会失望地将这一错综复杂的情形视为乱象丛生，但也有一些人会将其视为一种挑战而大加欢迎，并开始试验新的书写形式，以迎接扑面而来的复杂局面。当代艺术家徐冰（生于1955年）用他称为“天书”的文字创作了大量作品。徐冰的书和画作包含了数千个精心处理的汉字，看上去像繁体字，但是没有一个字是真实汉字。徐冰所做的，是打乱繁体汉字的各个成分，然后将它们重组在方块中。观众有时大惑不解，他们会花数小时努力“阅读”徐冰的艺术/文学，但是几乎没人能“读懂”它。徐冰惊人的艺术成就在于他解构了传统中国文学和传统中国艺术的同时，又将它们紧紧拼合在一起。

一些人开始在汉字中夹杂拼音。一个臭名昭著的例子，是二十世纪八十年代的话剧《Wo-men》（我们），其标题只用了拼音wo-men，并且在一些版本的全部台词中，全部用拼音wo-men来代替第一人称复数“我们”。这让人很难确定作者（来自某军事单位的集体作者）笔下的wo-men准确所指何意（可能是对英文单词woman的微妙双关语——即所谓的“伪友”[①]），不过在它开演之前，政府就迅雷不及掩耳地封禁了这部话剧。

现代中国文学中对罗马字的使用甚至发展到了在文本中直接插入欧洲语言的原词和原句。台湾诗人渡也（生于1953年）娴熟地在诗中道出了，英文词love（爱）如何像双手一样安适地隐藏在glove（手套）之中。内地作家曾书写过Zhina的荣耀，Zhina是支那的拼音形式。实际上，罗马文字已然成为汉字书写体系不可或缺的一部分。鲁迅小说《阿Q正传》（见第四编第七章）的家喻户晓，使得中文词典中必然加入Q这个字母。而年复一年，如X光、T恤和BP机等这种类型的新词在汉字中被无穷借用或者创制出来。汉字与罗马字的混合排列现象会继续滋长。

【55】 一些流亡作家和海外华人开始用英语和其他外语写关于中国的题材（比如哈金）。实际上，亚裔美国小说家如谭恩美（Amy Tan）和汤婷婷（Maxine Hong Kingston）通过撰写与其华人背景有关的小说而跻身于畅销作家之列。海外华人作家不计其数，如科幻小说家张系国（Chang Hsi-kuo, 生于1944年），他用中文来写非中国题材。在这些例子中，我们可以说这是中国文学的国际化。随着海外华人的壮大，中国文学的国际化维度越来越向纵深扩展。

不过，互联网将使中文和中国文学发生超乎想象的转变。这种改变已经如脱缰野马般发生了。为什么？首先是一些基本原因。在互联网上传输与接受汉字，在技术上是可行的。现在已经有许多商业软件支持中文上网。不过比起进行字母传输的软件，中文上网软件相对昂贵和麻烦。从信息科学角度看，汉字在语义上冗余，但是

① 在语言学中，假如甲语言的某词与乙语言的某词书写形式相似或相同，但涵义大不相同，足以导致误解，这对词称为伪友（源自法文 faux-ami）。

在语音上不足，而语言处理电子系统的突飞猛进是以语音冗余为基础的，它相对并不计较某种文字体系个体成分的语义缺乏。在计算机自动控制中，每个汉字需要两个内存字节，而非像字母那样只需一个字节。28（256）个字符就足以代表一种字母文字中的所有字母（大小写）、数字和标点符号，而216（65536）个字符才能代表得了大多数（绝非全部）汉字。只有认识到汉字表占据了所有Unicode编码（电子信息处理中用来分配世界上所有文字与符号的编码系统）分配的约75%，才能理解汉字的惊人容量。汉字输入带来非常大的挑战，导致很多人不愿意面对它。正如上面所讨论的，不同词典中有数百种汉字排序（以及查找）的方法。相似的，计算机的汉字输入也有数百种方法。大多数中国、日本以及其他地方的计算机非专业使用者倾向于选择自动转换成文字的罗马化输入法。但是划词和同音词的问题——特别是对有文言体偏好的人而言——使得汉字的罗马化输入也极度令人抓狂，耗时耗力。这导致中国的许多互联网用户直接使用罗马拼音，不劳神将其转化为汉字。

中国互联网上有两种使用罗马字母的方式：第一种，也是最流行的，就是用英文写。学过英文的中国互联网用户数量惊人：第二，人数相比第一种少很多的，并且增长速度也较慢的，是用汉字的罗马化拼音写。普通话无疑是罗马化汉语中在互联网上最流行【56】
的一种，不过广东话、上海话和台语使用者也为数不少。特别是台语，它拥有很多活跃的网站，很多人用罗马化台语进行交流。随着这些语言出于各种实用目的被运用到实际生活中，它们将发展出种种惯例，借助这些惯例，它们可以成为羽翼丰满的书面白话文。互联网用户已经开始尝试写诗、写散文以及其他文类。看上去也许很吊诡，这一外来的现代技术使中国古代的地区性白话文逐渐获得它们从未染指的书面地位。不过，如果我们回想起另一种外来载体（佛教）曾经在近两千年前促进了书面通用语的萌生，那么现在的现象也就绝不奇怪了。

· 总结

中国大地上首先产生了原始汉语，它慢慢演化成包含各种分支、方言和子方言的汉语语族。接下来产生汉字，它最初被用来记录商代卜筮文辞，后来一变而为钟鼎铭文，并最终丰富为一种文字，具有记录各种主题的充分弹性。然而由于它最初的书写介质是难以处理的甲骨、金属，也因为在东亚和周边地区缺少各种文字的竞争环境，高度简略风格的文言，以及略显笨拙的意符音节和方形字体特征一经建立起来，就历经数千年而基本毫发无损。

文言与汉字各安其位之后，中国接下来就开始产生了大量文学瑰宝。早期的文学主要处理伦理政治思想、历史以及抒情冲动。而到了西汉，文学家努力创造更加纯文艺的新写作形式，其中最著名的形式也就是赋。赋的行文为纯然炫技的华丽辞藻，而猝然以道德主义回转收尾，以及实际上对自己全部赋作的回溯性否定，作者希望这样来保证自己不因这些轻佻的作品而遭到谴责。

然而随着佛教来到中国，语言与文学产生了辽阔如海的变化。佛教所催化的显著的语言学和文学方面的变化可以用以下数条概括：一、白话的部分合法化；二、扩充了至少35000个新词汇，其中的许多至今仍通用（如来自梵文upāya的“方便”，来自梵文ksana的
【57】“刹那”）；三、对“为文学而文学”的认可；四、促进了文学理论和文学批评；五、音韵学作为一门语言科学而得到发展，被运用到节律中去（如直接参与了律诗的兴起）；六、促进了新的思维模式，特别是天马行空的本体论预设；七、说唱的叙事形式；八、在戏剧中通行的舞台惯例。

佛教对中国语言和文学的影响只有西方带来的范式性巨变能够

比拟，后者开始于耶稣会士和他们在十七到十八世纪所启发的考据学，并继续于十九世纪的新教传教士及随着二十世纪中国留学生如潮水般负笈海外而加快马力。现在，沐浴着二十一世纪的朝阳，中国做好了成为全球社区一分子的准备。2000年的诺贝尔文学奖颁给了现代主义剧作家、小说家和艺术家高行健（1940— ）。百年诺贝尔奖第一次颁给中国作家，这标志着中国文学在世界注目下行了成年礼。虽然高行健是法国公民，不过他的作品都以汉语写成，这可以说是全世界讲汉语者的骄傲。

长城不再是中国隔离于世界的象征（历史上中国也从未真正与世隔绝过）。现在的长城象征了陈旧过时的心理，在二十世纪八十年代另一道文化风景《河殇》中被尖锐地批评。飞机拂过在高空中变得渺小的长城，把读过谭恩美小说和英译的李白诗的乘客送到中国。在空间轨道中，人造卫星将电子邮件信息和广播讯号送来送往于中国的各个角落和世界之间——完全不受在高空看上去明显变得微不足道的长城以及所有其他想象屏障的阻挡。在这些信息和讯号中，种下了中国未来语言与文学的种子。

梅维恒（Victor H. Mair）

【58】 第二章　神话

过去的半个世纪里，中国神话研究在东亚和西方学界都取得了重大进展。本章考察这一主题，侧重于这门专业的范围、其原始资料的特质、方法论问题、神话叙事的主要关切以及神话与文学之间的关联。

· 术语的定义

对应于myth的现代中文术语“神话”，几乎等同于西方对myth的当代定义之一——“sacred narrative”。“神”即“神圣”，“话”的意思是“言语，口头故事，口头叙事”。“话”与mythology（神话学）一词的原初意义相同：myth的词根包括原始印欧语词根*mu（轻声低语），希腊语词干my和名词mythos（言，口头故事）皆来源于它。希腊语名词logos指“言”，不过也指“条分缕析的话语，学说”。虽然今天的大多数神话学家同意myth的定义是“口头故事、叙事”，但关于myth是否必然是神话，或者说是否局限于诸神以及神圣之物，还是存在大量不同意见。通过阅读全世界的神话学文本可以清楚看出，自然现象和传说中的动物，以及其他基本关涉如饮食、干旱、洪水和土地污染、生殖方式、性别冲突、生存技能、权力符号等，都属于myth的范畴。所以，虽然“神话”一词用来对译myth，并且也还会被一直使用，我们必须认识到其基本定义的范围是有限的，必须大大延伸，以求跟得上世界神话体系的当代研究中的mythology运用范围。【59】

而且，我们更需要在神话与传说（legend）之间进行区分，虽然传说一词很难定义。生平、地理资料、圣人纪传性特征、魔法、秘密符号、言语和文献，以及神奇转变和类似事件如果被归在半历史、历史或者想象性人物名下，这些文本中就无疑体现着传说。当这些事件被附会给早期文本传统中的神话人物时，这就被称为“神话创作”（mythopoeia），或是哲学流派或文学类型的一种后来的巧妙创作。一般而言，神话并不注意人类编年史或者地理定位，神话是无时间无地点的。它的意义具有象征性和字面性双重价值，其象征性赋值随着各历史时代的感知而变化。神话意象和意义在一个民族连绵不断的文化史中一再焕发生机。

由于学术界公认，神话学也即神话的研究有区别于如哲学和宗教等其他人文科学的自治领域，因此在中国神话学的语境中，排除了大量无关内容——即儒教、道教和佛教体系，再加上地方与区域崇拜。这些信仰体系各自产生了它们自身的复杂神话与诸神，有待全面解码与解释。

· 中国神话的分期

中国神话的范围和年代可以通过丰富的神话文本来定义。这些神话文本可以在公元前六世纪到公元二世纪的古典文献（包括诗歌和散文）中找到。高本汉（Bernhard Karlgren）的社会学倾向研究侧重于古代中国各部落的开宗立族神话，除了高氏这一非正式的框架，中国古典神话书写的分期并无一个标准的模型。学者们提议以下的四期新模型：神话书写的第一阶段为约公元前600年到前100年，包括文选、编年、哲学论文以及其他作品；第二阶段为约公元前100年到100年，包括《史记》、后期古典哲学、杂家散文以及其他文本；第三阶段为公元100年到600年，包括类书、文选、对原典
【60】的注疏、早期传奇、山水游记、宗教历史、地理志和杂文；第四阶段为公元600年到11世纪，包括官修类书、早期小说、散文、游记和文物作品。第一阶段构成了神话文本的最早岩层，第二阶段成就了不少神话作品和转瞬即逝的神话，第三和第四阶段可以被称为“守护的时代”。

虽然大多数汉学家接受高本汉根据编年的组织原则提出的神话文本之分期，但高本汉的组织原则并没有得到普遍接受。他的原则区分了汉代以前的早期文本——他称之为“自由文本”，以及“目标为创立体系”的学者所写的“基本意图各异的文本资源”——他称之为“体系化文本”。基于高本汉模型本身的一些术语问题，汉学家们发现很难调停。比如，他所谓的自由文本，如《尚书》《国语》等其实对早期神话材料进行过大量增删、改写与重新组织，将它们整合进一个新的意识形态架构中。

原始材料

第一阶段保留了宝贵神话材料的最重要古典文献包括《诗经》《墨子》《孟子》《尸子》《管子》《庄子》《楚辞》《左传》《荀子》《吕氏春秋》《淮南子》《韩非子》《尚书》《国语》和《山海经》。

《诗经》是神话传统中的最早文本。《诗经》中的一些诗歌，叙述了数种主要的神话主题：洪水神话、谷类农业的起源性神话、商人的神话起源、姜嫄履巨人足迹受孕生的后稷建立周朝的神话（见第一编第五章）。

成书年代在公元前四世纪的《庄子》提到了大量神话人物和主题：传说中的动物、蝴蝶、一大串神人名单，以及对神话年代的朦胧所指。《庄子》中篇幅最长的神话叙事是混沌的神话。而大量章节都提到黄帝和尧这几位神话人物，不过这里面明显包含了反映早期道家意识形态的神话创作材料。

由淮南王刘安（约前179—前122）编纂于公元前139年的《淮南子》，是宇宙起源神话和有变化的各种神话版本的重要原始材料。

《楚辞·天问》以及十八卷《山海经》这两部重要文本是经典【61】
文献中以神话叙事为主题的仅有现存孤例。《天问》是在第一个神话创作时代中最有价值的文献之一。它写于约公元前四世纪，它的186行诗句是对古代楚地主要神话的总概括。《天问》开篇叙说了天地初开，然后笔锋转向神祇、超人类以及前历史时代的神话人物的活动，以公元前六世纪晚期（到楚王为止的）历史人物的事迹收尾。这是古代神话的一个丰富宝库：它构成了大多数主要神话以及一些次要神话的最早蓄水池。因为它的古老，《天问》成为其他神话文本（不管是早先文本碎片、当时的解读或者后来的叙事）对照对比的检验文本。《天问》之所以是一部独一无二的神话记录，乃因为它在简短篇幅中展现了神话传统的一个特定时期中为时人所深信不疑的那些神话。

《山海经》（约前300—200）是古典神话最重要的文本来源。它是许多神话的引证出处（locus classicus），极有价值地收集了各种神话变体。书中共出现204位神话人物，其中大多数人物的出处、身份和作用都模糊不清，不过其中关于许多神话人物的不太完整或较完整叙事都是《山海经》独有的。《山海经》前五卷的重要之处更在于其宗教仪式，而非神话学内容。这几卷中的神话基本上与关于自然世界和宗教领域的程式化解说雷同。大多数重要神话都出现在六到八卷：关于两位女神（羲和与常羲）分别生出十个太阳和十二个月亮的日月天体演化神话；怒撞天柱不周山而造成宇宙崩塌的叛神共工；关于世界大洪水和大旱的记录，以及丈量世界的神话。《山海经》中有大量有关起源的神话：弓箭、乐器、农业和农业工具、交通工具的起源，还有关于一些作为神祇后代的民族与国家的创立。最后一卷“海内经”的神话内容是关于神谱的，以及帝俊等天神赐给人类的文化福祉。

《山海经》中的神话内容仅仅是保存在古典文献中的所有神话的一个断层。这一个断层所讲述的神话与其他作品相异，可以说是独树一帜、独一无二的。它的叙事，以及各叙事的象征意义、中心关涉和神话变量都与其他作品所讲述的有很大不同。《山海经》的神话与如《庄子》《天问》和《淮南子》中的神话学传统有紧密联系，但是却不具有这些文本中的哲学策略和历史规律性。《山海经》中对神话的叙述方式，与如《尚书》《国语》和《孟子》这些具有强烈历史化、人文化气质的文本群之间的界限，再泾渭分明不
【62】过了。《尚书》这类文本，把也存在于《庄子》《天问》和《山海经》中的一些神话人物从神话仓库中挑选出来，给予他们重新改写过的角色和作用。在一般的神话学传统中，这些人物被安排在万神殿的末端，有的因为几乎没有什么神话事迹而黯淡无光（如尧），现在都褪去了原来微末的地位。神话改写的最著名例子是尧、舜、禹的神话。微不足道的尧在历史化文本中作为一位明君而占据了显要地位。舜则被附加了人伦美德。禹在洪水神话中的救世主身份也被改写，他成了主管治水的官员。而且，神话学叙事一般是无时间无地点的，而历史化文本则把神话搬到了人类时间中——开始于尧，将神话地点搬到了尧的宫廷中。对神话学传统的这一改写创造了关于人类时间溯源、人类政府和理想人类社会的新神话。《尚书》中的这些文本（特别是两部原典——《尧典》和《舜典》）因

而可以被解读为儒家道德哲学后来的神话创作。

于是在神话学的语境中可以看到，经典文本可以分为两类：1. 对神话学材料进行最少学说式歪曲的文本；2. 出于学说信仰，为了表达新的意识形态立场，而对存世的神话叙事和神话角色身份进行大刀阔斧改写的文本。

· 神话叙事的特质

古代作家将神话材料整合进他们的作品中，以通过类比、象征语言和上古权威人物来表明他们各自的哲学概念和思想概念。比如孟子在思考文化价值的堕落时，使用了洪水神话。庄子用鲲鹏的变形神话（metamorphosis myth）来投射相对价值和主体性的观念。神话叙事是在历史、哲学、文学、政治理论和思想散文的语境中被保存的。它们的破碎性由以下事实得到补偿：它们是在古典经文成形的公元前四世纪到公元三世纪这段时期内被保存在文本中的。这意味着现代读者是在他们最初的书写语境中遇见中国神话叙事的。当我们提到中国古典神话之全体时，指的是流传到今天的变动不居、凌乱、精炼、碎片化、散见于各文本的上古神话书写。不过这些神话并不是从其书面文本中抽取出来，像赫西俄德、荷马或者奥维德神话的形式那样被改写，中国神话这朵奇异之花保留着一定程度的本真性。

· 主题 【63】

虽然中国的神话叙事散乱破碎，但是它们可以组织进与如创世、人类的产生、文化文明的起源、创建的神话和灾难神话这些世界神话相关的主题种类中。

创世神话

存世早期文本中的创世神话共有四大传统：第一，《天问》记录着，天穹覆盖着方形大地，由天柱所支撑；第二，以《淮南子》为代表，天地万物生于无形之气；第三，创世之初，天地开辟，阳清为天，阴浊为地，宇宙由此形成，这一传统记录在相对晚出的《三五历纪》（公元三世纪）中；第四，天气蒙鸿，首生盘古，其垂死化身为宇宙万物，这与印度《梨俱吠陀》中的原人（purusa）极度相似。盘古神话出现在《五运历年纪》（公元三世纪）中。

人类起源神话

人类的起源也有四种神话学传统。《淮南子》中人类生于气。接下来，在《五运历年纪》中，死去的盘古，身之诸虫，因风所感，化为黎民。而在《三五历纪》中，第一位人类就是混沌初开前孕育一万八千载的盘古。最后，《风俗通义》（公元二世纪）有女娲抟土而为人的神话。

创生者概念

在中国的神话学传统中，明显存在两种概念的创生者：第一是《淮南子》中所讲述的“道”，这是一种机械论的原初创生者概念；而另一个较为古老的传统则是女娲造人的神话。女娲神通广大，一日中七十变，她抟黄土造人，炼五色石以补苍天，断鳌足以立四极。

【64】

文化与文明的起源神话

一系列讲述作物、火、药、家畜和人类制度来源的神话处于宇宙起源神话的中心地位。它们是从创始之初由神祇或者超人教导给人类的，其价值不仅仅在于这些福祉，更在于是神祇首先发明并且教会了人类如何使用这些文化礼物的。

关于神赐之文化福祉的大多数神话，都存在于《山海经》尤其是它的最后几卷中。这些文化发明有谷物、农业工具（如犁）和技术（如牛拉犁）、马车、武器（弓与箭）、农作物与草药、火、金属武器、家畜家禽的饲养、舟船、文字、记账、预言、祭神的方法（如禹在洪水消退后，以山为台登高祭天）。人类政权的起源神话被收录它们的文本转化为一种历史化、人文化的叙事。

灾难神话

所有神话主题中源远流长、流布最广的是灾难神话，它们构成了中国古典作品中最基本和反复出现的主题。最突出的主题是大洪水，不过世界大旱也是一个主要的主题。

世界大旱的神话通过两位神话人物女娲和羿得到表述。女娲的旱灾神话与其洪水神话相联，后者保留在《淮南子》中，这是此神话的唯一存世文本。这段文本显示了清晰的道家哲学影响，对性别话题进行了父权式处理。羿的大旱神话有多个版本，主要出现在《山海经》和《淮南子》中。这两个版本之间存在大量神话上的歧变。在《山海经》中，神话围绕着帝俊给羿下命令，令其射去九日，挽救了人类，而在《淮南子》中，给羿下令的是帝俊的拟人化——尧。女娲的旱灾神话是以宇宙为中心的，而相比之下，羿的神话则是以人类世界为中心的。

洪水神话的大量叙事文本形成了四种独特的（基本上各自独立）神话学传统。首先是女娲的洪水神话，保存在《淮南子》里。其次是共工的洪水神话。在这个神话里，共工是洪水的起因，这和其他洪水神话中作为救世主的主人公不同。共工神话出现在几个文本中，最具神话学性质的版本是在《淮南子》中，共工的暴戾本性一览无余，在《国语·周语》中则出现了一个人性化、历史化的【65】版本。第三个版本是鲧的洪水神话传统，对这一神话既有神话学处理也有历史化改编，这两种表述模式都有数个版本。最早的鲧神话版本出现于《天问》中，鲧因怜悯世人遭厄于大水，所以盗取上帝的息壤以求治水，但因为这一自我牺牲行为而被处决。历史化版本描述了鲧如何反抗尧帝，因为尧不愿意放手让鲧治水，后因鲧治水失败而处罚他。而像《尚书》中的《尧典》和《洪范》，则把鲧描绘成一位罪犯而非救世角色。第四种版本也就是大禹治水的神话传统，这一神话包含在大多数古典文本中，兼有神话学处理和历史化处理。在这一传统中，鲧的儿子禹终于治水成功。

经典洪水神话的这四种传统充满了有力的神话母题（motif），处理了大量核心关切话题。禹的洪水神话成为主宰性的传统，部分是因为禹这位神话人物附着了洪水神话产生的神话特性之外的许多其他神话特性：他英雄式的劳作，他的救世主角色，他与新成形的儒家价值一致的典范行为，大水之后他在文明重建中的至关重要的作用。他的其他神话身份还包括：世界的丈量者（禹量大地），九鼎的铸造者，武士，首次众神会（大会计）的创制者，夏王室的创建人，夏王朝以及世袭这一基本概念的神谕式开创者（禹夏）。

创立神话

经典文本中包含了许多关于民族、王朝、国家或者城邦的创立神话。《诗经》中讲述了商周两个朝代的创立神话。关于各种创立神话最丰富的原始材料当属《山海经》。这些神话也组成了神谱，以不同民族、土地和国家的神圣起源收尾，许多神话跨越了古代中华文明的边疆，它们大多出现在《山海经》的最后五卷中。

· 神祇：特性、身份和术语学

许多古典作品的神话叙事中有一些反复出现的神话人物，他们作为主要神祇或者半神人而出现。其中一些神话人物构成了神的世代表和诸神体系。在历史化文本中成为标准世代表的，是伏羲、神农、炎帝、黄帝、少昊、颛顼、帝喾，接下来是尧、舜、禹。这一【66】
世代表最引人注目的一点在于女性神祇的缺位，甚至宇宙创生者女娲以及太阳女神羲和都不见了。第二个特点是尧、舜、禹被给予荣耀的地位，他们的神话在儒家学派的人文化文本中经历了转化。第三个特点——其他诸神体系的存在暗示了这个特点——在古典文本中的神话中没有固定的诸神体系，而有各种诸神体系。比如《山海经》中的神话人物有204位之多，他们大多数是神，不过《山海经》中隐含的诸神体系迥异于其他文本。在它的诸神体系中（我们通过计算每位神话人物出现片段的数量而得出），帝俊、颛顼和帝舜居于最重要的位置。

最早的经典文本并不经常描画神话人物的外形特征和象征性标志。不过，还是有些关于他们外形的线索。比如，水神蚩尤的头上长角，象征其好战。对西王母的描绘，出现在《山海经》中最长的描述段落中。她具有半人半兽特征，披长发，传递了一种未驯之野性的观念，这与她作为瘟疫刑杀之神的身份不谋而合。一些神话人物的外表用名字暗示，比如鲲=大鱼，禹=动物的脚印，舜=木槿。爬虫形和蛇形是《山海经》中大多数神祇的典型特征。而各种形状大小的牙和耳，则有时候用来标记某些神祇的特征。

花与动物也成为神圣标志。比如，三青鸟、虎、九尾狐是西王母的动物性特征。鲧和禹化身为熊，因而以熊为标志。一般而言，中国古典神话学中的神物，如龙、蛇、龟、凤凰是各种神话人物的动物特征，在与神话人物的联系中并不传递特定的象征意义。

神祇的术语学定义了他们在诸神体系中的性别与位置。神话学语境中的“帝”出现在神祇名字的前面和后面，如帝喾或者皇帝。这个术语几乎总是给予男性神祇。在历史化文本中，“帝”这个术语渐变为“人间理想的君王”。在中华帝国史中，最高统治者被称为皇帝。“神”也出现在姓名前后，通常运用在男性神祇身上，如
【67】神农。“鬼”通常与其定义性特征同时出现，如“穷鬼”。“尸”字添加在被神化的死去人物的姓名中，如王子夜之尸。另外，还有“神人”一词。

如女、娥和魃这样的权宜之名，仅仅出现于女神名字中，其意思分别是女孩/女性、曼妙和造成旱灾的鬼怪。这些前缀使得神话人物的性别可辨。但是除此之外，名单中的其他神话人物并不一定都是男性。如《山海经》中的神话体系，性别身份往往出乎意料，而如《尧典》中，旧神话中的太阳女神羲和被改写成了尧手下的两名男性官员——羲与和（她的双音节名字被劈成两半，成为两个名字，这是一个在中国历史中重复出现过无数次的语言现象，导致对神祇、神话生物、地名等的无穷混淆）。另外，谷神后稷和地神后土的名号中有一种模糊性。首先，相比之下世界神话中的谷神与农神一般都为女性；其次，考虑到在早期帝国时代，“后”指的是皇帝的配偶。

对于不同古典文本中出现的神话人物的身份与性别之间的关系问题，大量研究工作尚待开发。比如，《山海经》与许多文本不同，它总是将主要的宇宙创生和历法工作分配给女性角色，而男性角色则被分配给通过单性生殖而生养后代的角色。

· 中国神话的研究进路

两千年来，中国传统学者不仅将保存有极具价值的神话碎片的

古典文本奉为权威正典，而且将经书自身视为正统的信仰遗产，这对于作为一门学科的中国神话学来说是非常幸运的。只有到了二十世纪上半期，传承保存文化遗产这一抄写性角色才转变为考察性的研究和学科性的分析。首先，现代中国学者从历史学的视角审视经典文本。他们面对多重的思想和学术挑战：在历史学和神话学之间划分出学科性边界，区分真实的和伪造的历史材料，揭穿由来已久的错谬和迷思，在史学材料中辨识出伪历史文本。当他们将重心从贴着“传说”“故事”或者“说”标签的轶事材料中转移，将它们 【68】
再度概念化为神话材料，再命名为神话时，他们在神话学领域就取得了方法论上的进展。顾颉刚、杨宽、童书业和吕思勉等学者的卓越贡献可以在七卷本的《古史辨》中找到。与此同时，中国的小说家如沈雁冰（茅盾）和闻一多通过对世界神话的首度比较研究，开启了中国神话学传统的研究。

近来的研究包括了研究神话的多种进路：神话—仪式，自然神话理论，结构主义，结构符号主义，民族志，性别分析，“他者”和“差异”概念，以及口头文本进路。整理神话材料、翻译注释包含神话段落的经典文本，这些至关重要的任务仍在继续当中。

· 文学中的神话

虽然中国第一位伟大历史学家司马迁（约前145—前86）面对神话材料时曾表示过他的怀疑，他说：“《山海经》所有怪物，余不敢言也。”但他在《史记》这一部中华文明全面历史的开篇，创造性地使用了当时现存的神话传统。将中国人的起源置于神性概念中，他设想了从开天辟地到人类史的神圣世代表，将他的建构与第一位中华首领是神的后裔这一观念拼接在一起。他建构的新的诸神体系是从总体神话中挑选出来的，其世代传承包括五位人物：黄帝

（后来成为了道教中至高无上的神）、颛顼、帝喾、尧和舜。

不过，神话学传统的连续性还是主要通过各种文学种类来表达的。郭璞的《山海经图赞》是早期的一例，虽然较为平庸。而出色的文学作品则有陶潜（陶渊明，365—427）的长诗《读〈山海经〉十三首》。在早期中古的爱情诗中，以文选《玉台新咏》为代表，诗人们暗指性地运用了大量神话母题，如传说中的生灵、仙台，思夫心切而变为湖神的舜的两位妃子女英、娥皇，以及特别是天界神话中的织女。同一时代中，性别转换主题出现在《木兰诗》中，与《山海经》中宗教暴力的诸女神有其神话对应。敦煌的中古半白话
【69】故事《舜子至孝变文》发展了古典神话中潜在的神话素[①]。在十六世纪的传统小说《西游记》中，孙悟空这一角色被证明与《山海经》中的神猿以及印度史诗《罗摩衍那》中的猴神哈努曼有关联。明代一些小说使用神话主题作为历史小说的框架。如有关于创世神话"盘古开辟"和朝代神话"禹夏"的小说。《封神演义》是另一部具有大量丰富神话主题的明代小说，索雅奇（J.C.Coyajee）爵士在《古代伊朗与中国的信仰与传说》（*Cults and Legends of Ancient Iran and China*，1936）中表明《封神榜》借用了不少伊朗的神话主题。

《山海经》中的大量神祇具有猪的特征，如长着猪嘴、猪脚、猪般高臀的韩流，他有一位美貌的妻子（为他生帝颛顼）。韩流是《西游记》中猪八戒的原型。在十八世纪的小说《红楼梦》中，曹雪芹（约1724—1764）用女娲神话为他这部爱情凋零、希望幻灭的巨著创造了一个宇宙起源的维度：在起首段落中，女娲炼石补天，只用了36501块中的36500块，剩下未用的一块成为《红楼梦》中形

① 法国学者列维-斯特劳斯模仿结构主义语言学术语"音素"(phoneme)，创造了"神话素"(mytheme) 一词。神话素是所有神话的构成单位。列维—斯特劳斯的神话结构分析就是把神话切分为神话素，然后把这些神话素作为结构单位归类于范式类型。——译者注

而上学意义上的主人公宝玉。文学对神话材料的运用，最著名的例子——当然在艺术上也更加圆融——也许是李汝珍写于十八世纪早期的《镜花缘》。在这部描写了各种奇人异地的经历遭遇以辛辣批评本国和时人的航海寓言故事中，李汝珍才华横溢地将《山海经》中的神话特征和母题进行了颠覆。

白安妮（Anne Birrell）

【70】 第三章　早期中国的哲学与文学

从公元前五世纪到公元前二世纪，一系列范围甚广的哲学论战在中国兴起。在这一时期，关于著述、宇宙本质和文学意旨等论题的许多哲学立场在中国文学思想的发展中产生了重大影响。本章考察与这些论题有关的哲学讨论史，并阐明这些讨论中的各种立场如何影响了后来的文学传统。

· 东周时期中国哲学的产生及其主要特征

公元前1000年的下半期，亚欧大陆上的一些社会中出现了思想讨论。最著名的有希腊、印度和中国。实际上，这些文化中哲学思想的百家争鸣，使雅斯贝尔斯在二十世纪中叶，将欧亚历史中的这段时期称为“轴心时代”。

在这些文化中，哲学讨论的出现是各种类似社会政治环境的产物。在公元前2000年末、前1000年初，欧亚的定居农业文明由垄断青
【71】铜冶炼、以有战车为标志的贵族阶层所统治。然而大约从公元前八世纪开始，贵族统治逐渐衰落，社会流动性提高。这一过程，部分可见于铁的使用在这一时期遍布欧亚大陆且历经数个世纪在大多数社会中逐步取代了青铜这一事实。因为铁远比青铜容易冶炼，所以

可以进行大规模生产，这样就打破了青铜时代早期我们所看到的贵族阶层对冶炼业的垄断。在战争中，大规模步兵军队逐渐取代了贵族形式的战车。

由于步兵军队不可避免会招募大量出身平民的士兵，这样的一种组织形式便打破了贵族对战事的控制，为下层阶级的社会流动开启了一条大道。并且，市场经济在许多社会中开始萌芽，这为社会流动提供了另一条通途。

在欧亚大陆主要农业文明中，这一社会流动性的出现，以及与此同时贵族控制的衰落，导致了重大的文化危机。在印度、希腊和中国，许多寒门之子在这一阶段进入权力中心，开始反思以及质疑青铜时代早期的观念。这些都导致了在这三个国家里，哲学讨论浮出水面。

在中国，这些大潮流采取了具有持久影响力的特定形式。在华北平原的青铜时代诸社会组成了商朝，根据后出的文本，商朝推翻了更早的夏王朝，而反过来又被其封建邦国西周所取代。西周的统治从公元前十一世纪延续到其首都被攻破的前771年。

接下来的时期即东周（前770—前256）是一个充满巨大政治、社会和技术变革的时代。在政治上，这一时期可以以相互竞争的诸侯国之间的互动为特征。许多诸侯国是西周时期周王分土裂茅分封而来。这些诸侯国越来越独立于周天子，到了公元前四世纪，许多诸侯僭用周室头衔，自封为“王”。虽然东周直到公元前三世纪才正式寿终正寝，但诸侯僭称“王”的做法，清楚地意味着诸侯国拥有完全自治权，不必依附于周室。实际上，许多诸侯王都有再度统一中国、建立一个取代周朝的新王朝的宏大抱负。

在管理上，这些诸侯国普遍开始采取中央集权政策，这一过程包括基于能力而非出身的官僚科层制度的产生，成文法的颁布，还有农民向步兵军团的大规模流动。所有这些政策都导致了与青铜时

【72】代旧贵族相联系的权势与特权逐渐衰落。“士”阶层横空出世，取代了贵族。“士”出身次于贵族，在青铜时代是家臣和武士，但是在东周成为逐渐兴起的官僚阶层的中坚力量。

这一中央集权化的另一方面在于领土扩张：为了扩大资源，大诸侯国采取了吞并周边小诸侯国的政策。实际上，吞并战争的风起云涌导致后来的历史学家将东周后期称为战国时代（前403—前221）。

早期中国所出现的思想论战，正是来自这一社会政治背景。此间的大多数思想家都属于士阶层，他们所进行的许多论战都关涉到这些新诸侯国的特性——当时的人清楚认识到了这些诸侯国正越来越远离西周的制度。所以，论战就围绕着这些论题展开，如这些新诸侯国的合法性、与西周贵族文化分道而行在多大程度上可接受、诸侯在多大程度上应该追随过去的治国术或者另觅其他准则。才能而非出身成为政治晋级的主导性因素也意味着，许多思想论战都以修身主题为中心，即一个人如何进行修身，如何过他自己的生活。

早期中国思想的实践导向也对修辞学和逻辑学的发展产生了重大影响。对旨在正确呈现“理念”（idea）的哲学话语以及并不正确呈现理念的文学修辞话语的柏拉图式区分，在早期中国思想中付诸阙如。实际上，“哲学”和“文学”这两个术语在早期中国的文本中并无对应词，当时的人们也并不关心呈现真理这一主题。早期中国的思想关切在于说服思想论敌，或者最终说服当时的统治者接受言者的观点，而并非定义一种呈现（representation）的正确形式。故事与诗歌于是成为战国时期哲学作品的主要成分。“文学”手法这一说服术从未被禁止用在“哲学”话语中。结果司空见惯的是，如今被归类为哲学作品的文本中不乏诗歌、叙事和其他所谓文学手法。

然而，因为大量思想讨论涉及往昔的治国典范，许多论证便以分析青铜时代圣王贤臣的事迹为中心。实际上，许多思想讨论是在讲述关于过去典范人物的各种故事和诗歌，而反驳之论是用提供过去这些人物言行的相反版本和解读而组织起来的。过去的历史事件【73】被如此强调，于是有意识的虚构便在早期文本中几乎不被视为值得称赞的创作。思想讨论更关心的是在过去发生了些什么，在将来会发生什么。结果，虽然故事和诗歌被频频运用，它们却是作为揭示历史的事实性陈述而出现。

让我们记住这些通论，开始对各种思想讨论进行考察，首先是儒家学说。

· 早期儒家

孔子是早期中国思想生活中最早也最具影响力的人物之一。记录孔子学说的最主要文本是《论语》，这是孔子后来的学生所编撰的孔子言论，在战国时期成书。在《论语》中，孔子把“郁郁乎文哉”的早期西周视为一种尽善尽美的文化，当时的周天子和大臣们践行了仁义之道。孔子提出，周朝的道德和周礼的传统已经慢慢崩坏了，这导致周天子统治权的丧失，以及社会整体的道德沦丧。孔子认为当时的东周处在衰落之中，而呼吁世人再次恢复周朝的道德和周礼的传统。这一号召内容包罗万象，从在最高层次上要将周王尊为全中国的共王，到在较低层次上精英社会通过践行周礼而修身的努力。简而言之，对孔子而言，理想社会并不存在于身后世界，或者遥远的神话过去。他相信仅在数代之前人类曾有过一个完美的道德社会，而只要通过合宜的道德培养，理想社会将再度变成现实。换句话说，理想社会是可以在此时此地实现的。

孔子的历史观强化了这一观念。孔子追随西周早期的政治意识形态，提出历史有其周期律，王朝兴衰不可避免。当圣王兴起，天这一道德之神将授予他天子之位，于是便开启一个新朝代。此君权世代相传。而当一位无道之君登上王位，天会收回天命，将它给予堪当大任之人，于是另一个新朝代便开始了。

周朝被认为是至善的王朝，正因为它建立在三代传承下来的文化之上。根据《论语》中的几处段落，上古的圣人以天为则，将这些文化范式（文）带给人间。这些文化范式从此在历史中传承，最
【74】后到周朝时，它们臻达最完美的状态。孔子自己述而不作，仅仅是将“斯文”手传给世人。从这样一个视角看，真正的圣人是能够体认天地间的范式，并将它们带到人间的人。

孔子所心仪的教育内容，需要学习过去这些范式——既包括礼仪传统自身，也包括古代圣人所写的或者是关于古代圣人的早期文本，即《诗经》和《书经》。孔子认为这些文本如果得到正确理解，可以揭示古代圣人的观点。换句话说，学习者需要学会正确理解文辞，以求洞悉圣人在文本中灌注的内在意义。

虽然孔子自己并不敢称圣，但后来的儒家学者尊孔子为圣人，而不仅是“述而不作”者，于是把《春秋》（前722—前481鲁国的编年史）的作者身份给予孔子。然而，因为是圣人写了这部作品，所以结论是这部作品完全不是简单的编年史书，相反，它被解读为对这一时期君主行为微言大义的批评，所以也是未来君王的行为指南。简而言之，这是一部从发生在鲁国的历史事件中提萃出来的道德范式，要正确解读这一文本必须努力恢复由孔子提萃的这些范式。

这种圣人观产生了一系列影响。首先，早期儒家非常提倡文以载道，强调其教化功能。作品的目标在于引导道德行为，而这是通过提萃正确的道德范式来实现的。因此，成为儒家诠释学基石的是道德范式，而不是呈现。作品的评价标准，于是成为某部作品是道德的还是不道德的这个问题。比如，孔子批评《诗经》中一些助长

不道德行为的诲淫诲盗之诗。这不是一个从弱呈现的角度而发的批评。恰恰相反，孔子的论点正是认为，这些诗充分反映了作者应该被谴责的观点。

其次，儒家极其信奉只有真圣人才能提笔著述这一观点，因为只有圣人才能以道德教化方式著述。比如公元前四世纪杰出的儒家思想家孟子（前372—前289）直截了当地批评他的论战对手居然发明只能使人民脱离正道的新观念。孟子指出，只有真圣人才能以正确方式著述。他于是宣布，孔子所作令“乱臣贼子惧”的《春秋》是正确著述方式的典范。而圣人之外者如果要著述发明，则不仅是狂妄之举，实际上更会对社会造成危害。

最后，儒家强调阅读正确的文本，以发现古代圣人的观念和懿
行。于是，比如到了汉代（前202—220），发展起了一种繁琐的注疏 【75】
传统，将《诗经》中可接受的诗歌解读为指涉了历史人物。甚至于爱情诗都被解读为关于具体君臣之间懿行的寓言。文学只有在它为读者提供了道德教化范式的情况下才得到欣赏，这样一种强调反过来导致了一股大趋势，即甚至将诗歌都解读为指涉过往历史事件。

· 墨家

墨家学派发展自墨子（约前480—约前400）的学说，是对早期儒家的猛烈批评。虽然墨家对后来的文学思想没有直接的影响，但是许多墨家观念在战国时期极具影响力的其他思想家中间激起了强烈的反驳火花。所以，在这里值得列举出墨家的一些观念。

墨家学说的核心之一是强调鬼神世界的重要性。墨家强烈信奉这样一个观念：自然界是由鬼神所统御，他们奖善惩恶。在鬼神体系中位列至尊的是天。像早期儒家一样，墨家将上天视为一位道德之神，他授予天命，也撤回天命。但是墨家认为上天主动干预日常

生活，其主动程度远远超过儒家所设想的。而且墨家认为鬼神同样也在人间奖善惩恶。

墨家的鬼神世界是一个有神论的世界，墨家的圣人观也反映了一种相对主动的观点。对墨家而言，圣人是物质文化的创制者，带领人类走出自然界。早期儒家文本强调圣人如何将仪礼和文本范式（文）带给世人，而墨家文本则宣布圣人的关键作用在于提供给人类诸如房屋、衣裳、农业、舟船和马车这样的物质发明。简而言之，圣人是人造品的发明者。

虽然后来的文学理论家可以用这一观点来提出文学之为人造品的理论，但这种理论几乎没有出现过。相反，墨家关于鬼神世界和圣人创制的观点在战国的思想氛围中日益遭到怀疑，人们丢弃了这些观念，转向自然主义的解释。这一转向对于后来的中国文学理论具有深刻含义。

· 修身术

自然主义解释的最早转向，可以在关于修身的早期文学中发现。
【76】最清晰的例证在约成书于公元前四世纪的《管子・内业》中。

《管子・内业》这一章的核心观念在于，宇宙是由气（这个术语的字义包括物质、呼吸、大气甚至能量）构成的。《内业》用气这一概念来批评存在于大众宗教中并得到墨家支持的有神论。当时流行的宗教信仰认为自然现象受到鬼神的直接控制。有特定的鬼神控制雨、风，以及世界中更加普遍的变化。而《内业》断言天地间的变化并不是由鬼神控制的，而仅仅是气的大化流行。因此，宇宙的变化是自发自然的过程，而不是由拟人的鬼神所控制。

《内业》还提出，鬼神只不过是高度精炼的气。因为它们由充盈天地间的相同之气的精炼部分构成，所以鬼神可以完全理解天地间的变化。但是，人类身体内同样拥有类似的精气。所以，如果人正确修身，就可以精炼体内之气，最终获得鬼神的神力。

这一论证中的关键之处在于，只要修身得当，任何人都能成圣，通往成圣之途不能从古代传承下来的范式中去寻找。在《内业》这样一种哲学中，学习以前的文本以及追随先圣的榜样变得日益无关紧要。并且这样一种境界，抵达了对宇宙的直觉性理解，这一理解堪与鬼神所悟比肩。它丢弃了早期儒家和墨家思想中的一些主导性观点，在后来中国文学思想的发展中起到了至关重要的作用。

· 庄子与老子

在庄子和老子的作品文本中，上述关于修身和宇宙的许多观点被推向极端。虽然《庄子》与《老子》有很大不同，但是在数个世纪之后，它们一并被归为“道家”。除了它们的许多不同之处，二者都倾向于对宇宙的非有神论解释——天地大化流行，并没有策动它的有意识之意志，也都认为圣人的目标在于能偕时而行。并且二者都明白无误地反对儒家和墨家将宇宙道德化。

庄子生活在公元前四世纪，可能是《庄子》前七篇的作者。他
指出，儒家和墨家提倡的道德模式是人为的，因此不值得遵循。由 【77】
于宇宙是无为自然的运动过程，人的目标也就应该以自然的方式达到无为。然而受认知官能所囿，人类很容易落入人为区分，这使他们自身分离于自然世界的无为。庄子认为，儒家道德正是这种人为建构之一。

庄子以一种高度戏谑的风格写作，试图帮助读者挣脱他们所熟悉的习惯性人为区分。庄子与早期儒家关于著述的观点大相径庭，他用明显是虚构的人物（许多人物都来自双关语和文字游戏），大张旗鼓地讲述虚构故事。当《庄子》中出现其他作品中所提到的先

圣时，这些人物都明显与其通常立场相反。于是在庄子笔下，古代的圣王是弃绝他们自己的立场的，比如孔子反对礼教，等等。不过需要注意的是，这种虚构并不是为了夸饰人类创造机巧的能力，其意图恰恰相反。简而言之，庄子之为文，是为了反对任何人为造作这类概念，而强调自然无为。

对无为的提倡，在系于老子名下的《道德经》中得到进一步发展。老子很有可能是一个虚构的名字，《道德经》的确切成书年代已不可考。《道德经》中有一些口述的痕迹，很可能是像印度李习（Rishi）般圣者的箴言录。不过，《道德经》在公元前270年左右开始取得了巨大的影响。像《庄子》一样，《道德经》指出，任何试图脱离自然，妄图将个人意志强加于世界的努力，终将无功而返。

不过，老子所持的自然观与《庄子》有很大差异。老子认为，宇宙是一个生生不息的过程：万物自然生长，自然衰亡。万物生于一，最终归于一。分化的行为，虽然也完全自然，却是远离大一虚静的过程。所以，真圣人的目标就在于致虚极、守静笃，复归于一。这样一种状态是谓“得道”。正因为《道德经》将玄同世界的价值置于分化世界之上，所以它强烈反对所有的人为附加发明也便毫不令人惊讶了。真圣人的行为纯然而发，无思虑，无人为。并且他也是非道德的，因为道自身即是非道德。像庄子一样，老子也认
【78】为道德是人为产物，应该被反对。

《道德经》对语言的使用也多表示怀疑。因为语言关涉到分化，所以“道可道，非常道”，语言是传递观念的不精确媒介。因此《道德经》自身用一种高度晦涩的格言和诗句写成，其中的术语变化无常。甚至“一”这个术语在不同的章节中也以不同方式被描绘——有时候被描述为“根”，有时候成了“门”或者“母”。因为对恒定范畴的这种怀疑，《道德经》也避免像其他战国文本那样对古代典范人物的强调。实际上，《道德经》没有启用任何古代圣

贤的故事，完全没有提到任何个人的名字。极具神秘色彩的《道德经》与印度的哲学对话《薄伽梵歌》一起，成为最流行的非西方的古代作品，各种质量参差不齐的新译本层出不穷。

·“道家”思想遭到的反驳

天地万物恒自然，人类应该以自然为则——道家的这一思想在公元前三世纪遭到许多思想家的强烈反对。儒家学者荀子（约前300—约前219）即为反对者之一。他认同宇宙是非道德、自然自生的过程，但他认为人类并不应该仿效自然。恰恰相反，人类文化实际上是古代圣人的人为建构，道德是圣人的发明，遵循道德实际上就要克服人的自然天性。荀子指出，这些人为之物是应该被欢迎的。

荀子的学生之一韩非子（卒于前233年）将人为的价值推得更高。韩非子后来被归为法家，他接受墨家的观点，认为人类文化由圣人发明而带领人类走出自然界的人为创制所构成。他进一步认为，时异则事异，事异则备变，甚至先圣的人为发明都不必事事遵循。圣人必然会根据时代需要，创制出新的统治制度。韩非子承认儒家所谓周代治之以礼仪的正确性，但是他指出时代已经发生改变，战国时代的合宜统治形式是以强有力的官僚科层结构为基础，完全实施法术之治，并不关心道德。换句话说，韩非子和当时的大多数思想家都不一样，他全心全意支持战国时期兴起的官僚科层制度和法律制度，并相信唯一的问题在于政令的贯彻。

·宇宙论模型 【79】

与这些反对意见不同，到了公元前三世纪中期，大多数思想家都向一条截然不同的方向汇聚。宇宙之自然自生的观点在约公元前

250年后，日益成为战国时代后期的某种共识。在当时，诸侯国的中央集权化突飞猛进，复归西周显得越来越理想主义和不合时宜。所以，劝说统治者遵循古代典范君主的一套说辞也看上去越来越不具说服力。不过，许多思想家也很反感像韩非子那样无条件支持当时制度的做法。他们开始为当时的集权化诸侯国寻找合法化理论根据，同时也寻求对中央集权发展的限制和引导。一些思想家开始使用最早出现在修身文献中的自然观。他们指出，国邦应该与自然过程相协和，然后再对这些自然过程进行定义，以便在具体方式上限制国邦。

许多思想家特别地以这种方式定义自然，作为以前一些思想派别的政治学说的框架。他们的观点是，一个成功的政治意识形态可以包括以前的思想立场，但不会限制它们中的任何一种立场。于是，比如法家的政治学说诸观点在自然模式中可以获得一席之地，但它仅仅是百家争鸣之一种。

阴阳理论显然正是这样一种宇宙论和调和论进路的例子。虽然“阴”“阳”这几个术语早就出现了，但只有在公元前三世纪它们才具有了非常大的影响力。阴阳是宇宙间两种相异而相成的力。阴与静相联，阳与动相联。阴代表女性、夜晚、冬天、低位、大地；阳代表男性、白昼、夏天、高位和天空。虽然阳通常与上级相关联，但阴也是至关重要的：和“善/恶”对立不同，阴和阳并不谋求对另一方的完全胜出。相反，一方对另一方而言是必不可少的补充。当阴阳合济达到最饱满的均衡时，方是恰到好处之时。

比如吕不韦（卒于前235年）的杂家作品《吕氏春秋》（约前239年）中一个观点认为，统治者应偕四时变化而行，因为四季是阴阳自然聚合的结果。数九隆冬是纯阴，春天是阳的再生，三伏盛夏是纯阳，秋天则是阴的逐渐滋长。因此，统治者应在春天推行修身术，在夏天实行生民的儒家政策，秋天实施法家政策，而将冬天作

【80】

为战事和行刑的季节。一言以蔽之，《吕氏春秋》呼吁统治者以自然界为则。自然界被这样定义之后，战国时代早期的许多思想立场便能够在各自合适的时间得到推行。于是，其观点在于，早先的许多理想立场并不是不正确的，而只是有不足的：正确的立场应该兼蓄并包，将早先的观点收入囊中，然后将他们拼合在一个普遍的宇宙论模型中。

战国晚期出现的另一种至关重要的宇宙论思想是五行理论。五行理论后来安在邹衍（前305—前240）名下，不过在战国晚期的文本如《吕氏春秋》中得到了详细阐述。五行理论认为，自然界是循环往复的，在其中气的各种相依次兴旺。五行一共是五种相，或者说元素：火水土木金。五行各与特定的颜色、数字和特征相联系。

要成功开辟一个新王朝，开国君王必须根据在当时兴旺的元素特征来进行统治。在上古三代，夏具木德，商具金德，周为火德。在五行理论兴起的公元前三世纪下半叶之时，人们相信，下一位统一中国开启新王朝的帝王一定是具有水德，因为水克火。而且火在五行体系中与德治相联，水则与严刑峻法和战事相联。于是，宇宙论模型便用来支持当时中央集权化国家的政策，同时又指出在合适的时间，其他思想学派提倡的政策也有其宇宙论依据。

因此，这两种理论以各自的方式都强调了应自然界运动而行的重要性，也都通过定义自然界来包摄原来水火不容的其他治国思想。

·《易经》中的《大传》思想

对后世文学思想发展而言，战国后期发展起来的这样一种综合性宇宙理论的作品中，最有影响力的当属《易经·大传》。《大传》致力于以成书于西周的卜筮文本《易经》的方式发展关于万物

【81】的宇宙论解释。而且《大传》尝试将这一宇宙论立场与一种整体的儒家视角挂钩。这一阐释方式不仅对儒家，而且对后世中国思想史的发展具有深远影响。

《大传》所提出的整体宇宙论在战国晚期文本中相当常见，用对偶的两极解释宇宙（天地、乾坤、阴阳）。这些偶对自发地相互作用，于是产生了宇宙间的各种变化运动。换句话说，宇宙是根据自身法则运行的自然过程，并不存在起引导作用的神意。

因此，人当以宇宙中这些自然变化为则，应时而动。《大传》指出，为了帮助人实现应时而动，古代圣人创作了《易经》以作为后世的行事指南。创作《易经》过程中的第一位圣人古者包牺氏，他仰观象于天，俯观法于地，观鸟兽之文与地之宜，以成八卦。八卦由或阴或阳的三条爻线构成，八卦两两构成由六条爻线构成的卦，其组合可能性共有六十四种。《大传》认为，六十四卦是自然界的原初模式，包牺氏仅仅是将他们引入了人类社会。《大传》接下来讲述了圣人如何受六十四卦启发而发明各种文化工具（包括网、捕猎陷阱、犁、市场、舟船、桨、家养牛马、臼杵、弓箭、宫殿房屋、棺材以及文字）。所以，人类文化是由古代圣人取法自然界的产物。与认为物质文化是圣人的人为发明的墨家以及韩非子等不同，《大传》认为物质文化是受到卦象的启发而成， 而卦象则是取法于自然世界的。

《大传》还提出，六十四卦可以用来准确卜筮未来，因为它们模仿了宇宙中的变化：六十四卦中各爻的变化形成了对应于宏观宇宙中各种变动模式的一个微观宇宙。因此，《易经》中卦爻的变化反映了发生在自然界的变化。不过，由于只有圣人才知道如何解卦，古代圣人于是便为各卦各爻附上解读，这样后人就可以进行卜
【82】筮，了解在各种情境下应采取什么样的合宜行动。

简而言之，《大传》中的观点是早期儒家文本中诸观念的宇宙

论版本：圣人将模式从自然界带到人类社会，然后从这些模式中创造了人类文化。和荀子不同，《大传》认为文化完全不是人造的，而是由古代圣人从自然模式中提取出来的。

圣人通过文本传统使这些模式传承下去，使后世能够理解宇宙的运行，知道如何行动。比如，和《道德经》不同，《大传》认为文字可以表达作者意旨，所以能够成为行动的准确指南，也能表达宇宙的运行。文字既反映宇宙的运行模式，又反映作者意旨——这样一种观点对中国后来的文学理论产生了极大影响。

· 早期汉代思想

公元前221年战国时代最后被终结，秦国统一六国，成为中国历史上第一个帝制朝代。厚颜无耻地实行法家政治的秦朝统治只延续到了公元前207年，起义爆发后，王朝迅速土崩瓦解。新的汉王朝建立于公元前206年，它最迫切的任务便是发展出一套比秦朝更成功的意识形态，以合法化其统治。

知识分子用战国晚期的宇宙论体系来锻造这一种帝国意识形态的主要理论框架。造成的结果是，战国时期从墨家到韩非子关于圣人是人为之物的发明者的各种观点被彻底抛弃，而战国后期的自然论和宇宙论哲学则大行其道。

· 《淮南子》及其相关宇宙论

这些文本中极具影响力的有《淮南子》，这是一部进献给朝廷（前139）的作品，由要求国家进一步中央集权化的淮南王刘安组织编写。该书的许多章节都致力于从如《道德经》等早期文本的观点出发，建立一个全面的宇宙论体系。

《淮南子》第八卷《天文训》提供了一个宇宙演化图景。在
【83】《天文训》中，道始无形，然后生气。清阳之气薄靡而为天，重浊之气凝滞而为地。天地之精华成为阴阳，阴阳产生四时、水火以至万物。在这样一份图景中，宇宙是通过自然过程形成的。完全没有外在意志或者造物主去主导天地形成。实际上，在这样一种宇宙论中，天自身仅仅是宇宙自然化生过程中的产物和一部分。

而且，这样一种宇宙论完全是一元论的，也是完全相互联系的：包括人类在内的宇宙间万物都由气构成，万物有着内在联系，相互之间不停互动。比如说，宇宙中某一处的活动会自动引起另一处的回应。这种被称为感应（宇宙间的共鸣）的关系，是大多数汉代思想体系的特征：不论是通过阴阳还是五行而相互联系的万物可以被视为彼此感应般相联，因此相互共鸣。

因此真圣人是顺应自然变化不劳思虑而行之人，所以能与宇宙间的和谐相共鸣。《天文训》因而呈现了一种后来被贴上“道家”标签的战国时期思想的宇宙论版本：圣人自然而行，因此并不追随先哲或者文本典范。这样一种哲学立场在阅读古代文本和践行古代圣人教导时，给个人以大量自主权。

· 汉代儒家

部分是为了对抗像《淮南子》中的那些观点，儒家开始发展彻底兼收并蓄的宇宙论模型，既可以定义人在宇宙间的角色，又仍旧强调遵循圣人道德教导之重要性。这一儒家运动中最具影响力的人物为董仲舒（约前179—前104）。虽然也使用了与《淮南子》中类似的宇宙感应体系，董仲舒和他的追随者认为天地间的感应是完全道德性的。因此如果皇帝做了任何不道德之事，天将自动降下灾异。而如果皇帝以德治国，便会天降祥瑞，普天下井然有序。

董仲舒等儒家学者的进一步观点是，对道德的教导可以在记录古代圣人行动与言论的文本中找到。于是西汉儒家归总出了数种必须研习的标准经书，即“五经”：《诗经》《尚书》《易经》《春秋》和专论礼之特性的《礼》。孔子不仅被追认为《春秋》的作者，而且据说在传承或编写其他四部经书的过程中功莫大焉，还被认为亲手撰写了《易经》中的《大传》。 【84】

这一立场导致了早期儒家之强调阅读文本是理解古代圣人的方式，并与汉代早期盛行的宇宙论体系相结合。早期儒家学说与感应宇宙论的这种结合具有极深远的影响力。汉朝最终采用它作为本朝的意识形态，宇宙论儒家思想统治了西汉的两百多年历史（前202—8）。

· 蕴意

以上对于早期中国最重要哲学立场的考察，使我们现在可以讨论这些思想在中国文学思想发展中的作用。早期哲学文本提供了许多主题、意象和观点，后来的文学理论围绕这些主题、意象和观点而开展，并不断作出回应。

在上文中我们看到，一些早期文本认为自然现象是处于鬼神的直接控制之下的。这一观点在民间宗教中非常流行。然而由于以上所勾勒出的历史性原因，战国后期和汉代早期的大多数思想文化都抱持一种天人感应体系的宇宙观。在这样一个宇宙中，并没有主导意志，当然也没有任何意义上的造物主。同样的，虽然一些早期文本强调圣人发明创制的身份，早期中国的许多思想文化最终反对这种观点，转而将圣人定义为与天地自然运动相偕行之人。

这些思想转向对中国文学思想具有极其重大的蕴意。虽然对后世作家而言，从早期中国哲学论断中发展出基于发明创制的文学理论也是有可能的，但是大多数中国文学思想出自盛行于战国晚期和汉代早期的宇宙论概念。因此后世的文学思想并没有基于墨家式观点，如鬼神将自己意志强加于自然界以及圣人是发明创制者等论点，而是反复以早期中国思想的另一股潮流来言及文学中的各种论题，如文学之呈现自然模式，呈现作者的自然天性和感受，或者提取世界的道德教化模式。文学讨论经年累月围绕着
【85】一些基本问题，诸如是否应该文以载道，古代的文学典范是否应该被效仿。从有意思的个人创造角度来讨论文学作品，只属灵光偶现。于是，如在欧洲现代早期非常流行的作者是自己虚构世界的造物主之意象，在中国文学思想中没有明确的对应，中国文学思想倾向于贬低个人创造的观念。

早期中国思想话语的特质，以及在其中的特定意识形态选择，对后世中国文学思想传统产生了不可估量的影响。后者的一些特质在某种程度上来自于早期中国思想讨论中的特定流派，这样的说法应该并非夸大之辞。

普鸣（Michael Puett）

第四章　十三经 【86】

对中国文学的研究必须从“十三经”开始，因为文言作家在下笔时假定其读者已经将“十三经”烂熟于心。一代又一代的中国知识分子将这些作品视为中华文明的基础，教师在公立和私立学校把它们教给最有权势者的后代。法官、政府官员、学者和教师能够只句不差地引用“十三经”。“十三经”作为一种道德话语在中国的地位，堪比统治西方世界数百年的《圣经》。博学的学者为“十三经”注疏，阐述他们深信内在于“十三经”中的原则，而论战者分别从“十三经”中努力寻找支持他们立场的理据。有时候，某人对“十三经”某段文字的解释经常因言治罪而遭罢黜——不过在中国古代，教义引起制度性暴力或者战争的可能性远不及欧洲。

何为经？“经”字原初的意思是纺织中的经纱。英文中的“text”（即“织物”）与此异曲同工。实际上，中古早期的佛教译者一般使用“经”来翻译Sūtra，也呼应了这一织物意象。不过“经”还包含另一层意思。“经”是经纱，因此是仪则，就是规范。这层意思体现在“经世”（治理天下）、“月经”等表述中。【87】
因此，将一部作品称为“经”不仅意味着它像织物一样编织在一起，更意味着它可以成为某种基础，织物围绕着它而制成。根据经纱来编织你的织毯：以经书为准则来生活。

在历史中，许多文本都曾获得过“经”这个尊称。一部作品是否有资格作为“经”，通常取决于其身份。比如《庄子》这部前帝国时代和帝国早期作品，对儒家极其不敬甚至反儒家，有时也被其追随者敬称为《南华经》。其作者去世约一千年之后，得到“南华真人”这一尊号。不过大多数正统知识分子不可能认同《庄子》是一部经，因为经一般是用来指儒家作品。在帝国肇基时期（秦汉时期），儒家挟独一无二的政治优势，在与其他学派（最著名的有墨家和法家）持续了两到三个世纪的竞争中杀出重围。早期儒家的脱颖而出这个主题太过复杂，难以在这里展开（见第一编第三章）。可以确定的是，汉朝建立数年后，儒家说服朝廷将儒家经典作为皇帝的经典昭布天下，给予其无上的地位——除了零星的间隔期，这一地位保持到1911年的帝制终结。

历朝历代曾在不同时间颁布过当时的正统经书版本，这是一种有力的姿态，用来巩固朝廷在与思想传统有关之事上所拥有的最终裁决地位。所以公元175年，汉王朝处于内忧外患、大厦将倾之际，东汉（25—220）的汉灵帝（在位时期：168—189）下令订正“五经”，刻石立于太学。修订的重大任务落在了学者蔡邕的肩上，在他的领导下，完成于183年。这些石刻残片有的保留到了今天。在638年，杀死兄长夺位、死后被谥为唐太宗的篡位者李世民下令择定五经义疏，名其为《五经正义》。在当时，标准的五经疏已经建立多年了。这项工程由孔子直系后人孔颖达（574—648）负责，但是直到他去世的时候尚未完成。《五经正义》完整流传到今天，它构成了后世整个注疏传统的坚实基础之一。

儒家正统学说和帝国专制之间持续而显著的联姻对于提高儒家
【88】谱系的地位功莫大焉，但是也将与正统学说有抵牾的许多其他儒家学派边缘化了。一些儒家知识分子如朱熹（1130—1200）强烈谴责追求功利的思想，认为这是古代学说的污染。1313年，官方将朱熹

对儒家经典的解释作为科举考试的基础。儒家正统教条的无上地位于是得到确立——但几乎与此同时，一股不满的新思潮也在孕育，在明清两代达到高潮，对程朱理学有微词者公开批评朱熹和其追随者的立场。在某种意义上，朱熹这一形象一跃而为评价一切的标准，而这正是朱熹生前反感的现象。

经书在何时形成我们现在看到的面貌，目前还不是很清楚，但是距离有几部经书被认定为权威之作之时，已经超过两千年了。在不同的时代，经书名单各有不同——有两种，三种，四种，五种，六种，七种，九种，十种，十一种，十三种和十四种。广泛接受的版本是所谓“十三经”，“十三经”的提法最早可能来自藏书家王应麟（1223—1296）。“十三经”由以下经书构成：

一、《周易》或称《易经》；二、《尚书》或称《书经》；三、《毛诗》或称《诗经》；四、《周礼》；五、《仪礼》；六、《礼记》；七至九、“春秋三传”：《左传》、《公羊传》和《穀梁传》；十、《论语》；十一、《孝经》；十二、《尔雅》；十三、《孟子》。

《易经》是一部卜筮手册，其文本核心是由或为阴爻或为阳爻的六道水平线构成的六十四卦（据说是上古圣人伏羲所制）。六十四卦代表了用蓍草进行卜筮过程中的所有可能性。每一卦都有一条用上古语言写成的卦辞——即使对于古代读者也极其艰涩难懂——来揭示卦象的含义。卦辞的作者据说是公元前十一世纪中期（传统年表中所记载的公元前1122年并不确切）周朝的创立者文王。近来的研究表明，卦辞的原始意义似乎是指卜筮结果，这让人 【89】
想起商朝（约前1600—约前1028）甲骨卜辞（所谓“命辞”）。比如著名的“元亨利贞”，甚至在春秋时代就被理解为列举“元亨利贞”四种美德，夏含夷（Edward L.Shaughnessy）翻译出它更古老的意思：“初筮遇此卦，是有利的占问。”这意味着，在帝制时代以前，《易经》已经经历过了一系列再诠释。

卦辞之后，是六条爻辞，每条爻辞解释该卦的一条爻线。据说是文王之子周公创作了爻辞。虽然今天几乎没有学者相信卦辞和爻辞是来自文王和周公，但是《易经》无疑是中国文学中极其古老的文本，也许在西周中期就已经汇集成形。早期文献《左传》和《国语》对《易经》的引用与今本《易经》几无出入。

如果不是因为《易经》中的附文，即数百年间普遍被认为是出自孔子之手的“十翼”，《易经》应该不会得到后世思想家的如此重视。“十翼”中最具影响力的是《系辞传》，里面包含了《易经》起源的神话般解说，以及对宇宙间相互联系运动的解释。《易经》中隐含的解读天地运行的观点为一些十一世纪的思想家——特别是邵雍（1011—1077）和程颐（1033—1107）——提供了形而上思辨的基础。在他们之后，其追随者开始认为全面掌握《易经》是必不可少的。与邵雍、程颐同时代的欧阳修（1007—1072）大概是质疑“十翼”作者的第一人。就这一问题，当代学术界已无异议。然而，1973年马王堆（见第一编第五章）出土的《易经》帛书——夏含夷推算约在公元前190年——在结尾部分有一些注疏，其中就包括《系辞》，这表明十翼在汉代初期就已经存在了。

《尚书》的流传是中国文学史中相当臭名昭著的一个事件。在秦始皇（在位时期：前221—前210）焚书之后，一位名叫伏生的学者据说在自家宅子的墙壁中暗藏了一部《尚书》，但是当时仅有二十八篇保存完好。这构成了汉代《今文尚书》的基础。之后，在公元一世纪上半叶，别家宅子的墙壁中据说又发掘出一篇《尚书》，也即著名的长文《泰誓》，它随后与伏生的二十八篇结合起来，形成二十九篇的《今文尚书》。《泰誓》现在已经基本上断定是伪出。

与此同时，鲁共王（在位时期：前153—前128）为了扩建他的宫殿，而下令拆掉孔子的旧宅。在孔子旧宅的墙壁中发现了四部经书——包括一部《尚书》，孔子的十一代孙孔安国（约前130—约前90）将它用当时的文字誊抄出来，进献给朝廷（另外三部为《论语》《孝经》和《仪礼》）。

孔安国的《尚书》，即《古文尚书》，除了《今文尚书》的二十九篇之外，多出十六篇，定为五十八篇。出于多种原因，这一扩充的《尚书》在公元初的三个世纪中得到流传，在公元240年左右刊立“三体石经”时成为正统经文被铭刻于石。公元317年，东晋朝廷发动民间向（毁于三年前的）皇家图书馆献书。梅赜（活跃于317—322）进献了一部《孔安国尚书》。这部书被认定为《古文尚书》的可信版本，并最终被整合进《五经正义》中。

清代阎若璩（1636—1704）是确证其为伪书的第一人。他的结论言之凿凿，现在大多数学者认为作伪者是梅赜自己。很清楚的是，《今文尚书》中的许多篇章不可能早于它们被上呈之日。专家们今天仍然在讨论《今文尚书》各篇的日期，并没有达成最终共识。

《诗经》据传是周朝采诗官尊王者之命，从民间田野搜集百姓所唱之歌而来，而后来孔子对其进行了删定。采诗官的传说也许具有一定真实性。至于孔子删定《诗经》的说法，可能是受孔子以及其他儒家思想家喜用《诗经》中相关诗句阐明自己观点这一事实的影响。无论如何，《诗经》成书应该是相当早的。荀子（约前300—约前219）引诗不下数十次，所引诗文看来与今本《诗经》几乎无异。荀子门徒毛亨（以及其子毛苌）传授《诗经》——这就是我们现在所知道的《毛诗》。《诗经》最初至少还有另外三个文本传统（《齐诗》《鲁诗》和《韩诗》），但都已经佚失。（有一部叫做《韩诗外传》的存世作品，作者据说是汉代的韩婴。这是一部由轶事等内容组成的杂编，用来阐释多义的《诗经》诗句。）一些疑心重重的学者断言，整部《诗经》在汉代编纂者手中经过了大规模的

【91】修改以使古韵同当时发音相符。古汉语音韵学的进展甄别出了一些这样的例子，不过例子太少不足以成气候。

《诗经》共有305首诗，分为四部分：一、“风”，160首；二、“小雅”，74首；三、“大雅”，31首；四、“颂”，40首。“雅”“颂”都是崇高主题，包括了歌颂周朝祖先功业和各种宗庙仪式的乐歌。“风”中的诗则用一种未加修饰的语言歌颂了男欢女爱的愉悦。后世解读《诗经》者将它们置于更大的伦理和政治哲学的精神领域中，这些诗中的男欢女爱在其中成为次要的意义层。许多早期汉学家（如翟理斯［Herbert A.Giles］）为部分《诗经》注疏者荒谬的一本正经感到不可思议，不过近来的研究发现，《诗经》文本中的象征意义可能早在成诗之初就内蕴于诗中。这可以用《圣经》中的“雅歌”来比拟——在雅歌中，所罗门和示巴女王的联合，在《旧约》语境中很容易被解读为以色列与上帝联合的隐喻。

《周礼》《仪礼》和《礼记》统称为“三礼”。《周礼》原来叫做《周官》，是一部描写周朝政府的长文，里面有关于各种组织的表单，以及对各种官制的描写。《周官》被认为出自周公之手，但是在西汉（前206—8）末年之前，并无提及《周礼》之处。据说是武帝之弟河间献王刘德（在位时期：前155—前129）亲手将一部缺最后一篇的《周礼》上呈给朝廷，但是在进献的数个世纪之后，这一事件才见诸记载。（存世《周礼》最后一篇《考工记》原来就是为了补所缺的《事官》——这一篇显然永远亡佚了。）

在篡位者王莽（前33—23；在位时期：9—23）朝廷中领校“中秘书”（内秘府藏书）的刘歆（前46—23）极力鼓吹将《周礼》作为王莽新朝的立朝蓝图。因为当时一些“预见”王莽履帝位的谶纬之文被揭露是伪造的，后代学者便怀疑刘歆完全伪造了整部《周礼》。不过，这样一些指责通常是出于政治考量，因为它们出于私心，希望诋毁《周礼》和其他“古文”经典的所谓今文学者阵营。

高本汉在一篇率先使用古汉语语法分析技术的文章中，证明了存世《周礼》应该是来自距离刘歆比较久远的年代。不过没有疑问的是，《周礼》给周朝染上了一层理想化的色彩，不可能是出自西周的可信文本。

《仪礼》应该是讨论古代各级贵族礼仪制度的文本残余。《仪礼》原称《士礼》（有时候也叫做《礼记》——这容易令人混淆，【92】
因为《礼记》现在指另一部完全独立的经典），内容为贵族最低阶层“士”的礼仪。我们现在知道《仪礼》在西汉就已经流传，因为甘肃省武威汉墓（年代为西汉末期）中出土有甲乙丙三本汉简《仪礼》。

《仪礼》有“今文”版本，也有“古文”版本。《古文仪礼》收入了以前亡佚的篇章——据说发现于孔子旧宅（具体细节见上文），由河间献王进呈给朝廷。存世《仪礼》由郑玄（127—200）编定。郑玄校勘的《仪礼》在各个章节上都同时考量了“古文”和“今文”版本，不过只保留了两部《仪礼》共有的十七卷。

不巧的是，“三礼”中目前为止最有意思的《礼记》也是一部起源最令人生疑的经书。《礼记》内容混杂：有些章节由与《仪礼》中相似的礼仪制度构成，另一些章节包含关于孔子和儒家的进一步“信息”（大多数是虚构的），其他章节则完全用来定义在《仪礼》和其他礼书中出现的礼仪术语。关于《礼记》成书的所有说法都不可信，它可能直到公元一世纪或者更晚才流行于世——不过在这之前，一些内容不时会以单章的身份被引用。另外有一部叫做《大戴礼记》的，据传出自戴德（活跃于公元前一世纪）。《大戴礼记》看起来是比《礼记》更古老的版本，而实际上包含类似材料，但是它的起源也是非常可疑的，因为大块内容明显是摘编自早期文献。

除开它朦胧的起源不论，《礼记》中有许多章节对于中国哲学研究极其重要。其中的两章《中庸》和《大学》在唐宋时期儒家复兴运动中被抬高为圣人最重要的两部训世经典。朱熹将它们与《论语》《孟子》并列，作为最核心的“四书”。其他篇章如《乐记》和《月令》对于理解汉代的感应思维也至关重要。《乐记》和《礼记》中其他很多篇章，似乎是来自荀子学派。

最近郭店楚墓出土了《礼记》的《缁衣》竹简，这表明《礼记》的一些章节可以追溯到约公元前300年。

《春秋》以三部古代传述的面貌出现在十三经中。因此“春秋三传”实际上可以算做四部经书，不过它们在十三经中还是只占
【93】三席。至少还有两部春秋传（《邹氏传》和《夹氏传》），不过都亡佚已久。《春秋》是关于鲁国的一部诗体编年史书，讲述公元前722—前481年的重大事件。《春秋》的记事终于孔子去世前两年，这一事实使得产生孔子作《春秋》这样的传统观点，通过微言大义，寓一字为褒贬。孟子所谓“孔子作《春秋》而乱臣贼子惧”的说法支持了该理论。不管是否由孔子亲手编定，《春秋》本身应该不是伪出。显然在东周时代，主要诸侯国都有一部像《春秋》那样的编年史，传世的《春秋》仅仅是其中的一部，因为它来自孔子的故乡鲁国。仅有的例外是据说出土于公元280年的《竹书纪年》，如果不是伪造，应该是魏国的编年史。方苞（1668—1749）和另外一些学者认为，晋国史书是《史记》第十五卷《六国年表》的基础。1975年，湖北省睡虎地墓（约前217）出土的秦简中有一部来自秦国的《编年记》，也便不奇怪了。

在西汉时期，《公羊传》是“春秋三传”中地位最为显赫的。《公羊传》据说为公羊高所传，最初只是作为家学口耳相传，在景帝（在位时期：前157—前141）年间由其后人公羊寿将其“著于竹帛”。董仲舒（约前179—约前104）是《公羊传》的有力支持者。他以向朝廷上书贤良对策多引《公羊传》作为例证而著称。《穀梁传》（以其作者穀梁喜之姓为书名）被认为稍晚于《公羊传》，部

分因为它对《公羊传》的频频援引。

《左传》是一部独特的春秋传，据说是《论语》中孔子门人左丘明所撰。和《周礼》一样，《左传》也被康有为（1858—1927）贬斥为刘歆的伪造。而自高本汉之后，大多数学者都将《左传》视为一部出自公元前四世纪的“真品”，其中包含了可能甚至更早的文本材料。《左传》在《春秋》结束后又继续写了十三年编年史，直到公元前468年。这一矛盾以及文本中的其他种种异常隐约表明，《左传》原先是独立文本，在后世被重新编排而成为春秋传——肇始者可能是《左传》的首位重要注疏家杜预（222—284）。

《左传》在篇幅和内涵上都远胜于前两部作品，几百年来也拥有更多读者。许多著名的东周传说如公子重耳（后来的晋文公［在位时期：前636—前628］）出奔，伍子胥的生与死（卒于前484年），都首次或很多时候也是最完整地出现于《左传》中。在构建帝制时代中国读者对中国古代史的理解中，《左传》是最具影响力的一部作品，因此，要理解中国历史的各个时期，《左传》都是至关重要的，尽管《左传》中记载的事件并不能作为信史。《左传》【94】
作者致力于创作一部教化之作，来表明支配历史的超越性原则——贤与不肖各有其报。《左传》中每一个故事以其“应该”的面貌而结束。比如，发动战争是因为礼制被逾越，而不是为了财富与征服：获胜者经常将战利品的大部分归还，特别是当他确信其手下败将痛改前非时。这一高姿态是用来表达他不愿意打破古老而不可侵犯的权力平衡。老练的读者可以预测出每场军事冲突的结果：胜利属于行为高贵者，属于对礼仪和道表现出更高敬意的一方。

《论语》的英译为*Analects*，来自拉丁语analecta，指作者的作品选，不过这个拉丁词借自古希腊语。这一由早期耶稣会士发明的译法相当贴切，因为中文里“论语”的意思是“言论选”，即孔子的言论选。由于被视为关于孔子以及他与弟子问答的最权威文本，

《论语》收获了无限敬意。据说在孔子去世后，他的几位弟子比较了各自所记录的夫子言论，将最重要的夫子言论结集成《论语》。剩余材料应该保留在另一部作品《家语》中。有一部存世的《孔子家语》，不过大多数学者认为是伪出。

关于《论语》成书的上述说法存在一些问题。首先，几百年来一些批评家如崔述（1740—1816）都注意到《论语》全部二十章中存在不少重大文体差别，有时候是明显的不协调。而且，对有些人和事的提法，如提到鲁哀公（在位时期：前494—前468），证明了有些章节在时间段前限上应该晚于孔子去世的公元前479年。古代对这些问题的解决方案是认为，章节之间的差异代表了不同孔门学派。晚近的一些学者开始尝试给各章确定年代——甚至有极端的给各句断代的。比如白牧之和白妙子夫妇二人（E. Bruce Brooks and A.Taeko Brooks）断定最早的篇章在公元前479年，最晚的篇章在公元前249年。

这并不是一个无关紧要的话题，特别是考虑到孔子的观点在传统中国乃至整个东亚的重要性。儒家哲学的严谨治学者需要了解《论语》的可信度究竟有多大，编于公元前249年的章节不可能被确信为孔子所言。然而，诚然《论语》要到汉代才具有今天的形
【95】态，现在却有一股全盘忽视古代证据的倾向。比如《论语·子路》中“叶公问政。子曰：‘近者说，远者来’”可以在《墨子》第四十六章《耕柱》中找到，《耕柱》属于《墨子》中记录墨翟（约前480—约前400）与其弟子讨论的“墨辩”部分。大多数学者认为“墨辩”是一部可信的材料汇编，其年代在公元前五世纪初以及更早。实际上，“墨辩”是整部《墨子》中最没有问题的一部分。这一点特别重要，因为《论语·子路》通常被认为是相对晚出的（白氏夫妇认为它的年代在公元前321年，距孔子去世已超过一百五十年）。因而可以认为，《论语》中的孔子言论在孔子去世和墨子去世之间的

一百年中已经在思想界传播。于是，虽然《论语》的成书年代还没有定论，我们必须保留《论语》大部分文本都为真这一可能性。

《孝经》是一部篇幅很短的作品，在里面孔子向学生曾子（曾参，前505—约前436）讲授“孝”的理想。朱熹观察到，存世《孝经》中似乎有两个文本层：第一个文本层由孔子和曾子的讨论构成，这部分也许是曾子或其门人所传；第二个文本层包括来自《左传》和《国语》的摘引，这部分不会早于约公元前300年。不过在《吕氏春秋》（约成书于公元前240年的一部类百科全书式作品）中引用了《孝经》中的两大段文字，这证明《孝经》在公元前三世纪末便已经在流传了。《孝经》在汉代具有特别影响力，在整个帝制时代都始终为一部备受尊敬的经文。但是在五四运动（1919年）之后，《孝经》处于受指责的风口浪尖。思想家如吴虞（1871—1949）将“孝”视为中国社会与技术落后的根源，因为“孝”这一品德要求子女在必要的时候为父母牺牲一切。

第十二部经——《尔雅》是一部古代词典，著录了大量关于动植物的条目，以及对经典文献中出现词汇的诂释。自从三国张揖（活跃于227—233）始，《尔雅》的作者被追认为周公，不过其年代在周朝中期和晚期的大量引文否定了这一可能性。高本汉认为，《尔雅》的编写大约在公元前三世纪，今天的大多数学者倾向于采纳高氏的见解。《尔雅》对专家学者具有一定价值，因为当在某文本中遇到一个晦涩词汇，而碰巧《尔雅》中有相应注解时，便会很有用。除此之外，这部作品很少有人读，而且如果没有索引，根本就不可能拿来使用。

“十三经”中的最后一部是《孟子》，也即哲学家孟轲（前372—前289）的言论集。从如《礼记》《大戴礼记》和《韩诗外传》等汇编文献中可以看出，早期帝制时代最有影响力的思想家是 【96】
荀子，而非孟子。然而在新儒家兴起之后，孟子被认定为最后一位古代圣人（荀子并未得到重视）。今本《孟子》一共有七篇，另外的四篇因东汉注释家赵岐（卒于201年）觉得它们身份可疑且无关紧要便删去了。《孟子》收录了孟子面对不同听者、与弟子讨论以及和其他哲学学派论敌论战时的各种独立言论。如上所述，朱熹认为《孟子》是所有文献中最重要的四部作品之一。

许多二十世纪评论家，比如吴虞和马克斯·韦伯（1864—1920），认为儒家经典无可置疑的权威性，以及后人亦步亦趋墨守儒家教条是现代中国众多问题的罪魁祸首。这种见解忽略了这一事实：在中国两千年历史上的大多数时间中，中国是知识分子或者士人最理想的出生之地。中国（The Middle Kingdom）在上一个千年中期之前，一直是地球上毫无争议的在技术、经济和社会领域最发达的国家。我们应该牢牢记住的是，中国在文化和思想上的先进性至少部分归功于“十三经”中的教导。

仅试举一例，《尚书》和《孟子》中阐述的“天命”观，认为天子仅是上天的代理人，只有施行仁政才能保住至尊之位。这番话应该是周文王和其代表面对商朝遗民时的一番慷慨陈词：上天已经敕令，昏聩好色的商纣王被武王及其军队正义地消灭了。“天命”观在中国历史中起到的作用不可估量。宋朝是中国历史上最光辉的一个朝代，其皇帝当然并不愚信有一个嫉恶如仇的上天，如果滥用权力，上天便会将他们从皇帝宝座上拉下来，不过大量文书揭示了政策制定者曾如何不厌其烦地反复讨论某政策会给黎民福祉带来何等影响。各政治派别经常意见纷呈，如果农民对于政治事务有发言权，他们不可能同意大臣们的任何提议。不过皇帝和内阁对于百姓疾苦的关切是很明显的。这样一种情感贯穿了许多受儒家影响的中国文学作品。

金鹏程（Paul Rakita Goldin）

第五章　《诗经》和古代中国文学中的说教 【97】

根据大致推算，《诗经》三百零五首可追溯到公元前600年之前的四个世纪。这一时代涵盖了新建立的周朝在渭水流域的最初兴起、公元前771年周朝都城被攻破、周平王随后的东迁洛邑，以及最后在公元前679年为了保护周室免于南方楚国的蚕食，齐桓公（在位时期：前685—前643）打出“尊王攘夷”的旗号，成为事实上的中原盟主。从文学角度看，这一时期产生了诸多古老或前经典文本，包括《诗经》、部分《尚书》、卜筮之书《周易》，以及记录周室和其附属国的赠与或其他历史事件的钟鼎文。

许多前经典文学的创作，是出于古代作者（或口头或书面）保存传承他们文化中所积累智慧的愿望。类似的教化愿望也体现在我们今天所见到的中国文学经典时代（在政治上，称为春秋战国时代）著名哲学和历史作品中。孔子的《论语》教导了对于修身和治国而言必不可少的道德原则；《左传》丰富地展示了人类历史中相 【98】
互作用的复杂性；《老子》教我们挫其锐，解其纷，涤除玄览。所以，周代文学中充溢着通过文字的力量来进行教化的文学冲动。虽然中国古代文学偶尔会有娱情之时，但是在其娱情表面之下的不远处，还是情不自禁地给艺术本身附加意旨。

由于过去二十五年间的中国考古学发现，许多古代已佚作品重见天日，这些文献有助于我们理解文学的教益目的。在著名的如马王堆、银雀山、郭店以及其他汉代与以前的墓葬中——它们中的大多数当时位于南方的楚国——出土了一整套手册和指南。这些手册为往生者提供各种实用指导，如疾病的治疗、合适马匹的选择，或者房中术、治国术以及军事方面的指导，还有如何祭拜神明的秘传之术。

在所有早期的文学表达形式中，诗歌也许最多地承载了古代作者的教益目的，也最具有实现其目的的艺术化语言能力。阅读保存于《诗经》中的诗歌，既学习了古人所珍视的智慧，又听到了诗人的教导，劝诫人们做这个、不做那个，提醒人们践行正道，勿误入恶途。

·《诗经》与儒家

孔子（前551—前479）极为推崇《诗经》的教化功能，从而向学生推荐《诗经》，并引《诗经》以说明他所要传授的道德培养中的原则与方法。上海博物馆正式宣布得到一部竹简——出土于约公元前300年的楚墓——里面记录着早期儒家对《诗经》的道德重要性的解读。虽然竹简的整理出版还有待时日，关于它的内容方面的信息并不完全，不过它应该代表了孔子弟子子夏（卜商）的诗经学说。根据早期文献资料，子夏的《诗经》学说来自孔子，而《诗经》是从子夏一系传授下来的，子夏自己撰写了《大序》和《小序》（毛诗学派的重要部分）。毫无疑问，对于之前所认为的早期诗歌的特性、孔子和其门生在保存、传授以及解读《诗经》中所占
【99】的角色，上博竹简的出版将进行全面的再评价和修订。

孔子对《诗经》这部古代诗歌集的使用，使之成为一部儒家文本。自此，《诗经》诗歌与儒家哲学的道德教导之间日益难分难解。后来的一些儒家思想家如孔子嫡孙子思，还有孟子和荀子，都仿效孔子，频频征引《诗经》，作为哲学论辩的压轴语。将《诗

经》诗歌内化于儒家道德哲学中的新证据来自于1993年出土的郭店楚墓中的一部文本《缁衣》。该文本是十一种儒家文献中的一部，而郭店楚墓主人应该在公元前四世纪末楚国宫廷担任老师。《缁衣》与汉代的礼制汇编《礼记》中的《缁衣》章几乎一模一样，传统认为《礼记·缁衣》的作者是子思。郭店楚简告诉我们，《礼记》中的许多章节比现代学者原先所认为的更加古老。和《礼记·缁衣》一样，郭店《缁衣》频频引用《诗经》和《尚书》为儒家哲学提供古代论据。这样，它便为我们提供了《诗经》中许多诗句的最早版本，展示了公元前四世纪的思想家如何用这些诗句来服务于他们的哲学目的。

· 早期《诗经》学派

由于儒家汲汲于《诗经》的道德意义，到西汉产生了《诗经》学各流派。虽然《诗经》在秦朝焚书中遭劫，不过由于背诵诗歌在古代是司空见惯的，所以劫后余生的《诗经》到了汉代成为令学者兴趣盎然的一门学问。在汉代建国之初，没有学者知道整部《诗经》的面貌，而随着群策群力的传抄和搜集，几十年后出现了数部完整的《诗经》版本及其传注。

汉代《诗经》学派中最突出的有鲁、韩和齐三家（即所谓“三家诗”）——这三家在文帝（在位时期：前179—前157）和景帝（在位时期：前156—前141）之时分别得到官方认可。我们推测其他学派的《诗经》版本，因为从未得到过官方认可，所以亡佚了。楚元王刘交（卒于前178年）为《诗经》所作的传，是过早亡佚的
《诗经》版本中的一部。和鲁诗的创始人申培一样，楚元王也是 【100】
《诗经》大师齐人浮丘伯（其自称从学于荀子）的学生。在二十世纪七十年代晚期，位于安徽省阜阳市的汝阴侯夏侯灶（卒于前165

年）墓地出土了一些损毁非常严重的《诗经》残片。学者对这些残片进行仔细研究之后，认为它也许属于失传已久的楚元王学派。

三家诗最终为毛诗（见第一编第四章）所取代。毛诗是流传到今唯一完整的《诗经》古代传注。毛诗学派最初出现在河间献王刘德（卒于前133年）朝廷。与被它掩盖光芒的三家诗一样，毛诗也将《诗经》视为历史事件的记录，于是给它所认为的晦涩的隐喻、比拟和其他比喻性暗示统统加上具体的时间地点人物事件。

毛诗的以下几个部分一起构成了该学派对古代诗歌的解读。首先是传统上认为是子夏写的《大序》。《大序》描写了诗歌之成诗的过程，同时也定义了最重要的诗学词汇——包括诗歌名词，以及毛诗文本各部分之名。《诗经》中的每首诗之前都有一则《小序》，每则《小序》的首句即“上序”传统上认为出自子夏之手。每条“上序”一般不超过两词或三词，以助词“也”结尾，通常点出这首诗的道德意旨。（上文中提到的上博简也包含了指名道姓为子夏所写的《诗经》学说，这无疑会促使学者再度审视毛诗中《大序》和《小序》的真实性和重要性。）在写于约公元前150年的“毛传”中，“上序”中的只言片语和诗是连在一起的。“毛传”也对一些高难度术语给出简短注解，间或会有长约一行或两行的解释。从年代上来看，“上序”和“毛传”在前，对子夏传注的阐述（被整合进《小序》）在后，后者约写于公元前一世纪，也即“下序”。“下序”重建了——有时候巨细靡遗地——诗歌创作时的历史环境。郑玄（127—200）的《毛诗笺》中有对毛诗最为全面的训释和定义性的总论，《毛诗笺》接受了“下序”中的历史解释，并对其进行发挥，以与“上序”和“毛传”中的说法相合。

【101】详细比较一下毛诗文本和阜阳残简后，我们发现毛诗之所以能够在竞争中胜出，也许是因为它的诗句更贴近当时汉代发音，为吟咏提供线索，而这是较为古奥的其他派别所缺乏的。

对各种《诗经》注疏源头的研究也极大受益于中国考古学家的文本发现。1973年长沙附近的马王堆汉墓出土的一篇文本为我们提供了一个未书于史的解释学转向——汉代以前儒家哲学家的哲学解释向汉代各《诗经》学派传注之风的转向。这篇被整理者命名为《五行篇》的文本年代约在公元前四世纪，许多学者认为《五行篇》出自注重道德修为的子思学派。而近来在郭店（在这里发现了最早版本的《缁衣》）出土的更早文本，证明了《五行篇》的成书之早。马王堆帛书《五行篇》中附有一份早期注疏（不过郭店楚简中没有），大约成书于公元前三世纪中期，注疏中提到作者为尸子学派成员，根据《汉书・艺文志》，他写过一部现已亡佚的儒家哲学著作。在对诸如“仁”“义”等术语的解释，以及提及典范人格时，《五行篇》提供了关于《关雎》《燕燕》和其他《诗经》诗句的重要注解。上博简公布于众后，相信它提供的证据也会对研究《诗经》注疏的产生提供思路。

·《诗经》文本以及各部分

在某种程度上，由于累加在《诗经》晦涩诗句上的注疏层，要准确断定《诗经》最初在何种情况下、为了何种目的而被创作出来，便很困难了。不过综览《诗经》中的所有存世诗歌，还是可以大致了解它们是如何演化、如何相互联系，以及它们之间的相似性和差异性的。至于这些诗歌在何时被编辑成书，目前仍不可考。《诗经》全书作为一个整体的存在不晚于公元前六世纪，因为孔子和其同时代人已经提到“诗三百”。在公元前四世纪对早期周朝制度加以高度系统概述《周礼》中有对乐官的描述。这些乐官由大师领导，他们职掌“六诗”，将其教给在周朝宫廷中唱咏的瞽蒙。也许像乐官这样的官员负责的正是编订诗歌，也许很多诗歌也是出自他们之手。 【102】

《诗经》中的305首诗分为四个部分：160首“国风”，74首“小雅”，31首“大雅”和40首“颂”。这四个部分的区分可能早于保存《诗经》的毛诗。孔子《论语》中已经隐约提到。而在《左传》中栩栩如生地描述了在公元前544年，吴公子季札在鲁国观礼，鲁襄公让乐工奏唱出全部305首诗。大多数权威人士都同意“颂”是《诗经》中最古老的，而“国风”是最晚出的。不过，这一结论所根据的语法和文体差异，也可能反映的只是不同诗歌种类的不同目的，而并非年代变化。所以，“颂”“小雅”和“大雅”也可能比通常所认为的要晚出。

· 颂

“颂”是《诗经》中最肃穆的诗。它们大体上以周朝祖庙中进行的祭祀大礼为基础。周颂颂扬周朝创立者文王和武王的丰功伟绩（《清庙》到《思文》），还有周人神话中的祖先、农业的发明者后稷（《臣工》）。周颂中最为典型的是《潜》，这是一首让先人欢愉的宗庙音乐的诗文。这首诗精深的艺术性，启发了《吕氏春秋》和《礼记》中的乐论，这提醒我们“颂”并不是祖庙中祭祀所唱的简单记录。它们都是用了诗这一形式，来记诵仪式是如何进行的，这样后代便能铭记和仿效他们的先人。

“颂”中同时还有孔子所在的鲁国的颂（《駉》《泮水》《有駜》和《閟宫》），还有宋国的商颂（《那》到《殷武》），周克商之后（约公元前十一世纪中期），对商祖先的祭祀在宋国得以延续。《诗经》中的鲁颂进一步证明了儒家在《诗经》早期传授中的积极角色。《閟宫》是鲁颂中，甚或是所有“颂”中最华彩的一章。这是一首歌颂鲁僖公（在位时期：前659—前627）的长诗，描写了他对鲁国宗室始祖周公感恩的祭祀，因为先祖周公助他兴祖业、复疆土。在五首歌颂商先人的颂中，最重要的一首是《玄鸟》，该诗回顾了诞下商人始祖契的“玄鸟”神话，歌颂了武丁（在位时期：约前1200—约前1181）及其后嗣的丰功伟绩。 【103】

因为毛诗用“颂”来作为这一部分的标题，一般便认为“颂”部分的诗必定是歌颂之辞。不过需要指出的是，毛诗使用的这一个术语有学派内的特殊用法。如果我们想一下“颂”的异体同源字，便可以设想出解读这些诗的另一种方式。比如同源字“讼”提示，这些诗歌虽然歌颂祖先和创立者，也同时可以被认为是对生平业绩没有达到祖先高度的统治者和其他显赫人物的批评。

· 大雅

虽然通常认为“大雅”和“小雅”之名来自其诗歌之“雅”。这种理解实际上是可以质疑的。从清代王引之到魏礼（Arthur Waley）的各路权威学者都注意到“雅”（*ngragx）在语音上与“夏”（*gragx）的关联度。“夏”指中原的夏人，用来区别楚人、吴人、越人和其他四夷（特别是南方）之人。所以“大雅”和“小雅”意味着这些诗代表了夏的文化传统，因而应该用严格的夏口音来进行吟咏。对“大雅”和“小雅”的传统理解是对《诗经》中“夏诗”（因此是“雅”的）的转换义。

“大雅”部分的一些诗关切的是保存有关古代伟大统治者的记忆，并使得礼制传统传承下去。仅试举几例，孟子和荀子经常引用的《文王》一诗，列出了文王的懿德，作为后世统治者学习仿效的典范。《生民》生动描述了周人始祖后稷神话般的诞生，以及他发明农业的过程，不过最后则以如何将祭品奉献给祖先收尾。

“大雅”中其他诗所探索的主题是“颂”中未见的。比如《民劳》是一首谏诗，劝谏某位周王体恤“劳止”之民，让在掠夺与暴政下的疲弱百姓能稍稍喘口气。《民劳》虽然非常简短，但与《离骚》（见第二编第一章）有相似之处。讽喻性的长诗《抑》是写给一位年轻的周王的，诗中教导他如何成为一位英明受尊敬的王者。
【104】《抑》的哲学信息——统治者必须修身，听取臣子的谏言——极大影响了荀子和《中庸》的作者（见第一编第三、四章）。

· 小雅

“小雅”中的一些重要篇什，如《楚茨》《信南山》和《宾之初筵》铺陈了周礼仪式的细节，所以似乎应该是为了保存祭祀先祖神明的传统。而“小雅”中像《节南山》等一些诗，与《民劳》类似，都从近臣角度对王的行为进行劝谏。除这些之外，这一部分的诗从宗庙的肃穆环境以及宫廷核心小圈子，转向了整个贵族阶层的日常生活，包括他们的爱与哀愁。也许“小雅”中最典型的作品，是像《鱼丽》到《菁菁者莪》这样记取君子与来自其他诸侯国的宾客一起游乐宴饮的美好时光，或者像《六月》到《吉日》那样颂扬战友们的英勇武功。

· 国风

“国风”根据国名或地区名，划分为十五部分，其古老程度由以上提到的《左传》段落所证明。这一种划分是为了反映它们的地理来源，这一点在某种程度上得到诗中的地理或者历史暗示的证实。不同地区的诗如何被汇聚在一起，对此有一个最先出现在汉代文献中的古老解释：周王每巡游一国，便命令大师收集当地诗歌，这样他能够了解当地风俗和民怨。采风的古老性有待证实，汉代的这一解释也许是为了给当时采集讽喻朝廷的民歌实践提供先例。

不管这些诗是否确实来自各诸侯国，令人印象深刻的是在其他文献中被贬为蛮夷之地的周南和召南（“国风”中最南部的两个地区），这两个地区的诗竟然置于《诗经》起首位置，而周地区的“王风”却处于相对较后位置。对这一顺序的解释是，“周南”和“召南”比其他国风年代久远。实际上，给予此二者以显要地位，反映了这样一个观念：南方的楚国和吴国已经取代周成为中国的地理中心，此观念也影响了《山海经》（见第一编第二章）和其他古代文献的内容排序。

“国风”中的许多篇什继续《诗经》“颂”“雅”部分中的 【105】
主题。我们在“国风”诗中，也能找到明显旨在为后代保存重大文化智慧的诗歌，尽管篇幅较为简短。比如《驺虞》似乎是简要描述了祈祷春季植被新生的箭礼。如果不是张衡（78—139）《东京赋》中对《驺虞》之义进行了清晰阐述，它的原义很可能就此丢失了。短诗《芣苢》的内容是教导年轻妇人如何采集和使用一种叫做芣苢（车前子）的利怀妊的草药。《七月》是一篇不同凡响的历法诗，呼应了《生民》中的农业智慧，不过在意旨上更为接近《吕氏春秋》关于“历法”的诸章。《七月》也可能影响了《吕氏春秋》（秦相吕不韦在约公元前239年召集学者编写的一部兼容并蓄的百科全书）中第二十六章《季夏》中关于农学的篇章。

不过其他同样关涉传统风俗实践的“国风”篇什是否应该从字面狭隘理解为仅仅是对风俗实践的记录，是值得存疑的。比如《伐柯》强调了寻觅新妇过程中好媒人的重要性，并将之比为用一个好的斧柄作为新斧柄的模具。这首诗不应被简单视为如何嫁娶的备忘录。娶妻和斫斧柄的意象可以解释为隐喻性元素，指向《伐柯》的宏大意旨：在进行事关重要的决定时，要仿效现有榜样，有序推进。类似的，《木瓜》中“投我以木瓜，报之以琼琚”的求偶礼节可以解读为一种隐喻的教导，即在所有等级关系中都需要互惠。

《诗经》“国风”部分独一无二的那些诗歌，其特点是以简短、重复和往复的诗歌方式，远离“雅”“颂”中所记颂的朝廷宗庙活动，转而讲述田间乡野日常生活的故事插曲。这些诗歌与“雅”“颂”中的诗歌形成了鲜明对比，让人想起游说者的小故事（“说”）——游说者以此来博听者一乐，同时也教导他们。“国风”中的故事诗也许是这一修辞工具的前驱。《韩非子》和《淮南子》（见第一编第二至三章）中收集并评论“说”的那些著名章节也许正是模仿“国风”故事诗的汇编。

“国风”中的故事诗不胜枚举。这里仅试举几例，便足以点出其文类，定义其主要特征：《泉水》中喜剧般地描写了一位年轻女子去问未婚的姑姑和姐妹，如何继续她的婚姻；《新台》是一个小小寓言，一位渴求燕婉美人的君主发现自己碰到的是东施一样的丑
【106】女；《氓》讲述了一位姣美女子将自己完全奉献给丈夫，而到人老珠黄时却被抛弃；《将仲子》中有一位无法阻止爱人翻墙近前的女子，因为求爱者知道她的抵抗是半推半就的。

短故事的情节经常被正统注疏遮掩得面目全非。毛诗的历史化倾向使得几乎难以辨认出《燕燕》是对一位已故君主的深切哀思。而《关雎》中辗转反侧为情所困的年轻男子形象同样也被毛诗的注释所模糊。有幸的是，上面提到的出土的《五行篇》帮助我们以更接近原意的方式阅读这些诗歌。以著名的《关雎》为例，该诗以雎鸠的“关关”鸣叫声开篇，把该诗解读为陷入爱河、情难自制的年轻人的故事，使我们可以认定这首诗作为直接先驱，引出了后世如托伪司马相如的《美人赋》，以及据说为宋玉（约前290—约前222）所写的《登徒子好色赋》中对这一主题更为直露的描写。

·《诗经》的语言

《诗经》的语言，尤其是“国风”中的语言是极富比喻性和引喻性的。隐喻和其他形式的比喻语言在《诗经》中随处可见，使得诠释者经常难以断定哪些诗句是引喻性的，哪些属诗歌“具体”的直叙。有些诗，比如《汉广》看上去通篇由隐喻构成，该诗的意旨只能通过辨别这些隐喻背后的所指并从中提取出总体意义或信息而获得。另外一些诗，如《静女》，嵌入了源自极其多样化文本的修辞。

“兴”，乃是其中最至关重要的一种修辞，也是“国风”最为重要的特征。对“兴”这一术语最具权威性的解释，来自马王堆出土的《五行篇》。对“兴”字的使用，同时也是约公元前150年的毛诗学派最突出以及被频繁提到的特点。《五行篇》和毛诗都将这一词汇运用于《诗经》篇什中的篇头意象中。而篇头之外的隐喻，无论它在形式内容上多么接近于“兴”，《五行篇》和毛诗都不会给它贴上“兴”的标签。对这一术语的这种用法，提示着我们应该把它理解为“起始”或“兴起”（“兴”兼此义）。我们研究作为“兴”的诗行如何在一首诗中起作用后，会发现“兴”应该被视为诗人所援用的一种隐喻，用来引入一首诗歌，并作为一种统合元素，来决定选择那些出现在诗中的其他修辞和叙事意象。毛诗认 【107】
为“国风”全部诗歌的约百分之七十都由起兴的诗句导出，而“小雅”中的比例只有区区三分之一。而“兴”这一诗歌技巧在“大雅”和“颂”中则非常罕见。

“兴”的意象经常会是鸟、草木、山河等。比如，毛诗认为《关雎》中的雎鸠和《葛覃》中的葛覃这两种引喻都属于“兴”。另外一些引喻，还包括风、兽、舟船、星辰和织物。《诗经》语境中作为“兴”的隐喻性意象，在卜筮诗歌中会作为预示人的命运的迹象与征兆。《周易》的“爻辞”，《左传》中所引的“童谣”以及《易林》（据说为公元一世纪早期的崔篆所撰）搜集的大量四言诗卜辞中可以找到这类卜筮诗歌。马王堆帛书《周易》的出土极大地帮助了我们理解卜筮诗歌以及它在卜筮术中的角色。

· 诗经的文体

“国风”中的一百六十首诗可以被称为成熟的诗经文体。诗经文体的特征包括大量形式元素，包括押韵格式和格律长度、诗节划分等。“小雅”和“大雅”中的诗节数几乎是随机的，“颂”部分除了六首之外，都只包含一个长诗节。相比之下，“国风”中的诗则通常有相互重复的三个诗节（章），每个诗节包括四句。“国风”中的“曹风”和“豳风”，一般超过三个诗节，而“郑风”明显偏好两个诗节。“魏风”“唐风”和“秦风”中的诗节通常超过四句。

大多数“国风”诗句都对偶，每句通常包括四个音节。格律上不规则的三音节或者五音节有时候会出现在“雅”“颂”部分，不过并不常见。对偶的诗句几乎都不是独立的，大多数都组成单个句义和语义单位。而且，诗歌之间重复的诗句经常是以对偶形式一起出现。这表示，通常被认为是对偶句的两句应该被视为一个八音节诗句，它由两个四音节半句（或曰不完全诗句hemistich）构成。

除了“颂”部分的六首诗和“大雅”中一首诗的最后两个诗节，《诗经》中的所有诗歌都押韵。偶尔会出现头韵和中韵，但只有尾韵是系统化使用的。尾韵标记了一个诗句的结束，由于在一个诗节中尾韵通常是保持不变的，所以尾韵也标记着整首诗的诗节划分。虽然个别的四句会有AABB的押韵格式，但一系列这样的押韵对
【108】偶句组成的诗在《诗经》中的出现频率并不高。标准的“国风”四

句中，第二句和第四句必须押韵，大多数通常押韵格式是AAOA和OAAA。另外一种标准押韵格式是ABAB。

以上提到的形式特征并不是诗的专属特征，不足以将它与其他文学表达形式区分开来。当时的散文采用了同样的组织技巧：格律的整齐，有章或者类似单位的划分。即使像甲骨文这样的散文体也经常押韵。古人在定义诗性表达时，并不提押韵和格律的整齐。在他们的头脑中，诗的突出特点是它根据某一旋律而咏唱，有音乐伴奏。同样重要的特点（如果不是更重要的话），在于古人认为诗歌是内在想法和感受的表达——用隽语形式加以安顿的一种个人化和情绪化的阐发，通常并不传达给他人交流，且从不以日常对话的形式表达。

诗的这一定义性特征在《尚书》中一则神话中得到概述，《尚书·舜典》中舜帝命令独脚龙夔调教其子的性情，通过咏歌来调和人与神明之间的关系。

> 帝曰："夔！命汝典乐，教胄子，直而温，宽而栗，刚而无虐，简而无傲。诗言志，歌永言，声依永，律和声。八音克谐，无相夺伦，神人以和。"夔曰："于！予击石拊石，百兽率舞。"

公元前一或前二世纪毛诗的《大序》中网罗了与《诗经》有关的说法和定义，用后世时常引用的一段文字重复了上述神话中的主体内容：

> 《诗》者，志之所之也，在心为志，发言为诗。情动于中而形于言，言之不足，故嗟叹之；嗟叹之不足，故咏歌之；咏歌之不足，不知手之舞之、足之蹈之也。

《大序》中提到的诗歌的专属特征中，包括了增强寻常语言的能力来进行深层情感交流的“嗟”（呼喊）“叹”（叹息）。“嗟叹”是感叹词，是没有具体词义的声音，大量存在于《诗经》中。“诗经”的“诗”字的声旁在现代发音中读“寺”，也是众多感叹词中的一个。郭店楚简《缁衣》引诗时，用来代表“诗”（poetry）的，是“寺”字，而非“寺”加上形旁“言”。

《诗经》中的大量感叹词可以根据重建后的古汉语发音划分为两组：阵容较大的一组具有齿音或者类似的舌面前音，另外的一组由喉音构成。古代诗人和歌咏者实际上怎么发音则完全是另一桩事情。正如我们的“sigh”只接近于我们悲伤或者盼望时所发出的声音一样，《诗经》中的感叹词是否真像翻译中的“oh!”或“Alas!”那样柔和，是很值得怀疑的。被重建为齿音或舌面前音的原来可能是口哨声和（表不满责备的）嘘声，而喉音则为号啕、叹息、哼哼唧唧或者咕咕囔囔。这些词是用来增强诗歌语言的，使它传达的各种信息和意义更为传神。

王安国（Jeffrey Riegel）

第六章　超自然文学 【110】

讨论中国文学中的超自然内容必然要从术语的定义开始。在前现代汉语词汇中并没有可以直接对译为“超自然”（supernatural）的词。现代汉语中的“超自然”一词是来源于英语。我们现在所谓的超自然，是指各种“鬼怪”或者各种奇异生灵。“超自然”意味着区别于自然的另一个疆域，但是在前现代中国，这些事件和生灵并不是超越或者脱离自然界的。恰恰相反，奇异事物是自然系统的内在组成部分。而这些现象在中国古代文学中是作为一个单独门类存在的。“超自然”一词是为方便计，这一定义中的内在区别我们需要牢记。

本章内容包括了关于奇异生灵的文学和志怪文学。将佛教和道教中的超自然图景排除在本研究外是不可能做到的。不过我们在这里忽略了佛道经文和寺庙碑文，而早期中国神话则在第一编第二章已经讨论过了。本章是对超自然文学而不是对超自然迷信的论述，不过二者是紧密交织在一起的：超自然传说为文学提供素材，文学是超自然传说流传下去的工具。虽然我们不可能确定某位作者是否相信他笔下的那些超自然现象，不过前现代作家自己便对超自然信仰的话题已具有问题意识。相信超自然与人类世界之间存在互动，【111】
是前现代中国历史中的主流观念，但与此同时当时的人也认识到虚构与妄想的肥沃土壤的存在。传统评论家经常提及另外一类与迷信密切相关的区分，一是为志怪而志怪，二是以志怪为手段来阐发另外的话题。超自然似乎可以为各种目的服务，不过它的力量却来自对超自然的迷恋本身。超自然绝不是毫无意义的一层面纱。

纵观中国文学史，超自然元素在各种文学体裁中四处可见。在不同文学体裁中，它具有不同的重要性。它是古典故事中的突出主题，也是白话小说戏曲中的重要主题、诗歌中的一种特殊模式。每种文学体裁都探索了超自然的不同疆域。

本章先介绍中国文学中超自然的类别，然后以年代为序讨论各种相关作品。这个主题性的开场白并不意味着这些概念是静止不变的非历史概念。恰恰相反，这部分是对术语的延展性定义，其意义也随时间而转移。

· 超自然的范围

超自然文学的主要关切之一，在于展现宇宙中令人惊愕但仍可理解的景象：在关于征兆预言和因果报应的故事中屡屡可见。事物之间的呼应令人感到惊愕，因为它们在时空中相隔甚远。超自然通过它们之间的非线性因果关系而得到体现。重要的术语有“兆”“命”“因果”和“报”。兆被视为超自然领域的迹象。人事中的过错也会招致自然界的凶兆，预示着国的覆灭，虽然招致凶兆和灾难的起因都在此岸世界。兆是对人类活动的回应这一概念在先秦文本中就有描述，而随着帝国的集权化才完成其系统化。国家搜集的征兆，是超自然作品的最早形式之一。这些征兆包括自然灾害，异兽降世，同时还包括一般不被列入超自然范畴的流行现象，如童谣以及风尚的变化。

佛教之前的命运概念是允许不公平的：人的寿夭、财富或者成功是注定的，与个人的过失或品德无关。这一与公平无涉的命运观在以后的历史中，与正义的因果报应命运观呈共生之势。但是，在国运这一重大问题上，“君权天授”的天命则具有强烈的道德评价成分。在【112】
古代观念里，宇宙间的各份子——人、自然或者天地，相互之间就像琴弦的共鸣一样呼应。后来，“感应”一词被专门用来指超自然与人类活动之间的应和，而今生是由诸多前世修成的佛教因果报应观念则取代了无常的命运观，跨时空的道德呼应急遽增多。佛教提供了讨论善有善报恶有恶报的词汇和清晰机制，不过这些观念成为了一种共享的文化财富。文学叙事对于现世的因果报应更感兴趣。因果报应直到清朝（1644—1911）晚期都一直是文言和白话小说中核心的主题以及组织原则之一。这些果报通常被描述为非人格的“天”导致的，而鬼神也会在其中发生作用。

梦是把自然与超自然世界联系在一起，将超自然带给个体经验的另一种方式。虽然早期有各种理论用心理学和医学术语来解释梦，但文学更关注的是梦有外在于自身的来源。在最简单的层面上，梦预示未来，或者揭示了遥远地方的现在（最常见的是失去的爱人出现在梦里）。梦也可以同时是在另一个真实世界的经验。在梦的预言以及旅行故事中，都需要表明预言与梦境内外世界的真切呼应。而佛教所谓所有人类体验皆为虚幻的观念给予梦境以新的展示天地，允许了虚幻世界的创造。

许多超自然文学涉及的是人类与非人类的互动，有些是不为其他文化传统中的读者所熟悉的。按等级高下排列，依次是神、仙、鬼、妖和超自然动物如龙。“神”这个汉字可以表示赋予生灵以生命力的精神——一种积极的精神力，也可以指神祇。中国文学的世界是一个多神的世界。总体而言，最抽象普遍的神祇虽然在理论上最强大，但是在文学中并未得到像位阶较低以及更地方化的神祇受到的那样多的关注。凡胎之人也可以成为神祇，以作为对他非凡功业的褒赏。同样的，文学中也注重描写神祇拥有如人类般的行为欲望。与神祇的互动不仅仅是奖惩那么简单，它更为私人化。中国传统强调神与其信徒之间的共生关系。信徒的虔诚赋予神祇力量，而因为神祇的力量，人类才信仰他们。整个神祇系统经常被想象为一种等级体制，不过中国文学对那些违抗体制的神祇一直情有独钟。

【113】 “仙”很难确切翻译。它曾有多种译法：immortal，transcendent还有fairy。每个译词似乎都抓住了仙的不同方面。在它的核心意义中，仙被描述为凡人通过道家修炼（或者是丹药修炼、身体修炼或者化学修炼），而超越了凡人状态，得以飞升不死。从这个意义看，immortal和transcendent这两个翻译都比较妥当，transcendent则更为清晰地传达了飞升的观念。不过，一些仙在神祇等级体制中居于较低位置，他们居住在天界以及渺无人烟的仙岛、仙山和仙洞。飞升的仙人有男有女，主要是男性。世外桃源多居住年轻美貌的仙女。对这些仙女而言，fairy一词则是更为合适的译法。虽然神和仙二者之间的界限模糊（正如复合词“神仙”所体现的），但二者还是有区别的。成仙是凡人可以冀望的，而成神则是对世间伟业的奖掖，是不可希冀的。文学中的仙是不可捉摸的人物，轻盈能飞，应许了一个脱离世俗的极乐之地——虽然隐不可见，但是凡人是可以到达这种迷人地方的。道教的仙人传提供了大量生动图景：仙人乘着仙鹤或者仙鹿，穿云而来，或者在林中若隐若现。他们与人类的关系不同于神祇与人类的关系。凡人的进飨崇拜就他们身份地位而言不像对神祇那样至关重要，而从他们的怡然自得和与世无争看，他们似乎比许多神祇更不像人类。仙人是凡人的谜一般的导师，激励着凡人跟随他们走上不朽飞升之路。仙子则是欲望的对象，是世外桃源中最具色欲的符号。

鬼和神一样有多义：鬼可以是死者的亡灵，也可以是从未有过人间经历的邪魔，或者是宇宙间的负面力量，是神的邪恶反面。恐怖是鬼故事的基调之一，但并非最突出的基调。相比之下，伤感、浪漫和戏谑都可能成为鬼故事的基调，其盛行度远超西方。早期文本如《左传》，描写了那些被误杀者成为鬼之后，部分通过他们自己的心灵力量而停留在人间。在佛教中，鬼是存在状态之一种，人死后注定要经历一段这样的时间，这是一种较为低等的精神状态。有些鬼有报复心理，不过许多仅仅是孤魂野鬼，它们找寻着入土为安的机会。未婚而亡的年轻女子因为成为游魂而经常成为不稳定的原因。年轻女鬼是文学以及色情兴趣的焦点。文学中强烈关注死后人类感情和关系的持续。鬼同时也是遭遇过去历史的一种方式。遭遇历史人物身后所变的鬼，经常以一种悲挽的基调出现。描写冥府的故事，经常是作为人类世界的一面镜子。文学中对冥府的等级体制的处理，相比于天界更具讽刺性。在某些特别情况下，鬼（特别是 【114】
忠贞深挚的爱人）会起死回生，回到自己原来的身体中，或者借用刚刚逝去之人的身体。灵魂并不一定要死后才能离开身体：中国文学最中意的一种叙事技巧便是女子的灵魂抛下身体跟随其爱人而去。

妖在某种意义上是仙的反义。在这种情况下，修炼成妖是对人类秩序的威胁，因为比人类低等的生灵侵入了人类世界，干扰了人类的自我认同。妖最初的意思是异常征兆，特别是凶兆，不过在秦汉之后，逐渐与具有人形、迷惑人类的非人类生灵联系在一起。该词也作为一个普通词，来形容邪恶或者迷惑人的东西。所有动物都能修炼成妖，不过有些动物比其他动物更容易变成妖，如一直到清代，狐狸、蛇和猿猴成妖都有各自独立的叙事传统。植物——特别是树木和花，也能成妖，虽然比起动物来少一些。甚至是无生命的物体，特别是当与人类接触后，也能获得变形的能力。在六朝时期，能变化人形的妖被视为对秩序的威胁。某一动物一旦被发现是妖，马上会被清除。在明清小说中，这些动物的自我修炼被理性化，成为一种或通过采撷男女阴阳或通过道德修炼而进行的进阶过程。总体而言，随着时代的推移，这些生物，尤其是如狐与蛇这样常被刻画的生物，便越具人性，越少兽性。

与动物修成人形反向的人类坠入非人形并不是很常见，不过这种情况偶尔也会有。变身使得物种之间的边界相互渗透，但再生为另一种动物和变形（metamorphosis）并不是一回事。道士可以为了寻乐子，主动变形为某种动物，他们并不具有像化身为猫的女巫那样的威胁性。很多时候，人会变为吃人的老虎，这与欧洲化人为狼的巫术（lycanthropy）很相像，都是坠入嗜血癫狂之中。另外一些变身似乎具有更为直接的道德惩罚意义（经常是化身为猪）。使用秘术将别人强变为动物这样的故事也间或有之，不过比欧洲文学要少很多，一些学者认为这类故事的来源在印度。

在非凡间的动物方面，龙既是一种原始的自然力量，也是一种拟人的神祇。它们主要与水联系在一起，居住在海里或湖泊中，飞跃上天时带来暴风雨。不仅仅是动物的它们能随心所欲化为人形，其力量可以是良善的，也可以是毁灭性的。它们的龙宫里布满虾兵蟹将等一班文武，龙宫经常在许多小说中作为一种令人向往的想象之域出现。自从佛教文化东来之后，中国的龙和印度的Nāga之间的
【115】界限便模糊了，这一定程度上因为它们很相像，另外也因为它们在汉语中都被唤作“龙”。另外一些超自然生物如凤凰或者麒麟，虽然都是代表着祥瑞，但是并没有太广的叙事空间，它们一般只是装饰性符号，而非与人类有交集的角色。

通过对这些术语的介绍，我们便清楚了它们之间的界限比起其他文化传统来更为相互渗透：所有人都可能会变为鬼，极少数会成神或成仙。动物可能会变成妖（努力变身为人，但是不被人类接受），人类则会投胎为动物。类似的，与异质生灵的相遇并不是出于对他者的兴趣，而是经常由一种根本上的相似性所决定。最常见的是两个领域之间的相似性：都是以牙还牙，善恶各有其报，以及

同样原则下的契约关系。

或许因为跨领域的相遇如此蓬勃有生机，所以其中最亲密的接触便如此令人心神向往。与不明身份女子的艳遇——或者是遇到仙女且一晌贪欢，或者是遇到女妖而命丧黄泉——是中国超自然故事中的中心主题之一，在诗歌和小说中都有发展。这一主题不论作为自身，还是作为讽喻表达的工具，都有很强的感染力。

正如这些生灵会进入人间，人类也会迷途进入他者世界。所有主要宗教传统中都有大量令人神往的地方，而在文学作品中被自由组合在一起。佛教给出了关于天界和地狱以及西方极乐世界的精心构架。道教意义上的仙境既可以在天上，也可以在人间，如群山之巅、仙洞或者仙岛等。一般而言，仙境之旅会是短暂停留，而地狱之旅则生动描写了恶鬼所面对的惩罚。和其他文化中的类似描写一样，世界的想象性边陲地区是对人或者社会的扭曲和夸张，比如巨人国、女儿国或者侏儒国。

超自然的另一处疆域是获得法力后变得奇异的凡人，在这种情况下超自然是作为一种事件而非一种身份。法力分为两种，一种是通过德行（天生具有或者通过学习）而来的，一种是任何人都可以学到的非道德技术。具有前一种法力的道士与和尚经常是“惊世骇俗之人”，他们跨立在人与佛道各自的超越状态之间。他们的法力和怪异都令凡夫俗子惊诧不已，不过道教更强调法术的神秘，而佛教法术展现出一种道德明晰性。在某种意义上，佛教法术是超凡脱俗精神状态的副产品，而道教法术则需要精心学习，很容易和其他形式的法术相混。道教通过养身或者炼丹而追求长生不老是一项独特传统。体现道教修炼成果的“丹”是一种提萃的生命力，得到了特别的关注，因为 【116】
它可以被把玩也可能会丢失。方士或者术士似乎更接近于技师，他们掌握了并不闪耀宗教性超越光芒的秘密知识。

法术的类型类似的有如下几种：造物法术、幻觉法术或者影响他人的法术。而像卜筮、相面和医药之术则游走于科学与超自然两界之间。文字具有极端的重要作用：写有字的护身符是最有效的驱魔或辟邪之物。

还有一些较为邪恶的法术，如毒药或者叫魂。对法术的负面印象是受对民间宗教的复杂情感的影响。这些法术中的许多都与非法的宗教修行者有关。法士的形象经常是邪恶的道士或和尚。法术与犯上作乱紧密地联系在一起。最常见的一种法术是剪纸为马、撒豆成兵的伎俩。对法术最不留情面的描写会将它混同于诳语欺骗，不过假法术激起反叛的能力一点也不逊色，所以也使人害怕。

不同寻常之物的特性就是很难将之一一归类，所以定然会有不能归为上述任何类型的超自然现象。

· 早期的哲学历史作品

在汉代以前的哲学和历史作品中有不少超自然的记录，不过并没有哪部文献专门致力于这方面的内容。在历史作品特别是《左传》中，早已有关于鬼神和征兆的故事，以及对它们的起源和意义的解释。

汉代及其以前的哲学作品讨论了精神的存在，为后来的鬼神观念提供了基础。《论语》中著名的那句“子不语怪力乱神”，使语及“怪力乱神”的后世作者不得不自我辩护，但这并未使他们完全沉默。孔子的这番话承认了“怪力乱神”是绝大多数同时代者所议论的。墨翟（约前480—约前400）通过列举历史中的证据——包括复仇的鬼故事，以及指出它们是社会控制的方式，而论证对鬼的信仰。汉代的理性主义者王充（27—约97）所提出的怀疑主义立场犀利无比，在接下去的数个世纪中无有出其右者。不过，虽然王充提出鬼是人类心灵的产物，对长生不老的追求是误入歧途，但是他还

是相信谶兆意义上的妖，并相信气创造了预示未来的征兆。王充同时也相信龙的存在。 【117】

庄子（前355—前275）可称为首位“荒诞派”作家。他并不用文献方法或者论证方法处理超自然。庄子创造了一个由对话的动物、河神、魍魉、鲲鹏和骷髅构成的世界。但是它们仅仅是庄子调色板中的一部分，除此之外还有众多历史人物、盗贼和工匠。颠倒陌生与寻常、真实与非真实之间的界限是庄子的目的，这与努力将超自然与自然相区分的大多数其他文本形成了鲜明对比。庄子被认为是寓言的发明者，但是后来的寓言作家从不像庄子那样使用如此波谲诡异的生灵和恣意汪洋的对话。庄子的模式以及用意义的附加层来确证可疑的表面内容这一做法，成为超自然作品的主要理据之一。庄子也是第一个使用“小说”和“志怪”这两个术语的人，所以在这两个词汇的层次上，他是超自然写作的创始人。实际上，庄子对所有后世虚构文学的开创性影响，从这些文学中到处可见对他或隐或显的征引上可见一斑。

许多被大致归类为道家的哲学作品具有相关观念：《列子》（包括早至公元前300年，晚至公元300年的材料）与《庄子》大体上类似，不过它以一种前后更加连贯以及某种程度上更为热切的方式（包括讨论现实和幻觉之间的区别，关于梦的起源的理论，对中国域外方国的描写）呈现超自然材料。《淮南子》（约前179—前122）阐发了感应的概念。葛洪（283—343）的《抱朴子》是长生不老、动物变身为人以及法术观念至关重要的来源。

·《楚辞》和超自然

成书于南部楚国的诗篇集《楚辞》（前300—200）中包含了许多与超自然的相遇。通篇由提问构成的《天问》对整个神话体系进行了一次鸟瞰。《九歌》和《招魂》似乎是祝祷歌或仪式歌，而《离骚》和后来的诗歌将“九歌”世界中的神祇与信徒作为一种寓言。这是一个信徒与巫师构成的世界，他们期待着遥远的神祇的来临，浑身饰以吸引神祇的鲜花，进入迷离狂喜状态，跟随神祇们进入
【118】宇宙中的迷幻之旅。迷离状态和宗教仪式的视角转换，使身处其间的人能以神祇口吻说话，从外部看待这个世界。虽然这一宗教体系对后世读者而言隔阂很深，但是《楚辞》为我们留下了一幅生动而辽阔的宇宙图景，以及人与它的关系——特别是凡人与神祇爱人之间的关系。《楚辞》对后世诗歌中的超自然表达产生了极其重要的影响。

虽然在《九歌》中神祇的爱人有男有女，但只有《山鬼》和《湘君》中的神女才在传统中具有了生命。《楚辞》中的神祇爱人多变而不可捉摸，盘旋于凡人视域的边界，与她所居住的自然景观（河流或山脉）合而为一。两性交融的关系，虽然可能却转瞬而逝，最后复归为绝望的期盼。

在天界的跋涉（《九歌》中有一些，不过《离骚》中更为详尽）有着不同的时间节奏。黎明时分，逆旅者在世界的这一尽头，而黄昏的时候则到了另一尽头。超自然生灵眼花缭乱地出现在眼前。这个世界有各种奇异神秘的地点，在群山之巅或星辰之上，但并不是一幅连贯的地图。这是一个永远在动，在向上飞升的世界。《招魂》和以它为传统的诗歌同样描绘了游魂四处游荡的宇宙，但这一景象更为惊悚，天地四方都充满了索魂的凶神恶鬼，其中心在于游魂能够找到回家的路，而并不在于飞升的愿望。

《离骚》是在《庄子》之外，使用超自然意象来表达讽喻意图的最重要早期文本。文中对神祇美人的追寻，传统上从政治角度来解读，不可捉摸的美人成为君王的象征，正是这位君王摒弃了《楚辞》的作者——据说为屈原（前340—前278），而主人公的奇异旅程是在寻觅一位仁德之君。超自然旅程的传统，后来与道教对长生

不老和宗教超越的追求（如《远游》中那样）紧密联系，或者是像司马相如（前179—前117）的《大人赋》中那样的一位神祇君王在天地间的光辉巡游。这种歌赋体裁在六朝时期演化成了游仙诗（如郭璞［276—324］）。在钟嵘《诗品》（约513—517）这部深具影响的文学评论作品中，区分了作者用长生不老者来表达自己不满的游仙诗和赞颂长生不老者的诗歌，认为二者的源头都很可能出自《楚辞》。

女神形象在汉赋中继续得到发展。在《高唐赋》（据说为宋玉［约前290—约前222］所写）中，一位女神进入一位君王的绮梦中，为君王所临幸，但是去而辞焉，说自己是巫山之阳的朝云暮雨，只是自然界的自然物质而已。【119】在《神女赋》（据说作者也为宋玉）中，《高唐赋》中讲述君王艳遇的这位诗人自己梦到了一位女神。这位女神得到了更为详尽的描写，具有鲜活的肉体，但是欢情未接，将辞而去。她出现在与实际体验有一定距离的梦境中。那位真身为“云雨”的女神不仅为后世提供了性交的标准委婉语，而且成为欲望（诱惑感与挫败感各占一半）的象征——在这后一种文学传统中，女神的物质形象消失了，隐没在视域中，她既是实际的存在，也是极具诱惑性的幻象。

· 志怪

超自然到汉代和六朝开始成为独立的文学作品主题。“志怪”一词要到唐朝（618—907）才成为一种文学体裁的名称，不过在六朝时就已经成为一些作品的标题。在今天，这些作品经常被视为中国小说的始祖。虽然在某种程度上这是对的，因为志怪的主题和题旨在后来的小说中得到进一步发展，但是就该如何从其自身语境下审视“志怪”则聚讼不已。一些评论家认为，志怪是作为历史作品而被创作出来的。另一些人认为，志怪主要是劝世书，更有一些人觉得它们包含了娱乐和审美快感的元素。志怪作者的序将作品自身置于历史作品或者说明文行列。“志”的原义是“记录”。这些作品都具有确定来源，或者是个人经验、其他文学材料或者口头叙事。“志怪”的形式通常是短小精悍的散文轶事的合集。有些“志怪”根据主题或者地域而组织起来，不过并不都是如此。许多“志怪”故事都采取小型传记的形式，开篇以“某人如何如何，来自何地”，一切都稳固地建立在世俗世界中，然后这位传主遇到另一世界的怪异之事。怪诞内容与事实性陈述的相混合，使这一文类带来特殊的阅读快感。虽然超自然文学在古代不断得到发展，但是它的大多数主题范围都在六朝“志怪”中建立起来了。

这一文类中的奠基性作品之一、超自然地理志的代表作是《山海经》。《山海经》根据方位和距离中心的远近来组织，描述了地理风貌、动植物以及生活在辽远之地的生灵。它的成书日期至今悬而未决。现在学术界认为，它包括了许多不同的文本层，一至五
【120】卷约成书于战国时期（前403—前221），之后的部分晚至汉代（前206—220）或者魏晋（220—420）。其条目既简短又隐秘，有时包含了神话的碎片。《山海经》中这些辽远之域居住着各种荒诞不经的生灵。食用这些异域动植物或者以之为衣，经常会有医药效果或者魔法效果。《山海经》是“志怪”中最具画面感的作品之一，在很早的时候配有系列插图，不过已经亡佚，但后人又添加了新的插图。虽然《山海经》中的许多生灵是该书独有的，不过整部作品具有很深远的影响力，它处于地理志和小说的边界，呈现了一个旅行的想象性空间。对应于同时代的西方动物谱（bestiary）和地理学作品，《山海经》引人注目，值得进一步的考察。陶潜（365—427）在他的《读山海经十三首》中通过快意的阅读，来展开自己在宇宙中的徜徉。而清代小说《镜花缘》（李汝珍，约1763—1830）中的

旅人们离开中国海域，在“山海经”的世界中开始了旅程。

西晋张华（232—300）的《博物志》代表了一种文类——侧重于记载异境奇物而非故事与志怪。博物专家张华除了作为一名资料收集者，更成为“志怪”中的角色。在这部百科全书式的作品中，材料根据主题来安排，开始于地理（山水），接下来是各种奇异国度、奇怪动物和植物，最后结束于杂七杂八的传说故事。虽然这一子文类有进一步发展，不过总体而言在后世逐渐式微了。

“志怪”中最耀眼的作品是干宝（活跃于320年）的《搜神记》。干宝是一位历史学家，在序中，他用下列语言来捍卫这部作品：在历史书写中要做到完全信实有着诸多困难，但是治史者还是勇往直前。“苟有虚错，愿与先贤前儒，分其讥谤。” 他从历史理证跳到了雄辩术：他希望“以发明神道之不诬”。不过，这一目标并不自我绝缘于讲故事的乐趣。学术界的普遍共识是，现存版本的《搜神记》是从类书中摘编出来的。它比较松散的主题组织方式——从长生不老者开始，然后到各种动物——也许到了明代才清晰起来。《搜神记》之所以引人入胜，在于其内容和基调的丰富性，以及易读的文体。《搜神记》中有各种神灵怪异之事，甚至风尚的变化，有的辅以解释，有的未加解释。不过最有影响力的故事还是充分发展的叙事，从与女鬼的放荡浪漫故事，到与凶鬼的恐怖遭遇，从开天辟地神话，到屠戮怪兽的英雄故事。《搜神记》的视角建立在凡人与神灵怪异的 【121】
各种相遇。这种个体视角在后来的传统中影响很大。

一些志怪故事与宗教或者哲学立场（最突出的是道教或佛教）有比较清晰的关联。最明显的作品是道教中的仙人传记，如托名为刘向（前79—前8，不过这部作品应该晚出）所写的《列仙传》。这一传记传统一直延续到后来各朝各代。后来的民间出版物经常画有插图，其叙事也就在某种程度上成为一种图解。这些故事注重于仙人的体验，而非遇到仙人的凡人。佛教的感应传，据说为刘义庆（403—444）所写的《宣验记》。感应传中包含有比仙人传更为直白的道德价值观，里面有很多菩萨救苦救难的故事和插图，另一个极端是对地狱惩罚的插图。佛教故事中，会有诸神营救凡人，并和人接触的情节。这一传统后来演变成纯粹的僧传，记录各朝各代的高僧生平。

虽然六朝时期的志怪是最有名的，但志怪传统延续到了二十世纪早期。在传奇这一更长更详尽的文言文学形式兴起之后，哪些作品该被视为志怪便成了问题。最好是将志怪和传奇看做一个连续体而非将它们绝对区分开来，在这个连续体中我们可以放置进去不同的作品。在后世，志怪材料经常被包含在笔记中（如沈括的《梦溪笔谈》），与其他种类的主题混合在一起。.

大多数唐代以及之前的这类文本都保存在百科全书般的类书《太平广记》（977）中。《太平广记》是另一部宫廷类书《太平御览》的伴生类书，里面收录的是来源不太正式或者可疑而未收录到《太平御览》中的材料。除了里面保存了大量有价值材料，《太平广记》总是仔细注明所引的作品，而许多作品现在已经亡佚。《太平广记》根据主题进行编排，从神仙和凡间，到各种各样的人物、性格特征，再到异怪现象：鬼怪、夜叉、再生、报应、梦和异邦人。《太平广记》不仅使大量非正统材料免于亡佚，而且为后世读者提供了一个想象的框架。上述的分类也受其结构的强烈影响。1566年，《太平广记》
【122】刻板再印，以及随着明朝后期一些部分被挑选出来刻印成书，这再度唤起对志怪的兴趣，也对这一文类中的后来作品起着极其重要的影响作用。

洪迈（1123—1202）的《夷坚志》是一部以作者一己之力完成的志怪集，其取材范围之广博前所未有。凡闻见所及，洪迈无不搜求笔录，有的来自故事提供者，有的则来自前人的选集。在他以搜集奇闻怪谈闻名后，人们纷纷将自己所知的奇闻怪谈提供给他。一卷又一卷的《夷坚志》就这样缀成，没有主题编排。在序中，洪迈强调了这部志怪集的口头特性。他将自己置于史家的地位，在序言中批评了过于离奇的轶事（不过序中的其他地方也暗示了玩笑的存在）。内容上相较于以前版本的变化反映了历史变迁：越来越多的商人角色与超自然的关系经常发生在讼案中，科举制度成为预言和梦境成真故事的关切中心。而比起明清志怪来，占卜在这时充任了更重要的角色。

纵观整个志怪传统，这与非正式、口头故事有着强烈的关联。虽然这是一种传统姿态，但通常而言，许多志怪集都汇聚了各种声音，可以有效地解读为经由男性文人作者之手对超自然的各种观点的展示窗口。志怪这一主题与非正式交流之间的强烈关联，使我们对于当时社会中此类主题的盛行有了些许直观认识。

· 传奇

传奇和志怪之间的区别上文已经讨论过。在对超自然存在的描写方面，传奇带来了多种革新。超自然存在可以成为心理复杂而令人同情的角色，知名的有沈既济（约740—约800）《任氏传》中的狐精任氏。任氏的爱人在发现她的真实身份后，愿意继续与她保持关系，于是在一段时间内使任氏免于狐精故事的注定结局。任氏却最终丧命于苍犬之口，成为一位悲剧人物。与非人女子的浪漫故事特别适合传奇中感情与不可思议之事的结合。传奇中纳入诗歌，使得诗歌中发展起来的神女故事能够进入叙事。这在沈亚之（781—832）的作品中最为明显。《湘中怨解》中，主人公真的碰到了《楚辞》中的一位说自己语言的神女。李朝威（活跃于790）的《柳毅传》描绘了主人公卷入龙族的错综复杂的故事。龙女成为一位深陷痛苦中的女性，而她的父亲则是一位威严而长得像人类的君王，一位具有龙的暴力特性的长者。在这个故事中，凡人与神仙的婚姻有 【123】

一个皆大欢喜的结局。

梦境作为一个多彩的幻想世界得到了精心的叙事建构，如李公佐（约770—约848）的《南柯太守传》和沈既济的《枕中记》。在这些作品中，梦成为叙事的主体，而不仅仅是指涉现实世界的预言或者征兆。《南柯太守传》是一则很复杂的故事，故事里的富贵之梦终究是一场春梦，而且在梦与现实蚁冢的微观世界之间有着确切对应。这种对幻觉的精心建构与揭露，与佛教观念——生命皆为幻相、幻相作为开悟的手段——有密切的关系。

· 变文

现存最早的半白话叙事（一种叫做变文的说唱形式）也为超自然描写扩展了新的可能性。如佛教经书一样，以佛教主题为内容的变文在描绘以佛陀为中心的各种奇异生物、鬼神以及其他世界（极乐世界或地狱）的全景方面出类拔萃。如果我们考虑到变文的起源是看图说故事（诗歌部分经常特别聚焦于宏大视觉场面），它的这一特质也便不那么令人惊讶了。《目连变文》（《大目乾连冥间救母变文》，八至九世纪）将这一壮观世界与基本人伦关系结合在一起。与以前志怪故事中不幸闯入地狱的凡人不同，目连不仅是地狱中受苦受难的见证者，而且能在地狱和极乐世界中自由出入，在神力的帮助下改变这些苦难。通过呈现一个基本上由超自然生灵所占据的世界，而不再是人类与非人类世界的短暂交集，《目连变文》为白话小说中对超自然的描述奠定了基础。《降魔变文》中有佛陀的弟子与外道异端变身斗法并将之降服的生动描写，可以说是后世《西游记》中精彩纷呈斗法故事的前身。

· 唐诗

虽然超自然的诗传统和叙事传统分享着一些近似的主题和词汇，不过它们在个人感受与情节、个人经历与外人记述等方面存有显著不同的侧重点。《楚辞》在涉及超自然的诗歌中有更深远 【124】
的影响。

关于寺庙和民间宗教的诗歌会触及超自然话题。王维（701—761）关于民间祭祀的诗歌中，被祭拜的神祇几乎就是在场的。比如在《鱼山神女祠歌二首》中，他重新唤起了《楚辞》的世界，同时又保持了外在者身份。信徒的癫狂虔诚和神女看上去同样陌生和不可思议。

韩愈（768—824）对于超自然的态度有些模棱两可，摇摆在对神仙的迷恋和对具有超自然能力的人类代表的怀疑之间。这种紧张的焦点经常是一位可接近超自然世界的出身低下的年轻女子。《华山女》讥讽了信众对一位华山年轻女道士的性趣。在《谢自然诗》中，一位年轻女子谢自然的白日飞升在当时被视为真实事件，不过最终证实是欺瞒。韩愈尊崇此世的家庭价值，所以"苟异于此道，皆为弃其身"。韩愈却又创作了自己的超自然故事：在《调张籍》中，将李白（701—762）、杜甫（712—770）的诗歌创作比拟为大禹治水神话，在诗的最后，通过李杜的诗境，作者腾身而起，飞升上天，将宇宙万象收揽入眼中。

关于道教仙人和精神之旅的诗作相当活跃，在不同的诗人笔下有不同的效果。吴筠（卒于778年）是致力于这类主题的诗人之一。他的游仙诗以高度视觉化的语言描写了飞升后游历仙境的体验，开始于离开凡间，被尘雾所模糊视野，最后看到长生仙境闪耀的光芒。吴筠的好友李白使精神之旅的传统为我所用。在李白手中的创作惯例似乎更是具个人特质的作品，而非一套共享的文化语言。

声称体验了超自然的李白诗中人物形象陡然高大起来。李白这类主题的诗歌经常呈现另一个五彩缤纷的世界，而它又戏剧般地消失无踪，留下李白独自怅然。即使如此，他仍然大胆断言自己能成仙的决心——如《古风五》和《古风七》。在后世人眼里，李白被想象为终日醉饮的诗仙，在酩酊中超越这个世界，不过这一形象很大程度上是他自我创造的。

李贺（790—816）以其描写波谲云诡、迷离惝恍的世界的诗作而被称为“鬼才”。情境消融在幻觉意象中，带来一种诡异的效果，尽管对于超自然不着一字，却让人感觉到鬼神的临近（如《溪晚凉》）。《公无出门》更为惊怖地再度周游了吞噬生灵的“天命”宇
【125】宙——四方秩序和安全回家的路已经被切断。在李贺的上天图景中，如《帝子歌》或者《天上谣》，他留意的是特定超自然存在的个体行为，而非仅仅将他们作为静态而炫目的胜境中的一分子。

《全唐诗》的最后几页收录了被认为由超自然人物所写或通过超自然手段而获得的诗。许多这种诗都是零碎收集自叙事文学，其叙事语境则保留为诗的序。最常见的是鬼诗，激起一种阴暗伤怀的视觉意象。

· 戏曲

超自然元素在中国的戏曲中得到非常多的呈现。相比于戏曲与文言小说、白话小说与文言小说之间，戏曲和白话小说二者中的超自然主题有更多重叠。对于一些戏曲而言，它们与宗教的关联比其他文类更近，因为戏曲的演出会是在庙宇中，或者在宗教仪式上。对神仙或魔怪的扮演可以是一种驱魔或者献祭形式。超自然很早就被认为是杂剧主题的一种。明代的一部曲谱给出了三种超自然主题类别：“神仙道化”“隐居乐道”和“神头鬼面”（朱权［1378—

1448］，《太和正音谱》）。目连故事是最常演出的剧目之一，长生不老的仙人也经常在祝寿的长生剧和其他场合中出现。

在舞台上，超自然可以通过舞台特效或者场面的宏大杂技来表现，大量杂技演员扮作小鬼或者厮打一团的神仙。这种宏大场面是戏曲和白话小说所兼有的。狂放不羁的神仙如《西游记》中的孙悟空和《封神演义》中的哪吒在这两种文类中都扮演了相当突出的角色。在另一个极端上，唱段这种诗性语言可以唤起另一个世界的图景，而不需舞台活动。

由于戏曲的结构特性（要求有大结局），所以便排除了志怪的一些不可表达的怪异特质。超自然正义是得到钟爱的结构原则。冤鬼或急欲复仇的鬼在戏剧中出现率相当高，经常是在结尾使一桩冤案曝光，冤情终得昭雪（如［约1220—约1307］关汉卿的《窦娥冤》）。对窦娥清白的超自然展现：六月飘雪、血飞白练是全剧的高潮。

中国戏曲对浪漫爱情相当注重，对于同非人女子的私通有着多种处理方式。为爱而离魂的女子是戏曲中得到最好展现的超自然情 【126】
节材料，由郑光祖（约1260—约1320）的《倩女离魂》开创，在汤显祖（1550—1616）的《牡丹亭》中达到顶峰。叙事和唱词的结合使得这些女子成为欲望与同情的主体，而非像在文言故事中的女鬼那样仅仅作为欲望的对象而出现。《牡丹亭》中梦到爱人，并化身为鬼寻求梦中郎君的杜丽娘是得到女性读者个人认同的为数不多的超自然女性之一。杜丽娘和《倩女离魂》中的张倩女都在意愿的带领下脱离了人类状态，作为游魂的她们可以比人类状态更加直接地追寻自身的欲望。

洪昇（1645—1704）在《长生殿》中，将唐玄宗与杨贵妃的悲剧爱情故事重新诠释为长生不老的结局；他们成为长相厮守的神仙眷侣。这是戏曲和白话小说中将超自然和凡俗材料结合在一起的常见手法。不同世界中场景的转换是这部志怪形式长戏的优势之一。这种转换的魅力使之与安禄山（703—757）叛乱（755—757/763）和唐玄宗无心的残忍所产生的暴力形成鲜明的对比。与此同时，它也证实了唐玄宗与杨贵妃之间的真爱，他们最后在天上永为夫妇。如同《牡丹亭》一样，人类爱欲被赋予了超自然力量。

人与鬼、仙和龙女的爱情故事在戏曲中被重新塑造的同时，妖却几乎不见其踪。例外之一是蛇精白娘子。她比较早的亮相是在冯梦龙的话本中，这个版本似乎在将她处理为妖孽和对爱忠贞的女子角色间摇摆。白娘子的故事在白话文类中全面发展起来，包括了多个志怪戏曲（均名《雷峰塔》，一出在1738年，另一出在1771年）、多部小说（一部在1806年）、一部弹词（见第七编第四章），以及其他大众评书形式。在后来的戏曲和小说中，她的形象得到完全改观：她彻底成为一位引人同情的女主角，她的儿子将其从雷峰塔中营救出来。虽然这一大团圆结局也许同戏曲的通俗要求有关，但与妖精私通而产下的后代中，这是最为突出的一个角色。

· 白话小说

鲁迅（1881—1936）在《中国小说史略》中将神魔小说定义为一种亚文类，不过超自然元素并不局限于此类小说。完全绝缘于超自然元素的小说反而相当稀少。下文所讨论的对超自然的使用粗略
【127】地以年代排序。白话小说和文言小说在对主题和侧重点的处理上，经常存在区别。白话小说侧重于对超自然的全景式展现或者宏大结构体系展观，而非文言小说中个体与诡异事物的相遇。白话小说可以采取非人类主角的视角，这在文言小说中是相当稀少的。

超自然元素出现在白话短篇小说中，不过它们不像在文言小说中那么醒目突出。（超自然主题在文言小说和白话小说中具有不

同的重要性，如《聊斋志异》中的故事被改编为白话小说时，一般会选择以人类为主要角色的故事。）许多涉及这类主题的话本是对文言故事的再造。这些故事中最常见的超自然介入，如同戏曲中那样，是道德果报。在早期白话短篇小说中最具特点的故事形式是“鬼”故事：男子遇到女鬼，最后被法师所救。一般而言，惊悚的意味似乎在早期话本鬼故事中比在文言故事中更具核心地位。比如，冯梦龙（1574—1646）《警世通言》中第十四卷的《一窟鬼癞道人除怪》描述了男子沈文述在月黑风高的恐怖夜里，发现他新婚的妻子和从嫁侍女，还有媒人、妻子的干娘以及酒楼里的量酒统统都是鬼。

白话小说中对超自然的主要运用之一在于结构：超自然背景为小说情节展开提供框架。小说中的最初几章经常设置在另一个世界，描写神仙妖鬼如何投胎为人，使全书的情节借此发展。比如《水浒传》开篇，一百零八将是一百零八颗因意外被释放的天罡地煞星。在余下的篇幅中，这一框架基本上就没再提起，不过在水浒英雄与宋江聚义时又作为理据出现。前世今生这一框架同样出现在《醒世姻缘传》和《镜花缘》中，而在《儒林外传》中则更具讽刺意味。《红楼梦》（约1763）也使用了另一个世界的框架，不过两个世界之间的交错关系更为复杂。超自然框架可以给凡间事件以额外的意义和意旨，也可以讽刺性地消解它们。

白话小说比文言小说更热衷于作为武器和造反方式的法术。这是为历史情节添加超自然材料的一种文学方式。对许多小说而言，法术仅仅是对付敌人的附加武器。《三国演义》中诸葛亮的谋略跨越了才智与超自然之间的界限。《水浒传》中许多好汉也使用法术作为特别武器，就好比某人善使弹弓一样。在《平妖传》中，超自然能力居于比较中心的地位，全书侧重于最后被铲除的妖一方，而非锄妖者一方。《平妖传》的两个本子在处理超自然方面存在不同。在被认为作者是罗贯中的二十回本（约成书于明朝初叶）中，【128】

中心元素之一是“法术学徒”情节，即一名女孩对她新学的法术还不是很熟悉，经常会导致喜剧效果。而在1620年的版本中，冯梦龙在努力将异质的超自然元素抽出去的同时，又加入了其他超自然元素，将主要人物变为狐狸精。这部小说运用了起义与千禧年崇拜和法术的历史关联。对历史中军队进行的超自然加持在《封神演义》中得到最宏阔的呈现（作者据说为许仲琳［约卒于1566年］）。白话文类——包括白话小说和白话戏曲，精心编排的斗法方面美轮美奂。后来间或有具备超自然能力的坏人为战争小说带来些变化。

早期白话小说中，另一种将超自然和历史混合起来的常见方式是将亡国宠妃妖魔化。最有名的是商纣王（公元前十一世纪中期）所宠幸的妲己。妲己故事出现在《武王伐纣平话》（1321—1323）、《列国志传》（十六世纪）和《封神演义》中。故事中，真正的妲己被一只狐狸吸走了魂灵，然后被这只狐狸精取而代之。将凡俗女子用妖怪代替，是将超自然植入这个世界的一种方式，这种方式似乎和涉及历史人物的情节一样独出心裁。创立周朝（684—705）的臭名昭著的女皇武则天遭遇到类似的妖魔化。在冯梦龙版本的《平妖传》和《镜花缘》中，武则天都被描述为狐狸精。虽然狐狸精在之后的文言作品中成为令人同情的角色，但是在白话作品中，她总是起毁灭作用的女色的化身。

最卓尔不群的超自然小说非《西游记》（作者据传为吴承恩［约1500—1582］）莫属。这部小说是突出的例子，因为故事几乎完全发生在超自然世界，而一位超自然角色是故事主角。孙悟空角色的发展和法力的逐步提升，为其他白话小说中动物更加系统化的法术修炼提供了一个深具影响力的模型。孙悟空是一位独一无二的主角，与人类非常相近，同时又有着根本的差异——此差异来自于我们人类近亲猴子的特质。孙悟空的猴性增加了它的恣意妄为，这
【129】与狐狸精和蛇精的发展形成了鲜明对比，后两者的动物性已经越来

越难以分辨。猪八戒的猪性更一览无遗，更加喜剧化。猪与人的混血代表了堕落与怪诞，也代表了向最低级欲望的投降，而非像其他生物那样致力于自我提升或者伪装。

孙悟空身处的是一个杂糅的宇宙，在这个宇宙里涵括了具有明显等级秩序的全部中国神祇，观音、如来佛和老子之间形成了彬彬有礼的外交关系。不过就像孙悟空跳不出如来佛的手掌心——虽然他以为自己已经到了世界的尽头，这让如来佛看上去像是超越了这一等级秩序。在天界秩序的另一面，则有唐僧师徒往昔的社会关系、鬼怪、许多志在增强法力的各种各样的动物妖怪。有些妖怪拥有他们像人类那样的家庭多角关系，著名的例子有牛魔王。孙悟空自己就曾是妖精，所以读者的宇宙之旅就有两个方向，具有不同的动力模式。孙悟空大闹天宫，给天界带来混乱，而西取真经则是使像他这样桀骜不驯的人物得到控制。

超自然战斗和武器提至新的高度，强调的是变身和遏制。孙悟空的七十二变是所有中国文学中对这一主题的最生动描写。他可以翻筋斗云，变出多个化身，变成小虫飞到敌人身体里。在这部家喻户晓的超自然文学中，这些眼花缭乱的描写既可以作纯粹娱乐之用，也可以是对自我挣扎的一种暗喻。

《西游记》也可以被放置在宗教小说语境中。它加深了对观音的崇拜，孙悟空自己则成为斗战胜佛。其他明代神魔小说则更为清晰地与现存的宗教崇拜有关联，不过同样将娱乐性与宗教内容混合在一起。比如书名受《西游记》启发而来的《东游记》（关于八仙的故事）、《南游记》（主人公为华光）和《北游记》（主角为真武）。这三部作品都与福建书坊主人余象斗有关（十六世纪晚期十七世纪早期），代表的是明代小说中比较大众的维度。白话小说倾向于较为反叛和非传统的神仙，他们适合于白话这一以描写动作和喜剧为特长的文类。这些小说经常是将社会上流传已久的神仙故事整合起来。未删节的全本白话小说会包含主要民间神仙的长故事，而不太涉及文言故事中遭遇超自然的本土化私人化故事。

董说（1620—1686）给《西游记》所写的续书《西游补》（有
【130】人认为作者是董说和其父）在原著中间插入一段情节，全部的情节是孙悟空的一段梦境。这部小说是对梦这一主题独一无二的探索，是真正展示梦中令人晕眩的非理性转换的唯一一部中国小说。

超自然小说的另一个类别是讽刺小说。《斩鬼传》（刘璋，出版于1701年）描写了捉鬼的钟馗的传奇故事。钟馗要捉的是藏身于人间的鬼魂，而不是地下的鬼。捉鬼像是披着外衣的对人类罪恶的讽刺，也带来见证摧毁罪恶的一种满足感。我们前文提到《镜花缘》的前半部用《山海经》中的奇邦异国来为讽刺服务，而后半部分则用超自然作为罪恶的隐喻。

·《聊斋志异》及其他

蒲松龄的（1640—1715）《聊斋志异》是继《西游记》之后中国文学史中最知名的超自然文学。它被视为志怪和传奇传统的顶峰。《聊斋志异》的先驱是明代下半叶再度兴起的志怪小说（第四编第五章会有讨论）。从最简单层次上的主题而言，我们通常可以在早期作品中找到对应，但是蒲松龄总是让材料服从于自己的改造。他对于为超自然行为建立清晰规则毫无兴趣，而是让每则故事都拥有自身的虚构世界。

唐代传奇将奇遇与深度心理描写结合起来堪为创举，蒲松龄继承了这个传统。他特别钟情于超自然的浪漫爱情故事，允许女鬼和狐狸精成为人类家庭的一员。他对人类家庭生活的各种形态，同对超自然一样兴致盎然——二者在令人惊诧的方式中结合起来。对人物心理的兴趣也引向了对人类欲望及其在超自然生物身上的体现，还有人类改变现实意愿的力量的一种微妙理解。在蒲松龄的小说世界中，愿望会变成现实，但从不是抱持愿望者原先想象的那个样子。

蒲松龄的作品有相当广泛的模仿者，但模仿得都不太成功，在浪漫故事和道德果报方面都过于机械。而对《聊斋志异》在深层次上颇有微词的作品则比较有趣，特别是纪昀（1724—1805）的《阅微草堂笔记》，其特点在于努力使超自然变得可以理解，并使之遵循某些明显的规则。纪昀在此所追寻的原则是超越所有道德的，而他的许多小说具有道德目的。他可以被视为清代解释超自然的不可遏止冲动的极端例子，但是他有时也承认自己的困惑。他回避凌驾 【131】
于人类世界的超自然存在，而侧重于与人类地位接近的鬼魂和狐狸精——它们既是我们的镜子，又是对我们弱点的辛辣观察者。他的超自然世界基本上由对话构成：语言辩论所决定的驱魔，狐狸精和鬼魂对自己状况的现身说法，以及记录下纪昀自己的社会圈中对于一些轶事意义的讨论。

超自然文学的传统一直延续到晚清。西方风格的报刊如《申报》和《点石斋画报》都会登载套上新框架的熟悉的志怪材料——狐狸精故事或者道德果报等。超自然的白话小说和文言小说在民国以后还在创作，中华人民共和国成立之后，传统的超自然主题和题旨继续在文学和电影中焕发生机。

韩瑞亚（Rania Huntington）

【132】 第七章　幽默

幽默在中国传统文学中无处不在，不仅在笑话和幽默轶事中，而且广泛存在于诗歌、戏曲、小说和历史哲学作品中。但广为人知的是，幽默难以被定义，人们对于什么是戏谑向来有不同观点。对幽默的辨认并不仅仅依靠客观标准，同时也是一个品味和判断的问题。其他文学形式可以从形式上的总体特征或者历史时期来辨别，但是幽默文学的边界则相对模糊。不谐和之物可以引人发笑，但是对好笑的不谐和的感知能力经常由文化背景决定。在一定程度上拥有人类境遇的共同预设和体验，我们能发觉传统中国幽默的令人忍俊不禁之处。但是幽默至少部分有赖于特定时空中生活的细节和复杂性。如果我们没有完全理解这些细节，对一些人而言很好笑的东西便会让我们摸不着头脑。于是一些笑话可以很容易地从古代中国转译到今天，而另一些却需要大量注释和解释才能让人领会。当一位江湖郎中出现在中国戏曲的舞台上，数点他用自己的庸药送进坟墓的病人，我们都听懂了这一黑色幽默。当丑角穿上官员的服饰，绊倒在花园的石头旁（指涉在朝廷诗歌竞赛中舞弊的一些高级官员），这里的幽默颇难捉摸。

中国文学中幽默的独特之处不在于它采用的形式，以及它所涉及
【133】 的话题或者它引人发笑的机制，而在于文化卫道士给喜剧表达（特别

是笑话）所强加的道德约束。在第一部系统的文论作品刘勰（约465—约520）的《文心雕龙》（公元六世纪初）中，清晰地阐述了这些道德判断。刘勰对谐隐的评价是双重的。他一方面认可一些谐隐的价值，另一方面又严厉批评了戏谑作品的文体，拒斥玩笑有任何内在价值。刘勰对幽默表达的不满侧重在谐辞隐语的迂回和颠覆作用上，不过他也批评了谐隐在语言使用中的庸俗与粗鄙。谐隐“空戏滑稽，德音大坏”，将主旨隐藏在夸张、戏谑、比拟或者双关语中。刘勰的这番话可以说是表达了传统儒家学者的心声。正因为其重要信息并不直接表达出来，幽默文学才带来一个久而未决的问题。

实际上，语言应该反映现实这一观念贯穿中国文人文化的每一条支脉。这一观念的逻辑延伸——生活服从于描述它们的语言，从而使语言具有影响事件的能力——在欧阳修（1007—1072）《六一诗话》中对一个重要笑话所发的议论中表达得很清楚。欧阳修提到，在一次聚会上，有人和官至都官的诗人梅尧臣（1002—1060）开了个玩笑，将他比为唐代都官郑谷（进士，887）。郑谷的诗作一度流行，但后世已经不再流传，被品评为过于简单，只适合用来教小儿。对于自己被与郑谷相提并论，梅尧臣很不高兴，根据《六一诗话》记载，他不久就郁郁而终了。欧阳修高度评价梅尧臣的诗，曾为他的诗集《宛林先生集》亲自写序。尽管如此，梅尧臣的诗作不久便以“梅都官诗”著称，与郑谷的“郑都官诗”交相呼应，确立了二人文学创作之间的关联度。欧阳修写下这段轶事，纠正了对梅尧臣作品的不公正评价，不过这一玩笑似乎具有深远影响力。欧阳修的这段玩笑话居然能够决定后来之事的发展方向。

虽然玩笑的不当使用会带来危险性或破坏性后果，刘勰还是给出了一个持平之论，指出《礼记》中“狸首之斑然”这样的戏谑民谣可以作为箴戒，而宫廷中的俳优可以用俏皮话劝勉君王远离愚行或不道德行为。与此同时，由于其独特形式，谐隐本质上都是离经叛道的，运用不当的话会出乱子。总而言之，传统中国的幽默被理解为具有特别强大的力量，它的能量既可以用于道德目的，也可以服务于非道德目的。

【134】 认为幽默总是或多或少有点离经叛道，这和这样一种观点有关，即认为对语言不恰当的间接使用是庸俗的或是低下的，是一种仅仅适合于非正式场合或者社会地位低贱者的表达形式。这便将玩笑和谐谑文字长期放逐于正式话语和书信的边缘。笑话、诙谐和其他形式的幽默包含在正史、官方编纂的文集和娱乐作品中。不过在正史中，伶官通常被置于重要人物甚至边缘性人物的传记之后。比如在《辽史》中，伶官列传位于列女和方技之后，宦官和逆臣之前。在清朝所编修的卷帙浩繁的《全唐诗》中，三卷幽默诗被置于据说为神仙鬼所撰写的诗歌之后。在京城的官方宴会中，会有残疾或者身份低下的倡优给身份高人一等的官员观众表演笑话。从包括刘勰的评论、幽默作品书目和文人士大夫的笔记（见第三编第六章）在内的许多材料来看，人们经常讲述，甚至写下并且传播笑话谜语作品集。不过一般而言，幽默作品与其他大众和口头文学类似，并没有得到其他文学体裁所享有的认真对待。曾经一度存在的许多作品现在已经亡佚。只有到了明清时期，当大众文学的接受度越来越高，随着对幽默这一古老文学的书面形式感兴趣的读者数量的增加，笑话、幽默戏曲和小说才得到认真的收集、出版和保存。

考察幽默所使用词汇的语义范围，可以帮助我们理解幽默在古代中国被理解的方式。这些词汇的语义范围在一定程度上反映了主流传统对幽默的双重道德评价，而另外一些笑话、谐隐和科诨词汇的语言关联则反映出：玩笑、游戏以及社会关联度也是幽默之吸引力的一部分。今天常用的“幽默”一词，在最早的中国文献中就已出现（《九章·怀沙》：“孔静幽默。”），不过它是在二十世纪作为humor一词的音译词而开始得到使用的。而在汉语中，早就积累了不少玩笑、诙谐、讽刺、双关语，以及其他充满幽默的语言行为的词汇。

滑稽（古语中发音为gǔ jī）是这些具有相当广泛意义的常用词汇之一。司马迁（约前145—约前86）《史记》中以“滑稽列传”为标题为宫廷伶优作传。该词也出现于《楚辞》中，形容圆转顺俗的【135】
态度。“滑稽”的其他注解表明它也指古代一种“转注吐酒，终日不已”的流酒器。“滑稽”可指能言善辩，这一概念反映在八世纪早期司马贞的《史记索隐》之解说中：“滑，乱也；稽，同也。言辨捷之人，言非若是，说是若非，言能乱异同也。”用来指涉幽默言谈行为的其他词汇的语义关联也包括了运动（尤其是气或者水的运动）、混乱、伪装、正面与负面的价值判断、统合与分裂，以及笑声。这样，古代中国用来表示幽默的词汇的意义关联映照出了构建玩笑的词语方法、玩笑幽默的概念性功能，以及玩笑的社会作用和文化作用——它既能产生和谐，也能导致分裂。

· 笑话集

笑话书的编写在中国由来已久，笑话集的名字中包含了表示幽默的常用词，最常见的有“笑”“谐”，另外“谑”和“嘲”也经常出现。最早的笑话书《笑林》由邯郸淳所编（活跃于221年），全本已不存，不过保存在后来的笑话集和唐宋类书的一些条目中。笑话书在历史上不断被编写，直到今天仍然在出版。一些笑话集依照主题来编排，就好像读者可以预先学习这些笑话，以备在人际谈话间来活跃气氛。明清时期，对大众文学和口头文学形式的兴趣高涨，更为经济的印刷方法也使得书本面向了更多读者，在这一时期，笑话集大量出现。从明初到清末的五百多年中存世的笑话书数量是从邯郸淳编写《笑林》到明初的一千多年存世笑话书的两倍。不过，情况就像许多大众文学一样，存世数量的稀少表明了大部分曾经为人所知或者付梓印刷的笑话书实际上是亡佚了。明朝早期的类书《永乐大典》目录中记录了卷四十四全卷载有18890则“笑韵”，想来明初以前的笑话集都著录在这里了。这部编纂于
【136】1408年的百科全书大部分已经佚失。设若它能多些内容存世，将极大增加早期笑话的收集量。许多来自早期笑话书的存世笑话则保留在了后世类书中，这些类书包括欧阳询（557—641）编订的《艺文类聚》、李昉（925—996）编订的《太平广记》和陶宗仪（1316—1403）的《说郛》。

像是印证着主流儒家传统一贯对幽默和幽默作品又爱又恨的矛盾评价，与笑话关联的人名横跨了社会和文学领域。有些笑话书被指为出自著名人物之手，另有一些笑话书则编者佚名。虽然一些作品由不知名的历史人物所搜集，而另外一些作品的题记或者序言经常署以明显且有趣味的笔名。与笑话集关联的知名文学人物包括太康时期（280—289）诗人陆云（262—303），宋朝诗人苏东坡（苏轼，1037—1101），多产的明代批评家和历史学家王世贞（1526—1590），明代反传统哲学家李贽（1527—1602），明代作家及大众文学痴迷者冯梦龙（1574—1646），小说家、戏剧家和批评家李渔（1610/11—1680），清代经学家俞樾（1821—1907）。这些作者的身份，有一部分至今仍争论不休。其中苏东坡编写《艾子杂说》一事最引人怀疑。而明显是署以笔名的编者，包括李贽所辑《山中一夕话》的增订者笑笑先生和哈哈道士，还有《嘻谈录》的编撰者小石道人，以及《笑林广记》的编者游戏主人。

冯梦龙的《笑府》是此中最为知名的笑话集。虽然在中国一度亡佚，但在日本得到保存，后来形成了清代《笑林广记》的基础（初版于1899年，直到今天仍然在印）。冯梦龙同时还编写了另一部笑话集《广笑府》，还有一些闻言故事和轶事集，比如《古今谭

概》就包含了一些来自古典材料的笑话和幽默故事。

这些笑话集中的主题对于广大读者来说具有相当大的吸引力。经常出现的角色包括笨小孩、妻管严、庸医、昏官、贪赃枉法的法官、伤风败俗的僧人，以及各色吹牛者、盗贼、拍马溜须者、骗子和傻瓜。斤斤计较的主人家里经常会遇上贪婪而毫无顾忌的客人。笑话集中的许多笑话取笑了宗教教条或宗教人士，愚蠢的道士和腐坏的僧人经常是大众戏剧和短篇小说中被奚落的对象，不过某些关于宗教人士的笑话则相当淫邪。一些笑话反映的是传统中国特定的社会习俗或者文化生活细节，而另一些笑话则具有长久的生命力，在今天仍旧能吸引海内外读者。许多笑话的点睛之笔反映了全世界幽默的一个共同主题，即聚焦于官能（如感知、记忆和推理）的失误，以及由文化冲突或者社会地位引起的双重意义或者理解偏颇的语言问题——这揭示了我们交流能力的有限性。笑话中较广的主题则聚焦在人类的基本需要上，如能干的需要以及交流的需要；聚焦在我们因未能理解同伴或者处理周边环境而导致的恐惧上。 【137】

因为笑话既属于书面传统，也属于口头传统，其主题和点睛之笔也便像笑话本身一样在各种选本中重复流转。和其他大众文学一样，各种片段被借用以及重复出现在各种文本和出版物中。所以很容易发现有类似主题的一些笑话，或者发现主题或人物略微不同却具有类似模式的笑话，有时候同一笑话会出现在不同的笑话书中。或者是，具有不同成分但具类似预设的笑话讨论了比如混淆梦境与现实世界的问题。冯梦龙的《笑府》中有一则笑话：一好饮者, 梦得美酒, 将热而饮之, 忽然梦醒，乃大悔曰:“恨不冷吃。” 浮白主人的《笑林》中用略有不同的笑话讲述了类似的感官差错：有一人夜里做梦，梦见自己刚要看戏，不想被他的妻子惊醒了，便恨恨地大骂妻子。妻子笑着说：“别骂别骂，趁早睡去还来得及，那边的戏文还没唱到一半哩。”

笑话不仅在不同笑话集中流转，而且出现在其他书面文类中。笑话通常可与幽默历史轶事区分开来，后者会宣称记载的是关于特定人物的真实事件。相较而言，笑话一般指涉各种类型的人物，或者杜撰著名人物的故事，比如三国的关公（关羽，卒于219年），宋代重臣王安石（1021—1086）和捉鬼的钟馗。一些笑话聚焦于知名历史人物或者文化人物的模式化特征，而也有很多笑话则以“一人”“一家”或者“某地有一人”这样的话作为开场白。而轶事则会给出事件的具体时间、地点和在场者。这两种形式间的区别并不是绝对的，下文中的例子会表明，有时候在二者中会出现几乎一模一样的段子。

安鸿渐在十一世纪中期文莹的野史笔记《玉壶清话》中身份为教坊判官，在该笔记中，他冒失地嘲笑了后来成为自己顶头上司的人。【138】欧阳修的《六一诗话》中则收录了这位安鸿渐对吴僧赞宁的嘲弄，以及这位僧人机智的反讽。宋代的笑话集《抚掌录》也有关于安鸿渐的一则笑话：安的老婆要求他在岳丈的葬礼上必须哭，所以他在帽子下面放了一块湿巾来装作流泪。这一伎俩当然很快被他老婆发现。这些段子出现在三种不同类型的集子中，《玉壶清话》属野史笔记，《六一诗话》为诗歌批评，《抚掌录》则为笑话集。然而，所有这三则段子都指涉同一位历史人物，从而模糊了笑话（通常并不基于公认的历史事实）和历史轶事之间的预期分界线。

· 早期哲学和历史文献

汉代和汉代以前的作品中既包含了笑话，也包含有幽默轶事。尽管这些段落与笑话集中的笑话一样能引人发笑，不过历史和哲学著作中的幽默除了提供趣味之外，还服务于说教目的。段子生动阐明了论辩的要点，愚人故事则警告有欠考虑或者头脑发昏的举措。“宋人”经常是笑话取笑的对象，特别在早期文本中更是如此。在以儒家、道家和法家（包括《孟子》《庄子》《韩非子》《淮南子》和《列子》）为中心的文本中，取笑愚蠢的宋人的笑话超过二十则。著名的宋人笑话有揠苗助长的故事，孟子用它来比喻一种常见而不正确的修身方法。《韩非子》中有另一则守株待兔的宋人笑话，用来批评墨守先王过时训导的儒家做派。

愚拙的宋人虽然往往成为先秦文本中最受关注的取笑对象，不过来自先秦其他国家的国民如楚人、齐人、燕人、郑人、秦人和晋人亦未能幸免。《吕氏春秋》中有一则楚人刻舟求剑的故事。一些早期笑话出现在基本上同时期的其他著作中，这表示当时存在着一个口头传统，哲学家、历史学家和其他作者可以从中为各自论点汲取能量。比如，《韩非子》和《战国策》中都收录了一个有趣的故事，有人向楚王献长生不老之药，守门的官员连忙把药送进王宫。【139】
一个卫士问："是吃的东西吗？"那人回答："是可以吃的。"卫士就一把抢过来吃了。楚王大怒，要杀掉这个卫士。卫士求人对楚王说，如说卫士犯了欺君之罪，其实有逻辑矛盾。首先，献药的官员说可以吃，卫士才吃的，而客人献的是不死之药，吃不死之药的人却被楚王杀掉了，这不就成了"送死之药"了吗？几乎相同的一则故事出现在明代笑话集《雅谑》中，只不过主要角色变成了汉武帝（在位时期：前141—前87）和其侍臣东方朔（约前140—前87）。其他一些早期笑话以同样方式存在于后世传统中，或原封不动或略改头换面地出现在后世笑话集中。再比如，《韩非子》中有郑人买履的一则笑话，讲一位买鞋的郑人，因为忘了自己之前量的脚的尺码，而竟然不相信自己的脚，等到他回家去拿那个尺码再折回的时候，鞋店已经关门。同一笑话也收录在宋代的《开颜录》中。楚人刻舟求剑的笑话也收录在明代冯梦龙的幽默作品《古今谭概》中。刻舟求剑甚至成为了四字成语——以古典文辞包含深刻含义，可以用于表述或者概括当下场合。

虽然汉代及其以前的著作用外邦的傻瓜来作为生动阐明论点的一种方式，但哲学家们也用幽默来相互取笑和拆台。孟子的雄辩术把许多国家的君主都变成傻瓜故事的主角，（至少在他的对话情景中）有力地驳斥了诸如战争和重税的必要性。道家的《庄子》中有一些很滑稽、有时甚至带有些侮辱性的故事来攻击错误的想法和思想家。比如《达生篇》中，齐桓公在草泽中打猎时觉得自己看到了鬼，于是病倒了。齐国有个叫皇子告敖的士人来拜访，并罗列了各种鬼，最后说有一种叫做委蛇的，是一种瑞兆，见之者将成为霸主。齐桓公觉得皇子告敖描述的委蛇样子正是他所见到的鬼，病立刻就好了。这则故事精妙地讽刺了政治野心以及对鬼的迷信。《庄子》中的一些片段也取笑了道家的哲学对手——孔子，经常将这位广受崇敬的哲学家置于受质疑甚至尴尬的境地。

地位最为尊崇的儒家哲学作品《论语》的非正式对话文体，可以容纳相较于正襟危坐的哲学辩论而言更多的幽默瞬间。虽然《论
【140】语》实际上并没有包含此类幽默，但是在孔子与其学生之间有许多善意的取笑。许多学者都提出，从《论语》和其他文献提供的信息来看，孔子是一位颇具幽默感的人，也乐于开玩笑。《论语》中的孔子不时会使用幽默回击，来对付各种自傲、见识短浅或者盛气凌人的迂腐道德。孔子曾经戏称弟子颜回很没用，因为对于夫子说的每一句话颜回都悦纳（“回也，非助我者也，于吾言无所不说。”《论语·先进第十一》）。而《论语·公冶长第五》中孔子听说谨慎过头的季文子三思而后行，便说了这么一句：两次就足够了。（“再，斯可矣。”）在后世的笑话中，《论语》中的只言片语被用作点睛之笔，从而具有了幽默效果。在元剧《蝴蝶梦》中，孔子对季文子的这番评论被用来开玩笑，《论语》中的其他文句也在其他笑话作品中以类似方式出现。

· 正史和野史

政治讽谏出现在汉代以前至今天的各种历史文本中，如官修正史、笔记和野史等。早在《左传》和《晏子春秋》中就收录了大臣通过恰到好处的讽谏而成功规劝君主的不少事例。司马迁《史记》的“滑稽列传”中有一段专门记载了战国时期宫廷优伶以说笑为方式的劝谏故事。野史和笔记中也收录了有关历史人物、正式场合的政治笑话和民间谣传的幽默小品。

司马迁讲述了生活在他的时代之前的三位优伶的成功讽谏故事。在很多情况下，优伶讽谏的方法都是歪曲或者夸张统治者的不当行为，以使后者看到自己的错谬。比如，优孟讽谏楚庄王（在位时期：前613—前591）即是一例。楚庄王有一匹心爱的马，衣以文绣，啖以枣脯。这匹马最后因为过于肥胖而死掉了，庄王打算用大夫的礼仪来葬马，并下令曰：“有敢以马谏者，罪至死。”群臣谏不能止，优孟于是故意说用大夫礼太薄，应该以国君礼仪来葬它，“请以雕玉为棺，文梓为椁……庙食太牢，奉以万户之邑”，庄王听到优孟如此荒唐的建议之后，立刻意识到自己的过错，下令将马 【141】
尸即刻送到厨子那里。

正史中有不少笑话和诙谐故事，有些正史（包括《史记》《汉书》《新五代史》和《辽史》）围绕伶官的滑稽事迹辟有伶官列传。不过这些传记具有鲜明的不同特点。有时是机敏而深明大义的大臣进行颇有成效（虽然有趣）的劝诫，成功规劝君主，不过另外一些轶事则记述了意图迥异的伶官，从而导致不同的结果。六世纪初刘勰对于幽默的建设性作用和破坏性作用所做的区分也反映在《史记》的前后两部分“滑稽列传”中。约在司马迁去世五十年后，有位叫做褚少孙的人在“滑稽列传”后，增补了一些俳优的传记。褚少孙的目的可能是通过添加司马迁未提及的西汉宫廷俳优的传记，来使得“滑稽列传”这一部分保持更新。但是这两部分特点迥异。司马迁所写的前半部分中的俳优虽然身份低微、语言迂回，但无一例外都对君主进行晓之以理、动之以情的讽谏，所以能在暴政与乱世中保全性命。而在褚少孙所续的后半部分中，诙谐玩笑仅仅成为贪得无厌的宫廷俳优们的邀宠手段，服务于他们的贪婪，于君王于国家没有丝毫益处。著名的宫廷俳优东方朔就是首次出现在褚少孙的后半部分“滑稽列传”中。东方朔的轶事包括：要求赐美酒粱饭才愿意回答问题，将汉武帝的赐食偷偷夹在袍子里带回家，所赐的钱财用来一年换一个老婆。当被要求对他的放肆失礼道歉时，东方朔总是能以诙谐的语言得到宽恕，免于受惩罚，有时甚至能从武帝那儿得到赏赐。特别是在政治圈子中，幽默很明显既可以是有益的，也可以是有害的。作为政治工具的幽默可以用来弘扬正道，也可以仅仅用来使精于利用幽默者获得私利。伶官传记中反映出来的争论一直延续到后世，有些论断强调幽默的建设性作用，有些评价则看到它的腐蚀性后果。蔡絛（卒于1147年后）的《铁围山丛谈》中有一则关于伶人丁仙现（十一世纪晚期）对王安石变法的嘲弄，并加上了一段当时流行的时语“台官（朝廷命官）不
【142】如伶官”。

笔记中的故事更清楚地展示了幽默的政治维度，以及幽默在其中被用作一种武器的政治势力之争。在一些故事中，官员会收买宫廷伶人，好让他们在给皇帝演出时讲笑话批评其政敌。而从现有记载看，讲这类笑话的伶人中，至少有一位受到了惩处。北宋的笔记中，以取笑王安石为乐的笑话很泛滥，这表明王安石一派遇到了强烈的政治反扑。虽然在很多情况下，这些历史轶事应该记录的是真实发生的历史，不过还有一些情况是，有些故事有各种版本，只是主角的名字或者别的细节稍有变动。有些时候，历史轶事和笑话集里的笑话非常相像。写下幽默的冲动很明显会压过准确记录历史事

实的初衷，而当笑话也适合当时情境时，就更为如此。有时，一则基于历史轶事的笑话会一度彻底成为日常话语的一部分，成为一句家喻户晓的习语，成为儿童的戏语。

沈德符（约十六世纪晚期）在《敝帚轩剩语》中回忆他在京城长大的少时，成群结队的小儿每见出塾缓步详视者，必哗指曰：“可来看假司马温公。”“司马温公”指以正直闻名的宋代重臣司马光（1019—1086），该戏语的源头可以追溯至邵伯温（1057—1134）的《邵氏闻见录》。根据该书记载，文彦博（1006—1094）向司马光报告，在辽国的宋朝间谍描述了伶人在宴会中的一种幽默玩闹：穿着儒服的伶人见物就攫取怀之，另一名伶人拿着棍子跟在后面喊“司马端明耶”。司马光听到这个事情后很开心，因为这个玩笑表现了其他官员可能贪赃枉法，但是司马光却在民众中素有清廉的令名。时文中的许多轶事都一度成为了民间会话中红极一时的口头禅。周密（1232—1299/1308）在《齐东野语》，赵善瓒（进士，约1506−1522）和徐咸在他们的作品中也提到这类现象。英明刚直的包拯（999—1062）在宋代口头语中也得到了类似待遇。赵善瓒提到，人们会笑话那些任人唯亲者为“包公”。这样，司马光和包拯，这两位宋代历史上最奉公守法的官员的名讳被用来讽刺那些贪官污吏。

· 戏剧中的幽默 【143】

史书中的幽默经常和俳优有关，这一定程度上是因为在人们的理解中，作为一种讽谏方式，笑话在一些场合中是规劝君主的唯一有效方式，而俳优是进行此类讽谏的最佳人选——刘勰指出了这一点，而司马迁《史记·滑稽列传》汉代以前部分则生动例证了这一点。幽默当然是俳优艺术不可分的一部分，在很多情况下，机智的反应会被视为某人之俳优身份合格与否的标志。《史记·滑稽列传》中的一则故事清楚地告诉我们，表演也是幽默讽谏不可或缺的一部分。故事记述了上文提到的优孟假扮为楚庄王已故大臣孙叔敖，希冀以此使庄王想起自己对孙叔敖后人负有优待的责任。庄王误以为乔装打扮的优孟为孙叔敖，便要求他复以为相，而优孟则以曾经的楚相孙叔敖去世后其子孙穷困潦倒为理由而推辞了。在这则故事里，楚庄王被耍弄了一番，一度表现得很滑稽。后世的笔记传统中，有关宫廷俳优的故事显示出，俳优们通常将讲笑话和角色扮演作为幽默表演的一部分。

尽管考察中国戏剧起源和发展的材料并不完整，不过有记录表明，到唐代至少兴起了两种不同的戏剧表演：一种叫“歌舞剧”，载歌载舞，可能还包括杂技或者作为叙事主线的简单对话；另一种叫做“参军戏”的，是一种通常两人演出的喜剧，一人表演被戏弄的喜剧人物（“参军”），另一人表演戏弄者（“苍鹘”）。参军戏的起源有多种解释，根据有关戏剧的早期文献来看，它至少可追溯到四世纪之初。有人将参军戏的起源追溯到更早的公元一世纪初一位被发现收受贿赂的贪官，因为他的职位太重要，不便随意罢免他，于是采用了一种新颖的惩罚方式——他被要求在宴会上加入俳优的表演，被大家嘲笑。不管这种解释是否接近历史事实，但在各种宫廷幽默表演（包括讽喻、政治嘲弄以及参军戏）之间确实存在紧密关系。

参军戏这种二人喜剧也被视为多种口头幽默表演（其集大成者为相声这种今天仍然流行的喜剧对话形式）的先驱。相声和参军戏类似，通常也由两人表演，不过有时也有单口相声或者群口相声

【144】等。关于相声的起源依然莫衷一是。一些学者认为，相声的源头是流行于明代的一种民间对话形式，它在不同的地区有不同的命名，而在现在的北京则被称为“相声”。还有别的学者认为，现代相声

起源于北方，十九世纪下半叶主要流行于京津地区，而在二十世纪早期开始扩展到全国。不管怎样，有大量证据表明，早至有相关文献记载的时期，幽默口头艺术就在中国大地上生根开花，并以某种形式一直发展到今天——虽然相关历史记载残缺不全。

喜剧对话中的二人丑角在更复杂的叙事戏剧结构中处于中心地位。中国传统戏剧是由角色类型组织起来的。角色类型有时可与即兴喜剧（commedia dell'arte）中的假面类型相比拟。这类戏剧中，一名演员会表演男性角色，另一位扮演女性角色，还有别的演员负责丑角或者官员角色。最早的两种角色类型是“参军”和“苍鹘”，后来它们演变为男性角色（副末）和丑角（净）。角色类型的名称和数量随着大众口味的变化以及不同戏剧类型的发展而有所变化，不过插科打诨的角色则是固定的。角色类型由言谈动作的风格以及容妆和戏服来区分。这样，当角色出现在舞台上之时，观众会马上预料到丑角（“净”或“丑”）将有什么样的行为，在嘲弄者和被嘲弄者之间会出现什么样的互动。

“杂剧”一词的多重指涉也表明了幽默与戏剧表演之间的关系。在金和宋时期，“杂剧”指简短的滑稽表演，以及在娱乐场所新涌现的北方戏曲和杂戏。在这一时期，虽然戏剧演出一般包括滑稽剧和较为严肃的正剧，不过杂剧中的明星当属滑稽演员。有记载表明，演出各元素的编排虽然会有变化，不过在一些情况下，非幽默戏剧会作为串场安排在多组滑稽演出和幽默对话之间。元代和明代发展起来的较长的戏曲中，叙事情节变得很复杂，不过有时候会从以前的戏剧中借用喜剧的丑角配角或者甚至整部滑稽剧（在宋名为杂曲，在金名为院本），作为背景或者其间的情绪调剂，因为戏剧中的严肃部分语言较为难懂，情绪表达更为激荡。即便是元明清时期创作的成熟戏曲，不管其主题为何，里面总是会有喜剧部分的一席之地。

保留在后世戏剧形式中的喜剧表演中的一种形式，便是某些职业被幽默的方式而脸谱化。早期的笑话数百年来定义了某些特定职
【145】业在戏剧中的可能展现方式。故而舞台上出现的医生一般都是医死病人的庸医，舞台上的官员也都不像为官清廉的包公那样，而是向贿赂者鞠躬，因为“他们是我的衣食父母”。喜剧配角完好无损地穿插在各个不同的戏剧中，有时候诗句和对话都原封不动地搬用。

不管以什么为主题，在中国传统戏剧中都能找到一些幽默和插科打诨，不过有些主题中的幽默笑话多于其他主题。关于娱乐场所的生活以及娼妓和浪子的故事通常比严肃的历史描述有趣得多。另外，与后来被整合成长篇小说（特别是《西游记》《水浒传》）的故事有关联的一些戏剧中通常具有大量幽默。不过有些时候，幽默元素会使得戏剧的严肃主题喧宾夺主。元杂剧《盆儿鬼》讲了发生在小旅馆里的一出骇人凶杀，但是张老汉与瓦盆中的鬼魂之间的笑闹场面使无甚新意的审案断案过程相形失色。而更早的台词一般都保留了更多的闲笔科诨，特别是包含了更为粗俗的黄色笑话。成化（1465—1487，见第七编第三章）本的《白兔记》（刘知远和妻子李三娘破镜重圆故事）中，三娘的兄嫂逼刘知远在休书上打印模，刘知远打了手印，大哥打脚印，目不识丁的凶嫂子往休书上一坐，用“屁股印”来代替“手印”。这段还有其他粗俗科诨在后出的本子中被芟除尽净。优雅的文人版本更偏爱精美的诗歌，还有道德模范的人物化，而非插科打诨。

专事幽默的元杂剧有关汉卿的《救风尘》，讲了妓女赵盼儿将好友从一场坏姻缘中营救出来的故事，还有《蝴蝶梦》中对明察秋毫的包公的戏谑。一些相当知名的正剧中也有戏谑的场面。在《录鬼簿》（1330）中，郑光祖被批评为过于沉溺于插科打诨，而他的《倩女离魂》则包含了一些颇有意思的讽刺。朱凯的《孟良盗骨》（或《昊天塔》）在全剧的高潮前有一段生动的语言幽默。在家喻

户晓的爱情剧《西厢记》中，侍女红娘是许多戏笑对话的中心人物，为张生和崔莺莺这两位主人公青涩而投入的爱情故事加入了调味剂般的质朴笑料。

幽默的明代戏剧有朱有燉的杂剧《复落娼》，这部喜剧讲了从良的妓女刘金儿，先后嫁了三个男人，在他们破产后，最终又回到妓院重操旧业。他的《神仙会》也是一出幽默喜剧。王九思（1468— 【146】
1551）的戏剧中也有不少讽刺，徐渭（1521—1593）也有一些诙谐的戏剧创作。明代以后的著名幽默大师有李渔，创作等身的他除了戏剧批评和小说，也写了很多喜剧。

· 虚构作品：短篇故事

早在战国时期的哲学性和历史性叙事作品中，幽默就已占据一席之地。志怪、传奇、话本和小说这些叙事文类中都有幽默作品。志怪兴起于六朝，在后世亦相当流行。虽然志怪的原初创作意图是为了保存关于怪异之事的知识，不过志怪的形式很适合幽默，有些志怪故事相当有趣。许多志怪故事是有意而直白地进行劝世，它们被收录成书以宣传某个哲学或宗教观点。这些作品的修辞方法是，看上去像个笑话，而故事情节突如其来的转折带领读者进入一个全新的视角。为人熟知的一个例子是，有个叫宋定伯的人，在去市集的路上夜行逢鬼。宋定伯诓骗对方说自己是新鬼，在了解了鬼的一些行为方式和它们最怕的东西之后，他施计将这个鬼变成一头羊，在市集上卖了很好的价钱。

传奇（文言故事）发展于八世纪中，比志怪篇幅长。在传奇中，志怪里笑话般的角色不那么明显。传奇更加留意主人公的动机和道德特性。著名的传奇故事如《任氏传》《南柯太守传》和《莺莺传》中的幽默并不是来自突如其来的笑话或者某位主要角色，而是对波谲命运和人与人之间误解的更为微妙或者更为辛辣的讽刺。在后来的明清作家那里，传奇故事更具自我意识，也更加机智。如蒲松龄（1640—1715）的《聊斋志异》中有不少健康的反讽和戏仿。

话本（白话短篇小说）出现在宋元时期。许多话本也包含了以反讽或者出乎意料的情节转折为形式的幽默。作者佚名的早期滑稽作品《快嘴李翠莲记》是一个很好的实例。李翠莲是一名“口快如刀”的女子，她总是按照自己的心思行事，心直口快，让家人不堪其扰，婚后三天即被“休”回娘家，回娘家后又由于自己的刀子嘴而最后出
【147】家为尼。明代的白话故事变得越来越流行，吸引了冯梦龙和凌濛初（1580—1644）这样知名人物进行收集、模仿和出版。凌濛初的作品特别以幽默的挖苦取笑而著称。清代著名的幽默大师和戏剧家李渔创作了不少白话故事，包括白话故事集《无声戏》和《十二楼》。清代的《照世杯》中也收录了一些幽默白话故事。

· 虚构作品：长篇小说

中国长篇章回小说和明清较长的戏剧一样，无论其主题为何，都包含一些喜剧因素。最著名的两部幽默小说是《西游记》和《儒林外史》。吴承恩（约1500—1582）的《西游记》，以奇幻的方式讲述了唐僧玄奘自长安赴印度取经的艰苦卓绝之旅。小说中的玄奘有三个徒弟：孙悟空、猪八戒和沙和尚。其坐骑是一匹龙太子化身的白马。小说的中心角色孙悟空神通广大，但是缺乏自控力。孙悟空的猴性未脱和玄奘对悟空的管教，构成了《西游记》的主题之一。小说中的幽默片段主要集中在贪财贪色、总是做错事的猪八戒，以及能七十二变、翻筋斗云、拔汗毛变成无数小猴的孙悟空身上。

吴敬梓（1701—1754）的小说《儒林外史》对社会痼疾、科举

制度的种种弊端，以及当时儒生的迂腐和虚伪进行了讽刺。吴敬梓虽然对书中的儒家学者人物持批评态度，但是他自己则抱有对儒家的真挚理想。在某种意义上，《儒林外史》可以被视为俳优的讽谏，是通过幽默的戏谑而纠正时弊的一种尝试。

《水浒传》中有不少低俗场景，特别是有关鲁智深的情节：变身为和尚的他还是忍不住翻过寺院墙头，出去痛饮一番。据说出自李渔之手的色情小说《肉蒲团》中有大量性幽默和夸张。李汝珍（约1763—1830）的《镜花缘》中，一名儒生、一名商人、一名水手一起出海，到了各种各样奇怪的地方，每个故事都有讽刺内蕴。在“好让不争”的君子国，买家千方百计要多付钱，卖家则尽可能少收钱。劳民国的人终日忙碌，举止不宁，因不产五谷，而以果木为食。在女儿 【148】
国，男子必须经受缠足之痛，女子必须参加科举考试。

· 总结

幽默在传统中国的社会、文化和政治生活中扮演了一个不可或缺的角色。各种形式的喜剧、轻松玩笑和粗俗笑话几个世纪以来在各种文学类型中层出不穷。在一些情况下，特别是由于民间文学的佚失情况严重，导致很难完整收集中国古代的幽默作品。另外，由于有些文类如《论语》中孔子语录或者一些传统诗歌缺乏语境，使得对其中幽默段落的确定变得十分困难。对传统中国文学中幽默的一番考察，使我们清楚了两点：第一，笑话具有社会功能；第二，有些书面的幽默来自日常会话。笑话口耳相传，笑话的讲述将具有类似经历和感知的社会群体连接到了一起，同时又将不具有相同文化或者教育背景的人们隔离开来。

对正统的儒家传统而言，正确使用语言（与“正名”传统有关）的重要性意味着，幽默最合宜的唯一功能在于对谬行的讽喻劝导。所以，从保守的儒家观点看来，只有在事态（特别是国家大事）失序时，夸张地使用幽默讽谏才是被允许的。在政治领域，玩笑被强有力地使用，人们或廓然大公，或为追求营营私利，在争论中利用笑话来争得上风。几乎在传统中国文学史上的每一个时期、每一种文类中，都包含大量幽默作品，不过在上古原典中，却难觅幽默踪迹。在某些领域中，玩笑被认为深具能量，甚至能够影响作为玩笑对象的现实生活，而同时玩笑又被认为是一种低等的表达形式。因此，虽然幽默充斥于中国文学史中，却始终居于严肃论著和经典文学的边缘。

麦桂怡（Karin Myhre）

第八章　谚语 【149】

中国人以谚语而著称。虽然可以说谚语和谚语式智慧在大多数非文字的、口头表达的农夫文化中都扮演了重要角色，但是中国大概是世界上最以谚语著称的民族，谚语在中国书面文化中起着至关重要的作用，这种作用一直持续到今天。

中国文学中的格言首先与中国文人在书面文体（“雅”）和口语文体（“俗”）之间所作的基本区分有关系。在文学中，这一对比最终反映在“文言文”和“白话体”（见第一编第一章）之间的现代区分上。

谚语基本上是将普通大众的经验、观点和智慧捏合进短小精悍、便于记忆的口语表述中的一种口头形式。谚语运用为人所熟知的意象和喻象来捕捉世代相传的经验与价值，它在论辩中被反复征引，用来说服他人，也作为日常生活的指南。在普通的农夫、手艺人和商人的口中，它们是大众共享的“口头文学”的“迷你教科书”，由于被反复运用而具有权威性。

这样一方面，谚语的“粗俗”出身和措辞使自身“不登大雅之 【150】
堂”，另一方面，它们直达人心的洞察力和简练的句式又总是能使它们通过“后门”进入文学作品中。在这些文学作品中，它们披着诸如“古人云”“谚云”“谚曰”或者“俗语云”的“局部引用”

标记。就像如《诗经》和《易经》这样的古代作品代表了对更古老口头传播的价值与传统的收集，平民大众的价值观和话语在数个世纪以来也是以这样的方式进入了文人“大传统”的书面世界，与此同时，许多文人传统的诸多概念和短语也是从老百姓的口头“小传统”借用或者转用过来的。于是，谚语和其他“熟语”被整合进入中国文学，这仅仅代表了中国文人大传统的语言与价值，是老百姓口耳相传的古老信仰和价值之间不断持续的互动以及互文过程的另一步而已。

刘勰在六世纪的文学理论和批评史的综合性评价作品《文心雕龙》（见第六编第三章）的“书记”篇中说：“谚者，直语也。……廛路浅言，有实无华。邹穆公云‘囊漏储中’（漏囊仍然可以装东西），皆其类也。《牧誓》曰：‘古人有言，牝鸡无晨。’《大雅》云‘人亦有言’‘惟忧用老’，并上古遗谚，《诗》《书》所引者也。”在列举了《诗》《书》这两部古代经典中所找到的“文学作品所引之谚”之后，刘勰总结说：“夫文辞鄙俚，莫过于谚，而圣贤《诗》《书》，采以为谈，况逾于此，岂可忽哉！”

· 谚语及其他熟语

对中国文学中的谚语史的梳理牵涉的另外一个问题，是如何定义和区分。在上文所引的《文心雕龙》段落中很明显可以看到，刘勰使用的“有实无华”这句话，实际上是一句俗语，而非像后面所
【151】举例子那样的谚语——也即（直接或间接）表达了一种观点或者陈述的完整句。为了研究的目的，我们需要在谚语、俗语、格言、歇后语和无处不在的成语（这些统统都居于熟语这一个大类别之下）之间进行区分，这是很必要的，虽然从古到今这些术语的所指通常

是变动不居的。

上文已提到，谚语是由使用为人所熟悉的意象或喻象、表达关于共享经验和价值观的某些观点、判断或者智慧的完整句所构成的口头形式。比如，“巧妇难为无米之炊”就是英谚“One cannot make bricks without straw”的对应表达。俗语也是为人熟知的固定口头表达，但是只包括句子的描述性部分，比如刘勰所谓的“华而不实”，它们并不是完整的句子或判断。

格言通常也是完整陈述句，表达某种判断或价值，但是格言的不同之处在于它们是对过去著名作者或者作品的“引用”，因此在词汇选择、语法和文体方面具有强烈的书面味道，即使它们在日常使用中变得谚语化，也依然如此。从《论语·学而》家喻户晓的那句“三人行必有我师”，到老子《道德经》中的“千里之行，始于足下”，有人认为来自更为古老的口头谚语，不管怎样，对不知其书面起源的中国人，还有世界其他地方通过翻译知道它们的外国人而言，它具有了谚语特征。

另外一种基本的书面形式是成语。成语也是固定的（通常是四字）文学表达，使用文言的词汇与结构，经常取自或者包含经典作品中的某些典故。成语“投鼠忌器”（意思为比喻做事有所顾忌，不敢放手进行）讲的是砸向老鼠的东西可能会打坏近旁的珍贵器物。成语和谚语等统一归于熟语类别之下，是因为很多成语成为日常语言一部分，在受过教育的人群中和当代白话写作中无所不在。

最后，在当代作品甚至一些更早的作品中，我们可以遇到另一种主要的口头形式——歇后语。真正的歇后语由两部分构成，第一部分是描述性短语，很多时候由明示比较的词汇打头（如“好比”，因此这是一种比喻），一个停顿之后然后接着第二个短语，直接或间接地解释该歇后语第一部分的比喻背后所隐喻的相关意思。比如，某某讲座（就像）“老太婆的裹脚布，又长又臭”！很 【152】

多时候，对隐喻的解答包含了两层的双关意思，在歇后语第二部分的浅层意思之外还有更深的回味。如毛泽东（1893—1976）曾对埃德加·斯诺说自己（像）“和尚打伞，无发（法）无天”。由于不明白比喻的第二层意思“无发（法）无天”，斯诺只能从字面上理解毛泽东的话，但是对明喻的这个字面解答还远远不够。“无发无天”实际上暗合了成语“无法无天”，这才是毛泽东实际上要表达的意思。

这些流行的谜一般的民间比喻可以被视为一种口头“语言游戏”，在这个游戏中，说话的人会临时停下来，看看听者是否知道这个歇后语，然后再给出解答，如果听者已经熟悉这歇后语，就有可能接出下句（这种情况很常见，由此才有“歇后”这一说）。这些歇后语也被整合进文学中，现在通常用一个破折号来表示歇后语前后两部分的分割，而在具有双关语的情况下，会给出“真实的”字句，同音的双关字词会出现在表字面意思的字词后面的括号里。在以前，歇后语的第二部分还有双关语的真实解释都不会出现，因为说者设定听者都能完全领会包含在说者第一部分中的含义（因为这些谜语般的歇后语经常被用来作开玩笑之用，所以有时被错误地归类为一个较普遍的术语“俏皮话”之下）。

· 早期书面作品中的谚语

谚语，以及上面讨论过的其他相关形式，基本上是民间的口头形式，它们无疑拥有一个悠久而未成文字的中国普通民众“小传统”的历史，这一历史反映在后来的书面文学“大传统”中。得到记载的两种最古老的谚语一种是农谚，一种是气象谚语，后者将数百年来中国各地关于天气和各种农业实践的传统观察和建议压
【153】缩在一起。现存最早的农谚和气象谚语的收集可追溯到一千八百年前的东汉，崔寔在编撰《四民月令》时收录了不少这方面的谚

语。有关农谚的类似收集可以在三国（220—265）、北魏（386—534）、宋（960—1279）、元（1260—1368）、明（1368—1644）和清（1644—1911）各代关于农业的作品中找到。到宋代，才有专门收集谚语本身的作品出现。龚颐正的《释常谈》和周守忠的《古今谚》是已知最早的两部谚语集。与此同时，某地特殊的一般谚语、农谚和气象谚语也经常会收录在当地的方志（或地方志）中。在二十世纪，涌现出大量以收录专门谚语（专攻某类谚语或者某地谚语）为目的的谚语集。

从古代作品的征引中可以看到，许多原典中包含了先秦时期的谚语。公元前三世纪的《国语》中有“从善如登，从恶如崩”，《战国策》中的“宁为鸡尸，不为牛从”，《韩非子》中说“远水不救近火，远亲不及近邻”——这些都是押韵的对偶句。西汉（前206—8）司马迁的《史记》中包含了不少今天仍然在使用的谚语，比如“忠言逆耳利于行，良药苦口利于病”，以及“寸有所长，尺有所短”（意思是每个人都有优缺点）。

和其他许多民族的文人文化一样，中国文学中的小说从神话/传说/历史、诗歌和戏剧中有意识地脱胎出来，是相当晚近的事情。如书面记录所显示的那样，谚语在中国拥有一个悠久而基本依靠口头表达的历史，这同时也揭示了数百年来，说书在目不识丁的中国农民和市民中间之流行，和世界上其他前现代的民间文化中是一样的，而在介绍、发展和概括包括在这一流行的“口头文学”中的一般智慧时，谚语起到了非常重要的作用。在隋朝（581—618）和唐朝早期，佛教僧侣作为说书者，以劝说未受教育的俗众皈依佛法。由保存在西北中国的敦煌石窟中的约八世纪到十世纪的变文和其他叙事文类（见第七编第二章）抄本可以看出，这些故事不仅包括了以诸如孔子、传说中的圣人舜和其他中国历史传说中的著名人物为主人公的高度创造性故事，而且即使是在对佛教传说的再加工中，

【154】也都强调了传统中国的道德价值，而其方式经常是对谚语、俗语及喻指的使用。

在唐代以后的宋代，特别是佛教僧侣在公共场合说书布道被禁止之后，其他的说书形式繁荣起来了，并组织成行会，每行专善讲述某一类别的故事，如爱情故事、鬼故事、公案故事和前朝历史故事等等。虽然基本的情节和人物等经常写在故事大纲或者提示本中，但这仅仅是概要，说书人（通常是盲人）的艺术明显建立在对人物情节添油加醋的发挥和个人化的点评之上，依赖的是台下对文字一无所知但“口头方面颇有知识”的听众所熟知的谚语和俗语。

在元明清时期，即使这些口头故事和历史被改写成书面小说，但因为大多数中国民众仍然是不识字的，所以这一古老的说书传统和对谚语这一修辞手法的使用一直持续到二十世纪，在某种意义上不仅继续保留在传统中国戏曲中，而且也保留在这些故事、历史的书面版本中——书面版本来源于前者，至今仍然在发展。

· 谚语进入书面文学

如上讨论过的，谚语、俗语和其他更加口语性质的“熟语”形式被整合进书面文学，是与中国文人所维护的“雅”“俗”之清晰分野联系在一起的。由于唐宋时期农业和制造业的发展，中国的人口和城市都在持续扩张，伴随而来的便是文盲以及非文盲城市居民对于大众娱乐的需要。为满足文盲居民需要，说书便应运而生，而为了略通文字的那部分人口的需要，便产生了传奇这种史传笔法写婚姻爱情、义侠刺客和奇闻逸事的叙事体式，且以受过教育的读者更为熟悉的文言体面貌出现。随着经济发展和城市化的日益加深，在接下来的宋代，传奇淡出历史舞台，逐渐被以说书人故事（或是完全口述或是故事梗概）为底本的扩充润饰了的短篇故事所取代，和唐传奇相比，短篇故事更具有口语风格。这些白话短篇故事在许多方面都依循说书人原来的编排，像之前的口头版本那样插入了许多诗文、谚语和评语，并使谚语和俗语出现在对话和点评中，以配合这一新闻学形式的口语风格（虽然保留平话和话本这些白话作品的现存书面材料是元代和稍后时期的，但是它们应该在宋代，特别是南宋，就已经生根发芽）。 【155】

宋代覆灭之后，城市说书也慢慢衰落，不过后来的作家使这一文体延续了下来。从元朝到明朝的数百年间，短篇故事作为大众书面文学而繁荣起来。在这一时期，各种宋代短篇故事得到收集，被大量编订成册。与此同时，中国的小说最早形态开始从脱胎于早期说书和口头白话故事的民间故事中发展起来，这些长篇小说起源于并且在许多方面遵循早期说书人口中故事和历史的整体样态，因此长篇小说将谚语、俗语和其他口语形式整合进更为口语化的小说语言中——特别是在对话以及作者的点评中，便毫不奇怪了。仅试举一例，在以说书为基础的明代版本小说《水浒传》中，王婆向西门庆描述貌美如花的潘金莲和她的矮子丈夫武大郎时，使用了这么一句谚语："骏马却驮痴汉走，巧妇常伴拙夫眠。"而当西门庆和潘金莲奸情已成时，作者以口语风格进行了这番点评："自古道，好事不出门，恶事传千里。不到半月之间，街坊邻舍都知道了，只瞒着武大一个不知。" 艾伯华（Wolfram Eberhard）在《水浒传》这部著名的明代小说中找出了119个谚语，有力地证明了谚语语言在《水浒传》和其他明清小说中的重要地位。十六世纪的明小说《封神演义》这部武王伐纣的神话小说中，包含了276个谚语。明末的色情巨著《金瓶梅》则引用了136个谚语。清代的《儒林外史》中有44个谚语，而公认中国最伟大的小说《红楼梦》则有110个谚语。

【156】 · 二十世纪文学中的谚语

1912年中华民国成立之后，与五四运动（见第四编第七章）联系紧密的新文学运动致力于对中国书面语的白话化，以促进中国人听说读写的识能，使中国的“封建”文化民主化。以普通话为形式的“官话”被新政府积极地确立为“国语”，民主知识分子如胡适和鲁迅不遗余力地促进新白话风格（白话文）的写作，白话文更接近这种“标准”的口语国语而非传统的“文言文”风格。（这种标准的书写方式一直延续到清末的受教育人士。）留学日本、欧洲和北美或者毕业于西方影响下的中国新教会大学的作家和学者放弃了文言文，开始试验这一新的白话文，尝试创造一种未来新中国独一无二的现代文学风格。鲁迅、胡适、巴金（李芾甘，1904—2005）、曹禺（1910—1996）、茅盾（沈雁冰，1896—1981）和老舍（舒庆春，1899—1966）等作家都拥护自由民主和“进步”的理想。他们希望用白话文这一新文体来捕捉劳动人民的观念、关切和生动语言，自然会在他们的杂文、散文、小说和戏剧等作品中，使用普罗大众的诸如谚语、俗语、歇后语和“谣谚”这些口语形式。1917年，胡适在《文学改良刍议》这篇开风气之先并影响深远的文章中，呼吁作家要避开“古人”的文言文体、“务去烂调套语”“不用典”，并最后总结说“不避俗语俗字”。他特别强调了谚语、俗语和歇后语的重要性，因为他坚信白话文学无论在语言形式还是在内容上，都会成为新民主的主要文学，能为全体读者——特别是通过口语为基础的白话文而学会阅读的新一代读者——所读懂。不论其政治主张为何，在二十世纪二三十年代为文学提出各种哲学目标的年轻中国作家们在新白话语言和文体的创造方面，通常拥有共同的基本立场。这一新文体将包含所有这些写作中的大众形式，尽管有时，某些大众形式作为过时了的传统思维会遭到批评。

到1932年，新白话文的先锋式修辞学家陈望道在影响甚巨的《修辞学发凡》的论“引用”部分中，不仅举了来自古典作品中的一个著名谚语，而且举出了许多明引暗用的佚名民间谚语，并专辟一部分论述歇后语的历史和结构。【157】

二十世纪二三十年代的政治斗争，主要是孙中山（1866—1925）的接任者蒋介石（1887—1975）领导的以城市为根据地的国民党和1921年在上海创始的中国共产党之间的斗争。随着1927年共产党领导的城市工人起义的失败（在André Malraux1933年的小说《人类的命运》中对此有戏剧化的描写），共产党退守至农村地区，根据新领袖毛泽东这位自学成才的农民知识分子的革命理论和策略，将中心放在组织农民武装，农村包围城市上。

从1949年中华人民共和国成立到1976年左右，宣传性的小说、诗歌和戏剧在全国流行，其根蒂也可以追溯到开始于二十世纪二十年代苏联“普罗文学”的影响。1934—1936年的长征之后，中国共产党在西北地区的延安重新站稳了脚跟，度过了八年抗战，并继续执行毛泽东发动农民群众的新政策。在延安，毛泽东亲自给基本上不识字的警卫员和军队做讲座时，特意使用充满谚语、其他熟语以及民间传说、传统故事（有很多都出现在上文提到的大众作品中）的大众白话文体。毛泽东1942年《在延安文艺座谈会上的讲话》对于“社会主义现实主义”创作原则在中国文学中的兴起和居于主导地位起了决定性作用。在强调文学的政治功能和宣传功能之外，毛泽东强调作家应该认识到广大人民群众以及运用一种人民群众喜闻乐见的大众语言和文体（包括谚语、民间惯用语和其他熟语）的重要性，而毛泽东自己经常也是这么做的。

二十世纪四五十年代，贯彻毛泽东号召最具影响力的作家大概当属赵树理（1906—1970），他的代表作为1943年的《李有才板话》。赵树理的作品在刻画农民生活时，特别留心运用了民间惯用语和白话语言，促进了中国文学中所谓山药蛋派的形成。在这些作品中，成为西北中国人日常生活一部分的谚语、俗语和成语是山药蛋派风格的必要元素。就这样，许多地方原生态的俗语变得广为人知，并进入了正在逐渐成形的新的全国通用语言和文体中。这些
【158】基本的发展趋势——始自与五四运动息息相关的文学改革，毛泽东《在延安文艺座谈会上的讲话》中的号召，以及随后山药蛋派——都保证了在1976年毛泽东去世后，谚语、其他熟语继续在今天的中国小说、戏剧和其他作品中保持勃勃生机。中国大多数人口还是生活在农村（许多人仍然是文盲或半文盲），但中国飞速进行的工业化和“现代化”是否将像西方社会一样，削减社会与文学中这些传统俗语的流行度，或者是另一种可能，即传统俗语仍将作为传统农民智慧和幽默的承载者而得以流传下去，还有待未来告诉我们答案。

· 中国谚语的形式

如上所述，中国的谚语严格说来是语法上完整的句子，表达了一种基于经验的观点或者判断。在形式上，它包含一句或两句四字或四字以上的音节，白话和文言都有可能。农谚和气象谚语通常描述的是当地情况，仅为当地人所熟知，而适用于全国各地的“朝霞出雨，晚霞出晴”是仅有的几个例外。

像世界各地的谚语一样，许多中国谚语需要从隐喻角度来理解。因此“真金不怕火炼”这句谚语从隐喻角度看，指的是品质好、意志坚强的人能够经受住严酷考验。

四字构成的谚语需要和四字成语（如上文所举的“投鼠忌器”的例子）区分开来，成语仅仅是一种指向某个典故的描述性短语。而四字的口语句，如经常和莎士比亚的“The course of true love never did run smooth”划上等号的“好事多磨”，还有更加文学化的“能者多劳”符合谚语的标准，不应该被误判为成语。

谚语经常遵循固定模式，如比较式“A不如B”，单句有“百闻不如一见”；或者有双句“宁可A……不B”的比较式，例如“宁为玉碎，不为瓦全”，意思是宁可带着尊严去死，也不愿意苟活。

中国谚语的语法很大程度上由汉语句式的“主题—述题”基本结构所决定，这超过了它——和诗歌不一样——形式上的对偶考虑。所以，“千里送鹅毛，礼轻情意重”这五音节的两行，每行都构成一句整句，但是并没有传统中国诗歌所要求的严格的语法上的 【159】
押韵。为了便于记诵，谚语前后两句押韵的情况也很多，比如非常口语化的像打油诗一样的这句谚语：“好借好还，再借不难。”当前后两句具有相同结构，两相对比的时候，通常会产生语法上的形式对句，比如上面所引的《国语》中“从善如登，从恶如崩”。在结构上产生对句的情况下，第二句可以是一种明显的隐喻对比，比如“忠言逆耳利于行，良药苦口利于病”。这些人们耳熟能详的谚语，经常是只说出前半句，从而暗示了后半句的意思。

这两个例子也表明了，由于汉语句式的“主题—述题”基本结构，还有汉语中许多词汇的单音节性质，七音节或八音节句的谚语一般都是“四加三”或“四加四”模式，在前四个音节中引入主题，剩下的音节中进行评论。七音节谚语的其他例子有“车到山前必有路”，意思是事情总会有解决的方法。另外据说出自孔子之口的“三人行必有我师”，则表明了“四加四”的音节模式。

· 结论

谚语虽然没能在古代中国得到很好的收集和研究，但是有充分的证据表明，如同在二十世纪上半叶一样，在前现代中国，谚语在言谈（特别是农民和工人的言谈）中起到了非常重要的作用。随着白话运动的到来，谚语也被民主化作家有意识地运用起来。不过在二十世纪下半叶的中国，由于越来越高涨的城市化进程、国家教育方针的变革和大众传媒的发展，谚语变得不再是日常言谈中必不可少的一部分。不过，作为一种回想以前岁月的思乡独白，谚语还是经常在各种书面文学中被采用。

罗圣豪（John S. Rohsenow）

第九章　佛教文学

【160】

· 引论

佛教进入中国之后，这一来自印度的宗教和哲学渗透到了中国文化社会的各个层面，而这一漫长过程始于公元一世纪。中国的第一批佛教徒并不是印度传教僧徒，而是佛教徒身份的中亚和伊朗商人，但他们并没有特别留心于劝说当地民众皈依佛法。传教僧徒显然最先来自于安息（英语中称为Parthia，处于里海东南部）和其他中亚地区，后来则有走陆路和海路的印度佛教徒，他们或是受到生活在中国的商人群体的召唤，或是因弘扬佛法而独自踏上漫漫旅程。公元一世纪始，他们开始慢慢进入中国。他们致力于将极度晦涩的佛教概念翻译成中文，这必然导致了佛教与中国本土的哲学性道家和新近形成的道教之间的许多互动，而道教在某种程度上，可以视为对佛教这一来自西域的宗教的一种回应。

因此，在一些早期佛经译本中，道家语言经常被用来翻译梵文或者巴利文（印度当地的白话文）术语，特别是“以经中事数，拟配外书”（这后来被称为格义），与此同时，佛教概念、修行和制度也嫁接到了道教中。随着时间的流逝，更加精准的译本慢慢出现

【161】 了。翻译中经常使用音译，特别是对于某些名词而言，不过各个译者会在偏好意译还是音译问题上，以及两种方法混合的程度上有自己的偏好。

佛法的布道和关于佛陀前世的生死轮回（本生，音译为“阇陀伽”“阇陀”等）的讲述表演以及其他印度传说影响了舞台表演的产生，甚至给予了许多方面的灵感，于是成为中国戏剧的起点。特别是佛教的戒律传统对于记诵和唱呗有相当严格的要求，因此在诗学以及律诗体的建立中扮演了重要角色。而且，佛教美学在关于文学、艺术和音乐的理论兴起的过程中起到了非常重要的作用，而佛教的本体论预设强烈地激发了中国作家们的虚构冲动，对于中国思想（特别是新儒家）也有巨大影响。

因此，佛教对中国文学、思想和文化生活几乎方方面面都产生了重大影响。甚至印刷技术的发展，如果不说完全因佛教徒大量复制佛经的意图的促发而起，那至少也是受到后者的催进。实际上两千年来，佛教的影响对中国文学传统的重要性怎么强调都不为过，在本书的其他各章中都会提及。本章则主要集中论述佛教文学本身，并且给出世俗文学中的一些佛教关切。

· 大藏经

汉译大藏经并不只是几部主要文本的集合。它厚重至极，其印刷版超过了十万页，自身可以被称为一部图书馆。大藏经代表了公元二世纪中期以前至公元十世纪年间的佛教翻译历史，这段悠久的历史成为中古时期的中国思想、哲学和语言的连续和变革、发展以及停滞的一面极好镜子。在印度，佛典传统上被分为经、律、论三类，因此被称为“三藏”，而道教则加以模仿创立了“三洞”道藏。

有关佛陀教说之要义，皆属于经部类。这一部分包含了弟子所记下的佛陀亲口教诲的经（Sūtra）。Sūtra来自梵文，字面意思为“线”，可能是指将手稿每页缝在一起，汉语中的对译词来自于儒家的“五经”之“经”（见第一编第四章）。律部由佛教的律仪组成，包括佛教徒在寺院修行和一般修行的清规戒律，并加上有关佛 【162】陀的生平和传说。第三部分为论部（意译作对法藏），基本上由对佛典经义加以论议抉发的文学、哲学和形而上学所构成。不过在实际运用中，中国的佛教书目整理者并未严格遵循此三分体系。

在中国，佛典的地位通常是通过目录的编纂，最终得到统治者的确立。在唐代（618—907）以及唐之前，各朝以及各权威寺院都编辑、控制、颁布过多个版本的众经目录，这种情况延续了数百年。不过，今天我们所看到的洋洋数千卷的大藏经要到宋代（960—1279）才在官方敕令下得到印刷和流通。

972年，第一部官刻雕版大藏经在益州（今四川成都，当时中国雕版印刷的中心）开刻。983年，全部十三万块雕版完成，从此以后，雕版印刷技术便取代了以前的手工誊写。1010—1030年，在高丽（朝鲜）出现了另一部汉文大藏经。而在这一初刻本被毁之后，高丽僧侣守其法师在1236—1251年之间完成了超过八万一千块雕版的《再刻高丽藏》，这部大藏经现在仍然保存在韩国庆尚南道的海印寺，是所有现代版本的基础。宋代以后，出现过多种木刻本大藏经，另外还有石刻本。最重要且最早的石刻大藏经产生于公元七世纪早期北京西南的房山地区。

· 汉译佛典

许多佛教故事因它们是公元二世纪以来翻译过来的佛经的一部分，而为广大中国人民所熟知， 最早的译经者是安息人安世高（活跃于148—170），后世经录中称他翻译了超过一百部经文（确切的数字在十六部左右）。不过安世高最受人推崇的译著是《大安般守意经》，专门讲述禅定时的呼吸法。安世高对这部经书的翻译是否显示了他与早期瑜伽行派传统（有部分禅定修行者）的关系，这个问题还没有定论。另外一些重要译经师有支谦（活跃期为三世纪
【163】下半叶）、竺法护（活跃于265—291）、竺叔兰（活跃于291），还有鸠摩罗什（402—413年期间活跃于长安）和曾远赴印度取经的著名的玄奘法师（约600—664）。而中国本土的释经传统不久便产生了，杰出的代表人物有慧远（334—416）和道安（约313—约385）。佛教进入中国的时候，正是大乘佛教作为以菩萨（指发愿救渡一切众生脱离苦海，从而得到彻底解脱的佛教修行者）为中心的修行解脱之道兴起之际，这一历史事实具有深远意义。早期大乘佛教群体的学说和社会实践有助于佛教这一外来宗教适应中国社会中的上层社会，这导致了后来被称为“士大夫佛教”的形成。不过大乘佛教在中国的最终主导地位并不能掩盖这样一个事实：早期译经者所感兴趣的经文是相当多样化的，他们给中国人提供了各种各样佛教文本。

汉译佛典中最具影响力的佛经之一当属《般若经》。《八千颂般若经》在中国历史上有过六个译本，《二万五千颂般若经》则有四个译本。般若文学中最浓缩的一篇经文（仅260个字，是《道德经》的二十分之一，见第一编第十章）在唐代出现，也即后来众所周知的《心经》。《心经》极其流行，在今天的东亚地区，它仍然是最广为人们所熟悉的佛教文本。另一部重要的汉译佛典是《维摩诘经》，理想的居士维摩诘是其中心人物。《维摩诘经》亦有多个译本，鸠摩罗什的译本是最具影响力的。它对中国的诗歌、说书和绘画产生了重大而经久不息的影响。

另一组佛教文学是净土文学——讲述了阿弥陀佛救世人往生净土的佛力，比如《阿弥陀经》（五世纪早期由鸠摩罗什译出）

《无量寿经》（三世纪中期康僧铠译）和指导净土修行者对极乐世界进行观想的《观无量寿佛经》（424—442年间译出）。除了这净土三经之外，另外三四部净土宗作品重点在于描绘西方极乐世界和菩萨。

纯粹从文学影响方面而论，最重要的汉译佛典无疑当属《妙法莲华经》。公元286年由月氏僧人竺法护译出，第二个译本由鸠摩罗什在406年译出，另有601年的第三个译本。《妙法莲华经》中的学说成为中日多个佛教教派的根基，而其中的“火宅”等譬喻故事成 【164】
为文学史中的著名段落。《妙法莲华经》中大量篇幅与慈悲救苦救难的观世音菩萨有关。399年专门收集观世音菩萨灵验的故事集《观世音应验记》已经亡佚很久。在日本图书馆藏品的帮助下，佛教学者冢本善隆和牧田谛亮于二十世纪下半叶将之还原。玄奘翻译的《大毗婆沙论》也有广泛的影响力。

在许多汉译经论中，有不少关于文殊菩萨救济众生的法力的大乘佛教学说。文殊菩萨的道场在五台山，在今山西省的东北部。五台山是国际性的朝圣圣地，在虔诚信徒和朝圣者那里流传出关于五台山的众多传说、故事和诗歌。

佛教文学（包括世俗文学）灵感的另一非常重要的来源是汉译的戒律文本，特别是译于五世纪的戒律文本。虽然戒律明显是关于僧团清规戒律这些枯燥主题的，不过里面却充满了色彩缤纷、让人过目难忘的例示性材料。密宗佛教作品也有不少迻译为中文，特别是出自不空（705—774）之手。密宗是一种秘传佛教，强调口诵神秘密咒，即口密，以及高度微妙的动作与姿势，即身密。密咒有时相当冗长而反复，通常只包含很容易理解的几个音节，即便在梵文中也是如此。当音译为汉字时，变得比较难以理解。这时，口诵密咒的效果，它们作为禅定工具的功能，以及上师对它们背后意思的解读，便变得至关重要了。

· 教义文学、历史文学和护教文学等

在佛教经书的圣典化过程中，佛典目录和佛典集不断得到编辑。僧祐（445—518）《出三藏记集》是现存最早的佛典目录，集录后汉至南朝梁代之际汉译佛典之大量具有极其重要历史信息的汉译佛典序跋。僧传集成为汉地佛教传记的标准格式，经律专家慧皎（497—554）的《高僧传》是其中的范本。《高僧传》可被视为六代（220—
【165】589）散文文体中的杰作，纯粹事实性的传记材料精彩地汇集了旨在通过讲述中外高僧生平故事而达到宣传佛教信仰的圣徒传般的叙事。慧皎的这部传记集成为后世一系列僧传集的典范，包括道宣（596—667）的《续高僧传》和赞宁（919—约1002）的《宋高僧传》（约撰于公元988年）。梁代宝唱（公元六世纪）的《比丘尼传》是一部早期的比丘尼传。许多高僧大德的传记中包含了诸般奇迹，甚至能够捕获那些对于宗教无感之人的心。

与佛教史学有关系的有中国僧人所记的佛教国家和旅行日志。僧侣们踏上漫漫旅程，怀抱着各异的目的：为了亲眼目睹释迦牟尼的故乡，瞻仰其他重要佛教圣地，跟随印度老师就学，更重要的是，为了从印度带回新的佛典。有时候，求法僧人回国后，会被要求向皇帝报告沿途所经邻国的情况。这些著作中最杰出的当属在公元399年至414年间旅行至印度和斯里兰卡的法显的《佛国记》，杨炫之的《洛阳伽蓝记》（547年，这部作品本身是描写洛阳建筑的一部旷世之作）中收录了宋云和惠生于518年至乌仗那和乾陀罗等国的游历，还有高僧玄奘口述、门人辩机奉唐太宗之敕令笔受编集而成的《大唐西域记》，里面包含了玄奘的自传性经历（玄奘不仅是法相宗在中国的创立者，而且是中国最伟大的译经师），以及记载了义净和尚自公元671到695年在印度和南亚诸国游历的《南海寄归内法传》。这些作品成为了解研究中国僧人所游历过的佛教地区早期历史和地理的关键资料。

在佛教进入中国的适应期，另一种繁荣的文类是关于佛教或者关于儒释道三家关系的论辩文学。这种论辩类型的首部作品是收录在僧祐所编撰的《弘明集》卷一中的《理惑论》（作者据称为一位叫牟子的俗家弟子）。《理惑论》被认为是现存中国人所撰的最早 【166】
的佛教论著之一，出自道宣之手的续集《广弘明集》比《弘明集》更为卷帙浩大。

《弘明集》等文集中收录的辩难文章，为我们理解随着佛教观念、价值和实践的引介（特别是在五世纪到七世纪期间）而对中国思想气候产生的影响提供了洞察力。佛教护教立场以及诋佛立场催生了中国文学史上许多优秀作品，如韩愈（768—824）的《论佛骨表》和宗密（780—841）的《原人论》。二十世纪初发现的敦煌遗书（见第七编第二章）中有一篇作者为王敷的《茶酒论》，是对这些争论的一篇讽刺之作。

以佛教教义为主题的论著无意间促进产生了中国文化中新的表达、母题、情节和叙事。这些作品包括关于灵魂不灭、众生皆有佛性、净土（如昙鸾［生于476年］的《净土论注》）和西方佛国等的论著。这些文本并不限于特定宗派。这些生动教义的讨论和论辩经常越出佛教之外，成为儒家、道家和其他学派思想论辩的一部分。结果，虽然佛教在中国总是不断地遭到迫害和压制，但是至公元八世纪，佛教就已经被借用至中国社会，成为寻常话语的一部分。在接下来的历史时期，佛教继续对中国社会的思想和信仰模式施加影响，尽管有时披着“本土”传统的外衣（其实是从佛教用语中借用过来，力图与佛教对抗而精心发展的一套宇宙论体系）。

· 编年史

在佛教各教派和谱系竞争的背景下，佛法的传法编年史便出现了（比如宗密的《禅源诸诠集》），这反过来成为佛教通史分崩离析的转折点。佛教通史著作有宋代祖琇撰于隆兴二年（1164）的《隆
【167】兴佛教编年通论》，该作品仿效司马光（1019—1086）名动一时的巨著《资治通鉴》的体例。另一部这种文体的作品是宋代本觉所撰的《释氏通鉴》（1270），它同属于居士吴克已（1195—1214）和宗鉴所撰的《释门正统》（1237）以及志磐（约1220—1275）的《佛祖统记》所代表的天台宗传统。念常的《佛祖历代通载》（1333）则是在蒙元统治时期所出现的几部佛教通史中的一部。

· 口头文学与表演文学

佛经不仅是传播佛法，也是修行佛法的基础。这种被用来向广大受众讲解佛经内容的"唱经文"文本类型发展起来了，其宣教形式原初仅仅在节庆时举办，不过后来俗众也可花钱要求此项服务。

对释迦牟尼和菩萨的视觉化呈现，加上对他们尊号的口诵，以及对极乐世界和地狱等细致入微的绘画，这些对中国通俗文学和艺术产生了不可比拟的影响。佛经文本和图画中生动的刻画在激发中国作者创造力方面功莫大焉。其中最为突出的是"变文"，敦煌石窟（见第七编第二章）中发现了不少"变文"。"变文"的讲唱是为了呈现佛教奇迹故事，以向听众传播佛教教义。这些不同寻常的故事是通过一种说唱风格的白话进行讲唱的。这一书面的半白话文本在一定程度上与早在四世纪就出现的中国佛教界解释经文的"俗唱"有关系，但是，它们直接超越了印度的看图说故事传统。（印度的该传统在许多文类繁荣过并最终流布到欧亚许多地区。）

首部敦煌变文作品总集《敦煌变文集》（王重民，1903—1975）中将近八十种变文中仅有二十种是严格意义上的变文。由于一些真正的变文抄本中的文本会相互重叠，所以变文的数量就只剩

下八种或十二种，这取决于对变文的确切定义。其中最重要的有《降魔变文》《大目乾连冥间救母变文》和《张义潮变文》。【168】

在如《西游记》《肉蒲团》和《封神演义》（见第四编第三至六章）等早期中国小说中，佛教的意象以及文本深处的佛教意识是非常明显的。中国小说中常见的佛教母题计有“禁欲”（或者缺乏禁欲）、因果报应、转世、极乐世界和地狱，以及六道轮回、灵异事件等。中国戏剧最具生命力的一些瞬间也和佛教有不可分割的关系——虽然略逊于佛教对小说的影响，因为道教对于戏剧的羽毛丰满起到了更为重大的影响（见第五编第一章）。佛教（从广义而言也包括印度）对于中国戏剧的影响从后者发轫阶段就开始了，对中国戏剧的形式和程式方面（角色类型、造型、姿势，以及说唱之间的过渡，幕与过场等结构，等等）超过了对内容方面的影响，不过如舍家弃欲、苦行、六道轮回和空等一些佛教主题经常被涉及。

· 语录

禅宗的发展是中国对于佛教的一大本土贡献。禅宗的“不立文字，教外别传；直指人心，见性成佛”看起来是自相矛盾，而这正是禅宗的独特之处。禅师的教诲和与门人的对话在其中扮演了突出角色。一种叫做“语录”的禅宗传教文本在马祖道一（709—788）手里产生。马祖道一不仅向少数门人，而且向广大俗众讲道。不过，语录在文学上的本土祖先可以追溯到孔子的《论语》（见第一编第四章）。在宋代，语录被新儒家所借用，用来记录程颐（1033—1107）、张九成（1092—1159）和朱熹（1130—1200）等道学大家的言论。

禅宗学说之传法最重要的地方在于禅师的语录并不与其语境割裂，也未用文言来表达。语录中引号括起来的部分代表了一种与当时的白话非常接近的当地语言（除了保存于敦煌以及唐五代时期的一些文本之外，现存语录一般都产生于宋代及以后，虽然不少语录记录了唐代禅师的口授）。对后世影响巨大的有《马祖语
【169】录》、记录禅门曹洞宗的始祖洞山良价（807—867）教诲的《洞山语录》、临济义玄禅师（卒于867年）的《临济录》，以及《祖堂集》（952）。其他的语录还包括克勤大师（1064—1136）编撰的《碧岩录》、无门慧开的《无门关》等。道原（年代未知）的《景德传灯录》既撷取语录之精要，又按照授受传承的谱系编列。语录中，“如何是祖师西来意”“未曾生我谁是我”和“西天胡子因甚无须”等禅宗公案四处可见，所以语录至今仍然读者甚众。语录并不是在编撰之初就以晦涩难懂为目的，许多语录后都配有注疏和诗句来解释其中的逻辑。

在禅宗各门派诸多作品中，被认为由慧能（卒于713年）所作的《六祖坛经》成为中国禅宗最具权威性的佛经之一，或许一定程度上是由于《坛经》被保存在敦煌遗书之中。一些禅宗人士写下了不少歌呗和诗歌，禅宗的观念也被吸收进文学理论和鉴赏之中。不过佛教学说——特别是在中国拥有最多信众的净土学说，也对整体的中国诗歌和文学产生了巨大影响。佛教观念和概念，如空、无常、苦、幻、轮回、因果报应以及极乐世界和地狱等，渗透在中国社会每一个层面。

· 文人世界中的佛教

文人所写的许多作品、序跋、忏悔、论著、信件等体现出，佛教教义对于中国人的文化以及文学生活起到的巨大影响，甚至在文化精英中亦是如此，因文化精英并非无例外地在意识形态方面皆为儒家。在中国佛教僧侣中有不少出身高贵的思想家，（至少

在早期）他们或是来自高门大户或者与高门有密切联系。这里不能不提的人物有支遁（314—366）、宗炳（375—443）和僧肇（约374—414），还有杰出的佛门俗家弟子如谢灵运（385—433）、王维（701—761）、皎然（720—约805）、孟浩然（689—740）和白居易（772—846），他们在文言中创立了一种独特的佛教文体。敦煌遗书中保存了诗人王梵志（八世纪或九世纪）高度白话的诗歌。禅宗僧侣创作了许多歌呗和诗歌，如三祖僧璨（？—606）的《信心 【170】
铭》、永嘉玄觉（665—713）的《证道歌》，以及诗僧贯休（832—912）名下的许多篇什。寒山的诗歌并不是出自一位作者之手，而是唐朝各个时代的律诗汇编。像王梵志的诗歌一样，寒山诗充满了白话，而更独具风格。

在后世诗僧中，慧洪（1071—1128）和契嵩（1107—1172）的成就突出，而著名诗人（如苏轼）长久以来被忽视的佛教方面的成就和影响只有在晚近才开始得到重视。佛教对中国诗歌和文学批评的持久影响已可在刘勰的《文心雕龙》中察见；若从更复杂的层面来看，在宋代严羽（约1195—1245）深受禅宗思想影响的《沧浪诗话》（见第六编第三章）及后来王国维（1877—1927）的文学理论中也可见其至深的影响。

佛教的“心”在六朝的思想界和文学界是一个极其重要的概念。“心”与“色”的相对立，将所有现象分为物理和心灵的、物质的与非物质的。对心的抽象状态的清晰描述，使得中国文学理论家和批评家能够演绎出具有前所未有的复杂性和精微性的美学观念。由此，佛教便成为中国文学的驱动力之一，尽管它的影响力并不能得到条分缕析的追踪。

汉传佛教门派的创立者或者中心人物——如天台宗的创立者以及演讲录《摩诃止观》（由弟子章安灌顶笔录成书）的口述者智顗（538—597）——特别值得提及，因为这些人物引进了新的观念，建构了新的词汇和表达，也给后世文学活动以灵感。实际上，佛教之所以能在中国生根开花（与其他外来宗教如出现于唐代的祆教、摩尼教和景教多舛的命运形成对比）的主要原因之一便在于它在思想上的活力。中国的学者和文人骚客必须要严肃对待佛教，因为佛教徒多为饱学之士。

· 志怪故事

在中国拥有悠久原生传统的志怪（见第一编第六章和第三编第四章）与佛教故事融合在一起，以至于有些元素有时难分彼此。这些
【171】志怪小说故事，以及像《法苑珠林》（668）这样的佛教百科全书中所收集的其他作品，经常依赖于穿着佛教外衣的更古老的口述传统。比如，颜之推（531—591）编撰的《冤魂志》。这些故事在很大程度上讲述的是恶性的果报，所以也能被视为因果报应教义的一种阐发。这些灵异的佛教故事主要可分为以下三类：帮助陷入困境者的神通力量——特别是观世音的神通，虔诚礼佛的例子，以及体现巨大精神力量的僧侣或俗家弟子的故事。这种类型的应验故事集包括：傅亮（374—426）的《观世音应验记》《世说新语》（见第三编第四章）的作者刘义庆（403—444）的《宣验记》、张演（生卒年未知）的《续观世音应验记》（五世纪上半叶）和陆杲（459—532）的《系观世音应验记》，以及王琰（公元500年左右）的《冥祥记》（收录131个故事，是这些故事集中部头最大的一部）等。

· 譬喻、本生经和佛所行

与佛教志怪故事有别的是大量的佛陀本生故事（释迦牟尼前世中无数次修行转世的故事）。中国最早的本生故事集——由来自康

居的僧康会（卒于280年）译出的《六度集经》，包含91则故事。据说早期的佛教譬喻的翻译有包括12则故事的《杂譬喻经》，以及包括32则故事的《菩萨度人经》。其他的譬喻经有僧康会所译包含61则故事的《旧杂譬喻经》和包含32则故事的《杂譬喻经》（约公元400年）。另一部譬喻集名为《众经撰杂譬喻》，从鸠摩罗什所译佛经中摘出了44则譬喻故事。不过最全面的譬喻集为天竺高僧伽斯那（活跃于约公元480年）所撰的《百喻经》。《百喻经》不仅是一部早期的譬喻集，而且也是一部优雅的作品，除了为读者提供主体【172】
故事以及前后的序言和收尾外，还有出类拔萃的叙事技巧。所有这些佛教故事集都极大地丰富了中国后世小说作家可汲取的主题和母题宝库。不过其中最具影响力的当属《贤愚经》。八位汉僧西行求经，于445年至中亚于阗（今新疆和田）大寺，遇见高僧大德宣讲佛法，八人分别聆听并加以记录，最后译成汉文。

最后，对中国佛教文学的讨论无论如何不能略过叙述释迦牟尼一生事迹的诗歌体《佛所行赞》。《佛所行赞》的作者马鸣（公元二世纪）被公认为是印度中古时代最杰出的诗人迦梨陀娑（活跃于公元五世纪）的先驱，以及史诗、戏剧和诗歌创作方面的开创者。《佛所行赞》有多个译本：竺法护于412—421所译的《佛所行赞经》，北天竺沙门阇那崛多于587年译的《佛本生集经》等。另外，《太子瑞应本起经》（支谦译）和《普曜经》（法护译）中也讲述了佛陀生平。

· 总结

佛教在公元一世纪中期左右来到中国，给中国社会和文化带来了巨大变化。佛教的意义并不仅局限在宗教方面，也横亘于世俗生活的各个层面。佛教将来自印度各个领域的学识带到中国，对哲学、语言学、医学、天文学、数学、建筑学等人类活动的几乎所有方面都产生了深厚影响。

由于文学广泛地反映了人类的整体经验，所以在这一新的宗教生根中国之际，佛教对所有这些活动的影响便立即体现在佛典和非佛典作品中。在文学中，除了直接反映出佛教信仰之外（如对僧人、庙宇、宗教仪式、佛像和绘画的描写），佛教还影响了文学中数不清的更为精微的方面，如说唱形式、复杂的诗学规范、美学标准、文学体裁、戏剧程式，以及最重要的——对虚构想象领域的接受和认可。

施寒微（Hlwig Schmidt-Glintzer）

第十章　道教作品 【173】

“道教”这个词首先使人想到老子和宋国蒙地（河南）的庄子。关于庄子，除了他的出生地，我们几乎一无所知，而老子则更是一个谜。但这丝毫无伤，甚至有助于以他们名字命名的文本的流传。《老子》（又名《道德经》）是拥有最多外语译本的中文作品。这部精炼文本的吸引力部分地是由于它固有的模糊性允许对它进行多义阐释。而比起《老子》，《庄子》（又名《南华经》）的复杂度丝毫不逊色，篇幅却更长，只有不畏艰难的翻译家才敢挑战。但是，《庄子》中的怪谐和人们对其许多寓言的熟悉，以及它对汉传佛教、诗歌和绘画的影响，这些都使它成为一部广为人知的经典。

不论《老子》或是《庄子》，其通行本都应该不是出自单个作者之手，而是经过了后世的编纂。三十三篇《庄子》的所有版本都以郭象（卒于312年）的注释本为原本。《庄子》的“内七篇”无论在语言和内容上都具有显著的连贯性，应该是《庄子》最早的核心文本。相较而言，十五篇“外篇”和十一篇“杂篇”更加具有 【174】
异质性，被认为是至少一百年之后相互争鸣的学派观点的杂糅。《老子》的年代断定则更加困难，这部分是因为我们不知它出自何人之手。两部最知名的注释本，来自河上公和与之同时代的王弼

（226—249）。1973年马王堆汉墓（约前168年）出土的两部简帛本给《老子》带来了新的解读。简帛本《老子》与通行本的不同之处在于，《德经》部分被置于《道经》部分之前。另外，二十世纪九十年代出土于湖北郭店的竹简残章也带来了《老子》研究的新气象。

就像Buddhism（佛教）、Buddhist（佛教的）这两个词一样，Taoism（道教、道家）和Taoist（道教的、道家的）也是英语化词汇。“佛”和“道”之间的不同，标志着中国两个主要宗教传统之间的显著区别。“道”是万物根源这样的解释远远早于道教形成中的任何历史人物。如果老子被认为是道教的创始人，道教这一中国本土宗教就该叫做“老教”。老子被追认为道教的创始人，这一事实并不意味着《老子》教义是横空出世的。在许多更古老的文献中，早已有着对“道”的解释。然而这些文献背后的作者当时并未将自己视为“道家”，同样的，老子在他生活的时代中，也并不是一位道家。

由于“哲学的”道家与“宗教的”道教之间的分别，导致Taoism成为一个很难简单定义的词汇。而这一错误的二分法来自于对道家和道教（在终极意义上说，它们是可以互换的）的狭隘观点。“道家”（或道家学派）这一名称经常指把春秋战国时代某些文献奉为经典的一脉思想学派，而作为一种宗教传统，“道教”与佛教相对应。不论道家还是道教，都用来指在历史中庞大而有时相互抵牾的一个文献群体。其中，道家的书目范畴最终不仅包括了被认为是道家的正统文献，而且逐渐吸收了来自道教不同教派的各种文本。

“道家”一词最早出现于司马谈（卒于前110年）颇具个性的《论六家要指》中。这篇文章收录在《史记》这一部他临死之际付托给其子司马迁完成的中国第一部正史之中。在司马谈看来，道家学派
【175】撮阴阳、儒、墨、名和法诸家之要，因此能够“与时迁移，应物变化，立俗施事，无所不宜，指约而易操，事少而功多”。

而另一对父子的合作则带来了第一份道家书目汇编。在《七略》这部先后由刘向（前79—前8）刘歆（前46—23）父子通过整理汉朝皇家藏书编撰而成的分类目录中，“道家”赫然在列。虽然《七略》早已亡佚，但是其基本内容却在班固（32—92）所撰的《汉书》中被保存下来。在《汉书·艺文志》的“道家”之目下，包括了《老子》四种注释本，五十二篇的《庄子》，以及《黄帝四经》。《黄帝四经》对于新近兴起的一个研究领域具有相当重要的意义，这一研究领域旨在勾勒出黄老学派的轮廓，该学派以托名黄帝和老子之作为基本教义。

到了北宋，目录编撰者觉得有必要将《汉书》和之后的官修史书中“方伎类”或“医药类”中的一些文献进行重新分类。1030年成书的《三朝国史》，对“神仙类”有特别的留意。根据其后记，编撰者感觉也应该考虑东汉以后随着道教兴起而出现的大量道教经书。《三朝国史》“叙录”的最后提出，要涵盖“修炼、服饵、步引、黄治、符箓、章醮”的相关文献，就必须开辟“神仙”这一单独分类。

1060年完成的《新唐书》把“神仙类”附在“道家类”下，进一步精细化了这一组织系统。“神仙类”子目录下，增加了以前列在史部的一些神仙传记。这一更加综合的做法为后世设立了标准，包括成书于清代乾隆朝（1736—1795）的《四库全书总目提要》都采取了这种分类法。

· 基本流派和文献

就像汉传佛教一样，道教遗产涵盖了各个道教宗派或者流派的所有教义。全真道和天师道（也被称为“正一道”）是历时最为久长的两个道教流派，全真道目前居于优势地位。全真教的中心——

【176】 白云观位于北京，现在也是中国道教协会所在地。而天师道一派则世代居于江西北部的龙虎山。

1127年北宋灭亡后，后来形成全真道的那些早期教义以三教（道教、佛教和儒教）合一的形式，兴起于山东半岛。从内陆移民到山东半岛的王嚞（1112—1170）被认为是全真道的创始人。王嚞最著名的弟子丘处机（1148—1227）受到成吉思汗的支持，在今天北京的白云观领命掌管道教。

天师道的源头则要再往前追溯一千年，它起自中国西部的深山地区。相关记叙对这一段历史争论不休，但是一般共识是，升仙为太上老君的老子于142年向老隐士张道陵（卒于156年）现身，传之以《正一经》，并授之以“天师”之号。张道陵在如今的四川中部地区开始设立“二十四治”[①]网，这标志着以悔罪、布化和符箓救治为基础的道教社团形式的开端。

正一道与全真道的影响力都远远超出了本地区，华夏大地道观林立，并时常得到王室的支持。在道教经文的圣典化方面，皇家的作用是不可小觑的。道藏的编纂史与不同宗派的兴起紧密联系在一起。

早期的文献目录对于道教圣典的形成起了相当重要的作用。东晋时期，出身于现在的南京地区士族世家的葛洪（283—343）的《抱朴子》中存有一份重要的道书目录。在著录当时道教修炼的同时，葛洪勉力收集了其师郑隐所藏道书名录，包括他从未亲见的道书。郑隐的藏书得自葛洪的叔祖葛玄（164—224）。到了公元四世纪，葛洪的从孙葛巢甫为灵宝派整理出了灵宝经书。他将这些经书的来源追溯到他的先祖葛玄，勾划出一个上自元始天尊、下至葛玄及其后嗣的传经谱系，以对抗只具有当代传承谱系的上清经系。无论是上清派还是灵宝
【177】 派，都得到了江南地区世家大族的支持，他们吸收了包括大乘佛教在

① 布化行道的地区机构。——译者注

内的流行的广大教义来丰富自己。

上清派源自杨羲（330—386）在茅山（位于江苏）得到众仙真传授上清经箓一事，后杨羲将所有经符秘箓传给其赞助人许谧（303—373）及其子许翙（341—370）。《上清经》囊括了所谓方士的长生之术的经文，方士们所追求的飞升成仙在宫廷之中特别有市场。这一派的道人主要关注的是通过修持肉身而登列仙班。而修持肉身的观念则依赖于日月星辰之元气能为人所汲取这一理论。最终，他们认为自己必能"上登上清"，即可升入比天师道的"太清"更高的"上清"。上清派中的轮回转世之说为后世的弥赛亚式运动埋下了伏笔。

主要的上清经典之得以流传至今，与其重要代表人物——丹阳（位于江苏）的陶弘景（456—536）忘我投入的编纂工作有莫大关系。他在百科全书式的《真诰》中补充了《上清经》之源流及传授过程的细节。陶弘景同时为上清诸经编写目录，并广授弟子。另外一部百科全书式的作品，编于580年的《无上祕要》不仅辑录了大量早期的《上清经》，还包括了与之同时的正一派和灵宝派的经文。对于早期道教流派的经典文献而言，北宋张君房（约961—约1042）于1028年编就的《云笈七签》也是一部不可或缺的重要汇编。

早期道教经书的圣典化以《上清经》为主。但是，第一部道教圣典，则要追溯到灵宝派道人陆修静（406—477）。陆修静是吴兴（位于浙江）人氏，他从灵宝诸经中抽取他认为是最早的二十七卷经文进行增修，遂成上推至葛玄的《灵宝经》，为世人的救赎提供了新的承诺。很明显部分吸收了当时佛教教义的《灵宝经》，对道教斋醮科仪形式的重要影响一直延续到今天。

皇家对于编纂一部全面的道教作品目录的兴趣始于刘宋的明帝（在位时期：465—472）。他找到了陆静修。471年，陆静修撰《三洞经书目录》献上，书中列举了道家经书与药方、符图超过 【178】

一千二百卷。两个世纪之后，自居为老子（太上老君）后代的唐高宗（在位时期：649—683）敕令编修道教所有文献的一部系统汇编。唐玄宗（在位时期：712—756）则走得更远，他不仅广为搜集所有相关道经，纂集成后人所知的《开元道藏》（713—741），并且下令诸州郡传写，以广流布。

宋代皇帝步袭其后。宋真宗（在位时期：998—1022）命大臣王钦若（962—1025）总领校勘《道藏经》，还命著作佐郎张君房负责将《大宋天宫宝藏》传写分发至各重要道观。一个世纪之后，宋徽宗（在位时期：1101—1125）又下诏广泛搜求道经，编纂新的道藏《政和万寿道藏》，这也是首部雕版印刷道藏。《政和万寿道藏》也成为女真统治者金章宗（在位时期：1189—1208）期间新道藏的底本。1244年，在邱处机的著名弟子宋德方（1183—1247）的主持下，刊行了最厚的一部道藏《玄都道藏》。这部里程碑式的道藏在1281年元世祖忽必烈（1215—1294；在位时期：1260—1294）下诏全部焚毁除《道德经》之外所有的《道藏》经版（“至元毁藏”）之后而遭亡缺。宋、金和元版道藏的残余最终被整合进《大明道藏经》。明成祖（在位时期：1403—1424）任命天师道第四十三代天师张宇初（1361—1410）总领《大明道藏经》的编纂，并于明英宗正统年间（1436—1449）的1445年正式刊行，所以这部道藏在民间也称为《正统道藏》。1607年，第五十代天师张国祥（卒于1611年）授命对《大明道藏经》进行增补，汇编成这部也就是我们现在所知的约一千五百卷《续道藏经》（1445年底本再加上1607年的增补），这成为研究清代以前道教的基础性材料。

明代以来，刊行了不少道藏辑本。其中最著名的有彭定求（1656—1719）的《道藏辑要》。贺龙骧于1906年四川成都二仙庵增补出版的《重刊道藏辑要》有线装版和胶版两种。另外一个辑本

【179】《道教文献》收录了不少道士传记和地志方面的稀见文本。而部头

更大的丛书《藏外道书》中则囊括了更多重要道教作品。苏海涵（Michael Saso）所编的《庄林续道藏》辑录了马王堆、敦煌的出土抄本以及不少台湾符科仪道经。陈垣的遗著《道家金石略》（陈智超、曾瑛共同校补完成）对于各领域的道教研究而言也是非常珍贵的史料。

· 天师道

天师道对明代道藏留下的烙痕不仅体现在编纂的角色上。四十三代天师张宇初自己曾亲撰两部具有特别文学旨趣的作品。1395年所编的文集《三十代天师虚靖真君语录》辑录其祖宋徽宗时期地位显赫的第三十代天师张继先（1092—1126）语录。这是一部书信集，并收录各类韵文。这部作品不仅关涉道教教义和修行，而且反映了北宋时期道士与政府官员之间的紧密联系。与张宇初名字关联在一起的第二部著述是他自己的文集《岘泉集》，其标题得名于张宇初修行的所在岘泉山。《岘泉集》的突出特征包括其对道教源流的叙述——从老子到灵宝派的出现以及后来科仪的制度化。大量作品也对天师道的“祖庭”龙虎山和供奉当地神祇的周边道观进行了细节描写。

天师道的世系可以从张宇初两部互为补充的作品中得到鸟瞰。各个版本的《龙虎山志》收录在《道教文献》和《藏外道书》中。《汉天师世家》则收录在明代道藏1607年的增补本中。1607年的《汉天师世家》系由张宇初父亲张正常（1335—1377）续修至四十九代天师。增补后世天师生平传记的增修本很容易找到。

天师道谱系延绵不绝的进一步佐证可以从龙虎山之外的不少文本中获得。其中包括了东岳泰山志《岱史》——张国祥将之收录在 【180】
1607年的《续道藏经》增补本中。类似的根据仙尊和地域编排的地方神祇的其他作品，还有与龙虎山西南的华盖山有关的《华盖山浮邱王郭三真君事实》等。跨过长江位于西北方的湖北武当山，供奉着道教的主神玄武大帝。根据《大明玄天上帝瑞应图录》中记载，明成祖为了酬报玄武大帝，在武当山大举修造新的道观，并任命天师道道士为道观神职人员。

宋代有三部传记，记载了与沿海地区正一道有关的人物行迹。根据《唐叶真人传》，括苍（今浙江丽水市）叶法善（616—720/722）的神异道术据说来自张道陵传下来的符箓。《地祇上将温太保传》中有关于泰山的保护神温琼（生于702年）元帅的故事。据说，温琼曾经在家乡平阳（今属浙江温州）成功求雨，当地百姓设醮谢天，向玄帝保奏温琼，但温琼拒绝信众为其建祠，后来至宣和年间，三十代天师“虚靖先生”张继先为之作“地祇一司正法”及符箓咒诀，使统领鬼兵，专司斩妖伏魔，杀鬼驱瘟等事。据说张继先也与料事如神的泰州道士徐守信（1033—1108）过从甚密，《虚靖冲和先生徐神翁语录》中有后者的生平纪事。

· 上清派和灵宝派作品

《道藏》的编排结构反映了四世纪上清派和灵宝派的极盛地位。《道藏》共分为七个部分：三洞（洞真、洞玄、洞神）和四辅。《上清经》是洞真部的核心，《灵宝经》是洞玄部的核心，洞神部的核心主要是《三皇经》，因而这一编排被认为反映了等级体系——从最高的上清，到灵宝，再到正一。然而明代道藏的内容并不完全遵循这一悠久的分类系统。传统上专门收录上清派经文的是洞真部，但明代道藏首篇作品实际上是六十一卷的灵宝派核心作品
【181】《灵宝无量度人上品妙经》。这部文本的显赫地位也许要归功于北宋时期兴盛一时的神霄派。“神霄”之名便是来源于《灵宝无量度

人上品妙经》。或者它实际上与后世分衍出来、流行于明代的清微派关系匪浅。不管如何，《灵宝无量度人上品妙经》的重要性再怎么强调也不为过。数百年来，信众对它的口诵心传，直到今天它也处于各种道教科仪斋醮的中心。这部经文中描写的元始天尊，为成千上万信众照亮了修行之路，同时也是大量注疏和诠释研究的对象。另一部具有同样重量级地位的早期灵宝派经文《步虚经》几百年来也给予作家灵感，帮助他们想象天界之旅。

上清派的重要经典包括《黄庭经》，以诗文的形式（有多个版本）讲述养生修持的方术，存思身内诸神。反复口诵此经文，并存思观想日月星辰，修道者希望以此返还青春，“千灾以消百病痊，不惮虎狼之凶残”。上清派另一部地位更为显赫的经典为《大洞真经》。《大洞真经》与《黄庭经》一样，据说均为魏华存（师授杨羲的数位神仙之一）所传。修道者诵经思神，便能召上皇真气祥烟从顶门泥丸宫来入身中，使自身与神合体，“七祖同欢，俱升上清”。《上清后圣道君列纪》中所承诺的将化形降世、拯救万民的“弥赛亚”真君李弘同样也使上清信众获得精神慰藉。老子将转世使天下大治的这种末世论图景，带来了很多调和论作品，如成书于公元五至六世纪的《神咒经》。上清派同样有数部其他传记作品，从六朝（220—589）后期的《汉武帝内传》到茅山道士张雨（1283—1356）于1335年所撰的《玄品录》。不过整体而言，道藏中关于上清派作品最全面的资源是上清派第三十四代宗师刘大彬（活跃于1313—1333）完成于1328年的《茅山志》。这部《茅山志》编撰于得到朝廷大力支持的时期，它包含了大量传记、叙事和诗歌作品，并就地形、庙宇和各种民间神祠提供了大量数据。

对应于上清之茅山，灵宝派祖庭则位于江西龙虎山以西的阁皂山。为了纪念葛公之飞升，江宁（今江苏南京）的朱绰（活跃 【182】
于1377年）曾应由葛洪故乡丹阳故宅改建的青元观中道士之请而撰

《太极葛仙公传》。除此之外，灵宝派的其他文本作品主要是收录在明道藏中的大量科仪汇编。附有明代补遗的宋元重要科仪集有永嘉（今浙江温州）蒋叔舆（1162—1223）所编的《无上黄箓大斋立成仪》，和同样来自永嘉的林伟夫（1239—1302）所编的《灵宝领教济度金书》。这些相类的作品全面提供了多个道教竞争流派的科仪实践。灵宝派经典首先由陆静修推衍增修，然后由著名的道士杜光庭（850—933）发扬光大，后者也是大名鼎鼎的唐传奇故事《虬髯客传》（见第四编第一章）的作者。

· 老子的传说

道教各个门派都将自己的谱系上溯至老子。所以，对《道德经》的口诵成为打坐和科仪实践的关键。在全国各地，都可以找到碑刻《道德经》全文。《道德经》也催生了大量注疏，特别是在朝廷大力推崇道教的时期。四十三天师张宇初甚至声称，正一、灵宝和上清不过是太上老君所传之教的异名而已。张宇初的这段话出现在他1406年上呈明成祖的《道门十规》中。老子作为各派经文背后的统一力，被认为在后世曾以多种身份示人。自认为亲眼目睹老子者会对于各自所见所闻提供不同版本。在躲过数百年来多次宗教迫害劫难的道观叙事性绘画和雕塑中可以见到这些故事。

虽然每座道观中都供奉有老子，不过有三座道观是专门用来供奉他的。这三座道观都由重要的文本作品支持。最著名的也许当属据传为老子出生地鹿邑（属河南）的太清宫。东汉延熹年间，晚年
【183】的汉桓帝（在位时期：147—167）曾派人在太清宫祭祀朝拜老子。当地官员边韶（活跃于155—166） 奉桓帝诏而撰老子享祭时的颂歌《老子铭》。《老子铭》将老子描绘成天地之力的化身，降生凡间成为历代帝王师，以及人间救主。太清宫一位叫做贾善翔的北宋

道士（活跃于1086年）曾撰《犹龙传》记述老君历代降世事迹，以及太清宫的历史。标题“犹龙传”来自于孔子向门徒形容自己与老子会见情形时对老子的形容。贾善翔的这部作品包含了老子降生而为李耳，同时回想起作为佛陀的生平。《犹龙传》同时也记载了历代各朝老子化身为帝师的事迹，以及分别所传授之学说。一个世纪之后，龙虎山汉江以南的西山一位道士谢守灏（来自永嘉，属今天的温州，1134—1212）致力于创作出一部青出于蓝的作品，终于在1191年将《混元圣纪》上呈给宋光宗（在位时期：1190—1194）。因1014年宋真宗改老子尊号为“太上老君混元上德皇帝”，故书名乃取《混元圣纪》。这部篇幅较大的作品因为大量引用如今已经亡佚的作品，所以具有特别的价值。

西部有两座道观群是为了纪念函谷关令尹喜受教于老子的传说而建的。据说老子为函谷关令尹喜著《道德经》后，临别曰：“子行道千日后，于成都青羊肆寻吾。”时隔三年，老君降临于此，尹喜如约前来，后来此地就建成了青羊宫。著名的唐代蜀中高道杜光庭所编的年谱《历代崇道记》中记载了青羊宫的历史，并简要介绍了历代朝廷崇道的历史，其中特别强调了唐代皇室的崇道情况。《历代崇道记》中详细记述了880—884年的天下大乱，黄巢（卒于884年）攻进长安，唐僖宗（在位时期：873—888）不得不避难于成都，而得到老君的护佑。书中的高潮部分是，青羊肆玄中观设醮祈真之时，忽见虹光如弹丸许，出于殿基东南竹林中，后于其下掘得一宝砖，上有古篆文六字：“太上平中和灾。”这意思是老子将给兵戎不断的人间带来和平。885年，在黄巢败亡后，杜光庭将此书进献给僖宗，后者下旨扩充重建殿堂屋宇，改号为青羊宫。

楼观位于陕西周至县终南山麓，相传是尹喜的故宅，与南方的青羊宫遥相对应。元代一位叫做朱象先（活跃于1279—1315）的茅山道士编撰过两部关于楼观的著述。1279年朱象先自浙右来楼观朝

圣，在观中藏书台中收集到很多古楼观碑记。《终南山说经台历代
【184】真仙碑记》是他对所发现的所有先师传的整理扩充，并认为唐代尹文操（卒于688年）是这些先师传的最初编撰者。朱象先用亦诗亦文的方式将楼观的历史梳理廓清，到全真派李志柔（1189—1266）重修楼观，使之成为全真道观。朱象先关于楼观的另一部作品是《古楼观紫云衍庆集》，这部书与《终南山说经台历代真仙碑记》类似，其标题暗指了楼观的特殊结构。《古楼观紫云衍庆集》收录了知名文人和全真道人的大量题咏之作，以及记载了七至十四世纪历代朝廷捐助的碑铭。

· 全真道

明道藏中大量的全真道作品证明了全真教不仅是道教中极富生命力的一支，而且也是一股重要的文学力量。而且，关于全真派的大量传记传说，给人以一种全真派门人对于记录本派的资料有着浓厚兴趣的印象。《金莲正宗仙源像传》是一部极好的例子。在署名日期为1326年的自序中，刘志玄写道，大阐玄风的全真“事迹之详未易推究”，故“欲辑一全书纪之”，于是在谢西蟾的襄助之下，“博搜传记，旁及碑碣，编录数年，始得悉详”。在1327年第三十九代天师张嗣成（卒于1344年）所撰的传序中，他们的工作得到了高度推崇。该书包含十三篇传记，始于所谓五祖：混元老子、东华帝君、正阳子钟离权（约公元八世纪）、纯阳子吕岩（约生于798年）和海蟾子刘操（活跃于1031年）。全真派的创立者重阳子王嚞的传记紧随其后，先讲述了其四十八岁时在甘河（陕西）遇仙，见授修真口诀，王嚞随后于1167年来到宁海（今山东牟平）。丹阳子马钰（1123—1183）与其妻孙不二（1119—1183）招待重阳子，并成为他的首批弟子。接下来的传记是关于所谓全真七子，即王嚞

在山东的七位弟子，除了马钰和孙不二之外，还有谭处端（1123—1185）、刘处玄（1147—1203）、邱处机、王处一（1142— 1217）以及郝大通（1140—1212）。

1241年的《金莲正宗记》是一部更为充实的全真道祖师的传记，记录了全真道的传授源流。秦志安（1188—1244）在山西平阳协助其师宋德方整理刊刻道藏的同时，编写了这部作品。和后来刘志玄的《全真正宗仙源像传》一样，《金莲正宗记》收录了关于重阳子令弟子敬畏不已的各种神通的口头记录和书面记录。《全真正 【185】
宗仙源像传》和《金莲正宗记》都列出了在全真道领导下所编撰的作品，所列出的书名有的已无处可考。这两部作品也引用了很多题咏之作，并解释这些题咏被铭刻或记诵的由来。

其他不可或缺的参考性著作还包括全真道早期最活跃的活动家河南夷山李道谦（1219—1296）所编纂的三部作品。言简意赅的《全真年谱》涵盖了自1112年王嚞诞生到1227年邱处机羽化的一百一十五年。《终南山祖庭仙真内传》中收录了与终南山有关的三十七位全真高道的简传，以纪念重阳子。李道谦又将碑铭和其他资料辑录整理成厚重的《甘水仙源录》。甘水暗指王嚞遇仙的甘河桥。这部作品使我们得以了解全真道道众生活的行住坐卧、言谈举止。

明道藏中有三部非常有意思的作品，分别关于早期全真道的三位传奇人物。金陵（今江苏南京）苗善时所撰的《纯阳帝君神化妙通纪》讲述了798年吕岩（吕纯阳）降生，以至1149年在甘河现身点化王嚞，授以丹道。编者佚名的《体玄真人显异录》记载了王处一“往来蓟鲁间，疗疾解冤，消灾却祟”的诸般灵通。邱处机的弟子李志常（1193—1256，河北开州）所著的《长春真人西游记》是三部作品中最广为人知的，它着重记录了邱处机应成吉思汗之邀请而西行中亚的行迹。该作品是对这一事件的亲身见闻记述，高潮部分是邱处机同成吉思汗的历史性的会面。

道藏中收录了许多全真道初创期的文集。虽然其来源经常很模糊，但所有这些文集明显都是后世的作品。大量诗作都归到了吕岩的名下。何志渊（1189—1279）是1244年《正统道藏》编辑团队的成员之一，他于1251年将吕岩的作品结集成《纯阳真人浑成集》，
【186】而这部集子又被十六世纪编者未知的《吕祖志》所超越。这两部吕岩的文集更多的是其信奉者确信不疑的想象，而非有关吕岩这个人物的真实历史。

王嚞和其弟子的文集的文本历史也问题多多。道藏中共有六部重阳子的经书，其中有三部的序言为当时官任宁海州学正的范怿（活跃于1183—1188）应道门弟子之请求而作。王嚞名下的最大文集《重阳全真集》中收录了大量诗词歌。从这些应答酬作的大量诗文中，可以清晰看到早期全真道的宣教思想。以“王害风”自称的王嚞鞭辟入里地分析了酒色财气这“四堵墙”的危害，强调禁绝这“四堵墙”。其他两部由范怿作序的文集中赞扬了王重阳的弟子马钰。《重阳分梨十化集》的标题来自王重阳对马钰和孙不二夫妇的教诲方式，即“每十日，索一梨分送于夫妇自两块”“每分送，则作诗词，或歌颂隐其微旨”“以天堂地狱十犯大戒罪，警劝之”。另一部《重阳教化集》则主要是王重阳与马钰的唱和之作。这两部作品为我们研究全真道精髓的师徒关系的文学要求与思想要求提供了珍贵的透视。王重阳名下的其他几部作品则完全没有序言，不过都无一例外地带有“三教”调和的痕迹，包括《重阳真人金关玉锁诀》《重阳授丹阳二十四诀》和《重阳立教十五论》。

马钰的文学才能在三部诗集和两部散文集中有进一步的体现，其中编撰于1269年至1310年之间的《洞玄金玉集》是目前为止最为丰富的一部。“洞玄金玉集”这一标题暗指马钰之“钰”字以及他的苦修之地，亦是“内丹”修炼法的象征词。这部文集以七言绝句和词为主，记录了马钰从一位父亲、丈夫到一名励行苦节

的道教信徒，并最终成为在中原投身于弘道事业的高道各个阶段所留下的文字。

《丹阳神光灿》中的一百首《满庭芳》清晰地表达了马钰的传道方式。1175年马钰弟子宁师常为该书所作的序中称，乃师“心灯在体，热恼咸得清凉”。许多诗作都以内丹修炼为角度展开。马钰的另一部编纂年代未知的词集《渐悟集》用大量重复的拟声词来传递他的思想。这部词集里的作品，生动描述了制炼形魂式的苦修过程，即要通过制服“意马心猿”以达“清净根源”。1179年在陕西龙门山马钰向弟子的一次讲道中（《丹阳真人直言》），进一步解释了内丹修炼的严苛性。王颐中在执弟子之礼大半年之后，将丹阳真人返回宁海故里后生命最后时间中的珍贵语录汇编成《丹阳真人语录》。早期全真道人通过诗作唱和与口头语言等完善的交流技巧而展现的汩汩不绝的智慧，在这部作品中得到非凡的见证。 【187】

马钰之妻孙不二的文学创作则不太容易发掘。她的词作可以在全真道的早期传记和《鸣鹤余音》这部十四世纪中期的文集中找到。不过道藏以外署名为孙不二的作品集，考其年代都在清代以后，所以真实性值得质疑。

全真七子中其余几位的文集很可惜存世不多。《水云集》仅收录了谭处端的一小部分作品。好友范怿在1187年的序言中梳理了谭处端师事王嚞，以及随后往来于洛阳地区传道化度，人从其教者所至云集。正如序言中所说，所选文字展现了谭处端通过诗颂词章等各种诗歌形式以或直白或精微的语言启发人心的能力。《云光集》是王处一现存唯一的文集，“云光”一词来自于在王重阳的授意下他修行的所在——铁槎山云光洞。这部非同一般的诗集传递了王处一的个人风采，是对《体玄真人显异录》的补充。郝大通以善占卜、资禀高古而为王重阳所欣赏，不过像王处一一样，他在母亲去世前因尽孝而未及跟随王重阳。《太古集》是郝大通关于精研《易经》、修炼内丹和令民众为之狂迷的占卜等活动的残余文字。山东东明的王志瑾（1178—1263）是被郝大通的传道所吸引的弟子之一。王志谨的传道技巧反映在根据其成就最高的门人姬志
【188】真（1193—1268）所记笔记整理而成的《盘山语录》中，而姬志真自己则有八卷《云山集》传世。《云山集》中涵盖了从赋到碑铭各种类型的文本，这使该部作品成为对于全真道传播的最全面资料。

刘处玄的文学作品仅有一部文集和专论传世。从《仙乐记》可以看出，刘处玄偏好简洁的绝句（虽然有时比较晦涩）。《至真语录》中收录了他关于生死基本问题的回答，当时在场的听者将之记诵了下来。刘处玄最著名的门人于道显（1168—1232，山东文登）据说是通过背诵《老子》和《庄子》这样的经文而学会读写的。于道显的《离峰老人集》表明，他也能娴熟地以文字表达自己的思想。

全真七子中最年轻而后来最具影响力的邱处机有多部文赋传世。《磻溪集》中有近五百首诗，其书名的来历是：1173年全真七子扶王重阳灵柩归葬终南刘蒋村后，为师父守丧期间，邱处机隐遁于磻溪。主要以五言和七言律诗为主的《磻溪集》是关于邱处机在中原的活动，以及回到山东栖霞故里的弘道，而诗集中的绝句则更多的是说教意味，而较少私人意味。耶律楚材（1190—1244）所编的《玄风庆会录》是对《长春真人西游记》的补充，据称是1222年邱处机上呈给成吉思汗的咨文的一份白话记录。

邱处机在身后被追认为全真道龙门派的祖师。邱处机羽化后，来自山东莱州的门人尹志平（1169—1251）接替了他在元朝的显赫地位。尹志平弟子段志坚将其师的咏怀、遣兴、唱和、劝诫等诗词歌颂整理成了《葆光集》，其中词的数量远超其他文体，包括了尹志平对某些书信或者纪念文字的创作原委的解释。段志坚也组织人

手编集了《清和真人北游语录》这部基于1233年陪同尹志平在各地讲道的门人笔记。它不仅收录了尹志平对各种提问的回答，而且也包括了对各类话题的即兴评论，这体现了尹志平身兼释经者和说书者的天赋。据考证，《葆光集》和《清和真人北游语录》是在沁州牧杜德康的亲自关怀下刻印传播的，这又是全真道得到士大夫精英支持的一大明证。

· 南宗 【189】

全真道所推崇的内丹修炼同样也与南宗的文本传统有紧密联系。虽然内丹的准确起源不甚清晰，但是南宗一般将其追溯到陈抟（卒于989年）、刘操或者张伯端（约卒于1082年）。十三世纪之前，南宗有五代可考，这可能是模仿全真五祖的传说，南五祖是刘操、张伯端、石泰（卒于1158年）、薛紫贤（卒于1191年）和陈楠（卒于1213年）。南宗的释经师将刘操视为张伯端和王嚞共同的师傅。

浙江天台的张伯端是有文字流传下来的南宗最早师祖。因为术语方面有着迷惑人的相似性，对这些文本的早期研究误以为这是关于外丹的学说。张伯端名下最主要的作品是《悟真篇》，这部充满谜一般诗文的文集有多个版本。其中一个版本与其他南宗作品被收录在关于各种内丹学说的文集《道枢》中。南宋初福建晋江的著名文士曾慥（卒于1155年）整理出了这部巨大的汇编作品，并在各卷各处添加了大量注疏。

十三世纪的《修真十书》（编者已佚）中收录了更为全面的内丹作品。这一杂糅的文集不仅包含了据说为早期南宗师祖的作品，而且还收录了陈楠的继承人白玉蟾（活跃于1209—1224）及其第二代门人萧廷芝（活跃于1260年）的重要著述。萧廷芝的代表作为《金丹大成集》，该作品在一定程度上模仿了《悟真篇》。署名为白玉蟾的三部文集则更为知名，它占据了《修真十书》三分之一的篇幅。三部著作中的两部收录了关于白玉蟾1215至1216年在福建武夷山附近修炼五雷法的作品，第三部《玉隆集》是关于南昌西山供奉许逊（239—292/374）的玉隆观的。白玉蟾写下了许逊消病除灾、斩蛟杀蛇、传播孝道，并最后成为百姓守护神的历史。

明道藏收录了不少关于许逊崇拜的类似见证。目前为止，最特
【190】殊的是《许太史真君图传》。这部图传是将许逊尊为忠孝化身的净明道运动的产物。净明道创立者刘玉（1257—1308）的门人之一黄元吉（1270—1324）编撰了《净明忠孝全书》。这部关于净明道的百科全书式汇编的一半篇幅是对早期传记作品的增补，另外一半则主要是刘玉和黄元吉的学说。净明道以师徒对话为特征，也发展出一套有益于家国的忠孝大法，以代替对静思求道生活的追求。

明道藏的其他作品中也能窥见白玉蟾作品的影响。白玉蟾的门人所编的三部作品《海琼白真人语录》《海琼闻道集》和《海琼传道集》是对《修真十书》的扩充，其中收录了白玉蟾多首著名歌谣，如《快乐歌》和《万法归一歌》。

白玉蟾传统的著名传人、提倡兼收并蓄“中和”的李道纯（活跃于1288—1299，江苏仪真）的作品在道藏中也收录完备。一些注疏采取了融摄全真道的治学路径，并对儒释道三教的作品都表示了近乎一视同仁的敬意。珍贵的《清庵莹蟾子语录》中可以领略到李道纯通过机敏应答和即兴诗歌而进行教化的超凡能力。柴元皋将自己和其他五位门人陪侍时所记的李道纯语录整理成这部《清庵莹蟾子语录》。另一位门人蔡志颐则将李道纯的口头和书面文字编次成书，即《中和集》。该作品的前半部分是对内丹基本概念的概略性论述，后半部分则是李道纯诗文的选编。

另一位杰出的注经家江右庐陵（今江西吉安）人陈致虚（生于1290年）体现了对南宗和全真的融合。在其巨著《上阳子金丹大

要》（1335年）中，陈致虚提及其师为全真道人赵友钦（活跃于1329年）。他通过一系列受禅宗启发的短诗而将《道德经》变为八十一首七言绝句，这使我们对并无作品传世的赵友钦对陈致虚的影响能够略窥端倪。《上阳子金丹大要》的三篇增补作品则对内丹修炼、全真道人传记和在钟离权和吕岩诞日的仪式套语进行了简略的介绍。《道藏指要》版本的《上阳子金丹大要》设想了一个涵盖【191】
更为广大的序列——释迦牟尼和菩提达摩，也都加入了南宗和全真祖师的等级序列，而其中太上老君位列最高。

江苏松江的王惟一（卒于1326年）的两部作品是将内丹修炼运用到符箓咒术五雷法中的白玉蟾传统持久不息的一个明证。《明道篇》的自序中，王惟一说自己“因观《老子》之言”，方才遍游方外，投身于内丹之学。《明道篇》模仿《悟真篇》的体例，以王惟一对张伯端的颂词和《得道歌》为结尾。而在《道法心传》的自序中，王惟一将雷法视为内丹的外在表现，并提到自己幸遇真师，得授雷霆法的经历。这位“真师”是浙江湖州人莫月鼎，《道法心传》将之视为雷霆法的创始人。王惟一对雷霆法尽得先天之妙的信仰，在他各种诗文作品中都有清晰表达。

最后，十四世纪晚期的《道法会元》收录了归在著名修习者白玉蟾或者莫起炎名下的大量雷法招式。《道法会元》这部卷帙浩繁的道法书文汇编中，以元末明初吉州（江西）道士赵宜真（卒于1382年）关于清微派雷法的文论为最多。它也包含了宋代一些流行学派（如神霄派和天心派）的各种符法咒术。《道法会元》作为降妖伏魔和治病救人之道教宝典的作用毋庸置疑。该书中所记载的许多雷法修习者也出现在另一部最大型的明道藏的《历史真仙体道通鉴》中。这部附有两篇附录的《历史真仙体道通鉴》由浙江浮云山的赵道一（活跃于1294—1307）所完成。赵道一本身也是雷法的修习者，并非常重视白玉蟾的作品。

· 尾声

道教遗产的方方面面千年来渗透进中国社会的各个层面。就像西方文化中的犹太—基督教遗产一样，道教传说在一定程度上在所
【192】有中国文学体裁中都能找到自己的身影。大量诗歌、故事、戏剧作品和小说中都刻上了道教遗产的痕迹。设法跻身于道藏之列的作品及其他附属作品虽然没有呈现出作者虔诚无二的心态，但也表现出某种同情之意。而在这些类书之外的许多作品同样也表现出对于道教传统的感悟。有些作者会持有某一特定门派的价值观和理念。有些作者会对某些学说抱有共情立场，但并不必然将自己归为虔信一派。还有些作者则会对与特定谱系联系在一起的某些道教人物、团体或者地点怀有深厚敬意，而并不参加其中。

就像并不是全部朝觐龙虎山的人都会认为自己是天师道的信徒一样，致献给与某一门派有关的道教圣地的颂词背后也藏有各种动机。与此相似，某部作品若体现了与某一道教门派相近的概念或观念，可能出于信仰，也可能是由于作者的博学。比如，一首推崇隐居或灵修生活的诗歌不能自动归类为“道教诗”。追求清虚之道的诗人也不能理所当然地被贴上“道教诗人”的标签。读者在碰到这些标签的时候，应该问一问这些标签是否合理。

在上述这些困境的核心存在着一个基本问题：什么作品才能算道教作品？正如上文所示，没有人能回答这个问题，因为道家遗产是由许多不同学派所共同构成的，它们分别强调不同的实践和行为规范。因此，要确定某部作品在何种程度上具有道家成分，就要先去问作品完成于何时、何地、在作者什么年纪以及哪个人生阶段。首先，找出作品中特定话题的确切语境是至关重要的。除了时间地点等具体信息之外，读者也应该考察作品背后的具体环境。这方面涉及的相关问题就有，比如哪些前人师长、文本或者经历可以说促

进了某部文本的形成。这些问题告诉我们的，不只是道教某些方面的蛛丝马迹那么简单，作者的思想框架是更难以把握的。首先，和西方社会不一样的是，中国人一般不会只投身于一种信仰体系或者生活方式。传统中国社会的特征之一便是宗教的多样化，因此便有不同方式来满足于不同的需要。其次，某些文字也许与某一道教门派异曲同工，但最后会发现这些文字仅仅是在作者生命旅程中闪现的智慧而已。换句话说，对生死大问题的思考，在其成熟阶段便可能是通过对道教元素的吸收而形成的。

另外，需要指出的是，我们必须意识到标签可以是有用的，同 【193】
时也是误导的。读者最终需要问一问，是谁将“道教”标签赋予某一特定文本，并且是出于何种原因。最后一个问题是，对于后人的这样一种定义，作者是否也会如此使用甚至接受，为什么会，或者为什么不会。总之，需要铭记在心中的是，某位作者如是说，不一定代表他会如是做。

鲍居隐（Judith Magee Boltz）

【194】 第十一章　文学中的女性

囊括性别因素来作为一种文学分析范畴，应用女性观念来创造一种探索所有文学形式中的语言和逻辑的新修辞模式，都已成为现代文学批评中最具活力也最具启发性的概念性路径。本章运用年代和主题的进路，从这些现代主义的批评角度来审查中国文学的连续性，并集中在男性笔下的女性和女性笔下的女性这双重主题上。在全书所采用的文学的泛断代框架下，本章会讨论四个核心方面：第一，上古时代男性作家笔下的女性；第二，中古时代男性笔下的女性；第三，从古典时代到现代，女性作品中对女性的自我呈现；第四，戏剧和小说中的女性形象。接下来则会对传统中国的文学女性以及女性在文学经典中相对隐微的地位等话题进行简要讨论。本章结尾部分会对男性作家在促进女性文学中的作用，以及男女作家作品中可见的性别平等进行评价。全部的讨论由引用文学史中的重要作品片段来佐证。

【195】 · 上古时代男性作家笔下的女性（1）

——《诗经》和其他作品中作为社会建构的女性

对女性的描写最早出现在《诗经》中。由于多个原因，《诗经》成为在性别主题方面的珍贵文献。首先，它是以中国北部为中心、发源于渭河流域的周代文明在衰落前的文学总汇。其次，它——特别是在雅颂部分——反映了周人作为神之后裔，通过将礼祭和自我身份确认仪式连结起来，从而意识到他们身处的社会浑然一体的体制，由此践行他们的社会角色等一系列文化概念。

前一个原因的最好例子是著名的《硕人》，诗中描写了在家人和随行者陪伴下，齐侯之女远嫁卫国的仪式。这一未知名的女性身份以及社会地位由她的男性关系者，即其父亲、夫君、兄长和夫君的哥哥而彰显。她的社会角色通过作为地位和财富对象（齐卫两国宗族系统中最显赫的对象）而得到呈现。从《硕人》的佚名作者（应该是一位男性）的视角来看，她是一位可遇而不可求的对象，因为她属于周朝社会等级的顶级。对这位女性的美貌的呈现，是男性作者对女性身体的最早描写。对自然化明喻的使用，虽然从表面上看并不成熟，但构成了特定的女性概念：通过“柔荑”表现婚床和生育，通过“凝脂”表现年轻，通过“瓠犀”表现多子多福，通过“螓”表现长寿。她的“巧笑”表明她意识到自身的显赫社会地位以及她的性别优势。对这位女性的描写表达的是她的宜室宜家、以及她对宗室的生育价值，而非她作为个体的自我价值。

与之形成对比，后一个原因的例子则生动呈现了处于社会边缘的女性形象。《氓》是一位曾经得到丈夫以礼迎娶的弃妇自述。它和《硕人》一样，也应该是出自男性之手。这首诗的弦外之音在于，女性若是失去丈夫或者男性的庇佑，她便会被裹挟到社会边缘，成为怜悯和嘲笑的对象。

无望地等待婚姻的女性则处于更加边缘的地位，这在《诗经》【196】中有大量例子。在这些诗中，女性在现实意义和象征意义上都被孤立于社会中心，以拾取地里的零星庄稼为生。《中谷有蓷》《采葛》《采苓》《采绿》的弦外之音更是强化了这一观念：缺少男性在身边的女性是社会性的悲剧。对于女性作为社会建构这一积极概念来说，这种类型的诗是其反面。

《左传》中作为社会建构的女性

若我们将性别作为分析范畴运用到公元前四世纪的《左传》中，也间或会看到男性作者笔下的不少女性形象。在《左传》这部加入虚构成分的历史作品中，女性通常被描写为戏剧性事件的催化剂，出现在不忠、乱伦、谋杀、性嫉妒、抢妻和乱性等情节中。但在关于王位更替的政治事件，或者靠女性特有的智慧和独立判断而表现出临危不乱和自我保全的情节中，女性又是一种能力卓绝的形象。

性别关系的哲学基础

公元前四世纪开始，性别关系的重心在儒家哲学家笔下随着社会关系概念而产生了剧烈变化。比如，《孟子》（约前300年）列举了以男性为维度的五伦：父子、君臣、夫妇、兄弟和朋友。“五伦”在等级上和在性别上是排他性的。女性在婚姻关系中是低人一等的性别。她在生物学角色上是母亲身份，在发源于道德哲学学说和性别关系长达两千年的新父权体系中则相当于附属品。

《史记》

在中国人的首部通史司马迁的《史记》中，性别排他性相当明显。司马迁追溯到神话时代，构想了中华民族的神圣起源（五
【197】帝）。虽然早期文本中有女娲和羲和两位女神的故事，但在司马迁以男性为尊的性别建构中，她们却被排除在外。

在司马迁对宫廷政治中女性历史角色的否定性描述中，也可以见到对女性的贬低。在《外戚世家》中列举了汉代数位后妃的过失，同时还列出历代宠妃的逾矩之行。司马迁认为，后宫之乱是前

朝覆灭的原因。王朝覆灭的单一原因分析中暗含的对女性的这种厌恶，在司马迁对中国历史上三位女性统治者之一吕雉的描写中得到集中体现。《吕后本纪》中作为整部传记之高潮的非人残忍一幕，在中国文学编年史中，只有一千五百年后的小说《水浒传》中男性对女性身体的仪式化兽性场面可以比拟。司马迁对女性主题的处理妖魔化了觊觎政治权力的女性，原因在于政治权力是男性的专属品。

虽然性别政治这一概念可以运用到古代权力关系中的女性角色上，不过这一概念所掩盖的东西远远超过它所解释的。早期的历史文本中，女性这一性别在野心勃勃的女性达到目标的过程中是一种工具。然而宫廷权力政治中牵涉女性的真实案例，与其说与性别有关，倒不如说与亲缘有关。权力控制围绕的是生育及其与生俱来的各种问题，包括谁是生父、不孕不育（永远是女方的问题）、幼儿夭折、流产、怀孕期间失去性吸引力以及产后疾病等。这些生物学上的议题是早期历史叙事中的言外之意，不过在男性作者笔下几乎消失不见。

《列女传》

政治中的女性被极端地妖魔化，而另一部汉代重要作品《列女传》则显示了将女性作为伦常典范（通常的角色是母亲和妻子）的另一个极端。130位女性共有125篇传记，其中92篇传记中描写的是道德典范，16篇是关于孽嬖之辈，而最后的22篇或是关于淫妒荧惑之女，或是关于贞顺节妇。这部作品据传为刘向（前79—前8）所作，不过很有可能出自佚名作者之手。

在《列女传》中，女性被颂扬为仁智、通辩、贤明而节义的社会人，并且精通口头修辞和古典修辞。该作品中的很大篇幅都是传主用来阐述自己立场或观点的长篇大论。《列女传》中的修辞策略 【198】
都用来维护以及增进社会的道德图景。老到的修辞铺排属于受过教育的男性作者的写作手法，以女性（在古代，她们并不以文学或学术见长）的口吻道出，这便重重地打破了将女性变成沉默者和被征服者的父权道德法则。这一修辞手法不仅将传统敲打出裂缝，更可以被解读为一种颠覆性的性别策略。在《列女传》中所记录的事关道德的言辞之争中，女性无一例外地占据上风。这中间的言外之意可以被解读成为女性获得更多社会参与度的男性作者之诉求。这种女性典范可以在《列女传》第一卷至第五卷中的几篇传记如《邹孟轲母》《梁寡高行》和《鲁秋洁妇》中见到。

《列女传》第六卷中的女性形象则有所变化，并传达了不同的文学价值。前几卷中的传记具有高度道德的目的性，是相当严肃的，不过后面的传记则体现了更有意思的作者策略。比如，齐相管仲之妾在辩论中令管仲甘拜下风的颠覆性幽默，女子在箭术这一贵族技艺上的出类拔萃，代替男子成功行使外交活动等性别竞争，还有面目丑陋或者肢体不全的女子获得美好姻缘等荒诞幽默，以及关于女性不服于男性官吏的惩罚而进行抗争的先庄后谐的描写。如果被置于如《战国策》这样的男性修辞传统中阅读，《列女传》中的颠覆性企图会愈加明显。这部作品中的女性在男性作者笔下，通过理性论述这一男性技术，其形象变得高大起来。

《列女传》传统上被认为是一部关于行为准则的女性手册，将节义贞顺和仁智贤明等美德神圣化，这从其续本以及后世的模仿之作的数量中体现得很明显。它同时也催生了后来的不少绘本，而顾恺之（约348—约409）基于这些绘本的《女史箴图》，以及《绘图列女传》是其中最知名的作品。

早期的民谣和性别论辩

汉代《列女传》中女性坚强不屈的精神，同样可以在汉代早期以家庭为主题的乐府中找到。不过，虽然《列女传》和乐府中的女性具有相同的道德典范性，各自的典范性在各种社会控制情境下被呈现的方式则有所不同。《列女传》中的女子通常可以掌握自己的命运，而乐府中的女子则被自己无法掌控的各种社会境遇击倒。这可以在《妇病行》中看到。【199】

而在汉代晚期以及后世，女性低下的社会地位成为当时文学论辩中的突出议题，男性的文学领军人物在这方面扮演了重要角色。男性作家选择了叙事乐府来表达关于这一议题的社会性反抗。这些诗人大胆采用女性视角，使用了自传的方式。曹植（192—232）的《弃妇篇》和傅玄（217— 278）的《苦相篇》都直抵性别问题的核心。《弃妇篇》中，一位女子由于无嗣而见弃，《苦相篇》中描写了生为女儿身一生所经历的——特别是在婚姻关系中——种种性别不平等。傅玄的《苦相篇》可以被特别解读为《诗经・斯干》“乃生男子”和“乃生女子”两行诗句中所表达的父权式性别预设的互文式发展。

· 上古时代男性作家笔下的女性（2）

对于女性形象和性别问题，南方楚地的文学则展现了另一种不同的价值认知角度。楚文化以长江为中心，它早期的文学保存在诗集《楚辞》中——其中一些篇什的创作日期约在公元前400年。《楚辞》中的三篇主要作品《天问》《九歌》和《离骚》揭示了一项普遍的文化指征：古代的楚地文化以女性为尊。

在神话文本《天问》中，古代楚地诸神包括了两位与天地起源有关的重要女神女娲和羲和，她们在神谱等级中处于显赫位置。《九歌》中的两篇篇目“湘君”和“湘夫人”则明显是女性意味的。这些诗歌是巫觋祭歌，男性的歌者或祭者扮演角色迎接女神，驰神遥望，致以爱慕之深情。它们可以被解读为古代丰年祭仪式中的各种祈请。

而在更为奇诡复杂的《离骚》中，作者使用了自传性的叙事方
【200】式来讲述自己遭君王放逐去国，从而神游天地、追寻理想中的神女的故事。《楚辞》作者被表现为一名边缘化的男子，他既不属于人类社会，也不属于天界。这将天界经验和人类经验之间不可调和的方面戏剧般地呈现了出来，并且制造了女性优势地位和男性劣势地位之间的冲突。在这一性别等级体系中，女性是精神和肉体的完美体现，是不可企及的愿望的概念化之对象。在楚地的这些文学作品中，女性在性别关系中居于主导地位，楚地神话中对女神的偏爱也表现了女性的优势地位。

在汉代末年，汉赋（见第二编第一章）取代楚辞，得到了对女性的这种文学表现模式的接力棒。在这方面，曹植的《洛神赋》是最早的著名诗人的作品。《洛神赋》中，出身高贵的诗人以张弛有度的优雅触及到楚地的情色主义。两篇佚名作者的赋《神女赋》和《高唐赋》中也以理想化的神女为主题。后世认为这两篇作品的作者是楚国的宋玉，不过它们的创作年代当在公元三到四世纪左右。公元三世纪时，赋又被陆机（261—303）《艳歌行》这样的乐府诗歌所取代。在乐府诗歌中，诗人运用“细节描写”这一手法来呈现从深宫远足到洛河的后妃的窈窕容仪。愿望之不可企及的概念从女神转化到后妃。起源于楚地的这一传统中的女性诗歌制造了一种愿望的辩证关系，它出现在大量男性作者的作品中，并在十八世纪的伟大小说《红楼梦》中到达顶峰。

· 中古时代男性作者笔下的女性

作为娱情之建构的女性

中古时代早期（公元四世纪至六世纪），宫体诗这种抒情诗成

为主要的文学形式。六世纪中期的诗歌总集《玉台新咏》中收录了五百首情诗。这些情诗绝大多数出自男性作者之手，以五种主要方式将女性置于聚光灯下。第一，女性是主题。第二，男性作者以女性口吻娓娓道来。第三，处理了男性优越于女性的性别关系和性别等级这些主题。第四，一些诗歌的作者为女性。第五，在《玉台新咏》的序言中，男性编者提到其读者对象为女性，供后宫“永对玩于书帷，长循环于纤手”。

这类情诗中的女性通常是弃妇或者与爱人分离的女子。在男性诗人笔下，女性成为幽居、哀怨、无助而脆弱的思妇，她们的心魂全部【201】
被思念的男子所占据，形销骨立。这一图景中的女子“夜夜遥遥徒相思”，茶饭不思，哀怨悱恻，担忧年老色衰。这样一种图景构成了男性的幻想。《玉台新咏》中的两首诗很好地说明了这种模式。第一首是何逊（卒于517年）的《咏舞妓》。这首诗描写了某位男性宾客在某场绮筵中与一位舞妓的情色关系。这首诗先以标题“咏舞妓”将女性归类为对象，然后，以修饰词“嘉客”赋予男宾，整篇建立起一种性别等级。这种性别角色的等级，通过诗中男子投向舞妓的一支堕珥而得到加强了。堕珥这一动作是性邀请的色情符号。如果舞妓接受，就将堕珥捡起。但是要捡起堕珥，她必须弯下腰来，这是一个代表了女性服从的编码化动作。

第二首诗是吴均（469—520）《和萧洗马子显古意六首》中的第三首。在这首诗中，吴均令人忍俊不禁地描写了一位女子的容妆因相思而改——“绿鬓愁中改，红颜啼里灭”，甚至“非独泪成珠，亦见珠成血”。诗人通过对女性身体的描写而呈现女性形象：绿鬓红颜即为女性，而幽居则成为女性的自我销蚀。

女性频频以一种性别权力游戏中的牺牲者身份，作为男性的嘲弄对象出现在诗歌中。这暴露了一种精心掩盖的对女性的厌恶。这种男性作者的幻想模式表达了一种诗学修辞：在中古早期的情诗中，女性是一种娱情建构。不过男性诗人通过他们的想象性策略，也开始探索对于爱情主题以及超越父权性别结构的男子气质和女子气质这些概念至关重要的性别权力关系。

女性被作为性愉悦的对象

晚唐的诗词集《花间集》（序言所署日期为940年）在一定程度上标志着宫体诗的延续。《花间集》由晚唐至五代十八位男性诗人的五百首情诗构成。这些诗人大都描写了名妓和歌女的女性世界。这一女性的文学建构为男性所控制，它宣扬这样一个观念：女性是作为男性的性愉悦对象而存在的。虽然诗文中并不提到钱，但是这种愉悦只能用钱来买：欲望是财富的一种功能。

【202】在《花间集》的大多数作品中，女性都是投身于欢场的女子。虽然在这一时期的城市中，她的角色得到了社会的接纳，但是在社会等级体系中毫无地位。她并不觊觎通过婚姻以摆脱风尘世界。她是姓氏不明的边缘人物，除了作为性愉悦对象这一刻板印象之外并无自己的个性。在《花间集》现实主义爱情故事的诗性探索中，深深扎根着她与男性之间的主顾关系。

《花间集》中某些重复出现的关键词，创造了一套语言编码，使我们能够对它们的弦外之音有更深的解读。男性诗人笔下的女子，通常是慵懒柔弱、醉意朦胧、幽约怨悱、泪眼婆娑的。为男性带来欢愉的女性形象，被表现为频频宴饮、贪睡和云雨过度的柔弱的欢愉对象。通过诗人想象力的投射，她对现实的感知，是被梦境、迷雾、尘埃、薄雨、香氛等扭曲了的。

这些诗词中的性别建构也可以解读为，比拟了伤时失志的男子，以及不愿意投身现实生活中的隐逸之士。当然，传统的文学批评家认为，《花间集》中构建的帘幕背后系女性空间中令人愉悦的性，这一虚构世界对抗了当时四分五裂、满目疮痍的社会，与男性诗人（他们的主要社会政治身份为官吏）不成功的人生之间形成了一种政治上的比拟。

历史的贬低

唐代著名诗人白居易在解释安禄山叛乱（755—757/763，见第二编第三章）后山河破碎、王朝衰落的历史原因时，使用了四个不同手段来建构自己的文学分析。首先，他选择歌作为这一历史主题的载体。白居易最著名的作品《长恨歌》，并不是以最权威的传统形式《诗经》的风格，而是采用了与乐府（见第七编第一章）接近的文体。白居易所借鉴的汉代乐府原型有着各色各样的主题：除了政治上的抨击之外，往往是哀叹恋人分离、生死离别、去国怀乡以及人生苦短。所以，当白居易希望将形式和内容结合到最佳效果时，这一古老的乐府诗歌形式让这位三十五岁的诗人如鱼得水。

白居易的第二个手段是以传统的历史预设——女性是导致王朝衰落的原因——为基础来展开他的诗性论证。所以，他用“倾国”这一烂熟的隐喻来开篇。他的第三个手段则是将叙事限定在大唐后 【203】
宫。第四，运用了宫体诗的模式，并将之扩展成一首讲述唐玄宗（在位时期：712—756）和杨贵妃爱情故事的叙事长诗。

因为白居易为《长恨歌》选择了以前的文学和历史模型，所以故事中便印刻了对女性的负面观点。这些模型阻碍了他建构一个令人信服的历史叙事。他对故事的爱情层面而非历史层面的专注，决定了《长恨歌》带有一种性别上的多义性。白居易对杨贵妃的命运抱有同情，然而最终还是追随道德主义的立场，将杨贵妃贬为红颜祸水。

性关系中的理性借口

《莺莺传》（约800）中，女主人公与张生之间的爱情故事标志着与传统文学中性别关系的分道而行。它讲述了两人初恋的觉醒，秘密的私会偷情，以及最终的天各一方（见第四编第一章）。他们之间的关系初看上去是两个平等个体的完美相遇：他们都出身名门，有很高的文学造诣，面容姣好，同时男未婚女未嫁。而《莺莺传》经久不息的流行度一定程度上是由于它谜一般的结尾——它允许多重解读。

如果说《莺莺传》的主体叙事是关于莺莺的，那么它的结尾则属于张生。在结尾，张生向朋友解释为何与莺莺恩断义绝，这样冰冷而逻辑连贯的一番话，是爱情文学传统中前所未有的。张生的主要观点是，莺莺这种女人，“不妖其身，必妖于人”，具有能毁灭她所爱的人的强大心理能量。张生的这段话可以引申出多重言外之意。我们都知道，感情关系中，人生中仅在初相见时的挚热激情是不可能永远维持的，同时爱情若要维系，必须具有社会条件。实际上，张生和莺莺后来都各自拥有了美好的婚姻。我们也明白，最深挚的爱会导致恋爱双方在性关系中争夺权力的心理需要。最后，爱若太强烈，则会阻碍日常生活的各项事业。《莺莺传》中，张生落榜不中，但还是继续生活，并在京城定居下来。

虽然可以说，张生的一番话还是基于历史中厌恶女性的观点，不过他作的理性论述远远超越了有史以来的任何文学或历史模型。
【204】它说出了一种心理上的实用主义和情感上的现实主义，使《莺莺传》这篇出自男性作者之手的文言作品成为中唐时代的一部杰作。许多同情莺莺的现代读者会觉得张生世故冷漠而精于算计，不过张生对爱的态度实际上是非常老到的，甚至可以说它暗合了后现代的一些特征。

夫妇的心理

对婚姻之爱的主题发展而言，至关重要的有三种早期诗歌形式：联句、乐府和书信诗。早在傅玄的《苦相篇》中，作者就以女性的口吻自传性地触及了这一主题，它表达了妻子在婚姻中遭遇的压迫。贾充和其妻李氏（公元三世纪）的《与妻李夫人联句》则是夫妇联句的一个例子，妻子唯恐贾充日后变心，而贾充则表示“大义同胶漆，匪石心不移”。而早期的书信诗有秦嘉致其妻的三封书信《赠妇诗三首》（公元二世纪），年轻的诗人向相隔遥远的妻子表露深沉的思念与爱意。

陆云（262—303）的《为顾彦先赠妇往返诗四首》则为我们展现了对传统婚姻中夫妇之间不稳定关系的最有意思的心理学处理。他交替用女性和男性口吻写成了这四首诗作，用来表现在婚姻关系的关键时刻夫妇之间的书信交换。丈夫一再表示对婚姻的忠贞，情比金坚，而妻子则始终有“佳丽良可美，衰贱焉足纪”的深深忧虑。就自我控制和温和世故方面而言，男性居于性别等级中的较高位置，这一点并不令人惊讶。不过以女性口吻所写的系列篇什则具有巨大的文学和社会意义。它们在史上第一次表达了女性对传统父权家族价值所规定的一些妇德的丢弃。虽然她必须具有三从四德，对丈夫应该顺从和敬畏，但诗中的女性却表现了勇敢、独立和能言善辩，用她的机敏应答粉碎了早期中古社会中女性的集体沉默。不过在社会层面上看，男性作者所描写的妻子的文学形象还是低于丈夫的。这从夫妻之间的心理互动上可见一斑，妻子总是不够自信，害怕自己不够有魅力。

后来杜甫（712—770）的叙事诗《北征》则代表了文学注意力从夫妇唱和以及心理洞察之主题，转移到了战乱时对诗人妻子和家庭的描写。从四面被围的长安城一路艰辛返回鄜州家中，杜甫对他挣扎于社会边缘的贫困家庭进行了一番现实主义的呈现，这是《北征》中最著名的一个段落。杜甫所描写的家徒四壁的情形，令人联 【205】
想起汉乐府这一早期文学模式中的类似主题。不过二者的重要区别在于，汉代乐府中的妻子既严守道德，又具有大无畏的现实主义态度，而杜甫诗中的妻子则未发一语。《北征》中，杜甫对女性的描写是以他自身的男性视角为中介而呈现的。至少在这方面，杜甫回到了传统中，而并未开辟新的观念性风格。

· 历史上的女性声音

中国历史上第一位文学女性班昭（45—约120），是《汉书》作者班固（32—92）的妹妹，帮助班固最终完成了《汉书》。班昭六十一岁时，写了表面上是给女儿的《女诫》七篇作为私家教科书，以教导她们在婚姻生活中如何行事。不过，在当时（106）她的女儿们应该已经年过不惑，所以《女诫》很可能是写给适龄年轻女子的。《女诫》的潜在读者限定在门第良好的女性这一社会阶层。该作品以早于它的《女则》为基础，目的在于为新妇提供一整套在夫家如何敬谨服侍的妇行准则。

虽然班昭赞同父权体制中年轻女性的行为准则，不过《女诫》具有一些重要特征，反映了班昭的个性，这使她的建议免于权威主义之嫌。班昭尽管持有男尊女卑的理论立场，而她为这僵硬的父权准则所提出的理由，则经由她对于社会关系之心理学的实用主义、常识感、温和、现实感和直觉感知而人性化了。她甚至还在建议中加入了许多幽默成分。比如，班昭警告相爱的夫妇切勿过分周旋于房室，否则易生纵恣厌倦，另外还建议寡居的年轻女子不应松懈自己，当“出无冶容，入无废饰”，不可“乱发坏形”。

不过，《女诫》基本上还是一位女性作家对于女性卑下社会地位的一种公开表述，而并非对父权准则进行自己个人化的回应，也非一部关于社会大背景中婚姻关系的心理学作品。

文学史中，女性有意识地首次自我呈现是汉代著名学者蔡邕
【206】（133—192）之女蔡琰（蔡文姬，生于177年）的自传体长篇叙事

诗。诗中讲述了东汉末年军阀混战时，她为胡人乱军所掳，辗转流入南匈奴，十二年之后留下两名幼儿被赎还乡，后又再婚。蔡琰的自叙共三篇，第一篇是108行的五言长诗《悲愤诗》。

在蔡琰被掳的岁月中，她所面临的是关于文化他者的主题。生活在胡人中间，她必须克服华夏中心主义的传统种族偏见，并接受胡人尊严这一事实。她必须在长达十多年羶肉酪浆的生活中，处理与两位匈奴人的两性关系。更有甚者，她必须在丈夫南匈奴左贤王去世的情况下，嫁给左贤王的儿子。而被赎回故国之时，不得不忍受离开两名幼子的伤痛。

蔡琰在诗中的自述，反映了一位为了生存而不得不否定自己文化价值的女性所处的道德困境。在这方面，她的自传便与班昭的作品相联系起来了，因为，班昭所留意的是在充满权力政治的险恶世界中女性如何生存下去。我们可以将蔡琰哀怨感怀的诗篇看作一种忏悔录，这可以用来解释为何她并没有自行了断。不过，传统的读者往往将蔡琰的诗解读为一位忍受胡人所施加的屈辱，却仍然坚持自己文化身份的爱国主义女英雄。

生活于公元四至五世纪的职业歌伎的曲辞中则呈现了与上述作品不一样的女性自我表述。当时南北分治，北朝由胡人军事政权所统治，南朝自317年晋王室南渡之后一直延续着汉政权。北方沦陷后，西晋衣冠南渡，定都于位于长江东南旧属吴地的建康。这一时期，东南地区的城市中心开始兴盛起各种民间曲辞和音乐，特别是一种发轫于当地娱乐文化的新的情歌形式（见第七编第一章）。这些情歌起源于江南各地的娱乐场所，采用了歌伎为富有的男性顾客所献曲辞的形式。它们作为商业文化的产物，表达了商业化的价值观。不过，其弦外之音也表达了对像商品一样可买卖、可丢弃以及可取代的爱情的怀疑。曲辞中的女性之声表现了轻佻的色情和令人沉迷的魅力，以掩饰自己让男性顾客花钱在她们身上的目的性。她们追求天长地久的爱情，但是婚姻往往是那么遥不可及，而只能安于短暂的歌伎或者外妾身份。

【207】 吴歌传统中有五位具名姓的歌伎，当时的一些文献记载了她们的部分生平细节。她们是四世纪画家兼学者王献之的小妾桃叶，生活于五世纪丹阳地区（现属江苏省）的孟珠，来自南方的钱塘（现在的杭州）的苏小（苏小流传下来的曲辞还有她的传奇故事激发了后世诗人写下大量爱情诗句），六世纪早期来自现在浙江的吴兴，第五位也是最著名的是四世纪的子夜——她来自南朝都城建康。许多吴歌作品都归在子夜名下，形成了组歌《子夜四时歌》。这五位女子都是职业歌伎，应该填了不少歌词，在城镇或宫廷中为观众表演。

西晋倾覆后的永嘉南渡标志着女性文学发展中的一个临界点。这一变化发生在南北朝时期（420—589），当时，中原为胡人所占据，数十万百姓跟随晋王室移民到长江流域乃至更远的南方。由于多种复杂原因，可能主要是因为南朝社会中职业歌伎的颇高地位，一些文采斐然的文学女性开始活跃在南朝的文学生活中，使她们的声音得到倾听。五至六世纪有三位女诗人从这一新的文化氛围中脱颖而出。她们是鲍令晖（约464）、刘令娴（五世纪末至六世纪初）和沈满愿（约540）。她们都与南朝宫廷关系匪浅，其诗作收录在当时的爱情诗歌集，如梁太子萧纲（简文帝，503—551；在位时期：550—551）命徐陵（507—583）所编的《玉台新咏》。需要注意的是，这一时期的另外一部重要文集《文选》，编选者是萧纲的兄长、前太子萧统（501—531），里面收录了不止一位女性作家的作品。

由于收录这三位女诗人作品的文集是新的文学形式宫体诗的渊薮，而宫体诗又是男性的创造物，是一种男性气质的表达模式，问题就产生了：这些文学女子究竟在多大程度上表达出了她们独特的女性声音，并将她们的女性经验灌注于诗句中？鲍令晖的自我呈现很明显受她所采用的文类的限制。她以一种“崭绝清巧”而微妙的方式模仿早先的乐府诗。沈满愿则打破传统，将女性话题置入如《戏萧娘》等诗歌中。《戏萧娘》提出了这样的问题：一位挚爱丈夫的妻子，如何不得不接受夫君新纳的更漂亮的小妾——萧娘。刘令娴则在书信诗中发出了一种成熟的文学声音，如《答外诗二首》中的第二首。【208】她的诗相当新颖地将女性自我概念化，成为婚姻关系中的平等一方，展现了夫妇双方的天作之合，分享充满深情和趣味的文学眷侣生活。

关于这三位女性作家，还有更深层的一个问题：为什么她们会特别免于被湮没的命运？幸运的是，她们的生平资料虽然零星，却还是能对这个问题提供一些答案。三位在文学界都有直系或者旁系的个人和家族关系。鲍令晖开始其文学生涯是通过胞兄、“元嘉三大家”之一鲍照（414—466），而鲍照得到临川王刘义庆的赏识。沈满愿则是著名诗人、史学家沈约（441—513）的孙女，嫁与朝廷重臣为妻。沈约在当时也得到王室的支持。刘令娴则有双重的幸运，因为她的两任丈夫都任朝廷高官，而她自己则出身于门第煊赫、以文义闻名的刘氏家族。她的三位兄弟都得到王室的器重。另外，将三人的诗作（虽然数目不多）收录在《玉台新咏》中的编者，对于文学女性的地位抱有相当的同情心。所以，我们可以看出，男性作者的介入，对于女性作者的脱颖而出，以及女性文学作品的保存来说是至关重要的。

虽然女性作者也应该——至少是实验性地——使用过其他文学类型来表述自我，但是其他类别的女性作品并没有流传下来。仅仅是因为她们使用宫体诗这一大行其道的形式来发出女性的声音，她们的作品才得以保留在《玉台新咏》中。她们的宫体诗技巧，以及一定的文学影响力、王室的间接赞助还有抱有同情心的男性支持，使得这一时期的文学女性并非完全哑然无声。

到了唐代，女性作家的文学地位得到了提高，这从三位著名女诗人薛涛（770—830）、鱼玄机（840—868）和花蕊夫人（约活跃于960—970）的生平中可以得到证实。这三位诗人创作了大量的诗作，并且有很大一部分得以保存下来。薛涛的五百首诗作，有九十首保存在了她的《洪度集》（“洪度”是薛涛的字）中。鱼玄机则有五十首诗作传世。花蕊夫人现存的一百首诗作是她全部创作的三分之一。

文学男性的介入对于她们的诗人生涯同样至关重要。薛涛与城市文学圈内当时颇具知名度的二十位男性诗人交换过诗作。这些男诗人包括白居易，特别是白居易的朋友元稹。薛涛与元稹保持过长时间的情人关系。鱼玄机的诗人生涯则得益于作为名门之后李亿的小妾这一身份，而在投身道教之后，她可以在长安咸宜观中自由地
【209】与文学人士见面，这帮助她与男性作家建立了广泛的文学情谊。花蕊夫人是五代时期（907—960）蜀主孟昶的贵妃，她的贵妃身份对自己的文学生涯有很大帮助。这三位女性与长安和成都的文学生活过从甚密，同时她们也很容易四处游历，因而丰富了自身的个人体验和文学体验。

薛涛和鱼玄机的诗歌具有不少进步特征。薛涛的机智在如《十离诗》等作品中随处可见——比如，有一首关于宠物鹦鹉重复模仿难为外人道的枕边细语。此类情欲的双关语和南方情歌式的影射在她的诗句中有非常典雅的发展。而鱼玄机作品中的文学革新则主要是主题和韵律方面的。她的诗作包括行旅、历史、爱情、宴饮、友谊和文学对象等主题。相形之下，花蕊夫人的诗歌看上去回到了宫体诗，模仿的只是宫体诗了无新意的爱情哀诉的形式，而非其中实验性的现代主义精神。

薛涛和鱼玄机都将各自的女性体验写进了她们的诗作中，以自己的风格反映了她们的世界、诗论以及地位卑下的生活。在她们

的自我呈现中，都提出了关于文学女性地位的问题。薛涛的《酬祝十三秀才》认为文学声誉能流传久远，而质疑科举生涯的意义。鱼玄机则走得更远，对反映在科举制度上排斥女性的性别不平等发出了反对的声音，表达了参与公共事务的抱负。《游崇真观南楼，睹新及第题名处》的标题就透露了她的心迹：她以一种温和（但并非沉默）的方式来反抗女性被剥夺权利，无法进入公共生活的现实。

后世女性文学传统中，最著名的当属词人李清照（1084—约1151）。李清照生于书香门第，在家庭熏陶下从小便工诗善词。在与赵明诚的婚姻中，她享受到了几乎完全的性别平等。李清照的《词论》打破传统，进入女性之前从未涉足的文学理论领域。虽然绝大多数词都是男性词人以女性口吻写成的，不过男性口吻的词作也不乏其例。后者通常来自男性词人。而李清照则实验性地以女性词人身份写男性口吻的词。传世的五十首李清照词作反映了她恍如隔世的前后半生：与赵明诚志趣相投、“夫妇擅朋友之胜”的花样年华，以及赵明诚病逝后，寡居的李清照目睹金人铁蹄南下、山河破碎而对往昔岁月的哀悼。

另一位著名女诗人朱淑真（活跃于1100年）也写了大量诗作。她的忧郁风格以及对悲惨遭遇的特殊表达风格在当时是相当流行的。而她的文学生涯则向我们展示了女性被排斥在文学生活和文学经典之外的各种原因。朱淑真的丈夫是一位俗吏，对她的文学创作【210】素怀敌意，因此，朱淑真缺乏如刘令娴和李清照等所拥有的文学同人圈。在朱淑真抑郁而终后，她的父母认为是她喜欢诗文的罪过，将她的诗稿全部付之一炬。不过，由于一名男性即魏仲恭（端礼）的介入，她散落在友人中的诗作被收集整理成《断肠集》，于1182年出版。朱淑真直接的自我呈现可以在《自责二首》中找到。在诗中，她讽刺性地颠覆了女性不该从事文学创作的传统概念。传统上，女子的文学创作被称为“弄文”，是一种“罪”行。她们的创作能力是被质疑的，她们的“事业”应是“绣针用线”。女性若是流连于文学，那是“疯”了。朱淑真的自伤之辞讥讽般地嘲笑了自己的舞文弄墨，是对社会中女性作家的尴尬身份最具现代性的表达。

后期文学史中女性的自我呈现受到了文类的限制。不过，女性在性别话题上变得越来越直言不讳。女性虽然在诗词等重要文学类型中传递着她们的创造性表达，但是在十六至十九世纪盛行的戏剧和小说领域内却缺少女性作家的身影。因为在这些当时主要文学类型方面缺乏建树，女性作家在文坛中便愈加边缘化了，她们投身于日益过时的诗歌，这意味着在十六至十九世纪充满文学创造力的几百年间，她们不再能跟得上文学前进的步伐。

不过，还是有一些女性作家克服了文体方面的问题，成功发掘自己熟悉的文体，并尝试其他的小众文体，成功地将女性话题置入作品中。明代的黄峨（1498—1569）打破了性别惯例，走进了之前一直是男性专属的艳体诗领域。她的想象之作虽有色情文学之嫌，却还不至于淫荡，因为现代读者已经懂得将女子性高潮视为女性的基本权利。黄峨的女性欢愉是女性文化独立的一种生理学表达。

清代的汪端（十八世纪早期）除了创作传统诗词之外，还尝试了女性以前从未涉足的两种文体。她写过一部白话历史小说《元明佚史》，还编选了一部明代诗歌集《明三十家诗选》，并在其中体现了她自己的文学价值观。由于编选文集需要文学批判力，所以人们认为汪端凭《明三十家诗选》已经踏入文学批评领域。

【211】吴藻（1799—1862）除了写了大量词和散曲（见第二编第六章），还尝试写作戏剧。她的杂剧《饮酒读骚》可以被解读为性别重置之后的一种自我表述，将生为女儿身的那种无力，投射为古代楚国诗人屈原的边缘生活和无助感。

顾太清（1799—约1875）的文学生涯与李清照一样，可以判然分为两个阶段：第一阶段是炫目的成功，与当时京师的众多满汉文人雅士联吟诗词；第二阶段却是后半生沉落市井的孤寡岁月。顾太清的文学名望与对其推崇备至的词人况周颐（1859—1926）有很大关系。况周颐于二十世纪初刊印了她的文集，并向文学界大力推荐她的作品。

清代早期的作家王筠、陶贞怀、陈端生、邱心如都使用了戏剧来表达她们在私人层面或社会层面的女性抱负。王筠的《繁华梦》——一如标题中显见的社会意味，对于女性被阻挡在向男性打开的社会事业大门之外抱憾不已。陶贞怀（十九世纪）使用弹词这种说唱文学来表达对传统性别角色的双重标准的抗议。弹词这一流行艺术表演形式产生于南方，被视为一种女性文学（见第七编第四章）。在弹词《天雨花》中，陶贞怀呼吁在婚姻中的完全性别平等，并呼唤一夫一妻制。陈端生（1751—约1796）和邱心如（十九世纪）的创作也采用了弹词，不过她们用性别置换这一手段来将性别平等这一主题戏剧化。她们作品中的女主人公女扮男装，参加科举考试，以优异表现金榜题名。陈端生《再生缘》的女主角孟丽君一路平步青云，甚至在朝为相。这两位女作家通过这种方式，将自身的社会抱负写进作品中。在向社会提出性别平等问题之时，她们选择了弹词这一女性文学形式来作为媒介，这一点颇有深意。

· 男性作者在戏剧和小说中对女性的描写

到十三世纪时，诗词在文学中的主导地位被得到元朝统治者所支持的戏剧所取代。而从十六世纪开始，起源于城市说唱艺术的小说成长为主要的文学形式。戏剧和小说都不属于精英文学圈，直到二十世纪之前都作为市井文学而不登大雅之堂。戏剧和小说的创造性资源都 【212】
来自于社会中低阶层的沃土中。

关汉卿

中国第一位（无疑也是最伟大的）剧作家关汉卿（约1220—约1307），在《汉卿不服老》和《黄钟煞/尾》两首元曲中幽默地对女性致以同情。在关汉卿传世的十八部杂剧中，绝大多数主要角色都是女性。他对女性的呈现绝大多数落入两种类型的性别建构：作为抽象概念的女性，以及作为主导角色的女性。

《感天动地窦娥冤》中，被诬杀人而判斩刑的窦娥属于第一种类型的女性。通过对窦娥的性格塑造，该剧表现的主要观念是孝行与贞节。剧情的发展是随着窦娥拒绝嫁给流氓张驴儿、在公堂上为了保护无意中毒死张驴儿之父、自己的养母而自揽罪名，一步步发展向高潮的。《窦娥冤》中引出的话题包括女性选择自己丈夫的权利，以及个人获得正义的权利。为了使作品中的女性角色能道出这些激进的社会话题，关汉卿使窦娥成为独立和正义抽象概念的象征。为了刻画这种作为抽象概念的女性，他利用了不少传统典型，特别是汉代《列女传》中桀骜不驯、理想主义的女主人公。

关汉卿剧中第二种类型的女性则更具现实感和幽默感。《赵盼儿风月救风尘》中的风尘女子成为主导角色，是在文学史中前所未有的。剧中的主题同样还是关于女性选择丈夫的权利。不过该剧女主角的主要戏份在于将自己的妓女朋友从不幸的强迫婚姻中营救出来。《赵盼儿风月救风尘》的弦外之音是，对女性来说，风尘中的相对自由好过婚姻的牢笼。赵盼儿在社会底层摸爬滚打过，足智多谋，活泼能干。她对世界有一种敏锐的理解，而不是一味保守地表现三从四德。她靠承诺、恐吓以及厉声诅咒，用她认为最适合的方式对其他男女角色进行操控。赵盼儿丰富多彩的语言构成了这部剧的一大“发条”，而非使用长篇独白，那样会使节奏变慢。像赵盼儿这样的人物并不是来自没有血肉的抽象概念，也不是基于以前的文学原型，她们来自关汉卿对现实社会的认知，他对人类动机的理解以及对人类行为的观察。赵盼儿以及像她那样的女子，代表了生活在中古时代社会最底层的那一群女子。但正因为她们对自己的生命负责而非消极地甘于被操控，所以她们是现代女性角色的前驱者。【213】

· 小说中对两性关系的处理

在小说中，性别和两性关系问题得到了独一无二的多样化和创造性处理。在短篇小说作家冯梦龙（1574—1646）笔下，女性成为讽刺故事中的核心人物。比如贪心而饶舌的虔婆杜妈妈是《杜十娘怒沉百宝箱》中的讽刺对象，而她的女儿杜十娘则反衬了其母庸俗的商业化人格。

长篇小说《水浒传》中，有一些段落展现了作者对女性的态度。《水浒传》讲了北宋末年梁山英雄聚众起义的故事。梁山英雄几乎是清一色的好汉，不受社会制度束缚，对于违规者处以最原始的惩罚。《水浒传》中有四位女性因违反男性规则而遭到兽性般的折磨、被羞辱杀害，她们是勒索宋江的阎婆惜，谋杀亲夫的潘金莲和出卖夫君的卢俊义之妻贾氏，还有进谗言的潘巧云——并且这四位都有偷情之实。潘巧云被剖腹挖心的那一段描写，在施虐文学编年史中是绝无仅有的。《水浒传》中对女性的厌恶体现在他们对柔弱女子身体的施暴上，而这些女子在心灵敏锐方面是优越于男子的。于是，男性身体与女性心灵形成了二元对立。女性被惩罚，并不完全是因为她们的不道德，或者是她们违抗了水浒英雄的规范，更多的是因为敢于独立，敢于在一个男权社会中脱离为她们安排的角色。水浒存在于社会边缘，代表了以男子为尊的男性武装组织；女性代表的是局外人，是文化上的他者。因此，对她们的惩罚的仪式化处理，并不仅仅是一种实施策略，而更是男性的反应，以加强水浒英雄的男性身份认同。厌恶女性的各种野蛮情节构成了暴力文化的重要组成部分，这是《水浒》这部十六世纪流行小说的一大弦外之音。

性别倒置，以及它的子类女扮男装在李汝珍（约1763—1830）
【214】《镜花缘》（1825）中有大段的喜剧性表达。李汝珍根据古籍《山海经》（公元前三世纪—约前200）的第六到十八卷（“海经”部分）而演绎成《镜花缘》。《山海经》（见第一编第二章）这部撰者佚名的古典作品主要描写了华夏域外风俗、生活和当地异民等。它简洁的文字构筑了一个华夏中心论的视角——该视角来自文化的自我和胡化的他者之间的辩证关系。

李汝珍使用《山海经》这一古代文本作为作品的原型，不过他建立了一个不同的文化范式，从而颠覆了原书中的信息。《山海经》中海外的奇风异俗和奇人异事都显露了中华文化的各种特征，而这些特征正是李汝珍想要批评的。主人公林之洋到了女儿国，被抓了起来。女儿国是一个女性占统治地位，而男性则担任被统治角色的国度。作为男子的林之洋不得不经历性别倒置过程，比如缠足、梳妆搽粉和着女装，然后身着女装被带到男子气的女儿国国王面前。女儿国国王被他迷住了。除了这一性别倒置手段，《镜花缘》也表现了女性参加科举考试，在男性官僚体系中官居高位等颠覆性主题。更为讽刺的是，小说的时代设置在中国历史上仅有的女性统治者之一武则天当政时（684—704）。与传统正史将武则天妖魔化的做法不同，《镜花缘》给予武则天比较正面的评价。李汝珍的这些非同寻常的颠覆性文本策略迫使封建社会晚期的读者（大多数为男性）直面这些社会问题，对厌恶女性的行为和将女性卑下地位仪式化的态度有所觉悟。

《金瓶梅》是十六世纪晚期佚名作者的家庭小说，探索了富商西门庆与其六位妻子之间的社会心理关系。丈夫西门官人经常是缺席的，所以小说的焦点便投向了六位妻妾之间的关系。《金瓶梅》中的小妾之一潘金莲颇具社会野心，所以整个叙事就围绕着潘金莲梦想成为家中女主人的情节而展开。在这个意义上，这部小说可以被解读为对于竞争背景下的女性行为的研究。潘金莲的策略是争取成为西门庆的专宠，而西门庆对从正常、变态到色情的性体验有一种不可救药的沉溺。

不过，小说的结尾呈现了作者失衡的双重策略：对色情片段的过度描写——这对整体情节结构基本无助益——以及时常插入体现作者立场的道德主义旁白。虽然有这方面的矛盾冲突，不过《金瓶梅》这部世情小说实为史上第一次巨细靡遗地展现了女性以及男女 【215】
之间通过心理控制和性控制而争夺婚姻内权力的竞争。

吴敬梓（1701—1754）的讽刺小说《儒林外史》将靶子对准了清朝中叶儒林阶层、官僚机器和科举制度中的各种制度问题和行为缺陷。虽然这些讽刺与男性活动领域息息相关，不过《儒林外史》中有几段关于性别的情节。有两段指出婚姻关系冲突方面问题的情节值得特别注意。第一段文字是对婚姻关系和婚姻制度的讥讽，触及了女性对未来丈夫一无所知而社会对此却熟视无睹的问题。在小说中，一位富裕的寡妇发现自己的新丈夫居然是一位社会地位极其低贱的戏子，发现真相后，她精神错乱了。这段情节以戏谑口吻写就，作者对这位被骗的寡妇并未施以任何同情。吴敬梓这种做法的原因之一在于当时男性对女性改嫁有着根深蒂固的偏见。另一处寥寥几笔的例子出现在关于婚姻关系这一《儒林外史》中非常罕见的主题的一段故事中。“一门三鼎甲，四代六尚书”家族出身的杜少卿和妻子的婚姻关系虽然在《儒林外史》中没有得到发展，不过这仍是恩爱婚姻的一段佳话。

曹雪芹（约1724—1764）的小说《红楼梦》（又名《石头记》）是一部八十回章回体长篇小说，讲述了门第显赫的贾家由盛到衰这一无可奈何花落去的败落过程。小说中的大多数情节围绕几个大家族展开，在这个意义上，《红楼梦》是一部家庭小说。但是《红楼梦》的精神气质和审美都与《金瓶梅》根本不同。曹雪芹在《红楼梦》中，论及许多关于两性的问题。

首先，《红楼梦》通过大大超过男性角色数目的女性角色，以及作者赋予女性的意义，将女性置于男性之上。

第二，作者也推崇女性气质，将叙事置于优渥精致的女性环境中，其弦外之音几近宣称这个女性世界优于外界的政治和社会生活。作者的这一见解体现在男主人公贾宝玉身上，宝玉身上具有许多女性特质。

第三，作者使用女性来象征性地呈现他理想化的年轻时代，那是一个充满纯真和审美魅力的年代，存在于男性必须承担起社会责任、进入严酷的现实社会之前。在心理层面上，《红楼梦》女性化
【216】的主体性烙印在男孩对青春期和性成熟的恐惧，以及后来拒绝与无性别化的童年告别的行为中。

第四，《红楼梦》通过欲望这一主题提出了性别问题。可卿和姐姐“警幻仙子”（原型是古代楚地的女神，还有授人房中之术的素女和玄女）是其主要的象征性呈现。欲望这一主题在《红楼梦》全书中作为主线周游于哲学、心理学和爱情各个层面。在宝玉和林黛玉的复杂关系中，最为清晰地表现了这一主题。二人都可以通过相反的象征符号来表达各自的爱意。作者打破了两人的关系，并把比较柔顺乖巧的宝钗许配给宝玉。

而在主管贾府的王熙凤这个角色身上，可以看到性别问题最强有力和最现实主义的呈现。王熙凤的心理兼具男性和女性的特征，她有着无人可及的管理能力，同时又对下人冷酷无情。在小说中，她变得越来越冰冷，人格的两重性也越来越明显。

· 女性的身体

近来的学术研究比较重视身体的话题，尤其是女性身体。女性身体是一种符号性对象，权力与支配的策略围绕着它得以贯彻。在文学中，男性作家呈现女性身体的方式，为理解性别问题提供了重要的途径。在本章讨论中国文学及其与性别分析的关联时，我们已经看到大量这方面的文学例证：用自然意象来刻画女性的生育角色以及维系家族的角色；寡妇割下自己鼻子来抗拒再婚的“贞”行；男性鞭笞凌辱裸体女性；男性将女性大卸八块，执行仪式性的处决；因思人心切而茶饭不思；女性对于性愉悦的无感；厚厚的容妆；在男性畸形的癖好中，缠足这一对女性的戕害给她们带来的痛苦都被忽略了。

· 文学女性的必要条件和议题

从本章的上述讨论可以清晰看到，如果一位女性希望在文学史上发出自己的声音，她必须具备一些条件。

首先，需要读写能力。虽然女孩一般不能接受正规教育，不过她 【217】
们经常能通过其他方式获得读写技能，如家庭中同胞兄弟的帮助，班昭即为一例。

第二，需要具有文学性（literariness）。如果一位女性的文学观念和技巧要得到提高，她就必须拥有文学生活。有时，她文学成就斐然的家族（特别是娘家）可以提供这方面的指导或者范例。大多数女作家都拥有文学女性必备的这两个条件，其中班昭、蔡琰、刘令娴和李清照是最著名的例子。

第三，如果一位女作家希望她的作品能逐渐成熟且不过时，她就必须进入文学圈或者文学沙龙，这能提供相互唱和、切磋竞争的机会。大多数女性都不具备这样的条件。不过，如薛涛和鱼玄机则广泛地与男性作家保持了文学友谊，后者起到了鼓励与竞争的作用，并且对她们的作品提出评点。而像刘令娴、沈满愿和花蕊夫人则通过家族中的男性成员获得间接与男性作家切磋的机会，从而也参与到宫廷文学活动的主流中去。

第四，她的作品必须受到具有崇高社会地位和文学地位的男性的襄助。这通常是通过家族联系，特别是兄弟、丈夫或者情人。刘令娴的文学生涯反映了这种间接的襄助，而直接的襄助则有向元稹借力的薛涛，与许多有影响力诗人唱和的鱼玄机，以及特别是有蜀主孟昶作为后盾的花蕊夫人。而反面例子则有朱淑真，在遭到了丈夫和父母的重重阻碍后，她的文学作品还是幸存下来了。

第五，女性作家需具有将文学创作流传的方式。 在传统社会中，这可以采取与友人通信和交换作品的方式私底下流传，不过最重要的方式还是通过对文学中的女性地位抱有同情心的编者。比如，徐陵在编《玉台新咏》时，便收录了文学女性的作品，以及歌伎的歌辞。另外与徐陵同一时期的一些士人收集了大量歌辞，并将它们保存在宫中藏书阁中，超过四百首歌辞就这样流传下来。

不过两千年来，女性作品的文献记录表明，有太多女性文学作品已毁，或已亡佚，或者仅有残本存世。虽然这一现象在男作家那里也存在，但是女性作品的亡佚和残缺现象更加严重。这在一定程度上是
【218】由女性在社会上总体居于边缘地位而决定的。与男作家相比，大多数女作家的生平记录零星得可怜，这种边缘地位可见一斑。相比之下，大多数著名男作家在正史中都有详细的传记。

以下是主要历史时期中著名女性作家的人数一览：汉代有两位，中古时代早期有三位（加上五位歌伎），唐代有三位，宋代有两位，明代有一位，清代有十八位——公元一世纪开始，两千年来中华大地上一共出现十九位著名女作家。元明清六百年以来，女作

家的低出现率（有九位）部分取决于男女两性可供选择的不同文学类型。戏剧和小说在这一时期吸引了最优秀的男性作家，但是它们并不是女性的选择。首先，女性一般而言难以完全进入公共生活，所以便与这一至关重要的创作源泉隔离了，她们的作品与戏剧小说文学材料并无交集，因为后者发源于市井街肆和城市的娱乐场所。第二，由于隔离于公共生活，女性便不可能有社会阶层和群体间流动的经历，而这正是大多数戏剧和小说的创作动力。第三，虽然家庭小说这一亚文化类可以是女性的一种文学选择，但是女性却在家庭小说中使用率越来越高的白话文的掌握方面有欠缺。第四，文学和政治权威将戏剧和小说视为市井文学，与地位崇高的诗歌和古典散文形成鲜明对比。男性剧作家和小说家在进行他们的追求时，其实是承受着来自文学权威的各种贬低，女性作家则选择了在戏剧和小说领域保持沉默。

而当女性开始创作戏剧和小说时，便与戏剧小说的黄金时代产生了一个时间差。在戏剧方面，关汉卿的剧作和女剧作家梁夷素的作品之间足足相差四百年。当梁夷素开始创作戏剧的时候，戏剧已经过时了。在小说方面，汪端的白话历史小说虽然触及了当时的历史，却比历史小说的典范《三国演义》（约1400—1500）迟到了两百年。

除了戏剧和小说这些后期的主要文学类型，女性的身影也在如下男性气质较强的文学类型中缺席，如经书、哲学、赋、史书、笔记、悼文，还有以宴饮、狩猎、贬官、宗教、边关战事和艺术鉴赏等为主题的诗歌。

虽然遭到文学类型的限制，但女性作家的自我呈现还是保存在过去两千年来的文学史中。一般而言，女性并不仅仅对文学传统中占主导地位的男性准则亦步亦趋，而是会在自己生活的时代提出与 【219】
自己性别息息相关的各种话题，其中最主要的包括女性的教育、婚姻的不平等、社会中的两性平等、进入公共生活的权利、参加科举考试的权利、一夫一妻的必要性，以及像男子那样能在专业水平上进行文学创作的权利。大多数女性作家都将文学和社会领域的女性问题归结为性别冲突和性别不平等的一种表现形式。虽然她们受到文学类型、语言模式和创造性资源等方面的重重限制，但是女性还是通过努力将自身置入她们自己的文学中去，并带来了新生的女性准则。

· 文学中的女性：男性作家的角色

虽然女性作家遭受的排斥和现实反映了父权传统，但这并不意味着作为个体的男性作家对女性文学都抱有敌意。恰恰相反，文人几乎无一例外地在提携女性写作和帮助女性作品刊印及保存方面表现得非常积极。将女性作品收录在文集中、将口头表演记录成曲辞、搜集女作家身后散落的作品、批判性的文学通信、对文本的编辑、手稿刊印前的准备工作，以及将女性文学推荐给公众，这些仅仅是男性在传播女性文学中的一些主要例子而已。

但是，男性作家对女性的描写体现了对女性的一种矛盾态度。因为将女性作为性别建构时，他们采用了大量概念化策略和娱情策略：或将女性作为家族繁衍和维系家族显赫的工具，或将女性作为昂贵而激起欲望的附属物以及成功男子的战利品，还有将女性概念进行形而上学或者宗教仪式化建构，相互矛盾地将女性同时呈现为不可企及的对象和男性欲望体。

男性对女性的描写中，一再出现的模式是将女性作为具有毁灭性，同时野心勃勃的邪恶力量。一些男性作家，特别是持道德主义观念的早期史家，都无意识地持这一负面观点。另有一些男性作家则意识到了这一观点，从而在他们讨论中作为某种预设。在极端情况下，对女性的负面态度会被置换成厌恶女性的心理表达，这在虐待妻子和仪式化残杀女性的文学情节中可以见到。

对女性娱情式的厌恶主要在宫体诗中出现。在中古时代早期，对女性娱情式的厌恶催生了颠覆策略，使得男性作家在爱情诗歌中 【220】 采用女性口吻，以考察两性关系中的男子气质和女子气质。他们的诗凸显了性别等级概念，将女性作为修辞对象来使用，还涉及性别权力关系的商业层面，权力和欲望之间的关系。在这种文学中，男作家以与传统文学形式相当不同的方式，将男性自身的焦虑和脆弱投射进来。

男性作家对女性的正面描写则有四种主要途径。首先，女性作为一种高贵的存在，甚至是女神。第二，以同情的姿态提出女性议题的诗作或散文，反对女性在社会中（特别是在婚姻关系中）的不平等地位。第三，描写一些身处社会中心或边缘的女性典范，她们意志坚强、独立解决问题并能掌握自己的命运。第四，描写了相敬相爱的夫妇生活，男性作家超越男尊女卑的传统父权思维，认为夫妇关系是一种平等关系。在这种更为人性化的思维中，男作家和女作家都构想了通过真正的互动而表达爱情关系的新方式。通过与男性的文学介入作比较，以及这一初现曙光的人本主义中崭新而脆弱的性别建构，我们可以对传统文学中反映出来的对女性的压制性态度进行评价。

白安妮（Anne Birrell）

绿
杧
文
库

见珍于世

第二编·诗歌

哥伦比亚中国文学史

[美] 梅维恒 主编

马小悟
张治
刘文楠 译

新星出版社 NEW STAR PRESS

目 录

【223】 第一章　骚、赋、骈文和相关体裁

将横跨散文与诗歌的一组文学体裁，作为我们这部《哥伦比亚中国文学史》以体裁分类部分的首章，这是相当合适的。这意味着一种提醒，即反对过于倚重这样一种分类，尤其是处理中国文学时更是如此。因为中国文学中，诗歌经常混杂于散文，反之亦然。除了一些例外，本章中涉及的文学体裁（骚、赋和各种骈文）对于普通西方读者来说，魅力不及诗、哲学作品、文言小说、白话小说、随笔或者史学作品——这些作品的译文构成了外国读者对中国文学作品的印象。即便在中国，唐代以前的骈文还有西汉的赋经常被批评为过于讲究形式、注重藻饰、内容空洞。在二十世纪的中国，除了《楚辞》这仅有的例外，这些文学体裁代表了中国文学中最不惹人喜欢的特征，被描述为形式大于内容、辞藻华丽，因而“气无奇类，文乏异采”“为文而造情”。读者无疑会有自己的判断，但是不论他们对于这类作品的审美反应如何，它们还是重要的研究对象。
【224】理由有多种，其中之一是它们有助于我们理解文学的性质和边界，以及公文书写的特点。

我们都知道，文学体裁的边界并非绝对固定的。像虚构作品和非虚构作品，诗歌和散文，或者原创和模仿这些文学大类，在不同的书写体系中，或者在同一书写体系的不同时期，从来都不是一成

不变的。本章中所讨论的文学体裁对上述大类提出了特别的疑问。“赋”在英语中翻译为rhapsody，rhyme-prose或者prose-poem，parallel prose则对应于骈文（或骈体文）这一清代时用来指称繁荣于唐以前的文学形式。骚的情况比较特殊，因为它通常与《楚辞》及模仿《楚辞》的作品联系在一起。赋由于处在诗歌和散文中间，所以根据是否有押韵，时而被归为诗歌，有时又被拉向散文阵营。但是赋与骚同在中国通常被认定为“诗歌”的作品（如诗和乐府）有明显不同，难以进行严格归类。因此，如果我们使用“散文”这一概念是为了区分赋与其他“诗歌”作品，而并非暗示赋像欧洲中世纪或者之后的一些文学形式那样确属散文范畴，也并不是不可以。学习中国文学的学生应该时刻牢记，所有文学体裁都具有文化上的特定适用性。在中国历史的大部分时间里，“文学”的疆域远远广于现在的文学。在汉代，“文学”包括了战书、敕令、诏书、表奏和祭文。在中国的唐代以前，欧洲的政治文书和法律文书是干巴巴的速记，只有历史学家才有兴趣去研读其中的内容。而在中国，它们却用优雅而用典繁多的骈文写成。

· 赋体和骚体的原型

只有到了汉代末期，我们才能发现文学体裁边界的形成。而在这之前，甚至文学体裁和文集之间的区别都不甚明显。比如“诗”通常用来指《诗经》，“骚”则指《楚辞》中的作品。只有在公认的汉赋大师司马相如及其同时代人的作品中，赋才被尝试作为一种特殊而可辨别的文学实践。在此之前，骚赋之间并没有明晰分界。贾谊的赋与《楚辞》中的主题类似，而西汉目录学家刘向刘歆父子将《离骚》称为“赋”。实际上，骚体的赋在唐宋时期还继续存在。在赋的历史中，它是一个涵盖面相当宽的术语。《左传》和其

【225】他提到赋的早期文本中，赋仅仅指通常在正式场合或者仪式中对文学材料的表述。这种表述一般是对《诗经》诗句中的引诵，原创或者改编的情况都相当稀少。如押韵，还有表感叹、连接和停顿的助词等内部证据，再加上历史文本中的记载，都表明早期的“文学”作品是通过背诵而流传的——“表述”即为背诵。这并不意味着官方作品具有“口头”性质：背诵是一种仪式化和建制化的事件，它并不允许真正自发或者即兴的背诵。

由于赋在西汉成为主要的宫廷文学，所以这种正式而官方的表述便成为赋这一文学体裁的决定性特征。很多作品都可以被视为汉赋的先驱。下面会讨论的《楚辞》通常被认为是许多文学体裁的源头。赋的其他原型包括刘向在公元前26年至公元8年期间根据公元前454年至前209年的一些文献整理而成的《战国策》中某些华辞铺排的篇章。《战国策》的文学风格是混搭的。无韵的“散文”为框架，中间有押韵的四言诗句。用形式上的修辞来增强说服力，《战国策》全书在这一点上很明显。《战国策》的铺排特征，有韵无韵元素的混合，都显示了与汉赋的亲缘关系。《荀子》（荀况，约前300—约前219）的第十八篇被称为“赋篇”，这个标题可能是后世编者所加。《赋篇》包括分别以礼、知、云、蚕、箴为主题的五首“隐”（谜语）及佹诗两首。“隐”包括押韵的四言诗句构成的设辞部分，列举出礼、知、云、蚕、箴各自的特征，以及骚体的射覆部分——这一部分对主题的一系列问题进行了问答，并最后揭晓谜底。这些“隐”对事物特征的铺排列举，也是成熟的汉赋的一大修辞特征。在汉代建立两百年前，当时的各种宫廷作品很明显已经具有与巅峰阶段的赋在修辞、主题和风格方面的亲缘关系。司马相如的赋并非自成一格。不过文学种类界限的模糊不清，以及许多重要的先秦文本并不可靠，都导致对这些汉赋的早期作品形式的界定变得有些困难。

《楚辞》是在东汉汉顺帝年间（125—144）由王逸（约89—158）所整理的，共十七卷，每卷包括七至十一篇单篇作品。约一半作品应该是汉代作品，其余被认为是出自先秦贵族（主要来自楚地）之手。《楚辞》中最古老的篇章应该不早于公元前四世纪末期，一些学者坚持认为整部《楚辞》都是汉代以前的作品。《楚辞》——特别是《离骚》和《九歌》，连同《诗经》一道，在中国文学史中占据了中心地位，是中国诗学传统的奠基性文本。它们的主题精神——通过其内容和后世积累的评介，意象的诡谲神秘特征以及它们形式上的独特性混合在一起，给读者留下了极其深刻的印象。《楚辞》自成书之后的近两千年来，就一直是意象、引用、典故和文学原型的主要资源。如果没有《楚辞》的存在，中国诗歌传统的面貌将会大不相同。 【226】

《楚辞》的一大突出特点在于它的形式。在《离骚》和其他几篇《楚辞》作品中，每个对偶句都被无意义的助词“兮”所分割，“兮”的功能相当于停顿符号。对偶句的每一句都由三音节单元加二音节单元组成，中间由一个语法助词（所有格助词、方位助词和介词等）连接。下面是句式，×代表单字：

×××助词 ×× 兮

×××助词 ××

《离骚》中的对偶句偶尔会有不规则的句法平行。后世对这一形式的改写只在句子长度上偶有变化。《九歌》为六言体，助词“兮”出现在每行的第四个音节位置：

×××兮 ××

×××兮 ××

“九歌”体也在汉代被大量采用，变化在于音节的数量。必须要指出的是，在本章中，诗句长度是一项重要的特征。在汉语里，每个汉字代表一个音节。比如“四音步句”这个术语指的是四言句，也即四音节句。《天问》无疑是《楚辞》中，甚至是整个中国文学中最具神秘色彩的作品。《天问》基本上由源自《诗经》（在汉代，《诗经》是诗歌的标准）的四音步句构成。《楚辞》中的另外一些篇什采用了四音步句的变体，即对偶句中的后句第四个音节是无意义的助词（如“兮”）。一些学者认为，《楚辞》中许多篇什的形式特征——特别是“兮”这样的“声音”助词的使用，清晰地证明了它的音乐或口头起源。这种论断实际上有些武断，不过《楚辞》中许多文本以背诵形式被表述（如上文所述）则是很有可能的。“骚体”一词有多种指涉：它可以指《楚辞》中的各种文体，也可专指《离骚》，或者指助词“兮”反复出现的作品，不过最常见的是指“离骚”体或者“九
【227】歌”体。

除了共同的格律特征，《楚辞》文本在主题、意象和文体上也显示了惊人的相似性。许多篇什都有丰富奇诡的铺排描摹，这些描述经常取自楚地宗教中的兰蕙芷蘅和仪式。在秦汉文集中，再没有像《楚辞》那样如此充满超自然神灵的了：读者徜徉在灵氛、游魂、天界之旅、神祇和万物有灵的世界中。时间自身成为一项主题，是对死亡的提醒，或者是可以伸缩的生命元素：时间会被伸展，会垮塌，会加倍，会被对抗，会被打开。《楚辞》中的行旅是追寻之旅，主人公追寻并达到某项具体目标，或者一无所获，迷失于无序的时间漩涡中。

有些批评家认为《九歌》是《楚辞》中最古老的篇章，是文人对祭神乐歌的再加工。这些论断都没有坚实的根据。诚然，《九歌》大部分篇幅都侧重于人神合一，触及了时间的转瞬即逝、相聚的重重阻隔，还有离别的悲伤等主题。《九歌》与《离骚》等不一样，它并不是以同一作者口吻一以贯之的。《九歌》中的视角经常变换——从参与者到旁观者，从乞神者到被追寻的诸神灵。神人合

一转瞬即逝，或者如此隐而不显，根本难以知晓是否真的发生了。《九歌》和《离骚》是一座丰富而奇诡的植物学宝库。虽然《楚辞》中的绝大多数作品都以《离骚》的方式使用这些意象，香草香花是美好内在的一种外在表现，不过大量植物描写也创造了一种独特的意象效果。例如《山鬼》中，便充满了长于幽暗之地的药用植物。《九歌》中的意象系统、巫觋指涉、人称的切换，还有对时间的操控，都给作品添加了不可思议的魔力，使得读者不忍释卷，流连于奇幻的另一个世界。

《离骚》之“忧愁幽思”，以至求索的线性叙事完全被各种情绪、景象和感官的恣意放任所裹挟。主人公诗人屈原遭到朝廷群小的谗谄，而见逐于楚王。在《离骚》的近两百句对偶句中，诗人踏上了一系列隐喻之旅，找寻心中的那个人，以期再度得到她/他的喜爱。诗篇中充满了奇幻意象：植物、玉石还有超自然生物。从某些角度看，旅行本身比它的目标更为重要。诗人希望驻留与徜徉，全神贯注于诗性的瞬间。全诗在几次与神女结合、分离之后结束。由于思乡心切，诗人又回到地上，回到家乡，他的追寻结果未卜。《离骚》具有一些叙事元素——它毕竟是一首以追寻为主题的诗——不过，像连续的时间、因果关系等 【228】
叙事元素都被削弱了，因此很难确切地说《离骚》可以被称之为叙事。《离骚》的一大非凡特征——无疑也是使它受欢迎的一大特征——在于诗中作者流露的气质。屈原作为文学史中最早的一位诗人，多少年来一直是文人士大夫的典型：能文善书、两袖清风，具有经纶天下之才，忠贞而坚定，却往往遭到谗言迫害，时光蹉跎白了头。

《卜居》和《渔父》是屈原故事的短篇寓言式延展。《远游》后来被认为是汉代的司马相如所作，这是一篇《离骚》的道家翻版，讲了一位“悲时俗之迫厄”的学道者游仙，最终实现“超无为以至清兮，与泰初而为邻”。很多赋和其他作品都错误地安在屈原的学生宋玉（约生活在公元前三世纪）名下，他也被认为是《九辩》的作者。《九辩》有近三百行诗句，由多个部分构成。《九辩》和《离骚》类似，都是由于“贫士失职”遭放逐，伤四时之零落，而踏上了追寻“有美一人”的远游。许多评论家认为，《九辩》的开篇之叹“悲哉秋之为气也”是《楚辞》中最出色的段落之一，为后世诗人的“伤秋”之作奠定了基调。《招魂》和《大招》中充溢着“离骚”体的意象，但极力渲染四方的险恶，劝诫魂魄勿远游，而是要停留在华美舒适的当下。有人认为它们源于民间的招魂诗。《九章》中的九篇作品也通常被认为是屈原所作，包括《楚辞》中最知名以及最具意象性的段落。《橘颂》是史上第一首咏物诗，赞颂了橘树的“深固难徙，廓其无求”，比喻忠于国家、至死不渝的人间美德。《怀沙》是从司马迁的《屈原列传》中原封不动抄出的，表现了屈原决心怀沙自沉。《九章》中的一些篇章像《离骚》一样，也有漫长的远游。《悲回风》中有几行文字来自《离骚》，而在某些方面，感情的恳挚缠绵程度甚至超过《离骚》。《天问》是《楚辞》中非常特殊的一篇作品，涉及上古历史和神话的一系列问题。它和早期的“谜语”文本一样，主要是四音节的，在形式和主题方面与《楚辞》中的其他作品关联度很小。

王逸和后世评论家认为，上述《楚辞》作品——除了出自司马相如之手以外，均创作于汉代以前，而当代评论家则认为年代断限
【229】太早。现存《楚辞》中作品的大约一半可能出自汉代文人之手，包括王逸自己，还有目录学家刘向——王逸提到刘向辑订的《楚辞》是自己的底本。这其中包括《招隐士》，作者大概是武帝的叔叔、淮南王刘安（约前179—前122）。刘安组织了许多文学活动和作品的编撰，其中最知名的便是《淮南子》。关于刘安宫廷的文学活动的记载并不完全可信，但是许多学者相信楚辞体在那里享受某种官

方地位，围绕楚辞体的文学活动又促进了楚辞体在武帝朝及后世获得半官方地位。群体性的创作与吟诵在汉代是相当普遍的活动。虽然直到东汉才有相关的确凿证据（下文会提到），不过公元前二世纪就提到过围绕某一主题进行赋的群体创作。读者应该时刻注意到群体创作的可能性，因为它意味着与现代概念不一样的作者概念。在群体创作和宫廷创作中，作者的个体特性会减弱，会更强调对文体或者修辞方面的精通。

在汉宣帝时期（前73—前48），骚体似乎独领风骚，这也正是《楚辞》的早期整理者、《九叹》的作者刘向生活的主要时期。王褒（约卒于前49年）是宣帝朝廷的知名士大夫，以赋和其他作品而闻名。王褒的《九怀》也出现在王逸整理的《楚辞》中。《九叹》和《九怀》是追思《离骚》主人公之辞，主要描写这位被放逐士人的精神之旅。王褒的《九怀》是“九歌”体，而刘向的《九叹》则主要是“离骚”体，同时将屈原的第一人称声音混合了刘向自己的评论之辞。王褒是一位地位显赫的朝臣，受到宣帝的宠爱。他自己的人生背景与《离骚》中主人公之间的鸿沟，显示了屈原的口吻已成为一种文学传统。这提醒我们，对从作者生平角度阅读诗歌的方式需加以甄别。

《楚辞》中许多汉代作品都采用了屈原的口吻，这无疑增加了确定创作日期及其作者的难度。若要通过某些文本确定历史上真正的屈原，那么即便《离骚》和《九歌》都问题重重。最好是不将屈原视为一位具有文体、情感和政治意义的作者或者历史人物，虽然历史上应该确有其人。自刘向以来，《离骚》的地位接近于五经。这句评价出自诗人扬雄（前53—18），当然这也是屈原口吻的作品在汉代如此盛行的原因之一。《楚辞》接近于五经的地位也同时解释了骚体的崇高地位。汉代的大部分时间里，诗歌创作不是采取骚体，便是采用四音节的诗经体。大量汉赋——从司马相如、王粲 【230】

到东汉末期的曹植，都以骚体进行创作。不过从《楚辞》中的最后一篇作品——王逸自己的《九思》（重述了《离骚》中的悲叹与苦旅）开始，对《离骚》的简单重写似乎越来越不常见。从司马相如的时代开始，骚体被用在与《楚辞》主题或者意象系统无关的各种文学创作中。

汉代以后，骚体逐渐衰落，伴随而来的是赋向四言与六言混合的方向发展，这种形式在六朝时期（220—589）的骈文中占统治地位。不过汉代以后的诗人还是会偶尔在赋和其他类型作品中使用骚体句。例如唐代诗人王维（701—761）便有几首以骚体写成的诗。唐代“古文”大家柳宗元和韩愈也在诗、赋和文中使用骚体。韩愈有几首非常著名的赋是骚体的，而柳宗元则写过《吊屈原文》——此标题来自汉代贾谊的同名赋。宋代的“古文”作家也使用骚体。黄庭坚（1045—1105）有几首骚体诗，而王安石（1021—1086）和苏轼（苏东坡，1037—1101）也都在赋和其他散文作品中使用过骚体。纵观整个汉代，骚体是主要的创作模式之一。但到唐宋时期，骚体的使用是非常有意识的选择，作者用它来表达某种倾向性和原则，是他们不赞成当时文学潮流时的一种表达方式。不过，《楚辞》带给中国文学的不见容于世却洁身自好的诗人形象，却矗立在中国文学史的中心地带。把屈原（不管他实际上存在过与否）称为中国的第一位诗人应该不为过。《楚辞》中充溢的超自然远游以及奇异景象，也成为中国古代文学创作中的重要小调。

· 汉赋

武帝时期（前141—前87）标志着赋成为核心的宫廷文学体裁，这一地位保持到了东汉末年。这一时期同样也是公认的第一位辞赋大家司马相如生活的时期。司马相如为汉赋设定了文体格式，后

世读者和评论家将西汉的赋与他紧密联系在一起。司马迁（约前 【231】
145—约前86）《史记》中的《司马相如列传》是对原型式“作家”生平的一篇最早传记性记录，里面收录了司马相如的数篇赋作。司马相如的一生是上下浮沉的一生：早年因文学才能受到赏识，后因与卓文君的私奔而在街边卖酒，后又再度受赏识，被擢升为武帝朝廷的重要侍臣。

研究赋的杰出当代学者康达维（David Knechtges）用“辞藻华美的狂想曲”（epideictic rhapsody）来形容西汉赋作的华丽夸张和恣肆铺排之风格，这是一个很贴切的形容。司马相如及其同时代赋作家作品中的“铺采摛文”令每一位读者都深受震撼。司马相如的《上林赋》描写了武帝狩猎的上林苑，其中铺列出了二十种植物：“卢橘夏孰，黄甘橙楱，枇杷橪柿，楟柰厚朴，樗枣杨梅，樱桃蒲陶，隐夫郁棣，榙樑荔枝，罗乎后宫，列乎北园。”清代文人袁枚（1716—1797）可能是指出早期的赋可以视作百科全书和词典的第一人，因为赋作中尽可能多地收录了或真实或想象的地点与事物的文言词汇。西汉的赋篇幅很长：大多数都超过二百行，而超过五百行的赋（长度甚至超过了《离骚》）也并不罕见。西汉赋作的铺排特征表明，赋的主要美学原则是完整性和穷尽性，而并非具体性或精准性。实际上，将赋的图景体系形容为我们所理解意义上的“描述”并不恰当，因为赋中的修辞密集度远远超过了文本的指涉能力。早期的文论家如曹丕（187—226）和刘勰（约465—约520）主要从西汉大赋中客观的物质现象以及名词的大量铺排角度来概括赋的特征，他们的评价自然也加深了这一印象。不过，如果要评断赋的指涉能力，比起其他文学体裁，“客观”这一特征并不是说赋与哲学论述、历史叙事或其他类型叙事，以及情感表达有多么密切的关系，而莫若说赋是华辞的铺排或者讽谏性修辞——这是大多数西汉赋作的特征。赋的过度铺排这一特征经常将它自身推向被批评的风口浪尖。司马相如之后两汉最著名的赋作大家扬雄晚年就批评赋“极丽靡之辞，闳侈钜衍”“劝而不止”，难以达到讽谏的目的。

卓越的宫廷作家司马相如的赋作，似乎成熟于从游景帝之弟梁孝王刘武（在位时期：前168—前144）门下期间。梁孝王门下还有
【232】著名赋人枚乘（卒于前140年，著名的《七发》之作者）、庄忌、邹阳（约前206—前129）。司马相如的《子虚赋》就创作于这一时期。《子虚赋》是西汉最著名赋作之一，据说司马相如以此博得了武帝的喜爱。《汉书》和《西京杂记》中都提到梁孝王宫廷中高涨的文学活动。创作于距梁孝王四百年的《西京杂记》提到梁孝王“游于忘忧之馆，集诸游士，各使为赋”，视此为赋最早的命题群体创作，而到了东汉时代，赋的群体创作已经司空见惯。命题创作、群体创作和宫廷创作是梁孝王门下文学活动的特点。这些创作活动的最主要功能是颂扬，司马相如可能就是在当时以诗人身份于梁孝王门下崭露头角的。

司马相如为汉代大赋设立准则，他的赋在形式上是有变化的。他并不总是遵循赋的三段式，即介绍性的引子，大段的主体发展，以及简短而押韵的结尾（“乱”，有时在这一部分会对赋的铺排华饰有所否定）——三段式正是《楚辞》中许多篇什的结构特征。开头的叙事部分是叙述活动对话，或者引入主体的描述性部分，它通常是与西汉散文风格无异的无韵文字，句子也参差不齐。它们一般是对话或者介绍创作的缘起。而在赋的主体——描述性部分中，四音步诗行占主导地位，通常的形式是二音节的名词再加上二音节的修饰词。司马相如的赋的一大突出特点在于描述性的叠音词。《诗经》中也有类似现象，叠音词的意义经常很不确定，似乎是所描述对象或行为的基本特性。有些叠音词主要是象声词。主体部分的四音步诗行经常会被参差不齐的诗句——包括三音步段落——所打破。用韵方面似乎没有固定之规，四音步描述部分经常在偶数行押

韵，但也可能不押，韵部的变换也似乎无定规。如上所述，许多汉赋以骚体创作。作者似乎并不专攻某一体。除了骚体赋这一例外之外，四音步诗行在汉赋中居支配地位，其次是六音步和三音步诗行。司马相如和扬雄都不在赋中使用太多对偶，但是描述性的四音步诗行经常具有相似的语句结构。所以说，汉赋并没有严格的形式要求。形式特征的使用只是为了促进修辞效果。汉赋创作的出类拔萃并非以是否严格遵循形式规范为准，而是通过整体效果和具体某一精彩卓越的段落而进行判断的。

武帝之后的西汉帝王继续支持文学创作，延请著名辞赋作家为言语侍从之臣，并在狩猎远游或者其他活动时，要求他们展示文学【233】
天赋进行创作。枚皋（活跃于前128年）、王褒、东方朔、张子侨（约活跃于前60年）和刘向是西汉朝廷中最著名的赋作家，都以创作词藻华丽的骚体赋和其他辞赋而名动一时。参照后世类似的文学活动，像刘向的《围棋赋》很有可能是众诗人根据指定主题而进行群体创作的一部分。在赋早期高居宫廷文学地位之时，词藻华丽的赋是相当典型的，而只有自生活于西汉末年和王莽新朝（9—23）的扬雄开始，赋才开始被用来进行哲学、情感或者表达式创作。扬雄使赋的主题范围大大扩展，不过词藻华丽的赋在东汉及以后时代还是余绪不绝。扬雄大多数早期的赋作——包括他最知名的《甘泉赋》，在风格上与司马相如非常接近。虽然有论者认为，扬雄的赋作不那么超自然，而更具叙事性，也更具体，但在形式和内容方面都与司马相如所确立的西汉赋作传统区别不大。在扬雄后期的哲学作品中——特别是《法言》，他丢弃了赋和其他词藻华丽的作品形式，批评“辞人之赋”为炫技的“雕虫篆刻”“壮夫不为也”。扬雄的《解嘲》，标题中虽没有赋字，但在结构上与赋很接近。《解嘲》实际是一篇拒辞，这种形式在后来的东汉相当常见。扬雄最后的作品之一《逐贫赋》继续了《解嘲》的模式。它的激励性口吻，用词上的朴素以及古典的四言体，都表明了一种道德上的严肃和哲学上的训导——《法言》中曾指出在宫廷汉赋中，这些都是付诸阙如的。

早期传记中所列的西汉赋作只有一小部分流传下来了，所以根据这些有限证据难以得出可靠结论。不过，将东汉的赋作视为比西汉赋作更加具有哲学性、更具表达性，这个结论应该是比较合理的。班固（32—92）的《幽通赋》以骚体写成，大量使用《楚辞》中的意象，并像《楚辞》一样侧重于道德生活。张衡（78—139）的《思玄赋》使用骚体诗句来形容与屈原类似的士人挫败感。他短小精悍的《归田赋》则使用了“九歌”中的诗句（用不同助词代替了“兮”）来庆祝自己从仕途转向退隐。汉代末年以后，赋继续被用来表达严肃问题。班固和张衡分别以《西都赋》《东都赋》以及《东京赋》和《西京赋》而留名于文学
【234】史。从铺采缛文这一特点来看，这几篇赋更像华丽的西汉赋，但不同的是它们包含了更多的历史细节和典故。晋人左思（约253—约307）的《三都赋》这一汉代以后最知名的赋便是模仿了班固和张衡。在三世纪中期，赋仍然是主要的宫廷文学，其创作有多种模式和风格，有些则完全遵循司马相如所确立的规则。不过当汉代接近尾声之时，一种新的赋登上了历史舞台，它同文学潮流中的其他变化一起，极大地改变了赋这一文学体裁的特性和地位。

当汉代逐渐崩溃之时，随着都城的情况越来越危险，地域的或准帝国的政治文化权威中心崛起割据的当局与汉朝之初的景况类似，因此导致了纯文学活动的再次繁荣。大量证据表明，二世纪末叶在荆州（长江流域中游）的刘表（卒于208年）朝廷和三世纪的头二十年期间在北方曹操（155—220）的朝廷中兴起了一股风气，就特定主题进行群体创作、即兴作赋、命题作赋以及同人之间交换主题进行赋创作。东汉末年建安时期（196—220），当时曹操挟天

子以令诸侯，控制了中央政府，在文学史上是文学活动非常繁荣的一个时期（见第二编第二章）。东汉最后三十年间，群体创作的机缘包括征战、定居、狩猎和宴饮。以物为赋的情况很常见，曹丕在《玛瑙勒赋》的导语中说：

> 玛瑙，玉属也。出自西（役）[域]，文理交错，有似玛瑙。故其方人因以名之。或以系颈，或以饰勒。余有斯勒，美而赋之。命陈琳、王粲并作。

陈琳（约157—217）和王粲的《玛瑙勒赋》都流传了下来。王粲的《玛瑙勒赋》以骚体写成，陈琳的则基本上是四言的。没有证据表明，群体创作除了共同主题之外，会有形式方面的限定。

读者通常将汉赋与从司马相如到扬雄的时代联系起来，但是有证据表明，在汉代末年，赋仍然是主要的文学体裁。建安时期在文学史上以诞生了诗歌中新的“抒情诗”而著名，有许多重感情表现 【235】
的文人创作了大量诗、书信（书）、哀歌（诔）和赋，等等。不过在汉代末年，纯文学创作仍然主要指赋，它涵盖了许多主题：可以是对单个物体的描述与抉发、对情感的表达、哲学讨论以及叙事。一些东汉末年的作家在某种程度上承袭班固和张衡的余绪，以都市为主题作赋。从形式上看，汉代末年的赋的独特价值在于篇幅的短小精悍和超过前人的句式对偶。与诗相比，汉末赋中的对偶更加多变。比如，有的诗每行对偶，有的诗则隔行对偶。在大赋中，押韵的使用更为频繁，但是在整篇赋中一般都不会押同样的韵。这一时期的一些著名赋作以骚体写就，诗人也将骚体和其他体混合起来。早期辞赋铺采摛文的语言被与其他文学体裁区别不大的词域所代替。

三世纪早期最著名的两篇赋是王粲（177—217）的《登楼赋》

和曹植（192— 232）的《洛神赋》。对这两篇赋进行一番简单检视，会帮助我们了解汉末赋作的新特征。王粲的《登楼赋》在语气、语言、主题和感情方面，都可以很容易地用诗的形式来写。它采用了登高、离乱之苦和表达郁结之意这些人们熟悉的传统主题。《登楼赋》共有五十二行，几乎完全以“离骚”体写成。句式对偶占了全篇的几乎四分之一。赋中提到了当代政治事件，并少量使用了主要来自《左传》和《史记》中的典故——《左传》与《史记》是东汉文学作品共同的用典来源。《登楼赋》中传递的诗人个体感情在当时的文学中并不是非典型的，但是却标志着赋的一种新模式。曹植的《洛神赋》的名气来自一个不足为信的传说：曹植爱上了其兄曹丕之妻甄氏，这首《洛神赋》正是献给她的。不过《洛神赋》的表现力、令人过目不忘的意象和文体方面的光芒四射，足以让它传诵千古。《洛神赋》中混合了骚体、四言等句式，极尽对偶之能事。从其标题可以看出，它采用了大量《楚辞》体的意象和主题。对洛神的描写比以前时代更加集中而完整，这表明了曹植
【236】时代意象体系的积累水平。与洛神的相遇以及之后，“御轻舟而上溯，浮长川而忘反”，追寻芳踪的叙事也削减了，这样它最核心的感情特质就能最经济地表现出来。《洛神赋》中的用典近乎绝迹，描述性段落却占据了一百六十六行，语言是相当直接的。与司马相如和扬雄所代表的西汉长赋相比，东汉至魏时期的赋允许了各种表达性的文体与形式。它精微复杂的形式为后世的赋创作设定了准绳。

· 汉唐之间的骈文及赋

到了汉末，文体越来越格律化，形式上的准则以各种方式进入文学评价。从曹丕的《典论·论文》这样的文论，以及在文学作品

自身中，读者可以观察到各种形式元素——如诗行长度、押韵、对偶句的位置和韵式，越来越整饬。从这一时期开始至六朝和唐代，在各种场合下创作的各种风格的骈文成为文学中数量最多的作品。骈文形式的基本元素包括使用对偶行、华丽的用典语言、韵式上的规则性（包括押韵）以及骈文发展晚期的变调系统。骈文的规则远比诗要富有弹性，不过比一般散文要严格得多。骈文可以使用在如赋、书信、碑志、墓志铭和序等短篇作品或者单卷作品中。刘勰的文学理论巨著《文心雕龙》即是用骈文撰就的。实际上，这一时期的所有文学体裁中几乎都有骈文的身影。许多诗的引言都是骈文，甚至汉代以后多部用一般散文体写成的正史都包含骈文段落。骈文在六朝可谓无处不在，其实并无一个专门用来称谓它的术语。骈文或者骈体文是在清代（1644—1911）才兴起的称谓，当时这一文学体裁再度复兴，文论家以及文选编者便用骈文来称呼它。骈文有时也被称为“四六文”，因为骈文以双句为主，注重对偶声律，多以四字、六字相间成句，不过“四六文”也是后起的称谓，主要指唐代以后更加高度格律化的骈文。作为文学类别中的一个专门化词汇，骈文一词主要用来与“散文”（或“古文”）或诗歌（诗、乐府、词和曲）进行区分。即便这个三分法分界也是不够清晰的：比如八股文便兼具散文和骈文的特质，而如弹词或戏曲等说唱文学兼【237】
具散文和诗歌二者特性。在唐代，韩愈和柳宗元等作家倡导“古文运动”，反对骈文，而倾心于简雅平易的古文，特别是司马迁和先秦哲学家的文体。骈文与古文的分界便人为地变得清晰起来，而选择特定体裁所表达的审美和意识形态倾向也变得更加清楚。在古文派作家看来，除了少数极受尊敬的大师之外，六朝骈文代表的是过度矫饰、形式主义和浮华不实。

在六朝时期，骈文的形式成分越来越稳固地规范化。对偶本身当然是主要的要求，这既指语法上的也指词汇上的对偶。最常见的形式是对偶句，但是就如同赋一样，隔行对偶的情况也有。和诗不一样，骈文并不禁止在对偶诗句同一位置使用同一汉字。绝大多数骈文都以四言和六言创作。虽然五言和七言的诗行也并不罕见，但它们以四言或者六言句式为基础，并且几乎从不使用五言诗或七言诗中的句式结构。四言部分有时会包括不计入的一字或两字以引导副词或者助词，从格律上看，它们也是诗句的一部分。这种情况在诗中则是非常少见的，因为诗的句子长度远比骈文更严格。

对于外国读者而言，理解诗句长度的重要性是非常关键的。句子长度指的是音节单位和词汇单位，与欧洲语言中的理解非常不同。区别不同句子长度以及构成诗作或韵律作品主体部分的三言至七言诗行的，是它们的句式特征和互文之可能性。特定句子长度也适用于各种具体文本。在一代又一代作家中，发展出了对特定句子长度的审美准则，某位作家在六言或七言方面的成就可以与前人的六言和七言作品用不同的标准进行评价。对偶韵律（平仄词汇交替）在六朝晚期稳固建立起来了，就像它在诗歌中那样发挥作用。在唐宋的律赋出现之前，押韵虽然经常被使用，却从未成为骈文中规范化的形式元素。有时候骈文作家会整段都用四言，接下来的段落中又交替使用四言和六言，在整篇文字中都使用同一韵。有些骈文则几乎不押韵。

【238】 中外许多评论家都将对偶的起源同宇宙自身的结构联系起来：对偶是由物理世界及人类世界的二元性（如明暗、男女或上下）而激发的。当然有人会说，二元性本身也是一种人类的语言学范畴，而非物理世界内在固有的，然而二元性还存在于磁力、原子、生物学和其他自然现象中。不过作为一种创作原则的对偶允许有多种表现模式，这在中国文学中有着至关重要的地位。比如对偶使作为一个整体的短句比单个词更加突出醒目。正如上文所示，对偶非常重视句式，这对用典和引用等互文手法极有帮助。当这种相互性

本身成为主要的创作原则时，相互性可以层层重叠。对偶结构同时也有助于使描述更加具体和概括化的对偶特质的积累。作为一种在平庸作家手下变得乏善可陈而在大师手中又光芒四射的手法，对偶提供了很好的评价功能，这在骈文的正式使用中起到了非常重要的作用。有论者称对偶非常适合于常记诵或吟诵文本的文学环境。但是，这种论断稍显武断。骈文并不比散文更容易记诵。骈文繁缛而用典繁多，用词也经常生僻炫目，所以它可能是文言文诸表现形态中最具文学特质的一种。

汉末至六朝时期，随着体裁理论的成形，体裁不仅通过功能和形式特征，而且通过它所能允许的表现度来确认。表现度不仅仅存在于私人体裁中，像表奏这样的公共体裁也需要高度的个人表达。骈文是富表现力的半公共和“私人”体裁所偏好的形式。在六朝时期，赋仅是许多骈文体裁中的一种。在东汉和六朝时代，有些最著名的骈文是用正式的表奏体裁写成——包括略短而不那么正式的“辞”，以及略长而更加正式的“表”和“奏”。哀歌（诔）、墓志铭和其他相关体裁在东汉至魏时代成为骈文中最主要的文学体裁。仪式、肃穆和悲哀的混合使这些相关文学体裁成为正式而富于表现力的最合适形式。书和论在内容上更加杂糅，包括了从哲学、政治或者道德原则到亲密友情的各种内容，成为六朝时期最主要的骈文。除了一些赋作，并无其他类型骈文的群体创作，不过这一时期最知名的一些骈文却是公文表奏，由为君主代笔的宫廷士大夫所撰。实际上，诗在南朝宫廷中越来越普遍地成为群体创作的文学体裁。许多六朝骈文属宫廷文学，像汉代宫廷的赋一样，它繁荣于专务华辞的文化氛围中。【239】

到晋朝（265—420）之时，骈文的许多核心特征开始成型。以《文赋》而为读者所知的陆机（261—303）是西晋（265—316）时代的高官，他的创作包括各种体裁。陆机的《大人赋序》以四言和六言为主的参差句式写成，这意味着后来被称为“四六文”的文体开始固定下来并惯例化。如四字和六字规则地交替出现的修辞花样，体现了一种形式上的灵活度，标志着结构的更进一步发展。陆机的《辨亡论》和《五等论》展示了作者用骈文来进行哲学讨论和历史叙事的能力。这一主题和视野的扩展对后来的骈文发展起到了非常重要的作用，也为陆机在骈文史中争得一处中心地位。

晋朝在政治上是中央弱地方强，因此在各地区都有各自的文学中心。晋朝复杂的政治局势使这种模式的联系变得既必要又危险，作家因为投靠了错误的君主而结局悲惨的情况屡见不鲜。和汉末一样，地方政权对于吸收文学人士非常积极，这些文学人士组成了各种类似于沙龙的群体，“贾谧二十四友”就是其一。“贾谧二十四友”包括了当时两位著名文人：左思和潘岳（247—300）。二人都以诗作和骈文而闻名。左思的《三都赋》是文学史上最知名、美誉度最高的赋之一，包括一篇序和三篇赋。序言中提到“摹（张衡的）二京而赋三都”。《二京赋》和《三都赋》之间的区别很明显。《三都赋》是长赋，每篇赋四百行至八百行不等，以四言为主，同时也经常使用基于骚体的六言和七言：×××助词××，以及××××助词××，前者是晋朝六言句的普遍形式。《三都赋》中的对偶也显示了汉代的影响，比如有些一连串的四音步句或者三音步句会全部对偶。押韵并不规则，且经常变换。从主题上来看，《三都赋》与《二京赋》的区别在于细节描写方面：张衡的《二京赋》更侧重描写宫廷和帝王，而左思的《三都赋》则涵盖万千，同时在描写上也更精准。和张衡一样，左思也大量提到历史事件，但是更着重于日常生活。比起后代的赋来，左思的语言较少藻饰和用典，这也是为何左思的赋一般不被征引为六朝骈文过度修辞之例证的原因之一。潘岳的文学名声主要来自他的赋和诗，比起几乎与他同时期的陆机来，潘岳的作品更加“个人化”，更多自我表达，不那么凝重。潘岳的大多数骈文都是赋或者悼亡体。他帮人所写的哀诔文因投入自己的哀恸而格外值得留意，因为在之前的哀诔文中这是相当罕见的。潘岳的许多赋作是关于事物的小赋，如《莲花赋》《秋菊赋》和《芙蓉赋》等，通常在一百行以下。这些是汉末小赋的余绪，可能是在相似的文学团体气氛中创作出来的。【240】

在晋末，骈文发展出后来与自身紧密联系在一起的许多特性。不过，还是有一些最知名的骈文作家继续以一种不事雕琢的风格来创作，与六朝骈文绮藻丰缛的名声大为相异。在刘宋时期（420—479），骈文变得更加华饰，更多用典和互文，在技术上更趋规范和复杂。宋朝的几位皇帝都以文学创作闻名，当时的许多士族如谢灵运（385—433）家族中涌现了许多重要作家。到晋朝和南朝宋时，诗也成了主要的文人体裁，很多作家更以诗名闻于世。

颜延之（384—456）被公认为六朝宋骈文的大师，谢灵运则紧随其后。颜延之擅长各种骈文。他在应文帝之诏而写成的《三月三日曲水诗序》，在对偶方面比晋代的骈文更加对偶精工、声韵谐协，其中四言和六言占主体地位，每个部分的对偶有单行的，也有多行的。在他的骈文中，六言骚体的句式结构是第二多的。颜延之骈文的严谨性以及对偶韵律的规范性标志着技巧精准性的新高度已经确立。颜延之其他的著名作品还有祭文（包括悼好友陶潜的《陶徵士诔并序》和《祭屈原文》）、书信和表奏。他的作品用典极多，其来源主要是儒家经书，同时也包括正史、先秦哲学和其他的汉代以及汉代以前的杂集。在颜延之笔下，六朝骈文的所有元素——包括声律——最终完整了。

在齐（479—502）梁（502—557）时期，王室对文学的支持继续加强。王室的一些成员自己便是这个时代最重要的骈文作家，如《文选》的编者昭明太子萧统（501—531）、梁简文帝萧纲（503—551）便是两个例子。齐梁时期也是诗人群体大放异彩的时代，如著名的“竟陵八友”，将诗的声韵格律确立下来的永明体就是由其成员提出的。这一时期也是刘勰《文心雕龙》的创作时代，也产生了体现六朝文学趣味和正典规范的重要汇编《文选》。诗歌中所确立
【241】的声律与韵律也使用在了骈文中。齐梁时代及以后，对声律与韵律的遵循越来越严格。实际上，与诗的新韵律学密切联系在一起的沈约正是齐梁骈文的大师之一。各种不同的骈文体裁与这一时期基本上局限在宫体诗范围的诗歌相比，提供了更多的用典和互文机会。正因如此，唐代以后的评论家和文学史家都将齐梁时期作为中国历史上华彩文学的顶点。本书的读者会明白，这并不是一句恭维之语：因为在中国帝制时代的主流审美趣味通常认为绮藻丰缛是对道德和伦理本质的一种威胁。

这一时期前半阶段的骈文大师，包括王融（468—493）、谢朓（464—499）、沈约（441—513）、江淹（444—505）、吴均（469—520）和任昉（460—508），他们既精通各种类型的骈文，并且大多数也是杰出的诗人。有些诗人如王融和沈约，是将随佛教进入中国的印度音韵学的韵律规则用在诗中进行实验的第一批先行者。沈约或许可称为是这一时期最重要的文人，他留下了各种体裁的大量骈文——包括如诏令和表奏等正式体裁。王融最著名的骈文包括与颜延之名篇同名并且也是应诏所撰的《三月三日曲水诗序》，还有《永明九年策秀才文》。《永明九年策秀才文》是殿试中对皇帝策问的回答，用典极多，以四言体为主、复杂而优雅的骈体写成。应试者要在策文中达到用典的丰繁和用词的藻饰，这是一项非常艰巨的挑战。

在后代文论家的评价中，齐梁骈文审美的最高峰在梁代徐陵（507—583）和庾信（513—581）的作品中。以他们的名字命名的一种宫体诗风格称为“徐庾体”，文学史家将他们视为唐代宫廷诗的先驱。徐陵是萧纲朝廷的一位核心人物，最为人所知的身份是

《玉台新咏》的编者。作为一名出入宫禁、地位显赫的朝臣，庾信创作了各种体裁的作品，其中包括六朝最著名的《哀江南赋》。这篇作品创作于庾信出使西魏而滞留时。庾信留北后虽居高位，却使后来的作品带有一种苍劲沉郁的风格，这种将齐梁典型的喻象丰繁、形式的整饬与感情的深挚完美结合的能力无人可比。《哀江南赋》很大程度上体现了徐陵和庾信作品之区别：徐陵的骈文更具哲【242】
学性和叙事性，而庾信则更具个人表现力，更具感情。比起齐梁早期的作家，二者的骈文都显示了更严谨的韵律，更广博的用典范围，更多地指涉到汉末和六朝早期的文学作品。并且，二者都显示了对文学史的精通，以及超过前人的文体感。

骈文中四言和六言句的主导地位是对五言体独霸诗歌的一种补充。时人在骈文中运用五言句时，他们并不采用诗歌中标准的“二三”式，而是自由发挥。唱和文中在每句的两个汉字中变调得到最严格的执行，变调字的选择由句式和停顿位置所决定，一般而言，这种选择在六言体中比在四言体中更具弹性。在庾信和徐陵的作品中，四六体达到了文体上的成熟。对偶的使用更加多样化，更加精深，特别是庾信以之闻名的四字六字相间对偶句。庾信和徐陵四字六字相间的复杂多变的用法，使骈文形式再度焕发生机。虽然齐梁有庾信《哀江南赋》这样更具个人表现力的大赋，不过占主导地位的还是兴起于东汉末的咏物小赋。小赋更加注重韵律，并且成为唐代律赋（曾使用在科举考试中）的来源。

齐梁骈文用典的丰繁是这一时期文学中大量使用修辞的一部分。早期汉赋的基本审美——铺排堆砌——在骈文中已经转化为一种互文共鸣式的增殖美学：典故和其他修辞将一个文本与无限的文本联系起来，单篇的文本能够包含整整一部文学史的信息。用典是极完美的修辞，通过用典，作者可以在作品的表面文本中置入文明史中的经典内容。用典有多种多样，很多时候看上去令人摸不着头脑的诗行或者两个字的表达就很可能是用典。用典这种修辞会给文本带来多种不同解读，有些解读会比其他解读更加精深，更具洞察力。作家在用典的时候，有时候会对材料进行再编排。如刘勰《文心雕龙》中的“言以文远”是《左传》中著名的“言之无文，行而不远”的简写。庾信的用典不仅限于文辞，更会模仿如魏（220—265）时阮籍（210—263）这样的文学前辈的语调和措辞。在庾信的
【243】骈文特别是赋中，各种风格化的词汇延展了互文的广度，对其情真意挚的创作贡献良多。

· 唐宋时期的骈文与律赋

六朝末期的文学景象与汉末时非常不同。在汉代，诗是一种新生的非主要体裁，散文在公文和非公文作品中很常见。而到了《文选》编撰的时期，诗和赋是两种主要的华彩文学体裁，骈文在宫廷文学创作中无处不在。唐代早期开始，诗成长为一种在官方和非官方环境中的重要文学体裁，骈文从核心地位退居为一种公文形式。不过在庾信和徐陵之后，除了律赋这一例外，骈文内部的革新主要是通过句式的杂糅和来自“古文”运动的审美而实现的。复古运动和古文的兴起，在韩愈（768—824）和柳宗元（773—819）的作品中开花结果，批评六朝宫廷骈文矫揉造作的声音在之后的几百年中未曾断绝。将骈文批评为矫饰，当然就是要使用古文派的语言。实际上，骈文和古文在很多领域都有重叠，且相互影响。比如，韩愈的古文中就充溢着与骈文关系密切的对偶、四六体和其他形式特质。古文运动更多的是文字气质和内容方面的革新，而非形式方面，它是随着当时文人生活和活动与初唐相比发生的巨大变化而登上历史舞台的。从唐代一直到清，骈文和其相关的形式享受着程度不同的官方认同。在唐代及以后的科举考试要求一种高度格律

化的骈文形式，不过在中唐以后，骈文步下了文言文至尊地位的神坛，退居二线。

为唐代骈文带来重大变化的首位文体家是张说（667—731）和苏颋（670—727），他们在唐玄宗（712—756）前半期的文坛一言九鼎。他们的作品褪去了齐梁时代典型的凝滞雕饰，而模仿汉魏骈文，骈散兼用，句式多变，刚健明快。他们最大的文学成就是序文和祭文。四言和六言尚居支配地位，不过比起初唐的骈文，他们的用典和措辞更加限制在儒家经典范围内。翰林学士陆贽（754—805），非常罕见地由翰林学士而参赞机要，成为德宗时期（在位时期：780—805）的宰相。他对骈文的使用范围非常广，主要用于叙事和议论，而非严格地自我表达，同时糅进了相当多的古文措辞、文体和语气，所以仅从骈文的形式特质角度评断，他得不了高分。但他的作品却当仁不让地成为骈文的最高峰——以散入骈，他对骈文之后发展的走向起到决定性作用。唐代骈文的最后革新者李商隐（约811—859）及其同时代作家承继了陆贽的精神，继续开拓骈文的范围，但加入了更多样的语域（linguistic register），极大地提高了骈文的形式复杂水平。李商隐在许多公文和私人表达性作品中使用骈文，在感情深度方面超过了唐代的许多前辈作家。他的骈俪句有时构成大段的句式单位，文句与句式之间的复杂关系增加了文章技巧的复杂性，被后来的文论家讽为过于妍华秾丽，不过却直接影响了宋代的四六体。 【244】

律赋是一种在唐宋时代科举考试中特别使用的赋。在形式上，律赋继承了由六朝发展而来的骈体赋的传统，但是强调严格的对偶，并且在韵脚方面更加严苛。四字到八字的征引——通常引自儒家经典——可以满足韵脚和文章主题的需要。到了唐末，律赋的创作中产生了多行对偶，这种手法一直延续到宋代。律赋相对而言较短，并严苛遵循声律。作为一种应试体裁，律赋不免有过于正式之嫌，但是它还是有足够的正典地位，白居易就以律赋闻名。白居易的律赋晓畅平易，经常涉及相当个人化的主题。在晚唐和宋的律赋中开始出现一种更加明显的组织逻辑，许多评论家将之视为八股文的前驱。连接词——一字或两字如“以之”“因此”等——在逻辑架构中获得了重要地位。宋代律赋与唐代律赋相差不大，但是更多地受到了文赋的影响。文赋始于唐代，在宋代古文家如欧阳修（1007—1072）和苏轼那里特别流行。苏轼和欧阳修同时也是律赋大师，并以晓畅、出色的对偶和以散入骈而闻名。

宋代的骈文通常以四六文为名，除了八股文之外，这代表了骈文中最后的重大风格转向。四六指的是最常见的句子长度，它一般
【245】仅限于使用在表奏中，包括诏、志、表和启——区分在于撰者与接受者的相对地位关系。在宋代，古文和文赋已经成为自我表达的常见作品形式。宋代四六体的特点在于句式元素的长度，有时候通过数十行四字或六字对偶句而扩展成更大的古文句式单位。这种手法并不是全新的，在唐代亦有先例，但是宋代的句式单位长度更甚。更长的句式单位意味着每个单位中的对偶句都能够表现出独具的匠心：来自经典的引文之间可以形成对偶、历史典故之间也可以形成对偶，等等不一而足。征引和用典实际上是四六文的一大特征。宋代四六体强调议论与逻辑，经常被讥为过于采丽竞繁，但即使批评它的人也都承认四六文具有逻辑论证的能力。

· 唐宋时期的文赋

中唐兴起的古文运动经常导致文论家和文学史家在骈体文和非骈体文之间划分严格的界限。即便形式最严格的骈文，比起诗歌来，在句子长度、对偶和押韵方面都远为宽松。如上所述，骈文和古文之间是连续而非泾渭分明的两个阵营。大多数文论家都将文赋

追溯到唐代的杜牧（803—852），而在宋朝，文赋在欧阳修、苏轼和杨万里（1124—1206）的作品中达到了顶峰。苏轼的《赤壁赋》无疑是世界闻名的赋，在汉语和其他语言中被广泛收入各种文学选本。文赋通常是四字六字相间，同时也置入大量不规则句。押韵虽然普遍，但是比较松散，对偶自身一般也局限在需渲染效果之时。一些文论家认为，东汉和魏的赋可以说满足了宋代文赋的所有形式要求。不过，两种赋的气质是完全不同的。宋代的文赋主要是一种私人化的文学形式，可以作为哲学议论，也可以用作游记和其他叙事或抒情的表达——如欧阳修著名的《秋声赋》。使这些作品成为赋而非仅仅是骈文的，在于对押韵和对偶的使用。押韵和对偶虽然在文赋中并不占支配地位，但是都得到了清楚的安置，以达到特定表现性和修辞性效果。

· 明清时期的骈文与赋 【246】

除了少数例外情况，骈文在金元时期丧失了它的官方地位。在这一时期及以后，公文和非公文都以古文体撰写。文赋几乎消失了。律赋在科举考试中幸存了下来，骈文则在明代（1368—1644）数量有限的公文中得到使用。清代，骈文得以大规模复苏，骈文作家主要集中在十七世纪，他们在研究了宋代及之前的骈文之后有意识地构造自己的风格。虽然在文学史中，一般将清代骈文作家归类为汉魏派、齐梁派或者“宋四六”派，但是清代骈文作家具有比这些标签所表示的更多样貌。大多数著名清代骈文家，如诗人兼书法家汪中（1745—1794）、吴锡麒（1746—1818）、《全唐文》的编者以及洪亮吉的作品，可算是一部骈文史的整体呈现，仅有宋代四六体句式上的采丽竞繁在他们作品中是看不见的。他们创作了大量体裁的骈文，其最著名的作品包括了序文和祭文在内。著名的词典编纂家、经学家、刊刻家、音韵学家、数学家、历史学家阮元支持骈文，反对桐城派（十八世纪以安徽桐城为中心的散文流派）的古文霸权。阮元既是骈文学者也是骈文作家，他提出，既然写作被称为与言谈对立的“文”，那么它就必须有一个形式，而骈文是最具表现力的文学形式。

明清时期的八股文是从唐宋科举考试中的律赋发展而来的。到十五世纪末，八股文渐渐成熟，因为它是科举考试的正式体裁，所以获得了一种文体和表现上的霸权地位，得以自成一个类型。在这一时期，八股文的选本非常流行，被用作准备考试和提高文学素养的工具书。八股文的主题是从四书五经中征引的只言片语，长度在三百到六百字左右。八股文的修辞、布局和学术倾向是严格限定的，哪些地方必须对偶，哪些部分可对可不对也有明确规定。押韵和声律都不做要求。八股文的格式很简单：破题、主体部分以及结论，不过其议论并不是线性“推进”的。由
【247】于所有八股文都严格遵守成型于十一、十二世纪的程朱新儒家教条，所以八股文看重的并不是议论中的论点，而是应试者通过其词汇和指涉（包括互文指涉和注疏，对偶结构是非常适合这些修辞手法的）所显示的自己的博学强识。在八股文的某些部分，应试者需要用自己的语言，而另一些地方则需要用圣人之言。为主题所征引的材料在不同部分也有不同要求，如直接引用或者间接引用。八股文的中间部分（股）必须包含对偶句，其数量通常不固定。在这一部分，考生的学识就最能派上用场。

缺乏押韵是不将八股文视为骈文的原因之一，一些文论家遵循着这一标准。但是由于八股文具有多种骈文体的初态，又由于八股文的基本逻辑是对偶，因此在这里将它包括在骈文中。骈文的英译都不令人满意，八股文的翻译更是不忍卒读。不过通过理解八股文论证和引证的模式化的网状逻辑、引人联想的层层阐发，以及构建

文章结构的互文联系，读者可以增进对帝制社会晚期的逻辑和叙事特征的理解。在这个意义上，八股文代表了整个骈文事业的建制化顶点：通过对被认为是书写系统基本语言、文本、宇宙—政治和社会模式的重视，而建立起来的公共表达架构。

康纳瑞（Christopher Leigh Connery）

【248】 第二章　公元前200至公元600年的诗歌

在本章所涵盖的漫长八百年间，中国诗歌取得了重大的进展，优秀诗人创作了在后世诗歌中具有长期影响的杰作。在这一阶段，中国诗歌发展出许多构成性特征。在这短短一章中要概述如此漫长而具有奠基意义的一个时代，必须言简意赅，以寥寥数笔概括时代和作家，避免长篇累牍地征引原文。有的时候，这种做法也许是有效的，但大多数时候却显得不公平。有些诗人和诗歌类型不得不忽略，许多值得提及的诗人在本章没有获得一席之地，宗教神仙则更付诸阙如，如在四世纪传说中向上清道始祖杨曦（330—386）传授诗句的仙人（见第一编第十章）。

除了年代和地域顺序这两条主线，本章还将呈现几条重要的主线，如五言诗的发展；对汉语的音调特性的逐渐认识，以及由对音调序列的安置和规范化向律诗的演进；模仿和互文的显著地位；从直接、公共而无所不在的诗歌向一种更加华丽、以宫廷为中心的精英诗歌的转向；新旧价值之间的冲突；在诗体发展过程中赞助者与文学集团的共谋角色；新的诗歌子类的发生和演变；另外还有最重要的——这一时期诗歌的极大丰富和蓬勃发展。

· 汉代的楚歌 【249】

汉代（前206—220）诗歌主要是四言诗、楚歌（或楚声）还有五言诗。在汉代初年，诗歌继续使用四言体，因而在韵律上与《诗经》非常接近，有一种叫做楚歌的诗歌形式则与《楚辞》传统很亲近。楚歌篇幅很短，在韵律上与“九歌”相近，可能是与南方楚地宗教联系在一起的歌谣。其基本句式是一句由前后两组的三字构成，中间插入一个“兮”（它的作用就像换气符或停顿符），不过也有各种变体。楚歌一般感情哀戚，经常是情绪激动时的即兴之作。所以，口头性和抒情性便是构成楚歌的元素之一。两首最著名的楚歌来自秦朝末年逐鹿中原的两位对手——西楚霸王项羽（前233—前202）和汉代的创立者刘邦（前247—前195）。项羽的诗名为《垓下歌》，据称是项羽垓下被围、四面楚歌败局已定之时所作。《大风歌》则是刘邦平英布之后，过家乡沛县，邀集故人饮酒，酒酣时所创作。即便充满凯旋喜悦，《大风歌》中还是有隐忧：“大风起兮云飞扬，威加海内兮归故乡，安得猛士兮守四方。”汉武帝（在位时期：前141—前87）也创作过一首著名的楚歌《秋风辞》，表达了对万物倏忽消逝的哀思。汉人创作楚歌的兴致不减，有些仪式性的乐府诗从韵律上看（虽然非从语境上看）也可以被视为楚歌。

· 汉代的五言诗和七言诗

五言体是中国文学传统中最基本的韵律单位之一，在汉代乐府中就已经出现了。虽然这些乐府诗的年代已不可考，但是五言的出现很明显是在西汉（前206—8）。著名的例子有李延年的乐府诗《李夫人歌》，全诗共六行，除了一行七字句之外，其余都是五

【250】字。对于有些被认为出自西汉诗人之手的五言诗，真实性仍未有定论。据说为汉成帝（在位时期：前32—前7）的妃子班婕妤所作的乐府《怨歌行》便是其中之一，因为它的最早出现是在六世纪。这首乐府据称创作于班婕妤失宠之后。如果它真为班婕妤所撰，那么将是最早的咏物诗（描述某物的一种诗歌，在后世非常流行）。《怨歌行》围绕曾“出入君怀袖”而最终“弃捐箧笥中”的秋扇这一隐喻而展开。不管《怨歌行》还有其他与西汉联系在一起的五言诗是否为伪，不可否认的是，在当时的顶级作者中，五言诗相当流行。

一些传统上被认为创作于西汉的五言诗并不是乐府诗，而是“古诗”。“古诗”专指作者佚名的无题古诗。诗歌的概称为诗，也用来指非乐府诗。古诗和乐府的区分并不总是十分清晰的，同一首诗可以在某一文献中被归类为古诗，在另一文献中又被当做乐府。审视这一问题的一个方法是，汉代的古诗不像乐府那样与音乐和表演背景有那么亲密的关系。《十五从军征》便是极好的例子。诗中讲述了一位十五岁便从军，年老后返乡发现已经家破人亡的老兵形象。这首可以被视为古诗的《十五从军征》是一首很明显用来表演的乐府诗的一部分。

《苏武李陵赠答诗》位居最著名的古诗之列。李陵（卒于前74年）是汉代将领，司马迁曾为了帮他辩护遭受宫刑（见第三编第一章），战败投降匈奴（北方游牧民族，与后来威胁欧洲的匈奴有亲缘关系）。苏武（前140—前60）是一位汉朝使节，出使匈奴而被扣留。经过将近二十年之后，苏武才于公元前81年返回故国，而当时李陵仍然被困匈奴。萧统（501—531）所编的《文选》中收录了据称为李陵所作的三首、苏武所作的四首赠答诗。这些诗都比较成熟，它们的确切作者早在公元四世纪就不可考了。现代学者通常持《苏武李陵赠答诗》不早于东汉的观点。而在其他文献中还能找到据称为李陵和苏武创作的其他诗作，现在只剩下零星片段。很有可能的是，他们二人之间的旷世友谊为后代佚名诗人提供了素材，这些后代诗人就创作了关于他们的诗。正是因为这些古诗出处的高度可疑性，所以才被称作古诗，但是《汉书·李广苏建传》中保存了一首苏武返汉前，李陵设酒与其离别时所作的一首楚歌。有鉴于此，如今存世的苏武李陵诗中确有某些未知文献所收录的二人的真实文字。

最著名、影响力也最大的古诗是《文选》中收录的《古诗十九【251】首》。这些古诗涉及了许多人类共同主题，如爱人之间的离愁别绪、及时行乐之意和人生的无常之感。《古诗十九首》以一种“言人同有之情”的方式表达这些主题，因此并不与特定个人或社会历史背景有联系。它们的作者是何人，创作于何时，一概无法考证。许多学者认为《古诗十九首》创作于公元二世纪，但是他们将这些诗与某具体作者相联系的做法是缺乏说服力的。这些诗与汉代佚名乐府诗非常相像，其中至少有十首曾经不时被归类为乐府。第十五首《生年不满百》甚至出现在乐府古辞《西门行》中。《古诗十九首》和《十五从军征》的不确定身份暗示着古诗也许起源于乐府。

历史上来源明确的最早五言诗来自东汉诗人。汉代历史学家兼辞赋家班固的《咏史诗》经常被认为是今存最早的文人五言诗。这首诗以“质木无文”的诗句歌咏了西汉少女缇萦代父请罪的壮举。另一位留下五言诗的著名辞赋家是博学多才的张衡（78—139）。这首叫做《同声歌》的诗作是一首婚礼祝辞。在远赴洛阳履新时，东汉桓帝时的秦嘉（公元二世纪中期）写下了四首《赠妇诗》，包括三首五言诗和一首四言诗。郦炎（150—177）有两首五言《见志诗》，而在赵壹（约卒于185年）的讽刺赋作《刺世疾邪赋》中也包含了两首五言诗。另一首文人五言诗《翠鸟诗》来自东汉末年一流学者和作家蔡邕（133—192）。这是一首咏物诗。蔡邕在后世的名声一定程度上来自他的咏物小赋。虽然咏物诗的黄金时代还要等到三百年之后，但蔡邕对咏物诗的贡献在当时已见轮廓。

张衡也是最早的七言诗作者之一。发源于楚歌和《楚辞》的七言诗，将和五言诗一道，最终成为中国古代诗歌中最普遍的两种韵律结构。张衡在《四愁诗》中使用了七言，这可能是一首以写思慕美人而寓以寄托的诗。

· 分裂期

公元184—205年是中国文学史中的一个转折点。184年的黄巾起义导致中央政府元气大伤，公元一世纪八十年代的宦官与外戚之争粉碎了这两个集团，二者齐齐退出政治的中心舞台，留下封
【252】疆大吏大权独揽。不久以后，曹操（155—220）成为中国最具权势的人物。196年，他挟天子以令诸侯，到205年，他已经控制了中国北方的大部分地区，在邺城建立了权力中心。知名作家齐聚邺城以求乱世保全性命，并寻求对文学创作的支持。曹操之子曹丕（187—226）最终逼迫汉帝逊位，建立了魏朝（220—265）。由于魏朝未能克伐其主要敌国吴（222—280）和蜀（221—263），所以中国一分为三，是为三国时期。

随着原来的群雄割据演变为三国鼎立，中国开始了一段长期的分裂、混乱和不稳定时期。除了短命的西晋王朝（265—316）有过短时期的一统天下，这一分裂局面延续了三百五十年。面临外忧内患（外部有北方匈奴的威胁，内部有重重问题）的晋朝不得不放弃了对中国北部的控制，退居到南方，这便是东晋（317—420）。虽然北方被外族所统治，但汉族政权在南方偏安一隅，东晋维持了一百多年的统治。东晋大将刘裕（卒于422年）利用镇压叛乱和北伐的机会壮大了自己的势力，最终于420年迫使司马德文禅让，即皇帝位，国号宋。479年，宋大将萧道成依样画葫芦，受宋禅让即皇

帝位，国号齐。而到502年，齐又被梁朝（502—557）所取代，梁朝接下来是陈朝（557—589）。在589年，隋朝一统中国，为大唐盛世（618—907）开启了大门。

北方同样也目睹了非汉族政权的兴衰。在匈奴威胁南方之时，属阿尔泰民族的拓跋氏进入北方，于386年建立北魏政权（386—534），并于439年结束了五胡十六国的混乱局面，统一了黄河流域。五世纪末，在孝文帝拓跋宏的改革之下，北魏政权逐渐汉化。孝文帝将都城从现在的山西大同迁至中国历代定都的洛阳，并将汉语作为官方语言。524年爆发的六镇起义导致十年之后北方分裂为东西魏，东魏和西魏分别于550年和557年被北齐和北周所取代。

汉末到唐代之间的这一段分裂时期，被称为中古早期。六朝这个称谓一般用来指定都建康（现在的南京）的六个南方政权：吴、东晋、宋、齐、梁、陈——有时候也用来指魏晋和南北朝整个历史时期。文学研究一般侧重于南朝的作家，不过北朝文学的研究也在抬头。

在中古早期的政治乱象中，发生了重大的文化进展。发源于现 【253】
在的四川和陕西的天师道，随着张道陵之孙张鲁在215年割据汉中而传至洛阳。天师道随四世纪最初二十年的移民大潮自洛阳传至南方，并在南方促进了上清派和灵宝派的经文和道教传统的发展（见第一编第十章）。在同一时期，佛教在中国确立了根基，经过翻译和自身转化而成为南北方的重要宗教，拥有从王室到平民的大量信众，对中国本土宗教和文学产生了巨大影响（见第一编第九章）。绘画、书法、雕塑和文学都取得了巨大成就，而诗歌则特别享有崇高地位。在这一时期结束之前，诗歌成就就已成为个体作家和高门士族最耀眼的光环。文学集团是相当重要的，而诗人之间的互动（经常在宫廷背景中）极大地影响了诗歌主题和风格的发展。虽然文学集团由来已久，但直到这一时代的肇端——建安时代才见证了真正联系紧密的文学集团的出现。

· 建安时期

建安（196—220）指汉代的最后一个年号，但是文学史上的建安时期要比历史上时间跨度大，大致是从184年到240年，但将建安文学理解为活跃在二世纪末三世纪初特定文学集团作家的作品也许更为恰当。这样，建安时期便涵盖了汉末魏初。

汉代及以前产生了大量各种题材、具有恒久价值的杰作，但汉代末年才突然出现了文学活动前所未有的活跃。建安时期作为中古时代早期的肇始期，也是诗歌体裁领域发生重大进展和革新的时代，一群热忱且关注彼此作品的天才作家在这一时期大放异彩。当时的顶级诗人有乱世枭雄曹操及其二子——曹丕（魏文帝；在位时期：220—226）和曹植（192—232），以及建安七子：孔融（153—208）、陈琳（约157—217）、王粲（177—217）、徐干（171—218）、阮瑀（约165—212）、应玚（卒于217）和刘桢（卒于217）。

现存的建安时期诗歌数量并不多。陈琳只有四首诗存世，曹植则有约七十首。但是建安诗歌拥有崇高的地位，对后世诗歌的发展产生了重大影响。文学对于曹操家族及其追随者无疑非常重要。收
【254】集和编选诗歌在当时是非常严肃的事业。曹丕是这一领域的主将，曾经为在217年大瘟疫中逝世的徐干、陈琳、应玚和刘桢作品编选过一部文集。他也辑录过孔融的作品。曹植去世后，其侄魏明帝曹叡（在位时期：227—239）亦下令“撰录植前后所著赋颂诗铭杂论凡百余篇”。

建安诗人开创了在中国文学史中生命力极强的许多亚体裁和主题。与《古诗十九首》不同，他们的诗通常与时代大事件和私人

生活有密切联系，不过他们创作的乐府有时与他们的诗相比，较少带有个人色彩。他们的诗包括咏史、宴饮、游览、赠答、游仙和怨女诗（或弃妇诗），涉及的主题包括分离、战乱、个人的抱负与失望、歌功颂德、世事之艰以及百姓的苦难，等等。以弃妇、斗鸡和美人为主题的诗显示了与赋的互动关系。

建安诗人使用多种多样的形式。四言体继续得到使用，并且十分普遍，曹操特别擅长的便是这一形式。他们以参差句式创作诗歌，甚至使用七言句，不过他们最重要的诗歌成就无疑是五言诗。建安诗人大量创作五言诗确保了它成为中国文学史上最重要的形式之一。五言诗在中国诗歌史中的重要地位毋庸置疑。如果把建安时期排除出去，那么汉代诗人的存世诗和乐府便非常少了。

建安时代产生了一些以历史为主题的诗。虽然难以知晓这些建安诗究竟何时开始获称其名，但是很明显，来自班固的“咏史诗”这一称谓在当时并不常见。阮瑀和王粲各有一首《咏史诗》，是围
绕约公元前620年秦穆公以三位良士殉葬之事为主题展开的，不过以 【255】
历史事件为主题的诗更普遍地是采用其他的标题，曹植关于秦穆公这一事件的诗便命名为《良人》。

与咏史诗类似的是咏当世或者近世事件的诗歌，乐府和诗两种形式都会采用。曹操所有存世诗歌都属于乐府，有时他会使用乐府描写自己生命中发生的大事件。此类诗歌中最著名的篇什是细节高度详尽的作品，如写汉末189年因宦官与外戚的争斗导致了董卓之乱的《薤露行》和记述关东诸将起兵讨董卓、结果造成军阀混战的《蒿里行》。曹操还创作过一篇《善哉行》，感怀自己的身世，将父亲被杀时他的极度痛苦——“夙贱罹孤苦”，与自己护送献帝回洛阳时感受到的喜悦与豪情加以对比。王粲就215至216年随曹操南征孙权行军，写过五首《从军行》，除了以士兵口吻讲述行旅之苦的第三首之外，都歌颂了曹操的丰功伟绩。四世纪至五世纪的文献

中，《从军行》被归类为诗，但是有时也被认为是乐府，被收录在郭茂倩的《乐府诗集》（见第七编第一章）中。或许可以猜测，由于陆机（261—303）和其他中古时代早期诗人采用“从军行”为标题创作乐府诗，所以会导致后人回溯性地将王粲的《从军行》列入乐府行列。

建安诗人与三曹（曹操、曹丕和曹植）以及他们彼此之间的互动关系可以在他们创作的各种社会诗或者应景诗——如宴饮诗和赠答诗——中看到。不少诗人都写过宴饮诗（有时候叫做公宴诗）。一般是描写宴饮场面，并表示对主人的谢忱。有时候，宴饮诗中会包含感叹人生的愁绪，这应该与动荡危险的世情有关。诗中的这种欢欣畅饮似乎与曹植《名都篇》中的“归来宴平乐，美酒斗十千”的及时行乐精神如出一辙，唐代诗人李白的千古名篇《将进酒》正是运用了曹植这首诗的典故。

建安诗歌经常被单独提及的一大优点在于它的所谓现实主义，也即描述了汉代末年战事频仍、民不聊生的悲惨现实。建安诗歌的现实主义，同诗中人物和作者之间的互为映照（特别是诗，不过乐府中也很明显）——也即诗歌和历史背景之间的映照，有着直接的
【256】关联。这只是就一般而言，并不是说所有建安诗歌中都存在这样一种关联，诗中人物也非作者的自陈。王粲和曹植的一些诗作便是极好的例子。比如王粲三首五言《七哀诗》中的第一首。此诗写于192年间董卓被杀而导致“西京乱无象，豺虎方遘患”，王粲南下避难时。里面有这样几句：“出门无所见，白骨蔽平原。路有饥妇人，抱子弃草间。顾闻号泣声，挥涕独不还。”曹植的《送应氏》描绘了洛阳遭董卓之乱以后的荒凉破败景象：“中野何萧条，千里无人烟。念我平生亲，气结不能言。”

许多建安诗歌中都充满了悲凉之意。最为出色的长诗之一《赠白马王彪》，是曹植与同父异母弟白马王曹彪分别时的赠别诗。曹

植使用了表示旅途险阻的传统意象，援用经典文本中的语言，并对这些语言略加改造以适合新的韵律需要。诗中“霖雨泥我涂，流潦浩纵横。中逵绝无轨，改辙登高冈。修坂造云日，我马玄以黄”，因“霖雨泥我涂”而导致马匹全身“玄以黄”的景象与《诗经》交相呼应。不过建安诗歌中的郁结之气经常得到传统文论家所谓的“慷慨”的中和。“慷慨”意为面对艰难险阻时的大无畏精神，是一种个人志向抱负遭到挫折时的抖擞。《赠白马王彪》正是慷慨之诗，而曹植的《杂诗》第六十首亦如此——诗中表达了愿赴难为国建功的壮志。

曹植的《白马篇》中也有类似的英雄慷慨之意。曹植的乐府不都是以第一人称叙事，所以将《白马篇》解读为曹植精忠报国的个人意愿之表达则有些偏颇，这是一个广泛存在的问题，不只发生在曹植身上。不管怎样，《白马篇》这首颇具影响力的作品的知名度也来自它淋漓尽致地展示了曹植对对偶句的驾驭：“控弦破左的，右发摧月支。仰手接飞猱，俯身散马蹄。”其他建安诗人也非常出色地运用了对偶。比如，刘桢的《公宴诗》中就有：“清川过石渠，流波为鱼防。芙蓉散其华，菡萏溢金塘。灵鸟宿水裔，仁兽游飞梁。”

谁是建安时期最重要的诗人？答案很明确：曹植。他是中国最伟大的诗人之一，存世诗歌数量超过其他任何一位建安作家。而
且他对后世诗歌的影响也相当巨大。他的诗歌中蕴藏着后来的魏晋 【257】
南北朝诗人注重华美赡丽和高超遣词用字的种子。请注意《侍太子坐》中的文字对偶和平仄对偶：“白日曜青春，时雨静飞尘。”王粲对于这一时期的诗歌发展也非常重要，他出众的文采毋庸置疑。王粲大约比曹植年长十五岁，在投归曹操之前，便已经在荆州创作了不少颇具影响力的诗作。作为曹操确立的继承人，曹丕的重要性主要在于他是文学活动的中枢。曹丕《典论》中的《论文》是六朝

文学理论的发轫作品之一，不过他的诗歌则通常不如曹植那般获得如此高的评价。曹丕有两首同名七言诗最常为后人提及，即以一位女子的口吻怀念远行爱人的《燕歌行》。曹操的诗歌经常被低估，原因在于他对四言诗的偏好，也在于他在汉朝灭亡中扮演的角色。这种评价与曹操的诗歌成就不太相称，有些人则在曹操作品的即兴与粗犷中看到了最出色的建安诗作。

最后需要提及的建安诗人是蔡邕之女蔡琰（生于177年）。东汉末年军阀混战时，她为董卓部下所掳，辗转流入南匈奴，最后嫁给了南匈奴左贤王。左贤王去世后，又依匈奴习俗嫁给了丈夫的儿子。在匈奴，蔡琰度过了十二年，生下两个儿子，直到曹操将她赎回。两首名为《悲愤诗》的诗作据说为蔡琰所作。其中篇幅较长的《悲愤诗》是一首相当优秀的叙事诗，由108行五言句组成。另外一首则是楚歌体。这两首《悲愤诗》都讲述了她的被俘，在匈奴的生活，被曹操赎回，与儿子的骨肉分离以及回到中原的一系列经过。不过它们是否真系出自蔡琰之手是很令人生疑的。实际上，它们应该是关于蔡琰生平的后世作品。另一首经常被认为是蔡琰作品的是长诗《胡笳十八拍》。但从其出现较晚、有事实错讹以及与年代不符的文体等方面来判断，《胡笳十八拍》是蔡琰亲手创作的可能性非常小。因此，虽然蔡琰经常被论及为建安时代的重要作家，但是我们并不清楚她的作品是否真正存世。

· 正始时期

公元239年，魏明帝曹睿崩，他八岁的养子曹芳继位。在摄政将
【258】军曹爽和司马懿的控制下，曹芳的帝位延续到254年。司马家族最终完全操控了魏朝政权。254年，司马师废去曹芳帝号，贬为齐王，另立曹髦（241—260）为帝。260年，曹髦试图铲除司马氏，但失败被

杀。魏朝名义上又存在了五年，直到265年司马炎登上帝位（在位时期：265—290），是为晋武帝。

正始（239—248）是曹芳统治的第一个年号。文学时期意义上的正始时期同样并不与历史时期完全重合，而是持续到魏朝灭亡的265年。从正始时期开始直到西晋，诗歌成为一项危险的事业。许多一流诗人在司马氏当权的年间，遭遇了暴死。与政治的关系是非常危险的，许多人都竭尽全力远离政治。但是因为拒绝为朝廷效力会招致批评，所以远离政治同样也会很危险。文学理论家兼批评家刘勰在《文心雕龙》中指出，这一时期的道家玄学的倾向无疑反映了正始作家中间的遁世主义和对追求永生的兴趣，最著名的诗人是阮籍（210—263）和嵇康（223—262）。

阮籍是建安作家阮瑀之子。阮籍以不合礼教的不羁行为而闻名于世，其怪诞有时让人目瞪口呆，但是当时手握大权者因阮籍的名声而不断想招其入仕。阮籍担心参加司马集团会带来杀身之祸，所以他逃避入仕的策略便是借故推辞，如果这一招不奏效，那么就以称病为借口尽快辞官。因为司马氏对他采取容忍态度，阮籍最后得以终其天年。司马昭（211—265）甚至一直希望阮籍能将女儿嫁给其子司马炎（后来的晋武帝），而阮籍据说长醉六十天来逃避提亲者，令对方无从置喙。阮籍的耽酒颇具传奇性——他主动要求担任步兵校尉，仅仅是因为这个兵营里面的厨师特别擅长酿酒。阮籍的名字也与“弃经典而尚老庄，蔑礼法而崇放达”的所谓“竹林七贤”这一著名群体联系在一起。虽然竹林七贤的行为大都离经叛道、放旷不羁，但是对于司马氏的统治，他们各持不同立场，也最后导致了不同的结局。

阮籍的八十二首《咏怀诗》最为出名，除了十三首四言诗之外，其他全部都是五言诗。《咏怀诗》主要是表达苦闷忧怀等情绪的抒情诗，内容非常简略，经常运用传说中或历史中的人物事件典

故。因为诗的晦涩模糊，以及其中所传达的强烈感情，很多人认为它们影射了当时的事件。这样一种解读更被建安诗人将自己生活写
【259】进诗篇中的做法所进一步强化。曹丕父子相继为帝之后，曹植不断受到压抑与迫害，十分苦闷，从而有时将他的愤懑写进文章和诗歌中。这种写在诗歌中的愤懑并不指涉具体的时间，如一般被认为是隐喻了他与兄长子侄之间的关系的弃妇诗——包括《杂诗》中类似主题的作品，便是如此。

阮籍的好友嵇康好老庄之说，服食丹药以求长生，《养生论》是他最著名的作品之一。丹药和冶炼之间有非常密切的关系，嵇康也喜锻铁。关于锻铁，他有一则著名轶事：司隶校尉钟会想结交嵇康，率众而往，而嵇康在树荫下锻铁，对他不予理睬，甚至出言相讥。此事件也许是嵇康被杀的原因之一。嵇康娶曹魏宗室之女为妻，在司马氏的统治下，这使他置自己于危险之境地。因为他拒绝为司马政权服务，所以一直隐居于洛阳以北的山阳他的族居所在地，竹林七贤据说在此相聚。

嵇康对仕进的不屑一顾可以在他十八首四言诗《赠兄秀才入军》的文字中感受到。不过将嵇康“越名教而任自然”体现得淋漓尽致的，是写于261年的《与山巨源绝交书》。山巨源即竹林七贤之一的山涛（205—283），他投靠司马政权之后，推荐嵇康做官，嵇康就写了这封信与之绝交。在信中，嵇康以一种嬉笑怒骂的方式解释了为何他无心于仕途。

《与山巨源绝交书》中信笔提到过一位叫做吕安的人，嵇康与之素来友善。262年，吕安之兄吕巽与安妻有染，二人便起争执。嵇康从中斡旋，建议吕安息事宁人，但是吕巽却告其弟不孝。吕安因此被捕，而试图为吕安辩解的嵇康也遭收押，二人共同赴刑。嵇康临刑前的场景在许多文献中都有记载。他擅长抚琴，临刑前从容抚了一曲《广陵散》。有文献记载，数千太学生集体请愿，请求赦免

嵇康，但未能如愿。

嵇康作为诗人的名气被建安诗人（尤其是曹植）以及其好友阮籍所盖过。不过，他的佳作是非常出色的。正如在生活中那般离经叛道、尚奇任侠，嵇康的这一面也反映在他的诗中。嵇康一反时代潮流地喜用四言，在其约六十首存世诗中大概有一半都是四言诗。不过在他笔下这一复古的诗体变成了自然又直抒胸臆的载体。在写给其兄嵇喜的《赠兄秀才入军》中，他带着责怪的口吻写道："良马既闲，丽服有晖""泽雉虽饥，不愿园林"。

另一位值得提及的正始诗人是傅玄（217—278）。傅玄生于建 【260】
安时期，经历了正始时期，而卒于文学意义上的太康时期（如果我们将太康时期视为从约270年持续到四世纪早期的话，详见下文），但是他的名字与这三个时期几乎都没有关联。傅玄最以乐府而闻名，其存世的约百首诗歌中有超过八十首乐府诗——这一数量超过了当时的任何诗人。傅玄的乐府很多为晋武帝制礼作乐时对司马氏歌功颂德的宗庙乐章，但是其余下的乐府诗则显示了傅玄使用旧主题创作新诗的才能。实际上，他对前人作品主题的模仿为乐府诗在后世的发展奠定了基调，在我们现在所了解的乐府的形成过程中扮演了重要角色。傅玄创作了许多具有社会关怀的诗歌。他经常在诗中采用女性角色口吻。虽然他并非在诗和乐府中使用这种创作手法的第一人，因为这也是建安时期诗歌的特点之一，但是很多人都认为傅玄对于传统社会中女性的悲惨命运非常同情。比如他的名作《豫章行苦相篇》，其开篇即道"苦相身为女，卑陋难再陈"，接下来又诉说了夫妇关系的不平等和疏离。在处理如妇女悲惨生活这类主题，以及傅玄所尝试的更多文学风格中，有一条主线将他与曹植和后世更加注重藻饰的诗人联系在了一起。《西长安行》表现了傅玄根据较早的民间材料创作诗歌的能力。该乐府模仿了汉代佚名乐府《有所思》。傅玄还有一篇著名的抒情《杂诗》，开头是"志士惜日短，愁人知夜长”，在这首诗中“志士”愁思的原因不详，这种处理方式与很多咏怀诗类似。

· 太康时期

晋武帝太康时期之后的西晋诗歌仍然经常被称为太康诗歌。太康时期为280—289年，但是文学意义上的太康时期约从270年延续到公元四世纪早期。钟嵘（约469—518）在《诗品》中论及太康时期时，谓言：“三张、二陆、两潘、一左，勃尔复兴……亦文章之中兴也。”他所指的是张华（232—300）、张载（活跃于280年）、张协（约255—307）兄弟，陆机、陆云（262—303）兄弟，潘岳（247—300）、潘尼（约卒于310年）叔侄，以及左思（约253—约307）。本节的讨论就围绕钟嵘所列的这几位，再加上刘琨（271—318）和郭璞（276—324）。上文中已经提到，西晋对于在朝的诗人而言，是一个风声鹤唳的时期。当时这些顶尖诗人中的六人惨遭杀
【261】身之祸，他们是张华和潘岳，陆机、陆云兄弟（303，被夷三族）、刘琨（318）以及郭璞（324）。

刘勰以“轻绮”二字评价这一时期的诗歌特点。在正始时期傅玄的作品中就已经可以清楚看到模仿古人的趋势。而在太康时期模仿的诗作就更加普遍。不过，这并没有减损太康诗歌的重要性，虽然太康诗人采用了汉魏诗歌的主题，但是他们以更加优美的遣词造句创作了新的杰作——最终导致了更为绮丽华美的诗歌时代的到来。虽然这一时代的文气有些纤弱，但是一些优秀的咏史诗和游仙诗，以及如“招隐诗”这样的子体裁也不断涌现，并流行开来。

潘岳出身世族大家，幼时就聪颖辩慧。他也是中国历史上最有名的美男子之一。约266年，潘岳踏上仕途，在京城和各地辗转担任多种官职。293年前后，回到都城洛阳，进入贾皇后侄子贾谧的文人

集团，成为“鲁公二十四友”之一。297年，曾被征补为博士，但未召拜，以母疾去官免职，298年丧妻。300年，赵王司马伦（卒于301年）发动政变诛杀贾谧。潘岳牵扯进谋反案，全家惨遭灭门之祸，包括其年老的母亲。这并不是说潘岳是全然无辜的。他积极地，甚至可以说无耻地想要往上爬，曾经帮贾皇后伪造文字，使之能够废掉太子，以贾谧代之。

潘岳存世的约二十首诗歌中，感情基调以哀戚为主。他最著名的篇什无疑是悼念妻子的三首《悼亡诗》。“悼亡诗”从此成了中国诗歌史上专指悼念亡妻的诗歌门类。最常被举例作为潘岳代表作的是《悼亡诗》的第一首。这首感人至深的五言诗使用大量对偶，但是语言则相对朴素，最后两句使用了庄子在妻子去世后击缶的典故：“庶几有时衰，庄缶犹可击。”

张华是太康时期的高官和文坛领袖。除了诗歌以外，张华也以地理博物体的志怪笔记《博物志》而闻名。他也提掖扶持了一些当世文士如陆机、陆云和《三国志》作者、历史学家陈寿（233—297）等。张华原本不是贾氏集团的成员，但最后却与之结盟。于【262】是结局便与潘岳一样，遭赵王司马伦杀害，夷三族。

张华写下了不少社会时评性质的诗歌，最著名的是乐府诗《轻薄篇》，揭露了士族阶级荒淫奢侈的生活。他的诗作《游猎诗》颇受赋的影响，批评了士族的游猎活动。张华也有数首情诗，不过略显置身事外。这些情诗有时通过物品（帘、床和枕等）表达其中饱含的感情，这一趋势在后世的宫体诗中表达得更清晰。张华最著名的几首《情诗》之一，描写了一位女子思念远方爱人，全诗以“拊枕独啸叹，感慨心内伤”收尾。

张华也创作了英雄任侠主题的诗歌。比如他的乐府诗《壮士篇》和《游侠篇》。《壮士篇》承袭曹植《白马篇》的风格，而《游侠篇》也明显受到曹植的影响，因为“游侠”二字似是取自

《白马篇》中的“借问谁家子，幽并游侠儿”一句。但是除了这一共同点外，张华的这两篇乐府诗迥异于曹植的《白马篇》。二者的区别反映了晋代诗人对前人主题的进一步华饰。曹植的《白马篇》描写了一位少年游侠，诗中使用了对偶，但是并未用典。而张华的诗中则充满了各种典故。张华在这方面并非特例，与他同时代的如刘琨和左思在诗作中都大量用典。

陆机的《文赋》是六朝时期最著名的三部文学理论作品之一，另外两部是曹丕的《论文》和刘勰的《文心雕龙》（见第六编第三章）。陆机和曹丕一样，也是当时的一流诗人，这一点与刘勰不同。陆机生于世家，祖父即为吴国名将陆逊。289年，他与弟弟陆云迁往洛阳，在晋朝为官。北赴洛阳这一事件使陆机创作了两篇最著名的同名代表作《赴洛阳道中作》。第一首运用了大量对偶，表达了离乡去国的忧伤。虽然诗中暗含着赴任洛阳是情非所已，但是仕晋之后，陆机似热衷于政治，这也许是受他实现自我价值以及建功立业抱负的驱动。八王之乱时，陆机辗转于诸王之间，最后还是未能幸免于难，于303年死于成都王司马颖之手。

像潘岳、左思、石崇（249—300）、刘琨以及其他当时的著名诗人一样，陆机也是“鲁公二十四友”成员，并曾为贾谧呈进多首赠诗。他也是招隐诗的开创者之一。招隐诗这一独特诗歌门类可以
【263】追溯到《楚辞》中的《招隐士》，不过《招隐士》的目的却在于劝说隐士归来——“王孙游兮不归，春草生兮萋萋”。陆机等太康诗人的招隐诗中，隐逸成为一种远离社会政治俗务而令人心向往之的生活。在六朝初期，隐逸主义是一种非常有吸引力的理想，但是对大多数人而言，只是一种文学理想，因为绝少有士人会愿意或者能够脱离积极仕进的社会性生活。张华、张载、左思和王康琚都创作过招隐诗，王康琚甚至写过一首《反招隐》来专门批评招隐诗。

陆机也留下了许多宴饮诗，不过陆机的诗名主要来自对佚名诗

（包括乐府和古诗）和建安诗歌的模仿之作。《文选》中选录了大量陆机的这类诗作。与傅玄或者张华相比，陆机似乎更是将模仿当做一项本身极具价值的事业在追求，以显示其遣词用句的能力。

有一则关于陆机的轶事，说陆机本打算写一篇关于魏蜀吴三国都城的《三都赋》。他听说左思也有此意时，写信给其弟陆云表示了对左思的鄙夷。但是左思的《三都赋》问世之后，陆机叹服之余，识趣地辍笔了。所以，左思的文学名望也一定程度上建立在赋作的基础上——即与陆机《文赋》略不同的《三都赋》。《三都赋》是一篇精心雕琢的散体大赋，继承了汉代班固和张衡颂美都城的辞赋传统。

对于左思的生平，我们所知甚少。左思出身寒门，有一妹左棻，可能因其才名而于272年被选入宫，成为晋武帝贵人。虽然左思的诗作仅传世十四首，但是他被视为六朝时期最优秀的诗人之一。左思有两首《招隐诗》，第一首（根据《文选》中的顺序）比较出色。他的《娇女诗》是一首别具一格的诗，甜蜜又诙谐地描述了他的两位女儿。虽然以前也有以女儿为主题的诗作，不过经常是给夭折小女的悼文或挽歌。描写娇女的诗歌传统从左思开风气之先——同时也促进了描写愚子的诗歌，如陶潜（365—427）的《责子诗》。

不过，左思最著名的作品是八首五言《咏史诗》，以古人古事抒写自己的怀抱与不平。这些《咏史诗》自然含大量历史指涉和典故，其第七首更是几乎行行用典。虽然左思与贾谧有联系，但他逃
脱了四世纪最初十年的诗人大屠杀。他有雄心壮志，但是卑微的出 【264】
身阻止他施展才能抵达高位，这一不公平是《咏史诗》中的喟叹之一。最后，他明白了如何从牢笼中挣脱。贾氏覆灭之后，左思离开都城，数年后死于病中。

永嘉五年（311年），匈奴攻陷洛阳、掳走怀帝。永嘉之乱之后，西晋覆灭，大批难民逃往南方，晋朝在建康再度建立起来，是为东

晋。在诗歌史中，刘琨和郭璞与这一过渡期相联系。刘琨出身士族，为贾谧的“二十四友”之一。永嘉时期（307—312），刘琨为一名军事将领，率部抵抗匈奴。315年，都督并、冀、幽三州诸军事，但不久又败于石勒，后投奔鲜卑人段匹磾（其后代的一支拓跋人建立了北魏），相约共同扶助晋室，但最后因为其子通敌而被杀。

刘琨仅有三首诗存世，所以很难从这些残诗中评价他的诗歌成就。不过这三首诗颇具建安风骨。他最著名的一首诗为约作于307年、充满爱国豪情的《扶风歌》。这是一个运用当时流行的对偶手法的极好例子，其开篇为：“朝发广莫门，暮宿丹水山。左手弯繁弱，右手挥龙渊。”《扶风歌》中有关于孔子和汉代将军李陵的典故。刘琨的《重赠卢谌》约作于317—318年，此时刘琨身陷囹圄，面临极刑。诗中大量用典，提到了辅佐君主的多位历史人物，同时也哀叹了未及建功立业的怅然，其中包含了感叹时不我待的传统母题。联想到此诗创作正是刘琨赴死之际，这更增加了其艺术感染力。

刘琨坚守北方，而郭璞则是出生于北方，在四世纪初东晋衣冠南渡时，郭璞约于311年之前跟随移民潮来到南方。他是一名卓越的学者，也是陶潜之前最后一位重要的作家。他为很多作品撰写了许多注疏，其中为《山海经》《穆天子传》《尔雅》和《方言》所作的注释至今仍是标准注本。他亦精通术数，而这一才能最终使他丧命于荆州将军王敦（266—324）之手。王敦欲谋反而请郭璞卜筮吉凶，郭璞因以“无成”告之而见杀。

作为一名诗人的郭璞以十四首《游仙诗》（另有四篇残诗）而最为人所熟知。“游仙诗”起源于《楚辞》，在建安时代便有这方
【265】面的创作——最著名的是写过数篇“游仙诗”的曹植。曹植之后的其他诗人，包括阮籍、嵇康和陆机都写过类似诗歌，不过郭璞被公认是六朝隐逸游仙诗的集大成者。在游仙诗和招隐诗之间有很显然

的意识形态联系，但是招隐诗更多寄情于山水，而游仙诗则对于神仙世界更为着迷。郭璞的一些《游仙诗》表达了逃离尘世羁绊的愿望，而另一些《游仙诗》则较为侧重于神仙世界的见闻。正是因为这些《游仙诗》，也因为郭璞长于卜筮的名声，使他位列道教人物传记中，在某些文献中被描写为已登仙界。郭璞是否真的相信成仙的可能性，这个问题是千古疑案。尽管长生不老在六朝以前的中国思想中是一个常见主题，不过不是每个人都有这类信仰。创作游仙诗的诗人经常有可能是对神仙抱有怀疑之心的，或者仅仅希望能够去相信，再或者相信有神仙但认为神仙是可望而不可即的。尽管郭璞相信长生之说，但重要的是他如何创作《游仙诗》。曹植是郭璞之前最出色的游仙诗人，而郭璞在诗中投射了更多的自我，用游仙诗传递自己的忧怀和挫败感。

· 东晋和宋的诗歌

建安诗歌非常关切诗人的个人生命与所处的历史环境，热切抒发作者个人在社会和仕途中的希冀、抱负、感受和失望。而在正始时期和太康时期，由于政治、哲学和社会层面上的种种原因，诗歌普遍不再直抒胸臆，对世俗事务的关心变得越来越少。诗歌的这种疏离感逐渐在六朝后期抬头——在这一时期，诗歌的创作主要局限在南朝文人的狭小群体内，并且主要是在朝廷中。

因为当时“理过其辞，淡乎寡味”的玄言诗大行其道，人们对东晋诗歌经常评价甚低。 这些抽象的玄言诗来自于作为魏晋时期标志之一的老庄玄学之风，其代表诗人为孙绰（320—377）和许询（约活跃于358年）。孙绰更为后世所记住是由于他的赋作《游天台山赋》，这篇作品在某种程度上预见了后世山水诗的发展。 【266】

东晋和刘宋时期，有些诗人还是成功脱离了玄言诗的束缚，其中最著名的当属陶潜（陶渊明，365—427）和谢灵运（385—433）。许多人认为陶潜是唐代以前最优秀的诗人。虽然在南朝时期就有不少陶潜的拥趸，但是在这一时期他并未被广泛认可为一名大诗人，因为这一时期的诗歌趣味更重绮靡，而陶潜则以白描平淡风格见长。实际上，陶潜的诗歌由于铺采缛文相对较少，所以对现代读者来说更具吸引力。不过，他并不是（我们时常是这么认为的）时代风格的唯一特例。当时有一些不那么知名的诗人，如湛方生也以类似的朴素风格创作。陶潜自己也时常在作品中显露出玄学的痕迹。他也不是我们时常想象的那般与世隔绝，他与元嘉时期的著名诗人、作家颜延之有非常深厚的友情。

陶潜的曾祖父和祖父都曾任朝廷高官，但是后来家道中落。他曾经短暂做过小官，而辞官归田是他最著名的故事。陶潜似也有壮志凌云的人生抱负，但也希望躲避缠身的官务，过一种恬淡的自由生活。最后恬淡生活对他的吸引力占了上风，在人生的最后二十年里，他归隐山田。陶潜所面临的二元内在紧张在当时颇为常见——通常表现为儒家入世与道家出世之间的对立。归隐这一母题在士人文化中无处不在，这些难以忘情于仕途的士人们经常在自己的作品中表达一种出世态度。陶潜不但用言辞，而且用行动退隐，是颇为难能可贵的。比如沈约（441—513）对佛道都有参与，但是他的作品和生活与实际的隐逸还是保持了距离。

陶潜的诗歌经常被称为田园诗，并与谢灵运的山水诗相比较。二人都摹写自然，但是陶潜的诗更多地与田园农舍有关。他很大程度上是一位自传诗人，他的许多诗都与自己生活中发生的事件（无论大小）密切相关。虽然早期的诗人，如建安诗人都曾在诗中写下自己的经历，但是都未如陶潜般反映日常生活。

陶渊明擅长写高度结构化的诗歌，如寓言式的三首《形影神》运用了辞赋中常见的辩论形式。他也能创作更加即兴的诗作，如二十首《饮酒》组诗。《饮酒》序中，陶潜提到他自己嗜酒，“无夕不饮”，这二十首组诗只是“既醉之后，辄题数句自娱”，不过这寥寥数行序文的存在表明他对读者的启示以及某种程度上的自我意识。看似希望人们将他理解为特立独行者，并将这一自我印象以各种方式投射出来——通过他的诗歌、辞赋和自传《五柳先生传》。他的咏史诗比如《咏荆轲》和《咏二疏》，通过将自己投射为某些历史著名人士，也贯彻了这一意图。二疏指西汉的疏广与疏受叔侄二人，他们在位居高位时主动辞官还乡。太康时期的张协曾经写过一篇关于二疏的咏史诗，但是比较拘泥于《汉书》中的相关传记。陶渊明的《咏二疏》在结构上更加复杂，写法上也更加主观。 【267】

陶潜经常以归隐为主题进行创作。《饮酒》其十五最为著名：“结庐在人境，而无车马喧。问君何能尔？心远地自偏。”政治上更为进取的后世诗人如沈约和谢朓（464—499），也采用了类似的意象，但是缺乏陶潜的服膺之心。陶潜的一些作品如乌托邦式的《桃花源记》、第一首五言诗《归园田居》、以隐居为主题的《归去来辞》，均是《老子》中的景象与语言的回响。陶潜诗歌中典故的主要来源则是另一部道家文本《庄子》，排在《庄子》之后的典故来源是记载孔子及其弟子言行的《论语》：这也许表现了陶潜人格中的一种深层张力。

与陶潜相比，谢灵运是五世纪当时的文坛领袖，来自南朝最显赫、最具文学传统的士族大家。他的祖父是康乐公谢玄，他自己十八岁时袭封康乐公。谢灵运是一名极得当世推重的诗人，善于交际，奢豪而狂傲，也徜徉于山水。

谢灵运在东晋和宋两朝担任过各种官职，刘宋代晋之后，谢灵运爵位从公爵被降为侯爵，收入也大为减少。422年，出为永嘉（位于今天的温州）太守。在永嘉，“肆意遨游。遍历诸县，动逾旬朔，民间听讼，不复关怀。所至辄为诗咏”。约一年以后索性归

隐老家会稽郡始宁县（今浙江上虞），大建别墅，继续四处游览山
【268】水。宋文帝继位后，征谢灵运为秘书监，命修《晋书》，他每每称疾不朝，与友人寻山涉水，经旬不归，最后丢了官职。431年，谢灵运被外放到今天福州附近的临川担任内史这一小官，又故态复萌，因不理政事而遭到弹劾。在朝廷打算逮捕他的时候，谢灵运率部反抗，结果被流放到更远的广州，并在广州被处死。

谢灵运这一名字是山水诗的同义词。对隐逸的强烈兴趣以及精英阶层愈加精微的审美感受力是山水诗发展壮大的部分原因。作为六朝后半期的一大标志，活跃的山水诗创作并不是由南方如画山水和葱茏草木所激发的。高门士族的私人园林提供了自然所未能提供的景致。极尽铺排描摹的辞赋传统，以及诗歌各门类如宴饮诗、玄言诗、招隐诗和游仙诗等诗中的山水元素和哲学思考也为其提供了文学基础。虽然描摹是山水诗的核心，这并不是说山水诗中没有感情或哲学内容。实际上，谢灵运是一位博学的佛教居士，为佛经撰写过注释，并且对印度的音韵学原则很有兴趣。所以，谢灵运和其他诗人的山水诗通常都包含着大量自我表达成分。

谢灵运并不是第一位山水诗人。张协经常被视为山水诗的先驱。张协与谢灵运一样，在山水诗中运用对偶和细节描摹，也将内心所思所想与外在景色联系在一起。但张协对山水的描摹通常局限在山，而身处南方的谢灵运笔触所涉更广。谢灵运以山为乐，好寻山涉岭。但他通过增加水景，而将山水诗推向新的高度。在谢灵运作品中处于极其重要地位的对偶经常是围绕作者游览山水时所跃入眼帘的景色的更迭而构建的。比如《于南山往北山经湖中瞻眺》中有："俯视乔木杪，仰聆大壑淙。"谢灵运的诗中也运用了不少典故与拟人化手法，也表现了对声调韵律的感受力。

鲍照（414—466）虽然出身背景和生平都截然不同于谢灵运，但明显受到谢灵运的影响。鲍照的仕途不顺，却通过文学获得了社

会知名度。他创作的约二十首山水诗实际上景色描写相对较少。鲍照著名的山水诗包括多首写庐山的诗，但《山行见孤桐》是他最著【269】名的山水诗之一，该诗中大量的描写性段落，在某种意义上反映了在六朝时期越来越重描写的文学趋势。以描写一株孤桐为中心的《山行见孤桐》可以被视为在齐梁时期流行的咏物诗之滥觞。

鲍照的乐府诗比其山水诗有名，存世乐府诗超过八十首，涉及主题很广，包括边塞和征人、怀才不遇、人生无常、思妇弃妇和闺怨宫怨等。和同时代的诗人一样，鲍照受到古代佚名诗和文人诗的启发而经常创作乐府诗——有时以相当奇矫凌厉的语言写成。虽然鲍照的《代苦热行》模仿曹植的《苦热行》（今仅有残句存世），但是任何一位建安诗人都不太可能写出鲍照《代苦热行》中近乎超现实主义的场景："瘴气昼熏体，菵露夜沾衣。饥猿莫下食，晨禽不敢飞。毒淫尚多死，度泸宁具腓。"从某种意义上来说，这是对从曹植开始的奇峻之诗句（如《赠徐干》中"惊风飘白日"）进行创造性转化的产物。

鲍照的一些作品实际上极具俊逸豪放的汉魏遗韵，而与自己所处的时代气质不类。他有时候径直模仿汉魏诗人，如模仿刘桢风格的《学刘公干体五首》即为一例，但似乎在诗中抒发了孤高的个人感情。鲍照也模仿陶潜，《学陶彭泽体》捕捉到了陶潜的生活观及其淡泊的风格。不过，鲍照最著名的诗歌还是十八首《拟行路难》。这些以七言为主的《拟行路难》帮助形成了鲍照作为出身寒微而仕进之途屡屡受挫的一位地位卑下的参军的抑郁形象。《拟行路难》的创新在于使用了隔句押韵。以前的七言诗（柏梁体）几乎无一例外地每句押韵。鲍照的《夜听妓》使用了aaba的押韵格式，后来在绝句（见第二编第三章，在后来的齐梁时代，地位非常重要）中成为主导格式。鲍照喜用四句诗，以流行的南方乐府形式写了许多四句诗，这使其成为首位采用这一诗歌形式的诗人。

· 齐梁时期到再度大一统

在这一分崩离析的整个时期，密切关注彼此作品的诗人群体（沙龙和文学集团）对诗歌的影响非常大。而不那么正式的诗歌和社会关系也同样存在（其内在运行机制，我们不是很清楚），这
【270】样，诗人们能够及时了解时人和前人的作品。文学沙龙在文体、主题和形式的被接受过程中的影响在齐梁时代体现得最明显。齐梁诗歌中的许多发展都发端于齐代竟陵王萧子良（460—494）的宫廷中。萧子良广召天下有才之士，是齐代最负盛名的沙龙赞助者，其门下最著名的是“竟陵八友”：萧衍（464—549）、沈约、谢朓、王融（468—493）、萧琛（478—529）、范云（451—503）、任昉（460—508）和陆倕（470—526）。齐武帝永明时期（483—494）之后，在萧子良门下创作出来的诗歌被称作“永明体”或者新体诗。永明诗一般或是五言四句或五言八句，对偶句很普遍，有些遵循了沈约和其他永明诗人创立的韵律规则。经常在社交活动中创作的咏物诗是沙龙诗人的主要诗歌门类，他们会吟咏从乐器到花鸟虫鱼的各种事物。其他种类的诗歌也有创作，但是咏物加上如回文等诗歌游戏是诗人沙龙的主要作品。

声律的逐渐发展来自于对汉语声调特征不断提高的感受力，这是永明诗人的一大贡献。虽然成熟的律诗直到唐代才出现，但在梁简文帝萧纲（503—551；在位时期：550—551）统治时期，许多声律就已经被采用了。在这一过程中，沈约扮演了重要角色。虽然周颙（卒于485年）大概是将四声理论化的第一人，但沈约撰写了史上关于声调的第一部作品《四声谱》。该作品已亡佚，幸好其吉光片羽保留在日本和尚空海的《文镜秘府论》中。802—806年留学中国期间，空海广为收集中国诗文论著作，中国后来失传的六朝至唐许多重要文献，依靠此书得以保存。《文镜秘府论》对于六朝

晚期诗歌研究而言，是一座极其重要的宝库。萧子良是佛教的热心倡导者，屡招名僧讲论佛法。沈约用来解释四声的原则和术语是从六朝晚期用来解释梵文的一套理论体系发展起来的。沈约将声调理论运用在诗歌中，他和王融都以制定声调音韵规则而闻名。这并不是说，以前的诗人未曾从艺术效果角度在创作中进行音调方面的处理，但确实可以说，在齐梁时期，以印度音韵学为范式的新声律开始确立。沈约又将声律上的病忌系统地分为“八病”。虽然沈约也并未做到完全遵循自己提出来的规则，不过约在487年之后，沈约的诗（除了乐府）越来越遵守声律。

沈约历仕宋齐梁三朝，可谓乱世中的奇迹。他是当时的文坛领 【271】
袖，《宋书》的作者（后人通常认为《宋书》是最出色的二十四史之一），对于乐府的贡献也非常巨大。沈约终身抱持道教信仰，成年之后皈依佛教，经常忏悔自己的罪行，比如对男色女色都亲近。他写过一些情诗，如四首的《六忆诗》便是采用联章体的形式讲述了一位恋人的绮情追忆，该诗清晰预示了宫体诗即将流行。宫体诗与梁太子萧纲的“东宫”密切联系在一起。

谢朓是永明诗人的代表之一，极得唐人的推崇。谢朓与谢灵运同族，所以有时候被称为“小谢”。他曾在地方担任功曹等职，后回京担任尚书吏部郎，因卷进一场谋反，遭诬陷死于狱中。

谢朓存世的一百三十首诗中约三分之一是律体，反映了这一诗歌形式在宫廷中越来越受欢迎。与谢灵运一样，谢朓也创作山水诗，但是他的山水诗经常将城市景观与自然风光结合在一起。谢朓在诗坛的名声一定程度上来自朗朗上口的对偶句，如《游东田》中的“鱼戏新荷动，鸟散余花落”。他的许多诗作都是咏物诗。最值得一提的应该是他的四句诗。他的五言四句诗与唐代成熟的绝句非常接近。其中最著名的当属描写一位孤单女子的《玉阶怨》：“夕殿下珠帘，流萤飞复息。长夜缝罗衣，思君此何极。”这首诗启发了李白创作出另一首更著名的《玉阶怨》。

在梁代，文人沙龙的重要性依旧不变。梁朝的创立者梁武帝萧衍（在位时期：502—549）曾是竟陵八友之一。夺取帝位之后，萧衍延请知名作家，并保持了同沈约和其他竟陵友人之间的诗文联系。由于在都城建康和荆州居住过，萧衍受到在两地听过的“吴声歌”和“西曲歌”的强烈影响，并以这些民间流行体进行诗歌创作。他的诗歌聚焦于女性和爱情，经常侧重对女性精细而客体化的描画。除了留意到竟陵八友提倡的声调韵律之外，萧衍对这些诗律其实并不感兴趣。在晚年，他愈加痴迷佛教，其所创作的以佛教为主题的诗歌应该是反映了这一时期的思想。

萧衍的几位儿子更加倾心于文学，正是在他们自己的文学沙龙中，诞生了早期中国文学两部最重要的文集《文选》和《玉台新
【272】咏》。这两部作品是非常不一样的，它们各自反映了对文学的特定态度。昭明太子萧统组织编写的《文选》入选范围很广，收录各种体裁的作品，代表了一种兼收并蓄的文学观。这反映了一种传统文学观念，即将文学视为公器，应该具有教化功能，同时也并未忽略私人作品的自我表达性质。除了沈约和萧统的诗歌之外，《文选》对齐梁时期诗人的收录几乎空白，而更加偏好收录魏、西晋和宋代诗作，其中咏物诗和宫体诗也付诸阙如。这些被《文选》遗忘的诗作收录在萧统之弟萧纲令徐陵（507—583）编的《玉台新咏》中。

萧统于531年意外去世后，萧纲成为梁太子。萧纲与其兄萧统在《文选》中所代表的文学观截然不同。萧纲自己是一名多产诗人，有约二百首诗作存世，与其父萧衍一样，他也受到南方吴声西曲的影响。同许多六朝诗人一样，他创作了不少以军事为主题的诗歌，如边塞诗。在这一诗歌门类中，即便是南方诗人也运用了传统上北方边塞的意象。但是萧纲更以宫体诗著名——宫体诗之“宫”来自于太子的“东宫”，主要涉及的是宫廷生活和宫闱艳情。占主体地

位的宫体诗包括咏物诗，还有关于女性和爱情的诗歌——偶尔会涉及男子之间的同性感情。

描写女性的诗歌与咏物诗有密切关联，因为女性在这些诗中被对象化，情感内容很少或者几乎没有。虽然在这之前宫体诗已经呼之欲出，但只有徐陵之父徐摛（472—549）的诗作才最终确立了宫体诗。不过徐摛以前的宫体诗已经相当成熟，这从《玉台新咏》中收录的何逊（约472—约519）、沈约、王融和吴均（469—520）等齐朝和梁朝早期诗人的宫体诗作中可见一斑。令人不解的是，徐摛的宫体诗却一首也未见录于《玉台新咏》，而萧纲的另一位侍读老师庾肩吾的宫体诗却有大量收录。

庾肩吾是六世纪晚期最优秀的诗人庾信（513—581）的父亲。庾信在萧纲幕下开始文学生涯，当时撰写了不少宫体诗，并吸收了新兴的声律理论。在导致萧纲被杀和无数人丧命的侯景（502—552）之乱后，庾信出使西魏，滞留不得归。不久之后梁朝覆灭，被陈朝取代。

庾信早以诗名闻名北方，所以在西魏得到礼遇，历仕西魏 【273】
（535—556）、北周（557—581），官至从一品的开府仪同三司，世称“庾开府”。虽然庾信在北方继续创作宫体诗，但同时也通过诗歌抒写了自己的身世遭遇和对故国的怀念。代表作是《哀江南赋》，这是一篇兼具抒情性和历史性的大赋，讲述了侯景之乱、梁朝的覆灭和陈霸先的篡位，同时也表达了对梁朝统治者的不满，讲述了羁押于北方的南方俘虏的痛苦和他自己的艰难遭遇。庾信的遭遇并不是孤例，大批南人羁留于北方。虽然大多数的境遇比庾信糟糕得多，包括徐陵和王褒（约513—约577）。他们的诗歌在北方也经历了主题和情感方面的转向。

庾信今存诗约二百五十首，其中大多数都创作于留北之后。模仿阮籍《咏怀》的二十七首著名的《拟咏怀》生动体现了他的诗歌风格。《拟咏怀》十分倚重用典，比如属于边塞诗的第二十六首，开首四句八字句描写了边塞意象，但是最后四句则连用三个典故：汉代出使匈奴的苏武、战国末刺秦王的荆轲（卒于前227年）以及通过《垓下歌》而指楚霸王项羽。

所以，在此意义上，我们抵达了出发的地方：从一位六世纪末的诗人回到了公元前三世纪末的项羽，在一首非常接近唐代律诗的诗作中出现了楚歌的身影。庾信是六朝最后一位伟大诗人，他的个人生涯代表了三百多年来政治上未能达到的南北融合。而随着短暂的隋朝（581—618）败亡，真正的南北融合终于来临，也迎来了唐代诗坛的辉煌——唐人在诗歌创作中继续汲取前辈的营养。

高德耀（Robert Joe Cutter）

第三章　唐诗 【274】

唐代三百年（618—907）传统上被视为中国诗歌成就最高、最璀璨夺目的时期。这一时期的“诗歌”仅指诗，有时等同于“抒情诗”。在中国文学史对各文学体裁“黄金时代”的教条式分配中，诗是在唐代到达最高峰，正如赋为汉代的标志，而词（见第二编第四章）代表了宋代，曲（见第二编第六章）代表元代一样。不过，赋在唐代依然是一种重要的诗歌体裁，对唐代诗歌的研究不能对赋视而不见。唐代也见证了词的兴起，我们会专辟一章讨论词。

在讨论唐代诗歌时，读者应该时刻记住，所谓唐代诗歌，主要是以政治意义上的朝代时期为基础进行的一种学术建构。唐代的持续时间等于从伊丽莎白一世一直到维多利亚一世时代，从本杰明·富兰克林出生到今天，或者用一个中国的例子，等于从西晋316年覆灭到唐代618年建立。一旦意识到这一点，且我们认识到如果将如此长时间段中的诗歌视为某种整齐划一现象，那是很可怕的，如此我们就不能更好地领略唐代诗歌的各种不同样态和侧重。

·分期 【275】

研究唐诗时，后代学者试图通过年代分期而将纠缠在一起的唐代文学史梳理出头绪来。明代学者高棅（1350—1423）在《唐诗品汇》这部卷帙浩繁的唐诗选集的总序中详述了在过去五百年中学者普遍接受（虽然在细节上有些争论）的年代分期法。高棅的分类法以宋代文论家严羽（约1195—约1245）以及与高棅同时代的林鸿（约1340—约1400） 的观点为基础，将唐诗划分为四个时代：初唐，从唐朝建立到705年；接下来是七年的过渡期，然后到了盛唐（High Tang），指唐玄宗统治期间，共四十四年；在十年的过渡期之后进入了中唐时代，从766年到806年，这是唐代诗歌的“再盛期”；经过十五年的过渡之后，进入晚唐时期，从821年到907年唐代灭亡。

这一标准的年代分期并不客观，但是具有可操作性，至少考虑到了政治对文学史的复杂影响。特别是，它给予开元诗人崇高的地位，既反映了也促进了将“盛唐”作为唐代诗歌顶峰的这一趋势。在这一分期框架下，便也产生了对唐诗各个时期的系统性评价。这样，诗歌在初唐时期是一个纤弱的时期，仍旧未能尽脱六朝的影响，但它逐渐发展出了自己的特质，为盛唐气象做好了准备。而中晚唐时期虽然间歇地有复兴，但总体上趋向逐步地衰落，并最终凋零。接下来的讨论会证明关于唐诗的这种观点经常与事实相违背。唐代赋的分期问题将在关于赋的形式一节中予以讨论。

· 唐诗的形式

唐诗包括各种形式，主要的是五言诗。二世纪以来，五言诗成为诗中最常见的形式，在唐代依然如此，不过七言诗从八世纪开始越来越流行开来。一首诗中的句子数量，或者更确切地说（从具有创造性的诗人角度来看）对偶句的数量并不受限定。不过唐人对此

【276】 还是有明确偏好，就诗歌而言，四句的绝句是下限，而两百句（也

即一百句对偶句）是极少能达到的上限。当我们注意到某些诗歌中语言的声调特征和对偶句中的句式对偶是空缺的、零星的，或者并没有严格的模式，它们即为唐代的古体诗。“歌”一类的诗歌也具有这些总体特征，不过并不像古体诗那样喜用四联形式。实际上，最简短的“歌”通常是六联。最后，古体诗这一范畴也包含了骚体诗，其源头为《楚辞》中据说出自屈原笔下的作品。有时候，将这些骚体诗归在赋类中更为合适。

与之形成对比的，是对全诗的声调韵律和对偶有严格要求的近体诗。近体诗以齐梁时期沈约（441—513）等人的理论和偶尔实践为基础。佛教梵文偈颂中的诗学格律使中国人意识到抑扬顿挫的效果，沈约等人便试图通过声律在诗歌中再创一种字音效果。这一中国诗歌史中的重要进展最终导致了唐代律诗的产生。为了方便律诗的创作，汉语中的四声（平上去入）简化成平仄两极。在最理想的状态下，五言律诗要求每联前后半句中第二和第四个位置的字的平仄互换，即xAxBx/xBxAx。而对七言律诗而言，最重要的位置是第二、四和六：xAxBxAx/xBxAxBx。律诗的长度规定为八句，第二、三联的前后半句需要句式对偶。另外还有一些规则，来源于沈约就声调和其他音韵方面为避免病忌提出的“八病”，后来在唐代发展成完整的“二十八病说”。不过这些“病说”中的许多观点更具有理论意义，而非实践结果，因为提出这些理论的诗人自己也时常忘记了严格遵循它们。律诗在八世纪最初十年发展成我们现在看到的标准形态。科举考试中有时会要求创作诗歌，可能对律诗的形成起到一定作用。

近体诗中还包括排律，即按照一般律诗的格式加以铺排延长的诗歌形式，除首尾两联外，中间各联都须对仗。虽然排律可以随诗人意愿而任意延长，但最常见的是八句的倍数。最后，执行声律的绝句——即至少有一联对仗——也可归为近体诗。

【277】 乐府在形式上是古体诗的一种，不过通常被单独处理。最常见的乐府诗采用古代乐府中的标题和主题——大多数情况下，创作出诗人自己的变体，或者对传统主题进行练习，令人满意的作品相对较少。大多数乐府都以标准五言体或七言体创作，不过一些诗人（最著名的是李白）也在单首诗中使用参差的句式，从四字句到九字句甚至十字句。所谓的新乐府诗在九世纪早期由白居易等人创立，他们希望通过在内容中注入当时社会政治关切的主题而使乐府重获活力。而另外一种类型的乐府是在公共仪式和宫廷仪式上进行表演之用的。这些乐府通常伴有音乐（现已亡佚），是汉代乐府传统的延续。仪典乐府中的句长通常是四字，这可能是因为四言体的古老经典地位。学者们大部分都忽略了唐代的表演型乐府诗，不过它为我们了解宫廷诗人更正式的作品和宫廷仪式作品本身提供了帮助。

虽然唐赋的研究远远不够，不过一些学者如王芑孙（1755—1818）认为唐赋在赋的漫长历史中占有重要地位，可以与唐诗在诗歌史中的地位相提并论。和诗一样，赋有各种形式。四六体是指对仗频率很高的四字句和六字句占主导地位的赋作。

铺排华饰是汉代大赋的特点，这种类型的大赋在唐代仍然不时出现。不过从七世纪到九世纪，赋作家的创作方向有所变化。唐代诗人延续了六朝的赋作潮流，对小赋有偏爱。对于“小赋”的“小”字，我们应该相对地来理解，因为小赋通常不超过五十行——比大赋短，但还是长于大多数诗。小赋一般用在咏物主题中，以抒发诗人的情感（抒情），对世事进行品论，或直接或间接地讽刺政治。小赋中的讽刺这一侧重在唐代比任何前朝都更多地得到挖掘——虽然汉赋早已有此传统。

律赋在八世纪早期发展成为一种独特的赋作形式，成为进士考试以及各种特殊考试或制科考试中的考试项目，后来诗人逐渐将它作为更加私人化的表达。除了在押韵方面的严格规定之外，律赋与骈文很相近，二者都在每联前后半句中使用相同句式。由于唐代大多数政府公文都以骈文写成，所以律赋就成为测试考生的公文写作能力的有效方式，同时也考查了他们对文学史的掌握情况，因为考 【278】试中要求根据指定的主题（通常是历史主题或哲学主题）作赋，文字的对仗铺排读起来像一气呵成的整句，会对赋之立意进行解释性的评论。

俗赋出现在九世纪，在它的遣词造句和句式中使用了大量白话和口语元素。例子有敦煌出土文献（见第四编第八章）中的佚名作品。不过由于俗赋通常更接近散文，押韵很松散，有时完全不押韵，所以不在本章讨论范围内。同样情况的还有九世纪一些作家实验的所谓文赋，它在宋代变得很流行。不过俗赋的口语特征令人回想起早期赋作的表演性质，尽管二者形式不同。

唐赋并没有公认的分期。以赋体为基础来划分的话，可以分成三个阶段：一、从唐朝建立到八世纪最初十年的初期，这与诗的情况一样；二、以律赋的兴起为标准的中期，从公元712年唐玄宗继位到九世纪二十年代中期的一百多年间，律赋通常是公文这样的应用文；三、最后一个时期是从九世纪二十年代中期以后，这一时期律赋的创作不再那么具有公共性，而是更为私人。虽然比律赋更为古老的其他赋在唐代依然有市场，但是律赋的发展是方便唐赋分期的一种文学现象。

因为篇幅的关系，也因为简短摘录难以体现赋的风貌，所以本章不会摘录赋作。本章中征引的少量诗句仅限于对偶句或者短诗。但是这并不等于说，赋在唐代的地位没有诗那般崇高，或者赋是唐代诗人较少关注的诗歌类型。

·相关文献及其局限

如果要研究唐诗唐赋，一般而言人们会毕恭毕敬地参考《全唐诗》和《全唐文》。编纂于1705—1707年的《全唐诗》收录了超过两千两百位诗人的四万八千九百首诗歌。《全唐文》收录超过三千位作家的一万八千四百篇作品（包括超过一千五百篇赋——有意思的是，我们可以发现其编者将赋作为“文”来处理），成书于1808—1814年。《全唐诗》和《全唐文》都系官修，工程浩大，旨在比前代类似作品集更加兼收并蓄，不过同时它们也大量参阅
【279】了这些前代作品。但是必须记住，二者都不是一手文献（primary source），并且对某一文本多个版本的取舍都未能提供充足理由。因此，除了其部头和方便查询之外，这两部集子并不总是给出某一作品最可信的校订版本，也未将存世的唐诗一网打尽。敦煌出土文献加入了《全唐诗》和《全唐文》之外的大量诗和一些赋，也给一些作品带来了新的解读。清代官修编者所未获得或忽略的文献中的一些作品，也缺席于《全唐诗》和《全唐文》。《全唐文》中遗漏的诗，现在收录在《全唐文补编》中。

诗人的作品集（至少包含校订信息的作品集）是比《全唐诗》和《全唐文》更加可信的文献。但是，只有约一百位唐代诗人拥有个人作品集，且绝大多数作品集的版本都是十一世纪之后的，唐代版本凤毛麟角。756—757年，762年和881—882年间，长安城遭到三次浩劫，皇家藏书楼也未能幸免，这导致各种藏书的大规模被毁——大量私人藏书的遭遇也类似。所以，虽然唐代诗歌存世数量（超过五万首）远远超过前代各朝，但是这个数目仅是全部唐诗的一小部分。七世纪时创作的唐诗的命运尤其如此。开元九年（721）丽正殿目录著作《群书四录》中提到从唐高祖到唐高宗时期（618—684）的士人的四十多卷作品，但是到了十世纪，很多都散佚或者佚失了，而到今天仅

有辑佚出来的一两卷，共约十二首诗。李白和杜甫这两位唐代最负盛名，其作品也因此得到最全面的编辑，但他们的存世作品也并不完整。在自编文集的诗人如九世纪的元稹和白居易看来，这种做法增加了尽可能完整收录作品的可能性，不过在唐代，自编文集的做法少之又少。

诗选是另一种类型的唐诗文献，在唐代就开始出现。唐代时编选的诗选，今天学者所知的有超过一百三十种，它们以各种方式编排——有以主题编排的，还有以年代、诗歌形式或者作者地域来编排的。《全唐诗》和《全唐文》及其以前的类似作品大量以这些诗选为底本。可惜只有十三种诗选或以全本或部分辑佚的方式存世。其一，《翰林学士集》（其书名不太贴切），收录唐太宗（在位时期：626—649）时君臣的诗作，可能为许敬宗所编。其二，《搜玉 【280】小集》残本，成书于八世纪三十年代末或四十年代初，编者佚名，收录了前九十年以来的宫廷诗。存世的一卷（原共十卷）收录了三十七位诗人的六十一首作品。其三，崔融所编的《珠英学士集》残本，发现自敦煌出土的文献，收录了699—701年负责编纂类书《三教珠英》的各位“珠英学士”的诗作。其四，殷璠编于735—741年间的《丹阳集》，篇幅不大，编选了来自吴地（长江下游）诗人的作品。其五，现存最重要的唐代诗集《河岳英灵集》收录了玄宗时期最杰出的二十四位诗人的二百三十多首诗歌，也系殷璠所编。其六，《国秀集》收录从唐初到744年八十八位诗人的二百二十篇诗作，编者为芮挺章。其七，元结于760年编选的《箧中集》，篇幅也很小，收录了与元结同时代七位诗人的二十四首诗。元结推崇这些诗人的道德精神，同时也哀叹他们的郁郁不得志。其八，《玉台后集》，编者李康成意在接过梁代（502—557）《玉台新咏》的衣钵，继续收录爱情和艳情方面的诗歌，作品年代范围以梁末为上限、八世纪六十年代为下限，今仅存残本。其九，高仲武编于八世纪八十年代中期的《中兴间气集》，收录安史之乱平息之后一段时期内（约760—780）活跃的二十六位诗人的约一百三十首诗。其十，《御览诗》收录活跃在765—805年间三十位诗人的二百八十六首近体诗，由令狐楚编于814—817年间。其十一，姚合所编的《极玄集》，由八世纪四十年代到九世纪早期的二十四位诗人的整一百首诗组成——大多数为五言律诗。其十二，韦庄编于900年的《又玄集》，从标题上看这是《极玄集》的续篇，不过不仅如此，它的视野更广阔，收录了八至九世纪一百五十位诗人的诗作。其十三，由韦縠编选于910—925年的《才调集》是最后也是规模最大的一部唐代诗选，收录了唐代各个时期的一千首诗，该诗选侧重选录九世纪的作品，不过今本顺序已经严重错乱了。

宋代收录唐诗的最重要宝库是类书《文苑英华》（由李昉等二十余位廷臣完成于987年）和《唐文粹》（姚铉编，完成于1011
【281】年）。《文苑英华》和《唐文粹》都大量收录了唐代诗赋以及散文。另外有两部极具影响力的诗歌集：收录超过一千一百名唐代诗人作品并附有生平和轶事的《唐诗纪事》（计有功编于十二世纪上半叶），以及全面收集从乐府诞生以来的作品，而其中唐代乐府特别丰富的《乐府诗集》（郭茂倩编于十二世纪）。《全唐诗》和《全唐文》大量参考了所有这四部作品。

在明代的唐诗选本中，有两部重磅作品对于《全唐诗》的最终形成功莫大焉。高棅编定于1393年的《唐诗品汇》（见上文中关于唐诗的四段分期法）共一百卷，分体编排，计收录六百八十一位诗人的六千七百多首诗。而胡震亨编于十七世纪早期的《唐音统签》卷帙浩繁，网罗宏富，其规模是《唐诗品汇》的数倍，辑录唐五代诗歌整整一千卷，另有三十三卷诗话评论（即《癸签》部分）。《唐音统签》，还有明末清初学者钱谦益和季振宜递辑《全唐诗》，实际上是康熙朝官修《全唐诗》的底本。钱谦益和季振宜递辑《全唐诗》原稿本如今只有孤本，保存在台北“中央图书馆”，收录一千八百九十五位唐代诗人的四万二千九百三十一首诗。《全唐诗》的重要增补来自敦煌出土文献，以及在中国已经亡佚而在日本重见天日的稿本。

最后一部值得提及的唐诗选本与《全唐诗》等竭泽而渔的风格全然不同，即孙洙所编的家喻户晓的《唐诗三百首》（署名为蘅塘退士编），成书于1764年。《唐诗三百首》是清代众多唐诗选本之一，编者选取了自己认为各种不同唐诗体中最出色的三百首代表作，两百年来非常流行，也极具影响力，这部作品现在已经成为唐诗入门的第一本必备书。《唐诗三百首》的负面影响就在于，现在的一般读者，有时候也经常包括学者，会将孙洙选择特定诗人和诗歌时所暗含的评价不假思索地照单全收，从而导致对唐诗的理解严重受限制。《唐诗三百首》的另一个缺陷在于诗歌版本的选取无章可循，并且经常明显选用讹误的版本。

至于赋方面，并没有像唐诗那样有专门侧重辑录唐代赋作的类似汇编和选集。除了作家个人的文集，以及如《唐五十家诗集》这样的唐集丛刊之外，收录唐赋最多的，在《文苑英华》和《唐文粹》之后，是如《玉海》（1252年成书，首版于1337年）、《渊鉴类函》（1701）和《古今图书集成》（1725）这样的类书。《全唐文》编者大量借鉴上述类书。因此，所有存世唐代诗歌都来自各种——有时来路不明的——二手文献，因此产生了无数问题和疑问。不过对唐诗进行一番鸟瞰，就不必钻入文本批判的牛角尖。我们现在开始这番鸟瞰。 【282】

为了论述方便起见，也为了避免落入唐代以后的解释体系窠臼中，下面的讨论以一个世纪为一节，不过笔者也意识到这样分为三节会有些松散。不过整体而言，唐诗的历史是颇为适合这一结构的。

· 七世纪

618年唐代的建立并未导致纯文学的中断或改弦更张。不过，唐高祖（在位时期： 618—626）和其子唐太宗在七世纪上半叶在朝廷中延请了当时最博学淹通的士人，包括隋朝（581—618）时便已名声大噪者。统治者迫切希望拥有为新生王朝确立赞助官修学术的美名，这与隋朝形成了某种对比，因为后者对这方面兴味索然。实际上，隋朝的亡国之君隋炀帝因为爱好南朝体诗歌，而无心于正统的学术工程（特别是官修正史），这被视为隋朝政权道德崩坏的一大标志。

因此，在622年，高祖敕令修纂文学类书《艺文类聚》，欧阳询（557—641）主领其事，两年后成书，共一百卷。这是唐高祖626年九月被迫逊位给太宗之前唯一完成的官修工程，不过高祖李渊在位时已经敕令启动北魏、梁、陈、北齐、北周和隋各朝官史的编修。这项工程开始于623年，唐太宗于629年设史馆，任房玄龄（578—648）和魏征（详见下文）为新的监修，最后于636年成书（除了完成于656年并添入《隋书》的《隋书·经籍志》，还有最后取消了的《魏史》）。太宗以儒经“文字多讹谬”，而召集学者确立儒家经
【283】书的官修定本和注疏，其成果便是颜师古（581—645）考订而成的《五经定本》（于631年颁布）和《五经正义》（654）。《五经正义》先后在孔颖达（578—648）和长孙无忌（约600—659） 分别主持下，历经二十余年而得以颁行。621年年初，设置修文馆于门下省，馆中专辟藏书楼，以汇聚禁中群书（隋朝覆灭后禁中藏书大量毁于战火，天下平定后重新辗转搜集起来的），修文馆学士的职责便是为皇帝提供咨询。626年，修文馆改名为弘文馆，唐代大部分时期都沿用这一名称。

在即位之前，身为秦王的唐太宗就在身边聚拢了一批博学而精

于政治的士人，并于621年设置自己的文学馆。文学馆第一批十八位学士包括上文提到的史学家房玄龄、经学家孔颖达，还有训诂著作《经典释文》的作者陆德明（556—627），以及《梁书》和《陈书》的主要编写者、史学家姚思廉（卒于637年），以及以诗歌闻名的几位文学侍从之士。

在文学侍从之士中，最资深者为曾历仕陈隋两朝的虞世南（558—638）。虞世南仅有四篇赋和三十多首诗存世，不过这些作品显示了他驾驭多种题材的能力。与唐初六十年以来大多数宫廷诗人的作品一样，虞世南的绝大多数存世诗歌都是侍宴应诏之作，有设定的主题和押韵。这些诗作的遣词造句与六世纪的南朝风格关联很大，也不时会展现崭新而整饬的意象。虞世南的《狮子赋》（635年西域康居国献狮子）和《琵琶赋》两首描写来自异域之物的大赋很值得一读。他刻画西北边塞军事生活的诗作格调苍老，辞气劲健，造语精工，经常被视为唐代边塞诗的早期典范。虞世南是唐太宗在诗歌方面的指导老师。有一则著名的轶事：太宗给虞世南看一首他刚刚写的宫体诗，想让群臣以此为参照作诗应和。虞世南怕这种“体非雅正”的诗流传开去，天下风靡，影响不好，所以拒绝作应制诗。虞世南的批评旨在提醒太宗注意，梁、陈和隋朝的亡国之君个个都是绮靡诗风的爱好者。

正如上面这个故事中可以看出的，唐太宗自己也并不是文学活动的旁观者。唐太宗有将近一百首诗和五首赋存世，是七世纪之前留下【284】
最多作品的作者之一，这无疑与其帝王身份有关系。虽然虞世南有劝谏，不过唐太宗的大多数作品还是宫体诗，与其臣下的诗作相比并无出众之处。比较太宗与群臣的唱和之作，就能看得非常明显。《翰林学士集》中收录了八组这样场合中的诗作。唐太宗笔下如“松阴背日转，竹影避风移”这样的佳句是很例外的。而在关于田猎以及纪念往昔军事胜利的诗歌中，我们可以感受到唐太宗自己的声音。

魏征（580—643）是唐太宗最信任、最忠言直谏的大臣，他创作了不少不带感情色彩的、用于殿庭朝会场合的乐府系列。不过在他其他类别诗作中，有一首《述怀》，通常被视为八世纪措语朴素、慷慨激昂之作的先驱。《述怀》全诗二十句，表达魏征赴华山以东去劝降李密所领导的瓦岗军旧部时的政治信心以及个人情感，带有曹植（192—232）诗歌的明显痕迹。魏征唯一存世的赋作《道观内柏树赋》也有类似的曹植气息。从文学史的角度看，魏征另外一首重要作品是为《隋书·文学传》撰写的序。这篇序比较了南北朝文学气质的不同，“江左宫商发越，贵于清绮，河朔词义贞刚，重乎气质”，而认为在唐代，很好地将二者的优点结合在了一起，而避免了各自的缺点。八世纪的各种文学宣言中可以找到与这篇序的呼应，特别是对南朝诗歌特点的类似评价。

唐高祖和唐太宗在位时的一些重要诗人还包括褚亮（560—647）和李百药（565—648）。两人都是南人，曾北仕隋朝。杨师道（卒于647年）本为隋宗室，不过娶了唐高祖第五女桂阳公主为妻，他的作品中有已合今体法度的最早五言排律《还山宅》。另外还有陈子良（卒于632年）。陈子良应该得到比通常更多的研究，他的十三首存世诗展现了一种摄人的生动与明丽色调，特别值得注意的是《入蜀秋夜宿江渚》，与盛唐典型的山水/行旅诗构成了对比：“我行逢日暮，弭棹独维舟。水雾一边起，风林两岸秋。山阴黑断碛，月影素寒流。故乡千里外，何以慰羁愁。”许敬宗和上官仪两
【285】位宫廷诗人的作品影响都延续到了下一代，不过在叙述这两位诗人之前，接下来先从宫廷转向民间。

王绩（590—644）是一位超然于他的时代的诗人。他是儒学大师王通和作家王度（著名小说《古镜记》的作者）同父异母的弟弟。王绩不以在朝为乐，是一名极具自我意识的隐士，并因此而闻名。他年轻时曾在隋朝廷中任职，唐代以后也曾两度在长安为官

（623—627以及637—638），但两度辞官，而选择没有俗务羁绊的生活。王绩存世作品中包括四首赋、五十多首诗以及零星残句。与其同时代人不同的是，王绩的诗中没有应诏唱和之作，而都歌颂了乡村生活、自然风光以及美酒满盏带来的乐趣。这些诗里看得到对陶潜（365—427）类似题材诗作的追慕，不过王绩有时候比陶潜稍逊怡悦情怀。王绩的赋作非常有意思。《燕赋》实际上是对王朝兴亡更迭的寓言式论述；《元正赋》（出土于敦煌）中包含了对唐代节日的珍贵描写；王绩稍早描写三月三这一节日的《三日赋》也类似，不过文学成就略输《元正赋》。洋洋洒洒的《游北山赋》写于640年王绩晚年之时，将具有哲学思考的个人回忆与美丽的风光描写相结合。虽然人们倾向于将王绩视为游于方外者，不过将他的作品视为学者人格的补充部分——而非对立面——则更为准确，这方面的作品有意限制在一些选定的主题上。王绩诗作题材的狭窄并不是一个正面的特质，不过却经常因此受到视宫廷诗为有损道德之人的推崇。

这一时期最具影响力的两位诗人当属许敬宗（592—672）和上官仪（约608—665），两人的文学创作生涯都延续到了高宗朝（649—683）。许敬宗因为后来成为心狠手辣的武则天（660—707操掌国柄并于690年十月改国号为周）心腹，其名声在后世大受影响。而上官仪则是武则天的敌手和牺牲者（665年一月因直谏高宗废除武则天而被处死），在后世的名声远胜许敬宗这位原来的同僚。不过他们所卷入的权力斗争并不是这里要关注的。作为一名诗人的许敬宗是相当娴熟的，在其存世的近五十首宫廷诗中体现了处理各种题材作品的优雅风格和广博知识，其作品中的主要视觉特质在于对光影效果的捕捉。其纯熟的技法在收录于《翰林学士集》五言八句【286】
回文诗中体现得尤其明显。许敬宗在《翰林学士集》中的出现频率比其他诗人都高，并且其中一组诗前的序出自许氏之手，这意味着也许

《翰林学士集》的编撰出自许敬宗或者其家族成员之手。

虽然上官仪的诗作与许敬宗一样，并没有表露其内心之迹，但是出落得更加流光溢彩。比如他的八句诗《咏画障》，笔触均衡地勾勒了画障上的两位美人，使用了文学史中的多个典故："芳晨丽日桃花浦，珠帘翠帐凤凰楼。蔡女菱歌移锦缆，燕姬春望上琼钩。新妆漏影浮轻扇，冶袖飘香入浅流。未减行雨荆台下，自比凌波洛浦游。"必须强调的是，此处面对的文学术语是高度传统的。在诗中，作者个人生活经历的表达比起对文学传统的精通而言不那么重要：个体性只显示在遣词造句的选择与准确性，还有用韵行文结构的熟练上。技巧比感情更为重要。实际上在七世纪下叶，形式的美似乎越来越得到重视，这一趋势后来以年号而得名为"龙朔变体"，高度重视复杂精深的骈俪对仗。上官仪自己举例分析过诗歌中的六种对仗方法，又从略微不同的角度提出"八对"。"八对"中也包含韵式之对偶。这些都能在上官仪论诗的专著《笔札华梁》中找到，不过该作品部分收录在日僧空海（774—835）的《文镜秘府论》中，空海将804—806年留学中国期间收集的材料整理成这部重要的类书。上官仪不仅提出理论，而且将理论贯彻到诗歌创作中。其他诗人后来学习他的风格，一直到唐末，"上官体"一直是宫廷诗创作的样板。

这一时期的另一部诗学理论专著是元兢（活跃于661—684）的
【287】《诗髓脑》，同样征引进空海的《文镜秘府论》中。元兢的著作是对齐梁沈约等人所提出的声调音韵规则的进一步提炼。不过有意思的是，元兢在自己所编的《古今诗人秀句》序（也引自空海）中曾说，诗歌中感情为首，技巧第二。

七世纪晚期最著名的诗人有骆宾王（约619—约687）、卢照邻（约630—约685）、王勃（649—676）和杨炯（650—约695），史称初唐四杰。虽然四人通常作为一个群体而被提及，但他们是两代人——卢照邻和骆宾王是上一代，王勃和杨炯是年轻一代，他们之间的个人联系也相当少，所以将他们视为志同道合的诗人群体是错误的。他们都反对或者超越了“绮错婉媚”的宫体诗风格（即便他们能够写并且有时也写过这种宫体诗），所以被视为一个群体。与前几十年的主要诗人不同，唐初四杰除了杨炯之外，其他人的仕途都不如意，他们都在京城以外度过大半生。这是一个重大变化。虽然诗歌在整个唐代都一直是宫廷中的重要活动，初唐四杰的生平却表明了诗歌从宫廷开始慢慢流向广阔的民间这一趋势。诗歌视野和地点的扩大与唐代开疆拓土需要越来越多官员到各地就任有很大关联。在这一过程中，并未在中央政府担任过要职的诗人及其作品纷纷涌现。比如王绩的生平，此时就不会再像唐代初年那样看上去不同寻常。生活在长安城里，对于个人谋求声名来说是很重要的，对于其作品的流播也非常有帮助，但是随着唐文化在全国一千五百多个县的渗透，为诗人提供了很多仕途和个人表达的机会。

初唐四杰的名声不仅来自他们的文学天赋，也与其生平行迹相关。虽然骆宾王、卢照邻和王勃都在年轻时任职于诸王府中，杨炯则于显庆四年（659）举神童，后来又都遭遇挫折。骆宾王和卢照邻曾短期入狱，王勃则因藏匿官奴，后怕走漏风声，便杀人以了其事，而犯下重罪。而在这之前，王勃二十岁时，因一篇讨伐英王鸡，以此为沛王鸡助兴的戏作《檄英王鸡》（檄，通常用来指历数对方过错，而征召或声讨的文书），而被皇帝下令将他从沛王府除名，唐高宗认为这篇文章会挑拨沛王李贤与英王李显之间的关系。王勃、骆宾王和卢照邻三人连地方县令那样的官位都未达到。骆宾王因684年参与徐敬业起兵讨伐武则天，兵败而殒命。卢照邻因经年【288】
风疾不堪忍受，而投颍水自杀。王勃虽然最年轻，却因去越南看望被流放的父亲，在归途中或因溺水而身亡。相比之下，杨炯的生活比较平静，但即便如此，也曾坐从祖弟杨神让参与徐敬业起兵而遭牵连外放，最后又被召回京，后被贬为盈川这一小地方的县令，他是初唐四杰中唯一得以善终的。

初唐四杰博学淹通，从不惮于展露其学识（有些人会觉得是卖弄学识）。所以骆宾王长达两百多句的自传诗《畴昔篇》参差以五言句和六言句，充满各种典故，几乎有点窒息了整首诗的叙事活力，这令人想起庾信的《哀江南赋》。在骆宾王的诗和赋中，这一特质很普遍，明显更能吸引当时的读者而非后世读者。骆宾王的许多八句诗，特别是写景咏物诗或者赠别诗就较为容易读懂。篇幅长一些的古体诗，尤其是完全七言的古体诗，对于人们越来越能欣赏以风华流丽的奔放“歌行”体写成的诗歌，贡献良多。

卢照邻对于这一风潮亦有主要贡献，这方面两篇最著名的诗作是描写汉代（前206—220）的《长安古意》以及《行路难》——这是对古乐府的原创性变体。卢照邻的诗作无论在体裁还是题材方面都远比其他三位更加广阔。他的全部五篇赋都是杰作，他的诗则充满了出人意料又令人叹为观止的措辞，比如《江中望月》中“江水向涔阳，澄澄写月光。镜圆珠溜彻，弦满箭波长”，除了镜月如圆珠这样的熟喻之外，我们还看到了令人耳目一新的澄澄江波将月光写在江面上，以及最后一句中月光如同从天上满月射下来形成的道道箭波。卢照邻最令人难忘的作品创作于他备受煎熬的晚年——当时他忍受着似乎是日益严重的类风湿性关节炎带来的痛苦，日渐绝望的他不断求医问访，带来的只有双腿萎缩和一只手的残废。他的诗作中有很多是关于失群孤雁、迷途之鱼以及病树的寓言，描绘了与绝望和痛苦进行对抗的一幅凛冽凄清之景象。在接近生命终点之
【289】前，卢照邻创作了感人肺腑的长篇《五悲》和《释疾文》。这两篇都是大部头的骚体作品，借用了《楚辞》的格律，行文具有高度艺术性，对自己的一生悲剧进行了回顾与思索，感人至深，有时甚至令人不忍卒读。通过《五悲》和《释疾文》，卢照邻成为中古时期

唯一一位诗人，能使骚体重焕光彩并注入自己的个性，而非对屈原作品的陈腐模仿。他最后选择投颍水来结束自己身体上的痛苦，这令人回想到屈原怀沙自沉汨罗江的悲剧故事。

卢照邻年轻时曾从学于文献学者、《文选》研究学者曹宪（活跃于605—649），古文经学者王义方（615—669）。对于南朝梁《文选》的特别研究在七世纪盛行起来，曹宪的学生李善（卒于689年）的《文选注》为其中的佼佼者。在七世纪晚期，对《文选》的透彻掌握，再加上对“经典”文本的知识，对于文化的养成而言是必不可少的。这促进了经典在某种意义上的扩展，并伴随着整个唐代都作为必备的对文学艺术更多的侧重。卢照邻以及骆宾王、王勃和杨炯（后三者亦然，但程度略有不同）的成就，在于在他们的诗歌中所表现出的抒情性、技巧和学识，同时并不使其中之一项过分突出，而损害其他二者。

王勃虽然英年早逝，但是有一些作品——超过九十首诗和十二首赋——流传了下来。在其散文作品中，存世的有四十多篇序——这种文学体裁实际上由王勃发明，至少是由他将之改造为个人直抒胸臆的文体。王勃著名的《秋日登洪府滕王阁饯别序》，写于675年，被认为是骈文的一朵奇葩，但其风格并不是王勃大多数作品的典型风格。王勃偏好创作八句或四句的短诗，他的近体诗是八世纪著名诗人中最出类拔萃的。比如《仲春郊外》：“东园垂柳经，西堰落花津。物色连三月，风光绝四邻。鸟飞村觉曙，鱼戏水知春。初转山院里，何处染嚣尘。”在清新和气势方面，王勃的赋经常与卢照邻和骆宾王的叙事歌行诗相似。王勃最长篇的赋《春思赋》开篇写旅寓巴蜀，然后在运思中转向长安、西北边塞、洛阳和江南金陵，而《采莲赋》在前代诗人对莲花的歌咏之后又推进了一步，诗意高深，韵味隽永。《释迦佛赋》是一篇赞颂释迦牟尼佛的短赋， 【290】
对宗教史研究颇具意义。假如王勃能得享天年，哪怕只享中年之寿，他都应该可以成为唐代最杰出的诗人之一。

七世纪八十年代初，王勃因杨炯为《王勃集》所写之序而在身后名声大噪。在这篇序中，杨炯批评了龙朔时期“争构纤微，竞为雕刻”的文体，而对王勃推崇备至。在序中，卢照邻也成为“览清规而辍九攻”，反对过度形式化的宫廷体的英雄。虽然杨炯对前朝诗歌的批评已被传统学者普遍接受，但是他们最好将之视为杨炯为他所珍视的诗人与诗歌开辟单独空间的一种努力。作家与当时的文学前辈就像鱼和水，很难完全脱离，文学前辈因此也便会遭受到来自后辈的最猛烈抨击。在杨炯自己的诗歌作品中，诗的成就不大，但是存世的八篇赋则充满了广博的学识和精妙的文字，其中最著名的有《浑天赋》和《老人星赋》，这两篇赋都包括了关于唐代天文信仰的大量信息，以及描述武则天在洛阳南门举行盆斋全部过程的《盂兰盆赋》。

659年，杨炯只是一个九岁孩童的时候，就应神童举及第，待制弘文馆。这是个不同寻常的成就。对年轻人而言，应举考试的正规途径是明经或者进士。陈子昂（659—约700）正是走的这条入仕之路。682年，陈子昂在前度落榜之后通过了进士考试。在当时，进士已经由唐朝甫初五十年中比较容易获得的头衔，转而成为最难也因此最为学子梦寐以求的头衔。自此，进士头衔变成一扇门，是著名唐代诗人进入仕途的一扇敞亮大门。

陈子昂经常被视为批评齐梁体绮靡诗歌的主要干将，也是有意识回到雄浑的汉魏风骨的先驱者。这归功于他为《修竹篇》所写的短序，大概创作于698年。如上所述，谴责六朝宫廷体以及它对当时诗歌所产生的挥之不去的影响，至少从太宗时期开始就成为文坛的主流声音。陈子昂的呼吁并不新颖，而且不比其他人更有力，不过却真的点燃了一场“运动”。对陈子昂的注意力放在这一点上面，可谓错置。陈子昂的重要性在于其诗人地位而非文论家。他有超过一百首存世诗。最值得留意的是组诗《感遇》三十八首。这些 【291】诗的创作经历了多年，它们大部分是关于从草木动物到天地宇宙、当代政事和丹术等各种主题的寓言诗。陈子昂的《感遇》属于阮籍（210—263）开创的“咏怀”诗传统，也像阮籍的《咏怀》一样，《感遇》中的许多首究竟有何具体指涉和意义也成为后人探讨不已的话题。

681年，也就是陈子昂通过进士考试的前一年，进士科加试杂文。虽然起先加试的是公文性质的体裁如表奏碑铭等，但是后来在审美上更加优雅的赋和排律成为进士考试中的受宠体裁。后来在玄宗时期，赋与排律实质上垄断了这部分考试项目。而在七世纪末和八世纪初，这一趋势就已经很明显了，它是当时宫廷创作风潮的一种反映。在我们考察八世纪诗歌的时候，还将进一步审视这些问题。

· 八世纪

八世纪的第一个十年，律诗确立为一种广泛使用的诗歌形式。虽然律诗的格律之前已经在理论上建立，并且许多七世纪诗人偶尔也会创作接近于律诗的作品，但是只有在这一时期，律诗成为主要诗歌创作形式，特别是声律的运用几乎无处不在，这显示了对一种“完美”形式的接受度。宫廷圈子对律诗的日益重视和精通，可以通过对编于约702年的《珠英学士集》残本中的诗与编于约十年之后的《景龙文馆记》（记录中宗时期宫廷学者活动的作品；详见下）中的诗进行比较而看得真切。这两部作品都反映了编书之前几年的文学发展状况，它们在许多方面都颇类似。不过《珠英学士集》中的近四分之一符合律诗的规范，而《景龙文馆记》的四分之三都符合。同样明显的还有七言律诗以及排律（排律后来成为进士考试的一项）的出现频率的增加。律诗的流行通常归功于沈佺期（卒于713年）和宋之问（约656—712）这两位诗人，他们不仅是律诗的身体力行者，而且也作为主考官分别在主持进士科考试的702年（沈佺期）和708年（宋之问），将律诗纳入考试内容中。

接续巩固武后时期文学活动的唐中宗（705—710）和唐睿宗（710—712）时期，是唐代诗歌史也是唐代文化史的关键阶段。武后专权并自立周朝，而唐于705年恢复国号，这显示着唐代实际上是
【292】汉代以来最稳固且持续时间最长的一个朝代。玄宗开元盛世的到来将进一步对此作出无可置疑的证明，但705年至712年则在诗歌领域内也涌现了对唐代绵长国祚的称颂。

景龙二年（708年）五月，中宗在弘文馆（由修文馆改为此名）中召集了当时最著名的诗人，并赐封为学士，弘文馆不再是参议机构，而变成文学沙龙。其成员包括李峤（约645—714）、韦嗣立（654—719）、杜审言（约645—708）、李适（663—711）、刘宪（卒于711年）、崔湜（卒于712年）、徐彦伯（卒于714年）、李乂（657—716）和卢藏用（卒于713年），以及沈佺期和宋之问。

当时，在宫廷宴会上以及长安和郊外的寺庙聚会、风景名胜和私家庄园里，经常会进行诗赛，优胜者得赐金银丝帛。中宗以及韦皇后、安乐公主和长宁公主都是这些活动的爱好者。上官仪的孙女上官婉儿经常担任诗赛的裁判。上官仪及其家族在665年被武后处死，只留下襁褓中的上官婉儿和母亲郑氏配入内庭为奴。上官婉儿极为聪慧，能言善道，因此得到武后的宠爱。从697年起，武后让上官婉儿起草大多数文诰，上官婉儿便深陷宫廷政治中。唐于705年恢复国号后，在中宗时期，她的地位得以保持，甚至更进一步。中宗擢升上官婉儿为正二品的昭容。最重要的是，她成为在当时实掌政事的韦皇后的心腹。在陪唐中宗宴游长安的昆明池时，上官婉儿筛选定夺群臣们的百余篇应制诗。一时间，纸落如飞，到最后只剩下

两首，作者一是沈佺期，二是宋之问。上官婉儿考虑再三，选用了宋之问的那首，并且详细评价了二者的高下。上官婉儿有超过三十首诗流传了下来，大多数都是绝句。如果上官仪在世，定会对上官婉儿在诗作方面娴熟的技法和遣词造句给予赞许。实际上，自我意识和自信心是这个时期所有诗人的特征。特别值得一提的其他作家还有李峤，他留下了超过两百首诗，大多数都是咏物诗。李峤以对律诗的偏好而著称，但是以他对律诗的精通，却没有给下一代诗人留下杰出律诗。

唐玄宗长达四十四年的统治期由先天（712—713）、开元（713—742）、天宝（742—756）三个时期构成，代表了唐代文化的最高峰，此时也正是政治最强盛、经济最繁荣的时期，也即所谓 【293】
盛唐。当时，文坛诗人辈出，有些诗人成了中国漫长历史中最知名的人物。这一时期诗人的存世作品数量也急速增长，留下数百篇作品的诗人也并不罕见。

张说（667—731）虽然活跃期在七世纪末，但实际上是第一位重要的盛唐诗人。他的三百五十首存世诗大多数是五言律诗或者排律，其中最吸引人的是在他担任各地刺史时所创作的诗歌。在这些作品中，这位廷臣的锦绣文字获得了在不那么贵族化的环境中的语言与见闻的补充，经常带有一种极具吸引力的情感色彩，这在他位居京城高位时的创作中是见不到的。不过，张说为各种祭祀和庆典场合创作的礼仪式乐府却在整个唐代公认属最佳。711年，他应诏为上官婉儿集所写的序是文学史和文学批评上的重要文献。张说也是应皇子们初学诗文之需而编的《初学记》的编纂者之一。这部至今仍然有用的类书的一个特别之处在于，在每一条目下都包含了从以前的典籍中节选的关于本题的骈文，以作为句式和意象达到平衡的实例。

张九龄（678—740）起自遥远的广东，在702年（此时沈佺期为主考官之一）的进士考试中，以第二名及第，后来得到张说的提拔。张九龄是唐代时期南方人进入权力中心的最著名例子，于734—736年间曾一度担任宰相。张九龄的诗歌并不比他的政治成功逊色多少，二百五十首存世诗中的大多数（几乎都为五言诗）都是对自然景色的描写。张九龄最优秀的作品能捕捉到自然风物的精确视觉效果，特别是在将出乎意料的景物并置在一起的对偶句中。比如，描写瀑布的“洒流湿行云，溅沫惊飞鸟”，或者《林亭咏》中的“苔益山文古，池添竹气清”，再或者旅宿淮阳亭时所作的“暗草霜华发，空亭雁影过”。张九龄诗作中一个特别大的类别是“登高”诗，描写山顶、多层建筑、城楼和高塔上所见之风景。最重要的是，他在创作称颂自己的故乡（常常被北方人忽略）、以试图纠正传统地域偏见的作品（如《荔枝赋》）方面出类拔萃。由此，他在
【294】《荔枝赋》的序中盛赞荔枝“状甚环诡，味特甘滋，百果之中，无一可比”，他很惊讶，“余往在西掖，尝盛称之，诸公莫之知，固未之信”。或者另举一例，在张九龄的一些诗作中，传统上象征悲伤、孤独情感的南方猿啼，成为令人熟悉的当地一景。

孟浩然（689—740）一般被归类为“田园诗人”。当然，所有试图为诗人划定排他性界限的标签都是值得怀疑的。不过孟浩然的大多数为人所知的诗（他没有赋作存世）都以自然风光为中心。孟浩然以工笔作诗，通常在诗中包含人的存在（与王维诗中的画面形成对比，详见下）。孟浩然“名片式”的作品都描写了故乡襄阳（湖北）周边，不过他的行旅诗也同样出色。孟浩然的绝句《春晓》：“春眠不觉晓，处处闻啼鸟。夜来风雨声，花落知多少。”这是最脍炙人口的唐诗之一，原因之一在于它是自宋末开始作为蒙学材料的诗歌选本《千家诗》的开篇之作。要注意的是，这首诗并不仅仅是一首抒情小品，讲述了清晨起晚，听到鸟声阵阵，而回忆起前晚的风雨，联想到它在暗夜中摧折了多少鲜活的花儿（虽然它

主要是一首抒情小品）。《春晓》也是一幅缩影，刻画了人类对尘世生命肤浅而不确定的感受：我们对自己的存在与消逝的所知，就如对自然界中花朵零落的所知一样。孟浩然不是一位会经常使读者迷失在他的风景中的热情诗人，他是一位情绪多变的作家，也许是当时主要诗人中最为怪僻孤清的一位。虽然他参加过一次进士考试未中，晚年仅在张九龄的帮助下担任过一任地方小官，但他为当时大多数更年轻的诗人所知，所景仰，这些年轻诗人中包括了代表唐代诗歌艺术顶峰的王维和李白。

王维（701—761）在二十岁的时候（721）就通过了进士考试，他位居中国最著名的四五位古代诗人行列。王维的名气现在主要来自于幽静怡适而去人格化的田园诗，描写蕴藏了宇宙终极真理的静谧景物，这一题材后来大多数都与他联系在一起。这些诗中最著名的篇什写于位于长安南郊山脚辋川别墅（得自宋之问），其中最脍炙人口的二十首五言绝句是与好友裴迪唱和之作。《木兰柴》即为 【295】
一例：“秋山敛余照，飞鸟逐前侣。彩翠时分明，夕岚无处所。”大自然在王维笔下绝少有特写近景，往往是通过广角镜生动地提示每一处风景。这些诗中简单的遣词造句（这是王维吸引如此多译者的原因之一）颇具吸引力，看上去却质朴无华，这经常遮蔽了其在格律上的高度复杂性。王维在中年转向佛教，故取摩诘为字——“维摩诘”是梵文 Vimalakīrti的音译，是佛教中理想的在家居士，也是许多流行佛经中的重要人物，这在许多王维诗作中都有明显体现。王维也是在佛教学者中非常著名的《六祖能禅师碑铭并序》（纪念禅宗六祖惠能）的作者。在当时，王维并未被归类为田园诗人，他的名声很大程度上来自他的乐府诗。王维创作了各种体裁的诗歌（有四百首存诗），但是他的律诗和绝句是今天读者最熟悉的。王维也以音乐家和画家闻名当世。在绘画领域，王维被尊为中国山水画的创始人之一。虽然王维偏好隐逸生活，却仍多年为官。

756—757年，安史之乱中，王维被迫与安禄山合作，这一污点使得平乱之后，他的仕途被关闭，也导致后来的一些学者在欣赏其诗作时，仍不免质疑他的道德操守。

八世纪前半期诗坛的百花竞放，在殷璠所编的《河岳英灵集》（成书于753年）中体现得最为淋漓尽致。在《河岳英灵集》中，殷璠这位见闻广博的批评家为我们挑选出玄宗时期最优秀诗人的诗作。这些诗人中的大多数都通过八世纪二三十年代的进士考试而进入仕途，很多都彼此相熟。他们的名字构成了盛唐时期“白银”诗人名册，包括如王昌龄（约690—约756，727年进士）、常建（约708—约754，727年进士）、李颀（约卒于751年，735年进士）、崔国辅（约678—754，725年进士）、储光羲（709—约759，726年进士）、刘昚虚（733年进士）、陶翰（730年进士）、崔颢（约700—约754，723年进士）、贺兰进明（约卒于761年，728年进士）、綦毋潜（约692—约749，726年进士）。王昌龄的作品在《河岳英灵集》中的出现频率最高，是这一诗人群中在今天最著名的一位。王昌龄的诗歌，尤其是他的近体诗展现了一种稳健的流畅。他也是《诗格》的作者。这是一部借用佛教术语的重要文学批评著作，与其他唐代文学批评著作一样，收录在空海的《文镜秘府论》中。

高适（716—765，749年进士）和岑参（715—770，744年进士）是《河岳英灵集》中最年轻的两位诗人。就像王维和孟浩然
【296】（虽然他们有许多不同之处）经常被一起作为田园诗派代表提及一样，高适和岑参也经常被视为唐代边塞诗人的双雄。描写唐帝国在中亚挺进时西北边疆兵士与世隔绝的艰苦生活的诗歌，至少在七世纪中期就已经出现，并构成了唐诗的一个单独门类。高适和岑参都曾在幕府中担任参军，对于这些壮美而罕无人烟的塞外景色有广泛的个人体验。他们的作品，特别是七言古体诗便来自这些经历，可谓唐代边塞诗的标杆。不过，边塞诗仅占高适和岑参诗作中很小一

部分，二人在当时的诗名似并不有赖于边塞诗。《河岳英灵集》收录的岑参诗作中并无边塞诗的身影，而高适的边塞诗也仅有三首入选，其中最有名的是《燕歌行》。

在中国文学史的长河中，有两位最熠熠闪光的诗人——李白（701—约762）和杜甫（712—770）。李白比杜甫年长十一岁，长于四川，出身不明，不过可能祖上两三代有西域（中亚东部）背景（但李白自己声称是皇家同宗的远房一支）。李白很早就以诗歌名动天下。杜甫出生于长安地区一个声名显赫但已经有些衰落的家庭，他的先祖有三世纪的西晋名臣杜预（222—284），八世纪晚期的诗人杜审言是他的祖父。杜甫身前寂寞，在身后才获得“诗圣”大名。他并未出现在《河岳英灵集》中。《河岳英灵集》成书之时，杜甫还默默无闻，或者名声并不大。而李白则完全不同，他是《河岳英灵集》中最耀眼的诗人之一。

李白的天才在于他对以前文学传统的整体把握，以及将它混合起来（而并不打碎它）以形成一种独一无二的个人风格。这一点可以说是所有伟大诗人的共同特征。李白的特别之处在于，他显示了一种意愿，或者更确切地说是一种冲动，以热情洋溢（有时胆大妄为）的方式来把玩文字与形式。在他的遣词造句中，这一点很明显，不过它更体现在李白于探索意义和声音之间难以转译的互动关系时特别令人拍案叫绝的措辞中。李白是中国诗人中最具音乐性、文采最出众、最具魅力的一位，是文学中的莫扎特。李白的语言天赋，再加上不可抑制的豪放性格——虽然有时略失之莽撞轻率——使他成为唐代的拜伦，年纪轻轻就声名鹊起，并老而弥坚。李白并没有走科举考试这条常规之途，而是选择了更自由而充满不确定性的私人举荐。742—744年，李白曾作为文学侍从供奉翰林院，结果甚为糟糕，晚年的他加入永王幕府，不幸，永王与刚刚登基的肃宗在757年发生了争夺帝位的斗争，兵败之后，李白几乎把命丢掉。

李白存世的一千首诗和八篇赋充分展现了他在各种诗歌领域
【297】的出类拔萃。李白是所有唐代诗人中乐府诗的主题和标题最丰富多彩的一位，并特别以对传统母题的深化和转向而著称。在某些情况下，李白对某一主题的处理之生动集所有前代诗人之大成，而在另一些情况下，他的处理又带出一个前所未有的全新视角。他的乐府诗格律多变，经常体现出谐元韵（Assonance）和尾韵（Rhyme）的泛滥，比如《蜀道难》和《远别离》便是两个极好的例子。这两首诗太长，因此无法全文引用，但是我们禁不住想要摘录《蜀道难》的片段在这里。在《蜀道难》中，李白在参差不齐的句式中，以令人呼吸艰难的风驰电掣的速度，描写了蜀道之难：

> 上有六龙回日之高标，下有冲波逆折之回川。黄鹤之飞尚不得过，猿猱欲度愁攀援。青泥何盘盘，百步九折萦岩峦。扪参历井仰胁息，以手抚膺坐长叹。问君西游何时还？畏途巉岩不可攀。但见悲鸟号古木，雄飞雌从绕林间。又闻子规啼夜月，愁空山。蜀道之难，难于上青天，使人听此凋朱颜！

上面提到的许多文体特质（有时会让人联想到赋）在李白的古诗中也很明显。李白经常在他的古诗中加入令人惊异的声音元素，来增加整首诗的语义内容。《元丹丘歌》这首写道士朋友元丹丘飞仙之抱负的诗作便是这些特征的最好体现。这首诗平声字占了绝对优势（五十四字中的四十一字），这促就了全诗快速步调和“海拔高度”，而韵律的不规整则给主题增添了一种独特感：“元丹丘，爱神仙。朝饮颍川之清流，暮还嵩岑之紫烟，
【298】三十六峰长周旋。长周旋，蹑星虹，身骑飞龙耳生风，横河跨海与天通，我知尔游心无穷。”

李白的五十九首五言《古风》则较为沉稳。《古风》写于他生

命中的各个场合，继承了阮籍的《咏怀》和陈子昂的《感遇》隐喻而内省的传统。《古风》（其一）经常被视为以一种典型的自信风格，表达了李白诗歌的精神，其开篇有："大雅久不作，吾衰竟谁陈？"然后以数行诗句对中国诗歌史进行了凝缩而有选择的审视，最后申言"我志在删述，垂辉映千春"。不过我们最好不要过度诠释这首诗中李白祖述孔子的志向，或者试图将这种志向运用在李白的所有作品中。

李白很多诗歌中的另一个重要元素，是他对道教意象的深度使用，这些意象通常取自《上清经》和《灵宝经》中的经书（见第一编第十章）。道教是李白的终身兴趣（用旷达豪放的贺知章［659—744］的话来形容即"谪仙"），他于744年受道箓，加入道士行列。道教这一精神追求，在李白早期被朝廷所诏用过程中甚至也起到了一定作用，而一直到晚年，李白都对道教学说情有独钟。李白所接受的文学影响明显是多方面的，他大量吸收前辈诗人留下的养分。在乐府诗方面，使李白受益最多的是鲍照（414—466）；在典雅的风格方面，谢朓（464—499）是李白的良师；而富有冲击力的意象方面，道教（还包括佛教）经文的作用至为关键。

与其诗作比起来，李白的赋很容易被忽略，却同样也是皇皇巨著。《明堂赋》和《大猎赋》继承了汉代大赋的壮美。《大鹏鸟赋》亦是如此，该赋中《庄子》开篇的大鹏鸟被人格化为李白自己的象征，拜见了上清派一代宗师司马承祯（647—735）——李白以"希有鸟"喻之。这一大胆甚至有些放旷的自我标榜在李白的作品中很常见，但是并无冒犯之意。李白的其他赋作较短，也更为抒情，在形式和风格上与他的一些古体诗类似（比如《剑阁赋》可比之于《蜀道难》），这表明对李白而言，体裁之间泾渭分明的界限并不重要。补充一句，李白经常也被赞誉为绝句这一诗歌最简短格式的大师，这突出了李白能自由出入在各种诗歌类型中的高超技艺。

【299】 而前所述，杜甫可谓寂寞生前事，灿烂身后名，在他去世后的两代内，杜甫的诗名开始鹊起，在十一世纪达到顶峰并一直延续到今天。杜甫已经成为一种文化符号，一千多年来，提到作为诗坛大师的杜甫，便不能不提到杜甫作为人格之典范，反之亦然。文学史的最大讽刺之一是，希望能经时济世的杜甫为自己的仕途失意而自责不已，最终却成为诗歌作为“为自身”的独立事业的形象代言人。杜甫未能通过736年的进士考试，747年赴长安应制举，仍以失败告终。751年正月，玄宗接连举行了三个盛典。杜甫进三大礼赋而得到玄宗的注意，命待制集贤院，空等数年之后，仅得任地方小官。安史之乱爆发后，756—757年，杜甫（与许多当时更重要的人物一起）滞留在沦陷的长安，不过后来他成功出逃，加入了肃宗的队伍。作为忠诚的奖赏，拜左拾遗，但不到一年就被革职。杜甫的最后十二年是依靠各种朋友和当地官员度过的，先是在成都附近，后来在长江中上游各地。杜甫近一千五百首存诗中的大多数——包括他绝大多数著名作品，都是写于安史之乱期间以及之后。

人们经常说，只有在杜甫的诗里，才能找到当时文学对粉碎了盛唐的安史之乱的反思。这是一种夸大之辞。这一时期的其他诗人也进行过类似思考，但是他们都没能像杜甫那样令人难忘地捕捉到事件带来的悲苦。如律诗《春望》和《月夜》，和古诗《哀江头》《哀王孙》《北征》和《羌村三首》都显示了作为忠诚的国民、坚定的官员、忠实深情的丈夫与父亲的杜甫。《羌村》其一以极大的温柔，描写了757年9月末，杜甫风尘仆仆意外还家。为了保护妻儿的安全，杜甫于一年多前将他们安顿在鄜州羌村（在今陕西富县南）：

峥嵘赤云西，日脚下平地。柴门鸟雀噪，归客千里至。妻孥
【300】怪我在，惊定还拭泪。世乱遭飘荡，生还偶然遂。邻人满墙头，

感叹亦歔欷。夜阑更秉烛，相对如梦寐。

杜甫创作于759年的“三吏三别”（《石壕吏》《新安吏》《潼关吏》；《新婚别》《无家别》《垂老别》），令人动容地刻画了战争给平民老百姓带来的伤害。在这些诗篇中，杜甫采用了普通人的视角，即在战乱中最受冲击的老百姓的视角。杜甫对从人类到动物（如《病马》和《缚鸡行》）所有生物遭受的创痛都抱有深深的同情，这是杜诗最引人注目的特质之一，而杜诗的另一特质是有时他会对过于严肃的自己开一些玩笑。

杜甫在晚年卸下一切事务，专务创作，对复杂诗艺的关注越来越深。正如这一时期那句著名的“为人性僻耽佳句，语不惊人死不休”，这让我们想起济慈的名言：“诗歌应该以某些精美的过度而带来惊奇。”760年以前，杜甫的优秀诗作大多数都是古诗，而他生命最后十年中的诗艺成就，则经常体现在近体诗中。在这些律诗和绝句（尤其是七言诗）中，杜甫有时候在遣词造句、象征、音律和感情方面，展现出令人咋舌甚至望而却步的复杂性——其内省沉郁接近于杰拉德·曼尼·霍普金斯（Gerard Manley Hopkins）晚期的十四行诗。其中《秋兴八首》是最为著名的例子。杜甫对生活苦乐交织的真挚感，是所有其他中国诗人都未曾到达的醇厚境界。虽然杜甫用各种诗的体裁创作了大量震撼人心的诗作，但他并不擅长作赋，杜甫存世的七篇赋都比较晦涩矫饰。

与杜甫同时代的许多诗人（著名的有李白）对于赋的创作非常感兴趣，也颇精于此道。如岑参回忆早年生涯、自传式的《感旧赋》（743）和长赋《招北客文》（769）。《招北客文》混合了李白《蜀道难》《剑阁赋》以及《楚辞》中《招魂》的各种元素，描写了四川东西南三方有无比险恶的威胁，告诉文中旅居巴蜀的北客不可往此三方。钱起（约720—约783，750年进士）是受到同时代人高度赞誉的诗人，长于创作律赋。钱起存世的十三篇律赋，主题包括从星象、鹤唳、象环到玄宗每年生日在勤政殿上的百匹舞马表演【301】等，除此之外，钱起还有四百多首诗流传下来。由于钱起在长安附近的蓝田为官，而王维的辋川别墅也在此处，所以他与晚年的王维交游甚多。钱起甚至写过一组关于辋川景色的二十四首绝句，以向十多年前王维与裴迪的著名唱和诗致敬。

萧颖士（707—759）和李华（卒于774年）同在735年举进士，二人的赋都比他们的诗更加引人入胜。萧颖士的赋重视个人经历的叙事，以及对当时各种问题的反思。在创作于749年的《伐樱桃树赋》中，萧颖士表达了对独断专权的宰相李林甫的鄙夷之情，而《登宜城故城赋》写于安史之乱中的756年，此时他正身处古代属楚地的湖北地界，听到长安沦陷而玄宗逃亡的消息，便对安史之乱的背景作了一番彻底追溯，同时自陈其伤痛与决心。李华气势恢宏的《含元殿赋》描写了长安标志性建筑、大明宫正殿含元殿，这首赋作是篇幅最长的唐赋之一，可与《文选》中王延寿（144—164）的《鲁灵光殿赋》和何晏的《景福殿赋》作比。

元结（719—772，753年进士）经常与萧颖士和李华一起，被当作古文运动（见第三编第三章）的先驱。元结最著名的诗作创作于八世纪六十年代中期，他被外放到南方担任地方官期间。这些诗努力以直白的语言设法缓解安史之乱及余波给老百姓带来的痛苦，对九世纪关注社会问题的诗人影响很大。元结的赋带有道德主义倾向，较为凝滞。元结、萧颖士和李华都认为玄宗时期（他们度过了自己的青年时代）的文学过于浮华，文不胜质。如上所见，这是一种经常出现的年轻一辈诗人对上一辈诗人的典型性批判。这里遭到批评的甚至是中国诗歌的所谓黄金时代。有趣的是，仅在此时，主要通过这些作家及其追随者不遗余力的推崇，陈子昂作为唐代第一位大声疾呼“文以载道”的作家的名声才正式确立下来（前后已经相隔两代）。元结所编的《箧中集》（760）是对自己批判事业的一个缩影式呈现：它收录了当时籍籍无名的七位诗人的二十四首古体诗。根据元结的说法，这些诗人虽然位卑言轻，但是他们的诗吐露了一种古典的真诚，而非执泥于声律和语言的精雕细作。

由于篇幅有限，这里只能略略提几位八世纪中晚期诗人。其中最 【302】
重要的诗人有刘长卿（约710—约790，733年进士）和韦应物（737—约792）。刘长卿的一生几乎横跨整个八世纪，但直到安史之乱后，他的诗名才为世人所晓。他有五百多首诗存世，其中最感人至深的是关于安史之乱带给人间的悲恸，而最为娱情的则是描写田园乡村风光之作，颇具陶潜遗风。韦应物的诗作中也反映了战争之后民间的疾苦，但是韦应物比刘长卿年轻近三十岁，他笔下那些对开元盛世的生动而情深意切的追忆也同样令人难忘。这些诗涉及的主题后来在九世纪前期得到越来越多的青睐，并达到顶峰。韦应物悼念亡妻的诗作也感人至深，《伤逝》的开头便是这样的悲戚："染白一为黑，焚木尽成灰。念我室中人，逝去亦不回。"对韦应物的传统评价，认为他是王维和孟浩然的继承人，对于韦应物及其作品中的多面优点来说，这种评价并不公允。另还有如李嘉祐（约728—约783，748年进士）、戴叔伦（732—789）、卢纶（约737—约798）和李端（卒于785年，770年进士）等，不过他们不属于一流诗人行列，只是实力不错的诗匠，仅以他们自己的方式创作一些佳句。

吴筠（卒于778年）既是一名诗人，也是一位得到玄宗礼遇的道士，以及李白的好友，创作出了八世纪最生动的神仙题材的诗。他的二十四首《游仙》和十首《步虚》诗令人目眩地描写了出神入化的神秘经验。吴筠存世的八篇赋，特别是《思还淳赋》《洗心赋》《登真赋》更令人印象深刻。在佛教徒诗人中，皎然（720—约805，俗姓谢）最为突出。除了以佛教为主题的诗外，皎然也大量涉及世俗主题，在八世纪末的长江下游流域文学圈中非常活跃。皎然同时也撰写了三部诗歌理论的重要著作：《诗式》《诗评》和《诗译》。

最后值得提一下唐代两组著名的受佛教启发的诗，这两组诗与寒山（见第七编第二章）和王梵志两个名字联系在一起。约有三百首诗归在寒山名下，而王梵志名下则有四百首诗（大多数为绝句）。拨开加于两位人物身上重重传说的迷雾，很明显的是，这两组诗都写于从七世纪到九世纪的各个时代，且出自多人之手。署名为王梵志的诗包括了敦煌出土的文本。人们对寒山和王梵志诗的兴
【303】趣，是由于这些诗明白无误地——有时谜一般地或者无忌惮地、居高临下地——表达了禅宗对世俗之我执的不屑和揶揄。比如王梵志诗中有“生死如流星，涓涓向前去。前死万年余，寻入微尘数”。这些诗具有语言学上的重要性，在于其大量采用白话元素，从而为我们提供了唐代“大众”诗歌的最佳样本。

· 九世纪

李益（748—829，769年进士）可谓名副其实的八至九世纪过渡人物。安史之乱时，李益还是一名幼童，之后他又活了七十年，足以带着由距离感而产生的敬畏在新的世纪里追忆开元天宝盛世。八世纪晚期的大部分时间里，李益都在西凉边塞担任幕僚。他现存诗作的约三分之一都是写于这一时期的边塞诗。李益之所以被后世记住主要是由于这些作品。它们代表了边塞诗的顶点，不过后来的诗人继续在边塞诗这一成熟的领域内进行自己的探索。李益的边塞诗《夜上受降城闻笛》有如下好句：“回乐烽前沙似雪，受降城外月如霜。不知何处吹芦管，一夜征人尽望乡。”进入九世纪之后，李益的诗接近元白诗的简易风格，失去了早年边塞诗中喷薄欲出的生命力。后人公认李益为唐代最优秀的绝句诗人。

孟郊（751—814，796年进士）也可以被视为一位过渡性人物。

和李益不一样的是，孟郊最重要的作品创作于晚年而非中年时期，因此他更属于九世纪。撇开时代问题不论，孟郊只是一位边缘诗人。孟郊四十多岁始登进士（之前考过两次都以失败告终），由于贫苦落魄，他感觉自己隔离于大多数同时代人，韩愈成为其挚友和支持者。孟郊古体诗为主，大都带有悲愁郁堙之气，有意在遣词造句中极尽冷峭尖锐，有时甚至触及一种天地间的孤清感。孟郊诗歌中最独特的性格也是最烦扰读者之处。阅读他的诗，经常是一种紧张而非愉悦的体验。孟郊不是那种你想要邀请至家里的朋友，越是理解他的灰色基调，就越不愿意接近他。

韩愈似对自己在功名与仕途上的屡受挫折（第四次应榜才考中进士，此后又连续三次应吏部博学鸿词科考试，皆不中）而耿耿于怀了一辈子。一种怀才不遇的自我肯定弥漫在他的作品中，推动
他走向极端的自负与好争。韩愈成为九世纪初文学界和思想界的主 【304】
要人物，这一点毋庸置疑。他的好友与弟子甚多，但是韩愈对他们的影响主要是通过散文创作（详见第二编第九章）。我们可以说韩愈和斯威夫特（Jonathan Swift）一样，他的诗歌具有他的散文的优点，但是除此之外无甚特别之处。韩愈努力学习李白和杜甫，但是既没有学到李白的挥洒自如，也离杜甫的格律整饬相去甚远。韩愈是一位名人，而不是一名诗人。他在诗中用词奇诡，用韵险怪，是为了搏出位、与众不同，而非其道德主张和哲学（儒家）主张的逻辑结果。有时，这增强了作品的观赏性，但有时候仅仅是聪明的卖弄。韩愈发觉近体诗的格律要求过于烦琐，所以便集中于古体诗创作。他的那些严肃主题的诗，意旨明确，但是罕有令人印象深刻的。韩愈刻意创作了一些幽默诗，这一点有时会为人诟病，却经常能成功地使读者发笑。韩愈的诗很少有值得玩味的作品，相比之下，他的赋虽不那么勉力追求效果，反而很有魅力。他于795—803年间所创作的四篇以赋题表现了早年对仕途的沮丧和与友人分别之离愁。这

几篇赋的语言很直接，感情支配了形式，至于用韵方面则与韩愈的散文风格类似。韩愈其他一些后期作品，如《进学解》《送穷文》《讼风伯》虽然并未以赋为题，但已具赋的实质。这些赋中包含了韩愈最生动的诗歌作品。韩愈对于当时风头正健的律赋毫无兴致，并宣称他为自己在进士考试中曾经写过这种赋作而深感羞耻。

柳宗元（773—819，793年进士）通常与韩愈并称为“韩柳”，是古文运动的另一员主将，也是一位杰出的诗人。柳宗元的诗作，特别是赋，在文学史上都有非常高的地位。805年末，柳宗元积极参与王叔文集团的政治革新，不幸卷入宫廷政治。而在执政不到六个月的顺宗被迫退位之后，柳宗元也被贬官到岭南。柳宗元面临的是终身流放：在永州（湖南）十年，被召回京城，但等待他的是贬官到更远的柳州（广西），十年后卒于柳州。柳宗元以描写见长，他有着观察身边世界的一双慧眼，笔下的自然景物，即使是用来渲染象征效果，都通过精心观察和细致描摹。比如，他的各种关于草木禽鸟的诗作，便极具可读性，准确捕捉到描写对象的特
【305】质，这是其他诗人望尘莫及的。这里有一首《笼鹰词》：“凄风淅沥飞严霜，苍鹰上击翻曙光。云披雾裂虹蜺断，霹雳掣电捎平冈。砉然劲翮翦荆棘，下攫狐兔腾苍茫。爪毛吻血百鸟逝，独立四顾时激昂。”在诗的后半部分，苍鹰被捕获并囚禁在笼子里，遭受着所有引人注目的生命都必然要经历的命运（就像诗人自己一样）。离开文化中心的日子里，柳宗元变得对边陲乏味和单调的生活非常敏感。流放——即使被流放为当地的地方官，在古代并不是一项很轻的判罚（想一想被放逐到黑海的罗马诗人奥维德）。所以柳宗元便在诗中为愁苦和孤独找到宣泄的出口，不过方式是温和的。

柳宗元是唐赋历史中最重要的人物之一。除了十二篇以赋为题的作品外（包括了古体、骚体和律赋中的杰作），柳宗元的许多并未以赋为题的作品也能至少被归类为杂糅的赋。《牛赋》和《瓶

赋》描写了牛与瓶的实际意义和隐喻意义，而《囚山赋》和篇幅稍长一些的《闵生赋》《惩疚赋》都属大师手笔，描写了作者在贬官期间的外界环境和情感环境。后一组作品中的《骂尸虫文》和《哀溺文》则显示了柳宗元将赋恢复为一种融叙事、讽刺和哲理于一体的文学作品——这在九世纪已经日渐稀少。柳宗元的赋，无论是何种主题或者风格，都并不属于“咏叹调”，而是冲击力十足地带领读者向前，使人不忍释卷。虽然柳宗元是博学淹通的散文大师，存世作品中的大多数也属散文，但柳宗元也是他那一代中最具天赋和最有魅力的一位诗人。

刘禹锡（772—842，793年进士）与柳宗元同年考取进士，且同属王叔文集团，因此在805年也被贬到湖南。十年以后，重新被召，与柳宗元结伴回到京城，但也被贬官到更远的南方——广东连州。819年，柳宗元去世，刘禹锡被允许护送刚去世的老母亲的灵柩回洛阳原籍守丧。这成为刘禹锡重回政治舞台的一个契机，在生命的最后二十年中，他逐渐重新在仕途上获得成功。（这让人不禁会想，如果柳宗元能在岭南的恶劣条件中生存下来，将会有怎样的仕途发展。）刘禹锡是一位著名的散文家，也是多产的诗人，留下了超过七百首诗和十一篇赋。他的诗歌中最有分量的是社会和政治讽刺之诗。他模仿西南和南方地区民间歌谣而创作的诗歌尤为人所称道，其中最著名的包括九首七言绝句《竹枝词》。在《竹枝词序》中，刘禹锡提到四川民间歌谣是他的灵感来源，另外九首《杨柳枝词》【306】也是七言绝句。刘禹锡诗作中的大量如音乐般甜美的作品，在情绪和韵律上都呈现了一种纯粹的明丽欢快。另外，一百韵的《游桃源》也值得一提，这是唐代诗人对陶潜笔下武陵桃花源（据说位于今天的湖南常德地区）最长篇的阐发。刘禹锡的赋作中，比较有意义的有《砥石赋》，写宝剑应该勤加使用才能保持锋利不生锈，以喻国家应该多多启用栋梁人才，不要让人才等闲白了少年头。《谪九年赋》和《秋声赋》对贬谪这一很容易成为自怜自哀的主题，作了简短而平铺直叙的，也是令人惊讶的表述。《秋声赋》是酬李德裕之作，写于刘禹锡去世前一年（841），与传统的“清秋可悲”迥然不同，它强调的是老骥伏枥，犹奋迅于秋声。

李德裕（787—850）是九世纪三四十年代支配唐代政治生活的“牛李党争”的李党领袖。他对辞赋有特别的喜好，有三十二篇赋作传世，每篇都有序，交代创作动机。这些赋作中的大多数都是咏物赋，李德裕对于这些赋中的草木动物，怀有深深的欣赏之意。他曾花费大力气，在洛阳的平泉庄置办大量珍稀的奇花异草和珍木怪石——这些都是他在各地为官时收集的。李德裕的辞赋生动而优雅，即便在处理历史性主题时也是如此。比如他的《知止赋》，歌颂了春秋到西汉时期那些忠实于国家社稷又功成身退的隐士。李德裕的诗也同样落落大方，其中最值得一提的是两组描写平泉庄中风物的诗（一组二十首，另一组十首），另外还有一首《述梦诗四十韵》是根据“忽梦赋诗怀禁掖旧游”，醒来时“尚忆其半，经时悉以遗忘”，后“因缀其所遗”而成的（颇似柯勒律治梦中写出《忽必烈汗》）。

与李德裕和之前三位诗人不同，贾岛（779—843）一生在政治上失意，但作诗苦吟，在字句上狠下功夫。贾岛早年贫寒，落发为僧，法名无本。不过，他对诗歌异常虔诚。在801年认识韩愈之后，他选择还俗，并进一步磨砺自己的文学技艺。参加科举，累举不中，最后得到任命，只担任过一些小官。不过最令他着迷，甚至以宗教精神全心投入的还是诗歌。对贾岛来说，诗歌是一项一丝不
【307】苟的学问和艰苦的工作，而非简单的灵感。可是，与苦吟对应的往往是过度修饰，贾岛有时会在一联中使用很失败甚至令人发笑的对偶。贾岛的专长是五言律诗，他喜欢描写日常生活，并在其中加以抒情。贾岛最优秀的篇什对九世纪末甚至宋朝的诗人产生了很大影

响，这些诗人追求一个可以仿效的对象（而并非像李白或杜甫那样高不可攀）来学习。

姚合（781—约859，816年进士）经常与贾岛相提并论，因为他们创作中有相似的幽折清峭。不过，贾岛有时倾向于孟郊和韩愈所提倡的“奇峻险怪”风格，而姚合则并无此意。他著名的五言《心怀霜》共十二句，对自己在诗歌运思中的心灵活动作了特别生动的描写。姚合还编了《极玄集》，里面收录了二十一位诗人（主要来自八世纪后半期）的一百首诗（大多数为七言律诗），以展示他所认为的臻于完美的诗歌。

九世纪最杰出的诗人是白居易（772—846，800年进士）。虽然中国的文学传统并不将他与光芒万丈的李白、杜甫并置，但是比起任何其他唐代诗人来，白居易的作品在后世享受到的经久不息的喜爱，这是其他唐代诗人作品未曾达到的。白居易有近二千八百首存世诗，十六篇赋，充分证明了他对诗歌创作的着迷。虽然白居易对于各种类型和体裁的诗歌都能妙笔生花，但是他的长篇叙事诗和讽喻诗是最为人所称道的。讽喻诗方面，有五十首“新乐府”，白居易在809年将它们合编成组诗。这些“新乐府”同时描写和谴责了官员的奢靡、渎职、对权力的滥用，对国家特别是对老百姓带来的负面后果。白居易一般使用五言句，杂以不同长度的诗句以避免单调。在《新乐府五十首序》中，白居易提到自己特意用平易通俗的语言来创作这些诗，因为其文直而切，意义就能很容易地被理解，便能“使采之者传信”，并“可以播于乐章歌曲”，总而言之，“为君、为臣、为民、为物、为事而作，不为文而作也”。这些诗的编排煞费苦心，前二十首所涉及的历史事件至迟发生在唐朝开国两百年前，后三十首关注的是当下问题。在这两个大类别之下，还有一些三三两两的小分组，如前四首一组如引子一般，最后两首也是一组。“新乐府”系列是唐代诗歌中结构最严整的组诗。《新乐府五十首》的累积效应巨大，白居易将之视为他最重要的作品。

撰写过类似于这样的组诗（虽然结构并未有如此复杂）的，在白居易之前有杜甫、元结、韦应物和刘长卿等。与白居易同时代的
【308】元稹、张籍（768—约830，799年进士）和李绅（772—846，806年进士）都在白居易809年编定《新乐府五十首》之前创作了重要的"新乐府"作品。在九世纪最初十年，特别是唐宪宗刚刚登上帝位的最初几年，关切社会问题的讽喻诗得到很大发展。白居易高度赞扬张籍和王建（二人的作品至今仍值得关注）创作于809年以前的这类诗作。白居易将五十首诗编排成组诗的想法，似受到李绅的二十首"新题乐府"的启发，元稹曾取李绅二十首中的"病时之尤者，列而和之"（《和李校书新题乐府十二首并序》）。李绅的二十首新题乐府不幸不属于他的一百三十首存诗的行列。我们只能通过元稹的和诗了解其中十二首诗的标题。在其中的七首和诗中，元稹征引了李绅对触发创作这些诗的事件的评价。白居易《新乐府五十首》中有十二首诗，同我们已知的李绅这十二首诗的标题一模一样。在完成《新乐府五十首》的一两年之后，白居易又创作了组诗《秦中吟》十首，揭露了京城中的社会黑暗。《秦中吟》没有《新乐府五十首》中那么愤慨激昂，不过仍然不减秉笔直书的特征。白居易存诗中还有约一百首可以被归类为政治或社会讽喻诗。

白居易许多关注社会的诗作都具有叙事元素。虽然如《长恨歌》《琵琶行》和《江南遇天宝乐叟》都有其特定意旨，但是占据中心地位的还是故事本身。读者对故事本身的领略即为这些诗的目标。《长恨歌》成为所有中国古典诗歌中最著名的一首，说明白居易对于创作这种类型的诗歌颇有诀窍。

《长恨歌》创作于807年初，浪漫地讲述了唐玄宗和杨贵妃的爱情悲剧。不过这不是一出历史故事，而是一阕多情的传说，诗中自由穿插了与事实相违，或者纯粹出于想象的各种场景。全诗共由

一百二十句对偶七言句构成，每四句成一段，连缀而成。比如他对杨贵妃被缢于马嵬坡后场景的一段描写：“花钿委地无人收，翠翘金雀玉搔头。君王掩面救不得，回看血泪相和流。”这些短小精悍又如音乐般悦耳的段落框架中，开篇是“汉皇重色思倾国，御宇多年求不得。杨家有女初长成，养在深闺人未识。天生丽质难自弃，一朝选在君王侧。回眸一笑百媚生，六宫粉黛无颜色”，结尾【309】是“临别殷勤重寄词，词中有誓两心知。七月七日长生殿，夜半无人私语时。在天愿作比翼鸟，在地愿为连理枝。天长地久有时尽，此恨绵绵无绝期”。白居易后来对于《长恨歌》的家喻户晓颇有不满，指出自己更偏好严肃作品。

实际上，正是白居易的通俗浅白风格，才经常使他成为传统批评家诟病的对象，不过这种简易风格却帮助他成为日本平安时期最受欢迎的中国诗人，同时也是白居易即使在今天仍然有大量拥趸的原因之一。在赋的创作方面，白居易的律赋非常出色。在当时的文选手册（如讨论律赋在句式、段落、题目等方面技巧的新近出土《赋谱》）中，他的赋作频频作为实例出现。白居易笔下最有意思的赋，恐怕莫过于论赋之赋（《赋赋》），该篇赋根据班固著名的那句“赋者古诗之流也”展开，白居易在这里倾向于将这句话解释为“赋为古诗之主流”。

元稹（779—831）的诗人光芒，在今天与其好友白居易相比，相形见绌。不过，元稹的许多乐府诗（包括新旧乐府）无论在艺术性还是在内容方面都可与白居易匹敌。元稹和白居易都经常在散文中讨论文学理论和历史话题。在这种情况下，元稹是较早不遗余力推崇杜甫的诗人，他常常将杜甫居于李白之上。元稹最著名的诗是创作于约816年的九十句七言《连昌宫词》。诗中，“小年进食曾因入”的宫边老农诉说长安与洛阳之间皇家行宫——连昌宫的今昔变迁，回忆唐玄宗和杨贵妃在天宝年间（742—756）数度在此通宵行乐。这些锦瑟回忆混杂了对连昌宫如今的破败萧条的描写，以及皇帝下令将连昌宫夷平，结尾则呼唤明主“努力庙谟休用兵”。虽然《连昌宫词》的结尾有赤裸裸的政治吹捧之嫌，但全诗本身则生动刻画了人间繁华的转瞬即逝。

【310】 如上所述，一去不回的玄宗盛世在安史之乱几十年后成为诗歌中常常吟叹的对象。无论诗人吟叹的是王朝由盛而衰，竟然至于藩镇割据混战的局面，还是宫廷的骄奢淫逸与百姓的饥寒交加之间的反差，或者是玄宗对美色倾国倾城的杨贵妃的迷恋，这段历史都是一个不可忽略的传说。伴随着程度不同的思乡症以及讽谏之意，历史不久便成了传说，甚至近乎神话，使得诗人诗情勃发，创作了从绝句到长篇叙事诗或者赋的各种体裁的诗歌。韦应物为这段历史创作的约六篇作品在当时影响力非常大，但是只有九世纪诗人的一百多篇诗作，才将这一题材探索到极致。除了白居易的《长恨歌》和相关作品以及元稹的《连昌宫词》之外，创作类似主题的重要诗人有李益、刘禹锡、杜牧和李商隐（后两位诗人详见下）。张祜（活跃于820—845）以历史题材的绝句见长，创作了十多首吟叹这段历史的诗作。诗人们在这些作品中偏好描写两个地方，一是位于长安二十五公里外骊山上的华清池，玄宗与杨贵妃通常在这里度过初冬；二是长安以西三十公里的马嵬坡。756年7月15日，玄宗被迫下令将杨贵妃缢死在此地。在这些诗作中，场面最为宏大的当属郑嵎（851年进士）《津阳门》（指华清池的东门）。这首手法高超的《津阳门》，由两百句七言句所构成，作者自己在行与行中间给出了大量注释，其准确的历史性描写是对《长恨歌》的补充，但全诗也非常优秀。

只活了二十六岁的李贺（790—816），是唐代或许也是整个中国诗歌史上最特立独行的诗人。他最令人印象深刻的诗作，因诡异惝恍的意象世界而“彰名昭著”，如马赛克般镶嵌了幽冥虚玄的幻觉和极具个体化的用典。李贺对来源于《楚辞》，以及他个人精神世界的象征物的独一无二又神秘莫测的使用方式，有时候会带来一幅几乎无法参透的语言之幕，如《神弦曲》的末几句“桂叶刷风桂坠子，青狸哭血寒狐死。古壁彩虬金帖尾，雨工骑入秋潭水。百年老鸮成木魅，笑声碧火巢中起”——联与联、句与句甚至每幅景象之间的过渡和关联都是一团谜。李贺可谓中国的马拉美。李贺的下一代诗人中最著名的两位杜牧和李商隐都曾撰文纪念他，杜牧为《李长吉歌诗》写序，而李商隐则给这位只是闻名而从未谋面的前辈诗人写了一篇小传。

杜牧（803—852，828年进士）是九世纪最著名的赋《阿房宫 【311】
赋》的作者。在这篇格律整饬的辞赋中，杜牧通过描写秦始皇耗费巨大人力物力的阿房宫，借以批评唐敬宗（在位时期：824—827）想在骊山（该山因与唐玄宗和杨贵妃二人联系在一起而名声不佳）上重建宫殿的奢靡设想。在诗的创作方面，杜牧长于在合宜之处安置景象和典故。虽然杜牧以七绝闻名，不过如果像许多传统学者那样认为杜牧仅仅擅长新体诗，那就大错特错了。杜牧对于各种形式的诗都能够游刃有余地处理。

李商隐（约811—859，837年进士）也擅长各种类型的诗歌。他通过进士考试之后，旋即写出了一篇力作《行次西郊作一百韵》，令人信服地处理了九世纪的典型主题，主要以农民的口吻纵览了唐代治乱兴衰的历史，并以对当下社会问题的关切收尾。不过他逐渐发展出自己特有的风格，并最终成为一名具有伟大原创性的诗人。李商隐最著名的作品包含了大量与情欲相关的各种视觉景象。比如绝句《偶题》，李商隐与爱人在午后的偷欢，通过场景自身得到揭示——相交的山榴海柏，一位女子发鬟上的钗掉落下来：“小亭闲眠微醉消，山榴海柏枝相交。”这里一些语句中暗藏的典故甚至可能暗示了过去（可能还在进行中）的一场不伦之恋，不过仅仅是暗示。从表面上看，这些诗中的许多都是关于爱情中的折磨与激情的。但是诗中词语的四射光辉，就像我们直视阳光时那样，会使我们探究的双眼暂时目盲。大量典故也带来令人晕眩的文学效果。李商隐诗篇中的晦涩难懂，不管他是有意为之或是无意造就，经常给解诗带来无法解决的疑难：李商隐笔下远隔重山的爱人，究竟是一位女冠还是宫女，或者是对其政治恩主的一种隐喻。多首标题为《无题》的诗，还有迷雾重重的《碧城三首》都极具魅力，像催眠般如梦似幻。与晚年杜甫以及李贺一样，李商隐喜欢用近体诗来进行复杂的文学实验。

九世纪前期和中期值得一提的其他次要诗人还包括：施肩吾（820年进士），他的存世作品几乎全部为绝句，并大部分以道教为主题；许浑（约791—约858，832年进士），他长于律诗；马戴
【312】（844年进士），他是贾岛和姚合的朋友，其诗名在宋代有进一步提升；李群玉（813—861），赴举进士不第，一试而止，唯以布衣吟咏自适，他的历史题材和抒情题材相当出色，其乐府诗褪去了民间歌谣的寻常之气；曹邺（816—约875，850年进士），他最喜古体诗，也创作了包括题材特异的新乐府在内的优秀乐府诗。另外还有两名著名的女性诗人：薛涛（770—830）和鱼玄机（840—868）。薛涛是来自蜀地的一名乐伎，受到历任镇蜀节度使的喜爱。她的绝句以清词丽句见长，描写自然界以及倏然而逝的男女之情。相比于薛涛，地位更加重要、情绪也更加变化无常的鱼玄机也主要写儿女情长，不过她也间或在诗中对于女性仅仅作为男性世界的装饰品进行了有理有据的反击。她由于笞责女僮致死，而早早落了死刑。温庭筠（约812—866）曾不时与鱼玄机唱和，他虽有诗才，但在诗领域不算出众，而是投入巨大精力进行词（见第二编第四章）创作的最早诗人。他在词中通常采用女性口吻。温庭筠在世时，就有两部词集流传甚广。

皮日休（约834—约883，867年进士）和陆龟蒙（约卒于881年）通常被视为九世纪中晚期最杰出的诗人。在某些方面，他们的生平呈现出强烈对比：皮日休是权力的狂热追逐者，屡遭失败之后，于878年加入了黄巢起义，最终死于黄巢乱军中（可能是因为面折黄巢而见戮）；而陆龟蒙在屡次进士考试不中之后，便断绝仕途之想，安于乡间生活，培养起了对茶和道教的浓厚兴趣。不过869—871年，在皮日休担任陆龟蒙家乡（苏州附近）官员期间，二人成为密友。二人就共同题材创作了数百首诗，其中的大多数是吟咏吴地的花草植物。这些诗作可谓皮日休最优秀的篇什，也是陆龟蒙最具代表性的作品之一。陆龟蒙在宗教题材方面也同样出色，他十九篇存世的赋因其灵气而在唐代最后五十年间无可匹敌。罗隐（833—909）是皮日休和陆龟蒙的同时代人，他目睹了唐王朝的落幕。罗隐的近体诗毫不留情地抨击了朝廷命官的腐败，以及熹宗（在位时期：873—888）和昭宗（在位时期：888—904）的昏聩胆怯，罗隐也因此而闻名。罗隐直言不讳地在诗篇中进行抨击，导致了他十余次进士考试不中，而落榜又促使他继续抨击时政。

贯休（俗名为姜德隐，832—912）和齐己（俗名为胡得生，活跃于870—890）这两位诗僧均以近体诗见长。二人对于创作佛教主题的诗抱有十二分的热情，并经常在诗中运用与道教文本紧密联系【313】
的各种意象。而占二人存世作品中大部头的其他题材的诗——如咏物诗、送别诗和景物诗——也代表了当时的最高水平。方干（活跃于830—860）、李频（卒于876年，854年进士）、杜荀鹤（846—907，891年进士）、郑谷（约851—约911，896年进士）和韩偓（844—923，889年进士）这些诗人也都加入了九世纪诗歌这一热闹交响乐的合唱行列中。

韦庄（约836—910，894年进士）是本章将提到的最后一名唐代诗人，他是韦应物第四代孙，对于诗词都很精通。韦庄以词名世，是词在成熟过程中的领导先驱，因此传统上与温庭筠并称为“温韦”。韦庄的词及其所编的《花间集》，直到二十世纪早期，一直是他的主要名声来源。而二十世纪敦煌出土了韦庄早已亡佚的长篇歌行《秦妇吟》，共有不少于九个写本。《秦妇吟》是唐代泱泱诗国伟大叙事诗中最后也是最长（七言乐府全长二百三十八句）的一首。它以令人恐怖有时令人作呕的笔触，详细描写了881年黄巢乱军攻入长安后造成的生灵涂炭。《秦妇吟》中，作者虚拟了身陷兵中复又逃离长安奔往洛阳的一位贵族女性，作者遇到她的时候，发现她正在绿杨树荫下歇息，衣着凌乱，看起来受惊不小。韦庄笔下不再回忆天宝年间繁荣昔日的毁于一旦，现在他描写的是当时血腥的人间惨剧。这里的历史抓住了当下的瞬间。这首写于883—886年间的《秦妇吟》是对当时大事件的描写。从敦煌写本可知，该诗甫出，就在民间广为流传，甚至敦煌这一王朝边陲都有收藏。由于政治缘故，韦庄晚年即讳言此诗，并在自己文集中删去了它。在敦煌发现完整版本之前的一千多年间，仅有两行残句存世。

韦庄巨作《秦妇吟》的诡谲命运——亡佚千年，然后又偶然从遥远的莫高窟出土文献中重见天日——提醒了我们，任何中国文学史都是不完全的，不过它也给我们提出一项挑战，即尽可能多地发掘挽救中国文学遗产。我们这里提到的所有这些问题对于第二编第四章的主题“词”同样适用。

柯慕白（Paul W. Kroll）

第四章　词

【314】

词是什么？如果你在公元十世纪，身处中国到中亚丝绸之路上的繁华商业中心，问当地的歌伎，她也许会这样回答你："词的意思就是'词'啦，也就是'歌词'。这是一种以中文写成的歌词，配以音乐唱出，我们以此娱乐来自中国的旅客。词非常受欢迎，我来告诉你为什么：音乐很曼妙，歌词特别适合宴饮场合，推杯换盏之后的每个人听到唱词都感觉异常浪漫。"她也许会端详一下你的脸，酌一口葡萄酒，然后吐露心声，"你知道，中国人向来不是伟大的音乐民族。他们在太庙中所演奏的音乐极其枯燥无味，他们称之为'雅乐'，并宣称它至少有一千一百年的历史。从汉代开始，历经南朝诸代，直到三百年前，隋唐重新控制中国北部和西北部，这段时期里的中国人逐渐学会略微悦耳一些的音乐。这些音乐虽然使中国人能填词歌唱，但是以我们的标准来看，音乐本身还是有些寡淡。这是否是因为它来源于中国民间音乐，我不能确定……中国人现在用'清音'这一称呼来美化它，由此你可以知道这是一种古董音乐。很自然，它在今天也基本上被遗忘了。而唐人终于跟上了世界的脚步！我的意思是，他们开始参与到席卷从波斯到日本的亚洲文化中来，发现了真正的音乐是什么样的。现在的中国人只希望听到国际化的音乐，间或杂以较为出彩的中国民间歌谣来换换口味。

【315】“我明白你想知道的不仅仅是‘词’这个解释。那么好吧，我们经常会唱著名诗人用简单文言写的绝句。唱这样的歌，听众绝对不会少。不过你晓得的，我们也知道如何填词，有时会在同一节拍中加入更多音节，以使节奏更加生动。（我们也使用一些日常语言。）许多诗人都试图跟上我们的脚步，他们挣脱千篇一律的七言句，甚至实验起诗节来适应我们的音乐。”

在长安城宫廷里演奏同样泛亚洲音乐的顶级歌伎那里，你可能也会得到类似的回答。在八世纪，战火导致人们从长安逃离到其他大都市，这些男男女女便将这些高水准的音乐带到正在形成的城市文化中，保证了词的表演以及与它相关的音乐能吸引到甚至最精英的阶层。不过当时的人也会觉得上述歌伎的说法并不完全。词的表演者、商人还有沙弥，他们的曲子词手抄卷在敦煌藏经洞（见第七编第二章）中长眠了九百年，直到一个世纪之前才重见天日。也许他们会加上一句：“是的，不过还有其他类型的词，比如长篇看图讲诵，又如《五更传》《十二时》等俚曲小调，有的还配合舞蹈演出。也许我们并不将这些全部都称为词，但是你会注意到，有些套用了词所用曲的旋律。”这里的重点告诉我们，词不仅仅等同于诗人们用文言文书写传统的爱情主题和宫体诗，以及南朝的民歌，而在于将它们糅合在新的音乐中。

这些回答的复杂性说明，词（本章中指“歌词”，即lyrics，song lyrics或lyric meters）在其形成时期是一个无固定形质的体裁，其边界和定义都有待讨论。而到了宋代，词的面目越来越清晰了，不过它仍然是一种多样化并不断变化的文学体裁。

词人晏几道（约1030—约1106）“琵琶弦上说相思”这句词生动捕捉到了我们对于词在十一世纪早期的演化的看法。词的典型主题便是爱情（几乎总是思念），典型的乐器便是弹拨乐器（琵琶是一种起源于中亚的弹拨乐器，样子像瘦长的鲁特琴，放在膝盖上弹奏）。另外，晏几道是典型的北宋词人，其词作从北宋流传到今天。他是宋朝文化精英的一分子，这些文化精英以对大宋王朝的文化和政治进行界定为己任。如此严肃而地位显赫的士大夫会创作艳词靡曲，会在宴饮场合让人演唱或者自己亲自高歌一曲，并且会允许这些艳词靡曲保留下来，这真是令人不解。可以猜想到，很多士【316】大夫对同仁创作这种无甚价值的“小词”大皱其眉。晏几道就曾被其父好友、身居高位的韩维批评为“才有余而德不足”。不过晏几道却认为词的创作只要够好，对于大多数词人此即意味着“雅”就无伤体统。晏几道的父亲晏殊（991—1055）有一则著名的轶事。他把自己的“曲子”创作，与写出“针线闲拈伴伊坐”这样直白的艳词而显得粗俗的柳永（约987—1053）截然区分开来。虽然在记录这则轶事的笔记中，晏殊和柳永的对话没有提及词的形式，不过柳永大胆采用民间俗词（慢词，其特点是分节多、长于铺叙和编制结构，下文将有详述），也属惊世骇俗之举。精英诗人最后也采纳了慢词，不过在晏殊和柳永的时代，文人“可接受的”词只有包括上下两阕（每阕包含四句或五句）的小令。位极人臣的晏殊对于柳永之粗俗的不屑一顾，可能是柳永仕途不顺的原因之一。晏殊本人十四岁时就因才华洋溢而被朝廷赐为进士，做到了最高的宰相。

如果晏几道及其身份类似的诗人将写词视为一种优雅的消遣，那么他们对词的搜集和保存有以下几个理由。首先，他们在非正式场合所写的词是作为对好友和那些场合的一种怀念。词中的浪漫内容可能反映了这些场合中的对话内容，不过晏几道曾特地指出，词能使人“析醒解愠”，这是“病世之歌词”做不到的。

用文字记录词的另外一个动机是保存词的原汁原味。一首歌一旦开始传播，可能会根据大众口味有所变化，这种变化是原创者所不愿意看到的。而将词用文字记录下来，就能使之免于俗化。我们现在所知的大多数词人，都无一例外意识到需要将自己的作品与大众乐人的作品进行区别，在词曲表演曾是活泼的大众文化的时代，后者是大多数词的作者。在最早的词集《花间集》的序（撰于940年）中，提出词不仅能在英哲才俊济济一堂的场合，“用资羽盖之欢”，而且也能使南国的美人“休唱莲舟之引”。在为创作和收集词提供这两个理据时，欧阳炯（896—971）呼吁精英词人抵御俗词的霸权扩张，甚至要对词曲表演市场的“美人们”进行一番教育，
【317】以正视听。晏几道对于大众娱乐场所接受他的词作，提高自己作品影响力这方面似乎兴趣不大。他忠于纸面上的文字，以免大众歌伎将它们改头换面成俗词。

晏几道所谓“琵琶弦上说相思”虽然概括了宋代早期词的主要风格，不过概括得并不完全。一些词牌似乎只需要人声，以及用小鼓、手或者有些轶事中说的那样，用桨敲击船边来进行伴奏即可。佛教僧人有时用这些词牌来进行简单的布道，根据当时的说法，这一布道方式来自印度佛教。欧阳修（1007—1072）曾用“渔家傲”这一词牌写了十二首连章鼓子词，用小鼓节拍，分咏十二个月的自然景色。王安石则用“渔家傲”来描写乡村景色和平和的心境，他曾经与一位僧人好友在乡间漫步时一起唱“渔家傲”，击掌或者拐杖的敲地声可能是唯一的伴奏。这些都说明欧阳修和王安石并不局限于文化和政治领袖的角色，不时会参与到趣味一般的消遣中。话虽如此，却也证明了“渔家傲”能够以一种优雅的方式进行表演。这一点可以从晏殊曾创作过十四首《渔家傲》，在其存世词作中远远超过其他词牌上可见一斑。而且李清照（1084—约1151）也写过两首《渔家傲》，其中一首无疑是她最著名的代表作之一，并且完全不似简单的民间歌谣。需要注意的是，《渔家傲》的每一句都以一韵结尾，且全词不变韵，从中可以推测，《渔家傲》在表演时是

有固定节奏的，这可以满足各种风格要求。在词的发展各个阶段中，由于身处大众文化、精英文化或者二者之间的影响下，词便具有了各种不同的表演风格。这使我们了解到，为何在我们看来如此单调（因为我们无法听到它们）的词在十世纪和十一世纪初能如此繁盛。不过，词的形式、内容和使用等，随着时间的变化也保持了活力。如果我们细心阅读，并且研习围绕词而逐渐发展起来的文学批评，我们便能领悟到词的这些变化。

词在形式上的最大革新来自于柳永创作了大量慢词，而慢词在柳永之前是属于市井俚词一类的。杜牧（803—852）等诗人所写的零星慢词，对于精英的词创作几乎没有造成任何影响，而柳永的二百零四首词中的绝大部分都属于慢词（每阕平均有五十个字，小 【318】
令则平均只有三十个）——这一庞大数量足以对其他词人产生影响（虽然柳永的做法在当时不免有伤风败俗之嫌）。

小令加上新近发展起来的慢词，最常描写的主题是儿女情长，俗词中会有调情或者对不贞的直白控诉，雅词中则会有哀而不伤的相思之情，词人无论写小令还是慢词，都是将新词填进旧曲中。不过在形式上，小令与七言绝句（见第二编第三章）很接近。七言句在历史上是与民间文化联系在一起的，原先仅用作讽喻性或者预言性的“闾巷小调”，自唐代诗人采用七言来创作更为活泼的作品以来，七言诗便成为一种重要的诗歌形式。虽然五言诗和七言诗在唐代都曾谱成曲咏唱，不过为士大夫文化和大众文化架起桥梁，并导致词的兴起的，还当属七言诗。温庭筠（约812—866）写了大量在形式和内容上都接近于词的七言诗（见第二编第二至三章），他本人正以此而在后世闻名。这些七言诗整体可以看作是尾韵变化的多个诗节，或者是同一标题下的绝句组诗，很有可能是可以咏唱的。在温庭筠之前的李贺（790—816）也写过类似的诗，不过温庭筠的诗更典型地适用于一般化的人或者环境，这在柳永之前的大多数歌词中都能找到。这意味着，至少对温庭筠来说，这些歌词和他的词作之间的区别仅在于音乐上的微小细节。

不过，在词的诞生过程中，分节而可以咏唱的诗歌演化到小令，可谓跨越性的一大步。它使诗人能够有新的方式处理复杂的情感。第一节回忆往昔，另一节描写如今，或者第一节讲述一个事件，另一节则侧重于单纯的意象。甚至当诗人（如韦庄）典型地“跨过”了分界，在时间框架中或者语言风格上毫无区分时，音乐结构（不管是一段重复旋律，还是插入过渡乐段）也会将所描述的事件一分为二。（典型西方诗节诗歌中的叠句副歌部分在中国的词中是避免出现的，不过音乐应该会有重复旋律。）这就造成了节与节之间无声胜有声的关系，这促生了一种意味，即个体感情流溢在整首词中。吊诡的是，词中遣词造句的格式化却也支持了这种个体感情，因为读者或听者因此便会较少留意于每句词中的语言单位，或者试图重建这些单位之间的逻辑关系（这种关系在诗中会相当复杂，也会成为读者主要的留心之处，这导致诗更多地被阅读或者吟诵，而非咏唱），转而寻找段与段之间的情感关联或者转折。词最后成为我们现在所看到的对情感的探索，是在柳永的革新下才完全释放出它自身的这一潜力的。

【319】 若要理解慢词进入文学领域所带来的变化，则需要考察一下十一世纪音乐韵律与诗歌韵律之间的关系。十二世纪相关专家的零星乐谱与评论可以帮我们厘清这种关系。在传统的七言诗中，每句共八拍：第七个字之后或者是一个停顿，如果这七个字为押韵字，则延长为两拍以填充第八拍。因此只需要两种时值（duration）的音符，即一拍和两拍。小令的节（平均比绝句只多两个音节），对于这种八拍体系几乎不需要做多大或者甚至不需要任何调整。如果在八拍体系中有八个或者更多音节时，就会使用半拍音符。然而在慢词中，会有三字句、四字句、五字句和六字句，句末或押韵或不押

韵。相关分析证明，这些参差不齐的句子应该都会塞进四拍中，便会用到更多的半拍音节。当短句对应于另一个诗节中的八拍句时，如果它至少有五或六个音节，那么就会慢下来以达到八拍效果，而不必使句内的音节超过两拍这一极限。歌伎一旦去留心哪些句子句末押韵（结尾两拍），哪些句子句末不押韵（这意味着结尾仅一拍，或者如果句长仅三音节，那么就在第四拍停顿），她选择一拍或半拍音节的音节模式数量是比较有限的。

于是在比小令长的慢词中，柳永不仅有很大空间来讲述故事（他以填写儿女私情的回忆和自己的行旅而闻名），而且也能在每节中创造各种以韵律为界的单位，包括一字句、二字句、三字句或者四字句，大多数都比七字句要短。柳永从民间歌词中借鉴了“领句字”来协助构建起单元结构。（我们将《八声甘州》第一段中的领句字加黑：“**对**潇潇暮雨洒江天，一番洗清秋。**渐**霜风凄紧，关河冷落，残照当楼。是处红衰翠减……”）就像诗节形式所导致的不连续性一样，这些子诗节内部以及子诗节与子诗节之间的转韵，常规拍子与慢词中复杂拍子之间的张力，都激起了一种感觉，即词本身参与了情绪的体验与反映过程。正如宇文所安曾经指出的：“词可以孤立出一段文字，可以加入一个长句，就像事后添加那般任意；词可以在形式上进行突然的转变，可以联想，可以回想，也可以安放脑海中回旋的一幅景象。”慢词尤为如此。

从此时起，大多数词人便小令和慢词双管齐下，在创作中选择他们认为最合适的体裁。秦观（1049—1100）将柳永首先采用的结 【320】
构技巧，与柳永丢弃的较为意象化和较含蓄的语言传统结合起来，开创了一种“柔婉精微”的词风。秦观以此来赞颂真爱（而非侧艳之词），生动描写饱蘸感情的景物。（他对自然景物的人格化往往扣人心扉，如“春路雨添花”。）在这些词中，秦观不仅使词复归于雅正，而且比起五代词或者柳永词来，其词的品位更易为当时的士大夫所接受。

苏轼（1037—1101）也是柳永革新的继承者，不过他完全使词走上了崭新的道路。他将词作为个人抒怀的工具，模糊了词与诗之间的界限，至少在主题和遣词造句方面是如此。从开始创作词之时（当时他二十出头），苏轼就将词用于与亲朋好友的送别，以前这一功能是诗的专属。苏轼甚至曾面对他人的索诗，寄去词一首代之。苏轼似乎将颠覆文学体裁之间的区别视为己任。如果他知道自己的十篇难以确切分类的作品既收录在词中，也收录在诗中，大概会窃笑。

当苏轼给自己的词撰写序（苏轼近一半的词都有序），以表明其创作背景（在诗的创作中，这种情况很常见）时，他改变了我们阅读词的方式：即便是最为程式化的歌词，也变成了苏轼对特定情境直抒胸臆的途径，我们若像对待早期宴饮歌词一样，将之当作一种泛个体化的情感表达定然会失望。苏轼最出色也最为知名的词创作于被贬黄州（位于现在的湖北）时期（1080—1084）。在当时，如他的书信和各种序所示，苏轼对音乐的了解已经远远超过其早年。并且，对于苏轼来说，写词不必像作诗赋那般正襟危坐。词不被视为一种严肃而公共的写作形式。虽然苏轼通常将感情视为悟道的障碍，并总试图超越自己的感情，但是在词这一体裁中，他可以满足于仅仅将感情表达出来，一任自然。（这当然并不是说，苏轼未能在词中进行哲学思考。比如在写给其弟苏辙的《水调歌头》这篇早年词作中，我们便能看到苏轼对悲伤的典型思想性化解。）

从十六世纪早期开始，苏轼就被视为“豪放派”领袖，而秦观则为“婉约派”代表。这一区分是大多数人看待词的一个框架，不过有时候仔细看看两种风格开始分道而行的时间点则更有意思。比如，苏轼词之所以被视为豪放派作品的一大原因，在于其中的时
【321】间跳跃，毫无征兆地向前或者往后。苏轼关于优秀的文学创作如

同水行山谷中，“行于所当行，止于所不可不止”的说法自然很适用于他的词作。现在如果我们说这是苏轼“行云流水”风格的一部分，那么必须要问在如周邦彦（1056—1121）的婉约派作品中，时间上的类似错综复杂是否会具有不同的效果。如夏敬观（1875—1953）所指出的，柳永多“平铺直叙”，周邦彦词即学柳词，“特变其（指柳永）法，回环往复，一唱三叹。故慢词始盛于耆卿（柳永），大成于清真（周邦彦）”。

周邦彦从两个方面将词带入了完全的成熟阶段。第一个方面是，使每个音节与音乐中对应音符之间的配合更加密切具体，从而精化了词的音乐特质。通常认为，周邦彦是第一位超越了词句中平仄声（平仄这两大范畴的各种模式定义了中国诗歌的韵律）区分的词人。通过比较他所写的同一词牌的不同词作，我们可以看到，周邦彦词中的声调也区分了三种不同仄声（上、去、入）。由于几乎不可能做到以口语中的声调来唱汉字并仍然合旋律，所以这些声调区分应该与音高本身无关。它们应该是关于音符长度和前/后元音位置，以及与音符长度或音高背景中的清/浊声母的区分的。无论具体细节是哪些，周邦彦无疑深谙其中三昧：作为一名精通音律的学者，1103—1120年，他曾任职于大晟府，这是一个研究古代音乐，并提供宫廷音乐的机构。

周邦彦对音乐更精细的区分，在之后的数十年内并没有发挥充分影响。而他的词作第二个重要特点是在词中的广泛引用。在这一点上，周邦彦并非他那一代词人的特立独行者，他只是更加精熟罢了。秦观与贺铸（1052—1125）——在当时以及下一代人中声名卓著，一度以借句影响深远。（贺铸曾经自谓“吾笔端驱使李商隐［约811—859］、温庭筠常奔命不暇”。）这些词人将前人诗句融入词的做法并不罕见。《花间集》中的诗人早已贩卖过前人的遗词造句。不过，周邦彦及其时人的借句引用则通常来自诗，特别是李贺、李商隐、温庭筠和其他晚唐诗人的作品。后世对周邦彦最为佩服之处，在于他能够从著名和一般诗人那里找到合适的诗句与段落来配合音乐，达到一种高度的声律和洽。

【322】 所有中国文学体裁中当然都会有引用和典故。不过，对于词而言，这却是近乎与生俱来的天性。我们说过“遣词造句的程式化”是大多数词的特征，也注意到相思是词中出现频率最高的一大主题，并提到词是如何从诗中生长出来，并保持自身的特有传统，即作者以泛个体化的声音表达普遍的情境。如果说在词中，高度的惯例性支撑了歌词的易读性，这便令人很难想象那些精致的文学头脑在一个又一个世纪中会一如既往带着快意阅读这些作品，甚至会用这一局限性很大的体裁进行自己的创作。这一谜题的答案，在于上文所讨论的词的结构特征：句式的参差变化，它的不对称性，以及将文字段落框架化的“领句字”。被这样框架化的文字便成了反思或者“再发现”的对象。正如宇文所安所言，词“征引诗中景象，对此生发议论，并对引用内容进行各种改头换面，使其再度焕发生机”。对于周邦彦和其他词人而言，“借用过来的语言”是属于“借用过来的意象”中的一个特殊类别。他们声称通过引用前辈诗人的诗句，旧诗句能用来表达词人当下的感受，因此是真实而活生生的。这样的断言，以及旧诗句的所谓再度生动化，伴随着某种心理活动，有可能是采取词人个体情感经验的形式，或者仅作为“隐含作者”的一种智力游戏，或者二者兼有，这取决于诗词的风格。（这里使用了“隐含作者”一词，因为我们谈论的是读者在阅读时头脑里想象的那位作者。虽然通过一些相关信息，我们可以接近真实的作者及其创作意图，不过有血有肉的作者对我们而言是永远不可知的。说话者与“隐含作者”之间的距离，在词中比在其他中国诗歌中更为遥远，比如说话者可能是一位芳心寂寞的妙龄少女，而作者则为一名中年男子，这种情况在大多数诗中不多见，尽管诗中

抒情述怀的第一人称与我们所知的作者之间会有某种合理重叠。由于中国文学中的“诗以言志”传统，我们需要从两个维度来解读诗词中的妙龄少女，这可能比拟了男性作者萦绕于心的一些关切。下文可见，后来的词作家即以这种解读框架写词。）

最有意思的引用也许可以在辛弃疾（1140—1207）的作品中发现，他流传下来的词有六百二十六首，是宋代词人中最多的一位。辛弃疾不仅以频繁引用著称，更以其处理方式而闻名：他有时会整句整句地引用前人诗句，同时也从散文中抄出带有完整语法虚词的章句，这些虚词在诗歌中完全不必要，并且几乎是要避免的。（“句子”——语法上完备的字符串——在诗歌中通常是很短【323】的［诗中的一行即为一个句子，常见于西方诗歌中的跨行情况非常少见，通常仅限于出现在诗的最后一联中；而在词中，则为韵与韵之间的一段］。韵代替了虚词的作用，将诗行组织为主题、议论以及其他的意义单位。语言单位，或诗行之间的联系，是通过推理而出，或者有时作者意在晦涩。）在一些著名词作中，辛弃疾会摘抄如《庄子》中的段落，以词的格式进行改写。宋代的许多文学作品都如此把玩如海洋般的前人文本，而辛弃疾只是将这种把玩推到了极致。

这也许还反映了对待文本的一种新态度，这种新态度与辛弃疾时代印刷业已经兴盛了两百多年这一事实联系在一起。自从造纸术在三世纪发明以来，保存文本信息的抄本文化如今让位于印刷文化。新的技术带来的革命性变化是，文明史中所有的重要知识都开始有多个副本保存：到了十二世纪中期，信息已经不再是在文本帮助下需要努力记诵的内容，而是随时可以从书本中查阅到。虽然在一些情况下，人们仍然需要记诵（科举考试是对记诵要求最高的场合），但是信息现在保存在许多一模一样的副本中，这使得交互引用成为可能，取代了原始的死记硬背。辛弃疾五岁时，《事实类苑》问世。对材料的引用不仅标明原书名而且注出卷名。在印刷文化中，读者不必记诵太多，只需要在书中查阅相关信息，说出哪本书哪个部分包含了所需的信息即可。在短短几十年间，涌现了大量出版物，收录分类资料，对文本作摘要，提供注释，并附以例子。这说明，中国人开始以一种新的方式进行阅读，这种新方式在许多方面都与十六世纪以及十七世纪早期印刷文化在欧洲发展起来的情况类似：这期间许多书籍的格式告诉我们，人们从中寻章摘句，以备重新使用在新作品中。作者使用典故，以及借用前人诗句，预设了这些征引被读者认出来，而这种指认也算是对文本阅读的一部分。英语中词作的早期实践者罗伯特·赫里克（Robert Herrick，1591—1674）也像辛弃疾那般大量征引前作，不过他引用的都是古拉丁文作品，因此其征引身份在转译为英语后就被掩盖了。

赫里克和辛弃疾这两位词人还有另外一个共同特征：他们都面
【324】临着提高他们所选择文学体裁的声望地位这一艰巨任务。引用著名前人的诗句是抵御词所遭受鄙夷的一种方式。辛弃疾引用过苏轼，他同样因袭过苏轼的做法，将陶潜（见第二编第二章）的一篇诗作剪裁改写为词。像这样宣称与北宋最伟大的知识分子和作家苏轼具有可比性，辛弃疾使人们认识到词是一种值得尊敬的文学传统。词的印刷出版在辛弃疾时代已颇为普遍，这也有助于词的被认可。正如词这一文学形式将似曾相识的情感和共同意象转译为具体的情感体验，印刷术则使这些情感意象以及词本身变得永久可见。

提高词的声望地位的第二种方式在于大量地写词，写出伟大的词，而辛弃疾在这两方面都堪称佼佼者。虽然辛弃疾出入各种文学形式，不过最为后人铭记的还是他的词，辛弃疾以词来进行严肃的自我抒怀。诚然，辛弃疾也（如同罗伯特·赫里克及其先驱古罗马诗人贺拉斯）创作了大量描写田园风光的词。他的大部分词都写于二十年的闲居时期。不过辛弃疾最重要的词作表达了对收复北方失地的慷慨激昂，对奸臣误国的愤慨以及对年老体弱壮志未酬的悲叹。从自己飘零的身世中，他明白没有什么东西是永恒的，包括自己于赋闲中得到的暂时安逸。这种意识在赫里克和贺拉斯那里也能够找到，不过辛弃疾的生活态度比他们都积极。辛弃疾出生在已沦陷于金人之手的北方（现在的山东，1027年即为金所占），弱冠之年曾召集队伍，参加耿京领导的抗金起义军。起义被叛徒出卖时，年仅二十三岁的辛弃疾率五十骑抓获叛徒张安国，并将其押送到南宋。从这时起，一直到他四十三岁落职退居上饶，辛弃疾辗转历任司农寺主簿、出知滁州、知江陵府兼湖北安抚使、知隆兴府兼江西安抚使、湖北转运副使、知潭州兼湖南安抚使等。后来六十四岁高龄的辛弃疾又重新被起用，却又为权相韩侂胄所忌，收复北方失地的抱负始终未得伸展，四年以后终因忧愤而卒。

可以说，辛弃疾在词的创作中建立了某种心理距离，这一心理距离调和了改变世界的雄心壮志与世界无法改变这一事实之间的冲突。比起大多数词人，辛弃疾告诉我们词中令人似曾相识的意象只是借来的。庄子的世界、苏轼及其同时代诗人的语句和诗学技巧不仅仅属于他们自己。人们越意识到这一点，就越能于词句中抽离出来，故而有人说印刷术促进了类似的解放。词人不再费尽心思寻找新词句，而是通过技巧以及词的表达力量从而使旧词句焕发新活力，并传达作者自己的意思。

从辛弃疾时代一直到南宋末年，大大小小的崇拜辛弃疾人格并且赞同他理念的词人，便采用辛弃疾的韵进行词的创作，或者在词作中显示辛弃疾风格的影响。在词中，对南宋与金议和的政策表示不满、并抒发对北方故土的怀乡之情的词人，还包括胡铨（1102—1180）、张孝祥（1132—1170）、刘过（1150—1206）、陈亮（新儒学的重要创新性思想家；1143—1194）、刘克庄（1187—1269）、刘辰翁（贾似道的猛烈批评者，见下；1239—1315）和文 【325】

天祥（1236—1283；其逝世年份经常被写作1282年，但是文天祥就戮于蒙古人手中的时间是农历十二月，公历为1283年1月）。辛弃疾的这一豪放传统也将苏轼视为先驱，张孝祥（1161年虞允文在采石矶大胜金兵，张孝祥以此为题，以一阕《水调歌头》名闻天下）甚至以苏轼诗词作为衡量自己文学成就的标准。

到了数百年后的清代，如吴伟业（1609—1672）、陈维崧（1625—1682）等诗人也效仿辛弃疾和苏轼词的风格。需要指出的是，在女真人统治的中国疆域内，词的创作也在继续，苏轼的影响在北方也从未消退过。蔡松年（1107—1159）的词作便是早期的证据之一。伟大的词人元好问（1190—1257）则将词拓展得更深。在《水调歌头·赋三门津》中，挟豪侠之气，以飞动的笔调描绘了黄河三门峡的气势万千。另外在《摸鱼儿·双渠怨》中，描写彼此相恋却遭家人反对的一对恋人双双投水自尽。这些词都是前无来者的。

与此同时，南宋词还有与苏轼关系不那么大的另一重大进展。让我们回溯到李清照——中国最优秀的诗人之一。

李清照是辛弃疾的同乡。辛弃疾出生时的1145年，李清照如若在世则已经是六旬老妪。1127年，金兵攻破汴京，徽宗、钦宗父子被俘，高宗南逃，山东的家族财产已经无法保全，李清照夫妇只能随难民流落江南（其夫赵明诚因母亲去世，先于李清照五个月来到现在的南京服丧）。可是李清照离开后的几个月，金兵铁骑便洗劫了她的故乡，夫妇二人花费半生辛苦收集而未能带往南方的十五车珍贵书籍和古董全部毁于一旦。雪上加霜的是，李清照挚爱的夫君赵明诚也于1128年病殁。

对李清照夫妇的传统印象是，在北方时，夫妇二人过着拥有共同精神追求的理想生活，而当赵明诚去世后，李清照的命运陷入了无休止的苦难。（在寡妇守节成为一项美德的几百年后，李清照是否应该改嫁成为讨论的焦点。）暂悬置近一千年前的这场改嫁的性质（况且我们对此掌握的资料实在太有限），我们留意到的是，这一叙事情节给解读李清照的词带来的异质影响。李清照的一些词作明确地写于北方为金兵所破时在中原无忧无虑的日子，或者提供了内在证据能让我们将之置于特定时间和地点，但是李清照的大多数词难以确定创作日期。不过近几个世纪来的读者会设定那些哀怨孤清的词作应【326】该是写于南逃之后，余下的作品则创作于北方幸福的岁月。

类似的假设也可用在卓越的早期词人李煜（937—978）身上。李煜是南唐末代统治者，史称李后主，为了免于生灵涂炭，李煜放弃了抵抗，向大军压境的宋朝投降。在面对这些命运大起大落的作家笔下创作日期不明的词作时，读者是基于在某些阶段作者可能会有这般感触而进行年代划分的。而这样一来，词作自然也成为作者所思所感的一种“表征”。

这是一种教科书式的循环论证，同时也忽略了词这一文学体裁的独特性质。在历史上，词所唱的是一种普遍化环境，与作者的生活并无直接关联。（苏轼是一个例外，李清照认为苏轼没有真正理解词这一体裁，而辛弃疾和一些清代词人也同属例外，不过他们出现得较晚。）因此，真正有见识的读者会丢掉对李清照和李煜词作的固定成见——快意之词等于早期，幽怨之词等于晚期——而仅会将其作品视为杰出词人对情绪的成功塑造，这些词人在营造情绪方面使人如同身临其境。不过我们也应该明白，在中国，所有文学作品都被认为至少以一种普泛的方式反映了作者的性格和体验。所以，据称是关于柳永个人情海浮沉的那些词可以解读为来自他出入烟花巷的经历。而欧阳修笔下的一组浪漫词作则激起了颇大争议：它们是否反映了作者一段沾染道德污点的往事，甚至显露出欧阳修与年轻的女性亲戚有染的蛛丝马迹。这两个例子中的词人都不像苏轼那样在作品中进行具体的自传性指涉，不过这没有关系。在中国，文学先天与作者性格相联系这一传统观念是如此根深蒂固（如果说文以载道，也仍然需要作者拥有载道的能力），所以词向着真正诗歌的方向前进这一不断发展的性质和权威，保证了词自身会被解读为来自作者的亲身经历，而不再仅仅是宴饮娱乐场合的消遣。

将李清照的词简单植入其前尘往事中，同时也具有使之更为悲戚的效果。如果我们相信李清照这位南渡的寡居女子的真实体验，那么“那堪永夜，明月空床”的女子的悲哀，读起来就更为感人。这种解读无论能否站得住脚，李清照词作的“自传”层面已经成为其自身的一部分。

我们假设将李清照的生平与其艺术创作进行成功分割，假设我
【327】们并不在意李清照在写“那堪永夜，明月空床”时，是否真正尝尽了笔端所形容的辛酸。但是，我们还是会发现，很难将李清照的艺术创作与她的性别分离。这也就是说，我们无法从脑海里去除这样一个事实：虽然李清照之前有过无数词作表达了怨女思妇的愁肠，而她的这些作品则是这一题材中迄今能确定的出自女性作家之手的最早的一组重要词作。与本章开头所虚构的“受访”歌伎不同，李清照写词并不是为了满足等着消遣的台下男听众，她的声音是真挚的，这是一位女性的真实想法。与仍然局限于描写女性身边物质陈设以及刻板动作的同时代人相比，柳永更多地写出了女性“心理”，但柳永是一名男性。而且柳永笔下的女性都是妓女：她们所关切的，与敦煌出土的佚名词作中直截表达自己希望与失望的风尘女子并无二致，这也许是李清照批评柳永“虽协音律，而词语尘下”的原因之一。李清照并没有宣称自己“为女性”代言，但是我们认识到身为女性的她是其诗歌中声音的来源，我们也认识到这是来自一名巅峰艺术家的声音。

可以清楚地看到，在这一时期，男女作家在同一传统中进行创作，李清照从未将自己认定为女性文学的继承者，后来的女性词作家也不会将李清照树立为所谓女性传统的创立者，不过文论家有时

候会通过将某位女作家与李清照进行比拟，从而达到称赞这位女作家的目的。

关于词的批评性作品开始于李清照及其数位同时代人。李清照的《词论》一般被视为其中最有意义的一篇。《词论》虽然很短，却考察了词在唐代作为一种大众娱乐文学形式的起源，以及李清照之前的宋代诸位词家。李清照的目标并不太着眼于历史梳理，而是为了对于词应该如何创作而进行定义。她的第一个判断标准似乎是词的可表演性。词作者如果未能理解对于词至关重要的五音和清浊轻重之间的区分，所作之词将不可唱。颇有意思的是，李清照并未将周邦彦视为仿效的榜样。这也许是因为她并不熟悉周邦彦的作品，或是她觉得周邦彦并没有什么可以批评的（《词论》中提到的词人都无一例外遭到批驳）。能知音律的词人晏几道、贺铸、秦观、黄庭坚（1045—1105），如以结构风格等其他标准来判断，又各自有所不足。比如晏几道，“苦无铺叙”，而贺铸则“苦少重典”。联系上文对秦观的评价，李清照对秦观“专主情致，而少故实”的批评，颇为令人不解。也许她指的是某一具体类型的用典。不管怎样，李清照似乎不仅根据词应该是如何以及不应该如何，来 【328】
对词进行定义，而文中所列举的这些词人即是负面代表。

从李清照到南宋末年，词一直保持着繁荣局面，即便我们忽略金朝统治下的所有北方词人以及存世词作少于二十首的南方词人，在李清照之后，名字为我们所知的词人数量仍然超过一百位。李清照词中的细致结构，她对词超越陈词滥调的继续推动，而同时仍然属于“婉约派”的大传统，以及她对音律的留意，都使她成为词在南宋期间发展过程中的主流代表。上文已提到，辛弃疾的影响也颇重要。另外，关于词的创作的各种知识也在大众中流行开来。女真的入侵以及十三世纪七八十年代，因南宋破坏协议而导致蒙古人报复，这一期间有不少相关故事流传了下来，其中包括当女性为敌军或者流寇所俘，为了保全贞节而自杀之前题写在墙壁上的词。在如此紧急的环境下，自然不可能题写出符合李清照标准的音律协和的词作。我们由此可以得出结论，当时还流行着一些不要求音乐和文字严格协和的词牌。实际上，在这些故事涉及的两个词牌中，格律除了由平仄来定义之外，别无其他。

不过，一些南宋词人则沿着李清照所确立、周邦彦所代表的方向走下去，将词的音律复杂性推进到了新的高度。其中最重要的代表人物为姜夔（1155—1221），他有时先创作音乐，然后再填词，有时则先写词，再根据词来编曲。在南宋，箫取代了弹拨乐器成为词的伴奏乐器，姜夔在写词时常用箫奏出音乐。箫的声音更接近人声。（苏轼曾经让自己的一首词用箫伴奏，不过是箫鼓齐奏，并特别指出这增强了节拍的粗放效果。实际上，当时的演唱者是一位强壮的男子，表演时拍手和顿足并用。）姜夔同时也为自己的几首词注出音谱，并辅以一些解释，这些可以转换成现代音谱。不过，他并不仅仅将词视为一项表演艺术。在词的各种印刷选本如此普遍的南宋，词几乎不可能只被视为表演艺术。姜夔存世的八十四首词中的八十首都有序，这些序通常都是精心写就的，其表现力堪比词本身，其艺术水准之高几乎到了序和词都可以单独成篇的程度。很明显，他创作的既是用来聆听的词，也是用来阅读的文本。

【329】音乐家兼词人姜夔和周邦彦，与迄今所讨论的大多数词人的士大夫身份不同。周邦彦供职于掌管音乐的官署——大晟府，姜夔则是一位隐者，以清客身份与名公臣卿往来，以寻求私人赞助。可能正是由于这一原因，姜夔不像之前大多数“婉约派”词人那般，十分关切在诗词中表达自己的价值观和感受。他不怎么描写自己的经历，亦非写思妇主题，而是以咏物为主。当然，姜夔的词并非仅仅刻画物体的形致而丝毫不关联到人类的各种价值，相反大多数咏物词都包含了丰富的文化内涵。姜夔最有名的两首词《暗香》和《疏

影》都以梅花为主题。梅花在宋代成为诗歌和绘画中的重要主题，代表遗世独立的高洁和面对严酷环境的不屈。他使用押韵和上文提到的“领句字”，围绕着词的朗读者对于物的经验或者由物引发的情绪，创造了一种“感情的词法”。

吴文英（约1200—约1260）和姜夔一样，也体现了印刷文化的影响。吴文英在十三世纪末以作品中语言的“绵密”而闻名，这一语言的“绵密”可以被视为将周邦彦风格间接发展到极致。不过周邦彦通常会提到（虽然只是简短提到）作为词中表达感情之起点的情境或场合，吴文英却绝少告诉我们发生了什么，我们身处何方，以及我们为什么会在那里。他也炼字炼句，生造了一些全新而晦涩的语言。正是因为这些原因，文论家曾抱怨，至少乍一看，没有人能明白吴文英到底写了什么。陈廷焯（1853—1892）在《白雨斋词话》中言之凿凿地说，一旦我们把握了吴文英词中的主题，所有困难便能迎刃而解。也许陈廷焯说的有一定道理，不过，他此番话的要点在于，对于吴文英的词，我们必须反复听，尤其要把握词中我们平素不熟悉的表达，一遍又一遍地细读，以求找到将词中的一切串起来的脉络。

吴文英创作了宋代最长的词《莺啼序》，全词共分四叠，总二百四十字。这在他的全部作品中也属例外，不过吴文英确实偏好慢词，而非小令。慢词明显能给他足够的空间来进行必要的文字层累，以创造一种艺术的整体。

吴文英的词作也使我们得以瞥见南宋时期催生的一种社会风俗，即祝颂诞辰的寿词。如贾似道（1213—1275）这样的权臣，有一次生日时居然收到数以千计的寿词。寿词创作在南宋达到了空前的高潮，十三世纪关于词的文论作品甚至专门留出篇幅，论述如何写出既不落入陈词滥调又有文学气息，同时也适合祝寿场合的寿词。吴文英为多位权贵人物（包括嗣荣王赵以芮夫妇）写过寿词。

这些寿词也似兼朗读与表演两项功能。

吴文英是仰仗权贵豪门的又一位宋朝词人，因为一些至今难明
【330】的原因，他一生未曾入科举，虽然来自他家乡的士子比起被战争摧残地区的应试考生，在通过科举考试方面具有非常大的优势，并且吴文英的亲兄弟都曾高中进士。吴文英喜工文辞，他对艺术的全心投入、对政治的漠然，也体现在他的词中。词在当时已经成为一种媒介，用来直接或间接地表达个体无法影响时代或者才华未能被赏识的那种挫败感，但是吴文英并未以这一方式来创作。吴文英进呈给权贵豪门的词中丝毫不隐含个人抱负，而写给与他地位接近的同仁的词中，也不见流露任何对身世的抱怨。

吴文英的文学名声因为与贾似道等权臣的关系而受到损害。官拜少傅的贾似道，1263—1275年继行公田法，限价购买大地主超额土地，减少逃税并充实国库，这些做法为自己招致了强大的敌人。1275年，贾似道亲出督师，至安庆鲁港与元兵相遇，全军溃败，其政治对手便利用此机会将贾似道罢官贬逐，最后他被监送官郑虎臣擅杀于贬官途中。正史将贾似道谴责为南宋亡国的罪魁祸首之一。如果从他损害了南宋朝廷迫切需要争取的地主阶层的利益，使地主阶层与朝廷离心离德的意义上，那么可以这么说。与贾似道有关联的文学人物都被贴上了趋炎附势的标签，这也给吴文英蒙上了某种阴影。

在南宋不断被蚕食缩小的疆土范围内，还有许多其他词人。有些词人是官员身份。大多数词人都是精美生活的鉴赏者。他们挥洒丹青，布置园林，酬唱诗词，撰写文学批评。他们是整个传统的继承者，相互切磋琢磨，创作了各种风格的词作。面对周密（1232—1299/1308）这样兼收并蓄的词人如何分类，后来的文论家们陷入了困惑。在中国诗歌传统中，如果一位文论家将一位作家——如姜夔的风格被概括为“清虚骚雅”，而认为另一位作家具有姜夔的“清

虚骚雅”，那么就可谓令人满意地既对作家的风格下了判语，又建立了一种历史关联度。当然，“清虚骚雅”等描述性文字一旦翻译成英语，便失去了全部的丰富内涵，看上去显得那么索然寡味。对周密以及他的许多追随者来说，试图将他们所接受的影响化约为来自某位前人是徒费工夫。当一些文论家认为周密属于某一前人传统，另一些文论家则将他归于其他阵营，还有一些人试图通过将周密置于姜夔和吴文英风格之间来解决这一问题。

元朝灭宋后，许多折衷派词人都拒绝入仕，而另一些人则接受了如学官这样的低微职位，以维护地方权益。（从南宋开始，官员的政治目标就已经从国家层面向地方层面转移，在蒙古人建立的元朝，他们使用了相同的策略。）江南总摄元僧杨琏真伽发掘宋帝六【331】陵，断残肢体，劫掠珍宝，大施暴虐。面对这一亵渎汉人的行径，十四位遗民词人于1279年编成《乐府补题》，怀遗民之恸，以志其家国沦亡之悲。在《乐府补题》中，我们看到了词人的结社联吟，同时，这也是见证时代的一种行为。虽然《乐府补题》中分咏如龙涎香等物，不过词人使用了替代性意象（比如，“素鸾飞下青冥”的意象替代了白莲在池塘中的摇曳姿态——词中并无半字直接提到白莲）、对前人诗句和历史性事件的用典，以建立起一种反复出现的指涉模式，寄慨帝王尸骨和他们的命运。与此同时，在意象以及意识到历史先辈等方面，也体现了主题的连续性。

清代，词在复兴过程中（见第二编第十二章），就深受这种通过遮掩而晦涩的语言来托物寄情、宣泄对人事之慨叹的表达方式的影响，特别是在朱彝尊（1629—1709）将《乐府补题》从故纸堆里发掘出来并刊印推广之后，更是如此。

随着元朝统一中国带来的社会巨变，诗歌潮流为之一变。一种新的诗歌——曲（见第二编第六章），在北方发展了起来，开始与在诗歌领域主宰了数个世纪的词形成竞争之势。在元朝，新的发展（见本书其他章节）如今发生在位居词“之上”、地位仍然最崇高的诗中，以及位居词之下的曲中——因为曲增加了使用白话以及具有新的结构的可能性。词处于尴尬的中间地位，尤其是当词的曲调被适合各种类型的新风格歌曲所取代之后，其生命力开始慢慢衰竭。

词的创作并没有完全终止，不过词的主题范围局限在曲的典型主题：隐逸、良辰美景、感时伤怀。这一点也许从元朝统治下原属南宋的臣民非常有限的人生选择中就可以预言到。元代词作中也有一些水准极高的力作，一些词作开创性地描写了蝗灾、旱灾以及官员的贪婪掠夺。不过，元曲中遣词造句对词的影响，以及元曲曲调对创作词的新调的影响，造成了对词的“污染”，至少在后世评论家眼中是如此。

词“极于宋而剥于明”。在明代（1368—1644）两个半世纪中，本可以创作出高水准词的文人遭到了莫大的压制。虽然明人对于收集、刊印古代词选和个人词集兴致颇高，但是词的复兴只在
【332】十七世纪早期昙花一现，即明亡前几十年。词的复兴，一部分原因在于时人对古代的迷恋，这里所谓的古代并不是上古，而是明王朝之前的数代，另一部分原因在于当时对真情实感的越来越强调。在中国文学和哲学中，真情实感是受到推重的一种价值，而我们看到词在表露情感经验方面有得天独厚的优势。

女性在词的复兴中起到至关重要的作用。繁荣的商业中心的社会生活保证了有关儿女情长的词具有持续的市场，因此如《花间集》这样的作品不断传播也便毫不奇怪了。当晚明时期的歌伎和仕女开始大量创作词，文人们也以极大热情向词回归。在明代，有艺术天赋的歌伎地位相当高。她们与知名学者、诗人之间的爱情关系——以及婚姻——会被社会视为完美的天作之合。明清之际，一些歌伎和她们的伴侣冒着生命危险从事反清复明的事业。因此，尽

管有些人认为文学对于女性而言并非合宜的人生追求，因此对她们抱有敌意，但是这些富有才学的女性成了人们心目中的道德楷模，在随后的岁月里都一直未被磨灭。

包括词在内的诗歌是一种媒介，歌伎与名士之间的爱情通过它展开并得到赞颂。十七世纪词的复兴过程中，柳如是（1618—1664）和陈子龙（1608—1647）之间演绎了一段最有名的爱情故事。两人创作了大量重要词作，风格逼肖秦观，于传情处则更胜一筹（可能读者由于意识到这些词作是爱情中的唱和之作，涉及真人真事，而在其中感受到更多真实性），并从明代戏剧中撷取了一些主题（如相思病——陈子龙比柳如是更强调这一主题）。爱情并不是二人词中的唯一主题，许多作品中表达了对亡明的忠心。特别是陈子龙，为《乐府补题》所暗指的事件深深触动。他仿效这十四位南宋遗民，也创作了不少比兴寄托的咏物词。在陈子龙词中，飘零的杏花等意象，一再与前朝宫女的“玉颜寂寞”形象联系在一起。他的咏柳诗词则可以从爱情诗角度来解读（不要忘记“柳”正与柳如是的姓是同一字）。

清初词人陈维崧的词风更为雄浑豪迈，他早年主要以词而非其他文学或哲学作品闻名（其存世的词超过一千六百阕，词调四百有余）。陈维崧经常用极短的小令来表现充沛的感情和寂寥的景象——近来一位学者将陈维崧比作在巷战中指挥贴身肉搏战，以与 【333】
惯用慢词如在开阔平原排兵布阵的辛弃疾相对比。

另一位喜用小令的词人是满人纳兰性德（1655—1685），他在短暂的一生中，创作了大量凄婉之词。纳兰性德并没有造成一场运动，陈维崧的影响也随着时代的推进而逐渐黯淡。陈子龙的咏物诗词则拥有更持久的意义。这些诗词缺乏明确的指征，难以确定该被解读为爱断情伤还是国仇家恨，这些对后人解读陈子龙笔下爱情词的方式产生了影响，人们认定其中隐含了忠于前朝的主题。这反映了清人将爱情词解读为关于国家的郑重感情的迂回表达。并且，词人在创作词时，他所采用的一切关于爱情的孤单与怅惘意象，都使读者带着心理预期去推想这些意象里隐含了对某种失去的理想的热望。朱彝尊重新刊印了1279年的《乐府补题》，他以南宋风格创作的爱情词和咏物词也可以用这种方式解读，不过大多数评论家都认为它们欠缺微言大义。朱彝尊笔下最具激情的词作与他和妻妹二人之间的不伦之恋有关，可能这一事实导致这些词作不为人所喜欢。

在张惠言（1761—1802）和他的常州派（此派得名于张惠言的所在地江苏常州）词作中，这一趋势表现得更加明显。在评价过去的词时，张惠言以及他的同仁更偏好五代时期和十一世纪上半叶的早期作品。这些时代中，词的程式化语句以及情境（“琵琶弦上说相思”）给人以寻找“更深”意义的空间。实际上，它们对寻找“更深”意义的企图构成了挑战。因为从清代知识分子的视角来看，这些词必定包含了创作者的正直人格，毕竟这些作者或是目睹了王朝的衰亡（如唐朝末年的温庭筠等），或是忧国忧民的士大夫（宋代的欧阳修和晏殊等），应该会在词中寄托深邃的感情。在张惠言等人看来，对正确观点进行合宜的表达是《诗经》（见第一编第五章）以及中国历史上所有的经典诗歌文本的精髓。通过将儒家观念灌注进词作，他们赋予词一种严肃文学的地位。

颇令人玩味的是，这些评论家对于辛弃疾以及公开表达爱国之情的其他词人评价却没有那么高。这可能是由于，在陈子龙和柳如是及其同时代人的人生和作品中，爱情与为国尽忠的结合继续在
【334】清代的文学想象中牢牢占据一席之地。（有讽刺意味的是，这一结合同时也帮助作家掩盖了他对世事的忧心，这样能免于重蹈陈子龙和其他明朝遗民壮烈殉国的覆辙。清政府对反满情绪的打击是不遗余力的。）不过，上述解释对于辛弃疾等得到相对低评原因还是不够。在张惠言等人看来，辛弃疾的风格因为在表达上过于直接，不

够迂回，从而违反了诗歌的真精神，未能遵循体现在《诗经》（根据常州派的解读）和婉约派中的真正诗歌传统。

最终，这导致了周济（1781—1839）阐述的极端立场："初学词求有寄托，有寄托则表里相宜，斐然成章。既成格调，求无寄托，无寄托，则指事类情，仁者见仁，智者见智。"这段文字很难理解，但是里面的观念则非常有意思，因此值得摘引在上面，并稍作解释。最后一句"仁者见仁，智者见智"只是意味着，每位读者都可以看到斐然成章的词作中折射了他们自己的天性与价值观。决定文本意义的是读者而非作者。如果周济知道他的观点与二十世纪的文学理论不谋而合，他定会非常惊喜。而在遥远的德国，一位与周济同时代的诗人诺瓦利斯（Novalis）指出读者对某个文本的解读是由自己决定的，与周济的见解惊人类似。不过，在周济看来，作者的隐去并不是一种文学理论，而是一种信号，表明作者已经掌握了"格调"（格调一词既可指音乐，也可指某一文学体裁或者某个人的风格）。

周济对"寄托"评价不高。"寄托"指作者将生发自大背景下的感情与观念植入文本中。正是因为这一隐含的大背景，所以译者经常用allegory（寓言）来翻译"寄托"。这一译法还是较为贴切的，而用主题性寓言（topical allegory）能更为精确地描述如《乐府补题》中的情境。在这些作品中某一具体事件是词的大背景。但是，"寓言"这一术语却模糊了这一事实，即在中国的诗歌（或者至少在词中），并未致力于建构一种带有隐含意义的叙事。作品在知识丰富的读者心里唤起了一系列事件，不过这些系列事件不反映在作品的结构中。

有见于此，便很难解释周济的"指事类情"一句。"指事类情"首次出现在《史记》（见第三编第一章）论庄子的文字中。庄子无疑以其寓言闻名，不过周济不是在此提倡寓言诗。真正的

寓言并不是周济考虑的选项，他甚至不会同意张惠言在词的每一
【335】行里找出背后所藏的具体指涉（无叙事情节的指涉）的做法。理解周济对“指事类情”使用的关键，在于理解他实际上谈论的是阅读过程。

“初学词求有寄托，有寄托则表里相宜，斐然成章”这几句说的是，如果读者很容易在词人的生平和词作之间建立联系（“表里相宜”），那么尽管读者在脑海里可以重建“斐然成章”的作品，但是词人还是没有达到作词的最高境界。与之对比的是“无寄托”，词人仍可以“指事类情”（请注意，“情”的意思是“存在的方式”，既可以运用于感情——我们人类的主动模式——也可以运用于事件和事物向我们呈现的方式），读者在自己经验中找到类比从而形成回应。“类”可以翻译成“找到范畴性的对应”，是中国传统宇宙论中的一个重要概念。比如，解释潮汐的理论认为，海洋随月的盈缺而有潮涨潮落，这是因为月与水在阴阳体系中同属阴。它们属于同一“类”。周济的观点认为，在读者脑海里所引发的某些感受以及经验（因读者而异）与词人置放在文本中的感受和经验是呼应的，不过最理想的状态是，这些感受和观念不受最初激发词人文思时的那些事物情境所局限。

由于篇幅有限，不可能对张惠言和周济常州派一脉的思想作全方位剖析。叶嘉莹等现代优秀学者对此有较为详尽的研究。可以说，常州派通过辑录词选和注疏等活动，对后人如何理解词产生了不可估量的影响，这种影响一直延续到二十世纪。

不过，常州派并不是晚期词传统的唯一声音。邓廷桢（1776—1846）和林则徐（1785—1850）是激烈反对从英国进口鸦片（这一贸易最后导致了1839—1842年的鸦片战争）的官员，他们用词来表明誓与外国侵略者血战到底的决心。文廷式（1856—1904）等人则以词为武器，批评慈禧太后在面临日本人横行于她的故乡满洲地

区时的背信弃义与软弱无能。1900年八国联军占领北京，王鹏运（1849—1904）和朱祖谋（所刻《彊村丛书》搜集唐、宋、金、元词家专集一百六十三家而成迄今所见比较完善的大型词苑总集；1857—1931）效仿周密等词人六个世纪以前所编的《乐府补题》，创作寓言词。最后需要提及的还有女烈士秋瑾（1875—1907）。秋瑾不遗余力地挣脱强加给作为女性的她的传统角色，给世人留下了数目非常可观的词作，风格从婉约到呼唤理想社会的豪迈不一而足。【336】

毛泽东的词可以被视为这一晚清豪放传统的延续，区别在于前人词作中充满壮志未酬之情，而毛泽东则有着胜利的慷慨激昂。二十一世纪的今天，在喜爱传统文化的中国人中间，词的创作依然不息。最常见的主题包括二十世纪抗击外侮内患的爱国主义斗争，以及作者所游历的大好河山等。这些新时代的词作是否仍然能够延续词传统的生命力，还有待时日观察。

萨进德（Stuart Sargent）

【337】 第五章　宋诗

宋太祖赵匡胤于公元960年重新统一中国，此时的雕版印刷术已经相当成熟。正如研究印刷术后来在欧洲发展的学者所指出的，从抄本文明过渡到印刷文明，对于欧洲而言具有跨时代的意义。虽然这一技术对于中国的意义还有待探索，不过在宋代（960—1279），刊印文本的日渐容易获得，其结果之一便是文学作品的存世数量和种类有若井喷。唐代作品在历史中湮没太多，造成很大遗憾，而宋代的大量存世作品则有助于我们对宋代文化和社会形成较为全面的理解。因此，宋代诗歌研究便不必像唐代那样必须严格依赖有限的几部诗歌集。宋代的绝大多数重要作家，甚至许多次重量级作家的文集都很好地流传了下来，所以宋代的诗人以及存诗数量是惊人的庞大。二十世纪九十年代完成的《全宋诗》中收录了超过九千名诗人的作品，远超《全唐诗》中的近二千二百名诗人的数量。由于全宋诗的丰富程度——同样的情况还有全宋文——我们便有可能为宋代文化中的诗建立起立体而丰满的叙述体系，这对于宋以前的各朝
【338】 诗歌而言是不可想象的。随着我们对宋代社会文化史的理解的不断深入，对宋诗的概论也会不断得到精练。

我们在第二编第三章看到，明代以来唐诗集的编选极大地影响了我们对于唐代诗歌的偏好。而唐代流传下来屈指可数的几部诗

集，则为我们了解当时的诗歌偏好和诗人名声提供了重要线索。最后，各个时代的士人，从宋代的王安石到清代《唐诗三百首》的编者，都通过编选唐诗对当世的诗歌创作实践进行方向指导。

宋诗集的作用与唐诗集完全不同。一些宋诗集成为某一流派风格的标杆性代表，对此下文中会有介绍。由于印刷产业的兴起，个人的诗集也越来越多地保存下来。另外，由于明人认为宋诗价值比不上唐诗，所以文学史家便不怎么去考虑为宋诗建构一个解释体系。于是，在某种意义上，相比于唐诗，学者们对宋诗的知识是相当不足的。宋诗的两部重要诗集《宋诗钞》和《宋诗纪事》完成于清朝早期，而这一时期对于诗歌的兴趣重新转向创造性和个体性。所以《宋诗钞》和《宋诗纪事》与其说呈现了宋代诗歌面貌，毋宁说更多反映了清代的文化价值。

· 概论

宋代诗歌蔚为大观。在宋代这一文化复兴时期，新兴的社会阶层——士大夫阶层——取代了唐代社会和文化中占据主导地位的门阀士族。文人学习如何作诗（其经典形式可以回溯到周朝）不仅是为了通过科举考试走上仕途，也是为了在各种社会场合能应对自如，同时也为了独处时的审思。随着雕版印刷的大量采用，文人购买诗歌，也出售诗歌，以丰富的知识和极大的热情大量讨论、创作诗歌。然而在宋代末期，诗的活力似慢慢退潮。本章旨在探讨诗在宋代的兴衰轨迹，从宋初诗的重要性慢慢提升到它抵达顶峰时的各种特征，再到蒙古人取代宋朝之前，诗随着士大夫文化的分崩离析，也逐渐被边缘化。

959年，年轻有为的周世宗柴荣（951—960）在北伐契丹途中不幸染疾，猝然而逝，留下七岁的幼子继承王位。六个月后，统领禁军的赵匡胤发动陈桥兵变，黄袍加身，废幼帝代周称帝，建立宋朝，是为宋太祖（在位时期：960—976）。五年以后（965），宋灭后蜀（位于今天的四川）。966年，南汉投降。后主李煜（937—
【339】978；在位时期：961—975）的南唐则又苦苦支撑了十年。随着南唐被宋鲸吞，以及长江流域吴越政权的投降，宋朝基本上重新统一中国，并完成了中央集权。自两百年前安史之乱（755—763）起，这一问题就一直困扰着所有统治者。宋太祖以及其弟赵匡义（也就是后来接替其兄皇位的宋太宗；在位时期：976—997）为了保证手下将领们不重演黄袍加身的故事，以高官厚禄为条件，解除了他们的兵权。二人也开始通过录用在五代十国各个朝廷中的为官者，建立起了中央官僚体系。

不过，宋朝仍然受到来自北方的两个外族政权西夏（党项人）和辽（契丹人）的威胁。随着宋朝日渐强盛，登上高位的士大夫便努力在地方和国家两个层面上试图将他们的家族权力永久化。这促进了多项机构改革，保持了政府管理的公开而有效。但其中最激进的改革是王安石（1021—1086）的新法。新法致力于增加朝廷财政收入，一是为了支撑每年向辽的岁贡，换来边疆的和平，二是为了维持边境的军费开支。王安石试图通过介入私人经济各个方面来扩大财政收入。他的政策虽得到神宗（赵顼，在位时期：1068—1086）的鼎力支持，却造成了激烈的党派纷争。反对者被逐出中央朝廷，有一些甚至遭到贬官外放。神宗去世后，保守势力得势。他们反过来流放改革派，并废除王安石新政措施。保守派的胜利只持续了短短数年，待神宗之子哲宗赵煦亲政之后，保守派再度遭到谪贬。1101年年初，年仅二十五岁的哲宗去世，其弟徽宗（在位时期：1101—1125）即位。虽然徽宗一开始也希望平息党争，但最后他还是站在了改革派一边。在徽宗期间，蔡京（1046—1126）权倾一时。蔡京这位以贪渎闻名的权相，将多才多艺却昏聩无能的徽宗带向了万劫不复之地。徽宗帮助女真人摆脱了辽朝的统治。但与此同时，女真人也发现了宋朝的军事不堪一击。他们在北方建立金国之后，开始进攻宋朝，并在1126年占领中国北方。金人俘虏了徽宗和许多宋朝大臣。徽宗第九子赵构成功逃脱，在南方的临安（现在的杭州）集结军队和官员，重新建立起宋朝。赵构即为后来的宋高宗（在位时期：1127—1163），他授意秦桧干着压制主战派收复北地的肮脏勾当。在接下来的一百年间，金与南宋之间保持着动态的和平——中间夹杂着无休止的大小战争。朝廷的大权逐渐旁落到权臣手中，这些权臣作威作福，使各种批评的声音噤若寒蝉。而在中 【340】
亚，蒙古人开始崭露头角强大起来，并逐渐对金朝构成威胁。1233年，南宋与蒙古人结盟，于第二年共同灭金。但南宋破坏了与蒙古人的约定，不久招来这位更为危险的新敌手攻击自己的西部地区。虽然蒙古人将注意力转向其他地区，给予了南宋短暂的喘息机会，十三世纪五十年代，蒙古大汗蒙哥重新开始进攻南宋。至1258年，蒙哥已经攻下成都和四川的大部分地区，却在行军途中死于霍乱。蒙哥之弟忽必烈（Qubilai，1215—1294；在位时期：1260—1294）当时正在攻打南宋鄂州（今湖北武昌），闻蒙哥死讯时，决策北还，争得帝位。十年之后的1268年，忽必烈已经准备好了给南宋腹地以致命一击。

1276年，元朝大将伯颜攻陷临安。南宋忠臣拥幼帝流亡，展开了坚强不屈却不堪一击的抵抗。1279年11月19日，年仅七岁的幼帝赵昺在大臣陆秀夫的陪伴下为了避免被俘而壮烈投海。所有这些历史事件都为宋朝的诗歌发展烙上了直接的印记。

在宋代，诗歌的功能、地位以及形式特征上的变化与一个更大的文化范畴“文”的转化紧密联系在一起。文的原初字义指织物的纹路，扩展义为表面的装饰，与表面背后的实质形成对比。这意味着文化与粗俗、文与武、文学与哲学或德育之间的对比。作者的文字创作叫做文章，他的作品集是为文集。比起中国历朝历代，宋朝最有资格被称为以文立国的朝代。宋朝开国之君强调文治，甚至以牺牲武功为代价。在宋代，儒学得到复兴，士大夫阶层广泛致力于重新发掘体现在古代儒家圣人文字中的楷模典范，并身体力行。宋朝皇帝通过旨在考察对古代文本传统精通程度的科举考试而取士。但是到宋代末期，人们发现“文”并不能作为一个社会的根基。儒家传统说得太多，而在具体指导方向上却有许多冲突。对儒家经典的解读莫衷一是，缺乏最终的诠释权威，导致各种诠释的分庭抗礼，门派林立。而最后，经常被称为理学的新儒家“道学”兴起之后，逐渐有一统江湖之势。

诗歌和文，二者之间的联系方式相当复杂，本章通过对宋诗的考察，我们可以得出一个更加普遍的结论，即宋诗的演化展现了宋代文人的“以文为诗”。

【341】 · 初宋诗

文学和士大夫阶层的起源

宋代文官制度不可能重复唐代模式。在唐代，高门士族为朝廷提供合格的候选官员，由于官员依赖自己家族的独立财富和社会地位，从而能抵御仕途的各种不确定性。安史之乱后的两百年中，作为许多门阀士族经济基地的东北部战事频仍，导致了贵族结构的崩溃，以及大规模的北人南迁。宋代官制的制定者们在一个与唐代迥异的世界中选贤任能，他们需要为选官找到不同的理论依据。

徐铉（917—992）曾经担任南唐吏部尚书，随李煜归宋之后，在宋太宗时期官至散骑常侍。他在作品中解释了为什么考察应试者的“文学”才能是选官过程不可或缺的一部分。他提出三个问题：

什么样的人是为“君子”，是什么使君子成其为君子，君子如何能运用自己的君子才性？徐铉提出：“君子之道，发于身而被于物，由于中而极于外。其所以行之者，言也；行之所以远者，文也。”君子之道若要行于天地间，就必须有合宜的体现方式。“文”便是君子之道的体现。不过，文是世界中各种样式的表征，因此具有重要的客观性质：“士君子藏器于身，应物如响。成天下之务者，存乎事业。通万物之情者，在乎文辞。”其核心思想在于，仁政之道在于“应物如响”。君子通过自己的反应行动来有效地应对各种情境，诗歌则在阐述这些“应物”方面具有得天独厚的能力。

> 人之所以灵者，情也，情之所以通者，言也。其或情之深，思之远，郁积乎中，不可以言尽者，则发为诗。

徐铉的总结是，诗歌与其他文辞不同，它揭示了人之应物的深远程度。诗歌也因此是选官的有效方式。

从宋朝建立之初，政、情和文三者之间的联系便对诗歌在宋代文化中扮演的角色起到了深刻的影响。情并不是将自我与他人分离开来的私人主观体验的标记，而是自我与他人之间的桥梁，有意义的沟通因情而成为一种可能。君子通过自己的应物来理解他人的应物，其目标就是要达到“应物如响”，不让个体的私人考量歪曲了对事物的反应。包含了这些价值的初宋诗歌具有公共性，是为了交流而创作的，因此语言上很透明，对情境的回应方面非常平易。【342】

五代诗歌创作的过渡

宋太祖、宋太宗时期流传下来的诗歌反映了直白简易的文化价值。宋初的杰出诗人包括了徐铉。他的绝大多数诗都为正式场合——送别、拜访和碑铭等而作，或者是写于安静的个人沉思之时，如给好友的书信、望月观雪等。徐铉在诗作中体现了沉静的庄重，并追求一种富于技巧但平易浅切的风格。绝大多数宋诗史学家都认为徐铉颇近白居易诗风，与反对浅近的“白体”的晚唐风格不类。不过这一区分也许是过度诠释，且并不十分有帮助。北宋早期的诗人，如徐铉、李昉（925—996）和田锡（940—1004）或是偏向白居易的简易，或是偏向晚唐的繁秾，不过都显示出了口味上的兼收并蓄。宋初文官精英阶层得到重建之后，更为复杂的文化追求浮出水面。第一，吸收文化遗产以定义宋代文化精神过程中带来的各种莫衷一是，比如田锡就曾反对仅仅认可道德文章的狭隘做法。第二，由于诗歌实践成为衡量个体是否具有为官潜力的标准，因此不可避免带有政治泛音，一些作家便寻求将自身从这些束缚中解放出来，以晚唐的唯美主义诗歌来进行对抗。

王禹偁（954—1001）是文学“本乎六经”主张的重要代表。出身贫寒的王禹偁年少时得到地方官济州从事毕世安的赏识。983年，他登进士第，从此浮沉于宦海之中。王禹偁早年的诗作遵循的是当时流行的风格，有大量为人情酬唱而作的律诗。被贬为商州（今陕西商县）团练副使之后（时任大理评事的王禹偁因庐州尼姑道安诬告徐铉，执法为徐铉雪诬，触怒了太宗），王禹偁的诗开始越来越投身于儒家的“匡时济世”事业。他更侧重于创作忧国
【343】忧民的古诗，如《感流亡》。王禹偁经常被认为是第一位“宋代诗人”，因为他努力恢复一种日常的严肃感，以及将儒家信仰融合进诗歌技巧中。

北宋初期的诗风

宋朝的奠基者们建立了文官统治、儒家文本传统和文学创作之间的联系。出生于宋朝建立之后的一代作家不可避免地面对这些联系，他们在对这些联系的回应中形成了自己的诗歌风格。后来

被认为北宋早期最重要的诗人都处理过自己诗人身份的社会含义和政治含义。比如隐士“局外人”魏野（960—1020）和林逋（968—1028）就明确否认诗歌和政治之间有任何关联（虽然朝廷对他们十分敬重，入仕的大门随时为他们敞开）。他们的诗以晚唐的简易风格折射了对政治义务的放弃。与之形成对比的是在朝居高位的杨亿，他所编的《西昆酬唱集》则是文化局内人的代表作。林逋是晚唐体诗人中最优秀的一位，他诗意地宣布了他们对政治的独立。林逋之前的晚唐体诗人还包括了潘阆（卒于1009年）、魏野和所谓九僧（惠崇、简长、保暹、惟凤、希昼、宇昭、文兆、怀古、行肇）。不过，不是所有晚唐体诗人都能保持他们的遗世独立，比如潘阆在至道元年（995）被赐进士，授四门国子博士。相比之下，魏野面对宋真宗（赵德昌，在位时期：998—1022）的出仕邀请，以“麋鹿之性，顿缨则狂，岂可瞻对殿墀”为由拒绝。林逋土生土长于杭州，一生的大部分时间都在可以俯瞰杭州西子湖潋滟风光的孤山度过。传说林逋结庐于孤山二十年，从未踏足繁华的杭州城半步。林逋终身未娶，由于在孤山以植梅养鹤为乐，人称“梅妻鹤子”。他的许多诗都描写了孤山和西湖的景色，如《宿洞霄宫》： 【344】

秋山不可尽，秋思亦无垠。碧涧流红叶，青林点白云。凉阴一鸟下，落日乱蝉分。此夜芭蕉雨，何人枕上闻？

林逋的诗以高度技巧化的简约，捕捉了细小的景致。他以澄澈淡远的语言风格，以及与遗世独立隐居生活完美合拍的诗歌概念而闻名。不过，林逋的遗世独立并不能使自身完全逃脱文化大背景中的角色。比如真宗闻其名曾诏赐粟帛，并诏告府县存恤之。林逋去世后，仁宗嗟悼，赐谥“和靖先生”。

虽然晚唐律诗为当时诗歌创作的主流，但林逋对律诗的全心投入为正在形成的士大夫阶层提供了一个模型，即通过各种高雅的文化实践实现自我修养而超越入仕的向往。晚唐体的开放性创立了这一对于所有实践者都具可行性的模型。这一开放而简约风格的反面，是晚唐李商隐的艰涩难解、用典丰缛的诗歌风格，后者为《西昆酬唱集》所宗崇。《西昆酬唱集》中的诗创作于杨亿等人为朝廷编纂《册府元龟》等书之余，共收录二百五十首律诗，作者包括杨亿（二十五首）、刘筠（970—1030，七十首）、钱惟演（977—1034，五十五首）以及其他十四位诗人。这部诗集中的堆砌故实远远超过了晋身士大夫阶层需要具备的博学程度，其文辞的隐秘、指涉的晦涩体现了精英小团体在诗歌上的排外性和创新性。只有深谙其中三昧的局内人才能读懂并且写出这样的诗句。诗歌风格与身份地位之间的这种联系使得《西昆酬唱集》后来成为儒家不断诟病的对象。不管如何，西昆体只短暂流行过一时，并在石介（1005—1045）批评其论敌带有西昆体流弊之时，便已逐渐销声匿迹。浓艳典丽的西昆体之后，不同身份地位的作者向晚唐各种风格回归。还有一些诗人，如寇准（961—1023）反映了王维（701—761）和韦应物（737—792）盛唐山水诗的影响。这一时期的诗歌继续习惯性地向后看。只有在下一代的文化大转型过程中，诗歌的变革才随之发生。

· 北宋儒学运动的高峰（1040—1100）

宋诗找到自己的声音

宋朝初期的作家已经断言了写作、对现实情境的积极回应以及治理天下之间的关系。欧阳修（1007—1072）这一代作家则发现了儒家文本作为指导在这些关系形成过程中的重要性。他们的进路

是极端平等主义和理性主义的。君子的身份并不来自世袭出身，而 【345】
是来自对儒家经典的领悟。得到政府广为刊印的儒家原典可供仔细的分析与反思：宋代儒家士大夫认为儒家原典所包裹的重重传统诠释层是可以剥去的，这样才能得到对先王之道的新鲜理解。而且，儒家原典为中央和地方的政策提供了指导性原则。儒家政治家、诗人兼散文家范仲淹在庆历（1040—1048）初年所提出的许多改革措施，都旨在提高地方官员的素质和责任感。他和同道者致力于限制官僚家族的入仕特权，尽力使科举考试集中考察考生在实际中运用儒家文本的能力，同时也加强地方政府的监管。

我们现在所知的“宋诗”，很大程度上是由与庆历新政有关系的作家所创作的。欧阳修是这些作家中最核心的一位人物，即便他并非是其中最优秀的诗人。作为一名伟大的多面作家、学者和政治家，欧阳修最充分地代表了北宋的儒家复兴。欧阳修出身低微，凭借个人努力而登上政治高位，成为庆历新政的领导人之一。不过他指出，早期儒家文本中仁的价值观不只是关于治国术。欧阳修坚信先王之道以人心为基础，这给了他和其他改革者足够的自信去理解圣人意旨，在当世将圣人的意图变成现实，并通过他们的作品和活动参与到活生生的儒家传统中来。人心的中心地位是圣人之行的基础，这重申了普通百姓的重要性，因为普通百姓既是道德行动也是诗歌思考的对象。庆历新政的主要作家欧阳修、梅尧臣（1002—1060）、苏舜钦（1008—1048）和石延年（994—1041）的作品都反映了这一正在兴起的儒家人本主义价值观，以及它对普通百姓的关切。他们诗歌创作的主题大大拓展，并强调风格的简易与直接，努力捕捉作品中各种事件更普遍的含义。

欧阳修最重要的代表诗歌是自由的古诗体作品。这些诗以李白（701—762）和韩愈（768—824）为宗，采用了不拘长度的诗句和散文化的语法助词。《明妃曲和王介甫作》即为一例。情感表达相当正统，而作为全诗框架的视角的不停转换，是欧阳修诗作的典型特征：

> 胡人以鞍马为家，射猎为俗。泉甘草美无常处，鸟惊兽骇争驰逐。
>
> 【346】谁将汉女嫁胡儿，风沙无情貌如玉。身行不遇中国人，马上自作思归曲。
>
> 推手为琵却手琶[①]，胡人共听亦咨嗟。玉颜流落死天涯，琵琶却传来汉家。
>
> 汉宫争按新声谱，遗恨已深声更苦。纤纤女手生洞房，学得琵琶不下堂。
>
> 不识黄云出塞路，岂知此声能断肠！

一个框架接着另一个框架的并置，是这首诗中对这一烂熟主题（汉代的王昭君出塞）大胆演绎的一部分。而在欧阳修的其他诗歌创作中，框架化则成为情感上与思想上的自律。欧阳修受到对《诗经》的儒家传统理解的强烈影响，发觉写诗不仅是将自己对事物的反应再现出来，而且是情境化、复杂化并最终形成自己独特的“应物”。欧阳修的诗歌总是（即便不是完全成功地）致力于再现浓烈的情感，并将此感情往可操控的方向引导。在欧阳修诗歌中如此突出的这一特征，给宋诗带来了哲理化、议论化的“干瘪”特征。欧阳修为古体诗发现了新的审美可能性，他的好友梅尧臣则为律诗重塑了高度的严肃性。山水律诗是宋初记事诗（occasional poetry）的

① “推手为琵却手琶”对于“琵琶”的词源运用是错误的，但却由来已久且一再出现。“琵琶”起源于西亚，“琵琶”一词来源于波斯语 barbat，可能意思是“鸭胸”，因其倒置形状而得名。琵琶大师、波斯萨珊王朝的音乐家 Bārbad（约活跃于 250 年）的名字明显与这一乐器有关。该乐器传入阿拉伯人中间时，被称为 al'ud（木头），经由中世纪法语而形成了英语词 Lute（鲁特琴）。希腊语中的 barbita/barbitos/barbiton 很可能有着同一中亚词源，不过这是相当不同的乐器，是一种有许多弦的琴。

最常见形式。梅尧臣的诗论将“平淡”作为律诗的评价标准，坚称诗人在创作时，应该思考清楚他想要捕捉的东西，诗歌的语言和结构，以及诗中所记录经验更普遍的含义。 【347】

与欧阳修一样，梅尧臣也郑重地将诗歌的起源归为《诗经》。他相信，诗歌中具有深邃的思想，它捕捉到了经验的重要层面，这些层面是用其他的文学形式很难记录下来的。虽然梅尧臣也能创作欧阳修所擅长的古体诗，不过他最优秀的篇什是他自己提倡的静谧而充满思想性的律诗，比如这首《鲁山山行》：

适与野情惬，千山高复低。好峰随处改，幽径独行迷。霜落熊升树，林空鹿饮溪。人家在何许？云外一声鸡。

梅尧臣对在形成自己对事物的反应过程中的气质角色所作的评价，也是欧阳修、梅尧臣和他们这一代诗人所带给宋诗的哲理化趋势的特征。他们将经验视为复杂的，并力图在诗歌中将这一复杂性置入令人印象深刻的新形式中去。

苏舜钦专门运用诗歌来探索经验的思想轮廓，但他并非一名伟大诗人，他对语言和形式的运用，与欧阳修的古诗和梅尧臣的律诗是无法相提并论的。不过，他的诗歌具有一种异乎常人的思想能量。如在《城南感怀呈永叔》和《升阳殿故址》中，他反思了诗中记录事件的缘由，并想象事件的进一步发展。苏舜钦在诗歌中捕捉到了对日常经验果断而充满反思的感受性。现代学者许总指出，苏舜钦对唐代各种诗风都有所发掘，增加了宋诗创作的可选择模式。

“以文为诗”一语通常译为turning prose into poetry，指的是欧阳修诗人团体精心创作的诗歌中的所有变化。从形式上看，它指欧阳修等古体诗中的松散、散文化结构。从内容上看，不仅指他们更具议论性的诗歌，以及将“非诗性”主题热情地整合进诗歌中，也是指上文

【348】所体现的更为广阔的转型。将哲理与自我思考包含在诗歌中，导致了“情”被削弱，而宣称“情”中具有客观而内在的社会道德元素的做法也起到相同的效果。对欧阳修、梅尧臣等诗人来说，诗歌不仅仅是诗歌，它与能够被包摄与“文”相关的一切元素。

风格的成熟：王安石与苏轼

中国历朝历代中，得享数百年国祚的朝代多得令人很容易将之视为理所当然。但是，对中央政府而言，要控制中国辽阔国土中的人口，可使用的资源是相对贫乏的。成功的朝代需要成功的制度、先进的技术，并且不能有致命的边境压力。在宋朝建立之初，这个新生朝代是否能够成功还是个未知数。宋太祖和宋太宗削弱了地方节度使的权力，不过他们建立的文官制度还只处于实验阶段。实际上，历经太祖、太宗和真宗三朝之后，宋朝的政治制度仍然不让人完全放心，欧阳修和其他改革者通过各种措施，保持中央机构制度对地方问题的回应能力，并避免精英的世袭化。而在欧阳修一代之后，立朝之初所确立的政治制度已经重塑了中国的文化生活和经济生活。以才取士制度（仕途仍然是社会中最具权威的一条人生道路）虽然并非尽善尽美，但却真实地得以推行。为了贯彻这一取士理想，政府花大力气提高全社会的文化水平，并促进文人士大夫阶层的快速发展。在政府的诏令下，儒家五经刻本得到广泛传播流布，各地都兴建起了学校。这些变革加上数十年的相对和平状况，都鼓励了地方精英积极参与——以及被整合进——全国的经济、政治和文化系统。地方精英将作为科举考试必备的儒家经典教给其子弟，通过这一角色，在国家的政治生活中占据了一席之地。

正因为文人士大夫阶层和宋王朝都欣欣向荣，这一阶层的兴起也导致了各种紧张。在遭贬官外放后，欧阳修发现，如果其权威性是与政治身份联系在一起的，那么一旦被褫夺了身份，便也丧失了自身的道德权威身份。不过儒家经典中则清楚表明，政府的权威来自它对儒家之道的践行。这样，关于权威的各种问题便开始涌现来。哪些儒家文本是最具权威性的？政治之外的个体活动范围包括哪些？社会之内的政治活动范围又包括哪些？儒家复兴运动随着这些问题而开始出现分歧。由于诗歌是儒家经时济世活动的一部分，因此也体现了这些分歧。

北宋最优秀的两位诗人王安石和苏轼（1037—1101）属于新的士大夫阶层。儒家文化建制使士大夫阶层具有崇高的地位，此文化建制中的力量和张力也深化了他们的作品。王安石来自临川（位于 【349】
现在的江西），祖上世代以务农为生，不过王安石的祖父和父亲一辈则通过科举考试跨入了士大夫行列。年轻的王安石很早就崭露头角，得到欧阳修的赏识。在神宗时期，他官拜宰相，以增加政府财政为目标，展开了争议巨大的一系列改革措施。

苏轼比王安石小十六岁，来自四川，直到其父苏洵，苏氏家族才开始正式涉足政治。苏轼在进士考试和随后的礼部考试中都表现优异，是宋代最优秀的作家，并且也是中国文学史中最重要的文学家之一。不走运的是，他与自己的时代格格不入：他不仅反对王安石的变法，而且也不同意那些敌视王安石变法并且力图废除变法措施的保守派。

王安石是一位对文学没有好感的文学家，他曾说："所谓文者，务为有补于世而已矣。所谓辞者，犹器之有刻镂绘画也。"他的实用主义治国术，悬置了之前对行动的灵活性、反应敏感性和写作能力之间联系的争论。结果，在变法期间，诗歌从科举考试科目中剔除了。王安石自己的诗歌反映了内在的道德维度与诗歌剥离的过程。他早年的作品带有明显的政治性，内容中有清晰的道德元素。在变法时期，王安石基本上停止了文学写作，不过当他罢相而隐退江宁之时，又重拾诗歌创作。王安石这一时期的诗与政治无涉，体现了高度的审美化，关注的是诗歌自身的技巧。

王安石以罢相隐退之后所创作的诗最为知名，因为这些作品确实在艺术表现上臻于圆熟，主要以格律诗为主，并特别偏好绝句。不过，王安石没有承嗣晚唐体风格，而是广泛汲取唐代诗歌遗产，特别尊崇杜甫。《南浦》是经常被引用的一首绝句：“南浦东冈二月时，物华撩我有新诗。含风鸭绿粼粼起，弄日鹅黄袅袅垂。”

脍炙人口的“含风鸭绿粼粼起，弄日鹅黄袅袅垂”一句描述了绿粼粼的河水以及鹅黄色的早春柳枝，这也是王安石在诗中所谓“物华撩我有新诗”而赋得的“新诗”。王安石特别关注诗歌的技
【350】法（“法”），并且模仿他所崇敬的诗人。对于绝妙语言，他学习并且运用在自己的创作中，他的借鉴方式对于下一代诗人极具影响力。

与王安石相反，苏轼则强调诗歌具有根本的重要性。他的创作是北宋儒家复兴运动的高潮，与此同时这一运动也逐渐分裂为多个阵营。苏轼对于大多数诗歌形式仿佛都如鱼得水，从经典之作古体长诗《石鼓歌》到《饮湖上初晴后雨》这样短小精悍的绝句：“水光潋滟晴方好，山色空濛雨亦奇。欲把西湖比西子，淡妆浓抹总相宜。”

苏轼将西湖与西施这位传说中的绝世佳人相比，表现了惊人的胆识和机智。这首诗还有更深层的观点：苏轼在诗中热情地接纳经验的多样性。诗歌能让苏轼——尤其在其贬谪岁月中——以他天才的智慧和兼收并蓄的学识，将经验重新置入精彩的新形式中。这种解释性的特质——有时沉思、有时欢愉，经常是心怀忧虑——吸收并拓展了欧阳修一代的革新。苏轼最出色的篇什当属他的古体诗，诗中充满了他在探索经验的复杂面相时各种出其不意的峰回路转。《舟中夜起》体现了一种精微，苏轼通过它从而将夜深人静时思绪的许多层面整合在一起。

微风萧萧吹菰蒲，开门看雨月满湖。舟人水鸟两同梦，大鱼惊窜如奔狐。夜深人物不相管，我独形影相嬉娱。暗潮生渚吊寒蚓，落月挂柳看悬蛛。此生忽忽忧患里，清境过眼能须臾。鸡鸣钟动百鸟散，船头击鼓还相呼。

在令人目眩的首联中，苏轼为全诗奠定了整体基调。微风吹拂菰蒲的悉悉索索声，让他误以为外面在下雨，不过这一错误判断表现了苏轼的思绪其实飘荡在别处。诗句接下来让我们知道，占据苏轼脑海的是在一个相当宽泛的意义：他自己的人生角色问题。此时的苏轼正赶赴一个新的职位，他知道自己的政治前途已经黯淡。他该如何面对未来？《舟中夜起》通过将苏轼和他所有的思绪置于一个大化流行的天地间，回答了这个始终不曾正面提出的问题。这首诗的视角在对于景物的近距离观察，诗中所选择的每一个细节都强调了大化流行和万物之联系，以及对自我的抽象概念（实际上是自由的一种形式）的思考之间的转换。这种抽象混合了与特殊事物的联系，将一种强烈的确信贯注于诗的最后一联：活泼的白天和静谧的黑夜一样，都参与了同一“纯然”的天道。这首诗的所有元素，包括框架化的主观性、抽象过程以及对具体细节的关切等在前一辈诗人的作品中都可见端倪，苏轼仅仅用自己不寻常的天才将它们整合在一起。 【351】

苏轼在作品中与“文”的狭隘化进行了战斗，这种战斗在田锡反对儒家正统思想的文字中曾经出现过。不过苏轼面对着两股不同的敌手。第一股敌手是争论哪些文本原汁原味地代表了圣人之意，哪些文本是异端，哪些作品延续了圣人的传统。苏轼属于儒家，但他也热爱庄子的文字，精通佛教典籍，并在自己的诗歌中体现了这两种传统。在关于儒家典籍旷日持久的争论中，苏轼是一位自由派。

不过，在苏轼的一生中，第二种争论的声音更加嘈杂，即文学创作是否阻碍了个体的悟道和修身这一问题。朋党之争导致了各种相互不见容的治国理论，每一种理论都能得到儒家经典的支持，这也日渐使得参加政治成为一种令人充满挫败感的实践。文人士大夫阶层坚持着儒家的自我实现理想，但是他们越来越将自己的关注点从仕途转向更加内在化的圣人之境。当互不见容的解释使得文本理解愈发问题重重之时，成圣这一目标则给人们提供了对天道直接而专断的领悟。苏轼的诗歌仍然坚持经验世界的意义性和可解释性，所以成为后来新儒家学者的系统攻击对象。

诗歌的碎片化：苏门四学士

苏轼是最后一位能将诗歌的各种多层可能性聚合在一起的诗人。他的门生秦观（1049—1100）、张耒（1054—1114）、晁补
【352】之（1053—1110）和黄庭坚已经做不到这一点了。苏门四学士受到当时政治和思想风潮的猛烈打击。他们在苏轼短暂位居高位之时成为他的门生，但是随着新政势力的卷土重来，激进派改革者蔡京高居相位，他们都遭到了谪贬，其作品也与苏轼的作品一同被禁。而且，他们也急切地感受到需要在面对新儒家对文学的不信任时，给自己的文学创作提供依据。四人各专文学之一项，捍卫自己所专领域。

秦观是一位著名的词人（见第二编第四章）。词是一种探索爱情的主观世界的诗歌形式。秦观的诗基本上与他的词一样柔婉精微，不过仍然具有宋诗的特征，对外在世界各种细节的精心呈现，以及将感受过程的客观化是其所长。

据说苏轼认为秦观继承了他的技巧，而张耒则继承了他的平易。张耒以白居易（772—846）和张籍（768—约830）作为古诗创作的榜样。他在苏门四学士中去世最晚，吸引了大批学生士人就

学。张耒的诗今天已经基本上被遗忘，但是在宋朝接下来的时间里一直保持流行和影响力。他相当到位地捕捉到了苏轼风格的一个方面，从政治主题到对日常生活的呈现，都反思性地参与了生活。他的绝句《夜坐》极好地体现了这些特质：“庭户无人秋月明，夜霜欲落气先清。梧桐真不甘衰谢，数叶迎风尚有声。”

《夜坐》这首绝句描画了代表诗人处境和心境的各种意象，不过它并不是隐喻式的。张耒用一双善于发现的眼睛，在夜景之中找到了与自己心境的对应。

对某一场景哪怕是看上去很简单的场景的解读，是北宋晚期激烈讨论的话题之一。道学对文学创作发动了一波又一波的攻击。张耒在给贺铸的《东山词》所写的序中，为文学进行了辩护：

> 文章之于人，有满心而发，肆口而成，不待思虑而工，不待雕琢而丽者，皆天理之自然，而性情之至道也。

在这段对文学创作的自然性所作的势如破竹的辩护中，张耒采用了道学的语言，尤其是最后两句“天理之自然，而性情之至道也”。具有讽刺意义却并非巧合的是，许多评论认为，张耒作为一【353】
名诗人最突出的错误正是在于他的“不待思虑”，“一笔写去，重意重字皆不问”。

在苏门四学士中，寿命最短的晁补之的文学成就以散文最著。1079年举进士，在随后的殿试中皆名列第一。在元祐年间（1086—1094）保守派失势而受党籍牵连之前，晁补之的仕途虽称不上平步青云，但也相当顺利。他的古体诗（其存世作品中的最大部分）保留了欧阳修和苏轼激进风格的一些影子，即散文化议论以及诗句长度的不规则。后世评论家特别挑出晁补之的乐府诗大加赞赏。无论在诗歌方面还是在生活方面，晁补之的诗歌都以中和冲淡的陶潜

（365—427）作为典范。在一定程度上，这是在跟随苏轼的脚步，苏轼在贬谪流徙的漫长岁月中写了大量《和陶诗》。另外，仕途的屡遭挫折使得作家转向隐逸和田园生活的主题，而这些主题正是陶潜人格的一部分。不过晁补之对陶潜的追慕体现了不再投入政治事业的一种文化转向，以及对文人的再定义。文士（从学者到官员）成为更接近西方现代意义的文人（literati）。例如，《离骚》以及《楚辞》（见第二编第一章）这部古代楚地诗歌总集中的其他作品，在这一时期，不仅出现在艺术中，而且出现在学术中。晁补之曾亲手编《续楚辞》和《变离骚》，收录了汉代以后的众多骚体诗。这种对隐逸的兴趣日渐发展，进一步侵蚀了写作、对外界的回应以及合宜的行动这一三角关系，正是这一关系在宋朝早期塑造了“文”的公共特征。

黄庭坚与陈师道

黄庭坚（1045—1105）是苏门四学士中最重要的一位。人们经常将他和苏轼并称为“苏黄”，视他们为北宋晚期两位最伟大的诗人。他和苏轼一样，也是一位重要的书法家和受人尊敬的词人。黄庭坚精通儒释道以及各种文学经典，年仅二十三岁便进士及第，任国子监教授，在各地担任过地方官。和苏轼的其他门生一样，在新党卷土重来之时，黄庭坚也遭到贬谪。黄庭坚最专精于诗，深刻地思考了诗法以及自己与诗歌传统的联系。黄庭坚的诗是出了名的回荡陡峭，因为诗文中多层次地交织了前人的作品，也因为黄庭坚的诗感可能是宋朝诗人中最复杂的。黄庭坚和王安石一样，都对诗法
【354】特别是杜甫的诗法用力甚勤，不过黄庭坚是从整个诗歌传统中汲取启发。不过对于诗法的关心不可避免地提出了如何超越的问题，黄庭坚谈到了通过禅宗的顿悟语言，从文学自我意识的束缚中得到解放。他同时也引入了“夺胎换骨”和“点铁成金”这两个道教的转

化性意象，来解释自己与前人诗歌之间的关系。他说：

> 老杜作诗，退之作文，无一字无来处。盖后人读书少，故谓韩杜自作此语耳！古之能为文章者，真能陶冶万物，虽取古人之陈言，入于翰墨，入灵丹一粒，点铁成金也。

对古人陈言的这种“点铁成金”是黄庭坚的目标，并成为后来几百年间非常有影响力的诗歌模式。虽然黄庭坚与前人诗歌传统的复杂联系很难被翻译出来，不过下面这首绝句《寺斋睡起》可以让我们领略到他的进路：“小黠大痴螳捕蝉，有余不足夔怜蚿。退食归来北窗梦，一江春月趁鱼舷。”

这首绝句创作于1089年，此时的黄庭坚在秘书省任职（秘书省是中央政府非常重要的职能机构），住在一所寺庙中。绝句中的前两句指涉了《庄子》中的两个著名典故，第一则典故即螳螂捕蝉，黄雀在后，第二则典故是只有一足的夔羡慕多足的蚿，多脚的蚿则羡慕无脚的蛇。第三句也是用典，句首的“退食”二字来自《诗经》中的“退食自公，委蛇委蛇”，“北窗梦”则指陶潜对淡泊退隐生活的追求。“归来”二字也呼应了陶潜的名篇《归去来辞》。不过这里的要点并不是用文辞装饰了希望逃离终日碌碌和艳羡他人的简单愿望，而是当他在寺斋睡起、望着江水时的心境，因为这一心境正与前人传统中的所有这些意象相呼应。这首诗捕捉到了一种真实却又极其微妙的经验。黄庭坚的诗歌创作仍然保留了早期宋诗的核心关切：对经验进行富有思想性的阐述，但是这一任务越来越复杂，也遇到了更大的反对声音。【355】

陈师道（1053—1101）作为官员和诗人的生涯，标志着向宋代后期特征的过渡。他来自彭城（今江苏徐州）的一个士大夫家族。

父亲通过恩荫[1]（也即不需要参加科举考试）而进入仕途，母亲则来自一个更为显赫的家族。在新政时期，用王安石经义之学取士，陈师道对此不以为然，不去应试，而是跟随曾巩（1019—1083）学习他的散文。元丰四年（1081），曾巩奉命修本朝史，荐陈师道为属员，因其布衣而未果。遭遇到各种碰壁，加上他自己对政治缺乏兴致，直到1087年，三十四岁的陈师道才终于找到一个职位，任徐州州学教授，不久被任命为太学博士，但任命又被撤销了。陈师道在州学教授职位上蹭蹬多年。在元祐党人遭到打压之时，他并未受到很大牵连，部分是因为元祐党人当道期间他因父丧而居家服丁忧（其父去世于1076年，其母稍后也于当年离世），部分也是因为他的身份太低微而幸免于难。在他的诗歌中，他在家乡附近州学的任职过程中，以及在他希望通过文学创作（而不是通过建功立业）建立名声的努力中，表现了对身居高位会带来危险的一种警惕，这是文人士大夫文化中出现的一种新趋向。

陈师道作为一名诗人，也是后人效法的先驱者。虽然他决心以文学创作留名，但是他与前人的关系也颇为复杂。和黄庭坚一样，陈师道最为尊崇杜甫（712—770），在自己的诗歌创作中学习老杜诗法。在创作的时候，陈师道对环境等各方面非常挑剔。据说当他写诗的时候会躺在床上，用被子蒙住头，还把小孩送到邻居家，将猫儿狗儿赶出屋子，这样才能不受干扰。陈师道的诗没有黄庭坚那
【356】么思想化，而是追求与杜甫诗歌达成强有力的情感共鸣。手法之一便是浓郁地将语言和意象密集化，陈师道躺在床上文思泉涌，这幅景象仿佛让我们感受到了这种创作手法。这种创作手法包括将前人诗句的艺术化再创造，以求生发出新的弦外之音。另一种创作手法

① 中高级官员可以选定子孙弟侄及门客等人补官，恩荫的人数取决于官员的官阶。被恩荫者仍然需要入学两年，并且通过考试。不过，即使在竞争最激烈的情况下，一半考生都能顺利通过这类考试，所以这一条路比起进士考试来是较为简单和容易的。

即以拙为工，以平衡创作中强化的情绪。和黄庭坚一样，陈师道也明白将诗歌文本“朴拙化”的必要性，并致力于将感情浓郁却熟悉的简单经验与一种朴素钝拙的语言和形式相匹配。不过，陈师道所到达的简单是“复归简单”，而非简单本身，这样就不至于流于枯索。总而言之，在黄庭坚和陈师道那里，对创作的自觉意识开创了一种永远“在引号中”的诗歌。不过黄庭坚和陈师道为其学生提供的诗歌模式是优雅而高要求的，并带来了一种连续感和共同体的感觉。他们所提供的诗法，使有抱负的诗人能够进行有效的实践和学习。所以，二人对后学者产生了像欧阳修和苏轼这样的天才诗人所难以企及的影响力。

北宋晚期：江西诗派和陈与义

吕本中（1084—1145）是对黄庭坚诗风具有自我意识的继承者，他提出黄庭坚诗风是江西诗派的基础。但是自从吕本中撰写《江西诗社宗派图》以来，其中所录的诗派成员被争议包围。《江西诗社宗派图》原文虽已佚，不过残本也帮助后世学者重建了包括二十五位诗人在内的一份名单，名单从陈师道开始，涵盖了十二世纪早期的主要诗人。评论家曾提出反对意见说，这份名单并未体现一种单一的风格，并且和江西也毫无关系。有论者认为它对诗人的收录过于随意，另一些论者则觉得这个名单太短了。不过，这份名单的开列以及对它的各种关注是重要的文化现象，因此值得作一番解释。

《江西诗社宗派图》值得注意的一个方面是它使用的“诗社”一词。十二世纪早期，诗社在大城市中开始出现。在经历了一个世纪的和平之后，货币化经济创造了繁荣的城市中心。包括当代诗集在内的刻本书籍流传范围很广，对共同主题进行诗歌创作以及更加组织化的诗社，成为正在形成的地方文人文化的一部分。江西诗派的大多数“成员”都属于这一文化氛围，他们受过良好教育、与地方联系紧密、没有入仕或者并不谋求入仕。（由于黄庭坚和陈师道同属被镇压的元祐党人，他们的从学者和同情者不愿意与蔡京的新党政权合作。）

吕本中《江西诗社宗派图》的第二个历史意义在于，虽然在十二世纪早期，许多来自士大夫精英阶层的文人也包括不少女性
【357】都创作诗歌，但江西诗派在广义上定义了一种在当时及在以后来看最重要的风格。北宋末年、南宋初年的主要诗人吕本中、韩驹（卒于1135年）、曾几（1084—1166）和陈与义（1090—1139）都以这种风格进行诗歌创作。并且南宋的主要诗人都通过直面江西诗派遗风来形成自己的诗歌风格。那么，什么是江西诗派呢？上文提到，它基本上遵循黄庭坚和陈师道所提供的诗歌模式。主要特征包括：

> 关于“日常”经验的反思性诗歌
> 关心形式、语言以及诗意而与经验分离的诗歌
> 关心来自晚年杜甫的诗法
> 将前人的诗歌材料进行转化

后来的评论家又增加了两点特征：一、基于难解之典故的晦涩语言，这来自黄庭坚所谓老杜作诗“无一字无来处”的说法；二、干枯的说理化。

举例很难说明江西诗派的风格特征，因此通过研究江西诗派对徽宗（在位时期：1100—1126）与高宗（在位时期：1127—1162）时代最优秀的诗人陈与义的影响，从而了解它的声势，也许会更有效。陈与义对江西诗派的风格所进行的转化同时体现了它的优势和弱点。陈与义先祖居京兆，其家族在曾任太常少卿的曾祖父陈希亮一代迁居洛阳。他的祖父和父亲都在朝廷为官。陈与义以太学生身份通过了选官

考试，但是在蔡京掌权时期仕途不顺。随着北方于1126年沦陷，他在高宗朝廷中得到重用，曾一度拜相（参知政事）。陈与义年轻时崇敬苏轼、黄庭坚和陈师道，从这几位前辈那里学会了以杜甫为诗法的典范。他以江西诗派的方式，将这些前辈的诗句精心改写进自己的作品中。不过靖康之难以后，陈与义开始遗憾年轻时未能完全理解杜甫。只有战争中颠沛流离的苦涩经历，才能教会他杜甫晚年诗歌的意义。以杜甫为典范的陈与义，后来写了大量战争主题的诗，被尊为重要的爱国主义诗人。诗论家盛赞他的《登岳阳楼》和《雷雨行》等诗捕捉到了杜甫写安史之乱作品中的那种基调和感受。不过陈与义诗中的问【358】题在于要脱离文学建构的自我意识。江西诗派中典型的技巧、哲思化以及对诗人主观的展示，继续主宰着陈与义的诗。陈与义最著名的绝句《牡丹》是一首简单直接而让人浮想联翩的作品，描写了当时沦陷于金人的洛阳闻名天下的牡丹。但是，这首诗未能逃脱讽刺式自我呈现的框架："一自胡尘入汉关，十年伊洛路漫漫。青墩溪畔龙钟客，独立东风看牡丹。"

"青墩溪畔龙钟客，独立东风看牡丹"一联中，诗人自陈为"龙钟客"，这是杜甫晚年诗歌中的典型元素，突出了形成诗人视角的特定环境。这里的妙处在于些微讽刺的对象化——正如杜甫诗中那样，其成功之处在于呈现了作为大历史进程中一部分的诗人关切点。但杜甫对宇宙秩序——对应于唐代的政治秩序——具有深厚的信仰，他的诗歌将他自身置于这一迷人而宏大的视域中。而随着道学的不断发展，北宋末期作家们的思想世界变得更为错综复杂、怀疑主义和向内化。吕本中《江西诗社宗派图》中所列的诗人之一李彭曾提出："以彼有限景，写我无穷心。"在这里，心越来越成为意义的所在地。欧阳修和苏轼贬谪期间的诗歌已经显示，伤感主要是由于想象力和视角上的一种不足。陈与义即使在自己的晚年诗歌中，也还保留了这种视角主义的特质。他暗示着，虽然北方沦陷，但是这一灾难却无形中帮助他游历了不同的地方。当他写下“世乱不妨松偃蹇，村空更觉水潺湲”这样的诗句时，应该并不含讽刺之意。强烈的思想自我意识和诗歌自我意识，二者的混合是江西诗派的特点之一，力图通过对伤感的哲学性拒绝——从宋代早期儒家人文主义中继承而来的——以保持平和心境，这一冲动将陈与义的诗拉向了唯美主义和独我论（solipsism）。外部世界的经验时刻面临垮塌或“自我”的威胁，而这个“自我”完全决定了它所遇到的万事万物的意义。而南宋诗的整部历史便很大程度上是试图逃离这一内向螺旋的历史。

· 南宋诗

北方陷落之后，中国的南方继续保持繁荣。作为经济文化中心
【359】的长江流域各大城市地位日益重要，发展成为当时世界上最大的城市。然而整个社会处于不安和分裂之中。无法北定中原这一耻辱性失败，以及新的战事威胁给南宋投下了长长的阴影。军事开支以及每年给金朝的岁贡给南宋政府施加了财政增收的压力。朝廷的大权被前后相继的宰相所掌，他们为了谋求个人私利而无所不用其极。与此同时，士大夫阶层忙着靠兼并土地来巩固他们对地方经济的控制。不过，宰相的专权擅国也导致了文人士大夫思想的两极分化，道学不仅成为个人修养的一种召唤，而且成为政治抗议的有效根据地。道学反过来也加紧拉帮结派，北宋大多数主要文化人物都成为被攻击的靶子，道学试图以此来建立自己的权威合法性，以作为圣人之道统的继承者。他们认为文学创作有损于大道。

北宋儒家人文主义的兼收并蓄元素大多数都被推翻了。首先，对“文”的投身不再要求对政治的尽忠。其次，对世界的回应不再是行动的基础，道学理论更加偏好与生俱来、未被尘世撩动而发的

行动之前的虚静状态。最后，“写作”意义上的文，接近柏拉图意义上的摹仿的摹仿：这是个人回应的一种艺术化处理，太容易被个人和欲望所干扰，而非普遍的和价值中立的。

文的意义范围缩减了，这些变化也相应地改变了诗歌。江西诗派既是这一文化碎片化的一种症候，也是一种回应。将意义建立在诗歌传统（通过指涉前人诗歌而给予一首诗地位），建立在自我的基础上（探索变化无常经验背后那一个起主导作用的自我），这反映了文人士大夫文化中诗人和道学家所共有的一种对确定性和共同体的追求。诗歌从直接性那里撤退，以求更加内在的意义，坚持尽可能的纯粹性与自足性，这也正是道学所追求的。不过南宋的主要诗人都由于这一诗歌模式的不足而丢弃了它，再度采用江西诗派来呈现经验世界的轮廓。陆游、杨万里和范成大都重塑了江西诗派遗产，不过各自用了截然不同的方式。

陆游

陆游（1125—1210）来自山阴（今浙江绍兴）一个仕宦世家，为官的家族历史可以追溯到北宋初年。陆游在十多岁时，来到京城结交师友，并准备进士考试。在这里，他遇见了当时最负盛名的诗人曾几，并从学于曾几。曾几被认为是一位重要的江西诗派诗人，【360】
据说他曾告诉陆游，他的诗歌与《江西诗社宗派图》作者吕本中的诗歌很相像。陆游因语触高宗的宰相秦桧而在殿试中被黜落，未能进士及第。返回山阴祖居后，最终在三十四岁时通过恩荫而出任福州宁德县主簿。随着赵伯琮（在位时期：1162—1189）即宋孝宗登上皇位，反对秦桧及其与金议和政策的主战派得到重用，陆游也时来运转。但随着北伐的失败，主战派再次遭到贬谪。陆游又回到了不时谋到一官半职和回乡赋闲交替的生活。不过陆游在四十八岁之时，受川陕宣抚使王炎（生于1113年）延请入蜀。陆游便在位于西南的四川辗转于多个职位，包括曾在著名诗人范成大幕中担任参议官。六年后，他回到故乡，过起了半仕半隐的生活，而在1189年，六十五岁的陆游彻底退休，在家乡度过了生命的最后二十年。

陆游的一生成为南宋许多杰出作家的典型。他们像陆游一样，都是地方士大夫精英分子，反对朝廷的政策。当被召为官时，他们经常因为自己的批判立场而遇到麻烦，然后悻悻然被罢黜回家。因为朝廷需要显示野无遗贤，所以又会重新征召他们，这样循环就不断进行下去。

陆游生平细节也很重要，因为它们强有力地塑造了他的诗歌。陆游在居蜀的一段日子里，特别对自己的风格进行了转化。陆游自己说，年轻时代的他曾追求臻达完美的江西诗派创作风格，但到四川之后，他发现江西诗派风格不再能够适应新的经验，于是开始确信自己应该写什么。从年轻时代开始，陆游就不断呼吁恢复北方失地，但是四川之行给他保持一生的这一梦想提供了具体的意象，扩展了他的视野。也就是说，陆游没有放弃他在诗歌技巧方面的训练，但却以最大的努力来用它处理大量新鲜而多样化的材料。陆游给后人留下的那些因宋朝未能收复北方而表现出的黍离之悲，使他成为中国最杰出的爱国主义诗人之一。

陆游的存诗位列宋朝诗人之冠，共九千三百首。不过即使这一庞大的数量都未能涵盖他的全部作品，因为在编辑刻印自己的诗集时，他把自己早年受到江西诗派影响的作品删去了。陆游的作品分为爱国主义诗歌和描写自己日常生活的诗歌。那些温润闲适的作品
【361】可以视为一种抵抗的形式（就像苏轼作品一样），微妙地补充了他慷慨激昂的爱国主义诗歌。范成大帅蜀时，陆游为参议官，不拘礼法，人讥其“颓放”，陆游索性自号“放翁”，来坚持自己具有发表独立观点的权利。

虽然陆游讨厌早年受江西诗派的影响，但即使到晚年时期他仍

然使用江西诗派的术语（有些具有明显的道教意象）来描述诗歌创作过程，如这首《夜吟》："六十余年妄学诗，功夫深处独心知。夜来一笑寒灯下，始是金丹换骨时。"

陆游没有停止在诗句上下功夫，他是同时代诗人中这方面的佼佼者。陆游对细节非常留心，他博览群书，长期实践，对于诗歌结构有敏锐的感悟力，早年的诗作《游山西村》便具有这些特征：

> 莫笑农家腊酒浑，丰年留客足鸡豚。山重水复疑无路，柳暗花明又一村。箫鼓追随春社近，衣冠简朴古风存。从今若许闲乘月，拄杖无时夜叩门。

其中的"山重水复疑无路，柳暗花明又一村"相当脍炙人口。它将前人描述这类情境的诗歌进行了改写，不过对自然景色的排列和平易的语言将诗人所下的功夫藏了起来，使诗句的再现特别成功。陆游的诗中充满了这种信笔由缰似的描述。

范成大

陆游意外落第的同一年，杨万里（1124—1206）和范成大（1126—1193）都顺利通过了进士考试。他们彼此相熟，并在以后的时光中相互写诗唱和。虽然他们在诗歌中最初接受的是相似的训练，都以江西诗派为基础，不过他们后来的发展反映了各自不同的兴趣。

范成大老成持重，对自己的事业高度尽职。他仕宦生涯相当通达、身居高位，而陆游仕途坎坷，只能在低微的职位上对朝廷的 【362】
坏政策空怀牢骚。1170年，孝宗派使臣到金国索取河南陵寝地，当时朝臣惧怕金人如虎，范成大慷慨请行。这是一项高难度的外交任务，需要运筹帷幄的外交能力以及犯颜直抗的勇气。范成大不辱使命地完成了任务，全节而归，因其忠诚、决断以及个人能力而累官至四川制置使、参知政事等职。范成大的诗歌同样显示了各种特质的混合。比如在出使金国期间，位列中国历史中最著名的日记体游记作家的范成大（见第三编第五章），对沿途所见到的景况写了一系列七言绝句（使金纪行诗）。使金纪行诗中隐含了辛辣的批评，饱含爱国主义热情。不过范成大在这组诗中下足了功夫，情感的激越由于凝视的对象化——对新鲜细节的注重，而得到缓解。

在写给陆游的《陆务观作春愁曲悲甚，作诗反之》一诗中，范成大这样写道："诗人多事惹闲情，闭门自造愁如许。"范成大在这里说出了自己和陆游之间的重要不同。陆游倾向于设定自己的意向具有自然性，所有人都能感受到他对于北方失地的黍离之悲。陆游晚年的诗作更是人类整体经验错综复杂的流溢。诗中从来没有失去过诗歌自身是被建构的这样一种自觉意识。不过陆游暗示，他自己的处理捕捉到了人类经验的那些本质。而范成大对此则较为谨慎，他的意向并不是世界的一部分。在《再题白傅诗》中，他这样说：

列子御风犹有待，邹生吹律强生春。若将外物关舒惨，直恐中涂混主宾。

在这首诗中，范成大清楚地反映了宋代思想界的折衷主义氛围，儒释道熔合进了一个圆融的整体中。甚至到北宋末年，"意"（意向）已经是佛教和道学所共同拥有的一个技术词汇，它内在于心灵，属于主体，而非外在世界的一部分。江西诗派的作用之一便是将这一区分变得明显。这些诗人探索了意向的内在性，以及它如何塑造了诗人与外部世界的相遇。江西诗派的诗人在努力阐明这一塑造过程之时，在形式和内容两方面为诗歌创作创造了一个较大的语境，以补偿"文"的整合性力量的衰败。但是问题在于，这个较大的语境并不够大。因为诗人们不相信现象中有什么本质意义，所以他们抽取材料，并从划地为界的人类世界——诗歌传统加上当时哲学——来处理这些材料，给予这些材料随心所欲而正典化的解读。南宋诗人继承了江西诗派阐述内在意向的宏大任务，不过却致力于将这些诗的意向置放在社会和文化秩序之中。实际上，范成大最著名也最具影响力的篇什是两组绝句。在这两组诗中，他将自己的诗歌追求置于广阔的共享价值中。第一组诗是上文提到的“使金七十二绝句”，第二组绝句则是六十首“四时田园杂兴”。“四时田园杂兴”的成功之处在于它将各种杂陈的观点——农民并不总是欢乐或是痛苦的——聚拢在一起，避免了早期此类诗歌中的刻板立场。这组诗是对农村春、夏、秋、冬四个季节的景色和农民生活的描写，而非范成大这位昔日高官隐居田园的自我写照： 【363】

> 胡蝶双双入菜花，日长无客到田家。鸡飞过篱犬吠窦，知有行商来买茶。

自从《老子》以来，鸡与犬便一直出现在乡间隐逸主题中，不过范成大在这里将它们放进了一幅生动而可信的初夏乡间画面中。这一景色来自他自己的视角，而他的目光是沉静明澈的。

杨万里

陆游、范成大和杨万里三人是好友，然而陆游也承认杨万里是最出色的诗人。杨万里在当时的诗名最高。他是诗人中的诗人，从江西诗派的内部对其进行了转化。杨万里在《荆溪集》的序言中回顾道：“余之诗，始学江西诸君子，既又学后山（陈师道）五字律，既又学半山老人（王安石）七字绝句，晚乃学绝句于唐人。”

不过，但“学之愈力，作之愈寡”，后来因担任地方官员，政务繁忙，索性将诗歌搁置一旁。直到戊戌年新年，“忽若有悟”，“于是辞谢唐人及王、陈、江西诸君子皆不敢学，而后欣如也”，自此“万象毕来，献予诗材”。开始于黄庭坚的江西诗派的观点之一，便是与禅宗之妙悟接近的诗歌突破，以及对诗歌材料作不劳思虑的转化。杨万里称自己已经实现了这一突破，并将自己的“落尽皮毛，自出机杼”作为证据。不过，即使在得悟之后，杨万里仍然以范成大那样的方式构建他与经验世界的关系，外部世界是他创作
【364】的“材料”。杨万里曾经这样写道：“我初无意于作是诗，而是物是事适然触乎我，我之意亦适然感乎是物是事。触先焉，感随焉，而是诗出焉。”虽然这里所描述的作诗过程以《诗经》为正典模式，不过由于其各种具体的关切，杨万里实是南宋思想世界的一分子。他所用的“物”与“意”这两个术语，是道学对现象世界的分析中的重要词汇。实际上，年轻时代的杨万里曾受一代名将兼学者张浚（1086—1154）的影响颇深。张浚以“正心诚意”之学勉励杨万里，他于是自号“诚斋”。杨万里认识当时许多重要的道学思想家，并曾撰《诚斋易传》，在南宋年间曾与《程氏易传》（二程兄弟为程颢［1032—1085］和程颐［1033—1107］）一起刊行。杨万里所发展的诗歌风格保留了道学对自我和现象世界的区分。所谓的“诚斋体”实际上以比较的、范畴制造的过程为主题，自我通过以弄清经验的意义，如这首《夜宿东渚放歌》三首其三：

> 天公要饱诗人眼，生愁秋山太枯淡。旋裁蜀锦展吴霞，低低抹在秋山半。须臾红锦作翠纱，机头织出暮归鸦。暮鸦翠纱忽不见，只见澄江净如练。

杨万里在这里精彩地将落日比作织锦，来描述景色的转换（在

第三句唤起了对位于西南的蜀地和东南的吴地的回忆），并对应了全诗最后一句。这一句直接脱胎于谢朓（464—499，见第二编第二章）"澄江静如练"的"只见澄江净如练"也指向了杨万里之前的两位诗人李白和黄庭坚，他们也曾将谢朓的这句诗改编在自己作品中。他在这里的特别贡献在于将谢朓名句中的"澄江如练"意象发挥到了极致。杨万里在丰富的经验基础上，转化了这一文学的隐喻框架化技巧，于是使得宋代诗坛将各种材料植入诗歌的冲动保持了活力。不过，他像黄庭坚一样，将博学、复杂的诗句创作混合以各种反美学元素（最突出的有白话语言模式）。也像黄庭坚和早期的江西诗派诸人一样，杨万里在诗歌中基本脱离了陆游坚持的社会关怀。一种探索现象世界如何对自我进行冲击的诗歌，是不可能对社会事件（作为现象）太过重视的。 【365】

· 南宋末期的诗

南宋时期，国家精英慢慢演变成地方精英系统，官员的候补队伍越来越庞大。但是由于失去了半壁江山，官职数量大为减少。而朝廷日益为压制反对声音的权相所控制。得不到朝廷重用的地方精英便日益转向道学，来为他们在当地的道德行动和权威提供典范。北宋时期将自我、社会和国家融为一体的"文"的理想无可奈何花落去。南宋末期，"文"已经降入个体感受的领域，仅具有审美意义。文人士大夫在创作诗歌时，日渐放弃宋朝前人诗歌的主题范围、语言、材料和风格，以及它的思想化、说理趋势。他们将上述风格贬为"以文为诗""以议论为诗"，而回到将诗歌作为感受式小品的晚唐风格。

永嘉四灵

晚唐诗风的最重要推行者是来自永嘉地区（现在的浙江温州）的四位诗人：徐玑（号灵渊，1162—1214）、徐照（字灵晖，卒于1211年）、翁卷（字灵舒，生卒不详）、赵师秀（号灵秀，卒于1219年）。因为四人的字或号中又都带有“灵”字，故称永嘉四灵。南宋主要的文化名士、道学永嘉学派的领袖叶适（1150—1223）对于永嘉四灵颇加褒奖，确立了他们在当世诗坛的地位。他们大抵皆宗贾岛（779—843）和姚合（781—约859），强调细致精密的构思与炼字炼句。四灵中最优秀的诗人赵师秀曾言：“一篇幸止有四十字，更增一字，吾末如之何矣。”虽然他们偶然会涉及社会主题，不过他们的诗作主要还是描写幽寒清寂情境的格律诗。诸如寺庙、香火、鸣钟等佛教意象经常出现，如赵师秀的这首《约客》：

【366】 黄梅时节家家雨，青草池塘处处蛙。有约不来过夜半，闲敲棋子落灯花。

已故文论家钱锺书（见第三编第七章）曾提到，许多诗人都用过从蜡烛灯芯上飞溅下来的灯花这一意象，作为深夜约客不至的孤寂画面的一部分，但都略显拉扯做作，唯有这首诗干净完整地捕捉到了当时的现场感和心境。

刘克庄与“江湖派”诗人

新儒家思想家叶适认为永嘉四灵的诗转化了当时的诗风，将诗从病态的江西诗派学究气中解救出来。然而他也哀叹晚唐诗风的狭隘，并寄望于刘克庄是“当建大将旗鼓者”。刘克庄（1187—1269）是“江湖派”诗人中最重要的一位。“江湖派”得名于临安书商陈起（约1190—1251）所刻《江湖集》的标题。当时擅政的史弥远立理宗（赵贵诚，在位时期：1224—1264）而导致朝野的不满。理宗认为《江湖集》中有谤讪之语，因起大狱，劈《江湖集》版，将诗集中的诗人贬谪流放。《江湖集》对于诗歌的角色认识，与永嘉四灵大为不同。风雅的诗歌创作是南宋文人士大夫生活世界的一部分，不过他们也通过诗歌创作来实现诗的最古老功能之一：进行社会批评。朝廷统治集团和地方精英之间的关系总是处于紧张之中，而并非相互之间漠不关心。朝廷的政策对地方有很大的影响，中央政府也需要地方精英的合作来执行其政策。士大夫文人精英则通过太学生的抗议、低级官员的表奏以及有社会责任感的公共写作来表达他们的观点。自上古以来就有“讽谏”传统的诗，在这一过程中起到了非常重要的作用。

刘克庄应该是《江湖集》中最成功、最重要的一名诗人，不过他的生平轨迹和诗歌与《江湖集》中其他诗人类似。像陆游一样，刘克庄也来自显赫的地方家族，以荫补入仕，出参江淮制置使李鈺幕府。和杨万里一样，他与当时的道学圈子有很紧密的联系。他的大部分时间是在各种低微官职和主管故乡道观的闲职中度过的。刘克庄任枢密院编修拥有上疏资格后，即上疏理宗批评当时的政策。
作为一名诗人，刘克庄从未停止创作批评时政的诗，即使这些作 【367】
品对他的仕途产生了直接的损害。并且，他还反对仅仅是政治批评的主题诗。刘克庄和大多数“江湖派”诗人一样，通常与晚唐诗风联系在一起，然而在刘克庄这里，这种联系是相当错综复杂的。他最初是陆游的崇拜者，但也受到杨万里的深刻影响。刘克庄的诗具有冷幽默的机智和精心的炼字炼句，并杂以有意的散文式反审美特征。他对晚唐诗风和江西诗派风格的不足之处有敏锐的认知。同样，他没有把自己的诗局限在道德追求领域，同时也没有完全投入碎片化的伤春悲秋中。最后，刘克庄的诗是漫步式的，道学的思想世界不能为诗歌提供富有吸引力的角色。他坚信，如果在别的方面自己算不上成功，至少他将能创作出比陆游还多的诗。不过，他还是没做到这一点。

文天祥、宋朝遗民以及宋诗的终结

南宋勉强支撑的最后几十年中，诗歌创作的理由——诗歌与更大的意义秩序之间的联系——基本上垮塌了。不过宋朝的覆灭带来了宋诗最后的创造性。

文天祥（1236—1283）是这场浩劫（宋朝社稷的完全倾覆）中最著名的诗人。他是一位杰出的爱国主义者，将诗变成了才华横溢的宣传。文天祥年少时并没有表现出不同于其他地方文化精英子弟的禀赋。他对当地传统有很强烈的关怀感，并且受到道学其中一支的良好教育。对于诗歌，文天祥兴致不是很大。但是当蒙古人南下后，文天祥用诗歌来记录自己逃离被俘（自从1275年）以及组织抵抗的经历。《指南录》是这一时期的自传性作品，里面收录了散文体记叙和诗歌。在保护幼帝免陷元兵之手的浴血抵抗失败之后，文天祥再一次被捕，并被押往元朝京师大都（今北京）。在被俘后，他完成了《指南后录》，这部作品中包括了他最著名的《正气歌》。这首《正气歌》斗志昂扬地表现了他的爱国主义精神。元朝皇帝忽必烈（1271—1368）最后明白文天祥永远不可能归顺元朝，因此将他处死。

文天祥对于杜甫的宏大诗风有非常敏锐的把握，能将层层叠叠的象征意义渗透入画面中。在年轻时期，他曾经实验过这一风格，不过缺乏与格律相匹配的内容。不过在《指南录》和《指南后录》中，高度的格律性和历史性事件一起产生了伟大的诗作。比如在被押往大都途中，他写下的《金陵驿》：

草合离宫转夕晖，孤云漂泊复何依！山河风景元无异，城郭人民半已非。满地芦花和我老，旧家燕子傍谁飞？从今别却江南路，化作啼鹃带血归。 【368】

各种现实画面成为复杂的象征性征兆。这首诗提出了自然界与人间灾难之间的关系问题，虽然王朝的倾覆面临着为自然界永不止息的潮流所湮灭，通过引用杜鹃啼血的古老典故，文天祥坚称，他将化为自然界的啼鹃，永远为大宋投身抵御外敌的奋战中。

宋朝灭亡之后，一些原来仕宋的士人拒绝与元朝合作。汪元量（生卒不详）、谢枋得（1226—1289）、谢翱（1249—1295）和郑思肖（1241—1318）是这些宋朝遗民诗人的代表。他们诗歌中最有意思的地方是对晚唐诗人孟郊（751—814）、李贺（790—816）以及鬼神世界的兴趣重燃。景物中想象悲伤的无限延长，对于宋朝无可挽救的覆灭是一种补偿心理。如郑思肖的这首《秋雨》：

云满长空雨满山，凄凄风色变新寒。夜来白帝将秋去，万树淋漓哭不干。

倒数第二句中的“白帝”表面上指冬天的白雪，不过它同时也使人想起来自西北的部落征服者的古老神话传说。这里暗指蒙古人。

· 回顾

当然，诗并没有随着最后一位宋朝遗民诗人的辞世而消亡，“宋诗”也没有完全销声匿迹。虽然在明代（1368—1644），诗风复归唐代，但是重要的宋代诗人作品继续得到刊印流传。清代

（1644—1911）之初，许多学者对于宋诗的兴趣日益增加，我们今天对宋诗的理解还要感谢这些学者的辛勤工作。不过宋诗的复兴有助于他们为自己的文化危机寻找答案，他们从一个异这些诗创作时的世界的视角来审视宋诗。今天的我们与宋诗的世界相距更为遥
【369】远，要理解宋诗和它的美学特征，我们必须重新复原塑造宋诗和它在宋朝三百年间之变迁的社会与思想背景。毕竟诗歌史并不只是各种风格的罗列。好的诗歌有力地塑造了我们对于经验的理解，不过杰出诗人将形式与概念的秩序整合入伟大诗歌，这些珍贵瞬间是相当稀有的。将诗与“文”联系在一起，然后再定义和捍卫“文”本身，这样的努力凸显了宋诗的大转型。这些历史性和文化性的题目惊人地复杂，不过对它们的理解有助于我们领悟苏轼等伟大诗人的真正伟大之处，刘克庄的可悲亦可敬的失败，以及仔细地聆听所有宋代诗人的声音。他们塑造了这一书面上的世界。

傅君励（Michael A. Fuller）

第六章 元散曲 【370】

以“散曲”为名的诗歌在歌词传统中有一席之地。给当时的音乐填词是所有时期文学创作的一部分，但有时候它会变得极其重要，成为后世眼中作为这一时代标签的最优秀文学形式，如汉代（前206—220）的乐府、宋代（960—1279）的词。宋词通常被视为文人词的缩影，散曲被我们视为元代（1279—1368）的诗歌，无论这是否严格符合历史事实，但它们无疑是中国文学中的珍贵财富。

元散曲具有自己的特征，使自身与为音乐填词的传统区分开来。对散曲（散曲的意思就是独立存在，与科白情节无关，不属于特定杂剧）的传播起到推动作用的，当属带有整套剧曲的杂剧。实际上，二者的很多曲调都是一样的，既可以用于杂剧中也可以用在散曲里。而且实际上，散曲作家经常创作“套数”（连贯成套的曲子）——这是杂剧中一幕的基本形式，虽然“套数”并不是元代独有的，不过在这之前，“套数”在歌词传统中从未如此蓬勃发展过，或者说从未如此成为内在于诗歌创作而不可分割的一部分。

散曲和唐末以及宋代的词一样，都有曲牌。所有曲牌都属于某一宫调，虽然它们未必能引起现代读者的兴趣，曲牌会在某种程度上决定所填词的内容，因此音乐会带有特定的基调。小令（单阕之 【371】
曲，与套数相对）构成了现在存世散曲中的绝大多数。即便对于偶尔创作散曲的作者，小令也是相对比较容易创作的。套数是取宫调相同或宫调不同但可以相通的若干曲牌，联合成套，这需要相当高的作诗技巧，虽然一些固定搭配、套话和惯用主题减轻了创作套数的辛苦程度。

散曲的韵律与节拍也都以音乐为基础。因为元代的音乐已经亡佚，所以有时候很难知道某一诗句中有着怎样的韵律分割。散曲的特征之一是对超节拍音节的使用，也就是说这些音节可能被快速唱出，或者在诗行的基本节拍之外被唱出。有时候，这使得一句诗行在现代读者看来非常笨拙，但在当初表演时未必是这个样子。散曲的这一特征吸引了后世评论家的注意，他们经常将其视为对传统诗法桎梏的抛弃。其实散曲的规范也很严格，而将散曲视为传统诗法破坏者的观点，只是我们这个时代的一种误读。

也许我们现在将散曲视为歌词的单独一支，其主要原因之一在于它和杂剧中的剧曲一样，在北方划出了相对独立的发展轨迹。如果在元朝建立的1279年以前，宋朝的北方国土没有在1127年沦陷于金人之手，胡人音乐的涌入，以及北方的语言变化所带来的歌词中的发展，可能只是被视为一种不同的地方风格而已，而非全新的文学种类。值得我们思量的是，唐朝覆灭之后不久，石敬瑭将幽云十六州割让给契丹（938），至元朝建立之初的三百七十五年间，燕京（现在的北京）一直处于外邦统治下，而这段时间的后期（约一百五十年），黄河流域（包括开封、济南、太原和平阳等城市）的中国人与南方并没有直接的联系。因此，当北方处于金（1115—1234）的统治下，中国的一些文化中心已经在偏安于南方的宋朝疆土之外。虽然金和南宋之间有一些文化交往，但一般是南方对北方的文化输出，地方文化和民间文化通常是不流动的。中国于1279年再度统一之后，北方方言（或者说中原的语言）由于政治原因而居于主导地位。假设中国的京城仍然在开封，那么北方语言还有与之相连的北方文化，就会在中国文化内部逐渐发展，很可能就不会对中国文学史产生如此重大的影响。

散曲的最早状态很难追索，因为现存散曲绝大多数都是在元末辑录的，辽（916—1125）金时期北方创作的散曲少之又少。对杂剧史的研究为我们提供了一些有用信息。需要记住，给曲调填词是由来已久且从未中断的一种文学实践，歌词在大文学中的地位会经常 【372】
受到非文学环境的影响，所以在以前的歌词形式中，为散曲寻找直接谱系可能不会非常有效。诚然，在元散曲作家的文集中会有一些宋代以来的曲调，不过最重要的一点恐怕在于，现在称为散曲的绝大部分作品是南方从未耳闻的新曲调。

我们必须考虑到，1279年中国重新统一之后，语言差别成为一大社会事实。极少南方作家能够第一手地了解北方方言，而北方作家则能毫不费力地将这些方言运用在他们的散曲中。有人也许会问，为什么南方作家会想要创作北方的散曲呢。他们并未在一夜之间突然丧失了自己的深厚诗歌传统。原因可能仅仅在于北方的散曲和杂剧对于他们是那么新鲜而具有吸引力，所以许多南方作家便欣然投身于此。很可能由于中原的语言变成具有至尊地位的方言，关于中原语言的知识便变得弥足珍贵。

这种解释可以在来自高安（位于今天南部省份江西的北部）的元代文学家周德清（活跃于1324年）的作品中找到提示。他的《中原音韵》是为创作北方散曲而作的一部手册，讨论了北曲的音韵和风格等，不过大部分篇幅都用来给出中原语音的正音。词汇的语音轮廓已经发生了很大变化，这导致的语音区别犹如英语中e和i的区别一样巨大。这意味着，如果一位南方人热切地想要以北方风格进行创作，那么他可能会犯下很多无意的错误。在周德清看来，这部作品不仅是一部为南方人而写的指南。虞集（1272—1348）被公认为元代最优秀的散文家同时也是重要诗人，正如他在为《中原音韵》

所写的序言中所提示的，该书也体现了作者周德清在入仕方面可能意欲大有作为，不过却并未给他带来什么实质性好处，因为现在的我们除了知道他是《中原音韵》的作者之外，对他一无所知。

现代的文学史通常将散曲呈现为元代的唯一诗歌形式，这种做法忽略了很多出色地创作了大量唐宋风格（见第二编第七至八章）诗歌的元代诗人。实际上，元代此类诗人的作品集数量超过了散曲作家。这一偏见可能出在明代早期文论家身上，他们将唐代以后的诗贬为不值一提，另外还可部分归咎于五四运动，五四思潮中流行这样的看法：重要的文学进展只发生在“口语”或者其他非正式的书面语言中。因此，如果魏礼（Arthur Waley）所说的 “时代中的文学活力进入了书面的白话歌词、套曲、戏剧和小说中”并非妄言，我们也必须承认这种成就是有限的，因散曲的数量相对较少。如果把漫长的唐宋时期的文学考虑进来，那么元散曲的存世数量只
【373】相当于《全唐诗》的约五分之一、《全宋词》的一半而已。尽管如此，散曲的活力是新鲜而令人着迷的，而它的精妙处足以与任何时代的诗歌不相轩轾。十三世纪末，随着中国的重新统一，散曲的清丽化得到了进一步的推动，因为比起商人和平民来，被委派到全国各地的官员有高度自由流动性。就这样，散曲被引入南方，不久南方士人群体的一些成员也开始创作散曲。

除了三位散曲家——张养浩（1269—1329）、乔吉（卒于1345年）和张可久（活跃于1317年）的文集之外，其他的元散曲主要保留在四部元代散曲总集中，即杨朝英（活跃于1300）所编的《阳春白雪》和《太平乐府》（人称《杨氏二选》），以及编者佚名的《乐府新声》和《乐府群玉》。其中，《乐府群玉》被认为最早出现，《阳春白雪》出现在1324年前，《太平乐府》刊刻于十四世纪中期，而对于《乐府新声》我们所知甚少。明代的散曲集也保存了不少散曲。

这几部元代的散曲总集反映了散曲爱好者的欣赏偏好，所以爱好者视野圈子之外的作品虽然大量存在，却没有收录进来，其中最为明显的是女性所创作的散曲。另外，其中收录的三分之一作品也出现在上述提到的三位散曲家的文集中。这提醒我们，最出色的散曲家也许并不一定是这些选本最着力推崇的。比如，张可久虽然工于炼句，但也许并不是一位最顶级的诗人，他也未能将“散曲”的天才潜力发挥到最佳。不过他的八百五十五首散曲是元代所有散曲家中存世作品数量最多的，基本上是位列第二的乔吉存世作品的四倍。关汉卿（约1220—约1307）是公认的元代散曲大师，他的创作量可能并不输张可久，但是关汉卿名下的散曲数只有五十七首，这一数量即使与不那么有名的作家的创作量相比都有过少之嫌。马致远（约1260—1325）可以算是元代最出色的散曲家，他留下了一百一十五首散曲。像乔吉这样以布衣终生的优秀散曲作家在身前曾经尝试刊印他的作品，但却以失败告终。他的二百零九首散曲和十一组套数是由后人保存下来的。

《阳春白雪》和《太平乐府》这两部重要散曲总集中的序言使我们得以一瞥散曲在当时人眼中的地位。杨朝英所编的《阳春白雪》，标题来自战国时期楚国的一种高雅歌曲。回鹘畏吾儿散曲家贯云石（1286—1324）在为《阳春白雪》所写的序言中，高度赞扬了当时的作家，不过他又颇令人惊讶地提到，这部选本可与古代的《阳春白雪》相提并论，“《阳春白雪》久亡音响，评中数士之词，岂非《阳春白雪》也”。这种提法是相当大胆的。而邓子晋 【374】
（活跃于1351年）在为《太平乐府》所作序中，也同样尝试将散曲置放在中国诗歌特别是乐府的大传统中，甚至通过暗示，上溯至崇高的《诗经》传统。虽然在表面上看，这些做法有些夸大其词，但从歌词传统角度来看，散曲的贡献是相当大的，作为一种歌词形式，它在元代以后继续发展，并在明清时代甚至到现在都依然得到许多作家的敬意。周德清在《中原音韵》中的一段评论体现了散曲在当时的流行程度：

> 其盛则自缙绅及闾阎歌咏者众。……韵共守自然之音，字能通天下之语，字畅、语俊、韵促、音调，观其所述曰忠、曰孝，有补于世。

虽然这段话有些地方言过其实，不过整体而言，尤其在北方，也许是符合实情的。散曲能否“有补于世”是可以讨论的，不过很明显的是，散曲得到了非常高的评价。明代戏曲作家王骥德（1560—1623）就认为散曲是诗歌中最具适应力的一种，在他看来远比唐宋诗歌高妙。虽然这是一种很极端的观点，但是散曲在形式和对主题的使用等方面，确实具有突出的优点。

散曲史家将元散曲粗略地划分为两个阶段，早期风格较为豪放，晚期则更加清丽。通常认为，早期的大多数散曲家创作态度较为自由奔放，不那么关心形式的审美。而晚期的散曲家则对于炼字炼句更为精心。这种区分是不错的，不过更适合用来描述个体而非时代。

在某些人看来，元代是一个汉人反抗外来野蛮政权的时代。无疑，元朝政府中各种腐败滋生，而优秀人才的仕进机会比以前（如宋代）确实大为减少。一些杰出作品对世事进行了辛辣批评。其中有一首佚名作品《醉太平》，直指元顺帝至正十一年（1351），征发民夫戍卒，开挖黄河故道，民夫不堪饥饿，怨声载道，导致了反元复宋、反儒教的红巾军起义。《醉太平》谴责了官法滥刑、开河变钞以及“贼做官官做贼混愚贤”的末世衰况（《全元散曲》，简写为CYSC，第1664首）。根据陶宗仪（1316—1403）在记录其身处时代史料的《辍耕录》中的说法，这首作品从京城至几千里外的南方，几乎家喻户晓。类似的还有两首佚名散曲，只是语气不那么激愤，以及张鸣善（活跃于1354年）的一首抱怨学识并不能带来成功的作品。虽然这些作品可以被看成是对朽坏的社会价值观的一种注解，不过也可以很容易地作为反抗政府的一种方式（CYSC 1688, 1282）。张鸣善是对他所处时代最为直言不讳的批评者之一。他在自己的作品中几乎百无禁忌。比如在《落梅风·咏雪》中，他写道："冻杀吴民都是你！难道是国家祥瑞？"（CYSC 1283） 【375】

不过，像这样的作品并不能作为散曲的特征，因为散曲中有各式各样的政治性作品，包括对朝廷大唱赞歌的。比如，在庆祝开启大德（1297— 1307）时代的元成宗登基的散曲中，就有吴弘道所创作的一首作品，对"当今帝"不遗余力地加以溢美，且在最后表达了"愿吾皇永坐着万万载盘龙亢金椅"的愿望（CYSC 736—737）。

在抗议性作品之外，还有一些较为微妙的政治作品，如汤式（活跃于1383年）在行旅各地之时写下的散曲——特别是他的《西湖感旧》（CYSC 1559），感叹了美好时代的一去不返。这类散曲数量巨大，可以被视为一种遮遮掩掩的抗议，由于这些作品涉及地点，所以也和山水主题有联系，这些山水主题中的一部分是回忆性的，另一部分则赞美了简朴而静思的生活。赞美简朴静思生活的主题通常被称为"道情"（字面意思就是表达感情，有时候也可以解释为"道教之情"等）。它暗含着，对世界的弃绝不论对于肉体还是精神，都是最好的生活方式。道情散曲非常流行，对于无意于放弃城市生活的那些人更是具有特别的吸引力，所以它逐渐被高度程式化了，那些视角新鲜、有洞察力且含社会批判的道情散曲则可跻身伟大的散曲之列。邓玉宾（活跃于1194年）和陈草庵（约活跃于1275年）等散曲家能避免"酒色"作家的无聊戏谑，对于道情散曲的运用特别到位。道情散曲也不仅限于道教的隐逸世界，任昱（活跃于1331年）曾经创作过一首类似儒家乌托邦的道情散曲（CYSC 1008）。

散曲中数量最多的还是爱情主题的作品。我们可以想象，有些作品讲述了一个真实的场景，是写给某位有名有姓人氏的。不过大多数是相当程式化的，侧重于有限的主题。男性作家以思念远人的思妇口吻创作了数不清的散曲，这是散曲之前就确立已久的一大诗歌传统。还有另一类叫做“书所见”的散曲，一般描写与某位年轻女子的邂逅。许多散曲都描写了情人幽会。如果散曲家能够抉发年轻人相爱的那种纯洁，或者情根深种之感，这样一个瞬间可以通过特别的语言和非凡的意象而变得独一无二。但是绝大多数散曲家都通过重复的程式化，以及了无新意的用典进行描写。这种做法不一定会带来蹩脚的诗句，它确实能使一技在身的散曲创作者脱离平庸水平。

【376】在所有的爱情典故中，对这一时期的诗人而言，没有再比穷书生双渐与他的爱人苏卿的爱情故事更吸引人了。苏卿是不幸沦落风尘的妓女，她和书生双渐相爱并一起私奔，骗过了想要赎她的茶商冯魁。仅仅提到双渐苏卿的名字，或者二人私奔所至之处，就足够作家创作出一首散曲甚至整部套数。

存世散曲中的许多是急智戏谑作品。这来自散曲在元代的消遣功能。我们可以在为了朋友宴饮娱乐而创作的作品中找到戏谑，通常包含言辞的急转弯、对某一主题的变形，或者使用其他曲牌中的韵律，等等。另外也有一些技术上的挑战，如在一句中使用三个韵字。比如王和卿（活跃于1246年）《醉中天·别情》中第三句“沈瘦潘愁何日休”（CYSC 41）。有些作品中每句都有同样的字出现，最成功的例子有刘时中（活跃于1302年）在《小桃红》的两阕中对“春”字的使用（CYSC 659—660）。除了是对爱情的一种隐喻，“春”字还是曲中“武昌歌伎春卿”的名字——这给了每句诗双重以及三重的意义。

中国文人喜好的传统消遣之一是创作为其他人所写诗歌的相和之作，不仅使用相同的曲调，而且与原作押同样的韵。通常这种和诗一首足矣，不过京城歌女白贲（活跃于1297年）有一首《鹦鹉曲》，此曲韵险，无人和韵作新辞，却使冯子振（1257—约1327）按原韵连续和作四十二首（CYSC 340—353）。这四十二首和诗中的大多数和原诗一样，都描绘了田园风光，同时带有一点退隐的气息，除此之外还有分离等主题。白贲的《鹦鹉曲》广受赞誉，而冯子振的四十二首和诗在某些方面青出于蓝而胜于蓝。

插科打诨出现在所有类型的散曲中，甚至那些反抗性作品也不例外，如张鸣善的作品。绝大多数散曲中的插科打诨都是戏谑的讽刺。不少作品打趣了某些不寻常的事物或者怪异的想象，如王和卿的《醉中天·咏大蝴蝶》（CYSC 41）、《拨不断·大鱼》（CYSC 45）、《拨不断·绿毛龟》（CYSC 45）和《拨不断·长毛小狗》（CYSC 46）。把长毛小狗比作“咬人的笤帚”是典型的王和卿式幽默。散曲中最早也最知名的戏谑作品，当属杜仁杰（活跃于1234年）的套数《耍孩儿·庄家不识构阑》，里面通过庄稼人的眼睛描写了一场戏剧演出，这位庄稼人被演出里奇怪的语言和戏服逗得乐个不停，他笑得差点憋不住尿（CYSC 31—32）。另外还有睢景臣（活跃于1302年）的《高祖还乡》，刘邦得天下之后衣锦还乡，结果发现乡亲们还是把他看成他们以前认识的“刘三”，“白甚么改了姓更了名唤做汉高祖”（CYSC 543—545）。不过散曲中的许多插科打诨都是对人的取笑。虽然这种取笑可能不失斯文，又相当滑稽，如无名氏的《嘲女人身长》【377】（CYSC 1726）中最后一句“还只怕你明年又长”。有一些作品则失之鄙陋，比如《驮背妓名陈观音奴》（CYSC 1666）。

主要的元代散曲家有十多位，其中最杰出的有马致远、关汉卿、乔吉和张可久。虽然张可久受到的瞩目一定程度上来自其元代传世散曲最多的作家身份，不过他清丽的风格以及用典的熟练，得到了后世的大力推崇，甚至明代的李开先（1501—1568）将乔吉与他合称为“曲中李杜”。张可久的存世作品虽多，其主题的变化却没那么丰富。他的散曲最突出的特点在于诗句的描述能力，而且长于唤起一种微妙的情绪气氛。他的文言措辞和用典更像元代以前的诗人或词人。因此有些人便认为，张可久并不能代表散曲的真精神。不过，正是他那雅丽的风格使他的作品在明清时期如此流行。

如果说张可久是散曲中的老杜，那么乔吉便是李白。乔吉漂泊江湖，流寓杭州近四十年，乃是“烟霞状元，江湖醉仙”（CYSC 575）。他与淮扬名妓李楚仪多年的情谊催生了许多作品，而二人的感情给这些作品带来了特别的意义。乔吉的妙笔可以不拘任何主题，他经常以非凡或者实验性的方式使用语言。如有一首作品（CYSC 592）中，全部用叠字，这一技法自宋代词人李清照手中变得著名。乔吉更加微妙的作品，例如《咏手》，其中略微冲突的意象在“闲弄闲拈暗生春”这一句中特别撩动人心，而当玉手“掠翠鬟，整髻云”，堪称“可喜损”（CYSC 575）。若与张可久作品比较，我们更容易在乔吉的字里行间发现个体化的声音，想象画面中的人物。

元代四大杂剧家之一的关汉卿，主要以杂剧闻名，不过他留下了出色的五十七首小令和十三组套数。在这些作品中，关汉卿主要描写相思之情和离别之苦。他的作品能够唤起生动的感情，如《别情》中的最后三句“溪又斜，山又遮，人去也”（CYSC 156）。在套数《新水令》（CYSC 180—181）的九阕曲子中，写了一对年轻男女的秘密幽会。前四阕说的是男子如约而至来到窗外，却等候多时不见伊人，担心被人发现，便躲立在花阴下。正当他快要放弃的时候，听得呀的一声门开，那个令他日思夜想的她出现了，一如梦中那样妩媚。待到两情浓时，“地权为床榻，月高烧银蜡”“好风
【378】吹绽牡丹花，半合儿揉损绛裙纱”。在最后一阕曲中，女子整理云鬓，在回屋之前，嘱咐爱人：“你明夜个早些儿来。”《不伏老》

（CYSC 172—173）恐怕当属关汉卿最著名的套数之一。他把自己形容为仍然可行年轻人一切所为诸事，甚至能够做得更好，他发誓除非“阎王亲自唤，神鬼自来勾，三魂归地府，七魄丧冥幽”，才能停止他的饮酒作乐，歌舞弹唱，“向烟花路儿上走”。

最出色的元代散曲家究竟是关汉卿还是马致远，在这个问题上，评论家分为两派。马致远的生平现在已经湮灭不可考，我们唯一知道的是他来自大都（元代京城，今天的北京）。他创作了十五部戏剧，有七部存世，不过他也留下了一百一十五首小令和十六组套数，其中最成功的是两首名为“秋思”的作品。其中第一首《天净沙·秋思》是妇孺皆知的写景小令，几乎通篇使用名词，表达了中国人千年以来熟悉的一种愁思：一位旅人面对眼前的“枯藤老树昏鸦，小桥流水人家”，不禁思念起在远方的故乡（CYSC 242）。许多作品可与这首最著名的元散曲相提并论，但超过它的则几乎没有。《天净沙·秋思》是否真的出自马致远之手，这个问题本身是一个有意思的注解，即使是这样不世出的作品，也是在一种偶然的情况下被记录下来的，这也能使我们了解散曲的非正式地位。

在马致远的套数《夜行船·秋思》中，历尽沧桑的作者提出了关于生命与名利的问题，并得出“竹篱茅舍”的隐逸生活最为惬意的结论。作者开篇感叹“百岁光阴一梦蝶”：今日春来，明朝花谢，所以应该及时行乐——“急罚盏夜阑灯灭”。马致远问道，多少英雄豪杰，秦宫汉阙，都到哪里去了？如果人成了财富的奴隶，那么获得财富又有什么意义呢？现在的他也走入人生的暮年，“镜里添白雪”，时日无多。其实他自己年轻时也做过那些糊涂事，但是现在的他“利名竭，是非绝，红尘不向门前惹”，从此过着“竹篱茅舍”的恬淡生活，亲近天地自然。如果有人问起他，便是“东篱醉了也”（CYSC 268—270）。马致远的思想以及他对人类的普遍命运的解读，为这首散曲赢得了“万中无一”之誉。

马致远笔下最优秀的写景作品可与绘画媲美。比如，《寿阳曲·远浦帆归》中包含了静态的如画般景致：夜景、夕阳、酒馆外酒旗闲，慢慢靠岸的船只，夜幕在茅舍外徐徐降临。在最后一句“江上晚来堪画处，钓鱼人一蓑归去”中，我们几乎可以听见在迷蒙的远处，夜色在静静地堆积，钓鱼人的几声道别（CYSC 245）。还有他描写困人的春乏天气里，“蝶慵戏，莺倦啼”，“莫怪落花吹不起，珠帘外晚风无力”（CYSC 284）。

【379】白朴（1226—约1306）是元代另一位重要的散曲家，有两部杂剧传世。他存世的三十七首小令和四组套数并不能算他的代表作。《佳人脸上黑痣》是特别有魅力的一首，不过《喜春来·知几》（CYSC 193, 194）中使用了新颖的意象，是诚挚而颇有说服力的道情之作。

贯云石是汉化的少数民族散曲家中最出色的一位，实际上他可以毫无悬念地跻身优秀元代散曲家之行列。他的作品一般描写爱情和恋人之间的分离，还有一些是关于及时行乐的，不过后者通常是程式化的作品。对汉语的精通可能是他最突出的特点。虽然颇有几分张可久的清丽之风，不过他的遣词造句更为缤纷，也更具想象力。比如《中吕·红绣鞋》三句中连用了九个简短有力的动词短语，描写“挨着靠着云窗同坐，偎着抱着月枕双歌”浑然忘记时间的一双璧人（CYSC 363—364）。贯云石有一位叫做徐再思的朋友（活跃于1320年），两人的散曲合编为《酸甜乐府》。有人认为徐再思的作品优于贯云石。徐再思的主题无疑没有贯云石那么多样化，绝大多数都是很传统的（男女情爱、山水风景以及一些应景作品），不过在里面经常可以发现富于创造力的遣词造句，有意思的观念，以及极其出众的情感表达。

张养浩是拥有别集的三位元代散曲家之一，他的《云庄休居自适小乐府》收录了一百六十一首小令和套数两曲。他的大多数作品都创作于从朝廷高位上退隐下来之后，不过他最璀璨的作品是在生命最后时光中写成的。当时关中大旱，张养浩遂特拜陕西行台中丞，星夜奔赴任所。张养浩创作于这段时期的诗歌特别感人肺腑。他目睹了人类在命运下的无助，以及苛政给老百姓造成的不必要痛苦："兴，百姓苦。亡，百姓苦。"（CYSC 437）

姚燧（1239—1314）曾任翰林学士，也是白朴的老师。他留下的寥寥数首散曲作品中，有对生命的感悟，如："人海阔，无日不风波。"（CYSC 211）另外一种典型的主题是对享乐中朋友的劝诫："阳关[①]旧曲低低唱，只恐行人断肠。"（CYSC 210）卢挚（1234—1300）是姚燧的同时代人，也是《阳春白雪》序言中曾提【380】到的散曲家之一。卢挚兼清丽和豪放两种风格，不过通常被归类为清丽一派。在主题方面，他倾向于山林逸趣，不过其笔法是沉思性的，而非劝世性的。卢挚与"姿容姝丽"的杂剧女演员珠帘秀之间感情深挚的赠答背后，可以感受到他的优雅风度。

曾瑞（活跃于1294年） 因喜江浙人才风物而移家钱塘（今杭州），终身不仕，优游市井，潇然如神仙中人，赖江淮之达者馈赠为生。他是一位才华横溢的画家，另有一部杂剧存世。曾瑞的文集已经亡佚，不过在元代散曲集中收录了他的九十五首小令和十七曲套数。许多诗人都以志不屈物、无心于红尘俗世的立场创作，不过如此彻底且作品如此出众者，也许除曾瑞便无第二人，"冠世才，安邦策，无用空怀土中埋。有人跳出红尘外，七里滩，五柳宅，名万载"（CYSC 472）。曾瑞无疑是次重量级诗人中最有意思的一位。

元末明初的汤式一般不被列入主要散曲家行列，不过他的存世作品数量是张可久和乔吉之外最多的。对于配合各种题材的多种风格，汤式有相当挥洒自如的掌握，其中包括许多讽刺作品，以

① 阳关始建于汉代，位于玉门关以南（古以南为阳），通向中亚茫茫沙漠。这句诗可能是运用了唐代诗人王维著名的"劝君更尽一杯酒，西出阳关无故人"的典故。

及一些非常感人的爱情诗歌和伤春悲秋的作品。他在《天香引·西湖感》中的感怀，在有人看来是对社会的批评，不过他的圆熟处理也使之成为一首饱含深沉个人情感的作品。《悼伶女》（CYSC 1580—1581）是他用情至深的四首作品。汤式是另一位值得我们注意的次重量级散曲家。

王元亨（活跃于1354年）也是一位生活于元末的散曲家，他钟爱写“系列作品”，即用同一曲牌创作同一题材的二十首或者更多作品，经常（不是必然）包含一个叠句。他的代表作之一《醉太平·警世》是很好的例子，结尾的叠句（“老先生醉也”“老先生去也”……）极富技巧地使之既有幽默效果，又突出了这些诗句的思想性（CYSC 1377—1380）。

除了最为著名的贯云石，其他少数民族散曲家中，还有一样同出于回鹘（即今维吾尔族）的薛昂夫（活跃于1302年）、来自元朝辽阔疆域西部的阿里西瑛（活跃于1320年）和鲜于必仁（活跃于1323年），蒙古人阿鲁威，以及康里人不忽木（1255—1300）——其故乡位于乌拉尔山以西、里海以北。阿里西瑛写过三首《殿前欢·懒云窝》（CYSC 339），描写“醒时诗酒醉时歌”的自得生活。这三首作品非常有名，后世出现了使用同一韵的多首和诗。这组散曲家中，名声最大的薛昂夫出类拔萃，有些人认为他比贯云石
【381】还要出色。薛昂夫留下了六十五首小令和三首套数，他同时也创作诗，与元代的著名诗人萨都剌相熟（见第二编第七章）。他有一组二十二首厌倦红尘的作品《朝天曲》，其中多首指向历史人物，有些则指向仕途的辛劳等，极具智慧与讽喻（CYSC 704—707）。

在歌伎和演员中，肯定产生了不少优秀散曲作家。不幸的是，她们的作品几乎都没有保存下来。我们现在能看到的，有与卢挚相熟的著名歌伎珠帘秀（活跃于1279年）的小令和套数各一首。包括关汉卿和胡祗遹（1227—1293）都曾经赠诗给珠帘秀（CYSC 354—

355）。另外，刘婆惜（活跃于1360年）和一分儿（活跃于1368年）各有一首散曲存世（CYSC 1412, 1409）。真氏（父姓真，生卒年不详）则以“对人前乔做作娇模样，背地里泪千行”之句嗟叹自己的命运，也有可能是为其他妓女代为哭诉遭遇（CYSC 1144）。这首《解三酲》并没有收录在通常的散曲集中，不过保存在陶宗仪的《辍耕录》中。王氏，我们对其生平一无所知，她写了一首套数《寄情人》。虽然这部作品用了苏卿的典故，不过其质朴的语言，以及在诗句中使用超音节的做法，都给作品带来了一种让人深深感动的真挚感。这首《寄情人》得到很多赞誉，并收录于许多散曲集中（CYSC 1274—1276）。

散曲领域有数十位值得留意的次重量级作家。刘秉忠（1211—1274）和胡祗遹的作品就是散曲这一文学体裁在草创阶段自由发展的极好例子。虽然散曲从未丢失这一随意性特质，不过杨朝英的两部散曲集，还有周德清的《中原音韵》（杨朝英和周德清自身都是散曲家），则致力于开创散曲的潮流，对于处于十四世纪门槛的南方，这一来自中亚平原的诗歌形式是新生事物。虽然许多作家都大大拓展了散曲题材范围，但是许多散曲还是暴露了它们对闺情之外的世界并不关注，这似乎表明诗人只需对这一久经时代考验的散曲程式化稍作改动，就能取悦他的读者。不过如果认为这些散曲反对高雅文学，也不是很公平。高雅文学可能并不是元代大多数填词家的主要考量——对于现在的填词家也是一样。当然，这种立场并不阻碍杰作的产生，不过散曲有它自身的独特标准。我们需要记住，现代读者能领悟某些诗歌而不能领悟另外一些诗歌，与现代文化语境有莫大关系。所以散曲应该在它被创作出来的那个时代语境中进行考量。

当然，在元代统治结束之后，散曲并没有无奈地立即告别历史舞台。虽然散曲在明朝之初确实遭受了冷落，不过这是当时普遍的一个文学乃至文化之谜（见第二编第七至九章）的一部分。

到了十五世纪，散曲在复古运动干将李梦阳（1475—1529）、康海
【382】（1475—1541）、王九思（1468—1551）和李开先等的努力下，经历了某种意义上的复兴。明代最伟大的散曲推广者和实践者恐怕当属冯惟敏（1511—约1578）。只是在冯惟敏的笔下，轻松而个人化的散曲被儒家化了，变得越来越严肃和更具社会关怀。由于在十六世纪以后，散曲便慢慢淡出人们视线，所以似乎到了这一时期，散曲的核心精神——元朝的时代精神——实际上终于耗尽。

施文林（Wayne Schlepp）

第七章　元诗 【383】

元诗是中国文学史中学者涉足最少的领域，因此在今天几乎是一个被遗忘的角落。实际上，元诗只有在清代方才短暂享受过礼遇。在1664年至1720年间，顾嗣立（1665—1722）辑《元诗选》，凡四集。顾嗣立去世后的嘉庆年间（1796—1820），另有增补的“癸集”问世。这部四集《元诗选》是研究元诗的唯一一部最重要的资料，若是没有这部《元诗选》，许多元代诗人的作品将永远湮没。不过《元诗选》自身并不是文学史的一个意外，它既是明代以及清代早期诗的整体发展趋势，也是顾嗣立所处时代历史政治观的必然产物，是文学和政治整体文化的产物。时代催生了它。清朝中期是一个急切关心政权合法性与正统性的时代，元诗为这两者的建构都提供了重要的药引。

清朝是中国历史上另一个异族统治的时代，它将元朝（1260—1368）作为前朝来增强自身统治的合法性，而中国的士大夫也将元代作为前朝来合理化自己身处清朝统治下的生活。顾嗣立的《元诗选》正是在这一双重企图下产生的，它致力于证明，在元代中国的 【384】
高雅文化依然繁荣，而在清代，类似场面也能够出现。《元诗选》问世之后就得到广泛阅读，在十八世纪相当流行，并催生了其他小型的元诗选本。元诗在这一时期非常盛行，这种盛况是自元诗产生的时代以来绝无仅有的。不过，随着清王朝十九世纪和二十世纪的衰落，排满情绪越来越高涨，那些通过元朝来使清朝统治合理化的所有努力，在满人看来变得令人不喜，而在汉人看来则属多此一举：满人不喜欢清朝和臭名昭著的短命元代之间的比较；而汉人（包括改革派和保守派）大都忽视元代，直接在中国人统治的朝代，特别是在粉碎蒙古人统治并将蒙古人赶出中原的明朝（1368—1644）中寻找借鉴。1919年以后的白话文运动（见第三编第七章和第四编第七章）中的争论导致了对中国文学传统的歪曲和过分简化处理，这也是元诗与唐代以后的诗一起被尘封的一大原因。白话文运动严厉地将文人文学斥为“脱离了广大人民群众”，只有几位宋代诗人的诗幸免于“无生命的摹仿”这样的批评。在这样一种语境下，元诗完全没有历史角色或者文化角色可以担当，所以在二十世纪二三十年代，学术界完全缺少对元诗的兴趣便也是必然的趋势。

元诗的接受史还可以从另外一个不同角度进行解释，即诗之传统的内在动力所形成的部分轨迹。复古的理论和实践在明代大部分时间都居于主导地位。复古派认为唐代以后的诗，宋诗也好，元诗也罢，统统不值一提（这与二十世纪的白话文论战者的结论如出一辙，不过二者的理由是不同的）。大多数复古派文论家，如果他们审视宋元诗的话，必然是从它们如何继承了唐代巨匠的同类作品，或者如何不能与这些作品相提并论这个单一的角度来评价。这种观点在明末遭到了反复古派人士如来自湖北公安的袁氏兄弟的挑战，特别是袁宏道（1568—1610）。袁宏道对亦步亦趋学唐诗的做法嗤之以鼻，他认为复古派诗歌中缺乏真正的自我表达和个体性，于是开始把注意力转向表现出与唐诗不同特质的宋诗（以及开宋诗风气之先的白居易诗）。即兴的氛围、松散的叙事结构、对日常生活的散文式描述以及平易的遣词造句，这与唐代诗风当中的那种对充满张力的洞悟感受瞬间的抉发，包括词藻的繁秾、省略性以及包罗万象形成了尖锐对比。公安派偏爱宋诗，特别是苏轼（1037—1101）的作品。晚明时期出现的几部宋元诗选似都可归功于以袁氏兄弟为宗的文学小圈子的影响，这一小圈子以及晚明的宋元诗选没有对宋诗和元诗加以区别，而是简单却错误地将元诗视为【385】
宋诗的余绪。不过，将元诗从默默无闻的状态中解救出来并且促进了清代对元诗的深入研究上来看，公安派还是有功劳的。

1671年，随着吴之振（1640—1717）极具影响力且相当流行的《宋诗钞》问世，许多诗人开始弃唐诗而学宋诗，对整个诗史的评价也开始更有弹性。与此同时，对元诗的兴趣也开始高涨，元诗不再错误地被看做仅仅是宋诗的延续，元诗在技法和气质上都非常接近唐诗。明代的复古派知道这一点，不过他们对唐代的心无旁骛使他们只能承认，元诗比宋诗更“正”。这证明了他们对元诗无甚兴致。复古派中间只有胡应麟（1551—1602）曾花力气对元诗进行评点。他赞许元诗扭转了宋诗偏离唐人所建正途的颓坏风气，但胡应麟本人也并非元诗的真正支持者，因为他认为元诗虽“正”，与唐诗相比无疑是等而下之的。元诗虽然有种种不足，但在胡应麟眼中还是优越于宋诗的，“宋诗近腐，元诗近纤”，宋诗“皆为文之有韵者尔”。

十七世纪的文论家对元诗的审视，要比胡应麟作为殿军的明代复古派更为细致。这让他们确信元诗的复兴正箭在弦上，既是与《宋诗钞》所激起的对宋诗日渐高涨的兴趣抗衡，也使当下诗歌创作重新迸发活力。元诗研究有助于恢复唐诗的那些优秀特质。十七世纪的重要诗人兼文论家宋荦在《元诗选》的序言中写道：

> 称诗于今日，固当变之会也。其溯而变也则之唐，其沿而变也则之元。

顾嗣立表述得更为详尽：

> 叙流所始，同祖风骚。骚人以还，作者递变。五言始于汉
> 【386】魏，而变极于唐。七言盛于唐，而变极于宋。迨于有元，其变
> 已极。故由宋返乎唐而诸体备焉。

虽然现在学界对元诗基本上没什么关注，不过这一被遗忘的世界却曾经以其独特面貌使十八世纪的作家和编辑家大为震动。刊刻于1782年的《四库全书总目提要》以将近两百页的篇幅来评论元朝诗人的一百七十部文集。许多元诗都值得一读，在元朝诗人的作品中可以发掘出真正的美玉。

元诗延续了宋末已经存在的诗风，这些诗风中的大多数都以不同方式与唐诗有关联。不过，也有一些元人回溯到包括宋代在内的其他时代。在金统治下度过了年轻时代的元好问（1190—1257）通常被认为是第一位重要的元代诗人。元好问以苏轼那种豪放而个人化的方式进行创作，明显从苏轼那里获取了许多灵感，并有着与苏轼同样的文人理念。郝经（1223—1275）、王恽（1236—1304）、刘因（1247—1293）都将元好问视为自己的老师，将元好问的诗歌传统，即率直而浓烈的自我表达以及对儒家理念的推崇推进到十三世纪晚期，尽管刘因的风格更接近于盛唐。元朝攻克南方之后，元好问的诗在东南地区得到赵孟頫（1254—1322）的继承。赵孟頫是宋代皇室帝胄，因出仕入元而经受了精神上的巨大隐痛。赵孟頫也是一位著名画家，并被认为是元代最杰出的书法家。他抛弃了宋诗以求革新，转而模仿盛唐风格，同时代人盛赞赵孟頫可与盛唐最优秀的诗人相提并论。赵孟頫经常与十四世纪上半叶的其他诗人归为一类，他们包括袁桷（1267—1327）、邓文原（生卒年不详）、贡奎（1268—1329）、虞集（1272—1348）、杨载（1271— 1323）、

范梈（1272—1330）、揭傒斯（1274—1344），以及稍后的马祖常（1279—1338），还有宋本（1281—1334） 宋褧（1294—1346）兄弟，因为他们在作品中成功地展现了一个短暂的和平年代，以及元代的相对繁荣。也因为作为诗人的他们具有非凡的感受性、洞察力与高超的笔力。所以，他们被视为元代的伟大诗人，不过刘因和虞集有时被单独提出来作为最优秀的元代诗人。在此之后，一些诗【387】
人尝试继续发展以唐诗为宗的这一传统，其中最富创造力的有陈旅（1288—1343）、李孝光（1296—1348）、张翥（1287—1367）以及元末明初的张宪。

另一组诗人是来自江浙的宋无（1260—1340）、成廷珪（1278—1365），他们以六朝为师，致力于发现唐代，特别是晚唐的大师从六朝诗人作品那里提炼的基本原则，并希望运用于自己的创作中。他们的成果卓著，因为他们将寻常的表达出色地转化为令人吃惊的栩栩如生的诗句。宋无和许多元代诗人一样，都模仿李贺与温庭筠。成廷珪以七古中所达到的“遒丽”而闻名。成廷珪努力追求温庭筠的幽艳风格。

许多元代诗人都具有一些独一无二的特点，所以很难被归类，他们的共同之处在于他们各逞才华、能成功带来别开生面的效果，这给予他们某种共同的群体性身份。顾嗣立将他们这些诗人的风格描述为“标奇竞秀”，并认为其“开合变怪，莫可测度”足以“骇人视听”。在这些诗人中，我们还发现汉化的回鹘诗人贯云石（1286—1324）、冯子振（1257—约1327，他与贯云石更以散曲家闻名于世）、陈孚（1240—1303）、汉化的蒙古诗人萨都剌（生于1308年）和吴莱（1301—1341；明初的著名新儒家兼作家宋濂［1310—1381］的老师，宋濂也为其师编《渊颖吴先生集》），以及元代晚期最重要的诗人杨维桢（1296—1370）。杨维桢以成功模仿汉魏乐府以及对唐代诗人杜甫、李白、李贺和温庭筠风格的精彩改编而著称，从游者数百位，其中最重要的包括张宪（上文已提到）、袁凯和杨基（这三位都活跃在元末明初）。杨维桢号铁崖，所以其追随者便将他的风格称为“铁崖体”并发扬光大。明代早期的诗歌主流（并为再下一代诗人所沿袭）最初是对这种“异端”风格的反拨。明代早期的复古派文论家（即盛唐风格的拥护者，如高棅［1350—1423］）经常将这种风格斥为“轻儇浅躁”“猖狂无伦”。

大多数元末重要诗人都处于铁崖体的影响之中，例外者几乎都是当时的著名画家。这些完全意义上是以副业为生的文人，而其中
【388】的佼佼者为倪瓒（1301—1374）。倪瓒经常在他的画作中题诗以增强整体美学效果，他的作品经常与韦应物（737—792）的山水诗相提并论。其他画家兼诗人（见第二编第十四章）还有柯九思（1290—1343），虞集和陈旅曾为他的《任斋诗集》作序；王冕（1287—1359；十八世纪中期小说《儒林外史》开篇中的神秘隐士，见第四编第三章），他的诗作具有高度的个体化和无拘束的表现性，与杨维桢的精美技法不类。另外还有顾嗣立的先祖顾瑛（1310—1369），他年轻时经商积累了大量财富，然后专心治学，轻财好客，广集名士诗人（包括杨维桢和倪瓒）。顾瑛在江苏昆山过着优雅的乡村生活，悠游于绘画、书法和诗歌创作之中。他的这些作品都得到了当时的评论家和艺术爱好者的高度评价，诗风颇类李贺。

所谓布衣诗是随着南宋时期诗社的兴起而发展起来的一类重要文学现象，在元代，布衣诗继续大行其道。1315年之前元朝暂缓科举考试，这断绝了好几代文人士大夫阶层成员的进仕希望。这一举措对中国社会产生了许多重大影响，不过就我们这里的研究而言，这意味着进士及第和非进士及第之间的传统文化区分日渐模糊。诗社中经常混杂了来自各种社会背景的诗人，在前朝曾担任高官的宋遗民，中级官员（有的入仕元朝，有的则拒绝为新政权服务），在

私人和公共的地方书院中寻找教职的年轻学者，还有乡绅以及对于高雅文化具有强烈兴趣的城市商人，等等。因此，元代的诗社成为一个重要的社会建制，在与科举制度相联系的士大夫赞助阶层缺席的时候，能够帮助维持士人文化结构。位于一所地方书院（浙江浦江的月泉书院）的月泉吟社即这类诗社之一，其《月泉吟社诗》是1286—1287年诗社发出命题征诗檄后选出的优秀作品创作集。在元代，这些诗歌创作集是为有文学修养的广大读者阅读而结集和刊行的，它们体现了自宋朝开始且在元代继续发展甚至更加活跃的一股潮流。诗的创作和阅读在中国社会所有具有文化修养的阶层广泛流行，不再被视为专与士人精英相关的一项活动。实际上，诗恐怕是元代绝大多数作家的主要文学表达体裁，而不是杂剧、散曲或者小说。以现代的大多数中国文学史观点看来，这些新发展起来的文【389】学形式是元代文学的代表。不过，虽然有大量创造力被投入元诗的创作中，元诗是否足以挑起元代文学的大梁，还是有待深入研究观察的。

林理彰（Richard John Lynn）

【390】 第八章　十四世纪的诗

十四世纪，元朝的异族统治结束，明朝的汉人政权重新统一中国。从诗的角度看，这是一个过渡阶段，有三股联系密切的趋势：第一，诗歌创作特别是在城市非官员群体中大为兴盛，这种现象在南宋和元代已经显露端倪，而在这一时期则更加明显；第二，文人是“独立艺术家”，与政治责任无涉、献身于文学和艺术，经常不受社会固有习俗的束缚，这一观念开始崭露头角；第三，对过去诗歌典范的运用在这一时期得到确立，这成为明代后期和整个清代诗歌的一个关键特征。

从后世的观点来看，十四世纪的诗歌似乎处在“中间”状态，这从它被贴上的彼此冲突的标签上可见一斑。这一时期的诗歌被认为恢复了唐诗的最优秀特质，或者被认为是宋诗的延续；是元代的异族诗歌，或者是证明了中国文化在异族统治下仍然能够生存下来并大放光芒；是通达之前中国诗歌核心“真理”的一把钥匙，或者是后来束缚复古派的沉重包袱。这一时期的诗歌在论争方面所具有的价值远远超过它自身的价值。意识到这些相互竞争的解释，非常
【391】 有益于我们理解中国诗歌在封建王朝最后五个世纪中的发展状况。从所有这些意义上来讲，十四世纪的诗歌代表了一个中间阶段。

相比于本章的主题——诗，元代更以杂剧（第五编第一章）和

散曲（第五编第二章）闻名。在二十世纪大部分时间中，元杂剧和元散曲这两种相对新的文学体裁得到了元诗远不能望其项背的注意力。这一新的兴趣一定程度上是1918年之后的文学革命所导致的。这一新文学运动致力于用白话文取代文言文的书面地位。文言文虽然在口语中早已销声匿迹，但是之前却仍然被视为书面表达的唯一正式媒介。（其情况可以假设成拉丁文1900年在意大利仍然被视为唯一书面媒介，而将“意大利语”确立为书面语的运动在当时刚刚风起云涌。）为了改变元杂剧和元散曲在之前被忽视（其“低贱”的白话文和社会出身玷污了自身）的局面，人们发现并大力宣传它们无可置疑的文化意义和价值。随之而来的，便是轻视十四世纪及以后的诗的研究和欣赏。虽然理解杂剧、散曲还有白话小说等的发展无疑很重要，我们应该牢记，传统的诗文在它们的作者看来，甚至是创作白话作品的作家看来，几乎永远是更为重要也更为核心的（在整个元朝和明朝，情况都是如此）。虽然新的文学体裁被认为反映了该时期社会现实的变化，但也有反对意见认为，传统的诗歌在这方面毫不逊色，甚至更强。不管怎么样，这一时代的许多诗的质量是上乘的，可是得到细致研究的情况却相当罕有。

· 布衣诗

中国的诗很长时间以来都被官员（候补官员、现任官员以及卸任官员）所垄断。诗在布衣平民中，特别是宋代开始急剧发展的城市平民中的发展，是南宋的一个鲜明时代特征。在元朝统治下，科举制度被暂停（虽然在1315年重新开考），这在切断读书人的仕途的同时，也加速了诗歌在广大布衣阶层（包括商贾和地主等）中的创作趋势（这一趋势在之前已经形成）。中国有史以 【392】
来第一次彻底沦为异族统治的可悲境况促进了文人作为“独立艺

术家”理念的发展，对于曲（白话歌曲）的繁荣也起到了至关重要的推动作用，并引起了人们对杂剧这一在宋代早已发展起来的新文学体裁的兴趣。

永嘉四灵和江湖派这两组十三世纪上半叶的诗人群体都是布衣出身。（他们是模仿晚唐那些描写日常生活的非一流诗人。）诗社在十三世纪特别在南方如雨后春笋般涌现。（这就好比无数像狮子会[①] 和基瓦尼斯俱乐部这样的美国社团为了诗歌创作这一目的而相继创立，同时对这些布衣而言起到了社会互动的机制性作用。）1250—1300年，四部重要的诗歌创作手册的编写，反映了在一个更大社会阶层中诗歌创作已蔚然成风。到了十三世纪中期，诗社的数量已经非常庞大，这可以从多所诗社的资深人物杨维桢的文章中得到证实。

·“文人”的理念

杨维桢这位狂放不羁的诗人表明了，布衣中兴起的诗歌创作是如何与文人理念（在后来的中国艺术史中这一理念会越来越居核心地位）的发展交织在一起的。北宋时期，文学、哲学和政治生活的三位一体理念，在如欧阳修、王安石和苏轼这些在三个领域都出类拔萃的历史人物身上达到了顶峰。这一理念在南宋依然很稳固，像江湖派这样的布衣诗人只是例外。在蒙古人的统治下，这一观念被瓦解了。早先对这一理念的偏移得到强化，许多中国人退回到了他们各自的世界中。像著名的画家倪瓒一样，杨维桢等人与哲学或者政治没有丝毫联系。他们作为杰出的艺术家而安身立命，无心仕

① 国际狮子会（Lions Clubs International）成立于1917年，是世界最大的服务组织，总部设于美国。狮子会的“LIONS”，“L”代表Liberty（自由），“I”代表Intelligence（智慧），“O”代表Our（我们的），“N”代表Nation’s（民族的），“S”代表Safety（安全）。——译者注

途，并多多少少表现出离经叛道的行为。当时的社会对他们有景仰之意。他们对文学或艺术的极高评价成为一种模式，这对于中国社会而言是新生事物，因为从中国传统观点看来，文学是低于政治与哲学的。文人理念也至少在某种程度上促进了诗歌、绘画和书法的同时繁荣。（这一理念的文学维度在后来的中国艺术史中没有得到应有的注意。）

· 杨维桢 【393】

杨维桢是这一时期最著名的布衣诗人。他的布衣性格一定程度上反映在他给各种人物——如算命先生、相士、为他铸造了心爱铁笛的铁匠、笔匠、医生和针灸师等——所赠之诗中，也体现在他写给女说书人等的文章中。

杨维桢着奇装异服游遍长江下游地区，手里总是拿着一支铁笛，遍访以他为领袖的各个诗社。他表面上玩世旷达的生活方式与当时正在发展的重视艺术家及其作品的独特地位的文人理念是一致的。杨维桢精通不止一门艺术形式，他的书法风格相当险怪，又对绘画表现了极大的兴趣，并在画作上题写了许多诗。他的诗作也同样具有自由挥洒的特质，充满了恣肆的想象力和幽艳的语言，效仿了自北宋以来几乎被遗忘的风格类型，包括汉魏六朝的乐府以及晚唐李贺、李商隐和韩偓的诗歌。

杨维桢五十岁时，将自己的四百多首乐府诗辑录成册。他的许多乐府诗在叙事框架中放置了对神秘想象瞬间的唤起，因此极具抒情性。不过杨维桢最大胆的作品创作于他七十岁之后，许多都涉及了年轻女子的情欲这一题材，如《续奁集二十咏》中的第二首《成配》："眉山暗淡向残灯，一半云鬟撒枕稜，四体著人娇欲泣，自家揉碎砑缭绫。"这些几无节制的诗反映了布衣诗是如何从只局限于描写日常生活的起点处发展起来的。

杨维桢留下了一系列咏史、女性、仙人、孝行以及其他各种主题的诗歌。他大量借鉴九世纪一些诗歌流派（它们被视为有伤风化），因此被时人王彝（1323—1374）批评为“文妖”。不过杨维桢在身前就已经天下闻名。在他的作品和人格中，杨维桢似乎将当时非常受推崇的一些特质结合在了一起。明朝建立之后，在朱元璋
【394】的入仕邀请下，年近八旬的杨维桢作《老客妇谣》表示老妇不更弦易张而婉拒。杨维桢受到了朱元璋这位暴戾成性的君王的非一般性礼遇，得以“白衣宣至白衣还”。

杨维桢的朋友——非常著名的画家倪瓒（1301—1374），也拥有堪与杨维桢媲美的一生：自觉而旷达的生活方式、精通绘画以及诗词书法。其诗中包含了略带色情的民歌题材（比杨维桢的此类作品显得含蓄）。

· 元末的官员诗

十四世纪上半叶，元朝首都大都的诗歌创作大都出于来自南方且任职于翰林院和史馆的官员。尽管忽必烈（1215—1294年，在位时期：1260—1294）具有极强的感召力，但一开始拒绝入仕异族新朝的情况还是层出不穷。于1286年（1260年元朝建立二十六年之后）抵达大都开始仕元的赵孟頫被视为“失节”，特别是因为他是宋朝皇室的远方宗亲。不过随着蒙古人的统治常态化，对入仕的拒绝以及加在仕元者身上的污点都减少了。

在赵孟頫入仕元朝约十五年后，袁桷（1267—1327）于十四世纪初来到大都。而另一位来自南方的虞集（1272—1348）在长达近三十年间（1329年以前）一直是最受朝廷器重的官员。二人诗歌创作的特点不仅在于像许多宋代诗人那样从日常生活角度发

掘前人未曾触及的题材，而且也在于风格和遣词用句方面更与盛唐诗接近。

例如袁桷写过五言古《舟中杂咏》十首，描写自己乘舟北上大都的情况，包括他沿途首次见到的风土人情，比如作为大都燃料的水上白芦苇。虞集也将他造访帽匠的经历写成诗，诗中的帽匠像以前诗中的渔夫或者樵夫一样，秉持道家隐逸理念而让作者惭愧不已。这两首诗的主题——大都的燃料以及一位技术精湛的帽匠——是有史以来首次出现在诗的创作中。所以，像元杂剧一样，这些诗告诉我们那个时代的生活。不过从遣词用句和风格而言，他们与杨维桢的诗有很大不同。这三位身处北方的诗人兼官员只宗法较早期的唐诗，比起喜爱晚唐诗风的同时代南方诗人来说是相对保守的。

· 文学模型 【395】

像中国画家会模仿前辈大师的风格并将它们熔为一炉而最终发展出一种属于自己的风格一样，中国诗人也通过模仿前人诗作来训练自己。布衣诗人和官员诗人所采用的文学模型，从略显生硬、议论性的北宋诗到较少描写日常生活的唐诗，不一而足。从唐诗的心脏，即与杜甫、李白等联系在一起的盛唐诗中找到文学模型则是下一步。这一步由虞集和其他元代晚期的翰林院学士兼诗人所迈出。当他们开始以唐诗的“心脏”作为文学模型开始诗的实践时——他们的后辈诗人高启（1336—1374）在一定程度上也跟随这一脚步，此趋势在接下来的明代得到加强。

十四世纪末文学批评的一项重要进展，是对诗歌创作本身的贡献。1393年，高棅完成《唐诗品汇》。这部作品开创了我们今天所使用的以年代为范畴的唐诗分期：初唐、盛唐、中唐和晚唐。十四世纪的诗受到晚唐诗的影响极大，不过到了十四世纪末，诗人的兴趣向初唐和盛唐诗（以及早期的乐府）转移。这为后来在明代盛唐诗的一统天下拉开了大幕。

· 高启

高启被视为十四世纪甚至整个明代（1368—1644）最伟大的诗人。这颇具讽刺性，因为他在明代建立后仅活了六年，就在三十七岁时因获罪朱元璋而遭腰斩。高启唯一的存世画像中，我们可以看到他穿着明朝官服。

高启出生并成长于苏州，年轻时便与自己的几位好友一起被合称为“北郭十友”或者“十才子”。“北郭十友”中包括了未来的诗人、画家兼官员徐贲，僧人道衍（也就是著名的姚广孝），作家张羽和杨基。他们有着各式各样的出身，比如成员之一王行的父亲是一位中药商。

高启很早就以诗名冠绝一时。十八岁时迎娶巨富周仲达之女，二十岁出头曾以近两年的时间游历于南方，大概是为了寻找一位赞助者，这样做也许是他希望避免与吴地的割据者张士诚有太过直接的联系。高启在这一时期以及其他时期的许多诗作中都流露着一种
【396】隐而不显的沉郁。

1367年苏州被明太祖朱元璋征服，一年多以后，身为著名文学家的高启应召入朝，来到当时的京城南京，成为编写《元史》的十六位翰林院编修之一。这项工作在宋濂（1310—1381）的领导下，完成于1369年年末。一年以后，高启得到允许回到自己土生土长的苏州。直到1374年，他一直在苏州过着半退休的生活。苏州知府魏观修复府治旧基，高启为此撰写了《上梁文》。因府治旧基原为张士诚宫址，有人诬告魏观有反心，魏被诛；高启也受株连腰斩。一同获罪的还有与高启一起

编《元史》的编修王彝。

高启在诗的创作方面体现了贯穿十四世纪的一些鲜明特征。他将布衣诗人杨维桢所开启的趋势推向纵深，在诗中加入了不可思议的心灵幻想，比如创作于高启二十四岁时的“夫子自道”式的《青丘子歌》。该诗中，高启以岳父庄园所在地青丘来指涉自己，同时“青丘”也具有隐含的异域关联。开篇以“青丘子，臞而清”形容自己。“臞而清”可诠释为“臞瘦却清朗”或者“衣衫褴褛却广受赞誉”。接下来高启像李白一样视自己为“降谪到世间”的“仙卿”，并把自己的文学创作称为“冥茫八极游心兵，坐令无象作有声”。高启被誉为将前一百五十年的布衣诗推向了顶峰。杨维桢等人用李白和晚唐诗人李贺的诗歌元素来形成自己的语言，而高启则使这些元素珠联璧合，将它们发展到新的高度。正如他的一位同时代人（王彝）写道：“季迪（高启）之诗，隽逸而清丽，如秋空飞隼，盘旋百折，招之不肯下。”

高启对于许多风格皆极为擅长，在这一时期，可供高启和其他诗人模仿的诗歌类型委实不少：乐府、《楚辞》的骚体，还有各个时代的诗、词、曲等，更不用提这些诗歌类型内部的种种变体。也有许多伟大的古代诗人以供诗人模仿。高启的高超之处在于他对这些风格和模型的创造性转化。这也是为什么高启能够与元好问（1190—1257）、王士禛（1634—1711；与王世贞［1526—1590］名字读音相近，很容易引起混淆）和袁枚一道，共同跻身于宋代以后中国诗坛的巨子之列的原因之一（高启因文字狱而英年早逝也无疑是他在后世诗名鼎盛的又一大原因）。

高启也与上面提到的著名文学家一起，在文学理论史中占一席之地。他提出，诗必须兼具格、意、趣，这些术语各自将在后世 【397】
文论家笔下得到更为著名的表述：沈德潜（1673—1769）提出“格调”，袁枚提出“性灵”，王士禛则有“神韵”说。

虽然高启能够出神入化地掌握各种风格，不过其同时代人对于开启后来明朝复古派的那一类偏好颇不以为然。比如李志光作《高太史传》，曾论及高启如何探索以前的诗歌传统，说他“上窥建安，下逮开元，至大历以后，则藐之”。另一位同时代人张羽（1283—1356）则在自己的诗中表达了类似的观点。他在《悼高青丘季迪》三首之三中写道：“生平意气竟何为，无禄无田最可悲。赖有声名消不得，汉家乐府盛唐诗。”

提倡“古文辞”，并到明代中期逐渐主宰诗坛的复古运动一开始正是侧重于这几个阶段的诗歌传统（见第二编第九章）。因此，高启与虞集一样，都是明代复古派的先驱。

· 末世景象

明代直接而朴实的气质很大程度上是由开国皇帝朱元璋所确立的。朱元璋出身贫困，随着一步步登上最高权力宝座，他变得越来越偏执，尤其怀疑自己的手下有逆反之心。而来自苏州的官员更容易引起他的猜忌，因为这是一个曾经抵抗过他的地方。在大清洗过程中，他诛杀了数千人。高启只是众多牺牲者中的一位。

朱元璋对旧科举制度进行改造，创立了新的科举考试制度，并希望这将能充分擢拔出身低微的人才。他的反智主义、重视农村甚于城市以及严厉的社会政策都与二十世纪的某些政治制度与策略有相似之处。

可能在一定程度上是因为朱元璋政策（特别是对知识界的屠杀）的大获成功，到了十四世纪末期（朱元璋去世于1398年），文化领域凋落到历史的最低点。学者普遍认为十五世纪上半叶是文化的荒漠。

高启和整整一代的明代初期诗人不是遭到屠杀就是被迫自杀。

吴中四杰中的高启被腰斩；杨基（约1334—约1383）被罚服劳役，死于工所；张羽流放岭南，未半道召还，投龙江而死；只有徐贲（1335—1380）得以寿终。这四人中，除了高启之外的三人都不仅以诗闻名，还是著名的画家。虽然其他三人的诗歌水平达不到高启的高度，但是却具有明显的朴实沉静的基调，与诗人生命中感受到的仓皇失措形成了对比。 【398】

刘基（1311—1375）是该时期另一位值得一提的诗人，虽然他进入明代之后只活了七年。从1359年开始，刘基就开始辅佐朱元璋。他和同样在1359年加入朱元璋队伍的宋濂，是加入朱明王朝而能保全的硕果仅存的两位文学家。（即便如此，清初文论家钱谦益也发现刘基的后期诗歌“悲穷叹老，咨差幽忧”。）宋濂虽然文章斐然，但是并不以诗歌著称，而刘基则诗文并著。

刘基的诗是这一时期最为深思凝练的。与好发议论的宋诗不同，刘基是以初唐和盛唐时期陈子昂和李白的沉实风格为宗的。所以有论者认为，对唐诗最辉煌时期的模型的借鉴不仅体现在明初充溢感情的诗作中，如高启的作品，也体现在以刘基为代表的具有思想表现力的诗作中。

总而言之，十四世纪的诗歌虽然经常具有晚唐诗歌的那种繁秾晦涩，有时候也非常随性而至，如在这一时期对乐府主题的使用中可以感受到的。这一时期中最优秀的诗作具有沉实有度的风格和遣词用句的讲究，更接近于盛唐诗。不过盛唐气象对于它而言还是较为新颖的。而到明代中期，唐诗风格就不仅是一种正统，而且是诗歌创作中的必需。大多数后来的明代诗人在模仿盛唐诗进行创作的时候，不论头脑里想到的是什么，这些作品中最出类拔萃的都是“豪放”而“朴实”的。从这方面而言，他们是对明初诗歌的继承。

十四世纪的诗歌散发着文学潮起潮落的气韵，诗人们通过复苏前人的诗歌模型而极富创造力地运用各种流派风格。与明朝后来的许多诗歌不同，十四世纪的诗歌并未变得程式化，它仍然具有无限可能性。

施文林（John Timothy Wixted）

第九章　十五至十六世纪的诗 【399】

在中国文学史上，没有哪个时期像十五世纪那样吸引的目光如此之少，其原因并不难找。虽然这一时期有大量诗作流传下来，但在高启（见第二编第八章）和李东阳（1447—1516）之间没有哪位堪称伟大的诗人出现。而且，大多数文学史所关注的白话杂剧和小说在这一世纪中似乎也停滞了。散曲（见第二编第六章）在明初的朱有燉之后几乎销声匿迹，直到在十六世纪的康海和王九思（见下文）等作家笔下才得到复兴，而且这仅仅属于复古派的崇古兴趣而非一种活生生的文学传统。可以认为，后来被整合进晚明长篇小说如《水浒传》和《西游记》中的一些话本，在这一时期得以添枝加叶，或者至少是得到传承，而后来构建明朝短篇小说传统的短故事情况也是一样。我们所缺乏的是这些过程发生时的证据。

十五世纪的大部分时间内，同样的萧索景象在其他文化领域也很明显。在儒学领域，除了零星几位晚明王守仁（王阳明，1472—1529）心学的先驱者，如吴与弼（1392—1469）和陈献章（1428—1500）之外，基本上喑哑无声。在绘画方面，虽然情况并不像晚明 【400】
人（主要是董其昌［1555—1636］）说的那样沉寂，但值得注意的画家几乎没有，最著名的只是戴进（1388—1462）。甚至在瓷器烧造方面，从1436—1465年间都中断了记录，因为宫廷停止了采购。

印刷在此时似乎没有以前那么普遍，零星证据表明，印刷品在这一时期相对短缺。只有到了十五世纪末，我们才看到印刷事业的加速，出现了包括《史记》在内的一些经典作品的新版本，当时文学作品和地方志的刊刻也比以前更加繁荣。

如果说，描述中国文明史中这一万马齐喑的时期并不困难，那么解释它形成的原因则似乎不那么容易。中国的十五世纪是格外和平安定的一个世纪。朱元璋之子朱棣于1402年发动靖难之役、夺得帝位之后，唯一的变局是1449年的土木之役——明英宗被蒙古的瓦剌部所俘（在位时期：1436—1449, 1457—1464），英宗之弟朱祁钰（代宗或景帝；在位时期：1449—1457）登基，英宗被释放之后，又从其弟手中夺回了皇位。这一事件对皇族成员和朝廷重臣产生了非常严重的后果，不过社会整体平静如常。实际上，1465—1505年这段时间，从许多方面看都可谓明朝政府的巅峰状态。

元朝覆灭和明朝建立所产生的后果，似乎不足以提供一个充分解释。诚然在元明更迭之际，中国的文化和经济中心长江下游发生了激烈的战事。并且，朱元璋的最后一位劲敌张士诚盘踞在长江三角洲，得到当地许多士人的支持。虽然朱元璋对这一地区进行了严厉制裁，这些制裁在一段时间内对当地的艺术文学有过直接影响，不过在几十年后，这些负面影响也开始慢慢减弱。正如江南抵抗蒙古人铁蹄的战役也并没有完全摧毁当地的文化一样。

我们也许必须从诗歌自身出发，来为十五世纪诗歌的萧条寻找解释。可能性解释之一是，应该把经济困境在某种程度上阻碍了创造力的观点倒转过来。元末的无政府状态以及随之而来的朝代更替之后，中国社会迅速恢复了元气，政府管理的稳定以及相对轻的税负都是明代前一百年的特点。生活的闲适促进了更多人拿起笔进行诗歌创作，但是由于缺乏技法训练，没有人严肃对待此时的诗歌创作。

十五世纪初，大量地区中心的诗歌创作非常活跃。长江下游

以外最重要的一个中心当属福建地区。福建诗人群体的重要地位不 【401】
在于其领袖人物林鸿（约1340—约1400），而在于林鸿的门人高棅（1350—1423），他的《唐诗品汇》以历史分期和审美的双重角度对收录的六千余首唐诗进行了分级和分类。《唐诗品汇》刊行于十五世纪初年，自问世起便风行天下，“终明之世，馆阁宗之”。

高棅《唐诗品汇》的编选原则受到南宋文论家严羽的强烈影响，在明代许多文学批评史作品中都能找到严羽《沧浪诗话》的影子。高棅对唐诗的选编和品评继承和发展了严羽《沧浪诗话》中的观点。把唐诗分为初唐、盛唐、中唐、晚唐四个阶段的分期法一定程度上是高棅的原创，在今天仍然沿用。他以盛唐为宗，从诗人与盛唐诗风的关联角度来评价诗歌的文学价值，这种做法引发很大争议，却得到了后世作者的广泛接受。高棅认为初唐诗人的价值一定程度上在于他们开启了盛唐之风，而盛唐以后的诗人的风格则遗憾地偏离了盛唐的杰出诗人——尤其是李白和杜甫。

高棅的观点仅仅在十五世纪末左右产生过极大影响，不过即便在那时，时人也并没有在观点中明确提到高棅。这一时期，文学领域最重要的转移并不发生在地区中心之间，而是随着明朝都城的转移而转移，永乐帝将都城从南京转移到了北京（南京由于是朱元璋所定之都，所以仍然作为留都，举行典礼事宜）。朱棣的篡位在政治上引起了很大麻烦，所以他必须起用相对年轻的士人填充政府中的高位。因为朱棣之后的几位皇帝更替都相对平稳，所以朱棣擢拔的这些官员在长达数十年间都一直是实权派人物，又由于缺乏来自其他文化中心的人才的竞争，他们也便统治了文学领域。这些人包括“三杨”（杨士奇［1365—1444］、杨荣［1371—1440］和杨溥［1372—1446］），王直（1379—1462）、金幼孜（1368—1431）、解缙（1369—1425）和曾启（1372—1432）。

与这些人联系在一起的诗歌风格被称为台阁体，英语中一般译为cabinet style。“台阁”一词可能来自“御史台”和“内阁”的混合，不过在明代作品中，它指翰林院学士和类似官员如太子太傅，并且不局限于“三杨”的时期。他们视自己为文化精英，其渊博的学识是得到其官阶的保证。他们的文学专长并不局限于诗歌，作品大多与同时代人一样，在诗文方面留有宋人的遗风。

【402】 三杨之后最著名的诗人当属于谦（1398—1457），不过他的诗歌不及土木之变后他在拯救明朝过程中所起的决定性作用有名。在将瓦剌部族赶出长城以北之后，他没有试图救出被俘的英宗。结果当英宗重新登上皇位时，于谦便遭到了朝廷中的对手的弹劾，最后被处决。

与此同时，苏州再一次代替首都成为文学中心。随着长江下游经济的复苏，苏州再一次开始为朝廷源源不断输出位极人臣的高官，包括吴宽（1436—1504）和王鏊（1450—1524），不过在文学领域有大贡献的还是留在苏州的士人。苏州再度跃升为文化中心，首先体现在绘画上，特别是沈周（1427—1509）。沈周是一流的画家，诗歌方面则略逊一筹。他承袭南方的悠久艺术传统，却将通常与他笔下产生的强烈个人化张力同这一传统混合在一起。沈周以一种非同一般的方式描写南方常见山水及园林景物，这种风格在后世的诗歌中得到了缓慢的发展。

苏州作为文学中心要完全羽翼丰满，还有待年轻一代文学家的成熟，这一代人包括杨循吉（1458—1546）、祝允明（1461—1527）、唐寅（1470—1524）和文征明（1470—1559）。他们在仕途上均无建树。杨循吉为藏书家兼学者，其他三位以书画闻名，不过这四位也都创作了大量优秀的诗作。他们能以平民身份闻名天下，并且文学仅仅是他们多项艺术成就中的一种，这是苏州独特的社会文化氛围造就的。多才多艺，还有一定程度上的离经叛道，在当时的苏州是相当受尊重的。他们的诗歌绝大多数与北京的“台阁体”一样都承袭宋诗之遗绪，显示出了高度简易平正的风格，不过如果他们不是在其他艺术领域名声远扬，其诗歌应该不会引起后代那么多的注意力。实际上，在他们生活的时代，诗歌领域重要的新进展发生在苏州之外，特别是在北京，这也就是我们后来所知道的复古运动。何以这一时期对“古代”兴趣浓厚，原因不是特别清楚。要素之一可能在于教育系统中的一系列改革，特别是提学副使这一新官职的设置。提学副使的设置将省一级的教育监管置于中央政府接受过良好教育的官员手中，他们开始提高标准，修改课程，积极挖掘有天赋的年轻人。这些努力很自然地便产生了一种意识形态，以及一系列评判标准。在接下来的几十年里，他们相信在古人作品中凝结了文学的绝对原则，从而建立了相应的意识形态和评判标准。他们的努力 【403】
通过教育进入了诗歌领域，然后再进入哲学，不过最核心的观念在于受过教育的士人阶层要比前人更严肃地承担起治国的角色和责任。

李东阳是复古运动发展中的一位关键性人物。他虽然是南方人，但出身寒门，且来自远在长江三角洲文化中心上游的江西。年仅十七岁就进士及第，之后在仕途上一帆风顺，在长达十余年时间里，在宽厚的弘治（在位时期：1487—1505）和暴戾的正德（在位时期：1505—1521）两朝都位居权力最高的首辅。明武宗正德皇帝荒淫无度，李东阳以年老多病为由，坚决辞去首辅职位回乡养老，不久病逝于故乡。

尽管在现代对他的研究或阅读相对稀少，李东阳仍是一位非常有魅力的人，他也是当时诗的复兴背后的推动力量。李东阳的影响有两个方面。第一是他自己的作品，他的诗以及广泛点评当时的诗作和历史上伟大诗人作品的诗论。比如，李东阳很强调“诗调”，这一概念可以追溯到陆龟蒙（约卒于881年）和南唐（937—975）刘崇远等作家。值得注意的是，他仅仅在身居高位者——包括唐代的白居易——所创作的诗歌这一宽泛意义上，使用“台阁体”这一术语。实际上，李东阳并不能严格算台阁体顶峰阶段的一位成功反对者（传统观点是这样认为的），并且他对杨士奇颇为推崇。李东阳自己的诗歌创作在抱负方面看上去很平和，这带有很大的欺骗性。他努力追求创作出与古代最伟大诗歌相比肩的作品。这意味着对诗歌形式各方面的细致留心，最重要的是格律方面的要求。他并不提倡专门模仿哪个时期的诗歌，而仅仅是努力像古人那样写诗。

李东阳的第二个影响是他对年轻才俊在仕途和诗歌研究两方面的提携奖掖。他有很高超的政治手腕，这使他能在令其理想主义追随者尴尬的场合进退自如。李东阳为人宽大如海，对他人的利益时刻铭记，并且尊重所有人才（有人将他与现代的周恩来进行比较）。作为当时的“以文章领袖缙绅者”，绝大多数在十六世纪上半叶叱咤风云的诗人和政治家都得到了李东阳的提携，如邵宝（1460—1527）和与李东阳关系最密切的何孟春（1474—1536），以及李梦阳（1473—1529）这样的早年从学于李东阳、后来则超越了他的诗歌成就而被载入文学史的数位学生。

李东阳和与他密切相连的一些诗人被称为“茶陵派”，茶陵
【404】为李东阳的祖籍地。这一时期，茶陵派之后的下一个也是更为著名的文学派别为“前七子”，包括李梦阳、何景明（1483—1521）、边贡（1476—1532）、王廷相（1474—1544）、康海（1475—1541）、王九思（1468—1551）、徐祯卿（1479—1511）七人。除了徐祯卿是土生土长的苏州人——他在年轻时代与祝允明、唐寅和文征明过从甚密，其他六位都是北方人。

就像其他时代的类似合称一样，这七位被归为一类，有某种程度上的误导性，不过这一称谓还是反映了一个真实现象。它实际上指的是1496—1505年在北京与李梦阳密切联系，并在文学上接受其领导的一部分文学家。前七子同时身处北京，可能仅有短短几个月，并且还有如崔铣（1478—1541）和顾璘（1476—1545）等也受

到李梦阳的影响。李梦阳等人旨在超越李东阳所设定的目标，为诗歌树立更高标准。他们问何处可以找到文学的最高标准，他的回答是“文必秦汉，诗必盛唐”。“诗必盛唐”无疑反映了严羽和高棅的影响。

弘治末年，他们在北京经常碰面，讨论切磋诗歌，并对彼此的作品提出批评意见。弘治皇帝是一位仁君，至少在明代来看是如此。励精图治的政治环境，似乎使许多年轻知识分子加速认识到，他们应该比前辈更全力以赴地挑起重担，无论是在政治、诗歌还是儒学方面。此时的李梦阳在政治上最紧密的朋友是王守仁（王阳明），王守仁后来成为朱熹（1130—1200）之后最重要的中国哲学家。

弘治皇帝在1505年去世，继任的正德皇帝只有十四岁，完全缺乏君临天下的角色感和责任感。京城里的氛围马上随之一变，好时光一去不回。前七子中的大多数在两年间纷纷离开北京，被新皇帝打发到各地，有的甚至在退隐后还遭到迫害。李梦阳自此以后没有在北京任职，何景明在1507—1511年期间病归故乡，直至刘瑾见诛，才在李东阳的推荐下被重新起用。康海和王九思因依附刘瑾而得势一时，1510年因名列瑾党而免官，名誉扫地回到陕西老家，此后再未被起用。两人在家乡潜心于散曲和杂剧，在某种程度上使元朝的这两种古老艺术形式重新焕发生命力。正是康海和王九思二人
创造了“七子”的提法，以确保自己在历史中的地位，并且强调 【405】
“七子”的根基在北方。他们可能希望以此贬低顾璘的影响，因为顾璘在他的故里江南积极传播李梦阳的复古观点（徐祯卿在此时已经去世）。

在解释这些“前七子”之间的关系时，需要注意以下几点。虽然很明显他们在政治立场和诗歌方面有很大不同，但是可以确定的是，他们没有放弃甚或忽略以前的友谊。比如何景明在1518—1521年任提

学副使时，就曾满心欢喜地接待过康海和王九思的几次来访，并且陪同他们在陕西的名胜古迹游历数日。虽然康海和王九思在依附刘瑾时春风得意，而何景明却因为反对刘瑾而处于困境，但是毫无疑问他记得在那些最危险的日子里，正是康海救了身陷囹圄的李梦阳的性命。

不过“前七子”之间最著名的分歧是非常重要的，并且预演了在明朝剩下的时日和清代都一直延续着的文学论争。1515年末或1516年初，李梦阳和何景明在来往信件中讨论了“法”和个人创造力之间的关系。何景明的立场与后来袁宏道等人类似，对诗人的角色持“个人主义”观点。他认为，向古代的大师学习是必要的，但是又提出优秀的诗人必须开创他自己的标准和形式。他作了“舍筏登岸”的比喻：“佛有筏喻，言舍筏则达岸矣，达岸则舍筏矣。”（实际上在中文里，“法”也是梵语dharma的对译字，这也能在一定程度上揭示“法”对文学理论所起到的具有佛教意蕴的启发。）李梦阳则旁征博引地表示了反对意见，他的观点可能不一定为现代读者所赞同。对李梦阳而言，诗法犹如工匠的规与矩。虽然不同的诗人会以不同方式使用诗法，并将它们运用于不同的材料，但是它们反映的法则却是不变的，并且已经完美地体现在古代最伟大的作品中。李梦阳又指出，“若以我之情，述今之事，尺寸古法，罔袭其辞”，则会带来拙劣的作品。就像他说的那样，作诗舍诗法，就犹如“试筑一堂，开一户，措规矩而能之乎”。

这一分歧有着真实而持续不断的原因，不过这一开放而有时激烈的争论（至少李梦阳一方面是如此），也在某种程度上与二人书信交换时所处的不同环境有关系。1515年开始，李梦阳被免官，住在开封的家里，在这里他与活跃的商人阶层有很多交往，并给
【406】予他们诗歌方面的建议。而早在1511年就官复原职的何景明则是京城中著名的文学人物，吸引了包括郑善夫（1485—1524）和薛蕙（1489—1541）等追随者。正是李梦阳首先就这个问题写信给何景

明，所以李梦阳希望重新奠定自己文学领袖地位（他已经十多年居此地位）的目的便不难发现了。

到头来，其实李梦阳不需要担心自己在十六世纪的文学复古运动中所担当的领袖角色。至于康海和王九思的“七子”提法，也对“前七子”的历史地位产生了持久的影响。尽管如此，复古派诗歌的未来还是在南方，复古派干将除顾璘之外，还有曾对何景明的文学继承人如何编排何氏的文集提供建议的黄省曾（1490—1540）、何良俊（1506—1573）、皇甫汸兄弟（1503—1582）以及后来的谢榛（1495—1575）和我们马上将要介绍的“后七子”。

不过在转到“后七子”之前，还有另一位值得注意的人物，即杨慎（1488—1559）。杨慎的父亲是在李东阳卸任之后曾担任首辅的杨廷和（1459—1529）。1511年，二十四岁的杨慎殿试获进士第一，这一状元的身份再加上其父的显赫地位，似乎锦绣前程就在眼前。但是由于他支持“继统又继嗣”的观点激怒了嘉靖皇帝（在位时期：1521—1567），而于1524年被流放到云南，即使到了退休年龄之后也再没有被召回，最后终老于昆明。杨慎勤于著述，在诗文方面都相当多产，留下的作品不仅有大量诗歌，还有对各种话题特别是关于云南的学术性和批评性讨论。他也创作词曲，其中不少是与他的第二任妻子、明代最出色的女诗人黄峨（1498—1569）的唱和之作。虽然杨慎身处流放之地，但黄峨还是居住在四川的祖居中处理家庭财产，并给杨慎寄送生活费用。黄峨的诗作中有时相当坦率地表达了对杨慎的相思之情。

杨慎在进士及第后的十年里，与何景明的文学圈子并无特别交往，所以某种意义上与复古运动保持了距离。他的诗歌口味倾向于六朝和晚唐时期的“浓丽婉至”之美。实际上，从诗歌运动角度看，复古运动在十六世纪初所具有的影响力曾经一度减弱。随着李梦阳、康海、王九思罢官返乡，徐祯卿去世，边贡和顾璘又各自在地方为仕途奔波，只有何景明和王廷相还算活跃。但到了1518年左右，他们的注意力又不约而同投向更大的教育与学术问题，以及文
【407】官制度的弊端（两位都分别在陕西和山东担任提学副使）。崔铣后来甚至曾贬低诗歌创作的地位。他们的旨趣变化一定程度上与王守仁有关。王守仁从未对文学问题产生过浓厚兴趣，当时的他正致力于在公私生活领域再度唤起和重新定义对儒家信仰的投入。

复古运动曾经一度转向散文和杂剧领域，在本章内不再详述。不过正是在这一时期，唐顺之（1507—1560）等人开始提倡对唐宋大家的“古文”研究，而康海和王九思的杂剧创作也在李开先（1502—1568）那里得到继续。李开先于1531年有过从学于康海和王九思数周的经历，后来他致力于杂剧创作。徐渭（1521—1593）则将李开先的传统继承了下来，以画家和戏曲家身份闻名后世。

为诗歌的复古主义再次注入生命力的谢榛，是一位与李梦阳在许多重要方面都不同的人物。首先，谢榛来自南方。其次，与前后七子不同，他从未进士及第或者拥有任何官职。虽然谢榛在自己的《诗家直说》（一名《四溟诗话》）中强调诗歌的最高标准，但是他的态度更接近于何景明的个人主义和进化论观点，而非李梦阳的狭隘立场。可能是因为这一原因（有人认为谢榛在科举考试中的失败也使他成为势利的牺牲品），谢榛在“后七子”中的领导地位最后被李攀龙（1514—1570）取而代之，而李攀龙的立场更为严苛。李攀龙于1544年进士及第，在“后七子”中锋芒最劲。后七子除了谢榛和李攀龙之外，还有王世贞（1526—1590，1547年进士及第）、徐中行（1517—1578）、梁有誉（约1520—1556）、宗臣（1525—1560） 和吴国伦（1529—1593）——后四位都是1550年的进士。

李攀龙的诗并没得到后来读者的太多喜爱。和谢榛不同，李攀龙在文学批评方面写得很少——他和王世贞合作的《艺苑卮言》主

要是由王世贞执笔。李攀龙的影响最主要是由他编注的《唐诗选》体现出来的。《唐诗选》的文本和版本比较混乱，共有三个版本，它们都明显以李攀龙原本为底本，李攀龙的本子大量借鉴了高棅《唐诗品汇》。对于直到现在的中日读者而言，《唐诗选》都是一部重要的“选诗裁定者”。

“后七子”中的王世贞是一位重要的诗人，其存诗不仅颇有趣味，而且数量庞大。五十岁时自刊诗文集《弇州山人四部稿》，【408】
共一百七十四卷，而王世贞去世后，后人又将他的其他文字编入《四部续稿》二百零七卷。《四部稿》问世之前，有一部《艺苑卮言》，中年以后他又撰写了《读书后》，这部文学批评著作反映的诗文标准较为宽泛。这一趋势也反映在王世贞晚年轶事以及后期诗作中，他所借鉴的不局限在李梦阳和李攀龙亦步亦趋的盛唐气象，而是上溯至汉魏。王世贞对白居易和苏轼等诗人的高度评价，恐怕是其复古运动先驱不能同意的。王世贞这一做法的基本动力，来自于经常出现在他各种作品中的创见。不过，也有人认为王世贞的宽容，以及他晚年对释道的兴趣，来自于他生活道路中遭受的各种顿踬，包括其父王忬以滦河失事为严嵩构陷而死，以及因政治敌手而导致的仕途坎坷。

王世贞确系因才而见妒。虽然宦海浮沉，数度遭弹劾和罢官，他还是登上高位，累官至刑部尚书。更重要的是，他最终成为当时文学圈的领袖。十六世纪后期的大多数诗人都视自己为王世贞的追随者，而王世贞的复古思想，特别因为他自身的权威性，则影响了所有他同时代的人。

“后续”总是会逊色于“原初”，“后七子”也难逃这一普遍规律。虽然有人会认为王世贞作为一名文学家，比“前七子”中任何一位都出色，以及认为谢榛作为文论家和李攀龙作为编选家的重要性，但是“后七子”作为一个团体，其重要性主要在于它反映了复古诗歌在十六世纪所施加的巨大影响，也在于证明了“前七子”在文学史中确立无疑的那些观念。和“前七子”一样，“后七子”相聚在北京也只有十六世纪五十年代初的寥寥数年，当时的他们刚刚踏上仕途，等候任命。而当他们到各地赴任或者免官之后，就只有三三两两偶尔碰头的机会。

不过，他们远非缺乏个人影响力。在接下去的几十年间，又出现了类似的“后五子”“广五子”和“续五子”以及“末五子”等，
【409】其中“末五子”包括了戏曲家屠隆（1542—1605）和批评家胡应麟（1551—1602）。在这些作家中间，最重要的一位当属胡应麟。胡应麟来自仕宦之家，但是却久试进士不第，终生未宦。他自己的诗歌并无多大新意（强于王世贞），不过他撰写了《诗薮》这一皇皇巨著。《诗薮》结构严谨，从复古派立场论述诗体、诗史，并有各种补遗与考证，自从刊印以来，它的许多方面都影响巨大。在胡应麟看来，盛唐是诗史中的高峰，不过他也指出，诗在元代出现了某种程度的复兴，并在“前七子”和“后七子”那里达到巅峰。

胡应麟对中国诗史的解释现在已经不再流行，实际上在它问世之初便不太受重视。王世贞和胡应麟的《诗薮》所代表的复古主义的胜利不久就受到许多质疑。需要注意的是，统治明代后期的“反复古”派并不是全盘否定最先由李东阳、何景明、谢榛和王世贞发展起来并进一步拓展的十六世纪诗学。

以袁宏道（1568—1610）为中心，其兄袁宗道（1560—1600）和其弟袁中道（1570—1624）为代表的“公安派”尤其如此。在二十世纪，“公安三袁”被刻画为复古主义的主要反对者，以及当时白话小说和戏剧的支持者。虽然他们兴趣广泛，袁宏道甚至会以插花为题材，不过他们的诗歌则大多数体现了复古派偏好的盛唐风格。袁宏道之所以提倡白话文学，是因为白话文学能表达与杜甫和其他古典诗人作品中类似的道德真理，而非出于一种审美考量。袁

氏兄弟的诗既没有体现与复古派的明显不同，也并不比后者更有趣味。他们真正的影响力在于预见了作为明代后期之特征的文学中的享乐主义态度。

白润德（Daniel Bryant）

【410】 第十章　十七世纪的诗

我们可以将十七世纪的诗划分为三个阶段：一、明朝的最后四十年（1600—1644），这是一个政治上党派林立和结社盛行的时代，高雅文化和大众文化之间的界限模糊了，诗社异常活跃（包括女性或者平民所结诗社），文学和艺术中的个人化自我表达得到提倡；二、清朝攻下中原和确立其统治的头四十年（1644—1682），这一时期伴随着激烈的抗拒以及暧昧的归顺（二者都给文学带来了重要意味），人们对宋元时期的诗兴趣盎然，这便造就了复古主义的革新与扩展，并且反映在诗的新传统中；三、十七世纪的最后二十年——十七世纪八十年代和九十年代，这一时期也开启了长达一百多年的繁荣而稳定的清代盛世（至少延续到十九世纪初期），见证了精微深邃的新文学批评（经常由对旧的批评传统兼收并蓄而形成，有时是整合了多样的批评传统）的首度成熟，以及新的诗歌流派的确立，这些诗歌流派更多是建立在理论化的原则之上，而非基于传统的地域联系或者私人的师生关系。

十七世纪初，文学和艺术领域继续着强调“性灵”、个体创造力、炽烈感情和直抒胸臆的表达，这一潮流的哲学基础在惊世骇俗的独立思想家李贽（1527—1602）那里得到磅礴有力的阐述。李贽
【411】受到王守仁（王阳明，1472—1529）所谓“理非外求而求之于心”

学说的影响，并将王阳明思想推向极致：人人皆可为尧舜，内在于心的自我具有完美智慧，所以应该是道德、品位和文化价值的唯一裁定者。李贽将此内在自我称为“童心”，并宣称儒家四书五经并不是神圣的权威，而最多不过是提供了各种洞见，使人认识到童心是如何能够恢复，并运用到生命的滋养中以解决人生问题的。他是一位折衷主义思想家，从释道中受益，努力把儒家正统教条转化为个人化信仰。

十六世纪下半叶，这些观点流布甚广，所以很难断定李贽究竟对当时持类似观点的主要文学家产生了多大影响，比如诗人、散文家、文学理论家和戏剧家汤显祖（1550—1616），诗人、散文家、书法家、画家和戏剧家徐渭（1521—1593），以及诗人、批评家、戏剧家、道教爱好者、艺术鉴赏家和美食家屠隆（1542—1605）等。不过，李贽对于来自湖北公安的袁氏三兄弟袁宗道（1560—1600）、袁宏道（1568—1610）和袁中道（1570—1624）确实具有直接影响，三人曾与李贽往来，记录下他们之间的对话，并在各自作品中高度称赞李贽。袁中道甚至亲自为李贽撰写传记《李温陵传》。袁氏三兄弟所创立的极具影响力的公安派，明显从李贽那里受益良多，因为它反复古主义的理论主旨包含了对旧权威的摒弃，对模仿的鄙夷（认为模仿有伤创造力），最重要的是宣称每一位作家都表达了自身的“性灵”，并且将小说和戏剧推崇为文学的重要的合法化形式。不过，三袁在实践上是较为传统的，他们的诗歌创作缺乏其理论所高倡的反正统特质。他们和大多数前辈诗人一样进行诗歌创作，其诗作与他们在诗歌理论中猛烈抨击的前后七子（见第二编第九章）的复古派诗歌创作并无多大区别。三袁弃盛唐而趋中唐，特别对白居易和宋代文学巨匠喜爱有加。由于白居易散文化、随意又半白话的风格，大多数复古派诗人都对白氏避之不及。苏轼则是一位非正统的天才，他总是屈诗律而从己之用，复古派有时会勉强认可苏轼的天才，但鲜明地认为苏轼的作品不可作后世典范。袁氏三兄弟也是十六世纪末十七世纪初的文人，特别是江南文人之典型，他们建立并赞助文学社团，并提倡儒释道三教合一，编
【412】辑或者刊印各种小说、戏剧、释道论文，以及涵盖文人兴趣边缘的各种题材，包括从插花到药剂的其他作品。颇有意义的是，他们进入了非主流文化圈，这一文化圈包括以文化为谋生职业的画家、作家和书法家，以及对高雅文化心向往之的商人，鼓励女性进行文学和艺术创作的家族（有些女性在当地甚至在全国都声名鹊起），以及才华横溢而闻名于世的大家闺秀。随着明朝慢慢走向它的终点，这些圈子越来越成为文学史中的亮丽风景线。

以谭元春（1585—1637）和钟惺（1574—1624）为首的“竟陵派”，曾一度繁荣，不过不久就被吸收进更加持久的潮流中去。“竟陵派”得名于二人的故乡湖北竟陵。谭元春和钟惺都认同公安派所提出的“性灵”为伟大诗歌的核心，但认为公安派提倡对白居易和苏轼的模仿导致了当时的诗歌“俚俗浮浅”，所以诗歌创作必须转向新的方向，以回归高雅。谭钟二人希望借由1617年《古诗归》和《唐诗归》的问世，来达到这一目标。他们自己的诗尝试捕捉到这两部诗选中体现的唐代及之前诗人“幽深孤峭”之“灵”，但是他们的方式只专注于模仿体现此“灵”的只言片字，而过于支离破碎，误入歧途。他们的诗歌不时会收获一种新奇而神秘的魅力，但是意义经常晦涩难解，以致学生和评论家失去耐心，转向别处寻找启发和引导。

竟陵派致力于开辟一条与前后七子和公安派的诗学都不同的新路，不过另一位江南诗人陈子龙（1608—1647）则尝试将前后七子与公安派的优点结合起来。陈子龙受到前后七子的影响，精研前代诗坛巨匠曹植（192—232）、谢灵运（385—433）和鲍照（414—466）的古诗，以及盛唐诗人杜甫的律诗，在诗体的沉雄瑰丽中追

求一种“风雅”，并饱蘸个人感受——对陈子龙而言，这意味着崇高之志与深沉之情。这意味着，陈子龙仍然有一只脚稳稳地立足于李贽与公安派的阵营中。陈子龙，还有与他志趣相投的友人，主要是李雯（1608—1647）、宋徵舆（1618—1667）、夏完淳（1631—1647），时称“云间派”。“云间”二字来自于陈子龙的故乡云【413】
间，也即松江（现属上海）。陈子龙是明末文人的缩影，他创立了致力于阐明哲学原则、改革士大夫文学标准和道德标准的文学团体几社（复社在松江的分社）。陈子龙与前后七子的关系，在他作为主编之一的十三卷明诗选本《皇明诗选》中可见一斑。陈子龙也与日渐发展起来的女性文学圈过从甚密，并且与柳是（柳如是，1618—1664）有过一段恋情——二人于1632年相遇于松江。这段恋情持续到1635年。在陈子龙家人的逼迫下，柳是不得不离开，但是陈子龙对柳是文学创作的鼓励并没有中断，他后来帮助了柳是刊行第一部诗稿《戊寅草》（戊寅年即1638年），并为之写序。数年以后，柳是与当时另一位著名诗人钱谦益（1582—1664）开始了一段更为持久的恋情，钱谦益于1641年离开发妻，大婚迎娶柳是。下文中还将进一步讨论钱谦益和柳是。

陈子龙为人所铭记，主要是由于他为反清复明而壮烈殉国的事迹，以及与柳是唱和的深挚爱情诗词（在词的创作领域，也有相应的云间派）。在这些诗词中，浪漫的感官之爱（情）被提升到人类存在的文化性理念以及激励性信念这一崇高地位。像陈子龙这样的人物个人生活中所充盈的这一激情浪漫的理想主义，似已成为当时的时代指针。这一理想主义进入公共生活，便化身为对国家与皇帝的忠诚。这大概有助于解释为什么明清之际满清统治遭到了全国性抵抗以及殉国烈士的数量何以如此庞大（明朝遗民或扛起反清复明大旗或选择自杀殉国）。

畿南三才子申涵光（1620—1677）、张盖（生卒年不详）、殷岳（1603—1670）在今天已经识者寥寥，不过他们在清代诗歌史中的地位不可小觑，他们是前后七子和十七世纪（恐怕也是整个清代）最伟大的诗人、文学批评家王士禛（1634—1711；十六世纪的王世贞［1526—1590］与之姓名相似，需要将二者区别开来）之间的纽带。畿南三才子等诗人属于河朔派，最早提出河朔诗派这一名称的是对这些诗人钦慕之极的王士禛。河朔派由拒绝仕清的明朝遗
【414】民（申涵光之父以自尽殉明朝）组成，他们把自己的生命投入到文学和学术研究中去。申涵光是河朔派的主要理论代表，下面的评论都摘自他的《聪山诗选》和《聪山文集》。申涵光和公安派、竟陵派一样，都提倡诗歌中性情的自然表达，认为“性情之灵”对诗歌而言至关重要，不过他批评公安派流于俚俗、竟陵派失于晦涩。申涵光极为推崇前后七子，特别追慕李梦阳、何景明和李攀龙，因为前后七子成功地跳过了宋诗的歧路，以盛唐风格达到了技术上的出神入化。他认为前后七子的不足之处，在于欠缺伟大诗人“性情”与“真”特有的“清刚”。在申涵光看来，诗是文化伟人的媒介工具，是天地之道自身的表达。他和其他河朔派诗人——那些明显的传统主义者，也是程朱理学的拥护者——在不久后风起云涌的反王阳明心学的运动（人们甚至认为心学要为明亡负责）中扮演了先驱者的角色。申涵光甚至提出，诗和对程朱理学的研习最终是一回事，所以应该将二程、朱熹、李白和杜甫视为“一人”（见第二编第三章、第五章）。虽然王士禛从来没有将诗等同于理学，但是他对前后七子（包括他们的以盛唐为宗）的高度评价很可能是来自他对申涵光和其他河朔派诗人的熟知。这些观点与对王士禛早年文学生涯起重要作用的另一位诗人钱谦益形成了极为尖锐的对比。钱谦益的诗歌创作并不宗法任何前代风格（包括盛唐风格），并且终其一生都基于各种理论和实践理由而对前后七子有颇多指摘。

清初的另一诗派是西泠派（西泠为杭州旧名）。西泠派诗人在

诗词方面都颇有建树，他们合称为“西泠十子”，其中最重要的有毛先舒（1620—1670）、沈谦、丁澎（生于1622年）和张丹（生于1619年）。他们都受到陈子龙的巨大影响，其诗词与云间派作品的风格非常相似。

此外还有岭南派（岭南指广东和广西），其中最为著名的是“岭南三大家”。屈大均（1630—1696）作为明遗民，一生大部分时间都奔走各地以图恢复中华，并一度削发为僧。屈大均以屈原 【415】
后代自居，他的诗作模仿李白的游侠之气，慷慨激越，恣意汪洋，并且也描写反清复明的苦状，其意象之雄奇让人联想到屈原的《楚辞》。陈恭尹（1631—1700）也是明遗民，早年的生涯与屈大均类似，而在生命的最后二十年，他在广州投身于文学著述、学术研究和书法创作。王士禛特别偏爱陈恭尹的诗，并将他的诗风概括为“清迥拔俗”并且已臻“三昧”（对这些术语的讨论，详见下文王士禛部分）。梁佩兰（1629—1705），广东南海人，曾在清朝担任小官。他创立并主持的白莲诗社虽属地方诗社，却一度闻名全国，诗社成员中包括了陈恭尹等诗人。梁佩兰的诗，特别是他的近体诗颇受好评，包括王士禛和朱彝尊等都对其大加赞赏。梁佩兰同时也是著名的书法家。

明清易代之际，钱谦益、吴伟业（1609—1672）和龚鼎孳（1615—1673，诗人兼画家）合称为“江左三大家”（都来自江苏）。钱谦益在1610—1629年间曾担任朝廷重臣，官至礼部侍郎，不过因被弹劾以贪肆不法。此攻讦虽不实，但最终削籍归故乡常熟。1640年年末在常熟，柳是自荐于钱谦益，次年二人结为夫妇。夫妇二人在钱谦益于1643年为妻子所建的藏书馆绛云楼中共浴爱河，共同进行学术研究和文学创作。绛云楼之名暗含公元四世纪韦逞之母孙氏立讲堂，隔绛纱幔授学徒的典故，也暗指柳是的本名“云娟”。1644—1645年间，钱谦益曾在福王的弘光政权中担任礼部尚书，随着南京向清朝投降，他没有听从柳是殉国难的劝告，反而北上在清廷中短暂充修明史副总裁。1647年，钱谦益称疾乞归，偕柳是返常熟。二人的婚姻一直持续到钱谦益去世（1664），在两个月后柳是自缢结束了自己的生命，终年四十六岁。

绛云楼保存了钱谦益耗尽一生心血的藏书，也正是在绛云楼，夫妇二人专注于多项文学工程，包括编纂了卷帙浩繁的明代诗歌总集《列朝诗集》，以及增补的批评性传记《列朝诗集小传》
【416】（1646—1649）。柳是对这些工程究竟有多大贡献难以知晓，不过确定的是，她负责了《列朝诗集》的第四部分女性诗人的“闰集”。钱谦益的另一大工程是一百卷《明史稿》，但1650年绛云楼突遭大火，《明史稿》也和绛云楼的大部分藏书一起灰飞烟灭。钱谦益和柳是的唱和诗收录为三卷本的《东山酬和集》，保留在钱谦益自己的文集《牧斋初学集》（刊行于1643年）的第一部分中。

吴伟业在明亡之前还是一名年轻人，出生于江苏太仓，是复社的成员，在二十岁出头便高中榜眼，授翰林院编修，荣极一时。明朝倾覆后，在其母的苦劝下，吴伟业打消了自缢殉国的念头，此后十年，屏居乡里，从事教育和学术研究。1653年，不得已应诏入都，授秘书院侍讲，寻升国子监祭酒，但在1660年辞官请假归里。吴伟业是陈子龙的密友，二人的文学观近似，他对钱谦益的评价也非常高。他特别追慕中唐诗人元稹（779—831）和白居易，以及南宋诗人陆游（1125—1210）。虽然吴伟业擅长各种诗体，并且是十七世纪最优秀的词人之一，不过他最重要的成就是七言古诗体的长叙事诗，被誉为“一代诗史”。这些抒情性强、让人掩卷深思的长叙事诗，其特点是对人物和时事的现实主义刻画，以歌行体生动入微地展现了明清易代之际的生灵涂炭，包括有《圆圆曲》《永和宫词》《鸳湖曲》和《琵琶行》等。吴伟业的诗作都怀有深厚而浪漫的思乡症、炽烈的情感和挥之不去的忧郁气质，为清朝初期开辟了诗的新传统，后人以吴伟业的号“梅村”来把这一诗词风格命名为“梅村体”或“娄东体”（娄东为太仓的旧名）。

吴伟业在文学方面的门生主要有吴兆骞（1631—1684）和陈维崧（1625—1682），后者和吴伟业一样，也是出类拔萃的词人。吴兆骞的一生非常跌宕起伏。他出生于江苏的吴江，年轻时就以惊人的学术和文学成就名动一时，吴伟业将他和彭师度、陈维崧三人合称为“江左三凤”。1657年，吴兆骞赴南京应试，中举人。但在南闱科场案发后，他被诬卷入其中，流放宁古塔（今黑龙江省宁 【417】
安县）达二十二年之久。经词人纳兰性德（1655—1685）（他是许多有天赋学者和作家的赞助人）在朝中斡旋，并费赎金数千，1681年，吴兆骞得以放归。纳兰性德注意到吴兆骞，是通过友人顾贞观（生于1637年）——吴兆骞常将自己的诗词寄送给他——从而深深被吴兆骞的才华折服，便答应帮忙。回京的吴兆骞被纳兰性德聘请在其父大学士纳兰明珠（1635—1708）家馆中担任家庭教师。吴兆骞的文集即八卷《秋笳集》。

陈维崧，江苏宜兴人，通过从游于吴伟业和冒襄（1611—1693）而开始他的文学生涯。冒襄是复社的领导人之一，也是陈维崧之父陈贞慧（1605— 1656）的好友。由于屡次科场落第，陈维崧在冒襄家里住了多年，直到他1679年举博学鸿词科、授翰林院检讨为止（博学鸿词科清代分别在1679年和1736年开考过两次，目的是为了在常规的进士考试之外发现有才华者。1679年的博学鸿词科是特别面向拒绝仕清的明遗民的，而1736年的博学鸿词则是为了吸引优秀学者入仕，这些学者们出于各种原因无心仕途或屡试不第）。冒襄以对艺术、戏剧和诗歌（特别是词）的支持，以及与董白（小宛，1625—1651）的爱情故事而闻名于世。董白也是一名出色的诗人，在钱谦益的帮助下，冒襄克服重重障碍，终于在1642年将董白带回家。董白去世后，冒襄为她撰写的传记《影梅庵忆语》追忆了爱人的才华和二人的深情，令人动容。

陈维崧也许当属清初最重要的词人，也是迄今为止最多产的词人。他擅长创作富含隐喻的长篇词作，评论家将他的风格视为承袭了“豪放派”传统，并将其代表作与苏轼和辛弃疾（1140—1207）相提并论。明末清初的词基本上是用来表达个人情感、男女私情、对往昔的回忆，甚至肉欲的快感。陈维崧则在词中注入崇高的政治和历史隐喻意义，有意识地提高词的境界，使之成为可与经典的诗文相提并论的“严肃”文学形式。这样，他便成为一个半世纪
【418】之后的常州派（见第二编第十一章）的先驱。虽然陈维崧也经常写诗，不过他的特长还是词，他的《湖海楼词集》（也叫《迦陵词全集》，都是三十卷）中收录了1629首词。

名声堪与陈维崧相提并论的另外三位十七世纪词人是纳兰性德、尤侗（1618—1704）和彭孙遹（1631—1700）。纳兰性德三十岁而英年早逝，却以短暂的生命给世人奉献了《侧帽词》和《饮水词》两部词集。他的文集二十卷《通志堂集》收录了许多出色的诗作。纳兰性德偏好小令，他平淡却极具张力的用词，感伤的语调，对卸去俗世重担后的自由生活的向往，以及炽烈的个人表达，都令人想起李煜（937—978）。尤侗，苏州人，早年曾担任小官，后辞官返回故里，从事私人著述研究二十载，1679年应诏入选博学鸿词科，授翰林院编修，1683年后，又回到苏州度过了他生命的最后二十年。虽然尤侗写下了大量诗文，包括杂曲剧本和传奇，不过最值得注意的是他的词集《百末词》。尤侗的词作在用词和语调方面清新流转、妥帖自然，情思真挚而感人至深。也以词闻名的彭孙遹，1679年举博学鸿词科，列第一等第一名。王士禛在扬州时与彭孙遹结识，赞誉后者为当时最出色的诗人之一，并特别称其为“艳词专家”。

冒襄在明亡之后拒绝仕清，不过许多与钱谦益过从甚密者则选择了不同的道路，比如吴伟业和陈维崧，虽然他们的入仕时间都很

短暂。当然，许多明遗民都以洁身自好为傲，这些誓不仕清的明遗民中间不乏出色甚至杰出的诗人，包括地理学家、历史学家顾炎武（1613—1682），他也是后来被称为汉学派或者考证学派的历史批评和文本批评运动的伟大先行者；顾炎武之友、著名文学家归有光（1506—1571）曾孙归庄（1613—1673），他以草书和画竹闻名，也是滔滔万言的著名叙事诗《万古愁曲》（评论历代史事，从天地洪荒直讲到南京1645年陷落）的作者；史学家、政治活动家、经典注疏家、文选编者、文学批评家、新儒学年谱编纂家、政治哲学【419】
家黄宗羲；新儒学哲学家、史学家、经典注疏家（包括儒家经典、《老子》《庄子》和《楚辞》）、散文家、诗人、文选编者和文学批评家王夫之（1619—1692）。

顾炎武诗的特点是多用历史典故，以及模仿杜甫的诗体特征与精神，评论家将之总结为“各体皆善”。《顾亭林诗集》有多个注释版本问世（最早的是1897年），这对于我们阅读这位用典和隐喻极多的诗人有很大帮助。

黄宗羲的诗以盛唐为宗，将学术的广博与情感的深挚表达结合在一起，是复古主义的成功典范。在其中，可以看出他同前后七子以及钱谦益的渊源——黄宗羲视自己为钱谦益的文学门生。在他自己的精心挑选之下共有约三百首诗歌存世（根据他的估计，这个数字大概是他全部创作的五分之一），收录在四卷《南雷诗历》中。黄宗羲隐居于浙江余姚地区的南雷村，并以南雷为号。

在诗歌创作方面，王夫之远比顾炎武和黄宗羲多产。诗词皆擅长的他，对待词的创作非常严肃。王夫之也是一名颇具创新性的文学理论家。明亡之后，王夫之隐居于湖南衡阳的石船山，所以也号船山。他的另一个别号是薑斋。王夫之的诗观与钱谦益类似，放弃了建立在前后七子诗法观念基础上的形式化实践，转而提倡受到前辈伟大诗人启发（但不局限于此）而成的个体化表达。不过，他发展出了一套诗歌理论，以复杂精深的新原则清楚阐述了表现主义的目标。这是钱谦益从未尝试过的——作为评论家的他最多只是扩展了公安派的观点。和他的历史著作和哲学著作一样，王夫之对于各种文学议题也体现了一位独立而原创的思想家立场。《薑斋诗话》中的这一段话概括了王夫之的基本研究路径："情景名为二，而实不可离。神于诗者，妙合无垠。巧者则有情中景，景中情。"

【420】 王夫之与诗歌有关的作品包括十五部诗集（大多数只有一卷）、三部词集和一部篇幅巨大的文学批评，所有这些都能在《船山全书》或《船山遗书》的现代再刊本中找到。王夫之经常采取一种英雄主义而又悲戚的立场，使人想起《楚辞》中的屈原（前340—前278）。"以不能言之心，行乎不相涉之世"，他的词通常是对身处的惨淡时代的哀叹，以及对自己希望的幻灭的表达——其中饱含的崇高情感与陈维崧的词非常类似。

在我们转向十七世纪最重要的诗人王士禛之前，先简单介绍一下略早于王士禛的两位诗人。二人的重要地位可以从由王士禛提出而在当时流传开来的"南施北宋"的叫法上可见一斑。此二人是安徽宣城人施闰章（1618—1683）和山东莱阳人宋琬（1614—1673）。王士禛和钱谦益都对施润章不吝赞美之词。王士禛将施闰章视为所有当代诗人中最出色的一位，并且特别欣赏他的五言田园诗，认为可与谢灵运或者谢朓（464—499）的田园诗相提并论。施闰章多年为官，政绩斐然，最初担任地方官的他勤于吏政，致力于减轻百姓在时代悲剧中遭受的痛苦，1679年举博学鸿词科之后，授翰林院侍讲，纂修明史。施闰章在地方为官的经历反映在他的许多乐府诗中，颇有杜甫之遗绪，充满了现实主义的描写和悲天悯人之情。我们在他的《学余堂文集》中收录的五十多卷诗歌中能找到不少短小精悍的杰作。

宋琬也是一名政绩斐然的地方官，先后任职于安徽、甘肃、直隶、浙江绍兴以及四川。各种类型的诗词，宋琬都能信手拈来，而且他也是当时最著名的书法家之一。宋琬擅长几种不同的风格，早年的他以前后七子推崇的盛唐风格为宗法，不过到中年以后，他将自己的兴趣拓展到更广的多样化流派，经常模仿陆游的诗风，以及杜甫和韩愈的七言歌行，并创作了一些长叙事诗。宋琬是王士禛的好友之一。王士禛曾于1672年审定宋琬诗稿三十卷（吴伟业为之作序），不过这部书稿未能刊行，在宋琬去世后便佚失了。王士禛盛赞宋琬的诗“气格深稳”。宋琬的文集为《安雅堂集》，其大部分存诗都保留在三卷《二乡亭词》中。他早年的词作以“绵丽”为特 【421】
征， 1661—1664年因冤狱而系禁三年，在这期间和之后的词作则凄婉悲凉。不过其词作中不时杂有讽刺幽默，带着历经沧桑的智慧。

王士禛，新城人（今山东桓台县），出生在一个世代官宦家庭。虽然他的多位仕明的叔伯和堂兄都是坚定的明遗民，在1644年明亡之际都选择了自杀，但是王士禛的父亲没有这么做，这可能是因为他八十三岁的年老祖父（1637年告老还乡）需要照顾，也可能因为王士禛的父亲从未在明朝为官。于是，王氏家族的这一支幸免于难，在清代继续源源不断出进士。王士禛之外，他三位兄长中的两位也步入仕途。除了他的文学成就，王士禛恐怕也是整个清代所有主要诗人中最为位极人臣的一位，曾官至左都御史（1698—1699）、刑部尚书（1699—1704），兼国史副总裁。他甚至在1685年奉命代表康熙帝（在位时期：1662—1722）赴广东和四川祭告南海之神（1685）和西岳华山（1696），这些旅途多次激发了他作诗的灵感。在早年担任扬州推官时期（1660 — 1665），王士禛有机会遍历江南各地风景，并与寓居扬州的知名文人交游，其中就包括钱谦益。

当时的文坛领袖钱谦益（正处于七十和八十岁之间）仍旧被视为当时最杰出的诗人，影响力相当大。王士禛与钱谦益成为好友，一位是诗歌巨匠，一位是极有前途的学生，两个人很快走到了一起。1704年王士禛在生命走向终点之际，指出钱谦益是他一生之中最好的朋友。钱谦益对王士禛也给予了最高的评价，在为王士禛的首部重要诗集《王贻上诗集》（1661）所撰序中便对这位后起之辈激赏有加。不过，钱谦益对王士禛的激赏之辞与后世评价王士禛诗歌和诗学的传统观点大相径庭。这些后世观点（至今仍然很流行）主要来自十八世纪的赵执信（1662—1744）和袁枚（1716—1797），完全基于严羽（1195—1245）《沧浪诗话》中所谓禅宗诗学和司空图（837—908，见第六编第三章）的“神秘主义”诗学，仅仅在王维和孟浩然冲淡而去个体化的传统中来看待王士禛的作品。王士禛作品、诗学以及他和严羽、司空图之间的联系被简化和误读了，这一解读必须纠正。纠正这种误读的绝好起点便是钱谦益的这篇序。

钱谦益首先盛赞王士禛之诗“文繁理富，衔华佩实”“感时之作”，比杜甫更“恻怆”“缘情之什”，比李商隐（约811—859）
【422】更“缠绵”，然后进一步指出王士禛的深厚学识，以及吸收诗歌伟大传统的能力，并赞同王士禛提出的诗歌四大原则——“其谈艺四言，曰典，曰远，曰谐，曰则”。钱谦益认为王士禛成功地将这些原则整合进自己的诗歌创作中，可谓“思深哉，《小雅》之复作也”。钱谦益在作此番评价的时候，也许脑海里浮现的是王士禛的两组诗：重重用典的《秋柳诗》以及《秦淮杂诗》。这两组诗都满怀思乡之情，为世事的无常变化而感叹，同时也带有及时行乐的语气。《秦淮杂诗》描写了旧时南京的欢场秦淮河，带有一种浪漫和淡淡的情色气氛。

不过，虽然作为诗人的他们相互欣赏，但是在诗歌理论方面，两人就分道扬镳了。钱谦益的诗歌理论路径与公安派的表现主义观点很接近，对前后七子以及他们与严羽的亲缘关系评价甚低，因为钱谦益认为他们创作的并不是“真”诗——真挚情感的自然表达，而是“伪”诗——以虚假感情为基础的模仿。相反，王士禛则径直继承了前后七子，从严羽的诗学中受益良多，并改编成自己的诗学。钱谦益似乎未能理解严羽“以禅为诗”的意义，和在他之前的许多人一样，只把它当做晦涩的无稽之谈。而前后七子和王士禛非常正确地理解了这一比拟在三种不同层面上的所指：一是组织性层面，二是实践性层面，最后是实质性层面。在组织性层面上，这一比拟意味着禅宗的真理和诗的真理是以类似方式组织起来的，二者都有某种方法（即“法”）。学习者必须吸收并内在化这一方法，而法的传承和保存则是通过某种组织或系统中大师或长老的薪火相传来完成的。当然，大师指的是已经达到“悟”境的人，在禅宗中是禅师，在诗歌中则是伟大的诗人。禅宗与诗歌的法的共通之处，也许有也许没有。不过，重要的是它们的组织方式是近似的。在其中，真理是唯一而不可言传的，二者的组织都拥有一个稳定的传统，既定义真理，又护卫它免于异端的诱惑。在实践性层面上，这一比拟意味着禅宗的真理和诗歌的真理是以类似的方式习得的。这与真理如何传承有关，不过和真理本身无关。诗歌学习者研习诗歌的方式，与禅宗的修禅方式类似。他们各自的组织为学生提供了一步步循序渐进的类似程序。诗歌中“悟”的获得（“悟”被理解为 【423】
对正确诗歌媒介的自然掌握）与禅宗中的悟道有异曲同工之妙。在禅宗中，悟的获得，是一种纯粹意识性的、自我超越的、神秘体验的到达。这两种实践的目的也许有共通之处，也许没有。不过实践活动本身是类似的，因为学生被教导要经历同样的阶段，从有意识的学习到同化与内在化，然后到达超越，突然立地开悟。在实质性层面上，意味着禅宗的真理和禅宗之悟，诗歌的真理和诗歌之悟，在一些方面是类似的：在形式上，诗歌中的悟，意味着对诗歌媒介实现直觉性的完美掌控；不过在心理学或者精神上，这意味着主观自我、交流媒介和客观现实三者合而为一的境界。因此，直觉性掌控和直觉性体认是同一硬币的两面，而“硬币”则是整体的诗，是不劳思虑的诗歌活动与完美阐明“纯粹经验”的诗歌媒介的一种融合。正是在这里，诗歌和禅宗体现出了实质性或者说本体论上的相似性。这样，诗歌中的直觉性掌控，就可与禅宗中的不劳思虑相比拟，诗歌中所阐明的直觉性体认也与禅宗之悟中天地万物一体的超越类似。不过，在诗歌中所体认的对象并不必然通向绝对或者涅槃。可以认为，如王维（701—761）和孟浩然（689—740）在他们那些“超越性的”田园诗中有这样的努力，严羽、前后七子和王士禛并不将他们的诗悟观局限在这一类的诗歌中，而是将他们认为体现了诗歌之真法的所有诗歌都囊括在内，有的诗歌迥异于王维式的田园诗题材。实际上，严羽、前后七子还有王士禛（与我们通常所认为的相反）都认为李白和杜甫（而非王维、韦应物或者孟浩然）是整个诗歌传统中最出类拔萃的诗人。

需要“悟”来解开诗法之秘密的“诗歌道统”这一概念，对钱谦益来说无甚用处。如他所说的，“诗者，志之所之也，陶冶性灵，流连景物，各言其所欲言而已”。他和王士禛都意识到了二人之间的区别。王士禛曾经因为钱谦益不赞同严羽的妙悟说抱憾不已，而困扰钱谦益一生的正是这一点。不过，钱谦益创作了大量非常感人的诗歌，里面充满了精微的意义和生动的画面。很显然，以钱谦益之天才，他并不需要严羽或王士禛式的复杂理论。

王士禛论诗的大量评论性文字有的出现在小部头的诗话中，散
【424】见于他的文章像序言、跋、信件等，后来由张宗枬（1704—1765）于1760年整理刊印为三十卷《带经堂诗话》。王士禛的文论洋洋洒洒，这既体现在文章所涉范围的广泛，也体现在细节化的分析上，其诗论的基本观点可以通过他经常使用的一些批判术语来定义，这些术语为“神韵”“三昧”（梵语samādhi的中译）“悟”（与“三昧”近义）“法”“入神”或者“入禅”“闲远”或“清远”。对

于这些术语和概念，以及王士禛与严羽、司空图的关系，最好的介绍也许是在1688年王士禛五十三岁时所编的唐诗集《唐贤三昧集》序中：

> 严沧浪论诗云："盛唐诸人，惟在兴趣，羚羊挂角，无迹可求，透彻玲珑，不可凑泊，如空中之音，相中之色，水中之月，镜中之象，言有尽而意无穷。"司空表圣论诗亦云："味在酸咸之外。"康熙戊辰（1688）春杪，归自京师，居于宸翰堂，日取开元、天宝诸公篇什读之，于二家之言，别有会心，录其尤隽永超诣者，自王右丞而下四十二人，为《唐贤三昧集》，厘为三卷。……不录李、杜二公者，仿王介甫《百家》例也。张曲江开盛唐之始，韦苏州殿盛唐之终，皆不录者，已入予《五言选》诗，故不重出也。

在其他地方，王士禛解释了王安石之所以没有在《唐百家诗选》中收录李白、杜甫或者韩愈的诗，是因为他们的诗数量庞大，市面上的单行选本已经司空见惯。至于张九龄和韦应物，王士禛则在《古诗选》选入了二人的诗作。其实王士禛还可以再添加一条原因来解释为何没有在《唐贤三昧集》中收录李白和杜甫的诗：在王士禛的文论作品中，李白和杜甫反复出现，并且总是伴随以积极赞美的口吻，所以赵执信的说法（他责怪王士禛没有完全与杜甫的诗脱离干系，而只是缺少足够勇气公开表示对杜甫不满）显然谬之千里，而袁枚的观点（王士禛对于"浓烈的表现主义诗歌"没有兴趣）也是毫无根据的。然而，批评家和诗歌史学家却经常引用赵执信和袁枚的评论来支持这一观点，即王士禛的诗和诗学只不过是对王维田园诗传统的一种衍变，这就把王士禛狭隘化了。《唐贤三昧集》收录了王维和孟浩然的许多"古澹闲远"的田园诗，不过该选 【425】

本中所选的二位诗人其他诗作以及其他唐代诗人作品并不全然是这种类型的，也有诉说离别之情以及思念远方故人的诗，都充满了“沉着痛快”。实际上，王士禛并不认为“古澹闲远”和“沉着痛快”是诗歌彼此不相容的两极，而是坚信真正伟大的诗歌是二者的融合。在自己的作品中，他正是追求着这种融合，指出“优游不迫，沉着痛快”，不仅李白、杜甫、韩愈如此，陶潜、谢灵运、王维、孟浩然亦如此，而不知李、杜、韩的“沉着痛快”中亦有陶、谢、王、孟之淡远。

同样，王士禛诗学中的悟或三昧也并不像传统所认为的那样，仅仅指王维超越性的田园诗传统，以禅宗之悟的隐喻表达来将灵感的火花融入自然界的大道中去。作为一个术语概念的“悟”是禅宗与诗歌类比的一部分（详见上），王士禛和严羽一样将“悟”贯穿在自己的文论中。王士禛作品中对诗之悟的其他表述还有“入神”和“入禅”：进入“浑妙之境”，也即“化境”，在这里诗人对诗歌媒介具有完美的直觉性掌控，这是所有诗歌的最高境界。同时并不是只有像王维或王士禛一些体现“神韵”的诗作才抵达了这一境界。

综上所述，王士禛著名的“神韵”说中的“神”应该指的是“完美的直觉性掌控”，再根据王士禛所谓最出色的诗作融合了“古澹闲
【426】远”和“沉着痛快”的提法，“神韵”之“韵”当指在诗人的心绪、感受和情感在诗中以“闲”或“清”的距离下共鸣时之和韵。王士禛本人从未对“神韵”给出清晰的定义，但是他的《诗话》中的这一段话告诉了我们“古澹闲远”概念中包含了一些什么：

> 汾阳孔文谷（孔天允，1533年进士）云：“诗以达性，然须清远为尚。”薛西原（薛蕙，1489—1541）论诗，独取谢康乐、王摩诘、孟浩然、韦应物，言：“‘白云抱幽石，绿筱媚清涟’，

> 清也；‘表灵物莫赏，蕴真谁为传’，远也；‘何必丝与竹，山水有清音’，‘景昃鸣禽集，水木湛清华’，清远兼之也，总其妙在神韵矣。”“神韵”二字，予向论诗，首为学人拈出，不知先见于此。

王士禛经常试图创作这种诗，有时相当成功，而他正是因此而声名鹊起，当然认为这种诗应该在诗歌传统中被赋予崇高的地位。不过我们也应该认识到，在王士禛看来，更为直接而“沉着痛快”的诗歌也有资格得到同样崇高的地位。不管是王士禛及其“神韵”说的支持者也好，反对者也罢，都有意无意地忽视了他广泛而多样化的欣赏口味和创作实践，而无一例外地只关注他对田园诗的兴趣。这无疑歪曲和贬低了王士禛在中国诗歌传统中的地位，也是对他及其作品的巨大不公。

王士禛在年轻时期也热衷于词的创作。景物、送别词、对美人的赞美词、悲伤的沉思、对故友的怀念——这些与词联系的传统主题，王士禛都写过。王士禛的词悦耳动听、朗朗上口，与同一时期的“严肃”的诗作形成了鲜明对比。他的词收录在《阮亭诗余》（1655—1657）和《衍波词》（1658—1664）两部词集中，其中《衍波词》是对《阮亭诗余》内容的扩充。王士禛1665年以前对词的各种历史性、技术性和批判性评论汇编成《花草蒙识》，这是明清易代之际关于词史的一部珍贵材料。王士禛在扬州任推官【427】
期间（1660—1665），对词最为着迷，而随着在1665年被召回礼部任职，他对词的兴趣似乎便终止了。王士禛的长兄王士禄（1626—1673）在诗的创作上资质平平，却是一位出色的词人，其词作辑为《炊闻卮语》，后来改名为《炊闻词》（两卷）。他描写爱情和“闺思”的小令受到高度赞誉，另外1665年在杭州西子湖畔与宋琬、曹尔堪（1617—1679）三人各填八首《满江红》以相唱和而成的“江村唱和词”也相当有名。“江村唱和词”流行开来之后，遍布全国的数十位其他词人都创作了相和的词。二十四首“江村唱和词”伤感而思旧，以迂回的语言感叹了兴衰无常的历史和生灵涂炭的时代，从而在社会上激起了广泛的共鸣，特别是仍然忠心于明朝的许多遗民诗人更是感同身受。

十七世纪的其他重要诗人还有出身盐民的扬州诗人吴嘉纪（1618—1684）。吴嘉纪得到了王士禛的注意和提携，其诗作经常流露着对明清易代之际普通平民悲苦生活的怜悯；李渔（1610/1611—1680），他最为人所知的身份是戏曲家、小说家、文论家和出版家，不过他的诗具有机智、讽喻、反传统的特质，经常在表现上毫无拘束，也颇值得注意；宋荦（1634—1713），可谓清代宋诗特别是苏轼诗的复兴中不可或缺的人物（见第二编第七章论及吴之振的部分），他自己是一位国宝级的诗人，其诗名可与王士禛相匹敌，王士禛对其诗作赞赏不已；来自平民阶层的朱彝尊（1629—1709），1679年五十岁时举博学鸿词科（之后二十年一直浮沉宦海），是一位选集编辑专家、文论家、史学家，现在其词人和浙西词派领袖身份比他的诗人身份更为人所熟知。朱彝尊的诗在当时即获得高度评价，他经常和王士禛、宋荦一起被并举为清初三大诗人。另外一名值得留意的人物是叶燮（1627—1703），他的诗虽然不算一流，但却写了继严羽《沧浪诗话》之后包罗万象也最系统的诗歌评论《原诗》。叶燮的诗歌理论基本上是表现主义的，不过他同时也以“理”“事”“情”等术语来探索诗的形而上学基础。

这一时期的画家兼诗人，包括万寿祺（1603—1652）、恽寿平（1633—1690）、朱耷（八大山人，1626—1705）、吴历（1632—1718）和石涛（1642—1707）。他们都属十七世纪最著名的画家行
【428】列（见第二编第十四章）。虽然他们的诗作一般仅作为研究其画作的辅助性文献，不过对他们生平和作品的了解是让人受益匪浅的体验，

因为这些大画家经常极为个人主义和离经叛道，甚至有时相当疯狂（如朱耷和石涛），其中的吴历既是宋诗的爱好者，也是王士禛诗学的紧密跟随者，最为特别的是他不仅改宗信仰天主教，而且成为一名虔诚的天主教教士。他以基督教为主题的诗作很值得一读。

十七世纪诗歌领域中另一重要领域是女性诗人创作的诗词，这方面的情况在被长时间忽略之后，已渐渐浮出水面。对文学史中这一以前不为人知的领域的新的重要研究成果在第一编第十一章中有所概括。

考虑到中国文学产生并经历体裁和文体上惊人变化的悠久历史，本章对十七世纪诗与诗学的介绍，在全书中的比例似乎显得有些不恰当地偏大。不过正是在这一世纪，自佛教进入中国后，中国历史中最重大的文化转型开始发生。十七世纪不仅见证了汉族的明政权被外族的清政权取而代之，而且目睹了西方化的第一波浪潮、考证学方法的方兴未艾、前所未有的三教合一趋势，以及美学意识的全新模式——所有这些都与顽固的文化连续性背景背道而驰。正是来自过去并受到信任的历史传统和来自未来的强劲挑战，构成了十七世纪文学世界的特征，而在诗和诗学领域中表达出来的张力是最能体现这些变化的。中国由此踏上了通向现代性的漫长征程。

林理彰（Richard John Lynn）

【429】 第十一章　十八至二十世纪早期的诗

从庞大的存世诗作数量来看，能与1700年至二十世纪早期所产生诗词数量相匹敌的时代几乎没有。数以千计的男诗人、为数不少的女诗人，日常功课般源源不断地创作诗词，许多诗人都留给后人数千首诗作。因此在这一简短章节中，我们对这一时期诗作的介绍会是高度选择性的，也便不可避免会损失许多有意思的部分。

对材料的选择和介绍需要组织原则。以年代为序可以在一定程度上做到这一点，不过清诗的文化和思想世界的特性要求我们将前代的诗派及其理念也一并呈现。在这一时期繁荣过并相互竞争的各诗派对于文学价值的意见莫衷一是。粗略地看，分歧在强调诗歌的形式价值者和关注它的表现价值者之间。前者一般回溯历史，在现存传统中找寻他们的标准，后者则将诗歌价值置于诗人的个体自我中。在审视历史时，形式主义者通常以唐诗为典范，而个人主义者则经常将宋诗视为自己所处时代之前这一诗歌传统的巅峰。

当然，这一价值分歧自身并不是新鲜事物。实际上，它随着
【430】“文以载道”这一文学理念，早就存在于中国诗歌传统的源头。甚至，在将当时的文学世界视为对立观点之间火药味十足的竞争，这种关于诗歌价值及其趋势的近乎普遍的观点都可以至少追溯到明代中期的复古运动（见第二编第九章）。

不过最让人印象深刻的，还在于清代及辛亥革命以后，对传统的创作那么严格的坚持。虽然对于应该如何创作诗歌，激起了各种各样的争论，但是新的诗歌形式并没有被引入，也没有从根本上让人耳目一新的文学批评观点出现。在这一时期的诗歌舞台上，还是整个古典诗词传统在唱独角戏。诗坛所争论的问题是对某一传统的强调，而不是发展和进步。即便是明末清初的社会和政治巨变，在当时最有影响力的诗人笔下，都更多地反映在所关切的主题上，而非传统诗歌形式的脱胎换骨式进化上。结果，产生变化的是古典诗歌的地位，而不是其内容。晚清的政治革新派和保守派双方都以文言创作诗歌，其形式的起源至少已历经千年。面对现代性的日渐蚕食（尤其来自域外），而前人的准则和模型如此长时间地一统天下，这在世界文化编年史上蔚为奇观。

外部世界对中国造成的经济、军事甚至最后的文化压力，在1700年的时候，仅仅是曙光乍现，而到二十世纪初就呈席卷之势。古典传统诗歌观中的权威日渐变形，并最终被排挤到中华文明的边缘位置。但是，外来影响在传统自身内部所起的作用还是微弱的。诗词的创作是如此内在中国化的一项活动，甚至导致那些创作中国诗词的外国诗人（主要是日本诗人）都普遍采纳了中国的文学观。

在下文的讨论中，总体上以年代为纲，不过我们更关心的是阐述文学中的各种关系。在清代前一百年，观察到形式主义者和个人主义者之间的分歧，为我们的讨论提供了一个既合适又合理的框架。而到清代中期以后，各种理念和作者之间更错综复杂的关系渐渐模糊了这一分界。

清代最伟大的诗人当属王士禛（第二编第十章有详细讨论）。王士禛以后，清代形式主义传统的代表人物是他的追随者之一——沈德潜（1673—1769），在其九十六载漫长的一生中，不仅创作了

大量诗词，而且编选了一系列具有高度影响力的诗集。沈德潜在他的诗词和所编诗集中，致力于体现“传统主义的”诗词理想——形
【431】式上臻达尽美、道德上实现尽善。与他的文学标准联系在一起的术语是“格调”（含义接近于现代汉语中的文学或艺术“风格”）。在创作实践中，这意指完全遵循一定之法的诗词——首先是奉唐代以及唐以前诗人的创作为圭臬，其次是以深入人心的儒家态度以及行为理念为要旨。高妙的艺术来自于实现一种不过分的个人表达（“哀而不伤，怨而不怒”是这一理念的经典陈述），以及不露痕迹地达到这种个人表达的某种不可见技法。

沈德潜是在公共领域极具影响力并且荣极一时的文化人士，不过他的成功却姗姗来迟。“历岁科试凡三十余次，乡试十有七次”，直到六十多岁才通过乡试。而在这之后的沈德潜可谓平步青云，1739年进士及第后，马上成为乾隆皇帝（在位时期：1736—1795）最亲密的文学近臣之一，乾隆帝的极度宠信伴随了他的余生。（但沈德潜去世不久，因生前为犯文字狱的徐述夔写传而受株连，乾隆帝追夺沈德潜阶衔、罢祠、削封、仆碑，沈氏所有荣华顷刻之间化为泡影。）

沈德潜所编选的第一部诗集是1717年的《唐诗别裁集》，而1725年的《古诗源》选辑了唐代以前的历代诗歌，不录《诗经》和《楚辞》，但是收录了自黄帝以来被认为出自上古传说人物之手的许多诗歌。沈德潜的《明诗别裁集》和《清诗别裁集》分别刊行于1739年和1759年。他同时也编选了多部其他诗文集。

沈德潜的这些选本在现代中国读者看来反映了一种成熟而面面俱到的文风，虽然有些保守的口味，在一定程度上是因为他的选本在塑造中国人一直到今天的诗歌审美方面已经施加了很大影响。这样，在《唐诗别裁集》中，最多的篇幅给予了盛唐的大诗人杜甫（254首）、李白（139首）和王维（104首），为日本读者所偏爱的如白居易（61首）、杜牧（18首）等诗人分配到的份额就小得多，

而西方读者会比较感兴趣的如孟郊（13首）、李贺（10首）和署名为寒山的佛教诗（0首）处境也类似。颇有意思的是，虽然史上也有《宋诗别裁集》（1761）和《元诗别裁集》（1764），但是这两部选本并不是出自沈德潜之手，因为在沈德潜及其同道看来，宋元时期的诗作意义不是特别大。

厉鹗（1692—1752）经常被认为是古典主义的浙西词派的代表。浙西词派发源自十七世纪词人朱彝尊（详见第二编第十章）的作品。于是，厉鹗接过朱彝尊的衣钵，正如沈德潜与王士禛的关系一样。这一观点对于厉鹗并不十分公平。虽然厉鹗确实受到朱彝尊的影响，但是他比浙西词派的定义性词选《浙西六家词》中的其他词人（其中的龚翔麟是这部词选的编者）具有更深远的重要性。 【432】

厉鹗在1720年中举人，但屡试进士不第，1736年的博学鸿词科中因误将论写在诗前而再次落第。成年后的厉鹗得到多位富家人士（最主要的是扬州盐商马曰琯、马曰璐兄弟）的资助，以教书和学术研究为生。另外在历史纪事作品方面，他还汇编了最为网罗赅备的宋代诗歌资料集《宋诗纪事》一百卷。

虽然厉鹗自己的诗更能反映唐代以及更早以前（而非宋代）的诗歌典型，但其词却从南宋后期如姜夔和张炎等词人处受益良多。这一偏好是跟随朱彝尊的脚步，认为南宋代表了词的顶点，正如盛唐是诗的巅峰一样。它反映了厉鹗根本上的复古主义倾向，因为姜夔和张炎的卓越之处在于他们对与形式有关的语言资源出神入化的使用，而非对情感更为恣肆的表达，这种恣肆能在他们以前的诗人如苏轼和辛弃疾等的作品中找到。这也解释了厉鹗与浙西词派的关联，以及与以陈维崧为典型的表现主义的、自我断言式的阳羡词派的对立。

对王士禛的影响力最早也最直接的批评是赵执信（1662—1744）。赵执信是王士禛的甥婿，他最初踏上仕途时相当一帆风顺：十八岁便进士及第，任右春坊右赞善兼翰林院检讨。但他二十八岁时却因国丧期间观看洪升所作《长生殿》戏剧，被劾革职。赵执信很明显是一位性格上颇为自负而在某种程度上有点不太好相处的人，革职闲居的郁郁五十年里，他动不动就批评那些比他幸运的人士。

赵执信最重要的批评目标便是王士禛。赵执信约请王士禛为他的诗集《观海集》作序而不得，经常被征引为他与王士禛交恶的由来，但是王士禛之所以不太情愿写这篇序，更多的或许是因为他认
【433】识到他们二人的诗歌路径已经相当不同。最后，赵执信在他那部简要却颇具影响力的《谈龙录》（这里的“龙”不是指王士禛本人，而是指其作诗“当如云中之龙，时露一鳞一爪”的主张）中对王士禛进行了直白的批评。

《谈龙录》中，赵执信批评王士禛将诗歌神秘化和非人格化。他认为王士禛的诗歌目标为“诗中无人”，赵执信则主张“诗中须有人在”。赵执信提出诗歌应该以个体化经验为基础，其题材应该是真实的事物和事件。他同时也反对“流派至上”的狭隘，敦促诗人多多学习历代的各位大诗人，并坚持认为在一首诗中，意境是第一位的，语言则处于从属地位。虽然赵执信降格了语言在诗歌中的地位，不过他对诗歌格律是非常感兴趣的，并且编纂了一部关于唐代诗人所使用的声律的著作《声调谱》。赵执信对精通诗体的兴趣，以及他将唐诗作为格律标准，都可以视为明代“复古派”传统的一种延续，不过他对具有“肌理”的诗以及个人化声音的重视，分别是翁方纲和袁枚的理论前哨。

翁方纲（1733—1818）是形式主义传统四位主要代表中的最后一位。他是一位少年天才，年仅九岁就中秀才，十九岁成进士，授翰林院编修，官至内阁学士，得到乾隆帝的多次赞誉。

翁方纲的诗，现代读者是不太容易适应的。他的批评理论的关键词（如王士禛之“神韵”）“肌理”，直译过来就是“肌肤与原理”，在实践中近于“实体和文理”的意思。翁方纲学问淹博，他

认为学识应该作为诗歌的基础。

翁方纲经常把经史、金石的考据勘研写进诗中，也无怪乎他很自然地便成为当时和现代拥护诗歌个体化表达的批评家们（以及缺乏足够广博知识来读懂他那些佶屈聱牙作品的读者）群起而攻之的靶子。他受到袁枚（详见下文）的猛烈批评却并没有回应，对于更接近自己观点的诗人和流派，才会给出批评性意见。我们要公允地认识到他的诗中还是颇有一些作品可以归类为个人主义评论家所谓的“真诗”，但大多数只不过是以考据为诗。他的这两种诗都无一例外地反映了正统的社会观点，并忠实于传统的诗体规范。翁方纲也是宋诗（诋毁者称宋诗仅仅是哲学的有韵化）的爱好者，这一点便使他的前一个特征更为明显了。

沈德潜、厉鹗、赵执信和翁方纲以他们各自的方式反映了清诗中的形式主义传统。在与他们理念形成对比的诗人那里，我们发现 【434】
了相反的观点。这后一群体由相互之间差异颇大的诗人构成，不过他们的共同点是认为对于诗歌创作而言，个人以及个人的感受性是最为核心的。下面将讨论的每一位代表人物都有其理论前辈和追随者，这些前辈和追随者有的是非常重要的诗人，不过大多数在这里就不作介绍了。

第一位是查慎行（1650—1727）。在某种程度上，他可以被视为钱谦益和袁枚之间的一位过渡性人物。查慎行早年从事教学和研究工作，得到东巡中的康熙帝（在位时期：1662—1722）的留意，五十三岁时赐进士出身，特授翰林院编修，充武英殿总裁纂述，十年以后乞休归里，后因弟查嗣庭犯讪谤案（清代最著名的文字狱之一），以家长失教获罪，被逮入京。查嗣庭病死狱中，另一名弟弟查嗣瑮谪遣关西，查慎行被特许返回田里，不到两个月即去世。

在参编《佩文韵府》这部学者们至今仍广为使用的官修大型词藻典故百科全书以及包括《大清一统志》在内的地理志之余，查慎行也留下了大量诗作。与明清大多数形式主义诗人（翁方纲是一个特殊的例外）偏好唐诗不同，查慎行所在的诗歌传统中，杜甫并不被视为诗的顶峰，而只是一条谱系的源头。该谱系包括了白居易、韩愈、苏轼、陆游、元好问和高启。两种传统之间的关键性区别在于，亲唐派将诗视为完美的语言艺术，亲宋派则将诗人的全部作品看做自传性的诗歌文献集。虽然可以用这种方式来阅读杜甫的作品，不过白居易才是将自己作品处理为某种自传（可以非常理想地作为以年代为序的作品总集来阅读）的第一人。与查慎行有特别关联的南宋诗人陆游比白居易更为多产，在诗歌中，他日复一日地对社会的错综复杂和他自己的性格进行反思，他的诗人地位的确立不仅有赖于个别的优秀篇什，也依靠诗作数量的不断积累。

如果说一位诗人的作品可以积累式地表现他的个人特质和视域，那么单篇诗作也可以做到这一点——如果这位诗人极为重视将作品用来表达个体化感受的话。清代采取这一路径的最重要的诗人是郑燮（1691—1764）、袁枚（1716—1797）和赵翼（1727—1814）。袁枚这一名字，特别地与“性灵派”联系在一起。“性灵派”通常被认为是清朝初期和中期王士禛的“神韵派”和沈德潜的“格调派”最有力的竞争对手。

【435】郑燮早年生活困苦，四十多岁时中进士，任潍县等地县令，深得百姓爱戴。去官以后生计窘迫，以卖书画为生。作为一名视觉艺术家，郑燮是“扬州八怪”之一。他自己以及身边普通百姓的艰难生活，使他的诗作具有一种悲悯民生的特质。他曾回忆乳母在更为饥饿的情况下给他买的饼，《乳母诗》中有“食禄万千钟，不如饼在手”之感叹。该诗也带来了一种尖锐的锋芒。

和明代的文征明、沈周和徐渭一样，郑燮除了诗文之外，更以书画闻名于世。因视觉艺术中的成就而得到的高度评价，很容易“危险地”拓展到同一作者的文学作品上，这在中国传统中尤为如此。郑燮也许就属于这种情况，不过他作品中直接的表达不仅带来了阅读上的愉悦，也使他成为袁枚之前的一名重要先行者，因为他强调诗人的作品及其生活方式，不应该亦步亦趋于前代的权威模型和老生常谈的所谓文学的道德角色。

袁枚是一名更为有名的诗人（在当时颇有些“轻薄”的不良声名）。他出身于富家，二十四岁便得中进士，授翰林院庶吉士，前途看似一片锦绣。但是由于在翰林院散馆考试中不娴满文而落在末等，1742年被外放到地方为官。1749年辞官，在南京买地建随园，终老于六朝烟水之间。随园后来被认为是《红楼梦》（见第四编第三章）中大观园的原型。袁枚后半生四十多年中，过着诗酒优游天下的名士生涯，广交四方文士，负一时重望。

袁枚的主要先驱是宋代的杨万里和明代的袁宏道。他虽然对复古主义的主要准则不屑一顾，但并未彻底反对复古主义。对袁枚来说，应该关切的仅仅在于一首诗是好诗还是坏诗，而不是对古代与当代非此即彼的取舍。好诗是个体经验的活泼泼的表达，在一种原创的语言中得到栩栩如生的再现。正如他很喜欢指出的那样，《诗经》中的许多歌谣是情感的自发流露，只是“吟咏性情”，并不具有复古派“附加”给它的“古风”和诗法规则。袁枚更提出，假如唐代的杜甫活在当世，其诗作面貌应该也会大为不同。

袁枚很碰巧地和沈德潜同一年进士及第，不过当时的沈德潜已经六十多岁了。袁枚后来写了不少信给沈德潜，有时相当辛辣地批【436】
评了沈的诗学。袁枚这么做的潜意识，也许在于仕途不顺的自己看到沈德潜飞黄腾达时的那种嫉恨。不管如何，虽然袁枚把这些信件收录在自己的文集中，而沈德潜或者可能是完全没有回应，或者至少没有将自己的回复放入自己文集中。

袁枚经常与蒋士铨（1725—1785）和赵翼并列为当时最重要的三位南方作家，史称“乾隆三大家”。蒋士铨以极高的戏剧成就著称，这里不作讨论。而赵翼则是一位出色的诗人。他幼年起就随在私塾任教的父亲就读，十五岁父卒，迫于生计艰难，他接过父业。后赴北京谋生，1762年进士及第之前便以文理畅通而先后考取礼部教习、内阁中书。此后在贵州、云南等西南边省任职，1773年归田，开始了长达三十余年的归隐生涯。

赵翼的历史地位很大程度上来自于他的历史著作，而非诗歌。他是中国前现代时期最重要的史学家之一。传统学术往往以朝代为框架，关注历史细节和道德评价，赵翼则探讨了以往传统学术所忽略的大历史范式——“用归纳法比较研究，以观盛衰治乱之原”。

实际上，赵翼历史著作的特点——思想上的机警以及对传统观念保持独立性，在他充满智慧与原创性的诗作中也非常明显。原则上，他并不反对模仿前人，但是他也不认为模仿是诗歌创作的必需元素。他不反对诗人运用自己的学识，不过他指出这样创作出来的诗歌应该是有趣味的才行。他自己在历史等方面的学识（他曾在作品中提到西方的望远镜和显微镜）也展现在诗歌创作中，但是从不喧宾夺主。赵翼不太考虑如何在诗作中体现儒家正统的观点，而更多地会关心平民生活。

袁枚的影响在十八九世纪一直保持着，即便后来支撑他独立的人生观和精致的享乐主义的社会繁荣与和平环境已经开始衰落，他的影响力也不减。后人中，袁枚最重要的追随者当属张问陶（1764—1814）。张问陶在中央和地方为官都相当成功。他的诗歌观与袁枚大体上类似，反对沈德潜的形式主义以及翁方纲的考据式进路。和袁枚一样，张问陶也认为没有必要在唐诗和宋诗之间做非此即彼的取舍。不过张问陶诗的一些题材是袁枚不太涉及的，其中最著名的是《宿宝鸡县题壁十八首》，创作于袁枚去世的那一年（1798），当时张问陶正身处陕西南部的白莲教（受到清政府迫害的一个秘密宗教团体）起义的中心。清代的辉煌开始褪色，诗人们不可能对之熟视无睹。

袁枚的影响力的减弱，也和文学领域本身有关。首先提出批 【437】
评的是袁枚的追随者之一洪亮吉（1746—1809）。洪亮吉的渊博学识，及其在历史地理方面的学术实践，使他认识到诗歌必然嵌入历史，或者说至少嵌入文学史。他编纂了数部方志，而且对于朝廷的政策经常提出具先见之明的批评（几乎因这一立场而丧命），甚至预见了马尔萨斯的人口增长理论。作为一名诗人，洪亮吉是一名优秀的表现主义诗人，不过他的好友黄景仁（1749— 1783）比他更值得进一步的深入评论。

从其生平看，黄景仁属于还能够回避即将与西方资本主义相碰撞的大危机的最后一代人。在某种意义上，他之所以避过了时代危机，只是因为年仅三十五岁就在贫病交加中客死他乡（去世于洪亮吉进士及第前）。黄景仁对穷愁不遇命运的抒怀，与中国历史上其他类似命运的诗人接近，不过他对前人传统的精熟和汲取让人印象深刻。实际上，他对传统的这种精熟甚至为他赢得了与其诗学理念迥异的老一辈诗人的敬意。黄景仁去世后，翁方纲这样的重量级人物甚至亲自为他编辑了文集。

黄景仁三岁丧父，后来祖父和他唯一的哥哥也相继罹病身亡。虽然他的文学天才得到当时许多知名人士的交相称赞，但连续八次进士落榜，以布衣终生。由于沾染了所浪游之圈子的奢侈习惯，他经常入不敷出，债台高筑，直到肺痨夺去了他的生命。

作为一名诗人，黄景仁最成功之处在于一骑绝尘地复活了唐代大诗人李白疏狂放浪的诗风。这种诗风一定程度上是关于如何采取与所处环境相匹配的诗歌第一人称的，李白自己就是如此。黄景仁是一名身世潦倒的天才诗人，经常依赖于赏识者的慷慨解囊而维持生活，在他的“李白式”作品中，他回忆了自己的惨淡人生，以及他友人的慷慨灵魂。他的不同之处在于处理这些题材时的才华横溢，而其意旨则退居一旁。

黄景仁还有其他一些作品，可能读者未必爱读，不过作为诗歌本身还是比较成功的。这包括“李白式”作品之外的其他诗作以及词作。这些诗令人想起各种晚唐体，“出精入能，刻琢沉挚”，而他的词作比起当时主宰词坛、注重格律精巧与辞句工丽的浙西词派来更为晓畅自然。

【438】实际上，词即将面临重大的发展，也即后来被称为“常州派”的这一词派将要粉墨登场。常州派得名于其许多成员的故里——江苏常州。张惠言（1761—1802）被认为是这一运动的创始人。他的名声并不在于他自己的寥寥数十首存世词作，而在于他的词论以及他辑录历代词作而成的《词选》和《续词选》——与其弟张琦（1765—1833）的合作，分别刊行于1797年和1830年。与浙西派和阳羡派的艺术化或者自我表达式风格相反，张惠言提倡诗歌和儒家经典文本一样，都具有类似的比兴寄托。张氏兄弟及其追随者在词的最早发展阶段找到了这种比兴寄托，比如一位弃妇的愁思可以被解释为见弃于其君主的忠臣，对《诗经》和《离骚》的传统注疏便是这么处理的，所以“词与《风》《骚》同科”。

以比兴寄托来作为词的解读和创作方式，在周济（1781—1839）那里得到了进一步发展。周济对常州派的发展也是通过自己的词论，特别是通过他的《介存斋论词》以及所辑的《宋四家词选》（收录了周邦彦、辛弃疾、王沂孙和吴文英的词作，这部词选奠定了周济的影响力）。周济除了发展和精致化张氏兄弟及其追随者的比兴寄托进路之外，还对词的韵律非常感兴趣。韵律对词的创作而言是至关重要的一项技法。他对韵律的研究著作以及对于诗人训练的关注，在使得常州派成为影响力横跨几代的词派过程中居功至伟。

清代前期发展起来的学派和理论在清后期依然具有影响力，不过后代诗人们将这些学派和理论进行了结合与修订。比如，在郑珍（1806—1864）的作品中，我们找到了翁方纲的观点——诗人的学识对其艺术具有中心地位，但是需与同直接与诗人特殊体验直接关联的题材结合。郑珍来自处于西南边陲的贵州地区，任贵州各地学官，并在贵州度过了他的大半辈子。在当时，这一地区遍布民族冲突，并因1851—1864年席卷长江流域、造成数百万生灵涂炭的太平天国起义而几成不毛之地。郑珍以这些事件为题材创作了多首长篇叙事诗，这些作品似乎脱离了翁方纲的影响，而表达了他对于所目睹的一切的个人化抒怀。郑珍的这些诗作位列清代末期最重要的作品行列，虽然里面的观点较为狭隘。

金和（1818—1885）是在山河飘摇、腥风血雨的十九世纪中期
大量记录下自己经历的另一位诗人。金和一生与功名无缘，以在长 【439】
江下游地区一些地方坐馆教书和充任幕僚作为生计。他亲眼目睹了英国势力的愈加猖獗，以及太平天国造成的毁灭性后果，并将这些所见所闻大量写入诗中。金和诗作的重要性不仅在于他记录了自己在历史重大事件中的经历，更是因为诗作采用了一种不常见的格律，其风格也更接近于白话而非传统诗的语言。因此，金和预见了二十世纪诗的发展——传统诗创作中文言的一统天下将被打碎，诗人能够自由地采用白话中的词汇和语法（见第二编第十三章）。

郑珍与金和得到了今人的注意，一定程度上是因为他们所处理题材的特异性。不过，由于他们置身于当时的主流文坛之外，所以只能间接地帮助我们认识当时的文学史全貌。我们现在回到主流文坛，来看一看那些在急速变化的环境中仍然恪守传统的那些文学人物。

十九世纪中国的困境在龚自珍（1792—1841）的生平和作品中得到了充分展现。龚自珍在政治观方面极有远见，而他的诗作虽然内容上屡有创新，但总体上还是局限在传统的藩篱内。

龚自珍出身于世代官宦学者家庭，家人很早就发现他的惊人

天赋，为他安排了从思想知识到实务训练的一整套完整教育。龚自珍虽然才华出众，但是由于书法不好，五次会考皆名落孙山，直到三十八岁才进士及第，殿试的时候还由于“楷法不中式”而不得入翰林，青云之路被断。在宦海浮沉二十余载之后，龚自珍辞官南归故乡杭州，在执教于江苏的书院两年后突患急病暴卒。

龚自珍有着非凡的思想原创性。在西方势力开始合谋控制中国的多年前，他就预见到西方势力将要给中国带来的麻烦，并撰写了一篇文章敦促政府禁止它们在中国南部港口进行贸易。他也反对鸦片的进口以及女性缠足。他对于自己的观点直言不讳，并且认为有争议话题要进行公开讨论——这些态度都有碍于他在政治上的发展。

龚自珍的诗，最著名的是1839年离京之后所撰写的《己亥杂诗》。这三百一十五首绝句内容复杂，题材广泛，述写其平生的个人关切和社会关怀，或记事或抒情，由于其一针见血的表达，自面世以来就屡屡被征引。除《己亥杂诗》外，龚自珍留下了许多诗词，其许多诗作反映了他在生命后期转向佛教的寂静主义（龚自珍
【440】提到“西学”的时候，他头脑中出现的是佛教）。其他诗词则极好地代表了个体化的内省传统。龚自珍的诗歌中并没有对形式结构的创新，这与他在内容方法上的不拘一格形成了对照。

曾国藩（1811—1872）是保持诗歌的古老传统，同时投身于将中国从大厦将倾的千钧一发中拯救出来的斗争的一位重要历史人物。他最为世人所知的身份是击败了太平天国起义的清军领袖，所以四十一岁以前，身为进士的他曾在翰林院就职，并且是一名严肃的学者兼诗人，只是这段历史被人们遗忘了。1852年曾国藩因母丧在家，接到命令在湖南组织团练，与太平军作战，当时的他其实不太情愿接受这一任务。曾国藩花了十余年，屡败屡战，最后带领湘军镇压了太平军起义，即便在这一军务缠身的时期，他也没有停止读书和写作，创作了不少作品——包括间或创作的诗作以及大量实

务性文字。

曾国藩并不是一位一流诗人，但是他体现了在急速变化的环境中旧文学的稳固。在诗创作方面，他某种程度上是兼收并蓄的，将他最为欣赏的两位前朝诗人（唐代的李商隐和宋代的黄庭坚）的风格合二为一。曾国藩也编选了一部诗选，收录了从三国曹植到元朝元好问的十八位诗人的作品，体现了他对整个诗歌传统的熟稔，以及他对各个时期风格的开放态度。

曾经在曾国藩幕府任职的王闿运（1832—1916）可能是最后一位复古主义诗人，他的诗观与推崇明代前后七子的清代复古派几无二致。 除了将自己的趣味延展到六朝诗文，王闿运仍旧与四百年前的李梦阳持同样的看法，即汉魏乃古体诗典范，而盛唐是近体诗的典范。对过去的这一极端忠诚也延续在他的公共生活中。1911年清朝覆灭，民国成立之后，他仍旧视自己为大清臣民，继续留辫，以示对满清的忠诚。与他的保守身份不同，王闿运的诗作实际上非常有意思。王闿运坚守着即将逝去的传统，将真实世界与他所憧憬的世界之间的张力令人动容地注入他的一些诗作中。

黄遵宪（1848—1905）可谓最后一位杰出的旧体诗人，而他远远出乎前辈想象力的生平经历，更让人觉得他的上述身份不可思议。在1876年中举人之后不久，黄遵宪随驻日大使何如璋出使日本，1882年调任至旧金山、伦敦和新加坡。黄遵宪充分意识到中国面临的困境以及他在海外所遇事物的重要性，所以成为体制改革的大声疾呼者。1890年，黄遵宪出版《日本国志》，详细描述了日 【441】
本自从1868年幕府倒台、明治维新以来的惊人进步。这部《日本国志》受到那些坚信跟随日本式彻底现代化道路才能救中国的有识之士的欢迎，并成为他们信念的一种明证。1898年康有为（1858—1927）说服光绪帝（在位时期：1875—1908）和一些朝廷维新派高官如李鸿章（1823—1901）后进行变法，此即所谓百日维新，在慈禧太后发起宫廷政变后，变法戛然而止。在变法期间，黄遵宪被重新起用，赴日本就任出使日本大臣，但在他离开上海启程之前，维新派就被镇压了。自此，黄遵宪辞职还乡，在家乡广东梅州度过了生命的最后几年。

在文学领域，黄遵宪摒弃了复古主义，甚至提倡白话诗。汉字罗马化的支持者经常引用的“我手写我口”，就是出自黄遵宪。不过，黄遵宪虽然有着全新的识见，并且鼓励革新，但他自己并没有创作过白话诗，基本上还是一名传统诗人。他的诗作浸淫在伟大前辈诗人的海洋中，虽然题材和词汇经常远远飞跃了传统的界限。实际上，阅读黄遵宪的诗作，非常有趣的是，日本地名和西方的技术性术语被整合进千年以来几乎毫无变化的诗歌文本框架中。

旧的诗歌形式历经千年而屹立不倒，有着多重原因。在口语中很难找到一种合适的诗的“声音”，这仍将多年阻碍白话诗的发展。白话诗的首度尝试包括了外国报纸上诗歌的翻译。惯性本身也起着不小的作用，另外还有一直延续到如今的文化民族主义。对与黄遵宪同时代和略后于他的一代中国人来说，厚重的传统教育课程，以及他们最终掌握其复杂性（包括作诗）之后的满足心理，是接近创造性自我的条件。很具讽刺意义的是，上文中提到的常用于表示提倡白话文的那句“我手写我口”是不纯的文言句。用纯粹的白话应该是“我用我的手写我口头/嘴里说的话”，或者至少是“我的手写我的口/嘴”。

黄遵宪去世不久，传统的科举制度便寿终正寝了。即便在这之后，改革派日益激进的改革内容都没有使古典诗词传统完全退出历史舞台。黄遵宪的两位维新同道康有为和梁启超（1874—1930）——二者都活到了民国时期——还是继续只用旧诗体来进行诗创作。与梁启超相比，康有为在许多方面都是更加“往后看”
【442】的，他自视为与唐代杜甫一样伟大的诗人兼圣人，（尤其在他晚

年）转向将释道作为信仰体系后。康、梁两人的相同之处在于，当民国终于到来时，他们都对革命怀有敌意。

在一个已经急速变化的世界里如何保持一种传统的文学形式，对于如黄遵宪、康有为和梁启超这样致力于在公共领域带来深远变革的社会活动家来说，也许是最为严峻的一个任务。从他们可以将文学创作隔离于充满不确定与动荡的世界这个角度看，他们能够似乎全然无事地继续写旧体诗，因为在某种意义上，传统文学领域什么变革也没发生。绵延两千年的封建体制轰然倒塌，忙碌的改革家开始了在白话基础上重建文化和教育领域的新征程，但正是由于激烈的制度变革，导致如黄遵宪这样的制度改革家继续使用传统的文学形式。这些形式没有变化或者演化，从而方便所有人都能够使用它。

清代最后一位词学大师王国维（1877—1927）身上体现了旧世界（古典文化和帝制王朝）和新世界（西学、白话文学和共和体制）之间的张力。王国维精研西方哲学，特别是康德、尼采和叔本华的著作，他这么做可能是希望相较于那些所有知识只局限在中国范围的传统知识分子，自己能更适应周围高速变化的世界。即便在学术中，他也以一流水准探索了新开辟的领域，如白话戏剧传统和新近出土的甲骨文。尽管如此，他还是最终在1927年国民革命军北伐逼近北京之时，选择了自沉于颐和园昆明湖。

王国维对诗歌传统最著名的贡献，当属他那部薄薄的《人间词话》。在《人间词话》中，他提出了词的境界说。这指的是，一首词应该具有某种独一无二的存在性，该存在性依赖于表达对现实自发而真实的感悟。王国维境界说的形成，不仅受到他所阅读的西方哲学的影响，也来自于中国传统中的佛教和道教。

即便在封建帝制崩塌之际，还是有新一代的诗人群体投身于古典诗词的保存与发展，其中最重要的是以柳亚子（1887—1958）为领导的南社。南社1909年成立于苏州，最初发起人共有十七名，以

反对“北方的满清朝廷”，清朝灭亡之后，其成员激增到千余名。南社成员在政治上普遍都往前看，在文学中则是往后看的。不过和
【443】清代的各种诗派不同，他们对于传统的哪些部分最值得继承这个问题上观点非常多样化。比如，柳亚子尊唐贬宋，而南社的另一位领导人物黄节（1873—1935）则最为推崇宋代诗歌，甚至自称为“后山之后”（陈师道的后人）。

实际上，从这一时期开始，创作古诗词便完全能够将其作者与当时的潮流分隔开来了。自清亡之后，完全接受这些传统训练的人几乎绝迹，但是古典诗词的创作还是在继续。最著名的例子当然是毛泽东——魏礼（Arthur Waley）曾经这样揶揄过毛泽东的传统诗词，“虽然比不上丘吉尔的画，不过比希特勒的可好多了”。很多人都非常欣赏毛泽东的诗词，不过他独一无二的政治生涯还是导致对毛泽东诗词的公正评价会有些困难。毛泽东古诗词的意义其实更在于他采用了古诗词形式进行创作这一事实。在接受过良好教育的城市居民中，有一定数量的人对于创作古诗词保有持续的兴致。从北京到高雄，仍旧存在着专注于古诗词创作的正式文学社团，有的还相当繁荣，每天都至少有数十首新创作出来的古诗词加入过去两千年积累起来的庞大诗词队伍中去。作为一种文学形式，中国的诗词也许看起来和英语中的布道文一样濒临灭绝，不过现代日本的短歌和俳句也许可以帮助打消这一匆忙的论断。唯有时间才能告诉我们未来将会带来什么。

白润德（Daniel Bryant）

第十二章　清词

【444】

由于生动的音乐性、通俗的歌词，以及文人和通常演唱这些词（或者人们想象她们用柔美嗓音演唱这些词）的歌伎之间的亲密关系，中国的词从八世纪到十三世纪度过了一个悠长的黄金时代。最后，由于受到新生的曲的有力冲击，词这一流行的文学形式便慢慢式微，在接下来的数个世纪里失去了活力。奇怪的是，在十七世纪，词又再度强劲复活，并且贯穿了整个清代（1644—1911），甚至持续到二十世纪（见第二编第十至十一章）。这一特殊现象及其文化上的支撑，还有它的流变都使其成为中国文学史中非常有意思的一个章节。

十七世纪的文人为何会复活词这一文学形式呢？首先是由于封建王朝晚期的复古主义倾向；其次，诗这一声望较高的文学体裁由于政治压制和政府审查而大受限制。在满清政权之下，噤若寒蝉的士人们只能将他们的抱怨隐含在表达闺怨之情的词作中，外族统治的卷土重来使他们试图恢复宋末元初本土的词来表达反抗的做法。最后，我们可以发现，文人与歌伎之间的亲密关系一直很流行，时代和潮流决定了文人会为他们心爱的歌伎创作什么类型的词。

十七世纪有多位诗人以各自特点鲜明的词作脱颖而出。最早的一位是陈子龙（1608—1647），他是为明朝殉国的传奇性人物。陈

【445】子龙在他的故乡江苏松江（今属上海）开展抗清运动。经历了数年的抵抗和隐姓埋名，事败后被捕，在押送到南京审讯的途中投水殉国。对后世读者而言，这些生平事迹极大地增加了陈子龙词作的魅力，虽然他的词并不像其诗一样直接指涉政治。陈子龙的词体现了九至十世纪词作的特点和局限：思妇、情怨、对情感迂回而简洁的处理（有些明显的感物伤时之词令人联想起明朝的覆灭），整齐划一的优雅，“诗化的”用词，与十世纪的《花间词》风格甚为合拍。陈子龙的风格似乎与冯延巳（903—960）特别接近，二者通常都将悲戚之情置于华美的环境中。如果用陈子龙的一句词来概括他的词风，最恰到好处的应该是这句“轻狂无奈春风恶”。

1644年明亡后，吴伟业（1609—1672）也回到了南方，不过在屏居乡里十年之后，不得已应诏入都，在京为官数年，晚年对于这一段仕清经历一直耿耿于怀。与陈子龙的作品相比，吴伟业在题材方面更为宽泛。他经常在短调小令中勾勒出情爱缱绻，体现了更为感官化的倾向。在长调中，吴伟业也会反思自己因进退失据而造成的政治污点，有时则以苏轼（1037—1101）或者辛弃疾（1140—1207）的风格作深刻复杂的思考，熔身世之叹与时事之慨于一体。吴伟业词中惯例一般的人物角色，率直的表达以及多变的风格，都令人想起韦庄（约836—910），且与《花间词》风格颇为不同。对于吴伟业的词风，我们可以用他的“西风又起不胜情”来概括。

如果说吴伟业的词体现了一个与世界妥协之人内心的五味杂陈，那么王夫之身上则没有表现出这种冲突。王夫之（1619—1692）是一位著名的学者、史学家和哲学家（经常被称为“唯物论者”，可能更准确的说法应该是进化论的情境主义者）、文学批评家和爱国主义者。王夫之逃离了清军，1648年在故乡湖南衡阳举兵抗清，败奔南明，险遭残害，后得营救而脱险，逃归湖南，隐伏于衡山石船山麓，一人潜心著述，以不剃发的明遗民身份终老。王夫之的词（在清代遭禁，几乎湮没无闻）和他的诗非常类似，有的哀悼明朝的灭亡，有的极富哲理性。不同于陈子龙或者吴伟业的作品，王夫之的词直接体现了他自己的人格特征和人生理想——这一点和苏轼相近。我们可以把这一特征形容为“火山喷发”，因为王夫之看起来一半是海水、一半是火焰，是一名充满激情的苦修者。他的词从错综复杂的世界里向我们道出了一名明遗民的伤痛以及遭遇到的死亡威胁，其语言比陈子龙或吴伟业更加凄楚，却也更【446】为生动。王夫之在词作中使用的“将残的灯花”等意象，成为他个人的象征。评论家将王夫之的词与宋遗民王沂孙（约1241—约1290）作比，后者将自己的亡国之恸包裹在借此喻彼的迂回“咏物词”中。不过王夫之也展现了苏轼那样的机智、豪迈的直接以及生动的想象力，虽然缺乏苏轼那样的超越性体认。王夫之的词将道德上的严肃性与审美上的魅力完美结合，对于清词的贡献大大超越了前人。虽然他的复杂性不允许我们进行任何简化的概括，不过“海枯石烂千年不坏，莫抛掷一点孤心”以及“颈血如泉已迸出”这两句可谓捕捉到了王夫之词作的特点。

上述三位词人所创作的词之总和只是陈维崧（1625—1682）词作数量的一半。陈维崧专以词人身份而著名，其存世词作共1644首。和吴伟业、王夫之一样，陈维崧在清兵入关后也曾隐居过一段时间，不过在1655年开始应试，于1679年举博学鸿词科、授翰林院检讨。陈维崧尤以广泛交友结社和为其同性爱人男伶徐紫云所写的词而著名，或者说名声有些不堪。“咄咄唯髯”的陈维崧可谓“跋扈飞扬”。他的词涉及许多诗性领域，不过几乎都表达了他的激情与哀愁，充满令人动容之哀情，并寓情于物。陈维崧继承了词的“豪放派”传统，在词作中常使用强烈主观化的修辞和许多遒劲而富冲击力的词语，极具霸悍之气。他经常被比之于苏轼和辛弃疾，不过这样一种标签似乎并不周全。在陈维崧的词作中，很难找到这两位宋代杰出词人的讽喻、深邃或者顿悟性。不过，如果不从思想深度而只从感情力量来看，陈维崧的词作基本上还是“豪放派”的路数。以创作的绝对数量以及不少高质量的词作而论，陈维崧无可争议地是清词发展中不可或缺的人物，虽然对他的评价有时过于溢美。他的风格可以用“小楼吼起霜风”来概括，里面映照了词中人物的不可抑制的伤感。

虽然陈维崧没能成功跻身为宫廷诗人，不过他的好友朱彝尊（1629—1709）做到了。朱彝尊出生在浙西的一个没落家族，以其丰富的经历、渊博的学识和高超的词作而登上高位。1683年，他甚至入值南书房，成为康熙帝的老师。朱彝尊是重要的词选家和评论家，他宗法南宋的典雅词派，强调“醇雅”。而他自己的词却展现了更多的语言借用，也更为激情四溢。朱彝尊的特点是，工巧的咏物词，对《花间集》闺怨的典雅阐发，以及行旅词（沿途所见或对古迹的凭吊）。他的词作没有陈维崧那样富冲击力和个人化，但擅长将历史长河中的人物事件生动而紧密地联系在一起。朱彝尊的语言也不以推陈出新或者极具个人特色的修辞取胜，而是展
【447】现了对传统的语言和风格出神入化的掌握。我们难以将朱彝尊这位博学多识的词人套入任何前代谱系中，不过他的词经常回响着南宋大词家如姜夔（1155—1221）、张炎（1248—约1320），特别是史达祖（1154—1207）的那些典雅、音律上美轮美奂，有时显得非人格化的词作之遗韵。人们不仅会觉得，朱彝尊的学术及其对情感的节制贯穿了他的词作，这导致他难以升华：精通所有风格，却在哪一种风格上都不能算天才。《蝶恋花·重游晋祠题壁》中的最后两句“依旧纷纷凉月满，照人独上西桥畔”捕捉到了朱彝尊的节制及其与前人词作灵感之间的关系。

纳兰性德（1655—1685）的横空出世令世人瞠目结舌。这位年轻的满洲贵族、御前侍卫极慕汉文化，尤擅作词，甚至赢得了宋以

后唯此一人（词人）之誉。作为权倾一时的大学士纳兰明珠之子，纳兰性德在弱冠之年便随康熙帝南巡北狩，游历四方，而在三十岁时突染重疾，撒手人寰。对自己英年早逝的预感（也因为新婚仅三年的妻子卢氏产后受寒而去世）也许可以解释在纳兰性德词作中弥漫的深切悲观主义。纳兰性德的词大多哀感凄婉，尽诉人物的孤寂、挫败感和悼亡之情。他通过平实俊逸的语言来传达这些幽艳哀断。纳兰性德有如李煜（937—978）转世，将“婉约派”词风发挥得淋漓尽致，几乎没有意象，全都是强烈的主观修辞。他自己曾指出，诗词应该直抒胸臆，独发性灵。许多评论家都一致同意纳兰性德是一位不学而能的天才，“以自然之眼观物，以自然之舌言情”，自然的诗情能够毫不费力地喷薄而出。实际上，纳兰性德非常努力地研习了词的传统。除了李煜的影响之外，我们还可以清晰发现他与同样擅长“声声啼血、字字连心”作品的李商隐以及晏几道之间的关系。有论者认为纳兰性德的作品不够成熟，题材过于狭窄单调，不过大多数人则将他列为十七世纪词人之首。纳兰性德好比是莫扎特，朱彝尊则为萨列里（Salieri）。在悼念好友龚鼎孳的《浣溪沙》最后一句——“倩魂销尽夕阳前”最为传神地揭示了纳兰性德的词风。

十七世纪的词坛还有另外值得注意的一股重要潮流。十六世纪末之后，出于女性之手的存世词作数量激增。中国人开始用新的眼光看待文人。这显然不是来自于女性社会地位有了巨大提升，而在于闺房生活越来越丰富。首先，接受教育者比例的增大和印刷术的发展，给了更多女性断文识字的机会，特别是在诗词非常风行的中国东南部。程朱理学传统上认为“女子无才便是德”，不过也勉强同意阅读贞节烈女的书能有助于女性学习妇德。他们不接受女性 【448】
阅读不那么具有教育意义的书籍，以及模仿词的创作。在一个商业化、具有高度社会流动性以及朝代更替的动荡时代，精英家族有一种不安全感，这导致他们对于妇女的贞节（至少将她们限制在家）产生了一种拜物教。身处闺房的女性写词倾诉自己是如何思念远在他方的夫君，这显然能够提高其家族的地位。另外还有政治方面的原因。和之前的元朝一样，被外族统治的中国男性越来越有些“女性化”（在文学话语中），将文学代言人的特权让渡给了女性，特别是当诗歌反抗变得过于危险的时候，更是如此。明清易代之际，有诗才的歌伎在表达亡国之痛和遗民情感中扮演了非常重要的角色。精英男子对外部政治领域的挫败感使他们转向与其妻妾之间的亲密关系，而在文学上的志趣相投则有助于增强亲密关系。这一时期有很多著名而浪漫的词坛夫妇。以下两个例子可以揭示这些潮流。

明末清初的名门闺秀徐灿（1610—约1677）在杭州与一干女诗人结社，名“蕉园诗社”，以完善自己的词艺。她极为不情愿地跟随夫君陈之遴降清北上，并创作了多首暗含明遗民亡国之恸的词作。后陈之遴因为重罪而免死革职，病死在戍所，晚年的徐灿“布衣练裳，长斋绣佛”而终。徐灿的词作，虽然基本上是传统的闺怨，却展示了高超的技巧和多才多艺。她的代表作《踏莎行·初春》受到高度赞誉，评论家们从中看到了明遗民对故国的深切怀念。

和徐灿不同，柳是（柳如是，1618—1664）既是一名歌伎，也是一位明遗民以及追随亡夫而忠贞自缢的寡妇。她和多位文学赞助者的爱情关系在十七世纪的诗词中留下了深刻烙印。柳是教她的爱人陈子龙如何写词，后来又庇护自己的“丈夫”、当时最重要的诗人钱谦益（1582—1664）。她的词作并不讲述自己的生活，其关切跃出了闺怨的藩篱，不过作品本身还是体现出她人格的炽烈和力量。虽然徐灿和柳是的词作难以同宋代伟大的女词人李清照（1084—约1151）相提并论，但是她们为清代后来数以千计的女词人作出了榜样，也提供了灵感。有几位我们在下文中会提到。

十八世纪见证了词论的发展以及各种词派（基于特定风格的松散团体）的形成。以词风“豪放”的陈维崧为宗的阳羡派很快淡出了人们的视野，不过阳羡词派的流韵余响——“扬州八怪”之一郑燮（1691— 1764）以私人生活和劳苦大众遭受的痛苦为题材创作了不少别具特色又直抒胸臆的词。朱彝尊留下的词学遗产较为强劲，他影响了一批浙西词人——他们延续了朱彝尊所提倡的醇正、精美有时略显缺少血气的南宋典雅派词风（以姜夔和张炎为代表）。浙西派最出色的词人厉鹗（1692—1752）并不适合完全被视为浙西 【449】 派，因为在其晚年的许多短调中体现了前人多种风格的影响。厉鹗幼孤家贫，一生落拓，凭借自己学术才能而谋求到在富甲一方的扬州盐商马氏兄弟门下充任宾客。不过他最具特色的词作都体现了一种高蹈隐遁的倾向，以及得到传统词评家盛誉的“幽隽”。这些特点可以用《百字令·月夜过七里滩》中的结句“随风飘荡，白云还卧深谷”概括。

不过，清代最具影响力的词派还属张惠言（1761—1802）创立的常州词派。常州词派对于迂回比兴、寄托严肃主题（“低迴要眇以喻致”）的词作非常推崇。他们致力于“提高”词的地位，以“尊词体”。常州词派将词远远带离其平民化起源，不过它在清代中后期却大受欢迎，主盟词坛近百年之久，尤其得到愤懑于日益腐败而高压的晚清政权的那些词人的偏爱。常州词派有时伤于滞重晦涩，张惠言最出色的一些作品则避免了这一缺陷，体现出一种精熟的优雅，既沉郁又舒快，比如其《水调歌头·春日赋示杨生子掞》其一中的这句“花外春来路，芳草不曾遮”。

中国人认为，诗人随着时代的律动而动。动荡的十九世纪中，社会文化律动加剧了，诗人们报之以更为有意思的词作。大多数词人推崇常州词派信条，不过龚自珍（1792—1841）则多少以郑燮的方式保持着一种更为个体化而公开具有政治意味的词风。还有一些词人跟随着纳兰性德的脚步。项鸿祚（廷纪，1797—1835）以“古之伤心人”而闻名，不过纵览其词作，缺点在于题材狭窄，囿于言愁说恨，无甚新意。不过模仿项鸿祚的蒋春霖却跻身于重要词人之列。蒋春霖和项鸿祚一样过着词人的一生。少年神童，贫穷，仕途坎坷，痛苦，爱情失败，最后自杀。蒋春霖通常与南宋词人如张炎等联系在一起，不过他的词风似乎更加直截了当地主观化，也更为浓郁地渗透了悲戚之情。他风格多样，不过其中很明显的一种风格让人想起的不是张炎，而是杜甫甚至辛弃疾。项鸿祚和蒋春霖之间的区别，我们可以通过以下所摘录的二人词句管窥一豹。项鸿祚的是“蝉锦暗销双枕泪，雁弦愁锁一筝尘”（《浣溪沙》），这联词句中的机巧（想象以蝉为图案的双枕，以及无伴之筝不再被弹
【450】奏，上面落满尘埃）盖过了情愁。我们可将它与蒋春霖的《木兰花慢·江行晚过北固山》中的结尾“寂寞鱼龙睡稳，伤心付与秋烟”（“鱼龙睡稳”在这里令人联想到沉睡的王朝如潮汐般退去的力量）进行比较。

在清代风雨飘摇的岁月里，许多词人复活了南宋晦涩而隐喻地表达悲情的传统。大多数人跟随着常州词派的脚步，不过也有一些词人的作品非常具有个人特质，特别是“清末四家”（详见下）。“四家”中，王鹏运（1849—1904）年资最长，是其他三位的精神导师。他早年仕途非常成功，官至监察御史、礼部给事中，但是身为革新派的他最后“不得志去位”。王鹏运的词体现了对南宋词各种风格的彻底精研，不过其作品中跳动着激昂的精神，甚至使人想起辛弃疾。王鹏运的最出色作品可谓“浑化”，其中的错综复杂和健朗气韵难以简单概括。不过《念奴娇·登旸台，上绝顶，望明陵》中一句“涛生金粟，老松疑作龙吼”则能让我们略窥端倪。“金粟”可以指桂花、金粟如来或者帝王陵墓。

文廷式（1856—1904）也是“清末四家”之一，不过也属于改

革派阵营。1898年戊戌变法（见第二编第十一章）失败后，文廷式逃亡日本，回国后不几年即在失望中潦倒病卒于家乡。他的词与当时占统治地位的南宋审美化的词风有很大区别，因此他大力抨击浙西词派过度的程式化也就毫不奇怪了。文廷式自己的词作气势宏阔，情怀悲郁深沉，多少带着苏轼和辛弃疾的那种横肆之势，并通常比王鹏运更带悲怆之意，比如他《蝶恋花·伤春》“重叠泪痕缄锦字，人生只有情难死”。

朱孝臧（一名祖谋，1857—1931）在大多数词论家那里地位甚高，被尊为“集清季词学之大成”者。朱孝臧官至礼部右侍郎，并以学者、词集编选家和注释家身份闻名于世。其词学吴文英（约1200—约1260），重铸字炼辞，甚至有些深涩。1898年百日维新失败，慈禧太后发动的宫廷政变使得朝廷内外风声鹤唳，1900年北方爆发义和团运动，在时局如此动荡之时，朱孝臧词法颇取法于苏【451】
轼，愈显苍劲沉着，深涩倾向渐减。词论家都推崇他的技法，不过有论者则认为其词作（尤其是1900年以前的作品）失之于学究气或者做作不自然。生动体现了朱孝臧词风的，有写于1900年除夕夜的《鹧鸪天·庚子岁除》中的“酒肠芒角森如戟，吟笔冰霜惨不花”。

朱孝臧的好友郑文焯（1856—1918），才思毫不逊色，但在仕途上则远没有前者那么成功。光绪元年中举人之后，旅食苏州，为巡抚幕客四十余载，年江苏巡抚陈启泰极为赏识他的医术、书法和诗词。郑文焯的词作横跨擒藻绮密到萧散疏逸各种风格，不过通常都表现了隐逸或者徜徉山水、流连自然美景的倾向。时局艰难同样也对郑文焯产生了很大影响，在1899年之后的词作中可以看到他的“补恨无天”之感。这种情感可以在《谒金门三首》中清晰地看到。每首在景色描写前，分别作为开头的三句“行弗得”“留弗得”“归弗得”极为劲峭。而第一首中最为著名的结句“昨日主人今日客，青山非故国”传达了郑文焯自己的心声。

同样精于音律的还有“清末四家”中的最后一位——况周颐（1859—1926）。不过现代读者更为熟悉的应该还属学者兼词人王国维（1877—1927）。王国维是一位重要的文学评论家，也是最早将西方思想与传统中国思想进行融合的先行者之一，他的词生动地表达了我们“人间”的那些非常悲观的概念，比如“人间事事不堪凭，但除却，无凭两字”（《鹊桥仙》）。

对于将这些晚清词人视为濒死的文化最后回光返照的那些人来说，王国维对词的放弃是很合情合理的事。和朱孝臧以及其他词人一样，王国维后来对自己早年治词颇有悔意。在王国维自沉于昆明湖的数年以前，他就为传统词的创作如满清王朝那样走向终点而敲响了丧钟。

【452】不过词还没有谢幕。十九世纪词的创作中的另一股潮流，女词人的创作展示了它持久的生命力。但是，十九世纪两位最出色女词人由于性别原因至今还不太为人所知。第一位是出身商贾家庭的吴藻（1799—1862），在杭州词界的活跃、她的同性恋取向以及女杂剧家的身份使她成为当时的一名争议性名人。吴藻的词具有李清照的特点：都以清丽之声改变了闺情词的绮丽传统，惯用生动的白话语言以及反讽语。吴藻也尝试过豪放派风格，并杂以一种诙谐的自嘲感。吴藻自嘲式的角色扮演以及语带反讽的复杂性，给清词史带来了一些新鲜因素，《浣溪沙》的结尾是一个很好的例子。感叹在文学中耕耘辛苦的《浣溪沙》，其结句“误人犹是说聪明”中的“误”字是“吴”姓的双关，左右两个偏旁包含了“吴”和“言”。吴藻改变闺情词的绮丽传统，将闺房母题转变为学者书斋，以及将她的自我认同从一名郁郁不欢的妻子“误”置为怀才不遇的诗人。

顾太清（顾春，1799—约1875）可谓女版的纳兰性德，至少她是一位杰出的满族词人。顾太清入嫁为乾隆帝第五子永琪之孙贝勒奕绘的侧室。但奕绘英年早逝后，正室便将顾太清及其子女扫地出门。顾太清在勉强度日中了此残生，帮助自己的儿女成婚，并在空闲时进行文学创作。她的词风与浙西派的醇正高雅很接近，带着一种贵族式的含蓄。她也尝试过在词作中表现对政治的批评、哲学性的思考，以及讽刺辛酸地回顾自己的一生。我们可以通过《醉桃源·题墨栀团扇寄云姜》中的结尾句“清芬晚更宜”来概括她的词风。

吴藻和顾太清的成就告诉我们两点。首先，文学形式并不必然像有机生物一样，会走向生命终点。它们因各种多样化的流变而繁荣。这种多样化包括文学家的不同社会地位，包括出身于商人家庭的女同性恋和嫁给清代王室的满洲贵族女性等；其次，她们提醒我们，女性并不必等待西方文化的传入来告诉她们可以在文学传统中发出自己的声音从而占据一席之地。起源于表达女性声音的词，从未丢失过这一独特而令人激动的特质。

麦大伟（David McCraw）

【453】 第十三章　现代诗

如果我们一定要选择一个词来形容中国现代诗歌史，这个词应该是“革命”。与其他文学体裁相比，诗歌在中国文学史中经历了一次更为激进、彻底和前所未有的转型。这一转型与语体及诗体有关，也和它的社会文化基础以及美学根据关系很大。

中国现代诗诞生于1917年的新文学革命。新文学革命的导火索是两篇振聋发聩的檄文：胡适（1891—1962）的《文学改良刍议》和陈独秀（1879—1942）的《文学革命论》。这两篇文章都发表在陈独秀所创立的先锋杂志《新青年》上。胡适先后就学于美国康奈尔大学和哥伦比亚大学，后来成为二十世纪中国领袖级的学者、哲学家、文学理论家，并曾经担任中国驻美大使、驻联合国大使、中央研究院院长。陈独秀则留学日本和法国，于1921年成为中国共产党的创始人之一，1921—1927年间担任中国共产党总书记。在《文学改良刍议》（《新青年》第二卷第五期）中，胡适呼吁与古典诗歌传统进行决然的告别，转而追求改变语体（用白话代替文言）、诗体（采用废骈废律的自由新诗体）、内容（用个人体验来代替滥调套语）以及创造性的来源（真实的情感，而非对古代大师的模
【454】 仿）。相反，陈独秀的《文学革命论》（《新青年》第二卷第六期）强调了传统文学的阶级起源。他把应该推倒的文学传统分为

三类："雕琢的阿谀的贵族文学""陈腐的铺张的古典文学"和"迂晦的艰涩的山林文学"。在指出传统文学和统治阶级之间的错综复杂关系之后，陈独秀畅想了一种民有、民享、民治的"国民文学"。胡适和陈独秀如此强调口语和普遍人性，无怪乎中国的现代诗歌在1917年被取名为"白话诗"，并且为了与传统的古诗词相区分，也叫做"新诗"。文学革命的其他先锋还包括刘半农（刘复，1891—1934）、钱玄同（1887—1939）、俞平伯（1900—1990）、周作人（1885—1967）和康白情（1895—1959）。

不过和文学史中的所有革命一样，胡适和陈独秀等人所呼吁的改变并没有一夜之间完成。中国现代诗歌在清末由杰出的知识分子如梁启超（1874—1930）、谭嗣同（1865—1898）、黄遵宪（1848—1905）和夏曾佑（1863—1924）发起的"诗界革命"中已渐露曙光。虽然这些晚清作家都呼吁诗歌用语和内容方面的改革，但是他们的目标与后来白话诗的提倡者比起来就局限得多，因为前者仍然囿于传统诗体，追求的仅仅是将现代的观念和情感注入其中。因此，胡适等人所提倡的从根本上改变了诗歌传统的"白话诗"的摧枯拉朽特质，是我们应该特别留意的。

第一批中国现代诗出现在1917年的《新青年》杂志上，在1918到1920年共刊登了超过一百三十首现代诗。作者包括胡适、沈尹默（1883—1971）、刘半农、鲁迅（1881—1936）和周作人等。第一部个人诗集《尝试集》也出自胡适之手，1920年在上海出版。中国现代诗在其形成期（二十世纪二十年代）取得了惊人的进展。在批判古诗词传统的同时，现代诗人也在大众文学和外国诗歌中汲取营养。他们吸收了本土的民歌元素，并从英语、法语、德语、古希腊语、日语和俄语中翻译了大量诗歌。与当时进步知识分子所高举的民主科学理想密不可分的实验精神，导致了五四时期"白话诗"的巨大成就。这些成就包括现代体的爱情诗的流行，散文诗以及从本土民歌到西方十四行诗等各种诗体的诞生。

随着现代中国的政治、社会和文化结构的根本性变化，诗歌无
【455】可挽回地丧失了传统的中心地位。目睹这一变化的许多诗人开始对诗歌的性质和目的进行广泛深入的思考和讨论，而不是只关注诗歌的形式和内容。虽然由于连年的政治动荡和国家危机，诗人们并没能发展出羽翼丰满的理论，但是他们的讨论涉及的那些主题在中国现代诗歌史中会一再出现，如中国现代诗歌的文化认同性、诗人的角色，以及诗歌和社会现实之间的联系等。

在否定中国古典诗歌传统之后，现代诗歌如何凸显出自身的中国性呢？这一问题首先出现在五四时期，以后一直为诗人和评论家所关注。这类思考的长久存在体现了外国文学特别是西方文学的巨大影响。自晚清开始，西方的各种思想和潮流就通常经由日本输入中国。西方的影响通过中西之间直接而频繁的接触不断增强。西方的作家和学者，如萧伯纳（George Bernard Shaw）、奥登（W.H.Auden）、瑞恰慈（I.A.Richards）、燕卜荪（William Empson）和阿克顿（Harold Acton）纷纷访问中国或在中国任教。1949年前的几乎所有主要诗人都有在海外留学的经历，留学地包括法国、美国、德国、英国、苏联（苏联之前为俄国）或日本。浪漫主义和象征主义在中国现代诗人中特别流行。比如，徐志摩（1897—1931）先在美国学习经济学，1918—1922年间曾游学英国。他与1922—1925年间曾在美国多所机构学习艺术的闻一多（1899—1946）于1923年创立了特别倚重英国浪漫主义传统的新月派。徐志摩和闻一多的诗作一方面体现了对自由、美和爱情的追求，另一方面也具有哥特式的阴郁。1914—1923年期间在日本学习医学的郭沫若（1892—1978）受到歌德的深刻影响，在浪漫主义的宏大升华场景中欢呼雀跃。随着徐志摩因飞机失事猝然离世，闻一多的兴趣从文学创作转向古典学术，郭沫若越来越深地卷入左翼政

治运动，浪漫主义逐渐开始降温。

李金发（“金头发”的李，1901—1976）1919—1925年在法国学习雕塑时，受到象征主义的吸引，于1925年推出了中国首部象征主义诗集《微雨》。与他同时代的如王独清（1898—1940）、穆木天（1900—1971）和冯乃超（1901—1983）都追慕法国象征主义。如果说浪漫主义在二十世纪头二十年是独步诗坛，那么象征主义、高雅现代主义（包括未来主义、达达主义和超现实主义）则在三四十年代影响力后来居上。出版于1936年的《汉园集》具有象征主义中核心的召唤性和暗示性的特征。《汉园集》是北京大学三位学生诗人的合集，收录了卞之琳（1910—2000）的《鱼目集》、何其芳（1912—1977）的《燕泥集》和李广田（1906—1968）的《行【456】云集》。1932年，施蛰存（1905—2003）和杜衡（1906—1964）在上海创办了文学月刊《现代》。《现代》上刊发了许多象征主义和现代派作品，作者包括古尔蒙、马拉美、保尔·福尔、阿波里奈尔、W.B.叶芝、T.S.艾略特、庞德等。到1935年停刊，《现代》一直是象征主义和现代派作品的大本营，网罗了从戴望舒（1905—1950）、艾青（蒋正涵，1910—1996）、林庚（1910—2006）、何其芳到路易士（也就是后来的纪弦，生于1913年）等大批诗人。

但是随着中国被裹挟入空前的国家危机中，对外国文学特别是盎格鲁-撒克逊的浪漫主义和象征主义的热切探索，连同将这些风格运用到中国文学中的努力，遭遇了严峻的挫折。二十世纪三十年代，日本在中国投下的战争阴影越来越浓重，许多诗人的注意力转移到了国家生死存亡这一最急迫的问题，放弃了自己的个体化视角而采取集体主义立场。1937年抗日战争全面爆发之后，这些诗人不再强调他们的创作自由，开始接受以社会责任感为中心的诗学。实际上，包括艾青、何其芳、卞之琳在内的许多诗人都赶往共产党在抗战时期的根据地延安，他们的诗歌转眼变为社会现实主义和爱国主义。

当时的诗歌和其他文学体裁一样，成为用来团结激励中国人民抗击日本帝国主义的“抵抗文学”的一部分。为实现这一目标，诗人们用更为接近普通老百姓的诗歌语言进行创作，使用便于记诵的押韵，经常在街头小巷公开朗诵。政治正确性便很容易理解地居于艺术之上，大众文学的需要也压过了个人化表达。1942年，鸥外鸥（1911—1995）在桂林出版了具有未来主义风格的《鸥外鸥诗集》。在如日据上海（中国最大最都市化的城市）和偏远的云南昆明西南山区等差异性极大，甚至让人意想不到的许多地方，都能找到先锋诗歌的影子。当时中国最著名的诗人如闻一多、冯至（1905—1993）、朱自清（1898—1948）等都从北方逃到云南昆明避难。在“日据”的上海，由于政治话题的敏感性，诗人们便有充分的自由投入文学实验。再兼身处上海仍然能接触到西方文学潮流，诗人们更加如鱼得水。路易士于1944年创办了《诗领土》诗刊，强调“纯诗”和创作自由。在昆明，也产生了出色的原创作品。冯至1942年在昆明[①]出版的《十四行诗》中收录
【457】了里尔克式沉思的二十七首十四行诗。昆明同时也培养了年轻一代的诗人，包括穆旦（1918—1977）、郑敏（生于1920年）、陈敬容（1917—1994）、袁可嘉（1921—2008）、辛笛（1912—2004）、杜运燮（1918—2002）、唐祈（1920—1990）和杭约赫（1917—1995）——他们都是西南联大（中国三所著名大学，即北京大学、南开大学和清华大学在战时合并而成）的在校学生，同时也与《中国新诗》杂志联系密切。不过他们的诗作要再等三十年，直到二十世纪八十年代早期才被重新挖掘出来，并被冠以“九叶派”称号。

总体而言，二十世纪三四十年代，国家危机以及影响力越来越

---

① 应为在桂林出版。——编者注

大的共产主义所创造的环境对诗歌艺术的探索是不利的。文学与政治之间权宜的联姻在1942年毛泽东的《在延安文艺座谈会上的讲话》中达到顶峰，固化为一种信条。毛泽东提出，文学应该为工人、农民和军人服务。在接下来的四十年里，毛泽东的讲话精神统领着中国大陆的文化政策。它基本上断绝了所有自由主义的文化表达，直到七十年代末中国重新向世界打开大门时，这一情况才得到改观。

因此，在1949年后的三十年中，有创新精神的中国诗歌几乎都出现在中国大陆以外的地方，特别是在香港和台湾。二十世纪四十年代，许多诗人曾经去过香港，其中最著名的是戴望舒。1938—1949年，戴望舒寓居香港，任《星岛日报》编辑。1949年以后，香港成为离开中国大陆的许多作家的避难所，这些诗人包括力匡（1927—1991）、黄思骋、林以亮（1919—1996）。诗人、文学评论家、翻译家和编辑林以亮是1952—1955年期间《人人文学》的主要投稿人，对香港的诗歌具有深远影响。林以亮和邵洵美（1898—1968）的好友马朗（生于1936年）也是从上海转徙至香港，曾在上海出版诗集，不过马朗属于较为年轻的一代。马朗在香港创立了《文艺新潮》，1956—1959年期间介绍了许多现代派作家，如Wallace Stevens、William Carlos Williams、Marianne Moore、Archibald MacLeish、E.E.Cummings、D.H.Lawrence、Dylan Thomas、Paul É Luard、Max Jacob、Robert Desnos、Réne Char、André Breton、Octavio Paz、César Vallejo和Federico Garía Lorca。五十年代，马朗的工作同时也有助于将香港和台湾的先锋诗人聚拢起来。《文艺新潮》不仅刊登许多台湾诗人的原创和翻译作品，在1957年，还专辟两期特刊介绍台湾的现代派诗人——包括林泠（生于1938年）、黄荷生（生于1938年）、罗马（另一笔名商禽更为人所知，1930—2010）、林亨泰（生于1924年）、季红（1927—2007）和秀陶（生于1934年）。

【458】 冷战期间，香港拥有作为中国后门和通向世界的窗口这独一无二的优势。就1949年以后中国现代诗的发展而言，香港也成为中国大陆和台湾之间的中介。台湾诗人通过香港阅读到1949年以前的中国现代诗——有时候是通过朋友中秘密流传的手抄本形式。台湾现代派诗人如痖弦（生于1932年）和余光中（生于1928年）在二十世纪五六十年代也影响了香港的许多人。在1974—1980年任教于香港中文大学中文系时，余光中在香港的影响力强大到他的从学者甚至被称为“余派”。香港与台湾之间的互动，随着新一代的香港诗人来到台湾各大学学习而变得更为紧密，这些新诗人包括叶维廉（生于1937年），他在香港曾担任过诗刊编辑；戴天（生于1937年）；翱翱（后以张错闻名，生于1943年）。特别是叶维廉和翱翱都以台湾而非香港作为他们的文化故乡。

台湾的现代史没有中国大陆那般复杂。它首先在十六世纪被葡萄牙人开发，然后荷兰人和西班牙人分别在十七世纪对它进行殖民。十八世纪，台湾回归清朝（1644—1911），成为一个省。1895年，老迈的清朝在甲午战争中战败，将台湾割让给日本，后者开始了对这个宝岛长达半个世纪的统治。日语从1937年起成为台湾的“国语”，直到1945年日本战败之前，汉语被禁止使用，日语是唯一的通用语。1917年的新文学革命在1925年的台湾得到了呼应。曾于二十年代早期在北京学习的张我军（1902—1955）返回台湾担任《台湾民报》编辑。1925年，他发表了《糟糕的台湾文学界》一文。在这篇文章中，张我军猛烈批评了台湾的传统诗社和诗人，引燃了一场激烈讨论。在接下来的一系列文章中，张我军介绍了胡适和陈独秀，并成为台湾白话文的主要倡导者，在《台湾民报》上推出五四重要诗人包括郭沫若和梁宗岱（1903—1983）的作品。张我军学习胡适，在1925年推出了中国现代诗在台湾的第一部个人诗集《乱都之恋》（台湾最早的现代诗来自追风［1902—1969］1923年用日文创作的《诗的模仿》四首，于1924年4月发表在《台湾青年》上）。张我军强调台湾文学是“中国文学的支流”，隐秘地表达了对日本统治的反对。

1930—1931年，黄石辉和郭秋生所领导的“乡土文学”运动也可以被视为反抗日本统治，同时建立有别于中国大陆的台湾文化认【459】同感的一种努力。这些作家认为，台湾白话（闽南话）应该代替文言文和日语，使文学能为普罗大众所欣赏。“乡土文学”运动虽然短暂，却是台湾最早的本土文学运动。随着语言政策的愈加严苛，在1937年后的所有台湾日据时代文学作品全部都以日文写成。

除了五四文学之外，台湾作家也汲取了西方文学（通常是经由日文译本）和日本文学（本身也受到西方文学的影响）的养分。曾经留学日本或者具有双语能力的许多台湾作家增加了跨文化接触。比如1930年，杨炽昌（1908—1994）以水荫萍为笔名出版了一部日文诗集《热带鱼》，然后在1931—1934年，赴东洋学习日本文学。回到台湾以后，他担任了《台南新报》文学增刊编辑，提倡超现实主义。杨炽昌和其他六位诗人（三位台湾人，三位日本人）在1935年创立了风车诗社，不过同人刊物《风车》却只出版了四期就被迫停刊，因为当时的文学界认为这一激进的艺术探索并不适合台湾的殖民现状。

在日据时期，包括诗歌在内的台湾文学由现实主义一统天下，通常处理的是殖民统治下严酷的社会政治现实。比如诗人赖和（1894—1943）与杨华（1906—1936）就描写了被压迫人民的痛苦，以及表达了对社会不公平的抗议。杨华于1927年因为违反日本安全法而被捕入狱，他在狱中所写的五十三首诗后来结集成《黑潮集》。

1945年世界大战结束后，台湾归还给中国。不过战后的最初几年并不风平浪静。由于政治贪渎和种族歧视，民众的生活越发困苦，这导致了遍布岛内的民怨沸腾。1947年2月28日岛内民众与国民党当局（几乎全部由大陆官员组成）爆发了剧烈冲突，台湾人民要求更好的待遇。随之而来的，是一场血腥的镇压。“二·二八事件”给台湾留下了几十年难以愈合的伤口。台湾人民对回到祖国母亲曾经怀抱的热切盼望，旋即被苦涩的背叛和幻灭感所取代。

1949年10月，共产党赢得内战胜利（内战其实在日本战败之前就已经开始，而在日本人撤退出中国后全面爆发），毛泽东在北京
【460】宣布中华人民共和国成立，而国民党从大陆狼狈退到台湾，台湾的白色恐怖时期便开始了。中国大陆作家被贴上了“左派”标签的著作全面被禁，台湾年轻一代的作家与其大陆前辈作家之间的联系就被生生切断，战后一代也与台湾本土文学传统很隔膜。我们在上文已经提到，许多台湾作家在“日据”时期用日文进行文学创作。而在光复以后，中文成为唯一的官方文字，普通话成为官方唯一允许的口语。这一政策中隐含的是对本土语言和本土文学传统的抑制。这是对作家的双重剥夺，战前的大陆文学和台湾文学全部与经典地位无缘，普通大众也接触不到这些左派，为了能继续写作和发表作品，老一辈的台湾作家不得不重新学习中文。虽然有些老作家实现了这一语言转换，但更多的是永远地沉默了下去。

在这一转型时期，从大陆来到台湾的诗人便在1949年之后的诗坛扮演了领导角色。虽然许多诗人参与了政府赞助的、以反共产主义和光复大陆为主题的文学活动，不过还有一些诗人不满于那些正统的讨论，转而寻找能表达自己创作力的其他领域。纪弦在四十年代的大陆就已经是一名有前途的年轻诗人，1953年他创立了《现代诗》季刊，推崇先锋作品。1956年1月，他又创立了现代派。在现代派成立宣言中，纪弦提出中国的现代诗是一种“横的移植”而非“纵的继承”，现代派则是“有所扬弃并发扬光大地包含了自波德莱尔以降一切新兴诗派之精神与要素的现代派之一群”。

这一时期的其他诗社有蓝星诗社，由覃子豪创立于1954年3月；创世纪诗社，由三位军官——张默（生于1931年）、痖弦（生于1932年）和洛夫（生于1928年）——创立于1954年10月；南北笛诗社，1956年4月由羊令野（1923—1994）和叶泥（生于1924年）创立；葡萄园诗社，1962年7月由文晓村（1928—2007）创立；星座诗社，1964年4月由包括王润华（生于1941年）、淡莹（生于1943年）和翱翱在内的一群在校大学生创立。在二十世纪五十年代和六十年代早期的所有诗社中，现代派无疑是最大（当时成员超过百余名）【461】
也最有影响力的，不过它不是一个高举同一理论和实践的同人团体。五十年代活跃的诗坛推出了许多佳作，作者有痖弦、商禽、洛夫、郑愁予（生于1933年）、叶珊（后来笔名为杨牧，生于1940年）、林亨泰（生于1924年）和白萩（生于1937年）。

七十年代早期，爆发了关于现代诗的一场大规模讨论。这场讨论的导火索，是新加坡国立大学英语系教授关杰明分别于1972年2月和9月发表在《中国时报》文学增刊上的两篇文章，即《中国现代诗人的困境》和《中国现代诗的幻境》。关杰明在阅读了台湾诗人诗集的英译本之后，批评台湾的现代诗割断传统，丧失了中国的特点而成为西方文化的奴隶。关杰明的文章得到了许多人的共鸣，他们开始批评现代诗特别是现代派诗歌，指责它们的遁世化、自恋倾向，以及完全的西化。现代派被等同于不负责任的个人主义和腐朽的唯美主义。余光中、叶珊和周梦蝶（生于1920年）等诗人被挑出来作为病态的现代主义之典型。评论家从各个不同角度异口同声地批评现代诗在资本主义、西方帝国主义（特别是美国）的殖民下，丧失了自身的文化身份。与对现代诗的批评同时而起的，是对关切本土、拥抱现实主义的民族主义书写的热切号召。

这场讨论的规模和热度盛况空前，被称为现代诗论战。从历史的角度来看，现代诗论战并不是偶然的孤立现象。它复活了前辈诗人（包括五四一代和二三十年代的台湾诗人）论争不休的那些问题。本土与西方、民族主义和西方化之间的巨大紧张，周期性地触发了各个层面的问题。在诗歌领域，对本土的强调并不是在七十年代的现代诗论战中才开始出现的。1964年，吴瀛涛（1916—1971）、桓夫（生于1922年）、詹冰（生于1921年）、锦连、林亨泰（生于1928年）、赵天仪（生于1935年）、白荻、黄荷生、杜国清（生于1941年）创立了笠诗社——所有成员都是台湾本土诗人。《笠》也是台湾历史上最长寿的诗刊。1970年，年轻一代的诗人们创立了龙族诗社，大声宣告“敲我们自己的锣，打我们自己的鼓，舞我们自己的龙”。

从强调本土以及号召用现实主义取代现代主义这一点看，现代诗论战应该被视为1977—1979年期间乡土文学运动的发轫。实际
【462】上，对现代诗的许多批评在乡土文学运动中又重新浮出水面，被包装在同样的二元对立修辞中：现代主义被描述为病态的、女性化的、无力的，而现实主义则是健康的、男子气概的；现代主义被视为腐朽而物质化的布尔乔亚的化身，而现实主义则属于普罗大众。

乡土文学运动结束于1979年，如火如荼的民主运动在当时的“美丽岛事件”（反对国民党的抗议活动，后被政府所镇压）中达到顶峰。一些卷入政治运动中的乡土派作家和知识分子或者被捕入狱，或者暂时噤若寒蝉。八十年代早期，随着政治空气的渐趋开放，许多诗人开始创作关注台湾被压迫历史的“政治诗”。长久以来的禁忌，如1947年的“二·二八事件”和白色恐怖被撕开了裂缝——经常是以一种讽刺的方式，身为台湾人的历史讽刺也得到了批判式的追问。其中，刘克襄（生于1957年）和苦苓（生于1955年）所创作的政治诗最为掷地有声。

与此同时，后现代主义在台湾开始进入文学界。虽然后现代主义这个术语本身具有波谲不定的特性，台湾在当时对它也缺乏系

统理解，不过在文坛日新月异的七十年代开始创作的年轻一代诗人作品中，开始出现后现代主义的身影。这些诗人中最著名的是夏宇（生于1956年），她对流行文化元素的吸收，对文学经典的戏仿式挪用，对性别和两性关系采取的激进的女性主义进路，都使她的诗歌清楚无疑地涂上了后现代主义的色彩。其他如罗青（生于1948年）和林耀德等诗人也有意识地在其作品中采用了后现代主义元素，包括碎片化、元书写和解构等。

二十世纪八十年代同样也见证了诗歌在中国大陆前所未有的再生。1976年，十年“文化大革命”浩劫结束。随着邓小平在1978年开始推行改革开放政策，中国在这时经历了一个已经积蓄许久的“冰雪消融”，作家和艺术家再度得到了创作的自由。这一社会气候带来了如《五四论坛》《探索》《启蒙》和《今天》等地下刊物的诞生。其中《今天》创立于1978年12月（在1980年因政治压力而被迫停刊）是专门致力于文学的第一部地下刊物，它发表各种小说、文论、翻译以及诗歌。《今天》的撰稿人包括其创刊者、后来享有全国性甚至世界性声誉的诗人北岛（生于1949年）和芒克（生于1950年），以及多多（生于1951年）、舒婷（生于1952年）、顾城（1956—1993）、江河（生于1949年）和杨炼（生于1955年）。

中国大陆的地下诗歌可以追溯到五十年代末六十年代初。在 【463】
“文化大革命”期间，郭路生（笔名为食指，生于1948年）的作品在上山下乡的知青中间广泛传播。在六十年代开始诗歌创作的其他诗人还包括黄翔（生于1941年）和哑默（生于1942年）。七十年代的北京产生了一些“私人”沙龙，抱负远大的作家和艺术家在这些沙龙中聚集一堂，讨论文学艺术，特别是从萨特到贝克特、塞林格的各种高端外国文学的中译本。所谓的黄皮本（因其封面为黄色）在年轻的诗人圈子里秘密传播，他们也相互交换自己的诗作。政治气候中的破冰使他们的作品得以首次面世。

《今天》这一地下刊物使与它联系在一起的诗人在1979—1980年间暴得大名，不过他们同时也遭遇了来自文学体制内（包括许多已经成名的老诗人）的猛烈批评。他们的诗歌被批为过于晦涩，以及沾染了现代主义的其他弊端，因此被命名为“朦胧诗”。虽然在八十年代早期遭遇批评，朦胧诗在大学校园里却迅速流行起来，到八十年代中期时，有些朦胧诗人甚至得到了海外的重视，作品被译为多种外文。

在反映“文化大革命”造成的创伤这个意义上，朦胧诗与七十年代末流行的伤痕文学联系在一起。不过，它与“北京之春”同时出现这一事实，意味着朦胧诗属于中国社会对个人权利和自由喷薄欲出的期盼的一部分。朦胧诗还借鉴了大量外国文学——特别是欧洲和盎格鲁–美洲文学。因此，朦胧诗跟随的是五四以来的中国现代诗歌的脚步。在后毛泽东时代，朦胧诗的出现代表了一种先锋姿态，勇敢地反对意识形态，高举个人主义和人的尊严。

身处文学建制之外的朦胧诗的地位迅速经典化。到了1986年，朦胧诗成为新一代诗人的批评靶子，后者被称为第三代或者新生代诗人。和在“文化大革命”期间度过青春期的朦胧派诗人不同，这些年轻诗人中的绝大部分都是在校大学生（其中一些去了欧美国家继续深造），教育水平更高，对西方文学也更为熟悉。他们的艺术尝试也比朦胧诗派前辈走得更远。新生代是一个松散而多元化的群体，产生了许多出色的诗人，包括柏桦（生于1956年）、于坚（生于1954年）、西川（生于1963年）、海子（1964—1989）、欧阳江河（生于1956年）、翟永明（生于1955年）、韩东（生于1961
【464】 年）、孟浪（生于1961年）和张枣（1962—2010）。具讽刺意味的是，创作自由在九十年代已经不再是一个问题，但是他们面对的是诗歌从来没有遭遇或者甚至做梦都没有想到的问题。随着九十年代

以来中国社会愈演愈烈的商业化，诗人们发现严肃诗歌的读者在萎缩，而诗人作为社会与文化的发言者身份也急剧衰落。虽然诗歌的急速边缘化给一些诗人提供了新的创作动力，但其他诗人感受到的是一种失望，甚至绝望。由于生活成本的不断攀升，以及赚钱无处不在的诱惑力，许多先锋诗人至少暂时地停止创作，选择了下海，纷纷开办书店、出版公司、广告公司和咨询公司等，在实业领域取得了不同程度的成功。

在台湾海峡的另一边，情况虽然类似，不过没有那么剧烈。大多数诗人早已接受了在一个后现代社会的边缘化地位，对于面向小众写作这一事实已经很满意了。虽然从数量上看，诗歌明显不能与流行文化甚至小说相比，诗人和诗歌读者的数量也似乎在锐减，不过一些诗人如郑愁予和杨牧的作品几十年如一日，销量依旧很好。在九十年代，中国现代诗歌无论从地理范围、风格特色还是出版领域上看，比以往任何时期都更加多元。诗歌的创作不仅在中国大陆、香港和台湾地区继续着，而且在世界各地（尤其是新加坡、马来西亚、菲律宾和欧美国家）的华人中也保持了活力。在北美地区，至少有两份专门致力于诗歌的刊物：《一行》，画家兼诗人严力（生于1954年）于1987年创办于纽约；1989年创办于洛杉矶的《新大陆诗双月刊》，由一群绝大部分来自台湾的新移民诗人所创立。另外，包括《今天》（1990年复刊）在内的海外中文刊物也定期刊登诗歌。最后，诗歌开始能通过电子邮件订阅（如《橄榄树》），也可以在互联网上浏览（如《双子星人文诗刊》）。

随着在世界各地的创作、出版和阅读，中国诗歌正在变得越来越国际化。来自不同地域的中国诗人能比以往更方便而频繁地相互接触，同时中国诗歌的译本也越来越容易得到。1917年以来，中国现代诗歌跋涉了如此漫长的旅程，我们看到诗歌比小说——甚至

中国现代文学中的其他文学体裁——经历了更痛苦的挣扎，迟迟难
【465】以建立它自己的身份感。在与绵延三千年的诗歌传统道别之后，现代诗一方面要不断地抵御来自文学之外的要求，另一方面又需要承受过于西化和不够中国化的批评。这些问题不可能仅仅通过讨论就迎刃而解，而必须通过实践来解决。在这一意义上，有才华而多元的诗人群体以及他们的作品已经表明，中国现代诗歌确实既是现代的，也是中国的。

奚密（Michelle Yeh）

第十四章 诗与画 【466】

本章探讨古代中国文学和视觉艺术之间的关系，重点关注诗与画的相互影响。中华文明最有特色的成就之一是发展出了一种图文结合的综合艺术形式。从十一世纪开始，一群有声望的士大夫（或称“士”）追求在诗歌、绘画、书法三方面同臻妙境，并且宣称这无论在美学上还是道德上都是可取的。到了元代（1260—1368），“三绝”观念已经成为一个普遍的美学标准，为大多数文人接受并践行。这一时期的中国文人发展出一种独具特色的绘画形式，即用漂亮的书法在画面上题诗；题诗的内容和书写的风格都经过了精心设计，以与画的美学风格和精神内容相协调。这三种“笔的艺术”的理想结合，对中国绘画以及后期的诗歌有着深远的影响，“题画诗”后来成了一种重要的诗体。这个话题，对于那些对文字“符号”与视觉“符号”之间的相互作用和可转化性的理论意义感兴趣的人，也很有帮助。最后，即使对这个话题稍作探究，也能揭示存世的文本材料如何频繁地支配着中国绘画的主题。这种影响，在一个崇尚书写文本的社会里，似乎并不令人吃惊。不过，西方的中国 【467】
艺术史家近来才开始探讨文字和图像之间的这些联系，此前他们致力于探讨中国画的风格和真伪问题，目的是把已经鉴定为真而且系年正确的作品按年代顺序编一张精确的网，为进一步的深入研究提供基础。

本章主要关注绘画及相关的理论模式，换句话说，本章主要关注那些题有诗（与画面内容相关）的绘画作品。本章所覆盖的材料，有许多属于中国“题画文学”的范畴。日本杰出的汉学家青木正儿将“题画文学”划分成四类：一、画赞，题于肖像画上的韵语，最初流行于汉代；二、题画诗，题于画上的诗；三、画记，散文性质的说明文字，通常由画家自题；四、题跋，一般是散文性质的短记（有时也出以韵语），通常题在手卷的接纸上。就内容而言，青木正儿所说的第三、第四类，大多数是关于绘画的学术性、技术性的记录，不在本章讨论的范围之内。另一个确实与本章有关，然而也不在本章讨论范围内的，是“诗意画”观念。这种观念认为，一般来说，山水画的抒情性质，主要源自传统中国诗歌压倒性的抒情倾向。

在中华文明里，文字和视觉对象之间的联系很早就已出现。周代（前1027—前256）早期青铜器上的铭文显示，作器的人已经把这些铭文构想成青铜器的一个组成部分了。合为一体的器皿和铭文，在主人将之赐予其下属的转交典礼过程中，扮演着重要的角色，它是赐予者与接受者之间政治和社会关系的象征物。我们可以在周王赐器和宋朝（960—1279）皇帝赐画之间进行大致的类比：周代的统治者把刻有铭文的青铜器赐予诸侯，器上的铭文叙述了诸侯的丰功伟绩；宋朝的皇帝把题有诗的寓意画赐予大臣，诗中祝贺臣子升迁或称赞臣子的功绩。

周代的中后期，文字和图像之间的这种紧密联系继续发展。在当时所使用的两种主要书写媒介中，绢比竹简更适于记录视觉图像。流传下来的最早的插图文本，也许要数公元前三世纪的“楚帛书”。对于这份文献，近代学者有不同的解读，有人认为是萨满教的手册，有人认为是星象学方面的文集。插图文本的制作在战国和汉代比较普遍。汉代版的《山海经》无疑是插图本。长久以来学者们一直揣测，《山海经》经文最初是为了配一张巨大的地图，那张地图描绘了经文里所讨论的各个地区和当地的动物。陶潜（365—427）《读山海经十三首》所针对的显然是插图文本，诗中写到了看图（“流观山海图”），并“俯仰终宇宙”。汉代的注家还认为，【468】
《楚辞》中的《天问》是为楚国祖庙里画在墙上的神秘的历史人物壁画而作的说明文字。尽管今天人们对这种说法颇不以为然，这个理论却涉及汉代的一个习惯，即汉代皇宫、省府、墓室习惯以往昔和当代文化英雄的画像作装饰，画像旁有题名和题记。

例如，汉明帝（在位时期：57—75）下令修建了一座亭子，壁上饰以历史人物画像。画中的那些历史人物，是由历史学家班固（32—92）所领导的一个小组从经书和历史记载中精心挑选出来的，班固还为这些画像写了“画赞”。“画赞”的文字显然与史书上的传赞相联系，那时“传赞”已经是史书的标准内容之一。画赞由此成为一种文体，代代相沿。据《文选》（约成书于530年）的序，赞是专门为配画像而作（“图像则赞兴”）。流传至今的最著名的画赞，有曹植于公元214年为魏宫（在邺地）“温室”的壁画所作的赞。左思（约253—约307）在《魏都赋》中如此描述这些壁画：“仪形宇宙，历像贤圣。图以百瑞，綷以藻咏。”曹植的赞为四言，共二十九首，每首四对句。这组画赞从神话中的伏羲、女娲开始，依次是传说中的尧、舜及周代前期的王，最后以西汉的皇帝作结。

汉人用“画赞”的一个特别有趣的例子，是赵岐（卒于201年）的祠堂。赵岐如今主要以《孟子章句》为人所知。在二世纪的党派斗争中，赵岐满门遭斩，赵岐本人被迫隐姓埋名，四处逃亡，一度卖饼为生。街头卖饼的赵岐，引起了青年学者孙嵩的注意。孙嵩把赵岐请回家，让他藏在夹壁里达两年之久。在这期间，赵岐完成了著作《孟子章句》。随后的政治特赦让赵岐摆脱了限制，他的政治生涯复活了。临终时，赵岐自己设计了墓地的祠堂。他给自己画了

个像，两侧配以四位古代的贤人，并且为每个画像写了赞。参观的人都明白，赵岐是用古代的四位贤者类比孙嵩和其他一些曾经帮助
【469】过自己的朋友。他借文字、图像的结合，表明自己安身立命的政治和道德立场。赵岐祠堂里的这种文字、图像的结合，可以视作宋元时期诗画结合的先声（宋元人也以这种方式表明自己的政治立场）。

现存的令人印象最深刻的“画赞”例子，来自山东省的武梁祠。武梁祠被近人喻为“中国艺术上所尝试的对人类历史最壮观的再现”。武梁（78—151）是个儒者，他精心设计了一个由四十四个不同绘画单元组成的壁画，刻在祠堂的石墙上。所镌的人物形象，首先是由伏羲、女娲开始的古代十王序列。紧接着是七位杰出的女子，十七位孝子和贤人，十位对其主无上忠诚的英雄，最后是武梁自己。通过对这些人物的选择和安排，武梁用一种支持其儒家理念的特殊的历史叙述祀奉其先人，并把自己的人生置于这些价值背景之中。近来学界已经证实，武梁所选择的那些特殊人物，特别是贤人序列中的那些人，出自数世纪前刘向编撰的一套大型人物图传。尽管刘向的原著只留下了一些片断，但是据早期的一个传统说法，《列女传》起初是刻在一套屏风上的，每个故事皆配有图，图边有说明文字。明版《列女传》（宋代也曾广泛传刻）仍然包含一套木版插图，图后是每个人物的传和赞。这种样式在武梁祠得到了印证。武梁祠所刻的人物，皆附有题名板，许多还有像赞，赞语的措辞都源于汉代的儒学经典。

比如孝子序列的第一幕，画的是曾参（前505—前436）和他的母亲。左边跪着的是曾参，右边坐在织机上的是他母亲。曾参上方的赞是四言韵语，赞暗示了曾参的名作《孝经》，并叙述了曾参对母亲的孝行如何感动了上苍神灵，他们于是帮助这对母子用心灵感应术交流。不过下方铭记的内容却与赞恰成对比：“谗言三至，慈母投梭。”这句话概括了图中所描述的故事：曾母在三次听到“曾

参杀人”的相似的传言后，最终相信她的儿子杀了人。武梁选择这个故事作为其孝子序列的开头，暗示了谗言在政治关系中的腐蚀效应。这是后面的石刻所要关注的焦点。这里，文字和图形巧妙地结合在一起，强调着这种对比。在视觉语言上，跪着的大孝子和从织【470】
机上扭过身来、惊慌失措的母亲，被落下而尚未着地的梭子戏剧般地分隔开。在文字语言上，图像上方赞美曾参孝行的优美的韵语，与图像下方节奏不同的生硬的散文式结语，形成尖锐的对照：一生的努力，可能在顷刻之间毁于谗言。

这套汉代浅浮雕“画赞”中，文字和图像互为补充。图像阐说已经存在的文字材料，而图中文字的选择和规划，把观者引向预定的阐释方向。这种图文关系支配了整个六朝（220—589）绘画，并被应用于其他绘画形式，如屏风和手卷。陶潜的集子中有一首题为《扇上画赞》的四言诗，全诗共二十四对句，颂扬了从孔子时代到东汉（25—220）之间的八位隐士。如果文字要完全呼应图像，扇子【471】
上应该画了八位隐士，他们或在垂钓，或者身边围着一群温顺的动物……总之，图中所画的内容一一与他们的传记相对应。此处的情形，就像武梁祠一样，离开了文字，图像也许就不可理解；而文字显然照应了图像，而且在措辞方面利用了过去的文献。因此，图画上的题记在过去文献与当前图像之间架起了一座桥梁。此外，陶潜的诗文还预示了文学上的一个发展。他的《尚长禽庆赞》歌颂了两位不愿在篡位的王莽（前33—23）朝廷为官而逃进深山的隐士。这首赞当然也是为一幅图而作，不过这次是用五言写的，也许这是流传下来的最早的新体题画诗。

1966年在一座北魏将军（卒于484年）墓中发现的一组漆屏也反映了同样的图文关系。原屏高约一米，后屏长约三米，以直角折向前的左屏和右屏各长约一米。主人坐在中央时，三面为画屏包围。整个屏风由二十块左右漆画木板组成，不过只有三块保存了下来。

其上所绘情景出自烈女、孝子、贤臣、隐士传。女性楷模绘于内屏，男性楷模绘于外屏。保存最好的一块，描绘了四组烈女，按年代的顺序自上而下排列，依次为舜的两位妃子，周朝初期的三位妃子，鲁国的一位慈母，汉成帝（前32—7）的妃嫔班婕妤。与汉代石刻一样，每个肖像都有题名和题记。这一回，文字皆出自刘向的《列女传》。这组北魏屏风也许确实很像刘向所编书的原貌。尽管这里用的是散文，但是其功能及其在屏风上的应用，与同期的韵文画赞并无不同。

现存的系于顾恺之（约348—约409）名下的作品，是汉代文献的手卷式图说，这一点毫不奇怪。其中最早的一件（可能是唐代摹本）名为《女史箴图》。此卷图释了张华（232—300）的一篇同名著作。张华的《女史箴》载于《文选》。张华把他的文章构想成管理宫女的女官的一篇训诫。演讲是说教式的，宣扬温顺、谦逊、忠
【473】贞、端庄的女德。唐代注《文选》的人认为张华的这篇箴直接针对晋代（265—420）皇后党群越来越大的影响力。该手卷起首一段缺失了，剩下的部分文字和图像一段一段地交替出现，对应着张文的后三分之二部分，被完整地摹写了下来。在把原文划分成数个段落进行图说时，画家表现出非凡的控制能力。像许多箴言类著作一样，张华的《女史箴》是抽象概念和具体实例的结合。画家遵循汉代的模式，图解了可敬的妇行实例，其中的一个例子就来自北魏屏风上所绘班婕妤的生活场景。不过此卷的天才之处，见于画家所构思的用来解说《箴》文中较抽象部分的那些场景。例如，卷中最常被临摹复制的一部分，描写一个男子坐在床沿，满腹狐疑地看着床上的女主人。这个场景所对应的《箴》文段落是：“出其言善，千里应之；苟违斯义，同衾以疑。”画家抓住了“同衾以疑”这一紧张的时刻。与原文一样，手卷以一个女官作结。她站在两位妃子面前，记录着自己的警告之言，而那两位妃子却是一副若无其事的表

情。这是一个最具讽喻意味的场景。

另一些图说曹植《洛神赋》的手卷也被归于顾恺之的名下。其实这些卷子都是宋代或宋代以后的摹本，而且图、文的布局上各不相同。但是，据认为最接近原本的一个卷子，其逐段呈现文字和穿插图像的方式与《女史箴图》卷如出一辙。《洛神赋图》卷最有趣的地方是画家如何巧妙地照字面的意思表现原文中的那些比喻。曹植诗中对女神有生动的描绘，他形容女神的姿态“翩若惊鸿，婉若游龙”，其绰约仿佛“轻云之蔽月”，其光彩则如朝霞，如芙蕖。画中的女神就被诗中所说的这些比喻物包围着。

据说顾恺之画过三百余堵寺院和道观的壁画，包括一堵维摩诘像，维摩诘是佛教里的著名居士。这些作品如今皆无踪迹可寻。但是我们知道，佛教的传入以及同时期道观制度的形成，深刻地影响了汉早期图文结合的方式和风格。著名僧人支遁（314—366）为一堵佛陀像（当然是壁画）写了一篇“像赞”，通过给佛陀画像配上一篇长长的详细的传记，这篇像赞极大地拓展了汉代风格。来自中亚的壁画画家，以印度的艺术传统作画。他们借助连续的“空间单元”图说复杂的记叙文本，比如佛陀诞生的故事。这些“空间 【474】
单元”互相连锁，描述了故事的一个个特殊的瞬间。开凿于北魏（386—534）后期的敦煌第428窟，以三个长排单元，讲述了年轻王子如何舍身饲虎而再生成佛的故事。类似的视觉技巧也出现在《洛神赋图》卷中。横行的手卷和这种横排壁画之间的关系，中国的图说传统和印度的图说传统之间的关系，尚需仔细研究。尽管这些佛教故事皆有其文本依据，但是壁画很少附文字，也许是因为这些壁画本就是给那些不识字的人看的，他们或者已经知道这些故事，或者在观看时给他们讲解。

至六朝末，汉“画赞”已经表现出许多后世“题画诗”的特征。转化的最早证据，是江淹（445—505）一组（四首）题为《雪山赞》的诗。诗为五言，每首八句。据诗前的短序，画中画了道教天宫的仙境山水，其中有几个得道仙人，他的赞就题在仙人旁边。江淹说，他是受画的感发而为这些仙人题写了“小赞”。和此前的例子一样，诗中的措辞基于更早的文本，构成了联系文献和图像之间的媒介。从后世题画诗发展的角度来看，最重要的是，江淹的这组画赞是五言诗，而且是作为他对一件已有画作的情感反应的告白。

在题画诗的发展中，汉代的“赞”与咏物诗的结合起了很大的作用。咏物诗是六朝后期流行的一种诗体，热衷于对所选中的对象作准确、精致的描绘。虽然这一传统是从描写自然物和自然现象开始的，如描写风、雨、雪、植物、动物等，但是到六朝后期，小巧的人造物品如乐器、镜子、扇子却成了诗人们喜爱吟咏的对象。借一位学者的话说，描绘性的诗成了“引起人美感的‘文字画’”。咏物诗的目的不是简单地描绘对象，而是用文辞激起联系于对象的心境或情感。相对于简单对象而言，画的复杂多样的主题能够提供更多的可能性和挑战，因此画便成了特别适合吟咏的对象。室外的景物尤其有吸引力，在那里，诗人可以对一系列自然物象，而不是仅仅一个孤立的物象，施展他们的描绘能力。当然，最具挑战意味的是用诗的语言再造画里的情绪或气氛，简单地说，用文字表达看画所得的经验。

《咏画屏风诗二十四首》，伟大诗人庾信（513—581）的作
【475】品，是早期最著名的咏画诗之一。与前面所讨论的江淹《雪山赞》一样，庾信的《咏画屏风》也都是每首八句的五言诗。其中起首咏山水，一首咏猎，一首咏浣衣，一首咏侠游，其余的咏亭阁、花园、宫女。这二十四景是否全属于一个大型屏风集尚不清楚，也许更可能是编者把庾信单个的咏屏诗汇集在一起，共得二十四首。只有少数几篇诗流露出庾信对画的主观反应，大部分是纯粹的描述。七世纪初叶唐朝的到来，对这一情形并没有多大的改变。初唐在这

方面和在文化生活的其他许多方面一样，是六朝后期的延续。七世纪为数不多的几首题画诗里，“咏”（或曰“歌”）字常常见于诗题。这些题画诗绝大多数延续着早些时候的纯粹描述模式。

清代大批评家沈德潜（1673—1769）明确地写道：“唐前无题画诗，此体自杜甫始。”诗人杜甫（712—770）有约二十首与画有关的诗，这些诗记录了中国艺术中文字和图像关系的一个基本变化，同时也奠定了杜甫作为唐朝最重要的题画诗诗人的地位。简单地说，八世纪见证了从“画赞”到“题画诗”的彻底转变。如前所说，汉代的“赞”试图通过在过去文献和当前图像之间建立联系而向观者提供一个客观的信息。“赞”，无论在政治或者宗教的用途上，都是一种十足的说教风格。在那里，观者对作品的接受，被设定为对此作品所传递的说教信息的单纯接受。然而在杜甫手里，题画诗成了图像和作为观者的诗人之间相互影响的一种记录手段。文字现在成了记录观者主观反应的载体。文字的旧有功能，即作为联系传统的纽带继续存在，并将在即将到来的宋代重换新颜。但是新的焦点，如我们在杜甫那里看到的，把图像和观者至关重要的关联带到了中央舞台，并且为后来题画诗或画跋演变成为画评和画论的载体打下了基础。这种转变的征兆，是唐代题画诗的诗题中“咏”字的消失，而“观”字出现的频率越来越高。

杜甫咏画的核心是关于画之“真”的设想，最基本的方法是赞美画家：你画得如此好，看起来像是真的一样。此前宋之问（约656—712）和李白（701—762）已经用过这个手法，但是杜甫把这个简单的设想发展成了一种艺术理论。这种理论把看画的经验联系到实际世界的经验。画的虚构之“真”成了杜甫沉思真实世界的载体。例如，在作于晚年的《姜楚公画角鹰歌》一诗中，杜甫惊叹道，绵州衙府的一幅角鹰画得那么“真”，以至于观者担心它就要从调鹰人的臂上飞走。但是这件质量上乘的作品（画于安禄 【476】

山［703—757］叛乱［755—757／763］之前的太平时期）提醒诗人，鹰的“真骨”已成“虚传”。尽管它的写真还在，那只真正的鹰——这件作品精确捕捉到的那些品质的真实来源，早已成为过去。杜甫把现实和图像融合在一起，以曾经存在的鹰和画中的鹰之间的对比，隐喻自己失败的人生：“梁间燕雀休惊怕，亦未抟空上九天。”总之，杜甫把画变成了记忆的载体。在另一首《韦讽录事斋观曹将军画马》中，唐朝九匹名驹的新画像如此逼真，给人“缟素漠漠开风沙”的感觉。但是画中栩栩如生的马却让诗人联想到那些真实的活生生的名驹，它们曾经为皇帝的宫廷增色，后来又把皇帝送进他的陵墓——那里如今“龙媒去尽鸟呼风”！同样，新画所虚构的“真”和已逝现实的真之间的对比，产生了无比沉痛的伤逝之感。或者如宋代伟大的评论家洪迈（1123—1202）在评杜甫的咏画诗时所说，“以真为假，以假为真，均之为妄境耳”。

杜甫的咏画诗对画家充满敬意。他们创造具有如此感染力的“真”像的能力，可以媲美大自然的创造力。杜甫坚持认为，画和文学一样，具有表露作者心迹的能力，因此可以作为传达思想的一种媒介。另外，杜甫的咏画诗，大半涉及画马、画鹰，或画松，它们在中国文学中有稳定的寓意。通过把自己对画的诗性反应集中于这类主题，杜甫强调了寓意假设的共同点，而这正是观者假设这些形象无论在文学（尤其是诗歌）还是绘画里都有重要意义的基础。

杜诗有许多题目以“题”字开头，比他同时代的任何人都多。很可能，杜甫有些题目中不含“题”字的诗原本也是题在画上的。“题”字很久以来就用于标识那些题在墙壁、景区建筑甚至树干上的诗。它之所以会扩展到题于画上的诗，无疑是因为唐代的壁画非
【477】常普遍。但是，把诗写在画上或旁边的实践无疑也是动因之一；而把这些诗标为“题”，反映了八世纪人们对文和图的态度正在发生变化，希望把这两种艺术作品一起保存。正如一首题在景亭上的诗

记录了诗人对自然之景的反应，一首题在画上的诗也记录了诗人对所画之景的反应。在所有这些领域——他对画家技艺的评价，他选择关注那些有文学价值的绘画形象，他使用“题”字——杜甫远远超前于他的时代，他既预示了北宋文人画的发展，同时也为之作了重要的铺垫。

杜甫题山水画的诗也遵循他以画为“真”的观念，这里应该称“真”景。谈到山水画时，“真”的理念涉及真的宗教意义，即一种“真”或“完美”的状态，人在其中与他所感知的对象融为一体。关于山水画的最早文字出自顾恺之和宗炳（375—443），他们视山水画为实际山水经验的替代品。在山水画之前的沉思，或关于山水画的冥想，有助于“实现”主体与其所经历的山水之间的融合。因此，画与实际山水在功能上是等价的。在中国，山水画的起源，与人们培育盆景、叠造假山以及其他表现微缩自然的文化密切相关。唐代的山水诗继承并发展了这些观念。最早的关于山水画的唐诗，是陈子昂（659—约700）关于壁画山水的一首短歌《山水粉图歌》。画中的山被说成是四川的巫山，画中的水被说成是周流东海中三座仙岛（道家的乐土）的河。陈认为这山水形象反映了画家“爱云山以幽求”的心迹。

称画中山水描写的是西方昆仑或东方蓬莱仙境中的山川、云雾，这成了咏山水画诗的一个套路。许多山水画，或认真地或比喻式地，被理解成对道教仙境的描绘。杜甫《观李固请司马弟山水图三首》描述了一幅山水画，山中住着神仙，诗人辨认出那些神仙并叫出他们的名字。组诗以这样一个设想结尾：诗人希望走进画里，坐上画中的木筏，被仙人带走。设想画如此逼真，以至于观者/诗
人希望走进画里，这是后来宋元题画诗的模式。李白的几首咏山水 【478】
画诗也是基于这个模式。《莹禅师房观山海图》描写那位“真僧”在禅房静坐，四周围着屏风，使得房间里像是装满了山水：“蓬壶

来轩窗，瀛海入几案。”山水和房间之间的界限消失了，“杳与真心冥，遂谐静者玩”。在山水画的宗教性质方面，杜甫和李白的理解是一致的。这非常重要，因为李白的咏画诗在许多方面较杜甫保守。李白的咏画诗反映着六朝的传统，他的文集里有十余首“画赞”，许多是为新近去世的人（可能是获罪而死）而作。还有一篇很长的五言画赞，诗前有序，是关于佛教“净土变相”的。该图或许和我们在敦煌石窟发现的壁画相似。

与杜甫和李白相比，王维被看成唐代最伟大的诗人画家，但实际上他没有一首与画相关的诗歌传世。王维身上文人画之祖的光环，多半是因为始于北宋的一系列错误影射，以及他自己的许多诗句具有图画的性质。不过，也确实有些证据说王维有时候交叉运用他在诗歌和绘画上的天赋。首先，一份九世纪的文献记载，长安一座大宅里有一堵王维画的壁画及王维的亲笔题记。其次，王维的诗人画家声誉，很大程度上依靠《辋川集》和后世一些图说这些诗的手卷之间的关联。《辋川集》是王维和他的诗友裴迪（生于716年）的唱和集，分咏王维辋川别业（在长安南部的山间）中的二十个景点。显然，王维依照自己诗里的顺序，把辋川二十景画在了当地他建造的一座寺院的墙上。那座寺院及壁画皆毁于845年的灭佛运动。但是此前的某个时候，王维本人或其他某个画家为壁画绘了个手卷本。一般认为，后世数量众多的《辋川图》本子都摹自这个最早的手卷。但是这些本子可能没有一件早于元代，它们与王维的壁画原本有什么样的联系也没法说得清。后世的这些《辋川图》在对“辋川”文本的处理方面各不相同。有些本子诗在画后，有些本子诗题在相应的景点旁边，有些本子只题了景点的名字而无诗，有些本子根本就没有文字。

与王维同时的卢鸿有一件题为《草堂十志》的横卷，此卷有两个本子传世。其一包含卢鸿在嵩山隐居之所的十处景点，每景题有所在地点的名字和一首诗；其二则省略了诗。北宋之后，文人对早期文字、图画相结合的任何一点迹象都充满热情，因为这可以证明他们自己诗画结合的创作的合法性，并获得一个高贵的唐代门第。王维、卢鸿卷的流行，是这种心理的最好证明，同时也反映了元明绘画中描写士人别业和隐庐的风气。这些画通常带题跋，称赞隐居的理想。 【479】

十一世纪，成熟的士大夫文人群体出现了，他们在政治和文化生活中享有无可争辩的统治地位，从而发动了理论和实践上的一系列变革，最终把绘画提升到与文学同等的地位，绘画遂成为士大夫文人表情达意的一种形式。“画者，文之极也。”十二世纪杰出的艺术史家邓椿写道。这一表述确认了前个世纪里主要以苏轼（1037—1101）及其周围的人，如黄庭坚（1045—1105）、李公麟（1049—1106）、晁补之（1053—1110）等鼓吹重估绘画价值的成果。通过扩展杜甫关于图文关系的思想，这些北宋的学者和画家发展出一种深奥的理论模式，为其后的图文融合铺平了道路。宋代后期和元代，这种理论模式得到广泛的运用，并最终改变了绘画和诗歌的创造。这些变化构成了士大夫文人文化生活的要旨，直到二十世纪这种文化瓦解为止。

定义“文人画”的那些北宋观念可以总括成两大类：一、画须表达画家的性格、品质和情感；二、画的内容须广泛联系于士人作为政治和社会领导者的角色。（第三类，即绘画须是士人自我道德修养的一部分，北宋文献这方面的证据不够明确。也许最稳妥的处理方法，是视其为后世士人的价值向宋代的投射。）这几类各以其自己的方式，改变着关于图文关系的已有观念。当苏轼表示他对王维的喜爱胜过吴道子（约710—760）时，他其实是在强调绘画应当表现画家的品质。吴道子是一位绘画大师，但是王维还是位诗人，他能够看到并画出“象外”的东西。在“象外”的，其实是画家的心境，因此画是一种“心印”。这个概念与禅宗，以及认为山水画可以融合观者/画家之心和真景这一早期思想，都有密切的联系。苏轼还抨击以“形似”为基本审美价值的观念。他提出，作品的“意气”更为重要。他并不反对形似，而只是反对以“形似”为绘画的
【480】终极目标。他所谓的“意气”，本质上是画家通过在画中呈现物象而表达出来的心境和意向。

“文人画”与诗歌创造活动的类似显而易见，士大夫/文人画家“离画工之度数而得诗人之清丽”。编成于1120年的《宣和画谱》（宋朝的宫廷藏画目录）说，像诗人一样，一流的画家借自然物象“寓志”（这是《毛诗大序》中所勾画的诗的目标，参见本书第一编第五章和第六编第三章）。就像拙劣的诗由于缺乏感情和精神的深度而流于肤浅的描述，局限于亦步亦趋地摹写物象的画工画也绝无可能揭示“象外”的画家之心。把苏轼的思想和杜甫的思想相比，其关注点的变化令人印象深刻。在杜甫那里，画家也许确实是其作品的主人，令人钦佩；但是作品的意义却来自看画的人，是看画的人把自己的心情和在世间的经验带进图像并最终赋予其意义。在苏轼这里，画家/诗人借自然物象表达他自己的心情和经验，因此，最终赋予作品意义的是画家本人。

尽管上面概括的关于绘画的美学理论与禅宗有关，其社会理论却主要是儒家的。一件作品的意义须联系于画家的政治或社会参与，然而只有士大夫画家才可能有这样的“参与”，一般的画工不可能有。这里所说的政治，不仅包括一个个孤立的政治事件，而且包括积极参与传统的政治活动所涉及的个人和公共道德问题的整个领域。按照儒家的教义，诗的主要功能是观政之得失（“观”）并加以讽喻（“怨”）。大约在1080年，艺术批评家郭若虚把这种功能扩展到绘画，他写道，绘画可以“鉴贤愚，明治乱”。于是，诗歌中长期以来作为“观”和“怨”的喻性载体的那些主题，也成

为绘画所喜爱的形象。比如，松树和落叶灌木之间的判分，为“君子”和“小人”之间永恒的冲突提供了大量比喻。梅、竹、兰图借助这些植物的诗意性联想，宣扬一系列正面的道德和政治价值。

早期士大夫/文人画的这一特性，需要放到北宋政治生活的背景
中去理解。北宋政治充满着对抗性质，苏轼和他的圈子是当时争夺
政权的三股势力之一。他的圈子政治力量最弱小，自1079年苏轼被控 【481】
作诗诽谤皇上、非议朝政之后，大部分成员仕途落魄，或被长期禁锢，或长年流放在外。苏轼圈子里的绘画活动，为他们面对政治失败后越来越困难的处境提供了凝聚力和道德优越感。有些学者还提出，画也许为这群人提供了一种相较于诗、文来说较少受政府审查的交流工具。但是，毫无疑问，这些士人视画中之“意”为有学问的观画者与画家之间的交流之途，如果只有品格高的士人才能于画中寓“意”，那么也只有品格高的观者才能领略那“意”。苏轼及其友人的许多题跋都是为了说明画家和观者之间的这种道德联结。

晚近中国学者和近代西方学者都已指出，士大夫/文人的这种绘画观，意味着画和诗的“可转换性”。最常见引用的，是苏轼的名言：“味摩诘之诗，诗中有画；观摩诘之画，画中有诗。”但是进一步研味苏轼这句话以及相关的文本，我们发现，北宋学者清楚地知道不同艺术用不同的媒介，有不同的力量，有各自的局限。画和诗既非同一，也不可换，但是可以互补。欧阳修（1007—1072）、邵雍（1011—1077）、沈括（1030—1094）及苏轼团体的文人，他们的政治和思想立场尽管不同，但是都承认不同艺术各自的特色。初步设想出一种结合了绘画、书法、诗歌的新的艺术形式。到了十一世纪末，当这种设想完全实现之后，学者吴龙翰（1233—1293）总结宋代的诗画关系说：“画难画之景，以诗凑成；吟难吟之诗，以画补足。”

尽管在苏轼去世之后的数年里，苏轼及苏轼集团的作品遭到查

禁（苏轼的绘画无真迹传世），但是北宋其他一些学者和画家很快就认识到，诸种笔墨艺术之间互补性的协作，可以产生新的审美可能。从存世作品来看，是宋代宫廷画院的画家，而不是士大夫/文人画家，实现了那种图文协作。宋代皇室对提升绘画的社会地位贡献良多。实际上，仁宗（在位时期：1022—1063）之后的宋朝皇帝无不精通书法或绘画。宋徽宗（在位时期：1101—1125）重建宫廷画院，不仅增加了院内画家的人数，也提高了他们的地位。徽宗本人即是造诣极高的画家和书法家，他立即着手在宫廷的艺术生活中发展这些新出现的理论模式。他的创新包括画院的招生考试。循翰林院的先例，这些考试要测试考生解释诗句的能力，给他们一句诗，
【482】要求他们画一幅能唤起诗中气氛和情绪的画。在评阅时，鼓励间接的、微妙的、暗示的表达方法——都是宋代诗歌批评里所主张的基本价值。其目的是要揭示文本中所蕴涵的直接的视觉形象之外的意义。比如，有一次考试给出的一句诗是“野渡无人舟自横”。一般考生画显而易见的形象：一叶空舟泊在崖边，或有数只白鹭歇在舷上，或有数只乌鸦宿在缆绳里，以表示没有人和夜晚的来临。但是第一流的考生却画一个舟子倚在船尾弄笛！这个形象着意于舟子之闲，因此较好地阐释了原诗的旨意，不是没有操舟的人，而是没有要渡河的行人。

徽宗还常常用画和书法表示对臣子的赏识、奖励或告诫。《芙蓉锦鸡图》即是这样一个幸存至今的罕见例子。这件作品署徽宗本人的款，它所展示的高超的协调能力，远远超过了其所在的时代，并预示了其后文字和图画的全面融合。题诗曰：“秋劲拒霜盛，峨冠锦羽鸡。已知全五德，安逸胜凫鹥。”诗的巧妙暗示把观者对图像的解读导向某些经典文本，而这些参考文本使锦鸡成为某类人的象征——他的德性超越同侪（在这幅画里则是凫鹥）。“峨冠”既指锦鸡的冠，又指政府官员头上所戴的高高的帽子。题诗将锦鸡定

格为一个德性完美的形象，五德的象征（仁、义、礼、智、信）；同时也使整幅画成为一个寓言，在这个寓言里，锦鸡比喻受赠此画的那个人。就空间而言，题诗的块面经蝴蝶和锦鸡的目光框定，被成功地组织进了画面。你可以合理地想象，这是徽宗赐给某位高级官员的礼物，也许是在他晋爵二品之时——锦鸡是二品官员的徽章。当然，画可能是徽宗亲笔，也可能是出自某位院画家之手。

宋代以画释诗的兴趣在团扇传统中继续发展。团扇有两面，一面作画，一面题字。所题文字往往是唐人或北宋人的一联诗或一首绝句，但是传世的团扇中也有原创的例子。这两种情况下，画似乎都是为配已有的文字而构思，就像画院考试的情形那样。院画家夏圭（1195—1230）有一幅团扇，其背面是孝宗皇帝（在位时期：1162—1189）的题句。此扇画苏轼的一联诗：“平生睡足连江雨，【485】
尽日舟行擘岸风。”这件作品集中体现了宋代图文互足的理想。作为诗句的说明，画很好地捕捉住了一个穿过河流、湖泊，踏上一次没有尽头的旅程的独行人的一般情绪。但是一旦看画的人认出船上的旅客/诗人是苏轼，那特定的题句立即给这幅画增加了一份特别的辛酸。

宋末元初这段时期见证了北宋图文融合理想的完满实现，一种一元化的艺术创造——画、书法、诗歌出自一人之手。这一发展与蒙古人入侵对在野前宋士人的影响有关，他们中有些人希望用艺术表现对前朝的忠诚。钱选（约1235—约1301）是最早创作这类作品的先行者之一。钱选是宋朝的一位学者，宋亡后隐居不仕。他有一件被称作《梨花卷》的短卷，可能作于1280年前后。初看上去，《梨花卷》与人们所熟悉的南宋院画《雀花图》相似。然而画家自题在画幅右端的诗却透露，他通过提及更早的一篇作品，把梨花形象变成了自己政治理想的表达符号。诗曰：

寂寞阑干泪满枝，洗妆犹带旧风姿。闭门夜雨空愁思，不似金波欲暗时。

第一句隐晦地提到了白居易《长恨歌》里的一段。在《长恨歌》里，白居易用梨花上的春雨比喻杨贵妃脸上的泪珠。杨贵妃是唐玄宗的爱妃，在安史之乱的756年，唐玄宗被迫舍弃了她。在钱选的作品中，梨花象征杨贵妃，而杨贵妃又代表那些宋朝的官员——他们失去了宋朝的庇护和“金波欲暗”前的快乐，“闭门愁思”。第一句暗含的典故产生了一个双层比喻，这个双层比喻把梨花形象变成了画家自己的象征（梨花＝杨贵妃＝钱选）。这种文字、图像的复杂融合，远远超出了南宋宫廷艺术中文字、图像的简单配对，宣告了士大夫/文人画的成熟。

【487】元代是士大夫/文人画发展史上的一个分水岭，也是越来越微妙的文字和图像关系的一个分水岭。在元代画上题诗的现象戏剧性地增多了。像虞集（1272—1348）、揭奚斯（1274—1344）这些元代大诗人留下来的文集里，竟然有超过四分之一的诗是题画诗。许多题跋记录了社集时的观画活动，以及它们被当做礼物在文人间流转的情况。这一事实，加上那些数量巨大的题画诗，证明画作为社会对话和思想对话的载体在元代越来越流行了。元代主要的画家如赵孟頫（1254—1322）、黄公望（1269—1354）、吴镇（1280—1354）、倪瓒（1301—1374）以及王蒙（1303—1358）也都是有造诣的诗人，他们的题画诗既为他们自己也为他们同僚的画作增色。如今反过来了，这些画在构思时就考虑到了会有当代人或未来的人在上面题诗。

通常来说，学者们把元代的题画诗分成五大类，如果不能溯源到唐的话，大部分都可以溯源到宋。第一类题画诗主要局限于对画面内容的描述。这时诗人所面临的挑战是，尽可能逼真地重现画中的气氛，同时又保持自己独立于画的观者身份。通常是那些竭尽诗人描写技艺的诗，如梅尧臣（1002—1060）题隋朝（581—618）展子虔的一堵寺院壁画的诗，那堵壁画画的是二十四鬼拔河。第二类题画诗以画为议论的载体，而议论的主题却并不直接来自画中的形象。一幅描写“赤壁”（三世纪著名的赤壁之战的战场）的山水画也许触发诗人沉思人生的短暂或人间争斗的虚妄。许多诗人借画表达他们对公务的态度，也借画进行政治讽喻或批评。友情和政治性隐居的慰藉是特别流行的话题。这类诗发展了杜甫以画中的形象为跳板而抒己幽思的传统。第三类题画诗通过陈述画中形象与另一个人或事之间的直接联系而把画转变成一个比喻。比如袁桷（1267—1327）在赵孟頫《逸马图》上题的一首诗。这幅《逸马图》是赵孟頫送给蒙古官员护都沓儿（1296—1349）的，这位官员任京官，其时正要秩满返乡。袁桷的题诗直接把那位刚卸任的京官比作“逸马”（解除了劳役的马）。这种用法承自寓言画的传统，如徽宗皇帝的《芙蓉锦鸡图》或钱选的《梨花图》。第四类题画诗赞美画家的画艺，讨论绘画的理论或提供绘画史上的评论意见。第五类题画诗基本或根本不涉及画，而只叙述画在社会上的流传史。

倪瓒的《六君子图》告诉我们，艺术家和他的观众如何通过题跋赋予此画特殊的意义，后来的题跋者对此画又有怎样的反应。画【489】中描绘丛生于河边一小块斜坡上的六棵树，宽阔的河水对岸是一带远山。倪瓒本人题在画面右中部位的自识说，1345年春天的一个晚上，他泛舟来到友人陆衡的寓所。其他几位客人已经先他而到了，其中包括大画家黄公望，到后不久就作了这幅画。倪瓒自识中还说，每次会面陆衡都要逼迫他作一幅画，这次也不例外。尽管旅途劳顿，疲惫已甚，倪瓒还是勉力满足了陆的请求；他还料想黄公望见了这幅画会发笑。最后，倪向这位年长的画家表示敬意，暗示说他使用了一种黄公望可能视为本色的绘画风格创作了这幅《六君子图》。显然，黄公望不久就看到了这幅画，他在画的左上角题了一首诗：

> 远望云山隔秋水，近看古木拥陂陀。居然相对六君子，正直特立无偏颇。

黄公望诗里“六君子”暗指宋朝的一群士大夫，此图后来被称为“六君子图”即是因为黄公望的题诗，他们因为反对一位独断专行的权相而遭到政治流放。

我们无从知道倪瓒是否有意以这六棵树象征当时在陆家聚会的那些人，或宋朝的六君子，或者两者兼而有之。但是在当时在场的黄公望看来，这幅画表现了面对政治分崩离析时的道德坚守和高尚情谊。第二位题跋者可能是陆衡的另一位客人，他写道，如果画家有意在画中添一只钓艇，一定要用他作渔翁的原型。位置最后的一个题跋，时间上显然晚一些。他提到了黄公望的去世，说对黄、倪的记忆将继续活在这幅画中。倪瓒不仅把自己在右侧的题跋融进了画的总体结构和总体平衡，还在上方留下空白，供黄公望和后来的观者作题跋。于是，随着时间的推移，原作不断因为题诗而获得新的意义。而且在文人鉴赏家看来，来自后世确当而有深度的题跋非常有助于增强该画的审美价值。

明（1368—1644）清（1644—1911）两个时期，图文相互关系史的资料，数量既庞大，内容又复杂；但是这两个时期是以数量和
【490】多样性取胜，创新较少。中国韵文的格律结构向来把注意力集中在对句上，而图示唐代名句的画（诗意画），无论册页还是挂轴，在十七世纪变得非常普遍。王维的诗句最受欢迎，既因为其文人画祖师的地位已经得到确认，也因为苏轼曾宣称王维是唐代最有“画趣”的诗人。这些诗意画总是把对句从原诗里抽取出来，而之所以

经常选择这些诗句，乃是因为它们具有生动的自然物象。文字和图像的联系往往很松散，有时候是先有了画，然后才选诗句。隐居是人们喜爱的一个主题，描绘园林和山居的画特别流行。比如在晚明的苏州，艺术家把唐诗的意象转化成亲切的苏州园林之景。从积极的方面看，这样的处理能够让观者产生一种舒服的怀旧的感觉，同时也显出优雅的文化气氛。现在，文字和图像的融合在审美和思想表达的各个层面都得到了完满的实现。苏州的职业画家会用王维题道观的诗句，装点用于谄媚而公开悬挂的祝寿画；个性高蹈的绘画大师如朱耷（八大山人，1626—1705）则用神秘、古奥的残篇断句，创造出精致的视觉之谜，表达他个人对亡明的忠心。

上面所述诗歌、绘画、书法之间的相互作用，产生了一种特别的艺术形式——画诗（诗意画），这成了中国乃至朝鲜、日本的士大夫文化的标志。这些相互作用所产生的优势，又反过来引导着各个艺术门类（诗歌、绘画、书法）的发展。一向对生动的自然物象敏感的中国诗歌，又获得了一种新的、亲切而且取之不尽的意象资源。画，尤其是山水画，则发展出一种诗性的、抒情的品质，直到今天这还是它的根本性质。而绘画和书法有了更紧密的联系，因为文人们造成了“书法性”的笔墨风格，使得观者可以像赏读书法那样赏读绘画。

蔡涵墨（Charles Hartman）

绿杠文库

见珍于世

第三编·散文

哥伦比亚中国文学史

[美] 梅维恒 主编

马小悟
张治
刘文楠 译

新星出版社 NEW STAR PRESS

目 录

【493】 第一章　史书的文学特征

从中华文明萌芽之时起，保存和回忆过去就是其重要的组成部分，故而中国历代产生了大量史籍。在传统中国号称受过教育的人无不花大量的时间阅读史书。事实上，二十世纪的著名学者胡适（1891—1962）还把多达三千五百卷的“二十五史”列入他所开的“初学必读”书目中。这些史籍中的大部分尽管对历史学家颇有用处，在文学上却并不重要。然而，在卷帙浩繁的史部中，也有不少兼具文学价值与历史意义的作品值得一读，尤其是早期历史撰述，这也是我们要重点讨论的内容。就像西方古希腊、古罗马史家的作品，这些早期史书非常重要，因为它们出现在历史意识刚刚形成的时期，那时历史意识的表达仍有清新的初创之风，尚未陷入后期固守传统、自我重复的窠臼。而且，早期的某些史籍地位极高，几乎每个读书人都要阅读背诵这些文本，因而它们成为某种标尺，确立了后来的史学传统，有时甚至是限制了后世的发展。

在讨论中国的史学传统及其重要文学价值以前，我们尤其应
【494】 该简要探讨一个问题，历史和小说之间相当模糊的界限。在中国，史书处于主导，享有崇高地位，以至于早期中国的小说如志怪（见第三编第四章）往往写成史书，严肃的评家并不将其作为小说来评论，而当做某种有缺陷的史书，认为它们出自“街谈巷语，道听途

说”，故历史价值微不足道。而且，历史在中国经常成为孕育小说的“原材料”。有时当我们追溯某一历史故事的起源，往往最初根据的是常见史籍中一条极简要的记载，然后经过一系列文本演化，历时久远，最后变得内容极为丰富，明显有小说的虚构痕迹。但我们基本不可能在这一过程中划出一条明确的界线，区分出哪些是历史，哪些是虚构。

很多现在看起来可靠性存疑的史料，甚至也夹杂在最严肃的中国历史文本中，尤其是我们这里要讨论的早期文本。早在孔子（前550—前479）的《论语》中就提到对这种虚构历史倾向的担忧，孔子说“吾犹及史之阙文也”，说明他更欣赏过去史家不以臆测填补历史记载空白的做法（《论语·卫灵公》），又说“文胜质则史”（《论语·雍也》）。然而，现代的文学读者不会像孔子那样担忧史实问题，因为中国史籍中许多被认为最具有文学价值的部分正是在历史真实性上最可疑的。不过，我们的目的不在于参与争论各种史籍的相对可靠性。中国史家的理想形象当然是一个有勇气的史官，秉笔直书其所见所闻，但是猜想、夸大、文饰的倾向肯定有时也会压倒对冷静客观性的追求。从文学读者的角度来看，这种倾向往往是相当受欢迎的。

中国的历史记载源于官方礼仪。这一最初的背景不断影响着中国史学的诸多特征，尽管某些历史作者已经远离政治和礼仪中心，但这种影响仍然长久存在。与中国史学传统的最初形式相关的有祭祖典礼、正式的官方法令、天子言行的记录、君臣对话的描述等。中国古代掌管着这些传统的“史”，是周代（约前1027—前256）礼官的一部分，负责记录发生的事情，必须既客观又符合道德标准，以经受祖先和子孙后代的检验。可见，这些具有内在张力和矛盾的职责所孕育的史学传统并不统一，尽管它们拥有很多共同的特征。

中国最早的确实可信的文书，即商代的甲骨卜辞（最早可以追溯到公元前十三世纪）就是一种历史文献。这些记录占卜结果的文字，在占卜完成以后被镌刻在龟甲和牛骨上，然后收藏归档。预测未来的占卜内容被仔细地转录成有日期的历史记录，用来证明过去发生的事件。甲骨卜辞的内容原本是占卜，只是后来才变成历史记录，其内容非常受限制，全都是与商王及其家族有关的内容：是否该攻打某国，为什么王的牙疼了，王该如何分配战俘，某个祭祀应在何时举行，等等。这些文本具有史料价值，并体现了书写与宗教仪轨的早期联系，但很难在这些简短的记录中找到重要的文学价值。

青铜铭文，尤其是西周最初几百年的铭文，与甲骨卜辞相比要丰富得多，展现了精心雕琢的诗一般的宏大气势，其文学性应受到更多关注。青铜铭文被仔细铸造在大型青铜容器的内壁，大多用来记载和纪念某个贵族重要成员生平的重大事迹。事实上，这些铭文是家族史，旨在“子传子、孙传孙”，使这位祖先及其美德在子孙的记忆中永垂不朽。一般来说，一段铭文先交代日期，然后记录青铜器主人作出重大贡献的事件，接着历数周王因其功勋而授予的礼物，以为纪念。铭文结尾往往感谢周王的好意，并希望这个器皿能在家族中万世流传。青铜铭文中最与众不同的文本之一就是《史墙盘铭》。这段铭文用最华美的赞美词藻描述了周代早期列王的事迹，与周王的传承相应，接着叙述其本家族列祖列宗的功德，一直传到“孝友”的史墙，作为这一家族传统的典范（“史”为官职，“墙”为其姓名）。《史墙盘铭》被认为是中国最早对历史的有意识记载，因为它并不像大部分甲骨卜辞和青铜铭文一样是对当下事件的记录，而是对王朝和家族历史的追溯。

甲骨卜辞是卜者对预测的客观记录，而诸如《史墙盘铭》一类的长篇青铜铭文则是戏剧化的陈述，馈赠礼物的周王和受礼者之间的对话都在铭文中直接引用，并置其中。受礼者通常表达对馈赠的

感激之情，并希望其氏族将来一直使用这一器皿，从而使后辈可以 【496】
记住他，这位最初成就此器物的人。“记事”（包括在甲骨卜辞中对可能性的预测）和“记言”（大部分青铜铭文的内容）的区别在后来的中国史学传统中一直都起到相当重要的作用。

当我们把目光从早期卜辞和铭文转向最早的中国历史巨著《尚书》和《春秋》时，便会发现记言和记事的不同尤为明显。《尚书》基本上是口语的记录，大多是诰令、宣言、命令、对话等，大致发生在周代的最初几百年里，当时新王朝的创立者还在为他们灭商代之行为正名。《尚书》只稍稍提到了这些讲话的背景，读者必须自己从史料中重构当时可能的背景。正如卜辞和铭文，《尚书》中的这些史料显然出于政治权力的中心，基本上都是周王及其重臣的言辞。与同时代的青铜铭文一样，《尚书》用语高雅，词藻华丽。然而，与铭文不同的是，其中很多篇章带有为自己辩护的口吻，言说者一边声称自己不配统治，一边又试图使其听众敬畏而服从。

与《尚书》不同，《春秋》只记录事件，属于流行于春秋（前722—前468）和战国时期（前403—前221）的编年史传统的一部分。很可惜，这一时期大部分中原诸国的编年史都已散佚，只有东部小国鲁的编年史《春秋》保存了下来，并成为一个宏大的注释研究传统的核心。《春秋》的地位崇高，其传注十分丰富并充满想象力，几乎可以肯定，这是由于人们坚信孔子在将其集结成文的过程中起了关键作用，这一说法最初是在《孟子》中提出的。从表面上看，《春秋》不过是从鲁国的角度罗列了公元前722—前481年中原各国发生的重大事件，其条目简洁不加修饰，毫无文学讨论的必要。然而，对《春秋》不断进行解读注释的传统，建立在孔子“微言大义”的观念上，也就是说，这些貌似简单直接的记录事实上用词非常微妙，通过选词、省略、双关语等各种方式，孔圣人表达了

对春秋时期重要人物和事件的评判。注释《春秋》的传统最好地证明了，读者在文本中寻绎到微妙深奥之处的能力是多么令人惊讶，
【497】无可比拟。无论这些文本从表面上看有多平凡，只要重要权威宣称其中有“微言大义”就行。

记言与记事这两种史学传统在《左传》中融合在一起。《左传》大约撰于公元前四世纪末叶，文学性极强。《左传》极有可能是与《春秋》无关的著作，只是后来被重新整理、修改，被后代当成《春秋》的一部注释而行世。与之前讨论的简要历史记录不同，《左传》篇幅相当长（最近的通行本有四卷）。此书仍然采用了编年体，与之前的记事型历史《春秋》类似。因此，事件在《左传》中按严格的时间顺序排列，连续的故事和人物行动常被割裂，中间插入发生在同年或中间年份的无关事件。作者运用了某些叙述技巧，以弥补这一严谨机械的风格。其中最主要的技巧是闪回，往往由“初”来表示对事情前因的追溯，这在后世的编年体史书中也常用到；还有个技巧是预告结果，常夹杂在叙述之中。

正如之前提到的，《左传》是充分结合记言和记事两种形式的第一部中国史学著作，但从文学角度而言，这两种形式有鲜明反差。事件的叙述大都非常简练，倾向于罗列事实，也就是说句和句之间几乎没有词连接以说明因果关系。这种叙述风格使读者必须花相当大工夫去构建故事各阶段发展的顺序，有人将这称为“参悟式阅读”：读完每句话，都得停下来，想一想，最终把握这句话的意思以及跟前面内容的关系。《左传》中这些记事的语言十分质朴，成为后来许多文人的典范，借以反对风靡后世的浮夸的文学表达。然而，《左传》中直接引用的言辞，与这种简练、直白的记事风格截然不同，非常生动华美、词藻华丽。故事中的言说者往往是在说服统治者接受某个看法，有时还由另一个角色提出相反意见，他们都会使用丰富的论辩技巧。《左传》人物的论辩技巧中尤为重要的

是援引历史先例，以及诉诸礼仪和道德上的正当性。

在《左传》中，历史学家/叙述者的角色基本缺位。差不多同时代的古希腊历史学家希罗多德和修昔底德，不断以第一人称“我”进入他们的历史叙述，解释事件的意义，评论不同说法的可信度。与他们相比，《左传》的叙述者表面上一直以客观的口吻叙述事件，叙述本身不涉及质疑和评判。换句话说，《左传》背后的历史学家表现得 【498】好像只是个记录者，如实记下发生的所有事情。这一直都是中国史学撰述的典范，就好像过去只是由一系列具体事件和公开行动所组成，客观的史家仅仅不带任何感情地如实记下发生的一切，丝毫不加渲染。但是叙述者的缺位并不像表面看起来这样简单。《左传》的叙述者肯定带着明显的教诲意图来构建文本。简单地说，他想表达的是，在礼仪和道德上不正当的行为肯定会受到惩罚，而善行终会获得应有的回报。这样的主旨大致与之前孔子的学说相一致，这无疑也是《左传》后来被奉为儒家经典的原因之一。

《左传》中的历史学家/叙述者从不在文本中以第一人称的形式出现，而是使用其他人的口吻，或者至少借用其他人的名义，对某事或某人作出评判。最经常使用的两个身份是匿名的“君子”和孔子本人。无人知晓这个经常提到的君子到底是谁，很可能他不过是一个假想人物，既表明了历史学家自己的判断，又从修辞上撇清这些判断与历史作者的关系，使后者保持其客观记录者的身份。因此，我们也许最好把这句往往引出权威评判的“君子曰”理解为“君子将会这么说”。《左传》中引用孔子的言辞和评论，也大多是出现在某个事件的结尾处，这些话基本没在其他文献中出现过，很可能反映了孔子的徒子徒孙们对这些历史事件的解说，而《左传》的作者几乎可以肯定也是孔子传人。

正如古代世界流传下来的许多叙述，《左传》中的人物角色往往十分稳定，在叙述的各阶段中基本不会发生变化或发展。一旦我们掌握了某个角色是个什么样的人（通常并不难掌握），这个角色很少会在后来情节的发展中让人意外。读者对角色的感觉，也就是文学研究者所说的“角色塑造”（characterization），大致是从观察角色的所言所行而来，而非通过叙述者直接告诉我们应该怎样理解和对待某个人物。而且，这里基本上没有对角色内部心理世界种种动机、野心、意图的探究。角色隐秘的内心世界必须由事件的逐步展开和外化为演说和对话的语言来表现。

【499】一些中国学者试图归纳描述构成《左传》的各种基本文学形式。另一些学者则试图从这部异常丰富复杂的文本中寻找到后世各种文体的源头。对于前一类，学者归纳的文学形式有：申论、警示、敕令、请愿、说服、祝辞、描述以及引诗作诗。这些文学形式大部分脱胎于君臣关系，这一关系正是《左传》的主要内容，也是孔子及其门徒一直念兹在兹的主题。学者在《左传》中找到雏形的后世文体有志怪（即历史小说）、骈文和赋。这些泛泛的联系有些颇有点牵强附会，但《左传》所包含的丰富多样的素材的确十分惊人，对后世的发展有巨大的影响。

《左传》中最具感染力的一些名篇是描述重大战役的，例如韩之战（前645）、城濮之战（前632）、邲之战（前597）等。这些叙述中尤其有趣的是，与对战斗本身的描写相比，对战役准备工作的描述不仅篇幅长得多，而且作者写得也更为用心。尽管其中仍不乏对战斗的血腥描写，但这些情节远不如西方早期历史文本中那么栩栩如生。如此讳言可能在某种程度上是因为相信礼节正当和战略得当、准备充分才是决定战斗胜利的根本要素，远比某个人的武艺超群、勇猛善战重要。这个特点在后世历史撰述中一直延续，正史中对战斗场面的描写寥寥无几，与之相比，历史小说中倒常会出现对战斗的生动演绎，例如《三国演义》和《水浒传》。

《左传》名篇中另一经常出现的主题是继承人危机。这类危机似乎在春秋时期经常发生，往往牵涉到政治领袖盲目的偏爱。因此，这类故事采用非常戏剧化的描述，将读者带入权势者的私人生活，满足读者的窥私欲。在许多继承人危机的描写中，获得统治者宠幸的女人，往往为了把自己偏爱的儿子推为继承人而竭力破坏继承制的成规。《左传》第一个长篇叙述是关于郑庄公（约前743—前701）的名篇，这篇常被选入各种文集的故事就是这类情节的一个典型代表：母亲努力使其次子成为丈夫的继承人，仅仅因为她生长子时难产，让她受了惊吓。这个故事的重要之处，无疑也是其在历代读者中如此受欢迎的地方，就在于故事最后以母亲和长子的和解结尾。合乎礼仪的常规状态尽管受到私情和私利的暂时破坏，但最终仍重建起来，而且完全合乎孝的情感。【500】

尽管《左传》的魅力大多来自其对重要国事充满戏剧化且比较克制的描述，包括战役、继位之争以及处理不断变化的政治联盟的外交活动等，但有时候我们也会发现其中夹杂着一些对超自然现象的描写，至少是一些非常奇怪的事情。我们常认为孔子的学说对《左传》影响很大，《左传》也经常引用孔子的话，而《论语》中提到孔子“不语怪力乱神”（《论语·述而》），《左传》的作者在这一点上倒并未遵从师教。在一段叙述中，一个鬼魂出现在他生前为其驾驭马车的御者面前，御者说服他，若鬼魂计划复仇只会伤害其子孙后代。在另一个故事中，龙战于郑国首都城门外。还有一个故事中，石头会说话。几段对梦境的描述尤其富于技巧，最有名的就是晋景公（约前599—前581）的梦，他梦到恶鬼追他，后来又梦到他的病幻化为寄居其体内的两个童子。正如《左传》中其他对梦境的描述，此处晋景公的梦预示着未来，就好像《左传》中经常出现的甲骨占卜和蓍草占卜一样。

《左传》之所以在后世中国文学评论中的崇高地位，一方面是由于其自身的文学性，另一方面无疑也是因为它作为最受人喜爱的《春秋》传注而被人广为阅读记诵。基本上古人都相信《春秋》是孔子所撰的经典，因此，在某种程度上，《左传》成为世界文学经典之一，就好像《圣经》或《荷马史诗》，作为后世文学作品的典范。后来的散文作者都无法摆脱其影响，几乎都要以《左传》简洁、刚硬的文风为评判标准。

《左传》中记事和记言基本平衡，而其他三部与《左传》几乎同时代或稍后的文本则更倾向于记言。《国语》《晏子春秋》和《战国策》主要由对话组成，正如《左传》中记录的许多对话，其主要场所往往是在朝堂之上，大臣向君主进言、警示，有时甚至是巧言哄骗君主。这三部著作都不如《左传》那样受推崇，但即使不从文学或历史的角度来评判，它们仍有不乏有趣之处。

《国语》中提到的许多事件也见于《左传》，而且可以基本肯定源于同一史学传统。《国语》的特点是其中的演说往往用词讲究，有时甚至显得啰嗦。然而，就其中最精彩的部分而言，这些演说常运用生动的类比，奇妙地援引历史先例，采用文气澎湃的排比
【501】句。围绕这些演说的叙述结构通常只不过交代一下背景而已，然后在演说的结尾处陈述一下事情的结局。结局往往是意料之中的：接受臣下进言并依言奉行的统治者将获得成功，而拒绝纳谏者将面临失败，后者在《国语》中相当普遍。《国语》想使我们相信，春秋时期许多国家灭亡了，是因为统治者无视这些措辞精美、合乎礼义的建议。这些进言的贤臣体察到这个政治世界所充斥的微妙征兆，故能一叶而知秋。《国语》认为这样的大臣能知见未来，他们对事件结果的预测，得自于观察面相特征、肢体行动、衣着方式，于《诗经》等古文词的引述，最重要的依据是某人对仪礼要求的遵奉。简而言之，智者对这个世界和世间之人明察秋毫，他们的建议一定得遵循。

《晏子春秋》的一些特征与《左传》和《国语》如此相似，

不禁让读者认为这是部讽刺性的模仿之作，当然这肯定不是真的。与《左传》和《国语》不同，这部书在最早的文献分类（班固的《汉书·艺文志》）中被归到诸子类的儒家。由此可见，中国古代要在历史和哲学之间划出明确的界限有多难。这部书中的许多议论都交代了具体的历史背景，有几个地方大段抄了《左传》中相同的段落，只做了些微改动。但是，我们在这里讨论《晏子春秋》主要还是因为其形式。这些冗长廷议的主角是晏子，他与孔子同时代，以辅佐齐国数位君主（主要是齐景公，约前547—前490）有勇有谋的贤相形象而闻名于史册。在《晏子春秋》中，齐景公显得非常无能，幸好他忠诚的臣子不断地纠正他无数的政治错误和道德过失。但是，这位统治者无可救药地不断重复犯错，并很快旧病复发，沉迷酒色、目光短浅。《晏子春秋》的文学魅力在于其把很多形式都推向了极致，它是中国史学（包括许多哲学作品）某种最极端倾向的表现。一无是处的君主遇上了雄辩又能干的臣下，后者试图排除万难把君主引回正路。这一在后世中国文学经常出现的主题，当然也只不过是服务于作者的利益。史书和中国文学的其他文体一样，基本上都产生自依附于国家政权的阶层，他们只能希望统治者能听从他们的话。将其卓有见解的政治建议描绘成统治者唯一的救星，【502】
显然符合他们的自身利益。

如果说《晏子春秋》确切的写作意图并不总是那么明显，那么《战国策》则恰恰相反。《战国策》由许多历史事件和半真半假的故事组成，其中最吸引人的篇章显然是作为诡辩的范例而写的。事实上，这部由刘向（前79—前8）援引各种史料编撰而成的书，常常被认为是源于纵横家的作品。有些现代学者因此还认为《战国策》是某种训练修辞术的教材，就好像古希腊—罗马传统中的suasoriae（一种以历史为根据提出建议的修辞术）和其他修辞形式。尽管《战国策》作为史书而言一直被认为极不可靠，但史学大家司马迁（约前145—约前86）在写战国时期的历史时，所使用的主要材料大部分与组成《战国策》的史料并无二致。从文学角度看，这部书非常有趣。在《战国策》的辩论和献言中，机智和幽默往往比礼义和道德的正当性更为重要，因为这个特点，这部书遭到后世许多儒家学者的谴责，认为它会败坏道德。《战国策》中一些最好的章节往往是些轶事，是面对困境的机智应对。“秦宣太后爱魏丑夫”一节就是巧言说服的绝佳例子，堪称诡辩的典范。此节中宣太后病重将死，要其男宠魏丑夫殉葬。“魏子患之”，请了个说客。说客告诉宣太后，如果人死后无知，就白白牺牲了活人陪葬；如果人死后有知，太后伺候先王尚且不及，怎么还顾得上男宠。于是成功说服宣太后而使其改变了主意。《战国策》中许多机智的小故事最后都演化成了成语，至今还是汉语中的常用词。比如，“狐假虎威”，形容因为背后有人撑腰而表现得骄横自大，这个成语就是来自《战国策》中“楚宣王问群臣”一节中提到的虎与狐的故事，这个故事中狐狸骗老虎说自己是“百兽之王”，并带着老虎在森林中巡视，百兽果然表现得十分害怕，但那只不过因为害怕老虎而已。

如果说《左传》开创了中国早期叙述史的传统，并为紧随其后的史家树立了文学上的丰碑，那么《史记》毫无疑问是这一早期传统的巅峰之作，确立了后世史家几乎都要仿效的新标准。这一长达一百三十卷的巨著由司马谈（卒于前110年）和司马迁父子二人共同完成，他们都是汉武帝（约前141—前87）时期的太史令。很难确切区分父子二人各自写的部分，但是现在存世的《史记》肯定是由司
【503】马迁在父亲死后很多年后才最后定稿的，因此中国人大多一直将其看成是司马迁的作品。

《史记》的确切形式在这里无法详细讨论。简言之，它由五种形式组成，其中四种常见于后世的中国断代史中，两种甚至成

为断代史的标准形式："本纪"（十二卷），以王朝统治者为主线；"表"（十卷），以图表的形式展现历史事件及其相互关系；"书"（后世称为"志"，八卷）是专题论文；"世家"（三十卷）和"列传"（七十卷）则是我们后世统称的"传记"。中国学者将这样的编纂形式称为"纪传体"，因为在二十五部断代史中每一部都有本纪和列传，而其余三种形式则不一定有。司马迁强调"传"，将其看成是编年体本纪的补充，这是对此前史学传统的重大突破。这一新形式强调个人的角色，因此有些学者形容司马迁的史书是"围绕人的"。而且，在《史记》中占据舞台中心地位的人不仅仅是统治者及其臣子；当然，这些人很重要，但是一些处于社会边缘的群体也占有一席之地，如商贾、滑稽、刺客以及哲学家庄子这样竭力超然于政治之外的人物。

尽管司马迁在编纂结构上多有创新，这部巨著仍在很大程度上吸收了此前的传统。比如，司马迁使用了《左传》中的许多内容，把《左传》中艰涩的语言翻译成更加通畅的汉代文字，他也大段引用后来编成《战国策》的史料，只有略微变化。学者已经辨别出七十多种《史记》所用到的史料来源，所以我们把《史记》某个章节的文学性归于司马迁时还需谨慎，因为这有可能是他所用材料本身具有的文学性，这些材料可能已经散佚，而司马迁在使用它们撰写其巨著时也相当随意，有时并不注明出处。然而，我们读完司马迁的《史记》都会由衷感慨，他真是个文学天才，他的艺术贡献使这部书一直广受读者喜爱，甚于在中国古代的其他任何史学著作。《史记》的三种文学特性尤其重要。首先是司马迁笔下人物的复杂性和丰富性，其次是叙述和引用史料的生动，第三是史家司马迁本人强烈的感情投入，这使他自己也成为作品中一位引人瞩目的有趣人物。让我们简单讨论一下这三个特征。

正如之前提到的，中国早期史书中的许多人物都比较呆板，缺

乏微妙的细致差别。好人白璧无瑕，坏人无可救药。但是，在《史
【504】记》中，我们会遇到无法归类的人物，尤其在距司马迁一百年左右。这段时期内的历史，司马迁可以根据更为丰富的史料来写，包括耆旧之回忆，因此包含了比更久远时期更多的细节。举例来说，作为反抗秦朝（前249—前207）统治的领袖，楚霸王项羽（前233—前202）与刘邦（前247—前195）为争夺秦亡之后的天下而争霸。项羽在军事上的能力毋庸置疑，而且他还是个感情深厚、勇气卓绝的人物，这些显然都是司马迁所景仰的。但是项羽也有致命的缺点。他未能听从其最好的谋士的建议，在关键时刻常因无法决断而陷入僵局。事实上，项羽一直在情绪化冲动中摇摆不定，而且不明智地倾向于犹豫不决。司马迁描绘出项羽的复杂性，不是通过直接告诉我们项羽是个什么样的人，而是展示给我们看项羽在各种情况下是如何表现的。在《项羽本纪》篇末，司马迁最后评论项羽这个人物时，出人意料地对其作了相当负面的评价，与其叙述形成鲜明对比，这就使得项羽的形象更为复杂了。

大将军李广（卒于前125年）是另一个精彩而又复杂的人物。这位汉代重要人物的传记是《史记》文学上最好的篇章之一。司马迁认识李广，他笔下的李将军英勇非常，又爱护手下士兵，各地兵卒都愿受其号令。他也是匈奴最惧怕的汉人将军。尽管有这些优点，李将军还是总犯错误，最后在平生最严重的军事失利后，愤而自刭。类似项羽和李广的例子，在《史记》中不胜枚举。司马迁塑造的这些人物都很难归类，与《左传》中的人物相当不同。司马迁笔下的个人各具复杂性，令人迷惑，他们成为历史叙述中不可或缺的成分。这一特征使一代又一代读者为其着迷，后世的正史却未能一直保持这一特色。司马迁首创的传记形式一直都在使用，但此后的许多史家只是照搬一些陈词滥调去填充这种形式，并未写出人物的丰富性，因此也失去了文学感染力。

在许多地方，《史记》天衣无缝地融合了记事和记言两种形式。司马迁的技巧在于，他能流畅地在叙述和对话之间切换，大大改进了早期史书如《左传》中的生硬方式，也即只是用叙述来交代某段对话或廷议的背景。事实上，在《史记》中，古代这种记事和记言的区分基本无用了，两种传统已经水乳交融。《史记》中有些章节只是由讲话或奏章拼凑而成，但这些章节的乏味风格似乎代表了太史公司马迁对其笔下人物的评判，至少在有些情况下如此。【505】
司马迁讨厌的人物，如霍去病和卫青这两个典型例子，他故意写得枯燥乏味。《史记》中大部分的对话都经过精心组织，非常生动，以至于其真实性已受到质疑。《史记》中很多对话肯定是杜撰的，或由司马迁本人杜撰，或者司马迁所引的文本和口述已有杜撰的成分。举个明显的例子，当项羽面临四面楚歌将要走上绝路时，谁在帐篷里记下项羽和虞姬的临别遗言？然而，与古希腊史家修昔底德不同，司马迁并未解释其构建演说和对话的原则。也许中国史家本身的威望使其无须作这样的解释，也许在中国对逼真的追求要高于对历史"真相"的追求。在荷马史诗和希罗多德著名"谎言"的阴影下，修昔底德难免汲汲以求历史的"真相"。

司马迁本人成为他自己的史书中最有感召力、最复杂的人物之一，这为《史记》更增加了一层深度和文学魅力，也使他区别于所有的前辈史家以及之后的大部分史家。从某些角度来看，这一观点有些不寻常，因为司马迁就像《左传》的作者一样，基本在其撰述中保持"缄默"。他不像修昔底德和希罗多德那样总喋喋不休谈论着对这个或那个史料的看法，或者与读者一起沉思某个故事的意义；相反，司马迁的评论大体仅限于章末的几段话，统一以"太史公曰"开头。在这些明确划分的段落中，司马迁肩负起"史"的官方职责，站到前台对章节的内容作出评价。通常，这些评价都很简短，但重要的是这是他笔下史书的第一种评注。

“太史公”的评价与《左传》中“君子”的评述有所不同，“太史公曰”充满了个人情绪，因此是对历史人物和事件非常私人化的反应。不论是面对困境与死亡的主题，还是书中经常出现的惊人逆转，司马迁的评价都饱蘸情感与惊叹。例如，在提到项羽所言“天亡我，非用兵之罪也”后，他评道：“岂不谬哉！”（卷七：三三九）；另一处，他评汉文帝曰：“呜呼，岂不仁哉！”（卷十：四三七至四三八）；又，评吴太伯曰：“呜呼，又何其闳览博物君子也！”（卷三十一：一四七五）；他告诉我们，在去鲁
【506】国观孔庙时，他“祇回留之不能去”（卷四十七：一九四七）；在晏子的传记中，他又说：“假令晏子而在，余虽为之执鞭，所忻慕焉。”（卷六十二：二一三七）；“悲夫！”他感叹于军事谋略家孙子与吴起所遭遇的奇祸（卷六十五：二一六九）；“悲夫！”在伍子胥的故事中他再次这般感叹（卷六十九：二一八三）；在孟子列传中，他坦言：“余读孟子书，至梁惠王问‘何以利吾国’，未尝不废书而叹也。”（卷七十四：二三四三）；“于戏悲夫！”司马迁如此感叹陈豨之叛，对韩信与卢绾之败赴匈奴，他又说：“岂不哀哉！”（卷九十三：二六四二）；司马迁评田蚡的所作所为：“呜呼哀哉！”，继而在同一节中再次感叹“呜呼哀哉！祸所从来矣！”（卷一〇七：二八五六）；司马迁描述李广死时，“百姓闻之，知与不知，无老壮皆为垂涕”，好像暗示我们也应该为其垂泪（卷一〇九：二八七八）；对于行侠仗义的郭解却遭族灭，司马迁感叹道：“于戏，惜哉！”（卷一二四：三一八九）。司马迁充满个人情感的反应在《史记》中不胜枚举。事实上，司马迁在其著作中表现得就像是他自己的第一位读者，记录下他对笔下历史如何反应，也告诉我们这些后来的读者应该如何反应。

通过这些评语，历史学家本人成为其史书的中心人物，也不可避免地使我们思考历史叙述本身如何受这位激情充沛的作者所影

响。司马迁与其笔下历史的关系，可以由他自己两篇精彩的自传性文字而展现。其一是《史记》的后记，即第一三〇卷《太史公自序》，司马迁通过这段自述告诉我们他自己的背景，他为什么写《史记》；其二是司马迁一封非常著名的信《报任安书》，收录在班固的《汉书》中，这封信解释了司马迁“因为诬上”而下狱后，为何甘愿领受宫刑而未自杀以避免这一耻辱。我们可以通过这两个文本构建起司马迁这个历史人物，然后在《史记》的叙述中读出“司马迁”这个隐而未现的人物。也许有人会怀疑这种解读的有效性，但以言为心声，通过文学作品来重构（至少是补充）作者的生平，是中国悠久的文学传统。也许有人觉得这是种循环论证，但无疑我们所知道的司马迁无疑和其描绘许多重要历史人物的方式之间，存在着某种共鸣；而且，正是这种共鸣，赋予了他笔下最精彩的人物项羽、屈原、李广、伍子胥等人的生命力和感染力。

有一个历史主题显然与司马迁自己的经历尤有共鸣，而且在《史记》中反复出现，那就是伟大人物面临生死关头的那一刻。在这些时刻采取勇敢行动的人，如项羽、李广、荆轲、屈原及其他许多人都得到了生动有感染力的描绘。而马屁精和只考虑自身安危、牺牲他人保全自己的，都受到了蔑视和嘲笑。有几个与司马迁同时代的显赫政要是后一种人。司马迁深为这些人所苦，但他不顾自己卑微的地位，毫不犹豫地抨击他们。整体上说，正是因为司马迁如此明显地将自己投入笔下的历史，而且如此愿意表现出这一点，《史记》才成为一部伟大的文学巨著。 【507】

司马迁的《史记》为后世许多历史著作打下了基础。事实上，这是二十五史中的第一部。与这些正史中的其他后来作品相比，司马迁的《史记》是一部通史，跨越了从传说中的黄帝（一般认为生活在公元前2500年左右）到汉武帝中叶（约前100年）的漫长年代。而二十五史中在《史记》之后的史书大体继承了司马迁的“纪传体”，但都局限于某一王朝的历史，或者一系列短命王朝的历史。断代史的传统始于班固。班固受其父班彪（3—54）的熏陶，修撰西汉史，从秦亡（前207年）一直写到王莽篡位（公元23年），班固因罪下狱死后，他的妹妹班昭（45—约120）帮他补充完整成书。

班固批评其前辈司马迁有道家倾向，推崇游侠、商贾及其他儒家认为不值一提的群体。尽管有这些保留意见，班固还是非常欣赏司马迁的文风，他因为推崇司马迁，在撰写西汉前一百年历史时，几乎大部分逐字抄自《史记》。例如，在写郭解这个西汉时期快意恩仇的著名人物的传记时，班固基本全按照司马迁早先的记载，只做了细微修改。然而，这两位汉代史学家对郭解的评价还是有着巨大分歧。司马迁的评价充满了对这位“游侠儿”的个人情绪，对郭解之死既感慨又遗憾；而班固一直对其笔下人物保持着大得多的情感距离。与其前辈相比，班固更拘谨也更超然，这一态度某种程度上反映了他那个时代更加严格的儒家教化。如果说这一特点使班固的作品在文学家眼里更逊色些，却使其在历史学家中备受赞誉，历史学家往往欣赏他的客观和严谨，认为胜于司马迁经常流露出的激情。

从整体趋势上看，司马迁之后大部分史著很大程度上继承了
【508】班固建立的传统，倾向于越来越强调严格的儒家教条，越来越侧重于政治史。这一趋势在后来断代史的列传部分表现得尤为明显，人物描写往往沦为一系列官职和政治行动的罗列，最后略加对个人品质充满陈词滥调的评论。这些传记很难形成有质感的个人形象。相反，它们是为了教训后人，展现政治中应有的正当关系。后世史书在文学性方面普遍平淡无奇，有一部分原因是历史编纂越来越职业化，大量政府资源被用来确保历史反映统治王朝希望褒扬的价

值观。而且，越来越多的非正式传记的编写辑集也为作家提供机会，以极具创意或者非正统的方式讲述有趣的人生故事，有时甚至是他们自己的生平。如刘向的《列女传》和葛洪（283—343）的《神仙传》，就是两个早期传记集的显例，这些传记显然处于历史与小说之间广阔的朦胧地带（参见第一编第六章和第三编第四章）。还有些更谨慎的非官方传记集，如袁宏（328—376）的《名士传》，以及个别作家（如王充［27—约97］和葛洪）简短而又精彩的个人生平自述。

在正史文学水准日下的大趋势中，也有明显的例外。例如，陈寿（233—297）的《三国志》中有些非常生动的人物传记，在中国所有的历史作品中也可谓是数一数二的。陈寿生活在一个政治动荡的年代，在蜀国做过官，后来又服务于西晋，因其职业之便，使他接触到所述史事的生动见闻。他笔下的人物描述，如关羽（卒于219年）、刘备（162—223）和诸葛亮（181—234），尽管相对简单，但都非常生动，激发了大量有关这个时代的民间传说，这些传说故事最终由明代著名历史小说《三国演义》集其大成。陈寿文学技巧的最佳例证是他的《华佗传》。这一传记描绘了一位名医的光辉形象，其医术远超同时代医士，甚至能以全身麻醉的方式为病人进行外科手术。简练朴实而又生动的写作风格，更使其成为早期中国历史作品中的杰出代表。《三国志·华佗传》中有些最好的故事，不过寥寥数行，却栩栩如生地呈现了名医华佗在诊断和治疗各种疾病时，所散发的冷静沉着、充满自信的人格魅力。

传说赋予了许多早期中国历史作品特别的文学感染力，但随着后世历史编撰日益受儒家官僚系统所掌控，其成分逐渐减少。然【509】
而，传说并未从正史中完全消失，尤其多见于王朝创立者的受孕和出生的事件叙述中。司马迁《史记》中就有几则这样的故事。商王的先祖是因为其母吞食了一个鸟蛋而怀孕出生的，周王先祖则是踩了天神留下的大脚印而受孕。类似这样不可思议的故事在后世史书中不断出现。《元史》告诉我们，元太祖成吉思汗（1162—1227，在位时期：1206—1227）的母亲“梦白光自天窗中入，化为金色神人，来趋卧榻”，因此而受孕生下他。根据《明史》所述，明朝开国皇帝朱元璋（1328—1398，在位时期：1368—1398）的母亲刚怀孕时，“梦神授药一丸，置掌中有光，吞之”，醒来以后满嘴香气，等孩子出生时，更是“红光满室”。① 最后，关于清朝起源的三语（满、汉、蒙）官方记载《满洲实录》，提到三位天女从天而降，在长白山附近的湖中洗澡，其中一位天女吞食了一枚由鸟衔来的朱果而怀孕，因此无法与其同伴一起回到天庭。这个故事显然与早先商代祖先受孕的故事类似。这些关于皇朝先祖奇迹受孕的故事出现在通常十分严谨的史书中，这说明即使是心存怀疑的儒家官员也无法拒绝这类与君权神授有关的民间传说。

许多中国历史作品，尤其是断代史，都采用了“纪传体”，但采取更古老的编年体形式，严格遵照年代先后叙述的史书也还不断出现。例如，东汉学者荀悦（148—209）编撰的西汉历史《汉纪》，他从《史记》和《汉书》中摘取史料，并重新组织这些内容，按照严格的年代顺序编写而成。最广为流传的编年体史书是宋代政治家司马光（1019—1086）的《资治通鉴》。司马光的作品长达二百九十四卷，起自战国初年（公元前403年），迄于宋朝建立（960）。在将此书呈予皇上的奏章中，司马光坦陈自己承袭了《左传》的传统。《资治通鉴》与正史一样，以求实的态度叙述历史。
【510】例如，几乎所有包含神迹或超自然的内容都被司马光谨慎地剔除了，尽管他所引史料中不乏此类内容。虽然《资治通鉴》与其他编

① 原文与《明史》略有出入，现按《明史》改。——译者注

年体史书如《左传》一样，受到严格按时间先后陈述的编撰方式限制，在文学性上有一定局限性，而且其显而易见的说教意图几乎贯穿全书，但司马光简洁明了的文笔无疑使《资治通鉴》成为中国史学史上最受推崇的作品之一。

司马光作品的另一重要特点是包括了三十卷的“考异”部分。这部分内容超越了历史学家通常采用的历史评述（当然这样的评述此书中也有），旨在考辨不同史料的可靠性。“考异”部分质疑了传统中的许多问题，因此标志着一项重要的进步，至少从科学历史研究法的角度来看是如此。然而，这一创新的影响力有限，因为大部分历史的编撰者们仍不觉得有必要注明史料出处，或者检验其所用史料的可靠性。从文学角度看，这凸显出中国历史一直就把观点和评价分开表述，与历史叙述泾渭分明地区分开来。这样的风格，提升了历史的地位，使其超越个人观点而拥有某种不言自明的权威。中国史学的这一持续特征或有例外，但的确赋予了中国史学特有风格。归根结底，历史学家大体还是认同记录者这一角色，其职责是完全客观记录地所发生之事。无论是对过去的人物还是对所用史料，他自己的观点都必须清楚标明，并被当成是与历史本身完全无关的东西。

中国历史编撰的传统当然属于世界上同类传统中最丰富者之一。如果说这一传统不得不背负沉重的政治和道德包袱，故而在文学性上受其所累而显不足，但其巨大的文学力量和兴味也从未完全被掩盖。我们必须记住，中国史学传统绝大部分出自那些受过严格儒家经典教育的人，经学训练的力量持续存在于他们撰写历史时正统严肃的风格，存在于他们对选择最恰当史料的审慎态度中。换句话说，中国史学最初从礼义中发源，而中国历史学家大多一直在这一礼义性传统的限制中写作。他们的作品大部分都属于这一日益保守的传统，但是这一传统也滋养了中国的历史学家们，而且在很多情况下，也使文学读者们受益匪浅。

杜润特（Stephen Durrant）

第二章 早期传记 【511】

传统中国传记通常篇幅不长，采用模式化的叙述，旨在强调传主的社会角色，而非其个人特性。这一文体的文学重要性，在于它在所有早期叙述发展中处于中心位置。传记促使了“小说”和“历史”的形成，并作为沟通这两种叙述形式的桥梁使其相互影响。在1960年代初，西方学者称从中国传统传记中归纳出一种标准结构，要求记录：一、姓名；二、祖先；三、童年及教育的重要事件；四、官职；五、官方文件及其他作品；六、死亡时间及其细节；七、死后谥号；八、赞词；九、后代。这一标准模式经长期发展而成，在分析唐朝（618—907）前后的传记时最为准确。此结构是传记长达一千五百多年（前500—1000）漫长演化的最终产物，并不适用于很多早期传记。

因为传记这一文体是在文字才刚出现的时候发展起来的，这使中国早期传记研究受到了阻碍。周朝（约前1045—前256）的大部分文学都是口头流传。而且，正如许多希伯来学者所认为的，最早的《圣经》（约前1000）文本从口述文学中汲取了大量内容，很可能中国文化也如希伯来文化一样，有着大量口述的成分，在其中记忆 【512】
和背诵起到重要作用。有些学者认为，“传奇”（romance）型的传记以口述的形式存在，这类传奇的情节模式影响到后世人物生平的叙述，例如《左传》中的晋文公（在位时期：前636—前628）和郑庄公（在位时期：前743—前701）。如果他们的说法是正确的，这些故事可能受到强烈的爱国情绪甚至宗教情绪的影响（六朝时期的传记和神仙传也受类似情绪影响）。这些口耳相传的传奇故事也许代表了最早的传记叙述类型。

不过，若要追溯早期传记的发展，更为可靠的方式是仔细研究《左传》中的文字记录，从中可以猜想口述传奇的内容。有人认为，趣闻轶事是中国早期叙述的基本成分。撇开这个大问题不谈，轶事似乎是早期中国传记的基本组成单位。事实上，《左传》第一段关于郑庄公的叙述就以轶事开始，因为他是难产而生，所以庄公与其母关系不好。接着，编年史的时间暂时停止（而故事本身则用“继而”“遂”等词继续往前推进），通过一系列轶事和对话，交代了庄公与母亲以及母亲、宠爱的幼弟之间为了抢夺郑国政权而发生的冲突。尽管庄公试图满足他们的要求，但他最后不得不驱逐其弟，流放其母。一个聪明的臣下教庄公如何与母亲复合，而不毁其“不及黄泉，无相见也”之誓。这个激动人心的故事，使中国经典的著名翻译家理雅各（James Legge）将庄公誉为《左传》第一部分的“主人公”。

关于庄公出生的这段叙述，是《左传》中让我们深入了解庄公个性的唯一段落。当庄公对臣下承认后悔发重誓不见母亲，当他与母亲和好后用歌声来表达快乐心情，他的个性表现得很明显。此外，这段最初的轶事似乎旨在通过其行为、个性和德性，来刻画庄公这个人物，同时也为其出生和家庭背景提供更多细节。庄公显得既宽容又能干，富有同情心而又充满洞察力，严厉而又能宽恕。这段叙述还对这一典型的母子关系作了一番探讨。在最初的登场后，还有若干对庄公的描述散布在《左传》最初几章中，不过全都是简要的叙述，说他如何率众远征，为周王惩罚荼诸侯国，或是他如何被邀请与其他诸侯建立盟约，每次事件都仔细标注了时间。到公元前707年为止，庄公已经被视为周王朝的威胁，被迫抵御周王及其盟军的合攻。然而，这些段落无一提及庄公的个人反应，向读者展示其个体人性一面的技巧，而是退回到仅仅描述其个人功业，以交代他在大尺度编年史中的位置。读者必须记住庄公在开篇处的轶事，才能更深地理解他的事业发展。有些学者认为可能有某种口头流传的庄公生平传说，里面有轶事、对话或细节，可以充实这些白描式 【513】
的叙述。无论这是否属实，这种诉诸文字的"原始"传记——混合了不按时间排列的轶事以刻画人物性格并交代其背景，以及以编年顺序叙述的生平事迹——可谓对后世有巨大的影响，影响了在汉代最初出现的、有意撰写的人物传记。

事实上，其他早期文本显示，对那些不如郑庄公地位显赫的人，或者对那些从事的职业未见诸史册的人，赋予人物个人特色的趣闻轶事是常见的传记形式，有些也可能被脸谱化，以用来说教。至少早至战国时期（前481/403—前221），士人开始惯于用轶事来充实其演说，这些轶事往往强调道德而非表现幽默。这些简要的、常常带有训诫意味的故事最初见于各种哲学作品，如《孟子》；后来作为典故充斥于演说和书信中，记载于类似《战国策》和《史记》的著作中。在《史记》第八十三卷中，邹阳（约前206—前129）以一长串典故开始他的长篇论述，为了论证其观点，他说道："昔者司马喜髌脚于宋，卒相中山；范雎摺胁折齿于魏，卒为应侯。"尽管后一个故事众所周知（《史记》第七十九卷就有记载），而前一个故事则不传于世。这只是一个例子，说明许多典故现在已经失去了说服力，因为其原本根据的故事已经失传了。现存演说中大量不完整的典故，说明在口头文学中这类轶事总数之庞大。这些故事见于文字记载的版本，经常把某个人与某种品质对等起来，比如，面对政治成败的平静，就会以孙叔敖为例，因为他拜相三次而不喜，罢相三次而不悔。同类故事汇集成了最早的“类传”，由一件或几件典型事件显示某人最重要的特质，以此来刻画人物。有时也有些虚构人物的故事，比如许多寓言故事里提到愚蠢的宋人，其中最著名就有“守株待兔”的故事。更常见的还是古代名人的故事，如司马喜和范雎。

这些故事当然旨在说教，但是其娱乐性也众所周知。当我们读到邹阳等人严谨乏味的说辞竟然能打动统治者，并改变他们的主
【514】意，会觉得好像少了点什么。缺失的部分很可能是统治者（就如同现代读者）对这些“修辞性故事”大多一无所知，因此在演说者发表完长篇大论后，还会要求他们详细说说其中人物的故事。

与这些佚失的传记相比，吴王阖庐的谋士和大将伍子胥的生平事迹可能是最丰富也是被研究最多的。这些故事记载，伍子胥立志向杀其父兄的楚王复仇。这个故事有几个版本，说明可能源自不同的口头传说。正如郑庄公的传记，这个故事也可以有更深的含义，阐述了不加控制的情绪会造成多大的危害，不计一切的复仇欲望不仅毁灭了伍子胥，也毁灭了他的君主。

叙述伍子胥故事最成功的还数《史记》。司马迁（约前145—前86）根据其父司马谈（卒于前110年）的规划，撰写了《史记》。《史记》共包括一百三十章，十二卷本纪记载各朝君主的事迹，十卷年表理清事件顺序，八卷书记载诸如天文和音律的专题，三十卷世家记录各诸侯国世袭统治者的事迹，以及七十卷列传主要记录了古代中国各种人的生平（参见第三编第一章）。列传的第六卷（即总第六十六卷）就叙述了伍子胥的故事。司马迁写道，伍子胥是楚人，本名员，其父伍奢，其兄伍尚，先祖伍举为楚庄王（在位时期：前613—前591）之臣。接着，司马迁生动地叙述了一系列关于伍子胥及其家人的轶事，以时间副词“顷之”“于是”“既”等连接。先有奸臣向楚平王（在位时期：前528—前

516）进谗言，伍奢进谏，反遭其害。伍奢和伍尚被杀，而伍子胥
得以逃亡，并发誓复仇。经历一番艰难险阻后，伍子胥受一渔夫所
助，渡过长江，来到吴国。吴国那时正与楚国交战，伍子胥成了
吴太子阖庐的谋臣，后来阖庐杀了父王即位。伍子胥的传记写到这
里，司马迁已经通过一系列轶事清楚地展现了他的性格。而且，这
时伍子胥才获得正式的官职。随着伍子胥仕途的开始，此后事件的
发生开始有确切时间，标志着叙述风格和结构也开始改变。接着
就是对吴楚之间战争（前512—前506）以及伍子胥在其中所起作
用的简要编年记述。尽管楚平王已死，吴国最后仍征服了楚国；伍
子胥掘开平王之墓并鞭其尸，他在楚国的旧友也责备他做得太过
分了。后来，情节变得更复杂了，阖庐在与越王的战斗中受了致命
伤，临死前，阖庐嘱咐太子夫差为其报仇雪恨。虽然夫差答应复 【515】
仇，但他在击败越国后决定留越王一条生路。伍子胥反对夫差的决
定，反被杀了，此后不久越国反击吴国并杀了夫差。

尽管各种次要情节的复杂性和松散的行文风格使这章的两分结构显得模糊不清，但司马迁的写法还是与《左传》中郑庄公“传记”有许多类似之处——先写轶事，然后写与伍子胥个性和事业有关的编年事迹。司马迁构建这样一个复杂的叙述，原因之一是为了将传主的生平（事业）与主题（由传主的性格来体现）相联系。司马迁试图赋予伍子胥的故事更广泛的修辞意义，这样做可能破坏了故事本身。一些次要情节使读者很难掌握基本的故事线索，而这些次要情节都是告诫人们怨毒的力量是如何使人盲目（这一警示在故事的结尾处达到高潮，伍子胥临死前要求把他的眼睛从尸体上挖出来，挂在城门上，以亲眼目睹越国军队是如何灭吴的）。造成伍子胥传行文冗长的另一个原因，可能是司马迁相信他笔下的历史必须遵照当时存世的各种关于伍子胥的文字记载，因为他与孔子一样，认为自己首先是古代历史文献的传递者。

当司马迁写他同时代人的传记时，他就自由多了。在这些传记中，他的两段式结构更加清晰可辨。例如，汉朝开国皇帝刘邦（前247—前195）的传记就从这位皇帝不寻常的受孕和出生说起，接着是一系列其青年时期和早年任地方小官吏时的事迹，最后转变为刘邦入仕以后事业的编年记载。后一部分始于公元前209年陈胜的反秦农民起义。陈胜领导着一帮服劳役的农民揭竿而起，自称王，号“张楚”，此后不到半年，他就被自己的车夫杀害。但此时他的叛乱已经削弱了秦的统治，并为刘邦后来更成功的造反铺平了道路。正如之前讨论的伍子胥传，秦二世元年（前209年）这个确切的时间点标志着从塑造人物形象的轶事向刘邦事业发展编年史的转变。前一半传记以刘邦的个性为主线，揭示其轻率鲁莽、好酒好色、迷信、能听从建议而得益，在后来司马迁对刘邦的编年事迹中这些品质都一一显现。尽管因为刘邦是汉高祖，传记以“本纪”的形式写成，但显然还是遵循了《左传》郑庄公的传记模式。这一结构成为
【516】有意识的模式。司马迁描写陈平（第五十六卷）、张耳和陈余（第八十九卷）、黥布（第九十一卷）、田儋（第九十四卷）、郦商（第九十五卷）和郦食其（第九十七卷），都是以勾勒传主性格开始，常常讲一两段轶事，然后以“及陈胜之起也”结束前一部分，接着按编年顺序记述这些与刘邦有关人物的职业生涯。另一些传记，包括张良（第五十五卷）、彭越（第九十卷）、魏豹（第九十卷）和韩信（第九十二卷）的传记，在结构上也很相似，但使用的是另一些很容易辨识的转折词，如“及项梁渡淮”等，从描写个人的轶事过渡到非个人的官方事件叙述。

这种由司马迁所创的混合型传记模式，将轶事的修辞真实性与编年史通常具有的可靠性结合起来，《史记》的传记中大半都采用了这种模式。这些既私人化又可证实的人生历程，可谓首次对个体有意识的构建叙述，形成了最初的“完整”传记。这成了官修史

书的早期标准。这类传记也成了一种文学模式，主要因为司马迁尤为重视以轶事开篇的部分。他挑选奇闻轶事的技巧和引人入胜的重述能力使其中许多故事都成为中国文化的基本常识，直至当下仍是如此。尽管我们可以把这些传记看成是由两个具有不同文风和取向的部分组成，这些传记的细部结构中往往包含着某些类似于1960年代初学者所归纳的传记典范应有的成分。相关人物的生平，例如第六十六卷伍子胥传后提到的白公胜，也许可以看成是某种后记，尤其当这些故事显然是为了增强主线的修辞性而添加之时。

除了这一混合模式，司马迁还建立了完全修辞性的传记模式，只用一二轶事来描绘人的一生。这样的例子在“类传”中最常见，例如“循吏传”（第一一九卷）。楚相孙叔敖（约前600）的一生就由两个故事来概括了。其中第二个故事展现了他的无为而治。楚国百姓喜欢坐底座低的车，楚王因为担心这样会让拉车的马负担过重，想颁布法令禁止坐底座低的车。孙叔敖劝楚王不必如此下令，而是让所有村庄城镇把大门的门槛都加高了，这样车主人必须下车才能过门槛，于是成功地让大部分车主人换乘底座高的车。孙叔敖的事迹为司马迁在此章前言中所定义的“循吏”提供了生动的实例，正与司马迁总结孙叔敖的评语相呼应：“此不教而民从其化，近者视而效之，远者四面望而法之”。即使在独立传记之中，如管
仲和晏婴传（第六十二卷），也运用这种修辞性的传记风格。司马 【517】
迁不是第一个以轶事来刻画人物的，但他的确第一个将这种用法归纳成“列传”之一种。

“列传”一词在《史记》以前不见于文献，看来是司马迁的发明。参考这个词在《史记》中的实际应用，我们可以试着给它一个定义。“传”有传说（tradition）之意，这里指某个人的传说，可以是载于文献的传说，也可以是口头流行的传说。“列”在此语境下有三个基本含义：一、切割、分解；二、布置、排列；三、对立、

并列比较。司马迁选择了这个语义丰富的词，使后世注释者长篇累牍地解释它。然而所有这三个含义似乎都隐含其中——“列传”中的传记的确是从更大的编年史（即本纪和世家）中被“分解”出来的；以塑造人物的轶事开头，继之以职业生涯的编年记载，这是“布置安排”；有时在合传中将几个人的传记并列，有时在某章中安排两个平行人物（让我们想起普鲁塔克的《名人传》[①]），如前面提到的管仲晏婴传，这是“并列比较”。“传记”（biography）和“实录”（memoir）是“列传”的两种最广为人接受的英译，但都只能大致表达这一极难翻译的标签。

除了创造这两种标准传记，司马迁的传记还有其他重要性。他搜集了大量早期史料，兼容并蓄，既有古旧手稿，又有皇家档案，还加上他年轻时在各地旅行中听来的传说故事。如果没有《史记》的记载，很多传记都将散佚。另一重大贡献是他对各式人物的广泛兴趣，他既写刺客又写将军，既写俳优又写学者，既欣赏君主又欣赏造反者，有时甚至写写值得纪念的女人或仆人。尽管《史记》在诞生最初的一百年左右并不流行，但很快受到极大推崇，对后来各种传记写作都有深远的影响，因此《史记》最终对传记的发展非常重要。

在司马迁死后大约一百年，勤勉的学者刘向（约前79—约8）奉命整理宫廷书目，有资格接触汉朝宫廷藏书中所有的文献和档案。他把几种根据更早史料写成的传记辑集成册，是为《新序》《说苑》和《列女传》。前两部书搜集了人物的趣闻轶事，有古人有今人，按照主题（如“复恩”）分类，就像司马迁的人物合传。《说苑》记载了真实历史人物的故事（例如，记载一位母亲见到将军

【518】 吴起为其子吮吸清理伤口时恸哭不已，她曾见吴起为她丈夫做过同

① 普鲁塔克（Plutarch，约46—120），古罗马历史学家、传记作者、散文家。《希腊罗马名人传》（*Lives of the Noble Greeks and Romans*）是他的代表作之一，这本书又被称为《名人传》。——译者注

样的事，而她丈夫听从吴起之号令，后来战死沙场），还有些说教性的寓言。《列女传》是第一部女性人物传记合集，其中每个故事都是为了给读者树立道德典范。尽管后来的女性传记往往只偏重于贞洁寡妇，而刘向当时涵盖了很多不同类型的女性典范，比如孟子的母亲，她为了让儿子在合适的环境中成长而搬了三次家。刘向也把《列女传》按主题分类，这说明他可能不仅从宫廷档案中获取了传记内容，也承袭了档案的编目方式。司马迁当年也管理过宫廷藏书，这些档案编目或许也影响了他整理、命名人物合传的方式。

现存最早的地区性人物传记，也是这个时代的作品，收在扬雄（前53—18）的《蜀王本纪》中。这部书描绘了现在四川地区的文化奠基者们的生平。其中，鼈灵的故事就很典型。鼈灵原是荆人，他在荆国好像死了，但尸体溯长江而上，经过三峡来到蜀地。鼈灵很快成为蜀国之相，被派去治理洪水，重新安排水道。后来，蜀王与其妻私通（这里可能有一语双关的含义，鼈即是龟，而龟有嘲笑男人戴绿帽子的意思），因而让位给鼈灵。鼈灵即位，号为开明帝。

除了这些修辞性故事外，司马迁创造的标准传记形式在东汉继续发展。班固（32—92）继承其父的工作（与司马迁类似）撰写《汉书》，其中包括七十卷传记。班固批评司马迁随意剪裁史料的倾向，也不认同他为儒家所反感者写传记的偏好。然而，《汉书》显然以《史记》为范本。班固《汉书》的主要贡献是把涵盖范围限于一朝一代，而且在处理历史细节方面比大部分前辈都要谨慎。对细节的谨慎态度在《汉书》的一百多种传记中表现得很明显，但班固的文采也因此受到损害。一位现代学者认为《汉书》的行文风格简洁客观，在庄穆的气氛中，表现出一种冷酷的现实主义。

班固的传记还有两个明显的变化。首先，尽管班固的列传章节几乎每章都有数人传记，但这些人的关系不像在《史记》的合传中那么明显。比如，《汉书》第三十四卷，班固写了许多汉朝开国将军的生平。这些传记大多依据《史记》中相似的内容，但并没有一个主题或
【519】线索贯穿其中。在此卷结尾处，班固评论道，像韩信、彭越、黥布这样的人“皆徼一时之权变，以诈力成功”，因此受到同样擅使诈权变的汉高祖怀疑。因为担心皇帝会收回他们的封地和头衔，于是一个个谋划叛逆，最后都归于灭亡。然而，班固指出，张耳、吴芮则不同，两人都逃脱了以上这些叛臣的命运。以特例来反证普遍规律或常态这一技巧，班固也用于其他章节（例如第六十七卷讨论官员忠诚的问题时）；而且，在展现个人差异时，班固强调这些叙述的真实性，因而少了许多在司马迁传记中表现出的象征力量。

班固传记与司马迁的另一不同之处，可见于黥布和吴芮的故事（第三十四卷）。《汉书》中对黥布的描写基本上遵循《史记》。首先记载在黥布年轻时，有个陌生人给他看相，预言他会先受刑然后封王。几年后，他犯了法，被判受黥刑（即在脸上刺青，他的名字中的“黥”就是指的这个刑罚，他实际上姓英），还自嘲说至少当年的预言实现了一半。接着他被送去骊山的秦始皇陵服劳役，在那里他结交苦役中的豪强，率众逃脱，成了盗匪。这些故事赋予传主人性化的一面。而此后文风一转，在陈胜起义后，开始以编年形式记载黥布的军事生涯，他受封淮南王（实现了最初的预言），以及最后反叛汉朝，逃亡，身死。《汉书》的黥布传基本上重复了《史记》中的内容。

然而，《史记》中没有吴芮传，以下概述的《汉书》吴芮传的内容都是班固自己的创作。吴芮在秦朝为番阳令，甚得民心。当陈胜起义时，黥布和吴芮结成联盟，吴芮将女儿嫁给黥布。吴芮有个将军随刘邦征战，而吴自己则跟从刘邦的对手项羽，一起攻入咸阳（陕西省境内，位于今西安西北），被封为衡山王。项羽死后，刘邦登基，因为吴芮的将军曾助刘邦得天下，故封吴为长沙王。一年

后，吴芮去世，他的五个后人陆续继承长沙王位，直到公元前174年，最后一位长沙王无子而亡，封国被取消。最后，传记以短短几句解释了为何一个外姓人能被封王。

吴芮的传记更接近于本章开始处归纳的“九段传记规范”。读 【520】
者看到的是对吴芮一生简洁、客观的叙述。所有的可疑之处，比如刘邦为什么会如此善待其敌人项羽的前盟友等都未涉及，或只是轻描淡写地略作解释。司马迁用趣闻轶事使其笔下人物栩栩如生，增加了传记的文学性，班固则完全没有提到人物轶事。但是，正是班固这类内容真实、叙述文雅、语气严肃的传记为后来正史的传记提供了范式。

范晔（398—446）在五世纪三十年代写的《后汉书》中也有许多重要传记。在《后汉书》中，范晔根据大概二十种史料编写了近六百人的传记，组成了八十卷列传。范晔本人对训诫式的评论更有兴趣，他的评论由引言、讨论、颂词等组成，很多传记都是围绕着这些评论组织起来的。受道德训诫影响，范晔又选择了“典型性”传记，将人物传记按主题分成“文苑”“独行”等类别。因此他编纂的合传比司马迁和班固的加起来还要多。他书中着墨最多的人物还是国之重臣，如他为马援（参见第二十四卷）写的长篇传记，而且很多是借鉴后汉以来的史料（例如第三十卷的襄楷传）。尽管如此，他还是喜欢强调奇特之人及其生活方式，记载了党锢、宦官、独行、方士、医生、隐士，等等。这反映了他生活的五世纪当时的趣味，也反映了后汉的现实。当时流行的人物特征如经学修养、孝道、不重视物质成功、极重社会规范等，也往往体现在这些人物生平中。旧式的轶事也很常见，诸如正直的少年用长篇大论面对来袭的匪徒，最终救了全家人性命。追求更宏大意义（超越历史意义本身）的倾向和对超凡人物的兴趣使范晔在编纂时采用了非正统的史料，如志怪类故事，例如他对范式（第八十一卷，独行列传）的描写。范式年轻时为太学生，与同学张劭是好朋友。后来，两人都回到各自故乡，范式许诺两年后去拜访张劭家人。两年约期将至，期间全无范式的消息，但张劭仍嘱咐母亲为范式的来访作准备。到了约定的那天，范式果然来了，“升堂拜饮，尽欢而别”。后来，张劭将死，他最后的愿望就是在入葬前再见好友一面。那天范式梦见张劭已死，第二天醒来，就马上向太守告假奔丧，太守虽不信但仍
【521】准其所请。张家人不知道范式正赶来奔丧，打算将张劭入葬。他们把棺材放入墓穴时，发觉棺材怎么都放不进去。正在这时，范式及时赶到，隔着棺材拜祭了死者；直至此时，棺材才顺利安放进墓穴。传记接着又讲了范式的其他事迹，显示他的慷慨和忠诚。最后的总结句写道：“式后迁庐江太守，有威名，卒于官。”用轶事来塑造人物形象，不注重年代细节，以道德训诫为目的，这些都让我们想起司马迁的传记。

在“前四史”的第四部即陈寿（233—297）的《三国志》中，我们可以看到现实风格与典型性风格以一种不同寻常的方式交相辉映。这部六十五卷的作品以纪传体结构记述了蜀、魏、吴三国的历史，但基本上还是以传记为主。单以列传命名的章节，就记录了近五百个人物。这些传记都是一丝不苟的历史记载，严格遵照编年形式。很多传记提供了传主年轻时代和学术专长领域的细节。而裴松之（372—451）为《三国志》写的注几乎与本文一样长（两者都超过三十万字），根据“别传”或其他边缘性史料提供了大量有价值的“平行”故事。裴注在后世大部分《三国志》版本中都成为原作不可分割的一部分。以蜀国大将赵云（卒于229年）为例，赵云是蜀国最勇猛的武将之一，曾从刘备（蜀国统治者，162—223）的宿敌曹操（魏国统治者，155—220）手下救出刘备的儿子。陈寿的“赵云传”记录了他与魏的一系列战役，在这些成功的战斗之后，赵云于224年被数量上占绝对优势的魏军击败，遭到降职的处分，此后五

年去世，追谥为顺平侯。传记结尾处简要解释了受此谥号的原因，顺便提及赵云的两个儿子。而在裴松之注中，他引用了关于赵云的“别史”，提及其身材魁伟、武艺高强，他还提到一些轶事表现赵云对刘备的忠心，以及他性格的严正（例如有个他不信任的将军送他美女为妻，他拒绝了），以故事和对话加深读者对赵云的印象。陈寿严谨的历史叙述提供了黑白分明的真实感，而裴注则使人物丰满生动，两相结合，为我们勾勒出一个鲜明的人物形象。

然而，这种史、注两分的现象说明，在正史中使用轶事受到越来越多的限制，因为通过言行来表现人物生平的方式已经变得不可信。《三国志》和裴注体现了这些更为严格的历史原则对人物传记 【522】
的影响。人物的编年事迹被认为更可靠，而司马迁在开篇惯用的人物轶事则被认为不适合历史著作。因此，在差不多同一时期，“外传”和各类半历史性质的轶事集（如《西京杂记》和刘义庆的《世说新语》）开始出现，这恐怕不是偶然巧合。文学性传记从正史向野史转变，最终发展成虚构小说式传记和文言故事。

官方正史的规范逐渐成形的这几百年中，其他两种相关类型也在形成，表面上看起来两者都是仿效“列传”的模式：佛教徒和道教徒的宗教人物行传，以及褒扬模范妇女的传记。道家人物传（更确切地说是仙人传）从简单的神仙故事发展到整个神仙谱系，其中主要有两部书与中国早期传记发展有关。这就是《列仙传》（据说由刘向编成，但很可能是至少在他之后一百年左右的作品）以及葛洪（283—343）的《神仙传》。吕尚（又称太公望）的故事就是这些传记中的典型。吕尚在周朝的建立中所起的作用零星出现于以往的史籍，例如《左传》《竹书纪年》《庄子》，《史记》世家中有一卷（第三十二卷）强调了他在齐国早期历史中的重要地位。而《列仙传》是吕尚第一部完整传记。按惯例，传记以交代他的姓名和籍贯开始，接着交代了他的天赋智慧和预见力，这使其能够预测国家的兴衰。吕尚的“事业”始于商朝末年昏庸的纣王统治期间，那时他正在隐居。周朝创始人文王梦见自己遇到一位智者，继而听说吕尚的大名，找到了他。武王伐纣时，他为其写了《阴谋》一书。他服食灵芝，活了两百年才死。① 死时恰遇局势混乱，不能及时下葬。最后入葬时，发现棺材中没有尸体，只有一部关于军事谋略的书。与司马迁的正史相比，这段叙述的内容比其形式差异更大。入仕以后的经历以主流传记的方式描述，而表面上不寻常的行为则往往被看成是道家的特点。他们的“事业”有独特的标志：离群索居的生活，不注重外表，奇怪的饮食习惯，能忍受极端气候，等等。这些人常能预测自己的“死期”和“升天”。

这些早期道家故事采用了正史传记的形式和某些价值观，因为传主往往是像吕尚这样的古时名人，关于这些人已经有了许多非
【523】道家的文献记载，同时，编撰者本人尽管服膺道家，而像吕尚这样的人生活在哲学性道家和宗教性道教都还没出现的上古时代。即使《列仙传》中更接近当代的故事，如东方朔（约前140—前87）的事迹，也反映了当时人面临的困难，很难确定这些人到底是哲学家还是个普通人。对东方朔生平道家式的记载，体现在“东方朔别传”中，这部作品收入了约三十条奇闻轶事，为奉东方朔为神的民间信仰提供了依据，人们认为东方朔不仅是个充满智慧和洞察力的俳优滑稽之人，而且还是岁星（即土星）在人间的化身。这与班固《汉书》中的东方朔传（第六十五卷）形成鲜明相比，后者也主要由轶事组成，却没有如此神秘主义的色彩。

当道教在魏晋南北朝发展壮大之时，道士传记却变得日益充满经文教理，现存的此类传记大多见于十一世纪早期成书的《云笈七签》中。《太平广记》卷五十八所收杨羲（330—386）的“魏夫人

①原文与《列仙传》略有出入。《列仙传》曰：“至武王伐纣，尝作阴谋百余篇。服泽芝地髓，具二百年而告亡。”此译文根据《列仙传》。——译者注

传”就是一个典型例子。这篇传记有近三千字，也以姓名和人物背景等开始，但读者很快就被带入接二连三的深奥对话，既有与凡人的，也有与仙人的，使这篇文章看起来不像传记，倒更像论文。灵宝派的道士传则略有不同，受佛教文学中譬喻（avadāna）的影响，后者从公元400年左右开始有了中译本（参见第一编第九章和第七编第二章）。

释慧皎（497—554）撰写的《高僧传》代表了最好的佛教僧人传记。此书根据更早的传记资料以及寺院记录和神迹故事写成，包括二百五十个僧人生平，还附录了差不多同样数目的人物简要资料，全书按主题分为译经、义解、神异、遗身、诵经等十类。从印度中部来的摄摩腾①（Kāśapa Mātanga）是此书记载的第一个人物，他的传记很有代表性。一开始照例交代名字和出身，接着描写摄摩腾的个人品质、特长、习惯和经历，这些都与佛教相关。短短几句交代他“誓以忘身”的志愿，这第一部分内容就结束了。

然后，正如官方传记后方显示的那样，对摄摩腾事业的描述从一连串确切的年份开始（此处为东汉永平年间，即58—75）。汉明帝（在位时期：57—75）梦到“金人飞空而至”，来到洛阳，这个梦被理解为西域有个名为“佛”的神马上要到来了。于是他派使者去天竺（即印度）探访，在那里汉朝使者遇到了摄摩腾。他们 【524】
邀请摄摩腾去洛阳，作为佛教在中国的第一个代表，摄摩腾在洛阳受到了盛大欢迎。然而，他在中国传法的尝试归于失败，来中国后不久就去世了。传记后附录了他译经的目录，以及他居住的寺院名为白马寺得名的由来。这还是大体遵循了标准传记的模式，不过以译经和寺院的内容充当了传主的“后人”。

与正统传记不同，在《比丘尼传》（约516）这样的僧人传中，

①《高僧传》作“摄摩腾”，原文为“摄摩胜”，现据《高僧传》改。——译者注

女性受到几乎与男性同样的对待。例如比丘尼竺净检（约292—约361）的传记就提供了她的俗家姓名、家庭出身、一些关于父辈的细节（使这一作品与正统相联系），还描写了其女性特质和对学习的兴趣。竺净检的传记与其他僧人传记的结构非常接近。接着，传记提到高僧法始于晋愍帝建兴（313—317）年间，在宫城西门外立寺定居，在这个时间点以后，对其“事业”的描述才正式开始。净检去造访法始，开悟，并从法始处借来佛经阅读。然后，记载了一段师徒间的对话，法始解释了何为比丘尼，这段对话显然具有宣传佛理的目的。于是净检正式剃度，并与其他二十多个与她一样信奉佛法的女性一起，共建竹林寺修行。后来，她成为中国第一位比丘尼，在她进行受戒仪式时，有异香弥漫。经过多年修行，她已经七十岁了，同样的异香再次出现，有一女子从空中翩然而降，将净检带上了天。可见，这个传记与其他僧人传记在结构上并无多大区别。

另一些比丘尼传记描述了与净检类似的“圆寂”和传法经历。有些也提到奇迹的发生，例如慧湛的传记。慧湛过着简朴的生活，有一次遭到强盗袭击，她默念观音名号，使强盗双手无法动弹。后来她去了南方传法，在寺院潜修。

而在非宗教的正统记载中，女性传记中的“善行”往往是男性认为合宜的品质——主要是那些严格符合儒家信条对女性期许的行为，强调慈母、贤妻、孝媳、守节寡妇的品质。不像道姑和尼姑传中对女性一生有完整记载，这些非宗教女性传记往往集成合传，由轶事组成，旨在训导其他妇女，而非记录她们的一生。刘向的《列女传》就是此类训诫故事的最早的合集。以书中宋国的女宗为例，当丈夫鲍苏去卫国做官时，她在家侍奉婆婆非常用心，但她丈夫在
【525】卫国又娶了一个妻子。消息传到家乡，女宗的妯娌讥笑她，让她早日离开鲍家回娘家。女宗用长篇大论拒绝了妯娌的建议，重申了儒

家对结婚和离婚的观点。当宋公听说这个故事后，奖励其“女宗”的称号，并在其村口立牌坊以示尊崇。传记结尾处先以“君子”的名义作一番评论，这是借用了《左传》的技巧，然后引用了一段《诗经》，旨在使其行为与传统背景相呼应；最后以一段韵文颂辞总结了整个故事，可能是为了方便人记忆。

贞洁贤德女子的合传，有时也称“列女传”，这里的“列”字与“列传”中的意思相仿，是众多的意思。“列女传”在正史中出现始自《后汉书》。尽管后世的类似作品越来越多地集中于记述守贞不嫁的寡妇，《后汉书》列女传的内容还相当丰富多样。其中，桓少君的故事讲到她父亲因为器重一个名为鲍宣的穷学生，而把女儿嫁给他，并给了她丰厚的嫁妆。鲍宣为此感到不快，向新娘抱怨，少君立刻拒绝了父亲的嫁妆，并换上简朴的衣服，与丈夫一起挽着鹿车回家乡。她任劳任怨，做好妻子和媳妇的本分，获得乡里的称赞。后来，鲍宣当官，家境富裕，他们的孙子私下问少君当年是否真的亲手拉着车回乡。少君告诫他：“存不忘亡，安不忘危。”

桓少君的故事的框架与正史中的男性传记类似。而且从风格上说，与范晔许多其他传记类似，都仿效了《史记》那种不太正式的生动叙述及其修辞方式。这一传统在模仿史书的文体中持续发展，最后演化为唐传奇故事（参见第四编第一章）。

初唐的历史学家大多遵循着类似于后来刘知几（661—721）《史通》提出的原则，觉得这样非正式的写史方式有很大问题。他们将此归因于汉朝（前206—220）覆灭到隋朝（581—618）重新统一中国之间的这段乱世。为了与文学性的传记相抗衡，朝廷建立了史馆专门撰写各种官方历史，包括重新修订六朝历史的许多手稿，以及唐朝本身的历史记录。史馆对史料的处理有非常严格的规定，【526】此后的传记都得根据这些史料，包括递交“行状”，作为官方传记的原材料。史馆的有效性在安史之乱（755—757/763）后有所降低，使《旧唐书》中的传记比史馆所规定的模式多了不少变化，但是由专业史官集体拟传还是成为标准化的主流趋势，最终使这一文体变得索然无味。传记成了统一的模子，加入些个人的细节，占大量篇幅的是诸如传主的奏章等官方文件。那些吸引文学读者，具有生动人物形象的传记，自宋以后，就属于野史和小说的领域了。这些传记数量庞大，但是也只是时而在个人文集中出现，与其他题材混在一起。在这个意义上，宋代以后的文学性传记只是散文的一种变体。也就是说，那只是写人的文章，而非符合史学或宗教规范的作品了。

倪豪士（William H. Nienhauser, Jr.）

第三章　说明性散文 【527】

本章围绕说明性散文在中国的传统展开论述。散文的其他重要方面在本书的不同章节中另有讨论，包括神话（第一编第二章）、叙事散文和小说（第三编第二、第七章至第四编）、历史（第三编第一章）以及骈文或“四六体”（第二编第一章）。哲学性散文（参见第一编第三章）这里也不作讨论，尽管其中有些早期作品对本章所讨论的作品影响重大。

去除这些相关题材后，我们还是要面对大量作品，其时间跨度近两千年。除了早期哲学和历史之外的说明性散文作为一种重要文体，最初出现于汉朝（前206—220）。在汉以后的分裂时期，这一文体在数量上和知名度上都大有发展，但直到唐宋时期才最终成为完全成熟的文学传统。从十三世纪以后的每个世纪，都会出现散文大家，他们通常都以各种方式模仿唐宋散文家。

我在这里使用“说明性散文”（expository prose）一词，是有意要与“论文”（essay）区分开，因为前者在涵义上更有模糊性。中国散文中有种特别的文体叫“论”，大致等同于英语里的“essay”，但是“论”只是全部“说明性散文”共二十多种文体中的一种而已。《文选》（六世纪早期）这部具有深远影响的文集已 【528】
经囊括了二十五种各不相同的大致可被称为“说明性散文”的写

作文体，尽管其中有些类别之间的区分还不太清楚。清朝（1644—1911）学者姚鼐（1731—1815）将其简化为十三种类别，其中有些类别包括两种不同但相关的文体：论辩、序跋、奏议、书说、赠序、诏令、传状、碑志、杂记、箴铭、颂赞、辞赋、哀祭。这些文体主要由内容和功能来区分，而非根据形式特征划分，不过其中某些类型有其特有的韵律或韵文部分。

后世的个人文集往往包含几种说明性散文。这些文体之间的区别有一定流动性，有些作家的文集可能包括以上所列全部文体。然而，中国说明性散文有个值得注意的特征，就是这些文体类型的持续性和普遍性。散文不能简单看成是无法归类的、不押韵的文字。相反，至少在正式著作中，一篇散文通常归入以上这些标准文体中的一类，而且会在文章的标题中显示出来。

有鉴于这类数量巨大的作品之特质和内容，需要从整体来考虑而不能太顾及年代，我们可能需要作几点粗略的概括。有两大类作品（其中每类还可以细分为多种文体）内容尤其丰富，而且与其他文化中的散文相比，区别尤为明显。第一类是官方文牍，也即中国庞大的文官体系产生的各种往来文书。中国传统政府建立在文治的基础上，并赖此维系。每一官僚行动都需要至少撰写一份特定文牍，官员的每个意见或立场都习惯于以书面方式来表达。而且，文人阶层，或者至少说“士大夫”阶层，是统治阶层。进入庞大官僚体系的途径是通过竞争激烈的科举考试，考试内容不仅是对儒家经典的熟悉程度，而且还有撰写文辞的能力，这并不是偶然的。一旦某人获得向往已久的官职，那么，撰写各类公文会占据他大部分时间，而且是其事业不可或缺的一部分。

文人晚年会将其一生作品编成文集，或者死后由其后代编辑，这些文集中往往收入大量在其官员生涯中撰写的公文。有时候，这类公文几乎是全部留存下来的文章了。更常见的是，一个人的“全集”既包括公文，又包括非公文，或者说私人文章。公文通常包括写给上级和皇帝的奏议（通常辑集为“奏议集”“奏疏集”等）和作为官员所需写的常规文书，如“谢恩表”。照规定，官员在获得新官职或者到一个新地方任职时（包括降职和流放）都必须写一份“谢恩表”。当然，与国家大事有关的重要奏议是公文中更有趣的部分，一些高官的奏议集不仅有文学价值，更有历史价值。【529】

公文还有一个特殊之处值得注意。几百年来，许多中国最具文采的文人都曾任职于内廷（例如，在翰林院任职），他们的职责包括代皇帝撰写诏书或法令。当然诏书总是以皇帝的名义颁布，这意味着真正的作者只是“草拟”而已。然而，当日后这些官员编辑“全集”时，会收录几十份甚至几百份诏令，充分给予其活着时无法享受的“著作权”。毋庸说，这些诏令大多非常形式化，几乎不反映作者的思想和倾向，但仍在他们的文集中占有一席之地。

另一类数量尤其丰富的文章是纪念逝者的，其中包括数种不同的文体，最重要的几种前面已经提到（碑铭、墓志、颂赞、悼词、祭文）。显然，这些作品源于中国文化传统对祖先、身后名和历史的极大关注。这些文章都有极力称颂的倾向，事实上，其中许多是受去世长辈的子孙后代所请而写的。不过，人们也相信“盖棺论定”，相信人死后所作的客观生平记载和公正评价的价值。因此，有故事谈到秉笔直书的作者拒绝逝者家属要求粉饰死者生平的要求。这类为逝者写的文章也与传记相融合，后者往往是叙述性而非说明性的。在中国，传记总被看成是史书的一部分，因此不在本章讨论范围内（参见第三编第一和第二章）。当然，这些纪念逝者的文字都是日后写传记的重要史料。甚至在宫廷史官为国史编写人物传记（最终这些都会成为王朝正史）时，都非常倚赖各地送到京城的各种墓志铭、祭文等。最后还有一点，当时以擅文闻名于世的作者都经常受人所请写这类纪念文章，不止一个人抱怨过由此而来的负累。重

【530】金延请知名文人写墓志铭一类的文字，归根结底是家人对逝者表现出的最后的、也是最为世人所知的贡献了。擅长于此的作家之多产程度也说明这类文章在中国文化中的中心位置。要是发现某个作者的全部散文中三分之一或更多都是墓志铭、祭文一类的文字，也不是什么少见多怪的事。

至于中国散文的风格和语气，最主要的问题还在于骈文和“古文”之间的区别，甚至可以说对立。这两者间的争执从唐朝开始，一直到二十世纪的五四运动。五四运动倡导以白话文代替文言文，因而直接取消了这个命题。

骈文（后世也经常以其语句长度为名，称之为“四六文”）由语法和长度上对偶的句子写成（参见第二编第一章）。文言文在形、音、意上的对应关系使中国人尤为适应于这种句子长度和语法十分规整的文风，甚至在散文中也是如此。但骈文还不止有这些特征。其行文尤其注重辞藻华丽。骈体文遣词造句通常极其晦涩繁复、迂回宛转、引经据典，往往穷尽字典中的生僻字，尽可能远离日常用语。

与之相对，古文体并不总是对仗工整，尽管有时也用对偶句。散文在韵律上也更自由不定，词句长短不一。在措辞上散文也用典故，但并不一味追求迂回曲折、华美典雅。事实上，古文体往往自诩“平实”“质朴”，甚至“粗犷”，以儒家经典和早期史书的措辞为典范。古文体支持者最主要的观点是，对内容和意义的考量应高于对文字的雕琢，符合传统儒家价值观和“文以载道”的思路。

对这两种文体之争的通常理解，一般在现代人写的文学史中能读到，现归纳如下。骈文在汉亡以后的分裂时期发展起来。人们常将其发展与当时的唯美主义和儒家价值观的衰落相联系。魏晋南北朝时期，几乎所有收入《文选》的文章都是骈体文。

尽管对骈体文流行的不满在唐朝初年就出现了，直至中晚唐时期韩愈（768—824）出现，才对骈文的主导地位进行深刻的批评，并提出可行的取代文体。论者往往称赞韩愈及其追随者颠覆了当时骈文的支配地位，并根据经典形成新的文风。我们最好把他们的动机和成就理解为其“复古”运动的一部分，这个运动具有文学、哲学、意识形态等多重维度。对这些改革者而言，文体改革与他们追求的儒学复古紧密地结合在一起。 【531】

然而，韩愈发起的古文运动并未持续下去。到唐朝末年，骈文体重获主导地位，尤其在宫廷圈子里。传奇故事和奇闻轶事还使用古文体，但是公文都用骈文。骈文到宋朝初年还倍受推崇。当时杨亿（974—1020）等人形成了一种精心雕琢的骈文体，与他们的西崑诗派相呼应（西昆派继承了李商隐［约811—859］诗中寓意晦涩、辞藻华丽的倾向）。宋朝初年骈文非常流行，大家都称之为“时文”。当时又出现了对骈文的批评，但是，直至欧阳修（1007—1072）再次提倡古文，而且在1057年主持科举考试时突然要求考生用古文体答题，古文体才开始普及。十一世纪的古文复兴被称为“古文运动的第二幕”，不过仅仅几位文人的偏好就称作“运动”甚至还分“幕”，这种说法还待商榷。正如唐朝的古文运动，宋朝复兴古文的主张也必须理解为一场与意识形态问题密不可分的文学改革。事实上，宋朝的文体改革应置于北宋初年开始的理学复兴的大背景下考虑。

十一世纪的文学改革似乎比唐朝的改革影响更大。苏轼（苏东坡，1037—1101）及其好友巩固了欧阳修发起的改革，继承其主张，成为第二代古文运动支持者，使得这次改革比韩愈当年更有成果和影响力。但并不是说骈文就此销声匿迹了。骈文在后来的朝代中，历经几百年一直持续不断，时或还有骈文的支持者出现。明清科举考试中臭名昭著的“八股文”就是一种特殊形式的骈体文。批评八股文的学者所持的理由，往往与唐宋古文运动支持者批评骈文相似。

以上通行说法描述了骈文和古文之间持续不断的冲突，但这一论述也有其弱点。首先，把文学世界分成两个敌对阵营，似乎夸大
【532】了两者的不可兼容性，太过戏剧化了。事实上，即使古文复兴运动的领导者们也常认可骈文应有其地位，而且只要运用恰当，并不会使得词不达意。其次，这一论述掩盖了骈文体本身的魅力，正是这种魅力才使得骈文经久不衰，难以替代。只注意对骈文的批评，就会忽视其长盛不衰的原因。

骈文体从汉到南北朝时期，经过了数百年的演进，起初发展缓慢，也缺乏自觉（没有所谓的“骈文运动”），因此，骈文的兴起可能是为了应对某种现实需要。什么需要呢？骈文体在宫廷文书中的主导位置，说明这是一种对“高雅”文体的需要，为了与皇家宫廷的肃穆、华丽、高贵相配合。从这一角度看，骈文的一些特征就可以理解了。对仗规整、句式缜密，使骈文充满庄重感、韵律感和美感（即使在上古文献中，如《尚书》，也常用规整的四言韵体，来增加庄重气氛）。用典繁复、委婉曲折的文风也营造出一种博学典雅的气氛。总之，含蓄往往是高雅文化的标志。而且，像中文这样不受外来语影响、相对封闭的语种，不太有可能发展出一整套“敬语”系统，也不能通过前缀后缀来区分不同阶层的文风。在这种语言环境中，高雅文体往往需要发展出一套典雅的语汇，以代替日常语汇。因此，尽管骈文显得那么不自然，但这正是语言文化既合逻辑又自然而然的发展结果，恰好满足了上流社会对与众不同的高雅文体的需要。这尤其可以解释骈文在宫廷和与宫廷相关文书中的普遍使用。正是因为有这种需要，才使得骈文虽几经批评，仍长盛不衰，不断流行。

当然，骈文也有缺点。它不适合用来论辩，因为需要对仗工整，这就造成语言的重复冗长，更糟的是还往往造成语义偏差，使

作者受对偶句形式和对比论证的限制，逻辑错乱。骈文精心雕琢的遣词造句也会影响表述的清晰性。如果只是为了以修辞为目的表达庄重，如皇帝敕令或宫廷往来文书等，用骈文正适合。当然，总有些技巧高超的骈文作者能以偶句有韵的形式说明论辩事理。六朝时（220—589）的徐陵（507—583）和庾信（513—581）都常被誉为骈文大家，即使受骈文体的限制仍能游刃有余地写流畅的论说文。但是这样的成功例子只是少数。用骈文来说理分析，至少是非常有难度的。

不过，对骈文的批评通常不会止于语言本身。相反，正如中国传统中大多数评价标准和美学观念，以及大部分的批评都以道德的【533】
名义表达，骈文常被斥为浮华浅薄。写文章的目的不应该是为了表现才华横溢的文字之美，而应是弘扬悠久的儒家道德原则。补救骈文颓废堕落之势的方法只有回复“古人”之道，以文载道。

很少有人承认，其实古文与骈文一样都是经过雕琢而欠自然的文体，因为古文也不是当时人使用的口语。学术界对司马迁（约前145—约前85）时代口语和“古文”之间的确切关系，就已经充满猜想和争议了，更不用说孟子和孔子的时代了。但是，至少在唐代，韩愈的古文肯定完全是一种书面语，刻意模仿那些童蒙教育需熟记的经典用语（我们有理由这么认为，因为敦煌卷子中所见唐代的白话文本大致保存了当时口语的实态［参见第七编第二章］）。然而，古文体不受骈文对偶句用韵的限制，因此古文作者可以由思维的内在逻辑去决定文字的韵律和节奏。正如我们下面要提到的，即使在不同古文体之间也有重要差异，这些差异与其表现力和适应性有很大关系。

唐宋古文长期以来一直被看成是中国文学史的一个分支，尤其是明清时期几部重要古文选集出现以后，更是如此。这些文集本身就是当时古文复兴的产物，其中集大成者是以方苞（1668—

1749）、刘大櫆（1698—1780）、姚鼐（1731—1815）为首的桐城派，而茅坤（1512—1601）编的《唐宋八大家文钞》则是这些文集中最有影响的。由于篇幅所限，本章只能简要介绍一下这八大家中最重要的四位：唐朝的韩愈和柳宗元（773—819），以及宋朝的欧阳修和苏轼。另外四位是王安石（1021—1086），苏轼的父亲苏洵（1009—1066）和弟弟苏辙（1039—1112），以及曾巩（1019—1083）。

韩愈一系列弘扬儒家思想和价值的文章最为有名。在这些文章中，他表现为儒家原则的坚定维护者，尤其针对当时与儒家相对立的道教和佛教。他的观点表达得恢弘有力，毫不妥协。通过对各种主题的阐发，如“师说”“进学解”“原道”“原性”“原毁”
【534】等，他讨论了个人生活和国家的重要问题，包括如何提高个人与国家的道德这个关键问题。韩愈以接续孟子“道统”的继承人自居，重新提倡道德修养，并在私人和公共生活中处处以道德自律。他那篇更具现实性的文章《论佛骨表》，充满了同样高昂的道德情怀，却使其遭到流放南方偏远之地的厄运。

以上提到的都是他最广为流传的文章，也最经常被收入各种文集。但韩愈还有一类文章，反映了他性格的另一面。这些文章包括各种墓志铭、赠序、序跋、书信，以及一些无法归类的小品文。这类散文作品数量更多，内容各异，但并不意味着与韩愈那些论道说理的文章相互矛盾。事实上，那些阐发儒家道统的文章可以理解为韩愈价值观的精粹，而他的第二类作品也反映了同样的价值观。这类数量更多的作品显示出韩愈其实有着更广泛的兴趣，具有更丰富更细致的修辞技巧。这些文章中有的是即兴而作，因为韩愈和文章接受者之间有私人关系，这类文章表现出私人交情（甚至是亲密感情）和理性思维的有趣融合，有些谈到韩愈对艺术的看法。在他告别朋友诗人孟郊时写的赠序中，他指出“大凡物不得其平则鸣”，诗文也是出于诗人心中不平之气（《送孟东野序》）。另一篇赠序给一位以书法闻名的僧人，他讨论了情绪丰富与书法精湛之间的联系，结尾处不客气地指出，佛教要人澹泊不动心，恐怕佛教信仰会影响他在书法上的造诣（《送高闲上人序》）。韩愈有很多文章涉及出仕还是归隐的选择问题，其中最有感染力的是《送董邵南序》一文。文中，韩愈只寥寥数行，用典故和暗示，把从开篇对董弃官而去的赞赏，一转而变为对其隐晦的批评，整篇文章只有一百五十一个字而已。韩愈的墓志铭往往赞赏亡者一生中不同寻常的行为和品格。他为柳宗元写的墓志铭，盛赞其自愿代替朋友刘禹锡被贬去偏远之地的义举（《柳子厚墓志铭》）。而为“天下奇男子王适”写的墓志铭，还用了不小的篇幅写王适如何耍手段与自己喜欢的女子定下婚约，包括欺骗未来的岳丈说他已经科举及第（《试大理评士王君墓志铭》）。在韩愈眼中，这样的行为不代表他为人不诚实，恰恰反映了王的真诚不伪，专心不二。

第三类文章数量虽少，却极其有趣，都是些以轻松口吻写的戏谑之作。例如，《毛颖传》描写毛笔，却将毛笔拟人化，以正史传记的风格来写。《送穷文》描写拟人化的“穷”鬼与作者的辩论，最后说服作者最好还是别把“穷”从生活中赶走。《石鼎联句诗序》虚构了一个故事，故事中一位神秘的道士在联句诗比赛中彻底羞辱了两位倒霉的诗人，而这两位诗人在现实中恰好是韩愈的朋友。《鳄鱼文》模仿正式祭文的严肃口吻，写给威胁他治下百姓生活的大鳄鱼。他还写过一首从庄子的眼光来看人世之病态堕落的打油诗。从今人的角度看来，在韩愈文集大部分严肃庄重的作品中，这些诙谐之作提供了难得的消遣调剂，但在当时，这些文章却招来了不少非议。朋友们抱怨韩愈“尚驳杂无实之说”。在《旧唐书·韩愈传》中，他的《毛颖传》也被斥为“讥戏不近人情”，乃“文章之甚纰缪者”。这位儒家伦理的卫道士竟然喜欢写幽默文章，这显然让韩愈同 【535】

时代的人感到十分困扰。韩愈本人则眼光更为宏大，告诉其批评者，即使圣人偶尔也开开玩笑，他反问“何伤其道？”

作为散文家的柳宗元成就与韩愈颇有差异，在规模上狭窄些，但也相当有意思。他最著名的作品是《永州八记》，即他在被流放永州（现在湖南省，潇、湘二水汇合处）十年间的八篇写景短文。这可能是中国最有名的“游记”了，可谓后来无数山水游记的滥觞（参见第三编第五章）。游记这种形式并不是柳宗元发明的。他的文章也仿效前人：像谢灵运（385—433）山水诗描写的那类山野漫游，也有人用散文来表现。但是柳宗元改变了这一传统，把自己也写进游记，成为景物的一部分。他在自己的叙述中是强势的存在者，在景物中流连，与之互动，甚至为最心仪的景点（他买了下来）更换植被。柳宗元在赞美人迹罕至的小山、山涧、洞穴时（例如“袁家渴”“石涧”“小丘西小石潭”等等），这些景物与作者一样隐藏在王朝边缘不为人知的角落里，于是一种情绪上的相互感染和认同就在人与景之间建立起来。柳宗元对这些景物的态度相当复杂。他既为自然之优美沉静而欣悦，但又总是在欣赏美景时想起自己离京城有多么遥远，在事业上遭受了多么不公正的待遇。在一篇游记中，他写道，一定是有造物主存在，否则如此自然奇景怎么可能出现在这里呢？而神灵选择了把如此美景置于永州这个蛮夷之地，岂不是极大的浪费？如此转念一想，他又觉得其实也并无造物
【536】主。这样的思虑在其山水游记中俯拾皆是，反映了困扰着柳宗元的矛盾心情。正是这样的矛盾才赋予他们的文字以生命力，以及无法排遣的张力和千年不衰的感染力。

柳宗元的另一类散文作品描写了诸如捕蛇者、驼背园丁、屎壳郎等题材，透露了庄子对他的深刻影响。他还写了些以动物为主人公的寓言故事，如麋、牛、驴，等等。最后，柳宗元还为不知名的小人物写了不少异常动人的传记。

十一世纪出现了第二次有意识的古文复兴运动。然而，正如中国历史上常见的，在新事物中保留旧名号掩盖了北宋古文运动与其唐代先驱之间非常重要的分歧。宋代散文家并非简单回归韩愈等人的散文风格、继其余绪而已。尽管表面上看，他们号称如此。最著名的宣言就是欧阳修为韩愈文集写的后记，写到他如何在韩文“沉没弃废之时”重新发现其价值（《记旧本韩文后》）。其实北宋发展出的写作风格别具一格、前所未有，数个方面都与唐代古文相异。

我们现在还没有成熟的手段来分析甚至描述散文风格，因此唐宋古文间的差异只能用模糊、印象性的方式来归纳。十一世纪作者的措辞肯定与早先的古文作者们不同。在宋代散文中更少使用仿古词汇，也即直接从经典中汲取的词句。他们通常也更少依赖生僻字或者古怪的字词组合（中国文人称之为“佶屈聱牙”）。相反，宋代文人遣词造句喜用日常语汇，而且经常重复。整体而言，这造就了相当平淡无奇、通俗易懂的语言风格。这些特质完全符合那个时代在文学和艺术表现上追求“平淡”的审美趣味。

与措辞上的转变相联系，而且某种程度上正因为于此，宋代散文的语气口吻也发生了相应的变化（这显然都只是些整体概括，肯定在个别作品中会发现例外）。唐代著名散文中常见高高在上的说教式口吻，不容置疑，有时还陷入激辩，而宋代散文的语气相对较柔和，姿态也较低。宋代散文大家采用了平实的语气，与他们的日常语汇相配合。他们文章的题材也相应开阔。他们觉得文章不必与说教联系得那么紧密，因此开拓了各种各样的题材，在中国文学史上首次把日常生活中普通世俗之事作为值得用散文认真去记录的题材。

关于唐宋两代散文大家的文风差异，苏洵（苏轼之父）的一封信概括得最精到。这封信写于1056年，默默无闻却野心勃勃的苏洵来自边省，想以这封信为敲门砖，结识当时官位与文名俱高的欧阳修。信中充满了赤裸裸的恭维，但准确明晰地指出了韩愈和欧阳修 【537】

两人各自的文风特点：

> 韩子之文，如长江大河，浑浩流转，鱼鼋蛟龙，万怪惶惑，而抑遏蔽掩，不使自露，而人自见其渊然之光，苍然之色，亦自畏避，不敢迫视。执事之文，纡余委备，往复百折，而条达疏畅，无所间断。气尽语极，急言竭论，而容与闲易，无艰难劳苦之态。
>
> （《苏洵集·上欧阳内翰第一书》）

有人会问，这一新文风从何而来？其源头何在？是什么促使十一世纪的文人培养出这种文风？他们对于自己的创新性有多少自觉？强调韩愈和欧阳修之间差异的说法很少，上引苏洵的信是其中之一。更常见的是断言两者间的关联和相似。我们只能猜想其中的原因。散文小说（大多是短篇“志怪故事”）、奇闻轶事和“随笔”（随笔、笔记，参见第三编第六章）这些次要传统很可能在九至十世纪间有了长足发展，这些文体影响启发了十一世纪散文新风格的形成。当然，知名文人的作品与不知名作者写的小说、轶事在严肃性、正式性和声望上有天壤之别。后者甚至就不被当成“文”，在编辑个人文集时都被剔除出去。从这一点看，这些“低俗”文体的风格不可能影响正式的散文。然而，当时小说轶事作者所发展出的风格可能已经极具魅力了，甚至比任何唐代著名文人的风格都更丰富多样、不拘一格，而这正是题材日益繁多的论说文和
【538】其他说明性散文所需要的。而且，我们看到韩愈自己有时都尝试写点“低俗”的文章，或者从中汲取创作灵感，尽管这么做也有些败坏他的声誉。宋代散文大家的创新之处，正是借用了叙述小说和轶事时使用的相对直白的语言，并将其整合进其他文学形式中。

欧阳修写了大量作品，包括全部标准文学形式。虽然他留下

的正式论文可谓论说文的经典（例如《纵囚论》《朋党论》），其真正的文学力量所在还是他那些非正式散文。他的天才在于营造了一种非常私人的口吻，无论是写墓志铭、赠序、序跋，或是书信，他都能巧妙地突出私人感情和细节，而这些都是从对方生平和自己与对方的交情中提炼出来的。在此之前，这从未成为散文的常规写法。他为自己的书斋和各种物品写了无数文章（如乐器、砚台、绘画等），当他描绘这些生活中的事物时，他遵循相同的方法，把自己全身心投射进文字之中，结果这类文章中常有种主体存在感，而这种存在感以往只在诗中出现。脍炙人口的《醉翁亭记》就是其中的最佳例证，还有些其他文章也是如此，甚至表现得更加明显。

经常有人说宋诗是“以文为诗”，也就是说他们把通常用在散文中的论说和理性思辨写进诗里。如果说欧阳修“以诗为文”也同样恰当，因为他把散文变成了非常私人化、甚至抒情化的表达载体。他最好的篇章都充满了情感，尽管仍受到理性的控制。欧阳修对于描写现实世界的具体物品具有特别的天赋，当这些物品引其深思时，他赋予了它们象征意义和更宏大的内涵。他的鱼塘、他的古琴、他童年记忆中朋友家的花园、他在溪边发现的一大块奇石、他的书斋等等，不胜枚举，都在他笔下获得新生。他以这些物品为媒介，用“志”或“记”的形式，去思考自己的人生经验，及其更深远的意义。这些篇章中的物品并非只是象征而已，若说这些篇章是寓言也不准确。因为这些物品的物质现实性总是存在着而且十分重要，但欧阳修的天才在于，他能以各种方式迂回婉转地赋予这些物品另一层深意。比如，在《三琴记》中他写自己那三架分别用三种不同材质做“晖”（即调音器）的古琴，他描述这三架琴的方式为其赋予了新的意义。其中两架琴用金晖和玉晖，夜晚在灯光下会反射光线，使得老人昏花的双眼看不清位置。而第三架琴用石晖，富含朴素自然之意。石晖不反光晃眼，因此他总结道，只有用石晖的琴才适合老人。

【539】 欧阳修在文学作品以外也创作颇丰。中国最早的“诗话”（即关于诗歌的评论、批评、轶事等）自其而始。他还留下了其他一些关于书法的零碎笔记——“笔说”和“试笔”，还有他退休以后写的宫廷轶事——《归田录》。他那部篇幅巨大的《集古录跋尾》囊括了他历年收藏拓片的考证注释。这部书通常被认为是中国金石学研究的滥觞。撇开其本身的价值不谈，这些种类繁多的作品可能都与欧阳修在文体上的创新有关。从欧阳修身上，我们看到一个散文家活跃地投入非文学创作。这是前所未有的现象，也使我们之前提出的语言文风影响了宋代散文特征的假设更为可信了。

苏轼是“唐宋八大家”中最多产的，他的作品展现了最丰富的题材和语气。他的文集，现代铅字排印本有六卷之多，二十五万字。在所有文学形式中，他都超凡出众，进一步发展了这一灵活多变、应用广泛的文体，并将其用于几乎任何题材。

苏轼散文的广度使我们很难概括其作品，但有一个特征十分明显。在文学形式上，他比欧阳修更具思想性，而略少抒情性。他使用各种文学形式，尤其是序、记、跋，表明他在政治、哲学、文学、审美各方面的立场，尤为显著的是他的艺术观点，这是他思想的一个重要组成部分。正是在那些写他和他朋友们书斋的文章中，在那些关于画册以及讨论某幅字画的文章中，苏轼表达了对艺术、鉴赏、书画家与其作品的关系、艺术创作心理等问题的各种新观点（参见第二编第十四章）。

在美学方面如此，在其他方面也如此。其主题无论是学问之道（《日喻》）还是随遇而安的哲学（《超然台记》），无论是对佛教认识论的诙谐论述（《清风阁记》），还是文人道听途说的局限性（《石钟山记》），苏轼的散文都以其极具新意和深度的思想内涵而鹤立鸡群。能像他这样将如此多的“思想”融入散文的，可谓前无古人（后来也几乎无人企及）。当然，在他之前，政治和哲学作品并不少见，但是那并非文学作品。苏轼展现了这些短小精悍的文体是如何用来表达观点和进行论辩的，而非仅仅重复陈腐的道德主题。

苏轼关于政策和历史的一部早期文集尤其值得注意。这是苏轼 【540】
应“制科试”时写的五十篇策论，当时他和弟弟苏辙两个年轻学子已在常规科举考试中崭露头角，又参加了皇帝为选拔人才特别安排的这次高级考试。这五十篇策论中一半关于国防和税收政策，另一半讨论历史人物（将军、谋臣、哲学家、诗人等），一人一篇。这些策论使年轻的苏轼声名大振。策论的抄本在全国流传，确立了苏轼作为天才思想家和文人的地位。那些论历史人物的文章重新评价了历史名人，尤其振聋发聩。从这些文章问世起，这五十篇策论就经常被选入各种散文集。

苏轼还写了许多轶事和杂记，涉及各种主题，最后辑集为《东坡志林》。这部书的特别之处在于其对“怪”的兴趣。它不属于“志怪”故事的传统，但也偏好类似题材，包括各种梦境、占卜、长寿秘诀（炼丹、炼药、修炼等）、仙人、僧道以及其他各种怪事。一个知名人物却写这类题材，作为先例常激励后来的志怪故事作者。因此，在《聊斋志异》序中，蒲松龄这位十七世纪的作家声称他跟苏轼一样“喜人谈鬼”，而《东坡志林》和《聊斋志异》却间隔了几百年。

苏轼的另一类重要作品是“赋”。其业师欧阳修首先复兴了“赋”这一文学形式，苏轼继之而起，两人共同改变了这一文体的格律，使其在押韵和对仗上更加灵活。结果，这一转变形成了独特的文体：文赋。欧阳修的《秋声赋》将拟声词用到了极致，记述了作者对秋天和生命短暂的各种丰富联想。苏轼最著名的赋是他那两篇《赤壁赋》（赤壁是三国时期最著名的水战发生地）。《前赤壁赋》结合了抒情诗般的意象与苏轼最受人欣赏的乐观精神，这篇赋被无数文集收录，无数次被复制，尤其是临摹苏轼本人漂亮的书法。而在《后赤壁赋》中，语气和内容出人意料地发生了逆转，此文记述了作者突然兴起，顺着赤壁悬崖爬到山顶又下来，接着又遇到了一羽孤鹤，惊掠而过，最后作者又写到在梦中遇到一个道士。即使读者对其涵义和用意不以为然，但这篇文章确实怪诞，使人印象深刻。

【541】 本章对古代中国说明性散文的概述，仅仅涉及其主要特质和整体发展的几个重要方面。 中国历史上无数散文作家创作了数量庞大的作品，而明清时代散文的繁荣期这里还几乎没有提到，要对其进行全面研究恐怕还需要用几本书的篇幅才能完成。

艾朗诺（Ronald Egan）

第四章　志怪 【542】

超自然文学带来恐惧和魅力，让人既厌恶又着迷，使我们面对未知和不确定因素。也许正是因其捉摸不定，逗引着人们的兴趣，长久以来激发了无数作者的想象力。从史前传说到当代文学，超自然因素在中国文学史上随处可见。无论是在世俗还是宗教作品中，在民间文学还是高雅文学中，我们都可能会接触各种奇花异草，珍禽异兽，妖魔鬼怪，散布在人间、天堂、地狱各处；我们还常遇到神秘的狐仙和美丽的女鬼，一如既往地去敲孤独书生的房门。

根据古时官方文献分类系统，这些超自然作品被归入历史类。只有在宋朝（960—1279）初年，这类文字才被从历史类中剔除，归入小说。即使在当时，超自然故事作家也还是把他们的作品称为“志”“记”“传”，其中最有名的志怪文学作者蒲松龄（1640—1715）还自称为“异史氏”。志怪文学将可信世界的知识扩展到不可见但有时仿佛实有的超自然领域，就好像搜集和撰写陌生神秘事物本身就能赋予未知世界以结构，并最终使其在人们已知和熟悉的信史领域占有一席之地。从一开始，超自然文学的特征之一就是它与历史学之间强有力的纽带和纠缠不清的关系。

事实上，早期史家，尤其是宫廷史官，同时也是占星家，他 【543】
们的职责是解读各种自然现象，因为这些现象与天子治国行为相联系。因此，记录这些现象，尤其是反常现象，就成为撰写历史的一部分。墨子（墨翟）是战国时期（前403—前221）一位著名哲学家，他认为鬼神显灵与人的行为，甚至国家气运，有直接联系。在其《明鬼》篇中，墨子详细阐述了鬼神赏善罚恶的能力，因而在人类世界和超自然世界之间构建了紧密的联系。延续这一传统，人们相信天命以各种祥瑞灾异为预兆透露给人间，而关于这些不可见事物的神秘知识为获得政治权力提供了特殊渠道。相反，孔子对此采取不同态度。他对超自然的态度基本上是保持沉默，《论语》提到“子不语怪力乱神”。当正统儒家逐渐在中华帝国成为官方意识形态，这些灵异记载越来越多地被视为“别史”或“史官之副业”，最多也只能算经学的边缘分支，甚而被视为无足轻重、对社会无用，因而不值得真正的学者去关注。

这一模棱两可的状态直接反映在受超自然灵异故事吸引的各类作者身上。他们中许多是有名的士大夫，如东晋时宫廷史官干宝（活跃于320年左右），被誉为“鬼之董狐”（董狐为传说中的历史学家），又如清代历史学家纪昀（1724—1805），他是著名清代宫廷藏书《四库全书》的主编，同时他还编撰了一部规模庞大的志怪故事集《阅微草堂笔记》。另一些作者仕途不顺，从官场退隐到民间，比如著名的“异史氏”蒲松龄，他的作品标志着中国志怪小说的最高成就。然而，这两类作者共同的特点是都有兼容并包的趣味，而且拥有极其广博的知识，尤其是狭义经学以外的知识。这些作者通常读过各种各样古籍和珍版书，或是因为他们从事历史撰述、图书管理、档案整理，或是因为通过私人关系而能接触大量藏书。

经过漫长岁月，超自然内容渗入几乎所有文体，包括诗歌、戏剧、小说，在小说中尤为多见，既有短篇文言故事，也有长篇白话小说。比如，许多名诗是献给水神的，而几乎所有的长篇白话小说（这一文体在明代臻于完备）都带有超自然灵异的成分，其中最盛名不衰的就是《西游记》。不过，超自然灵异还是在文言故事中首先获得中心位置。这些文言故事令人惊叹地描述了各种自然界的奇 【544】
异事物，精心描述了似乎无穷无尽的美丽狐仙。六朝时期（220—589）是其第一个高潮，奇谈怪论渗透进高雅文学的各个角落，“志怪”作为一种文体变得极其流行。志怪故事通常以笔记的形式辑集成册，往往短而灵活，尤其长于描述，使人想起早先史书中的灾异祥瑞。在后来的各朝各代中，尽管志怪故事还是很流行，但不再被单独分成一类。最终，文言志怪故事在剧情结构上变得更丰满，在人物（包括非人类）塑造上变得更复杂，而作者在表现其叙述技巧时也变得更为自觉，往往以调侃和讽刺增加表现力。清代（1644—1911）文言志怪故事达到了又一次高峰，其中最著名的是两部作品，即蒲松龄的《聊斋志异》和纪昀的《阅微草堂笔记》。

· 早期原型

在小说的许多早期原型中，有两部作品尤其重要，因为它们指向志怪文学的最基本素材：神话和历史。这两部书是《山海经》和《穆天子传》，前者是根据地理分布的各种神话传说集，而后者描述了一个神话化的历史人物。

《山海经》是后世志怪故事的可靠资料，有十八卷，囊括五个主要方向（东、西、南、北、中）。它记录的地理知识基本上是想象中的，搜集了各种奇花异草、珍禽异兽、鬼怪神灵以及各种奇怪的人（独臂人、人头鱼身、以乳为眼以脐为口，等等）。它分为《山经》（成文较早，内容更真实）和《海经》（成文较晚，基本上是幻想）两部分。最初的条文可能是从战国到汉（前206—220）逐渐搜集起来的。此书在西汉（前206—8）文人间流传甚广，尤其是在宫廷学者刘歆（著名文献学家刘向之子，前46—23）校订编辑的版本出现以后。刘歆将这十八卷本《山海经》献给皇上，这标志着对超自然灵异兴趣的初次勃兴。在他给皇帝的奏疏中，刘歆将《山海经》的起源追溯到传说中的禹。他声称，《山海经》由禹的
【545】大臣夷（又称伯夷）撰写，他记录了伴随禹在各地治理山水的过程中见识的奇物。因此，刘歆为其对超自然之物的兴趣辩护，这符合朝廷支持搜集帝国边疆各种奇物的古代传统。他进而主张，《山海经》是中国天下观的产物，其丰富的秘藏知识对统治者极为重要。

《山海经》涵盖了启发志怪文学的全部三种基本要素：神话、宗教活动（各地的巫术仪式）以及地理、动物、植物、矿物、生理各方面知识的古代混合。因为其基本结构是按地理单元来划分的，这些地理单元以山和海为界，每个母题都有与特定地理位置相关的变体，而各地的生物也似乎有无穷种类，为变化和转型提供了丰富的可能性。比方说，神灵的力量通常并不是万能的，而是限定在某一地域内。很多后来的文言志怪小说集都模仿《山海经》的组织原则，以地形为编排结构，保持了对地理差异的极大兴趣，常常具有百科全书式的规模，试图穷尽所有未见、未知的事物。《山海经》中的许多神话故事又被后来的作者改写，为原文中的只言片语加入越来越多的细节。其中有些因被改写了太多次而变得人尽皆知，以至于后来的作者都将其看作历史本身，即使没有事实证据，这些重重改写也至少增加了文本的重要性。比如《山海经》中仅一行对女儿国的叙述，后来在白话小说《西游记》和《镜花缘》中都被演绎成整整一章。

与《山海经》的空间想象相比，《穆天子传》有着更线性的叙述结构。这是传说中周穆王历时数年巡游的超自然纪录。《穆天子传》在战国时期成文，写在竹简上，被埋入魏襄王（前318—前295）墓中陪葬，五百年多年后才在晋朝太康年间出土。虽然后世历史学家因其缺乏历史可靠性而对其不屑一顾，《穆天子传》仍然时

常被人提起，因为它详细的人物刻画，细致的场景描写以及史诗般宏大的叙述。

在《穆天子传》中，历史人物周穆王成为神话中的传奇英雄。在这一史诗叙述中，周穆王及其数量庞大的扈从在一次规模空前的狩猎和巡视中，一路旅行到了天尽头。与他随行的有传说中的“八骏”——八匹罕见的骏马，此后数千年都是艺术家们最喜欢的题材【546】
之一。“八骏”的八种不同颜色代表了世界的八极。在旅途中，周穆王与边远地区的贵族们一起游山玩水，按照礼仪向当地神祇献祭，最后他到了西域，在这片奇异土地的尽头住着西王母。在其他古籍中，如《山海经》，这位女性神祇显得更像是个怪兽，有虎齿、豹尾、头上戴着玉首饰。然而，此处这位女神已经褪去了其动物特征，更像是个异邦的首脑，尽管她的四周仍然为珍禽异兽所环伺。周穆王在其领地盘桓了四十四天，乐而忘返。最后他离开的时候，两人互赠诗篇，吟唱离别的伤感。

西王母形象后来经历了更多的变化，逐渐成为一位专与长寿有关的大神。汉代的两部传记记录了汉武帝和西王母的会面，在会面时，她给了武帝长生不老的秘药。

· 汉与六朝：志怪

整个汉代，皇帝都对各种超自然之事颇有兴趣。汉武帝招来一个又一个术士，甚至把女儿嫁给其中一人。他为各地神祇造了大量神祠供养，而且尝试了各种长生不老的灵药，这些所谓灵药都是由那些热衷自荐的术士们提供的。根据西汉时太史公司马迁的记载，在汉武帝统治期间，“海上燕齐怪迂之方士多相效，更言神事矣”。因此毫不奇怪，若干传说故事就以汉武帝为主角，描述他拜访西王母的经过。在王莽篡权期间以及随后东汉的很长时间里，都存在着对统治合法性的焦虑，结果导致“谶纬”变得非常流行。遵循古代宇宙观传统，术士/学者呈上他们对某些自然征兆的解释，用来支持某个王子获得合法继承权；他们更将这些预兆与当时流行的对经典文本的逐字逐句诠释相联系。因此他们认为天命通过“谶”来表达，若能正确解读就能获得政治权力。在公元220年，汉朝最后一位皇帝汉献帝被迫禅位，这标志着统一王朝的结束和长期政治动乱、经济混乱和大规模移民的开始。其后三百五十年左右，被称为
【547】六朝时期，北方领土逐渐丧失给游牧民族，而在南方，六个短命王朝更替频繁，这些王朝的首都皆在建康（即现在的南京）。

如果说《山海经》和《穆天子传》中埋下了志怪小说的种子，这个种子开始在汉朝肥沃的土壤里发芽。到了六朝时期，志怪文学已经非常流行，达到了其在中国文学史上前所未有的高度。这也是文学创作的鼎盛时期，文人阶层以其对阅读的永不餍足和写作上的多产而闻名。个人风格受到推崇，表现在当时的文学评论上，这些评论往往强调作品的艺术性，传统上对社会效用的重视则削弱了。在史书中，在各种传记中，尤其在一部又一部轶事和随笔集中，出现了一个弥漫着神秘色彩的超自然世界。在这个世界里，所有东西——从一只断手到死马的干皮，从鱼或海螺到石头或桑树——都拥有灵性的一面，而且可能在任何时候活转过来。人与神灵世界的水乳交融，就好像一位女子与其丈夫的七彩魂灵之间的关系，似乎是日常生活的一部分。这个世界挑战我们对各种局限的预设，拓展了我们对时空的理解。

在这些故事集的书名和章节名中，“志怪”一词经常出现，后来在明代学者胡应麟笔下就成了灵异超自然小说的总名。“志怪”最初出现在《庄子》（参见第一编第十章）的内篇中，意思是记录怪事。《庄子》内篇的七篇文章涉及各种奇形怪状之事，以使读者面临想象力的极限，指出严格划分范畴和层级的危险。“志怪”一

词出现的那一段描述了神话中一种亦鱼亦鸟的巨大怪物“鲲鹏”，它每扇一下翅膀，则“抟扶摇而上者九万里”，其巨大的形体和能力是栖息于树丛的小鸟们所无法理解的。

“志怪”后来作为文体，包括了五花八门的超自然灵异题材，这些题材还可进一步细分为神、仙、鬼、灵、怪、妖、异。这些分类在语义内涵上日益相互融合。例如，当《论语》提到孔子“不语怪”时，“怪”意味着自然异象，如地震和洪水。在汉代前后，“怪”开始和“妖”混用，意为“动植物的精怪”，这个意思一直沿用到现在。在这几百年中，有些志怪文学作者搜集这些奇异事物，并将其解读为与人类行为相呼应的天命预兆；另一些这把这类【548】
事物归入“隐秘知识”，作为历史认识的一部分；还有一些对这类故事感兴趣是因为他们反感规整的分类和秩序，借此重新思考公认的规范，就好像庄子在最初的“志怪”语境下提出的那样。

从现存版本判断，仅在六朝时期就至少产生了八种志怪故事集。通常一部志怪故事集有许多卷，从张华的十卷《博物志》和刘义庆的二十卷《幽明录》，到其中篇幅最大的干宝撰写的三十卷《搜神记》。大多数文集由两部分组成：从其他资料甚至口头传说中搜集的当代故事，以及从更早的资料中搜集的古代神话传奇。基本上这个时期所有文集的原本都已佚失了，但是其中的许多篇章在唐宋时期编写的注疏和类书中保存下来，其中最著名的就是长达五百卷的《太平广记》，这是由皇家主持编纂的大型类书，完成于977年。部分由于这个“散佚—搜集”的历史过程，许多志怪文集的作者现在仍有争议。

就“志怪”的风格而言，最显著的特征就是其与历史叙述的相似性。“志怪”以简单精炼的古典散文风格写就，与通常视为六朝文学典型的华丽文体“骈文”形成鲜明对比，骈文以其精心雕琢的意象和繁复华贵的语言而出名。在从汉到六朝的志怪文集中，一个故事往往只有一百到两百字长，只有少数例外会超过三百字。通常有一到两句话交代故事的起因，叙述某个灵异事件目击者的姓名和出生地，其出生地往往与作者的出生地一样。因其表现的丰富想象力，后来的学者常把志怪故事看作中国小说的源头，不过我们有必要记住，这些记载当时并不是当成小说来写的。事实上，“事实”和“小说”之间当时还未作区分，这些记载被当成是历史的分支。就语言、结构、标题和叙述技巧而言，志怪作为野史和官方正史之间的区别通常很模糊。

事实上，历史是这个时期很受欢迎的题材。不仅出现了许多优秀的官方史家，而且各地的学者都在私纂史书，包括某朝、某地
【549】区、某宗教、甚至某家族的历史。比如，当时有二十多种不同的晋朝历史书籍，还不包括一百多种轶事类的历史。毫不奇怪，作为历史的一个分支，人物传记也很流行，而且涵盖面也越来越广，包括古人、隐士和尚、孝子孝女、忠臣能吏。志怪故事一直被看成是传记的一部分，在当时私史和官史的编纂中扮演了尤为重要的角色，增加了个人亲身经历的成分，而且为富有创造力的想象提供了巨大空间。

在志怪故事的作者、搜集者、如饥似渴的读者中，包括王公贵族、各级官吏以及士大夫阶层的著名成员，这充分证明了志怪故事在当时空前的流行程度。曹丕逼汉朝末代皇帝献帝禅位，并登基为魏文帝，他是《列异传》的署名作者，此书是最早的志怪故事集之一。曹丕是当时文学圈子里的领袖人物之一，其中还包括其父曹操这位三国鼎立局面中的著名人物，以及其弟诗人曹植。曹丕自己以诗歌、尺牍和一部重要的文学评论著作而知名（参见第二编第二章和第六编第三章）。根据历史记载，曹丕以博学强识而自豪，他的诗歌明显表现出对神怪故事的兴趣。《列异传》中有五十条在后来的类书中保存下来了，其中脍炙人口的是宋定伯夜路遇鬼的故事。宋假装自己是个新鬼，请教他遇到的鬼，鬼最致命的弱点是什么，鬼答道：“人的口水。”于是宋就把那鬼带到市场上，朝它吐口

水，还把它当一头羊卖了。正如这个故事，《列异传》以其简练的语言和生动的描写而知名，常被后来的作者提及。

汉代和六朝前期的许多志怪故事集很明显受到《山海经》传统的影响，它们往往以地理区域来组织内容，而且内容无所不包。另一因素也导致了这一传统的流行。在这一时期，“清谈”在文人圈子里变得非常受欢迎。清谈通常有两大主题：对同时代人品德和才能的品评，以及佛道义理的哲学讨论。志怪故事有助谈资，为博览群书的学者们提供机会，展示其在史地、动物学、神话传说等各方面的广博知识，这些知识彰显其学问的卓越，甚至会大大促进其仕途发展。这一传统中，最著名的志怪集是张华的《博物志》。张华是个道家方士，他身居高官之位，部分原因就是他以其史地方面的广博知识而闻名于朝廷。在现存的版本中，《博物志》有十卷共 【550】
三百二十九条目，前半部分记录与各个地理位置相关的珍禽异兽、奇花异草、神怪精灵；后半部分主要讲些仙人故事和方士生平。

启发志怪故事的另一个丰富资源是宗教。佛教在东汉初开始传入中国内地。到了六朝时期，佛教，尤其是密宗，以其启蒙救赎和现实利益的双重承诺而获得大量信众，既有普通百姓，也有精英阶层。在某种程度上模仿佛教的成功，这时期的道教作为一种宗教，在经文和仪轨上也变得越来越有组织。

与道教兴起有关的最重要作品是《列仙传》。此书只有两卷，记载了几位道士修炼成仙的生平传记。作者刘向是著名的汉代官吏和经学家，以考订古籍而知名于世，他校订的古籍中就包括《山海经》。刘向的名声尤其来自他优秀的传记作品，包括《列仙传》和《列女传》。在《列仙传》中，大部分道士显得缺乏与其异能相称的神圣感，他们的知名度主要因其变化能力（从老变年轻，把自己变成白羊或巨鸟）及其古怪的生活习惯（以云或石头为食物，以龙或鹤为坐骑）。两种类型的故事尤其受后人欢迎：那些详述人神交往的故事，很多后来变成了动人的爱情故事；而那些旅人偶遇道家仙人的故事中对仙境的生动描写，后来启发了类似著名的《桃花源记》那样的乌托邦想象。

另一部道家传统下的出色作品是王嘉（卒于393年前）的《拾遗记》。王嘉是个道家术士，大部分时间在山中隐居、写作和授教。《拾遗记》的前九卷以编年史的方式记录了传说中三皇五帝以来的灵异超自然故事，尤其着重于各朝代统治者如何对待这些灵异。最后一卷是道家圣山的地理说明，包括对仙境的细致描写以及许多仙凡之间浪漫相遇的故事，因而进一步发展了刘向作品中蕴含的主题。与许多同时代的志怪故事相比，王嘉在《拾遗记》中的语言要华丽考究得多，是后世诗人最喜爱的奇思妙想之源。

明显受佛教故事、传记、经文影响的志怪文学作者是刘义庆。他是南朝刘宋王朝的一位王子。刘义庆以其对佛教教义的浓厚兴趣
【551】而知名，还因广招文学之士而声名远播。他编纂的《世说新语》是一部当代轶事集，极具影响力，被后世文人不断引用，而且在语言学上也非常重要，它是少数除佛经外允许少量白话文出现的早期文本（参见第一编第一章）。刘义庆还是两部志怪故事集的署名作者，不过这两部作品很可能都是由他的门人在其指导下完成的。其中比较有名的是《幽明录》，搜集了许多精心撰写的志怪故事，共有约二百六十个，其中大部分根据年代较近的史书和同时代的资料。一则脍炙人口的喜剧故事写了一个经常肚子饿的新鬼，听从其鬼朋友的建议，他去了一个信佛的家庭，并在他们家的磨坊里辛勤劳作。这家人相信那是菩萨保佑，所以从不给这鬼吃饭。于是鬼吸取教训，只去不信佛的人家，那些人家害怕鬼魂作祟，拿出许多食物供养它。刘义庆的第二部志怪故事集《宣验记》有许多故事涉及佛教概念，如因果报应和菩萨显灵，看上去更像是本佛教教义启蒙读物。这是最早的中国佛教奇迹故事集，其中有三十五篇留存下

来。《宣验记》中的故事往往记载某个和尚洞察某事前因后果，结果使听众大为惊叹，让原本心存怀疑的人深信佛教的高义。

· 干宝的《搜神记》

如果要在八十多部现存的六朝志怪故事集中选出一部最重要的，那就是《搜神记》。作者干宝是东晋史官。他除了以撰写官修史书（均散佚）闻名外，还被同时代人和后来的读者誉为“鬼之董狐”。董狐是春秋时晋国的史官，孔子赞其为“古之良史，书法不隐”。在表达其写作意图时，干宝称，他想要“发明神道之不诬也”，因此为“鬼”史作为历史的一部分而正名。就好像要满足其愿望一样，后来的正史如《晋书》和《宋书》都多次引用《搜神记》，将干宝的话作为有价值的史料。

现存《搜神记》版本有四百六十四个故事，共三十卷。干宝利用其宫廷史官的职务之便，饱览了大量早期和当代的资料以此作为自己志怪故事集的素材。

《搜神记》中许多故事都是古代神话的改写，添加了许多细【552】
节，比如蚕马的故事就是从《山海经》中来的。故事说，古时候有家人，父亲从军远征，只留下女儿和一匹公马在家。一天，女儿独居无事，就跟马开玩笑说：“如果你能把父亲带回来，我就嫁给你。”于是这匹马就跑去把她父亲带了回来。得知女儿对马的承诺后，父亲就用弓箭把马杀了。后来这个女儿和邻家姑娘一起在晒干的马皮边玩，女儿嘲笑死马：“你是畜生，竟想娶人为妻！看你落到现在这个下场。”正在这时，马皮倒卷，把此女裹在其中，飞走了。几天以后，父亲在一棵大树的枝杈上发现了他们，女儿和马皮已经融合在一起化成了蚕茧！这段叙述的后半部分引用了数种曾把女子与蚕，以及蚕与马联系起来的古籍，还有关于北部蛮荒之地的巨大桑树。原本只是解释蚕桑起源的古代传说，在干宝笔下转变成一个浪漫故事，充满幽默对话和悲剧色彩。

《搜神记》中大约一半是年代更近的故事，尤其是关于汉代地方神祇的。汉代在全国各地修造了无数神祠，以供养新出现的神明。其中有个故事讲一个年轻女子被恶婆婆逼得自杀了。她的鬼魂死后显灵，声称她死的那天，也即九月初七，要成为所有辛苦劳作的年轻媳妇的节日。这个故事接着核实了这位地方神的效力，她报答了一位正直的老人，惩罚了两个胆敢骚扰她的年轻人。这个故事彰显了干宝开创的叙述技巧。此前，志怪故事往往只记录一个事件，而此处这位女子既是故事主线的主人公，又是连接其他附属情节的桥梁，把三个不同故事串连在一起，形成了复杂的叙事结构。这一技巧后来在明清白话小说中也常常用到（参见第四编第二章）。

干宝作为历史学家，以其隐晦的行文风格而知名，与此同时他的语言也十分典雅，具有表现力。事实上，《搜神记》中的许多故事比此前的志怪故事长，最长的甚至超过五百字，里面有诗歌，还有具有个性的对话，不像大多数其他志怪故事那样只是交代人物梗概。这些故事展现了塑造得更为丰满的主人公，以及发展得更为完整的情节，此后至少有六部志怪故事集自称是其续作，而且后来还
【553】出现了各种带插图的版本。其中许多故事最终成为完整戏剧和小说的核心情节，诗人和散文家也一直将其作为典故的丰富资源。

· 陶潜的《搜神后记》

在《搜神记》的诸多续作中，最有名的要数陶潜的《搜神后记》。陶潜是著名的隐士—诗人，他出身于小官宦家庭，本人做过各种类似于秘书的工作，但他都不满意。公元405年，他做了不到三

个月县令后，就辞官归乡，此后就一直以务农为生。我们相信《搜神后记》是他晚年作品，很可能在南朝刘宋时代由其他作者补充完成。此书十卷，包括一百一十六个故事，其中二十四个也在其他文献中出现。

陶潜并不因其对鬼神精怪的兴趣而出名，所以他编纂这本志怪故事集的动机多少与干宝不同。《搜神后记》并不想去证明鬼神世界的历史真实性，相反，他是为了让神话和传说重新流传，这与他在《读山海经》诗中表现的闲适安然的心态相对应。而且他的故事也不真的是干宝的续作。事实上，这一百多个故事中几乎没有跟干宝的故事有关系的。

《搜神后记》中有一篇陶潜最有名的乌托邦故事——《桃花源记》。历史学家相信这个版本可能是陶潜文集中那篇更著名的同名散文的原型，文集中的《桃花源记》还附了一首诗，其中人物的名字也略有不同。故事讲了一个渔夫有一天溯溪而上，误入一片桃花林，穿过桃花林，来到一个山洞，最后他穿过山洞，发现里面有个小村庄。村庄在各方面都堪称完美，是个在中国之内的理想世界，但与世隔绝。村里居民声称是在魏晋之间来此躲避战祸的后代。他们对外面发生的事情很好奇，还热情款待了这位渔夫。他们请渔夫不要泄露他们的住处。后来，尽管渔夫和其他人都想再次回到这个村庄，他们却再也没有找到通往桃花源的路。故事中对小溪两岸景物诗意的描写和对桃花源世界的细腻刻画，尤使其闻名于世。

尽管没有什么特别怪异的事情发生在这个故事中，陶潜还是从志怪传统中吸收了不少要素，关于道教仙人方士山间住所的神话，【554】以及古隐士洞府遗址的传说。陶潜用了些典型传统主题来建构这个与世隔绝的理想世界，这些主题显而易见。一个人无意中闯入一个奇妙世界，狭窄的山洞通往开阔空间的入口，无法重复神奇之旅。这些特点与几个家族逃避战乱、离群索居的当代故事组合在一起，造就了这个桃花源深处的小世界。

在《搜神后记》中还有七个类似的故事。其中之一说的是一个跳着古代舞蹈的神秘人物带着主人公进入一个理想世界。在这些故事里，陶潜延续了刘向在《列仙传》中建立的传统，而且进一步将其提升为“小国寡民”的政治理想。这一理想首先由老子提出，后来诗人—哲人阮籍等人将其扩充为“自然社会”的哲学体系。

正如陶潜《桃花源记》中的居民，六朝时期的读者和作者们希望能逃避连年不断的战乱和社会动荡。志怪故事以其精彩的想象，也许为他们提供了暂时的安慰，安抚他们被生活的大起大落刺激得非常脆弱的神经。他们以充满创造力的方式，应对这个充满恐惧与焦虑的时代。

胡缨（Hu Ying）

第五章　游记 【555】

有一类作品，中国自古就有，且数量颇多，现在常被称为“游记”或“游记文学”。这个词由二十世纪学者发明，用来形容有以下特征的散文。首先，它们与个人旅行有关，无论是午后到附近景点一游，还是去帝国边远地区甚至外国的长途旅行。其次，这些作品常以日记形式撰写，条目按时间顺序排列。再次，中国游记的作者尤为关注地理（风景、名山，等等）和历史景点（古战场、名寺、名人墓，等等）。最后，游记几乎总是反映作者本人对旅途中各景点的观感和诠释。游记提供了别处不常见的地理、历史、文学信息，是尤为珍贵的宝库。

中国现存最早的游记是《穆天子传》，这部作者不详的作品可能出现在周朝后期（参见第一编第二章和第三编第四章）。这部书记载了周穆王大约公元前十世纪左右去中国西部巡游的故事。还有一些古代游记保存下来，例如汉代使者张骞出使大夏和其他中亚地区的故事；法显（337—442，399—414出游）、玄奘（约600—664，629—645出游）、义净（633—713，671—695出游）和其他佛 【556】
教僧侣去印度取经的重要旅行；唐代作家元结和柳宗元的山水散文；李翱（约772—约841）的游记《来南录》；陆游和他朋友范成大（1126—1193）的日记；徐弘祖（又名徐霞客，1586—1641）的长篇编年游记。这些作者都为中国游记传统作出了重要贡献。

在以上作者中，三位特别值得注意。第一位是柳宗元，他的“永州八记”尤为重要，因为这是中国最早的具有文学价值的山水游记，其中旅途叙述、景物描写、个人情感表达都占有重要位置。因此，许多文学史家认为柳宗元是对创造“游记文学”贡献最大的散文家。唐代也出现了第一部以日记方式撰写的游记，即《来南录》，这种形式后来大为流行。在《来南录》中，李翱描述了809年他从洛阳到广东的旅程。李翱是个醉心佛教禅宗的士大夫，他为几百年后佛儒融合的新儒家打下了基础。然而，直到宋代，游记才成为流行文体。陆游和范成大，这两位宋代作家为其发展作出了贡献。

游记在宋代的广为流行有三个原因。首先，因为交通和运输线路（尤其是水路运输）比以往发达和方便得多，人们能旅行去更远的地方。其次，比起他们的前辈来，宋代作家更喜欢在诗文中记录他们的日常生活。第三，政府官僚机构在宋代急剧膨胀。由于政府官员在其官宦生涯中通常要在各个不同岗位上轮值（大约三年一次，在国内各地），他们中很多人无疑会保留他们旅行经历的记录。大多数宋代游记都是由官员在离开或者奔赴某个职位的旅途中写的。

宋代游记大致可分三个类别。首先是去某个地点的即兴旅行“记”，例如去某个名山或名寺。这些记录很短（通常只有几百字），往往描述一日游中发生的事情。这些短文是宋代文集中最常见的游记。王安石和苏轼都是著名的政治家和文学家，他们可能是这类“一日游”散文最著名的作者了。其中脍炙人口的例子有王安石的
【557】《游褒禅山记》和苏轼的《石钟山记》。这类作品与柳宗元的山水文类似，外出游览为作者引发哲学或道德思考提供了环境和诱因。

第二类描述长途旅行，往往是去各省赴任或者从任上回家的官员写的。这类作品是宋代游记中最著名也是影响最大的。其中两部

长途游记最值得关注，陆游的《入蜀记》和范成大的《吴船录》。前者描写了陆游1170年从浙江沿着长江而上去四川的漫长旅程，而后者描述了作者1177年从四川沿着长江顺流而下到苏州的旅程。

从十一至十三世纪，宋朝屡次受到辽（契丹）、西夏（党项）和金（女真）的威胁，他们是占据宋朝西部和北部边疆的非汉族国家。因此，宋朝与辽和金签订了许多和约，结成盟友。这就在三个国家间建立了正式外交渠道，宋朝和辽、金的使节在彼此首都间川流往来。大致来说，有两类宋朝使节，第一类可称为礼仪性使节，他们受派遣参加特定仪式，如庆祝新年，皇帝寿辰、年号改元，等等。第二种使节被派去传递外交文书，包括对某个问题的质询或请求。欧阳修是首位把出使经历写成游记的宋代著名文人。他在1036年遭到政治流放的途中一直写日记，题为《于役志》。另外一些出使辽金并记录其经历的宋朝官员还包括苏辙（苏轼的弟弟）和洪迈。由于宋代使节几乎都选自士大夫阶层，其中许多人用文字记下了他们的出使经历。这些作品组成了第三种，也是最后一种宋代游记——出使记。很不幸，其中只有少数流传下来了。范成大的《揽辔录》是现存出使记中最著名的，它描绘了作者1170年出使金国首都（即现在的北京）的经历。

这三种宋代游记中，最重要的是所谓日记体游记（前面提到的第二种）。尽管只有大约十几种类似作品流传下来，但它们是宋代游记传统的核心部分，不仅因为与短途游记散文和出使记相比，这部分作品在所有游记中所占比例最大，质量也更上乘，而且它们为后世几百种日记体游记建立了范式。另一个使之与众不同的特点是 【558】
其篇幅之长、描述之细致。如《入蜀记》和《吴船录》都描述了全长约一千八百英里的旅程，历时达数月之久。旅途的漫长使作者有足够时间观赏风光和写作。因此，日记体游记是所有宋代游记中最长最具体的。以下是从范成大1177年《吴船录》中节选的一段，描写了峨嵋山的景色：

> 丙申（七月二十五日）复登岩眺望，岩后岷山万重，少北则瓦屋山，在雅州，少南则大瓦山，近南诏，形状宛然瓦屋一间也。小瓦山亦光相，谓之辟之佛现此。诸山之后即西域雪山（即喜马拉雅山及其余脉），崔嵬刻削，凡数十百峰，初日照之，雪色洞明如烂银晃耀曙光中。此山自古至今，未尝消也。山绵延入天竺诸蕃，相去不知几千里，望之但如在几案间，瑰奇胜绝之观，真冠平生矣。

除了描写名山（如峨嵋山）、壮丽的水上风光（如三峡），以及历史古迹（如黄鹤楼），范成大和陆游的日记体游记还记载了各种题材广泛的内容，例如当地的经济情况，与某地相关的民间故事。其他一些题材也许更有趣，包括长江的源头（见《吴船录》），盗墓活动（见《入蜀记》），甚至“佛光”（范成大在峨嵋山顶所见）。

日记体游记中尤其吸引人的一点是，范成大和陆游游历的大部分地方都已经被中国最著名的作家描写过了，其中包括李白、杜甫、欧阳修、苏轼和黄庭坚。范成大和陆游发觉自己必须以某种
【559】方式回应这些早已被名家诗文描述过的主题、景色、事件。他们毫不犹豫地直接引用前人的大作，但同时他们也不吝于表达自己的评述。在有些场合，他们甚至试图纠正前人的错误或误解。例如在《吴船录》中，范成大直言不讳地指出宋人对杜甫一联诗的流行解释是错的。然而，这些作品最大的魅力和价值在于使我们能近距离接触十二世纪士大夫的日常生活。在他们的日记体游记中，范成大和陆游坦然表达其文学爱好、历史意识和最私密的个人感受。在传统中国很少有其他类型的描述散文能像这些游记一样，如此真切地

描绘士大夫的日常生活和心理活动。

在此后的元、明、清各代，游记成为最常用的文学表现形式之一。这些时期中的许多重要作家，包括袁宏道、钱谦益、朱彝尊和袁枚，撰写了大量游记。而中国最著名最多产的游记作者是徐霞客，他生活在明朝末年。在三十多年里，他无数次出游，足迹遍布中国各地，他描述这些旅程的日记据估计超过四十万字。为了验证他从书中读到的中国地理知识，解决他对书中叙述的疑问，徐霞客把人生的大部分时间都用在地理考察和勘定上了。他的游记非常重要，因为饱含了中国丰富地理资源的第一手调查材料。在他之前，中国从没有人像徐霞客这样用多年时间旅行各地，勘察探索这么多山川河流。事实上，徐霞客可能是传统中国唯一的职业旅行家和探险家。因此，徐霞客是中国游记作家中最受关注的。

到了清朝和民国时期，传统中国多少带有田园诗风格的私人游记逐渐式微，与此同时近代西方探险者、地理学家、地质调查者和民族志学者，带着他们先进的观察和记录方法，开始横扫整个中国（参见第四编第六章）。其中就有李希霍芬（1833—1905），即第一次世界大战著名王牌飞行员“红男爵”李希霍芬的叔叔。1868—1872年，李希霍芬在中国各地进行了一系列探险，并创造了“丝绸之路”一词。这个词很快被四处借用，现在中国有无数关于丝绸之路的旅行纪录片。类似的故事可能还会发生在中国别处的其他游览者身上。

何瞻（James M. Hargett）

【560】第六章　笔记

“笔记”是一种散文形式，从宋代起开始在中国流行。“笔”的字面意思是“毛笔”；“记”有“记录”或“笔记”（作为名词）的意思，也有“记笔记”（作为动词）的意思。大多数学者将笔记的起源追溯到魏晋时期（流行的志怪文学。“怪”在这里的意思是不寻常的人和事；更准确地说，鬼神灵异等）。然而，用“笔记”一词指代我们这章所讨论的文体风格，恐怕是从北宋时宋祁（998—1061）以“笔记”为书名开始的。

作为文体名的“笔记”与几种相互联系的散文形式有关，如随笔、笔谈、札记、杂抄、丛谈、丛札等。这些文学形式之间的区分很模糊。为了方便起见，以下论述在大体上也涉及随笔、笔谈，及笔记的其他“近亲”。

西方汉学家对“笔记”有几种翻译，例如“random jottings”（随手记下的文字），“note-form literature”（笔记体文学），“occasional notes”（偶尔写的笔记），“desultory notes”（散漫的笔记），“brush notes”（笔一记），“miscellanies”（杂集），“literati miscellanies”（文人杂集）和“miscellaneous notes”（杂记）。这些五花八门的翻译说明我们试图讨论“笔记”时遇到的主要问题，我们极难用准确的语言定义“笔记”，如果不是说完全不

可能的话，因为没有严格的铁律去规范其风格和内容。这也解释了 【561】
为何“笔记”不适合放在任何一个中国文献分类中。这些作品在传统文献学中通常归入“杂家”或“小说家”。因为没有严格的文体规范约束“笔记”，现存“笔记”文集的数量远远超过几千种。其总数无法确定，得取决于如何定义“笔记”。

那么我们能够如何来描述“笔记”呢？首先，我们可以称之为“非正式”文体。与其他中国散文不同，“非正式”意味着，笔记通常不是为了正式或特殊场合而写的。好像谁都能编个笔记集，可以在任何时间，为任何目的。在这个意义上，我们可以形容笔记为“随意”或“任意”方式的写作。其次，大多数笔记都是以古文体写的，文风清晰、直接，不引经据典，没有限制其他正式文体的各种行文措辞上的规范（如句法和字词上的对仗工整）。笔记作者不用这种文体来炫耀博学。相反，他们用它来表述信息，就好像他们在透露其他地方得不到的“内幕”。这里有个例子，摘自沈括（1030—1094）《梦溪笔谈》的“异事”一节，此书成于十世纪，常被引为笔记体的典范之作：

> 嘉祐中，扬州有一珠，甚大，天晦多见。初出于天长县陂泽中，后转入甓社湖，又后乃在新开湖中，凡十余处，居民行人常常见之。余友人书斋在湖上，一夜忽见其珠，甚近。初微开其房，光自吻中出。如横一金线。俄顷忽张壳，其大如半席，壳中白光如银，珠大如拳，烂然不可正视。十余里间林木皆有影，如初日所照；远处但见天赤如野火；倏然远去，其行如飞；浮于波中，杳杳如日。古有明月之珠，此珠色不类月，荧荧有芒焰，殆类日光。崔伯易尝为《明珠赋》。伯易，高邮人，盖常见之。近岁不复出，不知所往。樊良镇正当珠往来处，行人至 【562】
> 此，往往维船数宵以待现，名其亭为“玩珠”。

沈括此文中最值得注意的是人们对此“异事”的巨大兴趣。这是一则UFO目击事件吗？也有可能。不管怎么说，中国学者一直对这些涉及灵异超自然之事的报道有特别浓厚的兴趣，这也有助于解释笔记的流行。注意这里沈括如实报道的语气，他提到了日期、地点，尤其还有知情者信息，这大大增加了此报道的可信度，赋予其真实性。

笔记作者从哪里找来这些知情者？许多宋代作家（沈括为其中之一）从亲戚朋友那里搜集资料。笔记作者，尤其是宋以后的作者，往往是政府官员，于是有很多机会四处旅行（政府官员通常在其为官生涯中要在数个省份任职）。旅途中的随手札记，后来就编成了笔记。

笔记文集通常分章节（门、卷、记，等等）。有些作者不给章节命名，而另一些则都标上了题目。再以沈括的《梦溪笔谈》为例，其书共分十七章，分别为：一、故事；二、辩证；三、乐律；四、象数；五、人事；六、官政；七、机智；八、艺文；九、书画；十、技艺；十一、器用；十二、神奇；十三、异事；十四、谬误；十五、讥谑；十六、杂志；十七、药议。

这些章节依次再分成更短的小章节或条目。比如，前引“UFO目击报告”就是《梦溪笔谈》“异事”中的一条。“主题—条目”的组织结构在处理种类繁多的题材时非常有用，尤其是整理那些历
【563】时多年积累下的札记。这些条目不像更规范的文体如墓志铭或诏令，不讨论问题，也不进行论辩。大多数条目都与信息有关，提供报道，更正错误。

尽管有些笔记文集在主题上大体前后一致，但大部分并非如此。正如前引沈括著名的笔记文集中各类主题所示，笔记几乎可以涵盖所有主题。然而，这一组织形式不像其乍看上去那么杂乱无

章。现代学者有力地证明了，宋代笔记划分章节时常用的主题词，与当时著名皇家钦定百科全书《太平广记》中知识分类所用的模式非常接近。事实上，沈括《梦溪笔谈》中的章节名就沿用了《太平广记》的传统。

有些现代学者试图根据主题内容来为中国众多笔记作品分类。例如，刘叶秋就定义了三种类型的笔记。第一种称为“叙事笔记”，主要由简短的散文条目（或非常短的故事）组成，关于不寻常的人和事，其中有些与历史人物和事件有点松散的联系（换句话说，这个人可能在历史上实有，但这些事未必是真的）。其中最早的例子之一就是干宝（活跃于320年左右）的《搜神记》，这是一部短篇散文集，讨论超自然的人和事（有些现代学者认为这类作品是中国小说的起源）。第二类称为“历史笔记”，这是因为这类作品讨论各种典故，包括与历史人物和事件有关的文献札记。例如《西京杂记》这部作者不详的作品，共一百三十条，其中大多数描述西汉时长安城中的人和事。第三类为“批评笔记”。著名的例子就是崔豹（活跃于300年前后）的《古今注》。这部有用的作品可谓小型百科全书，包括作者关于各种主题的笔记，如车、衣、鱼、虫、音乐等。在第三类中我们还可以加上“诗话”。这类作品在宋代流行，包括作者对中国诗歌各方面的批评（参见第六编第三章）。

以上分类只是通向笔记大致主题线索的第一步，其效用有限，因为几乎没有一部书能正好归入某一类去。事实上，许多笔记，尤其是宋代及以后的笔记，既有章节涉及奇人异事，又有关于历史和其他各种专门题目的内容。沈括的《梦溪笔谈》就是个好例子，它表现了笔记题材之广泛。另一个例子，陆游的《老学庵笔记》毫无顾忌地将超自然故事与南宋政治、文学批评及其他许多内容混在一起。显然，笔记文学最关键的特征就在于其内容之杂，就其覆盖面 【564】
和内容而言，似乎没有界限。

从大约十一世纪中叶开始，写笔记的人一代比一代多。比如，著名的北宋文学家苏轼及其朋友和门生就编撰了许多这样的文集。为什么写笔记在宋朝变得如此流行呢？原因之一是这些笔记很受读者欢迎，这意味着商业上的成功（因为印刷和出版的进步而成为可能）。例如洪迈的《夷坚志》初版于1161年，这本书非常流行，以至于1166年又出了续本，此后又不断再续。许多宋代笔记的流行无疑是因为奇闻轶事本身引人入胜的魅力，这些奇闻轶事涵盖社会的方方面面。另一个原因与笔记的作者有关。北宋文人养成了所谓的“休闲”文化，他们在空闲时间活跃地参与各种活动，例如绘画、古玩、藏书等。“记笔记”也是流行的休闲活动。撰写谈论笔记作品是件趣事，因为既具娱乐性又充满惊奇，无疑为许多机智博学的对话提供了谈资。在这个意义上，宋代笔记的内容很有价值，因为其中大量涉及宋代文人的生活、事业和兴趣，向我们展现了沈括、苏轼和其他文人生活的那个世界。到十一世纪末，笔记传统已经确立。笔记作者们甚至开始评论早期笔记里的条目。例如，张耒（1054—1114）的《明道杂志》就评论了沈括的《梦溪笔谈》。这一笔记传统直到清代一直盛而不衰。事实上，二十世纪中国最伟大的作家鲁迅就以写杂文著称，他的杂文涉及各种广泛的题材。

大部分笔记都能在丛书中找到，但因为它们题材太广以致很难从中发掘有用资料。业已出版的索引，如佐伯富编的《中国随笔索引》（1954）和《中国随笔杂著索引》（1961）在所收笔记的数量（206种）和体例上（只包括章节名、关键词和重要名词）都有其局限性。索引不能告诉读者题材本身的性质。比如，如果没有逐条通读所有笔记，就很难（不说完全不可能）确定有多少其他关于“UFO”的叙述（或者说与“奇珠”有关的条目）。

最后应该指出，历史学家经常以笔记为史料，因为这些作品对
【565】正史和其他官方儒家正统历史而言是重要的（有人也许会说“正确

的”）补充。因此，地方志、其他轶事集、医书和类书常引用笔记条目。历史学家李焘（1115—1184）在编纂其巨著《续资治通鉴长编》（北宋制度史重要史料）时，卓有成效地从许多笔记中挖掘出了其他资料中不见记载的信息。一些西方学者也大量使用笔记。例如谢和耐那本旁征博引的《蒙元入侵前夕的中国日常生活，1250—1276》就在很大程度上依据宋代笔记资料。

从1973年至今，台湾新兴书局以“笔记小说大观”为名已出版了三十多个系列的笔记文学。这可能是规模最大也最便利的笔记汇编，但是我们用的时候必须小心。其中许多种也许并不能称为笔记；而且选择的版本也有问题。更有用也更可靠的版本是中国大陆从二十世纪八十年代陆续出版的单本笔记文集，许多由中华书局出版。这些版本通常已标点，并与其他版本校对过。其中一本是胡道静的《新校正〈梦溪笔谈〉》，此书对任何有兴趣探索沈括这本著名笔记文集丰富内容的人来说，都是不可或缺的。

总之，笔记和其他类型的随笔轶事文学是一个巨大的宝库，其中蕴藏了大量鲜为人知的秘闻，不见于其他更主流的书籍。它们并不总是以其轻松的文风为特征，有时候其中也会出现文学精品，或者对文学和文学家的深刻洞见。因此，中国文学史家如果能好好发掘笔记及其相关文体，往往会收获颇丰。

何瞻（James M. Hargett）

【566】 第七章　二十世纪散文

· 二十世纪散文的白话文化

散文可谓是二十世纪中文写作中白话文化最彻底的文体了。二十世纪的中国散文集中很少收入文言文，尽管在二十世纪初白话散文几乎是闻所未闻的。二十世纪中国文学的读者不大可能读到文言体的随笔散文，倒是偶然会读到1910年代的文言小说，如徐枕亚（1889—约1937）的《玉梨魂》（1912）。而且，1920年代的一些著名小说作家，如鲁迅和郁达夫喜欢用文言来写诗，但是仍用白话写散文。同样，尽管钱锺书（1910—1999）的大部分学术著作都是用文言写的，他的小品文却用白话。

传统散文与中国的戏剧和小说不同，并不是文言和白话的混合体，而是在语言上完全使用文言。散文的典范之作如唐宋八大家的散文，无一例外全用文言。而且传统中国的大部分散文作者都是士大
【567】 夫，或是热衷功名之人，他们必须用文言文写即兴文章，以通过各级科举考试。尽管1905年长期受推崇的科举制度遭到废除，二十世纪初的散文作者若想写正经文章，仍会使用文言文。直到1919—1920年，新文化运动倡导书面语言的白话化，他们的主张以惊人的速度横扫各

个领域，包括政府、商业、教育机构、文化圈、新闻界和出版界。

乍一看可能有点奇怪，最初两篇提倡废除文言，使用生动白话创作的重要文章，都是用文言文写的。但是，当1917年这些主张最初发表时，胡适和陈独秀这些激进的观点如果使用的是白话，就会缺少对思想界的足够影响力。胡适和陈独秀对白话写作的提倡造成了巨大的影响，几年之内，他们及其几乎所有的知识界朋友都不再用文言文写散文。与此同时，大量发行的报纸和杂志在不断扩张的城市中迅速发展，这与知识分子主张白话的运动相得益彰；知识分子毫不费力就能找到大量证明，即白话文比文言文卖得更好，能获得更多关注。进步的精英杂志的成功，如《新青年》和《现代评论》这些在1910年代中后叶坚决转向白话文的杂志，为后来几十年中其他出色的白话出版物奠定了重要的基石，使之能在此基础上发展壮大。

· 二十世纪白话文的历史鸟瞰

1920年代，白话文的第一个重要十年，统领中国文坛的是篇幅短小的作品，如短篇故事。小说在二十世纪前半叶在中国流行一时，但直到1920年代末1930年代初才完全恢复其以往的重要地位。然而，即使小说这样的长篇作品在1930年代的大部分时间内得到繁荣发展，随着许多专门发表散文的杂志纷纷创办，如林语堂（1895—1976）的《论语》（1932—1937）、《人间世》（1934—1935）、《宇宙风》（1935—1947），散文在这十年中还是达到了其流行的高峰之一。

左翼作家（其中许多人同情创立于1921年的中国共产党）反对林 【568】
语堂这些杂志中私人化、不谈政治的调调，强调写作应积极介入政治，并以他们自己的杂志为基地，如《太白》（因唐代诗人李白的风格而得名，1934—1935）。尽管左翼文学统领了中国1930年代的文坛，但像《太白》这样的左翼散文杂志仍很难吸引稳定的读者群。左派散文大多散见于各种刊物，而不是集中于少数只刊载散文的杂志。很多1930年代的主要刊物如《现代》（1932—1935）和《东方杂志》（1904—1948）都有专门一栏刊登散文，这已成为常规。

作者的个人散文集以书的形式出版，在二十世纪二三十年代尤为普遍。鲁迅一人就写了十本散文集，尽管在1950年代有学者发现他的散文集中有十二篇其实是瞿秋白（1899—1935）写的，却没有注明。这两位作家都曾用过几十种笔名，这在很多情况下使得很难确定作者。必须承认，有时笔名也有其效用，使左翼作家能摆脱国民党政府当局的突击审查。不过，更经常的是，各种各样的笔名能让作者藏在匿名的外衣下，避免对某篇文章或故事负责，尤其是其中涉及人身攻击时。一个人有几个笔名在当时的散文作家中十分常见，这不过是无害的随心所欲之举而已，但鲁迅曾用过近两百个笔名，这个极端例子说明了确定作者会有多复杂。

1937年日军侵华，占领了华东地区，打断了散文和几乎所有其他文体的发展，大部分知名作家都逃出了沦陷区，通常逃去中国政府控制的西部内地，有的也逃往国外。周作人和少数不那么有名的散文作家继续写作，并在日本人控制的北京和上海发表些传统风格的小品文，但是中国文学界的重心已经转到了西部——国民党治下的战时首都重庆（四川）和共产党治下的延安（陕西）。有一种宣传性散文在战时的重庆和延安都得到迅速发展，那就是报告文学，一种小说和新闻报道的混合体。1942年，毛泽东以严厉的口吻发起了对自由文学表达的第一轮政治镇压，他批评杂文（引起争议的文章）是不合时宜的，与即将到来的社会主义新时代不相容。这样的运动后来还不断发生。五年之后，毛下令处死了不肯低头的前共产党员、讽刺杂文作家王实味（1906—1947），这说明持异见的散文作家可能面临多么高的风险。而诗人和散文家闻一多（1899—1946）被国民党特务暗杀，也表明国民党对反对其国共内战政策的文章同样毫不姑息。

1949年随国民党政府去台湾的那些不太政治化的散文作者，如梁实秋（1902—1987）和林语堂，一直到二十世纪中叶还在不断写作发表小品文。然而，在这时期的大陆，几乎所有文化领域都高度政治化，使小品文作家如丰子恺（1898—1975）放弃其在1949年前所喜欢的不涉政治的写作风格。结果在建国后的最初三十年，其散文在数量和质量上都急剧下降。【569】

有些大陆的讽刺散文作家对毛泽东取缔杂文感到不满，例如共产党官员邓拓（1912—1966）和吴晗（1909—1969），他们转而用影射文章拐弯抹角地批评现实，以古讽今。“文化大革命”（1966—1976）期间，中共政权无情地镇压了这些政治讽喻者，邓拓的一些追随者被迫自杀，而另一些则因其政见而被关入监狱，甚至备受折磨。

对散文作家和其他作家三十年的严厉政治控制，在1976年毛泽东死后，开始逐渐松弛。政府放宽其文学政策的重要转折点是在1978年年底，由新一任领导人邓小平宣布文学创作可以有更大的空间，党会更少政治干预。类似的自由化也在蒋介石死后的台湾发生。在其儿子和继任者蒋经国的领导下，从监狱中释放了许多异见作家，包括散文家柏杨（1920—2008），1987年最终解除了长达四十年的军事戒严状态。很快，在大陆和台湾两地，编辑出版两岸作者写的散文集都成了常见之事，在沈阳出版的两卷本二十世纪中国散文选集《今文观止》就是很好的例证。

· 中国白话散文的共同特征

中国诗人经常在诗中扮演不同的角色，小说作者也会尝试使用明显不合适的叙述者，但是在二十世纪中国散文中，叙述者往往就是作者本人。鲁迅的有些讽刺文章假装以自相矛盾或乖僻的叙述开始，但是随着文章的展开，作者自己的观点和价值判断会纠正起初
【570】的混乱。例如在1918年的文章《我之节烈观》中，他先简单地褒扬传统的妇女节烈观，接着就开始批判它，提出自己的反对观点。相比之下，鲁迅某些小说中的叙述者就从头到尾一直保持不可靠、有缺陷的人物形象，比如小说《祝福》中的“我”。

与其他文体相比，作者的声音和文章叙述之间的紧密联系通常保证了作者和读者间有更强的亲密感。读者有理由认为，散文讲述的是个人反思、真实事件或梦境的种种片段。即使这些题材只是随意简单地娓娓道来，也被认为原本是作者有意识地有序展开过程，而读者的理解过程正与此大同小异。因此，相比具有更多形式限制的文学创作，如诗歌、小说、戏剧等，二十世纪散文作家很少有机会或有意愿去精心雕琢词句、改进最初的灵感。相反，散文作者直接表达对某一现象的直观印象，多以抒情的方式，较少无休无止的描述。

亲密感（intimacy）是散文赖以构建的基础，作者往往利用这一亲密感透露他们情绪的各个方面，这些情感在更正式的作品中可能无法直白表达。鲁迅不断强调，中国缺少真正的幽默（参见第一编第七章），他喜欢在小说和杂文中使用尖刻的讽刺挖苦，因为他觉得这是最接近幽默的。但是在他从意识形态上批判林语堂以前，曾在林语堂的杂志上发表过几篇散文，就像这些杂志上其他小品文一样，鲁迅的这几篇文章具有诙谐轻松的幽默风格。正如鲁迅的小说那样，叶绍钧（1894—1988）和吴组缃（1908—1994）的小说以及瞿秋白的论辩文章都强调中国文化遗产的负担沉重、前景黯淡。然而，叶绍钧有篇著名散文热情洋溢地盛赞李叔同（1880—1942），李是当时一位西化的唯美主义者，他放弃了艺术和音乐的事业，成

为隐居的佛教徒。与此相似，吴组缃在一篇1934年写的散文中，毫无保留地赞颂了古代运河商埠扬州的传统生活方式。瞿秋白被国民党枪决前写的最后一些散文，其中许多都表现了他特别为平淡、古老的种种生活乐趣所感动，与公开政治斗争无关了。

· 二十世纪散文的主要类型

研究散文的中国学者通常将其大略分为两类，具有说教和论辩性质的说理性散文和表达情绪印象的抒情性散文。与其将这一区分【571】
绝对化，坚持每篇文章不是说理就是抒情，还不如将说理和抒情两种功能置于一个连续区间的相反两端。几乎没有多少散文能恰好置于这个区间的一端或另一端，因为散文作者很少在一篇文章中完全避开说理或抒情。大多数散文都在两端中间摇摆不定，只有少数能在其中找到平衡，正好处于这个区间的中点。

散文的类型也或多或少倾向于说理或抒情。非常接近说理这一端的是杂文，常与鲁迅相联系。接近另一端的非常抒情的类型如怀旧文，则可以在鲁迅的弟弟周作人和其他人的作品中找到。以下的讨论从说理开始，逐渐讲到抒情，指出二十世纪散文几个主要类型的特征，并举出实例。尽管篇幅所限，我们无法涵盖所有二十世纪重要散文家，但下面提到的所有文章都是脍炙人口、并为学者反复讨论的。

说服的意图有时在文章题目中就清楚表明了，比如鲁迅曾在1926年发表过一篇非常著名的杂文，题目就是《论费厄泼赖应该缓行》。鲁迅一开始先简要概括了林语堂的观点，林认为费厄泼赖（fair play，即“公平竞争”）的精神在中国不易得，所以应该提倡。为了支持公平竞争的论点，林语堂引了句俗语“不打落水狗”，这正是鲁迅最想批判的宽容态度。正如救起来的落水狗最终可能对救它的人反咬一口，若对敌人仁慈，一旦危险过去了，敌人反会攻击放过他的人。鲁迅用革命将领王金发的例子来论证落水狗就该狠狠打。王金发在辛亥革命时曾经抓了向清廷告密导致秋瑾被害的官员，却仁慈地将他放了，结果后来王反被这人害死了。鲁迅坚信，中国社会和老百姓还没进步到能让改革者放心对敌人仁慈的地步。

很不幸，鲁迅没有详细说明，在何种条件下才能在政治和思想斗争中对敌人施以宽容和仁慈，而不用冒遭到报复的风险，其论辩的核心在于假设善的目的能使残酷的手段变得正当。当然，鲁迅不可能知道，1936年他去世后三十年发生了“文化大革命”，其中残忍的暴力行为四处蔓延，既针对普通公民，也针对官员，那时他这个“痛打落水狗”的观点被无休止地反复引用，用来为这些行为
【572】正名。而且，他对使用暴力痛打“敌人”满不在乎的辩护，导致与现代自由社会秩序不相容的做法，说明持文化差异观点的社会批判可能会理直气壮地得出结论，个别民族可以不遵循诸如遵纪守法和公平竞争这样的普世规范。

说明性杂文体现了对中国的文化反省，它们在1980年代再次获得了突出地位，吸引了海峡两岸许多作家。其中最有影响的可能是柏杨，他是一位台湾异见人士，蒋介石时代曾因公开讽刺政府而被判入狱八年。柏杨相信能够进行清醒自我批评的文化也能更好地自我更新、适应变化，他从《丑陋的美国人》和《丑陋的日本人》这类著作中得出了这个结论，并以同样的心态写了《丑陋的中国人》（1984）。后来这篇文章成了他那本备受争议的同名散文集中最重要的一篇。他把在台湾观察到的一些中国人的负面特征一一列举，包括大声喧哗、争占公共空间、窝里斗、缺少分析思考。柏杨认为，这些缺点的根源在于两千年前的独尊儒术，把人的思想都变得僵化了。对柏杨而言，中国的黄金时代在先秦诸子时期，那时百家

争鸣，并无哪一家居于正统。

柏杨历史主义式的文化批判，从根本上不同于鲁迅的本质主义方式，鲁迅反复强调中国文化的本质就是“吃人”。柏杨对中国的未来也不像鲁迅那么悲观，他认为十九世纪以来欧美思想的传入可能带来思想的多元化，回归先秦“百家争鸣”的状态，也即战国时期盛行的各家学派相互间进行活跃思想争辩的状态。然而，为了实现这一理想，柏杨认为，中国人必须深刻反思自身文化遗产中的阴暗面（这些阴暗面恰恰在学校教科书中被粉饰成美德），而且还得更好地发展批判思考的习惯。

游记在中国有超过一千年的悠久历史（参见第三编第五章），但是到了二十世纪，其描述和抒情功能不断被掺入社会讽刺。二十世纪讽刺游记中最著名一例就是吴组缃的《泰山风光》（1935）。吴组缃没有描写中国这座圣山的自然风光或庙宇建筑，他以知识分子叙述者的口吻叙述了他在进香季节登泰山的经历，以及途中所遇各色人等，主要是组织完善、富裕的乞丐群体，道士以及小贩。香客则多是中下层农民，他们买些粗制滥造的小商品作进香的纪念品，同时也是山脚下滔滔不绝的道德说教者的主要听众。然而，叙述者的主要发现是，生活在山上大房子里富裕的“丐官”家族摇身一变，就装成了衣衫褴褛、灰头土脸的乞丐，每天晚上出去向上山进香的游客乞讨。这一“丐官”家族有点像小官吏，因为两百多年前乾隆皇帝御赐了他们世代在泰山乞讨的特权，这已成为不可打破的传统。起初叙述者觉得有趣多于惊讶，但是后来其中一个乞丐误把他当成普通香客，硬抓住他衣服不放，向他要钱，这使他厌恶避走。最后，当他终于从乞丐的纠缠中摆脱出来，他决定以后还是远距离地观察这些香客为好。 【573】

在钱锺书的《论文人》（1941）中，二十世纪中国作家本身也受到了毫不客气的讽刺挖苦。对于观察到的荒唐事，钱锺书与其说感到惊讶，不如说感到非常好笑，所以他更倾向于抒情和情绪表达的一端，离论辩和说服一端较远。他建议政府花钱奖励文人，让他们放弃文学专业，这个建议荒谬得滑稽可笑，而且似乎还刻意模仿战时中国常见的严肃说教文风格，又称“抗战八股”（传统八股文是科举考试答题的标准行文结构，从十五世纪中叶一直用到二十世纪初）。在这斯威夫特式“温和建议”的背后，钱锺书的基本意思其实相当明显；许多当代中国作家对其在社会中的角色感到局促不安，想要不惜任何代价投入政治，因此他们会坚决行动起来，为了政治放弃文学。若他们这么做了，就真的遵循了雪莱的浪漫主义颂歌，诗人是“人类的立法者”。

就整个二十世纪而言，对当代文坛的讽刺玩笑的文章远远少于另一类型的文章——创作谈，即作者个人对写作过程的坦白反思。与英语的《工作中的作家》（*Writers at Work*）系列类似，各种创作谈在中国读者中流行了几十年，他们想了解写作过程的第一手经验，但是他们很少在学术性文学批评家和理论家的文章中找到足够信息。上海作家王安忆（1954— ）在《面对自己》（1986）一文中认为，她在作品中日益强调自我的内心冲突，但并未将她与周围发
【574】生的广泛社会发展割裂开。这貌似吊诡，对自我发展的深切关注反能使作者与更多读者心心相印，如果她仅仅关注某些社会群体的问题，她还未必能赢得如此多读者。大量读者关心的是从少年到成人的转变，或是从成人世界的一个状态向另一状态的转变；这些读者往往去读小说或散文，以获得某种私人视角或体验，使其能与自己的经历相比较。然而，王安忆所看到的当代主流文学对群体背景下个人的强调，往往并不能提供足够感染力去展现个体自我，以满足读者对更好理解自身的渴望。

对人性无尽复杂性的追求往往采取传记散文的形式，如丰子恺哀悼李叔同的文章《怀李叔同先生》（1943）。李叔同极其多才

多艺，性格复杂多面，他在日本留学的时候与朋友共同创办了中国第一个话剧团（参见第五编第二章）。当他回到江南故乡后，做过许多工作，包括编辑、绘画教师、音乐教师，都做得非常出色。当他在杭州某校教钢琴时，丰子恺与他初次相识。1918年，李叔同把他所有的身外之物都给了丰子恺和其他两位他最欣赏的学生，从此出家为僧。在处理人生中这些可能非常折磨人的转折时，李叔同非常平静，以至于丰子恺想象他能轻而易举地扮演中国戏剧中任何传统角色。李叔同能从容适应一夜之间天翻地覆的人生转变，但无论他在某一时刻做什么，都能一贯保持对做事本身的诚心。他态度温和，举止严谨，在各种艺术领域都才华横溢，然而他毫不犹豫地放弃所有，遁入空门。在丰子恺的描述中，李叔同成为二十世纪初中国文坛上真正卓越而神秘的人物之一。

另一篇悼念性传记散文更能唤起读者的情感，那就是朱自清的《背影》（1925），几乎所有散文选集都会收入此文。笔者年迈的父亲在火车站为其长大成人的儿子送行，他坚持要穿过铁道跑到对面的站台上为儿子买点新鲜水果，好带着路上吃。老人蹒跚着爬上站台的艰难，深深地提醒了“我”，当年强壮的父亲已经变得多么脆弱。这让年轻人感到非常羞愧，因为他心里对父亲唠唠叨叨不放心儿子独自旅行感到十分不耐烦。承受着贫穷和家庭重担、日益衰弱的老人，却坚持为即将远行的儿子买些水果，叙述者将父亲的形象凝炼成深刻的记忆。笔者最后写道，几个月前父亲写信来，提到身体状况日下，恐怕死期不远，这让他的眼泪又一次默默流下。【575】这篇感人至深的文章，几乎全是抒情。由鲁迅的说理杂文为开始的代表性散文家谱系，且以朱自清的抒情作为收束。

魏纶（Philip F. C. Williams）

绿杠文库

见珍于世

第四编·小说

哥伦比亚中国文学史

[美] 梅维恒 主编

马小悟
张治
刘文楠 译

新 星 出 版 社 NEW STAR PRESS

目 录

【579】 第一章　唐传奇

“唐传奇”这一个已有近千年历史的文学类型经常用Tang tales这一术语来翻译。（“传奇”表示怪异或怪异故事的传播。）“传奇”一词首次出现在裴铏（活跃于865—875）所编的三卷《传奇》之标题上。在宋代（960—1279）这个概念成为文类的名称，今日有时也用来概称以文言写作的较为长篇的故事。然而，大多数的“传奇”写于唐代，自七世纪最后数十年直至九世纪末年约二百年的时间。这些故事标志着传统中国文言小说的巅峰。最好的一些故事作者都是活跃于780至820年间的几代作家，不过整个两世纪中的传奇作品都保留下了翔实的记录。尽管之前历朝的传记作品中已有先驱者，在宋明两代也有相当于“传奇”的作品，但是早期的这些叙事作品近乎历史，而九世纪以后的作品也失去了唐传奇所具有的丰富意涵。（明清时期，“传奇”一词用以指称戏曲的一个重要门类［见第五编第一章］，这种用法与其原本用以表示一类短篇小说的方式并无关联。）

除传奇之外，唐代还有三类短篇小说值得一提：（1）志怪，类如六朝（220—589）同类作品，但往往篇幅更长，且稍微具有复杂的情节；（2）轶事，通常叙写知名人士的私人事件；（3）寓言，
【580】 在古文运动（见第三编第三章）的提倡者中特别流行。

不过在探讨唐传奇的本质以前，需要交代一些背景。众所周知，《山海经》《穆天子传》二书关系到所谓中国“早期小说”的发展（见第一编第二章）。但这些作品同六朝的志怪文学一样，只有在后代读者眼中才被视为小说——具有小说的性质，但在写作意图上原本并非要作为小说来写。唐传奇的实际渊源乃是中国的传记文学传统（见第三编第二章）。这一传统，包含了早期的官修史书，这类著作中颇有一些故事，似乎是取材于民间传统的。这些故事虽不是写实派的创作，但就其主题而言往往传达出一些真实的心理状况。例如像范式与张劭交谊这样的轶事（范晔［398—446］记述于《后汉书》中，见第三编第二章的讨论），以及一些情节复杂的故事，比如吕后翦除其对手戚夫人及戚夫人之子刘如意的经过（由司马迁［约前145—约前86］记述于《史记·吕太后本纪》的开篇）。

除了这些官修史书中的记载外，汉六朝时期的非官方史传作品（有传、内传、别传等文体）对唐传奇的结构与风格也有所影响。这包括作者佚名的《汉武帝内传》、葛洪（283—343）《神仙传》这类道家著作，佛教的传记作品，还有作者佚名的《燕丹子》，讲述燕国太子丹安排荆轲行刺秦王以保全自己国家的经过，以及《飞燕外传》（作者被判定为前汉人伶玄［活跃于前6—前1］），记述成帝（在位时期：前32—前7）那位美貌宠妃处心积虑的一生。有两部重要的先驱性叙事作品，一是皇甫谧（215—282）的《高士传》，一是陶潜（365—427）的《桃花源记》。前者为唐传奇铺设了赞赏隐逸生活的情调；后者则是以短篇小说形式重述叙事诗的范本，此技巧在许多重要的唐传奇作品中得到运用。

唐传奇的轶事类型之渊源，来自被认为是道教隐士葛洪所撰的《西京杂记》和刘义庆（403—444）的《世说新语》。而唐代的志怪，则是干宝（活跃于320）《搜神记》（见第三编第四章）中一类故事的衍变。这些故事多记述某人遇鬼怪的类似情形。但也有些作品不同，比如韩凭美貌的妻子被好色的宋康王夺走后如何以自杀脱身的经历，便类如传奇的记载，特别是当灵异的事件发生，往往就成为套路，遂被人忽视。唐代的寓言故事，有时候被称为“伪传”（pseudobiographies），源自类如陶潜《五柳先生传》和阮籍（210—263）《大人先生传》这样的作品。

唐代轶事集的主要著作有：张鷟（657—730）的《朝野佥载》、刘餗（活跃于740，史学家刘知几［661—721］之子）的《隋唐嘉话》、封演（活跃于750）的《封氏闻见记》、刘肃（活跃于807）的《大唐新语》、韦绚（约802—860以后，其父为顺宗［805年在位］朝宰相韦执谊）的《刘宾客嘉话录》、段成式（约803—863）的《酉阳杂俎》、郑处诲（活跃于850，其祖父为德宗［在位时期： 780—805］朝宰相郑馀庆）的《明皇杂录》、孙棨（活跃于885）的《北里志》、郑綮（卒于899年）的《开天传信记》，以及王定保（870—940）的《唐摭言》。这些轶事掌故集中的文学因素往往不多。典型的叙事作品，可以《朝野佥载》中一则故事为例，以区区六十个字，讲述北周朝臣裴珪之美妾的经历。相者依据难以理解的征兆，警告她约束自己的欲望，但她置之不理。后来，她果然与人私通，迫使裴珪将她送入掖庭为婢。毋庸置疑的是，读者最乐意看到相者预言中展现的言辞技巧及智慧。尽管这些作品集中的篇章大多简短（百余或二百字），有的（例如《刘宾客嘉话录》中介绍菠菜如何从西方传入中国）确实无甚文学特点，还有些篇章（例如《明皇杂录》记神仙张果的故事）则采纳了传奇的一些要素和风格。

唐代的志怪作品集数量也很多，最为出名的则是牛僧孺（780—848）的《玄怪录》和李复言（约780—830以后）的《续玄怪录》。这些叙事作品中，如“侯遹”这样的篇章，简短如同六朝志怪，但

多数则如“郭元振”[①]，显示出更为曲折的情节，易被视如传奇作品。 【582】

与这些志怪文学相关的，是佛教徒收集的奇迹传说故事。代表性的著作，有唐临（约600—约659）的《冥报记》和孟献忠（活跃于712）的《金刚般若经集验记》。尽管具有唐传奇的某些叙事惯用手法，但这些作品旨在宣布大乘佛教的基本教义。

道教的神仙传记集，例如杜光庭（850—933）的《墉城集仙录》，收集道教女仙故事，再如胡慧超（卒于703年）的《晋洪州西山十二真君传》记录早期道教人士的生平事迹，想必在唐代的文字与口头传统中都是广为流播的。“吴真君”[②]（原载《晋洪州西山十二真君传》），可视为一篇典范之作。此篇交代了吴猛的“生平”。其人少年时，以孝顺父母而闻名。后来，师南海太守鲍靓，得秘法，能使汹涌的河水和狂风平息，并使武宁县令干庆死而复生。干之弟干宝深受感动，遂始作《搜神记》。吴猛后来登上一驾白鹿宝车，消逝无踪。这些传说之事迹，主要是故老口耳相传的某位非凡人物之故事，以年代顺序加以陈列。其情节至为简单，尽管肯定为唐代世俗故事的作者们所熟知，但或许对于唐代小说主流的影响是有限的。

唐代小说的主流，无疑应是“传奇”，然而这类篇目的范围有时难以界定，因为有时长篇传奇是短篇传奇的翻版（平均起来，传奇作品大约在一千五百字到两千字）。汪辟疆在1929年编选的传奇集，收入七十多篇（总题为《唐人小说》）多少有助于测定这一文类的限界。通常被标为传奇的有以下这些最为著名的作品：

（1）《古镜记》，此作由围绕一面辟邪镇妖的古镜而展开的几则故事连缀成篇。尽管每个故事的结构都与早期的志怪文学出入不

① 原题为“郭代公”。——译者注

② 见于《太平广记》卷十四。——译者注

大，但是作者试图编排成一个更长篇的作品，使用的人物角色也是真实的历史人物（王度［约584—约625］及其弟哲学家王绩［590—644］），这预示着唐传奇以后的发展方向。

（2）《白猿传》（或题作《续江氏传》）讲述欧阳纥之妻被
【583】巨大白猿掠走的故事。她受孕怀了这个野兽的骨肉，最终获救并产下一子，此子生得猿猴相，却最终以文学才能而获得声誉。这个故事通常被认为是对欧阳纥之子、著名书法家欧阳询（557—641）的攻讦。

（3）《游仙窟》，张鷟（即上文《朝野佥载》的作者）撰。《游仙窟》是传奇中的独一无二之作。这个故事以词藻华美的骈文和第一人称手法，用一万余字详细铺陈了一场艳遇，自叙奉使河源，途经神仙窟，受到两位美貌的女主人十娘、五嫂柔情款待，三人诗歌酬答调情，最后终于与十娘共效云雨之欢，宿夜而去。可能是因为《游仙窟》的淫荡色彩接近于色情文学，所以成书后不久就佚亡了，惟保存于日本。此篇故事的风格（奇妙地组合了高度口语化的语言和精巧的骈文）与篇幅（有八千字之多，为传奇中最长的一篇）也都有独到之处。

（4）张说（667—731）所写的若干故事中，《绿衣使者传》最为有趣。讲述帝都一位富有的青年杨崇义，一天晚上醉归，被妻子刘氏及奸夫李弇合计谋杀①。恐奴仆发觉，便将尸首掩藏于井中。堂前一只鹦鹉目睹了罪行，将此报告给官吏。因此，这只鹦鹉被册封为“绿衣使者”。

（5）顾况（约725—约814）的《游仙记》②，记述了大历时期（766—779）李庭及其友人在山中迷路，发现瀑布背后有一处田园

①《绿衣使者传》原本已佚，今天看到的是五代王仁裕《开元天宝遗事》卷下《鹦鹉告事》一则的节略本。其中说的是“忽一日醉归”，英译者想当然便认为是“一夜醉归”（he comes home drunk one night）。——译者注

② 此篇或题作《仙游记》。——译者注

聚落。离开时，他们斫树记道，但是后来仍不能再找到那个地方。这个故事模仿了陶潜的《桃花源记》，与韦绚在《刘宾客嘉话录》中记述的一个故事也有雷同。

（6）《杜鸿渐传》一篇，由处士萧时和在755年前后所作[①]。这篇故事讲述了杜鸿渐（709—769）的生平事业，他在代宗朝（766—799）[②] 官居显要。一夜忽然暴卒，死后被两名男子引至邙山中的巨坑中。他在那里遇到冥界的各种官员，他们发觉出了漏子，杜鸿渐阳寿未尽。他们也告诉他，他命中注定要官至高位。他随即返回家中，登床而醒，发觉已经“死去”了两天三夜。后来他果官拜右拾遗。

（7）沈既济（约740—约800）的《枕中记》写于781，是一篇更为典型的唐代传奇作品。《枕中记》讲述了卢生功名不就，在邯郸客店中遇见了一位得神仙术的道士。酒过三巡之后，卢生自叹贫困，道士尝试说服他“无苦无恙，谈谐方适”便是理想人生，但卢生坚持认为“士之生世，当建功树名，出将入相”。当店主人开始蒸一壶黄粱时，卢生枕着道士所给的瓷枕沉沉睡去。这个瓷枕使卢生做了一个梦，梦中荣升为户部尚书兼御史大夫、中书令，封为燕国公，儿孙满堂，享尽荣华富贵。八十岁时，生病久治不愈而寿终。断气时，卢生一惊而醒，发现道士端坐一旁，店主人蒸的黄粱饭还没熟。从黄粱一梦中，卢生得以顿悟，放弃了对荣华富贵的追求。 【584】

（8）沈既济的另一篇故事，写于781年，题为《任氏传》，讲述一名郑姓的青年武士，爱上了一个姓任的狐妖。郑子起初无甚家业，但是后来在他情人的指点下殷实起来。任氏对郑子忠贞不贰，打消了郑子表亲、与唐代皇室有亲缘关系的韦崟对她的企图。故事

① 此篇当题作《杜鹏举》或《杜鹏举传》，见《太平广记》卷三〇〇。按：鹏举乃鸿渐之父。——译者注

② 此处年代有误，代宗在位时间是766—779年。杜鸿渐的确官至宰辅，但这则故事的主人公不是他。——译者注

结尾处，任氏跟随郑子赴任，尽管她预感到假如西行自己将会大祸临头。路上他们遇到狩猎队伍。任氏见到猎狗大惊，变回狐狸原形，遂被猎狗咬死。

（9）陈玄祐（活跃于770年）的《离魂记》是一则爱情故事。王宙与其表妹张倩娘在同一城市长大。尽管没有正式婚约，两人却相互期许。张倩娘的父亲则要将她嫁给一位同侪，王宙深感恚恨，决然赴京。在他远行前，倩娘赶来，两人私奔至蜀（今之四川）。五年后，倩娘请求回家省亲，夫妇两人便一同返回。到达家乡，王宙得知倩娘自从五年前离开时便一直生病卧床。最后，两个倩娘的化身重合为一体。夫妇俩度过了四十年的幸福生活。

（10）许尧佐（活跃于790—820年）的《柳氏传》中，故事主人公是一位实有其人的诗人韩翃（约725—约780），他与一位柳姓宠妾的爱情经历遭遇了许多坎坷。自从一位友人将柳氏赠与韩翃，他们过了几年快乐的生活。后来韩翃回乡探望父母，帝都遭到叛军的蹂躏。最终，柳氏被劫掠到一位平乱将军的府中。韩翃几无可能重获柳氏。他遇到一位名叫许俊的壮士，帮助柳氏从将军府中逃出，回到韩翃身边。此事为皇帝所知，便诏令柳氏归还韩翃，而将军得到钱财的补偿。

（11）李朝威（活跃于790年）的《柳毅》（又名《洞庭灵姻传》）是一篇比较长的故事（四千汉字）。讲述湘江流域，即今之湖南省，有一位名叫柳毅的男子。他在唐高宗仪凤年间（670年代
【585】末期）的科举考试中落第，回家时去寻访一位在京师附近居住的同乡，路上，他偶遇一位牧羊的美丽女子。女子告诉他说，她是柳毅家乡附近的洞庭湖中龙王之女，因遭夫家弃黜，请求柳毅将自己的情况告知她的父亲，并教他如何抵达湖深处的龙宫。柳毅听从了她的指导，遇到了龙女的父王及其兄弟① ——执掌钱塘（今浙江省

① 此处英文作“the girl’s elder brother”，据原文改。——译者注

的杭州）怒潮的一条猛龙。龙宫隆重款待柳毅，并让他带着许多财宝返回凡间，使他过上富裕的生活。柳毅先后两度娶亲，无奈妻子都很快便过世了。最终他娶了一位神秘的良家女子，后来发现正是龙王之女。他们在南方居住了数十年。约在740年，柳毅的表弟薛嘏旅行至南方。两人相见，薛嘏惊异于柳毅青春的外貌，柳毅把故事的来龙去脉告诉了他。尽管中国上古时代便有许多仙境的故事，但是龙王、龙女的观念是六朝时由佛教从印度（称之为nāgas）传入的。

（12）《霍小玉传》，作者是蒋防（活跃于820年）。这篇故事有一个令人熟悉的开头，京师长安来了一位应举的青年才子，即著名诗人李益（748—829）。他通过一个鸨母的帮助，结识了一位可爱而忠贞的妓女霍小玉。继而详细描述首度相会时的盛宴、饮酒与应答——小说中精致的宴饮酬答与女性美的摄人心魂旨在与《游仙窟》中的描写高度相媲美——两人情不自禁地相爱。李益发誓永不厌弃。然而在科举之后，他被遣赴外地任职。由于父母安排他与一户富家女子结婚，他为此而四处奔波，向各家亲戚借钱应付聘礼事宜，于是不能返回长安与霍小玉如约再会。小玉相思成疾。而李益返回长安后也未来看望她。最后他终于被骗到霍宅，一起用完最后一餐，小玉遂卒。李益日后结了婚，但是很快就因为莫名其妙的嫉妒心而休掉了妻子，他与继之而娶的妻妾之关系，也都是这个下场。

（13）《南柯太守传》，作者是李公佐（约770—约848）。这部作品常常被拿来与沈既之的《枕中记》相提并论。主人公淳于棼乃是一位游侠之士，平生落拓，好饮酒。791年的一天，他与两位友人喝酒，在家附近的一棵大槐树下休憩。后来淳于棼仿佛醒来，见到两位使者至于面前。他们带他去见槐安国君。马车驶入槐树根盘上的一个洞穴，来到一个与唐代中国无异的世界。淳于棼娶了国君美丽的女儿，获得了很多荣誉，最终他被指派去治理一处重要的 【586】

边境地区。后来，这起初看起来似乎理想的生活开始土崩瓦解了。妻子突然去世，他又在战事中落败。国王要求他回自己的家乡。当他回到自家的床上，一下子从梦中醒过来，两个朋友正坐在榻边洗脚。三人出门走到槐树下时，他意识到南柯一梦实际上是槐树下蚂蚁穴中发生的事情。受此启示，他便皈依道教，三年后死去。《南柯太守传》中对蚂蚁王国中极尽华彩的描写，体现了赋的铺陈特征的影响——自从唐朝将赋列入科举考试必考科目之后，作者们对它便非常熟悉。

（14）《李娃传》，作者是白行简（乃著名诗人白居易的弟弟，775—826）。这又是一篇才子佳人式的小说：其中书生隐去姓名，而佳人为李娃。两人开始邂逅的方式是老套的，彼此相悦，直至书生阮囊告罄。李娃的鸨母，一个老妇人，也担心李娃会陷入情网，便要将她移居别处。书生沦落至在葬仪上唱挽歌为生。他父亲闻讯找到他，鞭笞近死。此时，李娃偶然寻见到他，悲恸自咎，赎身而与书生同居。她出资购买书籍，严格监督他学习。三年后，书生科举得中，获得官职。事业稳定后，他得到家人的谅解，正式娶李娃为妻。李娃被册封为与其夫君地位相匹的汧国夫人。《李娃传》对某书生陷入困顿以及家庭无法接受他的行为的现实主义描写特别值得一提。

（15）《长恨歌传》，作者陈鸿。讲述了玄宗（在位时期：712—756）与杨贵妃的悲剧爱情故事。二人共同度过了数年神仙眷侣的生活，不料安禄山（703—757）在755年发起叛乱，杨贵妃蒙受惑乱皇上的罪责。当皇帝随行队伍从京城逃亡四川时，勤王的军队要求处死她，于是她被迫在马嵬（位于陕西）自杀。《长恨歌传》的第二部分描写一位道士奉唐明皇之命，上穷碧落下黄泉地寻找杨贵妃，最终如愿的经历。这样，《长恨歌传》便将才子佳人故事与仙女故事的题旨结合在了一起。这篇小说之所以出名，也是因为它是为白居易（772—846）长篇叙事诗《长恨歌》所写的一篇导引。

（16）《莺莺传》，作者元稹（779—831）。又是一篇才子佳人小说。其主人公张生，对读者而言是个非正面人物（antihero）。他在蒲州游玩时，遇到一位远亲崔氏夫人，适逢地方发生动乱，张生帮助崔夫人寻求到了庇护。为了报答张生的恩情，崔夫人请他赴宴，在那儿他认识了崔夫人的儿女。女儿莺莺的美貌打动了张生。数度想与莺莺夜晚相会而不成，张生向莺莺的婢女红娘求助，最终诱使莺莺动心。私会了一个月后，张生返回长安参加科举考试。后来他无法返回，留居长安，写信给莺莺再次表白心迹。然而，张生最终却认为，像莺莺这样的美人，“不妖其身，必妖于人”，遂决定抛弃她。一年后，两人各自另择婚配。张生曾试图以“远亲”的身份，再去拜访莺莺和她的新丈夫，但莺莺拒不见他。这个故事收入了多首诗歌，以雅致的风格而著称。许多读者都将张生看作是作者元稹的化身，他是白居易的好友，这个故事被解读为带有自传的意味。以《莺莺传》作为蓝本，十二世纪末，董解元（生活于约1190—1208）写了说唱作品《西厢记诸宫调》，而王实甫（约1250—1300）则创作出元杂剧的杰作《西厢记》（见第五编第一章）。 【587】

（17）薛调（830—872）写的《无双传》，故事情节是为人熟知的。作者从历史中选取了两个真实人物作为故事的主人公——刘无双与王仙客。尽管在现实生活中他们彼此并不相识，在故事中却作了表兄妹，一同长大，彼此暗自心许。783年京城爆发的动乱（与朱泚［742—784］的叛乱有关）拆散了他们俩。无双的父亲因为乱兵做事被诛，她本人入为宫女。当王仙客得知此消息后，求助于游侠古生。两人交谊颇似燕太子丹与荆轲的关系。最终，古生将一种药丸偷偷传给无双，令她服用后脸色苍白如死。尸体送到墓地时，古押衙假托是无双的亲朋故旧，赎出了她的尸体，三日后复苏，使有情人终成眷属。王仙客和无双逃离长安，从此隐姓埋名，为夫妇五十年。

（18）《虬髯客传》，作者是著名的道教作家杜光庭。这个故事以唐代立国始末为核心。主要人物是一位名叫李靖（571—649）的青年，他后来成为唐王朝的一名开国将军；一位张姓的歌女，她从隋朝一名显赫官员家中逃出，追随李靖；再有一位人物，是满面虬髯的怪客，他们在去往太原途中遇到此人。虬髯客粗鲁地与他俩共进一餐之后，要求他们帮助他见一眼李世民，此时李世民在
【588】太原领兵，日后则将成为太宗皇帝（在位时期：626—649）。李靖安排了见面，虬髯客看到李世民后，对李靖说此人必做皇帝。此后，虬髯客邀请李靖夫妇去长安家中作客。他们到达后，看到虬髯客装束尊贵，有美妻作伴，拥有王宫一样的华厦。他承认自己曾企图问鼎中原，但看到李世民后，意识到天命另有安排。数年后，李靖官至高位，他听闻南方有个王国被吞并，意识到这是虬髯客所为。故事终了处有番说教："真命天子"是应天命而降生的，而非英雄所能觊觎。

（19）《齐推女》，作者牛僧孺。这是一篇怪异题材的小说，故事的开头是绕州刺史齐推（活跃于812）之女被一位死去几百年的将军的鬼魂害死了。她的丈夫韦会当时正匆匆从长安赶回，半途遇到了她的亡魂。齐推女的亡魂告诉韦会她还有二十八年阳寿，为了纠正这一错误，韦会在妻子的指点下，向附近村子里的一位田先生求救——田先生实际上是一位神仙。田先生惩罚了那位将军，而命齐推女的亡魂重新铸成人形（因为她原来的身体早已腐烂），允许她返回阳间过完剩余的阳寿。

（20）《定婚店》，作者李复言。讲述一个名叫韦固的人，少孤，欲娶妻而不得。821年，他在旅行途中寄寓一家客店。有人告诉他前清河司马潘昉之女可以考虑，听到这个好消息的韦固非常兴奋，第二天天还没有亮就迫不及待地出发了。在半路上，遇到一位

老人坐在台阶上，在月光下翻看一本书。韦固怪而问之，老人回答是鸳鸯谱——天下人的婚书。老人又告诉他远处那个卖菜老妪所抱养的三岁女儿，正是他十四年后的妻子。恼羞成怒的韦固派下人去把小女孩杀了。但下人只刺中了女孩的眉间，便慌张逃走了。之后的韦固奔走各地屡屡求婚，终无所遂。十四年后，以父荫参相州军，迎娶了刺史的女儿，发觉妻子正是当年的小女孩，眉上留有疤为证。

（21）《杜子春》，作者也是李复言。主人公杜子春，“盖周隋间（557—618）人”。这个故事类似讽喻型模式。杜子春年轻时将家产挥霍一光。在困顿潦倒之际，他遇到一位老人模样的道士，先后两度赠给他大笔的钱财，也没能使他解脱贫困。杜子春依然不名一文，他第三次求助，希望得到一个好差事。道士试图助他得道长生。欲达到这一目标，杜子春必须默默忍受种种亲戚遭受折磨的幻象。起初，他都能不发一言，直到看见有人杀害他自己的孩子，遂大呼“噫！”随着这声呼告，他变回凡人的模样，因为不能使自 【589】
己忘情。这个故事有一印度渊源，记录在玄奘（约600—664）著名的《大唐西域记》中。许多传奇作品俱有异域或外来故事的母题（例如富裕如克罗伊索斯的波斯人[①]），反映着唐代四海一家的盛况，这在同时期的三彩陶俑雕像中也可以得到生动的见证。

（22）《步非烟》[②]，作者皇甫枚（活跃于910）。记述870年代一名小吏武公业的宠妾步非烟的悲剧故事。武公业的邻居是一位名叫赵象的青年，因爱慕非烟美貌，遂与她产生私情。武公业得知后，鞭杀非烟。这个故事独特处在于恋爱青年们相互酬答的诗歌。结尾处，引述了武公业的两个友人为此悲剧所作的诗句。非烟之魂魄据说曾在这二人面前现形，感谢其中一人而指斥另一人，后者不久后暴卒。

① Croesus，见希罗多德《历史》，I 26—92。——译者注
② 汪辟疆《唐人小说》根据明钞本《说郛》校录作“步飞烟”。——译者注

（23）《红线》，作者袁郊（活跃于860—870）。讲述一位非凡的青年女子红线帮助薛嵩（卒于772年）解难的故事。故事中的薛嵩，与史实相同，是一位具有威望的将军。红线表面上是一个婢女，但因能读书、有才干，被薛嵩任命为他的私人秘书。故事以安史之乱（755—757/763）以后十年中唐帝国东部地区的实际军事形势为线索。在此时，该地区三名至关重要的人物，是薛嵩、田承嗣（705—779）和令狐章。田承嗣打算壮大自己的军队，吞并薛嵩的属地。红线听闻这个消息后，施展法术，潜入田承嗣的营帐中，窃取了他藏于枕下的一个金盒。次日，薛嵩将此盒归还田承嗣。田氏意识到薛营中有手段高强的刺客，能够瞒过他自己最好的卫士。于是他放弃了袭击薛嵩属地的意图。当薛嵩询问红线如何能盗取田承嗣的金盒，红线解释说，她前生是一名医生，不慎药死病人。作为惩罚，她被降生为女子，不过身怀偷盗的超常禀赋。为避战事发展，她希望投身于求仙生涯，并努力再世生为男子。薛嵩盛宴送别，从此再未见过她。

（24）《昆仑奴》，作者是裴铏。讲述大历时期，生长于官宦家庭的一位青年男子崔生，应父亲的要求，去拜访生病的“盖代之勋臣一品者”（可能是指刘晏［卒于780年］）。这位勋臣命家中三名美貌的歌妓侍奉崔生。崔生离去时，其中一人悄悄向他以手势打暗语。崔生回家后，虽倾慕那个女子，却不能破解她的手势。一个名叫磨勒的南洋矮黑人种（negrito）的家奴——其人当是来自马来西亚——擅长隐语，这也许是因为他的汉语不甚流利的缘故。磨勒解说那女子暗语的意思，是希望此后某夜与崔生在她住处相会。次夜，磨勒将崔生驮在背上，熟练地飞檐走壁，促成情人会面。那个女子诉说身世，说自己出身良家，困难时期家道衰落。她的父母当初委托勋臣代为监护，她却被他逼迫为歌妓。磨勒将两人俱负于肩

 上，再度跃出重重墙垣。次日，勋臣得知家宅有异人进出，令人不

许声张。崔生与歌女成婚，潜居数载。忽一日，勋臣家一仆人偶然间发现了他们。勋臣了解了故事来龙去脉后，决定成全这对夫妇，但是要处死磨勒。他派兵包围了崔宅，眼睁睁看着磨勒跃出高墙，逃遁而去。十年后，有人看见磨勒在洛阳集市上贩售草药，他似乎年岁未改，容貌依旧。

（25）《李赤传》，作者是著名的诗人与散文家柳宗元（773—819）。讲述一个四海为家的青年浪子李赤，被一个厕鬼迷惑的经历。在厕鬼的影响下，李赤渐渐相信厕所中的世界美好清明，最终自己住到了一间厕所里。柳宗元加入一段评论，认为不应嘲笑李赤的遭遇，因为那时大多数人都很容易利欲熏心。这部作品通常被解读为柳宗元借以影射其昔日的靠山王叔文（卒于805年），此人在9世纪初年的朝廷中为党锢之首领，具有强势影响力。

以上几乎涉及了所有主要的传奇作者，仅剩下沈亚之（781—832）一人。沈亚之及其生平向我们展示了传奇作家是如何开创这一新的文学体裁的。在809年，沈亚之自东南赴京，途中在杭州一家寺院驻留，调查了寺中佛像过去迁移的经过。他根据僧人们的讲述，记录成一个故事，题为《移佛记》。在其生平之余年，沈亚之不断热衷于听故事并将之录为文字。

六年后，815年时，沈亚之任李汇（约755—约820）的助手。夏天，李汇与下属们会饮时，讲了一则有关邢凤的故事。尽管李汇宣称邢凤是从前的上司，这个故事是从其人口中听来的，我们却找不到任何其他关于邢凤的记载。据说邢凤在梦中曾遇到一个美貌女子，与他有诗歌酬答。她为他起舞，继而消隐行踪。当邢凤醒来，更换衣装，才发现袖管中藏匿着梦中诗句的誊件。次日，一位来客又讲述了一个类似的故事[①]。来宾们一致认为这些故事应当被记录下

① 这一情节的位置有些错误。应当是姚合的补述（姚合当时也在李汇酒宴座中）。——译者注

来，于是沈亚之将之写成故事的形式。题之为《异梦录》。

数月后，沈亚之来到洛阳，住在友人南卓（约791—854）的一位名叫房叔豹的故交家中。在那里，他记录了房叔豹的宠妾如何规
【591】劝主人放弃饮酒，专心于读书[①]。不久之后，沈亚之离开洛阳，途经彭城（今江苏省徐州市），拜访一位旧友崔莒。崔莒有一妾姓叶，乃是富有才华的歌者。沈亚之在数年前已听过她的演唱。这次作客，问起叶的下落，却得知她刚刚去世。沈亚之相信有关此女子的经历可以流传后世，于是将其生平的事迹记入《歌者叶记》中。这篇作品之特别吸引人的地方，首先在于其运用了传统故事里对古代歌者秦青的记载，以此来引出叶氏的故事来，这一技术颇类似后代话本短篇小说（见第四编第二章）里的“入话”（即开场白）；其次，叶氏生平的记述则使用了非常类似于传奇故事的语言。

818年，沈亚之从友人们那里听来一则曾由韦敖记述在一首乐府诗中的故事。其中涉及一位“龙女”与一个书生的爱情纠葛（可比照《柳毅传》）。沈亚之将这个故事题为《湘中怨解》，声称自己的这部作品可与友人南卓所写的《烟中之志》相匹。

另一则故事《冯燕传》，则是819年沈亚之与友人离开京城东游的成果。他重游滑州（五年前曾来过这里），记录了从刘元鼎（789年进士）处听来的一则侠客冯燕的故事。786—793年间，著名学者兼宰辅大臣贾耽（730—805）在当地领军时，冯燕曾效力于他。冯燕与驻地将领的妻子有私情。一天，将军酒醉归家，惊动私通的两人。冯燕躲在门后，当丈夫走过去后，妻子便暗示冯燕可趁机杀之。冯燕恼怒于她的建议，反而杀了她逃走。后得知丈夫被指控谋杀的罪名，他就回去自首。贾耽了解了案情，向皇帝请求赦免冯燕。皇帝诏谕下来，宣布滑州（在今日河南省开封市西北偏北方

① 见《沈下贤集》卷十一，《表刘薰兰》。——译者注

向五十五英里处）所有死囚皆得特赦。在故事的结尾，沈亚之补充了一段个人的“史家评赞”，摹仿的是中国史家的前辈司马迁，盛赞冯燕“杀不谊，白不辜，真古豪矣”。这些事迹，或许当真发生过，但在他的笔下被改造成一个道德故事，沈亚之于其中展现出对于自己叙事能力日益增长的信心。《冯燕传》可能也是用来取悦曾任贾耽裨将的李汇（沈亚之数年前曾在李汇手下任职），因此在一定程度上是为他的谋求干禄服务的。

沈亚之一度在东南地区居停（824—826），这期间可能又写成了两篇“故事”。第一篇题为《喜子传》，喜子是商人刘承的侍女，坚决抵抗邻居韦生的追求。刘承要去北方做生意，韦生请求同舟，便出现了紧张的情势：刘承因走私而被关押，韦生贿赂一个过客，让他告诉喜子，刘已被处死。然后韦生企图诱她成奸。但喜子抵死不从，投水自尽。她被路人救起，而刘承终于也得以释放。沈亚之之所以记述这个故事，是因为他有感于喜子的刚烈行为。《喜子传》中的情节在中国文学中很常见，但是这次则是来源于一个真实事件。 【592】

第二个故事《表医者郭常》，主人公是饶州（在今日江西省鄱阳附近）一位医生郭常，医术之高明，就连许多在中国南方做生意的外国人都来求助。有一位病得非常厉害的商人，历请他医而莫能治，最后请来郭常，如能妙手回春，许以酬钱五十万。郭常治愈了这位病人，但是认为病人若支付巨额诊费可能会旧病复发无钱治疗而亡，故而拒绝接受五十万酬金。这种理想化的传记，附以一段评议——颇类似官方的史传——可能旨在道德说教。这在柳宗元《宋清传》中可以发现其先声。

827年，沈亚之写了《秦梦记》，记述了自己动身去往邠州（今陕西彬县，在西安西北65英里处）时做的一个梦。他离开长安的第一夜，驻留于城外不远处的一家客舍中，沈亚之梦见自己置身于穆公时代（在位时期：前659—前621）的秦国。受穆公的赏识，迎娶了穆公幼女弄玉，官至左庶长。然而一年后，他妻子死去，于是他决定返回自己的国家。在对送别宴会所作的一番细致描述（以诗收尾）后，接下来是沈亚之在众人陪同下前往函谷关（在河南省西部），正当将要正式离去之际，他从梦中醒来。沈亚之次日与崔九万在客舍会面，讲述了自己的梦。崔九万指出这客舍非常靠近秦穆公的陵墓位置。这一情节也是令人觉得熟悉的——很像李公佐《南柯太守传》和沈既之《枕中记》。

现代读者感兴趣的是，沈亚之叙事作品的多样性，以及在他所创作故事中可以看出的叙事技艺的发展。沈亚之起初只是记述简单的故事，比如《移佛记》（809），继而将其他文学体裁改写为叙事作品，比如《湘中怨解》（出自一首乐府作品，817），被邀请记下类如《异梦录》这样的作品（815），使《冯燕传》（819）这样
【593】的民间故事被赋予说教的宗旨，最后，在《秦梦记》（827）这样的作品中，培养了他本人无意识或有意识的创造力。他还写过类如《谊鸟录》（年代未定）这样的寓言故事，显示出所受古文运动的影响。沈亚之的叙事篇目突出反映出其他唐代传奇作家们的努力。他对于各种类型的故事都怀有兴趣，竭尽所能地将这些故事改写成合乎他本人意图的作品。他笔下的人物是真实的，或者事件虽为虚造，但与真实人物有着明显的关联。因此，沈亚之的创作生涯既支持了现代学者所谓唐传奇是最早“有意识地创作的虚构作品”的说法，也与传统上将传奇解读为经常具有外延政治意义的作品不相冲突。《冯燕传》即是一个理想的例证。尽管导致冯燕情妇之死的那些缘由事件可能是沈氏的自创，但是对贾耽行为的赞美，看起来必是旨在讨好贾耽的政治接班人。可知唐传奇并非属于赠与权贵的“温卷”（通常只包括诗歌作品）。不过，这些叙事作品的流传为的是赢得友谊、攀附他人，如《冯燕传》所示。由于那些作家，多为锐意进取的青年——常常是有抱负的历史学者——因此，他们的

作品自然是踌躇满志、关心政治的叙事文学。此外，由于这些青年作家对于他们相关的势力网络范围心知肚明，他们也就理所当然地以这些故事来党同伐异了。

这种延伸的意义，在两类传奇作品中都可见到。第一类中，真实人物身上发生了虚构的或固定风格化的故事。在上文所提到的二十五部传奇中，有真实人物角色的占了十二部（这些人物都是故事情节的核心角色，并非仅仅见于对作者如何听闻这个故事的记述中），还有两部（《莺莺传》与《昆仑奴》）则显然暗示在影射某个历史人物。这些作品的意图，不止在于悦人，还要传达一种延伸出来的题旨。《霍小玉传》便是个典型例证。其动机在于揭露李益乃一个声名狼藉的浪子。毁谤也便能延及李益朋党。《杜鸿渐传》[①] 有同样的情形。尽管这个故事表面上只记述了杜氏生平中偶然所见的一次怪异事件，但关于当时高居宰相的杜鸿渐这样一位大人物的故事，是不可能像二十世纪末的美国小说刻画肯尼迪家族某位成员那样进行“中立”创作的。

第二类传奇，则选取了来路不明的或是向壁虚造的人物。这使得作者可以灵活地将作品赋以普适性的寓言意义，或是在某个主题阐发上做文章，从而起到保护自身的作用。《李娃传》，已被读解为是对荥阳郑氏家族的攻讦，便是这一类故事的典型。《南柯太守传》也是如此，这个故事不仅因谈及浮华之空虚而具有哲学意味，同时也包含着一层间接的攻击——透过槐安国君主将女儿嫁给淳于棼这一情节——矛头指向八世纪后期以皇室公主来安抚地方藩镇势力的政策。 【594】

最后，尽管我们努力去梳理唐代传奇故事的演化进程，却难以说清楚七世纪中期的几部作品与九世纪中期几部作品的分别。在

①《杜鹏举传》。见上文译注。——译者注

这段演化进程中，似乎存在两个重要阶段。第一阶段，是七世纪，当时许多官方史书根据六朝史家的遗献而得以编修。中国史学理论领域最伟大的作品之一刘知几《史通》的问世（毫不奇怪地）代表了这一修史时代的顶峰。这部作品不仅清楚地指示历史学者何为良史，也向其中想要遵从历史叙事规则的人阐明一篇优秀的故事如何能被创作出来。

第二阶段，则是在八世纪后期，复古运动（见第三编第三章）的成员们要求回归古代，他们开始质疑以往历代的学术，终于在著作中使古典寓言文学重获生命，像韩愈（768—824）的《毛颖传》，写的是有关一支毛笔的“传记”，还有柳宗元的《河间传》，通过文中一位由贤德而变得淫邪的良家妇女而攻击了毁掉柳宗元政治生涯的奸相王叔文。

最优秀的传奇作品都写于780—820年，兼顾艺术性与政治性。它们具有精炼的文风（受到当时古文运动之影响）、详赡的情节以及鲜活的人物。尽管那些情节对于文人以及普通百姓而言可能都不陌生，但是像《李娃传》这类作品的作者们仍有本事使其生动起来，有些是文言的对话，却显得真实可信。这些作家起先是彼此间口述故事，继而竞相笔录成最富感染力的文字来一较高下。时常出现的情况是，他们给自己的故事添加上了一个借以党同伐异的要素。假如这些传奇小说可以以其写作时的精神来予以解读的话，它们便不只是最好的文言小说作品，而且也是足以和唐代诗歌的丰富、复杂之遗产（见第二编第三章）相匹敌的叙事文学作品。

倪豪士（*William H. Nienhauser, Jr.*）

第二章　话本小说

【595】

白话短篇小说，或曰“话本”（有时则叫作“词话”或“小说”），指的是宋（960—1279）至清（1644—1911）时期以俗语白话写就的短篇故事[①]。不同于文言传奇小说（见第四编第一章及第五章），话本小说主要以通俗口语写成，偶尔间杂些简单的文言。相较于章回小说，话本小说篇幅短小，情节也单纯划一，故事紧凑，并不以单行本刊行，没有序言和回目表。

· 起源与影响

与白话章回小说一样，话本小说也源自宋元期间的职业说书传统，这一职业在北宋、南宋的首都开封与杭州特别盛行。然而“话本”并不是说书者的底本或脚本。作家们效仿了说书传统中受欢迎的某些故事，而说书人同时也在学习流行的话本小说。

话本小说与其他文类之间的互动以及影响，具有历史悠久的传统。对话本小说发生影响作用的，包括文言传奇小说、笔记（见第三编第六章）及掌故轶闻，还有戏剧、叙事文学和口头文学（例

① 通常将明清时期文人摹仿话本小说所创作的作品，称为“拟话本”。本章则一概使用“话本”这个概念。翻译时不再加以辨析和改动。——译者注

如唐五代时期的“变文”，见第七编第二章），此外还有“诸宫
【596】调”，一种讲唱体的故事文学（十二世纪，见第七编第三章）。反之，许多话本小说也被改编为戏剧，十六及十七世纪初叶的一些话本作品影响了晚期的文言小说，比如蒲松龄（1640—1715）的那些作品，还影响了十七世纪后半期流行的“才子佳人”小说，以及后来出现的讽刺小说和世情小说。

·话本小说的类型、宗旨与形式特征

十三世纪的作家罗烨在他的《醉翁谈录》中，将“小说”（指说书背景中的“话本小说”）分成八个类别：灵怪、烟粉、传奇、公案、朴刀、杆棒、妖术、神仙。尽管这些类别在小说作品中都一直保持着生命力，但爱情、愚行和公案等题材逐渐成为书面小说的主流。许多话本小说描写中下阶层的生活，话题集中于诸如香火延续、家业持守以及追求世俗利益的种种现世关怀上面。然而有的作品涉及佛道教理，突出世俗名利的空幻，以及隐遁超脱中的愉悦。风格上往往趋向于讽刺、诙谐甚至戏谑，主要目的在于娱人心目，但也有警示、劝诫的意图。它的受众比文言小说更广，因此对中国文化和社会产生了不可估量的影响。

一般说来，话本小说是知识精英阶层创作的，借用了已有的说书习俗，对职业口头虚构故事的模式加以借鉴。因此，话本小说保留了诸多口头文学的特征，比如说书人的套话以及中间插入的韵文片段。叙事者模仿说书人对观众宣告、提问、有时与之对话的腔调。话本通常有一个开场白（一首诗或者一组诗），一段介绍性文字（入话）和一个故事引子（头回）。小说主体（正话）则包括叙事者的议论，其间还穿插着诗文，并附有解说、评价和预言。小说结尾，有一收场段落，包括叙事者的总结评论和收场诗。

这些形式特征在后世作家手中发生了改变和调整。十七世纪开始，叙事姿态中涌现出许多变动来。李渔（1610/11—1680）的叙事者就来承担起作者笔下的许多角色。而艾衲居士（活跃于1668）的主要叙事者退回到背景中去。相比之下，在石成金（1659—约1736）与杜纲（约生于1740年）的短篇小说作品中，作者独立的个人语气与身份特征则是非常鲜明的。

· 早期的话本：元与明初 【597】

由于白话短篇小说与宋代的说书传统关系如此紧密，学者们过去都将许多话本作品归于这一时期。然而，由于既找不到当时的可靠文献记载，也缺乏有说服力的证据，所以这类观点早已被人抛弃了。现代学者韩南（Patrick Hanan），曾以严苛的语体评判标准（stylistic criteria）[①]，将话本小说区分出早期（元与明初，止于1450）及中期（在1400—1575之间，尤其是1450—1550）。

约1450年以前写成的话本小说，有三十四篇传世，其中十四篇可列为元代作品。这些作品留存在以下的作品集中：洪楩的《六十家小说》（又题《清平山堂话本》，约1550，下文简称为洪本）；冯梦龙的《古今小说》（又题《喻世明言》，1620，下文简称为《古今》）、《警世通言》（1624，下文简称为《通言》）及《醒世恒言》（1627，下文简称为《恒言》）。

这些早期话本小说的主题，包括爱情、鬼怪、宗教、公案和朴刀、杆棒。作者们制造出扣人心弦的故事，从而使读者迷惑、惊骇、兴致盎然。他们并不在行文中插入道貌岸然的评论，也不像后来的作者那样将故事放在因果报应框架中。

① 韩南此方面的研究著作已经译成中文，即《中国白话小说史》一书（浙江古籍出版社，1989年），其中 stylistic criteria 被翻译成“风格标志”，指的就是以小说习惯用语为判断标准。——译者注

爱情小说，或者是一位才子与一饱读诗书的妓女的浪漫经历，或者是才华洋溢的男子最终娶同属士大夫家庭之美人为妻的浪漫喜剧。在讲述“灵怪”的故事中，常常浮现出已死去的妻子或情人的鬼魂。举例而言，《崔待诏生死冤家》（《通言》八）中，一个女绣工，被她所服务的郡王许诺婚配给一个碾玉匠崔宁，两人在时机尚未成熟时，于一场火灾中私奔出走。当郡王捉拿他们回来时，碾玉匠将私奔之罪全推到绣工身上，故而遭到了杖责和流放。而绣工被杀死了，但她的鬼魂跟随着碾玉匠，与他一起生活，直到真实身份暴露。最后，她拖曳着丈夫变成同自己一样的鬼而离去。《崔待诏生死冤家》的入话处有一系列咏春和春逝的诗，还有崔宁碾成的玉观音都寓意了爱情。

妖魅题材的小说，通常讲述的是一个青年男子遇到一个假扮成青年女子的兽妖或鬼魅，与她交欢后才发现自己的危险处境，便找到法师将她降伏的故事。稍有不同的是《白娘子永镇雷峰塔》（《通言》二十八）一篇，一条善良的蛇精化身为一女子。她爱上
【598】一位商铺伙计，不愿吞食他或伤害他，却无意间为买礼物而盗取钱财，反连累了这个书生。最后，她被一名僧人镇魔，锁在塔下，那个商铺伙计也出家为僧了。

公案类的小说包括犯罪（通常与性有关）、侦破，以及审判和处罚。《勘皮靴单证二郎神》（《恒言》十三）开头是一段孤独的宫女与假扮神明的无赖之间发生的爱情故事，值得注意的是对宫女内在感受的全面揭示。然而在后半篇中，重点转向对于这桩罪案的侦察，以及最后对那无赖的审讯和处决。侦察的过程写得精彩纷呈。这篇小说同时也讽刺了皇帝与高官。

以强盗与替天行道者（men of destiny）为题材的小说，趋向于采用连环式而非单一的情节。《宋四公大闹禁魂张》（《古今》三十六）便生动地讲述了一伙匪盗是如何以狡猾的计谋从一个富有

的悭吝人家中窃取财物的。

· 中期的话本：明代中叶

洪楩《六十家小说》的刊行是白话小说发展的里程碑。《六十家小说》收入了六组故事，每组有一标题。各组或许原本是分别独立刊行的，后来方合为一编。只有一半的作品流传下来。有一组标为“欹枕集”，似乎出自单独某位士大夫作家之手。其他作品，则似乎是被随意收集在一起的，整个小说集中甚至收录了一些文言小说。

现存的小说选目中的十一篇另有不同的版本。有一篇见于著名出版商熊龙峰（活跃于1592）所编订的一个小说集，有七篇见于冯梦龙的《古今小说》，还有三篇见于冯梦龙的《警世通言》。

大略写作于1450年至1550年间的话本小说，其文本渊源包括了史传、文言传奇小说、戏剧和讲唱文学。在《六十家小说》中，有些作品是著名历史人物传记的改写（例如汉将军李广的故事），或是《夷坚志》这类作品集中收录的文言传奇。《欹枕记》中的小说作品的主题专注于文人士大夫阶层及其道德观念。作者不断在评价历史人物，将古代寄托为理想的时代。他心怀的是儒家价值观念和尚友思想，对落拓才子表达同情，引诗句与史籍，并以近乎文言的语言写作。

《快嘴李翠莲记》（洪本七），借用了讲唱文学的形式。小说描述了一个俏丽聪慧但性格倔强的新娘，最终被夫家驱逐，做了一名尼姑。小说旨在讽劝，却也可读解为一篇充满欢乐的短篇小说，【599】
表现的是一个不受拘束的女子。

在中期这些短篇小说里，有六篇警世故事，显示出一个看似毫无意义的行动或许会产生可怕的后果。这些故事是针对商人阶层而作，劝诫他们要保护好自身与家庭。叙事者不断警示蠢行，并预言将来会发生的灾祸。在《沈小官一鸟害七命》（《古今》二十六）

中，一个风流闲散的青年被偷盗他画眉鸟的人谋杀而死。这第一起凶杀牵连出更多的谋杀案，同样是由贪婪而发生。最后，罪案得以侦破，恶徒得到应有的惩处。这则小说警示的便是恶劣的人性。

《戒指儿记》（洪本二十）是丞相家的独生女玉兰与情郎——商贩出身的阮三秘密在尼姑庵幽会。两人在颠鸾倒凤之际，阮三乐极生悲，魂归地府。那名青年女子发现自己有了身孕，决心生下孩子，做了一个贞烈的寡妇。她的儿子后来做官，使母亲的德操受到表彰。

宗教类的短篇小说，结合了僧侣和因果报应的主题。有的小说里，僧侣因受色诱或是被指控受到色诱而甘心就死，他后来转世投胎，补偿了自己的罪过，或是为自己报了仇。这可以《五戒禅师私红莲记》（洪本十三）为例。相比之下，《花灯轿莲女成佛记》（洪本十六）写一老妪重生为少女，在婚配之吉日于花轿中坐化死去，宁愿选择精神上的修为，而不肯让婚姻和世俗观念污染自己。

明代出现了许多部公案小说集，主要由职业的编撰家和出版商整理成书。其中采用白话短篇小说的语言与叙事模式的，只有一部《百家公案》（1594），收录了铁面无私、断案如神的包公的故事。

· 晚明时期

晚明出版的许多短篇小说集中，冯梦龙（1574—1646）的“三言”和凌濛初（1580—1644）的“二拍”最有影响。

冯梦龙与“三言”

“三言”指的是冯梦龙编纂的三部故事集，每部四十篇，盖效仿《六十家小说》而作，每部的标题中都有一“言”字：《喻世明言》（1620）、《警世通言》（1624）、《醒世恒言》（1627）。这三部话本小说集刊行时都有精美的绣像本，极受欢迎，从而使出版商收获了高额利益。它们总共包含了一百二十个短篇小说，其中有四十篇是冯梦龙改写的早期、中期短篇话本小说。

冯梦龙是苏州城中一位颇有学养的作家与戏曲家，然而一直蹭蹬科场，直到1630年，他才补了个贡生头衔，随后终于谋得一官半职。他忠于朝廷，在抵抗满清军队的战争中死去。冯梦龙将话本小说变得合乎自己与他假想读者们的口味，受众范围包括了士大夫与缺乏教育的阶层。他重写了《五戒禅师私红莲记》，使之变成记述宋代文人苏轼生涯及其与一位僧侣交谊的故事（《明悟禅师赶五戒》，《古今》三十），还改写了《错认尸》（洪本十八），增加了被害者乔俊的亡魂附上告官者王青之身，导致王青跳入湖中而死的情节（《乔太守一妾破家》，《通言》三十三）。

冯梦龙可能亲自撰写了《古今小说》中的十九篇话本小说，《警世通言》中则有十六篇可能出自他笔下，而《醒世恒言》则有一或两篇。他的小说题材来自史书、轶事，更多则是文言传奇小说。他最著名的话本短篇小说中，有两篇出自十七世纪早期宋懋澄（1569—1622）所作的文言传奇作品。《蒋兴哥重会珍珠衫》（《古今》一）取材宋氏的《珠衫》，而《杜十娘怒沉百宝箱》（《通言》三十二）则改写的是宋氏的《负情侬传》，这篇文言小说则是根据十六世纪晚期一位书生与苏州妓女杜韦的爱情故事而作的[①]。

冯梦龙对于历史中应运而生的人物，如英雄、大人物和爱国官员怀有兴趣。《临安里钱婆留发迹》（钱镠，《古今》二十一）具述晚唐五代时候吴越国王的发迹史。《葛令公生遣弄珠儿》（葛周，《古今》六）及《裴晋公义还原配》（裴度，《古今》九）描

① 见《万历野获编》卷二十三。——译者注

写了两位领导人物，他们爱惜人才胜过美人，慷慨大度到将自己的女人作为礼物馈赠给下属。《汪信之一死救全家》（《古今》三十九）讲的是南宋一位忠心于国家的地方官员被错判为图谋反叛之罪。他牺牲自己的性命来保存家庭和财产。《沈小霞相会出师表》（《古今》四十）则记述了一名正直的官吏受奸相迫害冤死
【601】的故事。其子逃出，历尽种种劫难，不仅保存了家族的香火，也见证了杀父仇人的死亡。

文人士大夫的生平经历也常令冯梦龙着迷。《王安石三难苏学士》（苏轼，《通言》三）展示了苏轼如何被宋代政治家王安石给考住了学问。《拗相公饮恨半山堂》（《通言》四）则记述顽固的王安石在辞官归乡途中所受到的诅咒和羞辱，他最后决定皈依佛教。冯梦龙还写过一些道教重要人物的故事，比如《张道陵七试赵升》（《古今》十三）与《陈希夷四辞朝命》（陈抟，《古今》十四）。

由于冯梦龙本人的经历，他笔下常出现怀才不遇的人物。《穷马周遭际卖䭔媪》（《古今》五）讲述一个落拓的唐代文人马周因不得志而放纵饮酒，皇上偶然读到他的作品，才使得他获得了高官厚禄。在《钝秀才一朝交泰》（《通言》十七）中，一位书生在最终发迹之前，注定要有十年时间遭到朋友们的冷落和忍受磨难。《老门生三世报恩》（《通言》十八）则是一出喜剧，写一位不断在科举考试中名落孙山的老秀才。终于他交了时运，在一位本想令他不中的考官手中通过了考试。具有讽刺意味的是，那个老人相信他的成功得益于这位考官，因而设法帮助考官的子孙。

尽管冯梦龙对儒家价值观极为关切，但他也重情谊，并特别看重忠贞不渝的爱情。《羊角哀舍命全交》（《古今》七）与《吴保安弃家赎友》（《古今》八）赞美了士人之间无私的友谊。《唐解元一笑姻缘》（《通言》二十六）讲述十六世纪的著名文人唐寅

如何爱上一位富人的婢女，并对她展开追求，终成婚配的故事。书生与妓女之间的爱情，则可见于《玉堂春落难逢夫》（《通言》二十四）、《杜十娘怒沉百宝箱》及《范鳅儿双镜重圆》（《通言》十二）之中，《玉堂春》等故事描述的是忠贞的爱人终究历经万难，破镜重圆。

冯梦龙的短篇话本小说往往以人的天性与天意报应进行构思。在《金玉奴棒打薄情郎》（《古今》二十七）中，富有的丐户头领之女嫁给了一个穷书生。当书生做了官，他企图谋害自己妻子。最终，妻子得以当众羞辱他一顿，然后复又与他和解。英明负责的官员担任了主持正义的化身，这见于《滕大尹鬼断家私》（《古今》【602】
十）与《陈御史巧勘金钗钿》（《古今》二）之中。在后一篇小说里，一个恶人假扮自己的表弟，将与表弟订婚的女子诓骗上床。等到她发现真相时已失去贞洁，便自杀了。恶人的妻子感到羞耻，遂要求离婚。陈御史发现是此人而非其表弟导致那个青年女子之死。那位表弟最后娶了恶人的原配夫人。

《蒋兴哥重会珍珠衫》中巧妙地编排了一出报应不爽的戏码：诱人妇女者到头来病死，戴了绿帽子的丈夫娶了死者的遗孀，不贞的原配夫人被休后再嫁，最终却仍是嫁给原来的丈夫——不过变成了他的二房太太。《杜十娘怒沉百宝箱》中，歌女将珍宝抛入江中，自己也投水自尽，她的鬼魂则实现了复仇。策划贩卖歌女的好色商人死于惊吓，不忠的情郎发狂成疾，但是情郎忠厚的友人却得到歌女鬼魂赠予稍微一小匣珠宝的酬谢。

在有些以愿望实现为主题的话本短篇小说中，失意的书生被委派去昭雪冤案，恢复正义。《闹阴司司马貌断狱》（《古今》三十一）中的书生，酒醉后作怨词。其灵魂被带至冥界，做了半日的法官。在《游酆都胡母迪吟诗》（《古今》三十二）中，一位不得志的秀才在阅读奸臣秦桧谋害岳飞的记载时愤懑不已，醉后赋诗抒发自己的怒气，接着便游历到冥界，目见奸臣所遭受的惩罚。

席浪仙

冯梦龙在编纂“三言”时有一位亲密的合作者，即席浪仙（通常称作浪仙），他可能创作了《醒世恒言》中的二十二篇话本小说。冯梦龙的作品突出反映了读书人渴求仕进的愿望，而浪仙则关注于隐逸生活和宗教信仰。

浪仙崇敬自然，热爱生命，这可见于《灌园叟晚逢仙女》（《恒言》四）和《小水湾天狐诒书》（《恒言》六）中。在《灌园叟》及《薛录事鱼服证仙》（《恒言》二十六）、《陆太学诗酒傲王侯》（《恒言二十九》）、《杜子春三入长安》（《恒言》三十七）、《李道人独步云门》（《恒言》三十八）中，都出现了
【603】神仙题材。《杜子春》一篇揭示了人类情感与成仙必要的净化凡心之间的矛盾。经一位道士的协助，杜子春在求仙过程中相信自己已能驾驭喜、怒、哀、恐、恶、欲诸情。然而在梦幻之中他转世为妇女，见自己的儿子被杀忍不住大叫起来。这表明他依然为爱所缚，于是不能成仙。不过，他们夫妻二人一直虔心修道，乐善好施，最终都得以升天成仙。

在《薛录事鱼服证仙》中，浪仙对于变化形迹的兴趣，以及对人物内在视角的关注，都得以最为完整地展现出来。当清廉仁德的薛录事卧病昏迷时，他的灵魂转附到一尾金色大鲤鱼身上。他妻子请一位道士前来施展法术，召回灵魂，并邀请他同僚们来家中“散福”，分享供祭用的食物。有个同僚得了那尾鲤鱼——薛录事的变形——打算将之料理食用，而其他人则建议放生池中，以求福报。薛录事试图参与同僚们的争辩，恳求他们放生，但他急迫的呼告无人听闻——同僚们只看到鲤鱼嘴动。当鲤鱼头被剁下来的时候，薛

录事一下子苏醒，要妻子去阻止他的同僚们吃鱼。经受此番梦魇般的遭遇，薛录事决定放弃世俗的家业和职务。他与妻子最终离开家庭，成为神仙。浪仙对薛氏恐惧被食的心理刻画细致入微，写主人公内心与其同僚们的对白既怪诞又诙谐。

除了佛教、道教的主题，浪仙也重视基本的儒家道德和伦理关系。《一文钱小隙造奇冤》（《恒言》三十四）警示了人性中的贪婪、嗔怒和目光短浅，印证了背德行为的后果。浪仙对细致关节处的关注，反映在由一文铜钱所引发一连串灾祸中，展开了许多扣人心弦的细节。在《徐老仆义愤成家》（《恒言》三十五）中，一位忠诚、机敏的仆人以微薄的资本做生意，终于帮助他的女主人，一位带着五个孩子的寡妇，建立了殷实的家业。特别令人赞叹的是，他从始至终对女主人忠心不二。这位仆人全不关心为自己及家庭留存些钱财，以至他的小主人们在他去世后发现他毫无家私。

浪仙特别乐于描写道德高尚的女性楷模，她们甚至比列女传中的原型更出色。在《李玉英狱中讼冤》（《恒言》二十七）中，一个孤女遭受继母的折磨和冤屈，终于使自己的冤情得以昭雪，并为被继母谋害而死的弟弟报了仇。《蔡瑞虹忍辱报仇》（《恒言》【604】
三十六）讲述了一个美貌的少女立志为父母之死报仇。她先后委身多人，但是每一个丈夫都令她感到失望；甚至遭诱拐，一度被迫成为妓女。终于，她嫁给了一位正直的书生，帮助她实现了复仇的目标。杀害她父母的凶手得到处罚后，她便自杀了。

“三言”中还有多篇话本小说，作者可能是冯梦龙合作者中的另外一位（并非席浪仙），在此值得一提。《卖油郎独占花魁》（《恒言》三）是一篇成功的爱情喜剧故事，写穷酸的主人公通过他诚实的奉献赢得了花魁娘子的芳心。《陈多寿生死夫妻》（《恒言》九）记述一个少女对患麻风病的未婚夫怀有无私的爱情，终于使他得以痊愈，两人终成眷属。在《况太守断死孩儿》（《通言》

三十五）中，一位美貌贞洁的寡妇立志守节，但有一恶棍私下煽动其仆人与主妇私通。寡妇怀孕而生一子，又将之溺死以图保存名誉，这个恶棍便来敲诈她。她发现整个阴谋后，便杀死仆人，然后自杀。女主人公的心理活动和被引诱的过程得到精彩的叙述。

从文体风格上分析，席浪仙或许还写作过《石点头》（约1628，下文简称《石》）这部囊括十四篇话本小说的作品集。《石点头》的每一则故事篇首有讨论其主题的入话文字，但无独立故事（头回）。浪仙试图将这些话本小说写得感人、生动并且格外引人注意，能令顽石“点头”。许多主人公在极端的境遇中展现出典范性的行为。《王本立天涯求夫》（《石》三）讲述一位孝子平生致力于寻觅失散的父亲，终于在经历千辛万苦后，得到灵异的帮助而找到了他。在《江都市孝妇屠身》（《石》十一）中，一位勇敢的女子，当困陷围城时，将自己身体出售给屠户做肉食，以助其夫能够回乡照顾年迈的婆婆。这则故事中，在尽孝与夫妻之情二者不能两全的情况下，尽孝还是居第一位的。

对于孝顺的儿媳妇的着墨，反映出浪仙极为敬重节烈女子身上体现出的道德勇气：无论是贡献自己的身躯贩卖给人肉市场，还是准备就戮于刀俎，她都毫不犹豫。在《侯官县烈女歼仇》（《石》十二）中，另一位具有难以置信之胆识的女子为死去的丈夫报了仇。她嫁给凶手，在新婚之夜将之杀死。砍下凶手的头颅，在丈夫坟上祭奠后，便在一棵树上自缢。这两则故事的女子在实施她们的英勇之举时，始终保持平静镇定的状态。

浪仙也曾尝试将儒家伦常与人性知觉合二为一。在《莽书生
【605】强图鸳侣》（《石》五）中，一位青年书生遇到一位出身名门的少女，当时她正在游览寺庙，书生大献殷勤，并迫使她同他幽会，随他私奔。后来他科举中第做了官，方悔恨自己从前的冒失行为，坚持对子女严加管束。

浪仙笔下展现出的道义英勇之举和理想化的爱情，甚至可以孕育自肮脏的环境之中。《瞿凤奴情愆死盖》（《石》四）写一淫荡的寡妇为了维持自己与一位青年男子的关系，竟将女儿许配给他。女儿爱上了这个男子，尽管他可能并不值得她爱，然而到他死去之时，她仍自杀以表达自己的忠贞。《潘文子契合鸳鸯冢》（《石》十四）同样记叙了一段不伦之恋。潘文子是一位英俊潇洒的青年，被室友引诱卷入同性恋爱。他与室友隐居山野，拒绝回家迎娶未婚妻。最终，这对同性恋人同时得异症双双同逝，而潘文子的未婚妻也自缢身亡，以证明她的矢志不移。

《乞丐妇重配鸾俦》（《石》六）是一出描写命运的喜剧。一家贫困的织席人之女，不识诗书，嫁给了渔人做妻子。她因父亲之死而遭到休弃，不得不卖唱行乞为生。但即使如此困窘，她依然洁身自好，拒绝了一个富人的引诱。最终她嫁给一介穷书生，夫君后来发迹立业。

《贪婪汉六院卖风情》（《石》八）讽刺了一个残暴腐败的官员，在被罢黜职务后，开了一家妓院，既为谋利，也为满足其私人乐趣。最终他死于疾病，女儿做了妓女，与一个嫖客私奔，他的儿子成了窃贼，被捕后死于服刑途中。

凌濛初与“二拍”

凌濛初是浙江吴兴人，著名作家、戏剧家、编纂家和出版家。同冯梦龙一样，他科场失意，直至晚年才获得贡生资格。他为官尽责，与朝廷共存亡而以身殉国。作为作家，凌濛初受冯梦龙的影响很深。由于冯梦龙所编话本小说集的成功，书商们要求凌濛初也刊刻他的话本小说。凌濛初出版了《拍案惊奇》（又名《初刻拍案惊奇》，1628，下文引作《初刻》）和《二刻拍案惊奇》（1632，下文引作《二刻》），通常二书被合称为“二拍”。

两部小说集中各收入了四十篇作品，大多取材自古典文言
【606】小说和轶事。凌濛初写作了总共七十八篇话本小说——有一篇（《大姊魂游完宿愿，小姨病起续前缘》，《初刻》二十三/《二刻》二十三）在两书中重复出现，最后一篇则是凌濛初的杂剧作品（见第五编第一章）。

凌濛初对于“社会类型”（social types）怀有兴趣，并且相信命运与机遇，他在组织情节时常动用巧合，而处理小说人物角色时秉持公道之心。他的话本小说富于机智和启发意义。读者们被劝导要接受各自的命，不要追求命中无份的名利。不过凌濛初的小说并不宣扬理想主义的苛刻道德标准，而是提倡一种实用主义式的道德，让读者看到审慎对于生存的至关重要。举例而言，《刘东山夸技顺城门，十八兄奇踪村酒肆》（《初刻》三）警诫傲慢自夸者，证明了那句妇孺皆知的谚语：强中更有强中手。

根据韩南的观点，凌濛初的话本小说有三分之一是喜剧题材，要么是爱情喜剧，如《小道人一着饶天下，女棋童两局注终身》（《二刻》二），以有情人终成眷属为结局；要么是命运喜剧，如《转运汉遇巧洞庭红，波斯胡指破鼍龙壳》（《初刻》一），以获得世俗的成功而达到情节高潮。

在爱情喜剧中，《同窗友认假作真，女秀才移花接木》（《二刻》十七）因其对爱情和道德的非正统态度而显得格外特别。一个少女假扮男子在学校读书，目的在于寻找未来的夫婿。她爱上班里的同窗，引他与自己上床。她的父亲非但没有责罚她，反而欢欢喜喜地催促女儿赶快嫁给这书生。在《韩秀才乘乱聘娇妻，吴太守怜才主姻簿》（《初刻》十）中，一位姓韩的穷秀才得以同一少女订婚，原因却只是对于一道天子法令的误会。民众以为皇帝要征募单身女子入宫，于是许多父母都匆忙将女儿许配给人。等误会消除，少女的父母悔恨这桩婚约，想要反悔。不过在公正爱才的吴太守的

主持公道之下，韩秀才抱得美人归。

尽管凌濛初关注于日常现实生活，不过他偶尔也会在故事中动用到灵异的情节。《叠居奇程客得助，三救厄海神显灵》（《二刻》三十七）记述一位女神爱上一名行脚商人，帮助他获得了大笔财富，并三度拯救他脱离灾祸。《大姊魂游完宿愿，小姨病起续前缘》（《初刻》二十三/《二刻》二十三）讲述了一个亡故少女的灵魂进入其妹的身躯，为的是与生前未婚夫私奔。

至于命运喜剧，则通常依赖于将命运予以喜剧化的扭曲这一方 【607】
法。《转运汉遇巧洞庭红，波斯胡指破鼍龙壳》（《初刻》一）中的倒霉汉，尝试任何生意都会亏空，终于发生了命运的转机。一次行旅至南海，他出售了仅有的藏货一大篓红橘，售价高昂，此后他偶然在一座岛上捡到一个龟壳，其中竟然藏着硕大的珍珠。他的同船伴当起初讥笑此人得到像柑橘和龟壳这样“无价”之奇货，然而结果证明这些货物都是极有价值的。另一篇话本小说《进香客莽看金刚经，出狱僧巧完法会分》（《二刻》一），也涉及对有价值事物的错误判断，故事讲述一部宝贵的经籍写本被贪婪的官吏所攫获，因为题签页偶然失落，故而此书显得没有什么价值。

凌濛初也采用命运喜剧的方式向他的读者们展示人性，从宗教启蒙的角度引导他们。《懵教官爱女不受报，穷庠生助师得令终》（《二拍》二十六）中，一位老教官，在将财产分给他三个已嫁作人妇的女儿后，遭到了她们的冷遇。他与侄子住在一起，直到一个从前的学生——现在做了御史——来访，延聘他为师爷。待他携带着财富返回家乡，只见女儿们复来亲热问安。然而，这位老教官吃一堑长一智，不再信任她们，他将钱财交与侄子，由他收养。《田舍翁时时经理，牧童儿夜夜尊荣》（《二刻》十九）之中，牧童寄儿每晚睡去就梦见在华胥国受用富贵，白天醒来只在山坡去处辛苦放牧，在梦中越春风得意，便如施魔咒般使第二天越麻烦不断。后来，在现实生活中意外发财的他，开始在晚上做困顿的噩梦。寄儿最终了悟，跟着一位道人云游去了。

命运的转变也可能是善行与人力所致。在《程元玉店肆代偿钱，十一娘云岗纵谭侠》（《初刻》四）中，一位男子为一位女侠代偿饭钱，她后来替他驱逐了抢匪，救他一命。《乌将军一饭必酬，陈大郎三人重会》（《初刻》八）则讲述一位商人帮一饥饿的胡须大汉结算饭钱，后来这大汉——成了匪盗首领——拯救商人于危难之时，报答其恩情。《卫朝奉狠心盘贵产，陈秀才巧计赚原房》（《初刻》十五）中，能干的妻子协助挥霍的丈夫重新讨回被一个贪婪之人掠走的房宅，并使他重建家业。《神偷寄兴一枝梅，侠盗惯行三昧戏》（《二刻》三十九）则赞美了一名富于正义感的盗贼诸多神奇事迹，虽然他一贯偷窃，却未曾担受任何罪过。

【608】凌濛初写了十篇愚行讽刺的作品，侧重于对事物的“沉迷”这一愚行。《屈突仲任酷杀众生，郓州司马冥全内侄》（《初刻》三十七）叙述一位富家少年仲任以射猎为乐，好虐杀动物。后来灵魂被带到冥界，群兽前来讨债。待他回到阳间，便幡然醒悟，开始茹素，并用自己的血抄写佛经，以他自己为例子来劝世人勿杀生。后来仲任得以善终，所谓“放下屠刀立地成佛”者也。《沈将仕三千买笑钱，王朝议一夜迷魂阵》（《二刻》八）的叙事者谴责赌博行为，讲述了一位富家的读书少年如何因嗜赌而陷入诈骗团伙的圈套。《硬勘案大儒争闲气，甘受刑侠女著芳名》（《二刻》十二）讽刺的是著名的南宋新儒学学家朱熹，表现他因偏执己见而判成错案，为刁民所欺。

凌濛初最优秀的蠢行讽刺作品，当属《丹客半黍九还，富翁千金一笑》（《初刻》十八）。富人潘氏，有学问，通人情，却因着迷于炼金术而不免上当受骗。他不知晓自己已经被丹客及其“爱妾”所蒙蔽，依然追求炼金之法。待财产挥霍干净，潘氏又被丹客团伙引诱着削去头发，伪装成僧人，再去蒙骗别家富人。在结尾处，在头一位丹客的“爱妾”（其实是一个歌妓）的劝导和资助下，潘氏才得以还乡。同样受贪欲驱动，遂陷入类似的处境，《迟取券毛烈赖原钱，失还魂牙僧索剩命》（《二刻》十六）中的富人试图欺骗他三个兄弟所应得的遗产，将家产抵押给一个合谋者，结果反而他自己被这同伙所骗。

凌濛初的罪行小说虽然和公案小说接近，但侧重于罪行和结果，而非破案。有些小说里，凌濛初还会详细交代导致犯罪的原因以及主人公的动机。《程朝奉单遇无头妇，王通判双雪不明冤》（《二刻》二十八）中，一名富翁贪图酒家老板娘美色，便向老板许以钱财，只求与其妻私会。到了约定的夜晚，他进入其宅中，吃惊地发现地上有一具无头女尸，遂被当成凶手而入狱。后来发现这名女子是被一个游方的“僧侣”所杀，但是富翁已在狱中捱了一年时间，使了无数钱财雇佣巡捕去侦察真实凶手的去向。《姚滴珠避羞惹羞，郑月娥将错就错》（《初刻》二）叙述的是引发一名女子遭诱拐的事件：她因为不能忍受公婆的虐待，而决心离开夫家。

在有些小说中，受害者及其家庭被鼓励参与到对罪恶行为的惩 【609】
罚，而并非要他们完全依赖于执法机构。在《酒下酒赵尼媪迷花，机中机贾秀才报怨》（《初刻》六）中，一名尼姑受贿诱骗一位已婚女子，使之遭人玷污。这位夫人决意自杀而被丈夫劝阻，他们又担心丢脸而不敢报案。于是丈夫想出一条诡计：他妻子咬掉了强奸犯的舌头，他杀死了尼姑，造成强奸犯杀人的假象。于是这位书生绕开了法律途径，为他妻子报了仇，并保住了他们的声誉不受损失。《赵五虎合计挑家衅，莫大郎立地散神奸》（《二刻》十）中的长子能够破坏敲诈者的阴谋，保住了家产。《酒谋财于郊肆恶，鬼对案杨化借尸》（《初刻》十四）中则有灵异力量帮助复仇。一位喝醉的兵卒遭抢劫而被扼死。他的鬼魂附于一名女子身上，由她来控诉凶手。但在冤案昭雪之后，这个鬼魂却不愿离开女子的身躯。直到知县吓唬他要痛打他一顿，才仓皇逃走，妇人也苏醒了过来。

《襄敏公元宵失子，十三郎五岁朝天》（《二刻》五）中，有一位非常精明的五岁男童，对于法律的执行立了大功。此童是高官之子，当被绑架后，意识到贼人看中了他的珠帽，便将帽子藏入袖中。他还在绑架者衣领上缝了彩线作为标志。见到一排轿舆经过街上，便大喊“有贼！”于是被一位宫中的太监救下来。小男童进了宫，受到皇帝与妃嫔的喜爱，最后他得返家中。借由男童留下的线索，巡捕们得以破获那个绑架团伙。

除了谴责犯罪行为，凌濛初还以警讽之笔，劝诫世人远离酒色财气。《恶船家计赚假尸银，狠仆人误投真命状》（《初刻》十一）告诫世人制怒气，否则后果便是一场敲诈：一位发怒的书生打了一位贩姜商人，后来遭人欺诈，说此商人已死。后来书生又因家仆耽误延请一位儿科大夫而造成独女病死，便打了家仆一顿。仆人为了报仇，告发书生杀死姜商之事，使之陷于囹圄。幸亏此时姜商重访书生，书生之妻这才意识到夫君吃了冤枉官司，于是写状纸鸣冤于公堂上，将丈夫救了出来。在《两错认莫大姐私奔，再成交杨二郎正本》（《二刻》三十八）中，一个淫荡的妇女酒后向其表兄泄露了她私奔的计划。这位密友便扮作她的情夫，女子毫不察觉，直到
【610】私奔的次日清晨才发现，便与其结合。情夫被控告诱拐人妻。这女子被他表兄卖入青楼，最终获救而还家。她被丈夫休弃后，又嫁给了从前的情人。《甄监生浪吞秘药，春花婢误泄风情》（《二刻》十八）细述了色欲与利欲如何使一位富有的书生变成痴迷于丹药的蠢人。他本打算实践从一道士处学来的房中术，反而因服用春药而一命呜呼。

· 明清之际

受冯梦龙、凌濛初话本小说集的影响，1629—1650年出现了大约二十部小说集。在此时期，这二位畅销小说家的著作也得以重新刊印。举例说，晚明小说集《今古奇观》中收录了四十篇话本小说，都采自冯梦龙和凌濛初之书，可能就是冯梦龙本人编选的。尽管别人的有些原创小说集部分作品可能会写得精彩，但就文学价值和知名度而言，都不能与冯梦龙、凌濛初和浪仙的作品相提并论。

一位苏州作家撰写的《鼓掌绝尘》（1629/1630），结构上匠心独运，由四篇篇幅较长、情节复杂的小说（风、花、雪、月）构成，每篇小说有十回。风雪二集受到冯梦龙爱情喜剧的影响，而花集则是混合了愚行讽刺的喜剧。月集是一篇颇有意思的社会讽刺小说，讽刺的类型包括了挥霍的儿子、暴躁的妻子以及惧内的丈夫。结尾处，主人公之一离家而去，剃度为僧。

与《二刻拍案惊奇》（1632）同时间问世的，有一部非常重要的话本小说集，收入四十篇作品，题为《型世言》（1631/1632）。作者是陆人龙，浙江钱塘人，其生平事迹大多不详。这部小说集在清代时已经散佚，惟近年在韩国得以重新被发现。其中大多数故事都是扬善止恶的主题，也有些作品则记述了怪异的事件。

明末清初时期的出版物，有两位小说集最多：一类好写艳情（有的改扮作诙谐的爱情故事），一类重视道德，在有些作品中，情色与说教合为一体。这些不署名的作家大多来自杭州。

有一部小说集《欢喜冤家》（约1640），收录了话本小说二十四篇，摹仿的是冯梦龙《情史类略》（编纂于1626—1631年）的“情仇”主题。尽管这些故事并不相干，叙事者有时却会在书中提到另外一篇小说。前面的二十三篇讲述了爱人如何最终反目成仇，柔情蜜意变成仇恨和暴力，每篇都含有情人之间颠鸾倒凤的大胆描写。在第二十三篇小说中，一位富有的读书人去省城参加考试时，爱上了一位英俊的青年男子。书生先与这名男子发生关系，继而又和男子之姊交欢。当姐弟两人离开之后，书生才发现他原本存放银锭的地方，被他们装满了鹅卵石。相比之下，第二十四篇故事就没有明确的性爱描写，结尾团圆收场，原本潜伏的内应，变成了贤良的填房夫人。

善有善报，恶有恶报，是《欢喜冤家》中的决定性主题。作者显然热衷于作诗，因为他的主人公们总是以诗歌相互表赠酬答。第七篇小说中，一位女子从她后夫所写的一首诗中，察觉出他在十八年前谋杀了她的前夫，因而为此报仇雪恨。

也许受到《潘文子契合鸳鸯冢》（《石点头》十四）的影响，《弁而钗》这部书收录的四篇小说，每篇五回，都是以同性恋为主题。《一片情》则收入十四篇谐谑滑稽的艳情小说。其中有五篇重刊于《八段锦》，后一部小说集收录了八篇作品，表面上劝诫他人勿纵欲（第一、二、四、五篇）、勿惧内（第二篇）、勿赌博（第三篇）、勿酗酒（第六篇）和浪嘴谤人（第七篇）。然而，小说中实际却突出了详尽具体的性爱描写，有时还将之写得近乎怪诞。第二篇故事讲述了一个淫荡的泼妇如何对她丈夫实施性虐待。第八篇故事中，同一个家庭中出了三个好色的寡妇，她们一起与同一个青年男子厮混。有一寡妇对某天晚上同寝的儿子说，那个男子是一只老虎。此子年方四岁，惊恐中告诉了祖母，有只“咬人虎”如何袭击他的母亲，祖母便决定将这三个媳妇驱逐出门。

相比于这些艳情话本小说集，1640年代出现的一系列作品则对家国河山有着强烈的关注，聚焦于士大夫和官僚阶层，并倡导对基本道德的回归。

《幻影》（序言写于1643年），后世刊行时改题为《三刻拍案惊奇》，收录了三十则故事，其中有二十七篇传世①。多数作品表达了对于明代社会中的忠诚、孝顺以及贞洁的关注。第六则故事描绘了一位贞良的媳妇，她在无耻的婆婆压迫之下，以自杀证明自己的清白。第七则故事中，一位不同寻常的姑娘王翠翘，卖身为妾，来拯救她的父亲。后来又被卖入妓院，遭受诸多折磨后，被一名海盗头领带走。她说服头领去官府自首，而当他死后，她也以死来回报其恩情。

《幻影》在揭露了明末阴暗的社会现实的同时，其中的一些故 【612】
事要么带有劝世性质，要么以其情欲描写起到娱乐作用。在第十七则故事中，由于官府横征暴敛，一位辛苦劳作的农民钱财被榨取干净，与妻子遭受到极端贫苦的生活。他与母亲都得了病，土地荒瘠废耕，走投无路中只得典妻。当地的恶棍为了这笔典妻所得的钱财，将农夫及其母亲打死。而当他妻子向苍天呼告正义时，七个恶棍全被雷霆劈死了。在第二十一则故事中，一位外出的商人在妓院中得了杨梅疮病。他的魂魄被牵到冥界，得知自己将变为女子身，并且会嫁给他的旅伴。第二十九则故事警告世人远离酒色财气，讽刺了不能免除这些脾性的僧侣。

周楫的《西湖二集》，收有三十四篇话本小说，是第一部以地方事迹为素材的小说集。小说皆取材自杭州的掌故传说，表达报应因果的主题。周楫是一位杭州学者，博览群书，思想保守，他自视甚高，但是生平落拓失意，便以这些小说来抒发他的观点。第四篇小说是一部命运喜剧，表达周楫对所处时代环境的嘲讽。一个愚蠢却善良的男子，得到鬼的感谢，遂科场中试。又凭着运气，做了大官，而上司们全然不察他不学无术。第十五篇小说，《文昌司怜才

---

① 这部书与前面提到的《型世言》内容多有重复。或认为此书改纂（甚至是覆刻）自《型世言》。——译者注

慢注禄籍》（罗隐），警诫的是傲慢、轻浮及嘲弄他人的行为。第七篇有一节长论言三教（儒、释、道）合一，故事中一名和尚因动了凡尘之念而投胎成为奸顽不肖误国的贼相。第五篇题为《李凤娘酷妒遭天谴》，生动地描写了宋光宗皇后李凤娘的妒悍，以及以前被她害死的黄贵妃上身之后的自我折磨。

《鸳鸯针》（约1644/1645）收入四篇话本小说，每篇四回，俱作于南明王朝时期（1644—1662）——清朝1644年建立后，南明在南方继续支撑了近二十年。《鸳鸯针》希望像针灸一样治疗这个世界的疾病，暴露了科举制度的欺骗与腐败，是长篇讽刺小说《儒林外史》（约1750，见第四编第三章）的先声。

《清夜钟》（约1645）的十六篇话本小说有十篇留存下来。这些精心创作的小说旨在扬善弃恶，劝导读者回归道德。在第二篇《村犊浪占双桥　洁流竟沉二璧》中，两位贞洁的媳妇受到她们淫乱不伦的婆婆胁迫，羞愤中投水自尽，保全了名节。同样，在第七篇《挺刃终除鸮悍　皇纶特鉴孝衷》中，一位妇女受丈夫宠妾（从前是妓女）的欺凌，也试图自杀。然而她十三岁的儿子劝阻了她，
【613】并杀死了那个宠妾。结果儿子被免除惩罚，并因孝行和勇气得到众人赞叹。

《天凑巧》中的话本小说仅有三篇传世。第二篇《佘尔陈》讽刺了科举制度。第三篇《曲云仙》讲述了一个不寻常的贞节女子，不仅抵抗了丈夫主子的引诱，而且反过来威胁要杀死他，因此争取到丈夫的自由。最终夫妇二人离开家乡去他方修道了。

《醉醒石》收录了十五篇话本小说，作者“东鲁古狂生”（笔名）是一位明遗民，书成于满清入关后不久。这些小说关注士大夫官僚阶层和他们的道德素质。第一篇小说赞美了一位诚实的官员，展示其后人如何在他死后获得神明的酬报。第十一篇中，一位升官心切的官员通过一位老僧的梦，得知因为自己在妻子撺掇下收受贿

赂，结果丢掉了命里该有的户部尚书位置。第六篇取材于一部唐代传奇小说，原本讲述一位诗人变身为一只老虎的故事。在后来的这个小说版本中，狂傲的诗人身居末职，恃才傲物，造成同事们无人愿意保举他补选。不过，大家都怕他写文章讽刺诽谤自己，便纷纷赠予钱财。

· 清代初期

李渔是一位著名的文人及戏曲家，也是清代最杰出的话本小说家。他所创作的小说富于机智、别出心裁，幽默精巧的情节往往以巧合组成，人物刻画也栩栩如生。受凌濛初的影响，李渔的话本小说寓教于乐，宣导读者顺从命运，对人生采取积极实际的态度，发挥个人的才干和机遇，从而改善生活。李渔藉由叙事者发言，好发议论，其口吻或严肃或狎近。李渔的创作不仅使话本小说类型重获新生，也树立了将自己小说作品改编为戏曲的先例。

李渔的《无声戏》（1656，下文引作《戏》）收入十二篇话本小说，要么是诙谐的续作，要么是对既有小说套路的颠覆。《戏》一及二中的情节，涉及命运的喜剧性反复：主人公不断试图避免某种境遇，却一再失败，然而通过一种巧妙的方式，问题迎刃而解，获得皆大欢喜的收场。《丑郎君怕娇偏得艳》（《戏》一）戏拟“才子佳人”的小说传统。故事中认为，现实生活中佳人常常嫁的丈夫不是饱读诗书、风流倜傥的才子，而是模样丑陋缺乏教育的粗人。三位美人被迫嫁给奇丑无比、身体有恶臭的财主“阙不全”。在其中一位妻子的妙计之下，成功地让丈夫服服帖帖，三人所生的儿子都相貌堂堂，进学的进学，中举的中举。《美男子避惑反生疑》（《戏》二）中，李渔有一番别开生面的议论，认为有守无才的官员可能会如同腐败贪污的官员那样导致冤屈发生。因为清官无 【614】

人敢谏，他若自以为是起来，带着偏见断狱，就看不到自己的错误——直到造化使他看清真相，后悔莫及。

《女陈平计生七出》（《戏》五）讲述了一位聪慧贤良的农妇，她自投于盗贼匪首，为的是救出丈夫。她以智谋瞒骗了匪徒，最终得以脱身，不仅贞洁无损，甚而操纵着匪徒为她的贞洁而作证。不仅如此，她还给丈夫带回了大笔财富。

在《男孟母教合三迁》（《戏》六）中，一名俊俏的男子，为了报答他同性恋情人对他和他父亲的恩情，自行阉割。余生改女子装束，在伴侣去世后抚养其子成人，始终保持着贞烈"寡妇"的名节。在此，叙事者在表达对同性恋的态度上故意显得犹豫不定。叙事者在充满谐趣地谴责同性恋不能生育、只是假凤虚凰的同时，又描述了一段近乎理想式的同性恋婚姻，还有典范般的男孟母。

《移妻换妾鬼神奇》（《戏》十）颠覆了以往正妻妒忌小妾的文学套路，讲述一名小妾企图独占丈夫，便试图谋害妻子，但是最终遭到天谴报应。

《无声戏》刊印后不久，李渔又出版了他的《无声戏二集》（1656），此本早已失传。然而，这部小说集中有六篇作品可见于《连城璧》中，此书从两集《无声戏》中选录了十八篇。《谭楚玉戏里传情，刘藐姑曲终死节》是一部爱情喜剧，讲述一名青年书生入戏班学艺，为的是亲近所爱的女子。然而，情人们只能在戏台上演出时吐露衷肠。女伶拒绝嫁给一位富翁，在一次演出时在戏台上演到抱石投江一出时假戏真做，跳入戏台边的江水波涛中，书生亦随她投水。他们被渔翁救活，遂得以成家。书生仕途得意一场，最终选择与妻子归隐。这篇小说突出表现了演戏与生活、虚假与现实、入世与出世之间的吊诡关系。

《连城璧》中的《寡妇设计赘新郎，众美齐心夺才子》一回，讲述了所有读书人都梦寐以求的一出喜剧。三位美貌的妓女与一位寡妇，都爱上同一位才貌双全的诗人。为了与寡妇竞争，妓女们为那位诗人找到一位出色的候补夫人。在小说结尾，五位美人全都委身于这位男子。《妒妻守有妇之寡，懦夫还不死之魂》这则故事篇 【615】幅很长，情节复杂，一位足智多谋、勇猛彪悍的妒妇，阻挠丈夫娶妾的打算，与丈夫的朋友们上演了全武行。故事结尾，她被一位费公设计收服，转变成为一位不再妒忌的贤妻。作者精心加入的复杂性，体现在他对这位既自私又聪明大胆的悍妇的刻画上。

李渔的《十二楼》（序作于1658）收入十二篇精彩的话本小说。每篇作品分成数回，有的多达六回。《萃雅楼》讲述一名英俊少年被他两个同性恋伙伴所爱，竟被暴戾的宰相药倒后阉割，将优雅与粗俗、温柔与残暴的概念并置一处，形成对照。《生我楼》颠覆了通常的亲子关系，讲述一名男子如何收养了他的父母。《闻过楼》中艺术家兼隐士的气质，乃是李渔人格精神的一种表现。那位艺术家在科场失意后，放弃了学问和艺术，隐居乡间，但是他的朋友们想了很多办法，诱使他最终回来。

《夏宜楼》是一部爱情喜剧，接二连三出人意料的情节足令读者拍案称赏。《拂云楼》中，一位富有谋略的使女成功地造就男主人公与她家小姐的婚姻，同时使她自己也随之嫁给同一人，成为第二房夫人。她颠倒了主仆及夫妻的关系，利用男女主人的信任，迫使她未来的夫君遵从她提出的条件，不仅维护了自己的利益，也谋得皆大欢喜。

《鹤归楼》是一篇出色的爱情反讽小说，阐发了对爱情、婚姻与人生进行审慎思考的哲学态度。小说中比照了两位男性主人公在离家外出时对待妻子的不同态度。缠绵悱恻的一对彼此相思憔悴，男主人公还乡时，发现妻子已故，他也未老先衰。相比之下，冷静持重的那位男主人公，由于分别时的冷淡招致妻子生恨，回乡后发现她形貌完好。其妻终于明白了他掩藏在无情态度之下的真情，两人相爱如初。

酌元亭主人（笔名）的《照世杯》（约1661）收录了四篇话本小说创作。第二篇《百和坊将无作有》，讽刺了一位专事钻营逢迎之人，他企图以自己的学问打动富有的主顾。这讽刺了那些落拓而无
【616】耻的文人，这些人物将成为《儒林外史》中主要的讽刺对象。第四篇《掘新坑悭鬼成财主》，以夸张的手法描摹一位悭吝人如何建立公厕，招徕民众光顾，靠着出售所积累的粪便而发家致富。他逃脱了官司，变得非常富有，后代还读书进学，倒成了一个书香人家。

杭州文人艾衲居士（笔名）的《豆棚闲话》（约1668）由一个故事中所嵌套的十二则故事组成。主体故事讲述了一架豆棚的建成及最终的坍塌，其间棚下有一群村夫轮流讲故事。那十二则故事，与豆棚藤蔓的成长、开花、结荚以及最后的枯萎情况相互关联起来。艾衲居士的小说作品采用了白话小说和文言小说两类风格，善以谐谑、反讽来戏拟哲学思考。书中将佛道思想补充到儒家学说中去，提倡一种返归于根本的实用主义。

艾衲居士喜欢颠覆那些妇孺皆知的英雄神话。第一篇小说《介之推火封妒妇》，对善妒的妻子进行谴责，同时摘下儒家模范人物介之推的神秘面纱，将之描述成一个惧内的丈夫。第二篇小说拆穿了著名的爱国美女西施的传说，使她落得被从前越国情人溺死的悲惨下场。艾衲居士在小说中指责西施欺瞒了自己的丈夫和恩人即吴王，未能在吴越二国之间建立和平。第七篇小说《首阳山叔齐变节》重写忠义的兄弟伯夷、叔齐的传说，将叔齐描绘成不忠之人，伯夷则是一副呆板、固执的嘴脸。

和当时的其他拟话本作家一样，艾衲居士也将他的故事进行道德化处理，强调如贞节和无私等美德。第三则《朝奉郎挥金倡霸》讲述了一名弱智的有钱年轻人慷慨帮助一位不名一文者，在后者的帮助下立身扬名的故事。第四则《藩伯子破产兴家》说明了为后代

积累阴骘的重要性。第五则《小乞儿真心孝义》中，一个真心乞儿全力侍奉母亲，与未能尽孝的显宦形成了对比。第六则《大和尚假意超升》批评了佛教修行中招摇撞骗。

艾衲居士也对当时社会进行了辛辣批判。第九则《渔阳道刘健儿试马》揭示了晚明衙门捕役中的腐败。第十则《虎丘山贾清客联盟》讥讽的是苏州趋炎附势的清客。第十一则《党都司死枭生首》讲述了明清易代兵荒马乱时期的轶事。而最后一则故事《陈斋长论地谈天》中，一位偏拗的老儒士大发迂僻之论，诋毁佛道二家。最后，豆棚意外倒塌，既是明代覆灭的象征，也合情合理地作为小说的收煞。

《人中画》可能刊行于顺治年间（1644—1661），收入五篇情节精巧的话本小说。此书称颂了理想的士大夫与官僚阶层，展示这些人物如何获得成功的事业以及与才貌双全的女子成就美满姻缘。小说也讽刺了忘恩负义的势利小人和腐败的官员。

《五色石》与《八洞天》各自收有八篇小说，作者都不知姓名，也许是十七世纪晚期中人。这些小说中，除了有意进行道德劝诫，也往往出现类似“才子佳人”小说的爱情喜剧作品。在《五色石》的第二篇小说《双雕庆》中，书生有一位丑恶、凶悍的夫人，即使没有子嗣也不准丈夫娶妾。得朋友之助，书生纳了妾，并使之有了身孕。悍妇将此妾典卖，却不知买主就是书生的朋友。后来她出门追赶丈夫，却被盗匪抓住，饱受折磨方得以释放回家。她将日常家务的管理权交付小妾，居家礼佛。 【617】

《西湖佳话》（序作于1673年）收录了十六篇关于杭州及其周边著名诗人、道士与僧人的故事。最后一篇写的是晚明著名学者沈袾宏，他放下了对世俗成功的追求，落发为僧。除了第十四篇小说，其他各篇都有团圆的结局。第十四篇小说讲述了著名才女冯小青被一名富家子弟纳为小妾，但遭到妒妇的监禁。她抑郁而死。不过这也并非一个悲剧的结尾，因为由于冯小青的才华和悲惨命运，她将永远被人记住。

另外还有至少七部十七世纪的白话短篇故事集。不过它们在文学价值上都难以企及上文提到的作品。

· 清代中期

1726年，多产的“善书”作家石成金（1659—约1736），以其本名（这不同于他的诸多前辈）发表了由四十篇故事组成的《雨花香》和收有十二则故事的《通天乐》。有些故事是作者自称目见或耳闻得来的时事。石成金是一位虔诚的佛教徒，他写故事时怀有道德诉求，刻意表现因果报应。《雨花香》中的第一篇小说《今觉楼》，令人联想到李渔的《闻过楼》（这两则故事都以隐遁为主题，主人公无心仕进利禄），其中有一人物形象类似十八世纪长篇小说《儒林外史》第一回中出现的画家文人王冕。一位归隐的画家与两位朋友住在乡野。有位王爷请他进京效劳，他的朋友懒和尚帮他推脱。结尾处，画家得以老而康健，无疾而终。在石成金作品集中的其他小说中，懒和尚再次出现，成为远近闻名的高僧，百岁寿辰之日平和圆寂。

【618】《醒梦骈言》大概是十八世纪后期的作品，收有十二篇小说，改写自蒲松龄《聊斋志异》中的文言传奇。作者题署的是笔名，选择的小说大多是与家庭问题相关的内容，有的题材已被蒲松龄改编成通俗戏曲作品。在改编过程中，《醒梦骈言》的作者在很多方面都改变了故事原貌，以话本小说的方式进行重写，采用了非常通俗的语言，改变了一部分人名和地名，删去蒲松龄的评论，加进“入话”，以及和正话故事情节接近的“头回”部分。第四篇小说，改写自蒲松龄的《大男》，内容令人联想起长篇小说《金瓶梅》（约

1617）中潘金莲对李瓶儿身孕及其婴儿的妒恨。这种妒恨使得一个妻子试图令怀孕的小妾流产，当阴谋失败后，又企图将婴儿置于死地。有一幕情节颇为古怪：某日惠兰回到房中，不见了孩子，就要去外面去找，因内急便去开了净桶解手。却见那小孩被倒竖在净桶内，差一点淹死在屎溺里。

杜纲（约生于1740年）的《娱目醒心编》（1792）有十六卷。作者以富于娱乐趣味的故事来向读者传达儒家道德，演绎因果报应，来说明善有善报，恶有恶报。他的小说作品以史事、当时的社会事件、或是早先的小说故事为蓝本。卷十四中的第一回，采自冯梦龙的《吴保安弃家赎友》（《古今》八），卷十一则主要是根据《贪婪汉六院卖风情》（《石》八）改写而成。

杜纲《娱目醒心编》中的入话和头回体现了不少变化。在卷一中，第一回是一则头回故事，讲述一位男子历尽千辛万苦寻找父亲尸骨的故事，而第二、三回则由关于孝行的正话构成。卷二没有头回故事。在入话中，叙事者提出，一般来说寡妇如能洁清自持，已为贤节之妇人，至于宗祀绝续，后代兴废，只好听天由命。这个故事讲了一名既节孝且足智多谋的寡妇。在丈夫儿子（都为家中独子）相继因痘病去世后，她安排自己十九岁的小妹与七十岁的公公成亲，二人生下三个儿子，延续了祖宗香火。

卷四第一回的头回故事，令人想起李渔《无声戏》中的《女陈平计生七出》。一个女人委身匪首，为的是救出她丈夫的家庭。她与匪徒共居数年，完全使之打消了戒心，便寻机逃回丈夫身边。第二回的主干故事，所述境况更加令人难以接受。在一场饥荒中，一名女子将自己卖给富人，得钱财奉养丈夫家人。为了保全她的贞节，她在出嫁那日自缢于轿中。然而在她死前，她还做了安排，确保富人不会因她的死而受牵连，且得到些许田地作为他所支付钱财的回报。

【619】 尽管《豆棚闲话》的第十则故事含有少量的苏州方言俗语，邵彬儒（即邵纪棠）的《俗话倾谈》则是第一部主要以非官话的语言写成的小说集，采用的是粤语。全书收入十八篇寓教于乐的小说。《砒霜钵》写一刻薄毒辣的媳妇，因为虐待目盲的婆婆并将之勒死，最后遭到天谴的故事。

在1620年代至1640年代之间，白话小说大为盛行。冯梦龙、席浪仙和凌濛初建立了这一文类的范式。受这些前辈的影响，李渔、酌元亭主人和艾衲居士却仍然能够继续探索开创下去。到十七世纪下半叶过去一半之后，这一文类开始衰落枯萎。除了石成金和杜纲的创作较为出色之外，大多数话本小说渐渐陷入老套，摹仿或重复着从前的故事情节，从形式内容到风格上都无甚独到之处。至十九世纪，这一文学体裁近乎失去了生命力。而十七世纪的大师们所创作的杰出小说，广为世人传阅，并为十八至十九世纪的长篇小说以及二十世纪的长篇、短篇小说提供了丰沃的土壤。

吴燕娜（Yenna Wu）

第三章　章回小说 【620】

现代汉语从传统白话小说中受益良多。1910年代后期至1920年代初期的文学革命，催生出一种新式的书写语言（白话），它更为普及、有效且接近口头语言，它源自传统白话小说，与之有血脉相承的关系。文学革命将白话小说拥护为“反传统”的经典。同样，它与口头文学、演出、大众文化和民间记忆紧密相连，二十世纪的文学批评往往强调白话文学之于颠覆社会政治秩序的潜力（这一主张更加问题重重）。不过许多学者都注意到了文学精英在塑造白话小说最后发展阶段的早期优秀之作过程中的作用。而且，大约十七世纪以来，白话小说成为知识分子精英阶层展示其才学，表达并界定其理想、挫折及自我认知的空间之一。

雅、俗话语间的共存或谓张力——在文人文化与民间文化之间——恰恰是白话小说内在混杂的一种表现。词、曲、诗、赋、骈文、戏曲、打油诗、从历史文本中的引用和概述，其他虚构文学作品，以及口头表演中的语言，经常交织在白话小说的叙事纹理中。这一文学体裁的最佳范例总是自觉地运用各种文类特点以及风格层次的互相作用，以获得具有反讽意味的离析效果，或者是建立互补对立以及平衡并列之基础上的总体性景观。章回小说通常翻译为 【621】
full length vernacular fiction，章回二字表明这类小说以回目和剧集为单元，且并不禁止为形式和整体性而内嵌的情节。虽然有些章回小说篇幅庞大且结构枝蔓，但是细心的读者会注意到，有些风格特色与意涵正是产生于对比与互补之中，这种对比与互补存在于章回之内，也存在于章回之间，存在于由多个章回组成的叙事单元之间。读者还会发现人物与故事结构的重复、人物性格的聚集与分散、意义重大的转折点或是过渡部分，此外还有起到广义的开场白和收场白功能的框架部分。传统的小说评点往往有助于勾勒出小说的美学意义（见第六编第四章）。

白话小说也被称为“野史”或“稗史”。记录真实事件的原本宗旨，对修辞学传统的继承与官方史书所涉及的内容，乃是历史小说这一文学体裁最为显著的特征，杰出的例证便是《三国演义》。汉代的覆灭，魏、蜀、吴三国间的势力争夺，以及最终由晋朝在三世纪期间一统天下，这些都是宋代（960—1279）的民间说书（其亚文类的名称是“讲史”）活动的素材。有一部风格上还显得稚嫩的《全相三国志平话》（约1321—1323，近来在日本发现一种1294年较为粗劣的版本），这或许是说书人所用的底本，此外，元杂剧中的三国戏也显示出《三国演义》这部长篇叙事作品乃是由一个长期传统的积累所成就的高峰。很多原始资料中都提到罗贯中（约十四世纪人）是该小说的作者，但尚缺乏明确的证据。《三国演义》的最早现存版本是嘉靖壬午年（1522）刊本《三国志通俗演义》，里面包含一篇日期为1494年的序。

壬午本《三国演义》共240卷。清康熙年间毛纶、毛宗岗（约1632—1709）父子进一步修订《三国演义》，将之压缩为一百二十回，这一1679年的版本成为《三国演义》的通行本。该书始于汉代帝国的瓦解，刘备、关羽、张飞起初为了镇压民间道教徒黄巾军的叛乱，三人结义为兄弟。这部小说前四分之一回目，列述诸侯势力之豪强，最终军事独裁者曹操（155—220）在北方中国吞并异己，确立自己在黄河流域平原的地位（日后为魏国），而他的对手孙权（181—252），则占据了长江下游地区（后来为吴国）。蜀国的未来统治者刘备（162—223）尚未建立真正的权力基业，他寻访到胸怀大略的诸葛亮（181—234）作为顾问。孙刘联军在赤壁之战中打败了曹操的队伍（《三国演义》，第四十三至五十回），从而使得在小说中间部分，我们看到刘备在长江上游峡谷地区安身（后来为蜀国），确立了三国鼎立的局面。当此局面发展完备之时，小说中许多主要人物已相继死去（曹操、关羽、张飞、刘备，见第七十六至八十五回），令人感慨英雄事业的短暂易逝。此书的末后三分之 【622】
一的篇目，记述了三国的衰落。诸葛亮的军事征伐（第八十五至一百零四回）未能扭转蜀国的气运。其中有循环往复：三国的末世统治者软弱无能，使我们又回到汉代末年的情形。司马氏家族最终获胜，效仿篡夺汉祚者，采用了同样无情的手段。

此书中文的字面含义，是“对三国故事的敷陈义理而加以引申”，这意味对正史的忠实或吸收：主要与陈寿（233—297）的《三国志》及裴松之（372—451）注有关，也涉及范晔（398—446）的《后汉书》、司马光（1019—1086）的《资治通鉴》、朱熹（1130—1200）的《通鉴纲目》。事实上，有些早期的文本在标题上有“按鉴”字样。这部长篇叙事作品，是在史书传统上混入了保存于讲史或戏剧表演中具有传奇色彩的内容。这种混合引发了章学诚（1738—1801）的著名论断，认为《三国演义》“七分写实，三分虚构”。究竟是历史真实感受到损害，抑或是小说的想象力遭到阻碍呢？

为了回答这个问题，我们首先要检查一下各种不同材料融合在一处时呈现的景象与美学效果。现存十四至十五世纪的通俗作品，在面对蜀国与魏国时，持有明确的善恶二元对立观点，而吴国则扮演较为中立及次要的角色。后来成为蜀主的刘备是汉代皇室远亲，被尊为“皇叔”，集天命于一身。蜀国便因与汉王朝之间这层假定的忠诚关系而确立了地位，但是或许更重要的是该国的首脑人物们富有民间影响力：结义兄弟刘备、关羽及张飞相互间维持的深挚情谊；关、张二人所拥有的盖世武功；刘备的军师诸葛亮，具有弥赛亚先知式的魔力。民间江湖道义的氛围令人想起《水浒传》中的梁山好汉。在《全相三国志平话》中，关羽和张飞在投身军戎之初，都曾杀了当地官吏。三兄弟名声未显之时，曾遭人诽谤，不得不“落草于太行山”（这个地方与早期的《水浒》故事存有关联）。“三国”传统的形成时代中，可能经历到例如十二世纪金国占领北
【623】方中国、十三世纪蒙元王朝建立以及十四世纪元代终结这一系列创伤性事件。遭到社会政治体系所放逐的失路之英雄，对于法律约束的否定，以及通过毅力与义气完成伟大业绩的事迹，或许在这种历史危机时刻下显得格外引人瞩目，人们会把正统的政治权威和异类的起义造反政权混淆起来。

桃园结义是《三国演义》开篇的一幕关键情节。作者在这里轻描淡写了刘关张的犯罪越轨行为，而强调了他们对汉朝的一片忠心，他们后来建立的蜀国因而为正统。这在经过毛纶、毛宗岗父子修订的《三国演义》中表现得特别明显，它比壬午本《三国演义》更为明显地扬蜀汉抑曹魏。史书在要确定正统问题上并无异议，但是在谁为正统问题上则有分歧：陈寿暗地里支持魏国为正统，习凿齿（约四世纪）和司马光将天命与大一统联系在一起，而朱熹认为蜀国是汉王朝的合法继承人。小说《三国》取蜀汉正统的观点，但又通过兄弟结义、行帮道义和道教法术对之有所增益——有时显得不那么恰当。

这些张力突出体现在“演义”这一术语中：它可以意味着对正史的义理加以引申，对义行原则进行彰显，以及对个人忠诚和团体义气的结合进行阐发。“义”的多义性定义了《三国演义》中一

些令人难忘的两难困境。在赤壁之战后，关羽在华容道“义释”曹操及其败军（见第五十回）。为了回报早先曹操的知遇之恩，关羽损害了蜀汉事业。当刘备为了给关羽之死复仇，轻举妄动地对吴国出兵时，他们君臣曾辩论这番举动是“大义”还是“小义”，“私仇”还是“公仇”（见第八十一回）。在这两个事例中，尽管背后存在着对个人荣耀和忠诚的神往，但是无疑蜀汉的命运是更为重要的决定因素，就算它时或更吸引人，也不能改变历史的结局。

史书与通俗文学传统的混合，在小说《三国》中产生出复杂性、深刻性和难以解决的矛盾。曹操在讲史和戏剧的传统中遭到贬毁，陈寿与司马光史著中呈现的政治家曹操，在《三国演义》中被创造性地捏合成“奸雄”形象。曹操曾精辟地总结他的人生哲学为“宁教我负天下人，休教天下人负我”（第四回）。他的自我认知，他对人才的赏识提携和对天下大势的审时度势，对他的冷血无情起到了中和作用——虽然无法完全抵消。许劭评价曹操是“治世之能臣，乱世之奸雄”（第一回）。这等反面的预判，不言而喻地 【624】
体认了乱世出英雄的观点。尽管曹操使用奸诈手段、无所不为的事例不胜枚举，但却并未完全与英雄地位无缘，甚至得到某些共情。（壬午本中赞誉曹操的慷慨和贤明的一些段落被毛纶父子删节了。）在赤壁之战遭惨败的前夜，曹操吟诵了自己最为著名的诗章，诗中的“对酒当歌，人生几何”等句表达了人生欢愉和追求到头来都如镜花水月一样虚无，不过结尾还是用“周公吐哺，天下归心”坚定了他的政治抱负。《三国演义》中这一置酒宴饮赋诗场景可能受到苏轼（苏东坡，1037—1101）《赤壁赋》的启发，为这位被描写为奸贼的小说角色的失败添加了一道悲剧而反讽的悲怆气氛。

关羽形象也变得复杂起来。他在民间传说中主要因勇武而受颂扬，而在这部长篇小说中，除了进一步提升这方面的特点之外，关羽还得到细致的评述。他变得嗜读《春秋》，成了儒将的典范，是汉王朝忠实的捍卫者，死后化为神明。换句话说，他成为社会政治秩序的伦常基础的理想化身。同时，小说将官方史书中所形容关羽虚荣、任性和武断的脾性也吸收进来，他的败走麦城归因于自己的缺点，这就更富有悲剧效果。陈寿对于关羽的最终评语“刚而自矜”，在《三国演义》中由诸葛亮口中道出。

在某些方面看，诸葛亮的杂糅形象具有最强烈的内在矛盾。陈寿将诸葛亮描述为忠心耿耿、善于办事的大臣，但是并非精通兵略之人。他在《三国演义》中的许多业绩，并无史籍根据。民间传说中将他视为具有近乎魔法般的预言能力之人——有时这反映出对于救世主的渴望，人们需要出现一位备受敬崇的具有宗教权威的领袖，这在中华帝国的民间叛乱中屡见不鲜。在小说中，诸葛亮一度倡导儒家圣贤之说，位极人臣；他又是道家的隐遁者，讲求隐奥的义理；他精通兵法，是博学的外交家和修辞学者，足智多谋，善于处理人际关系；他还是具有灵异能力的道教术士。他的离奇预言能力，就存在着一个问题：他怎么还会发生误断和失败呢？事实上，局势恶化时，对诸葛亮的神化写法反而更动人。似乎是为了作道德上的平衡矫正，诸葛亮的能力在蜀国越发衰败时变得更加具有魔力。在一场奇幻的征伐事业中，他连续七次擒纵南疆民族首领孟获，最终使之降伏，但这样的成就似乎根本没有切实影响到的蜀国的运势。天意要成全诸葛亮对敌军逃逸的预见：他派遣关羽守卫华容道，尽管他预先知道关羽将会放走曹操，
【625】因为后者命不该绝。毛宗岗认为，诸葛亮的策略失误，在于不肯发动对魏国的突袭，“盖逆知天意之不可回，而不欲行险以争之耳”（第九十二回）。

诸葛亮身上体现了儒家政治理想与马基雅维利式权谋的两端之张力，后面这一点可用来形容刘备在书中看似更为大度的形象。

尽管刘备明言自己政治上无所用心，常为黎庶之利益而担忧操劳，但是他是有野心、善于谋划的。相比于曹操明目张胆地奸诈，刘备的表里不一需要人们分辨才能认知其真相，因为小说家有意节制任何明确针对他的负面评价。总体上看，《三国演义》拥护了一种道德政体和合法权力的修辞学（基础建立在汉代宗系之上，因而倾向于刘备），但是叙事的能量却来自对于权力政治学、军事战略、阴谋诡计的热情。对历史作道德式解说的强调，也以红尘来去一场空和世事轮回的立场为框架——这一立场为读者提供了超越历史的视角。法术高超的道士（第二十九回的于吉、第六十八回的左慈）戏弄强势的当权者，超然世外的隐士指点从一切尘世纷争中脱身的隐避之法（见第三十五回），诸葛亮本人也拥护出世的理想，认为入世的功业是一种不情愿的牺牲（第三十六及三十八回），而关羽的鬼魂为其身死寻仇之时，却遇到僧人普净，对他讲了我执与得失计较的虚空，遂彻悟（第七十七回）。严格说来，《三国》中并无赢家。成败往往接踵相继，短暂的权势和徒劳的争夺中，被营造出一种悲剧气氛。三国的终结并非什么伟大时代的开始——晋代积弱、分裂并且短命，其治下的国家重新统一局面，只不过是回到了汉代末年不稳定的统一和停滞状态。晋人刘毅将晋武帝司马炎（在位时期：265—290）比作“汉之桓灵”。就此意义上说，《三国演义》以末代君王始，也以末代君王终。

几乎所有时代的中国历史和为数众多的历史事件——建业、中兴、衰落，以及战争和叛乱——都成为历史小说的题材。还有小说体的史传文章，常常以世代传奇的体裁写军事英雄的世家故事。十七世纪见证了讲述当代或极为近世史事的小说之诞生，包括写晚明的败落，写清兵入关带来的创伤，还有明代忠臣在南部中国的反抗活动。其中最为著名的演义小说，则是冯梦龙（1574—1646）的《新列国志》，此书部分内容衍生自余邵鱼（约十六世纪人）对商

周两代的记述，后来蔡元放（约十八世纪人）又稍加校订，更名为《东周列国志》。冯梦龙的构思意图，是打算将列入正典的史书，
【626】特别是《左传》和司马迁的《史记》用通俗语言加以阐释。就此而言，此书留有较少的虚构余地，便与《三国演义》不同。

相反，褚人获（约1630—约1705）所编的《隋唐演义》是对有关隋唐史的各种文言小说和白话小说的大杂烩，而对正史则几乎不加留意。其中有一部分关节内容，将英雄事业与民间造反联系起来，聚焦于秦叔宝等战将在隋唐之际的征伐，这很大程度上得益于袁于令（约十六世纪人）所作的《隋史遗文》。秦琼等人的造反，因历史时机的危迫紧急而获得合法地位，遂得以在《说唐演义全传》（约十八世纪）中大书特书，这些内容中可见《水浒》的影子。然而，隋唐英雄世代传奇中，造反被吸收为建立伟大朝代的成因，而在《水浒》中，造反的意义更为深刻和复杂。

早期白话小说中的另一部杰作《水浒传》与历史作品的联系则较为单薄，但却意义深远。《水浒传》之“传”与正史中的“列传”相呼应。事实上，人们习惯将武松出场的部分叫作“武十回”，或是将宋江占重头戏的部分称为“宋十回”，这意味着叙事对象有周期性的转移，但对个别人物的生平和经历有持续的聚焦。宋江等人的叛乱（活跃于十二世纪初期）在某些历史文献中有所记载，然而他们在历史上的意义，远不及小说中那么辉煌。

《三国》与《水浒》之间存在着重要的联系：两部作品的形成阶段惊人地重叠；它们共同代表着宋元讲史传统和元明戏剧传统的发展。（现存《水浒》的写作来源，包括《大宋宣和遗事》［约十三至十四世纪］和五六种杂剧。）此二书于崇祯年间（1628—1644）一并刊刻于《英雄谱》中。《水浒》中的盗匪英雄，从姓名、绰号到长相、脾性，甚至所使用的兵器，都可溯源于《三国》人物之中，这种影响或许反过来看也能成立。俱强调私人的结拜，

重视“忠义”和“大义”，其中的意涵在《水浒》一书中显得更为简略。然而，《三国》中宣称赞同儒家政治秩序和正统，《水浒》【627】显然认可的是建立在秘密社党的道义基础上的反政府或反文化态度，表达了对当下社会政治秩序的蔑视。

《水浒》有极为复杂的文本演变历史。此书最长的版本（一百二十回本，1614年序）包括以下部分的内容：（a）一百零八天罡地煞因为固执自大的洪太尉而逃出龙虎山伏魔殿，这些天罡地煞投胎为人后各自的人生经历，最后一百零八将齐聚梁山泊（第一至七十一回）；（b）梁山好汉们反抗政府武装的军事胜利，以及他们寻求招安的努力（第七十二至八十二回）；（c）征伐辽国（契丹）入侵者（第八十二至九十回）；平复其他造反武装，分别是（d）田虎（第九十一至一百回）、（e）王庆（第一百至一百一十回）及（f）方腊，在此梁山好汉开始损兵折将，并受到朝廷的诽谤陷害，徽宗皇帝（在位时期：1100—1125）梦游梁山泊，与诸头领魂灵相遇，他们的冤屈得以伸张，人民建庙宇纪念这些英雄（第一百一十一至一百二十回）。

以上这些《水浒》传统的不同组成单位，大概的创作顺序是：（a）、（b）、（f）、（c）、（d）、（e）。（就此学界尚无统一意见。）现存的一百回本，不见（d）、（e），问世于16世纪（一种1540年本，仅有残篇存遗；一种1589年本，是足本）。“简本”中有一百一十五回、一百一十回和一百二十四回的，俱收入以上列述的所有事件，但是省去一些细节，文风也拙劣得多。这些版本的预设读者是更为广大的低文化群体，可能在更为成熟的繁本之前，也可能两者是相互影响的关系，也可能简本在繁本之后。十七世纪中期，金圣叹（1608—1661）将《水浒传》腰斩为七十回本，并加上了他自己的校改和评点。金圣叹本又衍生出第一种七十一回本来，将第一回与楔子合并，结尾添加了卢俊义梦见一百零八位梁山头领全部被处死。这成为《水浒传》最广为流传的读本。

现存十六、十七世纪所刊的一百回和一百二十回本，俱题为《忠义水浒传》。宋江把梁山好汉的聚义大厅更名为“忠义堂”（七十一回）。“忠”暗喻部分首领，尤其是宋江，寻求并获得政府招安的过程。这一追求挑战了《水浒传》创作者们对于已有政治秩序的本质与基础的激进反思。由于是被贪官污吏的体制逼迫而反的，梁山英雄们试图通过与辽国以及其他起义军作战以维护宋王
【628】朝统治的方式，来恢复他们的出身。“忠”也与爱国情怀相联系。著名的宋代爱国诗人龚圣与（1222—1304以后）写过三十六首关于宋江及其伙伴们的赞语，隐约认可了他们在历史危难时刻的英雄作风。（这些诗中五次提及太行山，而非梁山。这或许意味着龚圣与在讲史传统中了解得更多的是太行山区的造反故事。）汪道昆在1589年的序言中宣称，梁山起义的诸人，尽管未能尽忠，却“审华夷之分”，因而对抗辽、金（女真）政权。李贽在1590年所作的序言中认为，公认的两位作者，施耐庵（约十四世纪）和罗贯中，以此书表达了他们“愤宋事”的心情，尤其是金人将徽宗、钦宗（在位时期：1125年底至1126）拘困北方，并得意洋洋地接受南宋朝廷的妥协求和。

征伐辽国的那部分内容或许是受到南宋时期抵抗金元战争的激奋，也可能与同后金（1616—1636）及清代（1644—1911）之先祖的战争及十五、十六世纪时同那些被推测为蒙元人后裔的部族（俺答和瓦剌）的战争有关系。孙述宇在《〈水浒传〉的来历、心态与艺术》（1981）认为，抵抗金兵的武装力量，盖由宋军的遗散部队、当地乡勇以及寇匪所组成，而被南宋朝廷称为“忠义”。根据他的观点，《水浒传》系统里早期的一个形成层面反映出了宋金边界上抵抗武装队伍的渴望与挫败情绪：这些故事，起到了向局外人宣传以及告慰参与此事业者的作用。从今天的一百二十回本《水浒

传》来看，我们得知有两位起义首领（呼延灼与朱仝）以及另外一位（张清）的儿子，后来俱成为抵抗金兵入侵的英雄（第一百一十回及一百二十回）。

经由《水浒》一书的启发，后来许多作品都采用了以起义表达忠诚，体现民族主义斗志的思路。陈忱（1614—1666以后）的续书《水浒后传》（1664年序），续述尚存人世的梁山好汉抗击金兵入侵、护卫宋代疆土的英勇事业，他们最终逃亡到遥远的乌托邦即暹罗国，这反映出明遗民在1644年清兵入关后的希望与悲恸。而在“青莲室主人”所撰的《后水浒传》（约在十七世纪中叶）中，梁山英雄转世投胎，继续抵抗向金兵入侵者妥协投降的南宋腐败政府。杨幺，乃宋江所托生，向高宗皇帝（在位时期：1127—1162）展现了自己的忠诚与劝诫的苦心。在钱彩的《说岳全传》（1684或1744）中，
呼延灼也是以抗金英雄的面目出现；岳飞（1103—1141）乃是抗击金 【629】
兵的民族英雄，他与梁山好汉同出一个师门，并鼓励起义军入伙共同抗金，有不少梁山首领的后人成为岳家军中的将军。甚至还有一部“反水浒”的著作，即俞万春（1794—1849）所作的《结水浒传》，又题为《荡寇志》，其中也追求同样的主题。虽然作者极端仇视梁山好汉，在《结水浒传》中使他们全体遭无情扫荡，并且完全否认梁山英雄有任何“忠”可言，但是与之对敌的主人公们依然是遭到贪官污吏迫害的人，他们与落草的匪寇为伍，并试图通过扫荡梁山泊造反者的方式来赎罪，这与《水浒传》中梁山军队发动征伐方腊及其他起义军的方式相同。

一个不断出现而又概念模糊的字眼，“义”（可有“正义”“尊荣”“英勇”“团结”等译法），这界定了梁山世界的价值观。好汉们的“结义”，使他们成为盟兄弟，“聚义”则确认了他们团结一致的协议，荣华共享，患难同当。为了结义兄弟这种关系的荣誉而采取的行动，被称为“义举”。不过，将“义”翻译为righteous（正

直的）颇成问题，因为它是以与“宜”（propriety）还有复合词“正义”之间的关联为基础的。在《水浒传》中，义指的是维系作为一个组织的梁山好汉的生存与繁荣的那些人格精神气质。

近代文学批评趋向于将《水浒传》赞为一部反对权势的英雄传奇，其中体现了对中华文明中的压迫力量进行反抗的精神。的确，有些头领（最明显的便是林冲）乃是受贪官污吏的迫害而“逼上梁山”。但是此书对于受害者并未投入深刻的关注。小说更倾向于描述复仇（例如，武松杀潘金莲和西门庆；杨雄将有奸情的妻子潘巧云开膛破肚），或是因愤怒而采取的暴力行为（例如，宋江杀死他的外室阎婆惜；而雷横用枷锁打死歌女白秀英——只因他先打伤了白氏的父亲而受罚，又遭白氏辱骂他的母亲），驱动主人公投奔梁山。在许多场合中，造成“逼上梁山”的压迫并非来自政府，而是出于起义者本身。还有一些梁山好汉是被骗上梁山，或者是因被迫与梁山发生牵连而上梁山的——其中最令人发指的例子是扈三娘。她是与梁山泊血战之后其家族的唯一幸存者[①]；秦明，则因梁山军队假称他已入伙，其家人遂遭政府处决；还有朱仝，盖因李逵杀死了他上司的稚子而受到责罚。

【630】梁山的口号是“替天行道”，间或又声称“为民除害”。然而，对此世界的进一步审察，则暴露出并无更高尚的正义可言。书中靠前的章节里，鲁达打死了欺侮金翠莲父女的当地泼皮，但这类“锄强扶弱”的事例相对而言并不多见。依照孙述宇的观点，《水浒传》并不是罗宾汉式的牧歌理想世界，此说甚是。夏志清（《中国古典小说》，1968）、浦安迪（《明代小说四大奇书》，1987）、马幼垣（《水浒论衡》，1992）等人同样也着眼于这个世界较为黑暗的方面。快意恩仇，在此被提升为最高等级的正义，却实际退化为

① 扈三娘父亲被李逵杀死，但是其兄长扈成未亡，逃至延安府。——译者注

嗜血的欲望，如同武松屠杀企图害他的都监全家那样，他的刀刃因无情的挥砍都发钝了，又如梁山好汉们劫法场解救宋江一幕，他们杀死了无数人众，抓住了控告宋江罪行的黄文炳，将之剥皮。总体来说，小说中存在着大量肆意、不分青红皂白的暴力行为，在很多情况下，几乎以屠戮为乐趣。在第四十七至七十回之间，梁山开始扩张势力，对祝家庄、曾头市、北京城、东平和东昌二府发起了摧毁性的战役。这些并没有明确的善恶二端：琐碎或不起眼的事件便可成为挑衅的理由，而公开宣扬的目的则是复仇（通常为的是一个小小的冒犯）或“借粮”。相继发生的血战，证明梁山好汉宣称的“仗义疏财”“保国安民”（第七十一回）成了空话。

好汉聚义令有些批评家联系到平等主义、对于权力无所欲求，但是梁山群落中的等级区分是十分明显的。如外面的世界一样，在梁山泊，权力欲望是主要动机。尽管宋江屡称自己不配当权（这令读者想到刘备），但他无疑是有野心的，他对于首领地位的暗中企图，在四十七至七十回间的数场大战中逐渐被激发出来。《水浒传》中让人记忆犹新的女性角色都是不守妇道的淫妇，梁山英雄对之厌恶不已，给予其应有惩罚。有两位入伙的女头领，丑陋、凶猛，丝毫不具有任何女性特点。美貌、英勇且叛逆的扈三娘，在家族被消灭、她自己投降后保持缄默。宋江将她许配给淫荡、矮小的王英，此人是最不值得嫁的；在此后，她于书中只是一个模糊的形象。或许她的美貌与英勇使她变得有些过于危险。女性代表着注意力的分散，甚至对结义兄弟们的团结和事业是潜在威胁。

依照《水浒传》的“行帮道德”（gang morality，夏志清语），私人与群体的义气超逾了道德判断。例如，在施恩与蒋门神争夺地盘的纠纷中，每个人都试图成为地方上恃强凌弱的霸主。施恩收买到了武松的义气，使之帮助自己“义夺”被夺去的快活林，尽管在此处几乎显示不出任何的荣誉和正义。施恩姓名的字面意思是“施予恩惠”，他与武松的交情印证了由慷慨礼遇所决定的义气，这是书中一种常见的交往模式。尽管不断出现这类有关义气的主题，敌友之间的分别有时并不着眼于正义及其维持。逃离了官府迫害的人物角色常常落入梁山好汉之手，他们最终将成为同伙。在一次打斗中的惺惺相惜，或是被认作身负被劫掠或谋害的危险，这都是常出现的话题。无所不在的暴力，令梁山泊看起来成为唯一安全的乐土。此地的物质丰裕大概添加了它的魅力——我们会一直想起好汉们健硕的胃口和豪饮的能耐。

《水浒传》与“农民起义”或者反独裁主义乌托邦这样的现代解释不太吻合，封建社会末期称其为“忠义”的说法也有问题。它令人不安的黑暗面，为对它的阐释摆出了若干具体的问题：这些内容体现出的不成熟作者们的局限性，令他们不能表现出英雄修辞与暴力现实之间的悖谬（如夏志清所言）吗？现代读者所反感的那部分内容，有可能具有宣传功能，来号召大家组织帮会，以及激励世人反清、反蒙，或仅是发起反政府的民间运动（孙述宇的看法）吗？书中通过民间传说中梁山匪盗之英雄形象进行反讽式的贬损，这是对秩序与骚乱、权力与权威、社会与政治组织性质的自觉反映（浦安迪的看法）吗？对于迫害、倚仗权势滥用暴力，以及异类的社会政治组织中所体现出的人性之复杂，是一种写实的描述（马幼垣的看法）吗？由于这部长篇小说提供了一个层层叠加的文本，所以我们可以想象，天真而自以为是的立场在文本形成的最后阶段一定得到了精英阶层的修正和质疑。一个具有说服力的例证，便是小说评点者金圣叹在对文本进行校改时，对宋江形象进行贬损和中伤。似乎可以认为，那些令人不适、焦虑的环节，以及客观冷静的观察，俱属于文本晚期生成的层次。和《三国演义》一样，在《水浒传》中英雄主义的各种立场之外包裹了一层世事虚无和超然物外的外壳。

《三国》与《水浒》的历史与社会政治方面的内容吸纳了神话传奇的因素，比如描述诸葛亮的异术，或是记叙梁山好汉们作为妖星的渊源。历史在虚构有关民间起义的记述时大肆放任奇幻的因素，这可能受到民间起义所关涉的祥瑞灾异之影响。《平妖传》（二十回本，约十四至十五世纪；四十回本，由冯梦龙编订，1620）记述对1047年王则作乱的镇压，但是，这一历史事件不过是
个借口，被用来渲染叛乱的灵异根源和魔幻力量。同样，吕熊（约 【632】
1640—约1722）所著的《女仙外史》（约1703），重写明初唐赛儿的叛乱，使之演绎成天界争斗的因果命运（这些天人下凡降生为唐赛儿和明成祖）。小说中，唐赛儿支持逊位的建文皇帝，征讨篡位者明成祖，战争中充满了魔法般的战略和道教的秘术。在许仲琳（卒年约在1566）的《封神演义》（约十六世纪）中，对神话的编造达到了百科全书的程度。《封神演义》讲述了中国早期历史中的武王伐纣故事，也是受压迫的国民起义反对暴君的故事。双方都得到了打乱年代的各路神仙鬼怪和儒释道宗教人物的辅弼。周武王和商纣王的队伍分别代表了阐教和截教，双方斗智斗勇，展开了法术大战。罗懋登的《三宝太监西洋记通俗演义》（1597年序）将太监郑和在十四世纪晚期的著名旅行（曾到达东非）转化为在奇异国度的历险。作者宣称自己有感于明代海防面对倭寇的无力，但这在小说中并未体现出来，小说主要关注的是郑和身边的僧道人士的高超法术。

尽管具有历史背景，但这些作品都属于鲁迅（1881—1936）所定义的“神魔小说”范畴，其中由宗教风习、魔法变化和奇幻的发明占据主要篇幅。这一亚文类中最重要的作品是《西游记》，作者被判定为吴承恩（约1500—1582）。如《三国》《水浒》一样，此书也有许多前文本。相比之下，《西游记》显得在结构设计上更为细致，风格上保持得更为一致。它的源头，包括了故事的历史内

核，即伟大的高僧、学者和译经师玄奘（约600—664）西天取经之旅，玄奘的《大唐西域记》，关于玄奘的传记，介绍玄奘弟子孙悟空神通广大事迹的宋代话本，元明杂剧作品，元代的一种说书底本，现已不存，明显包含了通行的百回本《西游记》中的许多桥段。二十世纪的学者还曾考察过孙悟空形象可能具有的印度渊源。

现存百回本《西游记》的最早版本，见于1592年。第一部分（第一至七回）讲述孙悟空从吸收天地之精华的石头中诞生，成为美猴王，学得法术，试图超逾生死轮回，然后大闹天宫，最终为佛祖收
【633】服，拘押在五行山下。第二部分（第八至十二回）讲述佛祖有意将大乘经籍输入中国，观音菩萨为此而做准备，唐三藏的生平经历，以及导致三藏西游的事件：太宗皇帝因未能保护好因触犯天条而乞求他讲情的龙王，自己魂游地府，返回人间后召开水陆大会，唐三藏成为主持法师，受到观音的召唤，接受了取经任务。第三部分是全书的主干（第十三至一百回），交代师徒四人的聚首：唐三藏收了孙悟空、猪八戒或猪悟能、沙僧沙悟净，还有白龙马，他在行程中需要接受八十一难的考验（这些情节通常是接二连三地被妖魔鬼怪所掳掠，其中有的怪物是天界神物下凡）；最终成功地完成任务。

即便是对中国传统思想不了解的现代读者，都会情不自禁地将《西游记》解读为人类各种情感原型：自然而生、获得自我认识、建立社会和国家、遭遇人的必死问题、反抗权威，最后获得顿悟和救赎的过程。唐僧师徒也似乎代表了人类恒久的原型：唐三藏对世俗规则的遵从、易受欺骗、对物质需求的依赖使他成为凡人；孙悟空的自负固执以及猪八戒超乎寻常的肉欲，使他们成为人类心理补充性的相反一面。

《西游记》也可以进行寓意式解读。书中充满阴阳五行的术语，涉及《易经》与炼丹术，以及儒释道各教不同的思想和实践。旅行这个主题恰好暗示着精神上的历程，成为朝着悟道或更高智慧

的运动。现存清代注本，多以“真传”“原旨”“证道”“通易”为题名，这显示出至少在三个世纪的时间里，对于这部小说的主要批评观点是在阐明寓意，从小说表面内容一直解说到道德、宗教及哲学意涵。如此提炼出的意涵，包括了儒家正心诚意的训诫，道教求仙的丹法，佛教以行善得解脱的思想，佛陀的慈悲，以及超越空有二元而实现解脱。

有感于孙悟空对车迟国君主所嘱“把三教归一，也敬僧，也敬道，也养育人才”之言（第四十七回），有些清代批评家将《西游记》解读为宣扬三教同源。例如，尤侗（1618—1704）就注意到 【634】 儒家讲的是“存心养性”，道家讲“修心炼性”，佛家讲“明心见性”。从这些相互交叠的有关“心”“性”的关系中，他进而确立了《西游记》中的三教同源思想。

作为对于传统寓意式读解的一种反动，二十世纪学者们（代表人物是胡适［1891—1962］和鲁迅）强调《西游记》的诙谐和游戏笔调，摒弃了过于琐细且最终不相干的那些寓意。胡适在为英译本（Waley，1942）作序时，提出一个判断：“《西游记》至多不过是一部很有趣味的滑稽小说、神话小说；他并没有什么微妙的意思，他至多不过是有一点爱骂人的玩世主义。”[1] 为了恢复这部小说的道德严肃感，有些批评家（如夏志清在《中国古典小说》中那样）已然转入由主人公所体现出的人类经验的维度，而怀有更多政治倾向的读者（如在中华人民共和国）则将孙悟空起初面对天宫强权、继而面对取经途中的无数妖怪的态度，阐释为社会政治斗争精神。近年以来，又有对于儒释道寓意的重新强调，最著名的研究者是余国藩（他的译本导言，1977，以及《余国藩〈西游记〉论集》，1989）和浦安迪（《明代小说四大奇书》）。

[1] Waley 英译本前面的胡适文章，不是胡适为此译本所作的序，而是胡适 1923 年所写《西游记考证》一文的节译。因此我们也没有照着英译来翻，而是抄录了《考证》上面的原文。——译者注

在“寓意索引”（allegorical indices）中，将孙悟空称作“金公”、猪八戒为“木母”，沙僧则是“黄婆”或“土母”，这些都见于小说的回目和诗句中。师徒五人因而对应于五行，尽管白龙马与唐僧的对应性略显不足：不过龙马或许可由其出身而视为与水相关联，而唐僧则必然与火相关，这幅五行图便完满了。取经途中所遇妖怪，以及双方使用的兵器，也常常与五行有关。余国藩在他的译本导言中指出，既然在炼丹术文献中，“五行与五脏的能量和气相互关联，因此唐僧这三个徒弟也就象征着人体内部的情况”。除了具体的炼丹术相关背景，这些关联可能也指向和谐与整体的意象（五个朝圣者组成一个整体），指向朝圣者内部以及朝圣者与妖怪之间的关系制衡，可类比于五行的相生相克，这种思想不仅道教徒认同，同时也为儒家所接受。

阴阳和五行术语的隐喻可能性具有敞开的空间，这种现象在《西游记》中是很典型的。《西游记》中无处不在的“心”的寓意具有更
【635】大的歧义。成语表达“心猿意马”，指的是心意东想西想，好像猴子跳、马奔跑一样控制不住，安静不下来，方便地被套用在孙悟空和白龙马身上（用“意马”来指代白龙马的情况比较少）。“心猿”一语，在回目中出现了十二次：孙悟空从反叛到皈依、从自负到自制的历史，这似乎说明该小说可以读解成“修心”的寓言。一位清代评论家发现孙悟空跟从须菩提祖师学艺之地——方寸山“斜月三星洞”中的“斜月三星”正好构成了“心”这个四画的汉字。

小说中对心意的造力存在着丰富的解说：“心生，种种魔生；心灭，种种魔灭”（第十三回）；“佛即心兮心即佛”（第十四回）；“菩萨妖精，总是一念”（第十七回）。夏志清指出，第十九回中传授《心经》一幕，乃是理解整部小说的关键。因而开悟无需远求，也不必借助实在的文字：“灵山只在汝心头”（第八十五回）。浦安迪描述十六世纪的思想状况，特别是王阳明“心

学”，如何弥漫于《西游记》之中。上文引及尤侗的文章，即认为含有多层意义的“修心”，乃是三教共同的核心思想。

“修心”的一个必要步骤是“返本”：儒家思想中，这指质朴道德觉悟的恢复；而在道家哲学中，则是指生命本我的境界；在道教的炼丹术中，指的是“内丹”的提炼和成仙所需之“圣胎”的养育；在佛教思想中，则要臻于无我，最终逾越色相与空无的两端。孙悟空的名字，结合了道教与佛教关于返本的观念。“孙”不仅是“猢狲”之“狲”的同音字，也是指“子孙”之“孙”，因而他老师菩提老祖所谓“婴儿本论”，在此与“圣胎”之说相关；“悟空”则是标准的佛教名号，意味着“觉悟空无”。“修心”中另外一个不断出现的主题，是使杂乱多绪的思想与情感得到安定，这是一个从无序和矛盾变成划一和谐状态的过程。由于从梵文到中文的翻译凑巧，《心经》（《般若波罗蜜多心经》）也可双关为《多心经》（字面意思即“多心”之经），这样便意味着要克服“多心”，关键就在于“修心”，心之纷纷思绪只能是对了悟的障碍。如浦安迪所言，有些妖魔的命名，诸如“六耳猕猴”或“多目 【636】
怪”，也显示出与纷乱的意识与多样的感触有关联。为了克服这些妖魔，便要重新建立自我的一致与宁静。依照同理，孙悟空骗入某怪腹内，为了使之就范的诡计，可以被解读为修心时内在的净化过程；约束性的设置（五行山、孙悟空的金箍）也许是指对于膨胀之自我的节制。

问题则在于寓意与喜剧式的表面有何关联。有时我们被主人公逗得开怀大笑，顿觉这两者融合得天衣无缝：孙悟空的骄傲自满既令人发笑，又会使人思考自我的界限；猪八戒永无餍足的胃口和顽固不化的淫欲，既富于喜感，又含有哲理。但在有些时候，喜剧效果依赖于孙悟空招读者发笑，使大家随着他的骄傲、淘气、无礼、反叛而移情同感，见识他的法术，这些特点在寓言式读解中受到抑制或是升华。讽刺的靶子通常是寓言阐释所依据的同样的哲学与宗教体系。孙悟空的大闹天宫便是如此吸引人的，原因就在于他所威胁的天界权威，似乎既不值得拜服，道德上也不优越。西天，聚集着道教的神仙、佛祖和菩萨，这个大杂烩并不尊敬哲学和宗教派别的一致性。即使在西天取经途中，难服管束的孙悟空有时仍在嘲笑观音菩萨。在唐僧师徒抵达大雷音寺之后，阿傩、伽叶二位尊者之所以第一次给他们的是“无字真经”，明显是因索要礼物未果。

上述最后一个事件是表面与意义之间冲突的极好例子。阿傩、伽叶的贪婪与小气牺牲了佛教的庄严性，虽然说“无字经书”也可以指涉为重要的思想与论辩：即讨论超出语言与思维之外的真理存在的可能性，救赎是否需要外在的手段，顿悟还是渐悟。如此，由净土世界舞弊行为的一段题外话，引发了一系列的哲学问题。《西游记》中寓意之合式（decorum）也会被暴力所损伤。在孙悟空被唐僧收为徒弟之后，他杀死了六个试图偷袭的无赖：这些毛贼依次名叫眼看喜、耳听怒、鼻嗅爱、舌尝思、意见欲、身本忧。这里面的寓意是明显的。在准备长途取经之时，孙悟空消灭了感官与精神上的诱惑。然而暴力的行为没有终结，反而愈演愈烈，导致孙悟空与唐三藏关系决裂。朝向开悟所迈进的一步同时也是退步；对邪恶的征服本身也是邪恶的。

当然，有人会质疑说，这种似是而非的观点是中国本土固有
【637】的思想习惯，追求超越非此即彼的逻辑思维和以形相与空无为二端的辩证法——外相与内涵的不一致性，不过是一个暧昧晦涩的说法，为的是将小说中的幻象与被称为人生的那部分幻象悬置不论而已。不过它的喜剧成分还是过于强劲有力，《西游记》以欢快的笔调展示出一种平衡感，即寓意与审美外表的喜剧色彩及活力之间的那种不稳定的平衡感。小说主人公们的局限性，令他们显得滑稽、奇妙，这与《三国》《水浒》中存在缺点的英雄人物们恰

恰相反，这是由不同价值体系间的张力所造成的。书中有一逆喻（oxymoronic），以“妖仙”用来指称主要角色孙悟空，这令读者们想起《三国演义》中“奸雄”一语。

《西游记》故事有一较为简单而且水准甚低的版本，收入《四游记》（约十六世纪）中。尽管其他三记分别标为东游、南游、北游，但是跋涉寻觅的母题在其中并非中心。从这四篇小说身上，我们可以看到神明与妖魔的游记，在失去《西游记》所具有的仙凡因素以及寓言与喜剧之间的复杂平衡后，显得何等乏味。相比之下，董说（1620—1686）所撰续述孙悟空梦境的《西游补》，便自觉地娴熟运用起这些复杂的因素。这部佳作兼有自我怀疑的内涵、峻急的社会批判、哲学沉思，以及梦境思维的跳跃性和奇妙组合，小说以此来探索自我的边际，以及现实与幻象的辩证关系。《西游记》及董说之《补》中具有的社会与心理学维度，显示出与更为关注现实生活的小说的汇合。事实上，有些强调幻想主题的作品，在对于人性的观察烛照方面竟能更胜一筹，最著名的就是李百川的《绿野仙踪》（十八世纪）。书中写主人公的求仙历程，远非出于趣味，而是有感于社会与情感对于蒙昧人格的困扰。

自《金瓶梅》始，小说家对世俗生活发生了兴趣。尽管《三国》《水浒》《西游》中具有含混色彩和反讽趣致，但这三部小说的主人公都绝对是高于生活的。相比之下，与其他三部作品合称为“明代四大奇书”的《金瓶梅》，则是目不转睛地注视着那些平庸、邪恶、软弱的角色。于是，我们从“问题英雄”的世界降落到了一个没有英雄的世界。读者发现自己从英雄事迹、奇幻旅程或者壮观的精神世界，一头扎进了令人窒息而过于凡俗的世界——支配这个世界的是对权力、金钱、性愉悦和永无止境的贪婪。《金瓶梅》在文本演化史方面，显然也与其他三部小说不同：此书并非一个长久传统的积累生成物。风格的一致性意味着有单一的作者，小说的时代色彩鲜明，肯定属于十六世纪的作品，尽管它在故事设置上表现的是十二世纪生活。

【638】《金瓶梅》的标题是由三个女主人公名字的一部分组成的（潘金莲、李瓶儿、庞春梅），组合起来的意思，是“金瓶中的梅花”。潘金莲与西门庆通奸，合谋害死丈夫武大，死者兄弟武松前来复仇，这情节已见于《水浒传》（第二十三至二十七回），乃是《金瓶梅》开始部分的内容（第一至九回），但报仇事宜遭到延搁，潘金莲与西门庆成为百回小说的主人公，全书即写西门庆及其门庭的成败兴衰。《金瓶梅》最早见于记载是1590年代，可能写作于十六世纪后半叶，刊布于1610年。作者用的是兰陵笑笑生这个笔名，真实身份至今未有定论。现存最早的版本，题为《金瓶梅词话》，其序作于1617年，小说以武松打虎的英雄故事为开篇。《原本金瓶梅》，又称作天启（1621—1627）本或崇祯（1628—1644）本，最早刊布于1620或1630年代。小说的第一和第八十四回俱与《水浒传》有关，却作了改动，使之与原来情节大相径庭。开篇写西门庆与他九个至交结拜，是对《水浒》《三国》“结义兄弟”的嘲戏。此本还有更为雅致的题联回目，减少了俗语、歌词诗赋，对第五十三、五十四回有所改写。清代康熙朝时，张竹坡（1670—1698）添加了他的批注，使此本成为传播最广的版本（见第六编第四章）。

对这部散漫冗长的小说进行更近距离的观察，反而见到其细致的对称。头二十回讲述西门庆与潘金莲和李瓶儿先有奸情后结为夫妻，其间穿插他娶孟玉楼、做妓女李桂姐恩客的情节。这占去全书五分之一，确立了小说虚构的场所（以西门庆为中心），主要人物得以聚首：西门庆和他六个老婆——除了上文提到的三位，还有吴月娘（大夫人）、李娇儿（勾栏出身，李桂姐姑母）和孙雪娥（西门庆病故的原配夫人之侍女）。此外还有潘金莲房中的丫头春梅，以及环绕着西门庆的一群溜须奉承之辈，最令人印象深刻的就是应伯爵（谐音即“应白嚼”）。在第二十一至七十九回的部分，最后西门庆因纵欲过度而死，其间主要写西门庆家中的阴谋、嫉恨和权力争夺。李瓶儿迅速获得西门庆的宠爱，特别是在为原本无嗣的他生了一个儿子之后，达到顶点，此子得名官哥，这是因为当时西门庆正在打点官府。潘金莲大生妒意，将官哥害死（第五十九回）。【639】
此后不久，李瓶儿也在悲愤中死去（第六十二回）。

与此同时，西门庆宦途大为得意，为了获得权势他四处行贿受贿。在全书中间点上，小说中唯一一位正派的官吏曾孝序，指控了西门庆，但是他逃脱了罪罚（第四十九回）。西门庆遇到一位天竺胡僧，这显然是阳具的人格化形象（崇祯本批语），从他那里得到了一种特别的春药。性与权力，私人与公共领域，在此纠缠一处，难解难分。伴随着西门庆权势与财富的扩张，是难以胜数的纵欲胡为，他的性爱对象，包括男女奴仆、奴仆与下僚的妻子、妓女、官哥的奶妈，以及一名官吏的遗孀。他最终的死因源于一系列的放荡狂欢，在潘金莲的怂恿下服用胡僧春药过量。在他亡身之际，吴月娘生下一子，名唤孝哥。

在最后的二十一回中，西门庆门第土崩瓦解。叙事的声口，变得比较急促和戏剧化。潘金莲与西门庆女婿陈敬济早存心勾搭，一直受到困阻，在西门庆死后两人终于得偿所愿。部分是出于对潘金莲的忠心，春梅成为合谋的第三者。吴月娘发现这一奸情后，三个人或被逐出家门，或遭斥卖。潘金莲最后成为复仇者武松的刀下之鬼（第八十七回）。吴月娘一人难以支撑破败的家庭：李娇儿重操旧业去了，孟玉楼再嫁，孙雪娥与一旧仆私奔。下人们竞相偷窃西门家业财产。春梅却骤然转运，成了一户军官家庭的主妇。她又遇到陈敬济，此人身名俱裂，穷困潦倒，春梅却与之旧情复萌。两人落得一个可耻的下场：陈遭杀害，春梅则死于淫乱无度。在第一百回，金兵入侵中原，宋朝灭亡。吴月娘与十五岁的孝哥避难于佛寺。僧人普静作法化度亡者，吴月娘的侍女小玉得以目睹亡灵生前形貌的幻象。普静告诫吴月娘，孝哥乃西门庆转世所生。于是孝哥随普静出家，全书以佛教解脱之象作结。

围绕《金瓶梅》此书最多争议的地方在于其露骨的性描写。清代（1644—1911）一度列为色情禁书，长期仅有洁本容易获得，直到近来才有所改变。然而在这部近百万字的小说中，刻意描述性爱
【640】的部分并不占多少比例，同那些情色文学作品如《如意君传》（约十六世纪初）、《痴婆子传》（约十六世纪）或《肉蒲团》（约十七世纪）相比，简直是小巫见大巫。因此，张竹坡认为，那些将《金瓶梅》当作淫书的人，只是阅读情色的片段。尽管有些批评家认为这些露骨的性描写属于道德上的瑕疵，另外一些人（包括张竹坡和芮效卫、浦安迪等现代学者）则察觉出其中的批判意图和道德严肃态度。有些人盛赞这些篇章对于全书坚定的现实主义宗旨而论是不可或缺的，还有些人考察了具有反讽意味的背离主题之处，以之为道德判断的标志，可同时又有些人甚至赞美那些“解放的”和颠覆的潜在因素，认为它们破坏了秩序和权威的观念。《金瓶梅》的这些性描写段落，在该书最初之本中寥寥可数。许多片段采用了晚明情色文学常见的陈词俗套。比如令人反感的第二十七回，似乎就是取材自《如意君传》（韩南与徐朔方俱持此说）。在小说后半部分中，有不少性变态的阴暗描写，性爱不再是男女嬉戏，而变得粗野、暴力及纯技术化，常常引发的是痛苦和羞辱感，这些是《金瓶梅》开拓的一块新境地。道德说教和对于纵欲的劝惩和批判，在晚期帝国时代的色情文学中是司空见惯之内容，但是唯独《金瓶梅》是将欲望与死亡以最为生动和令人惊怖的画面联系起来。很少有读者能够忘却西门庆的怪诞下场（第七十九回）。

《金瓶梅》的作者精晓凡俗人世中无止尽的欲望。直到生命的结尾，西门庆虽然已经纵身欲海，他仍对两位不能得手的贵族妇女

念念不忘，还惦记着一个即将到手的姬妾。那名姬妾恰好名为“楚云”，这是古典诗词中形容转瞬即逝的欲望对象的一个标准隐喻。然而作者并未对无限加以浪漫的渲染或是理想化：欢乐是经过计量的，而无节制的过度则以一种平庸现实的口吻进行处理（即所谓“油尽灯枯”）。无节制的欲望之根源，在于内心的缺失和对于无限权势的空幻错觉。与西门庆相对应的女性，就是无满足感的潘金莲，她在与西门庆的性关系中，徘徊于受虐狂心理的自我弃绝和一种日益嚣张的控制欲之间。欲望的平庸特点是通过它的商品化而得以凸显的：女人（她们社会阶层往往比西门庆低下，或者对他有金钱上的依附关系）常经由上床而寻求物质利益。就此而论，粗俗的妓院交易侵入到西门庆的家庭世界，当妓女们竞相攀附西门夫人们为“干妈”时，这两个世界更进一步拉近了距离。若是满足感可以购买获得，人们会认为“买主”有更大的权力，然而在《金瓶梅》中的实情往往相反。那些玩世不恭地寻求物质报偿的女人们才是获得满足感的人——最著名的是王六儿，西门庆伙计的老婆。比起西门庆来，她们更加目标明确，因为西门庆总是想要的更多，买的更多，在他迷乱的获取中“消费”了他自己。和王六儿不同，潘金莲并不将物质满足视为最终目标。实际上，她具有一种永久而存在性的缺乏感，总是希望获得更多来补偿自己的匮乏感，并最终被欲望所毁。 【641】

性爱几乎总是关联着家庭中的阴谋和权力争夺。《金瓶梅》作者对家庭内政怀有无与伦比的好奇心，对小说世界中日常生存的组织肌理更是充满热情。这部小说的真实根源就在于此。作者对感官触受细节的迷恋早已超越了性爱的范围——至少有同样多的篇幅留给了食物、衣饰、建筑细部、饮宴游戏与笑话，以及金融业务。《金瓶梅》停留在生活现象表面的态度几乎令人生恨：根本没有什么余地用以内心描写或所谓“心理现实主义”（psychological realism）。举例而言，叙事者在李瓶儿葬礼中似乎更感兴趣的是出殡仪式的细节，而不是西门庆的悲伤情绪。这部小说在二十世纪被誉为现实主义杰作，即缘于在真实可感的物质环境中不懈地营造出家庭与社会的种种关系。故事情节并不依赖于超自然的因素，即便巫术、相法和佛教的轮回转世被当成“公认之现实”（consensual reality）的一部分。对详尽描述的偏好（比照传统中沉默少言的抒情美学），庸俗化与去浪漫化的趋势，以及对更低级的人类活动和动机的专注，这些令我们回忆起公认的现实主义老套手法来。（现代中国作家和学者们也界定过现实主义，并将《金瓶梅》的问世视为一种追求的终极目标，这与欧洲现实主义小说从史诗、传奇诗和寓言中脱胎演化的过程并驾齐驱。）

然而，文体水准上的根本提升，陷于插科打诨或狂欢恣肆之中的内容，对套曲、韵文、佛教布道文与故事（宝卷）、说书人修辞方式以及戏剧套路（例如，一个常见角色出场时以诙谐、贬损的打油诗进行自我介绍）的自如运用，这些特点使得夏志清称此书的整体风格损害了现实主义。（有些学者也曾举证这些特点，视为存在多个作者的根据。）芮效卫对这种异质同构现象进行辩护，将之称为精巧的设计，是建立于多音复调、众声喧哗（polyphony与heteroglossia，借用了巴赫金的概念）基础上的整体性想象。有的学者（例如浦安迪、柯丽德）则强调在不同文本及语境的反讽式并置中暗含着道德审判。举例来说，让潘金莲演奏琵琶，歌唱她的孤独和渴望（见第十二及三十八回），展现出幽居怨妇在传统诗词中寄托的悲愁与潘金莲荒淫的性欲及情仇妒忌之心二者间的背离，可能也存在着她的自我想象与读者对她的理解之间的背离。同样，宝卷
【642】的吟唱中大体所表达的基于价值创造和因果报应的佛教观点，被设置在对宣卷尼姑的不正经和听众们（西门庆家中的诸妇女）的困倦与分神的记述之中（第三十九回）。

有关《金瓶梅》现实主义的讨论，与关于其道德观的性质与功能的争议有着密切关系。有时候，现实主义与社会正义观相联系，特别是在中华人民共和国的学界，强调权力与财富的腐化影响，以及被剥削者（包括潘金莲、被施暴的奴婢，以及诸多从西门庆身上寻取利益的社会下层妇女）的受害者地位。然而，难以否认的是，小说中有些下层阶级的受害者对待他人显然也是冷酷无情的（例如潘金莲就虐待她的婢女秋菊）。

有些现实主义的记述，暗示着若非投入或彻底浸淫于感官存在，冷静的观察和判断就会受到抑制。孙述宇认为，尽管《水浒传》中武松处决潘金莲一幕似乎是正义的，但是在《金瓶梅》中这一处决被描述得充满惊恐、拖沓冗长，就抹去了武松英雄的光芒，使读者对潘金莲产生一丝残余的同情心（《金瓶梅的艺术》）。因此，即便是邪恶或卑下的角色，也未可全然不能以常情待之——西门庆也有其亲切、慷慨的时刻，难以管束的潘金莲将詈骂和口角提升到一定的艺术水准，无耻的应伯爵作为俚俗所喜帮闲小丑角色，倒是颇做得几句好诗。《金瓶梅》作者对人性的缺点和矛盾有着敏锐的理解：李瓶儿犯了通奸之罪，又谋害亲夫花子虚，然而她对西门庆和孝哥的盲目之爱中含有深情。宋惠莲（与西门庆私通的一个仆妇）不守道德，并且愚蠢而虚荣，然而却真诚地爱她不长进的丈夫，她走投无路而自杀的下场，在某种程度成了自我救赎。

有些学者并不否认小说的现实主义倾向，但他们强调有一种不可妥协的道德观占据了优先地位：芮效卫将之与荀子（约前300—约前219）的哲学联系起来，荀子提倡性恶论，并认为唯有在道德教化中才能使之转变。浦安迪则认为这与《大学》（约前三世纪）有关，由于认为自我修养关系到家庭、社会及政治的安定繁荣，因而十六世纪盛行之心学所拥护的道德良知影响到这部小说的面貌。小说中体现出的道德洞察力，与在书中不时插入道德说教的那种修辞方式相比，显得更为细致和成熟。然而这些部分同说教的修辞及佛教救赎的方案一样，难以全然着迷于感性的存在，而随时受到移情、好奇心、犬儒思想和一种近乎无所用心的审美鉴赏所左右。

《金瓶梅》的“遏制法”（containment）在某些对此书的文学反馈现象中也可得到印证。丁耀亢（1599—1669）谨小慎微地在《续金瓶梅》中对原作中的传世托生诸角色予以报应惩罚。这部
【643】小说中的性爱伴侣们常不满足或是令人觉得虚妄（例外情况可能是黎金桂与孔梅玉的同性恋，她二人是潘金莲和庞春梅转世所生）：丁耀亢认为，《金瓶梅》写的是皮相和感官的现实，而他的小说则写的是空无。严苛的道德修辞，在此得到巩固，同时又受到历史感的影响而变得缓和。丁耀亢怀着忧惧与同情，记述金兵入侵，北宋覆灭，这些内容显然令他回忆起自身所体会的满族人征服明王朝带来的创伤。王朝的沦亡，在此既加强了报应的主题，同时也将之同化为普遍性灾祸的任一成分。西周生（身份未明，约十七世纪人）所撰的《醒世姻缘传》，延续了《金瓶梅》对于家庭阴谋与权势争夺的关注。但在此书中，所有的男权形象，在被阉割的狄希陈及其有虐待狂心理的悍妻薛素姐、童寄姐之间的纠缠中被残暴地摧毁。狄、薛、童三人的关系缘于前世的冤仇（见头二十回所云）。叙事者避开了性描写，采用一副村塾先生的教诲口吻，引入因果报应之说，并穿插了许多道德故事来建立一个严格的道德框架之设想。然而，不可否认，其令人着迷之处，在于叙写家庭与社会关系的纷繁复杂，写女性的暴力与权力意愿，以及描述支撑着叙事意图的性虐待与受虐关系的怪诞景观。

《金瓶梅》中所体现的对于社会现实的关注以及反讽的修辞手法，形成了讽刺意识的基础，在此基础上中国小说的最佳典范作品，则是吴敬梓（1701—1754）的《儒林外史》。初看起来，两部作品似乎差别更多：《儒林外史》没理会过欲望和性爱，而《金瓶

梅》也没有在文人与士大夫理想层次施以多少笔墨；风格上，《金瓶梅》多采用方言，而《儒林外史》则以纯净节制的白话写成。然而，纵然这两部著作关注于不同的经验领域，但是他们对于社会关系的不断审视和批判性的表述，则显示出一层更深刻的连续性。

《儒林外史》这个题目，令人想到官修史书中集录的儒林列传。这并非出于凑巧。在这两者之中，都对不同历史机缘之中“儒”的意义有一种深刻的关切。从形式上看。《儒林外史》也是从一人写到另外一人，如列传中一样。尽管其篇幅更可观，然而读起来更似一连串短故事。当然，此书明确地与十八世纪中国的环境相关联。此书中虚构想象的部分来自对晚期中华帝国的儒士理想的颠覆、歪曲、更改和贬损。吴敬梓本人出身士大夫家庭，曾祖及长子俱是著名的官宦。他显然是个才华横溢之人，然而自中取了最低 【644】
等级的“秀才”之后，再也未能仕进。他在科举考试中的挫败感和对之抱有的轻蔑心情，以及他对文人士大夫之困惑的认知，在此书中得以体现出来。大多学者相信这部著作中有自传文学的味道，作者将自己拟定为富于才华、不通世故而慷慨大方的杜少卿。其他许多人物，也被认为是以作者熟悉的人物为蓝本的。

《儒林外史》大约完成于1750年，第一次刊布于1768—1779年间。现存最早的版本为五十六回本，时在1803年，最后一回可能是他人添加的。没有核心情节和主要人物。叙事单元多类似轶事、短篇故事和古典散文。吴敬梓似乎更注意情绪、景观、主题和论说上的并列，而不是完整全面的统一结构。十九世纪初期的一位点评者认为，此书始终以“功名富贵”为一篇之骨。事实上，小说就此主题采用了富于变化的处理方式，从严肃思考入世与出世之关系，一直到针砭那些无耻或隐蔽地追求声誉与世俗利益，与因放任自然、自我颓丧或自谋私利而拒绝游戏规则的种种问题。

目前所见小说之第一回，系从原书中分隔开来的，功能如入话之楔子。其中描述了一位充满理想色彩的艺术家和隐逸之士王冕，他是十四世纪中期一位生活于元（1260—1368）、明（1368—1644）两代交替之际的历史人物。此君一直沉潜于自己的道德艺术修养之中，无心以自己的才能获得进取功名的机会，即使是在最重要的时刻，明代的未来立国之主朱元璋（1328—1398，在位时期：1368—1398）派人来请他参政之时，他也没有动心。王冕所代表的理想，乃是下文评估、针砭各个人物的依据。他选择遁世之途，盖因他预见了危险和动荡，这可能是吴敬梓所处时代公共言论受到威胁的一种隐喻，即是指“文字狱”而言。小说中王冕对科举制度和“八股”文章（见第二编第一章）将造成“文行出处”之沦丧的惊人预言，在全书余下的部分中得到充分体现。

第二至五十五回，自1487年写到1595年，可分成三个部分。第二至三十回，出场人物是一群功名富贵的竞逐之士。作者再三颠覆我们对令人鼓舞、积极有益之故事的期待。对年迈、荒唐、依然蹭蹬科场的考生如周进、范进的描述，如同证词一般，意味着理想赏罚（poetic justice）不过是徒劳一场。所谓的“才学”，在最后才终于被人认清，立刻暴露出平庸的身份和令人生疑的道德力量。匡超人是一位贫穷、年青、怀有抱负的学者，更是一位孝子，他受到有识见的师友之扶助，得以立业，但是却堕落至忘恩负义、投机取
【645】巧，再次叛离了对一个善有善报故事的期待。有一段内容显然是对“才子佳人”故事的再现，其中年青的夫人（鲁小姐）反是一副学究嘴脸，她的青云之梦，由于丈夫专心要做“名士”而遭到粉碎。这种名实颠倒效果，乃是此书诸多精巧讽刺艺术所针对的目标，因为追求文学才华之令誉及蔑视官场（例如娄氏兄弟）的伪善和自命清高，较之于那些渴求仕进的假虔诚更值得揭露——后者显然还有可怜和迂腐的成分。无处不在的虚伪与自我欺骗，或是有心，或是无意，都在质疑着立诚求真的意义。具有反讽意味的是，全书第一

部分中所塑造的不会虚情假意的人物，只有两个，一是马纯上，科举文章的编选家，一是伶人鲍廷玺。他们两人都是卑下、愚蠢的角色，并无反省的能力，对潜藏在他们各自生计之下的谎言本质毫无觉察。

第二部分从第三十一到三十七回，组成了这部小说的道德核心。上文提到的杜少卿及其友人，作为文人士大夫阶层的理想化身，在南京聚首。他们活动的高潮，乃是泰伯祠修祭，以及在那里复兴古代礼仪。虽然我们都可以看出来，吴敬梓对这些人物怀有同情心，将之理想化，但是这些情节仍然把士之困境戏剧化了，而不是提供有效的解决方案。杜少卿出身于名门仕宦家庭，但由于他随意慷慨解囊，带有轻鄙财物的贵族气质，且或许渴望自由，便将祖产挥霍干净。被举荐参加一场官僚选拔考试时，他拒绝了，觉得鬻文为生，虽寒酸但不失自由。这幅自传性质的肖像具有自我辩解的意味，然而也含有讽意。造成杜少卿倾家荡产的“豪举”显然明显存在着判断上的谬误，尽管是基于诚意和自发的友善，但这些行为也是一种自觉的自我形象塑造。为此目的，他一直洁身自好，然而选择隐遁之路，似乎也暗含着自我放任的意味：比较京师的官宦生涯，他更偏爱江南地区的文人文化。

杜少卿的朋友们尽管也带有隐逸和理想的成分，但还是比较合乎儒家之入世形象的。庄绍光在朝廷面君奏对之时，帽中有一蝎子咬他，遂不能畅言。他将此解释为“我道不行”的征兆，事实上他受到恶相的诽谤，为当道所排挤。虞育德，被赞为“真儒”，在南京国子监任一微职。他是唯一一位在体制内追求道德责任的人物，虽然范围有限。他主持了泰伯祠的修祭仪式，这被视为士大夫实现社会政治理想蓝图的一条别样的途径。古礼乐的复兴，被设想为会对人民的教化发生潜移默化的影响（至少自孔子以来就有的信仰），这个工作比参与政事所取得的成就更具有普世意义和基础

【646】价值。祠堂修祭的对象是吴之泰伯，公元前十二世纪人，他本身就体现着这种通过不问政事而实现美德的希望。根据司马迁的记载，他放弃王位，逃至江南的乡野中，他将该地区称为吴，于是王位传给了他的弟弟季历，这合乎他父亲的愿望，后来王位传给了季历之子昌（即后世所尊奉的周文王）。司马迁将泰伯置于《史记》的“世家”之首，便是依据这番淡泊权势和孝悌的美德。小说第三十七回中以高尚的辞语描述这次修祭活动，典礼中的文辞也都清简庄重。

然而，小说最后一部分（第三十八至五十四回），显示出小说家着力经营的泰伯祠典礼，并没有任何切实的后续影响。共襄盛举的人物们一朝分散，伴随的是对社会道德进一步沦丧的长篇抨击（第四十六回）。很快，小说人物们开始缅怀这场祭典，表达着对一个失去的黄金时代的向往。这部分中，道德与英雄行为变得困难连连、矛盾重重。身处这等两难境地中的一个典型人物是王玉辉。作为礼书、字书和乡约书的作者，他追求的是礼仪传统的一致性和道德的重建。然而这种道德秩序存在着沉重、有害的一面，当他鼓励孀居的女儿为丈夫殉葬时，这一方面便显现出来。旌表王氏女儿为“烈妇”的仪式，形成了对泰伯祠修祭一幕的回应，且显得阴暗和烦扰。尽管王玉辉遵奉自己的职业信念，但仍感到悲恸不已，他去往南京，只为了寻找古礼复兴和倡导者，却见到泰伯祠堂，这一往昔辉煌与道德清明的象征，大门深锁，荒无人迹（第四十八回）。这一部分中，忧郁的回顾间偶尔交织着一些冒险、侠义、怪异、行骗的故事。在此，作者更多依赖于怪与奇的审美手法——晓畅开明的散文用以书写胸臆外露的人物（例如沈琼枝、凤鸣岐），他们的英雄事迹似乎过于自我标榜，甚而从道德上看有些可疑。

尾声（第五十五回）记述南京诸多名士已经消失殆尽。市井之间出现了四位擅长琴棋书画的“奇人”。（这与作者在全书中对某些平凡普通人寄予理想色彩的手法相合。）这几位奇人孤傲自赏、与世无争，他们似乎是虚伪腐朽世界中真挚与纯良的仅存的代表。他们所坚执的理想，充满了哀叹与绝望。画家兼诗人盖宽，经营着一家小茶馆，却俨然有杜少卿的风神，他往泰伯祠游览，哀悼此间的荒芜与湮没。荆元是音乐大师和裁缝，为知音奏琴，使之感动而 【647】
泣下，如此则暗示着见解相投的灵魂间的私人交流是信息交通唯一可能的模式。

《儒林外史》此书省却大量的说书修辞方式、插入的说教话语以及闲语，注入了一种深刻的批判精神，并且始终以典范式的白话来写作，算得上最接近现代中国小说的传统作品。他的讽刺手法有张有弛，而从整体上看，较乎晚清承其余绪而诞生的尖锐的社会批判小说（比如：吴趼人［1866—1910］的《二十年目睹之怪现状》或李伯元［李宝嘉，1867—1906］的《官场现形记》和《文明小史》）显得更为细致和节制。吴敬梓的这一才能造就了他的历史地位。他察觉到了文化的危机，但尚未对文明的衰亡产生忧惧。他似乎真诚地相信通过古代礼制、教化和学术工作的复兴可以实现道德改革，尽管他同时也质疑这些努力最终是否有效。审美层次上的自我陶冶，维持了一种可行的逃避方案。吴敬梓的观点如此引人瞩目，恰恰是因为他并非居高临下地表达判断。他界定并思考自己的理想、信念和偏好，面对晚期帝国士林中的顽疾，表述出其间具有深刻个人色彩的、同时也代表了一个群体的两难困境。

大体与《儒林外史》同时代，且更明显地受到《金瓶梅》影响的小说，是《石头记》，又题《红楼梦》，作者曹霑（号雪芹，约1715—1763/1764）。这部小说广为人知，被誉为中国白话小说的最高成就。与《金瓶梅》相同，《红楼梦》中的小说空间也主要是家庭，由家族生活区和花园所围绕。这两部著作都以细致的观察描述了一个富贵家庭的兴衰过程，并写到了一位男主人公与数位女性之间的关系。两部小说对于欲望和性爱皆有持续的关注，但是《金瓶梅》之世界的犬儒主义、颓废气和平庸，与《红楼梦》中对于爱情持有的理想化态度以及抒情、怀旧的格调是不同的。

经过二十世纪学者的不懈研究，已确定曹雪芹出身于满洲汉军旗家庭，祖上深得清代开国两位皇帝的信任和器重，官居要职，数代簪缨，后陡然衰落（可能缘于宫廷阴谋），此时曹雪芹尚年幼。他大约于1740年代开始写作《红楼梦》。至1754年，此书的抄本附有脂砚斋的批注，并零星夹杂畸笏叟等人的批语，开始在作者的亲友圈中流传。脂砚斋的身份尚无定论，但是他或她显然是熟知作者家族历史的一位亲戚或密友，并且非常清楚——在某些情况下还试图影响作者的计划和观点。曹雪芹书未写完便去世了，写成的部分至少有八十回，有五或六回的篇幅在1760年代晚期不慎遗失。小说的前八十回手抄稿，现存有十种版本，具有某些分歧，完整的程度也不一样。1791年，高鹗（1763—1815）和程伟元（约1745—约1819）刊刻了一种一百二十回本，包括了对前八十回内容的校订和添加的四十回。1792年又刊行了一部校订本，改动不多。后四十回
【648】的来源未明。尚无明确的证据可断为高鹗所作。这一部分的作者似乎清楚曹家的历史。也有可能其中包含了曹雪芹的原稿残篇或意图。

《红楼梦》开篇是一则关于缺憾和均衡的神话。为了修补天上的漏洞，女娲神采炼了36501块石头，有一块多余，超出了她的需要。这块多余的石头，修炼得自己有了意识和精神，自惭不能去补天，被丢弃在山脚下。山名“青埂”，与“情根”发音相若。顽石哀悼自己的命运，被一僧一道带入红尘人世，重生为主人公即贾宝玉，成为富贵但居于衰落的家族继承人。宝玉生来衔着一块玉石——即顽石转世——在口中。这块“通灵宝玉”象征着欲望和觉悟——“玉”与“欲”同音，又体现了与精神领域的交流（“通

灵”）。又过了无数劫世，一位空空道人路过，见此顽石已返回原处，将自己的经历身世镌刻下来，即是这部小说。在抄录和传布这个故事的过程中，空空道人经历了一番信仰上的轮转——通过对“色”（梵文为rūpa）与“情”的体会，获得领悟——于是自己更名为“情僧”。

石头上的铭文，从甄士隐（谐音即“真事隐”）与贾雨村（“假语存”）的故事叙起。甄士隐遗失爱女和所有世俗产业，最终与一跛足道人出走，下落不明。对于聚散离合的解脱之道，在此具有明显的宗教色彩，但又随着甄士隐的失踪而消失。甄女名叫英莲（“应怜”），最终被卖为姬妾，成为宝玉所爱惜的诸多不幸少女之一。甄士隐在尘世中的一位友人，道德人格可疑的贾雨村，引我们了解贾府，接触到宝玉美丽聪颖的表姐妹，林黛玉（第三回）以及（间接地说到）薛宝钗。当读者足以全神贯注地涉足于现实主义细节的细密网络中后，又突然回到神话领域，主人公宝玉梦游太虚幻境（第五回）。梦中有一警幻仙子，带着他领略感官快乐的全 【649】
体与极致，更与警幻仙子之妹兼美云雨缱绻一番，又警诫以这些欲望和快乐的危险和最终的灾祸，以谜谶的方式传达了宝玉所关爱之诸女子的悲惨命运。宝玉醒来后，和丫鬟花袭人发生了他平生的第一次性关系（第六回）。

一位贫寒的远亲刘姥姥的来访（第六回），建立起全书的节奏。（她后来的几次到访，一次在宝玉及其姐妹表亲和他们的丫鬟所住的理想园林世界极盛时期［第三十九至四十一回］，另外两次在贾府衰败之时［第一百一十三、一百一十九回］。）《红楼梦》大部分篇幅都是围绕着贾府的日常生活细节铺陈开来——其中有无休止的宴席、庆生、家庭聚会，以及戏曲的表演、阴谋的展开、情感的深入，还有嫉妒与误解的延伸。叙事焦点或专注于贾府不可挽回的衰落，涉及挥霍、贪婪、腐败、管理无方与滥用权力方面的部分原因，或关切宝玉的情感与精神世界，查看他与身边诸少女的关系、他与其家庭的关系，他的认知、恋爱、失望，记叙他觉悟的时机，以及最终弃绝尘俗。

在此书开端部分（第九至十六回），欲望连接着违法、处罚和死亡，风月宝鉴（第十一及十二回）即具有象征意义。贾瑞，一位远房族人，由于贪恋宝玉的堂嫂王熙凤而遭受重创。在被王熙凤设计捉弄羞辱之后，贾瑞从一位僧人处得到了风月宝鉴。镜中浮现着王熙凤的身影，其反面则是一具骷髅。贾瑞不肯听从僧人只要他看反面的嘱咐，反复与镜中王熙凤的幻象发生性关系，最终致死。第五回中宝玉在秦可卿（宝玉堂侄的年轻妻子）的屋中梦游太虚幻境，所遇到的兼美，即与秦氏有关联，书中有明显的线索，暗示秦可卿与其公公贾珍（宝玉的叔父[①]）私通。第十三回中，秦可卿死于一场神秘的疾病。贾珍对其葬礼的挥霍铺张，显示出金钱与色欲往往相互关联，成为过度放荡的首要模式。还有明显的线索，暗示贾宝玉同秦可卿的弟弟秦钟之间的同性恋关系（第七、九、十五回）。秦钟与一名小尼姑私会，遭父亲鞭笞致死，他父亲也被气死了（第十六回）。王熙凤主持贾府，管理收入与支出。她与秦可卿同风月宝鉴之象征意义的牵连，也就把衰败的家族命运和伤风败俗的性行为联系起来。根据脂砚斋评语，我们知道曹雪芹一度写过一部题为《风月宝鉴》的书，也可能是《红楼梦》曾经使用过这个题目——脂砚斋并未说清楚。然而，到第十七回，秦可卿和秦钟都死
【650】了。风月宝鉴也就消失了，大观园建成，诸表兄妹将入住其中。曹雪芹从对欲望与死亡、犯禁与处罚的简单关联，转移到更难界定、比较无害、且也就更为危险的“意淫”上，揭示其中深刻的悖论。

宝玉显然通晓肉欲之爱，可能其中有些甚至是禁忌的部分，可

① 应是宝玉堂兄。——译者注

见于他同花袭人、秦可卿、秦钟以及优伶蒋玉菡的关系，但是作者更多着眼于他的单纯清白、不受拘束，写他神魂颠倒又难以形容的欲念，警幻仙子名之曰“意淫”。这一情感因素得以展开的场域即大观园，本是为皇妃省亲所建，这皇妃就是宝玉的大姊贾元春（第十七、十八回）。大观园属于中国文学苑囿的传统，与西方文学中的园林形成鲜明对照，可见浦安迪所著《红楼梦中的原型与寓意》（*Archetype and Allegory in the Dream of the Red Chamber*，1976）。根据元春的嘱咐，宝玉和他的女性伙伴们搬进了园子中（第二十三回），直到七十八回，此间一直是大多数活动的场所。大观园中诸景，由宝玉与各位少女所命名，建筑风格也带有他们每个人的特点，这个花园好像是一个集合了青春与无邪、游艺与雅集、爱情与诗歌的理想纯净世界。然而这样一个园子，如同其象征性的对应物太虚幻境一般，乃是不可靠的梦境。女孩子们间的竞争与嫉妒（第十九、二十一及二十二回），作为入住大观园的序幕，在其后也一直保持下去，尤其表现在袭人佯装关怀宝玉道德健康与名誉的事件中（第三十、三十四、七十七回）。家庭阴谋的戏剧性爆发，可见于宝玉父亲贾政的妾赵姨娘设计作祟谋害宝玉和王熙凤一节（第二十五回）。欲望时常具有罪恶感和破坏性，如宝玉与其母身边的丫鬟金钏调笑，便导致她自杀（第三十二回）。此一事件，连同宝玉与优伶蒋玉菡的交好，引发他父亲的毒打（第三十三回）。贾赦及其子贾琏（王熙凤丈夫）的色欲，突出了家族中无助的婢女与侍妾的困境（第四十四、四十六及六十四至六十九回）。贾探春（宝玉的庶妹）与薛宝钗试图将园中经济资源变得可以获利，却招致众多老年女仆的厌嫌和阻挠（第五十六、五十八及五十九回）。

然而，从更为基础的、不可避免的以及客观的角度来看，大观园的世界为时间流逝、爱与美的破碎所侵蚀。小说自开篇即具有挽歌式的音调——宝玉、黛玉在园中的第一个活动便是埋葬落花。园中的居住者们时而遭遇不能避免的分离与驱逐（第二十六、三十六、五十七及七十八回）。现代学者余英时在《红楼梦的两个世界》（1978）中，提出一个观点，认为大观园明显地从一个肮脏
【651】的现实世界中分离出来，合并了贾赦所居住的旧园，其中的水流出自临近的会芳园——这两处都是腐败与罪恶欲望的渊薮。风月宝鉴中暗示淫欲、罪恶与死亡的逻辑思路，又附魂在大观园中。园中人置身物外，不问生计，然而家族的经济败落决定了园子的厄运。大观园世界的最终毁灭，是缘于一个附有春宫图的香袋（第七十三回），其中粗陋的性爱画面似乎嘲笑着园中一厢情愿的纯真和刻意的自我封闭。宝玉的母亲王夫人命令抄检大观园（第七十四回）。两个使女因此遭到驱逐，其中一个是宝玉房里的晴雯，她不久后便死了（第七十八回）。宝钗等人搬到外面住，园子变得空落寂寥。很不幸，曹雪芹完成的全部书稿，只余下这八十回。

小说后四十回常遭到批评，理由是这部分内容背离了曹雪芹的意图。然而，作为一个既成的文学事实，此一百二十回本不得不被按照其自身的面目进行考量。此外，续作尽管不及前八十回，然而亦多精彩之处。续作部分交代了贾府进一步的衰落，此事因贵妃元春之死而加速，至抄家一节达到高潮——大观园的抄检便是其象征意味的前兆——从此贾府失却皇家的恩宠（第一百零五回），又遭遇女家长贾母（第一百一十回）和王熙凤（第一百一十四回）的去世。续书作者未按照曹雪芹的本意来写，企图令贾府复兴，从而减轻了结尾处的悲剧效果（第一百零七和一百一十九回）。宝玉所钟爱的女孩子们落得各自悲惨的下场——被辜负及夭折（黛玉），过早的守寡（湘云［贾母的侄孙女］与宝钗），不幸福的婚姻及受虐而死（迎春［贾赦之女］），身为贱妾、死于生产（香菱［薛宝钗兄薛蟠的妾］），被诱拐（妙玉［居住在大观园中的尼姑］），出家（惜春［贾珍之妹］和紫鹃［黛玉侍女］）。续作将爱情的矛

盾减弱为婚姻的阴谋。王熙凤策划的诡计，令宝玉与宝钗为婚，所有人都欺瞒他，教他以为所娶的是黛玉。因此，便发生了宝玉婚礼与黛玉去世同步发生的戏剧化场景（第九十七回）。这番掉包秘计谋划得滴水不漏，是因为宝玉自从他的玉神秘消失后就陷于半痴呆状态（第九十四至一百一十五回）。一名和尚归还了玉，并引导宝玉的魂魄重游太虚幻境，此处更名为“真如福地”（第一百一十六回）。经过这次游览，宝玉领悟了因果，并决心出家。在科举中试之后，他消失了行踪（第一百一十九回），再次出现时，他穿着僧衣向父亲贾政行告别礼（第一百二十回）。在第一百二十回中，甄【652】
士隐、贾雨村和空空道人再次出场，我们得知石头回到了它原来的青埂峰下，以及石头记抄录流传人间的前因后果。

《红楼梦》在二十世纪地位崇高，极为风靡，有关此书的研究无论数量还是水准都令人生畏。将此书视为影射十七世纪史事、宫廷政治和重要人物的索隐派分析，大体已不足信。自传说起初见于脂砚斋批注和曹氏友人的著作中，自从1921年胡适正式提出，已经被广为接受。也有观点认为宝玉形象可能参照了脂砚斋，或是由作者和脂砚斋两人过去的经历混合而成。然而，较稳妥的看法，似乎应将宝玉视为曹雪芹、脂砚斋乃至某种程度上甚至是整个文化所共有的抒情理想化身。传记与小说唯一无可置疑的共同点，似乎在于青春时期经历富强家族走向衰亡的体验。

对历史上的曹家与小说中的贾家比较得最为细致的，见于周汝昌《红楼梦新证》（1976）。顽石声称要做一个忠实的记录者，记录下“半生亲见亲闻”（第一回）：在虚构性的幻象背后重建文字的事实，如此即紧密联系着另外一个目的：要以精神幽微或细节丰富的语言来说明现实世界可感知的形象。《红楼梦》中对于日常生活起居细节的着迷，维持住了宽泛的写实观。然而，或许更值得注意的是，由奇幻世界所导致的现实之假象的组装和塌陷。展现于我们面前的，是一种元小说的自觉（metafictional consciousness），这是由反讽式的遥指与怀旧式的追求、自我嘲讽与自我嘉许之间交替影响而形成的，这些因素逼迫着读者反思是非真假的辩证关系。

与真假的辩证法共同存在的，还有“情”与“不情”之间的悖论关系。觉悟由情而生（以情悟道），正如同真实可由幻象中获得（即幻悟真）。在第一回中，空空道人二度检阅顽石上的故事，见其中大旨谈情。“情”译作“爱”（love）或许不尽完善，其所涉及的范围包括了欲望、意向、感觉、情绪、趣致、觉识。它还与主观的意识、想象和审美感触有关。如《金瓶梅》一样，《红楼梦》也涉及肉体和越轨的欲望，也写到这些欲望与金钱、权势、死亡的交互影响，可见于小说中若干人物的荒淫行为中，即贾琏、贾赦、贾珍、贾瑞、薛蟠、秦可卿、尤二姐（贾琏次妻）及其妹尤三姐（在小说的某些版本中），或许还包括了王熙凤。（书中隐约暗示王熙
【653】凤与贾蓉有私。更为普遍的是，她的性欲连接着她对权势和名望的贪婪追求。）在这些情节中，通常显示出罪与罚的逻辑，但是作者还会强调一点，在王熙凤、秦可卿、尤氏姊妹，甚至贾瑞身上，他们成为自己情欲和妄想的无助受害者。

然而对于宝玉和他的那些女性伙伴们而言，曹雪芹把“情”理想化了，将其升华为近乎玄学的高度。此“情”所存在的场域便是大观园，这是一个充满了青春、美、游戏、自由、纯真、怜惜以及追求诗歌与艺术的世界。它伴随着抒情性的自我封闭，具有凭借精神去构想一个世界的权力，而且指涉着作为另一存在空间的浪漫主义美学概念。情的理想化产生出某种矛盾：作者维护着园中人的纯真无瑕，然而小说的深度又要求对存在的否定性作出理解。或许这解释了为何曹雪芹暗示宝玉与秦可卿、秦钟及蒋玉菡间存在不纯洁关系，又强调了他调戏母亲身边侍女金钏的灾难性下场。为了达到纯真与阅历的对立组合，曹雪芹着重去描绘想象中

的失落与文学的冥想（情与觉悟，都是通过移情作用和文学阅读而得到体验的，并通过文学的酬答与典故表达出来）。园中的姿态与行动，俱用来传达诗性形象的象征影响。这就是为何尽管园中似乎并无什么事件发生，却传达出人物经验的流动性、紧张度和总体效果。就此而言，抒情视角在此不仅表达了“情”的力量与主旨，也将其自身表述为象征缩合（symbolic condensation）的形式需要以及缄默与暗示的美学。

“情”与女性气质，都被赋予浪漫主义的色彩，一如“情”的造物——园中诸人——也是女性或女性化的，因而宝玉有此著名宣言：“女儿是水作的骨肉，男人是泥作的骨肉。”（第二回）与宝玉一般情投意合的男性角色，秦钟、蒋玉菡，也具有女性的敏感特质。男性的品质或功能，当被赋予女性人物身上时，便显得富于魅力（例如史湘云、芳官与藕官［这二人属于大观园中组织家班时的十二名女伶］）。我们记得宝玉前身是那块顽石，自惭不配补天，又一世化为仙界侍者，浇溉绛珠草（乃林黛玉前身）。个体甘愿超越体系制度（社会、政治、哲学和宗教）之外，乃由于其“情”在作为爱情与生命的奉献者而获得满足。然而，黛玉旨在“还泪”的事实表明，爱情不可避免地与悲伤、失落和死亡相关联。黛玉的精神最终被她感情上的负担所毁灭。爱难以说出口——我们一而再、【654】
再而三地看到缺乏交流与不充分的表达所带来的挫败感。一个完美的（不用言语表达的）交流时刻，出现在宝玉送黛玉几条旧手帕的一节，她在手帕上写出了自己的愿望，立即随之而来的却是死亡的预兆（黛玉停止书写的原因是肺病造成的发热，见第三十四回）。认知情，也就是领会其难以化解的否定面，因此黛玉在聆听《牡丹亭》曲词时感到悲哀（第二十三回）。从某种意义上说，这一幕帮助我们理解“以情悟道”是最具有说服力的，其中含义便是警幻仙子引导宝玉游览太虚幻境的目的（第五回）。这一矛盾显然可由故事情节所印证：宝玉便从无尽的欲想之中领悟到佛家的弃世。（就此而论，续作符合曹雪芹原本的设计。）在《重读石头记》（1997）中，余国藩展示了小说中如何以镜子、梦和玉来表达佛家领悟的主题。

就宝玉意识的复杂程度而言，确实存在这样一些时刻，他由于情之受挫而达到自我质疑和自我分歧的地步（第二十一、二十二及三十六回），但是他在自己的世界开始崩塌时却固执地编造神话——他的侍女晴雯死后，他便在一篇祭文中将之写成花卉的精灵（第七十八回）——这显示出，即使结局不幸，宝玉依然肯定意识、情感以及缔造他所能仰赖为生之现实的语词的权力。“以情悟道”的悖论从象征意义上和结构上看都是不可避免的，但或许从心理学角度看则并不矛盾。就相同的特征符号而言，尽管我们可以得出同样的悖论逻辑，来了解美学创造（作者声称已然觉悟）和文学交流（可以空空道人所体验的转化循环为例）的过程，但是矛盾却一直未能解决。读者更愿意沉醉于幻觉与情绪之中，而不是超越它们。曹雪芹的小说或许是为了补偿“一事无成、半生潦倒之罪”（见序，可能出自他堂弟曹棠村之手），而这要通过记忆和虚构闺阁中“历历有人”方得以完成。“以情悟道”的悖论于是承载了曹雪芹对于自身往昔的缅怀和反讽，同时混杂了他所创造的世界，以及传统中抒情化的自我慎独的理想。

在续作中，真与假、情与忘情或不情的矛盾对立和互相牵连，屈尊让位给调和儒家入世与佛道之避世不同观念的问题。这显见于贾宝玉梦见他的分身甄宝玉（“真宝玉”）时的对照，见第五十六回。二人又在第一百一十五回真的相会。在第五十六回，由梦而生出问题，即如何看待自我及其附着物的真幻性质。在一百一十五回，甄宝玉赞赏的是儒家的现世关怀，而贾宝玉则信仰彼岸的自由

【655】与超脱。（在一百一十八回中，宝玉、宝钗之间另有一场关于儒

道二家返本理想的讨论。）由此可见，矛盾变得更为习常、易于分辨。总体上说，续书更重道学，更为感性，也更富戏剧性。这部分中，多次出现授课说教的场景（这泄露出续书作者对于授课和讲训的兴趣），还有不少戏剧化的冲突，冲突一方是单纯无知的受害人，另一方则是彻头彻尾的邪恶势力（因此不存在道德问题的质疑），遂将“情”纳入道德秩序中，并且坚持以调适均衡的方式解决曹雪芹所提出的问题。从此意义上说，续书代表了传统中的主流习见，因而可见曹雪芹是何等领先于其时代。可以说，《红楼梦》百科全书式的内容囊括了整个中国文化，但是此书之伟大，更在于它就这一文化所提出的种种疑问。它提出了如何调适或界定自我的秩序体系（无论社会政治学的、道德的、哲学的还是宗教的）的问题，讨论角色与移置的意义，主张情感、欲望、想象和艺术创造要具有一致性、自主性和责任感，并以秩序与和谐的名义化解种种矛盾。《红楼梦》中对于一个失去的世界的缅怀和理想化，令现代中国读者得以把握整个中国文化，与此同时，书中具有反讽意味和批判精神的自我反省，又揭示着现代性的负荷。

《红楼梦》这部小说衍生出若干种续写、仿作和反题。在有些情况下，从此书所生发出来的一个主题或是一种修辞形式，被采纳运用到其他的语境之中。对于女性人物的理想化描述，早已在十七、十八世纪的才子佳人传奇小说中大为流行，通过《红楼梦》中哀婉、内省式的情调获得了新的深度与含义。李汝珍（约1763—1830）在他的《镜花缘》（1828）开篇便呼应着《红楼梦》序中的精神，声称即便是故事虚无缥缈，也不能允许才貌两全的女子湮没声迹。这一观念在这部百回小说中不断出现：对于那些富于才华的女子的存念中所具哀婉之态，连接着小说家本人的悲戚之感与难平之意（第四十八回）。然而就整体来说，《镜花缘》的过人之处，不仅在于悲剧式的感染力，还体现在富于想象的活力、智慧和博学上。

小说讲述了百花仙子及诸花仙，因遵从女皇武则天（在位时期：684—704）的命令，冬日里造成百花齐放，遂降生人世。该书前半部中，一位落第的文人、一名狡猾的商贾及一位老练的海员，在遥远奇幻的海外诸国间漫游着，对这些国度的描述大多明显带有讽刺和寓言的意味。旅途中，有些被贬谪到这些异国中的花仙——再生为美丽多才的青年女子——得以聚首，最终一同回到中国。在后半部分，武则天创立了青年女子的科举选拔制度。降入凡间的众花仙一同中第，大
【656】量篇幅用以展现她们的才学，包括诗赋、故事、绘画、弹琴，并就弈棋、灯谜、酒会、占卜、音韵、算术以及其他诸多题材发表渊博的讨论。至小说结尾处，随着爱国军队击败了武后势力，这些女子也解散了——有的嫁人，有人亡故，还有的则去往遥远的他乡。

《镜花缘》通常因其社会批判和先锋姿态的女权思想而受到赞誉。事实上，此书并无真正的改革家之热情。讽刺的笔锋通常指向人性的自负与愚蠢，这些是恒久存在的，与可以变更改良的社会政治组织机构无关。当一个男子在女儿国被逼迫着接受裹足的痛苦时（见第三十二至三十七回），这无非是为了博君一粲，而不是对其中的非理性实践进行反思。君子国的一位大臣对于裹足倒是发表了更为严肃的批判（第十二回），这彻底暴露出其中的矛盾：李汝珍知晓社会弊端以及女性的生存状况，但他的关注度时断时续，并不始终如一地追求新观点；他赞美有才华的女子，但仅止于允许她们在武则天篡位的时期崭露头角；他在女儿国为女子当政保留了一块避风港，然而这里是远离中国的蛮荒之地。总体而言，才女的出场激发了好奇之心，对于现状却不会有什么威胁：少女们在封闭的苑囿中文酒雅会，展示着自己的才华，她们在科场上的成就使她们获得荣誉，但是这些都与公共事业无关。李汝珍全心沉浸在对中国文化各方面的迷恋之中，从忠孝贞节的道德前提、道教成仙的理

想、典籍经书的学问和奥义，到文人文化的一切附丽之物。就以小说为炫学之工具、展示他百科全书式的学问而言，可与李汝珍相媲美的，是夏敬渠（1705—1787）。夏氏的庞然巨作《野叟曝言》，是一部抒写心愿的奇幻作品，其中的男主人公文素臣，在书中夹杂着发表了各种长篇大论，展现了他作为学者、游侠、道德家、情人、大臣和军事指挥家的才能与经历。李汝珍延续了《红楼梦》的传统，赋予了女性人物价值，而夏敬渠则通过文素臣神化了“阳”性的气质。此书大略与《红楼梦》同时代，在许多方面却都表述着相反的主题——幼稚的自我膨胀和对某些道德成见的尊崇（有时以悖于常情、显得幼稚的方式展现出来），与《红楼梦》中对中国文明所裹挟的价值观进行反讽的自我反思和深刻的质疑相比，没有任何共同之处。事实上，即使那些受《红楼梦》影响的作品，往往也缺乏批判的精神。《镜花缘》一直都倾向于将女性人物理想化，但是往往落入窠臼。文康（1798—1872）的《儿女英雄传》（约1878年）虽然也表现了理想化的女子，却尖锐地否定了《红楼梦》假设
的前提。文康设置了十三妹（别名何玉凤）这一人物，她是一位 【657】
非凡的女侠客，后来却转变成传统观念中的完美妇女，这显示了“情”是如何左右了英雄主义和激进主义的，同时也宣扬了道德与社会政治的秩序。

《镜花缘》赞美才女，却未对浪漫爱情有什么实际的关注。至十九世纪中期，理想爱情的发生场所移至青楼妓院中。鲁迅解释这一现象为，盖为不可避免的替代，因为探寻闺阁间爱情之文学可能性的功能现已荡然无存①。浪漫爱情的文学传统与青楼生涯中性爱的杂乱与商品化在此联姻，王德威名之曰“寓教于恶”（edifying

①《中国小说史略》第二十六章：“惟常人之家，人数鲜少，事故无多，纵有波澜，亦不适于《红楼梦》笔意，故遂一变，即由叙男女杂沓之狭邪以发泄之”，“以谈钗黛而生厌，因改求佳人于倡优，知大观园者已多，则别辟情场于北里”。——译者注

depravity，《世纪末的华丽》，1997），或许多少可置于现代性体验中，以青楼妓院在都市中心区域（特别是上海）的重要意义进行解释。陈森（约1796—约1870）的《品花宝鉴》（1849），以浪漫主义和感伤情调的修辞笔触，描述梨园优伶（他们饰演女性）与其情人间的同性恋。俞达（卒于1884年）的《青楼梦》（1878）和魏子安（1819—1874）的《花月痕》（1858）中，则满是理想化的妓女形象。《花月痕》有意地提及《红楼梦》，试图捕捉到此书中的悲剧情调，将一对文人—妓女的生死聚散与另外一对较幸福的情侣进行对照。韩邦庆（1856—1894）的《海上花列传》（1892）是这一类小说中最为杰出的作品。此书中的悲剧感更为细腻、更为不可调和，也更多地与对妓院生活的清醒的、现实主义的描述及上海近代文化的肇端相关联。《海上花列传》继承了《金瓶梅》《红楼梦》和《儒林外史》的美学特色和叙事技巧。不同于其他晚清小说那样重视说教，此书之成功更在于对情感与人际关系的细腻体察和准确描摹。曾朴（1872—1935）的《孽海花》（1905）对女性的淫乱与英雄行为赋予一种荒谬的融合。书中无耻荒淫的傅彩云（以名妓赛金花为原型）闯入国家政治与国际外交的舞台。小说未能终篇，但是显然曾朴计划要写一部赛金花的传奇。傅彩云将通过她与瓦德西伯爵的暧昧关系来“拯救中国”，后者正是1900年义和团排外运动中八国联军的总指挥，这场运动，被清政府的派系集团用来支撑其摇摇欲坠的政权，从而威胁到在华外国人的安全。

《孽海花》通常与前文提到过的吴趼人、李宝嘉的作品，以及刘鹗（1857—1909）的《老残游记》（1907）一并被称为晚清重要的“谴责小说”。所有这些作品都对国家危机怀有一种近乎绝望的紧迫感。它们往往更为明确地暴露了社会，尤其是统治阶级的道
【658】德破产，而不是指出新的有效的行动。傅彩云的道德含混性，便是一个例证。《老残游记》也营造出一种深度的困境与混乱无序感，

从而有力地抨击到社会的种种弊病。老残是一位江湖儒医，后来还有些离谱地变身为游侠一样的人物，小说即围绕着其旅行经历展开，这一人物反映着作者本人的愿望和见解。刘鹗反思正义与秩序的本质，将目标指向了“清官”，描写他们自以为正义、然而苛酷暴戾的冤狱错案。关于清廉然而残酷的官吏，早见于司马迁笔下，《史记》一书中专列“酷吏列传”。刘鹗对正义的看法受制于他所觉察到的迫近的动荡，可见诸他对穷困、战乱以及“北拳南革”的描述。小说不断提出这些未解决的问题：出路到底在于游侠（包括老残自己利他主义的英勇行为）、实学（例如医药、治洪），还是超脱目前危机的哲学观念（这包括儒释道三教合一深奥义理，以及混合的思想体系），抑或简单的逃避（隐居或宗教上的弃绝）呢？《老残游记》在那一历史时刻中，对于国家出路的问题和秩序与正义可能性进行坚持不懈的清醒反思，受到世人的瞩目。这番反思渗入不安定与抒情化的个体中，以对感受和印象的准确描述使这部小说与现代小说产生共鸣，引领我们迈入中国文学史的下一阶段。

李惠仪（Wai-yee Li）

【659】 第四章　传统白话小说：不太知名的作品

明（1368—1644）、清（1644—1911）两代出产的白话小说著作规模空前。除了最有名的如明代“四大奇书”——十六世纪问世的《三国演义》《水浒传》《西游记》和《金瓶梅》，以及清代最伟大的两部杰作——十八世纪问世的《红楼梦》和《儒林外史》，中国作家还创作了大量的长篇小说，有的与这些名著在形制和结构上类似，还有的则略短些，抑或主题有所分别。

晚明时期白话小说的繁盛尤其印证了创作的能量与活力的爆发。这些文学活动是伴随着城市的扩张和都市文化的兴起而生的，见证了都市居民对于娱乐消遣的渴求。用白话或是接近白话的日常用语，而不是采用文言汉语，使得这些小说作品易于得到广泛的接受。读者群不仅包括那些受过良好教育的文人精英分子，也包括识字的商贾，以及受过些许教育、有阅读闲暇的妇女。许多小说都不署撰者名，作者极可能是文人或官吏，他们在帝国科举体系中为求
【660】得仕进，遭逢升黜浮沉的命运。他们诉诸笔端的作品，形成一个时代的声音，在今日召唤我们去探索其中的方方面面。

《醒世姻缘传》

《醒世姻缘传》是十七世纪中国的一部世情小说，似乎也是中国最受低估的传统白话长篇小说之一。书中描述了山东省的社会风土，代表着小说界的大探索。故事设置于十五世纪，但是细节及语言风格则指向了创作者身处的十七世纪。

小说的作者被错误地判为蒲松龄（1640—1715）、丁耀亢（1599—1669）及其他十七世纪中的著名文人。此公案至今未有定说。作者仅题署了他的笔名西周生，其中的典故系指西周朝（约前1100—前771），乃是儒家的黄金时期。

作品文本显示出作者对于1630年代至1640年代初期的山东省和帝都北京之生活的熟稔。小说或许创作于1628至1681年之间，乃是明清易代的时期。现代学者对于这部小说究竟是明代作品还是清代作品尚无统一意见，不过文本反映的是晚明世界的声音与景观。

《醒世姻缘传》在中国章回小说中算得上篇幅最长者之一。一百回记述了转世两度为人的婚姻伴侣生涯。小说内容分成两大情节主线，从结构上看，关联着转世和因果的主题。情节主线之一，讲述第一主人公晁源的盛衰成败，他是一个倚仗父亲家业的浪荡公子，最终因无法无天而身亡；第二主线则关注于晁源的传世新生，即第二主人公狄希陈及其家庭。小说记述了狄希陈如何从一个顽劣的学生、无能的书生，转变成一位成功的商人。他因前世晁源的罪业，遭受两个悍妻的摆布和折磨。

这前后两个家庭的传奇，戏剧化地再现了社会体系的瓦解。种种罪恶与道德腐朽，凸显出一个多灾多难的国家的启示录景观。这一幕幕家庭戏剧，显示了十七世纪中国地方社会万象。关于一个失落的儒 【661】

家乌托邦梦想遭到颠覆，转为对小说所指向的“目下”、即晚明时期社会状况和风情的一种反乌托邦式的讽刺。小说充满了反讽与犀利的观察，所呈现的怪诞景象，令这部小说读起来饶有趣致。

《禅真逸史》与《禅真后史》

另有两部晚明长篇小说，《禅真逸史》与《禅真后史》，作者都是方汝浩（活跃于1620年代至1630年代），可能写作于1620年代。小说中涉及邦国间的竞逐斗争，绿林匪徒与叛军中的历险，与妖魔斗法，还有情色描述，这令我们想起了四大奇书。其中露骨的性爱趣味，对于社会阶层的关注，寓言的采用，现实主义的描述笔法，以及对于细节的关注，使这两部作品都成为晚明长篇小说的典型。它们还都关联着一个因果报应的主题框架。

四十回的《逸史》主要写东魏（534—550）将军林时茂，迫于形势而避世出家为僧。后来他收了三个弟子，他们才能各有长进，一同领军作战，终于奠定隋朝（581—618）基业。林氏师徒先后获得隋、唐（618—907）几位皇帝的封赏，随后归隐名山，林时茂在此寂灭。小说通过一系列反面例证，设计了一个理想社会的图景。有一幕显示出女子主政时世界将如何颠倒，她们为男人制定准则条规，以戏仿儒家经典的方式使社会规范改头换面。

六十回的《后史》记述林时茂的一名弟子转世为人，名叫瞿琰，他也成为一名模范英雄，在恶名昭著的唐代女皇武则天（在位时期：684—705）朝中获得荣誉。瞿琰净扫妖氛，普济天下，最终也涅槃而逝。如晚明其他小说作品一样，这部小说中，主人公父亲退居之田舍，被表现为一处理想世界，显示着古代农业乌托邦的梦想，与之对照的，则是城市的喧嚷。危险不仅潜伏在都市的魅力中，也存在于诱人的女色中，特别是武后，她也象征着道德与政治的腐化。这两部小说具有社会万象和百科全书的视野，与晚明其他小说作品一起，传达着警示当下生存境况的呼声，对社会和道德问题进行说教。

关于方汝浩所知不多，仅知他在1635年写过另外一部长篇小说，百回本的《东游记》，或题作《东渡记》。

·交代后事：四大奇书的续作 【662】

明代长篇小说的四大奇书在晚明及清初激发出一系列的续作。

《金瓶梅》的续作

《金瓶梅》的最早一部续作，题为《玉娇李》，据言系万历年间（1573—1620）《金瓶梅》的匿名作者所撰，但此书已亡佚。另一部续作，是六十四回的《续金瓶梅》，是明代灭亡以后，约在1660年时，一位士大夫兼诗人丁耀亢以化名撰写的。

此书从《金瓶梅》篇末起笔，继续讲述原小说的存世之人及其他人物的转世。大多人物沿用了本名。情节依然设置于山东省清河县，围绕西门庆的正房妻子吴月娘的生活展开，同时讲述了其子孝哥、也就是西门庆的涤罪化身的命运遭际。故事背景中蒙元入侵宋代中国的铁蹄蹂躏与大屠杀，呼应着作者生活中的近事，即清兵席卷中国、摧毁明朝的过程。

小说征引了不少儒释道典籍的文字，表现了一种反讽、幽默的游戏。书中宣称要将因果报应的活动加以戏剧化，将之深化为对于色欲经历与奇遇的详细探索。清代初期，当政者将此书视为淫秽败德之作，1665年将作者捕系入狱。后来，清政府因这部小说的颠覆性内容，将之列为禁书。

这部续作还有一个版本，篇幅略短，有四十八回，题为《隔帘花影》，改变了原来的人名与地名，去掉了一部分哲学与历史的内容，保留了色情的因素。清代审查人员也取缔了这部书。《续金瓶梅》还有一部六十回的节略本，题为《金屋梦》，在清代灭亡后问世。由此而见，无论《隔帘花影》还是《金屋梦》，本身都不是一部新作或是全然不同的小说。于是从某种意义上说，丁耀亢乃是它们的作者，不过另外出现了某个编订者，将原书进行缩略删节而已（此外，《隔帘花影》中，还变更了一下原本小说的人名与地名）。

【663】

《水浒传》的续作

长篇小说《水浒传》及相关背景知识，激发浙江一位学者陈忱写了一部四十回的续作《水浒后传》，时在明朝灭亡以后，他试图将情节与清初的历史环境联系起来。尽管陈忱所怀复辟明王朝的愿望遭到打击，他却在小说中让《水浒》英雄的幸存者们逃往海外，在一个乌托邦式的世界建立了另外一个繁荣的帝国。陈忱最早刊行这部小说的时间是1664年，但他在序言中将日期退回至明代，为的是掩护他的身份，向新王朝隐藏他对于明代的忠心。好汉们所到达的田园世界，是以古代中国之桃花源为蓝本的，这暗示着逃避国家战乱的主题。陈忱及其同时代人的心愿被满清征服者所粉碎，在他们眼中，明王朝遗落于海外的乌托邦，这样的构想肯定是颇具魅力的。

《水浒传》另外两部续作出现得略晚：俞万春（1794—1849）所撰七十回本《荡寇志》，诋毁原小说的主人公为匪盗，设计了一群更为高尚的英雄，将水泊梁山彻底铲除。清代还有一位佚名作者（青莲室主人），写了四十五回本的续书，《后水浒传》，沿着原书故事，写主人公宋江死后，转世为南宋（1127—1279）的另外一位起义领袖，由此可知作者格外重视中国的农民起义史。

《西游记》的续作

1640年，离明王朝灭亡不足几年的前夕，浙江的学者兼诗人董说（1620—1686），写了十六回本的小说《西游补》。此书意图不在续写十六世纪的那部长篇小说《西游记》，而是另外插入一段唐僧与孙悟空师徒的故事。故事讲述一个鲭鱼精为了捕捉唐三藏，将孙悟空诱入一个虚幻古怪的梦境世界。小说复杂精巧的结构，产生了多层含义，读者可体会其中文本间的典故指涉，神话与幻想的描绘，宗教及心理的直觉，游戏笔法的修辞术、讽刺与超现实主义的效果。

董说参加科举考试不中，转向自幼时就有兴趣的佛教。明朝灭亡后，他出家为僧，云游四方。他与明遗民的反清运动过从甚密。【664】董说在他的著作中涉及政治时事，明确表达出避世的思想。在明代末年的动荡时期，他越来越专注于梦幻的力量与意义。他将自己的小说视为无序世界中芸芸众生的一场迷梦：以秩序、正义与神启影响一个乱世的梦想。

《西游记》在民间的非凡魅力，在晚明时期衍生出一系列的续作来。其中有《南游记》《北游记》《东游记》。前两部是福建一位名叫余象斗（约1550—1637以后，活跃于1588—1609）的书商所写，第三部作者则是吴元泰。这三部小说中俱含有道教的民间或密宗之神祇或主题。十九世纪前期，它们两度与一部四十一回本的缩写版《西游记》（作者为晚明人杨致和，一作阳志和）一起合刊，总题为《四游记》。

· 纵情声色：虚构与诱惑

《肉蒲团》

情色在明清小说中具有显著地位。最为恶名昭著的情色小说是《肉蒲团》，这是一部性爱喜剧，凡二十回，作于1657年，首次刊刻于1693年，作者署名“情痴反正道人”。这部小说通常被当作是剧作家、剧评家和戏谑文学家李渔（1610/1611—1680）的作品，他是浙江人，当时正生活于杭州。李渔通过了初等的科举考试后，得到一个卑微的官位，在进阶的功名应制中却名落孙山。然而他的文学天赋之声誉迅速传开，于是他选择以艺术为别业。尽管李渔为生计奔波了一辈子，却是在权贵闻达人士间过着奢侈的生活。一方面，他被指控为放荡不羁；另一方面，明遗民和满清新政府中的官员们都与他过从。他培养并指导了自己的戏班子，带着他们在中国各地巡回演出。

1810年以来，中国当政者一直都将这部小说视为禁书，可这样做或许只能助长其恶名。小说讲述了一名年轻读书人未央生自恃相貌才情，定要“做天下第一才子”，“娶天下第一位佳人”，遍淫天下标致女子。因为奸淫导致种种报复和悲剧，未央生最终幡然悔悟，出家为僧。

【665】李渔声称佛教的涤罪救赎是《肉蒲团》的主题。这部小说显示出中国情色小说传统的普遍特点：先将男主人公叙述为纵情声色肉欲之人，最终受到应有的惩罚。此书中的猥亵比喻、诙谐技巧、反讽及自我嘲謔，令人物角色如台上做戏般的独特手法，还有对话与叙事交替展开的革新式结构，均赋予这部小说以别致的文学价值。

《肉蒲团》与《金瓶梅》同是最著名的情色小说，它们往往受到早先某些相对不甚著名的情色小说之影响，那些作品在这两部小说作者所生活的时代曾广受欢迎，为后来的作家提供了创作源泉，带给他们性爱母题和狭邪诗词的范本。

《绣榻野史》

《绣榻野史》是晚明的情色小说，分成四卷，大约作于1600年，作者是剧作家及诗人吕天成（约1573—1619），他是浙江人，平生大多时光居住在苏州和南京。著名的明代叛道学者李贽（1527—1602）后来评点过这部小说，短篇小说家冯梦龙（1574—

1646）曾编订过一个版本。小说以活泼生动的口语写成，间或点缀以诗词或方言俚语。主人公是一位名叫东门生的年轻有为的秀才，小说讲述他与妻子、朋友、朋友之年轻寡母以及自己的婢女间的荒淫经历。他们狂欢纵欲的行为随着众人的夭亡而终结，于是东门生悔悟其罪过，出家为僧去了。

《株林野史》

十六回的《株林野史》，作者不详，刊本题署的是“痴道人”这个笔名。这部小说情节构思巧妙，展现了作者对于道教房中导引之术的兴趣。清政府于1810年和1868年两度查禁此书。

故事设置的时间大约在公元前600年，正值春秋时期（前722—前468）。年轻的女主人公素娥，是郑国国君穆公之女，她在梦中得到一位道教的仙人传授男女之术。诸多青年男子相继为她的诱惑力所倾倒，随即又因她贪得无厌的性欲而丧命。直到素娥遇见与她相匹配的伴侣，乃敌国的大夫，也是一位道教术士。这一对爱侣及素娥的婢女，继续纵欲狂欢，最终成仙而去。

《昭阳趣史》 【666】

《昭阳趣史》，作者佚名，署笔名为“古杭艳艳生”。此书于1621年首度刊行。故事也关注于道教的房中术和对成仙的追求。女主人公是一只化身为美貌少女的母狐狸精，寻觅到一个男子，欲对之下手，吸其元气，以求成仙。然而她的情人却实为修道的燕精，怀着同样的目的来对付这种狐狸精。于是狐狸与燕子之间展开一场神话世界中的战争，结果由道教上仙出面，将那对祸首贬入人间，再生为姊妹。她们二人成为汉代（前206—220）的后妃，因欲求无度而害死了皇帝，最终受到道教体系里的来世惩罚。

· 才子佳人的罗曼史

十七世纪以还，一种篇幅较短的新小说文类，“才子佳人”小说，开始盛行起来。这些从十二到二十六回之间的小说内容，包括了因错误所造成的喜剧和才子佳人间的传奇故事。作为对晚明情色小说的一个反弹，这些小说表彰贞节、豪侠、美德与机智。它们戏剧性地表现了和睦的婚姻与崇高的道德。这些作品是十八、十九世纪早先被带到欧洲并翻译成西方语言的中国小说。大多数的作者都没有留下姓名，可能是落第的书生或是商业性作家。

《平山冷燕》

《平山冷燕》是最早的才子佳人小说作品之一，或以为作者系徐震（活跃于1711年），有误，实际应是张邵。这部小说最早见于1680年代。标题四字是来自四位主人公的名字，两位是才子，两位是美貌的女诗人。山小姐是大学士之女，因优美的诗作而受到皇帝的嘉奖。不久后她得到一位女伴，同样文才洋溢的冷小姐。她们遇到两位才华出众的诗人、志向远大的才子，平生与燕生，在一场诗会中胜过了他们。当一切的计谋揭穿之后，皇帝亲自祝福了这两对青年男女。小说共二十回，赞美了道德良知、一夫一妻的生活，展现了男女两方同样具有的文学才能。

【667】 《玉娇梨》

《玉娇梨》这部小说出现于十七世纪晚期，凡二十回。情节上同样戏剧性地表现了一位才子、两位佳人的姻缘。故事发生于明代，两佳人本系表亲，又是挚友，其一名叫红玉，貌美能诗，她父亲是一名官吏，四处寻访第一流的诗人来作女婿。红玉的舅父想将她嫁给才华洋溢的青年诗人苏生，可是苏生因为将此女误作他人而谢绝了。苏生后来遇见一位少年，名叫梦梨，梦梨为自己的妹妹向他提亲，但是当苏生科举中试后回来，那少年却不见了。红玉父亲同时决定将女儿和外甥女许配给另外一位青年书生柳某。两个少女起初惊慌不定，但随后她们发现这位柳某实际就是苏生所扮。苏生也得悉少年梦梨就是红玉的表妹。这部喜剧阴差阳错，终以皆大欢喜收场，苏生与这对表姊妹一同结为连理。

《好逑传》

最著名的才子佳人小说，当属十八回的《好逑传》，该书问世于十七世纪。小说讲述了刚毅、英俊、明断的御史之子的经历。男主人公铁中玉，拯救陷于危难中的少女，显示了他的英勇气概。他还护助放臣之女水冰心，使她免遭因被拒而恼羞成怒的追求者的拐骗。水冰心的叔父阴险狡诈、目不识丁，与追求者合谋欲毒害铁中玉，使之陷于重病。然而，水冰心救他脱险，看顾他至病愈。在此期间，两人言语不逾礼防，心中则暗自相许。恶人们指控他们“先奸后娶”，但是由皇帝皇后下令进行身体检查，结果证明水冰心守身如玉，两人遂得以举行隆重的婚礼。

其他三角恋爱故事

众佳人才子间的三角恋题材，在清初、中期间格外流行。这类作品大多十六回，作者佚名。

《麟儿报》大约作于1672年，讲述一位男子兼娶二妻。其情节冗长烦琐，讲述女主人公因与男主人公相爱，不满意家庭的婚姻安排，乔装为男子逃出。在此身份下，她与男主人公后来的第一位妻子假凤虚凰地成婚，后者也帮她作掩护。计谋终于被识破，这时逃出家门的少女也嫁给了男主人公，成了他的第二个妻子。 【668】

男主人公与乔装为男子的女主人公一见钟情，男子最后娶了两位相貌奇似的女子，这样的故事也出现在《宛如约》中。这是一部清代初期的作品。

在十七世纪后半期问世的小说《定情人》中，男主人公起初以为与女主人公的婚姻遭到阻碍，于是娶其婢女代之。后来女主人公及其婢女得以与男主人公一同生活下去，三人间温馨和谐，全无嫉恨之意。

清初小说《飞花咏》，是一部结构精巧的爱情故事，小说戏剧化地描述了一对情人的幽会、诗歌酬唱，以及后来的分离失散，最终方得破镜重圆。他们两人甚至曾经对换了家庭，由对方的父母所养育。如此一种结构形式，凸显出情人们纠缠萦绕的命运。

另一部易装之喜剧，见于十八世纪初期的小说《凤凰池》，讲述的是两位女主人公多次扮成书生才子，终于嫁给了两位男主人公。

出现于十九世纪之初的小说《白圭志》，记述五位女主人公改服易装为男子，为的是参加科举考试，以期与各自未来的丈夫相会。这些女子的欺骗行为被发现后，得到皇帝的宽恕。

二十四回的小说《驻春园小史》篇幅略长一些，于十八世纪后半期问世。叙一书生少时与一少女两家间曾有联姻之议，但是他后来忘却此事，与另一女子情诗互酬。两女他日得以相识，成为朋友，一同决意共嫁男主人公。

小说《疗妒缘》共八回，可能产生于十八世纪，描述了一位悍妻如何严厉看管她的丈夫，后来却不得不送他进京参加会试。途中，丈夫落入山贼之手，终得获救，并且娶了另一位夫人。而盗贼随后将前来寻他的第一个妻子和这位新夫人一并劫掠上山。新夫人将主母照顾得无微不至，两人结交为友。一场梦治愈了主母的嫉妒心，她改变初衷，接受了那位女子为地位与之平等的夫人。

· 齐人之福

【669】

还有许多篇幅相类的小说，虽也讲述才子与佳人间的罗曼史，表现男主人公拥有两位或更多位妻子，却着力渲染他们的性爱交往，并且采用更为俚俗的白话。十七、十八、十九世纪中出现的这类作品有：《锦香亭》[①]，讲述男主人公娶了三个妻子；《情梦柝》，讲述易装改扮的佳人险些嫁给两个男子[②]；《蝴蝶媒》，讲述男主人公与他四个妻子及一个情人的香艳故事；《绣屏缘》，则叙五女共事一夫其乐融融的情形；《玉楼春》，讲述男主人公易装为女子，遭遇爱情、拐骗和聪慧的佳人；《春灯迷史》，戏剧化地表现了一名女子轻浮爱情与未婚先孕之事；《桃花影》，将男主人公与他一妻五妾的艳遇同他在科举升迁的仕途经历联系起来；《杏花天》，记述了男主人公如何辞官不做，回家纳受十二位夫人，生育一百个儿子。

还有一部兼写爱情与色情的小说，《蜃楼志》，最早刊行于1804年前后，情节设置颇为别致：故事发生于广东省南部地区，许多角色都是在省会广州与欧洲人做生意的商贾。全书二十四回，记述了某商贾之子的情史，同时也涉及政府的腐败与社会的动荡。

· 历史演义中的英雄

十六及十七世纪诞生了许多历史演义小说，讲述皇帝与将军们的战功。作者佚名的《隋炀帝艳史》出现于1631年，就是一部这样的作品，全书四十回，戏剧化地再现了隋朝末代的炀帝（在位时

① 书后之译名对照表误作金香亭。——译者注

② 此章作者概述小说大意主题，多有别出心裁之处，然而时或与原作本来面目不符，读者如要进一步了解，仍需要借助中文学术界的提要类著作或是阅读原作。——译者注

期：604—617）因纵情声乐而招致自身及朝廷的毁灭。这部小说的情节多取自早先的文言传奇。男主人公的冶荡荒淫之主题令人联想起《金瓶梅》，这反映出明代万历皇帝（在位时期：1573—1620）的统治失度、灾祸重重。

《隋炀帝艳史》也启发了江苏省的长洲作家褚人获[①]（约1630—约1705），大约在1675年，他撰写了另外一部历史小说，一百回的
【670】《隋唐演义》。从隋炀帝在位时叙起，将唐代初期的兴盛囊括其中。小说一直写到玄宗（在位时期：712—756）与美丽的杨贵妃的悲剧故事，两人宿命般的情缘，似乎与隋炀帝故事遥相呼应。全书结构精妙，所采用的全景描述的技巧，可与那些更为著名的文人小说相媲美。

· 寻访儒家人杰：清代中期以来的大型长篇小说

《野叟曝言》

《野叟曝言》共一百五十四回，产生于十八世纪。作者夏敬渠（1705—1787）是一位行事古怪的儒家学者、诗人及历史学家，他是江苏人，对音乐、数学、天文学、法律、军事科学及医药都抱有兴趣。作者去世近一个世纪之后，这部小说才得以刊刻，可能是因为夏敬渠生活贫困。他于科举考试再三落第，唯有从事幕僚工作，这使他的足迹遍及中国各地。

小说写明代中期之事。许多细节及事件具有自传性质，然而男主人公文素臣却少时即为天才，成年则是博学的儒者，科举得意，位极人臣，享尽皇恩。这么一位儒家的超级英雄，同时又身怀法

① 根据书后之译名对照表，此处“Chang-chou”指常州，误。当作长洲，指苏州。——译者注

术、精通武术，并且富有性魅力。他掌管着二妻、四妾、子孙无数的家庭，俨然是一位君主。文母高龄健在，作为一位睿智的儒道女家长及节妇，她也受到了皇家的表彰。身为儒家楷模，文素臣对异端邪教进行扫荡。他翦除妖孽，平伏叛乱的僧侣与宦官，获得皇帝的信任。他不仅在中国削弱了佛、道二教，甚而还远征欧洲，传播儒学。

小说赞美了婚姻中的温婉情欲，树立起作为贤内助的理想女性，以及作为女性长辈的母亲形象。作者将一种保守正统的儒家道德观浸润在对性爱场景和古怪性幻想的描述之中。小说客观地记述了道德败坏与社会衰落，但是仅停留在细枝末节上面——这倒是与清代中国考证学传统相合——与此同时，又想象着一场儒学复兴，缔造出一个儒教大国。

《歧路灯》

河南省的一位士大夫李海观（1707—1790），花费了近乎三十
年的光阴，撰写了一部小说《歧路灯》。全书一百零八回，以夹杂 【671】
着河南方言的白话写成，创作于1748至1777年间。故事发生于明代中期的河南，讲述年轻的男主人公谭绍闻的一生。自其幼年叙起，关注于他作为儒生的教育和成长过程。谭绍闻在生活中身处两种不同影响之中：严苛的父亲抱持儒家思想，极力使儿子接受妥善的教育，放任的母亲重钱财轻学业，还有浪荡的朋友以声色犬马相诱，导致谭生堕落。读诸如通俗小说（特别是《金瓶梅》）等诲淫诲盗之书，也对谭生产生恶劣影响。主人公的母亲未能将他从中解救出来，后来他却得到所娶的一位如夫人帮助，从此改邪归正。谭绍闻终于成为一名士大夫，他儿子也治学有成。尽管作者对明代小说的价值进行质疑，却重视白话散文体的方式及其说教宣谕的特点。

《林兰香》

十九世纪之初，一位不知姓名的作者以笔名“随缘下士”写了《林兰香》这部小说。全书六十四回，其题名、角色及情节俱效法《金瓶梅》。故事以十五、十六世纪北京的一户贵族家庭为核心，男主人公耿朗是一位富贵人家的浪荡公子，娶了六个妻妾——有的美丽、聪慧、善良、勇于自我牺牲，有的妖艳、粗莽、凶悍、淫逸放荡。如同围绕着一位君主的诸位大臣，这些女子在耿朗身边，演出了一段充满阴谋、报复和谋害的故事。小说的主题仍然趋于保守，即谴责那些妄图僭越本分的人，赞美贤德之妻的理想形象。

《儿女英雄传》

四十一回的小说《儿女英雄传》，最早刊行于1878年。作者文康（1798—1872），是一位出身于满族显赫世家的文人。这部书仍以才子佳人的爱情故事为题，却加入了一位武侠小说传统中的女豪杰。故事记叙女侠何玉凤，又名“十三妹”，矢志为冤死狱中、成为高官阴谋牺牲品的父亲报仇。她从强贼手中救出了青年书生安骥
【672】和一名张姓少女。安骥后来娶女侠与张小姐二人为妻，并且官至高位。待新主登基，十三妹为父亲之死讨得公道。

这部小说的撰写是为了回应十八世纪著名的小说《石头记》（《红楼梦》），在一个和谐的儒家世界中富于道德感地表现优秀的主人公形象。然而，小说对诸如十九世纪重创中国社会的西方入侵与国内造反等时事似乎视而不见。

· 走进欢场：苦乐参半的爱情悲剧

《绿野仙踪》

李百川（约1720—1762以后）是一位读书人，他做生意不成功，只得以游幕为生。在1753到1762年间，他写作了一部色情小说《绿野仙踪》，此书现有八十回和一百回两种版本。故事发生在十六世纪中期，写一位书生冷于冰成仙的经历。其中包含了关于浪子与妓女、剽悍的妻子与惧内的丈夫、以及叛逆青年的种种插曲。作者笔下的人物们放浪形骸却又寻求觉悟，小说描述其在人世的遭际，又写与妖精调情、与寇贼交战，还涉及情爱、自杀、通奸和道德改良等事。这部相对不甚知名的小说，与十八世纪的其他著名长篇小说比较起来，显得别具一格。

《品花宝鉴》

才子佳人的爱情故事，在长篇小说《品花宝鉴》中，以一种别样的伪装方式重新上演，变成了饰演女角的男性优伶与他们的男性恩主间的交往。小说以十九世纪初期的北京为背景，着重讲述名叫梅子玉的青年主顾与他所宠爱的伶官杜琴言间的缠绵爱情。小说共六十回，作者陈森（约1796—约1870），江苏常州人，久寓北京，常出入梨园。小说写于1849年，首度刊行于1852年，在十九世纪流传甚广。

《花月痕》

五十二回的《花月痕》是一部带有自传意味的才子狎妓小说，作于1850年代，作者是科举落第的福建文人魏秀仁（又名魏子安，1819—1874）。小说讲述了两位书生与两位妓女间的悲剧和浪漫的爱情。其中一对情人遭遇不幸而亡，另一对则结为夫妇，享尽荣华。

《海上花列传》

《海上花列传》以一组丑闻故事，表现出十九世纪的上海是妓女、鸦片瘾、赌窟、洋场租界的天下。不再像早期才子佳人或才子妓女的爱情故事那样富于浪漫色彩，这部六十回的小说记述了一位名叫赵朴斋的青年在上海青楼妓馆中的堕落。他最终沦为人力车夫，其妹来上海拯救他，却摇身做了妓女。作者韩邦庆（1856—1894）是江苏松江人，在上海担任报社主笔和编辑工作。这部对话多为当地方言的小说，起初以连载方式发表于1892年，1894年又出版了单行本。

《恨海》

《恨海》十回，作于1905年，作者吴趼人（即吴沃尧，1866—1910），广东人。小说以1900年义和团反洋运动为背景，记述了父母安排了婚配而在动乱中失散的两对男女之命运遭际。待到重逢之日，却发现已经是难以圆满的姻缘。一个少女做了妓女，一个男子染上鸦片瘾，并且做了盗贼。

作者在上海办报刊、写小说。他以《二十年目睹之怪现状》一书获得声誉，这部小说连载于1903至1911年之间，共一百零八回，采取了第一人称叙事的革新手法，对社会的病态给予系统的审视。

晚期帝国白话小说的发展轨迹

以上所述提供了对明清小说某些类别与主题的纵览，今天对这些类别与主题认知不多，但在当时却颇为流行。还有许多其他的小说体裁，比如奇遇历险故事、侠义传奇、战争演义以及侦探小说。有些晚清时期的作品表达了社会批判，流露出焦虑与失望的世纪末情绪（见第四编第五章）。二十世纪初交的许多长篇小说反映出欧洲小说对中国文学的影响，这预示着现代中国文学时代的到来（见第四编第六章）。

而明清两代的主要小说作品，所谓的奇书杰作（见第四编第三 【674】
章），或许起到了先锋作用，为晚期中华帝国的白话小说之发展奠定了基础，这些作品对于这时期的读者而言是极为容易找到的。作为内部动力与外来影响的综合结果，十五至十九世纪白话小说取得显著发展。诗歌、戏剧与文章方面的发展相比之下显得微不足道。不过，在二十世纪，这一现象或许有所改变，所有的文学体裁都要接受激烈的改变。

戴瑞·伯格（Daria Berg）

【675】 第五章 晚期的文言小说

“文言小说”一词，一直被用以指称以文言汉语所写的两类“小说”（字面意思即“短小的说话”）：主要是两种讲故事的方式，即“志怪”（见第三编第四章）和“传奇”（见第四编第一章）。两者间的分别并非一目了然，但是作为勾画晚期帝国文学图景的方法，这一概念仍然是有用的。

· 自宋至明的志怪传统

至宋代（960—1279）时，交换有趣的异闻是社交聚会场合中一项广为接受的活动，人们对于讲述、记录和阅读志怪故事，存在着普遍兴趣。于是，在宋代的漫长历史中，志怪文学自然就蔚为大观。有的宋人志怪小说集，超出了传统中对于异常超自然现象的兴趣范围，关注于纯粹人为的特殊遭际，类如一连串的偶发事件，造成群体中不同身份的成员陷于某种社会性情绪之中。十二世纪中期有两部代表性的小说集，廉布（约1095—1170）的《清尊录》和王明清（1127—
【676】 1202）的《投辖录》，特别明显地表现出对城市社会背景中不同寻常事件的兴趣。宋代最为杰出的志怪小说集，洪迈所写的《夷坚志》，其特色也在于收录了来自市井社会的逸事怪谈。

洪迈（1123—1202）在十几岁时即开始收录怪异故事，至1161年完成了第一集（二十卷）[①]。因其所受欢迎之鼓舞，加上对逸闻奇事难以抑制的兴趣，洪迈从此加快了故事收集的速度。这使他在1194至1195年的八个月间写出了第二个系列中的第二编（十卷）[②]。在此后一年中他急不可待地又完成了四编，在1196年仅用了四十四天时间完成了第七编（凡十卷，一百三十五事）[③]。至1202年洪迈逝世之时，他还在为第四系列的第二编伏案工作。此书最终有四百二十卷。今天所见的整理本中，存二百零七卷，超过一千八百页[④]。

在他于京都及各省游宦期间，洪迈勤勉地记录所听来的故事，留给我们一幅辽阔壮丽的图画，所载之人事展现出与当时民间信仰与宗教知识相关的若干内容。故事得自社交聚会场合随兴的清谈，讲述者（洪迈往往都提及名姓）包括宋代社会形形色色的代表，有政府官员、权贵、邻家妇女、学者、商贾、军人、佛教僧侣与道教术士。如他在某篇序言中所说："盖每闻客语，登辄纪录，或在酒间不暇，则以翼旦追书之，仍亟示其人，必使始末无差戾乃止。"[⑤]洪迈此处倒不像是小说作者，而似乎是口头陈述的忠实记录者和转载者。他的故事因其形制简洁——大多长度不足一页——及语言朴直而富于魅力。由于文字上质野朴塞，洪迈的作品适合于改写和修饰，《夷坚志》中的许多故事被后世作家们采为素材，写成白话。

洪迈的著作为此后数十年间的作家们创立了一个范式，常得到他们的效仿，只不过规模上不能及他。著名的例子，包括郭彖（1154年进士）撰写的《睽车志》、作者佚名的《摭青杂说》

① 指的是《夷坚初志》的"甲志"，完成于绍兴三十二年。——译者注

② 指《夷坚支志》的"乙志"，完成于庆元元年。——译者注

③《夷坚支庚序》（作于庆元二年十二月八日）。但是既然称"支志"为"第二系列"（the second series），则"第七编"应指"支癸"，而非"支庚"。而根据《夷坚支癸序》，这十卷的内容是作者三十天完成的，岂不更适合作为例证。——译者注

④ 这指的是中华书局何卓整理本，1980年出版。但经李剑国先生指出，其中辑补内容多有滥误，不少条目实出自《湖海新闻夷坚续志》一书。——译者注

⑤《夷坚支庚序》。——译者注

（十二世纪晚期），以及大约成书于1230年前后的《鬼董》。元好问（1190—1257）在晚年编撰了一部《续夷坚志》，元代还有一部著作也自称与洪迈的书有渊源，题为《湖海新闻夷坚续志》。

【677】 至明代（1368—1644）初期，记述怪异事件的轶闻掌故汇编，在文学传统上获得了公认的地位。学者们对怪异现象怀有浓厚兴趣，全然不因孔夫子古训（“子不语怪力乱神”——《论语·述而》）裹足不前，而是从这句尽人皆知的名言中发现了对超自然事物默许其存在的态度。将奇谈逸闻收入朝廷认可的巨型秘闻汇刊《太平广记》，以及洪迈所致力的宋代怪事类目大全，都使得志怪传统有了某种程度上的合法性。尽管明代没有出现仿效《夷坚志》之规模的作家，但是不少人都从中获取灵感和支持，用以编纂志怪故事集。结果在明代产生出极为丰富的志怪文学。

第一部大型的小说集[①]，问世于十五世纪晚期，作者是苏州一位特立独行的文人祝允明（1461—1527）。原书据说极为庞大，断断续续地分作四编，但是传世的不过少数几卷而已。祝允明有一篇序文，落款署1489年，强调志怪小说具有两个必不可少的特点，即广博见闻和娱乐耳目，这一呼声在整个明代有关此文类的讨论中不断出现。

撰写《庚巳编》（原本写作“庚己编”）的陆粲（1494—1551），也是一位主要的人物。他自1510年开始记录怪异故事，时年方十六岁，之后十年间继续此业，直至他参加举试方才休止。多年后，《庚巳编》刊行于世，获得了广泛的读者好评。陆粲受到洪迈的启发，一丝不苟地记录下提供故事者的姓名，并以简略却富于感染力的细节来表述他的素材——故事往往发生于他的故乡苏州。此书还收有一篇传奇小说《洞箫记》，因其紧凑的叙事和优美的风格受到明代读者的尊崇。

①指《语怪编》一书。——译者注

陆粲对于文言志怪小说的兴趣，也影响到他家族的其他成员。其弟陆采（1497—1537）便是一位热衷于怪异诙谐故事的收集者。粲子延枝也延承家学，在1556年完成了一部志怪小说集，题为《说听》。其故事大多简短少工，却有许多内容从侧面有趣地反映出当时城市文化的情况。

万历年间（1573—1620）出版了许多志怪小说集。湖北的一位藏书家王兆云，在1590至1615年间就编撰了一系列这样的著作[1]。他在其中一集的开篇说明了自己朴实的旨趣。他随兴所作的简略笔记，只是“用之以醒睡魔”，并无严格的道德追求[2]。他在著作中 【678】
无暇评议时事，也不热衷于任何文字游戏：“此集原应书贾所请而作，他们希望文字简明，以便传播，于是我未敢以晦涩之行文及难解之字词来为难读者”[3]。由此而见，他的故事无疑缺乏文学价值，只不过以最为精简的手法记录了些值得注意的事件而已。

万历年间文言志怪小说的流行，可由王同轨《耳谭》一书的接受情况得见一斑。起初，王同轨在1597年于北京刊刻了一部规模适度的五卷本短篇小说集[4]。在京城士林广为流传，随后很快为外省书商所翻印。读者催促作者扩充此书，遂得以增添类目。便出现了这部增订本，今题为《耳谭类增》，达到五十四卷，问世于1603年[5]。另外一部大约同时期完成的著作《麈余》，是由谢肇淛在1605年父亲过世后丁忧赋闲时所纂辑的。

晚明时期最大的一部志怪小说集《狯园》，专收录有关灵异奇怪的故事。作者钱希言长年居住在苏州，在此他与诸多名士往来，

---

① 统称《王氏杂记》。——译者注

② 根据《湖海搜奇》前面的杨起元序，知此语出自王兆云的《凡例》。——译者注

③ 查《四库全书存目丛书》子部所影印的几部“王氏杂记”，均无此节文字。不知原作者的引据何在，只好意译。——译者注

④ 应是十五卷。——译者注

⑤ 根据中州古籍出版社的整理本《耳谭》与《耳谭类增》，校点者在前言中具述了版本情况，实际上是有增有删有改的，并非单纯是扩大规模。——译者注

以诗人著称。根据他的远亲钱谦益（1582—1664）的记载[①]，希言素极自负，稍不称意，辄矢口谩骂，故而多与人疏远。1620年代，他在贫困交加中去世。与他的大多数同时代人一样，钱希言在自己的志怪小说中表达了温和的目的。大多数的故事似乎都以他所听闻的口头讲述为蓝本，按照主题得以清晰的分类。其中最好的作品，显示了一种朴拙的诙谐。

综上所述，明代志怪小说集大多属于随兴的集录，作者们很少在所讲述的故事后面表达自己的看法。只有为数不多的情况下，愤世嫉俗的文人从志怪的体裁中有所发现，有可能将之作为表达他们襟抱的方式。

这一点可以江盈科（1553—1605）为例说明，他是一位与公安派文学（见第二编第九章）有关联的士大夫。他在所撰写的《雪涛阁集》（1600）中，以一系列的志怪故事，作为表达有关伦理、哲学及政治思想的渠道。这些短篇文字的语调获得许多读者的喜爱，后来被作为单行本独立刊布，题为《雪涛小说》。

【679】 · 自宋至明的传奇小说

著名的唐代（618—907）传奇，篇幅较志怪小说更长，至宋代依然广为流行，涌现出许多作品。为人熟知的，有《云斋广录》，作者李献民，在自序中题签的时间是1111年。该书后面几卷收录的都是精心撰写的传奇小说。而最著名的宋代传奇集是《青琐高议》，成书于十一世纪后期，作者刘斧，生平不详，这部作品集除收入他的著作外还编入其他同代人的作品。《青琐高议》中的小说标志着一种转变，即不再像典型的唐传奇代表作品那样专注于道德

① 《列朝诗集小传》，丁集下。——译者注

的两难、心理的复杂和戏剧性的事件，而是沉浸在历史的缅怀和抒情的修饰中。有的作品提供了历史插曲的虚构润色，有的则聚焦于才子佳人情史这样耳熟能详的主题。总体上看，这些小说很少掺入当时的社会及文化背景，反而偏爱将故事置于某个先前的时代。就其缺点而言，它们显得内容匮乏，形式板滞，情节发展无出人意料之处。

元代（1260—1368）产生了一部非常有影响力的传奇小说《娇红记》。此书之作者，被认为是一位名叫宋远（字梅洞，活跃于1300）的元代文人，他受《莺莺传》（见第四编第一章）的启发，竟发展成一部更为错综复杂的悲剧传奇故事，篇幅是《莺莺传》的五倍。故事详细记述了才华洋溢的青年书生申纯与他美貌的表妹娇娘的一系列幽会、分离，以及不断干扰这段姻缘的种种误会。聪慧多谋的侍女飞红，也是故事的中心人物，这从她名字在小说标题中的出现可以看出来，她对这对情人时而加以阻挠，时而又予以成全。在小说结尾，娇娘被许配给别的男子，两人双双殒命。《娇红记》在明代初期非常流行，成为此后两个世纪中许多类似传奇小说效法的范本。

同样在明初流行的一部短篇小说集，是杭州作家瞿佑（1347—1433）于1378年完成的。还在青年时期，瞿佑即已完成了一部四十章的志怪小说集《剪灯录》（已佚）。后来他将另外一部小说集题为《剪灯新话》，以区别于前作。《新话》在此后数十年间以刊本与抄本并行流播，赢得许多读者的喜爱。此书在十五、十六世纪不断翻印，为此时期的文言小说建立了基调。

瞿佑的著作显示出他对于唐宋传奇文学的熟稔。他对于文言小 【680】
说的理解似乎与一二个世纪前的文人毫无一致，如赵彦卫关于唐代传奇的那段脍炙人口的评价：“盖此等文备众体，可以见史才、诗笔、议论。”

瞿佑小说中的时代气息想必对于明初的读者而言具有吸引力，因为他们普遍厌倦了元代末年的动乱纷扰，便将小说人物从危难中遇到的命运转机与朝代更替联系起来。这些作品得到出色的润饰，随处可见精巧的描述与文学典故。《鉴湖夜泛记》一篇的文学价值最高，故事讲述书生与仙女的相逢。全篇无甚情节，仅提供了一个华丽藻饰的框架，以骈体文写成，有一节充满文学典故的对话。就此而论，此篇乃是对唐宋两代之优美传奇的效仿。

并非瞿佑的所有作品都是用来展现他的文学才能的。有的小说似乎代表着作者对自己深有感触的问题的个人观点。例如，在《修文舍人传》中，有一长段骈文用以谴责当时社会的腐败与徇私。此处及其他段落中所传达的这种忿忿不平之意，使得有些批评家认为，当瞿佑晚年编订这些小说的文本时，他或许又添入了某些新内容，为的是排遣他在1408至1425年间因蒙冤狱而遭贬谪时所长期忍受的耻辱之情[①]。无论如何，显然瞿佑将他的一部分小说作品用作表达自己对于当时社会之意见的工具。

《剪灯余话》是瞿佑著作之后诸多续作中的第一部，具有几乎同等的影响力。作者是李祯（字昌祺，1404年进士，1376—1452）[②]。此书前面有一群士林名流作序，这确保了小说的合法地位。李昌祺在作于1420年的自序中，怀着显而易见的自豪心态，引述了曾棨（京师名士，1372—1432）对他小说的赞誉："秾丽丰蔚，文采烂然"。他试图用更为丰富的文辞来点缀他的叙事，从而胜过瞿佑，以致曾棨议论道："兹所谓以文为戏者非耶？"这句批语点出《剪灯馀话》极为缺乏的乃是瞿佑某些小说的辛辣痛快，被一种轻浮、造作的鲜明腔调所取代。李昌祺的代表作是《武平灵怪录》，其构思源自晚唐时《东阳夜怪录》一类作品。在《武平灵怪录》中，主人公于荒

①永乐六年（1408），瞿佑因"诗祸"被锦衣卫拘禁，谪戍保安十八年。——译者注

②以字行。——译者注

庙里度过一晚，遇到一系列的访客，或矮而体方，或瘠而头锐，或戴乌帽而一躯极短，等等。及破晓，经过一夜的诗歌酬唱，客人们告辞而去，主人公才意识到自己遇到的是砚台、毛笔、米甑等器，这些物计现在都散落在庙中。这正是《剪灯余话》一书的普遍特点，人物与事件居于次位，具有艺术效果的是文字游戏和诗词。 【681】

就题目及主题而论，李昌祺的许多小说都明显受到瞿佑著作的影响。一个值得注意的例外，是《剪灯余话》中的最后一篇——《贾云华还魂记》，效法的是《娇红记》。李昌祺对《娇红记》的追摹，激励了许多类似模式的作品出现：诗书富贵人家的深宅大院里发生的爱情姻缘经历漫长的折磨，其间不断受到侍女、僮仆或是亲戚们的支持或阻挠。这类小说在此后的两个世纪中继续发展，直到清代（1644—1911）初年被白话的“才子佳人”小说所取代。

这两部“剪灯”集为接下来几个世纪里的小说创作树立了一种模式，不断受到模仿，有时成了毫无创新的复制。这一模式可归结为以下几点：形式上由二十余个短篇小说组成，通常分成四卷；热衷于爱情故事及历史怀古；倾向于说教或随心散论；频繁地在叙事中插入诗歌或成段的其他文体——书信、赞颂、判词之类。多年之间，明代的出版物里涌现出大量这类型的作品。主要的续作有以下这些。

首先出现的是《效颦集》，作者赵弼，是一位地位较高的地方教谕官员，他书后跋语作于1428年。其小说有的明显带有瞿佑《新话》的痕迹，他自己也声称这是他追摹的两个对象之一（另一个是洪迈的《夷坚志》）。因此《青城隐者记》不仅借用了瞿佑《天台访隐录》的情节，而且也复制了瞿佑的一部分语言。然而赵弼之不同处，在于他对优雅的文风不甚关心，还有意地忽略浪漫主义的主题，并且强调自己明确的道德观。他的历史兴趣使得书中收入了宋至明初许多历史人物的传记。

陶辅（1441—1523以后）辞官之前地位卑微，后来则全身心倾注于写作。他的著作可能是“剪灯”之续作中最富变化和独创性的一部。在《花影集》中，他承认所受明代列位前贤的影响：

【682】 大率三先生之作，一则信笔弄文，一则精巧竞前，一则持正去诞，虽三家造理之不同，而各有所见，然皆吐心葩，结精蕴，香色混眩，鬼幻百出，非浅学者所能至也。予不自揣，遂较三家得失之端，约繁补略。①

与这段宣言相一致，陶辅的某些小说沿用了赵弼的历史关怀，比如关于朱元璋（1328—1398，在位时间：1368—1398）将领花云的生涯，以及明代边防部队1471年在西北抵抗大批蒙古精兵的英雄事迹。后一篇小说《邮亭午梦》中，值得注意的是作者在直接引语中革新性地采用口语，这在此体裁小说中难得一见。其他作品显示出与《剪灯新话》的题目更亲近的关系，如采用寓言体，设置一场有关道德或哲学的高谈阔论，或是引入浪漫主义的主题。

《秉烛清谈》的作者周礼，是活跃于十五世纪末杭州的一位学者及编撰者。此书今已不存，但在晚明时期尚流行于世，因为著名长篇小说《金瓶梅》的序言中以十分轻蔑的口气提到了它。同一类别的其他著作，还有《笔坡丛脞》（1504）、《雪窗谈异》（约1580）、《觅灯因话》（1593）和《幽怪诗谭》（1629）。《清谈万选》一书，刊刻于明代的最后数十年中，标志着文人传奇小说的收煞。

由这组作品，可见《剪灯新话》影响下的小说在明代一直颇受欢迎。尽管十五世纪中期瞿佑与李昌祺的著作遭到查禁（理由

---

①《花影集引》。——译者注

是教唆士人不务正业），但并未延续太久时间。《余话》在1487年得以重刊，1511年又与《新话》一同刊刻，万历年间再度翻刻。直到1593年，瞿佑的小说仍为许多人所喜爱，这可从杭州文人虞淳熙（卒于1621年）为之所作的一篇富于热情的序言中找到证据。

然而，《剪灯新话》的模范意义随着时间的流逝而明显凋零。我们可以注意到，李昌祺是这类小说的作家中唯一一位身居高位者。后来这一文学体裁的参与者，其身份没有超过秀才的。冠以自 【683】
家姓名的著作难以发行流播。这反映出知识精英阶层对于这类小说所抱持的负面看法。“剪灯”诸集在获得推崇的同时，也一再地引起强烈的敌视，在十六世纪，批评的观点似乎越来越严苛了。令人尊敬的学者、诗人、戏剧家梅鼎祚（1549—1615），在他纂录的《才鬼记》中摘抄了瞿、李二人的某些篇章，认为这些作品不及唐人小说，而后来的模仿之作更是不足称道。晚明著名的复古派文学家胡应麟（1551—1662）瞧不起“剪灯”诸书，将书中所附诗词比作“村学究小知声律者”所为，认为《秉烛清谈》更是不值一提[①]。嘲笑《剪灯》各书鄙陋平庸，这似乎代表着一种渐渐变得广为接受的观点。

《剪灯新话》及其续作或许还要忍受与通俗散文体传奇小说的瓜葛。长篇的才子佳人小说在十五、十六世纪大为盛行。成书于1486年前后的《钟情丽集》便是典型例证。尽管有些明代读者认为作者是那位显赫的官员丘浚，但是此书像其他类似的小说一样，很可能出自另外某个不知名的作者之手。至1540年，坊间至少有六部这一体裁的作品，此后数十年里又出现了更多的小说。从留存下来的作品看，其中有一部题为《融春集》的，显示出这类传奇小说质量的渐趋低下。缺乏其范本的精巧与细致，反而一味以色情戏谑的

① 见《少室山房笔丛》卷四一，“庄岳委谈下”。——译者注

手法追求娱乐效果。在这部小说中，黄色笑话成了日常消遣，就在主人公苏育春引诱女主人公的计划被后者的婢女插手阻拦之后，他与他的僮仆智童有以下一段对话：

> 智童亦谓生曰："相公今日果唾手得中原乎？"
> 生曰："夫援兵卒至故也。"
> 童曰："早知此，吾当埋伏，必截援兵。"

晚明时期问世的许多传奇作品，趋向于将早先小说中忠于一女的男主人公改换为花心浪子。他与许多女子发生关系，娶许多个老婆。《五金鱼传》中的古初龙就娶了五个妻子，《三妙传》中的【684】白景云也与三位表姐妹结为连理。《天缘奇遇》中的祁羽狄更是胜过这两人，总共与二十八位佳人有染，继而娶定了一群夫人，号曰"金台十二钗"。尽管有的学者将这类作品视为差强人意的轻松读物，但是多数评论者都对之表示鄙薄。

十六世纪后期，这类"剪灯"系列中的传奇小说（有时是缩写本）及节选片段，被收录于诸如《国色天香》（1587）、《绣谷春容》（1587）及《万锦情林》（1598）等流行的杂篇汇编中。将"剪灯"风格的小说收录于这些汇编本中，意味着向广大受众宣布：高尚的知识精英阶层已不再是它们的主要读者了。

至十六世纪中期，当有些成名的作家着手写文言传奇小说时，显示出对于散文体为主的叙事的偏好，并有意书写一个异于以往的故事。可以蔡羽（约1470—1541）为例。他生于苏州西南郊，在青年时即被认为前途无量，但因乡试屡次落第，1492至1531年间十四次名落孙山，意气抱负渐渐消磨。在他去世前五年，写了题为《辽阳海神传》的小说，这是他传世的唯一一部文言传奇。在小说中，一位来自安徽徽州的商贾，在遥远的东北地区落拓失意，遇到了一位美丽的海神，成为他的情人，使他凡有思慕，立即心想事成，比如以魔法变出荔枝与杨梅，还有能言的鹦鹉和珍稀的宝石。女神帮助他投资货品，以囤积不起眼的日常用品而致富，此时正值1520年代，社会政治动荡不安，海神又多次将徽商从危难之中拯救出来。

胡汝嘉是1553年的进士，他写了另外一篇著名的小说《韦十一娘传》。它讲述徽州商人程德瑜被一位武艺高强的女剑侠从劫匪手中救出。人们很容易察觉的是，女主人公乃是向强权与贪官实施报复的化身，抒发了作者的意气。当问及何等人物被列为刺杀之对象时，韦十一娘答道：

> 世之为守令，而虐使小民，贪其贿又戕其命者；世之为监司，而张大威权，悦奉己而害正直者；将帅殖货，不勤戎务，而因偾国事者；宰相树私党，去异己，而使贤不肖倒置者。此皆吾术所必诛者也。

小说将此主题置于尾声，时在程生首度获救的数年之后。程生于官道偶遇韦娘之婢女，询问她的下落，却得不到确切的答复。几天后，程生听说四川一名恶劣的官员暴死的消息。他猜测杀人者便是韦十一娘的婢女，也就是她的女弟子。 【685】

蔡羽及胡汝嘉的这些小说反映出一种朝向平淡的散文体的明显转变，无意将诗词混入小说中。就一点而言，这些小说接近“剪灯”体：都用了一部分篇幅来设置问答的对话，其中女主人公就一个范围的问题解决男主人公的困惑。至十七世纪初，在诸如宋懋澄、潘之恒的文言小说家身上，“剪灯”传统的痕迹已然消泯无存。

这些晚明作家所身处的时代，唐宋小说的传播和接受正盛行，这激励着文言传奇小说的进一步探索。嘉靖年间（1521—1566）不约而同地出版了许多明代以前文言传奇的总集，这对此前一直流通有限的作品的传播有利。在此后一个世纪，翻印重刊使得所有重要的小说集得以留存。新版《夷坚志》的问世便是最为重要的进步。至十六世纪，洪迈的这部巨著有一半上下的内容亡佚了，新版采用了完全不同的方式保存此集，以小说选编的方式将之纳入三十七门，进而分成一百一十三类——分门列类，是明代大多数编书者情不自禁的爱好。这部新版于1546年在杭州刊刻，收入了学者、诗人、小品文家及小说家田汝成（1526年进士）的序言，他宣称志怪小说揭示了一部分不可否认的存在，传达了有益的道德训诫，此观点在明代其他的无数序文中一再得以重申。

1566年，规模庞大、影响深远的唐及唐前文言小说集《太平广记》（981）的重刊，进一步推动了对于小说遗产的兴趣。这一刊本的筹划出自一位名叫谈恺（1503—1568）的退休官员，该书大为风靡，并且被诸多选家所积极采用，他们在收集自家的志怪小说集时常常以此书为主要来源。1626年，冯梦龙（1574—1646）出版了节选本的《太平广记钞》。此书共八十卷，附有冯梦龙本人的评注和一篇洋溢着赞颂
【686】之词的序文。晚明时期重刊的其他重要作品，还有《青琐高议》（1595年重刻）和唐代著名的《酉阳杂俎》（1608重刻）。

与此同时，明代作家与书商们刊行了他们新编的小说集。最先问世的重要小说集是《虞初志》，集萃了唐传奇的精华之作。此书标题源自汉武帝（在位时期：前141—前87）时一位官员的名字，据说他曾编辑过一部叙事文学作品集。《虞初志》的编者，可能是苏州作家陆采。在当时，陆采想必是获得了一部罕见、或许残阙的《太平广记》，将其中卷四百八十四至四百九十一所载的著名传奇小说大量地收入《虞初志》中——这包括关于李娃、无双、霍小玉、莺莺及谢小娥的故事（有关这些唐传奇作品，见第四编第一章）。不清楚选家的取舍标准是受制于手中的材料，还是源自他个人的文学口味。然而，值得注意的是，《虞初志》中收入的大多数

小说在叙事风格上都具有比较简朴的特点，很少存在晚唐传奇作品中喜欢的雕饰作风。就此而言，《虞初志》似乎跟随的是当时热衷于回归早期史著之雄健文气的文学时尚。

甚至在《太平广记》重刊之后，以《虞初志》的方式所出版的小型选集依然受到欢迎，此书在十六世纪后期及十七世纪初期多次重刊另刻。在杭州一家书肆所刊刻的一部扩充版的《虞初志》前言中，著名的戏剧家汤显祖（1550—1617）声称，这些小说堪称中国叙事文学传统的楷模：

> 《虞初》一书，罗唐人传记百十家，中略引梁沈约十数则，以奇僻荒诞、若灭若没、可喜可愕之事，读之使人心开神释，骨飞眉舞。虽雄高不如《史》《汉》，简澹不如《世说》，而婉缛流丽，洵小说家之珍珠船也。

该书编者对于这些小说的艺术特色怀有相同的激赏，在书中附入汤显祖和他本人的评论，对于传奇之叙事技巧多加留心。汤显祖的【687】短评饱含抒情意味，涉及文言小说的方方面面：结构与人物塑造，对白、细节及诗歌的运用。对于《虞初志》的评点，在晚明时期的凌性德编订本中到达了一个巅峰，此本收入了诸如李贽（1527—1602）、袁宏道（1568—1610）等名家的评论文字。这些评论尽管散落不成体系，却反映出对于唐传奇高度意气相合的读解。

《虞初志》的迅速成功，激励着其他人筹划与之相匹敌的小说集，以图在增长着的文言小说市场上占有一席之地。陆楫（1515—1552）在1544年出资刊行《古今说海》。他生于上海地区，是一名要员之子，早年获取了一个初级的功名[①]，但多半由于对自己及其友

① 以父（深）荫由廪生入太学。——译者注

人的失望，便没有继续在仕途上有所进取。《古今说海》乃是陆楫与其他数位藏书家共同辛劳的结晶，他们每个人都从自家私人藏书中摘录出了许多不同的篇目。陆楫的父亲曾建立起丰富的藏书，其中包括许多廉价购得的残本著作。这些书中可能就有《太平广记》的残卷，因为约有六十种唐传奇都被一并收入《古今说海》中，与众多的明代小说和种种杂体笔记混在一起。此书问世时间早在《太平广记》重刊之前二十年，对于后来收集唐代小说最为广泛的胡应麟而言，此书也给青年时期的他留下了深刻印象。

苏州藏书家顾元庆（1487—1561以后）在重刊稀见宋人编小说集方面也具有重要地位。他的《顾氏文房小说》成书于1550年前后，收罗四十家小说，包括较长篇的传奇小说和唐代志怪小说集的摘录。

另外一部非常有影响力的明代小说总集是《艳异编》。编者为王世贞（1526—1590），他是十六世纪后期左右文坛风向的人物。此书问世的时间，大约不会晚于1566年。起初通行的版本有四十五卷，内容是从王世贞著名的藏书中荟萃而成，尤其侧重于志怪小说和历朝史书。王世贞在此书中遵从《太平广记》的模式，以主题分类别目，有“幽期”“妓女”“妖怪”，等等。王世贞的编选模式非常成功，获得极高声望，以至于晚明时期此书一再刊行。《艳异编》的脍炙人口，激发了向此方向的努力，催生出的几部书，有《广艳异编》，此书是万历年间戏剧家吴大震依照同样的
【688】方式所编纂的，还有一部《一见赏心编》，篇幅较短，由建阳一位书商编成。

十六世纪小说与故事总集的重刊，发现了一个潜力巨大的市场，很快，这些书籍又引发了专注于某个主题范围的选集的问世。最先出现的是《剑侠传》，在十六世纪中期由王世贞编撰而成。主题集中于剑客与游侠的传奇故事，摘录《太平广记》的内容很多，也有少许宋明小说。

《狐媚丛谈》成书于万历年间，收入六十篇狐妖故事，同样也得益于《太平广记》中的相关卷帙。杨尔曾的《仙媛纪事》专收集女仙故事，也多采用《太平广记》的材料。《奇女子传》与《绿窗女史》则吸取杰出女性的素材作为编撰的主题。

有两位晚明文人，梅鼎祚与冯梦龙，也贡献了几部重要的专题小说集。梅鼎祚是诗人、戏剧家，为了准备他的《青泥莲花记》（1602），从自家丰富的藏书中广泛取材，这是一部关于历代倡女的故事类编。他的《才鬼记》则多记女鬼。更著名的是冯梦龙涉及机智、才学与爱情的小说选集，包括《古今谭概》、《智囊》和《情史》，这些书可能都编纂于1620年代。

当十六世纪的中国学者们重新涉猎小说传统的一切代表之作时，他们也渐渐发展出自己对于先代作品的评价方法来，用以详述和比较历代小说的文学特点。最有影响力的论家，便是胡应麟。他少时即嗜读文言小说，随着年岁的增长，他开始计划着自编一部小说集。胡应麟自豪地拥有一部百卷本的《夷坚志》，他曾计划编订一部“续《太平广记》”，以囊括十一至十六世纪间的全部小说作品。此计划的规模之庞大，足以显示其无与伦比的野心，直到他去世也没有完成。

胡应麟完成的一项不朽贡献，是他就文言小说之演进所提出的批评理论，见于他的笔记杂著集《少室山房笔丛》中。最为重要的是，他专注于唐传奇的特点，试图验明其魅力的渊源：

> 小说，唐人以前纪述多虚而藻绘可观，宋人以后论次多实而 【689】
> 彩艳殊乏。盖唐以前出文人才士之手，而宋以后率俚儒野老之谈故也。[①]

① 《少室山房笔丛》卷二九，“九流绪论下”。——译者注

在另外一处，他将唐代定为中国小说演进中真正的分水岭：

凡变异之谈，盛于六朝，然多是传录舛讹，未必尽幻设语。至唐人乃作意好奇，假小说以寄笔端。[①]

这种文学演变观，在晚明时期被广为接受。

谢肇淛是万历年间另外一位对文言小说持有同情态度的著述家。在著名的笔记杂著《五杂俎》中，他提出不登大雅之堂的小说提供读者以不可缺少的多样性，具有自身独到的文学性质。他评论处于短篇小说之核心的真假之混合："凡为小说及杂剧戏文，须是虚实相半，方为游戏三昧之笔。亦要情景造极而止，不必问其有无也。"传统观念认为叙事之文只能记录可信的已发生之事实，谢肇淛对此发出挑战，他提出应给具有创造力的虚构作品留出一席之地。

在此背景之下，十七世纪最初的数十年间出现了几种杰出的文言小说。宋懋澄（1569—1622），一位来自松江（上海附近）的失意文人，撰写了许多篇非凡的文言小说，最著名的一篇题为《珠衫》，写商业环境中一出浪漫主义的三角恋爱；还有《负情侬传》，写一北京倡女与一浙江书生的悲剧爱情故事。宋懋澄的小说，言简意赅，又能以细节令人回味，映衬出他所身处时代的社会背景，并提出引发我们对其同时代人产生兴趣的问题，在具有冲突的忠诚感的压力、情感的紧张力或是难以预料的不幸面前，拷问着人性。其作品的性质很快被其同代人所发现。他的朋友潘之恒（1556—1622）就称他为"当代小说家第一手"，并认为宋懋澄在《刘东山》中成熟的散文技巧，可与长篇小说《水浒传》相媲美[②]。

① 《少室山房笔丛》卷二六，"二酉缀遗中"。——译者注

② 潘之恒《亘史钞》，"外纪"，豪侠卷之一，"刘东山遇侠事"篇末附记。——译者注

他似乎格外推崇的是豪侠之气，以及类如《刘东山》这样具有开放式结尾的故事，可有意造成主人公的身份悬疑难解。

潘之恒本人是一位写实派小说的实践者。他为人放荡不羁，【690】尤以一脸虬髯著称，具有与宋懋澄相同的个性与文学趣味。他曾入太学读书，然而与宋懋澄一样，屡试不第，遂绝意仕途，转向文学，寄情于娱乐活动。他的《亘史》是一部庞大的短篇小说汇编，成书于晚年，直至去世四年后方付梓刊行。书中包括了唐传奇以及明人如胡汝嘉、宋懋澄等人小说，但是绝大部分篇章是出自潘之恒的手笔。有不少传记作品，以作者平生常往来的男女倡伶为对象。也有几篇属于纪实的小说，可与宋懋澄之作相匹敌。《亘史》一书似乎对白话短篇小说家凌濛初（1580—1644）而言具有非同寻常的影响，几乎可确定，后者在1627年游访南京准备参加乡试时读到此书。潘之恒的杰作《两滴珠》，据他说是根据1604年家乡一桩真实事件所改写的，这部作品经凌濛初改写，成为《拍案惊奇》的第二个故事，这之后的第三、四个故事，也是改写自《亘史》。潘氏之佳作，可以《虞山妇》为代表，此篇列于一组有关私奔的小说之首。同潘之恒大多数作品一样，此篇具有浓厚的时代风味。叙事风格简洁扼要，语言大多平实，不时夹杂有古语，这是潘之恒早年所受复古派影响的结果。他对宋懋澄作品的评点，显示出他看重含蓄蕴藉而非直白浅显的内容，他本人的作品就反映出对于略带省笔之写法的偏爱。

· 清初文言小说

宋懋澄、潘之恒之后的一、二代作家，以高超的叙事能力书写明清易代之乱世中的突出事迹与非凡人格。许多小说作品被张潮（1650—1707以后）收入他的《虞初新志》，于1704年成书。张潮打算通过收集十七世纪作家们的优秀文言小说，创立一部类似于《虞初志》的书。这些短篇小说具有强烈的时代特征，赞颂不久前那些出身卑微然而事业卓著的人物，此外，也有些作品涉及的是中国小说的经典场景——悲剧的爱情故事，奇迹般的破镜重圆，人死而复生，以及鬼魂的到访。

《虞初新志》中的大多数入选作家，其作品并不以志怪为旨归——所作异人传记，只不过是偶一为之。钮琇（卒于1704年）则属例外，他曾在广东省为官，小说集《觚剩》完成于去世前几年。
【691】他的小说涉及从故事概述到长篇传奇的一切范围，语言细致感人，《四库全书》（乾隆帝于1773年下令编修）的编纂者们后来称他有唐人小说之遗风。

清初另一位在文言小说方面有所造诣的人物，是江西学者徐芳（1619—1671）。他是1640年的进士，在明代做过短期的官，于南明抵抗运动中是个活跃人物。1647年，福建省的反清运动遭到镇压，他返回家乡，拒绝仕清，将余生精力用于著书。1640年代的剧变，使他深彻醒悟，对于所生长的晚明社会进行批评，同时也抨击令他毫无效忠之意的新政权。他自觉地远离清代初期社会的权力网络，隐居乡里，以看卜风水谋生。

徐芳的小说集《藏山稿外编》从未完整出版过，只留得一部钞本，有部分篇章选入《虞初新志》。因果报应是徐芳作品的主要特色，这与同时代《说铃》（序作于1705年）中收入志怪小说颇为相类。徐芳有些作品以社会下层异人的事迹为主题。一名盗贼冒充广东的地方官吏，竟然清廉有政声；一名乞丐归还失主遗物而不取回报，显示出严谨的正直之心；一位隐士放弃了一切世俗产业，幽栖山林，与虎蛇比邻而泰然自若；一位来自江西省的女子，为劫寇所掠去，通过谋划良策，终得脱身。这些作品与其他小说一样，似乎反映出徐芳那一代读书人普遍存在的幻灭感。通过描写奇人逸事，并在附记中发表对于时事严肃而又高度个人化的观点，徐芳显示出文言小说作为社会评论工具的潜力，这一潜力，在其身后，由蒲松龄等作家进行了进一步的探索。

·《聊斋志异》与清代中期小说

晚期帝国最为杰出的文言小说集，当数蒲松龄（1640—1715）的《聊斋志异》。蒲松龄出生于山东省的乡间，平生精力耗费于科 【692】
考、教书与著述，只有在1670至1671年间他离开山东数月，被一位在江苏省做官的朋友聘作文书。他多次举业不中，去世前五年才获得了个岁贡生资格。

《聊斋志异》收录了将近五百篇小说，大约用了四十年的时间。既有简短的志怪故事，也有篇幅略长、情节复杂的小说作品，此书是一笔非凡的遗产，其想象力与创意令读者惊奇万分。小说集立意要泯除幽冥与世俗间的界限，其人物及事件在两个空间来回游移，作者善于描摹物态细节和内心世界，遂使得这些创举变得顺理成章。

《聊斋志异》以人物刻画而著称。通过行为与对话，男女主人公都被赋予了令人印象深刻的个性特征。孙子楚斩枝指以示爱；耿去病不意闯入狐妖的宴席中，欢呼“有不速之客一人来！”；霍桓在墙壁上凿穴，为的是一窥邻家少女；柳和对其岳父的行为愤恨不已，如此问邻人：“黄家老畜产尚在否？”女性主人公同样具有强烈的个性：妙手回春的外科医家娇娜，有抱负的书法家小谢和秋容，不服管束的顽皮姑娘小翠，天真而又机敏的婴宁，争风吃醋的莲香和李氏——如此性格分明的人物形象还有很多，使得全书各篇都能够独具特色。

蒲松龄小说中有一项值得注意的革新，便是将文言传奇的特色与白话小说相结合。他熟悉明代的长篇小说名著，诸如《今古奇观》这些短篇通俗小说集于他也不陌生，他本人还曾以山东地方话来写作俗剧与俚曲。在《聊斋志异》中，蒲松龄逾出传统文言传奇的主题范围，写家庭冲突这一通俗小说中常见的题材。他细致敏锐地观察丈夫与妻妾、婆媳、兄弟及胞兄弟间的关系，在其中采纳了十六及十七世纪通俗小说家们的发现。

《聊斋》中尖锐的社会批评也令人起敬。有的作品揭露了科举制度的弊端，有的作品则针砭了地方官吏的昏庸；许多故事中反映出行省地方上的腐败和罪恶，还生动地描绘出家庭生活中的势利与
【693】不平等。有一篇小说谴责赌博，另外一篇则抗议盐业垄断。蒲松龄常以“异史氏”的化名，在篇末附以评说，这令我们想起了史学家司马迁（约前145—约前86）在《史记》各卷结尾的评论。蒲松龄在此使他所欲表达的意见得以凸显，这些评论的范围之广令人不可思议——或曲或直，或谐或庄——也为此书增添了一层意涵。

蒲松龄受当时文学观念的影响，文风崇尚雄健、简省，力避一度流行于明初的雕饰之风气。他喜欢采用轻快流畅的叙事风格，有些接近于传统的传记作品，即以交代事件及速写人物为初衷，而不是追求风格的精巧和格调。在这种平稳的语言下，蒲松龄偶然也点缀几个典故和富于古意的表达，达到清新爽利的效果，此外，他也将俗白融入对话中，使之看上去如现实人物口语面谈一般。结果并不显得造作，反而是因其独到的学识而激发出的大胆开创。

在蒲松龄生前及身后数十年间，《聊斋志异》一直以抄本方式流传于少数友人之间。至1766年终于得以刊刻出版，此时已在精英读者群中具有很大影响。十九世纪的一位注释者①，曾回忆他当年如何每日放学回家便如饥似渴地读这部小说。另外一位注释者②，在

① 但明伦。——译者注
② 段雪亭。——译者注

1824年记录道："余自髫龄迄今，身之所经，无论名会之区，即僻陬十室，靡不家置一册。"至十九世纪初，《聊斋志异》与长篇小说《红楼梦》被公认为当时最优秀的小说作品。

《聊斋》出版后的数年间，其他作家也开始探索蒲松龄的成功之道。最早出现的是和邦额，他是1774年的举人，满族，出身于将门，早年也进入行伍，统管军队，他的作品取材于所生活的圈子。《夜谭随录》成书于1779年，展现出内容丰富的社会画卷。此书在细致、精炼方面不及《聊斋志异》，但描述了大量生动有趣的场景，再现了十八世纪北京的城墙、城门和街市。

《子不语》刊于1788年，是著名诗人和批评家袁枚（1716—1797）的作品。在序言中，袁枚肯定了《聊斋》的杰出成就，但是认为该书过于依赖技巧。他本人的志怪小说集则采用简单的故事，通常不像蒲松龄那样显示创造力或是严肃的宗旨，而是反映出对于道德主题的漠不关心。然而通过这一大批风格各异的志怪故事，有【694】不少篇章提供了十八世纪社会生活富于魅力的简洁描述，偶尔袁枚也以此为媒介，传达出他个人的思想，诸如他对裹足的反对。《子不语》（题名得自前文所引述的孔子之语）问世后许多年，又出现了一部形制略短的续作《续子不语》。

《阅微草堂笔记》是著名学者、士大夫纪昀（1724—1805）在1789至1798年间所撰写的五个小说集的总称。此时，纪昀已完成了《四库全书》总编修的工作，处于半退隐的阶段。与袁枚一样，纪昀也认识到《聊斋志异》的非凡成就，但是作为惯常以建立目录来给图书分类的资深文献学家，他排斥蒲松龄著作中那些革新和非传统的特点，尤其是那些明显的虚构内容。纪昀本人的小说，是平生所闻掌故的结晶，重视的是对于道德问题的关注，因果关系，以及招致幽冥干预人事的规律：在纪昀的笔下，各种事件都揭去人世间的道德面纱，激发起对于人性的反思与审判。作者的评论具有重要意义，为故事的含义提供了解释。《阅微草堂笔记》以独特的方式提供了一种新颖独特的志怪文学，在19世纪大为风靡，其中的追摹者，如俞鸿渐（1781—1846），便认为此书胜过《聊斋志异》。纪昀小说还以其清新简洁的风格而受到尊崇。

苏州学者沈起凤（1741—1802）完成了另外一部别致的小说集《谐铎》（1791）。沈起凤在1768年中举，但此后一直没有通过殿试，这使他一直官位卑微，终身不得志。他的小说都是优美的短小之作，受《聊斋》中一些较具讽刺意味的篇章之启发，但是有些作品写得如此概略，以致显得矫揉造作，一目了然。讽刺、戏谑与寓言是沈起凤钟爱的模式，他最好的小说作品，显示出一种世俗的机智和优美的风格。

《萤窗异草》，初刊于1870年代，作者可能是满洲文人庆兰（卒于1788），即清代重臣尹继善（1696—1771）第六子。此书深受蒲松龄的影响，有些内容明显带有《聊斋》故事续作的痕迹。情节多繁复错综，但因缺乏创意并且人物刻画上有瑕疵，故事显得拙劣。

江西文士乐钧（1766—约1818）是1801年的举人，他撰写了一
【695】部《耳食录》。此书第一编出版于1792年，第二编问世于两年之后。他的小说尽管质量参差不齐，但闪耀着创造力的火花。

曾衍东（1751—约1830）是1792年的山东举人，写了一部《小豆棚》，其序言作于1795年，晚年又有所增补，但此书一直遭受冷落，直到1880年才得以问世。尽管内容比较费解，但是饶有趣味，由形形色色之内容，呈现了清代初、中期的社会万花筒。尽管多有效仿《聊斋》之处，这部小说集颇具新意，有独到的风格特点。

乾隆朝（1736—1795）重要的小说集，还有山东文人王椷所撰的《秋灯丛话》（1791），以及山西学者徐昆（1781年进士）所撰的《柳崖外编》（1792）。后一著作的序言，称作者为蒲松龄转世，这说明了《聊斋志异》在十八世纪后期所具有的卓越地位。

· 晚清文言小说

文言小说在十九世纪后期，依然受到作家与读者两方面的喜爱。此时最重要的小说集是《夜雨秋灯录》，先后分两编，于1877及1880年刊行。其作者宣鼎（1832—1880），在十九世纪中期遭遇诸多不幸，他的小说遂能涉及广泛的题材和境遇。无论人物或是事件，都令人想起《聊斋志异》，有些最为出色的故事，如富于戏剧色彩和感染力的“麻风女邱丽玉”，被改编为戏曲作品，搬上舞台，赢得了大众的广泛喜爱。

晚清其他小说集，还有安徽学者许奉恩（约1820—1887）的《里乘》（1874）、天津生员李庆辰的《醉茶志怪》（1892），以及著名学者俞樾（1821—1907）所撰写的志怪集《耳邮》和《右台仙馆笔记》。《淞隐漫录》中的小说，原本出现于1884至1887年间上海一家报纸的图画副刊上，应出版方的要求，其篇幅大略齐同划一。这些故事，反映着作者王韬（1828—1897）对十九世纪后期中国都会场景以及西方文化的熟稔：在书写有关上海妓女生涯的小说之外，其笔下的人物也在爱丁堡、伦敦和巴黎诸地漫游随览。此书 【696】
可视为帝国没落前夕文言小说的一曲绝唱，又可被视为喧嚣之现代性袭来的肇端，这一现代性将使小说转化为一张大幕，给十九世纪画上句号，同时开启二十世纪的第一道曙光。

白亚仁（Allan H. Barr）

【697】 第六章　清末民初的小说（1897—1916）

在中国悠长的小说史上，清代（1644—1911）最后数十年间似乎一直备受冷落，直到晚近才有所改变。中国最杰出的现代作家鲁迅（1881—1936），曾给此时期的文学作品贴上了“谴责小说”的标签，认为它们具有极为相同的类型倾向，即普遍想要暴露社会弊端，针砭当时的政治问题。显然，他对晚清小说的评价与对先前数世纪小说的评价相一致，都是关注于社会弊病的批判、传达一种道德信息。然而，鲁迅没有解释晚清小说与1910年代小说的丝毫区别，在后者中，尤其是短篇小说，往往脱离了公共意味的主题，而是采纳怀旧、恋爱的题材，以书信日记方式撰写的叙事文学，传递着作者个人的情感与思想。鲁迅对中国小说的历史记述（见第四编第七章）完全忽略了1910年代。

将晚清小说视为一成不变、主题单一，并与当时欧美文学丰富的现代主义作鲜明对比，这似乎是将此时期的文学作品视为历史文献的观念所致。因此，在二十世纪大多数时候，中国文学批评以历史原因来解释作品，文学研究的任务于是一直或多或少地局限于提供这些作品的历史背景和主要内容的梗概，将之视为当时普遍的社会与政治状况的直接反映。

【698】 晚清小说尤其容易被如此对待：从主题上看，此时期著名的小

说写的都是1880—1910年间反映中国社会和政治问题的历史事件，包括如1898年夭折的维新运动，1900年义和团排外事件，洋人入侵，以及贫穷的知识阶层向美国的移民，女权运动和官僚系统的腐坏。此外，在这些小说中获得的历史真实感更由作者们营造可信性的努力而加强。这些小说并不采用传统小说惯用的障眼法，假托所记述的事件发生于往古或某个不确定的时代。相反，小说家们泰然自若地宣称他们的作品写的就是此时此地，读者所见，便是同时代的作者所目见身历的当下。

由此，我们便不会感到奇怪，阿英（钱杏邨，1905—1977）在1937年所撰写资料丰富的《晚清小说史》中，一丝不苟地根据主题进行分类，使用了源自中国传统历史研究的组织方法。作为一部开山之作，《晚清小说史》至今因作者百科全书式的知识而令人惊异不已。然而，吊诡的是，阿英以历史研究的方法治文学的道路，使得他没有像其他现代学者（例如胡适［1891—1962］、吴小如［1922—］及大村益夫［ōmura Masuo，1933—］）那样，将晚清小说置于不断发展的文学进化之框架中去审视。由于在分析这些作品时艺术性被忽略了，将晚清小说与之前或之后的文学发展联系起来也便成为不可能。而且，与阿英后来两部同样具有权威地位的参考著作——《晚清戏曲小说目》（1954）和《晚清文学丛钞：小说戏曲研究卷》（1960）一样，《晚清小说史》没有涉及晚清时期出现的两类短篇小说：白话短篇小说与文言短篇小说。无论这种忽略背后的原因为何，对短篇小说的排斥显然不利于对晚清小说的评估。我们对于晚清小说的认知，数十年来，一直都是一成不变、一厢情愿的，也有有悖于历史真相的。

更为糟糕的命运见于民国初年小说身上。在1920年代初期，民初短篇小说和长篇小说被不得体地戏称为“鸳鸯蝴蝶派”，这名称来自传统中国对于情侣的标识。1910年代初期的小说因此被贬斥为无病呻吟之作，为牟利而取悦保守派读者。令人感到遗憾的是，对于这时期研究资料的收集，受到此种官方解释的压力，也以这一方式编选。六十年过去了，民初小说一直都是绝大多数现代中国文学
【699】史所忽略的领域，直到1981年，才由林培瑞（Perry Link）发表了首部研究这一时期的专著（《鸳鸯蝴蝶派：二十世纪初期中国城市里的通俗小说》[*Mandarin Ducks and Butterflies*: *Popular Fiction in Early Twentieth-Century Chinese Cities*]）。

·新方法，新角度

清末民初文学作品的研究长期落后的原因，与材料的相对不易获取有关。这一时期的小说大多发表于世纪之交中国方兴未艾的报刊之上，这可作为值得注意的文化现象。通常来说，人们的兴趣集中于二十世纪二三十年代的五四新文学传统上，这些杂志便既不被西方的图书馆所收藏，也未曾在中国和日本重印。不仅对于这些文学作品本身的调查不足，就连文学理论和日本及西方文学的汉译研究，也深受原始资料缺乏的影响，尽管这些文学刊物充满了丰富的关于中国及其他国家文化与政治生活方面的新内容。

自二十世纪五六十年代开始，少数学者不畏惧可得资料的缺乏，决心探索中国文学史的这一“黑洞”，未知领域进行挑战。有的人做了卓著的翻译工作，有的人则研究起晚清小说政治学理中出人意料地占有重要位置的佛教因素。意图将中国文学与当时亚洲其他文学构成一体的尝试也开花结果了。晚清小说在演进发展过程中具有举足轻重的过渡作用——这一文化转型中关键的环节，不仅发生于中国，也见于整个亚洲的所有地区。

二十世纪最初二十年间的中国小说之图景，由此缓慢但不可避免地发生了变化。现在人们认识到，这一被忽略和被贬低的时

期，对于中国文艺的现代化起到了重要的作用。值得注意的是，此二十年间问世的文学绝无一致性，反而要将之分作三个迥异的发展阶段。肇始阶段，自1897至1904年，当时的政治小说被改良派政治家置于中国文学巅峰位置，盖因其人相信此类型小说能唤醒落后民众，乃改造思想之利器。第二阶段，约始于1904年，终于1910年，文学理论家与批评家的注意力从政治转向了小说的美学性质。在此【700】
阶段，出现了许多晚清小说的杰作，这得益于对传统中国小说的艺术革新。然而可能是最重要的一点，短篇小说在此时从长久的休眠期中复苏，开始严重挑战长篇小说的统治地位，在数量上虽不突出，但是由于具有了全新的叙事结构，其革命性的力量不可小觑。

尽管目前多数人认为晚清小说属于向现代性的过渡，但有些学者则确信，1910年代初期的第三阶段，中国文学依靠其自身的生命力，但也受到当代欧美及日本文学作品的译介与中西文化现象某些偶然交汇的刺激，已达到颇近于欧洲现代主义的程度。这一观点似乎得到近来一直被忽略的民初时期小说理论研究的引证，我们从中可以获取中国学者此前从未想象过的小说世界。同样，新近对于1910年代初期中国短篇小说的研究，揭示了此特定时期中西文学创作上的类似趋势。新一代中国作家明确抛弃了充当天地代言人的传统角色，反而如同欧洲的象征主义者或是美国的意象派作家那样，化身为他们想象之宇宙世界的缔造者，以求表达作者心志与情感。因此，尽管晚清许多作家力求在长篇小说的细节中捕捉时代丰富的社会现实，1910年代初期的短篇小说家们却倾注精力于主人公精神世界的描述，从中反而引发了对新型叙事策略的探索：第一人称叙事模式的频繁采用；“生活之断片”情节取代了由始至终地交代人物故事的写法；灵活的叙事时间，可自由地切换于过去未来与当下之间；私人符码（private symbols）与独特意象的创造，等等。民初作家对于私人性叙事的浓厚兴趣，似乎也足以解释另一方面这些人对于古典文言不可思议的偏爱——晚清长篇小说普遍使用的是白话。众所周知，白话与文言为中国文学两大语体，依照惯例，文言用于个人化的文类，比如诗歌与文章。1910年代初期的短篇小说家认为文言汉语最适合写作长短篇小说的原因即在于此，另外也使小说具有了抒情的特性。

要理解1897至1916年间中国小说的性质与历史作用，有许多因
【701】素都是关键性的。其中最重要的，是上海的兴起，以及这个城市在中国现代都市文化发展中所扮演的角色。

· 上海：现代中国文化的摇篮

十九世纪早期的头几十年中，没有一个中国城市能像上海那样可以担任中国现代文化的发源地。若以欧美经验为例证，现代文化的中心，诸如巴黎、柏林、维也纳、苏黎世、莫斯科、圣彼得堡、纽约以及芝加哥，俱首先是政治、商业或文化的首都，在其地，由于种种历史原因，文化活动后起而爆发，从而以知识与文化交流中心的身份使得这些都市获得了伟大的声誉。相比之下，上海原本并不具备后来文化重镇之惊人飞跃的因素。看起来，它地处于黄浦江与长江交汇入海口，这便于一个小水乡迅速变成合适的商港——在当地地名沿革上，便记载了这一变化，十五世纪本作“沪土”（渔乡）现在变成了“上海”（自海而上）——但并无文化活动的发展产生于斯，并且在未来发生的可能性似乎也接近于零。

上海命运的转折点发生于第一次鸦片战争结束时，1842年，清廷在《南京条约》中将之开放为通商口岸。英美两国在1843年获得租界权，法国在五年后也获得特权，上海被分成三个互相连接的区域——两个部分是外国租界，还有一部分是有城墙的中国县城，各自受不同的市政部分管辖。

从最初开始，外国租界便有着繁荣的经济景观。严格的卫生规定保障了清洁和持续的供水系统及排污设施，将原本不起眼的地方转变为合乎当时西方城市标准的现代化地域空间。当时名画师们的版画留存下来，见证了二十世纪初期的变化，电灯装点着城市，街衢被垫高、拓宽，铺设的砖石适合马车行走，有轨电车使得运输便捷，蒸汽引擎的火车将上海与邻近的内地城市连接起来。

在很短的时间内，上海吸引了成百上千甚至以百万计的中国人，他们离开旧乡，涌入这座城市，常被称作“小市民”——店铺 【702】
主人、商人、艺人、仆役、厨师、保姆、工人、街头摊贩、货郎、乞丐，还有来自附近苏州、扬州与杭州的年轻女子——以相貌俏美、语声甜柔而闻名一时。多层建筑、四处衍生出的宅第、银行、学校、图书馆、博物馆、公园、跑马场、茶馆、咖啡室，以及法式的和中西结合的当地中餐馆，将这个繁华的港口城市变成了一个忙碌、喧哗、高速的都市，有着大都会和多语混杂的气氛。

然而，上海与内陆城镇的最大不同，在于其极为不同的文化和新型的生活方式。新式的生活方式影响了传统的人际关系、儒家道德观与时间观念：中国乡村地区，在一年的三大节气中停息工作，但在大都会中，一周有一个休息日，因此导致文化的迅速商业化，产生了新的行业或是从旧行业的转型：青楼妓院，说书，梨园中古典地方戏的演出，或是剧院里的西洋“话”剧，后来还出现了跳舞和看电影。

在新型都市娱乐行业与技术中，印刷工业对于现代中国文化的重要意义是无可匹敌的。从前在木版上吃力费时的印刷技术，让位于现代装备，出现了更为简单快速的平版印刷术和出版公司，这些机构往往由洋人管理，涌现出大量新办的报纸杂志，同时造就了现代稿酬职业作家和愿意付钱买新出报刊或是以微资借阅书摊或图书馆书刊的市民读者。1890年代后期，有三十家以上的书局专门发行小说，自1870年代始，小说还被刊载于诸如《申报》（1872—1949）及《瀛寰琐记》（1872—1875）等报纸每月发行的文学副刊上。还有专门为娱乐休闲所编排的小报。二十世纪头十年里，最具声望的小说杂志，有《新小说》（1902—1906）、《绣像小说》（1903—1906）、《月月小说》（1906—1908）和《小说林》（1907—1908）。

作为商业货品的出版媒介，其新的地位当然鼓励了无甚价值的通俗小说生产，但也为富于创造力的作家提供了空间。随着1905年科举考试制度的废止，昔日为传统文人主要谋生来源的仕宦之途，在未来一代作家面前关闭了大门。现在职业作家能够自由地从出版
【703】媒介所提供的“公共空间”里获利，并且在外国租界中享有政治自由，这不同于中国的其他城市。因此，上海产生出现代的小说，反过来，小说也成就着现代的上海。这一富有成效的共生关系，在吴趼人（1866—1910）于世纪之交所写作的著名长篇小说《二十年目睹之怪现状》开篇中，得到生动的说明：

> 上海地方，为商贾麇集之区。中外杂处，人烟稠密，轮舶往来，百货输转。加以苏扬各地之烟花，亦都图上海富商大贾之多，一时买棹而来，环聚于四马路一带，高张艳帜，炫异争奇。那上等的，自有那一班王孙公子去问津；那下等的，也有那些逐臭之夫，垂涎着要尝鼎一脔。于是乎把六十年前的一片芦苇滩头，变做了中国第一个热闹的所在。

在以个人之风格与语言上独树一帜的晚清小说家中，吴趼人大概是最具天赋、最多才多艺及最为老练的。他的生平事迹与他的生活作风，在许多方面都与当时著名的小说家李宝嘉（1867—1906）、刘鹗（1857—1909）和曾朴（1872—1935）相似，从中或

许可以推想出二十世纪之初中国第一代职业报人与作家的概貌。一般来说，这样的作家都来自中国南部的小镇（多坐落于今日江苏省），生于一个乡绅家庭，父亲早逝，在母亲的努力下获得了传统教育。他们为谋生计而背井离乡，由于某种原因，这些青年被吸引到上海来，在此得到职员或文书一类的工作，先后供职于各自不同的文学杂志。后来（往往与友人一起）创办了一份新刊物，这是一桩风险很大的生意，随时可能倒闭。他们积极投身于当时中国的政治与社会事业，其文学作品虽多得自本身的经历，却并不暴露个人的真实情况。通常这些作家都创作丰富，最长于写白话长篇小说，但在其他文类上也有所涉足，并且同样也长于文言。虽不通外文，但对于欧洲文学的认知极为敏锐，这得益于林纾（1852—1924）的文笔，他在别人口译的协助下，翻译出西方文学著作的大意，产生极为重要的影响。如同当时的其他文人，吴趼人们身着瓜皮帽、长 【704】
袍、马褂、棉靴，将头发束成长长的辫子（满清强制施行的发辫制度之遗存）。

有关吴趼人的私人生活，我们所知不多，给人印象深刻的是他的实业精神（与所用的电气照明一起），完全改变了传统文人的生活方式。过去的中国文人，日出而兴，起床甚早，晚清文人则不同，他可以随兴致而安排工作——晚上化身为一位浪荡文士，纵情饮酒，四处寻欢，吸食鸦片，回到工作室，只消用下午的光阴去将自己的见闻与游历改造为他的小说即可。所以无疑，他并非离群索居者。尽管林纾与刘鹗深居简出，但其他人大多建立了办刊物或管理小型书局的文学社团。如现代欧美的文学小圈子一样，此时中国的这些小团体也怀有共同的信仰与观念，而其成员也分享着某种生活方式，通常源自共同的家乡，受私人情谊的约束。举例来说，梁启超（1873—1929）所主办的《新小说》下的成员们，都是政治活跃分子，他们曾在日本或东南亚国家居住过一段时间，都相信文学的核心在于启蒙民智。相反，李宝嘉所办的《绣像小说》与吴趼人、周桂笙（1873—1913）所办的《月月小说》，其供稿人都没有留学海外的经历，虽然他们也属于维新派，但是其目的却在于通过恢复儒家道德规范来改良国家，他们的小说作品即宣传这一思想。比较不同的是《小说林》社之同仁——曾朴、徐念慈（1875—1908）和黄人（1866—1913）——他们都出生于江苏常熟，尽管不曾旅居外国，却都至少精熟一门外语。这三人也是当时重要的理论家和批评家。

至1910年，晚清的杰出的长篇小说家有三位已经过早地去世了——吴趼人、李宝嘉和刘鹗——似乎自然可以此年为界限，将晚清与民初的作家分割开来。然而，没必要强行划界来将晚清与民初的作家分成两个群体。试看1910年代四位高产作家：包天笑（1876—1973）、苏曼殊（1884—1918）、徐枕亚（1889—约1937）及周瘦鹃（1895—1968）。从他们充满活力的作风与著名的生平掌故上，不同之处是显而易见的。此外，五四一代作家，如叶圣陶（1894—1988）和鲁迅，也在此时开始了他们的文学生涯，在当时最为著名的刊物《小说月报》《小说丛报》和《礼拜六》上发表文言的短篇小说。

【705】除了苏曼殊出生于日本外，新旧小说家的共同之处，在于都生于江苏省。对于这两代作家而言，上海提供了大量的谋生机会，他们在上海做报人或书店、书局老板，发行的文学刊物中，占有重要地位的有《小说时报》《中华小说界》和《小说大观》。年轻一代与上一代同行们的区别，不仅在于外表——这些青年都全身上下西装革履，俱以西式发型和必备的香烟为标榜——而且，更为重要的是，他们精通外语（英语、法语、日语），这使得他们能够从事翻译活动。然而，最为突出的不同之处，则是青年一代作家们招摇夸张的生活方式，有人认为这是他们过于敏感所致，乃是文人本性的热情之自然流露，但有时批评者则会告诉我们，毋宁将之视为一种

造作之态，为的是将其人格营造出一种个性的光环。其目的在于将小说表现为可信的生活经验，但是为了达到这一目的，生活有时却要遵从于虚构。

若有人坚持文学发展必服从于进化演变的线性模式，则1910年代初期即是中国小说中难以领会的阶段。无论如何，1910年代从不止一个方面颠覆了晚清占主要地位的文学法则。在此时期，短篇小说再度复苏，成为中国文学世界中最重要的类别。最后一点也很重要，这个时期中的某些非文学类的文本，诸如日记、游记和私人书信，被转化到文学作品中，因此拓宽了中国文学的谱系。动力要么从外部世界汇聚于上海，要么便是与此城市本身所营造的都市环境之活力相伴而生，从而造成以上的结果。总之，若无现代之上海，现代中国文学便不可能产生。

· 关于小说的理论与批评话语

一旦我们认识到，有关“小说”——晚清中国谈论的是长篇小说、戏剧、说书之叙事及外国小说——的理论话语，受到对文学的整体接受概念进行根本改造的普遍动机很深的影响，那么在晚清小说的批评话语中新近所发现的气魄与眼光，便不足为奇了。这一改造的要求并不产生于自身文化的领域之内。中国与西方世界的尖锐冲突，以及贫穷落后的局面，造成了民族国家深刻的危机，政治领导者们试图通过切合实际的方式、以典型的文辞进行呼吁：采用 【706】
西方的技术，但是保存中国的“国粹”。文学的教化作用，在中国传统文化中一直都是显而易见的，因此再度成为重要甚至核心的命题。而此时期与过去截然相反的一点，在于开始明确地追求中国之外可供效法的对象。中国的士人群体，面对中国文化的危机，受到日本1868年明治维新的启发，同时以西方现代国家为借鉴，试图采用各种方法来恢复广义之“文学”的权威地位，从而熔铸出一种新文学，可满足国家民族的迫切需求。

这一文学话语，经历了诸多迥异的道路，从鼓吹延续传统的古文与骈文，到创造一种更易于接受的书面文体，后者被当时著名的改革家和思想家梁启超称为“新文体”。除此之外，梁启超投身于维新改良活动，提出欲新人民与民族，先要使小说焕发生机。兹简述改良派及后世思想家的观点，来说明小说之叙事文体在清末民初是被如何塑造成型的。

关于小说界革命所发表的第一篇著名文章，是《本馆附印说部缘起》，出现于口岸城市天津所出版的《国闻报》1897年第十六期。文章的作者，一位是严复（1853—1921），他是博学的留洋学者，所译T.H.赫胥黎的《天演论》具有划时代意义；另一位是夏曾佑（1863—1924），他是位热心的改良派分子，曾提倡新诗。他们在文中宣称，欧美日本的小说，通过启蒙庶民，为进入现代社会起了关键作用。因此，中国的小说也应该肩负起启蒙中国大众的使命，使之了解现代世界的生活。此外，他们指出中国传统长篇小说所用的通俗白话具有更伟大的沟通力，这有助于实现他们的目标。严、夏二人清楚地认识到，白话口语所具有的自由、活泼、丰富的优势，在启蒙的使命上，远胜过雅洁、含蓄但情感压抑的文言（见第一编第一章）。因此，他们认为，正如传统长篇小说游离于官方断代史书之外，在民间保持着生命力一样，现代的白话小说也担负起教化民众的任务，在他们看来，这对于中国的现代化进程是必不可少的。

严、夏二人的价值根本在于确立了在中国民众中传播新思想
【707】的媒介，这留给梁启超来构建小说的理论体系。1898年，老师康有为发动的百日维新失败后，梁启超逃亡至日本，意识到政治策略上需要有所改变。他的一篇文章，题为《译印政治小说序》，发表于《清议报》第一期（横滨，1898年12月），在中国文学理论中引

入了“政治小说”的概念。这一概念是当时日本人使用的概念，源自英国的两位重要小说家本杰明·第斯累利（Benjamin Disraeli，1804—1881）和爱德华·乔治·布尔沃—利顿（Edward George Bulwer—Lytton，1803—1873）的观点。梁启超鼓吹政治小说的译介，因为他认为这对于中国人来说是全新的文类，其教化意义类同于儒家经典。正如经典向士人传道一样，这白话的政治小说可以教育平民百姓如何完成摆在他们面前的责任。

梁启超关于白话小说的政治理论，在他的《论小说与群治之关系》一文中发挥到极致，这篇文章发表在1902年的《新小说》创刊号上，是刊前文已经提及，为梁启超在横滨所创办。在文中，梁启超采纳了先前文人们所提出的白话小说具有动情之感染力的观点，而又进一步详细加以论述。他明确地将禅学佛理引为诸多观点和概念的来源，具体定义了所谓的“小说之四力”。梁启超认为，这“四力”将会把逐渐单纯的文学作品吸引力发展出令人效仿主人公的欲望。他将小说最高境界的力——“提”——视作如同佛法最上乘一般。具有这样的感染力，小说才能够振奋人的精神，从而复兴民族的道德、宗教、政治、社会风俗、学术以及文艺。

由此，梁启超再度运用佛学之喻，将小说立为“文学之最上乘”，因为“感人之深，莫此为甚”。但是，为了达到这些目标，小说本身先要恢复活力。过去的诸多长篇小说名著，如《三国演义》《水浒传》《红楼梦》，在梁启超看来，多以教唆劫盗和淫欲而“陷溺人群”。最后，论者总结道：“故今日欲改良群治，必自小说界革命始！欲新民，必自新小说始。”

这种将小说视为“文学之最上乘”的观点，显然来自于新儒学所宣传的“文以载道”之说，此说由周敦颐（1017—1073）提出，由朱熹（1130—1200）传播，自宋代（960—1279）以降一直是文章观念的根本思想。而梁启超通过从不同文化传统中吸收各种思 【708】

想，想象性地将之并入这一理论，丰富了其内涵，有的与古典雅文学有关，有的则与通俗文学联系起来。这些见解，都是对外国文学与思想的吸收与调适。梁启超小说理论的综合特征，是晚清时代本身的一种清晰呈现。这一提振精神的时代气氛，幸好与大批开明、博学、觉悟的文人之出现相伴而生，产生出一股小说批评话语的浪潮，这在中国文学批评史上是鲜见的。

小说在中国历史上第一次被置于文学的核心地位，这一新思想产生出富有成效的结果，包括批评话语形式的多变，讨论主题的丰富，以及逐渐从起初的单一主题（启蒙民众）向其他关系到美学领域主题的重要提升。

就形式而言，如吴趼人、刘鹗这些作家，在评点他们自己的小说（分别是《两晋演义》与《老残游记》）时关注于小说作品的文体与结构的属性，因而追随的是十七世纪的一些评点家和作家，如金圣叹（1608—1661）、毛纶（活跃于1666）及其子宗岗（约1608—1709以后）、李渔（1610/1611—1680）及孔尚任（1648—1718）等所建立的模式。此外，在过去，为作品或作品集作序，是一种发表理论思想的常用手段，上文提到梁启超的《译印政治小说序》就可为例证。而全新的批评方式，乃是独立成篇、单独发表的论文，展现出关于解释和文体的特定论点，尽管作者不署真名而代以笔名。当时非常流行的“发刊词”往往属于这类文章，与西方的文学宣言极为类似。这类宣言文章，表明了宗旨、计划和新刊物创办人所在文学团体的观点。（有必要重申的是，严复与夏曾佑的论调如梁启超一样，都是在他们各自的刊物创刊号上发表的。）

独立论说文章的出现，使得一种新式的自由讨论空间得以建立于刊物之中：成为对相同论题有规律地发表的系列言论。这类论坛最早出现的例子，就是“小说丛话”，1903年出现于《新小说》。另外一个同样成功的论坛，则是“小说小话”，自1907年开始在

《小说林》上发表。此时期的刊物上大约出现了三十个这类型的论坛，它们为研究晚清小说批评话语提供了最有价值的材料。

为了揭示清末民初时期批判性著作中所提出的思想究竟有如 【709】何的价值与范围，有必要去做些琐细的研究。但已有可能发现其主题上的某种提升及超越时代的表现。在梁启超1902年的那篇论文发表之后，立刻出现了更多拥护或阐发其观点的批评家。例如，1903年，夏曾佑以笔名“别士”在《绣像小说》第三期上发表了一篇长文《小说原理》，其中他调查了读者们对于图画和各种文字的不同反应，认为所有的读者，不论其社会背景或文化层次，都偏爱图画胜过文字，而在文字中，小说又胜过历史和科学论著。如他早先文章所云，夏曾佑解释说，这后一种倾向的原因，在于白话语言写实“如画”，白话小说能够传达出日常生活的整体和本质。

涉及当时小说论辩的人，大多认同一点，即浪漫虚构是文学生产具有合法性和必要性的一部分，虽则大多数批评家都站在《孽海花》前五回作者金天翮（更为常用的名字是金松岑，1874—1947）的一边。金天翮曾写过一篇《论写情小说于新社会之关系》，发表于1905年的《新小说》，激烈地斥责林纾与包天笑在1904年翻译亨利·莱特·哈葛德（1856—1925）的《迦茵小传》（*Joan Haste*）[①]，只因女主人公未婚而孕，被迫流产。（在1901—1902年所出版的节译本中，女主人公为了情人家庭着想而放弃所爱，其美德得到中国读者们的喜爱。）

然而最富活力的讨论，并非由赞同的回应所引发，而是得自对梁启超文章的批评意见，特别针对他将小说视为单纯政治改良工具的观点，以及他对中国传统通俗文学杰作不加甄别的贬低态度。如楚卿（活跃于1902年）写作的《论文学上小说之位置》一文，发

① 金天翮所谴责的是林纾译本，包天笑译本则是此处下文所谈到的受到中国读者（包括金天翮）喜爱的节本。——译者注

表于《新小说》第一卷第七号，其中作者有力地将小说展示为一种根植于诸多对比之要素的艺术品。他主张作家的创作过程，并不仅止于摹仿现实。自第一卷第十七号到第二卷第二十四号的“小说丛话”专栏里，掀起了一股对于梁启超之旧小说观的发难风潮。

《新小说》的这组“丛话”，为十余位学者提供了颠覆旧习之禁忌的平台，从而可以自由评述像《红楼梦》《水浒》《聊斋志异》《儒林外史》乃至遭到查禁的《金瓶梅》等“离经叛道”的
【710】小说。言论之自由，竟可以包容相冲突的观点和概念。许多杰出的批评家，在梁启超自己的刊物上，不满于他对待传统白话小说的态度，这一事实大可说明此时期所具有的学术宽容精神。在当时，观点上的分歧会让某位批评家决定不再在某刊物上发表作品，而加入其他志同道合者的阵营，但是不会有公开的表示。

吴趼人自1903年在梁启超刊物的“小说丛话”创办之初担任编辑，至1904年离职，在从事其他诸多活动之后，他与著名的高产翻译家周桂笙合作，创办了《月月小说》。1906年的创刊号上，吴趼人作《月月小说序》，解释自己与梁启超小说观的差异。对于吴趼人来说，小说最伟大之处在于能够传达情感，从而为“德育”所用。此外，美德与良知，而且只有美德与良知，能够救国，因此，他呼吁，作家们应该不仅要写政治小说，更要写社会小说、侦探小说、家庭小说、科学小说以及冒险小说。

1907年《小说林》的创办，倒并不标榜与梁启超功利主义文学观相背离，反而明确了作为其观点延伸的定位。此延伸指的是小说与文艺观念的重要提升，而无关于说教的宗旨——此系1910年代前半期里中国文学理论的主要导向。

这一不同的导向，总体上并不新颖。自从由文学角度讨论小说之始，中国学者就显示出对小说艺术属性与价值显著而有根据的兴趣。早在1897年，尽管当时的权威人物张之洞（1837—1909）对中

国小说理论的天才奠基人金圣叹口诛笔伐，文学批评家兼著名诗人邱炜萲在笔记集《菽园赘谈》中，仍对之有所称述。在文中，他赞赏金圣叹对《水浒》和戏剧《西厢记》细致的文本评析，肯定其将这些著作并列于杜甫（712—770）之诗、司马迁（约前145—约前86）《史记》的“奇书”之下的做法。但是邱炜萲等人的声音被更为响亮的宣讲所湮没，后来的研究也往往忽视他们，其同调还有如俞明震（号觚庵，1866—1918）等同代人，后者曾在1907—1908年间撰写了《觚庵漫笔》。

同样，二十世纪初期日本学者在中国文学和通俗小说研究上的贡献，尚大多不为人所知。即使在今天，也很少有学者认识到，比【711】林传甲（1877—1921）在1904年的中国最早出版的一部中国文学史（见下文）早七年，古城坦堂（Kojō Tandō，又名贞吉，Teikichi，1866—1949）在1897年就撰写了七百页的巨著《支那文学史》，或云最早的当是笹川临风（Sasagawa Rinpū，又名笹川种郎，Sasagawa Taneo，1870—1949），日本最著名的中国文学专家，在此后一年中所写的《支那文学史》，标题相同，而包含了若干白话小说与戏剧方面颇有研究价值的篇章。后者在1903年由上海的中西书局出版了中译本。当林传甲在撰写其简短的《中国文学史》时，笹川氏的著作启发了他的构思。

从美学角度研究小说影响最为深远的论文，是王国维（1877—1927）的杰作《红楼梦评论》（1904）。在撰写此文之前，王国维已经透彻地研究了康德、叔本华和尼采等人的著作，他运用所知的西方哲学美学思想，使中国的小说理论重新焕发生机。因为中国戏剧与小说通常以大团圆结局收场，叔本华将悲剧视为文学艺术最高形式的观念（见他1819年的《作为意志与表象的世界》）对王国维大有启发，以之用来重估《红楼梦》的价值——即如他所言，此小说的悲剧结局在中国文学中绝无可达到同等艺术地位者。文艺的职责，即在于描写人生之苦痛的本质，从而提供解脱之道。

王国维批评工作的结果，远远超出了单纯小说研究的范围。首先，这位政治保守的学者典型选择从事为其同代大多士人所鄙薄的文类研究，从而提高了小说的地位。其次，他是当时最为博学的思想家，乐于接受西方哲人的影响，这明显意味着中国文化的界限到了将被打破的时刻，尽管这一信息并不是那么明显。最后，通过将小说技艺作为其研究的中心，王国维预言了中国小说将有可能获得自由，脱离其原本无处不在的说教使命。

王国维所开拓的新路，得到徐念慈的追随，后者以笔名“东海
【712】觉我”从事写作。与他同代的许多著名人物一样，他生于江苏省。在1901年，他建立革命组织同盟会的一支分会，成为故乡常熟具有革命倾向的教育组织的重要成员。1905年，徐念慈与曾朴合作，建立了名为小说林的出版公司。两年后，他又与黄人合作，开始出版同名之刊物。在1907年创刊号上，他发表了《小说林缘起》一文，他以康德、黑格尔和基尔希曼（J. H. von Kirchmann，1802—1884）的美学观点来指导其文学研究方法。尽管如梁启超一样，徐念慈也着迷于小说的感染力，不同之处在于，他认识到有必要探询此力的根源何在。他发现其源在“美”，于是继而追问美是如何呈现的。借用黑格尔思维与存在的同一性的概念，徐念慈认识到小说必须通过具体的形象和思想来表达现实状况，要通过在艺术上更为可靠、更为实效的方式来表现现实，而不是直接地描摹现实本身。在1908年发表于《小说林》第九、十期上的《余之小说观》一文中，他提出了几个关于小说与社会之关系的问题。如同后来黄人所见的一样，徐念慈也认为这一关系异乎梁启超之所言。他将小说与社会视为互为作用的：不仅小说施力于社会，社会也决定了小说的命运。徐念慈对《小说林》及对中国文学研究的贡献，因其在三十四岁时过早的去世而终止。此后，黄人自第十一期出刊开始接

替了主编的工作。

黄人在此前已经发表过有关明代小说的评述——《明人章回小说》，收入他的《中国文学史》——在徐念慈过世后，又在《小说林》上发表了晚清小说理论的新见。黄人的《文学史》完成于1904年，不过其文稿只是被用作讲授中国文学史课程的教材，未曾正式出版。讲稿到1911年才仅以油印本方式由国学扶轮社刊行。他本名作黄振元，更名的目的可能是为了强调与黄种民族的休戚与共，不过他更偏爱使用的号，也是更为人所熟知的，是黄摩西。与徐念慈一样，黄人也是江苏常熟人。他的朋友与同事圈子中，有章太炎（1869—1936）、曾朴、徐念慈等杰出人物，其中黄人可能是对西方文化情况认识最深的。1901年，他受聘出任苏州东吴大学的文学教授，这是中国一所新兴的私立大学。他的《中国文学史》乃第一部现代意义上的中国文学史著作。

林传甲出版于1904年的《中国文学史》算不得具有现代意义，【713】原因是林传甲对于“文学”一词的理解近乎1903年京师大学堂章程中所采用的意义①。章程定义文学为人文学科的范畴，以日本模式为学习的目标，将之用以大学课程的设计上。林传甲的著作之裁剪，为的是他在京师大学堂所开设的新课程所用教材，故而严格遵守章程规定，将诗歌、小说、戏曲排除在外，恰恰是这几个文类组成了现代意义上的“文学”或所谓美文学（belles lettres）。林传甲的著作显然受到笹川种郎《支那文学史》的影响，但最终他又摒弃了这部著作，因为该书涉及中国小说与戏曲等论题，这些文类被林传甲视为文格卑下。

① 1903年的《章程》，当指张之洞的《奏定大学堂章程》（“癸卯学制”），该学制所立的文学科，下列中国史学门、万国史学门、中外地理学门、中国文学门、英国文学门、法国文学门、德国文学门、俄国文学门、日本国文学门等九门，已将经学、诸子学等排除于“文学”之外。但林传甲之《文学史》仍是经史子集兼备，其实是按照1902年的《钦定大学堂章程》（“壬寅学制”）的思路加以编著的。——译者注

1905年，即黄人完成他开拓性的《中国文学史》之后一年，他创办了著名的国学扶轮社。1907年，他发表《小说林发刊词》，宣布了他的文学观和新办刊物计划。尽管黄人也提到小说教育功能的重要性，但是他还是反对片面强调小说的实用方面，宣称“小说之实质”在于其艺术特性：“小说者，文学之倾于美的方面之一种也”。在1907到1908年该刊上连载的系列文章《小说小话》中，黄人以笔名“蛮”表述了他对于中国历史小说的看法，还论及中国小说与“时文”（即八股文）的关系，此外尤为特别地讨论了文之为“文”的必要属性。

在《中国文学史》中，黄人以三要素定义文学作品，即真、善、美。此外，与当时普遍接受的文学与文化直线模式发展观（得自对达尔文主义模式的误解，将进化视为步向人类文明的阶梯，为前进式过程）不同，黄人提出“历史之所演，有似前往者，有似后却者，又中止者，又循环者”。因此，历史演进当被视为“进化”。

黄人还有一部极为高明却往往为人忽视的著作《普通百科新
【714】大辞典》，由国学扶轮社资助，于1911年在上海刊行。这可能是中国所编纂的第一部现代意义上的参考读物，凡两函十五册（线装本）。黄人的《大辞典》有一千四百一十五个双面页，总计一万一千八百零九个词条，一百五十六张插图，三十六幅表格。就其布局与内容而言，该书与传统的“类书”体式截然相反，后者是自汉代末年直到十八世纪不断有人编纂的文类，收录文学与非文学的材料，为的是保存往昔所留存的知识财富。类书的分类依据有固定的阶梯式次序，比如以“天”“地”为起始，继而是地理学和地质学的内容，再就是人、社会、生活的物质方面——器物、灾病、蛮夷、植物和动物。相反，黄人的著作则是根据词条汉字书写的笔画排序，遵从的是西方辞书和百科全书的字母表排序模式。每个词条的中文词汇后附以英文的对应概念，还提供所属更大或更易

掌握之范畴的信息。例如，第三百八十六条，“方言”之下，有英文的对应词“dialect”（尽管此语依照今日更准确的译法，当作“topolect”），并置于“言”的范畴之下。而此书最值得注意的是其各词条的释文，均以明晰的语言写成，依据题旨的重要性而长短不一，并始终都能将当时可获得的最关键信息吸纳进来。

黄人《大辞典》面对的是中西两种文化中的事物，其立场显示出高度的概念抽象水平。举例来说，第三百八十九条“文学”被置于“文”的子类目下，附有英文对应词“literature”。黄人提供了对此语汉文释义精炼简明的历史概述，且将之与西方对应概念进行比较。他主要的关注点，则在于解释作为美文学之“文学”和作为囊括一切书写之“文学”的区别，这个分别，当时的中国读者还未能充分领会。

> 兹列欧美各国文学界说于后，以供参考。以广义言，则能以言语表出思想感情者，皆为文学。然注重在动读者之感情，必当使寻常皆可会解，是名纯文学。而欲动人感情，其文词不可不美。故文学虽与人之知意上皆有关系，而大端在美，所以美文学亦为美术之一。

黄人将小说艺术价值置于批评话语前沿的持续努力，因1913年精神错乱而导致的死亡所中断。然而在他的观念和后世文学研究者与作家们并不存在断裂。1911年辛亥革命到1916年的这一短暂的时期里，有关小说性质的讨论一直没有停歇。当然，许多论文都是以传统文体写成，仍是表述传统的观念。而当两位属于无名晚辈的青年作家分别在当时最有名望的文学刊物《小说月报》《中华小说界》上发表有关小说的宏论时，便鲜明地象征着在小说探索的视野和策略上出现的实质进步。此前的研究关注于某个特定的文学作 【715】

品、小说的某个单一方面，或是某个文学人物的生平事迹，而这些新论则将小说视为一个复杂的艺术体系，此外，文章布局完备，含有海内外文学理论的丰富知识。

这两篇宏论，一篇题为《说小说》，作者管达如（1892—1975），连载于1912年的《小说月报》（第三卷第五、七、八、九、十及十一号）。另一篇题为《小说丛话》，出现在1914年《中华小说界》月刊的创刊号上[①]。关于作者，在许多年间人们一直都仅知其笔名"成之"。直到晚近其身份才得以揭晓，这位出色的文学理论家，原来就是现代中国著名的历史学家吕思勉（1884—1957）。

管达如发表论文时只有二十岁，但这没有妨碍他以惊人的成熟水平阐述中国小说研究中的理论问题。如黄人、徐念慈一样，管达如也是江苏吴县（今苏州）人，且如两位桑梓先贤一样，他也是兼有文人和报人两重身份，起初为《民权报》工作，后来又供职于《民国日报》。他是著名的戏曲评论家，特别精晓昆曲（见第五编第一章）。

管达如的《说小说》令人印象深刻之处，必然在于其独到的视角。是文之六章，探讨了作为文类的小说、作者受小说影响社会的观点而提出的新的分类法、翻译小说与中国小说的区别，在最后的结论中，管达如谈到了中国旧小说的缺点和改良的新途径。而这篇文章的长处，在于论题之详实，为中国理论话语所少见，涉及真实世界与虚构世界之关系，以"体"（韵文和非韵文的小说体裁、章节的结构划分）、语言（文学语言的分别，文言的或白
【716】话的）、主题（九个所列出的主题中，有三个——科学小说、侦探小说和冒险小说——对于中国文学来说是全新的）来概分小说之类别，此外还谈到了被管达如称为区别小说与其他文类的五

① 当是第一卷第三至八期。其中第三至六期署名"成"。——译者注

个“异点”：（1）通俗的而非文言的；（2）事实的而非空言的；（3）理想的而非事实的；（4）抽象的而非具体的；（5）复杂的而非简单的。

管达如主张，在中国所有小说类型中，白话小说乃是“小说之正统”，再无其他小说类别对中国社会之影响力能具有同等的程度。在文章结尾，管达如提出，中国小说的未来是白话小说，因为它将对改良当代社会作出贡献。

吕思勉的文章似乎与管达如的文章并无关联。其标题似乎与几年前发表于梁启超之《新小说》的系列文章有些关系。不过这种关系是一种对立法。早先的那些系列文章由数位批评家写成，每人发表一点不同看法，而吕思勉是单独的一家，他将中国小说作为一个整体，提供极为全面性的意见。《新小说》的系列文章主要关心的是小说的接受和它在社会中的教化功能。而吕思勉感兴趣的是艺术创作过程，他将之分作四个阶段：模仿、选择、想化（意识的转化）以及最终的创造。因此，吕思勉将小说定义为“美的制作”，这不是对外部世界客体的摹仿，而是我们美学意象的表现。与以前专注于理论而缺乏具体例证的论者全然不同，吕思勉在文中涉及小说世界的起源和本质、叙事模式、叙事结构，以及小说人物，援引了大量的传统中国小说作品。最后还有一节对于《红楼梦》的精彩分析。

管、吕二人，尤其是后者，其论文标志着文学话语发生了一次里程碑式的改变。进入二十世纪不过十多年，这两位学者便以成熟的白话写作论文，符合向中国文学研究传播新思想和新术语的使命。中国小说理论行将出现现代叙事学之雏形，这一学科在欧美同时期也正在发展，其代表作有：亨利锡·基德（Heinrich Keiter）与托尼·凯勒（Tony Keller）的《论小说：小说与叙事诗的历史、理论、技巧》（*Der Roman: Geschichte, Theorie und Technik des*

【717】 *Romans und erzählenden Dichtung*，1908）、盖特·弗理德曼（Käte Friedemann）的《史诗中叙事者的角色》（*Die Rolle des Erzählers in der Epik*，1911）、塞尔登·怀特考姆（Selden Whitcomb）的《小说研究》（*The Study of the Novel*，1905）、亨利·詹姆斯的《小说与故事》（*The Novels and Tales*，1907—1917），以及维克多·什克洛夫斯基的《散文理论》（*The Theory of Prose*，1925）。

·长篇小说与短篇小说

二十世纪头十年间，大约有三百种长篇小说在中国出版，翻译作品的数量则更大，大约有七百种。这个统计，尽管只是估计值，且没有计入短篇小说，但足以代表传统中国文类等级的明显转化。在中国，与其他地方一样，诗歌在此时失去了统治地位，相反，长篇小说逐渐攀升到文类的顶峰。

孤立的数字不足以说明问题，但这类出版物的规模之大，终究是小说获得成功的主要原因。这些数字显示出革新的理论对于“新式”政治小说之地位的影响，且最终在一定的知识圈子里面传播了这一观点，即认为单凭文学就能拯救民众。此外，这些数字也说明印刷术及新都市环境在小说的兴起和迅速发展中的关键功能。对于清末小说自身艺术体系变化的考察，还充分地显示出小说功能的改变。

因此在这一部分中，我们关注二十世纪头二十年中国文学发生新变化时的活跃状态——在其间某些文化成分与其他领域发生交错。这一交错必然导致此前未能通约之元素的混乱——外国的与本土的、文学的与非文学的、“低俗的”与“高雅的”——合并、位置交错以及融合。这种混乱局面显示出已有美学范式的动摇，而最终使衰败过时的文艺体系得到更新。外国文学的翻译、长篇小说的重构，以及短篇小说的问世，都是文学革新的核心要素，俱发生于清末民初之时。

翻译活动

尽管在此前中国知识分子已经和西方世界打了几个世纪的交道，却是在晚近才对外国文学发生兴趣，这是在1898年变法失败之后的事情，当时如严复、夏曾佑、梁启超等人开始注意西方与日本的文学，以图求得用于“启蒙民众”的工具。当然，这一兴趣的姗【718】
姗来迟，可归因为中国士大夫长久以来根深蒂固的认识，以为中国文化与文学乃高出于其他所有“蛮夷”文化，对于外国事物，只需要学习其实用的方面即可。这种面对外国文学肤浅的优越感，可见于1840年代后期两部著名的百科全书著作，林则徐（1785—1850）的《四洲志》，以及林则徐好友、精通水道和治国方策的专家魏源（1794—1856）所编纂的《海国图志》。尽管对于蛮夷（即非中国部分）之地及其人民风俗的描述非常详尽，却没有涉及这些国家的文学。这种漠视当然有更平常的原因——二十世纪之前，很少有中国读书人掌握一门外语，这种状况改变得极为缓慢：第一所近代中国的外语学校同文馆，直到1862年才在北京成立。

因此很可理解改良派人物对于小说的兴趣，首先是受到其内在属性的激励，他们从中看到合乎自己实用的内容。其领袖人物康有为（1858—1927）在1897年所撰《日本书目志》中，有一段识语足可说明：“仅识字之人，有不读经，无有不读小说者。故六经不能教，当以小说教之。正史不能入，当以小说入之。语录不能喻，当以小说喻之。律例不能治，当以小说治之”。

1890年代末，汉译外国小说至少在当时的知识界掀起了不可预估的风潮。这时梁启超出版了他本人翻译的日本政治小说《佳人奇遇》（柴四朗［1852—1922］撰），最初刊于他所办的《清议报》（1898）上。不过，大多数汉译外国小说的主题都远远偏离了这些人物所提倡的政治启蒙主题，取而代之在二十世纪初书坊间流行的是侦探小说、科学小说和言情小说，其中科学小说尤为重要。著名的英国乌托邦小说，贝拉米（Edward Bellamy，1850—1898）的《回顾》（*Looking Backward*），曾由英国传教士李提摩太（Timothy Richard，1845—1919）节译成中文。此书连载于1891—1892年的《万国公报》，题为《百年一觉》，1894年复由广学会出版单行本。这部描写1887年的人漫游2000年的长篇小说，在1904年的《绣像小说》重刊时，更名为《回头看》。其他的科学小说，以儒勒·凡尔纳的作
【719】品最为著名，激发起中国读者们的想象。1900年，《八十日环游记》（*Autour du globe en quatre-vingt jours*）由薛绍徽译出，1903年又出现了《气球上的五星期》（*Cinq semaines en ballon: voyage de découverte*）与《蓓根的五亿法郎》（*Les cinq cents millions de la Begum*）的中译本[①]。此外，1896年《时务报》始连续刊载张坤德所译柯南·道尔的歇洛克·福尔摩斯故事。然而这些译作的影响，都不及小仲马的长篇小说《茶花女》，此书于1899年由林纾译出，题为《巴黎茶花女遗事》。从此之后，大量的报刊推动起翻译外国书籍的浪潮，歇洛克·福尔摩斯和小仲马小说中的玛格丽特，为中国读者所喜爱。1906至1908年间出现了一股着迷于外国事物的高潮。

翻译家对于外国小说的选择往往出于娱乐目的，这通常被解释为中国小说在二十世纪之初商业化进程的结果。事实的确如此。但是选择这些主题，而不是其他主题，具有历史意义，因为其中反映了两种互不关联的文化与文学的交会。

在这样一种文化接受的过程中，接受一方首先会采纳异质文化中那些接近于自身系统的成分。举例而言，严复坚信，中国古

①《八十日环游记》是陈寿彭口译、薛绍徽笔述。此处提到1903年的两种凡尔纳小说译本，前者题为《空中旅行记》，后者题为《铁世界》。——译者注

代思想与西方现代思想之间存在着密切联系，因此他将1895年翻译出版的赫胥黎《进化与伦理学》（*Evolution and Ethics*）题为《天演论》，从而完成了他本人的调适。由此类推，外国小说的汉译者在选择何者可译时，同样依附于本国的模式。值得一提的是，在近代西方文学传播到中国很久以前，中国文学即有其本土的侦探小说（公案小说）了，并且有大量的戏剧和小说，描述类如玛格丽特这样的美貌情妇及未婚妻，以自我牺牲的方式印证自己的爱情。至于科学小说，吴趼人后来成为晚清时期最具才能的科学小说家，他在一篇短文《杂说》（1907）中指出，中国小说也有自己的科学小说作品，他举出的例证，即是十九世纪的长篇小说《镜花缘》。

同样，翻译家们探索重构外国文本的方法，为的就是将之吸收到中国文学的实践中去。因此，译文中往往有所删改，无论是机敏地将欧洲氛围中国化，还是任意省略以中国标准看来是低俗的内容，或有意或无意，都可被视为一种策略，从中使得接受方的中国文化能够吸纳外来之文本。

这个翻译者的问题，突出体现在《新小说》的一个例子上 【720】
（第一卷第八号，1902），其中周桂笙翻译了一篇法国小说《毒蛇圈》，开场是一对父女的对话，这是中国读者所陌生的。周桂笙意识到这个开场对于习惯了长篇小说先有情节大概和主要人物介绍的中国读者来说会感到不适应，于是在译序中为此不当而致歉。因此，当周作人（1885—1969）、周树人（即鲁迅）兄弟在1909年出版《域外小说集》时，毫不愧疚地介绍了欧洲的诸多先锋作家，如俄国象征主义作家安德烈耶夫（L. N. Andreyev，1871—1969）和迦尔洵（V. M. Garshin，1855—1888），其书售出约八十册，却可视为是一个成功。读者习惯的改变，显得要比作者和译者缓慢许多。

在翻译活动的第二个阶段，约1908—1916年，翻译家如周桂笙、徐念慈、伍光建、吴梼、周氏兄弟及曾朴等，已经能够娴熟地运用所译文本的语言，所选择翻译的外国作品，也似乎得到精细取舍，着重于引介世界文学名著。举例来说，1910年包天笑翻译了契诃夫的《六号室》，1913年曾朴翻译出版了雨果的《九十三年》，托尔斯泰的《复活》在1916年有了马君武的译本①，等等。然而，即使是这种情况下，极为著名的翻译家在试图忠实地翻译一部外国文学作品时，若是其行文布局与传统中文之特色（见第七编第六章）不能谐调，他也要三思而行。

晚清长篇小说

晚清长篇小说的历史，不过十年之久。在二十世纪头十年中获得非凡成功之后，“新”小说极速衰落，在1910年代，长篇小说的地位就被短篇小说所取代。相隔一个世纪看去，晚清长篇小说的现象引发了对其在中国小说史之地位的质询。

首先，必须承认，晚清小说家中无人可达到十七、十八世纪如李渔、蒲松龄、吴敬梓和曹雪芹等作家的艺术高度。但是晚清作家们完成了前贤们未能做到的工作——将中国小说引出固有传统的禁锢，使之走向世界。

【721】 晚清小说呈现了一个不同于以往中国小说的世界。视野得到拓宽，空间不再停滞。晚清的长篇小说中，只有刘鹗的《老残游记》是设置于一个单独的地区山东省的，重复了传统小说情节往往限于某城或某区域的模式。然而，即便在这部小说中，主人公老残云游四方，为了勘察不平之事，以图救治。在别的小说中，包括吴趼人的《二十年目睹之怪现状》《恨海》，李宝嘉的《官场现形记》和《文明小史》以及曾朴的《孽海花》，主人公也是随意在各省漫游，将中国各地发生的事件视为一个整体，反映出近代化进程里的

① 题为《心狱》。——译者注

国家。不同于将情节固定于某个内地城镇的做法，这些小说的舞台是东部沿海地区的大都会，北京变成了保守的官僚渊薮，已脱离中国内部和外部的发展。假如我们不考虑《西游记》《镜花缘》中的幻想旅行，李宝嘉的《文明小史》第一次出现了日本的留学生，《官场现形记》第一次出现了英国，曾朴的《孽海花》第一次出现了德国和俄国。甚至在某些科学幻想小说里，还有外部空间，如荒江钓叟的《月球殖民地》（1905）和萧然郁生的《乌托邦游记》（1906）。

为了使小说更有活力，作家们塑造了超出过去惯有情节内容的角色。人物表中还有那些大大小小的官吏及其妻妾，以及军人、商贾和洋行买办。但首度出现的人物，比如旅行者、发明家、记者、无业文人、留学生、革命家、虚无党、无政府分子、贫穷的娼妓以及洋人，在小说情节发展中或多或少地发挥着各自的功能。更为离奇的，是对他们相互关系的描述，多半与儒家礼法相悖，有时还颠倒黑白。比如官场的世界往往与妓院和盗贼的世界相比映；亲友夫妻父子主仆的五伦关系常常被颠覆，甚至被有意识地毁坏（《怪现状》《官场》《孽海花》）；中国与外国人作战，往往也大获全胜（例如高阳不才子的《电世界》［1909］以及碧荷馆主人的《新纪 【722】
元》［1908］）。

最后，还有必要申明的是，爱情题材在晚清长篇小说中频频出现，仅仅为了显示个体的情感是如何被无情的社会压力所碾碎的（《孽海花》）。于是晚清长篇小说似乎充分捕捉到中国新兴之现代社会的种种复杂性、多样性、流动性和不确定性。这一主题类别，类同于当时的欧洲长篇小说，标示着晚清小说担起民族文学的功能，具有广阔的素材、背景和人物形象，这些与叙事方式、手段和风格上令人惊异的多样性相匹配。

无论作者还是读者，都更乐于接受外国小说，并试图将其技法运用于中国小说的写作，其原因至少可认为是与传统规范与审美准则的松弛有关。作家们发现有可能打破旧有的、按时序安排的叙事时间之藩篱，改用插入式的叙事时间，例如西方侦探小说增强了情节的紧张度，科学小说中使用的未来时刻使难以想象的幻想世界来到目前（例如梁启超的《新中国未来记》或《乌托邦游记》）。然而最重要的革新，则是在于作家个体试图削减或压抑传统写作习惯的控制，建立他本人对于叙事之最终形式的掌握。例如，在情节结构的原则上发生了极为重要的变化，调整了旧的编排类型，以适应社会的转型。《官场现形记》的情节，便被安排为所描写的晚清社会各新阶层间的关系系统。而在《孽海花》中，小说情节主要依据是宇宙的循环规律以及佛教的轮回说，目的在于针对当时中国过分沉重的阴暗社会现实所遭受的不可避免的历史惩罚加以警告。更令人意外的情节安排，则是主人公在试图寻找解释这些不可预期的震惊事件之缘由时，徒劳地以男女主人公的失败宣告收场（《二十年目睹之怪现状》和《孽海花》）。其中，吴趼人不仅吸纳了中西侦探小说的插入式时间，而且改变了传统小说的大团圆结局，更以冷酷的悲剧作尾声。

最令人惊异的发现则是对晚清小说中个人思想和风格的审察。鲁迅、胡适、阿英等中日文学批评家和文学史家，自1920年代至1960年代，在对晚清小说进行描述时，主要关注的对象似乎仅仅是
【723】晚清文学与社会相关联的部分。当然，对社会问题的关注是晚清大多数小说的重点。但这并不意味着作家的意图仅仅是为了嘲笑、谴责及暴露社会的阴暗面。此时期的小说藉由情节结构，时或通过叙事的象征手法（尤其见于前言），时或通过作家与第一人称叙事者的紧密关联，展现出思想态度和主观立场的鲜明多样性。因而作家的风格自然同样是千变万化、各不相同的。

吴趼人，又名吴沃尧，或作我佛山人，堪称晚清小说家中最具

才华和想象力的一位，在他最出色的几部作品中，展露出晚清小说写作的新趋势。他率先尝试使用第一人称叙事，此前中国白话小说一直都只是采用第三人称。他在《二十年目睹之怪现状》中恰当地引入了这一叙事新技巧，这至少传达出作家本人的某些经验。特别的是，作者揭露了看似关怀他而实则道德败坏的伯父之本性，此人毁灭了自己的人生，成为小说文体和语意设置上的一个范式。这部小说的第一人称叙事者，在1903至1910年间连载于报端，见证着种种初见"惊怪"、厌恶、以为伤风败俗的现象，而逐渐被揭示为当时的典型。吴趼人还有一部小说《新石头记》，前十一回最初连载于1905年《南方报》，1908年出版了四十回的单行本。在其中，吴趼人首创了一部今日看来别具魅力的混合体，将新式的欧洲小说文类与中国传统小说最受尊敬的《红楼梦》联姻。他在侦探小说《九命奇冤》里，同样打破传统中国小说直线式的叙事时间。这部作品最初刊于1904和1905年的《新小说》杂志上，将西方侦探小说惯用的倒叙手法与类如广东南音（见第七编第四章）的技巧相糅合。而他最为优美的杰作，还有一部十回本的《恨海》，发表于1906年，1912年改编为话剧搬上舞台，1931年又拍成电影。这部小说讲述两对命运多舛的青年男女爱人的经历，他们订婚不久便遭逢义和团运动，于动乱中失散。其间所承受的苦难，将他们改造成另样的人：【724】
其一男子变成了小偷，染上鸦片瘾，他的未婚妻原本胆小怯懦且几乎不识字，现在成长为独立坚毅的女性，无法拯救其未婚夫，遂决心出家为尼；另外一个青年女子在上海沦为娼妓，其未婚夫在难抑的悲痛中做了隐士。这部作品篇幅不大，吴趼人却同时展开了三项主要的革新。编排紧凑、真实如镜的情节使他舍弃了拥有复杂线索和众多人物的长篇小说，采用了较短小的形制、单一的情节，设置数量有限的人物——从而便于将事件的焦点转移到人物性格上面。在小说的前言中，吴趼人宣传他的写作意图，是要创造一种"写情小说”，专注于个人化的爱情主题（这一浪漫主题与个人的父母之爱、孝悌之爱以及对于君主和国家效忠之情感皆相通），预兆着后来心理小说的发展。

李宝嘉的小说代表作，有《官场现形记》，初连载于上海《世界繁华报》，1903年4月至1905年6月，还有《文明小史》，于1903至1905年在《绣像小说》杂志上连载——可作为吴趼人小说的补充和对照。在李宝嘉对中国社会万花筒式的描述中，并无复杂的人物刻画，因为对于他而言，人物只代表了社会群体。他的每部小说都是根据同一模式的情节进行设计的，呈现出一种主题的循环，在其中社会各阶层人物纷纷出场。这种创作方式，使得李宝嘉成为晚清小说描述中国社会广阔画卷最卓越的大师。

李宝嘉与吴趼人的长篇小说采用了生动的日常语言，所针对的是缺乏古典修养的读者群，而曾朴与刘鹗的小说则是写给较有智识的读者，他们的作品以象征手法寓意，所用语言多借用古典文学的意象与典故，显示出他们对中国诗歌与象征传统的熟稔。特别是《老残游记》，这部作品起初在《绣像小说》连载了前十三回（1903年3月至1904年1月，第九至十八号），又在《天津日日新闻报》上附开场重刊了二十回本。小说的开场描述了主人公老残的一个梦，其中他将中国视作一艘行将沉没的船。这个具有象征意义的开场，预示着整部小说叙事的象征特色。受梦的刺激，老残这位江湖行脚医生开始了以各种方法疗救中国病症的旅程：寻找非正义的案例并予以矫正，关于未来中国的哲学讨论以及对妇女态度的改变。这部小说与众不同之处，便在于这种不重情节的话语，包括对
【725】中国风景的著名诗化描述，而这不仅意味着对于自然美的描绘，同时也是社会状况的隐喻表述。然而即使在这部富于空想的小说中，抒情成分之外还有全然不同的元素。刘鹗编入了一系列微型犯罪故事，使老残摇身化为侦探。这种原本不可混杂的元素的糅合，使此

小说颇具革新意义。

曾朴的小说《孽海花》，起初由金松岑作了前六回，其中两回发表于《江苏》杂志（1903—1904）。曾朴在1904年接手续写，小说前两卷各十回，于1905年上海小说林社出版。1907年，《小说林》杂志又连载了计划第三卷中的四回，然而此卷未能完成。至1928年，曾朴对原作进行了充分的修订，出版了一个三十回的单行本。如上文所提到的刘鹗小说之开场，这部小说也在开场以提喻法（synecdoche）预言了全书的主题：连接着上海的奴乐岛将要沉入大海，但是淫逸、野蛮、无知的国民到死也不知其灭亡是缘于缺乏新鲜的空气。小说生动地描述了十九世纪晚期北京与上海上层社会的生活，其命数被象征性地与一位高官金雯青的命运联系起来，此人陷入与歌妓傅彩云的命运纠结，娶之为妾。小说巧妙地以“孽”之果报的模式组织全篇，将之渗入小说的许多层面。这一反复出现的模式，最先表现为一个情节，即金雯青曾违背婚誓，导致被遗弃的青年女子自杀。待二十年后他迷恋上傅彩云，长相与死去女子相同的她将不可避免地导致金雯青的毁灭。金雯青仕途得意，在朝廷极为风光，但因出使欧洲，却变成了一个不能适应外部世界的笨拙官吏，他被自己的女人所骗，犯了重大的外交错误，在回国后不久，更遭遇耻辱，凄惨死去。标题蕴含了小说的多层意义，“花”字另外可用以表示“女子”，同时也可以指“华”（近乎同音）。

· 回顾

当梁启超在1902年的那篇论文中号召“文界革命”时，革命这个复合词（起初在《易经》中出现，为动宾结构，表示“天意的转变”）是不久前、大约在1895年，从日语（kakumei）回归到汉语的，具有“revolution”的新含义。不过，梁启超使用“革命”这个词语 【726】

时，此词已得到广泛使用，简直可以说是滥用了，在口号与演说中，呼吁着各式各样的革命——政治革命、社会革命、种族革命，还有家庭革命。此词也入侵到文化领域。在梁启超提出小说革命之前，他本人就已经号召过“诗界革命”和“文界革命”了。

从晚清政治改良派的文章中，我们得以设想当时中国文化的转型，他们首先把目标放在文学主题的变更上，其结果——他们多少有点天真地相信——新“内容”将近乎自动实现对民众进行启蒙的愿望。然而，梁启超在撰写他的空想小说《新中国未来记》时，却失败了，这个结局与陈天华的《狮子吼》（1905—1906）及其他科学小说一样，中途辍笔，说明改良派并未认识到才能和写作技巧与缔造文化复兴的美好心愿是同等重要的。

然而，一场“革命”，或者更准确地说，一次极端的改变，确实在小说中发生了。小说的中枢环节业已发生彻底的颠覆。从上文可见，结尾的大团圆变成了大灾难；人物角色间的关系从儒家伦理转化为开放的道德不端，普遍的第三人称叙事首度被第一人称叙事所取代，复杂的情节演变为单一的核心主题，传统的时序叙事被插叙或是未来时的百年之后所取代。

不过，颠覆作为复兴之有效手段，从美学角度耗尽了写作的惯习，过去的中国文人并非对此一无所知。事实上，对于先前之范本的调适，长久以来即是中国文学演进的主要手段之一。举例而言，明末清初时颠覆即作为文化复兴的主要策略，文学革新的巨匠李渔，便创造了一个合适的词汇：翻案。当然，毋庸置疑的是，就在六朝时期（220—589），佛教、外国艺术和海外建筑便是中国文化重新散发生机最重要的刺激源，因此，与西方世界的接触，对于晚清文化与小说而言，也是同等重要的。

1910年代的长篇小说

1910年代的长篇小说，乃是中国小说重焕生机之能力的极好例证。如前文所言，这次重焕生机的途径乃是颠覆。颠覆的典范，现 【727】
在便是晚清的白话长篇小说。与人物众多的小说（有时多达上百个角色）不同，1910年代的小说代表作，大约不超过两位或三位主人公，再加上少数的次要角色。此外，社会主题在晚清小说中分量极大，现在则变成关注于男女主人公的心理世界，他们面对爱情往往顽强不屈，但又总是显得轻率。此时期最重要的改变，则是发生在语言模式上的变化。与过去典型的白话小说不同，此时期的长篇小说往往采用文言，仿佛作者们明显认识到这种语体更适合表达情感和心理状况——这是1910年代长篇小说的主要话题。这一退至文言的变化对于进一步重构中国长篇小说意义重大，它便于打破文学与非文学文本的边界。这反过来导致书信体小说、日记体小说的兴起。（在前现代中国，中文的书信与日记往往是以文言写的，这些文类通常未被视为纯文学。）

描画主观私密经验的小说最为成功之作，是《断鸿零雁记》，初连载于1912年的《太平洋报》，后于1919年出版了单行本。作者苏曼殊，以翻译拜伦诗而著名，自己也写作诗歌和小说，因参与革命而感到失望，遂甘作云游四方的诗人与僧侣。这部小说以第一人称写成，主人公是一名有中国血统的日本青年僧人，其身世与信仰使他难以实现对爱情的向往与追求，作者如拜伦一样，借人物透露出许多个人的心事，创造了一个关乎自己人生的神秘传奇，从而完成了这部杰作。

将虚构与现实进行类似的结合，还可见于此时期徐枕亚的一部名篇《玉梨魂》，初连载于1911年的《民权报》，1912年出版单行本。徐枕亚在这部小说中引入了一个此前遭禁忌的话题——中国年轻寡妇的情感波折，她在丈夫去世后被要求守节，但爱上了儿子的青年塾师。小说获得名声的原因，并不在于这个主题的新颖，而在于作者、叙述者和失恋的塾师诗人之间的紧密关联，使人觉得男主人公即是作者本人。1914年，徐枕亚重写了小说，将原本的第三人称叙事更为日记体，进一步加强了读者的这种印象。《玉梨魂》于是成为中国第一部日记体小说，将非文学的日记转化成一种新文类，这一做法被现代中国小说广泛采用。

【728】 尽管1910年代的这些文言小说为中国小说的复苏作出了贡献，并且得到都市读者群的热情喜爱，但是却历来被中国小说史所忽略。其原因之一，可能是对文学发展的简单化理解。1910年代的小说不尽合乎文学发展的线性概念，后者假定一个文学时代出现，继而取代了前一个时代。1910年代小说夹杂在晚清与五四之间（这两阶段都关注社会危机问题，都动用了白话），看重的是爱情故事和内在主题，而且用文言写作，很容易被视作历史反常现象。然而，在1910年代，不管是长篇小说还是短篇小说，在中国现代文学史上销声匿迹，似乎是由思想观念所致，并非是缘于对文学发展性质的理解不够成熟。在1920年代初期，五四精神鄙薄1910年代的小说，以为毫无价值、媚俗低级。就此而论，此前十年间问世的任何艺术成就，若对五四一代提出的中国文化之现代化霸权构成威胁，就理应予以避免，事实上也成功地实现了这一点。

短篇小说的复苏

如上文所言，“小说”一词在晚清的改良派人物那里，被用以指称虚构的叙事作品、戏剧和说书，以及外国小说。然而，当限定在当时的中国虚构叙事作品时，便其实只有一个意思——长篇的章回小说。原因很简单，尽管短篇小说在唐宋明及清初都很兴盛，但是至十八世纪以后，却由于不易说清楚的原因，造成短篇小说突然消失于中国文学的图景之中，因而也没得到改良派人士的注意。

然而，纵然没有得到改良派人士们的注意，短篇小说的兴起事实上却成为晚清最后十年中最为重要的现象之一。许多这时期出现的短篇小说，已然成熟且具有现代艺术特点。最初对于这一文类的留意，已经是1906年的事，《月月小说》首先开设了一个专载短篇小说的专栏。在此之前，短篇小说一直仅仅是零星地刊载于几个不同的刊物上，而大多数发表的小说乃是长篇连载作品。在固定的期刊上所形成的专题讨论，与短篇的复苏密切相关。对于短篇小说的兴趣，起初显露于一些刊物在广告上对这一新文类的鼓吹，它们敦促作者将文稿限制于二千到三千字的篇幅（可见于《月月小说》，1908年第十四号）。后来，允许的字数又扩展至最多数千字（见《小说月报》，1912年卷三第十二号）。

需些许时日之后，短篇小说才被视作有别于长篇小说的独立文 【729】
类。吴趼人览阅英文书籍颇多，推重英语中对小说作品的专名之精确，知小说有romance、novelette、story、tale及fable的分别（见《月月小说》，1907年卷一第五号）[①]。于是在1906至1907年间，《月月小说》引入了一个专门为短篇小说开设的栏目，其作品题材，可分为历史类、哲理类、虚无类、侦探类和社会类，此外还有言情和诙谐等类别。其主编吴趼人和主译周桂笙，自然成为该刊短篇小说的主要作家。1906至1907年间，吴趼人在此发表了至少十二篇短篇小说创作，如今被视为晚清时期最优秀的代表作。在《余之小说观》（上文提及）中，徐念慈对于长篇小说与短篇小说的区别提供了一份细致的描述，其中涉及两个文类的读者，他们分居不同的社会背景之下。

然而，正如《月月小说》《小说林》二刊编者所频频强调的，他们对于短篇小说之兴趣，缘于个别作品的艺术性，而非此文类本身所具有的新奇感。选择翻译外国短篇小说，也正是看重其艺术上的价

① 此篇文章为周桂笙《新庵谐译》评论，作者署名“紫英”，当系蒋紫侪之笔名。——译者注

值。早期所翻译的作品，多出自显克微支、马克·吐温、托尔斯泰、都德笔下，尤其是莫泊桑的作品——早在1904年就被翻译成中文，其受欢迎程度在下一个十年中丝毫不减。关于传播西方短篇小说杰作最为得力的两部译作，是周氏兄弟于1909年编译的《域外小说集》和1917年出版的三卷本《欧美名家短篇小说丛刻》，后者编译者是周瘦鹃，他因此而获得鲁迅的特别褒奖。周瘦鹃的翻译小说集中收罗了包括意大利、西班牙、瑞典、荷兰和塞尔维亚等十四个国家四十七位作家的作品，每篇作品前都附有作者的小传及影像。在此我们还必须提及一部《小说名画大观》，由胡寄尘编纂，1916年上海文明书局发行。此书汇总了当时已发表的中国最优秀的短篇小说创作与翻译达三百篇，乃是民国初年最具代表性的短篇小说集。

在1910年代，专门刊载短篇小说的杂志，有《小说月报》《礼
【730】拜六》《中华小说界》和《小说大观》。头五年中最具才华的短篇小说家，有苏曼殊、徐枕亚、程善之、林纾、周瘦鹃、包天笑和叶圣陶。此时期鲁迅只以笔名周逴发表了一篇短篇小说——《怀旧》（刊于《小说月报》，1913年卷四第一期），这部作品在中国文学中具有现代性的先兆，因为作者善于采用不寻常的第一人称叙事视角，以一个儿童而非作者本人的口吻，表现出连接松散的抒情化景观，取代了惯常所用的以时序安排情节的办法。

如上文所论，1910年代的短篇小说，大多类同于彼时的中国小说理论，处于即将融入现代世界虚构散文体作品的边缘，因其大多数的艺术探索与1910年代现代西方散文作品中呈现的特征达到令人惊异的相似。这些现象乃是基于鲁迅、叶圣陶、包天笑、苏曼殊、徐枕亚等人早期以文言写就的短篇小说之上的。然而，在此欲概述清末民初的短篇小说创作之情形，还是为时尚早，也多少有点不自量力了。如这时期的其他文类作品一样，自1920年代初期开始，这些作品都“消失”了。事实上，早在1918年，胡适在《论短篇小说》（《新

青年》，卷四第五期）中，就开始压制此前不久一段时期里中国短篇小说的价值，将现代中国短篇小说引向都德、莫泊桑等最为合宜的外国典范作家那里。他也提及一些中国的旧体诗，比如杜甫的《石壕吏》和白居易的《新丰折臂翁》，将之作为短篇小说的效法榜样。由于材料难以获取，普遍认为中国现代小说史以鲁迅的《狂人日记》（《新青年》，1918年4月，卷四第五期）为起点。

直到晚近时候，有清末时期二十六部、民初时期三十部短篇小说，随同其他长篇、中篇小说的选集，得以重刊，收入七卷本的《中国近代文学大系》小说集部分（卷7，1991年）和《中国近代小说大系》（1993年）。一部更为充实、更为均衡地展现清末民初短篇小说作品之丰富性的丛书乃是于润琦编订的十卷本《清末民初小说书系》（1997年）。

· 传统小说的转型 【731】

在对清末民初时期小说创作的卓越成就进行一番审慎的评估之后，可看到长篇小说与短篇小说的方方面面都发生了根本的改变。中国小说的再生，并不须等至五四运动方才发生：它早已在十或二十或更多年前就开始了。

虽然在语体问题（文言或白话，甚至有时候带有方言色彩）上有一些左右摇摆，但是清末民初作家们已经尝试不同的形式与格式、第一人称叙事、前所未有的题材、非直线式的情节发展，以及其他所有长短篇小说的方方面面。尽管这些改变有不少是受由外国引入之小说的刺激而产生的，而中国作家们所致力的，从深层来看，则是要将他们变成自家文学遗产的一个组成部分。

米列娜（Milena Doleželová—Velingerová）

【732】 第七章　二十世纪的小说

· 历史大背景

在二十世纪初，小说（字面意思为“细小的言说”）是中国文学的一脉次要分支。然而到二十世纪九十年代，中国现代小说领域的学者范伯群曾诙谐地将小说这一统治地位暂不容置疑的文学形式称为“大说”。不论是根据长短篇小说每年的出版量，还是以小说（而非诗歌或其他文学类型）为主的文学期刊的发行量来看，小说在二十世纪二十年代开始就远远超越了其他竞争“对手”，并且再未失却这一独领风骚的地位。即便电影和电视在二十世纪末大举入侵中国小说的读者群，但是最为成功的电影和电视剧还是经常改编自小说，而非来自本来就为银幕而创作的剧本。

晚清最后十年至民国前半期这段时间内，作为居统治地位的严肃写作的令人愉快但略具教益作用的一个分支，中国的小说开始发展起来。虽然二十世纪的文学学者经常指出小说的发展壮大是明清时代最重要的文学成果，但这种回溯型的观点无疑会让明代至清代
【733】 中期的所有精英文人感到惊讶，被视为无稽之谈付诸一笑。古典的诗和文章（诗文）千年来一直是严肃文学的主导形式，明清的绝大

部分文人士大夫不会觉得他们身处的时代有什么例外。晚清以来，中国小说优势地位的形成原因除了文化大潮流之外，还和经济因素以及地理政治因素有关。

虽然政治家和权威学者通常都强调十九至二十世纪中国融入全球经济圈过程中的负面影响，但随之而来的都市经济发展的确以令人眩目的速度在文化领域中创造了许多新机会。在十九世纪末的中国都市中，出版业勃兴，大众阅读以前所未有的规模加速发展。在当时出现的数十种报纸、通俗小报、杂志的读者们如饥似渴地阅读着小说——包括短篇小说、外国小说译文和连载的长篇小说。上海称为中国出版业的中心，其里程碑式的事件包括第一家面向大众市场、近代中国发行时间最久的本土报纸《申报》（1872）的出现，以及中国第一部文学刊物《海上奇书》（1892）的出版。

即便是吴敬梓（1701—1754）这样的十八世纪一流小说家都需要通过其他渠道来贴补写作，但大众阅读带来的经济利好则使得许多成功的晚清小说家能够完全靠写作维持生活。小说和大众杂志间的这种共生形式持续到民国期间，这一点可以由上海《新闻报》连载了二十世纪最家喻户晓的小说之一张恨水（1895—1967）的《啼笑因缘》（1929—1930），而导致发行量在1929—1930年跃升到一万五千份一事得到证实。在二十世纪后期，像报告文学这类混杂的文学类型的持续风靡也体现了大众杂志与小说的继续交织。

清末民初，中国在西方列强和日本那里遭受的各种地缘政治挫折带来了让人长歌当哭的痛苦和不公正，但同时也加速结束了中国的闭关锁国，惊醒了许多关心国事的中国人，使他们看到改革文化、家庭关系和政治的迫切需要。中国自古以来的天朝上国之梦——认为自己是世界文明无可置疑的唯一中心，而不是芸芸诸国间的一员而已——在1894—1895年中日甲午战争失败后而失去了最后的附庸国朝鲜之后，经受了致命一击，为长期被国人视作半开化的弹丸邻国、不可能对中国构成实质威胁的日本所凌辱，这意味着中国亟需一场类似1868年明治维新的彻底制度改革。而且根据1895年签订的《马关条约》，台湾和辽东半岛割让给日本，标志着大片
【734】重要领土的丧失，而非仅仅是将偏远未开发的边陲拱手让出，或者在一些港口给予外国治外法权而已。

十九世纪九十年代中期甲午战争中的一败涂地造成了中国文化的极大震动，各界广泛要求对各种不合时宜的制度、如不重实际的八股文科举制度进行彻底的改革。光绪帝在1898年以颇类似日本明治维新的志向宏大的改革计划回应了这些要求，但是慈禧太后发动宫廷政变囚禁了光绪帝，使短命的变法戛然而止，并迫使许多进步人士如梁启超（1873—1929）逃亡日本。清廷的进一步暴行，如1900年支持义和团对外国人和有外国联系的中国人施加暴力的灾难性决定，只是越来越激化中国知识分子的直言不讳和反清浪潮。这些灾难在知识分子中激起了一股强烈的愿望，他们迫切希望了解阻碍中国像西方和现代日本一样“富强”的核心因素是什么。

在1902年的《论小说与群治之关系》一文中，梁启超就如何面对来自国内外各种威胁而振兴中华提出了一个书生气十足却影响力很大的建议。梁启超认为，传统中国小说因为诲淫诲盗煽动迷信而扮演了一个破坏性的角色，浪费了它自身促进社会福祉的巨大潜力，因此提出要通过“新小说”（这也是他当时创建的文学刊物的名称，见第四编第六章）来启蒙大众，开启民智。因为传统中国小说似乎缺少能启蒙人心、具教益意义的小说，梁启超等改革家便在中国人开眼看世界的好奇心滋长的这一时期，呼吁对欧美小说的翻译。他们的呼吁颇见成效，到1907年，汉译小说的增长速度超过了本土小说。

虽然梁启超所支持的西方风格的改良小说并未能促生他预想中的社会改革奇迹，但是确实产生了一些改良效果。比如，它对中国

式包办婚姻所提出的更为平等的替代做法在中国知识分子间引起了相当多的讨论，并可能加速了二十世纪中国的纳妾和包办婚姻制度的衰落。二十世纪中国女性地位的提高，无疑在于更为合理的婚姻法，而非仅仅来自具改革意识的小说家的努力，但是这一时期女性小说家比例得到了前所未有的提高，这表明中国女性在小说领域享有了比以前更多的机会。

和梁启超的预期相反的是，传统白话小说作为二十世纪中国
小说所模仿的次要对象，随着晚清及其后这一领域研究的不断发 【735】
展，地位得到了很大提升。比如，著名的文学学者王国维（1877—1927）指出，十八世纪曹雪芹（约1724—1764）的《红楼梦》是中国前现代小说和戏剧史中唯一一部彻底的悲剧，这在传统白话巨著中是绝无仅有的。对于像张爱玲（1920—1995）这样对曹雪芹的《红楼梦》烂熟于心的作家，这部作品在他们的小说中留下了鲜明的印记。如吴组缃等作家则将《红楼梦》视为出神入化的白话教科书，甚至如吴趼人（1867—1910）等《红楼梦》的诋毁者也将它看作当时长篇小说所不可避免要与之比较的一个标杆性作品。

小说地位的提高也伴随着古典诗文在中国的逐渐衰落。科举考试制度在十九世纪九十年代的衰落，以及在1905年的彻底废除，颠覆了学习古典诗文的核心动机，并同时刺激了二十世纪的白话小说发展。随之而来的儒家思想在大多数中国知识分子中的式微，也带来了对来自西方和日本的其他思想体系的更浓厚兴趣——小说作品和批评中经常对这些思想体系进行探索。二十世纪中国小说的逐渐国际化并不纯然是一件幸事，不过它确实催生了比前几百年中更多样化的作者风格和主题范围。

二十世纪早期风格差异甚大的作家，如从商代甲骨文的发现者之一刘鹗（1857—1909）到1918年短篇小说《狂人日记》的作者鲁迅（周树人的笔名，1881—1936）——《狂人日记》为1919年开

始的“五四”新文化运动中火星涌现的社会改良和批判小说揭开了重要序幕——纷纷撰写小说，白话小说迅速获得了敬意。1919年获胜的协约国在“巴黎和会”上决定把德国在山东的全部特权转让给日本，而不是将之作为对中国领土主权的侵犯而废止，听到这一消息的许多中国学生和市民组织了大规模的抗议和旷日持久的抵制活动。受到国际社会的如此轻视，源头在于中国的贫弱，而中国的积贫积弱似乎来自于中国过时的文化传统。新文化运动重复了梁启超对能自觉增进文化和社会进步的新文学的号召。在新文化运动的开展过程中，作家们很喜欢选择小说作为呼吁改革的媒介。比起更具有试验性的白话诗歌（包括鲁迅、郁达夫［1896—1945］在内的数位一流小说家都倾向于创作古典诗），白话小说也在社会上得到了
【736】更广泛的接受。类似的，欧美舶来品的话剧对中国戏剧观众在形式方面的传统期待所造成的颠覆，远远超过了新的白话小说对读者造成的困惑（见第五编第二章）。也许部分是出于这个原因，二十世纪具有构思出令人难忘的生动对话天赋的一流中国小说家中，从未染指过话剧的作家数量多得令人吃惊。

在第二次世界大战（在中国则为1937—1945年的抗日战争）和接下来1946—1949年的内战中，以及特别是1949年以后政治对文学施以空前管制的三十年间，中国的小说创作及其多样性遭受了沉重的打击。幸运的是，一些抵消性的因素减轻了破坏的后果。

虽然，中国大陆新问世的长篇小说数量从1949年前的每年约一百五十部，减少到中华人民共和国成立以后三十年间每年的不超过七部（对于像中国这样的大国，这个数字实在小得惊人），但是汉译外国文学的数量和质量都有所增加。在等待政治放松对小说的控制，从而允许出版与二十世纪五十至六十年代作品不同、宣传性不那么明显的作品的漫长岁月里，读者和作家还是能阅读到相对高质量的汉译外国小说，由此打磨了他们的文学敏感度。

与翻译作品不同，本土小说和其他文学类型受到严格的管制，但是还有逃避审查的其他办法。在1949—1976年期间，未经审查的手抄本小说在地下广泛传播。虽然这些流行作品经常充满戏剧性，整体文学质量很平庸，但是至少有助于许多中国读者不至于完全放弃本国的当代文学。而且，中国大陆的政治控制对香港地区、新加坡尤其台湾地区的出版商和作家鞭长莫及，使得这些华语地区的小说以较高的质量具有了自己独立的发展脉络。这些地区以及旅居海外作家的小说，经常通过非正式渠道回流到中国大陆，为中国大陆的小说创作提供更有创意的启发。到二十世纪八十年代中后期，台湾海峡两岸的作家们在海峡“另一边”出版了大量当代小说——这一现象在前三十五年中是几乎绝迹的。

1949—1976年间，小说受到严格的政治控制，但是电影受到的限制则更甚。因为电影的受众比小说读者要多，所以领导者们认为电影对民众的政治态度会造成更广也更负面的影响。小说中对现状的尖锐批评在其电影版中会减轻，甚至完全删除。从二十世纪八十 【737】
年代开始，中国的电影制作人通过和外国工作室合作出品等方式，为电影创作赢得了更多空间，这反过来也为他们电影的发行提供了其他渠道。

虽然海峡两岸的统治者毛泽东（1893—1976）和蒋介石（1887—1975）对有不服从的作家进行了严格的政治控制，但他们让不受欢迎作家消声的强制手段，从长的时间段来看，反而起到的是让这些作家声名鹊起的效果。读者们经常会敏锐地设想，足以让领袖下令封杀的小说一定是值得冒风险阅读的作品。许多作家都曾挖苦地指出，生气报复的政治领导人是他们作品最好的宣传员。有些政治领袖甚至为了提出某个政治观点，而抬出百年前的小说来为自己张目。1975年，毛泽东及其追随者通过不遗余力地批判明代小说《水浒传》（见第四编第三章）中水浒英雄的领导宋江，对邓小平相对实用主义的经济观点进行了虽然迂回但大张旗鼓的攻击。毛泽东坚称宋江是个投降派，把自己的好兄弟出卖给腐朽的朝廷，从而暗示邓小平支持在经济生产中运用物质刺激的方法等于向资本主义投降。毛泽东阻挡不了中国经济的实用主义脚步，但是他在去世前的这一举动，却无意中凸显了小说在二十世纪大家的普遍意识中所具有的重要公共角色。

毛泽东1976年去世后，中国大陆的文化开始解冻，类似于斯大林1953年去世后苏联的文化新生。到1980年，中国的文化解冻带来了内地小说在质量和数量上的惊人发展。二十世纪八十至九十年代，虽然因1983—1984年的反“精神污染”和1989年的平息“反革命动乱”而遭遇间歇性中断，但小说的风格多样化继续得到深化，小说视域也不断拓宽。

二十世纪六十年代末开始，政府将雷锋（1940—1962）等无私的共产党“童子军”树立为榜样，然而试图将时钟拉回到从前的不时尝试效果并不十分显著。相反，内地小说和不那么政治化的台湾小说之间在文学质量上巨大的差距在慢慢缩小。到1990年，台湾成为踌躇
【738】满志的内地作家和批评家的主要出版市场，因此给内地国有的出版社带来了挑战。不幸的是，中国作家尚缺一尊诺贝尔奖——直到2000年高行健获奖才填补了这一空白——对于海峡两岸都是一个非常烦恼的问题。二十世纪末，中国的小说家还在为达到中国电影人在电影方面已经获得的国际声望而努力。不过，这些小说家的成就还是非常多样，以至于下面的一番概述难免有不够综合的缺点，因为对于提及的作品要提供信息量足够的介绍，所以必须略去许多值得一提的小说和作家，尤其是二十世纪下半叶的小说家——对于他们的文学成就，学术界远未达成共识。

· 二十世纪小说的代表作鸟瞰

二十世纪小说的第一个阶段1897—1916年，开始于十九世纪九十年代中期中日甲午战争失败后激起的文化狂流，结束于1916年正式启动文学语言的系统白话化。1911年中国最后一个王朝清朝的覆灭，以及中华民国的建立，旋即产生了巨大的政治影响，但是对于小说发展的直接影响则非常有限。因为民国前几年和晚清保持了文学发展上的连续性，所以二十世纪前二十年也可以叫做“晚清延长期”。这一时期通俗小说中的许多模式，在整个二十世纪基本上都没有被打破，但是二十世纪第一个十年对精英知识阶层来说标志着文学中的一个分水岭。

学者们通常将晚清延长期视为以前的传统小说和接下来几十年中日益染上外国色彩的小说之间的过渡时期。和整个十九世纪一样，晚清的延长期也偏好长篇小说甚于短篇小说，主要创作传统的章回体小说——结构相对松散并呈片段式，至少间接表达了儒家价值观，并且白话和文言小说继续双翼齐飞。晚清延长期的小说的创新方面，包括对当时社会历史现象的关注、漫游中国的主人公（他的中国性盖过了地区特点）、半自传叙事的巨大扩展、对主要人物的感情和心理的记录，以及更为个人化的描述文字以及内心独白。

中国文学的巨大遗产无疑是当时一流中国作家的惊人财富。但是，这些后世作家对于现成的描述性文字乐享其成，导致他们自己
的描写段落经常接近于经典文句的老生常谈——最常见的是四字成 【739】
语（见第二编第一章）的再排列组合。过度追求文辞的对称和押韵带来了审美疲劳，使大量后世描述性段落缺乏原创性和新颖性的情况更加恶化。叙事段落的因循守旧导致的一个可悲结果便是一种书斋文学——它经常躲在自己的茧子里，脱离对自然界和包括大众口头表演在内的社会环境的直接观察。

刘鹗丢弃了这一书呆子气的书斋文学，转而强调以个体观察为基础的散文式描写。他在《老残游记》（1908）中对“梨花大鼓”表演和自然景色令人记忆犹新的生动描写，使比大多数以前小说家的描写段落更为个人化的措辞和更丰富的表达成为可能。虽然《老残游记》是刘鹗创作的唯一一篇长篇小说，但是许多文学史家都视其为二十世纪第一部真正的伟大小说，并盛赞其为脱离陈腐叙事描写的典范。扬白话文学而抑文言文学的旗帜级人物、著名学者胡适（1891—1962）为广为流传的1925年版《老残游记》作序，对这部小说成为有抱负的小说家和普通学生的教科书式文体典范的至高地位，起了极大的推动作用。

刘鹗不合正统的生命经历，也与他放弃传统文学描写的做法构成了共鸣。他本来极有希望走上仕途经济的传统道路，因为其父为朝廷高官，而且刘鹗对泛滥成灾的黄河治理有方，体现了他的管理能力。但是他放弃了沉闷的仕途，转而在各个领域发展自己的天赋。比如，他是商代甲骨文收集中的先行者，并且参与铁路和开矿事业。他对传统中医的广博知识帮助自己以游方郎中的身份谋生过一段时间。中国在1894—1895年中日甲午战争和1900年的义和团运动中一败涂地，受尽凌辱，唤醒了刘鹗的改良意识。二十世纪拉开帷幕之际，中国人却以“东亚病夫”称于世。这个一度的天朝上国看上去亟需像刘鹗这样具有足够智力和想象力的个体来为它把脉，以开出疗世良方。

《老残游记》试图在义和团所代表的极端仇外传统和当时许多中国改革派所提倡的全盘西化之间寻找一条黄金的中间道路。在小说的开篇中，刘鹗用了一个想象的寓言：一艘巨大却拥挤且在渗水的沉船。人近中年的单身男子老残，以及其接受过良好教育的改良派朋友们，乘坐一帆轻快渔船登上这艘大船帮忙，岂料船上的人固

【740】执地拒绝了他们好心提出的明智建议——使用外国向盘。小说中描

述的这艘大船船身长度和桅杆的细节远非巧合，它们表明了这艘大船无疑在作者的寓言图景中代表中国。说服主掌生杀大权的官员把老百姓的福祉放在最重要的地位，这一热切的愿望贯穿了《老残游记》大部分篇幅中老残的活动，虽然老残自己有隐遁天性，并婉拒了有心在官场提拔自己的官员的好意。

在第一回中如此突出的寓言逐渐完全隐入背景中，小说主导模式转为切中时弊、轻微讽刺的现实主义：老残成为赏识自己才能和建议的正直官员的助手兼好友，并努力挽回如玉贤和刚弼那样野心勃勃的酷吏所造成的灾难后果。

在寓言性的第一回后，主导小说的现实主义的唯一一次重要让位出现在小说的中段，在人迹罕至的山间展开了一系列艰涩的哲学讨论。这一田园般的插曲很大程度上是为了阐述作者对哲学调和主义益处的确信。在作者看来，对汉代以来传统中国的三大思想流派——儒释道——核心观念的选择性调和，将能为中国奠定一个合理的思想基础，在此思想基础之上，西方的各种创新可以有效地搭建起来。作者的半自传主人公以及有远见的隐士黄龙子，都一方面强烈反对义和团和保守官员意气用事的排外主义，另一方面对激进改革派不加反思的全盘西化也嗤之以鼻。

老残支持中国有选择而非全盘西化的一个例证是，他相信中国需要学习西方的专利法，以为技术革新提供法律上的鼓励。小说中第二十回描述了山西太谷一种“样式又好，火力又足，光头又大”的鸦片灯，但是这种灯的发明者却声名埋没。虽然这里涉及像吸食鸦片这样的有争议话题，但老残认为，如果这样一种发明得不到公众承认或者无法获得专利，那么中国富强的前景仍将乌云密布。

刘鹗在小说讽刺情节中的情感克制和冷静，与许多不那么著名的晚清讽刺小说家做法形成了鲜明对比，后者倾向于沉浸在夸张的语言中，发泄心中的不满，导致鲁迅将他们的作品贬为“谴责小说”。比如李伯元（李宝嘉，1867—1906）《官场现形记》（1906）所描写的一百多位官员中，没有哪位是出淤泥而不染的。刘鹗非常了解朝廷腐败和招权纳贿的严重程度，但是他还是认定，
【741】对这类官员渎职行为的过度强调会忽视对公众信任的另外一种背叛，这种背叛同样严峻，即追求擢升和名望的清官虽然不贪财，但他们看不到为了名声而苛待无辜百姓的做法有何不妥当之处。

刘鹗笔下的两位讽刺对象——玉贤和刚弼正是这种追求政绩的“清廉”官员代表。为了纠正他们对正义的巨大误用而造成的后果，老残只得运用他与其他仁义明智的官员的私人关系，并展开福尔摩斯式的侦察工作。作为普通平民，老残冒着生命危险直言面犯玉贤和刚弼，但最后在追求正义和为被这些官员羁押折磨的无辜者讨回公道的事业中，取得了巨大的成功。

虽然《老残游记》讲述了洪水泛滥和两位官员残酷对待无辜百姓所导致的许多令人发指的事件，但小说整体上是皆大欢喜型的。除了将玉贤和刚弼所判的冤假错案平反之外，在小说最后，老残和他好心肠的好友黄人瑞将因水灾而陷于妓院的良家女子解救出来，并双双结为连理。可悲的是，在1908年，后来称帝的袁世凯（1859—1916）等晚清官员为了报复刘鹗而以“私售仓粟”罪把他充军新疆，他于次年死于乌鲁木齐。有讽刺意味的是，晚清讽刺文学中最手下留情的一部，却来自遭遇同时代小说家中最残酷命运的一位作家之手。

当时最著名的中篇小说——吴趼人的《恨海》（1906），是一部讲述了颠沛流离的命运折磨，以及主人公的足智多谋和道德品质的晚清小说巨著。《恨海》不是像《老残游记》那样以学者型的改革家为中心，而是生动刻画了一位令人印象深刻的都市年轻女子——来自广东的张棣华。1900年义和团运动造成的一连串战乱中，命运多舛的她表现出对母亲和未婚夫根深蒂固的儒家式责任。

庚子之乱中，棣华和她患病的母亲白氏及其未婚夫伯和等避乱出京赴天津，途中因乱被逃难人群冲散，母女二人与伯和失去了联络。虽然棣华为未能妥善处理如母亲不断加重的病情等问题而自责，但她从自己手臂上割下一小块肉煮给母亲吃的做法又体现了惊人的孝道。后来，听说伯和习于游荡，先因嫖妓被妓女卷走全部财物，又吸食鸦片成瘾，棣华却仍坚守原来的婚约。积习难改的伯和即使面对棣华也无法浪子回头，但当他的健康急转直下时，棣华还是在他病榻旁日夜护理。伯和去世后，棣华忠于婚约，斩断青丝，遁入空门。【742】

吴趼人在《恨海》中捍卫了儒家道德和传统的包办婚姻，而当时中国知识分子中越来越多的人提倡西方的做法，让适婚的年轻人自己决定自己的婚姻。但即使感觉棣华的做法对自己过于苛刻和拘泥的读者都会承认，她的内心独白令人动容，也极具艺术感染力。这些娴熟的内心独白构成了中国白话小说在呈现角色心理能力方面的巨大进步，甚至比吴趼人在《二十年目睹之怪现状》（1905—1910）里面著名的第一人称叙事试验更具创新性。

清末民初最流行的许多长篇小说都使得充满激情和美德的年轻主人公的痛苦遭遇变得高尚——他们在追求“才子佳人”的理想途中遇到了一个又一个阻碍。徐枕亚（1889—约1937）的文言小说《玉梨魂》正是这类小说的典型，小说讲述了让许多多愁善感的小说家及其庞大的读者群万分迷恋的一段悲惨的三角恋。一位才华横溢却事业不成的教馆先生何梦霞爱上了他所教学童的母亲——一位美丽善良、喜爱诗歌的年轻寡妇梨娘。她相当迂回地接受着何梦霞的示爱，因为二人很难碰面。和元稹《莺莺传》以及王实甫《西厢记》中的张生和崔莺莺一样，何梦霞和梨娘主要通过书信和对偶的文言诗句来传达爱意。梨娘很想嫁给何梦霞，又觉得不能对亡夫不忠，不愿逾越寡妇守节礼教，所以做主将小姑筠倩嫁与梦霞——但筠倩与梦霞二人都不情愿这桩婚事。

当梨娘意识到只要她自己活着一天，何梦霞就痛苦一天，悲惨的命运就开始吞噬小说中所有主人公。自悔又铸大错的梨娘决心以绝食结束自己的生命，同时拒绝所有药物，最后慢慢死去。筠倩知寡嫂为己而死，深感其情，也以死报之。生命中两位女人相继去世，受此打击，何梦霞离开伤心地，参加了革命军。1911年，他在武汉革命军击败清军的决定一战中，英勇牺牲。

虽然《玉梨魂》中的葬花场景是其呼应《红楼梦》的众多方面之一，再加上它采用了传统的三角恋迷局，但是徐枕亚大量使用内心独白以揭示复杂的人物性格的做法，使之与前现代的类似作品区分开来。总而言之，对于希望探索个体欲望和传统的忠孝节义之间逐步增强的紧张的读者，
【743】
《玉梨魂》特别具有吸引力，但又没有全部抛弃忠孝节义或者阐述它们的文学惯例。

白话文学运动（1917）以及随之而来的五四新文化运动，对由精英知识界创作并为其所阅读的小说造成了非常深远的影响，但是在通俗的畅销小说领域，只是加速了通俗小说的白话化以及外国通俗文学和电影的输入。后来的通俗小说家不再像徐枕亚那样使用文言，而是以白话文来进行创作，但他们继续从传统的“才子佳人”模式以及自我牺牲的侠客精神中大量汲取借鉴，像何梦霞英勇地投入反清革命军的枪林弹雨正代表了这种精神。

张恨水的《啼笑因缘》（1929—1930）将武侠小说和才子佳人小说的特点出色地结合在一起，堪称二十世纪最流行的三四部长篇小说之一。这部小说情节跌宕起伏，讲述了北京青年学子樊家树卷入了与身份卑微却美丽的唱大鼓少女沈凤喜和富家女何丽娜的情感纠葛中。凤喜被她贪慕富贵的卑鄙三叔卖给刘大帅为妾，被刘大帅拷打成疯。樊家树两位侠客朋友——武师关寿峰、关秀姑父女冒险把大帅杀死，并从绑架者手中救出家树，使他最后与何丽娜重续前缘。这一对有情人破镜重圆的喜悦，因为悼念丧命于二十世纪上半

叶军阀混战中的武师父女而染上了悲伤的色彩。

《啼笑因缘》在很多地方让当时的上海读者联想到他们所熟悉的二十世纪二十年代好莱坞电影，又因大量借鉴本土文学模式而与武侠小说和才子佳人小说很接近。比如，张恨水承认小说中英勇的女侠客关秀姑直接取材自文康（1798—1872）《儿女英雄传》（约1878年）中的十三妹形象。

与之相反，和张恨水同辈的中国一流侦探小说家如程小青（1893—1977）和孙了红（1897—1958），则对西方的侦探小说模式亦步亦趋。程小青笔下的神探霍桑直接仿效柯南道尔的福尔摩斯，而孙了红的侠盗鲁平则无疑与莫里斯·勒布朗塑造的绅士怪盗亚森·罗苹十分相似。虽然包公案（以宋代公正廉明的大理寺卿包拯［999—1062］为原型）等本土公案传统对这些二十世纪中国侦探小说亦有贡献，但是外国侦探小说的影响无疑更大。

白话文学运动和五四新文化运动（从1917年持续到1937年）开 【744】
始后，外国的文化影响在由精英知识界创作和所阅读的小说中特别突出。在鲁迅1918年如重磅炸弹般的《狂人日记》中，他直接从果戈理那里借来标题和日记模式。与此同时，《狂人日记》和其他精英小说中的中国背景和文化语境表明这类小说旨在进行社会文化批判。例如，鲁迅将这篇创新的小说发表在激进改革的刊物《新青年》上，这份刊物在前一年也刊登过胡适和陈独秀（1879—1942）呼吁新的白话文学的文章。而且使《狂人日记》中主人公加速发疯的是他在满篇“仁义道德”的经书“字缝里看出字来，满篇都写着‘吃人’两个字”，而且他感觉村上的人明显也要吃了他。虽然主人公之兄插入叙事中，让我们相信得妄想症的弟弟后来已经痊愈了，但是作者无疑暗示着，主人公不过是在看似精神错乱地与村上邻人及其习俗疏远之际，敏锐地感受到了传统中国文化非人性和残忍的诸方面。对近乎血淋淋的杀戮相食的描写，实际上能在像《水浒传》这样的许多前现代小说中找到，许多年轻的反传统知识分子捕捉到了《狂人日记》中的"吃人"与中国文化传统之间的联系，从而强调进行彻底文化变革的迫切性。

鲁迅在二十世纪最初十年末期和二十年代初继续以直言不讳的批判精神创作他的短篇小说，不久以后将它们编成两部非常具有影响力的短篇小说集《呐喊》（1922）和《彷徨》（1926）中。其中，《阿Q正传》是他在海内外最具影响的一篇作品。小说中被讽刺的主人公阿Q是那种典型的没出息国人，其性格中许多严重的缺陷代表了鲁迅所谓的"中国人国民性"。阿Q身上体现了欺软怕硬、精神胜利法，以及把自己的快乐建立在别人的痛苦之上等"国民性"。

鲁迅以一种卢梭的方式，不止一次地表达中国的孩子应该从已经毒害过一代代中国人的中华文明的"堕落"中被拯救出来的希望——《狂人日记》的最后一句话就是呼吁读者"救救孩子"。然而在如《故乡》（1921）等小说中，半自传型的中年叙事者发现回忆里活泼的童年玩伴——少年闰土与他眼前的这个麻木迷信、顾忌身份地位、为生计所累的农民形象有了极端的冲突。对当代背景小说的社会效应失去信心之后，鲁迅在1926年放弃了小说的写作，转向其他类型的文学——主要是抨击时局的杂文。

【745】鲁迅被公认为二十世纪中国最伟大的作家。他的本名周树人，还有一百三十九个曾用过的其他笔名现在几乎已经被遗忘。他的生平——在他自己及其熟人的作品中可得一览——揭示了致力于改变中国的爱国主义热情的来源与那份深度。虽然鲁迅从来没有创作过一部完整的长篇小说，但是他的短篇小说、杂文、翻译、书信和其他作品的数量惊人，它们对中国社会的影响是其他任何二十世纪中国作家远远无法超越的。

除了是一位具有卓越创造力的作家和有洞察力的批评家，鲁迅同时也是一位广受尊敬的中国文学学者。他的《中国小说史略》以文言写就，由北京大学首版于1923—1924年，而它的一篇白话附录《中国小说变迁史》，再加上《汉文学史纲要》，以及他所辑录的珍贵古小说佚文三十六种即《古小说钩沉》（1910/1938）——这些研究成果仍然是传统中国小说专业的严肃汉学家的基本参考书。

最后需要指出的是，鲁迅是语言改革的热烈支持者。他对学习和使用汉字的困难的尖刻攻击散见在他的很多文章中。他甚至在一些短篇小说中隐隐抱怨过汉字的笨拙。在一本标题被机智地取名为“门外文谈”的小册子（这是一部机智的小书大著作）里，鲁迅生动而准确地分析了汉字的历史、构成、特征、功能和局限性，以及——在鲁迅看来——它们对中华民族带来的负面影响。《门外文谈》是对有志于理解中国汉字及其对中国社会影响的读者来说最核心的一部读物。

鲁迅1936年逝世后不久，中国共产党领导人以及文化干部开始了对鲁迅的神化，虽然鲁迅曾经在二十世纪三十年代与周扬（1908—1989）等共产党重要官员产生过很大龃龉。

五四时期第二位短篇小说的先锋人物是郁达夫。他的第一部短篇小说集《沉沦》（1921）的问世其实比鲁迅的《呐喊》要早。和鲁迅一样，郁达夫也来自长江下游富庶的浙江省，且在日本留学多年。但是郁达夫更具罗曼谛克倾向，他的作品更侧重自我的忏悔，而不太惯于社会文化批判。《沉沦》中的全部三部作品都具半自传性质，刻画了自怨自怜、多病且忍受着性苦闷的留日中国学生。

故事中的主人公——小说集的标题“沉沦”正是对他的形容——在背诵浪漫主义诗歌时体验的狂喜与不可抑制的自慰，以及 【746】
偷窥房东女儿脱衣洗浴的冲动而感受到的痛苦罪恶感之间，经历着极度的情绪摇摆。

幸运的是，叙事者对主人公迷乱行为的讽刺评论，使这部混杂了卢梭式的忏悔和少年维特式的悲观厌世的浪漫主义作品不至于落入窠臼。而且，在如主人公在日本召妓时可笑笨拙的遭遇的场景中，故事呈现了这些细小事件和主人公为自己失败的夸大辩解之间的一种古怪张力。他的辩解是把责任归结为中国在世界上无足轻重的地位，而非他自己本人的缺陷。无法在个体和国家两个领域之间进行区分，在与郁达夫同时代的浪漫主义作家中并不罕见，并且这也是文学界的一股突出力量。

和郁达夫不同的是，当时的大多数浪漫主义作家最后都走向了马克思主义以及其他类型的政治激进主义。来自四川的郭沫若（1892—1978）的小说《马克思进文庙》（1923）对传统的儒家思想采取了嘲弄的敌对态度，而将马克思表现得在各方面都胜出一筹。类似的，他的《函谷关》（1923）嘲弄了老聃——这位道家创始人精神委顿地在寥无人迹的关外沙漠中忏悔，将自己乘坐的青牛杀了喝它的血以止渴。函谷关令以前十分敬佩老聃及其哲学，听了老聃的这一席话之后气愤之极，于是听从老聃惭愧地要烧掉《道德经》的决定。有讽刺意味的是，当郭沫若后来成为中华人民共和国文化部门的高官之后，他在文化大革命（1966—1976）早期的混乱局面下采取了同样的自我诋毁策略。他急忙宣布自己的所有文学作品都是大毒草，应该马上被烧掉，而巧妙地躲开了红卫兵的谴责。

和五四浪漫主义的创作社相反，文学研究会则提倡文学的现实主义，对于文学表达采取一种更为冷静的进路。它的领导人物包括叶圣陶（叶绍钧之笔名，1894—1988）和茅盾（沈雁冰之笔名，1896—1981）以及许地山（1893— 1941）。叶圣陶擅长个体人物刻画，他的《马铃瓜》（1923）是中国作家对很少使用的“不胜任”叙事者的一次早期尝试。1905年废除腐朽的科举制度的前夜，一个参加考试的学童睁大了眼睛叙述着他的考试经历。叶圣陶对国民党领导人蒋介石在1927年与共产党决裂感到幻灭，在1930年的长篇小说《倪焕之》表达了都市知识界所普遍体验到的那种无力感。

茅盾是较早秘密信仰共产主义的作家，喜欢全景式地展现宏阔的社会生活画面来描绘中国传统农村经济和都市资本主义经济“不可避免”的崩溃。他的《春蚕》（1932）表明，在全球经济秩序之下，即便以水稻种植和养蚕业为生的一个模范家庭夜以继日地劳动，最终也会遭遇破产。茅盾后来的长篇小说《子夜》（1933）也投射一种类似的不可避免之感，描述了一位勤勉有为的民族资本大亨吴荪甫，被反抗的工人和竞争对手背后外国金融在内的各种力量的结合搞垮。和叶圣陶及郭沫若一样，茅盾在1949年以后在政府中担任文化高官，停止了文学创作。 【747】

虽然许地山长期也是文学研究会的成员，但他以大量独立原创的思想调和了自己的改革派学问——同时也对佛教和基督教等宗教保持浓厚的兴趣。许地山并不把女性描写为值得同情的被动或者牺牲对象，在他笔下，女性都是机智聪明地以各种实用方式挑战夫权压迫。在《春桃》（1934）中，因为丈夫李茂在新婚之夜被土匪冲散，下落不明，已婚妇女春桃后来与相依为命的男子刘向高共同生活。春桃一次又一次地拒绝了刘向高的求婚，因为她始终相信丈夫李茂还活着。春桃的丈夫有一天突然出现，他变成了一个失去双腿、蓬头垢面的乞讨者。春桃不忍心看李茂饿死街头，把他带回家，一女二男同居一室。李茂和刘向高都反对这样的相处模式，宁愿自己离开，但是春桃最终说服了他们双双留下来。三人最终和平相处。在挑战传统家庭规范之时，弹性化的实用主义证明了比空谈的意识形态更为有效。许地山的中篇小说《玉官》（1939）也以可信的笔触描写了一位没受过什么教育、有时候显得迟钝的典型中国下层农妇玉官，她有时却能够解决在别人看来非常棘手的问题。

二十世纪一十年代开始——特别是在二十年代，一些女作家开始在小说领域崭露头角。在传统白话小说领域，女作家所处的边缘地位比在古典诗文中更甚，但是在二十世纪中国文学风景中，女性小说家却自此保持了至关重要的地位。五四作家中最突出的两位女性作家分别为凌叔华（1900—1990）和冰心（谢婉莹的笔名，1900—1999），她们都在学术上非常出色，且主要关注北京的家庭生活。凌叔华在《绣枕》（1925）中进行了娴熟的讽刺，讲述了一个被弄污的绣枕彻底打消了一位富家大小姐长久所有的嫁入政坛豪门的美梦。《中秋晚》（1928）艺术化地描述一对夫妇之间的细小
【748】污秽会滚雪球般地导致不可弥补的裂痕，双方都不愿意或不能够理解对方最敏感之处。冰心《冬儿姑娘》（1933）中的女主角令人多少联想到许地山笔下出身低微而智慧的女性，但是冬儿姑娘克服各种困境的故事是通过她孀居的母亲之口以口语形式娓娓道来，这点与许地山很不同。

在富有个人风格的创作方面，丁玲（蒋冰之的笔名，1904—1986）远远落后于凌叔华和冰心，但她是中国最早敢于坦诚处理女性情欲问题的女作家之一。她的《莎菲女士日记》（1926）探索了许多中国都市女性现在更为公开表达的情欲期待和职业期待，虽然当今社会继续压抑着这些期待。丁玲在战时所创作的短篇小说，如《我在霞村的时候》（1941）和《在医院中》（1941）讽刺了内战时期共产党控制的西北解放区中厌恶女性的乡民，以及无能的官员。为了惩罚丁玲在小说中进行露骨的政治批评，以及指出延安根据地中女性继续受到的不公平对待，毛泽东在1942年整风运动中，公开批评了丁玲并要求她写自我检讨。在丁玲漫长的一生中，她亦步亦趋地跟随党，逐渐转变为对它有种种不满。毛泽东统治时期的最后二十年，丁玲基本上都是在牢里度过，因为下放到北大荒的她不服从强制劳动。

1930年，一些具有强烈组织愿望的左翼作家组成了以上海为基地的左翼作家联盟。左翼作家联盟意识到五四小说的影响并没有超越狭小的都市知识分子圈子，所以呼吁创作更具大众吸引力的左翼

小说。许多左翼联盟成员以普罗小说作为回应，就这类小说应该具有哪些特征展开了激烈的讨论，但实际上并没有产生真正重要的普罗小说。早于左翼作家联盟及其讨论的早期普罗小说，来自浪漫主义的革命小说家蒋光慈（1901—1931）。蒋光慈的《少年漂泊者》（1926）是一个“流浪汉”（picaresque）结构的小说，年轻的主人公从乡村漂泊到城镇和城市，做过各种各样的工作，身为农民、工厂工人、卑微的店员和教师助手等而体验了深重的压迫和侮辱。蒋光慈笔下那拜伦式桀骜不驯的男主人公，实际上更像一个自怜自伤和笨拙的走江湖小丑（pierrot），小说在它多愁善感的肤浅中接近了一种无意识的自我戏拟。

更多有意义的普罗小说来自联盟之外的非左翼小说家。上海“新感觉派”的卓越代表穆时英（1912—1940）在《我们的世界》
（1930）中，将一位可怕、孔武有力的流浪汉普罗叙事者与故事中 【749】
虚弱胆怯的知识分子倾听者形成了对比。虽然鲁迅批评穆时英创作了一篇意识形态如此不正确的小说，但是著名的散文家兼学者朱自清（1898—1948）则称赞穆时英的自然白话风格避免了一般五四小说读起来像翻译过来的外国小说的通病。穆时英在1934年的讽刺小说《Pierrot》中回到了普罗主题，讲述了一位天真的短篇小说作家决定放弃文学，以从事全职的群众斗争，以及“组织”——一个秘密地下革命党，分配的其他工作。这位之前的作家因为领导一场大型罢工而被捕，即使在警方的酷刑之下也毫不透露半分有关组织的情况，这给他留下了终身的跛足。然而，当他最后从牢里被放出来，向组织高层报告时，心怀猜疑的他们要求他承认自己向敌人透露了情况，将他为自己进行的无罪辩护斥为狡辩。在小说的喜剧结尾，这位曾经试图成为普罗主义者的作家，幻灭而愤愤不平地走出组织基地，重操写作的旧业——其前景看上去毕竟还不坏。

中国最著名的普罗小说出自北京的满族作家老舍（舒庆春的笔

名，1899—1966）之手。老舍是二十世纪中国最伟大的长篇小说家之一。他的《骆驼祥子》（1937）是他充满北京方言的幽默表达的众多小说之一，讲述了来自农村、从小父母双亡、身材魁梧的祥子在古老的北京城中当独立的人力车夫，争取获得有尊严的生活的故事。祥子对北京城的声色光电着迷，无法想象自己回到在乡间种地的枯燥生活中去。不幸的是，他未能设想到城市生活中的种种危险正面目狰狞地等待着他。

起初，祥子辛苦工作，比其他车夫赚的钱都多。他没有染上大多数人力车夫经常陷溺的一些恶习，经过一年多的努力，终于拥有了一辆自己的人力车。然而在一支毫无纪律的军队进入北京城期间，他的大意，以及对周边情况的错误感觉导致他的人力车被士兵抢走。后来，祥子为再买一辆人力车而积攒下来的钱又被一位孙侦探全部骗走，一系列这样的坏运气让祥子的所有希望破灭，他开始堕落。一位年老的独立人力车夫因为没钱给濒死的孙子买药的悲惨一幕特别让祥子感觉到幻灭。他于是放弃了用自己双手劳动换来美满婚姻和家庭的美梦，转而欺骗自己的朋友，四处游荡，政治上投机倒把，无耻地为警察通风报信。老舍笔下的叙事者此时对祥子已
【750】经失却了同情，批评他混成了一个个人主义的末路鬼，看不到与其他人力车夫组织起来争取自己利益的必要性。不过，老舍在许多早期的长篇小说中对共产党和左翼学生的批评，暗示着他更倾向于像劳动法这样的渐进变革，而非暴力革命。

该时期另一位一流小说家是巴金（李芾甘的笔名，1904—2005）。他的左翼思想采取了特立独行的无政府主义形式，这让许多倾向于组织化的左翼联盟成员大为皱眉。巴金成长于四川一家仆人众多的富裕家庭。他的小说如《家》（1931）反映了作者对传统的家族等级制度，特别对下人悲惨命运的不满，以示反抗。《家》中的年轻主人公像巴金一样，由于为自己部分西化的价值观和传统

家庭恒久不变的生活方式之间的分裂而感到痛苦，最后奔赴像上海这样的海港城市，因为在这些地方汇聚着同样思想的年轻知识分子。

巴金1929年和1930年代的长篇小说在当时都市受过良好教育的年轻人中十分流行，但它们在观念上并不老练，在文句层次上也较为粗糙，有时甚至草率。巴金对于作品的自发性非常珍视，一般不愿意对草稿进行修改，轻率地认为，自己对于某一观点或事件的第一次组织文句必然比后来的修改更好。综合各家观点，巴金在审美上最成熟的长篇小说，是故事背景设置在抗日战争时期国民党的战时国都重庆的《寒夜》（1947）。患肺病的主人公汪文宣毫无过错却丢掉了工作，只好依赖妻子的薪水来养活包括他的母亲和儿子在内的一家人。成为全家唯一收入来源的妻子，不愿意遵从对婆婆毕恭毕敬的旧传统。两位女性之间的紧张逐渐升级，而夹在中间的丈夫经常为无法平息争端而自责。最后，妻子永远离开了丈夫一家，这一结尾揭示了在妻子比丈夫赚钱多的传统主干家庭中产生的新的脆弱性。

二十世纪八十年代中期以前，中国最有潜力获得诺贝尔文学奖的作家是来自湖南的沈从文（1902—1988）。如果政治压力没有迫使他放弃小说创作，在二十世纪中期变成一名博物馆馆员，他很可能会得到这个奖项。虽然在二十年代，沈从文是左派作家如丁玲及其丈夫——共产党员胡也频的密友，但他不愿过于关注社会顽疾，也不愿把内地描写成被可怕掠夺的地方，这一做法让许多左派文化名人非常不满。沈从文的作品自一开始在一些三十年代核心的文学选集中出现，鲁迅就对之大加鞭挞。而在毛泽东去世的1976年的前三十年中，他在中国文学图景中成为“不受欢迎的人”。而在文化解冻之后，他数量众多的作品又再度出现，堪称二十世纪中国短篇小说和中篇小说最突出的一组作品。

沈从文饱蘸感情地描写湘西乡村的生活，经常把自己看作一 【751】

个“乡下人”。然而，他书写田园生活的文学倾向并没有导致程式化进路，牺牲艺术的歧义性与模糊性。《三三》（1931）中的乡村家庭具有乡下人的许多标准美德，但是对剧变的社会环境非常敏锐的适应能力则削弱了他们的“草根”特质，也削弱了牧歌作品中很典型的乡村生活节奏无时间性的连续性。《夫妇》（1929）在含糊性方向上走得更远，展示了一个明显田园般乡村背景中险恶的不完美：一对新婚夫妇在远离本村一片绿地春色中做爱时，被一群自以为正义而伪善的当地村民抓住，遭受了审问的屈辱。村民们准备对这对夫妇施以暴力惩罚。幸好一位当时正在休假的开明的城市官员介入此事，夫妇俩才被释放回家，身体和心理上基本毫发无伤。虽然沈从文笔下的乡村社会比一般现代中国小说中更为融洽，更有凝聚力，乡下的各种角色也更具活力，有着更复杂的内心，但是其间也存在着足够的冲突和顽疾，以避免自身滑落到对乡村了无生趣的理想化之中。

沈从文最有名且得到最高评价的巨著为中篇小说《边城》（1934）。父母双亡的少女翠翠由年老的船夫爷爷一手带大。爷爷希望把翠翠嫁给以苗家特有的唱山歌方式向她求婚的当地小伙子，但是起了波折，其中也包括了爷爷健康的恶化。1932年的《静》纯熟地将一个静谧乡村的听觉和视觉意象混合在一起，以缓和一个逃难到此等候父亲（他其实已经战死）归来的家庭的焦急感。从《我的教育》（1929）中的行军日记叙事到《看虹录》（1941）中的复调现代主义情景故事，沈从文试验了各种叙事进路。

另一位著名的田园小说家是来自安徽的乡土作家吴组缃。他的小说体现了对他成长于斯的乡村中社会各阶层少有的熟稔。在《黄昏》中，大多数主要人物甚至都没有出现，叙事者只是在回乡歇暑的某天晚上听到院墙之外四面八方传来他们的声音，并辅以妻子讲述他们的故事。说话的节奏，以及用语上极富特色的转向，都给予这些未曾露面的人物确凿无疑的身份特质。《一千八百担》（1934）将对精心构思对话的强调继续深入，全篇小说以对话为主，配以简练的概述（或者说直接的叙事），描述了宋氏宗族的老人之间戏剧化的冲突和阴谋。《菉竹山房》（1933）是一则反思的新哥特小说，在其中，生活和艺术之间的各种辩解都消失了。《官 【752】
官的补品》（1932）从它那可笑的"不胜任"叙事者那里产生了强有力的讽刺效果。《卍字金银花》（1933）对于深埋心底的童年回忆的普鲁斯特式心理洞察，使鲁迅《故乡》相形之下显得过于忧伤。《天下太平》（1934）是对一个农村家庭在大萧条期不顾一切求得生存故事的传统叙述，它熟练地转向了幻想模式，以冀捕捉到主人公在失去意识前的最后瞬间。

在第二次世界大战期间，中国小说经常承担起宣传任务，但也有一些著名的例外。在《华威先生》（1938）中，著名的讽刺作家张天翼（1906—1985）嘲弄了进行浮夸的抗日演讲的那类伪善党员，他们忙着从这个会议赶到那个会议，但是实际关心的不过是自己的物质享受和政治野心。在艾芜《秋收》（1941）中，一位丈夫在前线打仗的年轻农村妇女，慢慢地对在她村子里养病的伤兵产生了恐惧感和厌恶感。妇女们在河边洗衣服时，几个恶作剧的伤兵在她们能听到的地方唱淫秽歌曲，妇女们报以深深的不信任和鄙视，并要求他们为口粮交钱。直率地刻画前线和后方之间这种紧张，这种做法是不常见的，而像张天翼这些作家的爱国主义也不时会受到严重的质疑。

战时以及抗战刚刚胜利期间，最优秀的一些作家来自上海沦陷区。张爱玲在著名的中篇小说《金锁记》（1943）中细微复杂地镂刻着一位变态恶毒人物的心理。钱锺书的《纪念》（1946）反讽地表现了父母强烈反对下的一桩"自由"婚姻：在战时重庆，一位已成人妇、郁郁寡欢的大学毕业生曼倩瞒着她那位迟钝却善良的丈夫，与一位寻花问柳的飞行员保持着暧昧关系。这段关系戛然中断以后，她脑海中的回忆却已经开始侵入自己平静的生活，特别是她怀上的孩子这一“纪念”。钱锺书备受赞誉的长篇小说《围城》（1947）是对各式各样既自恋又肤浅的知识分子和其他装腔作势的白领阶层的博学讽刺。正如在城内的人想出来，在城外的人想进去，《围城》中的主人公不断地在偷情和结束偷情之间，接受和离开一份工作之间摇摆不定。

随着1946—1949年内战的结束，国民党退居台湾，共产党领导的中华人民共和国成立后，中国小说在二十世纪五十年代变得越来
【753】越政治化。即便像张爱玲那样原来不问政治的小说家，也开始讨论一些政策的人道主义代价，比如她在香港出版的《秧歌》（1954）和《赤地之恋》（1954）中抨击过共产党的政策。

· 小说的黄金时代：七十年代的台湾和八十年代的内地

国民党1949年退居台湾，台湾经历了一段文化调适和政治调适期后，此地的小说逐渐繁荣起来。台湾最著名也最具争议性的小说之一，是王文兴（1939— ）的《家变》（1972—1973）。《家变》由超过一百五十部分组成，每个部分长度从寥寥数行到数页不等。小说中，单身的主人公范晔对老父神秘失踪的反应，特别是他对老父的寻找占据着故事中的现在的大部分内容。然而小说中关于范晔童年大量戏剧般的回闪瞬间，使他对双亲——特别是父亲的矛盾感受逐渐立体起来。在对父亲的感情上，范晔游移于发自内心的关爱和不耐烦（甚至厌恶）两个极端。最后厌恶情绪占了上风，因为范晔毫不掩饰地攻击儒家的孝道，发誓要通过不结婚不生育来切断家庭链条，因为婚姻和生儿育女是痛苦交织的来源。

在父亲神秘失踪的第二年纪念日，范晔和母亲心照不宣地放

弃了对父亲的寻找，卸下寻找父亲的重担似乎让他们很满意，甚至感觉精神为之一振。用寓言式的话来说，儒家父权人物的消失成为其余家庭成员的一种解脱，情感上如释重负，因为他们不再需要集家庭权威于一身的中心人物。这部小说除了这一寓言维度之外，还刻画了台湾现代家庭的许多典型问题，如妻子对丈夫不忠或想象中不忠的强烈妒意，父母对年老时受到儿子赡养的不切实际的过高期望，以及父母对已经长大成人的孩子在感情上仍旧依赖自己的顽固幻觉。

这一时期台湾小说界最具活力的运动是乡土文学运动。乡土文学是对来自于“外部”、以城市为中心的现代主义潮流的反抗。参加乡土文学运动的年轻作家，如陈映真（陈永善，1936— ）、黄春明（1939— ）以及王祯和（1940—1990），因为对台湾的当地无权【754】
无势者抱有深厚同情而经常触怒当局。

在大陆这边，七十年代末八十年代初，邓小平向作家抛出橄榄枝，允许后毛泽东时代的文化解冻。在与1979年对越自卫反击战有关的文学作品中，李存葆（生于1946）《高山下的花环》得到最多的公众认可，这部小说拍成电影之后有了更多观众。李存葆施展惊人的叙事技巧，以令人窒息的节奏描述步兵团的进攻，也没有忽略人物的性格或战争的伤亡。

小说的故事发生在被选中越过红河参加对越自卫反击战的边防连队之一——九连中。连队中的大多数成员都是农村志愿兵，包括从普通士兵干起来的连长梁三喜。这些缺乏高层关系的“乡巴佬”士兵没有别的选择，只能接受炮灰的洗礼，向阵容庞大的越南军队发动进攻。这其中有两个例外，有两名士兵的父亲都是将军。这两人如果走后门——对于这类事情当时中国的官僚体制内经常是睁一只眼，闭一只眼，本来可以早早远离危险的前线。两名小伙子中的炮班战士雷凯华从来没有想过要逃避前线，在进攻一处越南军队工事时，因为一发“批林批孔”年代生产的臭弹误了战机，被敌人的枪弹击中而牺牲。另一位有背景的战士赵蒙生，利用后门想安排离开战区的调动，战友纷纷视其为懦夫，而他的调动也丢脸地被军长驳回了。

赵蒙生在作战中不顾性命地英勇作战，以补救他在战友眼中地位的丧失，却成为少数几位活着回来的连队战士之一。连长梁三喜在连队摧毁敌人最后一座工事后中了敌人的冷弹，英勇牺牲。赵蒙生面对梁三喜的母亲孀妻和儿子时，一种幸存者的罪恶感在他心里越来越沉重。战士们坚持要为连长梁三喜还清所有欠债——他们的贫困让赵蒙生流下了眼泪。小说中的一幕是对毛泽东时代程式化的战争小说中典型的“临终”场面的一种特别变形：连长临死前的最后一个动作不是递过去自己的最后一叠钞票，气喘吁吁地说这是他的党费，在《高山下的花环》中，连长用颤抖的手掏出了被血染红的一张账单，在上面列出了多年来借给他钱的亲属。

八十年代的许多大陆小说，都批判了从1957—1958年反右运动
【755】到1976年“文化大革命”结束的二十年间的社会黑暗。这些小说偶尔也会通过加入如“浪漫主义监牢”等母题——心灰意冷的劳改犯从看守者的妻子或女儿那里重获温暖与希望，来减轻这二十年中的凄苦。在从维熙（生于1933年）的长篇小说《风泪眼》（1985）中，主人公索泓一是一名被判长期劳改的知识分子右派。1960年的一个冬夜，他一个人缩在石灰窑里值班看窑之时，领来没舍得吃的晚饭两块窝头被一个盲流女人抢走了。索泓一追赶这位衣衫褴褛大约二十岁左右的姑娘，威胁她如果不交出窝头就开枪了。女孩子没有意识到他只是在吓唬自己，惊慌之余弯腰抓起一把石灰撒在索泓一脸上。索泓一躲闪，但是太晚了：石灰进入了眼睛，他痛苦地捂住双眼。从这一刻开始，他的左眼就成了见风流泪的风泪眼。

这位叫做李翠翠的女盲流希望能用行动做补偿，把他背到山泉

边，捧起泉水给他洗眼睛。通过交谈，索泓一慢慢知道了在“三年自然灾害”期间，有多少北方农民饿死，他对翠翠的怒气也消了。翠翠在从一辆火车跳到另外一辆辗转来到这个矿区中遭遇的各种困苦，让索泓一深为感动，把他仅有的一点钱中的大部分都拿出来给翠翠，让她买东西吃。

索泓一和翠翠慢慢相互了解得越来越多。翠翠知道他还单身后，便提出想和索泓一生活在一起，甚至主动想和他发生性关系。虽然索泓一被打动了，但最终还是拒绝了翠翠，告诉翠翠他自己是个被劳改的思想犯，社会地位连她这个盲流都不如，无法收留她。

不过即使在翠翠嫁给劳改农场的管教科长郑昆山之后，他们的特殊友谊仍然持续着。翠翠经常背着郑昆山悄悄来石灰窑，给只有食物供给配额的索泓一送吃的。更重要的是，她对曾经残酷对待索泓一和其他犯人的郑昆山施加了温和影响，郑昆山对他的态度变得和气一些了。实际上，在郑昆山的帮助下，索泓一终于摘了帽，被解除劳教，送到劳改农场旁边从事普通劳动。但他不久发现，在这个由“前犯人”组成的单位里，自己仍然是个被管制的没有自由的人，地位仅仅稍微好过于犯人。而在某些方面甚至更糟，因为这里的一群流氓分子会肆无忌惮地以劳改农场中明显少见的方式欺凌新来者。在索泓一第一天搬到那里，遭同房间一群流氓的毒打时，恰 【756】
好翠翠赶来以郑昆山的权威给他解了围。

这一时期，还有一些大陆小说回溯到1949年新中国成立以前，以拉美“魔幻现实主义”的手法进行传奇写作。军旅作家莫言（1956— ）《红高粱》（1986）歌颂了一种英雄般的农村原始主义。对很多读者而言，这和官方多年来批评“落后”和“封建”——用来指称传统中国文化中各种父权和专制特征的时髦词汇的做法迥然不同，因此受到欢迎。当莫言还是山东边远的高密县里的一名学童时，他就为村子里老人口中所讲的三十至四十年代旧社会强盗马匪抗击日本侵略者的生动故事所震撼。许多年以后，莫言告别农村面朝黄土背朝天的生活，在军队里谋到一份长期职位。这时拉美作家加西亚·马尔克斯的“魔幻现实主义”启发了莫言的灵感，使他在写作中开始不受约束地放任想象力的飞驰，对自己记忆中的口头故事进行了再创作。这位年轻的作家于是决定以清晰性和合理性为代价而强调小说的抒情性，模糊了梦境和真实之间的界限，一再离开生活中的常态而侧重极端环境中的人类行为。

《红高粱》通过对山东茂密高粱地的奇异描写，为笔下的神秘英雄主义和原始的生命力设置了背景。原始的高粱地似乎处于永远的夏季，且高粱永远在生长，因为小说通篇几乎没有一个字提到亚洲东北大陆的漫长酷冬。高粱在字面意义上对小说中主要角色起了生养丰育的作用，他们吃高粱粥，喝高粱酒，在高高的高粱掩护下包围日本侵略者，以及在高粱地里怀上孩子——像叙事者的父母那样在高粱地深处里激情迷荡的欢爱。在比喻意义上，成熟高粱红彤彤的穗与当地人激情的热血形成了关联，鲜血在这篇充满冲突和仇杀的小说中不断流淌，奔涌而出，如奶奶家最忠诚的长工罗汉大爷被生生剥皮的场面。作者甚至在一些场合将高粱人格化，直接将高粱秆被镰刀砍倒，比之于人被呼啸的子弹击中倒下。

小说中的“我”几乎不加掩饰就是莫言自己，他以英雄主义口吻描述父辈——尤其是爷爷辈——所代表的先辈们让后人相形见绌的事迹，来作为他耳闻目睹的活着的不肖子孙庸常生活的一种补偿。莫言为“超静态”或停滞的中国文化寻找一种血性崇拜式的原始替代物。在《红高粱》中，激起爷爷奶奶野性的原始欲望和冲动，挑战了以服从、妥协和中庸为基础的中华文化传统。甚至被
【757】众口一词被谴责为中国传统退化的标志——宋代以来的妇女缠足传统，都被莫言转化为一种反抗的、冲动的，因此也是真实的行为的一种深化：叙事者的爷爷原来是奶奶的一个轿夫，很大程度上是因

为迷上了奶奶的玲珑小脚，才决心让她成为自己的女人，把她从不幸的包办婚姻中解救出来。《红高粱》是最近几十年不仅在中国获得惊人成功，而且得到国际声誉的数部长篇小说之一。海峡两岸的小说界在九十年代和二十一世纪继续保持繁荣。小说在利益的驱动下日益商业化，还有长篇小说以及短篇小说中政治和文化边界的交叉是特别引人注目的。正如清末民初的小说精确记录了当时横扫中国的激烈变化，这一时期的小说在二十一世纪拉开帷幕之际，也预示着中国正在进行的根本性变革。

魏纶（Philip F. C. Williams）

【758】 第八章　二十世纪八十至九十年代海峡两岸的小说

·八十至九十年代的文化与周边

经历了作家对于与中国无关的问题都无甚兴趣的毛泽东时代之后，知识分子开始将视线延展到“大中国”及其所有周边文化。“文化中国”一词的使用率越来越高，用来指称远远超越中华人民共和国地理疆域的文化实体。在这一时期，中国大陆发生了翻天覆地的变化，导致了沿海城市和内地城镇农村之间不断加深的（社会、经济和文化的）沟壑。1997年回归中国的香港，面临着在政治方面和经济方面的很多焦虑与调适，也面临着自身的地域文化身份问题。1978年蒋经国（蒋介石之子，1910—1988）当选为“中华民国总统”之后，台湾迫切希望利用民主化所提供的
【759】新自由的优势，来定义其自身的身份认同。东南亚，尤其是新加坡和马来西亚华人精英的影响和文化自信心也扮演着日益可见的角色。其他民族的读者市场，与布迪厄的文化场（cultural field）概念非常一致，也逐渐形成。

与此同时在美国，一群人数虽少但相当重要的华人知识分子——还有一小部分在欧洲——对中国的影响力也日益提高。在海

外生活多年的知识分子受到中国学生和知识界的欢迎。庞大、嘈杂而不受控制的文化交流网络吸纳海外中国知识分子的所有观点，为二十世纪九十年代的中国文化全景鲜艳上色，甚至有时起到决定性作用。根据诗人杨炼（生于1954年）和剧作家兼画家高行健（生于1940年）在巴黎演讲的说法，作为体现快速推进的中国文化重构的主要框架之一，文学似乎呈现了新的功能与面目，但也丧失了曾经拥有的影响力。异议艺术家和文学家一样，在他们的绘画与其他艺术作品中创造了表达的非传统形式。九十年代中国的新电影——它们在许多方面扎根于文学——以及港台地区电影，无论在国内还是国外，比八十年代的文学拥有更强的影响力。而且在九十年代，中国公共领域中大众文化产品泛滥，流行文化发展起来了，从电影到电视，从杂志到无数出版社的出版物——它们逐渐主导文化消费的新现实。

考虑到中国文化生活的所有领域都发生了翻天覆地的变化，我们这里只能提到一部分作为例子。本章会特别考察八十年代文学的不成熟性和局限性，中国精英主义的荒诞派、后现代主义和先锋派的文学、绘画与艺术。先锋派的艺术与大众文化无所不包的作品形成了鲜明对比。二者各自的读者对于文学和艺术的角色抱有大相径庭的观点。新涌现的犬儒主义的冷嘲热讽，伴随着一种令人陌生又带着些许不真诚的末世疲惫基调，既不讨中国高层官员中新贵的喜欢，也让西方的许多文学学者和中国通们觉得乏味。虽然有深度的读者会发现王朔（生于1958年）及其毫不在乎、藐视一切、浪荡散漫的文学作品只能让人不舒服，但他的小说多年来对于中国年轻人可谓喧哗的“启示录”。【760】

在银幕和荧屏上的大众文学形式日渐多样化的同时，批判性的自我刻画和自我检视的趋势也在形成。海内外的新一代中国文学和传媒批评家开始评论中国艺术领域的重要新发展。这些中国批评家第一次以无情的精确性，对国际潮流和发展的深刻意识，定义其自身的位置。

·1980年代的有限实验

经过1976年至1979年痛苦转型的三年之后，八十年代的文学充满了新起点的希望氛围，这种氛围在五四运动后的二十年代之后就再也未出现过。后毛泽东时代的中国开始了一系列经济政治改革，文学成为许多急切上位的“演员们”的竞技场，或者在象征层次上是为了推进改革。在奔向文学领域的新人或者在多年禁锢后重返文坛的老作家中，绝大多数都丢失了与传统的联系。他们必须从废墟中开始。然而，毛泽东的社会主义现实主义以及苏维埃俄国的范式，继续对中国的“新世纪文学”产生很少被留心到的潜意识影响。几十部记录下这一文学复苏的选集，尤其是散文集和诗歌集，出版后几乎立即就能在西方阅读到。这一时期，有一百余部译著问世，专业化期刊对文学的发展提供了概览。我们现在将回顾这一实验文学中的一些核心特征，并对八十年代的数位重要作家进行回溯性的评论——他们中的一些人现在已经哑然无声，这可能是因为他们走得太远也太快了。

如果将八十年代文学的特征概括为如火山喷发的“反思”以及同时是文学职业中笨拙的再训练，可能不会太不准确。有些作家如《沉重的翅膀》的作者张洁（生于1937年），还有在短篇小说中描写改革派工厂干部的蒋子龙（生于1941年）等，都创作了相当肤浅的短篇小说和长篇小说——这些作品和过去一样，被官方解释为支持他们经济改革政策的宣传品。一系列报告文学则栩栩如生地将人们的记忆带回过去几十年中国人特别是女性所遭受的苦难，例子有遇罗锦（生于1946年）的自传《一个冬天的童话》——它受到了来

自官方和半官方的口诛笔伐。这些批评家觉得有义务清清楚楚交待 【761】
故事中的意旨，保证即便是最普通的读者也能理解。

躁动不安的有才华作家——如散文家兼剧作家张辛欣在她的著作《北京人》（1985）中对社会进行了现实主义的描绘，与宣传中所美化的社会景象形成了鲜明对比。文学反思的努力与“文化大革命”主题联系在一起，这样的例子表现在冯骥才（生于1942年）略显肤浅但灼热的短篇小说中，特别是他的一项抱负很大的报告文学计划中——因为政治氛围的变化，他没有完成这个计划。戴厚英（1938年生，1996年被入室偷盗的歹人所害）原来是一位被误导的激进左翼，后来成为“人道主义”的热烈提倡者，在她创作于上海的长篇小说《人啊，人！》（1980）中，哀叹式地描写了中国大学知识分子的血泪，以及因晚年毛泽东周围的激进主义者唆使而导致整整一代年轻人被耽误的命运。

在狱中度过二十年光阴后得到平反的“右派”作家，如丛维熙（生于1933年），开始游移不定地尝试开创“大墙文学”。但是他们将自己的观念掩藏在冗长而意识形态化的段落中，并在最后表达了对党毫不动摇的感激之情，这就等于通过赞扬党在改革党组织方面的成功努力，而使自身卸去了反思过去错误的责任。因为以令人震撼的笔法描写了被羁押的右派分子的心理毁灭和性压抑，作家张贤亮（1936—2014）可能吸引了最多的注意力。他让读者颤栗地“亲眼目睹”了右派们所遭受的不可弥补的伤害。

历次群众政治运动的许多受害者，如鲁彦周（1928—2006）、白桦（生于1930年）和古华（生于1942年），对往事进行了简单化的回顾，以及“安全”而笼统的催泪谴责。只有几位作家——著名的例子有博学的宗璞（生于1928年）和杨绛（生于1911年）——才成功地对他们在漩涡中所经受的折磨提供了深刻的洞察。杨绛是四十年代闻名上海滩的剧作家，并被公认为高超的翻译家。她在《干校六记》

（1981）中，以独一无二的含蓄笔法描写了集中了中国最优秀知识分子的劳改农场的荒唐景象。如诗人北岛（生于1949年）和小说家阿城
【762】（钟阿城的笔名，生于1949年）等，在他们早期的作品中传达了中国反叛的一代年轻人的心声。这些重要的转变，在王安忆（生于1954年）成为上海的忠实记录者以及与她同辈的年轻作家的发展过程中也很明显。她是中国新女性文学的典型代表，在一系列急速变化实验脚步中调整着自己的风格。

八十年代也产生了一些试图融合政治和文学的作家。对位居高层者及其心态和社会政治倾向的亦步亦趋，是谌容（生于1936年）和其他曾一度在艺术上跟随政治风潮的作家失败的原因。曾任文化部长的王蒙（生于1934年）以谨慎检验文本接受度极限的一系列惊人作品，促进了有抱负的年轻作家的追求，从而在文坛留下深刻烙印。反讽的是，王蒙的不固定立场（比如他将自己比作不能被现代派、先锋或其他术语定义的一只“蝴蝶”）也许部分解释了为什么他的作品虽然揭示了中国的许多复杂性，却仅在国内产生一定影响。他那变幻无常技巧的一个很好例子是长篇小说《活动变人形》（1987）。相形之下略显平常甚至平庸的作家，如曾做过教师的刘心武（生于1942年），非常擅长在文章中以一种令人赞叹的正义感，谴责在毁灭性群众政治运动中的社会暴行。作为非常适合于中国人文学品味的文学类型，社会政治散文的再度流行主要与曾任中国社会科学院文学研究院所所长的批评家刘再复（生于1941年）所著的几部散文集相关。刘再复写于美国并部分以鲁迅（周树人，1881—1936；见第四编第七章）杂文为范式的一系列短文，对影响二十世纪中国社会的根本问题进行了冷静的再思考，是对中国一些知识分子所处困境的诚实揭示。

中国的批评家和作家有时会抱怨，一些西方汉学家喜欢把当代中国文学视为仅仅是对改革初期中国社会政治发展的一个注解。但

是这一态度是有根据的。这一时期的中国文学实验是在对全球语境下中国所处地位基本上一无所知，且对外面的世界也了解不多的情况下开展起来的。它的不足也意味着，八十年代的中国文坛并没有产生具有国际影响力的重要文学作品。这一时期的中国文学所达到的成就，在于为发生在中国社会的非正义提供了文学注解：描写了在反复的政治运动造成的混乱社会中存活下来身心俱疲的边缘化个体。

·九十年代的“新潮”文学和先锋文学 【763】

从1984年开始，作家和知识分子开始重新点燃二十年代的讨论，追问儒家文化和传统应该在多大程度上为中国悲哀的现代化追求负责。许多作家，如阿城、韩少功（生于1953年）、郑万隆（生于1944年）和郑义（生于1947年）在致力于复苏中华文化的过程中开启了“寻根文学”。他们将视线越过传统和现代的主流文化，在中国乡村和少数民族文化中寻找一种在中华文明既定规范之外的未受损害的精粹文化。这种取向很容易被误读为一种逃避急迫社会问题的文学，因此被视为又一次浪漫化的“自我强化”，令人想起1861—1895年中国在两次鸦片战争中被欧洲列强凌辱之后的文学运动。这一时期兴起的先锋文学——刚开始的时候被称为“新潮文学”——可以被看作对当时喧嚣中国的一种特别的艺术回应。

也正是在这一时期，中国的新电影成功启航，而令人不安、色彩缤纷的绘画新风格也出现了。崔健（生于1961年）等歌星的摇滚乐也演变为一种亚文化，这种亚文化得到不抱幻想的年轻人的认同，在很长时间里成为抗议的更有力表现手段。

八十年代中期，中国的出版社首次被要求自负盈亏。为了谋求利润，许多出版社都转向了对西方通俗文学的翻译出版——这受到中国读者的热烈欢迎。另外，重印的言情小说、通俗小说以及港台武侠小说也蜂捅进图书市场。与此同时，知识分子开始讨论中国文化的特质。中华文明在1949年之后，也或许是中国历史上，第一次经受了大规模的批判性公众审视。

普通读者对“反思”文学不久就开始失去原来的兴趣，创作
【764】较为深刻复杂小说的作家猛然间发现他们被冷落了。他们中的许多人离开了文学事业，停止了对文学的创作或改编。创作激情现在日益由生于六十年代的新一代作家所释放。这一“新潮”文学可以分为“迷惘的一代”的叙事文、寻根运动和先锋文学。刘索拉（生于1955年）和陈建功（生于1949年）的短篇小说被视为反映了“迷惘的一代”的心境和思想。“迷惘的一代”的先驱作品是诗人北岛早年的一部小说《波动》：在“文化大革命”中形成（或者说变形）的年轻一代如命定一般遭遇各种犹豫怀疑。寻根文学涵盖的范围很广，数量也不少，从阿城的《棋王》《树王》和《孩子王》（1985）到2000年诺贝尔文学奖获得者高行健（生于1940年）的剧本和散文。高行健是旅居巴黎的小说家、画家兼书法家。高行健的寻根小说《灵山》（1990）的法语译本问世时，在1995—1996年激起了很大的文学波澜。与先锋运动有关的作家，如颇具才华的马原（生于1953年），他和法国诗人兰波（Arthur Rimbaud，1854—1891）一样后来弃文从商（中国许多作家和知识分子都选择了下海经商）；残雪（生于1953年），她对每一种荒唐的残暴都作了深入探讨；在某种程度上，“无政府主义”的王朔也属于先锋运动一员。他在组建自己的公司之后，迅速成为腰缠万贯的媒体明星。王朔的作品中充斥着后现代主义藐视一切的姿态，以及冷嘲热讽式的真情。他粉碎了关于光明未来的所有残余幻想。

中国的先锋文学作品与九十年代的写实主义作品不一样，目前只收录在几部作品选中，仅有少量被翻译为外国文字。这其中的原

因可能一定程度上在于这些作品很难被理解和被翻译。李锐（生于1950年）描写了教科书中不可能出现的农村社会变迁的狂野景象。莫言（生于1956年）长篇小说中快意恩仇的主人公完全可以出现在格里美尔斯豪森（Hans Jakob von Grimmelshausen）的流浪汉小说《痴儿西木传》（*Simplicissimus*）狂暴的战斗场景中，不过莫言实际上是受到马尔克斯、博尔赫斯等拉美魔幻现实主义作家的直接影响。

这一“文化再定位”（使用批评家赵毅衡的术语）时期，是根本上颠覆性的，这一时期文本的要旨是清清楚楚的反文化。例子包括残雪的《黄泥街》、刘索拉的《你别无选择》等。这些作家向既定的规则发起反抗——这些规则反映在如王安忆的《岗上的世纪》或者韩少功的许多短篇小说中。叶兆言（生于1957年）的《五月的黄昏》和《枣树的故事》、多多（生于1951年）的《最后的一首歌》则对现存的价值体系无情地嘲笑。作者们在主流文化之外的狭小领域找回了那“永恒价值”。这一趋势在阿城的《棋王》和莫言 【765】
的长篇小说《红高粱》中一览无遗。先锋文学中最早的作品包括如苏童的叙事文《一九三四年的逃亡》等。像史铁生（1951—2010）的《命运》和格非的《迷舟》等短篇小说，描写了无法生存于这样一个迷失的社会中的悲剧个体。孙甘露（生于1959年）《信使之函》或何立伟（生于1954年）《白色鸟》等短篇小说，则传达了晦涩怪异的信息。

余华是1987年后的一名重要先锋作家。他创作的《现实一种》展示了一个中国家庭的残酷野蛮。小说最后的复仇式杀戮再度让人想起《痴儿西木传》中的一个场景：一只小狗在舔被害者双脚的时候，引发了一阵歇斯底里的笑声。

对于六十年代出生的年轻一辈的自我主义作家而言，“文化大革命”及其影响终于丧失了重要性。正在演化的先锋文学可以不再被视为仅仅是“服务业”商品——鲁道夫·瓦格纳（Rudolph Wagner）发明这个词来形容政治上正确的中国社会主义现实主义作品——的一种变体，也并不是部分成功的八十年代文学实验。第一次不再有唯一正确的解释。新的文学精英跃上舞台。这群文学精英正在构筑新的反文化。毫不奇怪，这些作家对他们自己的文化史——曾经没有他们的一席之地，可追溯到二十年代的五四新文化运动以及更早的文化史——既好奇又充满热情。而且他们的作品明显在很多方面都受西方文学的影响。一些小说以塞林格《麦田守望者》、马尔克斯《百年孤独》以及博尔赫斯的长篇小说作品等为模型。

·九十年代的女性作家

许多女作家都在九十年代的文学中留下烙印，其中最重要的两位是来自湖南的方方（生于1955年）和池莉（生于1957年）。她们的作品反映了“新写实”的尝试。方方在《祖父在父亲心中》（1992）表现了装卸工人和都市知识分子的生活。池莉在如《绿水长流》（1993）等短篇小说中描写了门不当户不对的婚姻中的夫妇关系，在讽刺小说《你以为你是谁》（1995）中则讲述了日常生活的琐事。生活于广州的张欣（生于1954年）以描写都市女性为自我的被接受而斗争的《绝非偶然》（1995）和《爱又如何》而具影响
【766】力（1995）。先锋派的女作家包括陈染（生于1962年）和林白（生于1958年）。林白以关于童年回忆的长篇小说《青苔》（1995）获得文坛认可，陈染则以《嘴唇里的阳光》（1992）探讨如何达到一种在数十年政治斗争和犬儒主义之后，仍然能保持的爱和相互理解。1994年以来，北京的作家开始创作“新体验小说”，开创者毕淑敏等人讲述了不寻常的故事，不过有些作品处理的还是相当俗套

的主题，如致富或遭遇死亡，等等。

·“流氓痞子”王朔以及九十年代的后现代幻灭

六十年代出生的作家与北岛那一代深邃的理想主义“抗议者”形成了很大区别，前者所采用的叙事风格的特征之一是一种无所不在的犬儒主义——对所有社会价值甚至自身生存意义的全盘否定。王朔不久就以《顽主》（1987）、《一半是火焰，一半是海水》（1988）、《玩的就是心跳》（1988）和《千万别把我当人》（1989）登上了舞台中心。在这些作品中，王朔在将两个不同表达世界并置在一起——一种是朽坏体制及其意识形态中的石化语言，一种是幻灭的中国年轻人使用的城市俚语，逐渐达到了炉火纯青的程度。最后，王朔这一代的作家以一种前所未有的开放态度描写和性有关的题材。

王朔批评中国的知识分子是可怜的成事不足、败事有余，对知识分子所谓“新文学革命”空头呓语抱以鄙视。他喜欢一种没有理想、对未来毫无规划的生活。他对张承志——比如在他的《心灵史》等作品中建立新价值体系——的严肃尝试则嗤之以鼻。

通过改编他的作品而成的电影电视（短短一年之内就有四部），王朔的“生活方式”开始被大众接受，直到这时有关部门方才感觉到有必要对事态进行干涉。而大多数半官方文学评论家之前都只是把王朔当作一位无害的通俗文学作家。

王朔径自把读者抛入一种流氓文化中，这是一个非常特别的世界。天不怕地不怕的流氓让人联想到传统白话小说和现代武侠小说中的主人公们。

王朔自己曾因卷入少年帮派斗殴而被看守所关押过，从海军退伍后，做过商店售货员，先后依靠过多名女性——一位共青团书记，一位空姐，一位舞蹈演员。他爱情小说中的主人公都是流氓痞子式的“反英雄人物”，是积习难改的“顽主”。

【767】 在电影版的《一半是火焰，一半是海水》中，主人公是游手好闲的混混，和张贤亮或戴厚英小说中从自我出发，有时显得戏剧化的主人公完全相反。这位主人公冒充警察，以敲诈勒索和为香港游客拉皮条为生。在《千万别把我当人》中，一群流氓在混乱的环境中为生存而战。王朔被台湾作家柏杨（1920—2008）《丑陋的中国人》深深震撼，故而用这一政治讽刺来为札幌举行的国际自由搏击赛上的失败“报仇”。一位功夫人士、所谓活着的义和团成员唐元豹被选中，最后讽刺性地成为荒唐的国际忍术大赛冠军。

幽默的短篇小说《我是你爸爸》（1991）显示了两代人想在同一屋檐下和平相处的努力的荒唐性。离异的爸爸在一家书店工作，想要修补代沟却失败了，或者说他根本忽略了和儿子的代沟。而儿子则恼怒地想要保持两代人之间的界限。

简而言之，王朔是将梦想破灭的城市年轻人描写为知识分子中的异质元素。他认为每个人都有拥有自己世界的权力，并嘲讽中国的“现代性”只不过是换上了新衣而已，内部结构一点也没有动。痞子王朔以他自己不按常理出牌的方式，讥讽这些毫无新意的错乱行为其实是中国对“全盘西化”的盲从。有一小部分人怀疑王朔成了无根的泼皮或赖皮派画家（指的是英语艺术批评中的玩世现实主义［cynical realism］）的角色榜样，以及提供了艺术上的支持——这些画家在商业上取得了巨大成功。

王朔决定成为一名文化个体户，在北京开办海马影视创作中心之后，获得了惊人的商业成功。正因为此，模仿者纷纷出现，其中不乏女性。但是如虹影（生于1962年）作品中漠不关心的玩世主义则不那么尖锐，并且她对那些极端情境的描写也显得比较做作。在《康乃馨俱乐部》（1994）中，一群具有同性恋倾向的年轻女子对残害过女性的男人实行血腥报复。

“文化无政府主义者”现象导致骚动一直持续到九十年代中期。像王蒙这样地位显赫的人物对王朔现象很宽容，并将这一廉价的娱乐文学同他们自己所追求的严肃文化一样无差别地接受。九十年代中期，相当自以为是的年轻一代批评家加入了对包括王蒙在内的作家和批评家的口诛笔伐。

· 重获自我确信：中国的新文化批评家 【768】

八十至九十年代二十年间，终于涌现出能够很好处理自己作为知识分子的责任的新文学文化评论家。他们所展现出来的自信，在九十年代早期的东南亚和其他东亚国家也能看到。

这些评论家中的一些活跃在国内，如季红真（生于1955年）、陈晓明（生于1959年）和北京大学的文学史学者陈平原（生于1954年）。带着对正统文学批评所有进一步建构的无声鄙视，陈平原尝试阐明一套审视现代叙事文学的新方法。这套方法是沿着方法合理、细节精彩并结局开放的早期现代叙事文学史的脉络进行的。

包括赵毅衡在内的其他一些评论家，在海外加入了国际化的文学讨论。这些知识分子对中国近来文坛发展的思考，是在让西方文学评论家和文学史专家开始关注以及数十年来再度聆听的方式下提出来的。中国的新批评家（面对政治压力）小心地把重要的新作品和新发展带到学者、译者、出版人和读者眼前。他们带着可以理解的骄傲感，重新承担起了本土的文学解读者角色——这一角色自五十年代起就让渡出去了。

新一代评论家的代表赵毅衡在海外留学（获加州大学伯克利分校博士学位），和老舍（舒庆春的笔名，1899—1966）或者台湾地区的马森（生于1932年）一样在伦敦大学东方学院任教多年。赵毅衡以中文和英文对当代文化发展作了许多评论。他和北岛的《今天》杂志走得很近，《今天》单独以中文出版，同时推出英文删节版。并且，他通过编选各种文选来增强上文提到的那些年轻的中国文学学者和评论家的地位。这些文选包括1993年的先锋文学集《迷舟》，赵毅衡强调这部作品是严格从文学角度来编选的。赵毅衡所编的其他文选包括《天下地下》（*Under Sky Underground*，1994）和《必要的孤独》（1995）等。《必要的孤独》表面上是对叙事的形式分析，但实际上却将“必要的孤独”视为先锋的一流文人——可能也是大多数其他当代中国知识分子的基本条件。

赵毅衡对九十年代似乎无根无脉作家的“新文学起点”的荒诞
【769】文本进行了编选。他觉察到近来中国文学发展明显与毛泽东时代放弃传统的文化“沙漠”分道扬镳了——这一认识再度衔接了几千年来中国文化发展的整体图景。总体上，他将当下的这一过渡阶段视为在断裂中进行的文化再定位中的创造性元素。在赵毅衡看来，反文化——特别是里面的摧毁偶像因素的出现多少正是一个隐喻，正如它们存在于1919年之后的五四新文化运动一样。事实上，通向新的中国当代文学的地基已经打好。

因此，赵毅衡从根本上对中国文化前途是非常乐观的。然而，赵毅衡的做法究竟是尝试激发起新的自我意识，仅仅是鼓励中国作家，还是对真实事实的评论，则仍然有待探究。但不管怎样，评论家赵毅衡建议我们要有耐心。他将中国语境中的这些再定位阶段视为复杂的、某些程度上神秘的过程。他的话对所有中国文化危机忧心忡忡的人都颇具吸引力：“一百多年过去了，光明的未来还是遥不可及。不过历史告诉我们，中国文化的再定位，一个世纪是远远不够的。如果是这样的话，我的悲观主义朋友们可能会不那么忧虑了。”

· 文学和政治：通向1996年第五届文代会的各种变化

政治和作者之间的紧张是中国文化生活的恒久主题。文学史家的工作就是记录下这个国家知识分子和作家创造力所遭遇的压制。中国的毛泽东时期早期、“文化大革命”时期、改革开放早期和1989年之后，可以对应于苏联的列宁时期（1918—1924）、斯大林时期（1925—1953）、苏维埃晚期（1954—1984）和新思维时期（1985—1991）。何与怀的《紧缩与放松的循环：1976至1989年间中国大陆文学与政治的互动》（*Cycles of Repression and Relaxation*: *Politico—Literary Events in China*，1992）记录了七十年代中期到八十年代中期的情况，而记录接下来数年情况的作品则有如《大陆当代文化名人评传：公民社会的开创者》（1995）。1996年和1997年早期，中国文化界的知识分子面对着与政治关系中的紧张，其紧张程度成为海外中国评论家热烈讨论的一个问题。

严格地来说，这一斗争仅仅是关于如何开创文学的先决条件的。当有创造力的知识分子获得了出版自由的保障时——如1987年 【770】
以来的台湾地区那样，从压制中得到解放自身并不能保证可以自动带来优秀文学作品。

中国共产党召开十四届六中全会（1996年10月7日—10日）后，翟泰丰连同中国（在五十年代是“中华全国”）文学艺术界联合会（简称“文联”）党组书记高占祥等其他党内领导人，在1996年12月16—20日组织召开了中国文联第六次代表大会，而同年的5月27—31日已经召开了中国作家协会第五次代表大会。这是1984年之后，文联首次重开代表大会。1996年的文联代表大会是在对前一届代表大会的批评中开幕的。1984年的文联第五次大会是在当时的总书记胡耀邦（1915—1989）的领导下召开的，成了后来被批评为资产阶级自由化的直接原因之一。

1979年中国共产党的十一届四中全会上，邓小平在讲话中提出要对文化领域进行审慎的放松。1996年，江泽民总书记在中国共产党第十四届六中全会的《中共中央关于加强社会主义精神文明建设若干重要问题的决议》中，也力图在意识形态问题上提倡爱国主义以反对西方殖民文化的渗透。

1996年的中国文联第六次代表大会，波澜不惊地解决了党希望对文学进行管理，以及试图在社会文化变化中扮演重要角色的作家之间的矛盾。就像以前一样，在病榻上的九十二岁老作家巴金继续担任作协主席。曾任文化部副部长的作曲家周巍峙（1916—2014）当选文联主席。

【771】在文联第六次代表大会开幕前夕，翟泰丰等党的领导探望了一群左派的老作家和批评家——包括林默涵（1913—2008）、臧克家（1905—2004）、姚雪垠（1910—1994）和蒙古族作家玛拉沁夫（生于1930年），以及几位自由主义作家和诗人，如冰心（谢婉莹的笔名，1900—1999）、巴金、艾青、邵燕祥（生于1933年）和曾经的党内文化领导陈荒煤（1913—1996），希望得到老人家们的支持。

与此同时，王蒙遭到了围剿，他差一点丢掉了文联副主席的位子，已然成为文化自由化的一个符号，遭到强硬派干部的厌恶。王蒙遭到的第一波攻击由他所提出的一桩法律诉讼案触发，而在1996年和1997年初再度遭到攻击，是因为他曾将王朔及其痞子文学视为九十年代文学革新中的一股清新之风。莫言也因为写肤浅消费主义的长篇小说《丰乳肥臀》（1995）而在1996年招来新一轮批评，并被迫中止了该书的发行。小说中的性爱描写，被用作在政治上攻击莫言的借口。这里传达的信息很清楚：王朔发行量数以千万计的作品所宣传的席卷全国的幻灭心态和玩世主义，现在要被叫停了。像莫言和王蒙这些政治上靠不住的文化名人，从此有了王朔作陪。王朔作为幻灭一代的代言人，背上了“提倡拜金主义、享乐主义和极端个人主义”的罪名。

除了对莫言、王蒙和王朔的批评——其中暗含了对如残雪和所有先锋作家的批评，新的批评矛头指向中国哲学史家李泽厚（生于1930年）和文学学者刘再复之间的对话《告别革命》（1996）。这一对话自身批判了李泽厚和刘再复自己在美国期间所持的激进主义，并呼吁在未来中国进行渐进改革，也已经招致了来自反方向——生活在国外的年轻一代中国知识分子的负面评价。

对国际上批评之声的反应，并不仅仅来自政府。年轻一辈的知识分子和大众都以一种政治文化上的新民族主义进行回应。许多年轻学者、作家和记者针对中国遭受的批评——不论是来自国内还是 【772】
国外——从民族主义立场展开了反批评。这一类新爱国主义和民族主义，就像以前证明的那样，只是中国知识分子的陷阱，但是这类语重心长的话很难被当事人听进去。

《中国可以说不》（1996）由一群不满现状的年轻记者集体创作。和《中国可以说不》类似的一系列作品，都长篇累牍地对中国的“敌人”进行口诛笔伐，且过于侧重政治层面。但是这些作品也可以被解读为极具揭示作用的一种文化注解和文化抗议：这是对缺乏国际认可的一种申斥，对高行健获得诺贝尔文学奖的集体沉默证明了这一点。从心理分析角度看，对于让人不舒服的社会变迁或危机的全国性反应，以及更个人层面甚至性爱层面上的困扰感和无力感，似乎以一种令人难以接受的方式混合在一起，并得到了补偿，这在郁达夫的小说《沉沦》（1921）等民国早期作品中就已经有所体现。

八十年代以来中国的文化成就尚缺乏一个冷静的分析，为这些成就追求国际认可的官方文化政策也缺乏清晰定位。许多九十年代中晚期的中国评论家似乎面对许多文学前沿领域都深怀挫败感。 【773】

· 香港：迟来的地区身份认同之追寻

像香港这样一个国际化大都市，长久以来享有相对宽松的出版自由，却几乎没有产生自我沉思式的文学作品，这个现象是非常特别的。“文化大革命”之后七十年代末和八十年代那些富裕年代中，仅有寥寥数位作家曾经对他们所处的情境，香港在战前和战后的情境演变，以及殖民地的角色进行过反思。西方对香港的印象，主要来自如Richard Mason的《苏丝黄的世界》（*The World of Suzie Wong*，1957）和韩素音的《瑰宝》（*A Many-Splendored Thing*，1952）等西方小说和电影，或者商业上大获成功的长篇小说如詹姆斯·克莱威尔（James Clavell，1924—1994）的《大班》（Tai Pan，1966）等。这些作品通常关注的是中英大企业的世界，以及香港令人目眩的上流社会。

· 香港文学的代表作?

香港的文学学者曾经对香港本地文学进行过一些考察。不过这些研究并不是对当地令人心神激荡的文化发展的历史性陈述，看上去更像是对这样一种文学灰心丧气的呼吁。在一种冷漠的学术氛围内，只有卢玮銮（生于1939年）曾经花费数年的辛苦重建工作，来恢复对那些曾经在香港停留的一些有价值的中国作家的记忆——他们包括郁达夫、萧红（1911—1942）和张爱玲（1920—1995）。我们所听到的这些文学，是在香港以及来自香港的文学，而绝非香港的文学。只有1997年香港回归中国的前几年，郑树森（William Tay，生于1948年）等人才开始对香港的自我身份之根进行前所未有的追寻，呈现和保存很久以前就应该从与香港有关的文学和文化中揭示，以及批判性地再评价的一些东西。

台湾女作家（生于1952年） 李昂（施淑端）之姐施淑青（生于
1945年）和她的银行家丈夫在香港居住了十多年，曾在台湾的时报
出版公司出版过一部描写八十年代中国大陆作家的杰作。不过，她
描写香港上流社会生活的几篇中篇小说仅仅停留在娱乐水平。最终
搬回台湾居住前的她于1995年开始推出的“香港三部曲”，再次尝 【774】
试描写1997年回归前的香港。

与此同时，中国官方渠道也通过中间人在作最后的努力，试图建立中华人民共和国标准能接受的香港文学。这些努力包括，比如记者兼作家刘以鬯（生于1918年）和他的杂志《香港文学》，以及一群对北京友好的当地作家的各种活动。

不过，马建（生于1953年）等移居香港的中国后现代作家，都选择在比如《文艺报》（不敬地剽窃了内地官方《文艺报》的名称，1995—1996）等反对派的文学刊物上发表作品。在“文化中国”领域，比大多数作家更高雅更精微复杂的西西（生于1938年），最后发现自己在台湾的读者比香港更多——香港传媒明显没有严肃地把她当作本土作家和香港的文化符号。

九十年代的浮躁氛围，很容易使得年轻学者放弃用这些默默无闻的文学来定义所谓香港身份感的做法。这些知识分子更愿意追寻流行文化的概念，他们认为能更贴切地定义并表达香港文化的是流行文化。流行文化包括电视、电影、录像、卡拉OK、流行音乐、潮流、生活方式，等等。他们声称所有这些给予了香港这座城市独一无二的身份感。采取这种研究进路的知识分子发现了香港后现代不稳定性和无根性的遗迹，与被强加的适应形成了鲜明对比——对几十年来的中国内地群众而言，这是必不可少的适应。

· 处于危险中的地区主义：台湾的文学图景

台湾对自己文化身份的不确定感则具有别样的性质。与香港的情况不同，台湾岛上的民主——虽然受到岛内外的双重威胁——仍然有机会朝向一种更为稳定的文化意识发展，并建立一种不受挑战的台湾本土身份意识。台湾的文学在艺术价值和文化政策两方面都颇值得注意，因为它以特殊的形式和方式发展了超过一个世纪，与
【775】中国其他地区的文学形成了对比。台湾作家的创作主要是被抵抗外国统治的精神下激励起来的。不过有时也会出现哀伤的自我受限，以及对台湾身份这一核心问题的沉思。

台湾的新文学产生于二十世纪二十年代早期。在十七世纪，这座后来成为中国末代王朝最边陲的一个省份的南方移民天堂（绝大多数移民来自福建省），曾有过无足轻重的边缘的文言创作。在日益严苛的日本殖民统治以及后来的国民党退居台湾时期，新文学逐渐成形，但经常遭到扭曲。直到八十年代末在台湾全面推行民主化之后，殖民时期的文学才被重新发现或曰“出土”。只有从这时开始，各方面力量才致力于正视过去，并给台湾游移不定的身份定位。在政治和文化上，有两股相反的立场：一方是争取逐步的独立，另一方面仍然将台湾置于中国语境中看待。这些立场看上去似乎根本难以调和。“台湾意识”（或台湾本土主义）与“中国意识”之间的根本紧张阻止了一个各方平衡的平台的形成。台湾学者本可以在这样一个平台上推出世人已期待许久的台湾文学史，以作为新文学认同的基石。比如在俾斯麦时期的德国，公众期待着文化认同感的坚实基础。这一努力方向在台湾已经开展三十年，但在文学领域，这样一种确定身份的著作还是付诸阙如——这一事实应该可以被视为世纪之交台湾内在危机的一种征兆。

令人惊讶的是，在八十年代的中国大陆，台湾文学被大张旗鼓地呈现给读者。虽然这种“呈现”不见得由官方主导，但其中也体现了承担这项任务的中国大陆学者的见地。他们出版了数部文学史研究著作，在两岸关系显示缓和迹象的时候，甚至可以在台湾书店中找到这些作品的原版和重印版。

· 日据时期的台湾作家

日据时期最重要的台湾作家在九十年代以前湮没无闻，直到九十年代以后，他们才开始得到西方文学专家越来越多的认可。对他们的观念及其所处时代背景的详细介绍，对于我们理解台湾的本土主义特征至关重要。

陈虚谷（1891—1965）和蔡秋桐（1900—1984）的短篇小说，【776】
讽刺了日本殖民者的傲慢、日本的台湾政策以及许多台湾同胞奴隶般的服从。杨守愚（1905—1959）——当时最重要的作家赖和（1894—1943）的好友，是日据时期的一位多产小说家，也以诗名著称。他的许多小说中的主题都是描写底层人，包括街上小贩、失业者和妇女的生活。王诗琅（1908—1984）是当时台湾知名文学组织的成员，一度担任过杨逵（日据时期另一位最重要的作家，1905—1985）创办的《台湾新文学》的编辑。1946年以后，王诗琅成为深具影响力的报人。王诗琅最知名的作品，应属短篇小说《夜雨》——描写了出版工人的罢工失败之后一家人的破裂。

张文环（1909—1978）创作的长篇小说和短篇小说颇为另类。他在日本上完中学和大学，并与友人共同创办了宣称要开创一种“真正的台湾文学”的刊物《フォルモサ》（即《福尔摩沙》）。张文环只用日文进行创作，他的一篇中篇小说曾经在日本读者中大为流行。龙瑛宗（1911—1999）属于日益受到日本影响的作家群。

所以，他和张文环代表台湾参加了1942年11月东京举行的臭名昭著的首届“大东亚文学者大会”，也便不是巧合了。日本政府利用这个大会，通过表彰采取合作态度的作家，来巩固日本在殖民地以及新占领地区中的文化霸主地位。最后，日据时期最有才华的作家之一，还包括来自台中的作家兼评论家吕赫若（1914—1947）。

· 五十年代的“反共小说”

在文化“考古”的重大努力下，日据时代的一系列作家重新被推向聚光灯，其中包括医生赖和及左翼活动家杨逵等重要代表人物。杨逵在日据时期以及国民党时期，在监狱中度过了生命大部分时间。近年，1949年之后产生的台湾文学也得到了“重访”。年轻一代的文学评论家发现需要对五十年代以及六十年代早期的文学进行再审视、再评价和再诠释。实际上，对战后四十年的某种思乡症弥漫着九十年代中期的台湾社会，而这种气质的出版物——比如时报出版公司的专题编辑兼诗人杨泽（生于1954年）所策划出版的作品，对过去提供了一种颇具启发性的新解读。1945年，日本在第二次世界大战中战败，上文提到的日据时期作家，随着日据时代的
【777】结束，也被隔离或驱赶出文学舞台。来自大陆的亲国民党知识分子开始掌舵文学方向。国民党要求他们创作一种在意识形态上严格服从、在军事上反对共产主义的文学。

姜贵（1908—1980）是五十年代台湾反共叙事文学中最突出的代表者之一。关于姜贵的生平有一部英文传记（1974年由Timothy A. Ross推出），他最好的长篇小说《旋风》（1957）也有英译本。朱西宁（1926—1998）来自国民党行伍，后来成为著名的知识分子和畅销作家。彭歌（生于1926年）是一位多才多艺的记者，在台湾为国民党服务，表现得非常活跃，并多年担任国民党党报《中央日

报》主笔、社长。彭歌出版过二十余部非虚构作品、译著、叙事文和随笔等。潘人木（1920—2005）是这群作家中最流行的女性作家之一。

· 台湾的现代主义

五十年代末六十年代初，台湾的一群年轻作家——大多数都属于第二代大陆移民，受到现代西方现代文学的深刻影响。他们的榜样是加缪、萨特、福克纳和乔伊斯。我们需要记住的是，在这一时期，台湾是一片“文化沙漠”，既与三十年代活泼泼的中国文学景象切断了关系，也与二战后中国大陆的文学发展无涉。这些作家中的一些人离开了台湾，移民到美国等地以保持他们的思想自由，因为他们对台湾的文学圈继续保有影响力，并且也影响了七十年代末的大陆文学创作，所以有时候他们被称为“半移民者”。他们中间最著名的是曾在加州大学圣巴巴拉分校任教多年的白先勇（生于1937年），他曾描写了退居台湾的国民党军队和政府精英（《台北人》，1971）。另外还有王文兴（生于1939年），他是两部现代派长篇小说《家变》（1972）和《背海的人》（1981）的作者。但是，文化本土主义的力量使这些作家和知识分子——他们在九十年代某种程度上仍然代表海外的台湾文学——被更为重要的“乡土”作家所取代。在大多数台湾读者看来，他们与扎根于本土并以本土为导向的文学更为合拍。

· 乡土文学作家

在七十年代，台湾本土作家再次组织起来，以反对当时占主导

地位的现代派作家，因为后者基本上无视台湾人的真实生活，也对专制的国民党统治熟视无睹。这些作家凭借后来我们所知的乡土文
【778】学，获得了惊人成功，而乡土文学也在接下来的数年中成为台湾文学的主流。

李乔（生于1934年）在台湾乡村从事教育工作达二十余年，远离台北这一“大陆人的首都”。1995年，他推出了以台湾史为题材的三部曲，对1947年台湾当地人民遭到国民党军队屠杀的“二二八事件”作了小说化处理。被誉为“工人作家”的杨青矗（1940年出生于台南附近的一个村子里）从事过包括劳力和白领在内的多份工作，在作品中回忆他的经历，被公认为劳工阶层的一位文辞直白的作家。杨青矗也建立过一个文化中心以及一家出版公司。1979年12月，在“高雄事件”中，杨青矗和另一位乡土作家王拓被台湾当局逮捕，被判很长时间的监禁，而得到社会的回报。即便在他们停止文学创作之后，二人仍然在文化政策和政治议题中发挥着积极作用。

林怀民（1947年出生于嘉义）获美国爱荷华大学艺术硕士学位，后来在纽约从事现代舞表演。他创作了大量关于台湾年轻人寻找新的自我认同的短篇故事。1973年，他创立了台湾的现代舞蹈表演团体“云门舞集”，演出中国题材和本土题材的舞蹈。林双不（生于1952年）和李乔一样，选择远离台北这座“污染”的城市，在乡村地区任教。他成为台湾本土作家中最为直言不讳的一位。林双不是一个多产作家，他的二十余部作品中包含了自己的思想和创造性观念——这些作品通常都是为了向杂志和报纸交稿而匆匆写就的。激进的乡土作家宋泽莱（生于1952年）曾多次改变思想道路。他追随斯宾格勒（Oswald Spengler），预言不仅西方会衰落，而且东方也避免不了这样的命运。然后，他又用整整十年时间在禅宗中寻找救赎，是“人权文学”的代表，并写过一部描写环境污染和政治动乱摧毁台湾的科幻畅销书《废墟台湾》（1985）。1996年，他回

到文学领域，担任激进乡土刊物《台湾新文学季刊》的编辑，对与半官方的文化观点接近的所有文学创作都进行了无情攻击，同时推荐了一群有才华的年轻作家。来自高雄附近美浓镇景色宜人乡村的报人吴锦发（生于1954年），描写了台湾人痛苦地追寻一种与强加给他们的意识形态不同的自我身份感。他们先是面对清政府，然后是日本人，最近是逃来台湾的国民党。特别值得一提的是吴锦发的敏锐心理观察，以及他对“荒诞”这一叙事手法的出色运用。对这位对台湾同胞怀有深切同情之心的激进作家而言，第二类重要主题是台湾失去家园的原住民的历史与文化。

· 台湾的女性文学

二十世纪八十年代，许多女性作家为前辈所奠定的地基继续添
砖加瓦，走进了文学聚光灯下。林海音（1919—2001）曾在北京学 【779】
习和工作，并于1948年回到台湾。她的许多作品都以自己在大陆的亲身经历为原型，描写女性和家庭，尤其是她的自传小说《城南旧事》（1960），该作品已经有英译本。身为《联合报》副刊编辑的林海音，多年来对于台湾的文学图景产生了相当大的影响。后来移民到美国的於梨华（生于1931年）是 “留学生文学”——六十年代反映生活在海外的台湾学生伤痛经历的文学样式之先锋。现代派作家欧阳子（生于1939年），于1962年离开台湾定居美国。她擅长心理描写，特别是对女性心理的拿捏。来自台中的廖辉英（生于1948年）大学毕业后先后涉足传播界和工商界。她在一系列短篇小说和最近则越来越多的长篇小说中，描写了台湾的现代新女性特别是独立的商界女性所面对的各种问题。苏伟贞（生于1954年）毕业于台湾国民革命军政治作战学校影剧系，属于与当局关系友好的知识分子阵营。她是众多在风格上模仿上海作家张爱玲的女作家之一。张

爱玲虽然隐居在美国，但在当时的台湾已经成为不在场而神秘的文学典范。苏伟贞的长短篇小说都得到了认可。作为保守的《联合报》读书人版主编，她也对台湾的文学图景产生了重大影响。军队作家朱西宁的女儿朱天心（生于1958年）从八十年代末开始，在她的小说中描写了在社会中积极定义自己异于传统角色的不少年轻女主人公，她们对两性关系的态度从任何标准来看都是极其自由的。朱天心的姐姐朱天文（生于1956年）的名声更大。朱天文创作了《荒人手记》等不少得奖的长篇小说。

· 台湾诗歌的发展

和叙事文学一样，台湾的诗歌也发生了巨大变化，从五四运动精神激励下的诗歌实验——受到西方和日本深刻影响的现代主义风格——变化到具有浓厚本土气质、扎根于台湾的新诗歌。

痖弦（生于1932年）一跃而为突出的实验派现代主义诗人，不仅通过他自己的诗歌，而且在九十年代中期以前，利用自己担任《联合报》副刊主编的资深身份，影响了台湾的文学气候。洛夫（生于1928年）是来自军队的数位诗人和小说家之一。八十年代末，他通过《创世纪》诗刊与大陆的当代诗人进行了新的接触。他那永不止息的艺术自觉性导致他的骄傲感（感觉到自己等几位诗人
【780】是大陆朦胧诗人的先驱）和忧伤感（他们以经验告诉自己，作为一种地方文学的代表，他们永远不可能在中国或其他地方得到充分认可）。虽然痖弦和洛夫对台湾都怀有很深的感情，他们还是充满讽刺地在1996年退休，在加拿大养老。从中国南部来到台湾的余光中（生于1928年） 在六十至七十年代的台湾诗坛留下了持久的烙印。然而，作为国民党政府文化政策的支持者，他公开反对乡土文学的态度让他失去了许多年轻读者。余光中也是一位德高望重的大学教授，撰写

了大量诗歌和文章，也是一位具有国际视野的翻译家和出版人。耶鲁大学资深讲师郑愁予（生于1933年）的诗传诵度很广。像白先勇一样，他也被视为移民到美国的台湾作家之一。年轻一代的台湾诗人包括高雄医师郑炯明（生于1948年）以及多才多艺的李敏勇（生于1947年）。李敏勇是一位积极的投稿者，也是一位文化政策专家。他写过多部诗文，以及一些令人印象深刻的社会政治分析。

· 大众文学

在六十年代以前，台湾还都是一个封闭社会。从台北辐射到全岛的大众文学，带着一种多愁善感的伪传统主义以及对政治高压的玩世之感，起到了一种将人们的注意力从政治独裁和各种社会禁忌上暂时移开的功能。随着台湾在八十年代越来越开放，主要受到美国和日本影响的大众文学在一种喧闹多变的电视文化伴随下，最终产生了在商业上非常成功的文学作品。与此同时，大众文学也基本上取代了绝大多数奋力创作严肃文学作品的努力。

郭良蕙（生于1926年）写了无数言情小说，后来还流行到大陆。三毛（1943—1991）以自己在撒哈拉沙漠等偏远地方的、与政治无涉的生活为题材创作的小说，紧紧抓住了七十年代台湾年轻人的想象力——他们越来越感觉到自己在岛上像被关在笼中一样。琼瑶（生于1938年）写了超过五十部描写情爱婚姻感人的畅销书。大陆读者尤其是学生读到她的作品之后，迅速形成了席卷大陆的“琼瑶热”。旅欧瑞士籍华人作家赵淑侠（生于1931年）是不多的几位在欧洲生活的中国畅销书作家，以其言情和爱国主义题材在两岸都大获成功。她讲述赛金花和1900年镇压义和团运动的八国联军德国司令官瓦德西之间故事的长篇小说曾被改编为电影。

【781】

· 台湾的文化本土主义的意义

文学和电影一样，带着自身特别的殖民时期和后殖民时期的发展特征，应该被视为台湾人的新台湾意识的必要元素。在被湮没被压制的几十年后，要使台湾文化遗产——“出土”，需要几代台湾学者的努力。只有到那时，台湾人新的身份感才能充分地定义和建立起来。

定义或再定义某人的个体身份感和地区身份感——就台湾而言，这也意味着打破殖民意识并面对后殖民时代的问题，具有全球性的意义。在台湾为文化自由的斗争中，失去了很多领袖级人物，知识分子在被迫害、被多年监禁之后遭到的精神消灭和肉体消灭，与统治集团合作带来的不适感，不以牺牲人格和正直为代价的机会主义在多大程度上是被允许的这一敏感问题——所有这些经历和挑战在全世界都能找到。还有流亡问题也不是台湾所独有的。

从全球视角看，台湾范式——也即台湾地区文学发展中的精粹的意义正在于个人以及充满活力、创造力的地方社会两个层次上，所具有的这些普遍元素，类似的挑战和可以作比较的回应中。

· 大中国的前景

如上文所勾勒出来的海峡两岸不同文化图景，以及东南亚（再加上更为边缘的北美）具有同样挑战性的“文化中国”现实，整合在一起，从理论上构成了文化互动的宏大可能性。但是，这项事业的关键，似乎并不在于有效地建构致力于解释“文化中国”不同地区之间错综复杂互动的“大中国”理论模式，而是在于从后现代预设到全球化的文化情境中真实而不可预知的再生与调适力量——正如九十年代中期和之前那些年代所显示的那样。中国经常不能充分认识到这一点：文化统一和文化优越感的古老姿态，即便是披着现代外衣并更为温和，也很容易在其他成员中引起强烈的焦虑感。来自中心的压力，还有在城市、地区和个人心中的反抗和服从所导致的影响非常强大，强大到足以触发进一步的悲剧。与此同时，这些互动也可能会以让人耳目一新的文化作品、活动和视野，令整个世界叹为观止。

马汉茂（Helmut Martin）

绿
杧
文
库

见珍于世

第五编·戏剧

哥伦比亚中国文学史

[美]梅维恒 主编

马小悟 张治 刘文楠 译

新星出版社 NEW STAR PRESS

目 录

【785】 第一章　传统戏剧文学

由于本章是中国文学史的一部分，所以不会对中国戏剧的发展进行按年代的详细梳理。本章会侧重于戏剧文学，即在前现代或者现代作为文学而得到流传和欣赏的那些文本。也就是说，本章主要处理的是杂剧和传奇的文本。杂剧是相对较短的文本形式，是十三世纪中期出现在中国北方的主要戏剧类型。杂剧在戏台上的全盛时期在十五世纪中期便结束了。而篇幅比杂剧长得多的传奇是从“戏文”发展而来的，在十三世纪的温州逐渐发展起来，然后流行于长江下游（习惯上称为江南）。传奇的充分发展期是十五世纪中期，但是它的高产期是十六至十七世纪。随着传奇在十六世纪的江南文人中确立为文学的一个小分支，杂剧紧随传奇，也达到了类似的地位。

杂剧和传奇都发展自早期简单的戏剧形式，但是对于这些早期文本我们几乎没有任何文本材料。与杂剧、传奇二者并存的，还有复杂程度不一的其他戏剧形式。现代学者区分出了不下三百种不同的中国传统戏剧（其中有一些产生于二十世纪），如果我们把各种
【786】形式的傀儡剧包括进来，这个数字还会提高。这些戏剧类型中的许多都运用脚本，但是没有哪种具有杂剧或传奇所达到的文学地位。即便是京戏——十八世纪晚期在北京成形并在十九世纪扩展到其他

地方的一种中国传统戏剧——保存下来的大量唱词也难以和二者相提并论。这些唱词脚本几乎无一例外被当作戏剧史或传统礼仪活动和宗教信仰的文献来研究。很多戏剧类型中的脚本唱词是近年来通过对现存地方戏的整理才得以复原的，所以在未来，当这些文本得到更为细致的研究后，很可能会有更大规模的文本被纳入戏剧文学的经典中去。

然而，因为所有戏剧文本的形式都是由表演惯例来决定的，所以我们也必须考察一番对戏剧文学起决定作用的戏剧实践。这适用于所有戏剧文学的讨论，不过对中国戏剧文学而言则更为迫切，因为传统中国戏剧的表演在许多重要方面都迥异于当代西方戏剧的表演实践。有两个方面值得特别注意：（1）戏剧和其他戏台表演形式之间的边界；（2）戏剧和驱魔仪式（不管是在其遥远的起源还是在实际的仪式中）的关联度。

· 戏剧和其他表演形式

为方便起见，我们在这里把戏剧定义为由两人或两人以上的演员——穿戴所扮演角色的服饰——模仿某些动作，同时进行对话的表演。这一定义够直白，但是问题重重，因为戏台上可以有仅一位演员进行的戏剧化独白。剧中只有一位演员的剧本虽然罕见，但还是有的，比如十九世纪女剧作家吴藻（1799—1862）所创作的《乔影》。而且，中国戏剧中有许多一位演员表演的小品，以作为序幕、幕间戏或者独立的歌舞小品。至少从十六世纪开始，在长剧本中包含仅由一人表演的高潮部分是非常常见的。它们被称为“折子戏”，经常成为单独拿出来表演的小品。戏剧也可以包括没有一句台词的部分，有时候甚至整部剧完全没有台词。它们在传统上叫做哑杂剧。

【787】 在所有戏剧类型中，演员可以通过说白向观众说话。中国戏剧也相当自由地使用这种可能性，不仅用于各种说白，而且用在角色第一次出现进行自我介绍的时候——他们在与戏台上其他角色进行互动前，先向观众介绍自己的身份和目标。中国传统戏剧这一非常经济的特征，经常被解读为，表明戏剧在发展过程中受到说书的影响。虽然这种解读似乎颇有问题，因为说书中的人物并不自己介绍自己，对角色的介绍是由说书人代劳的，不过确实在一些戏剧类型中，有将之前的说书文本拿来作为唱词的现象。在元代（1260—1368），乡民和士兵会集合起来唱“搬词话”。在近来所记录的许多类型的所谓“傩戏”中，有这类活动的大量例子。在这些现代傩戏中，歌谣被分配给各个角色，一个专门演员所说、所背或唱的不仅包括歌谣中角色口中的话，而且包括第三人称角度叙述的角色的行动——这样，戏剧和说书便交织在一起。现成的歌谣文本被切割成句，并在剧中演员中进行分配。对歌谣的这种使用方式、应该与将歌谣改编成另一种文学类型如戏剧的做法区分开来。

另一方面，说书包含了许多戏剧元素。虽然一位说书人不能扮演他所讲故事中的所有角色，但是他却可以通过语调、口音、体态和手势等扮演不同角色。在一些类型的说书中，这种做法很常见：将歌谣文本在数位表演者之间进行分割，然后每位表演者可以扮演一位或多位具体角色。在这些情况下，歌谣的表演者非常接近于戏剧的公共朗诵，人们可以很容易地理解，当演员穿上戏服离开座位时，这样一种表演将发展为完整意义上的戏剧表演。

相声是另外一种非常接近于戏剧的现代曲艺形式。在相声中，两位表演者进行快速的机智幽默（经常是讽刺的）对话。他们通常会扮演具体角色，只需穿上戏服便能把他们的表演变成一出短剧。许多学者都提到相声和参军戏（唐宋宫廷的一种重要娱乐形式，两个或两个以上的表演者之间进行幽默对话）之间的联系。参军戏被认为是后来羽翼丰满的戏剧的重要先驱者之一。

戏剧和仪式 【788】

戏剧不仅和其他娱乐形式之间的界限很难确定，和仪式活动之间的边界也很模糊。中国戏剧的真正起源应该在仪式中寻找。而且，中国的传统戏剧甚至到二十一世纪都保留了许多仪式功能。从庙堂到乡村，从中华文明的黎明期到如今，中国民间宗教的重要特征之一就是具有许多袪邪仪式。在袪邪仪式中，巫师通过自己仪式化地扮神，在一群幽灵般兵士的帮助下，将鬼怪驱逐出社群（房屋、宫殿、乡村和城市）——兵士既出于他的想象也由真人扮演，鬼怪可由画像代表或者由助手来扮演。

这些仪式中最著名的是自孔子时代就已经有记录、每年年底举行的傩祭。它们的突出特点在于可怕的唱词、震耳欲聋的音乐、五彩缤纷的服饰和宏大壮观的动作。在中国传统戏剧的剧目中有许多军事题材——这些剧中的古代英雄（他们同时会被尊封为神，如关羽）杀退无数敌人——可以被视为这一驱邪传统的直接延续。如钟馗等戏台人物是主要的驱邪巫师。一些其他类型的戏剧也与其他种类的仪式有关系。全剧中对皆大欢喜结尾的坚持可以被视为反映了作为许多仪式结尾的宇宙秩序的恢复。

戏剧也主要在仪式场合进行表演，以作为仪式的一部分。戏剧自身可以构成仪式本身，或者以其他方式与仪式联系起来。绝大多数戏剧表演的观众都只在这些场合观看戏剧。戏剧的演出一般是在一个社群（家庭、家族、邻里和乡村）中每年的几大节日中，或者需要祈福禳灾时。在向神仙还愿致谢时，也会进行戏剧表演。大多数大寺庙都有自己固定的戏台，位于主殿对面，因为神祇是最重要的观众。当没有固定戏台时，会搭建临时戏台。如果临时戏台不能搭在主殿对面，那么神佛像会搬到临时神位。演员们在户外进行戏剧表演，而巫师则在寺庙大殿中进行仪式活动。有时候，有钱人也会将戏班请进家中表演。这一中国传统的社群宗教性戏剧，在许多方面可以与中世纪晚期欧洲的社群宗教性戏剧传统进行比较。

【789】

商业剧场和表演职业

商业剧场最终发展起来了。实际上在中国历史上，这一现象发生过两次，从十一世纪末到十五世纪早期，京城和其他大城市都存在着商业剧场。它们提供各种曲艺戏剧节目，观众只要支付入场费就能观看——表演者也会来回向观众要钱。这些早期的商业剧场在十五世纪后就销声匿迹了。十七世纪末叶，京城和其他大城市中的大型茶馆开始引入戏剧表演，以增加上座率，于是这些茶馆便演变为完整意义上的商业剧场。不过，商业剧场只限出现在寥寥几个大城市中，是当地演员众多表演场所中的一处而已。

巨富人家可以供养私家戏班，为主人及其友人提供娱乐服务。明朝的最后一百年是这些私家戏班的黄金时代，当时许多富裕的戏剧爱好者会创作自己的剧本，指导自己的私家戏班进行排演。财富堪比王室的家族甚至可以提供私家院落，以作为永久戏台。在清代（1644—1911），北京的皇宫及其周边配备了许多戏台，包括适合进行盛大露天表演的有三面看台的戏台。然而由于在皇宫的表演主要是为了给皇族提供私人娱乐，所以这些盛大的戏剧表演在戏剧发展中仅扮演了非常有限的角色。传统中国文化对于十六至十八世纪欧洲大陆的宫廷文化完全陌生，而后者在西方戏剧的发展中起到了极其重要的作用。

在宫里，太监会被训练为伶人，但是教坊司也会安排宫外的伶人进宫表演。在社会上，戏剧表演通常是一个子承父业的家族职业。戏班另外也通过买来小孩当学徒，来作为戏班的新鲜血液。训练是一个漫长而辛苦的过程，要历经多年。偶尔也会有天赋非凡的戏剧爱好者自愿“下海”加入这个职业。职业戏班或纯男性、纯女性，或男女混合，取决于当地风俗、赞助者的偏好或者法律规范。职业戏子的社会地位极其低微。直到十八世纪初期，他们在法律上还属于“贱民”阶层。而到二十世纪早期，伶人戏子的名声仍然相当不好。然而在中国许多地方，当地节日中的戏剧是由当地非职业戏子参加表演的。在这些情况下，参演戏剧并不是一种污点，反而【790】是一种责任和光荣。在一些乡村，这些戏剧中的特定角色会在家族中传承数代。

中国戏剧前史

虽然仪式是中国传统戏剧的来源之一，也非常重要，但它肯定不是哺育戏剧使其在十三世纪达到成熟模式的唯一表演传统。歌舞的历史可能和人类一样古老。我们从周代（前1027—前256）文献中了解到的，不仅有傩礼，还包括和歌舞有关的其他礼仪。这些表演中许多都有叙事内容，比如纪念周朝战胜商朝（前1600—前1027）的军舞。从汉代（前206—220）起，就有大量关于“百戏”的描述（以及图像证据）。“百戏”表现了从角抵、搏斗模仿到走索、吞火等各种武术和杂耍技能。“百戏”中也包含了壮观的大戏。这些表演中部分具有叙事内容，比如有一出《东海黄公》。东海人黄公，年少时学会一套法术，能擒虎捉蛇，后来年老体衰，法术失灵了。东海又出现白虎时，黄公持赤金刀前往，结果却为虎所害。“百戏”表演中的许多技艺舞蹈被整合在后来的戏剧中，并被发扬光大（东海黄公的小品也保留在后来的戏剧中）。汉代以后数百年中，我们看到一些简短的文字记载，提到包含歌舞的喜剧小品（有一出小品讲述一位妇女詈骂她酗酒的丈夫）和叙事舞蹈中对面具的使用。

从唐代开始，相关材料越来越详细。在宫里，有两种最突出的戏剧娱乐形式：歌舞剧和参军戏。在歌舞剧中，大量穿戏服的演员跟随音乐以载歌载舞的形式表演一个或多个故事。唐玄宗（在位时期：712—756）是歌舞剧的痴迷者，曾在内廷建梨园，在其中训练三百名歌舞演员。梨园从此成为伶人戏子这一职业的代称。在一些地方，唐玄宗甚至被尊为戏曲职业的祖师爷（其他祖师爷还包括另一位酷爱戏剧的后唐［923—936］皇帝李存勖）。我们手边的大多数材料都将参军戏与宫廷联系在一起，但是还有一些材料证明参军
【791】戏也在宫外——在京城里，在全国各地进行表演，其中一些参军戏有庞大的演员阵容和相对复杂的剧情。唐代在中国历史上是一个海纳百川的国际代时期，历史文献记载了唐代受到来自中亚的大量影响——至少在音乐领域。在许多表演艺术领域，我们都能看到来自中亚和印度的影响，其中最著名的例子是舞狮子。

讲故事可能是与歌舞一样古老的人类特性。它与音乐歌舞一样，在唐代繁荣起来。在唐代，文言短篇小说——传奇（见第四编第三章）的兴盛，以及各种白话叙事文本（散文、韵文或者二者的结合［变文，见第七编第二章］）的出现。传奇对于后来戏剧文学的发展具有极其重要的作用，因为戏剧中一些最受欢迎的故事正是来自传奇。变文的出现促进了口语的书面化，同时也有助于长叙事文学的发展。戏剧文学的最终出现，这两个元素所具有的重要性不言而喻。不过，在敦煌所发现的写本恐怕已经给我们提供了至少一部短剧或曰迷你剧：《茶酒论》。《茶酒论》其文洋洋洒洒，虽为“论”，实际是摆了一出擂台，让茶与酒坐而争锋，谁为尊？谁为贱？谁有功勋？最后，双方的僵持在水的介入下才得以解决。在这部诙谐小品的敦煌写本中，戏台指南以小一号字体书写，以示与正文的明显区别。

到了宋代，表演艺术的相关资料数量便更加丰富。孟元老的

《东京梦华录》（序言日期为1147年）凡十卷，是一本追述北宋都城东京开封府在被金人（女真，1115—1234）攻陷前的十二世纪初年城市风貌的著作。该作品中描述了当时的商业娱乐场所“瓦舍”和表演种类，并列举了当时最著名的演员。至于在南宋都城临安（杭州），有四部可与《东京梦华录》比拟的作品，创作日期从十二世纪末至十四世纪初。这些作品提到了更多表演种类，描述更具细节性，列举姓名的演员也更多，涉及的表演种类涵盖武术、杂技、歌舞和器乐，各种各样的职业说书，以及五种不同的傀儡戏。另外还包括了诸宫调和杂剧（滑稽戏）。诸宫调（见下）是一种讲唱形式，“诸宫调”之名来自于它和变文以及明清时代大多数讲唱形式不同，其韵文部分并没有固定的句长，而是根据若干套有自己 【792】
声律要求的不同宫调来进行创作，同时这些宫调本身具有变化丰富的调性（兼调高和调式两方面）。诸宫调是元代杂剧的重要先驱，因为将单独的曲子组织为套曲，于是为元代杂剧奠定了乐曲组织的基础。

元杂剧的直接先驱宋杂剧则相当简单，它的表演场所包括宫廷以及都城的瓦舍勾栏。从南宋开始，杂剧便有一个长长的名目单，但是这一名目单到底是指仅在宫廷还是宫廷内外全部的杂剧演出剧目，目前还不是很清楚。在北方的金朝，也流传下来与之类似，但是列举剧目数量更多的杂剧（叫做院本）名目单。宋代的材料指出，杂剧中的脚色行当分为有限的几类，其中的许多类都出现在后来的各种戏剧中。另外，完整的杂剧首先是一段吸引眼球的序幕（艳段），主体部分则是正杂剧（两段），最后可能以一段由丑角扮演的杂扮收尾。在开封，盂兰盆节的前七天里，演员也会在戏台上演出目连救母戏。在杭州，演员会参与年底的傩祭，钟馗是他们所扮演的角色之一。

传统中国戏剧的特征

到十三世纪初，我们从元代的“杂剧”和“戏文”文本中所知的中国传统戏剧浮现的所有元素都已经准备就绪。北方的杂剧和南方的戏文具有一些共同特性，这些特性贯穿在中国传统戏剧的后来发展中。首先，所有中国传统戏剧都是“戏”与“曲”的有机综合：戏台上的表演总是伴随着小乐队的乐曲，并配以乐师的独奏。乐师在传统上也占据戏台一角，因为司鼓需要与进行唱腔表演的演员有眼神接触，来为其他乐师设定节奏速度（中国传统戏剧直到最近才产生了使表演具有个人印记的乐队指挥）。

然而，中国传统戏剧不能直接比作西方的歌剧或音乐剧。在十七世纪以来的西方传统中，会为每部新剧创作新的音乐。作曲者
【793】通常是知名音乐家，而撰写台词者则往往不太著名。只有在民歌剧（ballad-opera）中，才会采用现存乐曲。在中国，则是根据现存乐曲来创作剧本。戏剧类型并不是根据情节、角色（如西方传统中对悲剧与喜剧的定义），或乐曲与文本之间的关系来定义（如对歌剧和音乐剧的定义），而是基于现存曲调及其相关的乐曲惯例（包括唱词所使用的方言）。因此，杂剧的基本定义特征在于它使用“北曲”—— 流行于淮河流域以北的数百首曲调，而戏文（后来的传奇）则使用数百首“南曲”。随着时间的推进，这些南曲的不同表演传统逐渐演化成多样的地区风格，并最后成为独立的戏剧类型。

不过，虽然杂剧和传奇都依赖数百首曲调——每首曲调在曲辞方面对剧作家有各自的要求，但是许多其他戏剧种类最后只仰仗一个基本腔调。在这一情况下，唱段的长度固定在七至十个字，基本腔调横跨两句唱词以上。这一基本腔调不断被重复，不过通过各种艺术化的变体而得以避免单调。这种戏剧音乐形式被称作板腔体或

者板式变化体，在今天最著名的代表是京剧。在京剧中，使用两种基本腔调（二黄和西皮）。其他许多地方戏也使用这种在十八世纪开始引起中国文化人注意的板腔体。然而，板腔体传统由来已久：学者们推测，在元代表演说唱民歌的乡民和士兵就已经使用这种类型的音乐来演唱。

中国传统戏剧的另外一个共同特征在于，每部戏中的主要脚色都被分配以限定的几种类型。在元代，杂剧的基本类型分为末（男角）、旦（女角）、净（丑角）。每个基本类型中再加上配角，和一些固定脚色行当如皇帝和法官（“装孤”），就使基本类型变得复杂。在传奇中，基本的脚色行当为生、旦、净和丑四类。脚色行当的这一四分法也被运用在京剧和其他许多地方戏中。根据每部戏的具体要求，可以在这些基本脚色类型中加入配角。而基本脚色类型也根据年龄（年老或年轻）、地位（尊贵或低贱）以及身份（文官或武官）而进一步细分。

演员在年龄很小的时候就被训练扮演特定的脚色行当。女性扮演小生（如恋爱中的年轻才子）以及男性扮演小旦的现象并不少见。在全部由男性或全部由女性构成的戏班中，这种男扮女或女扮男是必然的。【794】脚色类型有各自的戏服和化妆（或脸谱）。这些让人目眩的戏服和精致的脸谱弥补了几乎空白的戏台。脚色类型的特质不可避免对戏台上以及戏剧文学中的人物刻画施加了强烈影响。在一定程度上，脚色类型系统可与十九世纪的西方剧团（脚色类型也是固定的）以及歌剧演唱家的训练进行类比。其他亚洲戏剧传统如印度戏剧也与它类似。在中国，戏班要能够表演该戏班戏目中的全部作品，在每次表演前的长时间排练也是不可能的：每位演员必须要随时准备表演所有自己负责的脚色。

剧本

演员熟记许多戏（以及他们在戏中的表演）。出色的记忆力是成为明星演员的先决条件。正如中国戏剧文学漫长的“前史”所充分表明的那样，成文的剧本对于戏剧而言并不是必需的。没有作曲家的音乐剧，以及没有剧作家的戏剧，这样的一种传统是完全有可能的。在西方，演员们主要依靠剧情大纲、出色记忆以及即兴表演天赋的即兴喜剧（commedia dell’arte）流行了数百年。在中国许多戏剧传统中，剧情和剧中每个角色的表演也都是在师徒中口耳相传，与此同时，某些角色类型也非常需要即兴发挥。就杂剧和戏文而言，唱词的复杂性对书面剧本的成形提供了重要的促进作用。而在杂剧方面，我们还可以猜想如雨后春笋的商业戏场期待着新的戏剧作品上演，这也是剧作家出现的一个因素。

不过，关于为什么有人会想要写下剧本则有多重原因，这些原因决定了剧本文本的样式。杂剧中现存最早的元刊本显示出它们以脚本为基础。在这种情况下，文本为正旦和正末提供了唱词，其他脚色出场和退场的大概，以及提示词，这样正旦和正末便知道何时说白，何时开唱。（十五世纪一位演员的墓中藏有墓主人心爱的脚本——著名南戏《琵琶记》中蔡伯喈的脚本。）在明代宫廷中，审查官在每部戏上演之前都要将剧本全部检查一遍，这意味着剧本的全部内容必须都以书面形式写出来，导致明朝宫廷的杂剧本子有时会有让人厌烦
【795】的重复信息，而其他版本则会径直以“云了”等寥寥数字代替。总体而言，剧作家在他们的剧本中写明哪些是新的内容。如果文中包含固定套路，他们就仅限于标出这些套路，让演员自己发挥。比如，许多传奇中都有大量考试场景，而这些场景是以高度惯例化的方式表演的。如果剧作家认为惯例已经足够，他便会在文中标明一仍旧例，反之，他便会在这些场景中加入自己的创新。

不仅写下剧本的原因有多种，（以刊印或其他方式）传播剧本的原因也各不相同。数百年来，刊印剧本的主要原因之一恐怕在于帮助观众理解唱词。考虑到中国的语言和各地方言的巨大变化，各朝各代京城的商业剧场中相当一部分观众在理解戏剧文本上会遇到不少困难，特别是唱词，因为唱词比说白更加文雅。在这方面，很有意思的一个现象是，杂剧的绝大多数元刊本并不出自北方，而是来自南方的杭州。在十九世纪的北京，向从全国各地涌入北京的商人和官员们贩售京剧剧本是一桩颇有利可图的生意。在这些情况下，刊刻的剧本侧重于唱词，散文对话则相当简短。观众也许还想买到某场令人难忘的演出的剧本以留作纪念，特别是当这些演出非常特别或者仅演一场的时候。当然，剧作家也许希望用自己的作品让亲朋好友留下深刻印象，所以积极刊刻它们。朱有燉（1379—1439）私人出资刊刻了自己的全部三十一部杂剧，这一积极的活动背后正是有着这样一个目的。某场戏的表演者也许颇有兴趣得到一份剧本，以便查看自己身为一分子的整体演出。

一份戏剧文本的存在——无论是抄本或刻本——并不自动意味着剧本便一劳永逸固定下来了。只要一部戏剧还在演出，那么它的剧本则必然会不断修改以适应各种环境，如政治审查、新的戏剧惯例以及文学趣味方面的变化。戏剧身为娱乐的一种，它低微的地位加剧了演员和剧作家对剧本进行任意改编的频率和程度。只有当一种剧本取得文学身份，并被作为个体作者的作品被编辑和阅读时，它才得到固定的形式。对传奇和杂剧而言，这一过程在十六世纪得到加速，并伴随着精美的大部头选本的出现而在十七世纪早期到达顶峰。十七世纪初的这些选本，一直到最近仍然是普通读者和学者案头最具权威的选本。

随着戏剧作为一种文学类型的地位逐渐提升，出现了越来越多从未表演过的剧本。许多传奇是由实践经验很少或完全缺乏实践 【796】

经验的跃跃欲试的作者创作出来，导致这些剧本除非进行重大修改否则无法进行表演。也有许多剧本在创作的时候完全没有考虑到表演。中国文学具有很长历史的书案戏剧（旨在用来阅读而非表演的戏剧文本）传统。在传统中国，没有哪种文学类型曾被彻底放弃，所以即使杂剧已经从戏台上消失了几百年，新的杂剧还是源源不断被创造出来。

· 宋金时期的表演文学

宋金时期具有存世文本的最重要表演文学种类是诸宫调。根据现代的文学分类，如果考虑表演的方式，诸宫调属于说唱文学，如果我们考虑文本的形式，它又属于讲唱文学（prosimetric literature）。然而，从十二至十四世纪的相关材料通常在歌的语境下讨论诸宫调，强调它的讽刺内容。现存最早的剧作家及其作品名录钟嗣成（约1279—约1360）《录鬼簿》将最重要的诸宫调作家董解元（活跃于约1190—1208）置于散曲作家之首。现代研究经常跟随钟嗣成的脚步，将诸宫调作为北方戏剧的先声来讨论，因为它标志着曲的一个重要发展阶段——即从词到北曲的演变。

十一至十二世纪时最流行的曲子形式当属词（见第二编第四章）。词通常有两段，不过一些非常流行的词只有一段，另外还有少数词包括三段。长的套数是根据固定模式将同一曲调一遍又一遍重复的结果——同一曲调在旋律和节奏上有所变化。鼓子词是用这种方式创作出来的一种词，因歌唱时有鼓伴奏而得名。许多鼓子词是为伴舞而创作，不过它也通过在韵文歌词中加入散文而用来叙事。北宋（960—1127）末年，赵令畤（1051—1134）将唐代诗人元稹（779—831）的《莺莺传》改写为鼓子词。另外一篇稍晚的叙事鼓子词保留在一部早期话本集中。有学者认为，它原是某部亡佚戏文或传奇的楔子。

十二世纪见证了允许不同曲调（调子相同）结合在一起的新套数形式的产生。如果套数有引子、尾声，中间有一首或多首曲调，【797】
是为“缠令”。若引子后只以两首曲调互迎，并在尾声前二者循环间用，是为“缠达”。这些新套数的尾声由三个七字句构成，可能旨在为整部套数提供抖包袱式的结尾。存世的唯一独立缠令是一首描写宋代蹴鞠的作品。

诸宫调充分利用了当时歌曲文化中的这些新进展。据说诸宫调由孔三传首创。他在十二世纪初将诸宫调从山西东南部的平阳带往开封，在汴京的瓦舍勾栏中表演“耍秀才”（一些学者将“耍秀才”解读为另一位表演者的名字）。这些早期的诸宫调的形态如何，已经不可考，不过孔三传也许开创了将尾声加缀在只曲之后的做法。

现存最早的诸宫调是约创作于十二世纪三四十年代，可能刊刻于山西平阳的残本《刘知远诸宫调》（无名氏）。该刻本是在二十世纪初由俄国探险家科兹洛夫（Petr Kuzmitch Koslov）在位于甘肃黑水河西岸的黑水城遗址中发现的。这部《刘知远诸宫调》的原本大约有十二卷，今仅有第一、二和十二卷是完整的，另外还有第三卷的前两页以及第十一卷的大部分。它讲述的是五代十国时期国祚仅三年的后汉（947—950）建立者刘知远的生平和爱情。三娘见到不名一文的农民兵丁刘知远身上有日后飞黄腾达的异象，便热烈追求他，坚持以身相许嫁给他。这一极其流行的故事后来也出现在《五代史平话》、一部亡佚的杂剧以及一部著名的早期传奇《白兔记》中。

在诸宫调中，曲调的交替再配以起连接作用的简短说白，构成了对故事的讲述。每个组成诸宫调的套数在宫调（调高或调式）上与前一个套数不同。不过许多套数仍然由缀有尾声的两段式只曲（若前后段调高不同，尾声也会省略）构成。存世的诸宫调中包括一些文本中标记为缠令的略长套曲。在刻本中，特别留意突出对表演者有帮助的文本形式特征。每个短套另起新行，歌词之前是它所属的曲牌名（黑框白体印刷）。每首曲子的前后两段也明
【798】显分隔开来，而尾声则再度另起一行并明确标明为尾声。每一卷（一天的表演量？）以高潮悬念结尾，并且中间会不时穿插其他悬念以便轮番向观众收钱。这在文本中以程式化问题作为标记，并标出此处为即兴发挥。

有一部今已不存的诸宫调讲述了双渐和苏小卿的故事。“双渐苏卿”故事在十二至十五世纪初几乎家喻户晓，并一再地被改编，在戏台上表演，但是相关戏剧作品无一存世。书生双渐和歌伎苏小卿陷入爱河，引起其母（即鸨儿）恼怒。趁双渐赴京赶考，她捏造了一封信让苏小卿误以为双渐在途中去世，并把小卿卖给又老又丑的江西茶商冯魁——他对小卿觊觎已久。冯魁带着小卿乘坐满载货茶的船只回南昌。在经过著名的金山寺（位于正对镇江的一座长江小岛上）的时候，二人入寺参观，苏小卿在寺院墙壁上留下一首诗，哀叹自己的命运。与此同时，双渐在科举中进士及第，被任命为南昌府的临川县县令。在途经金山寺游历的时候，双渐发现了苏小卿的题诗，马上启程追赶冯魁的船。赶上之后，双渐和苏小卿趁着夜色一起私奔。花大价钱买下苏小卿的冯魁心有不甘，向官府报案，知府判苏小卿归双渐。后来产生了同样以有才华的书生、美貌的歌伎、贪婪的老鸨和巨富的商人为基本故事构架的大量存世杂剧，这些杂剧都假设观众对“双渐苏卿”故事耳熟能详。

唯一完整存世的诸宫调是董解元的《西厢记诸宫调》（有几种晚明刻本）。关于作者董解元，我们除了知道他活跃在1200年左右的金朝之外，一无所知。他也许来自山西南部。《西厢记诸宫调》

是对元稹的传奇《莺莺传》大刀阔斧的丰富与改编，并改以大团圆结局：张生回到普救寺，在法聪和尚的帮助下，与莺莺私奔，有情人终成眷属。这与元稹原著中二人各有归宿的悲伤结尾迥异。

《西厢记诸宫调》是一部比《刘知远诸宫调》远具抱负的作品。它共有八卷，在长度上是《刘知远诸宫调》的两倍多。由带（或不带）尾声的两段式只曲组成的套数在《西厢记诸宫调》中 【799】
非常少见，绝大多数套数都包含大量曲子。这些复杂套曲的特别之处很少被注意到，像后来的散曲和杂剧中的标准模式一样，这些套曲中的大多数曲子是单段式的。不过，《刘知远诸宫调》中套数间的说白部分直接由白话（是现代北方方言的直接祖先）写成，而在《西厢记诸宫调》中，说白部分则大部分是简单的文言。这两部诸宫调中的曲子充分运用了北方白话为作者所提供的许多新可能性。

在《西厢记诸宫调》前六卷中，董解元沿用《莺莺传》所提供的故事情节。不过，《西厢记诸宫调》的格局远比《莺莺传》要宏大，所以董解元有充分的空间将原著中仅简略提到的情节进行加工发挥。比如，第二卷就完全用来（戏谑地）讲述普救寺被一群叛乱军队包围，寺院中以法聪为首的武僧对叛军进行了回击。董解元也从司马相如（前179—前117，见第二编第一章）和年轻孀居的卓文君的家喻户晓爱情故事中汲取灵感，描写了张生用鼓琴向莺莺求爱的大量细节。宏大的格局也方便了董解元发展出一些人物角色：不仅故事中的主角“从中获益”，不少配角也得到了进一步发展。莺莺的侍女红娘甚至在董解元的笔下成为主角之一。作者对张生的处理，完全体现了最早的诸宫调“耍秀才”的特质：作为爱欲的牺牲品，张生这位中国男性的人格缩影被化约为受身边女子摆布的“傀儡”。

在作品的结局部分，董解元完全依靠他自己的想象力。张生离开普救寺，前往京城赶考。途中的一天晚上，莺莺赶来张生所住的客栈与他相会，但旋即因为私自渡河入关而被五千大汉包围——

最后发现是梦一场。金榜题名并得到官职后的张生回到普救寺，想带走莺莺，却发现莺莺原来的未婚夫郑恒也已经抵达。郑恒被形容为相貌丑陋、举止粗野，他炫耀自己的财富和继承过来的地位，得到了莺莺之母的垂青。张生陷入了绝望，但是法聪和尚帮助这对恋人在当夜成功私奔到张生好友杜确（他在之前成功解救了普救寺之围）的衙门中。二人在这里完婚，郑恒到来想带回自己的未婚妻时遭杜确斥责，无功而返。整部作品以郑恒的自杀身亡结尾。

《西厢记诸宫调》不仅是一则动人的爱情故事，还是一部极具效果的社会讽刺戏。有评论家曾指出，它也可被解读为对“床帏
【800】艺术”的寓言。钟嗣成在《录鬼簿》中对董解元的评价证实了时人对《西厢记诸宫调》的推崇。《西厢记诸宫调》诞生约一百年后，王实甫将这部作品相当忠实地改编为五本杂剧《西厢记》。在戏台上，也在书面中，王实甫的《西厢记》后来成为中国最流行的爱情喜剧。可惜的是，到十四世纪初，知道如何演唱《西厢记诸宫调》的人已经凤毛麟角。

十三世纪下半叶，剧作家王伯成创作的《天宝遗事诸宫调》对唐玄宗（在位时期：713—756）和他宠爱的杨贵妃（卒于756年）之间的著名爱情故事进行了改编。这部长篇作品并没有全本存世，不过从《雍熙乐府》《九宫大成谱》等材料中辑出的约五十首套曲已经足够向我们展示。这部作品将唐玄宗描写成年老糊涂“恣色荒”的昏君，被丰满迷人的儿媳杨玉环所色诱，而杨玉环与肥胖的“胡人”安禄山（镇守边疆的突厥—粟特将领，他在755年的叛乱几乎摧毁了唐朝，703—757）肆意私通。许多套曲都用来描写唐玄宗梦游月宫。不过，这部作品中的套曲组织形式与当时的散曲和杂剧一致。

政治史并不总是文学史发展的最佳指南。虽然将杂剧和戏文的黄金时代与元代联系在一起的做法很常见，但是杂剧和戏文实际上在元代正式统一中国之前就已经出现在戏台上。在元代以及明代前一百年的历史中，杂剧是最耀眼的戏剧形式：不仅在北方和杭州的商业剧场中进行表演，也在宫廷中演出。明朝于1368年创立之后，新的统治者也将杂剧作为宫廷戏剧。开国的洪武帝朱元璋（在位时期：1368—1398）前所未有地在宫外建起了皇家剧场，而他的第四子也即后来的永乐帝（在位时期：1403—1424）是杂剧作家的积极赞助者。十五世纪初，至少有两位皇室王子活跃在戏剧创作和批评领域，他们都创作过杂剧。

至于戏文（也叫做南戏），从我们少得可怜的资料来看，它主 【801】
要在寺庙节日由职业演员或“书会”成员进行表演。这些书会发源自南部城市中心，本来是应试学子一起准备科举考试的组织，但是后来演变成进行各种新出现的白话文学创作之所（南部的书会现象也发展到北方，北方的书会成员也写杂剧，不过十五世纪之后，书会从史料中消失了）。据说洪武帝对高明的《琵琶记》赞不绝口，不过相关轶事仅出现在十六世纪的记录（徐渭的《南词叙录》）中，很可能反映了《琵琶记》后来的流行情况，而非在洪武帝时代达到相应地位。

戏剧的文本传承

虽然已知的七百部元杂剧中有一百六十部以各种形式流传至今，但是只有三十部杂剧是以元刊本形式流传下来的。这些剧本上都没有标明作者，而且我们可以认定它们的作者都并没有参与作品的刊刻。实际上，这些剧本的大多数似乎都出自北人之手，但绝大多数刻本似都来自十四世纪的杭州，并且显露了经南方当地方言的文本修改的蛛丝马迹。这些文本为我们提供了作者在世时在实际演出中戏剧剧本的最初形态，但是至今它们仍然基本上在早期戏剧的文学研究中被忽略了，因为它们仅仅提供主角的唱词或者是主角所需要的其他唱词及信息。

关于其他脚色的戏台指南基本上少之又少，而为主角的戏台指南则经常是巨细靡遗。关汉卿（十三世纪下半叶）《拜月亭》中的戏台指南甚至一再指导其正旦同时表演出两至三种相互冲突的表情。这些元刊本明显并不旨在呈现整部戏剧的全貌，而是一种脚本，因此对于某一脚色来说是非常完备的了，但它们还是不易阅读。因此，学术界更愿意使用明晚期（万历年间到明末）所刊刻的元朝和明初杂剧——这些刻本提供了每部杂剧的完整版本。不过，这些版本几乎无一例外都由于文本的不同用途和不同读者，而经历了大量修改。

【802】这些晚明刻本的绝大多数都直接或间接以保留在北京明皇宫中的杂剧抄本为基础。当杂剧成为宫廷戏剧，它便面临各种压力。首先，明代初期不允许戏台上表演“历代帝王后妃、忠臣烈士、先圣先贤神像”。帝王不喜欢自己成为娱乐对象而被冒犯。不过，三十部元刊本剧本中至少十三部中都有帝王脚色，对这些脚色的处理经常是相当不敬的。这些剧本在成为宫廷剧目后便遭到了改写，但是早期杂剧名单中所记录的许多作品都因难以改写而遭毁禁，因而永远亡佚了。这一意识形态驱使的选择过程，也导致了曾经极度流行的许多其他作品销声匿迹。只要一部作品被列入宫廷演出剧目，审查官便负责监督将所有尖锐的社会性讽刺悉数删去，王权强调在所有方面都具有最后的裁决权。

被认为适合在宫廷演出的戏剧的形式和内容，也受到另外一些因素的影响。杂剧的最突出特点之一，便是剧中所有歌曲都被分派给一位脚色——正末或正旦。这适合于元代的戏班条件，因为大多数戏班是只拥有一位明星演员的规模很小的家庭戏班。这位明星演员扮演主要脚色，而戏班中的其他成员便跑龙套或担任乐师。杂剧的基本音乐结构是四折（四个套数），每折的宫调都不同（每折有一两个曲子，叫做楔子，而最后一折之后有可能会带有作为尾声的半折）。这种音乐结构使得杂剧成为一种高度非对称的形式，因为在每场戏剧冲突中只有一方才能完全表达自己。明宫廷不缺表演者，所以面临在每部杂剧中对唱词进行更平均分配的压力，这在经宫廷流传的文本中体现得非常明显：所有脚色的说白都大大增加了，其文本因加入了要背诵的诗词等文字而丰满起来。杂剧的基本音乐结构保持下来了，但是每折中曲子的数量被裁减了，这样也就降低了正末或正旦的突出地位。一些戏台套路也明显被裁减了。在元代和明初的戏台上，演员会用骑木马表现旅行，但在明初以后，这种套路消失了，取而代之的是挥动马鞭来象征策马扬鞭这一动作。

万历时期最早刊刻的元代和明初杂剧选本基本上是按原貌重印的。但是，这一时期的最重要杂剧选编者臧懋循（1550—1620），【803】
在他大获成功的《元曲选》（1616—1617）中对所收录的一百部作品进行了很大修改。虽然来自明宫廷的抄本是副本（它们经常包含每一幕需要的戏服的长名单），臧懋循却将这部精良的《元曲选》编选为一部学养丰厚的江南文人的闲暇读物。臧懋循在编选中进行的修改是相当大刀阔斧的。他将每部杂剧正式分成折和楔子，并将之作为一种编选惯例。他修改了对话和戏台指南，在所有觉得必要的地方进行增删改写。他更改了自己认为是讹误的曲调之名，并纠正了行文错误和遗漏。臧懋循还对许多戏剧中的情节进行再组织，以使全文结尾更紧凑，这经常导致最后一折的巨大膨胀。臧懋循自撰而添加入文本中的二百二十二首唱词中的半数以上都在第四折中。这一希望为剧本提供一个干净利落的结局的做法明显是受到了南戏的影响，因为南戏总是以皆大欢喜的大团圆为结尾。另外，臧懋循改写了许多原有唱词，以使《元曲选》能让读者当做诗歌来欣赏而更受欢迎，他共丢弃了八十五部杂剧中的至少一百四十二首唱词。词句情节方面的变动也极大地影响了杂剧的意识形态内容，给它们加上了更加正统的儒家色彩。

臧懋循对元曲的删易程度，从与来自大都（今北京）的纪君祥所撰《赵氏孤儿》（十三世纪下半叶）的两部存世元刊本的比较中可见一斑。《赵氏孤儿》的两种元刊本只有四折，而《元曲选》中的《赵氏孤儿》却有五折。《元曲选》中的《赵氏孤儿》成为第一部翻译成欧洲文字的中国戏剧。耶稣会马若瑟神父将之翻译为法文，并于1735年被收录在大部头的《中华帝国志》中。不过马若瑟只翻译了《赵氏孤儿》的宾白部分，将之连缀成篇，而省略了所有曲文。马若瑟翻译的《赵氏孤儿》正值十八世纪中国热的时候出现在欧洲，旋即获得了极大成功，被改编成多种欧洲语言的多种戏剧形式出现在舞台上。这些改编作品中最著名的当然是伏尔泰的《中国孤儿》（1755），它之所以在欧洲戏剧史上留名，乃是因为这是演员穿“真实”戏服演出的最早几部成功作品之一。

《赵氏孤儿》的情节是关于公元前六世纪晋国的一场权力斗争，司马迁（前145—前86）在他的《史记》中讲述过这段历史。晋国司寇屠岸贾将竞争对手赵盾全家三百口全部杀害。赵盾之子赵朔
【804】自杀，赵朔的妻子则产下了赵氏家族唯一的血脉。赵朔的门客程婴冒着生命危险将赵氏孤儿辗转救出宫。守卫皇宫的将领韩厥默许了程婴这一义举，并因此而自杀。屠岸贾发现赵氏孤儿被救走后，他宣布除非赵氏孤儿被交出，否则要杀尽晋国所有新生婴儿。程婴的妻子正好刚生下一个儿子，他便带着襁褓中的亲生儿子去见赵氏家族的另一位旧相交——年老退休的大夫公孙杵臼。二人商议让程婴向屠岸贾“告密”：公孙杵臼藏起了赵氏孤儿。公孙杵臼交出假赵

氏孤儿（程婴自己的儿子）后，程婴将真赵氏孤儿抚养成人，赵氏孤儿就能为赵家报仇雪恨。

程婴同意了这一个办法。最后，公孙杵臼被严刑拷打，假赵氏孤儿被屠岸贾发现并杀死。作为对程婴的奖赏，屠岸贾亲自抚养程婴之子（赵氏孤儿）。十八年过后，屠岸贾正打算废掉无能的晋公而谋篡位，程婴便对赵氏孤儿原原本本地说出了他的身世，赵氏孤儿誓为赵氏家族三百条人命报仇雪恨。《赵氏孤儿》元刊本情节在这里戛然而止。《元曲选》中的《赵氏孤儿》则有第五折：赵氏孤儿向晋公报告了屠岸贾的密谋，并请求晋公允许他为赵氏家族报仇。晋公答应了他的请求，赵氏孤儿便同大将魏绛一起抓住并处死了屠岸贾。

虽然两个版本《赵氏孤儿》前四折中的曲词顺序基本上一致，但是这些曲词文本却有着大量的重要变化。比如，元刊本中第四折开头的赵氏孤儿摩拳擦掌想参加养父屠岸贾的谋反，而在《元曲选》中他变成了一个道德典范，全文中的大量宾白表明这出自明宫廷官员之手。简而言之，虽然元刊本《赵氏孤儿》戏剧化了一出封建家族仇杀与复仇的故事，但明刊本《赵氏孤儿》则不仅在它所添加的第五折，也在全剧，强调了朝廷对于处理这些冲突的至高无上的权力。

当我们比较早期杂剧的不同版本的前后变化，都可以得出这些结论，所以也许能认为《元曲选》中的所有杂剧都经历了同样的大范围改写和编辑。不过就很多杂剧而言，我们手头只有后来的明刊本，在讨论元代和明代早期杂剧时是不能利用这些资料的。然而，《元曲选》中由多本杂剧构成的剧本有不同的刊刻史。十五世纪初刘兑改编宋远（活跃于1300年）的文言小说《娇红传》（讲述了一对表兄妹申生和娇娘的悲剧爱情）而成的二本杂剧《娇红记》有一个独立刊本。王实甫的五本杂剧《西厢记》 【805】
有一个同时期的刻本，今仅余残章，不过1498年《新刊奇妙全相注释西厢记》则幸有全本存世。《西厢记》在十六世纪不断得到重刻，从万历年间开始，随着中国江南地区的书业勃兴，共有几十种版本的《西厢记》存世。

至于南戏剧本，情况就更糟了。产生于十三至十四世纪的南戏，我们知道的有两百种，而在明代的前两百年间创作出了更多南戏。这些作品几乎无例外都是十六世纪甚至更晚的版本。《永乐大典》一千余卷中有二十七卷是留给戏文的，但是只有最后一卷被保存下来，而它所收录的三部戏文的代表性是颇令人生疑的。在这保存下来的三部戏文中，有两部非常简短，且是杂剧的忠实改编，而第三部也许最好可以被解读为对戏文本身的高度戏拟。近来对十五世纪墓葬的考古发现给我们提供了其他材料，其中包括明成化年间刊本《白兔记》。戏文（不论著名与否）最早的存世刊本所体现出的极端多样性充分说明，在被创作之后的几个世纪中，它们不断被修改和改编，以适应地域和时代转变的需要。在十六世纪前的版本中，剧本经常宣称自己是书会的作品。后来的版本中，剧本开始标出作者姓名，但作者其实经常只是众多改编者之一。即便早期南戏的最著名剧作家高明（卒于1359年），他的《琵琶记》也只是对之前剧本的改编，而流传到今天的高明笔下的《琵琶记》又有许多存在高度差异的不同版本。

杂剧的题材

杂剧的题材范围非常广。虽然其篇幅有限且结构不对称，但杂剧几乎取材于生活的所有可以构思出来的情节和人物。当杂剧首次出现时，就有时人有如此评论：

【806】 近代教坊院本之外再变而为杂剧，既谓之“杂”，上则朝廷君臣政治之得失，下则闾里市井父子兄弟夫妇朋友之厚薄，以

至医药卜筮道商贾之人情物性，殊方异域风俗语言之不同，无一物不得其情，不穷其态。

胡祇遹（1227—1293）这段对杂剧的浓缩描述，极妙地概括了当时还是新生事物的杂剧中的典型题材。杂剧的情节和人物来源为中国历史、文言小说、志怪、表演文学、宗教故事、民间传说以及——最后但并非最不重要的——当时的八卦与丑闻。不过许多杂剧基于共通的情节或者人物，所以它们构成几个杂剧组。当然，列举这些杂剧组是不可能将杂剧的丰富性和多样性一网打尽的。

首先，许多杂剧以中国著名的历史事件为题材，涵盖了从商代建立到南宋的中华上下几千年。剧作家对充满刀光剑影和阴谋诡计的朝代更替有相当大的偏好。在元代剧作家中非常流行的一个时代是秦朝覆灭到汉朝建立及其后续发展。这一时代不仅提供了如西楚霸王项羽和粗野土气的刘邦逐鹿中原（最后刘邦得了天下）这样震撼人心的题材，还有汉代建立后，刘邦之妻吕后对刘邦的宠妃和开国大将的残忍杀戮。

明宫廷对这些题材的杂剧不感兴趣（所以这些杂剧在今天基本不存），更偏爱导致魏蜀吴三国鼎立的汉末几十年间的征战杀伐，并且对关羽的忠义给予特别重要的地位。结果，关于这一时期的杂剧的存世率则相当高，并且在明代又创作出不少这方面的新作品。汉末三分天下的故事在北宋都城开封就已经是职业说书人的一大偏好。杂剧作家跟随理学家朱熹（1130—1200）的观点，将蜀汉的建立者刘备视为汉朝的合法继承者。而统治中国北方的曹操（其子曹丕为魏国的建立者）则成为作品中的奸人，居于东南一隅的吴国建立者孙权则是刘备不可信赖的盟军。刘备的戎马生涯得到两位义弟 【807】
关羽和张飞的襄助。关羽和张飞都是一流战将：张飞以其为人勇猛和鲁莽而著称，关羽则高大魁梧、刚而自矜。刘备后来又得到足智多谋的诸葛亮的辅佐。

讲述三国早期故事的杂剧中，两部代表作为关汉卿的《单刀会》和《西蜀梦》。这两部作品在结构上惊人地相似，很有可能是作为对比鲜明的一对作品而一起创作出来的。《单刀会》讲述了关羽去世前最后一幕自负的英勇行为，他令人目瞪口呆地仅带随从数人，单刀赴会，来到包围荆州的吴国大军中。《西蜀梦》发生在关羽和张飞暴死之后不久，二人的鬼魂来到刘备梦中，请求大哥为他们报仇雪恨。《单刀会》中，末（男角）只在后两折中扮演关羽，而在前两折中扮演其他角色。《西蜀梦》中，末也仅在后两折中扮演张飞，而在前两折中扮演其他两位角色。正如这些剧本显示的，杂剧允许正末或正旦在折与折之间变换角色。当情节有此要求或者剧作家希望通过给予正旦正末在同一剧中扮演不同角色的机会以展示其演技歌喉时，剧作家便可以运用这一可能性。

隋朝于618年的覆灭以及唐代的建立——围绕着李世民（后来的唐太宗）及其大将的英雄功绩，是给剧作家提供许多创作素材的另一个可能。有几部杂剧讲述了唐代对朝鲜半岛的征伐，并刻画了主人公薛仁贵（614—683）。唐代的灭亡，接下来五十年间战火纷飞的北方如走马灯般的五代朝代更替，以及十至十一世纪宋辽之间旷日持久的战事，也都成为剧作家挖掘的对象。对此，他们可以利用的不仅限于书面材料，还包括了口头传统，因为“五代”已经成为北宋汴京的说书人所喜爱的题材之一。说书人口中的宋辽战事突出了毫不畏死对朝廷忠心耿耿的杨家将的故事。在《昊天塔》中，因为被辽军包围而宋军主帅迟迟不发救援，誓死不愿降辽的杨业自杀殉国。这位昔日最令辽人闻风丧胆的宋朝将领的尸骨被悬挂在昊天塔上，每日挨箭射受尽凌辱。杨业的阴魂向镇守边关的儿子杨六郎
【808】托梦，让儿子取回自己骨殖。杨六郎最终在好友孟良的帮助下，进入辽国境内完成了这一危险的使命。

这一时期的朝代兴亡故事后来也发展成长篇小说，比如活跃在北宋末年徽宗（在位时期：1101—1125）时期以宋江为首的水浒好汉故事。不过，在这些故事形成长篇小说《水浒传》之前，它们就早已在说书人和剧作家那里相当流行。一些早期的剧作家对这些材料有明显的偏好。山东剧作家高文秀以黑旋风李逵为主角的杂剧不少于八部。在第一代杂剧作家那里，李逵是非常流行的一个角色。在后来的长篇小说《水浒传》中，李逵变成了鲁莽武力的化身，不过杂剧家曾更喜欢展现李逵魁梧的身材和惊人的力量，以及他的孩子气和易怒之间的辩证关系。

颇令人不解的是，以梁山英雄为题材的早期杂剧只有一部被收编进后来的《水浒传》中，这就是康进之的《李逵负荆》。在这部杂剧中，因为梁山附近开酒店的老王林称他的女儿满堂娇被冒名叫宋江和鲁智深的恶棍抢去了，李逵闻知此事后大怒，回山斥责宋江。后同去酒店对质，方知是歹徒冒名作恶。李逵深悔莽撞，向宋江负荆请罪。

罪与罚是早期杂剧的另一个主要题材。这类杂剧的重心并不在于对作奸犯科者的侦查（犯罪的来龙去脉通常在开场就交代给观众）。由于剧中的作奸犯科者经常有很强硬的后台，所以这些杂剧中的中心人物通常是不受金钱或权力左右而将案件彻查到底的清官。大多数公案杂剧中的主角是刚直的铁面包公。历史上的包拯（999—1062）生活在十一世纪的北宋，曾任开封府尹等官职。《宋史·包拯传》中将他描写为一位可垂为世范的官员：在地方任父母官时，他断狱英明，而在京城任职时，敢于惩治违法的王族和高官。他的事迹很快抓住了大众的想象力。老百姓相信，身为包青天的他可以“日断阳、夜断阴”。因为包拯的明察秋毫，冤魂便纷纷求他为自己伸冤。在无名氏的杂剧《盆儿鬼》中，杨国用经商途中寄宿“盆罐赵”家里，被图财害命的后者杀死烧成灰，制成瓦盆送人。在瓦盆中的冤魂辗转到开封府包拯处告状申冤。为了更加突出清官形象，剧作家经常在清官最后的英明断狱之前安排贪官的草菅人命情节。许多包公案后来都加工成了长篇和短篇词话，以及一些说唱文学形式。

元代最出色的包公杂剧是来自无名氏的《陈州粜米》。该剧记述陈州大旱三年朝廷命官刘得中、杨金吾被派去开官仓粜米解陈州之灾。刘、杨二人借机大肆搜刮。为了搜集二人罪行的证据，微服私访的包公与下人互换身份，甚至假扮为“庄家老儿”给烟花妓女笼驴。在李行道的《灰阑记》中，两位妇人都声称自己是一名男童的母亲，包公必须要进行裁决。他用石灰于庭阶中画一个栏，令两位妇人各自拽住男童的手臂，告诉她们谁把孩子拉到自己这边，就判谁是这名男童的亲生母亲。最后的判决却恰恰相反：孩子被判给了不忍伤害自己骨肉而松手的亲生母亲。这部杂剧早在1860年就被介绍到欧洲，德国著名剧作家布莱希特（Bertold Brecht）的《高加索灰阑记》（*Der Kaukasische Kreidekreis*），正是根据《灰阑记》改编的。

生活并不仅由政治与战争、罪行与正义组成，所以爱情也自然属于杂剧主要题材。男主角通常是英俊的才子，他在日后必然前程远大，但眼下还没有得到朝廷垂青。女主人公或是出身名门的美丽少女，或是风姿卓绝的歌伎。讲述书生与歌伎之间爱情的杂剧通常是双渐苏小卿故事的变体。该主题有意思的变体之一——平阳（今山西临汾）剧作家石君宝（十三世纪下半叶）的《紫云亭》中，男主人公完颜灵春是金国高官之子，而他的爱人韩楚兰是一名诸宫调女艺人。老完颜发现二人幽会后，将儿子囚禁在家，把韩楚兰驱赶出他的势力范围。完颜灵春选择了逃离家庭，与爱人一起卖艺为生。最后老完颜接受了这桩婚事。石君宝还将白行简的传奇《李娃传》改编为杂剧《曲江池》。唐传奇经常为讲述出身高门的男女主人公的爱情故事提供素材。这类杂剧中特别大获成功的一部作品是郑光祖以陈玄祐《离魂记》为底本改编的《倩女离魂》。

成组的杂剧不仅有共同的人物设置和特定的情节结构，而且还有特定的功能：神仙道化剧是为在重要人物的重大寿辰之日上演而创作的，因此它们表达了长命百岁的祝愿。毫不奇怪，这些作品构成了明朝初期一百年间与宫廷过从甚密的剧作家的生平作品的【810】很大一部分。第一代杂剧作家也创作神仙道化剧。典型的神仙道化剧中，如西王母或者东华帝君这样的神仙决定让某人投胎下凡。主人公通常是以前位列仙班的神仙，因某些凡尘思想而被贬谪到凡间，以完成赎罪。神仙会指点主人公看破红尘皈依宗教生活，这样就能升仙。这位神仙通常扮成外表令人作呕的出家人，出现在主人公面前，告诉他凡尘的一切都是虚无缥缈的。这时因为主人公享受生活，相信自己的财富和所有社会关系，他会毫不犹豫地拒绝这位“师傅”的教导。

只有当命运发生突然转变，主人公才会意识到尘世间一切如镜花水月，然后主动切断所有尘缘，潜心于宗教修炼。在经过一段时间的苦修之后，主人公终成长生不老之身。师傅带着学生去拜访天界神仙，并给予他在仙界的身份。由于杂剧的非对称结构，四折中的每一折或者分配给师傅，或者分配给学生。在许多神仙道化剧中，师傅是八仙中的一位，而他的学生是八仙中的另一位。还有一些神仙道化剧中，以兴起于金朝并在元代达到极盛的全真教（见第一编第十章）宗师为主人公。另外有些以佛教僧人为主人公的类似杂剧。皈依宗教的主人公来自各个阶层，包括被鄙夷的屠夫和妓女，似乎是在强调所有人不分贵贱都可以通过洞悟而达到永生。在无名氏的杂剧《蓝采和》中，其为将皈依道教的主人公蓝采，甚至还有一位职业艺人。

《黄粱梦》是最著名的神仙道化剧之一。这部作品是对唐人沈既济（约 740—约800）的传奇《枕中记》的改编。不过剧中主人公的名字则改换了。传奇中的吕姓道士在《黄粱梦》中变成了八仙之首钟离权，去往京城的吕生则变成了后来在八仙中位列第二的吕洞宾。《黄粱梦》经常被认为是十三世纪下半叶一流杂剧家、曾任工部主事的马致远的作品。实际上，马致远只创作了四折曲词中的一折，另外三折曲词是由另外一位剧作家以及在教坊身居高位的两位职业艺人所写。这意味着这部作品也许是为了在宫廷表演而创作的。

【811】

主要杂剧家

十三世纪下半叶杂剧创作的中心是北方的几个中心城市：大都（今北京）、东平（今属山东）、开封和平阳（今属山西）。十四世纪上半叶，杭州也成为杂剧创作的重要中心，不过杂剧在南中国的传播也许并没有超出北方人大量寓居的杭州范围。对于大多数杂剧家的生平信息，我们所知甚少，因为他们中的许多人明显教育程度一般，只有少数剧作家当过官，基本没有身居高位者。

经常有这样一种说法：元代的中国知识分子转向白话文学创作，是因为蒙古人废除了科举制度，使知识分子举仕途无门，所以他们使用白话文学来表达自己反蒙古的挫败感。不过在这一时期的杂剧中，很难找到明显的反元思想之体现。然而，这并不意味着杂剧对于华夷关系避而不谈，或者它们对于当时的倒行逆施噤若寒蝉。一些杂剧以极大的愤慨谴责了社会病象，不过明代的宫廷审查官因为希望让皇帝相信天下太平，而通常将这些段落进行删改，以缓和其批判意味。

最著名的杂剧作家非关汉卿（约1220—约1307）莫属，他的名讳我们已经在前文多次提到。关汉卿也据说是杂剧的创始人，但这种观点很难站得住脚。不过很清楚，他是我们目前所知最多产的杂剧家。有约六十部杂剧归于关汉卿名下，其存世作品中有四部保留在元刊本中。现代出版的关汉卿全集通常包括不同版本的十八部杂剧，再加上三部残篇，不过其中有些作品是否出自关汉卿之手仍然值得怀疑。关汉卿与医生职业有一些关联，至于是哪种类型的医生，则未可知。而且这一关联当然也并没有使关汉卿在剧本中将医生职业理想化。在他最著名的杂剧《感天动地窦娥冤》中，一位姓卢的医生因蔡婆索债，而将蔡婆骗至郊外试图加以谋害。关汉卿活跃在大都，一些当时的轶事将他与京城时尚的精英圈子联系在一起。他也与当时的歌伎兼名伶忠都秀过从甚密。不过根据朱权《太和正音谱》（序言日期为1398年，不过该书可能在这日期之后才完成）中所记一则轶事，关汉卿竭力与伶人阶层脱离干系。

目前关汉卿名下的杂剧质量相当参差不齐。他最出色的作品【812】
以对敢作敢为的年轻女子充满同情的描写而闻名。这类作品中最著名的便是《感天动地窦娥冤》，今存的几种晚明刊本包括一个开场楔子和四折。在楔子中，楚州贫儒窦天章因无钱进京赶考，无奈之下将幼女窦娥卖给蔡婆家为童养媳。第一折的故事发生在十八年之后。此时的窦娥已经孀居三年。蔡婆外出向卢医生讨债，反被后者骗至郊外险些被害，此时碰到流氓张驴儿父子而得救，但张驴儿父子胁迫蔡婆返家，企图霸占婆媳二人。蔡婆迫于淫威而答应，但是窦娥誓死不从。张驴儿见她不从便想毒死蔡婆以要挟窦娥，不料误毙其父，便诬告窦娥杀人。

第二折中，窦娥被带到县令面前。她拒绝认罪，但是县令威胁严刑拷打蔡婆时，为了救婆婆的窦娥自认杀人。第三折讲述的是窦娥从监牢来到行刑场。在与蔡婆催人泪下的最后道别之后，窦娥在临刑之时指天为誓，死后将血溅白绫、六月降雪、大旱三年，以明己冤，后来果然都应验。三年后窦天章任廉访使至楚州，审看死罪文卷，窦娥的亡魂托梦给父亲，并将自己的文卷放在最上头，其父终于明白窦娥遭受的不白之冤。于是重审此案，还窦娥清白。

《感天动地窦娥冤》中的曲词由扮演窦娥的正旦来演唱。她在第三折和第四折中间，改换戏服。虽然存世刊本中的情节一致，不过臧懋循《元曲选》中的版本强调了窦娥的节孝，而对性和金钱元素进行淡化。无论从哪个角度看，《感天动地窦娥冤》都是一部感人至深的作品。在许多地方戏中，它都在改编后成为保留剧目。不过，它在中国文学史上的地位，则要感谢中国现代第一部戏剧文学史作品——博学的学者王国维（1877—1927）的《宋元戏曲考》（1912）。王国维意识到悲剧在西方文学中的崇高地位，于是将《感天动地窦娥冤》和《赵氏孤儿》作为中国的悲剧代表作。

【813】《感天动地窦娥冤》被王国维视为悲剧，乃是因为窦娥所遭受的苦难并不是意外，而是她自己的选择（拒绝改嫁，并在看到蔡婆遭酷刑的时候主动把罪行揽下）。自此以后，这部作品成为关汉卿最具代表性的杂剧。后来在1958年著名现代剧作家田汉创作《关汉卿》时，关汉卿撰写《窦娥冤》一事便成为戏剧的题材。

关汉卿刻画敢作敢为年轻女性的杂剧中的另外一部杰作当属《救风尘》。恶棍周舍骗娶红尘女子宋引章后又加以虐待，宋引章的结义姐妹赵盼儿见义勇为，设计将宋救出。上文讨论过的《单刀会》和《西蜀梦》对关羽和张飞的刻画，体现了关汉卿在描写英雄人物方面的天赋。

关汉卿可能是最著名的杂剧作者，不过史上最著名的杂剧则是王实甫的五本杂剧《西厢记》。关于王实甫的生平，我们几乎一无所知。他的另外几种杂剧也相当平常。在明代，如今关于元代杂剧家及其作品的一些信息在当时还不为人知，人们普遍认为《西厢记》出自关汉卿之手。后来通常又认为前四本是王实甫所写，而第五本的作者是关汉卿。此观点仍然得到一些现代学者的支持，也因为许多人发现与前四本相比，最后一本的文学性或意识形态性质略逊。不过，整部《西厢记》是对董解元《西厢记诸宫调》的忠实改编，因而双重作者的说法并没有有力证据。

王实甫《西厢记》对《西厢记诸宫调》的一大改变，是法聪法师这一角色被一分为二：法聪（张生在普救寺的好友和向导）以及慧明法师（在普救寺被包围时，突出重围将张生的信送往张生好友杜确处）。情节中的另一处变化是在结尾，张生和莺莺并没有私奔到杜确的衙门避难，而是杜确来到普救寺祝贺这一对新人，并亲自见证二人完婚。

王实甫《西厢记》与杂剧的常规有异，不仅在于它共有五本（包括二十一个套曲），而且演唱这些套数的角色不止一个。慧明的唱词部分相对简短，其他唱词则在末（张生）、旦（莺莺和红娘）之间分配。这样，红娘这一角色就得到进一步发展。《西厢【814】
记》在后来很多地方戏版本中，红娘甚至成为整部戏的中心人物，而这些戏也经常以“红娘”为名。

在最早的杂剧家中，白朴（1226—1306之后）以出身名门而闻名。他成长于具有浓厚文学气氛的家庭，少年时随著名诗人元好问（1190—1257）学诗词古文，长大后又依附当时统治山东的蒙古重臣史天泽（1202—1275），其子也入仕元朝。白朴最著名的杂剧《梧桐雨》保存在不少晚明元曲选本中。该剧以扮演唐玄宗的正末为主角，以唐玄宗对杨贵妃的热烈爱恋为中心。而杨贵妃在上台亮相之初便承认了她与安禄山的奸情（只有《元曲选》中的版本例外）。唐玄宗在第一折中对天发誓永远忠于杨贵妃，第二折中他猛然被安禄山造反的消息惊醒。第三折中，唐玄宗逃亡成都（位于今天的四川）途中，途经马嵬驿，禁军哗变，要求处死杨贵妃。第四折则写已经退位的太上皇李隆基沦为孤家寡人，独居于西宫，孤独愁闷地思念杨贵妃。《梧桐雨》以曲词的优美典雅而得到后人的赞誉。

可与白朴《梧桐雨》相提并论的类似题材杂剧，还有马致远的《汉宫秋》。马致远还以神仙道化剧闻名。《汉宫秋》讲述的是汉元帝（前48—前33）与妃子王昭君的悲剧爱情故事。历史上的王昭君因和亲被嫁给北方匈奴首领呼韩邪单于，生下两个儿子。呼韩邪死后，她又嫁给她的儿子——呼韩邪和前妻所生之子。根据后世的传说，汉元帝让画师画下宫女的肖像，根据画像来选择自己的床伴。王昭君进宫后，因自恃貌美，不肯贿赂画师毛延寿，因而在画像中被丑化而遭皇帝冷遇。当呼韩邪单于主动来汉朝，对汉称臣，并请求和亲之时，王昭君被选中许配给呼韩邪单于。当汉元帝亲眼目睹王昭君美貌时，他才意识到自己铸成大错。

千百年来，这一故事不断激发着中国诗人和画家的灵感，在敦煌遗书中甚至有一篇关于这一故事的变文。在马致远的《汉宫秋》中，唱词被分派给汉元帝。在第一折中，汉元帝发现了王昭君的美
【815】貌，旋即陷入爱河。第二折中，从毛延寿处听说王昭君美貌的呼韩邪单于要求迎娶王昭君，大臣们劝说汉元帝为两国之间的和平大局出发，接受呼韩邪单于的请求。第三折则是催人泪下的告别一幕。不过，当王昭君渡过汉番的界河，进入匈奴领土，她马上跳河自杀。最后一折再次用来描写失去爱人后的汉元帝的悲伤。

杨贵妃被描写为只关心自己身份地位的荡妇，王昭君则被刻画成顺从的淑女，她接受强加在自己身上的使命。唐玄宗因沉溺于自己的爱情而几乎葬送了整个王朝，汉元帝则通过牺牲他所爱的女子，换取了长久的边境和平。《汉宫秋》是《元曲选》中的第一部作品，早在1829年就被翻译成英文。

马致远的存世杂剧还包括一些神仙道化剧，以及描写才子遭受各种磨难的作品。比如在《青衫泪》中，描写了白居易被贬谪到江州的故事——正是在江州，白居易写下了家喻户晓的《琵琶行》。

到十四世纪上半叶，杂剧创作的中心转移到了杭州及其周边——至少就著名杂剧家所处地区而言是如此。当然，我们的这一

判断是根据钟嗣成《录鬼簿》这一最重要的史料而形成的。钟嗣成自己也是一名杂剧创作者，不过他的作品今已亡佚。他在《录鬼簿》记载的这一时期的大多数杂剧家（许多是钟嗣成的朋友）只创作了非常有限的作品。这一时期最受尊敬的杂剧家是宫天挺和乔吉。宫天挺担任过各地学官。他的杂剧现存《死生交范张鸡黍》《严子陵垂钓七里滩》两种，皆取材泛道德化的历史故事。乔吉（卒于1345年）来自太原，不过在杭州终老。他的存世杂剧都是以唐代为背景的爱情喜剧：《杜牧之诗酒扬州梦》描写了唐代诗人杜牧（803—852）的爱情故事；《李太白匹配金钱记》以诗仙李白（701—762）为主人公；《两世姻缘》则是对《太平广记》中关于八世纪末镇守成都的剑南节度使韦皋（745—805） 和其好友义女张玉箫——她的前生是与韦皋一见钟情的韩玉箫，后因思念成疾、一病不起，转世投胎为张玉萧，在适婚年龄再度与韦皋相遇，有情人终成眷属——的爱情故事的改编。

未被收录在《录鬼簿》中的杨梓是这一时期最突出的杂剧家之一。他是审时度势投降蒙古人的南宋高级军事将领杨发之子。作为 【816】
奖励，杨梓及其后嗣都身居高位，曾主管海盐（杭州的出海港口）的国际贸易等事宜。杨氏家族自己也参与国际贸易，所聚集的惊人财富使他们拥有私家戏班。1327年，杨梓随元兵远征东爪哇。杨梓所作三种杂剧都以忠义为主题，今皆存。在这三种作品中，主角不惜牺牲自己或者家庭，来表现对主人的赤胆忠心。不过，他们也都首先离开过不值得托付的主人。人们很容易会将这些作品解读为在反元情绪高涨的家乡，杨梓为了维护家族荣誉，而对其父行为进行的辩护。

要了解十四世纪下半叶以及十五世纪初杂剧家的信息，我们必须依靠朱权《太和正音谱》以及据信为贾仲明所作的《录鬼簿续编》。贾仲明（1343—1424后）是明代前五十年最重要的宫廷杂剧家之一，共有六种杂剧存世，其中有两种是神仙道化剧。这一时期的神仙道化剧在情节等方面比以前更铺陈敷衍。在文学风格方面，这一时期的作者特别欣赏马致远的作品。明初在文体风格方面最受推崇的杂剧家当属谷子敬。他的唯一存世作品《城南柳》是讲述吕洞宾使城南一棵柳树悟道的神仙道化剧。在贾仲明的《录鬼簿续编》中，罗贯中赫然在列，其名下有三种杂剧，存世一种。不过对于罗贯中在白话小说领域的耕耘（见第四编第三章），贾仲明未发一言。

在两位创作杂剧的皇族成员中，朱元璋第十七子、封于南昌的宁王朱权（1378—1448）如今在戏剧研究中以其《太和正音谱》著称。曲谱之前的部分是有关杂剧的各式各样论述及史料，包括脚色源流考辨、轶事、杂剧家名录及其作品等。朱权自己的杂剧有两种存世，其中的《大罗天》可被归纳为一部内容丰富但风格上并无突出之处的神仙道化剧，而《私奔相如》则是对司马相如和卓文君爱情故事的改编。朱权在杂剧创作方面，比起他多产而多才多艺的侄子朱有燉来，完全处于下风。朱有燉是朱元璋第五子朱橚（与永乐帝朱棣是同母兄弟）的长子，袭封周王。朱有燉的封国位于河南开
【817】封府，是最富庶的封地。朱有燉对杂剧的钟情也许在一定程度上是由于他希望表现出对政治的冷淡，因为其父朱橚数次被指为密谋造反而命悬一线。

朱有燉的三十一种杂剧——以单行的私人刻本流传至今——基本上可以分为两组。第一组是通常要求阵容强大的戏班、精致戏服和特殊效果的大量宫廷喜庆剧。这些喜庆剧中的大多数都和特定的日子如王公的寿辰（传统或革新了的神仙道化剧）或者每年的节令（比如在杂剧中插入了钟馗捉鬼的傩戏表演，以及新年的舞狮表演）有关联。另外还有为赏花集会而写的杂剧，庆祝繁花（如牡丹）的盛开。在许多喜庆剧中，朱有燉都打破杂剧的常规，在独唱

中加入多人演唱。

朱有燉的其他杂剧，在表演时并不与特定场合联系在一起，并且几乎无一例外都遵循杂剧惯例。这些作品多讲述美貌妓女对才子的爱情，这可以被解读为朱有燉表示对皇帝的忠心。朱有燉唯一的历史题材杂剧《义勇辞金》（关羽身在曹营心在汉，诛颜良，解白马之围，然后封金挂印，辞曹而去）也强调了忠义主题。他有两种取材自梁山好汉故事的水浒戏。在《仗义疏财》中，官吏赵都巡要强娶李撇古的女儿为妻，出手相助的李逵扮演新娘，最后将赵都巡海扁一顿，但接下来还有梁山好汉接受招安的情节。《豹子和尚》以鲁智深为主角，演叙鲁智深决心离开终日危险的强盗生活，从梁山出走至清静寺为僧。妻子和小儿的劝说都难以动摇鲁智深的决心。最后宋江设计让人掳去鲁智深老母，迫鲁智深开戒打人，终使其回心转意复归梁山。

朱有燉最滑稽的一部作品是《复落娼》。它将传统的书生/妓女爱情故事完全颠覆。汴梁城中宣平巷行院艺人（娼妓兼伶人）、在戏台上扮演插科打诨角色的刘金儿急于嫁人。只要对方有钱，不管多丑都没关系，但是淫荡成性的她从良后还见异思迁，完全不能履行人妻之责，当她在南昌提出离婚后，被送回汴梁城她原来的拉皮条的丈夫那里，再度沦为娼妓。

朱有燉在他的作品中显示了他的多才多艺和博古通今，有时展现出卓越的作词天赋。他笔下的生动宾白与晚明刊本中的杂剧相比，在风格上更加白话化。朱有燉的杂剧在明朝一直相当流行，不过并没有被收录在《元曲选》中，自此以后，它们就不恰当地被
世人遗忘了。朱有燉的大多数杂剧刻本中都会有一片简短且附有日 【818】
期的序，在其中讨论该剧的素材来源，及其功能和所传递的信息。他有时会将自己的作品与前人作品进行比较，并讨论杂剧的一般要求。这些做法使他成为第一位重要的戏剧批评家。

当南戏在十五世纪影响力渐增，开始进入北方，陈多（又名陈大生，约1488—约1521）则支撑着南京的杂剧传统。陈多留下了三种存世剧本，其中两种是简短诙谐的喜剧，第三种是相当罕见的院本。1500年之后，北方最著名的杂剧家有康海（1475—1541）和王九思（1468—1551）等一些退休官员，他们为自家的戏班创作杂剧。康海和王九思都以中山狼为题材创作过杂剧，讲述迂腐先生东郭，在中山用书囊挽救了一只被猎人追杀的恶狼，恶狼获救后，以忘恩负义为世界的运行方式为理由，反要吃掉东郭先生。东郭先生强烈抗议，最后二者商定找三位老者裁断。他们先找到老杏树和老牛。老树因不再产果而要被砍下当柴火，老牛因不再能辛勤劳作而马上要被宰杀，它们都站在中山狼一边。他们最后找到一位老人（在王九思剧本中是土地神的化身），老人希望看一看大狼是否真的能钻进小小书囊中。当狼钻进书囊，就被打死了。康海的《中山狼》是传统的一本四折形式，不过王九思的作品则只有单折。

嘉靖年间八大才子之一李开先（1501—1568）是北方的一位重要过渡性人物。他搜集散曲，创作院本，并刊刻过一部前人杂剧选本。不过他也改写过传奇《宝剑记》：林冲一再上本参奏高俅和童贯结党营私，祸国殃民，被高俅和童贯设计陷害，而高俅之子又图谋林冲妻子张真娘，忍无可忍的林冲最后只能被逼上梁山。

在十六世纪，杂剧很快从宫廷以外的戏台上消失，即便在宫廷中，它的风头也完全被传奇盖过。不过直到万历年间，新的杂剧还是不断出现，其中最著名的作品是讲述唐三藏及其三位弟子西天取经故事的六本二十四折杂剧《西游记》（其作者曾经被认为是元初的吴昌龄，以及明初的杨讷）。这些晚出作品中的另一部讲述了郑和（1371—1433）下西洋（印度洋周边诸国）的故事。

早期的戏文 【819】

现存最早的三种戏文来自残存的皇家类书《永乐大典》。不过这并不必然意味着，这三种是流传下来的最早戏文。我们完全可以设想，晚出选本中收录的一些戏文——即便明显经过了数百年来的不断修改——的最初创作日期早于《永乐大典》中的这三种。不过，《永乐大典》中所保留的三种戏文很难使人精确断定其创作年代。由于其中两部较短戏文《宦门子弟错立身》和《小孙屠》是对杂剧的改编，它们可能创作于十四世纪。三种戏文中稍长的《张协状元》大概创作于十三或十四世纪。

《宦门子弟错立身》应该是出自对三种今已亡佚的同一标题杂剧的改编，讲述了一位女真（金朝）高官之子爱上一位中国女伶人，离家与她私奔。该剧情节与石君宝的《紫云亭》实际上如出一辙——除了一点：女主角表演的是杂剧而不是诸宫调。《小孙屠》讲了孙氏兄弟二人的故事。兄孙必达不听其弟孙必贵（小孙屠）的劝告，赎出官妓李琼梅，结为夫妇。小孙屠陪同母亲去泰安烧香之时，与令史朱杰有私的李琼梅设计杀死丫环，嫁祸于丈夫。返家的小孙屠得知哥哥蒙冤入狱，愿意揽下所有罪过。在他即将被行刑时，明察秋毫的包公得到鬼神襄助，审明了真相，将两位真凶正法，兄弟二人终于团聚。

这两部改编自杂剧的戏文让我们看到杂剧与戏文之间的区别。戏文之所以有别于杂剧，不仅因为它使用南曲（而非北曲），而在于与杂剧一般只能一人主唱不同，戏文中任何角色都可以唱，因此需要给不同角色分派不同曲词，这样使文本内容急剧膨胀。戏文中没有固定的曲调组织模式（虽然在曲调使用中有一些惯例，如哪些曲调更适合哪些脚色，歌与歌之间的顺序也不是随机搭配的），并且出（也即杂剧中的折）的数量也不受限制。虽然上面讨论过的

《宦门子弟错立身》和《小孙屠》作为戏文是相当简短的，不过五十三出的《张协状元》则接近于戏文通常的长度。

《张协状元》讲述的是早期戏文中非常流行的一种角色类型：
【820】负心郎。书生张协进京赶考，路过五矶山时，被强盗洗劫。多亏住在山神庙的贫女精心救护，张协才得伤势痊愈，后两人结为夫妇。贫女剪发卖发，为夫筹措进京盘资。张协中状元后，离京赴任，路过五矶山，为了杀人灭口，竟剑劈贫女，幸未致死。贫女后来被张协的一位上司收养为义女。这位上司注意到张协仍然未婚时，便将自己义女许配给他。张协最后发现自己娶的竟然是他之前“杀害”的贫女。故事就在这里结束。

《张协状元》的开场是末角上台讲述即将表演的故事梗概。在后来的传奇文本中都有类似的介绍性开场，不过通常相对简略，首先介绍全剧剧情，然后强调其中的道德内涵，最后邀请生角上台，开始演出。这些开场部分一般也叫做“家门”。在《张协状元》中，家门部分特别长，并且是以诸宫调形式——这是最不可能被整合进南戏中的一种文学类型。这一末角没有讲完故事梗概，因为他不久就被后台催促正戏早点开始的声音所打断。《张协状元》的特别之处不仅在于其离奇的情节，而且也在于大量插科打诨场面的运用，这些早在家门部分就为整部戏定下基调。人们会情不自禁将《张协状元》解读为对戏文的一种戏拟，虽然它本身也是戏文。这也许在一定程度上解释了《永乐大典》为何会把它放在戏文部分的最后一卷中。

高明的《琵琶记》中也刻画了一名负心书生形象。在高明之前的《琵琶记》版本中，男主人公蔡邕（蔡伯喈）赴京赶考期间，留下其妻赵五娘一人照顾年老的双亲。而蔡伯喈高中状元后，却迫不及待地迎娶了牛宰相的千金，拒绝承认结发妻子。最后蔡伯喈因为自己的恶行而被暴雷劈死。高明则将蔡伯喈变成孝子的典型。在高明笔下，本想留在家里服侍二老的蔡伯喈是迫于父命才离家应举的——孝子不违父命。当金榜题名后，他火速写信告知家里，但信被拐儿骗走，致音信不通。当牛丞相要将女儿许配给他时，他以家中有结发妻子为由拒绝，但一道圣旨使他被强行入赘牛家。

与此同时，家乡陈留连年遭受旱灾，赵五娘任劳任怨，让公婆吃米，自己则背着公婆私下自咽糟糠。蔡公、蔡婆去世后，为了 【821】
让二老落葬，五娘卖掉她的美丽长发。然后身背琵琶，沿路弹唱乞食，往京寻夫。在京城中，她引起了牛丞相之女的注意，牛氏发现赵五娘是丈夫的结发妻子，马上将正室的位置让给她。接下来便是蔡伯喈与赵五娘催人泪下的团圆场面。伯喈遂携赵氏、牛氏同归故里，庐墓守孝。后皇帝下诏，旌表蔡氏一门。

如果说该剧有主角，从以上的概述中明显可以看到当属赵五娘。她不仅是任劳任怨的人妻典范，而且也显示了巨大的决心和创造力。虽然高明下大力气改编，但是蔡伯喈这个角色对于大多数读者而言还是不具说服力。一位真正的男人不管面临什么后果，是不会在已有妻室的情况下，接受入赘的命运的。另一部早期南戏《荆钗记》中也描写了一位不离不弃的有情才子。《荆钗记》曾经风靡舞台数百年。新科状元王十朋，因忠实于原配钱玉莲，拒绝娶丞相女儿为妻，被丞相派往荒僻的地方任职。王十朋与钱玉莲历尽千辛万苦，双方都以为对方已死，在江心寺拈香悼夫（妇）时相遇，最终破镜重圆。1975年一座明墓中出土了一部1431年的《金钗记》抄本，其中状元刘文龙也是忠实于爱情的典范。《金钗记》中，因刘文龙拒绝娶丞相女儿为妻，心怀不满的丞相奏请圣上遣刘文龙出使北方的单于国。不料单于以公主妻之，刘无力，只得屈从成婚。离家二十一年后，在公主的帮助下，刘文龙逃回朝京。在这漫长岁月中，妻子萧氏一直保持贞节，誓死不从各种改嫁压力。萧氏因不从逼婚，投河自杀时，正逢文龙回故里省亲而将她救下。

《荆钗记》经常与另外三种同样流行的早期南戏合称为四大南戏。这另外三部南戏为《拜月记》《杀狗记》和《白兔记》。这几部南戏的主题都在杂剧中出现过。《拜月记》的一个最早本子在其“家门”中指出该故事是基于来自京城的一部杂剧——很有可能是关汉卿的《拜月亭》。这一错综复杂的故事设置在蒙古人对金朝第一次侵略——导致金朝将都城从中都（现在的北京）南迁到开封——的天下大乱岁月中。情节涉及了许多阴错阳差，不过最后以两对有情人终成眷属的大团圆收尾。《杀狗记》是另一出兄弟失散
【822】又重逢的故事。这对兄弟也姓孙。兄长孙华与市井无赖交往，把胞弟孙荣赶出家门。孙华的妻子杨月贞屡劝不听，便杀了一条狗，伪装成死尸放置门外。孙华像平日一样喝得醉醺醺，深夜归来，大惊，急忙去找他的所谓好友，后者纷纷推脱不管。胞弟孙荣却不记前恨，帮他把“尸首”埋掉，使孙华深受感动，于是兄弟重新和好。无名氏的杂剧《杀狗劝夫》讲述了同一个故事。

《白兔记》讲述了刘知远早年发迹的故事——这一主题在之前的诸宫调（部分存世）和杂剧（亡佚）中都涉及过。刘知远因赌博败家，落魄流浪，被财主李文奎收留。李文奎见他睡时有蛇穿其七窍，断定他日后必定大贵，于是将女儿李三娘许配给他。李文奎死后，三娘哥嫂处处刁难刘知远，刘知远愤而告别身怀六甲的妻子，去分州投军。岳元帅看到手下刘知远身上的富贵异象后，不顾他的反抗，以女妻之。与此同时，不肯改嫁的李三娘在家受尽哥嫂折磨，被分派干最劳累的体力劳动，如在磨房劳动，她在磨房产下一子，因无剪刀，用嘴咬断脐带，故取名“咬脐郎”，又托人将儿子送往刘知远处，刘知远将儿子交给岳氏抚养。岳氏对咬脐郎视如己出，到十二岁的时候，他仍然不知自己生母非岳氏。成为统帅的刘知远凯旋以后，咬脐郎被允许出门打猎。一天，因追赶一只白兔，这只白兔将他带到正在井边汲水的生母身边。外表憔悴的李三娘讲

了她的悲惨身世。咬脐郎听到李三娘口中离家投军的夫君的名字竟和自己父亲一模一样，感到十分惊讶，于是答应李三娘，回去后一定会向父亲问起她的夫君。刘知远听到咬脐郎的一番讲述后，意识到这是母子井台相会。为了考验李三娘的忠贞，他扮作普通士兵前往。二人在村外相遇，李三娘斥责刘知远十几年杳无音讯，并历数她为刘知远所遭受的苦难。这时李三娘的兄长出现了，刘知远只好逃之夭夭（在《刘知远诸宫调》中，李三娘的兄长出现时，二人正在野合，亡佚的杂剧版本中也有这一幕，不过在后来的南戏中被删除了）。刘知远大为感动，第二天带队兵回沙陀村，与李三娘团聚，岳氏也将正室位置让给三娘。

存世的这些戏文显示了早期南戏所涉及的题材和当时的杂剧并无二致。这是传统戏剧中的普遍趋势：不同的剧种会相互自由地【823】借鉴其他剧中的情节的文本材料。不过南戏经常将杂剧中的相同情节扩充为远比原文篇幅更大的文本。这一定程度上是由于南戏中会给所有角色以数量不等的曲词，另一方面是因为南戏中包含一些套路场面，且给插科打诨角色留下更多空间。插科打诨元素的无处不在——尤其在表演中——明显启发了描写伍伦全、伍伦备兄弟一门忠孝的南戏《伍伦全备记》的创作。《伍伦全备记》传统上被认为出自著名儒家学者和政治家丘濬（1420—1495）之手，不过这十分值得怀疑，而这一时期所有提到作者的南戏都存在这个问题。由于它的儒家道德观，《伍伦全备记》在十五至十六世纪的戏台上盛行一时，并曾被当时的朝鲜采用为学习中国白话文的教材。

· 十六至十九世纪（约1550—约1850）的戏剧文学

到十六世纪初，中国的经济文化中心已经转移到江南地区。江南的繁荣经济极大地促进了戏剧活动。南戏的演出在地理区域上日渐拓展，在北方也大受欢迎，甚至在宫廷中也能感受到它的影响力。到十七世纪初，传统杂剧的表演已经成为明日黄花。在南戏的故乡，各种表演传统如今形成了各自的风格。它们之间的差异极大地影响音乐方面，即曲词的唱腔。两种脱颖而出的唱腔传统为流行于江西的弋阳腔，以及在十六世纪中期左右为苏州的魏良辅偏好的昆腔。昆腔也吸收了许多北曲，不过对这些北曲的表现当然被改编为适合昆腔自己的特质。梁辰鱼（1520—1593）的《浣纱记》——讲述战国美女西施的传奇故事——的出现标志着昆曲成为一种独立的戏剧声腔。

苏州是江南地区的经济文化中心，因此苏州人偏好的唱腔——昆曲，也被其他地方广泛模仿。因为昆曲的典雅音乐以及它对曲词的强调，在文人士大夫中间也广为流行。明代的最后一百年期间，戏剧领域中一大醒目特征便是私家戏班的兴盛，而昆曲也是被大多数私家戏班采用的唱腔。十六世纪早期的不同城市化模式和城市
【824】文化导致了——甚至在川流不息的繁华江南——商业戏院的暂时消失。不过，明代的税制使江南出现了财富急剧集中的巨富之家。许多巨富之家都有私家戏班（一般是女子戏班）。商业戏班一般演出全本，而这些私人戏班则为了娱乐主人及其男性宾客，通常表演折子戏（著名作品中的一出）。从这一时期开始，折子戏流行开来。许多私家戏班的主人也开始尝试写剧本，让自己戏班演出。

对短剧的需求可能也解释了一种新的短剧形式的兴起。它也被称为杂剧，不过并不被以前的杂剧规范所束缚。十六世纪下半叶以后的新杂剧的长度从一出到十出不等，北曲和南曲皆用，并将曲词分配给多人。新杂剧的创始人是特立独行的诗人兼画家徐渭（1521—1593）。他的杂剧集《四声猿》共收录四种短剧，一出的有一种，两出的两种，四出的则有一种。前三种用北曲，后一种用南曲。

十六世纪晚期开始，江南的日渐繁荣也带来了出版业的勃兴。

书商刊印出越来越多的白话文学作品（包括小说和戏剧），制作也越来越精美。这一时期之前，能获得的通常不是原始文本，而是经过后人重重改编的版本。而到了这段时期，剧作家在世时，其作品往往就能付梓问世。许多刻本是在作者自己的监督下完成的，并收录作者及其好友的序言。于是，从这一时期开始，戏剧的作者身份通常都不再是一个谜团。虽然关于李开先对《宝剑记》的贡献如今仍然聚讼不已，王世贞（1526—1590）是否为《鸣凤记》的作者也值得怀疑，但毫无疑问的是汤显祖（1550—1617）创作了《牡丹亭》。《牡丹亭》在演出中不断被改编，后世的一些改编本还得到刊印，不过虽然这些改编对于表演史具有相当重要的意义，但因为汤显祖的原著还存世的缘故，在戏剧的文学研究领域，它们通常被忽略。

书商不仅推出戏剧单行本，他们也兜售戏剧选本。这些选本 【825】
起先瞄准影响力大的作品。这方面的最早存世选本是《风月锦囊》（1553），今在西班牙埃斯科里亚尔（Escorial）保存着它的孤本。这一个本子是1421年初版的增订重刊本。不过，在臧懋循的《元曲选》在商业上大获成功之后，传奇选也开始面世，其中最为成功的是《六十种曲》——包括五十九种传奇以及王实甫的《西厢记》。《六十种曲》编于十七世纪中期（崇祯年间），分六帙，由著名藏书家、出版家毛晋（1599—1659）主持编辑刊行。戏剧的单行本和节选也许仍然与表演有关，而这些大部头的精装戏剧选无疑是为研究之用的。作为给学养丰厚的江南文人提供的案头休闲读物，单种戏剧文本再度被大刀阔斧地改写，以符合他们的文学和审美感受力。结果这些被深度改编的文本不再适合戏剧表演。简而言之，它们更具文学性，戏剧性则减少了。

戏剧确立为一种文学之后，随之而来的是戏剧的文学批评。着重于曲词的创作、由韵书和曲谱等构成的关于剧本创作的技术性作品一直大量存在。剧本创作手册的这一传统在李渔（李笠翁，1610/1611—1680）那里达到巅峰。在《闲情偶寄》中，身为剧作家和戏班管理者的李渔基于大量实践经验，提出了一套详细的剧本创作理论。不过，以序言或随文评点的形式对一部作品进行文学分析，则是崭新的现象。这种文学批评方式由金圣叹（1608—1661）的《金圣叹评点西厢记》所创立。戏剧日渐发展的表演复杂性和文学复杂性对孔尚任（1648—1718）的《桃花扇》和洪昇（1645—1704）的《长生殿》的水准有很大贡献。这两部著名戏剧以各自的方式，竭力去认真讨论明朝的覆灭，表明了戏剧作为一种艺术所达到的高度严肃性。

上文所概括的戏剧发展在十七世纪中期达到了高潮。清兵入关带来的生灵涂炭，易代后不同的财政制度，新政权以及幻灭后的中国文人士大夫齐齐转向正统宋明理学，这些都导致了传奇的黄金时代的退潮。在整个十八世纪，戏剧演出继续作为仪式和娱乐而具有重要地位，新的戏剧也不断出现，但是这一时期的剧作家很难与明末清初的前辈相提并论。结果，十八世纪戏剧领域最重要的发展
【826】是因商业戏院的重新出现，以及通常依赖于佚名文本且经常口头传承的板腔体已越来越重要。不过这一时期最醒目的现象乃是乾隆帝对戏剧的沉迷。他在宫中建立了三面看台的戏台。为了充分利用戏台，而创作出了不少演十天才能演完的宫廷“大戏”。

传奇

虽然早期的南戏通常被称为戏文，但后来通常称之为传奇。学者们就这两个术语的定义以及戏文在何时让位于传奇而莫衷一是。实际上，二者指的是同一戏剧类型的不同发展阶段。我们唯一可以指出的是，十六世纪以后的刊本传奇与最早的戏文相比，在表现方式和内容上体现了高度的整齐划一。不过如上所述，那些存世的最

早戏文其实并不是戏文诞生之初一个世纪中的代表作。

虽然一般而言任何题材都适合在传奇中出现，不过传奇中的代表作经常是关于爱情故事的，如上文提到的《张协状元》《琵琶记》和《白兔记》。或是新婚或是相爱的一对年轻男女，因命运而分离并经历许多磨难。在天各一方之时，男子也许会另娶，但女子却必然忠贞地等待爱人，最后两人破镜重圆。因此，传奇通常以大团圆结尾，所有的爱侣和亲人都相聚一堂，所有的矛盾冲突都得以解决。一部全本传奇一般需要演上两天，因此分为上下两卷。上卷也以暂时的团圆结尾。

传奇由“家门”开场，之后才是正戏。第二出是生角的介绍，第三出为旦角的介绍。所以全剧剧情从第四出开始展开，经常是讲述主人公为了谋求功名而离家。生角与旦角的分离，为他们在许多场景中表达他们的相思之情提供了机会。许多早期的传奇也在前面部分给守护男主人公或女主人公的神仙留出空间，后来的传奇则更喜欢用梦境来表现鬼神情节。出现在许多传奇中的其他场景包括花园聚会和战事。在京城参加科举考试这一反复出现的场景在戏台上如此程式化，甚至许多传奇刻本在它出现的地方根本不提供文字，只是简单在该出标题下注明按照惯例表演。只有希望在这一俗套场【827】
景中作些创新的剧作家才会费心思把文字写出来。

在一些杰作中，跌宕起伏的情节只不过是将大量材料组织在一起的技法，全剧的主要意旨在他处。比如《鸣凤记》（约1570）中，赞扬了杨继盛（1516—1555）等忠臣不顾个人安危与奸相严嵩（1480—1565）及其子严世蕃（1513—1565）英勇斗争的故事——二人在许多后来的戏剧中成为权力贪渎的象征。

不过有时候，戏剧化情节是对主题的极佳表达。此中的最好例子是汤显祖的《牡丹亭》。汤显祖来自江西临川，三十四岁时进士及第，之后担任过一段时间太常博士等小官。1598年，他退出仕途，回乡潜心于戏剧创作。他的第一部传奇《紫箫记》改编自蒋防的唐传奇《霍小玉传》。汤显祖后来还改编了如《紫钗记》等作品。他的代表作则是《牡丹亭》（也叫做《还魂记》）。《牡丹亭》是一部颂扬爱情为人类本性的天才喜剧，即便不说它是中国最伟大的戏剧，也完全可称作这一时期最优秀的戏剧。在写完《牡丹亭》之后，汤显祖又创作了《邯郸记》和《南柯记》，这两部传奇分别改编自沈既济《枕中记》和李公佐的《南柯太守》。他的这四部作品被合称为“临川四梦”，因为梦境在每部戏中都充当了关键的情节。

《牡丹亭》讲述了柳梦梅和杜丽娘的爱情故事。离乡赴京赶考的贫寒书生柳梦梅来自广西，被设定为唐代著名诗人、散文家柳宗元（773—819）的后代。杜丽娘为清官杜太守之女。杜太守聘请了一位学究教女儿读书。在一个阳光明媚的春日，她和丫鬟从沉闷的书房逃出，来到后花园观赏满园繁花。思春的杜丽娘在后花园里沉沉睡去。在梦中，梦中见一位不知姓名的书生持半枝垂柳前来求爱，两人在牡丹亭畔幽会。杜丽娘从此愁闷消瘦，一病不起。她在弥留之际为
【828】自己画下自画像，并让丫鬟将自画像藏在太湖石底。父母将她葬在花园的梅树下，并修建梅花庵观，让一位庵中老道姑代为看护。不久，杜太守一家转任他处。

柳梦梅在赴京途中来到杜丽娘生活和去世的地方，他决定住在这里温习一段时间，便借宿梅花庵观中，在太湖石下拾得杜丽娘画像，从此一发不可收拾地爱上了画中女子。杜丽娘魂游后园，和柳梦梅梦中幽会。与此同时，杜丽娘在地府恳求阎王让她复活。阎王批准后，杜丽娘教柳梦梅掘墓开棺，使她起死回生。二人同赴京城临安。但是柳梦梅在临安应试后，受杜丽娘之托，送家信传报还魂喜讯，却被杜丽娘之父囚禁。发榜后，柳梦梅由阶下囚一变而为状元，但杜父拒不承认女儿的婚事，强迫她离异，纠纷闹到皇帝面

前，杜丽娘和柳梦梅二人终成眷属。

和很多其他传奇一样，《牡丹亭》中的女主角比男主角更有意思。思春之情不仅浓烈到让杜丽娘相思而亡，而且竟然使她得到阎王同情而起死回生。汤显祖给杜丽娘这一痴情人物所写的唱词充满了炽烈的感情。这一炽烈的感情被其他场景中有时显得猥亵的插科打诨所抵消，特别是整部戏的前半部分。自此以后，《牡丹亭》中几出折子戏毫不意外地成为戏台上最受欢迎的剧目，而它的文本也像一部“爱情圣经”那样不断重印。汤显祖对爱情的颂扬与明末的哲学是一致的，即强调本能和情感甚于所谓理和礼。不过，汤显祖不是一位哲学家，而如果将《牡丹亭》解读为一则寓言，认为它揭示了伦理学或心理学观点，则十分荒谬。《牡丹亭》是对爱情的一幅充满激情的想象图景。在这幅图景中，爱是人类生命的基石，是超越所有阶级、时代和文化的一种人类存在。汤显祖后来的作品反复感叹红尘世事的无常，虽然都是佳作，但明显缺乏这一激情和吸引力。

汤显祖在江西创作自己戏剧之时，在苏州，昆曲通过魏良辅和梁辰鱼的努力几乎已经一统天下。在约完成于1560年的《浣纱记》中，梁辰鱼将一则以苏州作为春秋战国时期吴国都城时的一段古老历史传说改编成戏剧。这段历史传说自从战国（前481—前221）以后，就流传在各种故事和歌谣中。在吴国与邻国越国（都城为今天的绍兴）的连年战争（公元前六世纪—前五世纪）中，越王勾践曾被对手吴王夫差俘虏。夫差并没有杀勾践，而是让勾践夫妇做了多年奴隶，【829】
并在放回他们之前，让二人从事了大量繁重劳动。

越王卧薪尝胆，伺机复仇雪耻，决心寻找越国最美的女子进献给吴王，意图用女色来消磨吴王的意志。美女西施在若耶溪边浣纱时被大臣范蠡发现。范蠡将西施进行了精心装扮，教会西施色诱吴王的各种技巧。当越王将西施送给吴王时，忠心的吴国老臣伍子胥力谏，奸臣伯嚭接受了范蠡的贿赂，撺掇吴王收下西施。吴王杀害了伍子胥，愚蠢地收下了勾践的这个礼物。

西施成功地完成了使命：吴王果然马上为西施的美貌所迷惑，不遗余力取悦她，废弛国政，杀害忠良。当吴国民怨沸腾时，勾践出兵攻吴，不费吹灰之力攻下吴国，杀死夫差，终于报仇雪恨。至于西施后来何去何踪，后世的传说有不同版本。版本之一是勾践意识到如果自己留下西施的危险性，所以立即把她杀了；另一个版本是，勾践把西施带回宫中，也被她的美色所惑，最后亡国。不过第三个版本中，范蠡在见到西施的第一眼就爱上了她，灭吴之后，携西施泛舟而去，在江南大小河川过着幸福的商贾生涯。这最后一个结尾因为是一个团圆结局，而被梁辰鱼的《浣纱记》所采用。

张凤翼（1527—1613）是十六世纪另一位活跃在苏州的剧作家。在他的七种传奇中，有五种存世，一种仅留残篇。他最流行的戏剧作品《红拂记》是对唐传奇《虬髯客传》的改编。其他活跃在十六世纪下半叶的剧作家，还包括郑若庸（1480—1565）和高濂（活跃于1580）。郑若庸和高濂分别以《玉玦记》和《玉簪记》而闻名。

昆曲严谨的曲牌结构使昆曲剧作家格外留心在曲词中的遣词造句。追求昆曲优美音律的后世苏州剧作家中，以沈璟（1553—1610）最为著名。在他大量讨论音律的文字中，强调唱词必须“合律依腔”，不过在自己的作品中，沈璟并没有像他要求其他剧作家
【830】那样严格地遵循声律。沈璟最著名的戏剧之一《义侠记》是对武松故事（见第四编第三章）的改编，从景阳冈打虎开始，至上梁山受招安结束，并添出未婚妻贾氏这一旦角。沈璟的最后一部作品《博笑记》虽然是一部传奇，但实际上由十个独立互不关联的滑稽小戏构成，每剧二至四出。《博笑记》按照传奇的惯例，以家门开场，但生角和旦角只出现在第一个和最后一个故事中，而最后一个故事以团圆的楔子结尾。

十七世纪上半叶，昆曲向两股略微有区别的方向发展。一方面，一些流行而极其多产的剧作家如李玉（1591—约1671）、张大复（活跃于1553年）、朱素臣（活跃于1644年）和其弟朱佐朝（活跃于1644年）在苏州将民间故事和当时的事件改编为戏剧。另一方面，苏州又成为如吴炳（卒于1646年）和阮大铖（1587—1646）等受汤显祖很大影响并创作充满艺术气息的机智喜剧的精英剧作家们的活动中心。

《一捧雪》是李玉最著名的作品之一，讲述了明朝嘉靖年间，严世藩向莫怀古（名字的字面意思为“莫要怀古”）索取祖传玉杯一捧雪。莫怀古设计以假冒品呈上，却把这个秘密告诉了好友，后者泄密给严世藩。莫怀古全家遭灭顶之灾。历尽千辛万苦之后，莫怀古之子莫昊冒死上书，以昭雪父亲不白之冤。在《一捧雪》的“豪宴”一出中，上演《中山狼》作为戏中娱乐宾客的节目。

朱素臣最著名的作品《十五贯》改编自冯梦龙（1574—1646）《醒世恒言》（见第四编第二章）中的话本《十五贯戏言成巧祸》，讲述了商人熊友兰被诬陷杀人、偷窃并带被杀者养女淫奔的不幸遭遇。李玉和朱素臣等剧作家自由地从当时流行的“三言”等白话短篇小说集中汲取素材。比如，李玉还将冯梦龙的《卖油郎独占花魁》剧情改编为昆剧《占花魁》。冯梦龙自己不仅积极编写白话小说，在传奇领域也非常活跃。他在《墨憨斋定本传奇》中收录了自己大刀阔斧地删改过的十四种传奇（其中包括《牡丹亭》），以及两种自己的戏剧作品。

与上文提到的多产的布衣杂剧家不同，吴炳和阮大铖都身居高位。清兵入关后，吴炳绝食殉国。阮大铖因依附魏忠贤（1568—1627）阉党，以及后来在福王朱由崧的南京南明（1644—1645）政权中所扮演的失德角色而名声受损。吴炳留下五种传奇，其中最成功的作品恐怕当属《绿牡丹》。这部天才的喜剧无情地嘲弄了当时的伪知识分子。两位目不识丁的富家子请自己的书生朋友帮忙写诗文，想以此博取好感而骗婚。不料他们的如意算盘被他们追求的女子识破。吴炳的另一部作品《疗妒羹》写极有诗才的侧室乔小青遭大妇苗氏所妒，处境艰难。这个故事在十七世纪极为流行，一再被改编为戏剧。吴炳为故事添写了一个皆大欢喜的结局。

在明末数十年中的众多喜剧作家中，阮大铖可能是最为突出的一位。阮大铖以进士居官后依附魏忠贤阉党，崇祯朝魏忠贤倒台后，以附逆罪罢官。为了给自己的行为辩护，阮大铖写了《春灯谜》，不过于事无补。明亡后，他在南京福王政权中官至兵部尚书、右副都御史，权倾一时。福王对戏剧非常着迷，曾令宫中盛大上演阮大铖的喜剧《燕子笺》（1645）。阮大铖依附魏忠贤，以及他在南京福王政权倒台中扮演的角色，都使他的名声在后世的中国读者眼里大为受损，人恶其行秽而不齿，只勉强承认阮大铖的戏剧才华。《春灯谜》和《燕子笺》实际上经常在后世文学中，作为南京福王朝廷耽于声色的腐败象征而被提起，比如郑燮（1691—1764）的《道情十首》。还有一种说法是，《燕子笺》实际上是阮大铖之女草创在前，阮大铖只是略微润饰了一下。该剧的情节非常复杂，写唐代士人霍都梁作自画像送去装裱，礼部尚书之女郦飞云亦送去自己的画，后各误取其画。郦飞云爱上了画中的霍都梁，遂题词画中，忽一飞燕将画衔去，为霍都梁所得，两人思念成疾。后霍都梁考中状元，两人亦结为夫妇。

不是所有的明末精英剧作家都专攻喜剧，孟称舜（1600—1682）便是一个例子。孟称舜出生于会稽（今浙江绍兴）的一个官宦家庭，不过他自己只考了举人。他开始的时候创作杂剧，以爱情喜剧和当代事件的历史寓言为题材。孟称舜首次尝试的传奇《娇红记》是对一篇宋元小说的改编，描写了女主人公不顾父母反对执意选择自己未来的丈夫，近来被誉为中国最伟大的悲剧之一。由于各种误解，这一对恋人从未结合，在恋人去世后，女主人公自杀殉情，所以只能给他们安排一个天上的团圆情节。

孟称舜在《贞文记》中描写了宋末元初的女诗人张玉娘坚持嫁给她从未谋面的未婚夫。他在任松阳教谕数年之后，写了这部《贞文记》。在松阳，孟称舜了解到贞节的化身松阳女诗人张玉娘的事迹。张玉娘的父母安排她与一位表兄订婚后，她坚持嫁给他，虽然她与这位表兄从未谋面，甚至即便有机会都拒绝见他。后来未婚夫去世，她为未婚夫殉节，陪葬的还有两位丫鬟以及一只鹦鹉。这部《贞文记》创作于明亡之后，明显表达了明遗民的情感，赞颂了那些宁愿殉国也不愿屈节仕清的明代官员。 【832】

喜剧传统于清朝初年在李渔（勿与写《一捧雪》的苏州剧作家李玉相混淆）那里得到继承。在李渔漫长而多变的一生中，曾经一度拥有自己的私人女子戏班。他带着家班以自己或他人的作品常年巡回于各地，为新政权的达官贵人作娱情之乐。李渔共写过十六种戏剧，存世十种。这些作品展现了李渔在《闲情偶寄》中表达的戏剧创作理论。它们有精心构思的情节，其曲词和说白的语言力求清新。虽然李渔还是以戏剧化的基本模式为主，但他在题材中也求新求变。李渔的一些剧作是改编自他已使用在小说中的素材，展示出一种“有伤风化”的机智，例如涉及同性恋等禁忌题材的作品（如《怜香伴》）。李渔最著名的戏剧之一《风筝误》讲述了一个阴差阳错的故事。在《奈何天》中，讲述三位女子嫁给“蠢也蠢到极处，陋也陋到极处” 的丈夫阙里侯的故事。《蜃中楼》基本上以唐代李朝威笔下柳毅遇见龙女的故事（见第四编第一章）为基础。《比目鱼》讲述了一个发生在梨园行里的爱情故事。

李渔用戏剧为新王朝的权贵提供娱情之乐，还有一些剧作家则在作品中反思明王朝的覆灭。他们尝试以明末讲述当时事件的戏剧叙事风格，将导致北京陷落的李自成起义（1605—1645）和崇祯帝自缢写成戏剧。例子有《虎口余生》，据说出自著名小说家曹雪芹（《红楼梦》作者，约1724—1764）祖父曹寅（1658—1712）之
【833】手。《虎口余生》讲述了一些明官员和宫女对李自成起义军的英勇却无用的抵抗。还有一些剧作家从魏忠贤的恐怖统治中审视明代崩溃之根由，比如苏州剧作家李玉的《清忠谱》写明代天启年间吏部员外郎周顺昌（1584—1626）反对魏忠贤的“个人崇拜”，反映阉党对东林党人的迫害史实，成功地塑造了“五人义”的苏州市民形象。

这些历史题材戏剧中最成功的一部，当属孔尚任的《桃花扇》（1699）。孔尚任来自山东曲阜，为孔子第六十四代孙。1685年，康熙皇帝到曲阜祭孔，孔尚任曾被选到御前讲经而受到皇帝赏识，在参加治河工作数年后，被召到京城任职，做过国子监博士等官。他在1699年的被罢官，其原因可能与《桃花扇》的内容关系不大。孔尚任经十余年苦心创作，三易其稿的《桃花扇》以翔实的历史文献为基础，对1645年南京的南明政权的覆灭原因进行了探究。

《桃花扇》中每一出都标出具体年月，开始于1645年农历七月[1]，而尾声设定在1648年农历九月。这期间的所有重大事件都涉及了，主人公也以真名出现。操控在马士英和阮大铖（他的精力很大一部分用来创作《燕子笺》了）股掌中无能而腐败的南京政权根本无法组织起对清军的有效反击，像史可法（卒于1644年）等忠诚将领别无选择，只能在败给扑向南京的清军后选择自杀殉国。

《桃花扇》的基本情节框架是书生侯方域和歌伎李香君的爱情故事。复社文人侯方域在反对南京政权的奸臣方面，没有李香君那么坚决。阮大铖出重金置办妆奁送给香君，意在拉拢侯方域。李香君义形于色拒不让侯方域接收阮的馈赠。后来，马、阮等人逼迫李香君嫁给新任曹抚田仰，香君宁死不从，以头撞地，血染侯方域

① 第一出为崇祯癸未二月应为1643年农历二月。——译者注。

当年所赠诗扇，幸好鸨母李贞丽代为出嫁才逃过一劫。侯李二人的好友杨文骢采摘花汁，将诗扇点染成桃花图，是谓桃花扇。最终李香君被弘光帝选入内宫，而侯方域则继续抗清斗争。弘光政权覆灭后，二人相遇于栖霞山白云庵，但是明王朝的覆灭让他们的破镜重圆变得不可能，在张道士的点拨下，他们双双出家入道——这一结尾与传统的大团圆形成了鲜明对比。

还有一些思考明代覆亡原因的剧作家在历史中寻找相似情境。【834】
分别亡于蒙古人和女真人的南宋和北宋是明显的选择。比如张大复的《秣陵春》中，讲述岳飞死而复生，与其子北定中原，解救囚禁在金国的徽宗钦宗父子。著名诗人吴伟业（1609—1672）选择南唐的陨灭作为《秣陵春》中爱情故事的背景，剧中的男主人公徐适为南唐学士徐铉（917—992）之子，而历史上的徐适为战死沙场的南宋名将徐徽言（卒于1128年）的侄子。南唐后主李煜之灵在《如是观》中成为徐适、展娘爱情的保护神。

不过最重要的例子是洪昇细致表现唐玄宗和杨贵妃因安史之乱戛然而止的爱情故事的《长生殿》（约1684）。洪昇来自杭州，但从小在北京国子监读书多年。他的《长生殿》受到康熙皇帝的赞誉，但在1689年因在孝懿皇后忌日演出《长生殿》，而被弹劾下狱，革去太学生籍，后离开北京返乡。晚年归钱塘，生活日渐穷困潦倒。洪昇以同情的态度处理唐玄宗和杨贵妃的爱情，并以二人天上重逢为全剧结尾。

被并称“南洪北孔”的洪昇和孔尚任让后来的清代剧作家望尘莫及。十八世纪以后的不少传奇作家虽然相当多产且在当时大受欢迎，但没有一位能哪怕接近这两位前辈的名望。十八世纪最重要的剧作家是唐英和蒋士铨。唐英（1682—约1755）来自沈阳，任江西景德镇督陶官，在职将近三十年。唐英所创作的戏剧共十七种收入其《古柏堂传奇》中，其中有六种是传奇。蒋士铨（1725—1785），南昌人，

1757年进士及第，不过在京中任职数年后，于乾隆二十九年（1764）以照顾老母为由乞请辞官南归。蒋士铨是袁枚一生的好友，也是当时最重要的诗人之一。他的许多剧作都涉及诗人生平：《采石矶》写李白，《四弦秋》（1772）写白居易的《琵琶行》，《临川梦》（1774）则是写其同乡汤显祖的，《冬青树》（1774）赞扬了南宋爱国主义诗人文天祥（1236—1282）。杭州著名的白蛇传说（它变化为
【835】一位迷人的年轻女子，但被法海镇压在雷峰祕下）被曾任杭州府同知的黄图祕（生于 1700年）改编为《雷峰塔》（1738）搬上戏台；另，方成培删改重编《雷峰塔》，于1771年刊刻。

杂剧

虽然传统的杂剧在北京宫廷中仍然存活到十七世纪，但是江南文人在十六世纪下半叶创造出了一种新的杂剧。这种杂剧指的是一种独立的短剧。有时候，院本这一旧名被用在这些作品身上，以与传奇还有折子戏区分开来。这些新的杂剧在长度上从一出到十出不等，南曲北曲皆用（或单用一种，或二种混用），曲词可以分配给多位角色。这些新杂剧中，一些在戏台上取得了惊人成功，还有一些则基本是只供阅读而不适合上演的剧本。

这类新杂剧的创始者是特立独行的诗人兼画家徐渭。他创作了四种杂剧，后来结集为《四声猿》。对于这四部作品的创作年代至今聚讼不已，但是它们很可能完成于1580年左右。这四部戏中的共同元素在于“扮演”。其中，《狂鼓史》写祢衡（172—208）被曹操杀害后，受阴间判官的敦请，面对曹操的亡魂再次重现生前一幕，击鼓痛骂历数曹操（155—220）生平罪恶的故事。《玉禅师》中，被临安府尹柳宣教设计用妓女破了色戒的玉通和尚，出于报复而转世投胎为柳家的女儿，又堕落为妓女败坏柳氏门风，最后经师兄月明和尚通过重现诱僧（月明交替扮演妓女和玉通）一幕而被点

醒，重新皈依佛门的故事。另一种二出杂剧《雌木兰》叙木兰女扮男装，代老父从军，建功立业。第一出细致描写了木兰出发前的女扮男装，而第二出则写木兰凯旋，换下戎装，重回女儿妆。这三种都使用北曲。

不过《四声猿》中的最后一种——《女状元》（五出）则使用南曲，写才女黄崇嘏改扮男装应科举、中状元的佳话。这一故事收录在《太平广记》中：五代十国时四川的前蜀（903—925）期间，周庠发现下属黄崇嘏才学兼备，打算把自己的女儿嫁给他，但是黄崇嘏承认自己是女儿身。在《女状元》第一出中，黄崇嘏以女儿妆【836】出场，因家境清寒而穿上父亲的男装，准备参加科举考试。第二出中，黄崇嘏一举夺魁而名扬天下。第三出中她证明自己的断案能力。第四出中，她显示了自己是一名成就斐然的诗人、书法家和画家。但是第五出中，当周庠将自己女儿许配给她时，黄崇嘏只能承认自己的真实性别。不过周庠还有一名身为武状元的儿子，当黄崇嘏换回女妆后，全戏以二人的结合收尾。

无论在当时还是在现代，《雌木兰》和《女状元》都被解读为徐渭这位大胆的非传统作家对女性才华的赞美。不过，将《四声猿》视为一种失望感的表达以及对当时社会的讽刺，恐怕更为合适。《四声猿》中的第一部作品（《狂鼓史》）最为流行，也不是巧合。《四声猿》对后来的读者和剧作家产生了巨大影响，激起了一股收录四种短剧的杂剧集的创作热情。比如后来洪昇的《四婵娟》，由四个单折的短剧构成，每个短剧都讲述了一位著名女艺术家（女诗人谢道韫，书法家卫夫人，宋代词人李清照，以及元代画家管仲姬这四位才女）的生平。

十七世纪以后，许多剧作家的创作往往是传奇和新的杂剧双管齐下。这股潮流在曾任高官的陈与郊（1544—1611）和叶宪祖（1566—1641）身上可见一斑。陈与郊最出名的传奇为《鹦鹉洲》，改编自韦皋和未婚妻玉箫的传说，历史上的韦皋据说在四川任节度使的二十一年期间曾击败吐蕃军队四十八万。在二人订婚后不久，韦皋就被皇帝召去。他告诉玉箫七年内自己会回来。然而，在韦皋回来之前，玉箫就相思而亡。上天被玉箫所感动，准许她投胎人间，十三年以后，与韦皋再度相遇。《鹦鹉洲》中还插写了唐代诗人元稹与女诗人兼歌伎薛涛（770—830）的风流韵事。韦皋拒绝了薛涛的示好，薛涛后与更年轻但风流的元稹有染，元稹还给薛涛一部他刚刚完成的《莺莺传》。在全剧结尾，薛涛出家为道姑，并成为重新投胎人间的玉箫的老师。玉箫不喜浓情蜜意的诗歌，更中意阅读人伦五常的作品，故而拜薛涛为师。陈与郊的杂剧有《昭君出塞》和《文姬入塞》。这两种单折杂剧都紧扣历史上这两位嫁给胡人的女性的相关历史材料。叶宪祖创作了许多传奇，不过只有两种存世：《鸾鎞记》和《金锁记》。前者是写诗人温庭筠（约
【837】 812—866）和女诗人鱼玄机（840—868）的爱情故事，后者则是对《窦娥冤》的改编。叶宪祖还写了二十四种杂剧，有十一种存世。其中最出类拔萃的是《易水寒》，讲述侠客荆轲刺秦王的故事。上文提到的孟称舜在起初也从杂剧入手开始戏剧创作。他最出色的杂剧作品当为《桃花人面》，改编自孟棨（活跃于841—886）笔记《本事诗》（见第三编第六章）中著名的爱情故事。

十七世纪上半叶的许多新杂剧都收录在沈泰《盛明杂剧》（1629）和《盛明杂剧二集》（1641）中，每编各收明代人所作杂剧剧本三十种。这两种洋洋洒洒的选本之后，还有《杂剧三集》（1660/1661）。这三种杂剧选中的一些作品仍然严格遵循杂剧的传统规范。以两部文言短篇小说集（“二拍”）闻名于世的凌濛初（1580—1644），在根据《虬髯客传》所改编的三种杂剧中，探索了传统杂剧的非对称形式，每一种作品中，都将所有四个套数分配给一位角色，分别是日后成为将军的书生李靖，为李靖才学所吸引

与之私奔的红拂女，以及虬髯客。不过三种中只有后两种存世。

十七世纪下半叶最重要的杂剧实践者，当属多才多艺的尤侗（1618—1704）。他写了五种杂剧，以著名诗人作为主人公的不少于三种。《读离骚》是关于屈原遭谗被放逐故事的杂剧。屈原怀沙自沉后，被龙王接去作了水仙。《桃花源》写陶渊明生平，并以陶潜入桃花源成仙而去作结。尤侗的杂剧，特别是《读离骚》，得到顺治帝和康熙帝的高度赞扬。尤侗也写过一部叫做《钧天乐》的传奇，叙科场积弊，博学多才的沈白、杨云名落孙山，抑郁而死，后来文昌帝君在天界考试真才，在凡间失意的他们优等及第的故事。这些杂剧充分表明，戏剧，特别是短剧，一旦被文人采用为一种创作形式，便日益成为他们的另一种浇己心头之块垒的自我表达媒介。一些剧作家，如廖燕（1644—1704），甚至以自己作为剧本中的主人公。

十八世纪最突出的新杂剧实践者为杨潮观（1710—1788）。【838】
在中举之后，杨潮观出任地方官，先后在山西、河南、四川等地任县令等官职，其漫长的为官生涯终于到了知州这一级。他留下了收录三十二种单折杂剧的《吟风阁杂剧》。这些杂剧中的大多数题材都来自中国历史，还有一些来自传说。杨潮观仿照白居易的《新乐府》，在每一种作品前头都写有一篇短序，解释该作品中的主要讽刺对象。《吟风阁杂剧》中的许多作品都以著名诗人为主人公：偷仙桃的东方朔（他大声斥责西王母吝啬于将这些延年益寿之物赐给凡人，约前140—前87）；阮籍（210—263）醉骂财神“打透了天罗地网，买通了鬼使神差”；韩愈（768—824）被贬潮州赴任途中，被侄子韩湘子（八仙之一）度化成仙事，以及苏轼（苏东坡，1037—1101）在被贬海南期间，通过化蝶实现顿悟。

地方戏

文人的戏剧创作通常只限定在创作传奇和杂剧这两种精英的戏剧类型。不过，许多地区也拥有它们自己的地方戏。有时候，当地的学者会对这些地方戏感兴趣，甚至为它们写脚本。在山东，我们发现了一些清代早期地方戏的脚本，这些脚本一般据传是《聊斋志异》作者蒲松龄（见第四编第五章，1640—1715）所写。就像许多归在蒲松龄名下的俚曲一样，断定这些脚本是否出自蒲松龄之手也相当困难。陕西渭南的李芳桂（俗称李十三，1748—1810）是仅有几位创作皮影戏剧本的有名有姓者。虽然李芳桂在科举考试中比蒲松龄略微得意（李芳桂于1786年中举人），但他的职业生涯和蒲松龄很相似，也坐馆任教多年。李芳桂留下了八部本戏，两部折子戏，民间习惯称之为“十大本”皮影戏（这种地方戏一直延续到现代）。

女剧作家

如果我们忽略阮大铖女儿是《燕子笺》作者的可能性，我们上文所讨论的剧作家皆为男性。直到十七世纪，女性的文学创作活动才日渐活跃，女剧作家才浮出水面。不过1600—1900年期间，只有二十多位女剧作家（有几位是歌伎）的名字流传下来，只有寥寥数
【839】位的作品流传了下来。这些女剧作家中，没有一位在戏剧界的名望能与李清照在词的创作甚至薛涛在诗创作中的名望相比肩。许多女剧作家作品中的一个明显特征是剧中主角（通常是作者略加掩饰的自我投射）经常女扮男装。

叶小纨（1613—约1660）是第一位有作品存世的女剧作家。叶小纨之母沈宜修为沈璟之侄女，也是一位著名的女诗人。叶小纨的同胞姐妹叶纨纨（1610—1633）和叶小鸾（1616—1632）也以诗名著称。小鸾和纨纨因多病先后夭折，叶小纨于崇祯九年（1636）著

成四折杂剧《鸳鸯梦》，写从西王母因三侍女尘缘未断，谪罚她们下凡，投胎为蕙、琼、昭三位书生，并金兰结义的故事。琼、昭二友死后，蕙经吕纯阳指点，醒悟到“人生聚散，荣枯得失，皆犹是梦”，终于回头重新与昭、琼相聚，同回瑶池。

叶小纨以三位男性主人公来代替三姐妹，因为这能更自由地表达她对两位姐妹的感情。不过选择男性作为自我投射的其他女剧作家，是因为她们觉得自己的女性性别是一种限制，并认为她们的才学并不输给最出色的男性作家。王筠的《繁华梦》（1768）中，长安官宦人家小姐王梦麟，自幼通文墨经史，恨生为女儿之身。善财童子便奉菩萨法旨，下界给她梦中变形，遂由女儿身变为男子。王梦麟后来金榜高中，娶了一妻二妾，官至吏部侍郎，与娇妻美妾尽享荣华。但是终归梦醒，梦中又回复女儿之身。后被麻姑仙女点化，入玄门为仙。前现代最著名的女剧作家为生活在十九世纪上半叶的吴藻。吴藻也肆力于诗词，1826年从学于鼓励女性文学的杭州文人陈文述（1775—1845）。吴藻的唯一一部单折杂剧《乔影》公演取得巨大成功后，初刊于1825年。在《乔影》中，生角扮演才女谢絮才（吴藻以东晋谢道韫自况），改作男儿装，在书斋展玩自绘的男装小影，并读屈原的《离骚》。这部短剧以大量篇幅感叹自己因性别所限，平生才学和抱负不得施展。在十九世纪早期的另一部短剧何佩珠的《梨花梦》（约1840）中，女主人公由一位穿男性戏【840】
服的小生扮演。该剧侧重于表现一位年轻的新娘在出嫁前对闺蜜的深挚之情。

女剧作家也创作了颂扬妇德的作品。清代第一部出自女性之手的存世戏剧张蘩（1766）的《双叩阍》中，一位被迫害的忠臣之妻写成血书，在宫门口向万历帝喊冤。结果，她的夫君官复原职，甚至得到擢升，二人之子也在会试中高中，全剧在大团圆中结尾。

戏剧理论和批评

早在十四世纪，就有相关戏剧理论和批评类作品的编写，以帮助有志向的剧作家。最早的此类作品为周德清的《中原音韵》（1324），这是为创作北曲（散曲和杂剧）而作的一部音韵手册。另一种不可或缺的作品为词谱，这为曲库中的每一个曲牌提供示范填词的手册，展示各个曲牌所规定的字数、平仄和押韵等等。另外还有一种写词者所使用的手册也叫词谱。因此，曲牌格式手册就相应叫做曲谱。第一部存世曲谱为朱权的《太和正音谱》，其序言日期为1398年，不过很有可能该书完成于此日期之后。这些手册也经常收录一些戏曲方面的各类信息作为补充材料。后来，为学习创作南曲者而编写的曲谱也应运而生。这些早期的曲谱对于戏剧史研究者而言非常重要，因为其中包含一些杂剧唱词，否则这些唱词将亡佚，或者只流传至今的只有后世删改严重的版本。随着时间的推移，曲谱逐渐变得卷帙浩繁。

从十四至十五世纪开始，出现了各种作者和作品名录。如钟嗣成的《录鬼簿》，据信为贾仲明所作的《录鬼簿续编》，还有《太和正音谱》中的作者作品名录。这些名录仅收录杂剧作者和作品。最早的戏文和传奇名录是十六世纪中叶的《南词叙录》，一般认为是出自徐渭之手，但并未成定论。后来，作品名录经常以品评分类（“品”，参见第六编第三章）的形式出现。正如这类作品的惯例一样，作品经常被分为三档（上中下），每一档又细分为三
【841】档。作者有时候会在每种作品下以寥寥数语对作品本身做出评价。明代的这类作品有吕天成（1573—1619）的《曲品》（1610，增补本为1613），祁彪佳（1602—1645）的《远山堂曲品》和《远山堂剧品》。《曲品》处理的是从古到今的传奇，而《远山堂曲品》和《远山堂剧品》则分别将明代的传奇和杂剧进行归类和品评。

许多进行戏剧创作的晚明文人，在他们的笔记作品中会议论以前的戏剧大师和当代的剧作家。这些对戏剧的议论经常单独成章，也可能作为单行本推出。这些评论和比较很容易汇聚成各种规范。这方面最突出的作品为十七世纪早期王骥德的《曲律》。关于王骥德（1560—1623）的生平，我们所知甚少。他是徐渭的学生，曾在江南地区广泛游历，并在北京生活过很长一段时间。在所引资料丰富珍贵的《新校注古本西厢记》中，王骥德很好地运用了他对北方口语的知识。王骥德还编有一部元人剧作选《古杂剧》，而他自己的戏剧作品只有一种传奇和一种杂剧存世。杂剧《男王后》因为其题材，而在近期得到不少关注。

王骥德于1610年开始创作的《曲律》，仍然在曲谱传统内，将填词视为戏剧创作的主要技术难题，以很大篇幅详细讨论了传奇的填词要求。他的讨论也以简略甚至无可置疑的口吻，涉及了戏剧创作的其他方面。王骥德还对元代明初杂剧家和当代杂剧家进行比较。王骥德反对文辞的过度修饰，也反对只关心演出方面的成功，他认为一部优秀的戏剧作品应该既适合戏台也适合研究。和许多之前的剧作家一样，王骥德也提倡戏剧应该体现“本色”。不过，也和前辈作家一样，王骥德没有对这一个基本术语进行精确定义，因为它既能指戏剧的语言（特别是戏剧的曲词），也能指剧中人物的刻画，或者作者意旨的表达。

剧本创作手册的这一传统，在李渔（李笠翁，1610/1611—1680）那里达到巅峰。在《闲情偶寄》（完成于1670年前）的戏曲部分中，身为剧作家和戏班管理者的李渔基于大量实践经验，提出了一套详细的剧本创作理论。《闲情偶寄》并不是从填词本身出 【842】
发，而是从戏剧是一个以舞台演出实践为核心的有机整体概念出发，并充分考虑戏剧面对的观众大多数目不识丁这一事实。所以，李渔明确提倡将程式与创新结合起来的情节布局，强调戏剧的语言

（曲词和宾白）要力求清晰。李渔也以大篇幅讨论了戏剧的表演。

作为一名身体力行的剧作家和戏班管理者，李渔对戏剧的文学批评基本上不感兴趣。当白话文学（包括戏剧）在万历年间以后开始加速刊印，这些白话文学的刊本经常以评点本的形式推出。评点本的编者会在书眉部位对文本进行评点，并在所点评的文字旁边用黑点或小圈标出。从1498年开始，《西厢记》的各种刊本经常包含了大量注释。王骥德及其同时代人经常引章摘句对不同作品的水准进行比较。注释、点评和比较的不同传统在金圣叹1656年洋洋洒洒的《西厢记》评点本中熔为一炉。金圣叹在推出具纪元意义的《水浒传》评点本十余年之后，才有这部《西厢记》评点本的问世。

金圣叹《西厢记》评点本在格式上与他的《水浒传》评点本相同。剧本之前附有大量介绍性序言和文章，而每折之前都有一篇介绍性文章。每一折的文本几乎行行有评点。对于《西厢记》原文，金圣叹并没有像处理《水浒传》那样将之拦腰截断。不过他对于原文的窜改仍然是大刀阔斧的。金圣叹的策略之一是淡化在以前版本中经常出现的情色指喻。这与他对《西厢记》的整体评价相同，即他不认同《西厢记》是一部诲淫之书的说法。金圣叹提出，莺莺的行为是完全有理可依的，因为她母亲已经同意将她许配给张生。金圣叹的评点本收入了《西厢记》全文，但是他坚持认为《西厢记》第五本（最后一本）是后出的续作，质量不高。在金圣叹看来，《西厢记》原文结束于张生离开蒲州前往京城后，梦见莺莺前来相会。这样，《西厢记》就契合于金圣叹所谓生命与爱恋不过是一场梦的观点。

金圣叹的《西厢记》评点本不久便成为最流行的《西厢记》版本。有清一代，这一版本不断得到重刊，塑造了清代读者对《西厢记》的整体概念。它也催生了其他著名戏剧评点本的产生。试举二例，如毛宗岗、毛纶的《琵琶记》评点本（序言日期为1665年和

【843】 1666年）就相当风行，还有吴吴山（1647—1704后）在1694年推出

的《牡丹亭》评点本（即《吴吴山三妇合评牡丹亭》）。吴吴山宣称这部评点本是由未婚妻陈同、续娶妻谈则、妻子钱宜先后评点，而共同完成的（根据吴吴山的说法，原稿不幸毁于大火）。

· 乱弹的黄金时代（十九至二十世纪）

随着昆曲日渐只在文人中流行，民间的戏台开始被板腔体的地方戏所占领。十八世纪晚期，当文人精英作者首度对这些大众娱乐形式进行评论时，他们将之命名为乱弹。不过这些不同的地方戏在庙会和重新兴起的城市商业剧场表演，并在大众中取得了巨大的成功，而且在十九至二十世纪继续保持繁荣之势。与之形成鲜明对比的是，洪秀全（1814—1864）——他坚信自己为耶稣基督之弟——所领导的太平天国运动（1849—1864）给昆曲的原生地及中心江南地区造成了生灵涂炭的惨剧，导致昆曲严重受创。

包括京剧在内的各类地方戏中，演员占据主导地位。戏文通常是从某处借鉴来，然后口头传承。对京剧着迷的文人一般更感兴趣的是扮演旦角的男伶的体态相貌，而非剧本本身。以前对剧本的品评，现在被对旦角的品头论足所取代。十九世纪初伶人与狎客之间的各种关系的全景式鸟瞰，可以在陈森六十回的长篇小说《品花宝鉴》（1849）中找到。

十九世纪以及二十世纪早期，仍然有新的传奇和杂剧问世，但并没有哪部得到持久的名声。清代的最后十年间，文人士大夫们希望用白话文学来促进国人的改革和革命热情，戏剧创作也在这一时期大量井喷。在这之前的数百年里，戏剧也以向观众灌输某些价值观为目标。不过总体而言，中国传统戏剧中过于强调道德意图。和世界范围内的大多数文学一样，中国的传统戏剧通常会处理道德议题。在前现代时期，这些道德议题不可避免会在三教合一的概念中

提出。但这些概念是给剧中主人公提供一套讨论其困境的语言，而
【844】非提供对困境的预先解决方案。戏剧的吸引力来自于剧中的伦理选择，观众们不确定一位角色在面临权力、财富和性的诱惑时会如何取舍时，悬念便创造出来了，剧中有栩栩如生的刻画和令人信服的理由。一般而言，中国传统戏剧中的人物至少和前浪漫主义时代的西方文学中一样“贫贱不能移，威武不能屈”。不过，因为这里所涉及的伦理不仅时代不同，而且文化也不同，所以对于许多现代读者而言，剧中人物的取舍往往显得突兀。

有道德倾向的传统剧作家会提倡传统道德中的某些具体方面。有些剧作家强调以五常（仁义礼智信）为特征的儒家五伦（君臣、父子、兄弟、夫妇、朋友五种人伦关系）这一世俗伦理，还有一些剧作家则希望揭示世间的所有荣耀都如梦幻泡影，向观众传输出世这一宗教信息。一些作品将阴间和阎王爷带到戏台上，以强调这一信息；还有一些作品则传递了万物皆虚幻不实的观念。虽然有些剧作家支持对某些神祇（如观音）的崇拜，不过还有一些剧作家则号召不犯奸淫和宰牛等罪愆。

不过，随着十九世纪末至二十世纪初西方思想进入中国，中国人对白话文学（包括小说和戏剧）形成了一股信仰，认为白话文学具有能给公众的行为和思想领域带来巨大而持续（甚至革命性）变化的力量。这一信仰的点燃，一定程度上是由于中国人坚信小说和戏剧在十八世纪末十九世纪的欧洲一系列革命运动中起到了准备作用。提倡戏剧和小说具有启蒙国人作用的最重要代言者当属曾经亲自撰写小说和戏剧的梁启超（1874—1930）。对于小说和戏剧在社会变迁中会起重要作用的信念，只会随着马克思主义被介绍到中国而得到了进一步强化。

二十世纪前十年所创作的许多传奇和杂剧，详细刻画了在反抗外族侵略者的斗争中殉国的民族英雄，如抗金英雄岳飞，反抗蒙古大军的文天祥，抗击清军的史可法。还有一些剧作则尝试描写外国

的民族英雄，以垂范中国人。另有一些作品也讲述了中国人在海外遭受的歧视。不过就单个历史事件所催生的戏剧而言，没有哪个事件比得上1907年女革命者秋瑾（1875—1907）的英勇就义。在清王朝覆灭之前，秋瑾的就义至少催生了八部戏剧。还有一些戏剧强调 【845】
男女可以对革命有平等贡献，代父从军的木兰的传说便再度被搬上舞台。在一部戏剧中，一位女子在阎王爷面前呈上诉状，控诉女性必须要遭受绑小脚的痛苦。

在爱国热情比文学才情更值得嘉许的剧作家中，值得一提的仅有吴梅（1884—1939），他也写过一部以秋瑾为题材的杂剧《轩亭秋》。吴梅是昆曲鉴赏大家，来自苏州。吴梅的戏剧创作集至今仍然有刊印，不过他更作为中国传统戏剧的现代先锋学者而为后人铭记。在这一方面，他通过自己的研究作品以及在多所机构教学等活动产生了巨大影响。

与西方日渐增强的联系，也使中国知识分子意识到另一种戏剧传统的存在，该戏剧传统不仅在自己的文化中具有崇高地位，而且在许多方面与中国戏剧迥异。十九世纪末以前，中国的剧作家、演员和观众都将中国传统戏剧视为在舞台上模仿人类行为最完美的规范方式。与西方戏剧的区别，使他们突然意识到中国戏剧的文化特异性。中国人把西方的话剧——而非西方多种音乐剧中的任何一种——对应于中国的戏曲，在他们眼中，西方戏剧的代表主要是古希腊的古典戏剧，莎士比亚的作品，以及如易卜生和萧伯纳等创作的揭露时弊的戏剧作品。中国知识分子在西方现实主义（甚至自然主义）戏剧方兴未艾之际，接触到这些作品。

一些现代知识分子开始创作以现实主义方式呈现当代题材的中国话剧，另一些知识分子则致力于将中国传统戏剧转化为西方戏剧的似相（counterimage）。这方面最重要的人物当属齐如山（1877—1962），他与正冉冉升起的京剧年轻名伶梅兰芳（1894—1961）紧密合作，为梅兰芳创作了至少四十部戏。与西方的现实主义舞台呈现方式不同，齐如山强调的是中国戏剧中的象征性和程式化特质。他尽其毕生心力，对京剧几乎方方面面进行了巨细靡遗的研究，以四个特征来概括京剧艺术的精粹所在——有声皆歌，无动不舞，不许真物上台，不许写实。

在齐如山和梅兰芳的努力之下，京剧从大众娱乐一变而为一种精英艺术，其程式成为规范，其表演者也成为德艺双馨的艺术家——梅兰芳也勤习书画，在日据时期蓄须明志，拒绝上台表演。齐如山
【846】和梅兰芳也曾在美国（1929）和苏联（1935）巡回演出。在美国和苏联，他们所表演的剧目完美展示了他们关于京剧应该是什么样子的概念，给当时的一流导演和剧作家如索尔顿·怀尔德（Thornton Wilder）和贝托尔特·布莱希特（Bertolt Brecht）留下了深刻印象。

作为一种具有醒目中国特质的艺术形式的京剧，在二十世纪初曾尝试过吸收西方元素，但不久就拒绝受到明显的西方影响。不过现代话剧也好，改革过的京剧也罢，都没有在二十世纪上半叶对中心城市以外的地区产生多少影响。在乡村地区，传统的地方戏继续繁荣，有些地方戏在如音乐（旋律和配器）、戏服和特效等方面非常积极地接受西方影响。传统戏剧继续是广大观众喜闻乐见的艺术形式，这使得一些话剧的提倡者也开始尝试创作传统戏。

1949年之后，这一情况发生了急剧变化。随着新中国的建立，中国共产党开始重组整个中国社会。因为戏剧是主要的宣传渠道，所以它受到了政治的直接影响。私人戏院成为国营戏院，上演的剧目中过滤掉了冒犯性内容。包含所谓“封建”或“迷信”内容的作品为了不至于停演而被改写，仪式活动则被禁止。戏剧表演被限制在两个小时到两个半小时，即长度为一个晚上的娱乐时间。具有巨大舞台以及复杂舞台机械设备的苏维埃式剧院极大地影响了剩余剧目的上演。年轻演员的训练随着戏剧学校的大量扩张而被体制化。

在“文化大革命”（1966—1976）期间，政府对戏剧的干预达到顶峰。全国只有八部样板戏在演出。这些集体创作的样板戏是作为革命京剧而产生的，也就是说题材来自现代史，特别是中国共产党与日本侵略者及国民党的武装斗争。虽然它们也遵循京剧的许多表演技法，但是戏服和音乐则部分地现代化了。这些样板戏于是被改编为几乎所有形式的地方戏。虽然从样板戏表演的绝对数量来看，它们也许是世界上演出频率最高的戏剧作品，但是其剧本可谓并无太高文学价值。随着旧剧目再度登上舞台，八十年代初成为传统戏繁荣的时代。然而，在大城市中，观众不久转向其他形式的娱乐。八十年代中期，因为政府削减了投入并要求戏剧团体尽最大努力自负盈亏，许多戏剧团体陷入了财务危机，开始进行“慌不择路”的尝试。在传统戏与宗教保持密切联系并恢复仪式性剧目的地 【847】
区（主要在南方），戏剧团体的日子过得比较滋润。

1949年后，京剧最初在台湾被精心培育为“国剧”。然而，那些影响了大陆京剧发展的因素，也在台湾发生了作用。台湾的各种地方戏在1949年以后遇到了许多障碍，直到七十至八十年代台湾本土文化的受关注度日益增加，地方戏的地位才逐渐提高，甚至得到政府补贴。

在中国大陆的城市以及台湾地区，传统戏基本是作为一种文化遗产而得到保护。传统戏脱离了自身的社会和仪式语境，主要在现代剧场中进行表演（经常作为国粹来招揽国外游客）。在乡村地区，一些地方戏还保留着，或者重建起与社群仪式之间的关联，不过即便在这些地方，地方戏究竟能存活多久也需要观望。不过传统戏剧文学无疑将流传下去，因为二十世纪二十年代以后它已经成为高等院校中讲授的古典文学的一部分。虽然在它们产生的当时最多只被视为一种娱乐，但它们现在被尊为中国文学遗产中不可或缺的一部分。

伊维德（*Wilt L. Idema*）

【848】 第二章　二十世纪的话剧

· 中国现代戏剧的起源

中国的话剧是模仿西方戏剧传统的五四文化人的一种现代创造，他们用话剧来代替被认为在表达各种情感，以及在表现日益现代的世界方面捉襟见肘的传统戏，与唱、白、科、杂技熔于一炉的中国传统戏不同，作为西方舶来品的话剧主要由对话和动作构成，不过后来的剧作家也尝试将音乐、歌唱和舞蹈结合起来，以期熔中西方为一炉。中国剧作家们之所以引进西方戏剧，是希望借此作为实现中国改革和现代化的一种媒介，但随着时间的推移，它逐渐发展成一种富有生机的艺术形式，在二十世纪知识、权力、主体身份、国家/政权以及中国民族性的诸种文化建构中扮演着重要角色。虽然对于这一复杂的艺术形式而言，并不存在泾渭分明的年代分界，但是中国现代戏剧的发展脉络可以粗略划分为以下七个阶段：（1）形成期（1866—1918）；（2）五四时期（1918—1928）；（3）二十世纪三十年代（1928—1937）；（4）抗日战争时期（1937—1945）；（5）中华人民共和国的前十七年（1949—1966）；（6）“文化大革命”时期（1966—1976）；（7）后毛泽东时期（1976—）。

中国现代戏剧的产生可以追溯到1866年。这一年，作为西方帝国主义和文化扩张的直接结果——上海西人业余剧团由外国侨民组建起来。他们建造了作为活动场所的兰心戏院。后来正是在这间戏院中，一些中国文化人如郑正秋和徐半梅开始接触西方的戏剧形式。与此同时，北京、上海、天津和广州等大城市中西方出资的教会学校，鼓励学生业余表演圣经故事和其他西方戏剧，以更有效地了解基督教精神和掌握英语。这些戏剧实验有效地为中文戏剧在校园中和大城市的精英圈子中发展起来铺平了道路。【849】

不过，尽管中国人很早就与西方戏剧有亲密接触，真正意义上的话剧相对较晚地产生于二十世纪拉开帷幕之时。1907年6月，一群海外学生在东京成功上演了改编自斯陀夫人（Harriet Beecher Stowe）小说《汤姆叔叔的小屋》的《黑奴吁天录》。这部戏剧自身体现了中国现代戏剧发展中的悖论故事。中国第一代剧作家虽然受到美国创立者们平等观念的影响，并用它作为反对儒家传统的有力武器，但是他们之所以被《汤姆叔叔的小屋》吸引，乃在于它对黑奴制度的猛烈抨击，以及对美国平等观念的虚伪性的揭露。

谁能想象林纾（1852—1924）1901年翻译的《黑奴吁天录》（留日学生所演的《黑奴吁天录》正是基于此译本），实际上出于译者对有关中国劳工在海外受到美国“白人”虐待的新闻报道的愤慨？林纾指出，白人对黑人和黄种人施加了压迫，他同时告诉读者，正是海外的种族歧视和压迫激起了他将《黑奴吁天录》介绍给中国人民的强烈心愿。于是，种族冲突、民族身份和对外国压迫的反抗自中国现代戏剧诞生之日起，就占据了中心位置。后来在抗日战争时期，日本人——与华人同为黄种人但属种族上的他者——成为中华民族的敌人时，这些议题在戏剧中得到进一步发展。

实际上，八年抗战孕育了最成熟和流行的中国戏剧作品，因为在当时，戏剧被视为一种与小说或诗歌相比更能动员全国人民团结

起来，抗击日本侵略者的文艺形式。这颇具反讽意义：日本——明
【850】治时期（1868—1912）西方话剧就已经在日本建立起来——是海外中国学生第一部中国戏剧的公演之地。如欧阳予倩（1888—1962）和陆镜若等早在1906年就在东京建立了自己的剧社（春柳社）。这些学生不仅在戏剧实践中植入他们对西方戏剧传统的认识，而且也从日本戏剧改革家那里受益良多。于是，这些日本戏剧改革家的政治导向对于中国早期现代戏剧核心的形成影响至深。

中国留日学生在东京上演了中国话剧的处子秀，而另一群年轻的剧作家于1907年9月在上海创建了春阳社，在兰心剧院上演他们自己版本的《黑奴吁天录》，这是兰心剧院第一次向中国观众敞开大门。1910年建立于上海的进化社（中国第一个职业的现代戏剧表演团体），同春柳社和春阳社一起，对话剧的早期形式（文明戏，或者为了与传统旧戏区别开来而叫做新戏）的发展起到了重要作用。西方戏剧新的经典法则——三一律（时间、地点和情节）虽然是中国新一代剧作家的重要灵感来源，但许多文明戏（最好的代表是进化社的作品）的特点则在于开放的结构，以幕表制的形式容纳了不同的事件地点，特征是反映当时政治事件的即兴对话和演讲，脚本很简略，只有关于每幕主要情节和对话的大纲。

研究中国戏剧的历史学家将这种即兴风格与许多文明戏的激进特征联系在一起。这些文明戏关心时局，特别注重表现1911年辛亥革命前后的重大政治事件。文明戏的政治导向解释了“新戏”为何会在上海、广州、天津和香港等沿海城市迅猛发展。比如1908年在广州，振天声白话剧社以广东话演出了几部革命主题的新戏，在该剧社的东南亚海外巡演中，剧社成员受到了孙中山（1866—1925）的热情接待。

另外一些作品表达了类似的政治和社会关切。1911年进步社在南京创作的《血蓑衣》，故事设置在1868年日本的明治维新时期，

描写了进步的维新志士与反动守旧派的殊死斗争，这明显指涉中国革命者结束中国帝制的努力。同样由进步社编排的《东亚风云》【851】（1911），讲述了暗杀时任日本首任韩国统监伊藤博文（他一手策划了对中国和朝鲜的战争）的朝鲜民族英雄安重根。模仿小仲马《茶花女》主要情节的《新茶花》（1911）也讲述了一位海外学生受到所爱的妓女爱国情感的感染，参加反抗外国侵略者的运动。

这些作品代表了文明戏中的一个趋势，即运用国外的“他者”原型对当时中国的社会问题进行评论。剧作家和演员运用外国人的英雄事迹来帮助建构中国民族性中的一些正面特性。而且对留学生作为海外革命讯息的传播者以及民族革命的参与者的刻画，预示着一股海外戏剧的长久传统即将到来。这一戏剧传统既指许多戏剧描述海外学生体验，也指许多剧作家自己曾经居留海外而受到外国戏剧的影响。这方面的著名人物包括就学于美国的胡适（1891—1962）、熊佛西（1900—1965）、宋春舫（1892—1938）、余上沅（1897—1970），以及曾生活在日本的欧阳予倩、白薇（1893—1987）、陈大悲（1887—1984）和田汉（1898—1968）。他们全都是五四时期建立中国话剧的积极活动者，这并不是巧合。中国话剧的第二个阶段可以被视为始自顶级文学刊物、也是五四运动主要论坛的《新青年》于1918年推出的易卜生增刊，结束于欧阳予倩1928年推出挑战五四运动意识形态的话剧《回家后》。

· 五四运动时期的话剧发展

第一次世界大战后的《凡尔赛和约》将德国在山东的一切特权转移给日本。五四运动这一思想和文学的革命，正是由1919年5月4日北京学生为反对中国政府在《凡尔赛和约》上签字而在天安门广场的示威所触发的。这一文化运动的特征是反帝反封建。五四运动干将们在西方列强那里看到了进步的现代中国要学习的榜样。这一时期的剧作家以西方戏剧的形式和内容为武器，来反对中国传统戏剧及其所表达的意识形态。在中国戏剧未来方向的一系列批判性讨
【852】论中，如钱玄同（1887—1939）呼吁废除被上流社会所把持的过时的传统戏剧，提倡一种“真戏”——以钱玄同的定义，只有在西方的现实主义戏剧中才能找到这种“真戏”。周作人（1885—1969）也以类似的方式将传统戏剧谴责为“非人的文学”，提倡在现代中国的舞台上演出“人的文学”。

即使提倡改革而非废除传统戏剧者，也无一例外地强调了旧戏的政治内涵。如宋春舫提出保留中国传统戏剧，理由便在于新戏是欧美意识形态的产物，会削弱传统的文化价值观，导致社会腐败。不过虽然宋春舫致力于保留中国传统戏剧中的有益部分，但从他早期的任教经历（他是在北京大学讲授西方戏剧的第一人）以及1918年他的文章《近世名戏百种目》（向中国读者推荐了欧洲十三个国家五十八位戏剧家的百余部现代剧作）来看，他自己也积极将西方戏剧介绍到中国。

五四文学运动领袖之一胡适，甚至在《建设的文学革命论》一文中列举出西方戏剧的分类，如问题剧、象征剧、心理剧和讽刺剧等作为在中国舞台上建立“新戏”的多种可能性。胡适将理论化为实践，推出了自己的话剧——模仿易卜生《玩偶之家》的《终身大事》（1919）。胡适曾在1918年的《新青年》杂志上向中国读者介绍《玩偶之家》，以之作为崇尚个人主义和追寻爱情及自由的易卜生主义的精髓。虽然《终身大事》从戏剧创作上来讲还十分生涩，但这部独幕剧写了一个中产家庭的独生女田亚梅与留学日本的爱人违背父母意志一起私奔的故事。胡适以这部《终身大事》，成为中国话剧传统的一位先锋人物。这一话剧传统中，后来还会出现像娜拉这样奋力离家（父母或丈夫）出走的人物。她们在寻找一个答

案，正如娜拉在《玩偶之家》中所说的：“我一定要弄清楚，究竟是社会正确，还是我正确。”

田汉《获虎之夜》（1924）中富裕猎户魏福生的女儿莲姑是另一位娜拉式人物原型。她的困境在于自己冷酷而无知的父权家庭。莲姑生活在与外界隔离的南方山村，在这里儒家道德要求对父母意志的完全服从。魏福生告诉女儿，如果晚上捕获一只老虎，那么这只老虎就是她嫁给地主陈家的嫁妆。没想到的是，在山上陷阱中“捕获”的受重伤的“老虎”竟然是与莲姑默默相爱的黄大傻。在新婚的前夜，莲姑与父亲矛盾激化，大傻见自己与莲姑的婚姻无望，于是以猎刀自刺而死。

使用类似于“被陷之虎”意象来象征中国农村中纯洁女孩的悲 【853】
剧命运的，有女剧作家白薇的《打出幽灵塔》（1928），描写了一位娜拉式的勇敢小妾郑少梅冲破像牢笼一样的土豪大家庭，追求自由的故事。但是郑少梅的故事只是一整出悲剧故事的子情节而已。慈爱的母亲萧森和勇敢的女儿月林向父权社会发起了猛烈的斗争，但以失败告终。象征这一父权社会的有跛扈淫荡的大家长，或者是新的民族主义大家长，他们被旨在消灭儒家大家长的革命腐蚀。《打出幽灵塔》结尾部分，月林在母亲萧森怀中死去的一幕预示了挣脱传统的巨大难度——如果不是全无可能的话。

欧阳予倩的《泼妇》（1922）似乎回答了大作家鲁迅（1881—1936）在1924年的提问：在一个不给予女性以经济独立的社会中，“娜拉走后会怎样”？《泼妇》中的女主人公于素心虽然嫁给丈夫是出于爱情，而并非父母包办婚姻，但是她发现自己曾经有现代思想的丈夫却堕落到想纳妾的地步。于素心在剧中的离家出走可以被理解为对五四许多文化精英的一种讽刺，他们离开甚至背叛了自己所发起的反对儒家旧思想的斗争。和仍需找出“究竟社会正确还是我正确”的娜拉不一样，“泼妇”可以被视为一位成熟的娜拉，她把自己的离家出走看做是一种必须，即只有这样才能进行女性解放的斗争，而不需要依靠社会的男性成员——这些男性成员在以前，有时把女性问题看作是反对儒家制度言论的灵感来源。

不过，欧阳予倩的下一部作品《回家以后》则从一个完全不同的视角，进一步复杂化了五四时期对妇女解放的关切以及“娜拉剧”本身。《回家以后》围绕着留美的中国学生陆治平学成归来，回到湖南农村的家乡这一个单独的事件而展开，侧重于表现陆治平的情感，因为由包办婚姻结合的发妻吴自芳以及新娶的留美“新式女子”刘玛利二者而撕裂。在经历了一系列灵魂追寻的痛苦过程后，《回家以后》的结尾暗示陆治平的心理天平靠向了他那贞贤淑惠的发妻，而非来自美国的那位“泼妇”。这部作品呈现了一个冷静严肃但问题重重的时刻，即中国戏剧家开始思考西方教育的负面影响，并仍然尝试保留中国的一些传统价值。在《回家以后》中，中国被转化为一个宁静的乌托邦式乡村，在这里儿媳妇心甘情愿为
【854】父权家族中的其他成员牺牲自己。胡适、田汉和白薇的话剧中曾经被困的悲惨“娜拉”形象如今被一位心满意足的儿媳妇所代替，她耐心地在家中守候远方的丈夫归来，从未有过任何离家的念头。因而《回家以后》成为侧重于刻画海外华人经历的海外话剧这一类型中的一篇重要早期作品，虽然故事情节本身设置在大洋的这一边。欧阳予倩就是一位自身有日本留学经历的典型的剧作家，他的《回家以后》是一部自我反思的作品，思考了海外经验的利弊以及曾有助于建立中国民族性的西方“他者”意象。在该剧中，这些反思基于一系列相互对立的价值：乡村与城市，传统与现代，亚洲女性与西方女性。

海外话剧中的这种回家主题，可以回溯到五四时期另一位重要剧作家熊佛西的早期作品。写于1926年的《洋状元》——当时作者正在纽约学习西方文学——描写了一位海外归来的学子，因为自

己有国外博士学位，也娶了外国太太，就将自己视为海外的高等华人。他让自己的母亲不堪其扰，直到母亲毕恭毕敬地叫他“博士”这类洋头衔。被认为是熊佛西最优秀剧本之一的《洋状元》，提出了产生于中国现代戏剧之源头的反帝主题——它与反封建一起构成了五四运动的两大主题。我们可以看到，熊佛西对西方负面影响的考量使他将留学生刻画为胆怯浅薄之徒。这种刻画成为中国一系列负面民族性的一部分。鲁迅在著名的短篇小说《阿Q正传》（1921）中，对中国的这些负面国民性有振聋发聩的批判。

熊佛西早期的《一片爱国心》（1925）涉及了外国“他者”意象，讲述一位中日混血的十六岁女学生亚男不惜和日本生母决裂，因为这位母亲逼着做“实业督办”的儿子在出卖中国矿山权益的契约上签字。在父母二人相恋之初，父亲曾出于对母亲的尊敬而答应带她回日本的一幕，还有母女二人在经历了身体和情感折磨后令人动容的复合场面，凸显了中日之间不可调和的民族冲突——这一冲突已经牺牲了两国的许多普通生命。

与描写二十年代中国当时生活的上述剧本相反，郭沫若的三部曲《三个叛逆的女性》（《卓文君》《王昭君》《聂嫈》）倒转了对三位传奇的古代女性的传统概念，将她们的故事再解读为对压在女性身上传统三座大山（父权、夫权和子权）的控诉。在《卓文 【855】
君》（1923）中，女主人公卓文君与司马相如私奔，既挑战了父亲的强烈意志，也挑战了寡妇不得改嫁的儒家意识形态。三部曲中的第二部《王昭君》（1923）以类似的手法将王昭君描写为一位自尊的妃子，她拒绝汉元帝的“爱情”而坚持嫁给匈奴的呼韩邪单于。郭沫若把王昭君塑造为一位反抗西汉宫廷的女英雄的做法，是对过去史书的巨大偏离，因为在史书中，王昭君是一位终生耐心地等待汉元帝宠幸的忠贞妃子。

郭沫若三部曲中的第三部《聂嫈》（1925）与二十年代的中国

政治现实有较密切关联，塑造了支持爱国的弟弟聂政抵抗外来侵略者的烈女聂嫈形象。需要指出的是，该剧创作于1925年五卅运动前的一个月。1925年5月30日上海群众为抗议日本纱厂资本家镇压工人大罢工、打死工人顾正红而在租界内开展宣传，英国巡捕开枪杀害群众，而造成的“五卅惨案”是五卅运动的导火索。《聂嫈》推出后，被热烈地赞誉为一部强有力的反帝反官方剧作。郭沫若作品中的父亲形象——《卓文君》中的家庭之父，《王昭君》中的王权之父，《聂嫈》中的侵略国之父——显示了文明戏中种族/民族主义主题和五四话剧中反儒家主题之间的联系。

在郭沫若的“历史剧”中，所有这些主题都充满技巧地混合起来并得到探索。“历史剧”作为话剧的一种新子类，发展于抗日战争、中华人民共和国早期以及后毛泽东时期，将历史改写来承载当代意义。欧阳予倩的《潘金莲》（1927）是五四时期的一部重要作品，通过将《水浒传》中潘金莲这一小说中放荡女性的负面形象，转换为五四时期为自尊和爱情自由而战的新女性形象，从而将娜拉剧和历史剧的特质出色地结合在一起。但《潘金莲》是将古典小说巨著中广受厌恶的人物形象成功反转的唯一例子。

除了新的话剧类型和主题的发展之外，五四时期也见证了舞台表演的重大进步。戏剧史家经常将1921年5月民众戏剧社在上海的建立引证为这方面进步的实例之一。民众戏剧社提倡非盈利剧院和小剧院，以承担起教育民众的任务。民众戏剧社的创立，发生在汪优游（1888—1937）于1920年费巨资在新舞台上演萧伯纳名剧
【856】《华伦夫人之职业》遭惨败之后。该剧曾作为西方现实主义戏剧的典范而得到《新青年》的推荐。汪优游在将西方精英名剧忠实地搬上舞台的尝试中遭遇惨败，这让他相信必须要适应中国大众观众的口味——他们仍然更习惯于熟悉的传统戏剧。如陈大悲和蒲伯英（1875—1935）等在北京进行戏剧实验的著名剧作家加入了汪优游

的队伍，也在二十年代提倡“爱美剧”，进一步将戏剧大众化为教育和艺术双重体验。

“爱美”是对Amatuer一词带有某种语义覆盖的音译，由陈大悲所生造。它恰到好处地强调了这一戏剧运动的双层强调。Amatuer本身指的是业余演员的非商业表演，而“爱美”的字面意思为“对美的爱”，它强调“为艺术而艺术”。1924年4月，洪深将奥斯卡·王尔德的《温德米尔夫人的扇子》（1892）改译为中国化的《少奶奶的扇子》，并获得演出成功，这可谓爱美剧的最高艺术成就。戏剧史家将这一事件视为中国舞台上现实主义表演艺术的开端，因为它强调台词、舞台设计、导演角色，以及将上海当地生活风味转化为一种中国式的表演风格，同时又忠实于外国原著的精神。洪深1929年将胡适的《终身大事》搬上舞台，也是具有重要意义的戏剧事件。这是在中国现代戏剧史上有史以来第一次男女演员同台演出。

这一时期另外值得一提的事件是1925年中国第一家国立艺术机构国立北京艺术专门学校的建立。该校的主要创立者赵太侔和余上沅积极提倡“国剧”。在他们看来，国剧是一种“超越现实”的“纯艺术”，是对许多五四戏剧的激进政治导向的一种批判。在“中国戏剧的写意特性”这一更具持续性的概念中，他们认为可以将“中国戏剧的写意性”与西方现实主义艺术相结合，以创造一种真正独特的国剧。这一理论在1962年得到进一步发展，并在后毛泽东时期被黄佐临（1906—1994）发扬光大。黄佐临在《漫谈〈戏剧观〉》一文中提出，中国戏剧的未来发展方向应该结合三种不同的戏剧观：一为幻象派或曰斯坦尼斯拉夫斯基（Stanislavsky）学派，他们相信“第四堵墙”（fourth wall）的存在；一为“间离效果”（alienation effect）派或曰布莱希特派，他们希望打碎“第四堵墙”；一为梅兰芳（1894—1961，见第五编第一章）派，“第四堵墙”对他们而言完全不存在。根据梅兰芳派观点，中国戏剧已经高度程式化，所以不能被视为向观众提供一种模仿现实生活的幻象。在赵太侔等前辈提出“国剧”观点四十年后，黄佐临总结道，现实
【857】主义是西方艺术的主音，而意象主义是中国艺术的主音。从这一角度看，黄佐临对传统戏曲的回归可以被视为对许多五四戏剧家——他们几乎只在西方“他者”中为戏剧改革寻找灵感——激进态度的一种回应。

· 二十年代末到三十年代

当然，这样一种独特的中国戏剧理论的形成在1928年明显过于超前，因为此时五四戏剧家仍然致力于改革衰落中的文明戏，同时也努力提倡各种形式的“新戏”。不过，1928年也是一个转折点。这一年，剧作家们在上海齐聚一堂，召开研讨会纪念易卜生的百年诞辰。在研讨会中，洪深用“新戏”一词代替“话剧”的建议，得到欧阳予倩和田汉异口同声的赞同。这一分水岭时间可以被视为现代中国戏剧发展中第三阶段的开始。三十年代的戏剧至少可以被进一步划分为四个重大运动：（1）南国社（1927—1930）；（2）左翼戏剧（1930—1934）；（3）曹禺（1910—1996）的重要戏剧作品，在大多数戏剧史家眼中，他使中国戏剧作品与世界戏剧巨著并肩；（4）国防戏剧（1936—1937），抗日战争时期（1937—1945）戏剧的先行者。

实际上到了1927年，随着田汉创建南国社，戏剧活动就在上海积聚能量。“南国社”一名来自田汉和妻子易漱瑜创立于1924年的大众杂志《南国半月刊》，致力于推广文学、电影、音乐、戏剧和美术。南国社早期最具代表性的作品当属田汉首演于1927年上海的《名优之死》。这部作品部分基于京剧名伶刘鸿声的真实故事。因

为受到无情媒体的不公正对待以及刘凤仙的背叛，刘鸿声心力交瘁，因病去世。刘凤仙是刘鸿声最有前途的学生，但她在小有名气之后却心猿意马，被奢侈生活所迷惑，牺牲了戏剧艺术。刘凤仙提供了在此之前从未见到过的一种“娜拉”式角色：在离家出走之后，又作为“玩物”陷入整个社会的“陷阱”中，正如该剧所暗示的，她们很可能为了寻找物质满足而回到另一种父权体系中。在许多人看来，唯一能够帮助中国的许多“娜拉”在公共领域生存下来的是女性的经济独立性。而在《名优之死》中，经济独立性如果还不至于是通向另一个灾难的抛物线，那么恰可以被视为另一种人生障碍。

基于他作为一名戏剧家在上海挣扎的亲身经历，以及对传统【858】
戏剧和现代话剧的知识，田汉是发展一种新的戏剧子类——所谓“戏剧圈的戏剧”——的最好人选。这一戏剧子类在舞台上再现了发生在戏剧圈中的真实故事。实际上，这种特质在田汉的早期戏剧和电影作品中就已经浮现。在他的第一部剧本《梵峨嶙与蔷薇》（1920）中，田汉讲述了唱大鼓的女子柳翠的悲剧爱情故事，而在1948年的电影《梨园英烈》则让爱国的京剧演员英勇地死于日本侵略者之手。在这两部作品中，田汉做到了在大社会背景和民族危机中，讲述了戏剧表演者的个人故事。

田汉对“戏剧圈的戏剧”的影响后来还体现在以下作品中：吴祖光（生于1917年）创作于抗战时期的《风雪夜归人》（1942）；田汉自己创作于新中国成立以后的《关汉卿》（1958）；苏叔阳（生于1938年）写于后毛泽东时期的《太平湖》（1986）。《风雪夜归人》具有以流动的时空为特征的开放性结构，以抒情散文体刻画了曾经红极一时的京剧演员魏莲生的悲剧爱情、贫困和死亡。而《关汉卿》使用一种独特的内外剧结构，重塑了元代杂剧家关汉卿的生命历程。内剧为关汉卿所创作的《感天动地窦娥冤》，讲述了清白女子窦娥被诬杀人而遭处决的冤案。外剧则讲述了关汉卿在十三世纪创作这部《感天动地窦娥冤》来作为对时代腐败的批评，并因此触犯统治意识形态的执行者（他们视其为社会的一大威胁），遭到流放。当然，《关汉卿》中的内外剧不仅是关于一位剧作家的生平故事而已，同时也揭示了剧本创作、审查制度和戏剧整体的颠覆性特质。

反讽的是，《关汉卿》连同田汉的其他作品，在“文化大革命”时期被指控为利用历史人物攻击中国共产党的文学艺术政策。田汉这位1949年前最“左”的剧作家，并且也是新中国成立以后中华人民共和国最负盛名的剧作家戏剧批评家，1968年在监狱中被迫害致死，和他笔下关汉卿的命运几无二致。田汉这种形式的人生落幕似乎更像是一种戏剧，而非真实生活。田汉之死从未在中国被搬
【859】上舞台，不过与田汉同时代的另一位著名剧作家老舍（舒庆春的笔名，1899—1966）则出现在后毛泽东时代的《太平湖》中。老舍在1966年8月24日自沉于太平湖，以抗议自己所遭受的来自红卫兵的粗暴鞭打和侮辱。《太平湖》于老舍辞世二十周年的1986年推出。在《太平湖》中，老舍在太平湖边徘徊了一天一夜，思考他过去对党的忠诚，与如今被强加的所谓反党指控之间的吊诡性。彷徨困惑的老舍与仍然喜欢他作品的生者，以及死者——在他作品中1949年以前因抗议连最无辜的人民也不能苟活的“悲惨旧社会”而自杀的人物——进行交谈。如果说田汉最早剧作所开创的这一“戏剧圈的戏剧”类型批评了“旧社会”对艺术家的伤害，那么它以对“文化大革命”时期艺术家所遭迫害的更为严厉的批评而画上句号。

在中国内地的戏剧史学者看来，田汉是将戏剧世界导向中国共产党影响下的左翼戏剧的一员干将。党的意识形态提倡一种以阶级为倾向的“普罗戏剧”，即描写工人阶级遭受的不公平压迫。这方面的一大重要事件是南国社《卡门》（1930）的上演。该剧改编自

法国作家梅里美1846年的同名小说。吉普赛女郎卡门在梅里美的原文中引诱西班牙军官唐豪塞，使他陷入情网，被军队开除，加入自己所在的走私贩行列，而在田汉等人的改编下，卡门变成了反对封建君主制的社会反抗者，成为当时“有限的选择”的一种象征。为了给中国现实带来变革，他们不得不借鉴这个外国故事来表达自己的革命情绪。根据中国大陆戏剧史学者的说法，《卡门》激怒了统治的国民党政府，所以在公演三次以后就被禁演，南国社同时也在1930年被禁止进行戏剧活动，而扮演唐豪塞的年轻演员被逮捕，随后在南京被处决。中国戏剧再次提供了这样一个例子：中国的剧作家在舞台上重建一个外国的他者（以原文本和戏剧意象的形式）以建构他们关于社会的观感，而舞台上发生的一切又反过来直接影响了舞台下这些剧作家和演员的生活。

欧阳予倩将苏联剧作家特列季亚科夫《怒吼吧，中国》改编为粤语话剧，这部剧在1930年搬上舞台是另一件同样富有意义的左翼戏剧事件。特列季亚科夫在1924年访华时见证了英帝国主义者的行径，所以写下了这部《怒吼吧，中国》，1926年在苏联首演。左 【860】
翼戏剧于是成为一个国际大舞台，上演出现在德、美、日左派戏剧圈中的作品。在中国现代戏剧产生之时就孕育的这一反帝情绪已经成为最突出的戏剧关切之一。洪深1930年抗议上海公映好莱坞电影《不怕死》（*Shanghai Express*，这部电影被视为对华人形象的污蔑），而遭警察拘捕之后，激起了大规模的对“帝国主义文化侵略”的抗议，进一步复杂化了反帝情绪。好莱坞对中国的表现反过来进一步建构了中国剧作家对西方的感受，以及对左翼戏剧中反帝主题的提倡。

随着中国左翼戏剧家联盟作为中国左翼作家联盟（1930年创立于上海）的子联盟在1931年的成立，左翼戏剧也扩展到如北京、天津和南京等中国的其他地区。正是在南京，发生了另一件反讽事件：在大众剧社所排演的易卜生名剧《娜拉》（《玩偶之家》）中成功扮演娜拉角色的女演员王苹，因为在舞台上的“有伤风化”表演，而被愤怒的双亲关在家里，还遭到所任教的小学开除。直到在其他演员和支持者等社会各界进步人士的公开抗议下，王苹才最后得到允许重上舞台。易卜生的这部名剧在三月八日国际妇女节那天重新开演，这是投身于五四运动反帝反封建使命的中国左翼戏剧家联盟南京小组的成员们庆祝的一刻。

不过，二十世纪三十年代戏剧中，女性追求自由恋爱和自我独立的五四主题得到最生动表达的作品莫过于曹禺的《雷雨》（1933）。在许多戏剧史学者看来，这部分水岭作品标志着现代中国戏剧的成熟。曹禺创作《雷雨》时年仅二十三岁，当时的他除了接触中国经典戏剧之外，已经饱学了大量西方戏剧，如希腊戏剧家、莎士比亚、易卜生、尤金·奥尼尔、契诃夫等剧作家的作品。四幕《雷雨》是一部结构出众的作品，围绕着两个家庭秘密而互相纠葛的三十年之间的戏剧冲突而展开，这些秘密的揭开和冲突的展开都发生在二十四小时之内。鲁妈来到富裕的周家，女儿四凤在那里做侍女。她惊怖地发现四凤和周家少爷周萍相爱了，而周萍却是自己三十年前留在周家的私生子。鲁妈发现女儿正在重复自己多年前的悲剧，
【861】那时也是周家侍女的鲁妈爱上了周家的家长周朴园。周朴园在鲁妈为他生下两个儿子之后，将她踢出周家。这样一个乱伦故事由于周萍在数年前与不堪丈夫冷漠和冷酷的继母周繁漪（鲁妈离开周家之后，她嫁入周家）之间的乱伦关系而变得更加复杂。整部剧以鲁四凤、周萍、周萍之弟周冲的悲惨死亡，以及繁漪的发疯，鲁妈悲痛欲绝、失去生活的意义而告终。

和易卜生《玩偶之家》不同，该剧的结尾是一位孤独的大家长呆在空旷的舞台上，象征了一个破碎的“家庭”（这个“家庭”从来没有真实存在过）的空空如也。和勇于离家出走的娜拉不同，周

繁漪和鲁妈是中国离家女性所面临陷阱的一个缩影：鲁妈三十年前离开周家，并决心“永远不见周家的人”，最后只让她可怕地意识到自己女儿落入她曾经不顾一切想逃离的同一个周家。周繁漪三十年前带着找到真爱的希望离开父母的家，结果是来到了另一个像牢笼的家庭，并从此再无离开的可能性。她在鲁四凤的房间里绝望地想要报复周萍，还有她可怜地苦苦哀求周萍带她走，这些体现出了她的绝望，以及对拥有属于自己的家的无望憧憬。

这些人物所表达的一种深深的无家感，实际上让人想起易卜生的《玩偶之家》——曹禺非常钟爱这部作品。1928年，年仅十八岁的曹禺据说是在中国舞台上第一位扮演娜拉的（男扮女角是当时的舞台风俗），当时的他还是天津南开中学一名学生。曹禺在易卜生等西方剧作家的影响下写成的这部《雷雨》在东京成功首演。而东京正是中国早一辈剧作家实践现代中国戏剧的发源地。现代中国戏剧的轨道，至少从地理上而言，似乎画了一个圈。曹禺的《雷雨》是上演频率最高的中国话剧之一。二十世纪三十年代中国旅行剧团（中国第一家非国立的职业话剧社）排演的《雷雨》受欢迎境况，以及1949年以后《雷雨》被誉为描写“旧社会大家庭”罪恶的经典话剧，都证明了这一点。后来，曹禺自己在不同场合都认同了这一官方解读。1934年《雷雨》序言中表达的“作者意图”则与解读并不一致。在此序言中，曹禺提出这部作品是一种情感的汹涌所促成的。“对宇宙间许多神秘的事物一种不可言喻的憧憬”抓住了他，促使他把个体的命运写下来。新中国建立后，曹禺对《雷雨》进行 【862】
了修改，结尾有一定改变：鲁妈和周朴园的第二子鲁大海决心回到矿场，领导工人罢工，进一步强化了与官方意识形态联系在一起的普罗戏剧和阶级斗争主题。

或许由于一个长期而复杂的文学接受史，曹禺的第二部作品《日出》（1936）被一些戏剧史学者视为比《雷雨》更好的作品。

《日出》的场景在三十年代一间豪华的宾馆房间和三流妓院之间切换，讲述了交际花陈白露（她的地位介于妓女和歌伎之间）的故事，有钱人认她作了干女儿，并包下她所有高档生活的花销。不过，陈白露对自己这种寄生虫式生活的憎恶体现在她试图解救妓院中坠入风尘的十几岁女孩“小东西”的努力之中。像其他娜拉式的人物一样，陈白露在与丈夫离婚之后（丈夫是个诗人，深爱着她，但无法抚平她对平淡婚姻的厌倦情绪），也感觉自己困在了城市中。债台高筑的陈白露拒绝了一位孩提时代的好友（他来到上海想把她带回乡间老家）的求婚，对“自由的爱情”感觉到了幻灭，于是选择自杀来逃避巨额的宾馆账单。至少在《日出》中，追求情感独立和经济独立的失败解释了一位离家（包括父母的家和丈夫的家）出走的中国女性的最终悲剧。

因为《日出》是对旧上海的腐败堕落的揭露这一潜在解释，这部作品为何会成为上演频率最高的中国话剧也便不难理解了。陈白露临死前说“太阳升起来了，黑暗留在后面”——伴随着她的话音的是工地上工人们为一栋新建筑奠基的声音，在中华人民共和国对这部作品的接受中很自然地就被解读为对新社会的呼吁。

1935至1936年，几乎与曹禺的大获成功同时的是国防戏剧的兴起。随着日本侵华脚步的加紧，中国民族危机的加深，上海戏剧联谊会在1936年组织起来，代替了逐渐解体的左翼戏剧家联盟和左翼作家联盟。根据1936年2月上海剧作者协会发表的宣言《国防剧作纲领》，国防戏剧旨在将具有各种政治和意识形态的北京剧作家团结起来，以促进关于全国抵抗日本帝国主义侵略的戏剧创作。国防戏剧中最流行的作品当属夏衍的《赛金花》（1935）和《上海屋檐下》（1937）。这两部作品也各自代表了两大子类型，即历史剧和当代现实主义剧。首演于1936年11月的多幕剧《赛金花》再现了清代著名交际花赛金花的故事。在1900排外的义和团运动中，她赢得

重要的西方人物的欢心，说服他们减少对中国的各种要求。根据中 【863】
国大陆的戏剧史学者的说法，《赛金花》明显暗喻了国民党政府的不抵抗政策，令人想起清政府的腐败胆小官员对西方势力的“叩头外交”，这是该剧震动剧坛，创下连续二十二场座无虚席纪录的原因。国民党政府对该剧的审查和封禁，以及随后的公共抗议（被称为“赛金花”事件）说明了夏衍的戏剧才华——无论面对哪个政治阵营，夏衍在创作戏剧过程中，都没有丢掉对历史的隐喻式的运用这一特点。

与设置在六个不同地点的七幕《赛金花》相反，夏衍（1900—1995）的三幕悲喜剧《上海屋檐下》以单个场景呈现了一种独特而新颖的戏剧结构：截取了上海弄堂的一个横断面，有五个挣扎在生存线上的贫穷家庭。《上海屋檐下》的主要剧情是，被捕入狱八年后释放“回家”的匡复发现自己妻子杨彩玉已经和好友林志成同居，且爱上了林志成。全剧除了这条主要情节线而外，还有几组栩栩如生的人物：失业的大学生，被迫出卖自己的女人，勉强糊口的小学教员，儿子战死的老报贩。这些人都拥挤在一个“屋檐下”，合奏着“小人物”的生活交响曲。虽然《上海屋檐下》可以程式化地解读为刻画了在民族危机时期，一群无力挣脱自己痛苦悲伤的小人物的故事，但是我们也可以将杨彩玉视为另一种类型的娜拉。她毅然离开了父母舒适的家，跟随匡复的革命追求，却因为政治漩涡——这造成了她对另一位男性的经济依赖——而发现自己与另一位爱人困在另一个家中。与杨彩玉的暂时重新团圆，以及在女儿葆真向上精神的启发下，匡复克服了自己一时的软弱与伤感，积聚新的力量，无声无息地留言出走。匡复这位“男娜拉”的选择可以被视为完成了他的妻子之前不成功的尝试。《上海屋檐下》原计划于1937年8月15日在上海的首演，却因为8月13日抗日战争全面爆发而未能实现。夏衍后来写到，他对于这一戏剧化的事件转折并不感到失望，而实际上相当兴奋：抗日战争及其最终胜利会给《上海屋檐下》中的悲伤故事画上句号。实际上，他曾希望这部戏永远不会在中国再上演，这样中国的孩子们就不会体会到他们父母曾遭受的痛苦。

· 从抗日战争到解放初期

《上海屋檐下》的首演被取消，吊诡地提示了中国现代戏剧的
【864】第四个阶段——抗日战争时期的开端。在许多戏剧史专家看来，这是“中国戏剧的黄金时代”。在这一时期，戏剧在凝聚国人抗击日寇方面起到了比其他文艺类型更重要和更直接的作用。表现全国人民抗击日本侵略的《保卫芦沟桥》是该时期最著名的作品之一。除了宣传抗日而轰动全国之外，这部1937年8月7日首演于上海的作品还开创了集体创作的传统——该传统在“文革”期间非常流行，革命样板戏被集体创作出来代替“旧文化余孽”。《保卫芦沟桥》是十七位剧作家的集体创作。它的公演得到了六位音乐家、十九位导演以及将近百位演员的联袂参与。

这一种集体推进战时戏剧的高涨精神在1937年8月达到顶峰，此时十二组救亡演剧队在上海集结，奔赴全国各地巡回表演。他们上演频率最高的剧作包括陈鲤庭等的《放下你的鞭子》（1931）。在这部作品中，讲述了一对父女在抗战期间以卖唱为生。女儿因饥饿难熬，晕倒在地，无助而眼泪汪汪的老父却举起鞭子打她，旁观者说服他放下鞭子，一起参加抗击日本侵略者的斗争。演员们慷慨激昂的台词激起了观众的热烈反响。这部剧经常在街边户外表演的事实，使它成为中国现代“街头剧”传统中的一个重要事件。

不过戏剧创作最繁荣的时期当属1938至1945年期间。在非沦陷区的重庆和桂林，一系列戏剧节和戏剧展催生了抗战时期最成功

的作品。中国的战时首都重庆是一座被河流所包围的山城，重重包围这座山城的雾气成为抵御日本空中袭击的屏障。所以在每年的十月到来年五月的“雾季”，重庆会举办一年一度的雾季戏剧节。在1944年一年，就上演了不同剧作家和不同剧团的一百一十八部戏剧。这一时期在重庆创作出来的戏剧巨作有曹禺的《蜕变》（1940）和《北京人》（1940），郭沫若的六部历史剧（包括《屈原》）。《屈原》描写了悲剧诗人屈原（前340—前278）的故事。屈原在与现实的腐败进行斗争中表现出的爱国主义和英雄精神，使这部《屈原》征服了广大观众。

在中国共产党的解放区，特别在其总部延安，受到毛泽东著名的《在延安文艺座谈会上的讲话》（1942）影响的剧作家尝试开创一种民族戏剧，从工农兵的日常体验以及民间歌舞和戏剧遗产中汲取灵感。延安戏剧的巅峰之作是大众歌剧《白毛女》，首演于1945年4月中国共产党第七次代表大会期间。在《白毛女》中，财主黄世仁将无 【865】
力偿还借债的贫苦农民杨白劳打死，并想要霸占他女儿喜儿。喜儿逃出黄世仁的魔窟之后，像野人一样栖身在山洞里，头发全部变白。中国共产党来到后，如鬼魅一样活着的喜儿被解救，向黄世仁报仇雪恨。二十世纪四十年代轰动解放区的《白毛女》包含了一个相当著名的主题：旧社会是如何将一个人变成鬼，新社会如何将鬼变成人。它经常在群众集会上进行表演，以提高农民的“阶级意识”，并使他们反抗如恶霸地主等阶级敌人。实际上，正如戏剧史学者所记录的，这一部大众戏剧取得了空前的流行度：红旗飘扬到哪里（象征中国共产党的到来），《白毛女》就会在哪里上演，四处响起为喜儿报仇的呼声。这部作品成为一个样本：中国剧作家们创作了一个新的贫困妇女的典型角色，通过把这个贫穷的妇女从她的过去、痛苦和欲望中解脱出来，创造另一种新的身份，从而为一个平等自由的新中国和新的社会主义政权建构必然性。

《白毛女》中的阶级压迫主题以及对贫苦农民生活的表现，预示了解放初戏剧领域的许多趋势。虽然一般的观点认为中华人民共和国时期的戏剧的特征就在于它与1945年前戏剧的激进分道扬镳，但是它其实与以前的传统有着千丝万缕的传承。比如，熊佛西在河北乡村地区的农民中间辛苦开展中国农民话剧运动（1932—1937）这一传奇故事，就可以被视为农民剧这一子类的起源之一。由于人们坚信农民运动是共产主义运动的重要部分，农民剧在1949年以后获得了充分的长足发展。

中华人民共和国官方意识形态中对农民运动的重视，很好地体现在五十年代初流行的几部结合了女性追寻自由爱情和独立这一五四主题的农民剧。比如，金剑的独幕话剧《赵小兰》（1950），讲述了农村女性赵小兰大胆地反抗父母给她安排的包办婚姻，这与她受到包办婚姻伤害的姐姐的悲剧形成了鲜明对比。胡适的五四戏剧《终身大事》谴责了保守家长以及给新一代青年带来戕害的儒家意识形态。与《终身大事》不同，《赵小兰》等戏剧强调了1949年以后“新社会”的需要。这一个社会，现在以消灭将女性束缚在闺房的“旧社会”残余传统而自豪。

在1949年以后的话剧中，女性的命运通常在“社会主义革命和社会主义建设”的宏大语境中得到叙述。根据官方意识形态，
【866】社会主义为女性提供了参与公共事务的完美舞台。这样一种特征可以在胡可（生于1921年）《槐树庄》（1959）中找到。在《槐树庄》这一部典型的五十年代作品中，女主人公郭大娘的形象从独特而慈爱的“大地母亲”转化成了“革命母亲”新形象，不过在一些方面还是延续了英雄主义，以及“自我牺牲的母亲”的悠久传统，可以追溯到公元前四世纪的孟母。郭大娘在朝鲜战争中失去了独生子后，更加不遗余力地在农村各种政治事件中发挥领导作用。这些政治事件包括土地改革运动（1950）、支援抗美援朝

的运动（1950—1953）、旨在实现农村集体化并最终导致灾难性的“大跃进”（农业浮夸、大炼钢铁以及各种不切实际的计划）的各种运动（1958）。这样一个在公共领域扮演中心角色的革命母亲形象在六七十年代的人物角色和革命样板戏中几乎成为一种仿拟（parody），如《杜鹃山》（王树元等，1973）中的杜妈妈，《沙家浜》（北京京剧团集体改编的革命样板戏，1972）中的沙奶奶，《红灯记》（北京京剧团集体改编的革命样板戏，1970）中的李奶奶。所有这些角色都是革命时期“一个革命大家庭”的谆谆教诲者。为了保持这一精神，几乎所有这些作品都是集体创作。

不过除了对底层阶级经验的这种强调，也在一些情况下最具争议的、流行的农民剧描写了新社会的爱情故事。比如，杨履方（生于1925年）《布谷鸟又叫了》（1957）讲述了一位受过教育的农村女青年童亚男的故事。她发现自己只有离开那位独占欲强的男友后，才能再度一展她布谷鸟式的歌喉。虽然童亚男也属于五四的娜拉式角色，而中华人民共和国宣称新中国成立后继承了这一传统，但这一形象在1957年反右运动中被批评为“不健康的”角色。这部作品被攻击为过分强调了“对爱情和幸福的个人主义追求”这一小资产阶级情绪，同时又负面地将农村干部刻画得冷漠无情。

如果《布谷鸟又叫了》因为它的爱情情节而颇具争议，那么岳野《同甘共苦》（1956）中讲述一位共产党干部和他两位女人之间的三角关系，毫不意外的，问题也就更大了。《同甘共苦》故事发 【867】
生在当代，以刘芳纹的“回家”这一事件为中心。她带着和前夫孟莳荆的儿子去看望他——他因为她的“无知、落后和不可爱”而与之离婚。孟莳荆发现自己更爱这位来自农村、因包办婚姻而结合的前妻，而非因在革命时期有类似经历而相互自由恋爱结婚的有文化的新妻子华云。一方面，如欧阳予倩的五四话剧《回家以后》一样，刘芳纹是像吴自芳那样具有妇德和牺牲精神的农村妻子，面对比吴自芳更糟糕的处境，刘芳纹为了不让婆婆伤心，而隐瞒了两人离婚的事情，同时在生活中细心照顾婆婆。另一方面，两位女性之间的区别也是显而易见的：似乎是为了作为中国共产党妇女解放运动的明证，刘芳纹被塑造为一位新女性，她将自己从旧社会包办婚姻的牺牲者转变为一位有文化的中国共产党员，以及在家乡的农业集体化运动中活跃的领导者。最重要的是，她似乎将传统女性的妇德和牺牲精神与现代革命女性的积极公共角色完美地结合在一起，于是在孟莳荆眼中，变成比唠叨因而完全“不可爱”的华云更有魅力的女人。

然而，刘芳纹身上体现出的中国共产党解放了的理想女性形象却吊诡地批判了孟莳荆这一共产党干部形象。见异思迁使他成为一名不合格的党员，因为他做不到对妻子忠诚。不过正如剧中最巧妙的那段情节所显示的，孟莳荆的戏剧性行为却符合一位好的党员干部的形象：省农村工作部副部长的身份使他自然被刘芳纹所吸引，因为她对于改变自己家乡所投入的满腔热情，并且对组织当地农民加入集体农业中遇到困难所作的报告，为孟莳荆打开了了解农村地区现实情况的一扇窗，并给他提供了领导工作中的新视野。两人共同的兴趣以及在农村的根——如果在没有复杂三角关系的正常环境下，这一主题是完全可接受的——却没能阻止这部作品被批评为“攻击党和党的干部”的“右派戏剧”，虽然它在全国各地上演，得到普遍欢迎——或者这也正是它遭到猛烈批判的原因之一。不过，在一定程度上，对这一部非常规作品的口诛笔伐是正中靶心：刘芳纹拒绝了孟莳荆的复婚请求，最后离开他，并不是简单重复了中国舞台上以前的娜拉式人物的离家出走；她拒绝了一位本该继续
【868】领导妇女解放运动的共产党高级干部，避免了再度困于家长制家庭的陷阱中。

“文化大革命”中，戏剧是意识形态教育的渠道这一极端观点

达到顶峰。为了开创与残余“旧文化”决裂的“普罗和革命艺术”的新模式，当时官方意识形态的忠实执行者推动创作了八个样板戏（后来增加到十三部），其中包括五部“革命现代京剧”，两部“革命现代芭蕾舞剧”以及一部“革命现代交响音乐”。在“文化大革命”的高潮期，除了极少数的例外（如一些革命长篇小说），革命样板戏是中国内地唯一可以接触到的文学艺术作品，几乎每个人都必须看这些作品以接受政治教育。因此毫不奇怪，农民题材成为样板戏的重要题材，比如芭蕾舞剧《白毛女》和《红色娘子军》（1970）。在《红色娘子军》中，海南岛恶霸地主南霸天的奴隶丫头吴琼花在逃出南霸天的魔爪之后，转变为一位忠诚而足智多谋的“女战士”。

从一个不同角度看，在“文化大革命”后期加入样板戏名单的革命京剧《龙江颂》（1972）描写了在“新社会”中农民的英雄行为。这一主题已经在五十至六十年代的农民剧中成为主流。《龙江颂》故事发生在1963年的一个中国农村，龙江大坝旁边大队的农民面临着困境，他们必须要服从县委在堤外堵江引水救旱的决定。而将水输送到干旱地区，就必须以他们的三百亩农田被淹为代价。该剧的冲突围绕着一个地方公社的集体利益而展开。公社的成员们不断被要求放弃自己的个人梦想和冀望，而为国家利益让步。为了达到这个目标，《龙江颂》运用了“旧社会”的“悲惨故事”与社会主义政府对人民的关怀之间的对比。社会主义政府对一个地方公社作自我牺牲的要求，因为这种牺牲合理地帮助了其他地方公社。这样，正如《龙江颂》中所表现的，千千万万个具牺牲精神的社区所构成的社会主义中国，最终会在对第三世界国家革命运动的支持活动中，承担起领导作用。在那些遥远的第三世界国家，被压迫阶级的兄弟姐妹可以从中国革命中汲取力量和启示。在这部《龙江颂》中，因当地“文化大革命”的目标符合世界革命继续进行的需要，而被证明是合理的。就这样，中国老少边穷的地区便以一种有意思的吊诡方式，与外部世界联系在了一起。

【869】 · 后毛泽东时代的戏剧

如果说二十世纪五十至六十年代的农民剧——样板戏为其最极端化的形式——赞美了新社会主义农村的新气象，那么后毛泽东时代的戏剧，从1976年至今，则对乡村呈现了相对灰暗悲观的色调。1976年毛泽东去世后，戏剧是人们最早用来反对极左传统的武器之一，产生了一系列非常流行的剧作，与毛泽东“文化大革命”路线的死忠支持者“四人帮”作斗争。著名的例子包括宗福先（生于1947年）描写具历史意义的四五运动的《于无声处》（1978）。1976年，成千上万的人民聚集在天安门广场悼念刚去世的周恩来，以抗议“四人帮”的倒行逆施和“文化大革命”的极左意识形态，是为四五运动。

在接下来的数年里，农民剧跟上了其他戏剧类型的脚步，较为流行的剧本有刘锦云《狗儿爷涅槃》（1986）。这部作品可以被视为对1949年以后乡村史的重写，在1986年由北京人民艺术剧院搬上舞台。故事涵盖了1949年到当时的近四十年，讲述了贫苦农民狗儿爷的悲剧故事。农村土地改革以后，狗儿爷终于有了自己的土地，一家人的生活幸福美满。孰料，农村开始实行合作化，他新分到的土地全部又归集体所有。狗儿爷抑郁成疾，精神错乱，活在自己的迷梦中。在梦里，他的生活没有受到发生在农村的政治事件的影响，他仍旧拥有自己的土地。

对农民史的这种颠覆性改写也可以在陈子度等的《桑树坪纪事》（1988）中找到。这是一部成功进行古希腊戏剧风格实验的创新之作。故事设置在中国西北地区的一个偏僻农村，表现了这个小村子里的哀伤、悲剧和日常生活。桑树坪的贫穷、无知、愚昧、性压抑和原始的生活方式以及野蛮的父权结构，几千年来似乎从未改变过。无力改变农村的一种挫败感，在切换于不同地理空间（作为黄土高原特征的坡上、坡下和窑洞）的毫无装饰的旋转舞台中得到最好的表现。正如一些戏剧批评家所指出的，带有许多不同角度的旋转舞台不仅延展了戏剧空间，而且也以转接过渡的歌队舞队（展现村民收获麦子或者参加当地仪式的情景）为整部话剧增添了一种持续移动的表演空间。旋转舞台也有助于展示个体在时间的流动中的渺小：无论个体的故事有多悲惨，他仅仅是空旷舞台上的过客，【870】
对于整个历史而言根本不能留下任何印记。

作为“历史文化反思”这一文化戏剧潮流的一部分，《桑树坪纪事》在后毛泽东时代力图探寻如“文化大革命”等政治动乱之根源。用其导演的话来说，通过展现五千年来文化历史沉淀的一块“活化石”，他们呼吁当代中国有实质性的变化。对变化的这样一种呼吁，首先是通过创造一种毫无变化的空间来实现的。桑树坪的生产队长李金斗对待直接上级像奴才一样毕恭毕敬，对待村民又像大家族的家长一样专制，被描写得与1949年以前戏剧中的地方恶霸几乎没什么不同。这样，这部作品中，就出现了社会主义经典戏剧中令人熟悉的情节——生活在贫困中的人民期盼了很久的中国共产党大救星来解放自己。1949年以前穷苦人民的苦难也出现在当代中国的景象中，在《桑树坪纪事》中，随着“文化大革命”的推进，这种情况更为恶化了。

《桑树坪纪事》也颠覆了中华人民共和国前十七年的女性主义修辞。几乎与外部世界隔绝的村民仍然为儿女实行已经被党废除的封建的包办婚姻。一农户用十二岁的女儿为精神错乱的儿子换来妻子。后来这个儿子虐待妻子，最后逼得她自杀。丈夫死后，为了反抗公公李金斗逼迫自己嫁给小叔子，十八岁的寡妇跳入一口唐代古井。这位戏剧中令人动容的“娜拉”式人物形象甚至连一个离家出走的机会都没有。

中华人民共和国前十七年以及“文化大革命”极端化的革命样板戏中，工人剧是与农民剧同样重要的戏剧子类。和其他戏剧子类一样，工人剧也可以回溯到1949年以前。比如田汉的独幕剧《梅雨》（1931）描写了一个贫穷的工人家庭，以及他们对于更好生活的追求。如《红色风暴》等工人剧在中华人民共和国前十七年中变得越来越流行。《红色风暴》讲述了1922年2月7日被军阀吴佩孚及外国势力残酷镇压的京汉铁路工人罢工。下面这个传奇故事表明了戏剧艺术家们对工人剧的投入和热情：《红色风暴》的编剧兼导演金山（1911—1982）还在剧中扮演了支持二七大罢工的大律师，这一角色给人留下深刻印象。在《红色风暴》于1958年在中国青年艺术剧院成功首演获得空前票房纪录，金山只用了七十二个小时彩排全剧。

【871】不过到了六十年代，工人剧的主题急剧转向教育年青一代工人“千万不要忘记”革命史，以及“千万不要忘记阶级斗争”。这一点表现在丛深（生于1928年）《千万不要忘记》的标题中。《千万不要忘记》1964年首演于哈尔滨话剧院，不久在全国各地都被搬上舞台，描写了一位年轻工人，他对更好物质生活的欲望被批评为受到小资产阶级意识形态侵蚀的工人家庭的负面典型。

这一永恒的需要——提醒中国人民千万不要忘记痛苦的过去以及工人阶级的革命遗产——体现在革命样板戏《红灯记》中。《红灯记》故事发生在三十年代抗日战争时期东北敌占区，讲述了一位贫穷的铁路工人李玉和，收养了李奶奶和孤女铁梅——其家人在京汉工人大罢工期间被害了。不过和描写工人大规模参与罢工的史诗场景《红色风暴》不一样，《红灯记》以一个家庭为中心：李玉和与李奶奶被日寇逮捕，因为不肯泄露游击队的情报而遭严刑拷打，并最后处决。李玉和养女铁梅继承父志，将密电码送上山，游击队歼灭了追赶铁梅的日寇。

情节相当简单的《红灯记》聪明地回避了作为所有文化中家庭基础的血缘关系，将其具有凝聚力的等级结构延展为“一个革命大家庭”。在这个大家庭中，具有“共同阶级利益”的成员与他们的“共同敌人”进行斗争。样板戏《海港》（1972）在一个不同层次上以一种类似的策略，通过描写上海的港口工人阶级，建构了一种“世界革命”的全球话语。他们每天为进出港的船只装卸货物，被认为与受到西方帝国主义和殖民主义压迫的第三世界人民的解放事业密切联系在一起。这些样板戏中的男女主公被转化和理想化为“榜样”，为“文化大革命”高峰时期的“革命大众”提供了学习的典范。

如果说1949至1976年的工人剧在各个发展阶段中体现了一种向“阶级斗争”必然性的逐渐靠拢，那么后毛泽东时期戏剧的特点则在于挑战了这些观点，比如崔德志（生于1927年）的话剧《报春花》。这部被誉为最早和最流行的反“四人帮”话剧之一，1979年首演于辽宁人民艺术剧院，讲述了年轻纺织女工白洁因为家庭出身不好，受到歧视。她的父亲由于1949年以前为国民党政府工作过而被宣布为反 【872】
革命分子，她的母亲因为在1957年对党和政府的政策发表不满言论而被划为右派。将白洁这一形象搬到中国舞台上，标志着一个历史性事件，因为即使在党的政策还不是那么僵化和教条的“文化大革命”之前，也从来没有哪部新中国成立后剧本中的主人公来自“有问题的”阶级。据说，在所有文学艺术作品中对于这样一种阶级背景的排斥，是符合党和劳动人民以及普罗革命事业的整体利益的。

《报春花》之后，涌现了一系列反“四人帮”戏剧。如邢益勋《权与法》（1979）中，“四人帮”被粉碎之后，新委派的党支部书记保护了一位右派的妻子和女儿。这位党支部书记有点特别，因为他将暴露党内腐败和罪犯视为自己的使命。不过对于党员干部的这种正面刻画，在另一部具高度争议性的《假如我是真的》（沙叶新等，1979）中遭遇了挑战。在剧中一名出身于普通工人家庭的被下放青年，被别人乱打误撞认为是高干子弟。为了使自己返城上调，并在怀孕的女友生下孩子前和她结婚，他开始假戏真做。《假如我是真的》的故事发生在后毛泽东时期，这使人怀疑：它对党内腐败的批判很明显并不仅限于已经失势的“四人帮”。因此，它在上海只内部上演了四十六次，其观众一般只包括了戏剧评论家和各级党员干部等——他们被认为不会受到这部作品潜在“有害内容”的影响。

在众多反“四人帮”剧本中，有一类被戏剧史家称为“革命领袖剧”的作品。这些作品描写了中国共产党领导人在战争期间的故事。这些领导人中的一些如陈毅（1901—1972）、贺龙（1896—1976）、刘少奇（1898—1969）等在“文化大革命”中遭受了各种迫害。实际上，这种军事题材的传统——它本身是战士剧的子类——可以回溯到洪深1922年的《赵阎王》。该剧讲述了欲逃离军阀部队而不得的老兵所经历的各种痛苦煎熬。不过1932年江西苏区瑞金（中国共产党的总部）的红军战士剧社在排演描写了历史纪元事件的革命经验的红色话剧——聂荣臻等的《八一南昌起义》（1933）和李卓然《庐山之雪》（1933）时，《赵阎王》中所描写的个人在腐败军队中无望挣扎的情节，便很自然地被改写了。虽然《八一南昌起义》和《庐山之雪》都是根据红
【873】军击败国民党军队的真实战斗的改编，不过《庐山之雪》的排演却是非常特殊的一个戏剧事件，如聂荣臻、林彪（1907—1971）和罗荣桓（1902—1963）等高级将领都在剧中扮演了自己，罗瑞卿（1906—1978）则扮演国民党军队统帅蒋介石。在戏剧史中被称为“兵演兵，将演将”的这一事件据说极大地振奋了红军的战斗热情，并促进形成了一种戏剧传统，这种传统也成为革命战争经验的一部分。

这些战士剧或曰军事剧在中华人民共和国的前十七年中产生了最流行的作品，如胡可的《战斗里成长》（1950），讲述了一位贫农石头成长为一名八路军战士，发现营长赵钢就是他离别多年的亲

生父亲铁柱，最后父子团圆。以军事剧的迂回曲折为基础的这一家庭剧在陈其通（1916—2001）《万水千山》（1954）找到了新的形式。这部史诗般的作品描写了长征的艰难历程（1934年10月至1935年10月，共产党在江西苏维埃被国民党军队包围后，突出重围撤退到陕西的延安）。

与五十年代强调战争经验的战士剧不同，沈西蒙（1919—2006）等的《霓虹灯下的哨兵》（首演于1962年）描写的是和平时期的士兵生活，这一时期在战场浴血奋战的号召已经转化为呼吁抵抗小资产阶级影响的腐败。故事发生在刚解放不久的上海，讲述了中国人民解放军一个连队五十年代初期进驻上海最繁华的商业街、也是帝国主义和资产阶级影响的藏污纳垢之地——南京路后，在新的形势下、新的环境中抗拒物欲的诱惑而保持革命本色的故事。《霓虹灯下的哨兵》中，除了塑造各种士兵形象之外，还有一位六十年代中国另一种“娜拉”式人物——春妮。春妮从乡下来部队探望丈夫——三排长陈喜，却在留给连队指导员一封信后，伤心地返回农村老家。在信中，对于自己丈夫从革命时期的勇敢战士蜕化为被上海资产阶级生活方式诱惑了的自私软弱男人，她觉得很失望。不过，正如其他社会主义经典戏剧一样，春妮的离开表达了一种希望：她自信自己回到农村以后，很快就能找到一种追求自己梦想的归属感。在农村这一新的革命大家庭，她将迎来光明的未来。然而，如果说六十年代士兵剧中的一些主题是关于抵抗腐败，以及不受腐败侵蚀的模范连队的，那么漠雁（生于1956）和肖玉泽首演于1982年的《宋指导员的日记》则走向了相反的方向。这部后毛泽 【874】
东时代的剧本以生动的笔触，通过孤身与腐败作斗争的宋指导员的日记，讲述了腐败实际上已经渗透到军队和党内。

当然，《宋指导员的日记》直接反抗了毛泽东时代的战士剧传统，这一种传统在样板戏那里达到顶峰。比如，京剧《沙家浜》

（以江苏的沙家浜这一地名为标题，1970年样板戏）讲述了抗日战争期间的武装斗争。新四军（山东和江苏的共产党军队，在1941年1月皖南事变中几乎被国民党军队赶尽杀绝）指导员郭建光和十七名伤病员击败了日伪军。京剧《奇袭白虎团》（1972年样板戏）描写了抗美援朝时期，志愿军某部排长战斗英雄严伟才带领队伍击败了得到配备美国军事顾问的南韩王牌军“白虎团”。京剧《智取威虎山》（1970年样板戏）中，侦察排长杨子荣为了解放劳苦大众，孤身深入敌穴的故事。用这些样板戏唤起过去的共产主义革命记忆，目的是在1949年以后的中国推进“继续革命”——“文化大革命”。

与战争经验紧扣的是对这些经验中女性角色的戏剧化。这一戏剧化特征也浓缩在样板戏中，女性在这些作品中从男性的附属品转化为革命女战士和党的领导人。样板戏中描写的缺少家人或者对异性无兴趣的女性，被剥夺了女性身份、母亲身份以及亲密的家庭生活。在这一“文化大革命的女性主义”中，女性的被剥削和不平等问题被用来服务于凝聚政治和国家力量。模范的女工人、农民和战士——她们在舞台上的形象是为了让人民群众在现实生活中效仿——基本上都被简化为“革命大众”的身份，其唯一存在理由就是赞美党的政治正确性。作为对本质上反女性主义的这一传统的反抗，后毛泽东时代早期的女性戏剧的最佳体现是女剧作家白峰溪（生于1934年）的女性三部曲。白峰溪以前是一位成功的女演员，她的写作体验从以前的演艺生涯中获益颇多。《明月初照人》（1981）中，她安排的女主人公方若明的身份是省妇联主任。在社会主义政权体系中，妇联是调节社会各方面女性生活的重要机构。方若明在党和政府实现“四个现代化”（农业、工业、科技和国防
【875】现代化）号召的激励下，投身于偏僻乡间处理各种利益纷争——在这些地方，贫困的女性经常被卖给别人当媳妇以换取经济利益。然而，这一帮助那些不幸女人的努力却让她意识到自己也是戕害女性

的共谋之一：她的女儿希望母亲能接受她来自农村的男友，而这位男友的家庭为了给独生子准备结婚的费用而逼迫女儿接受一桩包办婚姻。将方若明塑造为承担“妇女解放”任务的正负面兼具的党的干部，使这部作品在观众中引起轰动——剧作家白峰溪收到了超过三百封表示支持的热情洋溢的观众来信，但同时这部戏也在戏剧批评家中广受争议。在戏剧批评家看来，戏剧创作中对社会主义中国妇女领导人的塑造应该更为正面。白峰溪的另两部剧本《风雨故人来》（1983）和《不知秋思在谁家》（1986）也以类似的主题关涉戏剧风格，集中讲述了充满张力的知识分子母女关系，以及她们在后毛泽东时代的市场经济中新身份感的形成。

白峰溪的女性三部曲继续了白薇的五四传统——白薇描写了与家长制社会进行猛烈斗争的慈爱母亲和勇敢女儿，同时又挑战了社会主义中国的“妇女解放”神话。而其他女剧作家如张莉莉（生于1956年）等则继续着迷于战士剧，特别是女战士剧，例子之一便是她的《绿色营地》（1992）。张莉莉的女性戏剧运用了后毛泽东时代的民族隐喻、民族认同感主题以及民族话语，吊诡地恢复（如果说不是实际上认同）了似乎是旧式的女战士形象。不过，后毛泽东时代的女战士形象并未仅仅照搬毛泽东时代集体女性形象中的“解放女性”形象，她们从根本上挑战了女战士的困境，并尝试在人民军队的有限空间（男性最占主导地位且女性最受限制的一个公共领域）中要求自己的女性主体性。于是，在很大程度上，女战士形象被女剧作家重新搬到公共舞台上，因为这些女作家对于女性在改革开放浪潮中自尊和自我认同感的丧失感同身受。在后毛泽东时代早期，女剧作家面对着新的社会组织、资本主义、城市化的快速扩张，当她们开始尝试对私人领域和家庭领域提出要求，以作为凝聚个人与社会公共领域联系的纽带时，她们遭遇的是失望。后毛泽东时代女性剧中，从不满的母亲和妻子到精力充沛的女战士和女领

导人，这一历史性倒退体现了一个自我评价的反思过程，在这一过程中，当代的中国女性作为她们自己命运的主人，拒绝成为用来表
【876】征男性正面性的一个负面指称点。她们再一次希望能够“撑起半边天”，与男性在家庭和公共领域都实现真正的平等。

除了与公共生活的密切联系之外，中国现代戏剧中的故事不仅关乎民族认同感和个体认同感，或者仅关乎种族、阶级和性别政治。实际上，从中国现代戏剧的源头开始，特别是在话剧复兴的后毛泽东时代初期，大多数以形式主义特征闻名的流行戏剧都可以被视为中国现代戏剧“六种传统”的发展。这六种传统为：（1）幻象传统，如白峰溪的女性三部曲，郭沫若的历史剧，以及大多数现实剧和历史剧；（2）本土传统，如北京风格的《狗儿爷涅槃》；（3）现代派传统，如高行健（生于1940年）的《车站》（1983）；（4）史诗传统，如布莱希特式的《假如我是真的》；（5）写意传统，如孙惠柱（William H. Sun）和费春放（Faye C.Fei）的《中国梦》（1987）；（6）希腊传统，如陈子度等人的《桑树坪纪事》。这些或单独或相互混合的传统，代表了中国剧作家试图在中西方戏剧传统中采用他们眼中最合适的形式主义特征。

· 老舍的幽灵

在所有这些传统中，最独具中国特色的风格可以在一批北京本土风格的作品中找到。这类作品由老舍的剧本所开创，并通过北京人民艺术剧院艺术家在舞台上的“第二次创作”得到完美化。使用了老北京当地白话语言和方言表达的《龙须沟》（1950）描写了在北京龙须沟（旧社会穷人聚居的散发着恶臭的贫民窟）的穷苦居民的生活——如唱单弦的老艺人、三轮车夫、泥瓦匠以及生活在龙须沟周围的母女，以及1949年北京解放不久后政府对这个地区的改造。因为话剧

《龙须沟》的大获成功，北京市人民政府授予老舍“人民艺术家”的称号。老舍是毛泽东时代中国艺术家中唯一获得这一称号的。

老舍的第二部伟大话剧《茶馆》首演于1958年，以一种同《龙须沟》类似的方式，在舞台上呈现了超过六十位生动角色——旗人、太监、妓女、皮条客、养鸟爱好者和算命先生等老北京市民，两名国民党秘密探子，两名开小差的兵，一名个人主义者，一名实业家——当他们从1898年到1945年日本投降后，在王利发开的茶馆中进进出出。《茶馆》在暗示着许多关键的历史事件的同时，侧重讲述了茶馆的 【877】
兴衰以及王利发一家及其好友所经历的斗争和痛苦。虽然老舍旨在批评不能给北京居民带来体面生活的三个前后相继的堕落政权并赞美新社会，不过创作于1957年反右运动高潮中的《茶馆》却招来了许多争议，因为它隐晦地表达了对旧社会茶馆老板王利发的同情，而非描写当时如火如荼的“大跃进”中普通人的“英雄事迹”。

老舍在“文化大革命”期间为抗议他遭受的不公正待遇，于1966年选择沉湖自杀。关于老舍自杀挥之不去的回忆，终于随着1979年北京人民艺术剧院重新公演《茶馆》这一分水岭事件而暂时画上句号。这一事件以在整个中国现代话剧史上非常典型的方式，成为在全国范围内批判现状的一幕现实剧。在神州大地，一部部政治剧在舞台上彩排和重新创造出来。广义来说，这类话剧演出的巅峰，以八十年代《茶馆》在德、法、瑞士、日本、加拿大和香港地区的成功巡演辉煌结束。这一巡演是中国现代话剧“出口”到国际舞台的第一例，因此一部中国最本土的话剧，也就此跻身于世界级戏剧之林。二十世纪初，中国第一代现代戏剧家启程到日本和西方，寻找复兴中国戏剧的“灵丹妙药”并以此振兴中华。《茶馆》的世界巡演，在某种意义上完成了这一漫长旅程，终于“回家”。

陈小媚（Xiaomei chen）

Victor H. Mair

The Columbia History of Chinese Literature

陆

第六编·注疏、批评和解释

哥伦比亚中国文学史

[美] 梅维恒 主编

马小悟 张治 刘文楠 译

新星出版社 NEW STAR PRESS

绿茫文库

见珍于世

哥伦比亚中国文学史

第六编·注疏、批评和解释

[美]梅维恒 主编

马小悟 张治 刘文楠 译

新星出版社 NEW STAR PRESS

目 录

【881】 第一章　前现代散文文体的修辞

> 在中国文化的各种特质中，文学文体无疑是最突出的特质之一。可以说，对于这一文体的演变和变形进行全面的研究，本身就能在某种意义上构成一部中国文学史。并且我们应该认识到这一文体的重要性不仅在于它是承载哲学态度和哲学概念的一种媒介，也在于它是塑造哲学态度和哲学概念的因素。——吉川幸次郎：《〈世说新语〉和六朝散文风格》，毕晓普（John L.Bishop）编：《中国文学研究》(*Studies in Chinese Literature*, Cambridge：Harvard University Press, 1965, p.166)

描述中国修辞文化的困难，因各种衍生的修辞子传统而变得更为复杂。因此，我们必须至少区分三种差别很大的子传统：（1）大众民俗传统；（2）未成熟的科学传统；（3）文学传统。在中国，这三种文化仅在非常有限的程度上相互交织。比如，公元前四世纪到前三世纪的墨家科学家简明扼要的代数式文体，就与已经体现在儒家《论语》中高度文学化的程式基本无关，却与文学性不那么强的平实的专业医学文章更亲近。不过，中国的白话小说从来没有想要达到这一科学的平实性，或者华丽艺术性散文的简洁对仗性。由于像英语这样的西方语言与中文相比，存在着文体语域上的固有局限，所以内生于中国文学文化中的这一多样性就在西语翻译中被急剧地化约了。当我们审视中国的修辞多样性的万花筒时，一些简化是不可避免的。

本章从三个各异但密切联系的角度梳理古典散文的修辞。

第一，前现代中国的修辞思想传统有什么样的散文文体风格理 【882】
想？本章将鸟瞰一番中国古代对于修辞的相关论点。

第二，我们必须考察中国的修辞实践。必须考察文学交流的基本惯例，中国艺术性散文风格的艺术原则和历史。本章对于中国的古典散文文体风格提出一些基本假设。

第三，中国古典散文文体风格与古典拉丁或者古希腊散文文体风格相比有何异同，中国古典散文文体风格的具体特征是什么？要给出一个答案，对标准手册中已经系统化的西方传统的修辞分析作一番探索是很有益处的。带着比较意识的读者也许会考虑在从亚里士多德、西塞罗、昆体良依赖的西方修辞学中突出的各种修辞和比喻，并继续追问，与古典中国艺术散文相比，它们是如何突出体现在古希腊和古典拉丁文中的。更重要的是，我们能够将古典中文和古希腊文、古典拉丁文中文学交流民族志（ethnography）方面的基本特征作一番比较。

古典中国散文文体风格的类型特征和比较特征，在目前还难以概括。它至多能以现存的先驱工作为基础进行直觉性和试探性的概括，希望这样一种初级的概括能够促进进一步的细节化研究，将直觉转变为内容充实的假设。

· 中国传统的修辞观点

孔子曰：“辞达而已矣。”（《论语·卫灵公》）孔子因其“微言”之天赋而得到敬仰。这一“微言”并非“隐”，而是抵达了对于中国古典审美至关重要的各种独特且微妙之“明”（透明、明白）。通过朴素经济的文体方式—— 一种明显精简的努力，浑然天成，以及优雅的处理——所达到的正是这种透明清澈效果的精华所在。

于是，这一理想的“透明”“明白”并非一种由对意义的阐明而带来的清晰思想。文本启发着读者生发出一种艺术意义上契合然而活跃甚至是创造性的产物。文本并不强加意义，相反，它们催生一种感受的创造。该感受的创造是一种社会行为，是人类学空间的一部分。中国的文本正是在这一人类学空间中铭刻下自身。就理想层次而言，古典的中国文本将意义的种子播撒在读者中，而非明确无误地直接传递思想的果实。于是，中国古代文本涵育了一种隐而
【883】不宣的相互理解。它们通常蕴藏社会性建构的意义，而非径直表达作者专门施加给读者的意义。这样，艺术散文中传达的文学意义通常并不仅是个体作家的产物。它将自身呈现为一种诠释学过程，读者在此过程中扮演重要的创造性角色。

因此，诗人陶渊明（365—427）著名的阅读技巧“不求甚解”便很契合中国古代文学的修辞惯例，因为旨在得到作者确切意义的那种精确性是不符合中文的修辞语境的，即最理想的文本应该留给读者发挥写意的空间。许多中国文学不以此写意性为目标，但是这一事实并不能否定上述观点，只不过显示了并非所有中国散文都偏爱装饰性的修辞。实际上，清代的考证学派狂热地想要弄清经书中的所有意义，将以前的注疏文学传统推进到极致。

希腊人在古代以好辩著称，希腊文本也极具语义上的好斗性：通过定义和明晰性，他们推动读者，将他们的意旨灌输给读者，并促使读者认识到文本想要澄清的客观真理。简而言之，他们的目标似乎是要给出关于某一事实的完整图景。

中国文本所偏好的修辞则回避俗世的好辩特点。哲学家荀子（前300—前219）是一个突出的例外，他明确宣称人性本恶，而这

一观点并未被广泛接受。《墨子》（约公元前四世纪）一些章节中的断言式、反复性、条目化的教条主义对于中国哲学的西方解释者来说也许颇受欢迎，但是在修辞方面，它在中国文学文化中是处于边缘地位的。王充（27—97）的平实文体数千年来一直遭到鄙视。这些例外显示了中国修辞实践中的多元化。但在所有多元化之下，矗立着典雅这一审美核心。

优美的古典中国文本并无意以好辩的论证来震慑读者，也不向读者强加意义。中国的文本以和谐的方式以观点引导而非强加给读者，并暗示可以从中得出某些结论。和谐布局的文本使得读者能自由呼吸。它们留给读者一个特殊的内在自由空间（余地），文本中所孕育的思想能量在其中生根，并在文本的启发下得到自己的生命。中国人所偏好的文体美的类型不是华美炫目的那种，而是表面 【884】
上看似平淡清澈，而在其内部，深刻的审美和思想能量潜移默化地汹涌而来。文本本身使用的不是浓墨重彩，而是写意性的水彩画。因此，中国古典散文便通常在文体上与诗歌有毗邻关系。

相对于拉丁文和希腊文文体中惯常的直接而主动的自我判断，中国散文文体风格具有礼貌柔和的试探性。这一有用的概念可以帮助我们捕捉到中国散文文体风格的特质。古希腊喜剧中因刚愎自用而铸成的大错与中国文学文化中的主流格格不入，虽然并非完全缺席。古希腊悲剧中那种令人动容的追寻式情感的清晰流露也同样如此。柏拉图笔下的苏格拉底那种永不疲倦的探索、咄咄逼人的说辞，以及亚里士多德或塞克斯都·恩披里克（Sextus Empiricus）笔下无所不在的“盛气凌人”的权威语气，在中国文学文化中也很难找到。

从中国传统的文体敏锐度来看，所有上述这些都称得上“粗”，缺乏非强制性话语所孕育的内在能量（“微”）。喜剧和悲剧等古希腊文体模式过于直白，有时候显得有些粗俗下流：赤裸裸的性仅仅是人们能感受到的各种无力的一种征候而已，即在想象力更有成效的地方却无力让位于想象力。

中国的作品通常并不旨在以某种摹仿捕捉到某种现实，相反是朝向一种隐晦现实的启发人心的特质，并将这些启发的种子种入读者顺从而默许的心灵。读者的心灵将由这一经验而得到成长。在这一语境中，“文本”之所以晦涩，是因为一种内在的文化逻辑，而非文化上的偶然性：文本需要时刻准备着审美成长的顺从的读者。在读者心灵生长的审美和思想种子具有“微”这一隐而未发的动力机制，也正是由于一种内在的文化逻辑。粗糙的直白之物是通过积累而非整合来获得的，因此它永远不可能进入人类敏锐感受的核心。如果粗糙的直白之物大量占据人类心灵，就会像一颗思想巨瘤，越长越大，但它却影响不到核心的“精神”或思想方向。这就仅仅是一种“知”，而非“体”。赫拉克利特说：“许多知识并不能教人理解。”然而他很难在中国作出同样尖酸刻薄的评论，因为在中国的共识中，“智囊”历来是被贬低的。根据中国文学价值，文本的修辞被认定为——有时被灌输为——主要为了教益而非获取知识的“学”。

中国的作者经常完全沉迷于获取正确的事实和数据。但是，正是由于上述原因，最终不用于教化和传授有政治目的的正确知识——虽然增长见识，却“不登大雅之堂”。当然，平实、明晰、
【885】分析性的书写风格并没有在中国发展起来这一事实，对科学在中国的发展起到非常关键的影响，却也没有演化为雅典柏拉图或者罗马塔西佗的艺术化散文。

如果考察古典希腊和拉丁文学以及被这一古典遗产所塑造的基督教文学传统，从中国传统者的眼光来看，无疑它们都失之于不可自拔的过度直白，因此最终在审美和修辞上是很粗粝的。这并不是因为西方传统中做不到精微和谨言，而是哪怕是一位博学通识的传

统中国学者，在大量研习希腊拉丁原著之后，以中国的标准来看，他也会感觉到由于理论浮夸以及理论定位上的教条主义，西方文学中的精微感具有灾难性的趋势。中国传统修辞美学的核心在于飘逸轻盈的思想碰触，一种作为文化调味品的审美和反思感，一种留下言外之意的敏锐感。

这一精微迂回的优点并不来自某些“中国语言或文化的特质”，而是在极度危险的环境中要写一些错误东西时的情势使然。诚然，无论在任何地方，写作时都有一些限制。“喜剧之父”阿里斯托芬因为自己的作品而上了法庭，苏格拉底则因为自己的言论而被判自杀。但是作家因惧怕当局而低头的程度则显然不同。在像中国这样的等级化和集权化社会中，迂回的话语很可能出于一种安全措施，只不过在后来偶然被审美化了，成为一种必需的优点。我们只能说，它确实已经成为中国文学文体一种至关重要的优点，给这一文体带来引而不发的力量感——这种力量在“粗粝的”欧洲文学传统中是非常少见的。

因此，书法艺术的轻盈和中国山水画纯粹的精神性在西方找不到对应，便也并非偶然。我们就好像正在目睹一种审美征候群：引而未发的巨大内在力量，纯然而纤细的敏感性，在中国书法和山水画中得到涵养，也在中国散文最优秀的篇什中展现自身——它们与西方古典文学中特别培育的精神性模式截然不同。

正是在诗歌中，这些轻盈的敏感性因自身得到完全展现，甚至到了成为某种程式的高度。因而在这一特殊意义上，我们说中国最优秀的散文篇什具有深厚的诗性，并实际上可以说它接近于诗歌——正如中国最优秀的诗歌一样，它经常像一道“残酷”的语言前提横亘在我们眼前，给对中国最优秀书画作品中难以捉摸的精神性的把握造成巨大障碍。

这里打动我们的难以捉摸的特性实际上是中国版本的罗马“文

雅”（urbanitas）——它包含了一种修辞姿态。这种修辞姿态在读者中礼貌地预设了一种敏感性的高雅文化，在其中，艺术化散文将自己仅限于以一种文质彬彬的方式，启发已经蕴含在文本里面的文义，而非径直塑造读者的思考。文本本身邀请读者自己来揭开字里行间的微言大义。书法艺术突出了轻盈而博学通识的敏感性本身。而这一微言大义修辞技巧的要点，可谓书法艺术的纤柔语义学。

在这一精微艺术中，任何装饰性的东西都是偶然的。在欣赏无数书法的中国眼光看来，吸引眼球的装饰性必然滑向粗俗。就我们所知，在欧洲书法传统中找不到中国书法的对应，因为西方书法的精华正在于审美性和装饰性，而非“精神性”和个人表达（阿拉伯书法也远比中国书法更具装饰性）。中国书法在西方传统中没有对应，这并非一种历史偶然，而是两种文化中主导交流结构的深层区别的一种显著表征。

即便在今天，文体区别也体现在像情书这样的文类中。研究显示，现代中国人的情书和西方相比更为克制迂回。和中国古典文本一样，它们也试探性地留下想象空间，而这些想象空间在西方修辞中是被鼓励更为明确直接地表达出来的。

从公元四世纪开始到现在，书法就成为令中国人沉迷的审美艺术。由此，中国文化推崇一种克制的审美模式。这一审美模式是中国修辞敏感性形成过程中的主流。

· 赋体文的韵律

在赋体文的韵律方面，四字一组（换气单位）最受欢迎，六字组和七字组也相当常见，而三字组和五字组也会出现，但属例外。其他字数的组合则非常少见，仅在一些特殊场合出现。

在赋体文中，最常见的是类似或对偶的单元组合。在这类组合中，组合中的后一个单元是很自然地被默认强调的。在最简单的情况下，每个单元仅是一个换气单位，但对偶单元也能够成为一个复杂句（两个或多个换气单位组）。学习理解中国的艺术散文，就是去学习聆听这些韵律单元以及它们抑扬顿挫的对仗或对比。

赋体文的文体结构能够基本上被描述为包含韵律强度（prosodic 【887】
weight）不平衡的两个部分：轻的部分和重的部分。在其中，轻重两个部分可以再由包含同样轻重部分的结构所构成。这一简单规则解释了在六世纪早期的骈文繁荣以前，以及自公元一百年开始诗歌散文中对偶的大量精心使用（见第二编第一章）之前，古代中国文学中很早就有的大量装饰性段落。

如果四句基本上对仗，仅有一句略微有些变化，那么变化的那句通常是第三句。即便在我们称为散文的作品中，也经常押韵。如果四个散文体押韵句中，其中一句是不完全押韵（甚至无押韵），那么这一句也经常是第三句。在段落中，通常的规律如下：如果有任何一种形式——语义、押韵或者语音——的变化，那么发生变化的句子通常是倒数第二句。似乎就是倒数第二句的变形使读者在心理上做好准备，宣告整个段落即将结束。当然，即便在赋体文，特别在短的口头语中，非对偶的不规则押韵也是允许的。不过一旦这些直接引语变成大段的论辩，则会倾向于服从散文文体风格的习惯模式。

在佛教来到中国之后的艺术散文作品中，甚至在句子或者段落中，白话文和文言文之间交叉切换的趋势虽然情况不一，但是无处不在。这一特征给予艺术散文一种格外的丰富性。自东汉开始出现的注疏文学特别有意义，因为有时可以方便我们将原典与后来经常更为口语化的释义进行比较。东汉末年赵岐（卒于201年）的《孟子章句》便是一个很好的例子。赵岐的散文文体风格是一丝不苟地冗长而直白。这种文体可能会被错误地认为是东汉时期的口语，不过可以肯定的是，它运用了东汉口语的一些重要特征。对原典的标准口语化翻译，著名的比如元代（1260—1368）的《大学要略》《中庸直解》和《孝经直解》。这些翻译以精心为之的不成熟的“官方”、正式的口语风格写成，和《元典章》如出一辙。像这一类文本代表了一种官方授权、未经装饰的白话散文文体风格。这一文体的推动和发展，在一定程度上无疑是为了方便对汉语很陌生的蒙古读者的理解。

这些文体与唐宋明清的叙事散文中口语文体的亚文化使用形成了鲜明对比。后者的口语中经常混合大量文言文学元素，其目标读者为一个兴起的汉族布尔乔亚阶层。

【888】实际上，中国传统文学关键的修辞特征之一，在于它经常在语法上不同的许多语域之间跳转。在汉代以前，文学文体可以很自然地转换为古奥文体，或者突兀地引入口语元素，然而在文学形式和口语形式之间基本上没有清晰的语法断裂。历史学家司马迁（前145—前86）明智地偶然插入一些口语形式来突出对话的特征。然而即便在这罕见的复杂文体水平上，构成对比的也还是在文体上，而非语法结构上的对比。

早期的佛教译者和传播者因面向大众传教，而着意带来了文体和修辞的革命。佛教受口语启发的古怪笨拙的杂糅翻译腔文体，逐渐转化为一种更为本土而优美的白话语。这种白话语有一种显著不同的语法，区别于在世俗中国语境中所使用、基本旨在保留战国（前403—前221）原典的语法和文体的文学语言。刘义庆（403—444）的《世说新语》其作品用一种从白话优雅地转向文言的文体写成，在多处显示了一种佛教的意识。因此，《世说新语》开辟了中国的“非正式”文学这一悠久传统。在该文学传统中，语法是非同质性的，一种文体语码可以瞬间切换到语法不同的另一种文体语码。这一语码切换的效果，可以比之于欧洲许多文艺复兴文学中的混合语言：马丁·路德在《桌边谈》中德文和拉丁文之间的切换，和中国宋代语录传统在一个句子中实现文言文和口语之间的切换方式是一样的。因此，禅宗一系列的语录，在中国传统的混合散文文体风格的扩张中，成为至关重要的因素。

唐代以来主导的佛教变文并不以纯粹的白话文写成：它们发展出了将口语和文言元素织入一种高度复杂模式中的艺术。这种模式赋予中国文学以极具能量的文体深度，后来先后注入中国的短篇小说和长篇小说传统中。在所有这些文学媒介中，作者都不必受高度文言化文体的限制，能很自由地使用白话元素。

到了1270年，黎靖德将新儒学思想家朱熹（1130—1200）的语录辑为《朱子语类》时，这一文白混合的文体愈发完善，不仅产生了可观的修辞效果和艺术效果，而且进入了严肃的“哲学”文学领域。陈淳（1159—1223）在《北溪字义》中走得更远，他用一种高【889】
度混合白话的文体撰写了整本关于哲学词汇字义的作品，而这种文体本来一直是与叙事小说和民间文学这些非正式传统相关联的。陈淳的文体选择中的修辞信号是很清楚的：他希望在他的哲学论著中保留一些非正式、亲密化和私人特质。而朱熹的语录正是因此而得名。在文艺复兴时代，将意大利文与拉丁文掺杂以创制出这类混合文体是可能的，不过在现代欧洲作家中，基本上丧失了这一选择性。

明代的王阳明（1472—1529）提倡一种个人化的儒教，而非仅具公共性和政治性的儒教。他的《传习录》也以一种极具吸引力的混合文体写成，口语在其中给僵硬的古典文体带来活力。在《传习录》这部薄薄的小册子中，口语字“这”出现了九十九次之多。不幸的是在英译中，“这”听起来会和完全不同的标准文言字“此”差不多，导致在《传习录》英译本中，这类白话语域和文言语域在同一文本中的语码切换便几乎销声匿迹。

元杂剧具有自己的独特修辞文体，培育起了一种高度审美化的口语文体。对于刚刚接触元杂剧这一高难度文学的读者而言，时钟雯教授的《〈窦娥冤〉：研究与翻译》（Cambridge： Cambridge University Press，1972）是一部非常有用的双语介绍作品。在《窦娥冤》这部重要杂剧中，白话的运用是居绝对主导地位的散文文体风格，并且元代晦涩的双关语似乎也备受重视。与时钟雯所采用的明版本相比，元杂剧的早期版本通篇具有更明显的白话文体特征。对文体化粗鄙的这一审美推崇，在以前佛教文学对白话文体的实验中尚付诸阙如。这些杂剧的修辞风格于是与宋朝到明朝的白话叙事作品于是有了鲜明对比，后者将标准的通用方言与文言文更温和地混合在一起，并偶尔点缀以民间黑话。像《金瓶梅》这样的长篇小说中，这一特征仍然保留着，虽然其中模仿的民间黑话变得臭名昭著。（见第四编第三章）

明清叙事作品的散文文体风格差异性很大，有几乎纯文言的《聊斋志异》，在其中只有成为纯粹民间口头传说的极其零星的口语段落，也有像《水浒传》这样文白完美相杂、以白话设定整体基调的长篇小说。文言和白话散文文体风格之间的效果区别并不必然
【890】是正式与非正式的区别——《聊斋志异》在许多方面和《水浒传》一样不依惯例、色情和非正式——而是在于文言文的克制、措辞的引而未发与白话文的话语狂欢之间的区别，至于明显的语法区分就更不用说了。

以文言文写就的原典注疏作品，有时候过于冗长而拒人千里。因此，这些注疏作品在修辞风格上与白话注疏迥异，后者在学术解读之余加入了个人化阐释的维度。“评”传统中的“口义”正是白话注疏的极佳例子。

毫不奇怪，我们会发现中国修辞史与中国具体的文学类型史不可脱离，因为许多修辞特质是与具体的文类直接挂钩的，然而许多其他修辞特质似乎是普遍性的，可以适用于整个文学全景。

· 修辞理式

让我们转向中国对自己修辞理式的论述，作一番更为普遍的考察。从孔子开始，实现措辞的“简”和“约”，以及对“微”（微言大义、交流的迂回）的涵育，就成为在文言文学漫长历史中具统治地位的散文文体风格理式。然而，即便在这一基本点上，传统学者之间也是聚讼不已。比如，顾炎武（1613—1682）跟随欧阳修（1007—1072）的脚步，相当直率地指出文学表达是为了描写事物，因此不必拘泥于寻章摘句和追求简约本身。顾炎武的这一非正统观点，得到了如钱大昕（1728—1804）等对于散文文体风格具有相当科学态度的杰出学者的支持。这一文体立场对传统学术和传统文体理式抱以一种顽固的怀疑态度，并非偶然。实际上，章学诚（1738—1801）曾经列出著名的“古文十弊”，其中包含了与修辞有直接关系的许多观点。

我们应该知道，散文文体风格在中华文明里面，甚至在既定文类中都是一个颇具争议且得到广泛讨论的话题，而非一种自主实践。中国并没有一种单一不受挑战的散文文体风格。考虑到以下所列的中国各种散文文体风格和修辞理式，我们必须牢记一点，即在像中国这样庞大而复杂的文化中，不管哪种理式，都必然会在某时某地遭遇到某些人刻意的反对甚至争论。本土修辞话语模式并不是不可打碎的文学文化之铁律。这使得中国古典修辞中似乎呈现为定律的所有约束条件，以及究竟是什么使它们区别于会在偶然情况下 【891】
被打破的其他约束条件，变得更加有意思。

根据通行的观点，赋予作品以永恒价值的是“文”（文华辞采）；《左传》中说，言而无文，行而不远。中国作家在这一格言激励下，致力于使他们的作品言之有文，流传千古。

“文”的实现，是通过“丽”（和谐的平衡）。“丽”则是

“美”的结构性本质。因此，刘勰（约465—约520，见第六编第三章）所谓的“俪辞”这种对偶成为文言散文文体风格的核心。在中国文学史中，大量精妙的修辞分析围绕着被集体描述为对偶的各种现象。唐代著名注疏家孔颖达（574—648）似乎是使用“互文”（“互文见义”）这一核心词汇的第一人。“互文”指的是一种至关重要的现象，即对偶句中的对应字互相解释，使人感觉它们互相联系、彼此和谐。我们应该将“互文”概念与其他“对文”形式仔细地区分开来。

“变文”是另一重要的“对文”，也由孔颖达提出。它接近于西方修辞学中的变异修辞（variatio），指的是一种非常常见而在语法上很重要的修辞实践，即在对偶句中随意使用具有微妙差异的词汇以避免重复。在该语境下，不能把语义上有些许差别的后一个字词看成前一个字词的同义反复。（“变文”这一辞格和佛教中的说唱叙事文学“变文”［见第七编第二章］虽然同名，但二者完全不同。）

文本中文言词汇和段落的出现就像“响尾蛇”：只要我们看到一处，就会在不远处寻找它的对应。中国散文的普遍模式是，一方面与过去发生回响，另一方面在段落内部发生呼应。当然，传统欧洲文学也包含大量对偶，但是没有哪种欧洲散文具有类似的特质，而在中国，从最早的时候开始，这一特质就渗透在几乎各种不同的主流文言作品中。

除了对偶的这一强烈嗜好之外，被广泛讨论和培育的“文”的另一特别形式，是对偶句的第二句中的“省文”。与“变文”一样，“省文”也可以看作是这些环境下对重复的避免（通常来说，中国的文言文比起拉丁文或希腊文来，对重复的容忍度更高一些）。孔颖达为五经所撰义训是今天可以回溯为修辞分析的丰富资源库，而在孔颖
【892】达当时，修辞分析距离成为一门正式学科还相当遥远。

词语需要在另一种意义上得到“骈俪”：它们需要在“质”

（实质性内容）与“文”（文华辞采）之间找到平衡，而这一“文质彬彬”的审美模式是通过自然而平衡的对偶而理想地实现的。这至少是孔子的理想。在战国时期，清苦的墨家以及态度强硬的法家——二者都是非常实用主义的——都很自然地提倡“质”，而主张摒弃“文”。东汉的理性主义者王充有史以来首次详细表明了对朴实无华散文文体风格的赞同，但因此成为历史上被几乎所有人讪笑的对象。与之形成对比的是，道家倾向于将“文”自身视为目的，通过他们的典范（著名的有《庄子》），道家对中国的文学标准产生了无处不在的或显或隐的影响。

我们可以看到，和在西方一样，中国的文体理式在许多方面也是颇具争议性的。不过，还有许多方面是无可争议的。为了成为“雅言”以及真正的美好，所实现的那种和谐以及实现它的手段必须看上去是自然的（不造作、自然而然）。

这一来自道家传统的自然概念，后来成为中国美学共同遗产中不可或缺的一部分。正是通过散文文体风格上的这一自然概念，以及它与自然界中的自然物之间的联系，中国概念中的散文文体风格之美才抵达了重大的宇宙维度。文体之美与宇宙之美联系在一起。元代的陈绎曾是后世继续倡导自然为文学成就之标准的著名文学评论家之一。宋代的黄庭坚（1045—1105）则致力于将粗俗元素文雅化的可能性。

与自然理式相关的是所指的具象化，正如哲学家孟子所说的“言近而指远”。

著名的目录学家、学者刘向（前79—前8）第一次明确提出，为了达到所有这些美学效果，故而“辞不可不修”，而通过这一努力所实现的便是“为辞之术”。这种不劳思虑的自然效果，无论在古代还是现代，很吊诡的是通过艰苦卓绝的文学和美学方面的自我修养而实现的。

中国第一位伟大的历史学家司马迁将写作中表现出的内在感情和“自现”的能量，视为造就伟大文学的根本因素。对司马迁而言，“其志洁，故其称物芳”。

【893】人们通常对“华”（华饰）有偏见，而倾向于“朴”（朴实无华）。

在散文文体风格中，给人留下深刻印象的标准修辞立场是“述而不作”（这句格言来自孔子）。不过情况又远非那么简单。早在公元一世纪，王充就反对墨守传统，而主张创新——不仅包括思想创新，还包括文学样式的创新。文学理论家陆机（261—303）以一种更为诗性的方式，推崇遣词造句的新颖，以代替陈言滥调。他甚至担心自己的某些见解与古人不谋而合，而不得不将它们丢弃。这种洁癖在韩愈（768—824）、李翱（772—841）等著名文学人物那里得到继续。皎然和尚（720—约805）在《诗式》中，批评了三种文学剽窃：“偷语”、“偷意”和最隐蔽的“偷式”。

刘勰的《文心雕龙》是中国第一部专注于中国修辞历史和理论的专著。这部作品也较为详细地处理了一些辞格，如“比喻”“夸饰”“事类”“谐隐”“隐秀”，并且对这些有所区分：（1）“言对”和“事对”；（2）“正对”和“反对”。

刘勰已经完全意识到不同的文类具有不同的文体理式。但是刘知几（661—721）才是第一位真正长期而广泛地致力于为特定文类找出规则来的学者。他的《史通》跻身于世界上最早的系统性的史料编撰方法专著之列。刘知几强调史料编撰需要的几大必要，即简明扼要的必要，遣词造句应具体而无冗句烦言的必要，使用平实的“今语”并避免“昔言”的必要，使用精确词汇并精心选择褒贬词汇的需要，避免“对语俪辞”的必要，以及审慎观察到禁忌的必要。

在陈骙（1128—1203）的《文则》中，则比刘勰更为细致地聚焦了修辞话题。因此可以理解，《文则》被看作是中国最早的一部修辞学经典。陈骙以此前的修辞文献为基础，系统地区分了不少于十种“取喻之法”，于是开始了一系列的类似分类。陈骙以相似的仔细程 【894】 度，接下去对引用的各种使用以及“倒语”的诗性效果进行分类。在这些分类中，陈骙只是将既有的修辞概念进行了阐发。而在讨论“层递”时，陈骙则很有创新。他区分了三种“层递”：（1）从小到大；（2）由精及粗（反层递）；（3）自流及源。

陈骙详细阐述的另一个重要的辞格是“交错”（同一文句或短语的强调性重复）。而相当具有启发性的概念——“同目”，作为将文本统合在一起的一种辞格，可以说是特别有意思的。总体而言，陈骙认为，“辞以意为主，故辞有缓有急，有轻有重，皆生乎意也”。

日僧遍照金刚（即空海，774—835）《文镜秘府论》是一部极其重要的六朝（220—589）至唐代文学批评和修辞分析的资源库。“双关”是最早出现在这部作品中的一个至关重要的概念，这一修辞格用来指将两层意思分配给某个字词的做法。

就以长篇小说这样的文学书写而言，明代评点家叶昼（卒于1624年）在容与堂本《水浒传》第五十三回回评中提出了一个特别的修辞建议：“天下文章，当以趣为第一。既是趣了，何必实有是事，并实有是人？”实际上，各个时代的“评”中的各种批语是（经常不那么正式的）中国传统修辞分析的一个巨大蓄水池，而除了古典长篇小说的评点部分（见第四编第三章、第六编第四章）之外，这个传统的其他部分还没有得到细致的研究。

在中国历史上，一直到二十世纪初，文言文都是最受尊敬的文学交流媒介。但是即便如此，还是有许多诗人和批评家建议将口语和“俗”成分整合进这一媒介中，虽然像外交官兼诗人黄遵宪（1848—1905）的“我手写我口”——得到许多白话提倡者有限的遵循——这样的宣传口号也并非要兴起推翻文言的主导地位的革命性运动。黄遵宪颇具煽动性的“我手写我口”有来自西方的文体影响（受马丁·路德启发）以及思想影响。

【895】 书籍的用途：面向中国传统写作交流的民族志

现在，让我们考量一下作为塑造中国古代修辞原则和实践决定性因素的那些文献使用的“人类学”。这些中国古代文本的自然讨论场所是什么样子的？它们所面向的公众的特质有哪些？这些文本在哪些场合会被使用？对于它们所描述内容的重要约束条件有哪些？（考古学家出土的“硬”文本提出了一堆超过本章论域范围的各种问题。［不过可参考第一编第三至五章］）接下来的讨论以一种比较的方式，以古希腊为参照，折射出中国的实践情况。

文言文的修辞实践中的一个显著特征，是缺乏表达如下意思的一些短语，如“早上好”“晚上好”“晚安”“嗨”“再见”“哦！对不起”“非常感谢”“尊夫人近来如何”“你好吗”，等等。寒暄交流（用来促进社会关系而非传达信息的话语）在古代中国一定也是常见的，但是在文言文中却付诸阙如。文言文的修辞会避开那些转瞬即逝和细小琐碎的东西。相比之下，中国的文言文剔除这些细碎的对话，而荷马史诗中则拥抱它们。

古希腊作品经常会以模仿的方式，直接记录演讲。雄辩家德摩斯梯尼（Demosthenes）的演讲很可能就像他所写的那样，正如有直接证据表明西塞罗打算在元老院进行公开演讲时会预先写下演讲词，而在草稿中“自然”会涌现大量不恰当的句子。书面文本是为了进行公开的口头表述。公开表演者在中国古代也有，比如宫廷俳优等其他表演者——即便在佛教之前的中国，也有各种用来称呼他们的名号。但是这些表演者所表演的内容，至多也只是以间接的方式与传世文本相关。

上古中国的许多演讲都保存了下来，特别是保存在如《尚书》
（《书经》）和《左传》等早期原典中。《国语》倾心于给出修辞
的许多实例，而《战国策》中大量运用了口头修辞。但是这些典籍
也好，后来的相关作品也好，我们在其中都找不到由演讲作者为了
公开背诵和演讲而写下来的篇章。而且在上古中国，也没有迹象表
明各种身份的读者会聚集在一起公开阅读这些典籍。这些典籍留给
我们的印象是，它们主要是为了保存文献，其次是向顺从而非抱有 【896】
敌意的听众作口头解释。这是需要仔细解释的中国和古希腊之间的
一个根本区别。这些传世文献中的口头演说似乎是面向一群为数甚
少的温和听众。这些人主要是演说者的门生，他们通过一些既定的
口头解释，而努力将文本牢记在心。古希腊的手稿则不一样。它们
设计为在充满敌意或者冷嘲热讽的公众前的大声朗读，即便当它们
并未设计为由作者在任何既定场合朗读时，也是如此。即使当它们
不属于喜剧或悲剧这样的表演文学时，它们也依然是表演文本。即
使当它们碰巧不是——对古希腊人来说极其重要的——文学竞争的
一部分时，它们也是竞争性文本。

戏剧正是这里的一个很好的例证。剧本手稿被设计用来作为某种得到公共赞助的公开表演的文本基础。当然可以默读它，但是我们都知道，默读在古希腊的任何时间地点都不存在。即便私人朗读也会用到声音，即大声读给自己听。可以用剧本进行公共朗读，有证据表明古希腊剧本曾以这种方式被使用。所以在古希腊环境下，非戏剧文本都通过或多或少的公共朗读而得到生动表达。

了解了这一古希腊背景，我们的问题便很简单：中国上古的文字手稿的用途是什么？它们是如何进入社会生活的？

目前我们的手头证据虽然很少且间接，但都显示它们是记录性文献，写下来（有些则被背诵）是为了档案保存之用。先秦时期（前221—前207）的文本，时人主要用来背诵、研习以及学着跟随

老师进行解释，当然也牢记在心。

大大小小的作品经常作为档案而保存在“秘府”（秘密的藏书馆）中，并不是为了提供大范围阅读。汉成帝期间（前32—前7），东平王刘宇奏求成帝，欲观览《史记》，成帝严守秘藏，终不借予。

在所有上古中国的著作的存世序言中，都没有证据表明任何一种作品是为了面向听众进行公开演讲而写的。充满异质性的道家作品《淮南子》（前139）以及稍早的兼收并蓄作品《吕氏春秋》（前249）从来没有听说曾在公共场合被朗读，但据说曾经悬诸都城城门展出。司马相如（前179—前117）的大赋并不是当面背诵给汉武帝听的，而是上呈给后者阅读的（当然，短诗特别是抒情诗的背诵传统还是存在的，但它与我们这里讨论的散文的背诵相当不同）。

【897】就这些种类文本的修辞而言，作品的社会用途特质使之非常不同。到口头表演文本被提到的时代，引用材料都是包括了将原文转化成白话习语的释义性阐发。它们并不是公共阅读作品。

所有这些的修辞后果是深远的：古希腊作家，和罗马人一样，写下了他们对有可能在任何时候失去读者注意力的恐惧，他们害怕读者注意力会游离，会发现他的文字不够吸引人。上古中国的典籍则似乎显示，文言作者不需要面对这一担忧，因为他最终是作为一名档案保管人而从事写作的，为某一思想学派，更经常的是为皇家档案而记录下应该记录之事。他的目的一般是为了档案保存。作品是为那些觉得需要参考它以及希望研习它的人而写的。娱乐或者公共演讲并不是著述的重要原因。如果这些作品有娱乐效果，那是一种巧合：它们的真正目的是档案保存或者教化，其修辞最终也是面向这一教化目标的，甚至当它们明显作档案之用时。

没有任何证据表明，在佛教到达中国之前，曾有作者们置身争取公众喝彩的任何文学竞争中。得到皇家或者朝廷支持是他们的主要目标。与之形成对比的是，古希腊悲喜剧文本的珠圆玉润在一定程度上是由于这些文学竞争。在某种意义上，柏拉图作品的极其精美也可以由他写的是哲学剧本这个事实得到解释。换句话说，他是一位哲学剧作家。中国的哲学作品并没有如此直面纯粹的文学或哲学竞争。它们的竞争只是争取朝廷支持的竞争。就我们目前所知，前佛教时代的中国并无关于墨子（约前480—约前400）和孟子（前372—前289）孰优孰劣的任何讨论。并非只是因为如我们所知的墨子和孟子都不是单一作者，所以才没有这样的讨论，很明显，无论是《墨子》还是《孟子》，都缺乏柏拉图的存世对话录和亚里士多德的对话录（已经亡佚但受到西塞罗的大力推崇）中所表现的对文学造诣的汲汲追求。

中国的文本作品缺乏去吸引受众的需要，只是因为它们并非表演文本：它们是被用来怀着敬意学习和记诵的，而不是被上古中国一群知识大众批判性地聆听的。孟子对墨子的批评似乎从来不是以对公开可得的《墨子》文本的细致研究为基础的。在《孟子》中，并无对《墨子》大段落的详细讨论。《孟子》的目标读者是反对墨家有害观点的虔诚的儒家信徒。

像《墨子》这样的一部著作，我们可以设想它的受众是一群颇
有耐心的听众。无论他们是多么虔敬的墨家信徒，他们一定也抱怨 【898】
过文本本身的重复性简直难以忍受：某一篇文字最多的时候会在全书中有三个版本之多。这是极其冗长啰嗦的。《墨子》的编写者所做的，是将三个版本收录在作品中。

还有一些教化性篇章，其中的绝大多数，对于不是核心圈内人的一般常人而言是完全不可解的。很明显所收录的这些篇章纯粹是为了记录之用，而不是为了任何公共阅读课程。《墨子》如果不经阐释是难以理解的，阐释本身如果没有原典也同样难以理解。《墨子》的编写者除了归档之外，脑海里不会想到别的用途。这些文本绝对没有与非墨家著作在吸引力上面一争高下的意图。这甚至会引

出下面的问题：是否当时的文学语言已经与口语分道扬镳，使得对文本的背诵，对那些以前对这些文本没有印象的人来说实际上根本听不懂？因此，这些文本的属性并不是一种竞争性文本，不是为了与其他表演文本公开竞争，而主要是为了记录。

罗界（Geoffrey Lloyd）教授对古希腊的竞争精神及其奥林匹克竞赛的强调，与中国形成了鲜明对比，甚有道理。但是，我们不要忘记公元一世纪《汉书》中有对人物道德的臧否评级的热衷，以及后来如《诗品》等作品中对于诗歌的品评。在这里，就像我们经常看到的那样，东西方的差别仅仅是程度上的，而非类别上的。

那么，如果并不是为了争取公开喝彩的竞争，中国早期极尽复杂的散文文体风格背后的驱动力是什么？我们想一想，存世的所有文献都是宫廷文学——即它主要是为了争取皇家或（可能对政治感到幻灭的）王公豪门的支持和赞赏。另外，它们也会寻求宫廷周围对政治心灰意冷的圈子中更审美化的赞赏，最好的例子之一便是《庄子》。这便是为什么研习中世纪文学对于传统中国的研究者来说非常有用：欧洲的宫廷文学很自然地可与中国宫廷文学进行比较。中世纪欧洲的修辞的社会学对于汉学研究而言，能提供大量直接的启发。

佛教到来前的文本，并不为得到“自由民”或文学鉴赏者的认可而进行竞争。前佛教的中国并不存在自由的文学市场经济。从公元三世纪开始，中国的文学“唯美主义”发展为与书法绘画这样的精美艺术结合的个人表达。我们需要研究佛教到来前后在中国的文学公众的发展，作者为他们而写作。

作为文学市场经济的一部分，古希腊文本面向的是一群具批判能力的思想性公众，并且这些文本的公开背诵和表演对象很可能正
【899】是这样一群人：怀疑的、高度叛逆的甚至根本没耐心的公众。伟大的罗马作家如塞涅卡或西塞罗，在下笔的时候很明显会考虑到读者的反应。而佛教之前的中国文本，读起来就好像我们在偷听面向统

治者的直接进言，这番进言忽略了阅读公众的自然反应。

有些作品不是写给统治者或王公大臣的，读起来便会觉得似乎主要是作为记录性文献，为虔信的门徒而撰写的，它们没有任何关于具备批判能力的思想性读者的观念，很少会考虑到难以取悦的批判性阅读的可能性。牢记这一点，会有助于我们澄清中国散文文体风格形成的潜在动因。

· 文言散文文体的约束条件

文言散文文体有许多特征是中国修辞传统本身没有意识到的，但是它们却至关重要。木偶戏的例子对我们理解古代中国的著述特性非常有帮助：木偶操作者的角色就像中国古代的作家。他们用木偶表演各种角色，但是从来不会以木偶操作者本人身份发言。他们只是非人格而无所不在的叙事者。如果他发出自己的声音，那么将等于放弃在文化上预先设定的作者身份。

木偶操作者是表演的演员，是进行创作的行为者。他的主体性从来不是表演的主题。他从来不以本人身份进行表演。他的主体身份仅仅是表演背后隐藏的那个行为者，而非表演中所描述的客体或主体。很显然，他没有也不能发出他自己的声音，因为发出自己的声音会逾越“木偶操作者”在文化上预先设定的角色。

木偶操作者的身份会随着历史变迁发生动态变化。他可以成为戴着面具而因此仍然隐藏自我的演员，或者最后他可以成为发出自己声音的演员——并非他所扮演角色的声音，而是他所记录之事的评点人的声音。然后，他可以用非演员的身份对戏剧进行评论。最后，他不过是解说戏剧的内容，但是会附加自己的感受和观点——在这时，他才开始真正意义上的粉墨登场。他需要为自己的自我呈现进行编排设计。他必须设计出一个用来陈述的自我，以复杂的修辞手法为这一自我进行仪式化的文学编排设计。

中国文学的魅力之一在于，它使我们能追溯从最早时期至今支【900】配——不过并非限制——著述行为的惯例。和木偶操作人一样，著述者是在舞台上表演其他人作品的工匠；和戴面具的演员一样，他呈现了一个文体化的不动的公共表象。在这一舞台上，著述者作为一个个体而出现，展现他自己的面容。他仍然是记述传递他人的信息，但是承担起了那些信息的记述方式的责任。这一责任的承担行为包括了公开的间接引语，而这一公开的间接引语在中国文学史中惊人地稀少。在前佛教时代，有几个句法上的珍贵例子，显示公开的间接引语对于佛教到来之前的中国文学并非完全陌生。不过，如下这一点是足够明显的，即间接引语并不像在拉丁语法中那样，是语法的不可分割的基本部分。这一语法特点是古代中国抄写行为的一个基本特征。

于是，我们的第一个决定性论点为，在前佛教散文文学中，著述者和作者的修辞角色并不一致。著述者一般是对作者的忠实记录，而作者本人看起来并不是以其名字命名的著作的执笔者。从汉代开始，这一现象慢慢发生变化，著述者开始在作品中表达自己的观点。不过通过典故和隐蔽的间接引语来表达的做法还是相当流行和典型的。通过隐蔽的引用，作者可以将自己融入一股传统中，但是经常会出现与他人明显不同的作者自己表述的情况。班固（32—92）的《汉书》便是很好的例子。《汉书》中与司马迁《史记》中有大量几乎完全没有标明的重复文字。值得注意的是，在引言部分也未注明来源，虽然班固以一种程式化（不过并不因此而不真实）的谦虚，说明自己只不过是“述”。和司马迁不一样，班固不认为《汉书》中的任何一篇文字是自己所“作”。很重要的一点是，即便司马迁自己在编写《史记》时，也不注明出处地大量引用了皇家藏书馆的典籍，这些典籍中的许多在今天也保存在其他著作中。

在传统中国，主流散文作家中的绝大多数都将自己当作文化遗产的“述而不作”者，特别是在他们的作品实际上具有创新性之时。文言短篇小说的伟大作家蒲松龄（见第三编第四章、第四编第五章，1640—1715）将自己形容为“异史氏”，通常他只在每篇故事结尾部分，以异史氏身份稍加评论。蒲松龄在他声称自己仅仅是记录者的这些小说末尾的评论特别地具有两个特征：第一，他宣布这些故事都是“志异”，因此他并不为故事的意识形态内涵负责；【901】
第二，也更重要的是，他径直效仿司马迁在篇末缀以“太史公曰”的个人评论的做法。换句话说，和在他之前的司马迁一样，蒲松龄希望读者理解，他仅仅是记录下从他处获得的材料。因此和历史学家一样，短篇小说的作者倾向于在文本中采取不偏不倚而非个人化的文学提供者的姿态，与之形成对比的是，抒情诗人则倾向于采取审慎而畅言的姿态。

正是因为这一无处不在的趋势（即便在佛教到来之后，也仍然持续着），所以它的反面——对原创性的内容、文体和主题的系统性追寻——才成为传统中国里特立独行人士的一个明显选项。李渔（笠翁，1610/1611—1680）在他“大逆不道”的小说作品中便是这样一位特立独行的作家。他希望自己作品中的主题以及他对这些主题的观点是他本人独创的。他甚至还在语言上追求创新。相形之下，莎士比亚在主题的选择上是坚定的传统主义者：他笔下所有的情节都基于未注明出处而在当时为人耳熟能详的故事，不过基本故事情节中的创新并不是莎士比亚写作的目标。

要正确理解李渔，就必须先把他看作一位文学浪子。他在写作等活动中狂欢。类似的还有惊世骇俗的思想家以及大众文学的支持者李贽（1527—1602）。他以思想浪子的身份示人，毕生追求思想上的创新，并躲避祖述传统智慧这一无趣的角色。而且，像李渔和李贽这样的特立独行者成了讨论的主题。因此，他们是传统文化以及在此文化中自己所处角色的评论者，从而与那些将自己视为伟大传统的继承者的绝大多数人形成了鲜明区别。

然而，希望对主流修辞散文文体风格提出疑问的作者，并不一定要成为与之彻底背离的文学浪子才能实现。比如理性主义思想家王充在《论衡》（见第六编第三章）中的那些颇具分量的文字，采取的基本修辞姿态可以方便地用《论衡》中著名的一章之标题“疑古”来概括。

无论如何，作家们在自我表达方面的集体收敛，在中国的自传书写史中得到了最佳的体现。对这些自传文本的研究，充分显示了在传统中国文学世界中自传书写的严格限制条件。但是，这一自传
【902】收敛的重要意义远远超过了自传维度本身。比如，上古中国的“述而不作”传统，就是非书信作品的作者并不作为某个时间点中“此时此地”的一个个体，而是作为“抽象”而普遍的“我”出现的。这一抽象而普遍的我更受推崇，并被解读为在时间中是永存的。因此，中国作家能否写出自己想法的局面有所改变，是相当晚近的事情（哲学家朱熹就曾如此）。作者在写下直接引语之时，有时会出现这段话是作者的道听途说后来又发现这段话是错误的情况。但是在前佛教时代，没有哪位作者会公开指出自己以前曾持有某一观点后来又放弃该观点。对观念改变的记录将以这一写作惯例为前提：作者作为一名此时此地的个体，不仅是他笔下内容的来源，而且也是对这些观点进行讨论的主体。作者将不得不邀请读者进入作为个人史的自己创作过程的主体性中。这在中国不太会发生。在中国传统的散文文体风格中，作家并不将自己呈现为他们所创作文本的实时持续过程的参与者。传统中国著书立说的这一特质与随之而来的特性（在下文中会讨论的），与自我概念以及社会中个体角色有着直接关联。简而言之，“自我”没有“他人”来得重要，而“个体”明显从属于“家族”。

在上述语境下，在前佛教时期的作品里对文笔本身的思考极其稀少，长时间以来，著述一直是概括已经存在的思想观念的一种行动，也便毫不奇怪了。就中国传统散文文体风格的整体概况而言，以下是一个绝对基本的特质：中国的作家几乎从不写当下出现在他们脑海中的事物（《庄子·齐物论》是这一规律的惊人例外，《庄子》中也有很多篇幅都例外于这一规律）。文章创作从不是当下所思所想的记录。

中国传统散文文体风格的这一文体影响是相当深远而广泛的。在阿里斯托芬的喜剧中，引语很少被现实主义式地模仿。在中国，直接引语被习惯性地以一种总结方式而使用，这样便不需要间接引语作为单独运行机制来表明总结模式。在传统中国，引语的主导方式是起总结作用的直接引语。以自己的方式转述在文言作品中偶尔会出现。但是根据当时的传统，我们现在称为直接引语并不严格算转述。

写下自己的想法也是类似的。它并不是对人们通过言谈而表达自己时脱口而出的那些话的模仿。人们写下的仅仅是对自己思想的简洁总结。简洁的总结与言谈的自然流出，二者的散文文体风格是相当不同的。二者的不同之处，也是文言文与白话文之间的根本区别。 【903】

这一截然不同的证据很容易找到。希腊罗马作家可以自如地运用跳脱修辞法（aposiōpēsis）——在句中或思维中突然的沉默。稍微有些拉丁文知识的人都可以很容易地找到适合的例子，甚至在拉丁文学中最精美的韵律诗中也不乏其例。

在佛教以前的中国文学中，跳脱修辞完全难觅踪迹，在整个文言文学史中，这一修辞格也是缺席的。形成对比的是，白话文学在描写言谈时，会采用一些这种修辞格。

虽然跳脱修辞法作为对作者自己思想的呈现，对于文言传统而言明显是完全陌生的，但如果在李贽或李渔这样的浪荡作家，再或者冯梦龙（1574—1646）这样的非传统文学人物的作品中，出现跳脱修辞的例子并不是一件奇怪的事情。在这里，时代是很重要的：明末清初，前所未有地出现了大量文体和修辞上的离经叛道。

如果有人想寻找当思想出现在脑海中旋即便记录下来的作家，他会发现自己老是会遇到那寥寥几位作家，而不是其他主流作家——这一情形将不是巧合。也许，这样一种论断没有事实根据，但是对于中西方学者而言，这一可能性是很大的。

对于当下思想的优雅收敛之面纱，一直是中国传统散文文体风格的“默认模式”，与古希腊散文文体风格的畅所欲言模式形成了鲜明对比。

书信体和回忆录体，显著不同于一般散文体的一个至关重要的方面在于：传统中国散文体并没有发展出与想象中充满质疑态度的读者（即著名的lecteur rebelle）进行的虚构对话。它也没有引入笛卡尔在振聋发聩的《沉思录》中命名为“恶灵”（malignus genius）的概念。“恶灵”是内在化的魔鬼支持者，它在充满逻辑可能性和可感性的巨大空间四处漫游，远离了传统的智慧、观点和旨趣。西方的思想性散文中占主导地位的散文文体风格，正是由或多或少让人微微感觉到而无处不在的“恶灵”所激发的。但是更重要的是，西方散文史包含了一个文体上的“恶灵”。它那嬉耍嘶哑而蔑视一切的笑声（作者将其内在化并对其十分恐惧）触发了各种各样的元语言程式（metalinguistic formulations），用这一绵绵不绝的程式流来对抗这一“内部敌人”。在十七世纪的笛卡尔之前，古罗马的西塞罗作品中就“臭名昭著”地充满了这些材料。

【904】在一个更普遍的层面上，我们可以很容易地认定，所有拉丁散文实际上都是写给某个人的，而中国传统文学的修辞模式则主要彬彬有礼地面向非人格化的一般读者，这一读者积极地接受文本传递中的信息。“恶灵”在中国散文中相当罕见，它是一个最为隐蔽

难辨的生物，过着不可捉摸的生活。与读者的一些隐藏对话形式的引入方式，是通过非人格化的程式“或曰”（有人说），或者仅仅通过无标记的问题——陈骙将其视为一种重要的修辞格“答问”。至关重要的一点在于，如此引入的问题或评论从来没有清楚地归在该作品的读者名下（在许多西方作者的写作过程中都有参与其事的“亲爱的读者”）。即便在佛教到来之后，问题或评论的来源都比西方更加笼统。

受到佛教启发的明确面向读者（会有不耐烦等反应的此时此地的读者）的作品在这方面特别值得留意。这一用法明显只限于白话叙事语境，并且没有在非虚构散文的文言修辞实践中有实质的体现。

主体性

写作中主体模式与客体模式相对立的问题，也与中国传统散文文体风格事后（post festum）总结式的默认模式密切相关。比如，人们会在文化上觉得必须通过当时参与者或旁观者之一的虚构言语，以他们从公众感知的角度来记录和解释发生的事件，或者人们会倾向于对这些事件表达明显的主观态度，将这些事件呈现为作者自己的主观感知和个体感受性。

在前佛教时期，占绝对主导地位的模式是原始的客观模式。从公元三世纪开始，主导模式依然是客观模式，拉丁文中无所不在的“在我看来似乎”（mihi videtur）在当时的中文中没有对应词组。中文的“仿佛”并不具有这一特定而微妙的主体意蕴，并且也不是可与拉丁文mihi videtur，或者古希腊文中无处不在的对应词组phainetai moi相提并论的，这些是居主导地位的惯常修辞信号。

“依我看来”仍然采取了一种客观上正确的判断，而不是关于主观印象或者仅仅是表面印象的一种陈述。直到二十世纪，传统文言文的文体中，居主导地位的知识论模式一直都是客观模式。

【905】 · 比较和限制条件

语言及其相关的艺术散文文体风格，就像人一样具有性格。对异域文学文化的解说会有意无意地包含比较，即便解说者仅仅为了简要说明。

比较熟悉拉丁文和希腊文的西方学生学习中文时，学会了对希腊文材料和中文材料抱有非常不同的预期：这些预期不是偏见或先入之见，而是源自对于成百上千页古代欧洲和中文主要原典的大量阅读经验。古希腊文的散文文体风格具有一种外向、喜交流的争辩性和个体的表达性，这二者在中文里是被减弱和隐藏的。现存的中文古典文献以及它们试图达到的各种散文文体风格理念都有一个共同的重要趋势：它们趋向于在根本上个人层面的节制，以及几乎无处不在的精致。阿里斯托芬笔下喋喋不休的粗鄙，在直到明代的所有中国文学中都难觅踪迹。文言作品经常具有一种节制的精致感，即便当它们反抗这种节制模式时依然如此。即便是色情文学，都没有阿里斯托芬那么粗俗，并任意使用白话。具主导地位的文体特征一直是一层“微言”之薄纱。

中国传统的散文文体风格，因此以微言大义的方式，以在哲学和人类学上深邃的方式，与古希腊和罗马的散文文体风格区别开来。这些区别有助于我们确定中国传统文学文化的特征。

许多学者在中国传统文学中努力寻找各种各样修辞形式的例子。这些考察关注的是中西方共同的修辞和文体。可以找到很多共同点。在西方很常见的对偶也土生土长并盛行于中国。Charientismus，即明褒实贬，在中国散文中比在拉丁散文中更为盛行。在中西两个文学传统中，层进（climax）都比突降（anticlimax）更为常见，实际上传统修辞学家都已经注意到这一点了。

但是最令人激动的并不是这些共同点，毕竟是在期待之中的。令人激动之处在于二者之间不可思议的沟壑，即有些特点在一种文化中无处不在，而在另一种文化中则几乎付诸阙如。试以插入语（parenthesis，将异质性材料插入一个正在讲述的句子中）为例：西塞罗在插入语中再置入插入语，插入语层层套嵌，而从白话到文言的所有中国文学作品中似乎不太能够找到相关对应。这指向了中国文体实践中的一个突出特点。中国的作家在言说过程中极少插入评论。他们极少会“提升”到文体的自我意识高度，而这种文体的自 【906】
我意识，在身为一位多产的职业修辞理论家的西塞罗的作品中得到了过度的培育，并且与西塞罗相比，较为温和的方式盛行于整个西方文学传统中（包括本章甚至本句）。在使用某一文体时对其本身进行评论，并不是中国文学文化的习惯。这与西方在行文中对文体的自我意识形成了鲜明对比。

西塞罗颇有意思地称为亚洲主义（Asianismus）的文体，在传统中国也没有得到多少体现。冗长而感怀的华丽风格几乎从来不会被看成优美的文言文体。西方文化较为常见的把没有生命的物体当作人来对话的修辞格拟人（personification，比如“哦，你——我年轻的回忆”），在中国文化中也较为少见。这并不是一个不具有哲学后果的肤浅结论。对非生命体的拟人和抽象之间的人类学联系，显示和构成了形成对比的东西方思想史中的一个关键主题。

· 尾声

下面这些修辞格在西方文化中经常使用，但在中国古典文学中，除了极少孤例之外，基本看不到。

Barbarismus（当用自己的语言表达不充分时对外邦语言的使用）在佛教之前的中国非常罕见，在中国散文文体风格中一直处于边缘地位，除非所描述的事物本身就来自外邦。换句话说，中国的作家没有像卢克莱修（Lucretius）那样探寻自己民族语言的不足之处的习惯。

Calozēlia（对得到允许和推崇的文学形式的夸张荒唐的过分使用）在中国文学史上也处于边缘地位。

Compensatio（对说了某些话之后感到后悔而进行的补偿）存在于西方文体结构中，但中国文化中付诸阙如。

Correctio（对刚刚写下文字的更正）这一形式只有在白话文体中才缓慢进入中国散文文体风格中，而对于文言文体而言是格格不入的。

Digressio（对某一主题的“自发”而明显的偏离）在文言文中非常少见，不过在白话文学中，叙事的偏离得到了一席之地。这显示了在中国（后佛教的）白话传统和持续不断的文言传统之间的深刻不同。

Distinctio（对所使用的一个词汇不同意思的明确区分）除了在注
【907】疏文学中偶然可以发现之外，在传统文言文中令人惊讶地很罕见。

Epizeuxis（对一个词自发的重复使用），比如：“哦，母亲！母亲！母亲！”在中国散文文体中非常罕见。

Ēthopoiia（超过叙事语境的需要而对角色进行大量描写，在西方古典文学中很常见）在中国的前佛教文学中是缺席的，并在后来的传统文学中依然很少见。

Eucharistia（在西方古典文学中非常普遍的仪式化的致谢）在中国的前佛教文学中无迹可寻，在后世文学中也很少见。在中国，致谢是通过抱拳这一手势而非言辞而完成的。

Fictio（费心地公然创造新词）在中国传统文学中极其稀少。（正如我们会想到，《庄子》是前佛教时期这方面的著名孤例。）

Hirmus（把重要的信息悬置在句子的末尾的掉尾句）在中国也很罕见。

Hyperbaton（语法上属于同一材料的两个词之间的倒装）在中文里不可能实现，原因是语法上的：中文里的词序没有拉丁文那么自由。

Improprietas（对一个完全不恰当的词的精心的使用）实际上也很罕见。

Metanoia（自我更正）在中国传统散文文体风格中似乎也是缺席的。

Praeteritio（公开地或者看上去似乎忽略某物，从而达到令人瞩目的效果）在前佛教的中国找不到例子，而在佛教到来之后依然少见。

Reditus ad propositum（离题之后，明确提出回到主题，比如："我离题了。让我回到我的主要论点上。"）在中国文言文中很少见，不过在佛教到来后的白话文中则比较普遍。

Restrictio（在进行了一番宽泛陈述之后指出某一部分的例外）在中国传统散文文体中很罕见。

Subnexio（对刚刚表达的一个主要观点缀以事后想法，作为对它的进一步思考）在中文文本中相对少见。

我们可以将这一个混杂的名单再添加下去，而其根本特征是足够清晰的：中国文学中的散文文体在许多方面都是相当收敛的，因为它并不鼓励作者对他们正在进行的文学创作作出评论。在比古希腊或罗马小得多的程度上，中国的文学作家会在自己的作品行文中成为文学批评的对象。中文在文体上远非不成熟。白话文体中有不【908】
少复杂的程式化模式，体现了创作过程中作者的自我批评。但是最终，传统的中国艺术散文文体事实上仍然是一种艺术的概括行为，而非对于文学创作过程中作者头脑里复杂且常有的矛盾思想、感受过程的文学展示行为。从总体上而言，在中国，这一展示行为在诗歌领域得到保留，不过即便在诗歌也缺少对于自我意识、自我反思和自我断言的那一个自我的强调。

因此在中国，最重要的并不是散文文体，而是诗歌天赋，即便在散文中，极其重要的也是天赋本身。

何莫邪（Christoph Harbsmeier）

【909】 第二章　经学

在中国历史上的大部分时间里，经学能力几乎等同于文化能力。孔子将门下几位弟子描述为从事“文学”（《论语·先进》）：这无疑是训练对法律和历史文书的解码和解读的过程。这一能力对于早期中国的朝廷官员是必须具备的条件，同时也是掌握被后世经典化为“经书”的滥觞。虽然文学在后来的现代汉语中成为纯文学或者想象文学的代名词，但是我们也不能遗忘其原义中通过那些早期“文学”专家而获得技能的实践倾向。经学几乎是所有中国作家的生计支柱。展现出对经书的熟稔是仕途的必备敲门砖（因此也是前现代教育的目标）。当一位士人成为文学圈的一员之后，他会通过对经书的评述校订来参与关于道德、社会和政策等各种广泛问题的讨论。他的生涯会随着他对注疏作者的选择而浮沉。当他创作诗歌或者阅读他人的诗歌时，古典研究所提供的意义模式会很自然地对这些过程进行引导。对一系列广受敬意的文本的训诂，给予了中国文人士大夫们一套共同语言、理解的规范以及教育的内容。

因此，训诂的发展于中国文学史是不可分割的，虽然二者之
【910】 间的关系绝不简单。一个时代的古典研究经常是令人目眩的常规路径，而作为构想研究目的之新方式载体的文学运动，则在与它的对抗中发展起来。

从先秦时代起，训练士人的五个主要领域据说为诗、礼、书、易和春秋。与这五个领域对应的经书基本上都是训诂和注疏的产物，因为它们需要学术研究来建立或者重建其文本措辞，也因为经书的大部分文本在本质上都是解释性的或积累性的。经典地位最为悠久的经书有《诗经》（其最完整的校订本为《毛诗》），三礼（《仪礼》《周礼》和《礼记》），《尚书》（即《书经》），《周易》以及《春秋》（它的三个注疏传统为《左传》《公羊传》和《穀梁传》）。这些作品都声称在先秦时代就已成书，但目前都存疑。而且，构成经书（见第一编第四章）的作品名单也发生变化，这一点从朝廷的诏书、太学博士职位的设立以及标准经文的石刻中可以看到。

由于经书典籍的非自明性，训诂注疏便兴起了。在早期中国，文本晦涩的理由并不难找。文化水平高的官员经常需要为那些不愿花费时间精力来学习读写的上司提供文本解释。而且在秦朝“车同轨、书同文”之前，异体字和通假字的经常使用为来自不同地区或者具有不同教育背景的读者带来了障碍。中文文本简明扼要的文体特征，使读者在需要解释行文中的字句时将经常未言明的语境联系起来，而语境线索的缺失可以为歧义互见的各种解读打开大门。最后，文本本身经常有意被撰写得含混晦涩而非透明的，比如整部《周易》或者其他作品中晦涩的片段。正史一般将短祚的秦朝（前221—前207）视为中国文学传统中悲剧的中断时期，因秦始皇下令烧毁所有未得到朝廷允许保留的图书。我们还从正史中听说，接下来的汉代（前206—220），在朝廷的支持下，学者们不辞辛劳对文化遗产进行了重建，虽然未能完全恢复其原貌。这些学者——不同的学派或谱系拥护各自重建的文本——之间的分歧导致了古典研究的进一步四分五裂。然而，人们所设想的这些文本所具有的整齐划一【911】
的先秦传统也许只是后人的幻想：汉代尝试恢复经书原貌所遭遇的失败显示了，书名可以非常随意地与这部或那部抄本联系在一起。

在所有经书中，《周易》受到后人训诂注疏的影响最大。正如夏含夷（Edward Shaughnessy）指出的，《周易》的后来文本层重重叠加在晦涩不可解的原初文本层上。今天存世的《周易》的文化的哲学讨论，对于撰写最早文本层的原作者而言，几乎是毫无意义的，因为其原本是占卜结果的简单描述。

《春秋》是第二部最以注疏文本为基础的经书。《春秋》的主线是鲁国在三百五十多年间（前722—前481）所发生大事的编年史。《春秋》原文留下太多没有说明的内容，所以三部相互竞争的注疏传统（即上文提到的《左传》《公羊传》和《穀梁传》）便致力于解释其中的微言大义、究竟发生了什么事件以及该事件为何重要。《左传》《公羊传》和《穀梁传》自身也获得了经书的地位。（《春秋》似是三家传都接受的“元文本”，传与传之间则有分歧。）“春秋三传”并不将自己呈现为仅仅是《春秋》身份低微的脚注：《春秋》中的寥寥数字会带来数百字的解说，《左传》更是特别以其人物描写、戏剧化、出色的修辞以及观念的整合性而著称，虽然在历史逼真性和公正性方面稍逊一筹。

考虑到汉代时对礼节仪式作为社会稳定之手段的强调，以及对文本在建立正确礼节仪式过程中的重要性的强调，《礼记》中会有“经解”篇也便完全合情合理。《礼记》中经常出现孔子和弟子的虚构性对话，以作为将古代习俗理想化的一种方式——就仿佛将解经认定为文化传承中的精华。抄本传统中的学者对于注疏文字羼入正文的现象十分熟悉：在存世的经书正文中有不少文字应该就是原来的注疏文字。

于是，注疏训诂并不从外部面向经书：它经常是经书写作的一个主要目标。《左传》提供了许多解经的场面，比如游移不定难以决断的君王会向某位大臣询问如何理解某句预言或古代格言。大臣的回答很可能会以对晦涩语句的大量分析的形式出现，运用中国语言中的许多资源（谐音、汉字组合和联想等）来对它进行再描述，然后围绕着君主的疑问建立起一组复杂而相互联系的词汇，最后指向其解决方案。接受过这类解说场面的训练的中国传统读者，便把 【912】
解经理解为在各个实用方案、先例和重建起来的古人意图间的一种想象综合。

早期文本显示，引用和解经是受过教育人士的重要言辞来源。《左传》中的贵族和使节会以引用《诗经》中的诗句进行应答作为外交规则的一种形式。《论语》中，孔子和学生经常讨论《诗经》和《书经》。孟子（前371—前289）反对对元典的异端解读，或者阐释它们之间看似矛盾实则统一之处。荀子（约前300—约前219）在说明自己观点时会一再地搬出经文。

这些汉代以前的思想家都是经常引用通行文本来支持自己观点的大臣或辩论者。汉武帝元朔五年（前124年）在太学设立儒家五经博士之后，一种新的知识分子产生了：这是以文本知识本身为其目的的专家。此时的学者向朝廷呈上了（或者声称）亡佚很久的经书。经师可以通过精通和讲授某一种经书而确立自己的学术生涯，而且回报丰厚。《后汉书》中记载，郑玄（127—200）成为著名学者马融（79—166）的四百多名学生之一。马融“尝坐高堂，施绛纱帐，前授生徒，后列女乐，弟子以次相传，鲜有入其室者”。郑玄在马融门下三年后才见到这位大人物。一位大学者的权威和王公贵族类似，并通过类似的娇贵展现他的权威。

汉代中期的注疏风格被称为“章句”（“通过章和句”进行的分析）。经典文本都是没有标点的，因此首先要做的就是断句。“章句”作者逐章逐句对作品进行梳理，将其博文广识的所有相关信息都堆缀在原文每个短语下。据说有一位学者对《尚书》的《尧典》篇的二字标题就注了洋洋洒洒上万言，解说《尧典》篇首的四个字更是用了三万言。

汉代到现代的传统注释文本根据不同的教化目标，而涉及许多不同的文类。在这里将它们略做区分会对我们很有帮助。章句成果保存在了为经典文本中的疑难字词提供人们较为熟悉和易解的替代词的“词典式注释”中。最早的这类词典有《尔雅》和许慎（约55—约149）的《说文解字》。这两部作品经常从这些注释资料中搜罗字词定义，在字词定义中经常能看到特定经书或经文章节的影
【913】响。冗赘式的注解会重述经书文句的意思。增强式的注解则用来自其他资源的信息对文本加以补充，插入对话，思考其原因，征引权威以及进行评价：“春秋三传”和董仲舒讨论《春秋》中问题章节的文章（《春秋繁露》）是这一文类中最为出类拔萃之作。“序”（序言和刊后语等）和“谱”（年表）宣布了文本理解的整体解释框架。特定注解传统的注疏一般会与它的“序”一致——这并不等于说“序”必然不可能晚出。比如，在《诗经》的“毛传”传统中，作为注解部分的“传”似乎在成文时间上先于附在每首诗前的“序”。一些“序”成为后世聚讼不已的对象，因为它们似乎有为文本指定方向的嫌疑，而非从文本中抽取信号。例子之一有《毛传》的“小序”和孔安国（前130—前90）为［伪］《尚书》每篇所作的序。这两组序都急匆匆地为出处远未明晰的文本材料分派作者、创作日期和意旨。可以为它们这样辩护，即汉代注疏的目标几乎从不在于发掘经书最初的意义，而是致力于使作品在当时的道德政治论争中成为有用的，并得到朝廷的支持。早期注疏者因为其无数“错误”而遭到的攻击，体现了汉代和后世学术理念之间的分歧。

郑玄所注的《诗经》《尚书》和《礼记》在其身前身后得到不断再刊和很好的保存。他通过交叉引用自己的观点，以及将对某部经书的解读运用到另一部经书的问题之处等方法，与章句学的狭隘关注分道扬镳。这一方法经常带来混乱而非澄清，但是其不言而喻的预设——五经构成了一个圆融的文化整体——却在后世注经者那

里得到了很好的继承。在官方指定的五经之外运用古典注疏方法的早期文本有王逸（约89—158）注《楚辞》、王弼（226—249）注《道德经》。王逸《楚辞章句》的目标似乎是想为《楚辞》这部几乎默默无闻的作品谋取经典的一席之地，而王弼则是为了将《道德经》这部先秦作品带入当时的哲学讨论中。

纠葛更生的各种注解传统，再加上选拔官员时开始注重对经学的掌握，促使了唐代朝廷任命孔颖达（574—648）为总负责人，主持编纂五经注疏定本。这一工程即《五经正义》，它也成为清代阮元（1764—1849）所主持校刻并在今天重刊次数最多的《十三经注疏》通行本的基础。和郑玄的注释类似，《五经正义》也以连贯【914】
和交叉引用的方式处理五经。每一部经书都采用某位一流注释家的注释，并在疏中对他的观点进行讨论和补充。《五经正义》从陆德明的《经典释文》中借鉴了不少音义和词义。作为具有普遍用途的通行本，《五经正义》使用了一种不带个人色彩的文学散文文体风格，单调冗长但平实。

孔颖达的《五经正义》使大多数前代和竞争性的类似作品湮没无闻，其大部分原因在于唐宋两朝将《五经正义》作为科举制度的基础。《五经正义》是在手抄本文化中孕育中而来的，在手抄本文化中，像这样大规模的作品既可谓一朵罕见的奇葩，也是巨大人力物力的一座纪念碑。随着宋代印刷术的扩展，像《五经正义》这样的作品实际上可以成为一部独具权威性的正典，但是它并没有独享此权威。像朱熹（1130—1200）这样的宋代学者会建议自己的学生同时研读多种注疏本子从而得出自己的个人解释——这一建议如果早几十年的话只会让人觉得空洞。宋代注疏家会将孔颖达的《五经正义》作为基础，对它进行拓展或者有自己的不同阐发。于是，儒家要经的注解在此时具备了条件，变得更加专业化，也更加个人化。在二程兄弟（程颢［1032—1085］和程颐［1033—1107］）的解读中，《周易》成为一部揭示从物理到人伦的前后贯穿的自然哲学作品：这种学术并不仅仅旨在教会学生断文识字或者在诠释中解决难题。朱熹的经学系列（《周易本义》《诗经传》《四书集注》等）从当时的二程、蔡沈（1167—1230）等学者那里汲取了大量见解。朱熹在先秦和汉代传统中来去自如，丢弃在他看来很勉强或者不合理的解释。他还推动了晚近学者的疑古态度（质疑正统解释的真实性或准确性）。在他的口头教学（收录在《朱子语类》）中，朱熹将经学描述为一个内在化和发现的过程，即能唤起对洞悟的追寻。仿佛是要证明朱熹的观点，在宋代以前从外部、公共和社会关切角度解读儒家元典，而在宋代的解经文本中它们仅仅指向了读者要经历的道德转化过程。因此，像程朱的系统理论化那样的宋代经学路径无疑会让汉代学者大惑不解。

整合了二程、朱熹及其传人观点的四书五经集注成为明清科举
【915】考试的定本。曹雪芹（1724—1764）和高鹗（1763—1815）的《红楼梦》、吴敬梓（1701—1754）的《儒林外史》中都对清代科举制度的虚伪和刻板进行了毫不留情的揭露。在经学领域对“宋学”的反应不一。折衷派（特别是对佛教主题的吸收）是明代学者经常选择的一种态度。流行于清代的另一种经学路径是向汉代考据训诂的回归（因此这一路径被称为“汉学”）。折衷派和考据派最初都是在反对宋学的过程中定义自身的。折衷派反对宋学的方式是采取非传统立场以及征引非正统的前人观点。李贽（1527—1602）离经叛道的学术生涯正是一例：他曾经是一名儒家官员，不过后来又信仰禅宗，并提出“儒释道之学一也”。考据派则要求解释必须提供经验证据，并使经文返回到实践目标中，也即章学诚（1738—1801）的名言“六经皆史”和“先圣先王之道不可见，六经即其器之可见者也”。虽然官方仍然要求在哲学化的宋学框架中来理解和运用六经，但非官方的学术则有着自己的方向，并最终随着以这些新治学

路径训练出来的学生仕途的顺遂而渗入官方领域。

1905年清廷废除科举考试。从此以后，六经成为学术研究的对象，多多少少实现了疏离立场，但恐怕从来没有真正做到价值中立。解经工作还在继续：古代作品会有（带原文或不带原文的）现代白话译本；政治组织以及新传统宗教都将经书传达的内容称为它们自己的资源。

苏源熙（Haun Saussy）

【916】 第三章　文学理论和批评

· 基本原则

中国文学中最个人化和最具影响力的一些声音是通过文学理论来表达的。千百年来，作者们的观点与颇具创新的宏大华丽的作品，其内容以及文中用来发言的角色具有教导、启发和甚至娱乐后人的力量。从中国传统的标准看，对文学理论的考察很大程度上等于作者人格的考察，因为在确立作者的生平细节时，无论会出现多少困难，作品是作者人格的一面镜子这一假设是中国根深蒂固的传统。文体、内容和人格一起创造了在实践层面上对文学而言最重要的一个特殊文类，其美学意义妙不可言。

中国的文学理论和批评构成了一套单独的美学话语，而非单独的文学形式，其文本有各种形式：序、正史中的篇章、对诗人传记的评论、往来书信、哲学讨论和论文，甚至各种文体的诗歌。它们的侧重点一般是在诗歌，但是对于“文”的讨论会在形而上学并经常在实践上延伸到包含诗歌和散文的所有文类。它也延伸至其他艺术，因为原则上“文”包含了所有在艺术作品中用于表达感情之物。从《诗经》的“大序”（公元前一世纪，一般认为出自卫宏之手的该作品是有史以来作者有名有姓的具自我意识的第一部文学理论），我们知道这一自我表达的冲动包括了诗歌、音乐和舞蹈。

从最早开始，音乐就总是与诗歌有密切关系。根据《左传》【917】
的记载，吴国公子季札出使鲁国，请求观赏鲁国保存下来的各国音乐。季札能通过乐舞判断每个国家的政治局势，这一特殊才能让鲁人大为惊讶。人们相信，对音乐的研究具备揭示其他时代和地区的历史原貌的相同潜力。

虽然中国文化早期的音乐和舞蹈几乎都亡佚了，但是诗歌则大量存世。伴随着诗歌不断传承的是关于诗歌的思想（不仅是赏析，而且还包括解说）。文学思想的延续，既作为个人声音的传世，又作为过去的一面窗户，与中国文化本身的传承本身是不可分割的。

早期儒家对文学的态度是，艺术的目的在于表达某一时期的政治精神。在《论语》中，诗——特别是《诗经》中的诗——被描述为学习的有益辅助："不学诗，无以言。"通过对文学的学习，人们获得了超出自己人生经验的理解，这反过来又促使其他人对学习的目的或用处有更深刻的理解："辞达而已矣。"语言的文学功能是表达为了国家福祉的个人志向，一位受过教育的人士需要培育这一技能来实现此目的。从这一意义上来说，文学作为载体和它所传达的意义是一样重要的。因此，语言首先必须是清晰的，平实的和直接的，这样意思才能明确。清晰的语言标志了语言的主人具有诚意和清晰思维，使得他人能够受到作者的启发并依从良好的观念行事。由于作品揭示的不仅是作者的性格而且是其所处的社会大气候，所以不具备良好写作能力的个体也没有能力为国家服务。贯穿整个中国历史的这一观念可谓一种意向谬误（Intentional fallacy），它对历史上的官员选拔起到了非常重大的实质性影响。

中国文学思想中的另一个原则是，文本的蕴意可能远远超过它的字面意思：字面意思暗示了（但并没有穷尽）文本更深层的意指。用来形容这一现象的词语“言外”表明言辞的意义超越了文本的文字层面。该词首先出现在《汉书》中，后来成为诠释学批评的基石之一。

文学本质的这两个美学概念结合在一起，创造了这一文学理念，它同时暗示了共存于中国文学发轫之时完全的澄明清晰和解释的诠释学特征。传说中的诗人兼政治家屈原（前340—前278）为了维护人格完整而遭遇重大挫折，他把自己的经历和感受写在了《离
【918】骚》中。对《离骚》的传统解读正是一个很好的例子。达到这样一种平衡的语言使得作者能够超越时间和空间。

通过文学来追求政治目标和个人名望的做法，受到了早期道家的深刻怀疑。他们为与儒家大相径庭的另一种文学美学奠定基础。《老子》（约前250）和《庄子》（约前355—前275）两部传世作品显示这两位思想家对语言把握的炉火纯青，但是他们都强调文字在表意能力方面的局限，以及语言具有可怕的欺骗危险。老子说：“信言不美，美言不信。”他极力反对政治论争以及把修辞作为说服的手段。庄子则讲述了混沌的故事。南海之帝和北海之帝到中央之帝混沌那里去玩。混沌招待他们很热情，他们想着报答，就为混沌凿七窍，使混沌变得能看能听能说。他们认为这样才能使得混沌变得更正常，更聪明。凿完七窍，混沌却死了。这个故事主要是对万事适可而止的一个隐喻，不过也可以看做对语言给毫无虚饰的整一性带来损害的一种警告。

文学批评是一种应用理论。至少在中国传统中，理论很少以自身为追求目标，这部分是因为从最早的文学话语开始，中国人就强调文学的教化功能。从卫宏的《大序》开始，理论和批评开始演化为一种独立于历史和哲学的文类。并且，卫宏得到了一大群作者的追随。他们的名字为世人所知，因为立言是他们学术生涯以及当时文学批评的目的所在。关注于阐明文学本质的作家被认为是当时的

典范，他们的个人文学偏好被记录下来，并被经常提升到美学欣赏的一种神秘表达的高度。

我们下面来讨论几位作家，他们的作品在后世对于文学创作和批评起到了关键性的转化作用。虽然他们经常也是诗人、历史学家或者哲学家，但是其历史名声则建立在他们的文学理论上。从一开始，文学批评的意识形态领域就存在着相反的两极：一极是与主流儒家联系在一起的传统派或基本教义派诗学，另一极是致力于摆脱文学对于促进国家福祉的有限作用的进步派诗学。这两股潮流都显示了吸收“离经叛道”的道家怀疑主义和后来佛教关于语言虚幻本质的观点的能力。一些对文学理论的演化产生巨大影响的作品在陈述它们的使命时，其具体程度令人惊讶。作者在展开讨论时不进行语境化分析（联系特定文本）的情况很少见。文本需要进行品评的观念被认为是理所当然的。诗歌理论的一些最重要贡献来自讲述创作技法和过程的规范性手册。诗歌话语的另一个重要领域是诗集的选编。【919】

诗集选编者的理论观点不仅体现在序跋以及选文评注上：选本的结构和内容自身也提供了文学是什么以及应该是什么这一全局视野。文本不是由某个特定形式而是由设立理念和文学原则（以供读者赏析和模仿）这两个目标而被编定在一起的。文学批评被视为最广义的文学世界的一部分，而不是脱离文化、历史或艺术实践的独立实体。

文学理论的黄金时代和奠基时期是东汉（25—220）到魏晋南北朝（220—589）。这一阶段的作品在下文中会有较为详细的介绍。唐代（618—907）以来的后世作品，本章中将仅限于介绍一些典范性的人物和作品。除了几个著名的孤例之外，早期所奠定的基本形式在后世并没有太多创新，不过文学批评经历了极具意义的演化、精致化和拓展化，帮助我们看清当时的文化图景。文学理论既是时代和作者的镜子，也是抒情诗的一面镜子。

· 传统的开端

《毛诗序》（一般简称为“大序”）的作者据称为东汉的卫宏。与解释《诗经》中每一首诗的意旨和来龙去脉的“小序”不同，“大序”位于首篇《关雎》题下的小序后，阐明了批评者对《诗经》整体意图的体会。“大序”虽然简短，却对诗歌表达的性质进行了复杂的陈述，成为中国美学史上生命力最长久也最具影响力的文学观点之一。而且通过将艺术神思的性质描写与文类技巧的规范条件结合起来，它展示了理论性诗学与描述性诗学之间的平衡——而这正是中国诗学批评传统中的理想模式。

“大序”有两个重要部分。其一是对诗歌神思的本质的陈述。这反映了先秦时代艺术创作的意义在于作为国家状况的晴雨表的观点，不过“大序”将该观点与个体神思、表达的新观点结合起来。伴随着东汉在儒家正统教义中的复兴和改革，“大序”尝试阐明诗歌结合审美特质和伦理实质的过程。

> 诗者，志之所之也，在心为志，发言为诗，情动于中而形于
> 【920】言，言之不足，故嗟叹之，嗟叹之不足，故咏歌之，咏歌之不足，不知手之舞之足之蹈之也。
>
> 情发于声，声成文谓之音，治世之音安以乐，其政和；乱世之音怨以怒，其政乖；亡国之音哀以思，其民困。故正得失，动天地，感鬼神，莫近于诗。先王以是经夫妇，成孝敬，厚人伦，美教化，移风俗。

志对于诗的重要作用在于建立起表达目标，即表达作为“情

动于中”的回应的神思。卫宏设定诗歌的主要目的在于提升伦理道德水平，于是便致力于阐明艺术神思（“在心”）的本质，表达这一神思的过程（“……之不足”），以及听众的反应。为了实现神思的表达，艺术家必须利用所有的资源：感情的、心灵的、语言的甚至身体的。言辞表达必然受到语言局限的束缚，但意义则没有限制：意义可以超越文本的语言层面，即“言外”，它仅仅受到读者想象力或者理解能力的限制。

在这一定义中，诗歌行为结合了感知和表达。这决定了创作和阅读之间的关联性——这一根本性的关联或是关于教化内容的接受，或是关于抒情性的超越。阅读行为暗示了对艺术家原来感知行为的再造，但是艺术家所运用来保证这一再造过程的方法，将在很大程度上决定了表达的模式以及读者的经验。这一原初感知行为的再造也被视为艺术家身处时代的历史现实的一面镜子。诗歌的个人元素和情感元素以历史为基础这一假定对于诗歌的传统解释至关重要。

《大序》的第二个主要批评贡献是对《诗经》创作的六个原则（“六艺”）的阐述。这些原则又进一步从属于两大类。风、雅、颂这三个原则指出了诗歌类别的不同，并为《诗经》三个部分提供了标题。在风雅颂三部分下，《诗经》的每一部分根据诗的发源 【921】
国组织起来。另外，这三个原则——赋、比、兴——并不是修辞方法，而是技巧。艺术家通过这三种技巧组织自己的语言，以创造某些效果。作为结构方面的原则，赋是对至少三个表现性单元的固定序列的组织和整合，比是将两个单元并置，兴呈现了一个单独而自我指涉的意义单元。根据预期效果，它们反过来又对应了读者的几种不同接受模式。“大序”无疑反映了儒家的文学观。“诗言志”的说法被传统派解读为对反映和维系社会理念的诗歌价值的绝对遵从。因为强调阅读经验形而上学地——如果不是实际上的话——再造了作者的体验，所以“大序”也认为一首诗既反映了它自己的时代，并且也在读者脑海中再造了该时代。汉代和六朝时期受“大序”影响的文学理论作品，基本上都反映了对文学在人类事务中的角色的这一儒家解释。

· 汉代的发展

汉代将儒家批评理论具体化为道德话语，有两位代表性人物：诗人兼政治家扬雄（前53—18）和历史学家班固（32—92）。在他们对文学本质的阐述中，有一些原则对后来的理论家至关重要，也影响了后来的文学批评。扬雄是当时杰出的赋家，后来厌倦了自己在作赋方面的惊人天才，并最终放弃了写赋。他逐渐认定，赋的奢华语言风格与文学的教益目的背道而驰。在《法言》中，他哀叹原本在《诗经》中，赋的原则展现了最美好的一面，“诗人之赋丽以则”，而在包括他自己的后代手中，赋便堕落了，“辞人之赋丽以淫”。扬雄批评了前代最伟大的赋家司马相如（前179—前117），因为司马相如将对华丽辞藻的沉溺置于用文字规劝君主这一社稷职责之前。扬雄将自己的赋作贬低为“壮夫不为”的“雕虫”，认为华丽的诗歌无论于艺术或技法都是有缺陷的。他指出言辞和作者之间的绝对对应：“言，心声也；书，心画也。声画形，君子小人见矣！”

【922】在班固的《汉书》中有一些诗歌评论，主要是对政治性典范的说明。他的《离骚序》仿效王逸（约89—158）为《楚辞章句》所写的序，但是侧重点从屈原这位出色的诗人上升到使其成为可垂世范的诗歌典范人物。王逸的序是传记性质的，并不想成为文学批评。他自信满满地认定，《离骚》中描写的经验反映了屈原这位传奇的诗人兼政治家的个人经历，并且对于他的诗歌才华至关重要。为了确立屈原的名声，王逸从出类拔萃的技巧和“大指之趣”两方

面——这是传统派文学批评的典型元素——将《离骚》与《诗经》进行了比较。班固讨论了《离骚》是如何揭示屈原在言辞和行为方面成为儒家铮铮君子之典范的。《汉书·艺文志》中也收录了班固关于当时诗歌类别的文章《诗赋略》。

汉代哲学家王充（29—约97）以一种更为抽象的方式，将文学批评中的原则处理为美学。他的哲学著作《论衡》共八十五章，不少地方涉及了文学理论。王充认为平实清晰的散文文体风格具有优越性，因此也强调文学必须是建构性的，要体现出其揭示真相的目的。批评家应该致力于将文学恢复到十分真实的语境下。写作是对自然秩序的一种展现。文学创作如果冀望表达出超越自身直接语境的意义，也要以真实为基础。书面文字可以成为超越它自身之物的标记；然而，文字所指向之物最终还是以客观世界为基础。因此，诗歌应该被解读为严格意义上的真相，而非形而上学意义上的真相，即便读者必须通过隐喻才能抵达这一真相。换句话说，诗歌真相之所以真实，乃是在于它直接说出了人类本性和经验中可以辨识出来的东西，而非超越人类本性和经验的纯粹抽象或思想形式。对于读者而言，反讽之处在于，如果语言本质上是隐喻性的，那么对客观世界的描述就已经是一个象征行为，而非一个具体行为。

汉代是一个政治兴趣和文化兴趣似乎合二为一的时代。它长达数百年的长治久安似乎实现了政治的复古梦想——这反过来又保证了艺术文化的繁荣兴盛。建安时期（196—219）目睹了这一秩序的土崩瓦解（见第二编第二章），中国的重新统一成为一个需要几个世纪才能达成的梦。汉代的那种自信在各个层面上都被怀疑所取代。时局动荡带来的精神空虚催生了对（政治、社会和美学的）价值规范前所未有的质疑。个体心理在一个更大世界中的地位成为严肃思考的对象。有重大意义的是，佛教以其博大精深的哲学和美学话语开始发挥影响力，正是在中国文化史的这一关键时期。这一时 【923】

期，开始出现许多新的文学形式，诗歌特别开始占主导地位——这一地位至少保持到唐末。因为重点开始转向个体，也因为时局的混乱，文学研究从原来与政治的捆绑中慢慢松绑，开始更为公开地将个体的创造性和表达置于首位。这一趋势也反映在当时的文学主题中，即个体的情感世界开始凌驾于家国天下的关切之上。像以生命之无常、天各一方、韶华不再和情爱相思的痛苦为主题的诗歌，对于过去以及对诗人创作时代的文化政治瞬间，仍然可以作为一面透明的窗户。但是这一透明性不再等同于诗人的主要职责是反映并维护国家福祉。建安时期开始的天下四分五裂（历经魏晋南北朝），见证了中国文学批评作为一种独立话语形式最伟大的繁荣。

· 六朝时期美学的巨大变化

魏朝的曹丕（187—226）、曹植（192—232）兄弟二人的文学思想，旨在为传统文学意识形态架起一座通向文学美学新领域的桥梁。曹操的这两个儿子都希望完成其父统一天下的抱负，不过二人志向并不相同，有时候还会相互冲突。在他们的文学批评中，二人都花费不少精力对同时代人进行批评，并显示了他们超越时代的文学能力。曹植被认为更加才华横溢，因此自然也是比曹丕更著名的诗人，但是他却失去了曹操的青睐，下半生在对曹丕会为自己的放肆而震怒的恐惧中度过。他的文学批评以私人书信形式出现，在其中曹植受挫的政治抱负对他卓越的诗歌才华造成了损害。在写给友人杨修的书信《曹子建与杨德祖书》中，奇异地混合了伪装成谦虚的傲慢，以及恢复文学作为国家之镜的规范性功能的急切愿望。

在诗歌天赋上稍逊一筹的曹丕不仅得到了王位，也证明了自己是比曹植影响力更为持久的理论家。存世的《论文》篇是曹丕二十章的《典论》中的一部分。曹丕从王充的“平实文体”那里获取了批判线索和文体线索，不过《论文》的特异性更加明显，影响也更为深远。曹丕写下了对文学最终是“经国之大业”的确信。虽然他【924】
反对毫无必要的辞藻华饰，但是也明确指出“诗赋欲丽”，因为诗赋之丽可以保证文章作为不朽之盛事流传下去。

曹丕讨论了作品中个人风格或曰“气”的概念。他把“气”看作是天生的，是清晰体现在音乐或文学中的天赋，因此在这些领域，即使在技巧上水平相当的作者也并不必然获得同等的艺术成就。作者所偏好的文类在某种程度上定义了这一天赋，所以也是读者在体悟诗人性格和意旨时的一个重要特质。

西晋陆机（261—303）创作于公元三世纪末的《文赋》，在形式、语言和批评重心方面都是前所未有、独一无二的。《文赋》在阐述中使用了赋体形式，共分为十九段，每段的押韵各不相同，篇首有一段序文。从任何标准看，《文赋》都是一首才华横溢的诗作。它是关于文学的技法和艺术的一首赞美诗，也是作家的一部具体而规范化的“手册”。陆机在序文中宣布，诗歌虽然变化无穷，但学习为文者仍然可以分辨其美丑好坏并加以评论（“妍蚩好恶，可得而言”），并由此提升自己的阅读体验。《文赋》阐述了各种各样的文思主题（这是作者所不能控制的），以及文思奔涌、落笔挥洒的乐趣——此种乐趣不亚于作为观念和意识所栖居的心灵的超越性力量。诗人是作为天地之中微型宇宙的人类的特殊展现，人类与自然的共鸣回响使我们能够借由想象力而神游八荒。在这一意义上，诗人无论使用何种形式，都具有屈原式的体验和天赋。通过选择赋体作为他的文论形式，陆机在文学批评中占据了一席之地，并且告诉读者加入这一潮流的可能性。

《文赋》认为，所有的文学作品在一定程度上，最终都是独一无二的，原因在于所有的个体经验都是不同的。言辞有其局限：在一个永恒变化的客观世界中，言辞是固定的，因此言辞不可能穷尽经验的意义。但是文章中的言辞则变得具有唤起性："静止的"文本是不存在的。阅读活动使得对作者想象中的运动世界的再造变为可能。陆机认为文学是心灵独特状态的微妙表达，是内部和外部显示的完美对接。在宇宙层次上，写作是一种从无到有的创造；在人类层次上，读者可以通过阅读文本中的言辞来领悟诗人的感情，并理解文本背后的人。坐在书桌前开始构思《文赋》的陆机，真可谓是将文学视为"函绵邈于尺素，吐滂沛乎寸心"。

【925】 陆机特别对文类的选择和风格的目的提出建议。他多处使用的纺织之扩喻（an exfended metaphor of weaving）以及对各种失误的讨论，生动展现了对写作是一种技巧的强调。陆机因此也在《文赋》中哀叹他文思中所酝酿的视野与笔下所呈现之间的巨大沟壑。不过虽然陆机在文中强调对读者学习创作技法的指导，《文赋》并没有将任何诗人作为比较或品评的对象。《文赋》的重点是写作自身的技法和艺术。

晋朝的另两位批评家——陆机的同时代人挚虞（卒于311年）和李充（四世纪），他们的作品也产生了持久的影响力。挚虞和李充都是文选编者，不过他们所编定的文章总集都亡佚了，存世的只有他们文章和评论的吉光片羽。二人的贡献在于他们给各自选本设定的编选结构。挚虞搜集古文章，根据文类分为三十卷，名曰《文章流别集》，并附以他的文学批评《文章流别志论》。各种文学类别在展现天道的过程中具有不同的功能，挚虞明确指出，即便是看上去讲述个体经验的民歌，实际上也都是关于国事的。赋得到了挚虞的最高评价，不过他也跟随扬雄的脚步，对赋的"丽靡过美"提出批评。

李充的《翰林论》出现于东晋时期（317—420）。《翰林论》将文学分为四大类：经、史、子、集——这一分类体系直到现在仍然在使用。

赋家左思（约253—约307）是文学生动表现了知识和真理这一文学理论的重要支持者。在他的传世大作《三都赋》的序文中，左思详细地对古代三都进行的知识性重构，是对其他作家臆想的一种对抗。《三都赋》的读者可以通过阅读，重建赋中的对象，从而重建作者的经验——在该赋作中，这一对象并不是诗人的个人体验，而是因作者对其意义的特别解释而具价值的历史对象。这一做法明确将诗人从对诗歌材料的个体经验的严重依赖中解救了出来。

南北朝是中国文学批评最为繁盛的时期。在此以前，虽然不少作家的名声都建立在他们富于新见的文学批评上，但是其本人还是认为自己主要是其他文类如诗歌、哲学和史学方面的作家。到这一时期，作家们开始将自己特定地认同为文学批评家，文学批评也成为一项独立事业，而非其他文学形式的伴生物。史上第一批专门致力于文学理论的作品纷纷出现，展现了批评观和路径方面的极端多元性。问世的文学评论作品包括文学品评和批评、文学史，以及技法批评等——简而言之，作为一项事业的文学培育了它自己的话语，这反过来又给文学创作的创造性和个体性添加了无穷能量。 【926】

这些作品可以区分为传统派（或基本教义派）和进步派（或颓废派）——许多作者正是如此给自己贴标签的。它们的作者也感觉到身负保存他们时代的作品并进行品评的伟大责任，他们可能希望对自己的历史环境有深度的理解并留下文献记录，这样，如果后人想要对历史有更多理解，就能通过这些文献而得到。梁朝（502—557）宗室的思想圈子以及皇家成员本身在这方面做出了非常重要的贡献。可以公允地说，若没有昭明太子萧统（501—531）所编的《文选》（也称《昭明文选》），两汉魏晋时期包括许多振聋发聩的文学理论在内的大多数伟大作品将湮没在历史中。

在《文选序》中，萧统解释了他编这部作品的目的是为了帮助读者撇开众多的平庸作品，找到前代最值得阅读的文章典范，“略其芜秽，集其清英”。《文选序》也提出了关于文学作品之区别于其他作品的一个精微而极具启发性的观念。文学以优美的形式阐述了深刻的人类经验和洞察。萧统将文学区别于历史，因为历史关心的是对事实的列举和分析，也区别于哲学，因为哲学关心观念而非特殊体验。《文选》中的作品因其“事出于沉思，义归乎翰藻”而得到收录。它们也是萧统近臣刘勰（约465—约520）《文心雕龙》（详见下）中所表达批评观点的生动体现。理论巨著《文心雕龙》和伟大的文学选本《文选》一同使梁朝成为中国艺术文化的巅峰之一。

萧纲是萧统之弟，在他生命的最后两年中已身为简文帝。萧纲因为同“宫体”兴起的关系而著名，并因对颓废文学的狂热喜爱而背上恶名。他在诗歌和思想方面的态度极其激进，将诗歌作为个人领域而与其他文学艺术分离开来。在写给弟弟萧绎的信（《与湘东王书》）中，萧纲与传统派彻底划清了界限。他宣布，若要使文学与古体相揖别，那么新的形式、语言和文体都是至关重要的。他抨击了窒息个人创造性，也回避新时代现实的古老模式。虽然新的文学种类也许有颇多不同，但它们并不必然比旧文学低人一等。传统的文学形式在产生之初，反映了当时的现实和时代。这些往昔时代不可能再度还魂。基本教义派倾向将诗歌的表现性目标与其他文类，特别是历史与哲学混杂在一起，但哲学与历史的主要任务在于国家层面，而非作家个体层面。萧纲对这一基本教义派趋
【927】势深感不满。为了支持自己的观点，他对卫宏《大序》作了自己的演绎，指出诗歌的独一无二功能在于“吟咏性情”。萧纲对于这一“自我指涉”毫无歉意，甚至在这封书信中使用作为其诗歌特质的情欲语言。

诗歌品评这一事业，使得批评家能够将来自传统派和进步派批评中的各种观念整合起来。钟嵘（约469—518）的《诗品》原名

《诗评》，是第一部系统地将作家与文学史结合在一起的作品。《诗品》主要有两个目标：首先，它根据诗的质量和为政治服务适合与否，把从东汉到梁朝创作五言诗的诗人品评为三个等级；其次，它致力于追踪他们的诗歌谱系。钟嵘对于某位诗人属于某一等级（上中下）的评价激起了无尽的讨论，但这并非是因为他的评价标准不够清晰，虽然他花了大力气讨论《诗品》中选择的一百二十多位诗人的个体特质。《诗品》最出名的误判也许是将陶潜（365—427）这位后来被公认为中国传统中最伟大的田园诗人评为中品。抛开这些品评的合理性话题不谈，品评的给出，遇到的支持或反对，以及后世批评家对他品评技巧的模仿，这些事实都显示了《诗品》的巨大影响力。

诗歌谱系反映出钟嵘在对至其身处时代为止的中国诗歌史和五言诗发展的成功梳理。在钟嵘看来，五言诗是最优雅的诗歌形式，也是传递情感和个人意图的最有效形式。钟嵘将五言诗视为最佳表达形式的做法是相当激进的，但他通过细致地将诗人的作品与《诗经》——特别是国风和大雅，以及《楚辞》联系在一起的不懈努力而得到传统派的接受。比如，现存最早的五言诗《古诗十九首》被明确地与“国风”相联，从而宣称《古诗十九首》的美感具有广为世人接受的儒家经典的高度道德目标。

刘勰的《文心雕龙》被公认为中国文学批评的鸿篇巨制。《文心雕龙》的结构是论文集形式，沿袭了如王充的《论衡》等作品的传统，不过和这些以前的论文集不同，它的全部文字都是恢弘华丽的骈文。刘勰在对文学的本质和要旨的分析中，将传统派和进步派的批评观点结合起来。如果逐篇阅读的话，会发现其中似乎充满了矛盾。比如，在一处写着古人给今人树立了文学应该跟随时代需要而变化的先例，另一处又赫然写着古代典范在所有时代都是正确无 【928】
误的。

《文心雕龙》共有四十九篇正文，以及一篇作者的卷后语（“序志”），其内容可以分为两个主要部分。第一部分首先用四篇的篇幅讨论了道和文学的起源，圣人（圣）、儒家要经（经）和冒以圣人之名的伪经（伪）。经书被视为所有文类的来源，这些文类回到三代，在文学首次作为文化政治力量发生作用时就具备了儒家信仰。于是，第五篇到第二十五篇讨论了文学中主要文类的特征史。从诗歌（骚、赋、乐府和颂赞等）到铭箴、哀吊、诔碑、史传、论说、奏启、谐隐和书信等，刘勰一网打尽。

第二部分开始于第二十六篇。在接下来的篇幅中，刘勰论述了很多文学理论概念，以及中国文学批评中最至关重要的一些术语和词汇。术语自身是唤起性的，以一种诱发其美学超越性的风格被提出。文学作品中对这些术语的使用正是旨在实现这些美学超越性。它们后来成为文学批评中的核心词汇。为了描述创作的整体特征，刘勰依次根据篇名讨论了神思（第二十六篇）、体性（第二十七篇）、风骨（第二十八篇）、通变（第二十九篇）、定势（第三十篇）、情采（第三十一篇）、镕裁（第三十二篇）、声律（第三十三篇）、章句（第三十四篇）、丽辞（第三十五篇）、比兴（第三十六篇）、夸饰（第三十七篇）、事类（第三十八篇）、炼字（第三十九篇）、隐秀（第四十篇）、指瑕（第四十一篇）、养气（第四十二篇）、附会（第四十三篇）、总术（第四十四篇）、时序（第四十五篇）、物色（第四十六篇）、才略（第四十七篇）、知音（第四十八篇）、程器（第四十九篇）。

刘勰对于文学的个人观点与他对《文心雕龙》的辩解包含在卷后语（《志序》）中，这种做法是对王充《论衡》结构的又一处
【929】模仿。刘勰的“雕龙”这个隐喻支持了文学创作的华饰与艺术性，同时似乎也是对扬雄“雕虫”之叹的一种反驳。实现真正的伟大也许很困难，但是刘勰坚信伟大是可以达到的，他自己就有这样的

抱负。对艺术潜能的实现需要付出极其艰辛的努力，并始终追求一种看似无心之得的文字。刘勰将文学批评视为文学艺术的一部分，是实现文化不朽的一种途径。它对艺术性的要求和《文心雕龙》中讨论的所有文体是一样的。虽然刘勰贬低前人的努力，但《文心雕龙》与他们实现了完全的共鸣。在某种意义上，通过采取一种独立于世的态度，刘勰把重点放在作为一种文类和事业的文学理论上，并创立一种他努力超越的传统。

裴子野（469—530）以一种精心为之的笨拙文体写下了《雕虫论》——一部分是对刘勰的戏谑回应，一部分是出自真心的劝诫。扬雄很明显是裴子野的文学先祖。产生了“颓废”诗歌和诗学的最主要实践者和辩护者的梁宫廷，竟然也能吸收裴子野对各种形式的文学进步主义不留情面的抨击，这无疑生动体现了梁朝文学极其丰沃和多样化的特质。裴子野将诗歌创作隐喻为“雕”并不是一种溢美。刘勰也许会希望雕出俊龙，但裴子野却认为当时的年轻作者是在把自己的精力和天赋浪费在毫无意义的事业上，因为文学既不能安邦定国，也不能给他们带来个人的不朽。

这一时期的首部诗歌总集——徐陵（507—583）的《玉台新咏》，与兼收并蓄的《文选》形成了对比。《玉台新咏》的特别之处在于它侧重于选择民间风格的诗歌，收录了许多杰出的佚名民歌，以及用歌行体写成的诗，并系统地偏重有色情意味的艳歌。毫不奇怪，《玉台新咏》是萧纲下令编纂的。徐陵在《玉台新咏》卷首写了一篇诗歌性质的“序”。序中列举作为《玉台新咏》主题和灵感的古今著名佳丽时，徐陵采取了一种轻松甚至谐趣的口吻。在徐陵的美学中，文学技巧取代了自然自发的创作。佳丽们自施粉黛的技术成为诗歌创作的一种隐喻。徐陵提醒读者在《诗经・国风》中也包含了类似主题，所以《玉台新咏》中的内容并非不雅。这暗示着，在所有这些谐趣文字中仍然有一丝不安的痕迹，因为徐陵清楚地意识到《玉台新咏》与儒家经书内容之间的巨大沟壑。但是他那令人目眩的语言，象征性地使他脱离了传统派的条条框框。如果中国诗歌中没有这部偏于情欲的诗歌总集，早期的民歌无疑会基本上消失殆尽。

【930】 颜之推（531—591）在他的《颜氏家训》中对这些颓废诗学进行了直接抨击。《颜氏家训》考察了南朝和北朝的社会文化风气，将其呈现为北朝文化的相对质朴与南朝文化的颓废遁世之间的斗争。这种概括在前人的作品中就有隐隐体现，不过这里采取的形式使得对此话题的讨论在公元六世纪变得流行起来。《颜氏家训》的《文章篇》完全是理直气壮的一种教导，但同时又紧随《文心雕龙》中提出的文学理论。颜之推将当时的诗歌批评为“率多浮艳，辞与理竞”。和裴子野一样，他也认为这种文学无疑是上古文章的一种堕落，因此呼吁“复古”。

这几位作家构成了中国文学批评的核心，其文学理论作品的文体和内容成为所有后世作品的内在标准。在某种意义上说，后世的文学批评是与这些前代大师之间的对话，即便是在国家安定、政治清平的盛世时代，作家都会对艺术内容和目标产生焦虑和不安——正是这些焦虑不安构成了从东汉到南北朝文学创作的底色。

· 唐代的过渡

在隋唐时代，实际上也包括之后的时代，文学批评的实践变成了文学生涯中几乎不可避免的伴生品。除了具有创造力的作家对文学批评的自我意识之外，文学的评论和批评成为士大夫在他们仕途生涯中的一个标准主题。班固所树立的例子为准备撰写魏晋南北朝（六朝）正史的历史学家所仿效——每部正史都有专门论述文学的部分。这一部分作为对前代的一种思考，以一种次要但却非常重要的形式，成为正史编修中不可或缺的一部分。

虽然唐代经常被赞美为中国诗歌的黄金时代，并充满了大量文学评论，但让人惊讶的是这一时期几乎没有独立的文学理论存世。一个“次重量级”的例子是僧人皎然（720—约805），他编写的《诗式》对作诗的法式进行了一番批判性考察。

中国诗学和音律的最重要作品总集之一实际上是由日僧空海所编的《文镜秘府论》。空海从804年至806年间在中国学习。《文镜秘府论》中收录的大多数文本后来在中国都亡佚了。因此，对于理解中国的文学批评和理论史而言，这部作品的价值不言而喻。《文镜秘府论》中所保留的珍贵文本中，包括了梁朝佛教俗家弟子沈约 【931】
（441—513）最早讨论“四声”和“八病”的文章。对声律进行描述和规定的这些规则现在看来直接取法于梵文模式，它们为后来占据唐代诗坛的律诗和近体诗开辟了道路。《文镜秘府论》所收的八世纪上半叶杰出诗人王昌龄（约690—约756）的《诗格》是一篇相当重要的文学批评。从许多方面看，《诗格》都获得了极高的成就。与显得晦涩、华丽和难以理解的文学批评作品不同的是，《诗格》用一种迷人而非正式的文体写成，语言是半白话的。

唐代文学话语的主流是传统派的理念。这一时期，文学意识形态和美学领域最具影响力的人物当属韩愈（768—824）。他并没有将自己主要看作一位文学理论家，他是一位更普遍意义上的文化批评家，其批评对于中国的审美和艺术实践起到了关键影响。文学是韩愈思想的一个至关重要的载体，但是其文学理论附属于他在文体、表达和思想上更宏大的“复古”视野。韩愈首先是一位官员，有着运用自己的才干报效祖国的遏制不住的能量。韩愈的“复古”意识形态体现在他的“古文”中。

在韩愈看来，文学是政治改革的载体。他特意以“奇”作为自己的散文文体。这包括了大量使用古语、怪异语法和长的词组。韩愈在为求某种效果而打破句法惯例时毫不手软。在使用修辞以实现政治目标的过程中，韩愈也利用了大量幽默——虽然不都令读者欣赏。韩愈特别擅长撰写争论性的文章，在吸引读者注意力，以立即抓住使其文章充满力量的那些问题时，他避开陈词滥调的表达。虽然这一开始对于世人而言不啻为一种震撼，但韩愈新颖的论辩风格以及不寻常的结构后来被广泛模仿。如在《原道》和《师说》等文章中，韩愈颠倒了通常的论辩顺序：开门见山提出自己的观点，遣词造句突兀得几乎有些冒犯，然后再提出自己的证据，论证自己观点的合理性。他使言辞的晦涩意义变得栩栩如生，甚至改换了它们通常的词义价值——这一策略一般频繁运用在诗歌中，但在散文中是不常见的。韩愈还用模仿和戏拟，这些写作策略更让人想起庄子而远非他心目中的圣人——孔子。他的《毛颖传》是对司马迁（前145—前86）笔下传记的一种戏拟，思考了他笔下所处理内容的政治意义。

除了具有才华横溢的诗才，韩愈也将散文推进到以前只用赋和诗歌的一些领域中。从严格意义上来说，这更是一个文学史上的贡
【932】献，而非对文学批评的贡献。不过，他启发作者在散文中看到了与传统派理念一致的表现能力。

在唐代，诗歌领域出现了前所未有的创新，随之而来的是文类、文体以及诗歌语言边界的“大爆炸”，但是在文学理论领域，陆机或刘勰传统的重要代表仅有身兼诗人身份的司空图（837—908）一人而已。虽然司空图仕途得意，但是摇摇欲坠的唐王朝带来的黑色脆弱感充斥了他的诗歌和文学批评。在去世前，司空图将王朝比喻为镜花水月，这反过来也反映了他论述艺术本质的文字的玄奥而抽象。

实际上，《二十四诗品》是如此抽象，导致我们不可能将司空图的术语视为仅仅指涉诗歌而已。该文本的晦涩特质当然是作者故

意所为，而作者所使用的四言格律的层层押韵更加深了这种晦涩。它的抽象水平也应该至少和其晦涩特质一样属有意为之。《二十四诗品》的主题和对象定义了作者和读者审美体验的终极范畴。如果我们还记得，根据上古圣人以及与他们联系在一起的理念，艺术表达是对自然之道德模仿，因此文学绝不是这一表达可以采用的唯一形式。司空图将诗歌推崇为所有艺术形式中的巅峰，不过诗歌这种美学建构内在地将自身扩展到了所有艺术中。

《二十四诗品》借鉴了文学理论史中许多有影响的作品，但是它本身仍然是一种彻底而深刻的创新。首先，它的标题取自钟嵘的《诗品》，不过司空图并没有给诗歌和诗人评定等级，实际上《二十四诗品》中并没有提到任何一位诗人。《二十四诗品》中的二十四首诗也不能被视为仅仅是各种文体的罗列。在其中，我们看不到预期之中的分类，因为它对诗歌使用及其主题方面的阐述其实更容易让人想起陆机的《文赋》。它的阐述模式与刘勰《文心雕龙》有联系，但是这种联系是与刘勰在各篇中迷雾重重的诗句总结的相似，而非与其阐述本身相似。司空图的遣词造句以及对四言诗的使用使《二十四诗品》与一种完全不同的话语模式联系在一起，即东晋（317—420）道家的玄言诗。所有这些联系都很“诱人”，司空图本人当然意识到了这些。没有哪种联系能单独地解释这部神秘文本的唤起性力量，因为《二十四诗品》是如此独一无二、充满异质性，并且可能刻意地让人不可捉摸。

也许司空图的意图并不在于解释诗歌——毕竟诗歌仅仅是天地之道的部分反映，而是提醒读者天地之道的范围远远超越了想象力的边界。《二十四诗品》如果被当做一部神秘作品来阅读，可能会 【933】
唤醒读者注意到语言能揭示天地间无限大化流行的潜力，即便由于语言自身的局限而使这一尝试以失败告终。在人类经验中，所有看上去偶然随机发生的事物实际上都是天地的自然之道。语言仅仅是人类希望隐喻地揭示它时的一种努力，因为语言本身是不足以完全表达天地之道的范围的。从另一个角度看，司空图的诗学遵循的是《二十四诗品》的第十一品《含蓄》中所谓的“不著一字，尽得风流”。《二十四诗品》几乎完全是在将抒情诗的心灵和情感共鸣赋予文学理论。当人们阅读对诗歌原则的描述时，他内心会从整体和本质上再造诗歌的经验。对《二十四诗品》的通读过程将引导读者实现对自然和诗歌自身的顿悟。我们必须依赖直觉来进入诗人创造的经验并与之合二为一。阅读行为将向读者揭示出一切。晦涩，只是读者和审美升华之间尚有巨大沟壑的一个信号。

不过，《二十四诗品》通常被当做隐喻式批评的杰出例子来阅读。司空图对诗歌本质的观点反映了晚唐的美学。这些美学观中，有两个观点是贯穿整个文本的中心侧重点。第一个观点是“味外之旨”。对诗歌的完整体验要求言辞的直觉超越语言层面，即与那一时刻几乎亲身体验式的合二为一。司空图也明确指出，诗歌应该是变化多样的，不能局限于一种风格，而应该包含微妙的变化，就像食物或香水一样。如果一位诗人过于拘泥一种风格，表达的质量会下降，因为对程式的意识会妨碍直觉及其表达的清晰性。诗人不应该被风格所控制，而应该控制风格，跳出形式和程式以实现完全的艺术表达。司空图与李商隐（约811—859）、杜牧（803—852）等同代人同声相求，将诗歌尊为一种免于为社会服务之枷锁的艺术形式，最终目标在于将优美的语言同“言外之意”结合在一起。锻造语言之美，同时让特殊意义的可能性将自身“照顾”起来，这样做是最简单的。

《二十四诗品》被后人屡屡提及，最著名的当属苏轼对其价值尚未被充分认识的慨叹，不过直到清代（1644—1911），这部作品本身的价值才真正得到承认。清人纷纷讨论和赞美它，通过模仿向它致敬（袁枚［1716—1797］曾撰写《续诗品》）。也许它对艺术经验和文思本质的强调，对直觉和洞见的强调，以及在面对衰败中的王朝之时，它对于文学的疗治能力所抱持的完全冷漠的态度，这些都导致了后人对它缺乏兴趣。当然在宋代（960—1279），出现 【934】
了理论性批评的根本转向。这一转向是从创造过程和个人天赋方向的偏离，而转向技巧批评。在这一意义上，司空图的《二十四诗品》是最后一部重要的文学理论作品。在宋代，技巧批评大行其道。这个时期，也是非正式的——虽然是彻底的自我意识化——个体声音在文学话语中大放异彩的时代。这种文学批评路径无疑较为放松随意。

· 宋代的新观点和新路径

诗话是宋代最出类拔萃的文学批评形式。诗话可以是对任一种文学话题的思考，话题的范围涵盖选诗原则、历史语境、对诗句的分析以及对不同诗人长处的评价和比较。史上第一部诗话是欧阳修（1007—1072）的《六一诗话》，共收录二十八段文字，主题包括从个人轶事、与友人进行的思想讨论到对诗作的评价等。其中，个体声音是相当的“口语化”的。评论时，首先以对某个话题的一般性陈述开篇，然后摆出一个例子，接着再进行一些聊天式的评论。这些文字的随意口味看上去似乎是反传统派的，不过轻松的口吻并不必然意味着轻松的内容。阅读诗话使人认识到，诗话的口语体来自《论语》。《论语》是对孔子言论的记录，通篇是圣人的口吻。诗话在形式上与《论语》十分相似，不过以一种更为生动和当下的方式保留了作者的言论。个体性的感觉是诗话得到欢迎的关键原因。欧阳修的评论看起来是相当随意的，给人一种自然而发之感。司马光（1019—1086）的《续诗话》作为对欧阳修《六一诗话》的回应，说明这一非正式的文体自身已成为一种固定程式。

随着诗话的遍地开花，严格的组织结构开始出现。诗话不再是随意的口吻，而是采取更为断言式的口吻。欧阳修笔下的轶事似乎是在讲述一个相当动人的时代。在那个时代，文学讨论是相当严肃但又令人享受的一种社会活动，就像我们这个时代的大学生喝着咖啡进行深度的文学夜谈一样。诗话具有它们自身的随意性的美学，这一点后来被批评为对诗歌的权威性缺乏足够的敬意。这一评价令人遗憾，因为诗话中充满了各种极具启发性的洞见——这些洞见不仅与当时的文学相关，而且与它们当时的文化有关。对于诗话的这些洞见，让我们略微脱离语境地使用欧阳修《六一诗话》的第八条诗话中的评论“一言之谑，后遂果然，斯可叹也”。

【935】 欧阳修的《六一诗话》便具备这样的分量。他笔下轶事的特点在于建立了品评与赏玩人生经历中一些珍贵瞬间的模板，同时又揭示了它们更为深广的意义。读者们并不是将它们固化为与自己无关的他人生活中的瞬间，而是当做抒情小品来进行回应，将他们自己融合在经验中——这经验因为它的日常口吻，几乎变成了一般意义上的经验。

宋代的大多数诗话都相对简短，其中的一些只有短短几页篇幅。不过随着诗话的发展，其篇幅也在壮大，到了十八世纪，袁枚的《随园诗话》洋洋洒洒写了有八百页之多。在《随园诗话》中，袁枚强烈反对艺术的堆饰，而提倡诗人自身的性灵。

宋代最具影响力的文学批评作品——严羽（约1195—约1245）的《沧浪诗话》明显采用了诗话形式，口吻是发散而个人化的。但是文本本身得到了系统的编排，颇具启发性地论证了诗歌与禅宗的亲缘关系。佛教虽然已经影响了中国诗歌和诗学数百年，但《沧浪诗话》是明确将抒情诗的审美体验同化到佛教的顿悟体验中去的第一部论著。

《沧浪诗话》由三个部分构成，开始是严羽的理论陈述，接下来是对自己技巧批评的基础的阐述，最后对文学史和多位诗人进行评价。在第一篇《诗辨》中，严羽将诗歌神思与禅宗直觉进行了比较，这一方式使语言成为心灵之觉醒的载体：“论诗如论禅……大抵禅道惟在妙悟，诗道亦在妙悟。”虽然禅宗学说在最为激进的层面上抛弃了语言，但却在所有语言艺术中独为推崇诗歌，因为在中国传统诗学中，诗歌神思的本质与禅宗的直觉具有最强烈的亲缘关系。禅宗对自然的强调不仅是宗教意义上的，也是审美意义上的，它在佛教思想和诗学之间架起了一座桥梁。这一个纲领性的开篇提出了关于诗歌神思的根本身份的普遍理论，以及辨别诗歌好坏的方法。在接下来的部分，他提出了一些诗歌的特质以及表现性目标，来帮助读者达到妙悟。

严羽讲诗法有五：体制（形式构造）、格力（结构性力量）、气象（能量的体现）、兴趣（兴趣的激发）和音节（音调和韵律）。他又列出诗品有九：高、古、深、远、长、雄浑、飘逸、悲壮、凄婉。品是按照司空图的《二十四诗品》来翻译的，因为九品中的不少都与司空图的术语相呼应，强调了诗歌的感情表达方面——这反过来补充了与禅宗经验的比较。这些诗品原则描述了——但并未完全涵盖——诗歌的特质。虽然严羽指出诗歌为妙悟超越的载体，但并没有贬低载体本身：“诗有别材，非关书也…… 【936】
所谓不涉理路，不落言筌者，上也。”这句话使用了《庄子》中“得鱼而忘筌”的典故。最理想的状态是，载体（筌或语言）在完成它的作用后，它可以被抛掉。然而，哲学家接下来悲叹自己没有能力与已经实现妙悟超越者讨论这一过程。作为一位具有文学抱负的禅宗修炼者，严羽描写了一种温和的反讽：如果诗歌带领人到达了言外之意，那这一载体难道不该得到敬仰和欣赏吗？

第二篇《诗体》提出了严羽关于诗体的几种分类。第三篇《诗法》是全书的中心所在，对许多诗人进行了征引和评论。严羽高度评价盛唐诗，尤其是杜甫（712—770）的诗作，并认为当时的诗歌比起盛唐诗来是相当肤浅而无所取的。虽然他将禅的妙悟与诗的妙悟并置的做法似乎会偏好作为个人表达的诗歌，而非作为社会改革载体的诗歌，但他也哀叹，文学的自我沉溺是与心灵的进步背道而驰的。对于明代（1368—1644）学者而言，严羽代表了文学批评的正统，对于文学史中的评价具有终极裁决的地位，因为《沧浪诗话》中的评价从未遭到明代复古派的质疑。

金朝（1115—1234）的最著名文学权威元好问是一位与严羽非常不同的批评家。元好问主要的文学批评体现在他创作的三组诗特别是《论诗三十首》中。元好问对天然、真淳和雅正的强调，或许反映了他的新儒家情感。他的批评立场奠定了基调，得到后世偏好规则合宜和雄浑风骨甚于直觉、创新的许多作者的追随。

· 明清时期的杰出代表

晚明的袁宏道（1568—1610）是代表了一个相当不同方向的伟大文学理论家。他受到古代楚文化中丰茂而激情的意象和遣词造句的启发，因而偏好南方特质（袁宏道本人来自湖广）甚于北方特质（元好问来自山西）。袁宏道对自我的强调，以及在文学创作中对口语的实验，使他成为一位真正具有“现代”意识的文学家，远远领先于他的时代。

王夫之（1619—1692）是经历明清易代的众多思想家之一。作为忠实明遗民的他在清朝统治中国以后，主动脱离主流社会，在
【937】许多学术领域——历史、哲学、古典文学——进行了不知疲惫的耕耘，就好像他把自己视为存续中国思想文化的最后希望。王夫之的观点是充满异质性的，但是他的学术广度可与韩愈比肩，而他的评论很少遇到挑战。

王夫之是文学批评领域的修正派和基本教义派。他强烈反对严羽等作者的批评趋向，因为他们接受诗歌能够来自想象而完全与实际经验无涉的观点。王夫之的文学批评作品的数量和种类都很多。在传注方面，有《诗广传》。他编定了三部诗歌选：《古诗评选》《唐诗评选》和《明诗评选》。如《夕堂永日绪论》《诗绎》和他自己的《薑斋诗话》都是在此基调上更为个人化的文学批评。他在自己所有的作品中，都明确指出基于诗人真实经验的诗歌感情力量。在抒情诗中，这意味着情和景并不仅仅是相辅相成，而是合二为一："情景虽有在心在物之分，而景生情，情生景……情、景名为二，而实不可离。"在王夫之看来，世界上并没有真正对立的二元体。甚至宇宙的根本原则——道，也是"气"的补充，而非对立面。出色的诗作会使用自然景象来体现诗人的内在生命。这是诗人之"志"的最重要体现，并保证了诗人和读者、过去和现在之间的完美共鸣。诗歌主题的极端多样化反映了人类经验的深广。

叶燮在1686年撰写了诗论专著《原诗》。这是继《文心雕龙》以来，首次再度尝试全面系统的文学诗论——作者本人完全意识到了这一点，故而他批评刘勰的不足在于未能"持论"。《原诗》由内篇和外篇两部分构成。内外篇又进一步分为主体部分和补充部分。叶燮基本上是诗歌表现派理论的支持者，反对复古派理论，但他还是认为诗歌的思想内涵和道德性格比情感内涵或审美感更为重要。

叶燮开篇提出了一个非同寻常的观点：在盛唐的巅峰以后，诗歌未能保持它的活力的原因在于，文学批评家未能充分对诗法进行总结，并形成统一观点。虽然历史上产生了大量关于中国诗歌和文学史的方法论批判，但是把诗歌衰落的责任承担在诗歌评论家的肩头则是非常新颖的立场。叶燮断言，诗歌的复兴，还有对文化危机的回应，都需要统一的诗歌理论的出现。

【938】 诗歌最终是内心的表达，且不可能与内心相反，而表达自身则服从整个宇宙结构的法则。宇宙的三大特征“理”“事”“情”决定了经验，而诗歌正是内心对经验的回应。为了领悟并表达这一经验的根本特质，诗人必须运用四种个人能力：才、胆、识、力。否则无论内心的“神明”有多深邃，其都无法得到表达。

在叶燮对这些形而上学范畴的构想中，它们明显是规范性的。如果缺乏这些个人能力的培养，诗歌之志不可能实现表达，而拥有才胆识力的作者则不仅实现表达，而且能唤起言外之意。作诗时不应该清空头脑虚位以待神思灵感，而应该时刻做好准备，这样神思发动时便能捕捉它。

伟大的十七世纪诗人兼批评家王士禛（1634—1711，注意不要同十六世纪的王世贞［1526—1590］相混淆）追随了唐代司空图和宋代严羽的诗学精神。王士禛是“神韵说”这一难以把握的概念的标举者。关于王世禛的观念和实践创作，本书第二编第十章已经在他的前辈和同时代人的语境下讨论过。

清代文学批评中最引人注目的发展是如金圣叹（1608—1661）和李渔（1610/1611—1680）等“离经叛道”人物的出现。他们开始以严肃的态度对待小说和戏剧作品，并为小说和戏剧写了大量相关评注。这标志着中国文学理论史中的一个剧烈转型，因为在这之前，中国文学理论是专属于诗歌的。这些革命性批评家的观点和成就，我们在其他章节（如第五编第一章和第六编第四章）中有专门讨论。

上述几位仅仅是清代批评家中的一小部分。清代兴起了一股对文学史和美学的再评价热潮，包括对文本的再整合、多卷文选的编纂以及文本作品的出版都呈现了前所未有的规模。另外还出现了代表极端审美和政治兴趣的狂热文学小圈子。清代的文学批评家的数量可能比中国历史上所有其他朝代的文学批评家加起来都多。他们的活动形成了到他们时代为止的中国文学史的微观宇宙，并为追随者提供了研究中国文学的系统基础。

· 二十世纪以及未来

中国的传统文学批评一直延续到二十世纪，并在钱锺书 【939】
（1910—1999）的《管锥编》中达到了它的顶峰。钱锺书在《管锥编》中展现了远远超越中国文化和语言基础的令人目眩的博学，但仍然牢牢立足于古代。虽然有人认为钱锺书不仅为二十世纪而且为超过千年的文学理论和批判画上了句号，但这一关键性的事业由惊人博学的王国维（1877—1927）提前尝试过了。将东方与西方、古代与现代、文言与白话毫无间隙地拼合起来的史上第一人正是王国维。他的《红楼梦评论》是如此的闪耀着思想的光芒。王国维的兴趣十分广泛，包括从戏剧的起源和解释到词的美学，等等。他对词研究的贡献（体现在纪元性的作品《人间词话》中）相当振聋发聩，像“境界”和“不隔”等概念频频被引用。《人间词话》是词和曲悠久的评论传统（分别见第二编第四章和第二编第六章）的顶峰——这一评论传统始于王灼的《碧鸡漫志》（序，1149）。

在世纪之交，当代中国的批评和理论已经完全融入了文学的国际话语中。欧洲或美国的文学运动或方法在中国会有回应，每位世界级的文学理论家在中国都拥有支持者或反对者。不过，传统的回声仍然不时浮出水面，所以对传统的熟悉，以及对传统是如何被整合的，在关于文学的意义、本性、功能和价值的新解释中的理解可谓必不可少。

李德瑞（Dore J. Levy）

【940】 第四章　传统的小说评注

从十七世纪直至二十世纪，中国小说尤其是白话小说的读者，阅读的都是小说的评注本。在这一时期，至少部分受到这些评注的影响，兴起了一个从无到有、从微弱到强烈的著述意识的运动。编者从否认自己的编辑工作，变为夸耀自己的作品，对评注的态度从认为它仅仅是一种补充，变为将其视为文本不可或缺的一部分；受众由对于情节感兴趣的相当不成熟的读者，变为在阅读时将自身视为与作者共竞智慧的思想深刻的读者。

· 评点

评点这一种形式是紧贴正文的，目的在于介入或控制对文本的阅读。犹如让我们想象自己检阅一页布满字句的小说。这一页来自1641年出版的《水浒传》金圣叹（1608—1661）批本。这一页是对武松赤手空拳打老虎的一段著名描写。

在这一页上，小说的正文是大号字体。在一些正文的右边会出现像句号一样的点和圈。有时这仅仅是对句子或短语的标明，不过
【941】 有时也用来表示强调——作用与英文中的斜体或加粗类似。一般标点和强调式标点使读者的注意力投向标点突出的文字，它们都是金

圣叹所加，是他试图控制文本阅读的一部分。这种强调式标点被称作“圈点”。

在同一页面中，评点文字比正文文字小一号，出现在它所评论的段落的下方，用框圈起来。评点与它所对应的正文是一对一的。金圣叹的评点留意到许多东西，不过最留意的是武松手中所拿的棍棒——出乎读者意料的是，这根棍棒在武松打虎时根本没有派上用场。如果单独审视金圣叹批点本的某一页，很难看出来的是，他对小说文本的编辑是相当大刀阔斧的，虽然他宣称这些改头换面实际上都能在他曾看到的古本中找到。

虽然中国传统的小说评注中的大多数可能都采用了这种文间注的方式，但它们能够并且也实际上呈现出从序文到章间点评等多种多样的形式。正如我们可以想象到的，这些批点本中的小说正文有时几乎完全被批点文本所淹没。这种评注本身被叫做批评。为了反映评论和标点的双重重要性，它又被叫做评点，或者有时叫做批点。这是一种解释性的评注，关注的是文本的深层意思，与解经或解释字义的注释不同，后面二者都主要关心的是文本字词的意义。

· 小说评点的历史发展

标点断句在中国首先是作为一种蒙学练习而被提到的。老师会给学生一些无标点的文本，要求他们进行断句。学生对文本的理解程度，根据他们断句水平的高低来评价。读者在阅读未断句的中国文本时，自己动手断句的情况很普遍。不过这是开始在书眉页边等处进行文间注的第一步。据说毛泽东就曾经说过，“不动笔不看书”。

中国最早的文本评注的对象是像儒家要经这样的经书作品或者诗歌等地位崇高的文类。强调式标点出现于唐代（618—907），不过最早的存世例子出现在宋代（960—1279）刻本中，其中就包含文 【942】

学作品的第一批评注本——它们突出了所评注文本的文学特质，可以被称为评点。随着明末印刷业的繁荣，书商售卖旧作品的新版本的方式就是推出评点本。儒家经典、著名的历史作品和八股时文的评点本纷纷出现，这些文本的文学特质得到强调。凌稚隆的《史记评林》（1576）便是例子之一。

中国小说的第一部评点本出现在这一时期并不是偶然，因为它们是对经书评点本的模仿。这些早期小说评注的出版人如余象斗（约1550—1637之后），很明显对向地位明显高于小说的文类借用声望这一做法很感兴趣。余象斗推出的《三国演义》和《水浒传》的评点本的标题中都有"评林"二字。这些评点本中的评注几乎都采用简要而匿名的页边注方式，不过其中包含了作为出版人和评点人的余象斗自己对文本的删改。他对其中的一些删改三缄其口，而对有些删改则予以承认并尝试给予正当性。

进入十七世纪以后，一种新的小说评注形式出现了。这种评注中的大多数都冒以李贽（1527—1602）之名推出。离经叛道的李贽在狱中切喉而亡，他的作品也遭禁。实际上，它们大多数出自叶昼（卒于1624年）一人之手。虽然李贽为《水浒传》写过评注并希望出版，不过存世的所有托名李贽的小说或戏剧评点本，应该都不是李贽的手笔。李贽之名和小说作品之名本身具有一样的市场感召力。

"李贽"评点本中的真正评点人确信自己能比小说作者做得更好。他具体指出了不少不足之处，并标明应该删去的部分。这给读者留下这样一种印象：小说是值得点评的，但是仍然只是一种你不能期待太多的文类。

小说评点的下一个也是非常重要的发展，是将前人或评点人自己认为不合格的段落进行删改或再语境化。《水浒传》的金圣叹批点本正是最著名的例子。他腰斩了小说的后三分之一，在每一页几乎都进行了改动，并加入他自己写的一些段落——所有这些做法他都归在据他称为施耐庵的小说作者名下。金圣叹声称，《水浒传》的另一名作者候选人罗贯中写了通行本中他不喜欢的那些部分，而他将施耐庵推崇到才子的高度，在自己的批点本中还施耐庵的《水浒传》以原貌。

跟随金圣叹的脚步，“明代四大奇书”中的另外三部的标准评 【943】
点本也出现了：1663年版的黄周星和汪象旭评点之《西游记》，1680年版的毛纶和毛宗岗评点之《三国演义》，1695年版的张竹坡评点之《金瓶梅》。这些评点家声称他们所提供的是失传很久的小说古本，也断言仅他们所添加的评点就足以使文本产生根本性的变化。

小说评点家成功的同时也是小说评点衰落的开始。后来的评点家机械地运用早期评点家的模式和技巧。虽然小说评点成功地提高了小说的地位，并启发读者去把小说视为其他几种更受尊敬的文类的补充，但是一些新读者坚持在小说评点中使用更适合其他更受尊敬的文类的评点技巧。这导致了《西游记》被解读为一篇洋洋洒洒的科举考试八股文，而《红楼梦》被解读为儒家经典四书的一种小说形式。评点家实在变得过于聪明，在许多不可思议的地方找到了隐藏的意义。索隐派的提倡者将复杂的艺术作品变成了简化主义的影射小说。

在二十世纪早期，白话小说被推崇为人们所呼吁的文学语言的典范，但是这些白话小说在当时的重印本去掉了长期已经成为小说一部分的评点。这样做的原因，部分是因为这些评点具有将读者向不适宜方向引导的能量，也有可能是因为中国知识分子意识到这不是西方人阅读小说的一种习惯。

近几十年来，人们意识到阅读和撰写小说的评点是中国独一无二的现象，这使得对评点本的兴趣又再度回潮。学术界出现了数部小说评点史，以及对古今小说的现代评点。

这种类型的小说评注真的是中国独一无二的现象，而如中世纪对维吉尔《埃涅阿斯纪》（*Aeneid*）等古典作品进行的评注经常包含对作品修辞特征的关注。特别是当白话文取代拉丁文开始流行的时候，如但丁、薄伽丘、斯宾塞，也许还包括乔叟在内的作家为自己的作品撰写评注。不过，在从手抄本文化到印刷文化的过渡中，这些曾经一度流行的页边注不幸没有流传下来。在印刷时代，脚注这一新的评注形式出现了。爱伦·坡出版过他的旁注作品，现代派和后现代派作家实验过“文本外评注”（extratextual commentary），不过这些实验大多数都不是很有诚意。中西方小说评注之间的主要区别在于，中国的小说评注传统成熟于印刷术兴起
【944】之后，并在二十世纪保持强劲的“复兴”之势。然而在西方，小说评注在帮助建立白话传统之后，便开始带上一种在传统中国中普遍缺乏的反讽特质。

· 创造新的作者和读者

中国的小说评点训练读者如何阅读小说，也训练未来的作者如何写小说。这些目标在评点中说得很明白。比如，张竹坡警告读者，如果在读完他所评点的《金瓶梅》之后，还不能写出好的作品，那么他们最好应该放下手中的笔，拿起锄头去种地。后来的小说和评点都显示了作者受到所阅读的小说评点的影响。甚至某些评点家为了证明某部小说文本的一些具体特质的权宜之法，都被普遍化为放之四海而皆准的方法。小说评点的读者从中学习到，小说是一种值得文人尝试创作的令人尊敬的文类。早期评点家所面对的问题之一是，他们所评点的小说文本中缺少一个清晰的作者身份。这个问题是因为在中国文化中文学被构想为作者实现文学上不朽的一种载体，而读者与这些不朽者凭此进行了交流。早期的白话小说是

从零碎的口头和书面资料中略加编辑而草草拼凑出来的（因此会有托名李贽的评点者的抱怨）。这使读者很难将其作者视为值得交流或模仿的对象。

金圣叹着手解决这一问题。他的解决方法包括炮制了一篇施耐庵的序言（金圣叹将施耐庵誉为庄子、屈原、司马迁和杜甫之后的“第五才子”），并在随文评点中不断提到这位才子。后来的评点家纷纷效仿。许多评点家就像金圣叹那样，利用小说作者湮没不可考的观点而在自己的评点中杜撰出一位作者。

在中国传统的白话小说中，叙事者几乎总是模仿职业说书者的口吻，而读者就好似说书者的听众之一。使用这种文学手法并不是因为小说文本是说书表演的“提词本”或者记录，而是因为这是一种将当时“阅读白话小说是非常奇怪的”这一观念自然化的一种方法。（在传统中国，所有有价值的文本作品都是用文言书面语写成。）叙事者向他的“观众”抛出问题，并重复观众中的疑惑者可
能会提出的问题。叙事者所抛出以及代表观众向他自己提出的那些 【945】
问题是严格限定在当时语境和情节细节上的。

文本评点的添加使这一切发生了非常直接的变化，文本的人为构思特质一览无遗。评点者会邀请那些“真正”对文本有兴趣的读者，在阅读时仿效点评者更为深广和圆熟的思考方式，向自己发起挑战：在字里行间寻找到更多“言外之意”。但是点评者也向读者承诺，“巧夺天工的”小说作者遵循了规范的文学技巧，而这一点作为评点者的他们将进行阐明。

除了编辑《水浒传》，金圣叹还对以前评点家所抱怨的一些白话小说特质进行了辩护和拔高。早期的长篇小说，如《水浒传》，文本内容是相当重复的。有些段落会一遍遍地重复出现。金圣叹提出，《水浒传》作者这样做是在进行一种困难而高风险的尝试。他在强调这些重复部分的相似性的同时，也宣称有能力的读者可以看

出它们之间的微妙区别。这样，原本可能只是编辑草率的结果，摇身一变而成为一种精致的艺术特质，这一特质还通过迫使读者在脑海中同时对比两个段落而实现了对文本的统一。

相似人物类型的重复使用也出现在早期的白话小说中。对此，金圣叹等小说评点者所采用的方法是再次对这类现象提出积极的解释。他们宣称，作者插入相似的人物类型是为了迫使读者留意到这些人物之间的微妙不同，因为他们之间实际上有着颇具意义的区别。

还有一个问题是，早期白话小说中的许多主要人物都被描写成具有这种或那种美德的贤人，但是却又会体现出他们的虚伪。虽然，有人会将之辩护为一种刻意为之的结果，但是如果视其为从杂乱材料中拼凑出来的文本结果，这一解释也许更为简单。但是虽然托名李贽的评点者只是会抱怨人物塑造中的不一致和荒谬性，金圣叹和其追随者却将这一现象视为作者天才的体现。比如，金圣叹并没有去尝试消除《水浒传》主人公宋江的人格不一致性，而是在自己的批点本中更加深了这种不一致性，并将之称为理解宋江的真面目（伪善而奸诈）以及作者的最终目的（揭露宋江的真面目）的一把钥匙。

金圣叹进一步讨论道，作者施耐庵有意地将宋江与梁山好汉中率直坦荡的李逵进行了对比。金圣叹所谓的作者将其叙事侧重于奸诈人物与坦荡人物之间的对比上，这一观念开始流行起来。有意思的是，读者有时候会强烈反对这些人物对比中何人奸诈何人坦荡的既定结论。

这些发展将读者的注意力从情节转向了人物塑造。但是金圣叹
【946】等小说批评家也对中国小说的结构产生了影响。他们提倡一种与叙事的线性阅读不同的“螺旋形”阅读，侧重于叙事中的非邻近部分是如何连接在一起而造就了一个有机叙事整体的。微妙性优于直白性。这些联系越是遥远越是不引人注目就越好。

· 对评点的著述回应

从金圣叹开始——如果不是更早的话，小说评点家将他们自己表现为原著作者迄今为止未被认识的艺术意图和成就的揭示者，但却把他们的解读说成基于所谓失传古本的失而复得，或者他们比其他所有人都聪明，这都是明显不能成立的理由。对于几乎完全试图取代原作者在文本中的声音的例子，我们可以举出很多很多。

那些不愿跟随小说评点家所提倡的模式来创作的新一代小说家，会对出版附带评注的小说本子的现象这一挑战做出何种反应呢？他们至少尝试了三种不同的解决方案，以及对这三种解决方案的无动于衷或者混合：（1）撰写他们自己的评点；（2）通过使小说中的叙事者模仿评点者，将他们的主题、措辞和基调等整合进自己小说中而达到对评点的先发制人；（3）以一种促使读者在头脑中形成自己评注的方式进行创作，但是在文本中布下想象空间，使得读者的评点能够填充这些空白。第一种策略开创了自我评点，第二种创造了叙事者兼评点者，最后一种则创造了潜在式评点。

自我评点

传统中国小说中的自我评点包括了颇多自得之感。自我评点似乎不可避免地成为对作者能力的自我谄媚。但是即便在金圣叹对作者的某一特定技巧赞不绝口时，这一赞赏经常也是金圣叹自己将这一技巧特质添加进文本的一种标志。进行自我评点的小说家经常通过托名他人进行评点或者匿名评点来掩盖他们的真实身份，但这是一种掩耳盗铃。冯梦龙和凌濛初为他们的白话短篇小说集“三言二拍”写过自我评点，但是董说（1620—1686）为《西游补》（1641）写的自我评点则更有意思。这篇难读的小说讲述了唐僧师徒离开火焰山后，孙悟空化斋时被想抓住唐僧的情妖鲭鱼精（欲望

【947】 的一种隐喻）所迷，进入一个幻境世界。在小说的大部分篇幅中，孙悟空都对眼前所看到的感到一头雾水，而这将他投入感官和心灵的过度负荷中，并最终实现顿悟。为了使读者尽可能如亲身经历般体验这一过程，董说一度放下了传统的说书人式叙事者，叙事基本上是通过孙悟空的意识来进行。然而，为了帮助读者不至于错过重点，作者又提供了序言以及章间和行间评注。

约二十年之后，陈忱（1614—1666后）创作《水浒后传》时，很明显仿效了金圣叹对《水浒传》的评点。他使用自己的外文本点评，发出了另一种的声音，通过将读者的注意力拉回到促使创作这部小说的不完美的现实世界，从而暗中破坏了叙事世界中的乌托邦成就。

清末杂志的许多小说在连载时都带有某种形式的自我点评。不过在大多数情况下，在连载完成之后出版单行本时，这些自我点评会被删去。

叙事者兼点评者

韩南教授曾经总结出传统中国白话小说的三种并存模式。其中之一便是点评式小说，说书人式的叙事者直接评论故事和人物，或者通过引用诗歌和其他材料对其进行评论。以上讨论的内文本点评和外文本点评都是点评式样，但是它们的内容在一开始就是非常不同的。外文本点评讨论作者和读者，将故事作为一个文本，与其他文本进行比较，并指出看上去明显毫无关联的叙事部分实际上是相互联系的，以及真正意义是如何不同于表面意义。内文本点评开始时，是与所有这些无涉的。不过在小说评点的影响下，叙事者开始体现外文本评点者某些特质。李渔（1610/1611—1680）的小说还有丁耀亢（1599—1669）的《续金瓶梅》中的叙事者，都是很好的例子。不过最清晰的例子是文康（1798—1872）创作于十九世纪中期的《儿女英雄传》。这部小说问世时附有多年官居户部尚书的董恂（1807—1892）的评点。董恂对《儿女英雄传》大加赞赏，认为它解释了自身，明显地教导读者如何写作，并提供了与“事件”相反的关于“写作”本身的大量有用论述。虽然许多外文本点评家宣称自己给读者提供的是“针线”或技术，帮助读者完成他们所评点的整幅“刺绣”或文本，但董恂声称《儿女英雄传》中的叙事者做到【948】
了这一点。

在《儿女英雄传》的序言中，作者（有可能是文康自己）讲述了其他小说很庆幸能够有如金圣叹和张竹坡这样的评点者的评点，而要理解这些小说也需要外文本评点。他认为，《儿女英雄传》并不需要外文本评点，因为在表面和实际意义之间并没有断裂。有人也能提出，这部作品不怎么需要外文本评点，因为它的叙事者已经提供了。在这一叙事者的口吻中，小说作者是异于他自己的。这位叙事者将作者的文本与其他小说进行比较，使用了许多术语以及小说评点家的习惯。

潜在式评点

将叙事者变为兼评点身份的叙事者，使叙事者变得更加突出。将叙事者变为极微乎其微的存在的情况也有，比如《西游补》。在这部作品中，叙事者的一些评点功能拱手让渡给读者。这时，作者已经相信读者拥有自己进行恰当评点的能力，因为他们通过阅读各种小说评点，已经被教会了怎样评点。

小说评点中，如金圣叹那样反对说书人式叙事者的普遍意图，也使作者有可能削减这一叙事者的功能。金圣叹等评点家与这些说书人式叙事者进行着对叙事意义的控制竞争。他们通过删减说书人式叙事者的评论，或使叙事者评论淹没在他们自己的评论中（对它们的再语境化），来达到对说书人式叙事者声音独立性的削弱。

一般而言，小说评点家对于骈文中使用过的，并在早期白话小说中也频繁出现的将时间停顿下来插入大量描写的做法（韩南教授分类中的描述模式），持非常否定的态度。金圣叹在评点《水浒传》时删去了所有这类文字。这样的结果是，导致叙事严重依赖行动和对话的直接表现（韩南称之为表现模式）的形成——这种模式与身兼评点者身份的叙事者是相反的。

吴敬梓（1701—1754）的《儒林外史》是潜在式评点的例子之一。这部作品可能是对传统叙事者进行压制做法的最极端发展，其创作很明显受到金圣叹批点本《水浒传》的影响（头回故事模仿了金圣叹批点本）。前现代时期对《儒林外史》的评点体现了，对传统小说批评相当熟稔的读者不会遇到对这一传统倍感陌生的现代读者遇到的那种问题。

【949】 “好” 的读者阅读的时候会在头脑中形成源源不断的评点——这样一种观念我们应该很熟悉了。即便是“坏”的读者为了弄清楚他们所阅读的作品，也会在阅读时进行预判，随着阅读的进一步推进，该预判或是得到确认或是被否定。要尝试证明吴敬梓致力于在读者头脑中唤起一种特殊形式的源源不断的评点，是一项很复杂的任务。首次阅读《儒林外史》的读者对于螺旋形组织起来的叙事很难产生像样的评点。在小说评点提出好的小说和好的阅读行动的构成要件标准之后，对一部小说的初次阅读就仅仅是对进一步阅读的准备性工作，而在进一步阅读中，读者将能发现叙事中极为独立的各部分是如何相互发生作用的。小说评点的功能之一就是帮助小说的初次阅读者跳过这一阶段。吴敬梓能够指望他的读者变成“再读者”吗？根据我们对这部小说的阅读者的反映，答案是，他能够做到。

很容易证明，身兼评点者身份的叙事者的出现是一种与小说评点的对抗，因为在这类叙事者的笔下会出现很多借用后者的术语。

而在潜在式评点的情况中，这一论证只能是暗示性的，而非结论性的。对《儒林外史》的任何考察都显示了，在文本中留有以待读者填充的缝隙。并且，如果读者接受过传统中国小说评点的训练，那么这些缝隙是相当容易填补的。这一点既可以从对现存的《儒林外史》评点的基本观点具有一致性上得到证实，也可以从怀有现代西方式预期的阅读习惯，即一部分在阅读《儒林外史》时一头雾水的读者那里得到进一步证实。

· 结论

小说评点家经常成功地使他们对以前小说的偏激解释得到公众的接受，并在所评点的文本中篡夺作者的地位。当然，他们并不能逃脱社会谴责。一些人认为金圣叹和张竹坡的早亡是对他们的编辑和评点工作的沉重报应。不管如何，早期评点家的作品也免不了有时遭到后世评点家的扭曲和误解的命运。

然而作者也表明了自己的态度。他们反对小说评点家的蚕食行为，反对评点家剽窃他们的观点，又通过这种剽窃，使得读者对作者作品的理解和赏析严重依赖于对各类评点的理解。这是二十世纪后二十年对中国传统小说的再评价中为什么对这一小说批评的本土形式的再发现如此感激涕零的原因之一。

陆大伟（David L. Rolston）

绿
杧
文
库

见珍于世

哥伦比亚中国文学史

第七编·民间及周边文学

[美]梅维恒 主编

马小悟
张治
刘文楠 译

新星出版社 NEW STAR PRESS

目录

【953】 第一章　乐府

佚名的民谣和南方民歌是古典末期和中古早期（约50—约400）兴起的两种非常重要的文学体裁。它们构成了民间文学表达的两座单独的宝库，各自在后世都拥有自己的文学模仿史。对于直到十八世纪的著名诗人、乐师、剧作家和小说家，二者都有着长久而深远的影响。

· 术语定义

从公元一世纪到十二世纪，首先由佚名者，后来由有名有姓的文学作者所创作的民谣和南方民歌，传统上用“乐府”一词来称呼。乐府本来是一个政府机构的名称，据说历史上最早的乐府便是来自这里。因为相互矛盾的文本证据，所以学者们对该机构是何时何人设立的这一问题莫衷一是。很清楚的一点是，约在公元前121—前113年，即汉武帝（在位时期：前141—前87）统治的中期，为了迎合汉武帝对民间世俗音乐的个人爱好，乐府在概念、职能和范围上都进行了完全的调整和改革。

【954】 直到四世纪早期，乐府一词才用来指称佚名的民间诗歌，分别在文学史家挚虞《文章流别集》以及诗人、历史学家和音乐学家沈

约（441—513）《宋书·乐志》中被不经意地提到过。到六世纪中期，在两部中古早期朝廷授命所编的作品总集《玉台新咏》和《文选》中，作为一种诗歌种类名称的乐府与特定的民谣被联系在一起。从此，乐府这个种属术语便固定了下来，用来指称日益多样化的佚名歌谣。到十二世纪早期，郭茂倩所编的《乐府诗集》中共搜罗了五千二百九十首乐府诗。

乐府一词所涵盖的是一座以种属多样性为特征的诗歌库。它包括许多形式，每一种形式都有自己的名称。比如，有佚名的歌词、歌、歌曲、行、吟、曲辞、杂曲、杂歌谣辞等。另外，在后世还出现了郊祀歌的各种子类如相和歌，清商曲词和铙歌，以及为舞蹈所写的歌和早期的预言歌。

· 时代分期

在一种文化传统中，口头形态的存在带来了时代分期这一内在问题。在口头作品的情况下，它们最初被创作或表演的环境经常很难知晓。在年代分期的准则中，有四个因子：一、当它们的歌词文本在年代可考的经典作品中被固定下来；二、当它们的标题和内容在年代可考的作品中被概括性地提到；三、当它们的最初表演被记录在年代可靠的作品中；四、当一位生卒可靠的文学诗人模仿一篇口头作品时，就为口头文本传播的年代提供了最晚近的确切时间点。

乐府的第一个阶段是从约公元前50年至约公元200年这三个世纪。这一时期的作品共有约一百一十五首佚名文本存世，它们可以被概括为北方都市地区的产物，虽然一些作品传统上被认为搜集自汉帝国的其他地区。有一些作品通过文本内部或者语境证据可考其年代，如三十六首西汉郊庙歌辞，十八首铙歌，以及一些讽世歌。剩下的那些作品虽然其文本来源晚出，但传统上被认为来自汉代。

【955】比如沈约并没有为他所收集的十六首贴上汉代的标签，然而在汉末就有诗人，特别是曹氏家族的诗人对这十六首中的数首进行模仿，而曹氏家族这几位诗人的去世日期是在东汉结束前后。

第二个阶段发生在220年和550年之间。这一时期涵盖北方的汉魏（220—265）到晋室衣冠南渡后的南朝时期（317—约550）。这一时期的特征是拟古乐府的兴起和发展，历史上留有名姓的诗人对佚名的乐府进行重新加工，注入新的文学价值。拟古乐府主要是在宫廷的支持下发展起来的。首先是兴起于汉末，因曹氏家族的支持使其势力贯穿整个魏时期，接下来又得到南朝宫廷尤其是刘宋和梁的刘氏（420—479）和萧氏（502—557）家族的支持。

第三个阶段与长安和洛阳的北方宫廷流亡到长江流域东南方的早期相重叠。这一阶段（约270—400）的特征是一种完全新形式的乐府的出现，它是流亡政府所安顿之地特别是吴地区（以今天的南京为中心）土生土长的。它的文化体现着都市商业价值，这与北方文化截然不同。

第四个阶段反映了对南曲的文学反应，移民文人雅士纷纷模仿这种被命名为“近代”以与旧的北方乐府传统相区别的新风格。这一时期涵盖约400至589年。就像第二个阶段一样，它也得到对土生土长的乐府形式相当热心的刘氏和萧氏皇家的支持。

乐府创作的第五个阶段发生在唐代（618—907），特别是约730至850年间李白（701—762）和白居易（772—846）在诗歌创作中运用了两个传统——汉乐府及其拟作，和南曲及其文学拟作。李白从传统题材中汲取灵感，但白居易则为这一旧传统发展出一种他本人命名为“新乐府”的新概念，侧重于关注叙事歌谣或者当代话题。

到十二世纪早期，一种新的歌曲形式——宋代（960—1279）的词取代了乐府和南方民歌这两种旧的形式。到这时，乐府这一文类在唐代经历了短暂的复兴之后，已经彻底偃旗息鼓。自此之后的文学史中，乐府与正式的文学诗歌形式——诗——同质化的趋势越来越明显。在文学批评家和创作诗人的心目中，乐府和南曲与正式诗歌已经合二为一，因为在明清的诗歌集中，乐府作品是按年代与诗编排在一起的。

· 乐府的文献来源 【956】

汉乐府的文献来源

最早的乐府材料是历史文本。三十六首西汉郊庙歌辞保留在班固（32—92）《汉书》（公元一世纪末）的《礼乐志》中，而《汉书・五行志》中收录了大量讽世歌谣。范晔（398—446）《后汉书》所引的司马彪（240—306）《续汉书》中收录了另外一批讽世歌谣，年代据信为公元二世纪。所有这些乐府作品，除了注明年代的，其年代最晚可推测为保存它们的文本的年代。

专业的音乐学文本《乐志》是非常重要的文献来源，收录了更具歌谣特质的那些歌诗。《乐志》出现在成书于约448年的沈约的《宋书》中。沈约在《乐志》中收集了十六首被他称为相和歌的前代歌诗和十八首《汉铙歌》。这些相和歌的起源年代不确切，不过至少部分来自汉代。《汉铙歌十八首》中则保存了一些最为原始的民谣材料。

另一类文献来源是中古早期的皇家下令编纂的文学作品集，著名的有《玉台新咏》（约534—545），它收录了十七首旧民谣和五首旧讽世歌谣，还有《文选》（约520—526），仅收录三篇作品，都冠名为乐府。

第四类也是最重要的文献来源当属收录宏富的民谣和歌辞总集——郭茂倩编于约1126年的《乐府诗集》。《乐府诗集》将早期文献中的相关作品汇编在一起，并加上许多精挑细选的新作品，总共参考了一百六十种文献来源。

南朝民歌传统的文献来源

早期佚名南朝民歌的主要文献来源是郭茂倩的《乐府诗集》。它的收录多达七百三十三首，其中包括四百八十五首口头来源、标题各异的佚名创作，以及二百四十八首后来的文学拟作。可与《乐府诗集》比肩的文献来源，是早先的《玉台新咏》的最后一卷，共收录一百五十首此类作品。

民谣和南朝民歌的文学拟作的文献来源

民谣和南方民歌的文学拟作的最早文献来源包括《玉台新咏》和
【957】《文选》，诗人的个人诗集，而最重要的文献则为郭茂倩的《乐府诗集》。郭茂倩的收集之所以具有特别的价值，因为他发明了在他自己的音乐分类中将佚名文本和拟作结合起来的组织原则。他也将旧文本的各个版本集合在一起，认识到了保存文本差异的价值。

唐乐府拟作的文献来源

唐乐府的主要文献来源也是郭茂倩的《乐府诗集》，其中收录了四百二十九首新乐府，还有唐代诗人对传统乐府歌辞的大量拟作。而就诗作得到收集和保存的更著名的唐代诗人而言，他们的个人诗集构成了另一个重要的文献来源。

虽然包含了乐府歌辞的全部传统分类，不过郭茂倩《乐府诗集》收录的全部五千二百九十篇作品中也包含了只具有边缘性文学价值的作品。《乐府诗集》中文学价值最高的乐府歌辞包括："鼓吹曲辞"中的二百五十六首，"横吹曲辞"中的三百零三首，"相和歌辞"中的八百三十一首，"清商曲辞"中的七百三十三首，和

“新乐府辞”中四百二十九首，共计涵盖了民谣和南方民歌两大传统的共二千五百五十二首作品。而三百一十九首《杂歌谣辞》使总数达到二千八百七十一首。

· 音乐学资料的主要文献来源

虽然在郭茂倩的时代，旧乐府歌辞的音乐早已亡佚，但是从三至十一世纪，音乐专家和理论家撰写了关于音乐的大量文字。这些资料中的不少内容被郭茂清放入了乐府的十二大类每个分类起首的介绍性文章，以及为乐府作品整体写的序言中。郭茂倩介绍乐府歌辞传统的音乐史和语境背景时，参考和引用了共一百六十种这类作品，其中最重要的有如下几种：

1.荀勖的《荀氏录》，撰于三世纪，今已亡佚。这部重要的早期作品中的许多篇章都被包括郭茂倩在内的后世音乐专家所援引。据沈约的说法，荀勖掌管魏（220—265）宫廷乐事，改编了许多汉代的歌辞，对于它们的流传起到了重要的作用。

2.沈约的《乐志》，488年。这是第一篇严肃处理新旧乐府歌辞这一主题的完整存世文献。沈约在《乐志》中收录了十六首古代歌谣，其中的大多数应该都出自汉朝（虽然没有标明），以及他认为起源自汉代的十八首《鼓吹铙歌》。沈约将他的材料组织进四个音乐类别，【958】
该分类法一定程度上来自汉代，但也有他新发明的部分，如非常重要的歌谣类别：相和曲辞、清商曲辞、大曲和曲调。

3.智匠的《古音乐录》，约570年。这部作品得到古乐领域的传统和现代专家的一致推崇，因为乐府歌辞的语境信息有史以来首次提供给音乐。

4.吴兢的《乐府古题要解》，约700年。吴兢将乐府作品分为九大音乐类别，提供了内容和语境方面的有价值资料，并经常征引歌辞。

5.郭茂倩《乐府诗集》中乐府十二个大类起首的介绍性文章，以及为许多乐府歌辞作品所写的序，这成为前一千年音乐学研究的顶峰。郭茂倩对从一百六十种文献中搜集的大量资料的控制和组织，体现了他对这一主题的专业知识，以及他的艺术和学术天赋。

· 汉乐府的特点

虽然牢记早期佚名汉乐府的传统音乐类别很重要，不过汉乐府作品也可以通过主题分类来阐明。汉乐府中有令人动容、五彩纷呈的郊庙歌辞，读者可以想象其仪式和音乐语境，如《练时日》中的春耕赞歌。戏谑主题中包括了一些最为“道德败坏”的文本，一般为寓言歌。还有一些关于成仙灵药、及时行乐的乐府，以及丧歌。还有一类是政治抨击类乐府，如《城上乌》。许多反对兵戎的作品如《饮马长城窟行》和反映家庭对人性压制的叙事诗，是两类重要的主题。田园叙事作品《陌上桑》展示了复杂的各种主题的交织，在后世引发了大量拟作。现代读者最容易阅读到的是关于男女情爱的内省而谐趣的抒情民谣（这一类别也包括了非常罕见的一首同性情爱作品《越人歌》），以及人类永恒的思乡题材的作品。

西方民谣中的许多特质在绝大多数佚名汉代乐府歌辞中都得到了体现，可以概括如下：口头起源；以表演为目的；具有韵律上的一些不规则性；不加修饰的艺术形式；口语特征、直接引语和无意
【959】义的词汇；一些世俗的表达和题材；乡村的表达和观点；俗套的表达和程式性结构；表现的普遍性；刻板的人物塑造；冷静中立；一些前后不衔接而突兀的句子过渡；包含一些对话；副歌部分；熟悉的材料；音乐背景或者伴奏。

在评价汉代乐府传统时，我们需要考量另一组汉代诗歌，即大

概创作于公元一至二世纪的《古诗十九首》。《古诗十九首》的作者虽然不可考，但其文本显示其中一些作品是由名姓未知的文学人士改编自旧乐府材料。这组以“诗”为风格的古诗强烈地与乐府相共鸣，对后世乐府传统中的大量著名诗人影响甚巨。第十五首《生年不满百》体现了与汉代佚名乐府《西门行》紧密的亲缘关系。《西门行》有十句被改写为《生年不满百》中的六句。并且第二首《青青河畔草》作为一首佚名乐府，得到一代又一代诗人的改编。它采用了一位职业歌女的口吻，其表达可以被解读为一位汉代乐府无名表演者的自传。

· 诗人的乐府拟作

起源于民间口头表达的早期乐府形式的大获成功，体现在社会顶层对它的迅速采纳。公元200年至265年期间来自曹魏家族的王室支持，保证了不少早期乐府作品的保存。曹植（192—232）为乐府最著名的提倡者，他创作了具有更深社会意义的叙事乐府，并在抒情乐府中注入了一种新的内省反思。晋代（265—420）傅玄（217—278）在后代的名声主要来自他的乐府拟作。在一些作品中，他用女性口吻来表达妇女在婚姻制度中的不平等这一新主题，比如《苦相篇》（副标题也叫“豫章行”）。《玉台新咏》是记录乐府的历史演变的最有价值的文学文献，涵盖从公元50年至约550年其民间口头的起源到其顶峰，即发展为一种精致的文学建构。比如，它收录了不少于七首《青青河畔草》的拟作，以及五首《七夕》拟作，另外还有《行路难》的几首拟诗，其中以鲍照（414—466）的作品最为著名。《玉台新咏》中所收录的一百一十五篇汉乐府作品，基本上代表了一种北方传统。它被保存在各种文本中，并得到诗人的模仿，不少拟作流传了下来，这些诗人中包括属于北方文化的如曹植和傅玄，以及属于南方文化的如鲍照及其妹鲍令晖（约活跃于464年）、沈约、何逊（卒于517年）以及两位皇室诗人萧衍（464—549）和萧纲。南方诗人对于东南地区本土佚名民歌传统这一崭新而又有活力的新形式，也作了相同的热情回应。

· 南方民歌传统

早期中古时代的南方民歌得到比早期的乐府传统更好的保存和传承。作为文化史的巨大转折之一，晋朝317年流亡到江南的早年间，南方的城市中心出现了大众歌曲和音乐的大繁荣。它们中的绝大部分为爱情歌曲，其特点为多地起源性、亲昵表达、对话模式、地方俚语以及方言，较为浮率轻佻，并且使用绮靡情色的语言。这一时期的历史文献记载了偏安一隅的流亡政府如何快速采用了这种新的歌辞风格，以及宫廷与歌辞的创作者、表演者是如何与文学和口头这两种传统进行互动的。

南方民歌的保存和传承过程主要有五种方式：1.通过皇家表演，即在皇家宴会上表演这些民歌；2.通过皇家拟作，即皇帝对南方民歌的模仿创作；3.通过皇家记录者和歌辞搜集者，即当皇家成员被任命到长江流域各地任职时，对当地的音乐模式产生兴趣，于是将他们所听到的歌辞记录下来以形成小型歌辞集；4.通过皇家的作者裁定，出色的歌辞被宫廷档案官错误地认定为出自皇家某位有名姓的成员之手；5.通过宫廷档案的保存，歌辞被认定为出自某位皇室诗人或高级官员之手，被保存在宫廷的礼乐机构中，于是成为文学经典。土生土长的歌辞通过这五种方式而得到推崇，并被接受为正统文学。

南方民歌的最权威的文献材料是郭茂倩的《乐府诗集》。《乐府诗集》共一百卷，其中八卷收录的是据信为四世纪以来的南方民歌，共四百八十五首口头起源的佚名歌辞，以及二百四十八首后世拟作。它们都列在“清商曲辞”的六大子类中。佚名歌辞包括两类：起源于都城（现在的南京地区）的二十六组吴声歌曲，以及传统上被认为起源自长江中游地区（位于都城以西）的三十四组西曲歌。在吴声歌曲中，有五组子夜吴歌，其中最重要且数量最多的一 【961】
组是四十二首“子夜歌”，以及七十五首“子夜四时歌”。这两组子夜吴歌占据所有佚名口头南方民歌的百分之二十五，其口吻主要都是女性。

南方民歌的口头创作和民间起源可以分为七种类型，它们也强调了歌辞作为一种文类的典型特质。1.它的歌曲形式与北方乐府有着直接的不同。南方民歌普遍都是五言四句的，每首只包含二十个字或词（有时会出现合成词）。这一简短的形式使它成为歌曲作者容易创作，或歌手方便记忆的一种诗歌。2.对押韵的显著使用。尾韵和行间韵有助于口头表达中的记忆。但是，押韵并不等于西方押韵的音律范畴，而是属于中国传统诗歌的声律范畴。由于有些歌曲的表演是没有音乐伴奏的，所以对尾韵和行间韵的这一醒目使用会起到关键的韵律作用。3.大量使用双关语，以突出玩笑性和情色性，比如匹（布匹/匹配）、藕（偶）、莲（恋）、丝（思）。这些都是读音上的双关，用不同的汉字表达。4.彩色效应（*Chromatic effect*）被用作对比、修饰和谐趣，以使歌曲的意义通过强烈的感官效果而投映出来。5.日常家居的简单表达将家庭细节引入歌曲中。如炭炉、打更人的鼓，以及对饮食的所指等等。6.大多数歌曲都使用了交谈模式，方法是一问一答，或者通过使用人称代词来进行直接对话。比如在南方民歌中所使用的四百六十个字中，南方方言中的侬（我）出现八十七次，郎（你）出现七十六次，而不（不要）这一亲密字出现过一百九十九次。疑问语气词和反身词也起到交谈模式的作用。7.对当地地名的提及，也表明了口头传统中的本土地域性。在子夜吴歌系列中，这类提及很少，不过在其他组歌系列中此类数量相当庞大。地名包括水路和长江沿线的城市中心，如《石城乐》《前溪歌》和《浔阳乐》等组歌。地名有时候出现在歌辞中。许多其他地名如襄阳、江陵和丹阳则出现在歌曲的标题中，这些地名的提及都极有价值地提示了歌辞文本的地域来源。

这些特征中的任何单个特征都不能证明其口头性，但是当这七个特质会聚在一起，就成为南方民歌的口头起源和本土创作的强有力证据。另外一个重要的证据是，这一口头形式的歌辞在接受过良
【962】好教育的北方文学移民到来的至少五十年前就已经存在了。南朝多位皇帝的社会出身也构成了一个关键的证据。起于平民阶层的他们更喜欢民间文化，而非精英正统文化。若非南朝皇家成员的文化介入，这一口头传统中的许多无疑将会永远遗失在历史中。

当我们把这一传统与衣冠南渡前北方的乐府传统进行比较时，会看到：中国东南地区蓬勃的商业活动所造就的一种新价值体系被引入中国文化。通过充满欲望和享乐主义的语言，南方土生土长的民间歌曲表达了这些价值观。这里的欲望是对欢愉的欲望，而享乐主义是享受昂贵的床帏、丝帛衣物和女性首饰的肉欲享乐主义。它的商业价值观与从五世纪开始的北朝价值观（如《木兰诗》）形成了极为强烈的对比。《木兰诗》表达了乐府传统中典型的英雄主义军事精神在北朝得到继续，而与南方的文学发展相脱离。《木兰诗》讲述了木兰代父从军的故事，提供了早期中古时代的一个颇有意义（如果不是孤例的话）的女扮男装的例子，远早于后世小说中的类似情节。

· 唐代的乐府传统

唐代的乐府传统中有两位诗人最为突出，即李白和白居易。这

两位诗人的乐府创作之间的文学区别是很清楚的。李白主要涉及的是在如鲍照等早期中古诗人手中已经改编过的传统乐府主题，同时又通过自己艺术的、富有想象力的风格重塑了乐府的风貌。白居易则不一样，他为乐府这一千年陈酿注入了更为现代的概念。

在李白超过一千首存诗中，有一百六十多首乐府诗。最典型的例子有《对酒》，而他最著名的乐府诗则为《蜀道难》，这是对鲍照乐府拟作《行路难》的有意识模仿。李白还写了一些南方民歌风格的作品，如《子夜吴歌》其三以及《杨叛儿》。

当白居易为自己的五十首乐府诗撰写总序时，他表达了自己的文学目标。虽然白居易有意识地借鉴了从《诗经》（约前600年）到李白、杜甫和韩愈等十人的乐府拟作，但是他通过将这些挑选出来的乐府诗命名为“新乐府”，刻意与传统划清了界限。他强调自己希望运用现代概念意义上的乐府来讲述现实事件，而非改写一代 【963】
又一代的古老故事情节。新乐府的内容是规范性的，要就当时的各种关键问题，对社会起到指导和教育作用。在如《卖炭翁》《新丰折臂翁》和《红线毯》等叙事的新乐府中，白居易对生活在社会边缘的百姓抱有认同感。白居易在他的新乐府中讲述了社会的各种腐败，如朝廷的财政政策、穷兵黩武以及奢侈浪费。

· 近来的乐府研究

在过去的半个世纪中，涌现了许多对乐府文学的有价值研究。学者们不再仅限于号召关注这一迄今遭到忽略的文类，而是进一步阐明其主题、程式化的语言以及表演技巧。他们也提供了核心文本的分析性翻译。乐府研究的重大发展，包括表明了佚名乐府和佚名古诗在遣词造句、主题和口吻上的相互哺育现象。另外，对中国乐府和中世纪法国民谣中田园模式的比较研究揭示了重要的文化相似性（主题、结构、遣词造句等）。关于曹丕、傅玄以及南方民歌各个方面的专著也纷纷问世。还有学者将现代的文学批评技术运用到乐府艺术的文学引用和俗套表达这一问题上。早期佚名乐府作品被汇编结集，并根据主题得到分类。编排在一起的文本被翻译成英文，并附以语境讨论以及对乐府的技术性和音乐特质的解说。西方对于两脉乐府传统研究的这些重大贡献，从以前的中日学者的研究作品中获益良多——这些中日学者澄清了全部乐府作品包括篇目这一基本问题，讨论了乐府的历史发展，阐述了各种各样的分类主题。通过东西方学者的携手努力，乐府在中国文学研究领域终于获得其应有的地位。

白安妮（Anne Birrel）

第二章　敦煌文学 【964】

· 敦煌及其出土抄本

在位于中国西北边陲的丝绸之路沿线，有一片敦煌绿洲，而其附近有一处叫做“千佛洞”的佛教寺庙和石窟群（也叫做莫高窟）。这一保存大量精美壁绘画和雕刻的佛门圣地，在四至十五世纪作为佛教朝圣的一处中心而繁盛不已。在二十世纪以后，莫高窟前再度车水马龙，不过此时络绎不绝的人群换成了学者和游客。这一变化还要溯源于1900年左右。当时的一位道士王圆箓云游敦煌时，发现莫高圣境，遂长期居留于此地，决心照看莫高窟。王圆箓在莫高窟中发现了一个巨大的藏经洞，里面所藏的抄本在接下来的日子里将对我们所理解的作为整体的中国文学、中古中国的文化和社会带来一场革命。这一藏经洞封存于公元一千年后不久，保存了五至十一世纪的三万至四万件抄本和残篇。这些抄本中的许多是有损毁的，而另外一些随着印刷术的到来而显得多余。但这些抄本没有被销毁或者被异教徒亵渎，而是可能被这一地区游牧的党项部落 【965】
（这些部落在今天的甘肃、宁夏和内蒙古地区建立了强大的西夏王朝［1038—1227］）当作某种神圣之物封存起来，直到王道士的发现才让它们重见天日。短短几年之内，敦煌出土文书的消息便不胫而走，传到了英国探险家奥雷尔·斯坦因（Aurel Stein）和法国汉学家伯希和（Paul Pelliot）的耳朵里。二位历经多年对藏经洞的数次光顾，将这些抄本中的绝大多数用车装走，分别送往伦敦和巴黎。跟随他们的脚步，日、俄、荷兰的学者兼探险家纷至沓来，而最后剩下的一点则被送往北京。这样，藏经洞中的所有抄本四散于天下，现在被保存于世界各地的博物馆和图书馆中。

由于其惊人的数量和浩繁的内容，这些抄本堪称中国考古史上最伟大的发现之一。敦煌抄本首先是确立了位于中国边境且将中国和中亚连接起来的丝绸之路上的敦煌和莫高窟作为佛教文化中心的重要地位。

抄本中的绝大多数是中文写成的佛经，但是还有大量吐蕃文、契丹文、粟特文、梵文和回鹘文的佛经。其他宗教作品包括儒教、道教和民间宗教文本，以及摩尼教和景教作品。非宗教经文抄本也大量存在，包括了各种当地经济和法律文书、寺庙日常生活的记录、官方和私人通信，以及具民间特质的文学和纯文学。这批高度多样化的敦煌抄本为中古时代的文化、语言和文学各个领域的研究提供了不可比拟的资源，而抄本自身也为书法、纸张、木刻以及印刷文本的早期发展提供了独一无二的研究对象。

敦煌文学的独一无二性一定程度上是由于抄本被封存起来，跳脱于中国历史和审美趣味千年变迁的时空之外。抄本的发现地点位于中华帝国的边陲，这使得这批文献既具有独一无二的地方性，又显示出深受中华文化影响的特性。许多敦煌抄本都是在中国的其他地方被抄写，然后被商人或佛教徒带到敦煌并捐赠给寺庙的。然而所有这些文本都是从当地佛寺中搜集而来。佛寺是百姓僧众讲唱经文和朝拜的地方，同时也是教学生读书写字的地方——这在中国是非常普遍的现象。我们必须要牢记，阅读这些书面文字为我们提供了何谓有文明、何谓中国人的定义，因为这些对作为边陲的敦煌的语境是至关重要的。

因为这些寺庙既是学习也是宗教讲唱的中心，所以敦煌文学在本质上都是民间作品。除了《文选》（用来准备科举考试的材料，详见下）这一例外，在数量庞大的敦煌文学中没有地位崇高的文学作品的身影。大量抄本中也包含了世俗学生（学仕郎）的抄写和书【966】法练习。寺庙为学仕郎提供教育，使他们学习读书写字为参加科举考试做准备，而文本抄写是课程的一部分。这些绝大多数都是世俗文本，涵盖从打油诗和民间故事到如《千字文》和《太公家教》等童蒙读物。它们必然是为了满足学生们的各种兴趣以及需要，也照顾到不同的理解水平。结果，它们成为中古时代教育过程生动无比的一份记录，并且因为对民间文学的保存而极其珍贵。宗教性和技术性更高的文本——佛教经文，讲经文，关于历法和药物等的文章，等等——则有教育水平更高的沙弥、僧人和职业抄写者来抄写。时间地点的另一个因素决定了哪些文本被保存下来：纸张的稀少和昂贵（最突出的时期为吐蕃占领敦煌期间，即781—848），导致本来会被丢弃的一些抄本被再利用和保存——这样就使得学生、僧人和抄书人潦草地写在页边甚至背面的备忘笔迹、诗句甚至涂鸦被保存了下来。来自不同社会经济背景的虔诚佛教信徒为了积善果，抄写了大量佛经，也捐赠了不少别人抄写的佛经。这便带来了特定佛经多部并存的现象，并且也告诉我们哪些佛经流行于特定时期。僧人进行俗讲时所使用的叙事和仪式文本从另一方面表明了当时听众的水平以及文学在民间所达到的水准。

由社会某一特定人群创作并指向这一特定人群的敦煌文本可谓中古时期最大型的民间文学集，并提供了某些文类和文体的许多最早实例。中国的民间文学通常根据听众来进行一般化定义，根据形式来进行具体化定义。佛教的“方便”之说——即根据听众水平来调整讲经的难易水平——使得文体和形式上的弹性变成一种必要，并对中国的文学和语言产生了深远影响。在佛教俗讲的语境下，要得到尽可能广而多的听众，就必须要更加实用主义。大量的敦煌抄本提供了独一无二的珍贵证据（比如以脚注和页边注的形式，或者通过补记描述），表明一些书面文本在宗教场合或通常由社邑组织的社会场合，曾面对身份各异的观众进行口头表演。虽然很难确定敦煌文献读者的准确性质，但很明显的是，其中的许多作品跨越
【967】了受过教育和未受教育者之间的沟壑。文体和语言元素将许多敦煌文学定义为民间文学：句法和字词中口语元素无处不在、程式化用语、大量重复以及明显的都与当时文言文学的风格大相径庭。敦煌民间文学的戏剧特质在直接对话和直接引语中体现得最为明显，最著名的是两位角色之间的针锋相对（比如《茶酒论》《燕子赋》《孔子项橐相问书》和《降魔变文》）。实际上，语录（比如《六祖坛经》和《庞居士语录》）这一基于白话对话和禅宗学说的独特文类的建立，证明了上述口语形式的流行和成功。敦煌出土的许多世俗和宗教作品的口语体，再加上面向听众的问题和劝诫的使用，赋予这类文学以一种当下直接性，令人想起这类文学所产生的口头环境。

敦煌民间文学的另一大特点在于它的佚名特质，作者可考的作品少之又少。然而在敦煌抄本上所发现的大量题跋，则告诉我们抄写者的名姓，以及抄写某些文本的原因及其重要性。题跋通常提供了抄写的确切日期、抄写者的姓名，以及抄写的理由。年代可考的各种敦煌抄本告诉我们它们的抄写年份上至406年，下及1002年。抄写者一般与材料的水平和内容有关：职业抄写者、沙弥和僧人会抄写明显具宗教性的作品以及正式文献，而世俗学生则会抄写不太严格的世俗材料，如书法练习、童蒙书、书信、故事和诗歌。通常而言，未给出抄写原因的学生抄本题跋是附带有订正部分的学习训练。抄写人、僧人和沙弥所抄写的文本（特别是宗教文本）通常是

一种积累功德的行为，题跋中经常有祈祷者的恳求。抄写佛经是一种功德的积累，并经常是为了使功德“回向”，实现在世或已亡故亲人以及社群的转运。所有这些题跋都是理解敦煌文学及其读者的重要意义的关键材料。

文学被用于书写练习，这显示了某些文本在受过教育或半文盲的大众百姓之间的流行程度。世俗学生抄本中某些作品体现了很大的变异性，包括字词变异（包括字形错误和用同音字），以及文体、形式甚至文类的变异。这些变异性不仅反映了学生的抄写能力，也反映了这一文学的非正典的民间特质。

如形式、文类这些西方经常使用来区别文学作品的特质，一旦 【968】
被运用到中国文学或者——更具体些——敦煌文学中时，往往会带来很多问题。诗歌和散文这两种基本的文学形式边界变得模糊，比如赋或者骈体文，而散文和诗歌的结合对于如变文以及缘起（佛教关于因果的故事）等民间文类而言是极为根本的。在这些文本中，即便是看上去很清晰、有限定性的文本特质，如文类标记或者文类地位，都可能是非常难以捉摸的（比如见下文对于词、词文和变文的讨论）。当然，文类概念在敦煌文本中是操作性的，没有中国内地的高雅文化那样标准化，因为敦煌文本的实际语境和功能是位于学者的分类与编辑愿望之上的。作为一种处于不断变化中、既具宗教性又具世俗性的百姓文化不可或缺的一部分，这一文学不那么受精英权威的审美趣味的影响。敦煌文学中的许多作品在其他地方都早已失传这一事实表明，文人士大夫对其评价甚低。他们在汇编文学作品的时候，把这些作品排除在外了。敦煌文学的独一无二和多样性因此可以被视为它当年充沛生命力的反映。本章余下的篇幅，虽然是关于形式和文类的讨论，但会补充以敦煌抄本及其语境所提供的大量史实材料，也将尽力考虑到个体作品。

· 散文

考虑到敦煌文学的佛寺和教育语境，便很可以理解宗教和世俗的各种典范人物传记会成为非常突出的一种文学形式。自司马迁（约前145—约前86）的《史记》为传记创立文体和格式之后，传记便成为中国的一种标准叙事形式，因其教化内容而得到高度评价（见第三编第一至二章）。因而敦煌文学的传记在散文叙事中占有绝对优势。传记发轫于正史，是对可垂为后世之范的著名事迹的记录。除了为传统正史的教化目的服务之外，传记也发挥宗教传统的载体作用。无论在世俗还是宗教语境下，传记这一文类的正史根柢、文体和格式为其内容的真实性和真理性提供了必需的合法化框架。典范人物传记经常运用如史书、碑铭和行状（亡故者生平的简述，通常用于古代仪式中）等重要记录，然后根据它们的道德功能
【969】或目的撰就。这样，敦煌抄本中便有大量传记类的叙事作品，不仅描写知名历史人物和道德楷模，而且也包括释道人物的生平故事。这些故事以简单的文言或半白话写成，作为大众教育的文本，是用来阅读而非表演的。两种世俗传记作品为《孝子传》和《前汉刘家太子传》。《孝子传》也名《事森》，是从讲述孝子孝行的权威文本（《孝经》和各种正史等）中抽取出来的简短传记组合。《前汉刘家太子传》讲述的是西汉（前206—公元8）太子在王莽篡位时期（9—23）从宫廷逃脱的故事。这两个文本都是典型的标准传记，使用了著名的历史人物，并配以精确的历史信息来确立其真实性，然后侧重于讲述为数有限的一组事件，而非对角色的整个人生进行俯瞰，其目的是说明它们包含的教化道理。这些传记显示了中国的人物传记和圣徒传之间的边界是相互渗透的。

另一种世俗传记也采用这一格式和价值观，但目的则有所不同。一度在中古时代相当常见的“家传”（家族传记）以叙事形式

讲述重要家族支脉的谱系，而非对家族后代的详细列举（家谱）。敦煌抄本中的这类传记只有一篇以全本存世，即以简单文言文写成的《敦煌氾氏家传》。该作品的第一部分追溯了氾氏家族的神秘祖先、尧帝之弟——季，而第二部分由氾氏家族的十一位典范人物的传记构成。《敦煌氾氏家传》的非凡意义不仅在于它是一个已亡佚文类的鲜活例子，使我们了解了敦煌社会，也在于它是曾经很常见的一种地方史书写的例子，在这种书写中，典范人物传记及其价值观使得某个家族对权威和地位的宣告具有合法性。

敦煌抄本还提供了另一类传记，即专门细节化宗教信仰和虔诚的权威以及效用的传记作品。这些简短的叙事作品通常被叫做“应验故事”（miracletales），是中古早期非常流行的一种护教文学形式。敦煌抄本使用了不同的文类标记来为这类故事贴上“应验故事”标签：1.“灵验记”、“应验记”和“传验记”；2.“因由记”或“因缘记”；3.“功德记”；4.仅仅为“传”或“传记”。这些叙事作品都通过某时某地的个人或物体（佛塔、佛像和佛经等）的轶事，讲述了有功德的行为及其回报，来为证明佛教教义的真理【970】
服务。另外，和其他敦煌传记一样，这些故事并不是对一个复杂生平故事的讲述，而是关注对个体福祉或因果报应起决定作用的一桩或一小组特殊事件。事件的奇迹特质及其激起的不可思议之感借鉴了中国的另一种叙事传统——志怪（见第一编第六章和第三编第四章）。文类标记中所找到的“灵验”和“应验”等术语显示了所有这些佛教和道教叙事故事的内在教义性。佛教应验故事使用在中国传统志怪中常见的“感”和“应”等基本概念，为隐而不显的神圣秩序——难逃于天地间的因果轮回——提供了证据，或者说“验”明了它。最为典型的是，这些故事描述佛教俗家信徒以及沙门子弟的奇异事件或虔诚行为，证明这些行为给他们带来好运气，比如虔信者背诵或抄写某部佛经的虔诚行为会引发功德积累的反应，或者在灾难中得到菩萨的解救。大量故事讲述了这些信仰和实践的有效性，它们经常根据特定主题、佛经或菩萨而编订成集。敦煌抄本中有两组著名的应验故事集：颜之推（531—591）的《冤魂志》和模仿干宝（活跃于320年）《搜神记》的《搜神记一本》。

敦煌文学中也发现了其他地方未见的应验故事，并附有这类作品的使用和传播的重要记录说明。当与敦煌另一种类型的佛教因果叙事进行比较时，这些故事及其概念性角色便能得到更清晰的阐明。《持诵金刚经灵验功德记》是灵修文学（devotional literature）的一个例子。它共收集了十九个应验故事，用简单的文言散文写成，附在一部《金刚经》抄本之前。抄本上的献词对这些故事的用途提供了珍贵的背景信息：完成于908年5月11日的该文本由布衣翟奉达创作，是为了积累功德，鼓励信众阅读或背诵《金刚经》以从中获益。其他敦煌抄本也证实了将应验故事用来展示某一佛经的法力以及传播该佛经的功德，比如在许多《普贤菩萨说证明经》抄本中作为序言的《黄仕强传》。它讲述了黄仕强进入地狱，见到其恐怖景象之后起死回生的经历，并建议读者为在将来逃避这些惩罚而抄写《普贤菩萨说证明经》。

【971】应验故事中的角色包括了中国社会各个阶层，甚至皇帝，如《太宗入冥记》中的唐太宗最后被说服，开始诸如抄写《大云经》等虔诚行为。对于关心自己身后事或者先人的佛教徒而言，敦煌抄本提供了各种应验故事，讲述了正在等着他们的冥间恐怖，以及为避免入地狱而必须要做的佛事或修行——包括从虔诚的细小行为到生活方式的深刻转变。对迷途的忏悔是得到提倡的一种修行方式，如《忏悔灭罪金光明传》中张居道不小心入冥的故事。《忏悔灭罪金光明传》与《黄仕强传》在形式和内容上都很类似，被放置在《金光明经》抄本之前。入沙门则是另一种提倡的方式，如《刘萨诃和尚因缘记》所述即是。这是目睹地狱折磨之后出家为僧的成佛

高僧刘萨诃众多故事中的一个版本。

所有这些传记和应验故事都讨论了因果报应以及佛教的效力，它们成为一种单独的文类，与敦煌佛教叙事中讲述缘起的其他类别有所区别。缘起故事也是在传记语境中讲述因果报应，下文将有详细讨论，不过这两种佛教故事类别之间的简要比较揭示了它们在形式、内容和功能上的根本区别。上面讨论的应验故事主要是为了以一种颇具权威性而易理解的模式来将佛教中国化。它们使用正史格式来捕捉各种轶事，以证实中国人关于佛教效力的各种经验。类似的，自然秩序（因果）及其道德内蕴的操作性原则也用明显的中国式术语来思考。应验故事的这些特质与同时代的敦煌抄本中另一类佛教故事——缘起故事——的特质形成了鲜明对比。这些教化故事阐明了因果教义，但是是作为印度佛教文学的中国式改编而实现的。在内容和形式上，中国的缘起故事都与其印度、中亚的本生、譬喻和缘起故事保持非常近的亲缘关系。

敦煌缘起故事中的绝大多数地点在北印度的恒河平原，事件发生于佛陀在世前后或者远古时期，描写了印度信徒的因果事迹。在文体上，它们使用了佛经常见的讲唱格式（散文和诗歌的切换），而其语言则是佛教式的杂拌中文，混合以口语元素，并且大量使用宗教术语。与之形成对比的是，应验故事则完全是散文写就，使用简单的文言文，并避免专业术语。如果我们认识到这些故事是在仪式化的俗讲【972】（详见下）场合讲述的，那么缘起故事的形式和文体上与佛经的近似性也便很好理解了。敦煌出土文献中没有证据表明应验故事曾被用作俗讲。不过，应验故事和缘起故事是相辅相成的：二者都是对佛教教义的证实。应验故事带着中国历史传统的权威性，在一种为人熟悉的中国语境中讲述故事，而缘起故事与佛经紧密联系在一起，并具有神圣的印度起源意味，在时间和空间上扩展了佛教的范围。

“话”是敦煌抄本中另一类白话和半白话散文叙事类作品，是后世宋元“话本”（短篇小说）和“平话”的先驱。与后世的话本和平话作品一样，这类敦煌文本中的文类标记“话”也仅仅是故事之意，并不具有二十世纪有些学者所认为的说书人的提词本这一特定内涵。虽然这类敦煌叙事内容也可能被背诵，但是它们不具有当时表演文学的典型特质，如诗文的混合、作为程式化引子的诗句、面向听众的感叹语，或者在变文和佛教缘起故事中发现的其他口头标记。敦煌的白话文故事包括：《韩擒虎话本》《庐山远公话》和《叶净能话》。《韩擒虎话本》讲述了韩擒虎如何成为隋朝（581—618）建立者杨坚的得力将领，然后又成为阴司之主的故事。《庐山远公话》中讲述了慧远（334—416）皈依佛门的故事，以及到圆寂前的各种生平片段，生动描写了听者甚众的讲经场面。《叶净能话》中的主人公是初唐时期的道士叶净能，写叶净能得神人授符，能招天下鬼神的故事。和上文讨论过的应验小说和传记一样，这些白话小说关注的也是某位人物生平的决定性或奇迹性的事件。不过与前二者不一样的是，敦煌文学中的“话”所描写的一系列事件，时间跨度为主人公一生。这样便极大地丰富了情节、人物发展和故事整体戏剧化特质。这些小说也预示了元明时期偶尔杂以诗句并以事件序列为结构的半白话小说（平话）的兴起。另外，根据末尾的一处注，《韩擒虎话本》原来是配有插图的，这是后世的话本经常有的现象。不过敦煌抄本中的“话”与话本的不同之处，在于话本
【973】讲述的是一整段历史时期，是关于一系列中心人物的事件。敦煌的半白话散文叙事作为中古时期这一文类的孤例，为进一步考察话本和平话等后世叙事文类提供了极其珍贵的材料。

· 诗歌

敦煌抄本为中古时期的中国诗歌提供了一个不可思议的横切

面，证明了这一时期诗歌的巨大流行程度，以及诗歌在社会中所起到的多种作用。诗歌的一种重要类型——赋（见第二编第一章），以其内容的多样性和形式的特异性而闻名。它对韵文的使用，模糊了散文和诗歌之间的界限。敦煌抄本中的赋有大量来自《文选》中的名篇，也有广泛运用口语、戏剧化对话和直接表达感情的民间作品。

几乎所有这些作品共同拥有的一个文体特质，实际上也是许多其他敦煌民间文学普遍拥有的一个文体特质，即骈文的无所不在。骈文这一文体（句法上对偶的四字句或六字句，见第二编第一章）的盛行，一定程度上是因为它明显有助于建立句式和语义的易理解性，另外也是由于《文选》的影响，因为《文选》是中古时期科举考试文学部分的基础。更具体一些说，各级考试中都要求一篇以律赋写成的诗文，而《文选》是收录骈文和赋的一座巨大宝库。《文选》和敦煌赋之间的这一紧密关联，以及寺庙这一场所提供的世俗教育，在敦煌抄本那里都能得到清晰证明。如上文已经提到的，《文选》是卷帙浩繁的敦煌抄本中唯一发现的高雅文学作品集。敦煌的赋几乎都是关于世俗主题的，通常以平庸的书法在一个手抄本中誊写上好几遍，并伴有纠正，通常后边还有其他教育性文本，如《千字文》和《新集严父教》。这些抄本中的绝大多数都包含题跋，标明抄写日期，以及抄写学生的姓名。赋作者（通常来自敦煌地区）的姓名旁边也会注明他们的官职或科场功名。于是，这些抄本为教育的过程以及文学在当地居民日常生活中的角色，提供了极其重要的记录。

从文学的观点看，敦煌的赋作为具有叙事和对话双重格式的散文诗的民间形式的实例，也是颇具重要意义的。它们广泛使用俗语和不规则句子，经常缺乏押韵，并拥有生动的对话，这些与唐代散文诗占支配地位的形式——在音韵格律和诗句对偶方面有严格要求的律赋形成了对比。而完全可以理解的是，这些特质在应试的律赋 【974】

中是不明显的，这一点可以通过作者的名字及其科举功名得到体现。尽管有这些不同，敦煌的赋还是处于起源自如枚乘（卒于前140年）的《七发》等作品的悠久赋传统中，同时也是对话形式的极具说服力的"说"，旨在向读者提供道德说教。赋中对立双方相互辩难的常见做法为各种观念开创了一个戏剧性的劝导语境。比如，《燕子赋》中对滥用权力的政治讽刺，是通过一场由凤凰充当仲裁者、麻雀和燕子之间的争论而揭示的。《茶酒论》是茶和酒之间的辩论，争论二者谁为尊，最后水进行调停，认为二者都是不可或缺的（《茶酒论》比起这里提到的其他作品在文体和语言上要略为精炼，作者是一位乡贡进士，署名为"乡贡进士王敷撰"）。《孔子项讬相问书》使用同样的对立来作为孔子与小儿项讬用问题和谜语相互诘难的结构，而最后以孔子承认项讬取胜而结尾。敦煌文学也包含了以历史为题材、叙事为格式以及大量使用对话的俗赋。《晏子赋》讲述了齐国相晏婴（前六世纪）及其出使梁国见梁王的轶事。《韩朋赋》是对干宝《搜神记》中关于韩朋的志怪作品的改写。叙述贤士韩朋之妻被宋王骗取。韩朋愤而自杀，其妻亦殉命。因为二人无法同穴而葬，墓旁遂生连理二树，以象征二人的忠贞爱情。

在敦煌发现的数种类型的诗歌中，有一种很特别的"曲子词"（也称"曲"或"词"）。它为中古时期诗歌的发展提供了极其重要的信息。作为一种民间诗歌形式的词，发展于六朝（220—589）、隋和初唐。而到唐代中期以后至五代时期（907—960），词在文学圈中得到了进一步发展。与《诗经》《楚辞》和乐府诗这些原来有配乐的诗歌文本一样，曲子词也被文人雅士采用，并因他们在文学、文体和主题等方面的关切而被精致化。文人词的结集和经典化造成了早期较为口语化的词的失传，也使词这一诗歌类型
【975】的民间性和表演性的起源身份变得模糊不清。幸运的是，敦煌写本中发现了大量这类词。它们以多元的风格以及主题，澄清了词

的早期发展阶段，并为清晰说明词所赖以产生的民间环境，提供了文献记载。各种早期词作的出土修改了我们对于词的起源及其整体发展的理解。二十世纪早期的学者跟随胡适（1891—1962）以及之前批评家的观点，认为词起源于在唐代诗歌中居统治地位的律诗，特别是绝句。而且他们认为，为了使律诗适应于来自中亚的新音乐，便添加了许多泛声（插入字词），开创了一种衍生形式。胡适等学者将词的这一起源归功于中唐（766—836）诗人如刘禹锡（772—842）、白居易（772—846）等。于是，李白（701—762）等初唐和盛唐（618—766）诗人所创造的这一风格中的早期诗作便被宣布为伪作。然而，近期对敦煌曲子词的研究表明，这一理论是错误的。敦煌曲子词提供了词在八世纪早期的原初形态，其特征是口头风格和书面形式的结合，并且涉及各类世俗和宗教主题。这说明，词发展自民间歌曲的悠久而复杂传统，它受到了当时引进中国的中亚音乐（胡乐）和佛教歌曲（梵曲或佛曲）及其实际表演影响。歌女、文人墨客还有皇家宫廷之间的互动——最著名的是通过玄宗时期（在位时期：712—756）的教坊——进一步对词进行了塑造。文人雅士开始为歌女和歌伎创作词。到后来，文人士大夫才认可专为他们自己所写的词。这些词作整体表现了一种技术和风格上的连续性。民间风格的词不仅与更具文学性的词作放置在一起，而且一些词作结合了各种诗的程式。敦煌曲子词的多元特质显示，词在中国社会的各个阶层都广为流行，以及社会各阶层之间具有相互渗透性。

由于学界对敦煌曲子词的总数尚未达成共识，这给敦煌曲子词研究带来了困难。这些作品最为常见的是写在抄本的页边或空白部位，这无疑是因为纸张的稀少和昂贵。它们是抄写者进行的书写或记诵练习，抄写者可能是僧人，不过更可能是世俗学生。根据词的不同定义准则，敦煌曲子词的总数从五百四十五首到一千二百首

不等。然而这些词的结构和内容使它们截然不同于敦煌的其他诗歌
【976】类型，如赋、词文和诗。盛唐诗歌中居主导地位的律诗，由一系列每句字数固定（或七言或五言）的押韵对偶句所构成。词则与律诗不同，每首词中的词句长短是变化的，即所谓“长短句”。每首词的创作并不是押韵对偶句的叠加，而是基于有固定押韵和声律程式的某一个特定词调或曲调。这些不同的词调（敦煌曲子词中约包括六十种）促进了对混合式声律的使用，这与律诗中固定而重复出现的为数有限的声律模式形成了对比。敦煌曲子词中的绝大多数都是为了配合当时的流行音乐“燕乐”（有时还包括舞蹈）的公共表演而应景创作的作品。

如果我们比较两部最早的存世词集——后蜀赵崇祚（活跃于934—965）所编的《花间集》（940）和敦煌的《云谣集》（922）——会发现敦煌曲子词作的多样化内容，以及它们独特的风格和语言特征。《花间集》中的五百首词共出自十八位文人之手，基本上都是以层层用典和高度精致的语言描写了男女情爱之事。《花间集》如画面般的描写、优雅的语言以及感情的迂回表达，与《云谣集》中用来表现各种主题的戏剧化叙事性的特质形成了鲜明对比。《云谣集》中的这些民间词作全部都来自佚名作者，通过如应征入伍、外出经商（见《长相思》）、战乱和为国牺牲而造成的分离之痛以及对乡村、音乐等的描写等主题，刻画了日常生活及其艰辛。与《花间集》中更为抒情的模式不同，《云谣集》中崭新感情的直接表达、对话的使用（经常是问答形式，如《鹊踏枝》）以及白话语言都为这些民间词作建立了一种戏剧性的主音。这一戏剧化的特质通过与一种近乎叙事序列中出现的数个词句相联系而得到进一步增强。

全部敦煌词在整体上甚至体现了比《云谣集》程度更高的民间特质，后者比起其他敦煌曲子词作来，在文体上是更为文雅化的。

不过，《云谣集》并不能作为敦煌曲子词中篇幅更大的套词的代表，因为大多数敦煌套词都是以佛教为主题的。

敦煌出土的套词在形式和内容上都不同于杂曲和联章。这些篇幅更大的词作通过在作品中贯穿统一旋律，并通过对起兴词的重复（通常以时间为序），而将几首词连接在一起。比如以“五更传”为形式写的套词中，每首词都以表示时间的“更数”开头（如“二更鼓儿发”）。时间序列包括一天中的十二个时辰、一年中的十二【977】
个月以及人生的一百年。这些序列反过来为详细阐述具体主题——多为佛教主题——而服务。于是我们可读到《禅门十二时》《缁门百岁篇》《太子五更转》等佛教套词，包括世俗主题的套词有《叹百岁》《十二时行孝》等。像《丈夫百岁篇》和《女子百岁篇》等是更加世俗化的套词。这些套词的顺序结构，延展的叙事形式（为主题的发展创造了条件）与重复性，使得这些作品兼具教化性与娱乐性，也使它们成为讲唱的有用工具。

大曲是敦煌曲子词中的另一种类型，在表演的时候伴以大型歌舞。敦煌出土的五组大曲（仅有二十首存世）应该是以固定格式进行表演，通常包括器乐性的引子，然后是打击乐器伴奏的一系列歌曲，最后是音乐、舞蹈，并偶尔会在加强的节奏上进行歌唱。存世的大曲都是残卷。全本大曲长度应该在十到十六首曲子之间。敦煌大曲都出自佚名作者之手，它们和词来自同样充满多元性的文化母体，又有类似的民间特质，以及主题和风格上的多样性。有的大曲主题是关于“五更”中的分离之痛，还有的在循序结构中表现了边塞生活之艰难，等等。和一些词类似，敦煌的大曲年代在约七世纪，这反映了大曲这一直到敦煌文献出土之后才为世人所知的文体发展过程中的较早阶段。

许多敦煌曲子可以松散地归在“赞”或“赞颂”门类下。这类作品结合了中国和印度两大传统中的一些特质。颂和赞是对梵文stotra

的中译，一般是在宗教仪式或礼赞中进行齐唱。被引入中国后，这些佛教赞颂根据讲唱的需要得到了发展。而颂是中国本土的文学类型，可以追溯到最早的诗歌总集《诗经》中的“颂”部分（《周颂》，nos.266—296），后来发展为用在各种世俗和宗教主题上——通常是使用韵式可变的五字或七字的四句。敦煌抄本提供了这一文类的几个独特类型，其中较为传统中国形式化的类型有肖像赞（“描真
【978】赞”“像赞”“真容赞”等）。这类作品约有九十首存世，创作年代在八至十一世纪。这些肖像赞是对处于生命最后时期或者新近故去的杰出个体的赞颂，配在其画像上。因此它们类似于用作墓志铭的颂，但是不同之处在于画像会暂时挂在屋内供往生者的家人和相熟者吊唁。肖像赞和词一样，原来是可以唱的，但后来和音乐分离，可以当做文学创作来阅读。它们的结构一般有四个部分：包括个体姓名及其职业和地位的标题；诗人的姓名及其职位；对个体生平及其成就的赞颂，通常使用四言律诗；以及创作的日期地点，并有作者落款。肖像赞中绝大部分都是关于敦煌地区的个人的，因此为他们的生平以及在社区中的活动提供了唯一的具体档案材料。

在敦煌抄本中，有大量详细描述宗教实践和信仰的佛教的赞。这些赞来自于被称为“梵呗”的佛教赞歌传统。传统上认为，梵呗在中国的第一位创作者是诗人曹植（192—232）。不过更有可能的是，具有文学素养的中国人与来自中亚的僧人和乐师一同创作梵呗。梵呗（或称呗赞以及佛曲）在当时是有别于背诵佛经（转读）的。作为赞的梵呗涉及了各种各样的题材和实践活动，通常是在音乐的伴奏下用作某一仪式的引导。从佛经中抽取的诗句（偈/伽陀）也可以用作赞歌，由于二者之间相似的功能，所以它们有时会不加区别地被使用（如伽颂或伽赞这些文类标记词所显示的）。

敦煌抄本提供了大量在仪式上表演的礼赞文，记录下僧俗的仪式和日常活动。许多礼赞文颂扬了释迦牟尼的生平，如《悉达太

子入雪山修道赞》——它以《太子五更转》的循序模式进行背诵。佛陀、菩萨甚至释迦牟尼的母亲都成为赞颂的对象。作为佛门仪式不可或缺的一部分，赞被用在俗讲和忏悔这些无处不在的仪式中，包括《散花赞》《燃灯赞》和《行香偈文》。这些赞中的绝大多数都以五言诗或七言诗写成，经常是绝句，而语言则是佛教式的杂糅
中文。值得我们留意的还有一部赞集，即一部景教赞歌的中文译本 【979】
《大秦景教三威蒙度赞》。这些赞歌以简单而直接的七言偈写成，并使用了佛教术语，这都清楚地显示了佛教的文学影响和意识形态影响。这部景教文献被保存在敦煌，凸显了敦煌这一绿洲作为丝绸之路上的宗教和交通中心的重要角色。

除了上面讨论的敦煌诗歌类型（赋、词、曲、赞等），还有通常叫做诗的诗歌类型。这些在古体诗和新体诗（律诗）传统中的诗作，文俗皆有，包括了各种世俗和宗教主题。敦煌出土文献中共约有三千首诗重见天日，有的是散落在抄本中的单篇作品，有的是结集的作品。

这些诗作中数量最大的一类是佛教诗，以佛教的主题和教义为特征。作为旨在解释和宣传佛教的作品，这些诗作以俗语阐明抽象的宗教概念，经常使用上文提到的枚举式的通俗模式，比如北周（557—581）卫元嵩所写的《十二因缘六字歌词》。它在十二首诗（八句六言）中使用了简单的隐喻和具体意象来解说佛家的因缘（或曰缘起）学说。围绕单个教义主题的一组诗作的另外例子还有《九想观诗》。这组诗揭示了佛教的无常概念，通过九个阶段（九首十二句五言诗）描写了人的生、长、死和腐烂，其关于腐烂尸体的观想——这是常见的观想对象——在所有九想观作品中尚属不太令人恶心的。这两组诗中相联诗篇的循序结构，在许多敦煌教化诗作中很常见。这种结构都为因果叙事的扩展提供了可能性，以更好地服务于用具体语言阐明佛教重要教义。

基于佛教教义的劝善诗在敦煌文学中也很普遍。以诗歌形式表现的修行有比如《和菩萨戒文》中的菩萨十戒文。这篇佚名诗为佛教信徒列举了十大重戒。十首诗都由六言或七言的八句构成，每一首诗讲
【980】述一种重戒，以及不遵守它将会造成的可怕后果。另一组佚名作者的诗作《心海集》（原来共有一百一十八首，今仅有九十五首存世）则教导如何通过习禅来保持心灵澄明。这些或五言或六言的偈以简单的术语解释了克服外在世界迷妄以解悟的必要性。

敦煌诗歌中有不少署名为王梵志的佛教诗，特别值得我们留意。这些诗的特别之处在于，在它们对各类佛教主题的呈现中，坚持使用白话文。虽然从唐代到宋代，这些话曾非常流行，但其白话特质使它们被排斥在文学经典化过程之外，不被收于《全唐诗》等诗歌全集中。这些诗歌失传的另一个原因也许在于诗人扑朔迷离的身份。虽然中国传统上将王梵志视为隋朝河南地区人氏，但是一些证据表明“王梵志”也许是个虚构人物，而非历史上实有其人。诗人的姓名——王既有国王之义，在中国又是像英国的史密斯一样常见的姓，而“梵志”的意思是以梵为志——暗示了这位人物的传说性质。而中间的“梵”字的结构是上“林”下“凡”，意味着梵文中的“梵天”。总之，王梵志这三个字的字义与在西域（即印度）一棵树上曾诞生一位王的传说一致。还有一个证据暗示了，王梵志的诗是指一种诗歌类别而非指它们出自某个人。这个证据就是它们与寒山诗之间的相似。寒山诗也是集体创作的一系列佛教诗。虽然王梵志诗比寒山诗更为口语化也更具教导性，但二者（据说都有三百首之多，这一数字也许可以追溯到《诗经》的诗三百）在风格上都极具变化，似不出自一人之手。和寒山一样，没有可靠的文献记录可以证实王梵志的存在。王梵志和寒山生平事迹以及活动年代都依然扑朔迷离。不过，我们可以把这两组诗视为虽然范围甚广，但仍然非常个人化的关于追求佛教解悟的表达。

王梵志诗有意识地将这一追求面向尽可能广的听众。一部王梵志诗集的序中说，其诗句并不采用文言，而是选择白话。这些诗作保存在约三十部敦煌抄本中，内容从关于孝顺和自我克制这些简单道德，到对于死亡以及生命易逝的深刻思考。大量作品描写了社会及其不义，经常以因果和个人责任等术语阐明贫富之间的差别。和它的语言一样，王梵志诗的意象为了便于理解，也是直接而无模糊性的。它们被用作教化工具，这一点可以从王梵志的许多诗都是由【981】
学仕郎作为写字练习而抄写的这一事实得到证明。虽然王梵志诗中的一些是七言，不过绝大多数以五言写成，大多数为遵循绝句规范的四句诗。它们一般在全诗的所有偶句中使用相同的押韵。王梵志诗是珍贵的文学、社会和宗教文献。诗中对白话的径直运用提供了一个比较点，帮助我们理解在其他唐诗人作品中对白话的使用，而诗作本身也反映了略通文墨的大众和文化精英们所持的基本价值观和关注点。

虽然敦煌宗教诗中的绝大多数是佛教诗，但是也有大量道教的单篇诗以及两部诗集保存了下来。特别有意思的是两部道教诗集《玄歌》和《涉道诗》。《玄歌》是《化胡经》的附录。《化胡经》这部流行的道教经书由公元四世纪道士王浮所撰，揭示了老子在历史上的多次化身。他到过西域，成为释迦牟尼佛，感化蛮夷。老子后来回到中原，教孔子以礼，再后来还发展出摩尼教学说。作为《化胡经》附录的这部作者佚名的《玄歌》共有三百一十八首诗组成，根据《化胡经》中描写的事件而组织为四个部分。这些用简单语言写成的五言诗作赞颂了老子及其各种成就。第二部道家诗歌集《涉道诗》，作者是原本不为人知的晚唐诗人李翔。集子中共收录二十八首七言律诗，根据主题分为三个部分：关于道教著名圣地的十五首诗；关于各种道教神祇的七首诗；作为书信馈赠的六首诗。这些作品的风格仿效六朝的道教诗，如著名的玄言诗、招隐诗和山水诗。虽然在风格和语言上都比较精炼老道，但是《涉道诗》中的诗作并没有被选入如《全唐诗》这样的诗歌集中，因此它们的重见天日得益于偶然被保存在敦煌。

敦煌的诗也包括了一大批世俗作品，其多样性令人叹为观止，涵盖了从唐代著名诗人不见收于如《全唐诗》等诗歌集的文学作品，到当地文人描写的艰辛边塞生活的动人诗篇。

韦庄（约836—910）的《秦妇吟》失传了将近千年后，从敦煌出土文献中重见天日。这首共二百三十八行的七言长诗详细讲述了

【982】在882年黄巢叛乱洗劫长安之后，一位长安“秦妇”的生活。通过诗人借秦妇口吻的复述，《秦妇吟》以栩栩如生的语言描述了城市和乡村的毁灭，以及叛乱所带来的灾难。秦妇接下来讲述了自己在乱军中的生活，以及从长安逃往洛阳，正是在洛阳，秦妇遇到了诗人韦庄。《秦妇吟》的叙事是通过行动和言语而定义的，而非如前文所介绍的那些组诗使用明显的循序结构。因这一修辞格的使用，这篇叙事诗被认为是中国叙事诗中的不朽巨作。由于《秦妇吟》写于事件发生不久的几年后以及受到统治阶级的批评，韦庄决定不把《秦妇吟》收录在自己的诗集中。幸运的是，敦煌抄本使这篇诗作终于恢复原貌（见第二编第三章）。

敦煌抄本中保存了唐代其他文学诗人的许多作品，其中的一些早已在中原失传。这些作品包括李峤（约645—714）《李峤杂咏》，《高适诗集》，收录规模很小的白居易诗集《白香山诗集》；除了散见于各个抄本中的单篇诗作之外，许多诗集存在于《唐人选唐诗》中。通过为现存诗集补充以前未知的作品，也通过为传世诗作提供变体，这些诗歌写本为唐代诗歌研究提供了珍贵的材料。

· 讲唱文学

变文有可能是知名度最高的敦煌民间文学类型，被珍视为中国说书和表演传统的最早书面例子。这一说书和表演传统在接下来的历史中，深刻地塑造了中国文学和小说的发展。虽然变文以其讲唱形式以及对白话俗语的广泛使用，对中国文学的发展施加了极其重要的影响，但是二十世纪学者过于迷恋于这一迄今未知的文类，并频繁使用“变文”一词作为各种敦煌民间文学的总容器，这一做法不必要地模糊了这一文类的形式与功能。而且，这一做法缺乏精确性，导致了对敦煌类似讲唱文学研究的忽视，而变文和敦煌其他讲唱文学都是中国文学整体发展中的独立文类和批判性元素。实际上，变文仅仅是敦煌所发现的三种独特讲唱文学中的一种，其他两种为佛教的缘起故事和讲经文。第四种讲唱文学“词文”基本上以诗歌写成，不过也偶尔包括一些散文句。“词文”的重要性在于它 【983】
是叫做词话（见第七编第三至四章）的后世讲唱文学的最早例子，也是敦煌独有的“押座文”这一佛教文类的模型。上述这些文类具有高度相似的文体、修辞和主题特征。不过，根据用途和表演来进行考察时，它们之间的区别立现。作为叙事文本的它们与各自的表演语境密切相关：缘起故事和佛经文本叙事的仪式性或民间性讲坛，讲述变文和抒情文本的职业或业余说书。敦煌佛教文学之间的相互比较表明了不同文类之间的区别，不过同时也证实了它们的共性，即作为表演之用的民间文学。敦煌的这些文类以及构成这些文类的具体文本为我们提供了中国民间说书这一充满活力传统的最早例子。这一说书传统在接下来的五百年里，很多方面令人惊异地几乎毫无变化。这些表演文类的早期实例及其起源，同它们的持续影响力一起，清晰地说明了佛教文学在接下来几个世纪中塑造中国民间说书和白话文学中的重要作用。变文、缘起故事和讲经文的不同之处首先在于其半诗半文的形式。在宋代，诗文交替的特征已经足够醒目，足以在各种讲故事文类之间划出界线——即分为半诗半文格式的讲故事，以及通篇都是散文的讲故事。使用了散韵相间形式的新文类在中国的发展，在时间上与佛教被引入并同化为中国文化同步。诗文交替是佛教经文的一种根本文体特征，它逐渐渗透在宣教故事和民间故事中，对于中国的叙事文学和表演文学以及长短篇小说都构成了深远影响。

散韵相间形式的影响超越了文体层面，也进入叙事的概念角色层面。佛教教义的方便之说中隐含的是对世界上存在着各种理解能力和观点的认识。散韵相间形式由于具有文体上的弹性，再加以方便之说，便合法化了以正史为中心的单一世界观之外的各种话语和语域。这种正史中心的世界观，在本章开头提到的典范性传记（也见第三编第二章）中体现得很明显。从文言文到散韵相间的白话文，这一转向意义深远：它在内容上及形式上，为中国叙事文学打开了一道前所未闻的多元主义之门。正是在散韵相间叙事所提供的广阔想象空间中，中国小说才开始开花结果。不过观念和影响的流向并不是单线的。如果我们对敦煌散韵相间叙事——变文、缘起故
【984】事、词以及讲经文和押座文这些相关文类——进行一番考察，会发现一幅佛教文学从自己需要出发对中国的文化要求的适应和调整，以及对文学形式进行吸收借鉴的生动画面。中国引入和吸收佛教的主要载体是佛教故事或寓言，它们作为一种方便门，生动地向各种观众展示了因果轮回。这些故事主要是对印度佛教的本生、譬喻、缘起故事的中文翻译，在佛经中或者在仪式或讲经等表演场合中起到了解释作用。这些故事为听者提供了与他们自身环境形成对比的基于佛教价值观和信仰的模范情境。它们恰当地在汉语中被翻译成譬喻或比喻（其扩展义对应于英文中的mataphor和parable，与希腊文中的paraballein类似）。在六朝和初唐时期，最流行的一类讲唱

者为唱导师，他们在向各种人群宣教的同时也讲述这些故事。缘起故事在佛教传播中的大行其道以及重要作用，在中国这一时期编订或翻译的大量佛教故事集（《撰集百缘经》和《杂宝藏经》等）中可见一斑。遗憾的是，这一时期缘起故事所采用的说故事的确切技巧、表演语境或者形式特征，我们对此几乎一无所知。

敦煌抄本不仅提供了在表演中实际使用的缘起故事，而且提供了关于当时表演语境——唐朝五代的俗讲——的大量文献。敦煌的缘起故事是印度佛教文学传统（本生、譬喻和缘起）的直接传承。缘起和因缘二词来自佛教的缘起学说（一系列偶然条件导致了某一结果），反映了这些故事的内在主题——因果报应。敦煌抄本中的例子包括：《丑女缘起》，描写了波斯匿王所生丑女因前生轻佛而致貌丑，后焚香发愿，遥求如来，得以改变容貌的故事；《难陀出家缘起》中讲述佛陀通过向同父异母之弟难陀展示天界的欢乐和地狱的恐怖，终于使后者痛悔前非，决定专心修佛，后成正果；另一篇缘起故事《目连缘起》讲述了目连在冥界找寻其母亲的故事。相比于《目连变文》（见下文）中，《目连缘起》的叙事渲染较少，较为侧重于道德意味，这都凸显了缘起故事的教化功能。

如上所述，缘起故事在形式、内容和功能上都不同于土生土长的感应故事。敦煌缘起故事的一些特质使它成为一种单独的表演 【985】
文学类型：和其他敦煌民间文学（变文、词文和讲经文）一样，它们都是散韵相间的，基本上采用四言诗句，并且采用声律来使之成韵。不过，如“当尔之时，说何言语”或简单的“道何言语”这类程式化的导入语是这种叙事文类中独有的。而且，缘起故事中的韵文部分经常包括了页边注文，以标明讲诵这些韵文的具体方法。相比之下，散文部分则经常有省略，标以“云云”，标明讲故事人会根据自己能力即兴发挥。

缘起故事与敦煌另一种讲唱文学讲经文具有一些亲缘性。这一事实提示了共同的表演语境——俗讲。在唐朝五代以及宋代早期，俗讲在季节性场合和官方场合举行，一般通过以某部经书为中心的讲经来宣传佛教。这些俗讲由一位法师来主持。根据记录俗讲过程的敦煌文本，这包括引导正题的押座文（详见下）、缘起故事和讲经文等。讲经文是对所讲之经文的逐行解释，如《维摩诘经》或《莲华经》，首先是用散文，然后用通常是五言的韵文复述。它们还拥有一种特点鲜明的韵文程式“唱将来”，法师以此开启对所讲段落的讲解。另一种通俗的宗教文学“押座文”有意思之处在于它既在俗讲中被使用，也被运用在各种表演语境中。押座文的功能是讲经文的开场白，引发对讲座的兴趣，并腾出时间让听众各就其位。这些作品几乎都由七言韵文构成，偶尔会杂以散文行。在每行第四个字之后会有停顿，通常是或使用单个韵或使用混合韵。语言是高度口语化的，敦煌抄本中标记有大量更正。

押座文会复述即将要讲的经文中某些元素。比如，《八相押座文》在寥寥几行中讲述了佛陀的一生，从“始从兜率降人间”一直到佛陀的最后开悟。押座文通常结束以“经题名目唱将来”，引出下面的讲经。押座文作为一种通俗的韵文，实际上与另一种敦煌民间文学“词文”非常类似。这些韵文占主体地位的作品使用间或杂
【986】以散文的七言词文，和押座文一样，是被吟诵出的，而非根据特定调子唱出来的。敦煌最著名的词文《季布骂阵词文》讲述秦朝末年天下大乱中，楚国大将季布（前三至前二世纪）运用骂术大败刘邦的故事。还有一篇词文讲述董永及其卖身为父母买棺的孝行。词文也以七言韵文为特征，使用单一韵脚和白话措辞。一些学者认为，词文同六朝时期的《孔雀东南飞》和《木兰辞》一样属于乐府传统。不过，可以确定的是，敦煌出土的这些作品是后世流行了将近五百年并在晚明被称为“词话”（见第四编第八章至第七编第四章）这

一文类的最早例子。它们的题材涵盖历史故事以及佛教劝世故事。和词文一样，这些后来的韵白相间的叙事也使用杂以散文的七言诗句，且使用单一韵脚和俗套的固定搭配。就像上述所列举的许多敦煌文学类型一样，这些后世作品都是书面文字，不过反映了口头表演的惯例而已。这些表演传统虽然不时相互重叠，但是因其实用功能而相互区别。于是，虽然是七言且单韵脚形式的词文也在宗教场合被用作押座文，但是押座文以自身的文类标记词（“押座文”）和相对简短的篇幅而与词文有明显区分。而且，正如敦煌抄本上所标注的，词文的表演者会有意识地将他们自己称为“词人”。

文本与其表演语境的密切相关这一决定性因素，对于理解敦煌讲唱文学中的最后一种——变文——是极其重要的。正如上文所述，变文这一个大标签的误贴会导致敦煌文学的整体类型学的模糊不清，也会阻碍对各种文类以及具体文本的研究。变文在形式和文体上都与缘起故事惊人地相似，而二者之间的比较将对我们有启发意义。二者都是用半白话写成的表演性讲唱故事，主要使用七言韵文，以及韵文式惯用导语，篇幅长度也类似，甚至故事也相同（如目连的故事）。不过，二者的区别则显示了他们不同的表演语境和功能：变文总是会使用“［且看］××处，若为陈［说］”等各种变体的韵文式引语程式。这一韵文式引语程式，加以敦煌抄本和绘画中的附加信息，证明了变文和变相（插画）之间的惯常联系。虽然在缘起故事中有自己稍微不太一样的 【987】
韵文式导语程式“当尔之时，说何言语”，并很可能会同时结合以图画，但是从形式特征到文本特征都没有证明叙事和插图之间有必然的联系。表演地点和叙事者也有所不同：没有外部证据表明变文的表演是在俗讲场合或专门由僧侣来进行。这一点得到了以下对比的再次证明：变文并不像缘起故事那样，充满了宗教术语和教化口吻。实际上一些散见各处的轶事证据（大多数是非佛教材料）清晰地表明，变文是在世俗环境下，由世俗伶人（通常是女性）所表演的。变文的根蒂在佛教文学，并最有可能在缘起故事。（文类标记字“类”的选择，以及它整体的佛教教义内涵，在功能上与缘起很类似。）然而，它们的世俗化清晰地体现在其内容的多样化和性质上，便也将其自身定义为一种单独文类（宋朝的说书人通常根据他们所讲故事的内容或主题而被区分）。因此，虽然描写目连从地狱救母的《目连变文》拥有最多的副本，以及另一大流行的变文为描写佛弟子舍利弗与外道六师斗法的《降魔变文》，不过，来自《汉书》的故事如《汉将王陵变》，王昭君的故事（见第五编第二章），以及李陵的故事（见第二编第二章）的变文也都存世。其中特别有意思的有讲述当时的地方英雄张议潮、张淮深叔侄的成就的两篇变文。第一篇变文以生动的语言描写了张议潮如何于848年击退占领敦煌及周边地区的吐蕃军队，而第二篇讲述张淮深的军事成绩和他对皇帝的忠心耿耿。变文和缘起故事一样，都是通俗化的。这些文本的取材很广（如佛经或者史书），并且不是简单地概括或者跟随经典文本亦步亦趋，而是加入各种变化和细节雕琢（语言、文体和格式），使大批观众更容易理解，听起来也更过瘾。

敦煌抄本对于我们理解中古以及此后中国文学的发展究竟有多么至关重要，一个很好的例子可以说明。《齖䶗书》是一篇即便是敦煌专家也很少知道的文章。然而出土自敦煌边境的这篇毫不出众的民间文学作品（敦煌文献中有三个独立抄本），很明显是十四世纪末十五世纪初最为栩栩如生而富娱乐性的白话短篇小说之一《快嘴李翠莲记》（见第四编第二章，以及特别是第七编第三章）的先
【988】声。仍需学界进一步弄清的是，《快嘴李翠莲记》这一后世的中原讲唱故事中的早期瑰宝，与其来自边远的丝路寺庙和贸易小镇的中古晚期先声之间的复杂互动机制为何。

敦煌抄本为理解中古时代的文化与社会提供了无与伦比的财

富。抄本自身提供了各种早已失传的文类、文体和具体文本，为中国文学的复杂发展开启了崭新的视窗或填补了空隙。文本所提供的语境也具有同等重要性。敦煌不少文本的表演性语境对于理解其重要意义以及接下来的历朝文学而言是至关重要的。

敦煌文学从社会角度而言扎根于具体的时间空间，它的宏阔范围正代表了（兼具俗世与宗教，以及跨社会阶层的）中古文化的异质性和可渗透边界。莫高窟在地理上位于中华帝国的边缘，但是它所提供的抄本却在研究两千年中国文学史的活动中扮演了非常核心的角色。

史密德（Neil Schmid）

【989】 第三章　口头程式传统

· 术语的定义

中国的口头程式传统（oral-formulaic tradition）指的是，或在表演环境或为书面文本提供模型上依赖于口头文化的表现文类。中国的口头程式传统的突出特征在于参与上的包罗万象性。故事、民谣、婚丧仪式歌以及农村的傩戏，都在某种程度上依赖于具体的口头程式传统，参与者包括从最底层的乡民到九五之尊的天子，从目不识丁的文盲到满腹经纶的文人士大夫的社会各阶层。男性和女性对于中国丰富的口头表现文化起到了相同重要的贡献，在边境的少数民族也对这一特殊文类的发展施加了重要影响。口头传承所创造的民间神话，在中国幅员辽阔的国土上传播强有力的文化符号过程中，起到了统一整合的作用。与此同时，地方传统的特殊性则突出了中华帝国不可思议的多样性和幅员辽阔。在乡村说书人的口头故事和文人士大夫的精妙复杂叙事之间，存在着审美和语言方面的鸿沟。不过，当我们进行更细致的考察，会发现中国的口头传统和书面传统是在相互联系中定义自身的。在这两种二元分歧传统的相互关联中，正可以窥见中国口头程式文化的核心重要性。

在本章中，首先要在口头程式表演和讲唱叙事之间进行区分。口头程式表演指的是表演者主要从口头传承中学习的各种口头文【990】类。这些口头文类关联的是某一传承群体而非某一作者，每次表演都是一次新的再现，其特征是对模式化材料的操作以及高度的程式主义。在中国，口头程式表演经常借助于文本，特别是记录某一特定角色以及参与者在表演前进行记忆的抄本。比如，职业说书人使用的提词本，在每年傩祭前分发给村民的讲唱台词，以及湖南江永的女书中的故事，等等。口头程式传统因此指的是起源自口头环境的作品，是为了记录或协助表演而创作出来的。

相比之下，讲唱叙事作品是在写作中创作出来的，但是它模仿或发源自某种特定表演文类。有些讲唱叙事作品高度程式化，似乎是口头传统的产物，不过它们的文本是为了阅读而非表演。另外一些讲唱叙事作品如《鼓子词》的创作，是为了在宫廷上进行表演，它们通常由著名作家写成，从古典传统中借鉴了许多元素之后形成了面向精英观众的一种混血文类。口头程式文类和讲唱叙事都以韵白相间（有时只有韵文）的形式讲故事，二者都跟随口头表演类型而被命名。不过，讲唱叙事如我们这里所定义的，跨越了口头和书面的边界，以模仿口头程式某些方面的虚构故事为主。讲唱叙事涵盖了从非常简单的作品到高度精致之作，前者的代表是口语化的说唱本，后者有运用复杂乐曲的套曲中的精美故事。

在形式层面上，我们这里所定义的口头程式传统和讲唱传统具有类似的格式特征，即韵文为主，杂以散文。正因为此，所有具有可辨识的韵白格式的作品便逐渐被视为讲唱文学，被归类于讲唱文学或说唱文学门下，而讲唱文学则被视为口头艺术（曲艺）的分支。在传统上，各种讲唱文学依据特定旋律特征和形式特征被编排在一套复杂的分类法中，主要有两类：一类是为具有对谱式和乐曲有严格要求的套曲的讲唱文类；另一类是韵文部分一般为七言或十言的讲唱文类。这种分类法并不基于特定的旋律，以及是否能够被背诵、吟唱或者唱出来（诗赞）。在这一分类法中，宫廷上表演的鼓子词便与在勾栏中表演的诸宫调共存，因为二者都依赖于套曲。盲说书人的词话也与文人所写的词话并肩，因为二者都以韵白交替
【991】的方式进行创作。这一分类在区别不同讲唱形式，特别是在具有套曲的讲唱与较简单韵文形式进行区分时，还相当有帮助，但是在区分在创作和表演中主要是口头形式的表现文类，和从口头表演过渡到用来阅读的文本并始终为书面形式的文学类型时，就显得捉襟见肘了。

口头程式传统和讲唱传统在中国文学中具有独立的地位，理由如下：

一、在大多数情况下，讲唱文学既用于口头表演也用于文本传播。比如，它既能指口头表演，也能指用来阅读而非表演的文学作品。书面梗概可以作为提词本帮助半文盲表演者。在春节表演讲唱叙事的乡民保存着记录他们自己角色的脚本。中国的各种戏剧类型也拥有这一边界模糊的表演/文本地位。

二、讲唱文学类型经常在不同的语境和社会背景下以各自形式进行传播。比如弹词既创作为优雅的阅读材料，又有作实际表演之用的较为简单的形式：既作为面向文盲听众的乡间娱乐，在城市茶馆里又有职业艺术家表演着更为精致复杂的形式。

三、中国的口头程式叙事不仅娱乐观众，而且在乡间生活中起着强大的仪式功能，经常是如新年傩祭或者佛教盂兰盆节（会演出目连故事）中的重头戏。在文本传统中，被称为宝卷的佛教讲唱文本从十五世纪开始盛行，并开始具有许多小说的特质。宝卷在女性观众中特别流行，并经常是由佛教的比丘尼来表演的。

四、与通常意义上的文学创作不同，中国丰富的口头程式传统和讲唱传统并不要求参与者能读或能写。表演者的范围涵盖了从乡

间业余爱好者，到失明的职业说书人，和为同代人进行创作的具有高度文学素养的作者。口头艺术形式通常是口耳相传，并且相对没有受到书面传统的影响，不过也有例外。一则例外，是文人集团成员作为一种慈善之举所创作的讲唱作品。它们通过口头传承被教给盲人，给他们一技之长。

五、口头程式传统中的业余表演与地方语境密切相关，是以地方性的口语进行表演的，并在社群中起到一种特定的功能。和更加文学化的文类相比，口头程式传统更具地方色彩，并传承了其地方文化的全部口头文化。在某些情况下，口头程式作品更具性别特异性。试举两例，一为男人扮演阳神，以驱除代表阴的疾病和无序的负面影响的乡间傩祭，一为湖南江永女性的哭嫁和叙事。男性村民在傩祭中所体现的英雄主义和牺牲精神，与湖南江永的女性所写女书中哭嫁和叙事中隐含的女性受苦、坚忍崇拜形成了对比。 【992】

六、口头程式传统以及相关抄本，经常在对精英圈中流传的以文言写成文类的指涉中定义自身。比如，明代的说唱词话和二十世纪香港的麻歌中包含了族长为实现家族管理而写的家教或家训。二十四孝是由一位著名作者在一部经典作品中所定义的，不过同一观念通过墓葬壁画和说唱词话的各种形式，实现了在民间的家喻户晓。如教给女性的三从四德等关键文化知识要点，在儒家要经和词话故事的不同传统中并存和流传。许多口头程式形式最好应该被理解为经典传统中文类的对应物，是口头仪式实践者试图在乡村水平上复制文学家的成功。类似地，一些文学性的讲唱作品从模仿口头程式作品中汲取了灵感。比如白话讲唱故事《快嘴李翠莲记》，便与哭嫁有着强烈而罕无人知的联系。在哭嫁中，新娘被允许根据传统向家人和左邻右舍显示她们的利嘴和表演天赋。

七、与表演相关的抄本数量的激增，是使中国人乐于接受正在兴起的小说刻本的先决条件。中国最早的白话或半白话小说形式，如平话、说唱词话和话本，都在某种程度上依赖于口头传统。在某些情况下，这是因为故事材料起源于一种特定口头传统，但也可能是小说作者收录了一些能够记忆或演唱的韵文，因为读者或听众期待文本在某种意义上能够“被表演”（包括面向自己或面向观众）。韵白间杂的故事格式很快成为中国最早小说作品的程式。口头讲故事者的老一套材料，也以同样方式被文人改编到明代小说的伟大作品中。

【993】 · 起源和作品

起源

中国的讲唱形式在唐代（618—907）以前几乎不可考，虽然一些学者将韵白格式的文本追溯到古代的盲瞽乐师，追溯到如赋或骈文这些文学类型。但是，这些古典来源是含糊的，也是不足征信的。而且并没有证据表明佛教以前的文类依赖于韵白的规律性交替来进行叙事。学界的共识是，佛教宣教所使用的印度文类或者是中国讲唱形式的最终来源，或者至少在中国讲唱艺术的发展中起到了至关重要的创造性激发作用。传统观点认为，中国的讲唱形式起源于佛教繁荣的唐代，名为俗讲的一种宣教形式。在佛教宣教中使用或起源的一些文本，如讲经文、缘起和变文等，都或多或少以韵白格式写成。这些文类中许多都以佛教化的中文写成，并杂糅了白话元素，讲述了神怪故事。韵文部分基本上都是七言句，根据某种佛教的仪式调子而吟诵。但是，尝试将原来梵文中的特质转译过来而导致的形式，在韵律上与中国后来的讲唱文学的歌词形式很不同。

中国本土对讲唱文学也有可能发生过影响。一些学者认为，某些古代仪式影响过佛教文类和后世的讲唱文学。从汉代（前206—

220）开始，祭祀社稷等神祇的仪式上便包含了三言–七言句的重复祈词。到唐代，同样的形式出现在民歌和佛教宣教文类如讲经文中。根据这一观点，三言–七言的韵律格式是诗赞中使用的韵文的先驱。因为它的流行，所以佛教宣教者会采取这种形式，并把它吸收进经文讲诵中。这种韵文格式可以在今天的一些傩戏中找到，如安徽的孟姜女傩戏中。看起来似乎是这样：佛教文类（主要来自印度）促进了中国讲唱文学的迅猛发展，而宣教者则吸纳了中国土生土长的仪式和民间形式来吸引听众。不论中国丰沃的讲唱传统来源于何，它以多种形式在一千多年中繁荣昌盛，并极大地丰富了中国的大众文化和文学文化。

全部作品 【994】

口头程式传统和讲唱传统中的全部“文本”（包括口头表演）作品可以有效地分为横跨口头文化和书面文化的五大类别。没有哪个类别彻底属于口头或书面领域：乡间仪式经常依赖于频频翻阅的提词本，讲唱文体的复杂文学作品也会包括对口头传统的隐含模仿。不过在我们下面列出的类别之间存在着美学、社会功能和阶级起源方面的巨大差异。

第一类是讲唱形式的节日或仪式表演模式，在如春节等特定场合由业余者出演，其“文本”或者是口头传承，或者是——能读书写字的业余者参演的情况中——在手写提词本的帮助下被记忆。例子有浙江海盐的奉文书，安徽贵池等地的傩戏，湖南江永以女书所写的唱本。“文化大革命”之后的中国大陆，收集了许多这方面的存世资料，但是目前对此还没有多少研究。除了女书的一些作品之外，它们一般都还没有英译本。上述例子中，许多都是歌唱型叙事；即便是类戏剧形式都经常以第三人称来讲述。非叙事形式包括上梁文、婚丧仪式歌、韵文的农业历书以及预言作品中所使用的仪式歌词。

上述仪式和节日文类的特点在于，乡间表演者把神仙请下来，见证整个仪式，为整个社群带来祝福。因此，叙事故事表演的外在意图是为了娱乐神祇，保证神祇们为处于贫病困苦中的社群带来庇护。比如奉文书的表演是在农历三月、九月（春天和秋天），在婚丧嫁娶或者生病还愿时。天界的神仙（玉帝、如来佛、观音等）被召唤到地上，参加宴会。接下来是恭迎中界的神祇（太岁、华光和关帝），表演者唱起关于这些神祇的歌。最后是对等级更低一些神祇的娱乐。故事是韵白格式的，包括了从三国（见第四编第三章）到《封神演义》（见第一编第六章）中的著名情节。海盐的奉文书大多数以第三人称叙述，不过有时会加入戏剧角色如生、旦、净和丑。乡村的业余表演者依赖于代代传承并抄写的韵文故事。表演时，有鼓和铜钹等打击乐器伴奏。从音乐上看，奉文书中有特定的
【995】旋律和押韵格式，并据说与南戏（见第五编第一章）有关联。有时表演者也会受到古典传统的影响，如来自著名诗歌和《千字文》和《三字经》等童蒙读物中材料的影响。

第二类是僧人或道士宣教时的宗教文本，不过也作为俗众的修行文本得到传播。这些形式经常包含来自民间娱乐的虚构内容。例子包括说唱因缘、道情、宝卷和木鱼书等。木鱼书盛行于广东地区，这一奇特的名字源于吟唱故事时用来伴奏的木质鱼形乐器。在这些情况下，文本只要存在，就马上成为表演和修行的一种助益。这些宗教文本的抄写、刻印和传播据信可以给信仰者积累功德。

第三类是在娱乐场所、市场或者由云游四方的表演者所表演的商业性娱乐作品。从宋代（960—1279）以来，这类作品层出不穷。这些商业娱乐信息的主要来源是记录主要艺术类型、演出者姓名及其他们在娱乐场所具体位置的宋朝首都汴京和临安的一系列旅游指南。职业性文类通常可以由传播的地区（乡村或城市）、表演者的

主要职业（歌伎、乞丐、小贩、江湖郎中和自称的和尚道士）、他们的表演模式（演唱的或吟唱的，有无音乐伴奏，歌曲的类型以及方言类别）等来区分。

与口头表演直接联系的文本基本上付诸阙如，不过金元时期的（1115—1368）诸宫调是一个例外。目前有几部存世的早期诸宫调（见第五编第一章）。《醉翁谈录》中收录的元代（1271—1368）说书人的一篇手册包括了当时口头艺术中的许多故事名称。有时，戏剧脚本中包含了取自莲花落（盲人乞丐行讨而唱）和货郎儿（挑担小贩所唱）的许多元素。只要有可能，脚本就倾向于用当地语言来书写。比如，以苏州方言转写的鼓子词。

第四类是为文字水平不高者所写的阅读材料，其中包含了佚名作者基于讲唱形式、主要为文字水平不高者而设计的作品——比如，一些唐代变文和明代说唱词话，以及以女性读者为对象的明末和清代弹词。在前现代时期，这些文本是不会被收集或保存在文人的藏书中的。早期作品只有几部幸运地免于失传的命运而被保存了下 【996】
来。它们包括敦煌莫高窟（见第七编第二章）中发现的宝卷抄本，在甘肃的黑水城遗址沙漠中发现的一部诸宫调，以及上海郊外嘉定一座十五世纪末明墓中出土的说唱词话。这些手抄本与刊本应该是为正在兴起的粗通文字的读者所写的。对这些读者中的大多数人来说，“阅读”文本可能更是一种面向自己或者其家人好友的背诵、吟诵和歌唱。

第五类是文学性的讲唱形式。被认为具有文学性的讲唱文本例子有文人所编的话本集。《清平山堂话本》和冯梦龙著名的“三言”三部曲中包含了一些实例（见第四编第二章）。家喻户晓的《金瓶梅》的一个早期版本被称为“词话”，并且实际上包含了大量韵文材料以及对“尼姑”为富户女眷表演宝卷的生动描写。文学性的讲唱形式虽然基于口头传承中的表演文类，但是逐渐发展为爱好者私人阅读的复杂的白话文本。例子包括有董解元《西厢记诸宫调》（或称《董西厢》）等。有时，文人会尝试以讲唱模式创作通俗历史，比如十六世纪末诸圣邻的《大唐秦王词话》。

虽然文学性的讲唱作品的数量并不是很大，但是讲唱表演的元素被吸收进早期的杂剧中，且说书人或表演者的故事经常成为后世戏剧和长篇小说的母题。比如，当时一位著名的职业说书人柳敬亭（约1590—1669），曾被写进孔尚任（1648—1718）通俗剧本《桃花扇》中。当涉及一些政治敏感事件时，戏剧家必须以说书人的言辞来讲述当时的轰动事件。比如在臭名昭著的太监魏忠贤（1568—1627）被处死之后，朱京藩（活跃于十七世纪早期）写了关于魏忠贤迫害东林党人的一篇说唱词话，并放入他的剧本《风流院》中。

· 表演和文本各方面

讲唱传统和杂剧

学者们将古希腊戏剧的根源追溯到祭祀神祇时的丰收祭。一些
【997】证据提示，中国戏剧的发展也遵循类似的轨道。在当代中国，在如安徽贵池和贵州安顺等地区，我们仍然可以找到古代萨满戏剧的蛛丝马迹，戴面具的乡民召唤神祇附体并使其参加仪式性的戏剧。在北宋（960—1127）以前，这些丰收祭是祭祀不同神祇对象的宗教典礼。南宋（1127—1279）的大规模商业化，以及城市娱乐业的发展带来了云游四方的表演者的兴起，他们给农村地区带来了更为复杂精致的口头艺术。当时的乡村仪式也因游方道士而丰富，他们发展了祭奠十种孤魂游鬼（战死疆场但是没有得到合理埋葬的军事英雄和忠臣，以及死于暴力者，等等）的仪式。这一时期，许多被崇拜的神祇都是历史名人，他们后来成为短篇故事、长篇小说和剧本

的主人公。例子包括救了唐太宗一命的普通小将薛仁贵，或者三国（220—265）时出神入化的谋士诸葛亮（181—234）。民间崇拜的神祇在这一时期成为全国性神祇，如关帝（他实际上是三国时期的一位历史人物关羽）。

春节和秋收后举行农业祭礼的主要目的是祈求神祇保证风调雨顺，并将瘴疠疾病驱除出社群。从十至十三世纪，乡间的丰收祭逐渐包含类似于戏剧的表演，村民在其中扮演神祇，得到崇拜并演出赞扬他们功绩的故事。这些早期傩戏（或傩堂戏，他们也许要比中国已知的最早的戏剧还要早）的残余在今天的边远农村仍然保留着。傩戏开始于对神祇的召唤和对古代君王的赞美，并经常表现对抗双方的漫长战斗。通常在简陋的舞台或者空场两边都竖起祭坛。戏剧表演仅仅是整个表演的一个环节，另外还包括一系列祛邪仪式。傩戏的核心特征在于对讲唱形式而非戏剧形式的第三人称叙事的突出运用。比如，在安顺傩戏中，合唱队叙述故事时用的是典型的诗赞形式的七言韵文，与此同时，村民演员来到舞台上，表演预先指定的动作。在贵池，仪式的法师以第三人称吟诵出标准讲唱形式所写成的故事。在安顺和贵池的一些傩戏中——许多学者相信它们反映了最早最原始的形式——戴面具的村民仅仅是模仿他们的角色，根据法师（他通过提词本叙述整个故事）的命令进入或退出舞台。在另外一些情况下，第三人称叙事会和戏剧唱腔混合起来，有时会使用套曲唱段。在这些情况下，故事的讲述，一部分由法师，一部分由村民演员来完成。考察贵池的傩戏抄本时，我们会发现戏剧唱腔、第三人称叙事和借鉴自地方戏的唱段的混杂。识字的村【998】
民依赖这些抄本来学习自己的角色，而其他人则通过口头传承来学习。人物角色由父亲传给儿子，脚本保存在家中，并在需要的时候再誊写。第三人称叙事模式，再加以程式化的诗赞韵文，似乎对于目不识丁或粗通文墨的村民组织这些复杂的戏剧表演起到了帮助作用。

在帝国晚期，傩戏和作为刊印小说传播的讲唱形式之间存在着许多奇妙的相似性。比如，一些刊印于十五世纪末，约莫面向听众的说唱词话，与贵池的一些傩戏抄本具有惊人的文本上的对应。现在很清楚的是，在刊印的说唱词话和讲唱性的傩戏之间存在着共通的文本传统。在这一研究的最初阶段，它们之间的确切关系还不清楚。不过学者目前的共识是，在南宋末期，讲唱故事在农业仪式中是作为类戏剧来表演的，这些说唱词话也许起源于傩戏。

从明代成化年间（1465—1487）的说唱词话《花关索》中便采用了傩戏的故事内容。这一说唱词话采用了篇幅很大的韵文部分，并混合以散文用一种程式化的语言来讲述人们所熟悉的故事。全文宽泛地使用一种主要韵脚（即以-en，-eng，-ien，-in，-ing等结尾）。在《花关索》中，韵脚与吴方言一致，吴地区正是《花关索》的发现之地。说唱词话通常以七言或十言的诗赞叙事风格写成，不过也采用了来自书面传统的其他韵文类型，比如咏史诗（包含了学生所记忆的中国历史上的各种事件），以及古典诗和赞中的绝句（用来渲染描写）。

《花关索》讲述了三国英雄关羽之子花关索。它的奇特之处在于，其情节偏离了著名的《三国演义》中的主流描写。说唱词话《花关索》和贵池的一出傩戏都包含了桃园结义的三兄弟故事不同寻常的变异。在这个变异故事中，刘备抱怨关羽和张飞二人都有家累，这必定会对他们一统天下的事业产生阻碍。关羽和张飞于是决定杀死全家，以证明对兄长事业的忠诚追随。屠杀过程描写得十分逼真。主人公的童年也非同寻常。他在佛教的盂兰盆节因观灯丢失，被索员外发现并收养。九岁时，被班石洞花岳老先生收为弟
【999】子，后来就成为一名道士。成年以后的花关索竭力得到其声名显赫的父亲关羽的承认，并且在关羽去世后肩负起力挽狂澜重振蜀国的

事业。年青一代的兴起，继承老一辈的事业，也是薛仁贵故事的核心主题之一。在说唱词话和傩戏中，都能找到薛仁贵的身影。刚正不阿、断案如神的包公（历史上的包拯生卒年为999—1062，见第五编第一章）也是说唱词话和傩戏的共同主题。在傩戏和说唱词话中，包公这一角色在捍卫百姓权力、对抗皇帝近旁的奸臣时表现得更加坚决强硬。

贵池的傩戏，与中国其他的傩戏一样，都是单性别的仪式。傩戏只由男性表演，他们代表了阳的力量，召唤强有力的神祇下凡，将瘟疫和厄运所代表的阴的力量驱除出他们村庄。所有女性角色都由男性扮演，甚至包括秦朝寻找丈夫遗体、哭倒长城的孟姜女。女性不允许碰触面具和道具，也不允许参加准备工作，不过她们可以观看傩戏。为了与它们的农业仪式起源和驱邪功能保持一致，傩戏并不表演爱情故事，而是表演后来成为神祇的历史名人如包公，或军事英雄如关索和薛仁贵。

中国女性的口头文化

农村的傩戏反映了男性或阳的力量占支配地位的中国仪式文化。在中国的一些乡村，女性也表演和记录着她们的韵文故事和仪式。这方面研究最多的是湖南江永的女书文化。目前已经收集了不少江永女书，包括书信、哭嫁、节日材料、民间故事和自传故事等。女书用在结拜的姐妹之间，是她们嫁人搬到另外村子后，双方用来通信的工具。女书还起到在姑娘节和吹凉节（在仲夏村庄的清凉地方举办）等女性节日中表演的提词本的作用。现存的大多数女书年代都在二十世纪，不过一些故事可以追溯到十九世纪。其中一篇女书作品讲述了在十九世纪中期，太平天国占领期间的困苦生活。女书作品的最明显特征在于，它以中国讲唱文类中典型的七言韵文写成。存世的女书为我们了解罕为人知的女性口头文化提供了

【1000】极佳的视角。许多女书材料都讲述了女性在离开娘家嫁人之后的苦恼："千般可怜无气出，透夜不服刀割心。"女子口头传承文类的普遍性和重要意义是无可辩驳的。张戎在《鸿》（*Wild Swans*）中回忆了她祖母在二十世纪三十年代的生活：

> 她和朋友们不时会为自己进行老式的满族表演，在唱歌跳舞时敲击手鼓。她们所表演的调子中只有非常简单而重复的音符和节奏。在表演过程中，由女性唱出歌词。已婚女子唱她们的性生活，未嫁女则会问关于性的问题。这些大多数目不识丁的女性使用这种方式来学习生活。通过歌唱，她们也相互了解了各自的生活和丈夫，并进行闲聊。

这种女性传承文化中的大多数都没有被记录下来，江永女书则是一个显著的例外（若要了解女书文字，参看第一编第一章）。女书文本绝大多数讲述的都是女性的哀愁，这种哀愁扎根于这种与女性针线活类似的菱形文字的起源故事。在民间神话里，女书的发明者是一位受过教育的美女胡玉秀。她被选入宫中成为皇帝妃子，但失宠后被锁入冷宫。她于是开始用一种秘密的文字记录下她的悲伤以防太监发现。胡玉秀家乡的女性们于是争相掌握这种新的文字，并传给下一代。当地女子为这种可以有效记录当地方言发音，而且学起来比汉字容易得多的巧妙文字取名为女书，以此来区别她们称之为男书的汉字。汉字和女书之间的性别差异和特质可类比于日本的假名和汉字，前者是约一千年前对后者的大刀阔斧的简化。

虽然女书的起源故事并不能得到历史记录的证实，但它无疑被实践者视为传递女性悲伤和所遭受不公平待遇的一种工具。存世女书作品中，大多数都讲述了强迫婚姻或与丈夫分离之后的痛苦，还有对强迫婚姻的反抗。虽然女性的苦难是其中永恒的主题，但是女书并不是反男性的，正如驱除阴的有害影响的傩戏并非反女性一样。实际上，最流行的傩戏中有一部是以哭倒长城的贞妇孟姜女为主角的。在某些方面，傩戏的男性领域和女书的女性领域，接 【1001】 近于澳大利亚土著和其他性别特定的民间文类中的“男性的事业”和“女性的事业”，虽然在中国一方对另一方活动的欣赏并不是禁忌。比如，在女书方面出类拔萃的并有许多相互通信的结拜姐妹会被人们（包括男女）称赞为才子，这一术语一般用在擅长文学的男性身上。男女“才子”是一枚硬币的两面。目标为护佑村庄的男性傩戏，以及旨在巩固姐妹情的女书，都具有面对艰难险阻时的那份不屈不挠，并都有对苦难不可避免的宿命论。这两种形式反映了中国传统仪式的互补和关联性特质，在这里性别特定化的文类能够被纳入一个复杂整体中。还可以认为，二者都通过对方来定义自己，正如男性特质通过女性特质才得以定义一样。与此同时，女性对男性进行仿效，不过从未对两个领域的分离提出过挑战。

促成向刻本小说形式过渡的讲唱文类，如明代的说唱词话，包含了傩戏和女性口头文化二者中兼有的一些材料。比如，十五世纪成化年间说唱词话包含的一则，在女书作品中也能找到（《卖花女》）。它的中心主题是女性被劫持而被强迫做妾。在女书版本中，一位商人之子娶了张氏，而商人在一场大火有十三家店铺被烧，一场暴风雨摧毁他的商船之后，张氏计划用自己的双手挽救家庭。她打算剪做纸花，并在河南开封城里售卖。丈夫出于传统观念，请求她不要抛头露面：“贤妻你今听我言/宁好安闲家中坐/不能去做露面人。”但张氏执意去开封，被国丈曹太师看上，强抢入曹府做妾。宁死不从的张氏，死于夹棍竹片下。曹国丈下令按照仪式化的秘法将她下葬，以免她变成厉鬼回来报复。但是这一系列仪式并没有阻挡她来到冥府向阎王陈冤求助。她托梦给丈夫，要求他赶往开封向开封府的包公——中国的所罗门——报案喊冤。张氏的鬼魂也向包公显形，帮助包公发现真相，做出公正裁决。在女书版本中，包公还具有使张氏还阳，夫妻二人破镜重圆的法力。这无疑确保了故事的大团圆结局。

【1002】 成化年间说唱词话《［新刊说唱］包龙图断曹国舅公案传》中讲述了一个类似故事。与女书的主要不同在于，包公破案工作得到凸显，而张氏的篇幅减少了。《卖花女》安排给女主人公更重要的角色反映了这一故事的传播语境，即江永县的农村女性群体。包公故事不仅被视为虚构的传奇，而且是作为神祇的包公神力的实际例子。在江永县境内，铁面包公被供奉在庙中，位列仙班。清官包公的故事也广泛传播了法律以及老百姓的权利等观念。在比《卖花女》成文年代更早的说唱词话《包龙图断曹国舅公案传》中，包公反对君主法律凌驾所有个体之上的假设。他甚至在皇帝赦免曹国舅之后，拒不执行，理由是“将在外军令有所不受”。原本由包公提出的法律论辩，在几个世纪后的女书版本中，改由男女主人公自己提出。在《卖花女》中，张氏大骂曹皇亲，并说：“王法半点不容情。”有一些证据表明，在帝国晚期，江永县的女性逐渐捍卫自己的婚姻自主权。在一些村子里，女性可以与丈夫离婚，并取走属于自己的嫁妆。女书文化在女性受压迫最为厉害的地区经常特别强烈。比如在江河村，即便是富户都不会给女儿提供教育，正是在这一地区里搜集到了《卖花女》文本。也许可以将此总结为女性口头文化以及它在女书中的体现，向中国最受压迫的群体之一提供了教育的替代形式——包括法律权利的概念。

男性主宰的傩戏赞誉了如孟姜女和军事英雄的忠贞之妇等女性人物，但是排斥爱情主题。类似的是，女书也主要讲述女性的悲苦，并不用来记录当地的爱情歌谣。不过，女书作品中也包含了如梁山伯和祝英台故事等爱情悲剧。在这些故事中，最吸引读者的是大量情欲细节。在梁山伯与祝英台这一家喻户晓故事的女书版本中，离家出走的祝英台女扮男装，想在书院学习。在书院里，祝英台与梁山伯成为好友，梁山伯没有认出身边这位英俊同伴竟然是女儿身。二人同榻而眠，祝英台仍然保持处女之身的一段情节是女书中的点睛之笔，不过其结尾和传统处理一样，都是两人殉情化蝶。情欲片段是梁祝故事的一大民间特征。女书版本【1003】在表现祝英台用自己的聪明才智，以使梁山伯对她的性别懵然不知时，提供了一个非常精彩的喜剧场面。梁山伯要求她脱掉衣服，裸着睡觉。在第一晚，她拒绝脱下精心剪裁的外套。第二晚，她把四碗凉水放在床四周，宣布如果当晚碗中溅出一滴水，梁山伯就要接受四十下拷打。这样，吓坏了的梁山伯无论如何都不敢动一下。在半夜，祝英台想要起来小解。她就地不离床，并告诉大惑不解的梁山伯“高身出便是牛羊，低身出便是仙郎”。第二天早上，祝英台沐浴梳妆，“露出一对丁香奶，一对奶子白如霜”。这次，她告诉梁山伯这是好命的标志，“男人奶大得官做”。至少在当时，梁山伯被她的伶牙俐齿说服了。

在精英文学中，梁祝故事被改写为表现祝英台保持童贞的“合宜”行为。到二十世纪早期，在西方女性运动的影响下，祝英台被再度建构为反对礼教束缚的女英雄。不过，上面的女书故事反映了二十世纪中国乡村一些读书人心目中的“粗俗”诠释。中国女性的口头文化，以及基于此的部分刻本讲唱故事，呈现了一个比整体的中国文化更加女性中心的视角。比如，在贵池的傩戏和十五世纪的说唱词话中都有薛仁贵故事（一位普通兵丁离开妻子柳氏为唐天子效力）。在这两个版本中，柳氏在丈夫临行前，给他约法三章，希望他不要在妓院逗留，安全归家。这是讲唱故事和小说中的传统母题。另一个例子是《刘知远诸宫调》中的《知远别三娘太原投事》。在这一讲唱词话中，妻子三娘的临别赠言得到更多发展。三娘建议丈夫，正如阳属于天，而阴属于地，因此男女相婚。这是世界的根本运行方式，也是人类社会之根。正如阴阳两方相互平衡，因此婚姻必须基于忠贞、相爱和相互尊重。关于婚姻中男女平等的这一段长篇言说是所有已知的刘知远故事版本中独一无二的。

讲唱文类和早期的中国白话小说

文人们将讲唱形式进行改编，形成了中国最早的白话小说，其中包括姓名未知的作者写于十四世纪末十五世纪初的戏谑故事《快
【1004】嘴李翠莲》。李翠莲是一位能干但非常利嘴的女子，她在作品中以讲唱体的韵文来表达自己。当李翠莲到适婚年龄时，她父母将她许配给邻村一位叫做张狼的小伙子，并在李翠莲临出嫁前告诫她注意管住自己的嘴巴。但是在婚礼上，李翠莲就用快嘴让先生和媒婆下不来台，并挨个辱骂家里的所有成员。

对一个为人所熟知的故事（可以追溯到敦煌的《齖魺书》）的文人化改编，最好可以被理解为对女子哭嫁这一特殊口头情结的戏拟。哭嫁是古代中国农村地区广泛流行的一种口头程式文类。在中国，新娘嫁到夫家，在绝大多数情况下意味着她离开自己土生土长的村子，要在远离娘家的地区过完一辈子。因此对于新娘来说，这是一个哀悼的时刻。婚姻由双方父母通过媒人来安排，年轻人的意见只会略微被听取，或者全无选择。“哭嫁”这一仪式安排在新娘离开娘家之前。在当代中国，这一仪式的一些例子被记录成文。哭嫁歌是用单一旋律吟唱出来的，重复时内容有所变化，其中没有押韵、句子长度或者调性方面的要求，也没有乐器伴奏。这些歌在本质上是仿自传的，大量依赖于惯用程式、普通的意象和民间谚语（见第一编第八章）。哭嫁有固定结构，在新娘出嫁前持续三天。女性在和其他女子一起摘棉花、纺纱、织布和做衣服的时候学会怎么哭嫁。女孩子在到十二岁后学习哭嫁，在她们自己结婚前会用好几年观摩学习新娘的哭嫁。

在上海南汇的哭嫁过程中，第一阶段是母女之间的哭嫁歌，即《填箱》。女儿出嫁的前夜，父母为其所备的嫁妆要经过哥嫂的清点，并由哥嫂将衣被布匹等放入作为嫁妆的箱笼。母亲唱哭嫁歌，教导女儿听从婆婆的话，学会融入丈夫家庭。以下是南汇哭嫁时，母亲教导女儿的开头一段：

> （娘唱）囡啦，依总要重生日头寄生天，侬转换门风学好伊。【1005】[囡囡啊，你要像新生的太阳、新生的天一样，要转换门风学好]（囡唱）姆妈啦，我生煞啦格姓，钉煞啦格秤。我是黄霉土贴渍煞货，潮烟末头笃脱货。[妈妈啦，我姓了这个姓，就像钉住在这个秤上。我是黄梅天买的发霉贝类，是受潮的烟头该扔掉的货色。]

新娘接下去感谢母亲的养育之恩，描写她为了家庭的日常劳作，将她目前的贫困与新郎家设想的奢侈进行比较，担心他们可能会因为嫁妆太寒碜而看不起她。哭嫁的这一部分可以持续八到十小时，在整个家庭甚至邻居的观看下进行。哭嫁者会不时悲从中来，开始抽泣而非吟唱。一场感人的哭嫁会让观看者眼泪汪汪，也可能会使娘家增加嫁妆。一场好的哭嫁至少会提高新娘和其家庭的地位。几天之后，新娘会向父亲、祖父、舅父、婶娘和媒人致以仪式性的感谢。实际上在“谢媒人”一节中，媒人得到的经常是辱骂性的“致谢”，新娘暗示作为中间人的媒人对两家财力进行了错误的传达。在新娘离开之前，她会吃一碗“临别饭”。这一仪式类似于在一位家庭成员濒死之前，给他的最后一碗饭。新娘向兄长（如果没有兄长就向娘舅）的感谢具有特别的重要意义。如果新郎家对她不好，她求助的第一对象就是自己的兄长或娘舅。新娘即将坐上轿子离开时，第一眼望见新郎的家时，都有特定的哭嫁歌。在抵达夫家之前，所有哭嫁必须停止，因为再有哭哭啼啼就会给夫家带来坏运气。从这一时刻开始，直到婚礼结束，新娘一句话都不能说。

在上海南汇和香港新街的哭嫁受访者经常称，她们的目的是为了哭掉晦气，为自己和家人带来好运。换句话说，哭嫁行使了特定的仪式功能。南汇的一名受访女性说："我通过哭来赶跑邪气。"由于在如清明等祭祖以及重大儒家仪式中，女性仅仅扮演微不足道的角色，所以只有在哭嫁和哭丧中，她们才能表现出重要的仪式作用。另一处有意思的地方在于，哭嫁和哭丧明显限定在农村地区的
【1006】底层妇女中。精英阶层的女性不会参与哭嫁或哭丧，因为她们不会将自己暴露在公共场合。吴方言地区搜集到的一篇佛教宝卷中，禁止好人家的女性进行哭嫁或哭丧（"歌唱哭泣"）。因此可以说，哭嫁文化对儒家概念中贤良女性的沉默提出了直接挑战。

《快嘴李翠莲》是文人对于伶牙俐齿女性所处困境的一种解读。李翠莲既能干，品德又好，但是态度跋扈且多嘴多舌。她明显是孕育了底层女性哭嫁的口头语境的产物。在故事中，李翠莲强调自己对家庭经济的贡献，以及自己的许多女工技能。她在离开父母之际流下眼泪，表达了对父母养育之恩的感谢。正如哭嫁女会对任何轻视她的人进行刁蛮的挖苦，李翠莲对来晚了的姑姑极尽挖苦。她祈求祖先保佑夫家平安昌盛，自己能与夫家和平相处，这与母亲在哭嫁时对她的训诫一样。不消说，李翠莲的愿望是在三年里夫家全部死光光，留下全部家财给自己享用，这是作者的一个喜剧性反转！故事中甚至像送别饭这样生动的细节都照顾到了。李翠莲对"说谎话"的媒人的谩骂，完全与哭嫁的类似传统一致。故事中，先生听到对媒人这番谩骂后说："自古新人无有此等道理！"实际上，当时的人会意识到新娘对媒人的言语谩骂并不少见。李翠莲进一步提出，如果被夫家伤害，她会找哥哥求助，如果被害，她会变成厉鬼找仇人算账。在故事结尾，她谴责整个世界，而作者指出，

李翠莲“纵然不做得菩萨，修得个小佛儿也罢”。在传统的佛教思想中，女性不可能成菩萨，因为菩萨都是男性修成的。然而在口头程式传统中，女性是可以修成菩萨的。一篇女书作品讲述了王氏的故事，因为她的妇德而转世投胎为状元，并最后成菩萨。对现代读者而言，像《快嘴李翠莲》这样故事的反讽在于，文人作者在对产生伶牙俐齿女性的口头文化进行讽刺和压制的过程中，实际上是让它栩栩如生地呈现这一逆反效果。

歌伎文化和莺莺传

《快嘴李翠莲》为理解精英传统和民间传统之间的紧密联系
提供了非常出色的例子。在这一情况下，对一位伶牙俐齿女性的厌 【1007】
女故事进行文学化改编，在与奖掖新娘表演能力的哭嫁文化的对比中，得到了它的真正意义。理解《快嘴李翠莲》等讲唱形式的起源和发展的语境，总是非常重要的。比如，爱情故事就经常和歌伎文化联系在一起。一个重要的例子，是莺莺和张生私奔的著名故事。这个故事的源头是著名诗人元稹（779—831）所写的半自传性质的传奇（见第四编第一章）。在这个故事中，年轻才子张生尚未恋爱过，在旅途中寓居在一座寺庙中时，偶遇远亲崔氏一家。不久当地发生兵乱，张生由于跟将领有交情，就托人保护了崔家。张生一发不可收拾地爱上了崔氏的美貌女儿莺莺，并托莺莺的侍女红娘帮忙牵线搭桥。红娘告诉张生，莺莺喜欢“沈吟章句”，建议他用情诗打动女主人。张生创作了几首情诗，并得到了才思敏捷的莺莺相当于定情信物的和诗。但是当张生来到莺莺闺房前，却遭遇了对方的一顿斥责。张生自此绝望。没想到几天以后，莺莺却自己来到张生卧房。这样，二人的肉体关系在张生的卧房（即西厢）持续了数月。最后张生因为要赴京应考而匆匆辞别。一年以后，落榜的张生给莺莺写了一封解释的信。莺莺的回信非常情真意切，希望能够感动对方，同时也没有谴责他的始乱终弃。张生于是将这封信给周围的文学好友传看，他们用诗歌表达了对莺莺的赞赏。文末附有这些诗，在其中，莺莺被描写为一位女神，比拟为道教的真人——该词也是指称歌伎的常用委婉词。张生表达了他自己的评论，这一评论虽然符合儒家礼教，但是比起后世对该故事的解释而言则显得冷血和厌女。他将莺莺比作曾让古代君王亡天下的“天之所命尤物”，宣称自己“之德不足以胜妖孽，是用忍情”。张生和莺莺后来都找到了各自的伴侣。张生曾经试图以远亲身份拜访莺莺夫妇，但都被莺莺拒绝了，“赋一章以谢绝云：弃置今何道，当时且自亲。还将旧时意，怜取眼前人”，提醒他当初自己被抛弃的痛苦，但同时也对张生娶到上层社会女子为妻表示隐忍的接受。

莺莺的故事，被认为是作者元稹根据亲身经历而写，一经发表就很快在娱乐场所流行起来。到北宋中期，都城汴京（今天的开封）的娱乐场所（勾栏）相当繁荣。勾栏基本上是有戏台、后台和观众
【1008】座位的戏院，但它也包括了客栈和歌伎场所。在定都于今天杭州的南宋时期，各类青楼出现了。一些歌伎只为高级文人士大夫提供服务，而另外一些则得到家资丰厚的商人的喜爱。上层社会所喜爱的歌伎经常接受过良好教育，能吟诗作赋。白居易（772—846）讲述唐玄宗（在位时期：712—756）和杨贵妃爱情悲剧的《长恨歌》在歌伎中特别受欢迎。在元朝时期，歌伎会表演杂剧、院本和讲唱文类（如诸宫调）。元稹的著名故事正是在这一种特有环境下得到广泛传播的。赵令畤（1051—1134）提到，文人雅士很喜欢阅读《莺莺传》，“倡优女子”都能背诵故事的精华。赵令畤改编了元稹的文本，使它更适合于他称为鼓子词的一种讲唱形式的音乐表演，为其添加了十二首商调《蝶恋花》。这套鼓子词与主流的讲唱形式不同，并没有进一步神话叙事，而是试图为表演增添情感张力。

其他重要改变是故事的高潮部分。赵令畤感觉元稹的原著缺乏

对女主人公的同情心。他删掉了张生称莺莺为“不妖其身，必妖于人”的尤物的自我辩护词，在故事结尾加入了他自己和好友何东白之间的观点交换。何东白认为，应该在结尾用“不能以理定其情，又不能合之于义”来解释张生无法娶莺莺的原因。赵令畤则在回复中，放弃了这一建议，转而留给读者自己去思考莺莺的无辜和痛苦。

后来的莺莺故事版本为了取悦勾栏的广泛观众群，彻底改写了这个麻烦很大的结尾：张生和莺莺经历了许多磨难，但是最终大团圆。一位我们只知道叫做董解元（约活跃于1190—1208）的人将《莺莺传》改编为《西厢记诸宫调》（或称《董西厢》）这一不朽巨作。诸宫调是一位表演者在乐器伴奏（通常是弹拨乐器）下的叙述和歌唱，通常在勾栏中表演。它们由戏剧对话、叙事以及最重要的属于不同宫调的曲构成。诸宫调中套曲的安排有复杂的规则：每个套数中的宫调（调高或调式）必须一致，押韵也必须统一。所以诸宫调对于创作者和表演者都是要求极高的。存世的一部早期诸宫调——高度白话的《刘知远诸宫调》——出土于甘肃的黑水城遗址沙漠。这一残本是现存最早的白话刻本之一。它可能是为粗通文字 【1009】
的表演者准备的。不过，董解元的《西厢记诸宫调》是为文化造诣颇高的表演者创作的文学精品。它主要以十二世纪的白话写成，不过也包含用来增添典雅性的文言句。

在这部对元稹《莺莺传》极尽敷演之能事的《西厢记诸宫调》中，加入了许多改动和复杂的子情节。张生变成了与高门士族崔家毫无关系的穷书生。这一改动使他后来的迎娶莺莺变得不那么有伤风化，至少从他这方面而言。兵乱场面被渲染了，并且指明为著名的孙飞虎叛变，他对莺莺的安全产生了直接威胁。张生救莺莺因此就显得更加重要。作为牵线搭桥人的红娘在《西厢记诸宫调》中提供了不少喜剧色彩。莺莺下决心以身相许也得到比元稹语焉不详的《莺莺传》更加有说服力的解释。她被张生的情诗深深感动，并对因相思而病的张生产生了同情。最后，还加入了郑恒这一莺莺的未婚夫情节来添加更多悬念。《西厢记诸宫调》代表了扎根于文人文化特别是士人歌伎文化的一种讲唱文类。从技术上而言，它是高度复杂精致的。比如，歌词经常与诗歌传统中的词（见第二编第四章）一致。词通常也与歌伎以及李清照（1084—约1151）等女词人关系密切，而她们的一些词作也在《西厢记诸宫调》中得到回响。在董解元的再创作下，这部作品非常理想地传递了“全音阶式的”各种感情，从戏剧化的兵乱，到二人的肉欲高潮。

·民间文化和精英文化的互动

在过去的一千年里，民间文化和精英文化在口头程式传统和讲唱传统二者中都产生了高度的互动。在很多情况下，借用是很直接的。春节时村民所表演的类戏剧的讲唱作品很可能得到记录并刊印，形成了明代的说唱词话这一早期白话虚构文类。说唱词话的读者包括职位较低的官宦家庭，如上海嘉定的宣姓家族。正是在宣姓家族的墓葬中，出土了一部珍贵的成化年间说唱词话刊本。这一情况似乎是从乡间仪式到面向富足读者的刊本的互动过程。而其他讲唱文类则代表了相反过程。赵令畤为《莺莺传》这一经典故事加入了十二首《蝶恋花》，以便“倡优女子”能将其作为鼓子词进行表演。一百年之后的董解元以元稹的《莺莺传》和赵令畤的鼓子词为基础，创作出了更加成功的《西厢记诸宫
【1010】调》，混合了复杂的乐式、文言文和俗俚的白话。董解元的成就为王实甫著名的杂剧《西厢记》开辟了道路。

要解释讲唱形式在中国社会的广泛影响力，我们必须考虑到帝国晚期各个社会阶层使用为表演备忘录的抄本的流行。以文言文写成的仪式文本得到普遍使用，敦煌莫高窟出土了许多这类唐代文本。这些文本中的一些是家长所写的家训，还有一些是为新生儿祝

福、占梦等典礼性文本。许多乡村都会请一至两名稍微接受过教育的村民来当“识字先生”。在文言的仪式文本之外，逐渐发展出类似仪式的口头传统。这些口头传统偶尔会被记录为白话抄本，协助粗通文墨的仪式表演者。傩戏的脚本也是以这种方式记录的。有时候，剧作家会搜集流传于乡间的抄本，并将它们改编为戏剧。比如，郑之珍（活跃于1582年）对目连故事的改写。他从家乡安徽农村搜集到这一故事的当地版本，将其改写为《目连救母劝善戏文》。对抄本和文本版本的普遍倚重，造就了文类和传统间的进一步混合。它也可以解释时代地点非常不同的文类，如十五世纪的富裕江南地区的讲唱词话和二十世纪中期湖南偏远农村中的女书作品在内容上的同质性。非常有意思的是，这些明末的说唱词话通常是“全相”（配以完整插图），而且其特别之处还在于对表演中什么地方该唱、什么地方该背诵进行了提示。因此，虽然它们是作阅读之用的，但是说唱词话的刊本清楚地旨在激起戏剧性的视觉化和听觉化。

可能因为女性一般不可能断文识字而对抄本产生依赖，所以女性口头文化不太易于被男性的文人士大夫所搜集和解释。即便在中国的仪式文化得到空前考察的今天，女性口头文化还是受到最少关注的。这主要是因为女性文化基本上是口头文化。它以当地方言被传承，学者缺乏进行比对和分析的文字。即使有些女性口头传承作品被记录成文字（如女书作品），手稿也通常会在拥有者去世时被焚烧，不会在女性群体中流传。这些是极度私人化的文本，不是提
供给公众阅读的。实际上，直到近年来因为学术目的对其开始进行 【1011】
研究之前，男性从未通晓过女书文字。女性口头文化和男性口头文化不同，只有在它的口头形式中或当男性偶尔在书面传统中提到时（几乎永远是非同情的提及）才产生一点影响。比如，帝国晚期的江永县当地士人阶层就完全没有注意到，或者至少没有将这一地区的女书现象记录下来。不过，我们不应该据此推论说，口头文化对

精英传统并没有施加广泛影响。女性的哭嫁为如《快嘴李翠莲》这样一篇旨在讽刺民间传统所推崇的聪慧快嘴女性的故事提供了解释性语境。类似的，二十世纪的作家巴金（1904—2005）在著名长篇小说《家》中，使作品中的“进步”人物对女性在丧礼上的哭丧表现出了鄙夷。“现代的”新女性在与过去的感情化、表演化的“传统”女性的对比中得到定义。

某些口头程式传统和少数民族之间的关系是有待进一步考察的有意思主题。以女书写成的文本的语言定位是模糊不清的。虽然语言似乎根本上以汉字为基础，但是也具有许多少数民族语言特质，导致对其难以进行方便归类。而且不少女书文化，以及它所密切联系的生气勃勃的表现性节日文化，再加上多少显得非同寻常的包办婚姻，很可能一定程度上来自生活在江永境内南部地区瑶族部落。曾经在中国农村地区很流行的哭嫁，也是如湖南的土家族等少数民族的特质。根据目前的研究成果，随着汉族从四世纪中期开始逐渐向南移居，他们从当地少数民族那里吸收了一些婚姻和仪式的实践。一般而言，保留这些当地实践并将其吸收进性别特定的民间文类中的是汉族中的女性，而非男性。

讲唱文类——特别是如发展自十二世纪的平话、诸宫调和说唱词话等刊本——给最早的中国小说留下了不可磨灭的印记。中国最早的白话小说经常模仿讲唱文学的特征。虽然这些作品并非为职业说书人的表演而准备，但是它们至少想要让它们的读者“表演起来”（读出声来或唱出来）。讲唱文化在口头和书面领域的同时繁荣，为后来白话刻本小说在中国的被接受创造了条件。读者们的预期是，一部流行小说应该包含可以背诵、吟唱或歌唱的诗句或歌
【1012】词。最早的白话小说如《水浒传》《西游记》以及冯梦龙（1574—1646）的短篇小说主要以散文写成，但是包括大量诗句，这可能是因为该做法迎合了目标读者的预期和阅读实践，即他们早已从说书

人和当地戏院中熟悉了对故事的表演性呈现。

讲唱文学的另一种影响，可以从中国白话小说无所不晓的作者的文体中观察到。中国的长篇小说在性质上是连载式的，每一回都以悬念结尾，并告诉读者“下回分解”。叙事中充满了“说书人的修辞”这一虚拟的表演语境，包括来自以说书人身份自居的叙事者的道德感叹。这些修辞程式的衍生，以及大量民间俗语、主题和故事材料，可以追溯到如平话、诸宫调和说唱词话等讲唱文类。

讲唱形式的无处不在和极大流行，吸引着文人士大夫将这一口头艺术形式服务于他们的政治或改革目标，或者仅仅用来表达不同的观点。贾应宠（1590—1674）是一位喜欢在业余写作和创作鼓子词的狂放士人。他的《木皮散人鼓词》在当时得到推崇，而几百年后在其老家山东地区仍然有人在表演。在中国遭到西方蚕食后，中国的改革家纷纷开始创作能在不识字的老百姓中传播新观念的讲唱小说。比如李宝嘉（1867—1906）的《庚子国变弹词》中讲述了1900年排外的义和团运动。这部长叙事作品共六卷，描写了清廷在操控义和团时的背信弃义，以及北京老百姓遭受的痛苦。被清廷处决的女革命家秋瑾（1875—1907）留下了名为《精卫石》的弹词残本。精卫是上古女神女娲化身的神秘鸟。正是精卫鸟用自己的喙衔来碎石，辛勤地填充着东海。秋瑾的这部弹词涉及了现代新女性的教育等改革问题。

从二十世纪三十年代开始，才华横溢的共产主义作家如瞿秋白（1899—1935）就为苏区的老百姓创作了讲唱歌谣，以供其表演和记忆。新创作的弹词在1937至1945年间的抗日战争中起到了凝聚士兵军心的作用。在1949年，中华人民共和国建立以后，为了宣传某些人民运动或者使政策深入人心而写的讲唱形式（当代称为曲艺）一直延续到邓小平（1904—1997）及其后继者的改革时代。共产党领导人之一陈云（1905—1995）对于评弹这一曲艺形式特别感兴趣，对曲艺的发展相当支持。官方的评弹是否在他去世后还能存续下去，还未为可知。

· 中国文学/文化间比较的影响和意义

讲唱文学是世界口头文学的重要组成部分。除了中国的讲唱文学以外，蒙古、土耳其、阿拉伯和印度传统中的作品也非常有名。蒙古的讲唱史诗是由游吟诗人所唱，经常有拨弦乐器的伴奏。在内容上，它们经常讲述军事和神鬼主题。受到中国文化影响的蒙古地区以他们的书面史诗而闻名，这些书面史诗基本上是以史诗形式改写的民间小说。比如，花关索的故事就以史诗形式流传在蒙古地区。它们可能是改编自中国的讲唱词话，如我们所见的成化刊本。中世纪的《先祖科尔库特书》（*Book of Dede Korkut*）收录了的乌古斯人（Oghuz，土耳其人的祖先）史诗故事。和蒙古史诗一样，这部作品讲述的是土耳其人的英雄时代，以及他们与异教徒的斗争。在《先祖科尔库特书》中，叙事主要是由散文构成，而对话则是韵文。阿拉伯《穆圣传记》体的民间史诗既保存在口头表演中，也收录在被称为黄皮书的诗歌集中。这些被上层阶级轻视的黄皮书是用中部阿拉伯文写成的韵白夹杂作品。材料通常是史诗性质的，讲述了阿拉伯人的大规模迁徙、战争和历险。许多印度口头史诗也用韵白夹杂形式写成，其中有些作品像拉贾斯坦的口头史诗，置身于与中国传统类似的民间崇拜语境中，比如为治病和请神的表演。

在蒙古的书面史诗中，书面传统是口头形式的重要模仿对象，也是口头故事的重要来源。口头和书面传统都与中国的讲唱形式密切相关。中国的口头程式传统和讲唱传统，也许因为在书面文化蓬勃发展之后才产生，所以相比于西方如荷马史诗等著名史诗传统，与文本的关系更加密切。口头故事经常被构想为与书面的某一经典版本关系甚密，虽然有时它实际上急剧偏离了所有相关的书面材料。“说书”一词的书面意思是“讲述来自书本的故事”。对中国口头程式和讲唱传统的任何分析都必须考虑到被使用为提词本的抄本的普遍性。甚至失明的乐师有时也被教给基于文本材料的作品。

总而言之，中国的口头程式传统和讲唱传统最好应该被视为中国“表演文化”的固有部分。前现代的所有人，无论文人雅士还是平头百姓，实际上都会参与这种“表演文化”。中国的戏剧和节日文化以【1014】
业余表演为中心，虽然在文学研究中，文人所创造的那部分传统上会受到最多的彰显。被归类为中国口头程式传统的（傩戏、哭嫁等），基本上是为社群重要的功能运作提供结构性框架的仪式文化。本章讨论的两种仪式功能，对邪气（“阴”）的驱除，以及女子在出嫁前夜对自己娘家归属感的仪式性宣称。这些仪式性的口头艺术将叙事与哭泣、赞誉、祈愿、谚语、诅咒结合起来，是与哺育它们的社群不可分割的。于是，口头程式传统的意义并不侧重于美学方面，而更多地是在它可以护佑社群之繁荣的仪式性力量上的。

讲唱文学与口头程式表演是有区别的。它主要分两类，其中一些作品发源于或者仿效了口头程式传统（比如明代的说唱词话），而另一些是文人面向艺人和广大读者，使用民间表演文类，对文言作品的再创造。后者具有真正的文学审美价值，其中的杰出代表为董解元的《西厢记诸宫调》。但是即便地位不那么显赫的讲唱文学，如说唱词话、弹词、鼓子词等，都在当时的观众中非常流行，为后来文人所创作的白话小说提供了无限的材料宝库。中国的口头程式传统和讲唱传统还超越了衍生和材料来源的地位，对于理解口头文化和书面文化，以及民间文化和精英文化之间的关系起到了至关重要的作用。在模仿、张力和偶然的抵抗这些复杂关系中，每一方都通过另一方来对自己进行定义。

马阑安（Anne E.McLaren）

【1015】第四章　地区文学

在中国文学史上，“地区文学”这一概念在某种意义上可以运用在大量传统上属于精英文学的诗歌经典，以及地位不那么高的戏剧和白话小说上。儒家最早的诗歌总集总是提及各种地名，而且这些作品中贯穿着各地都有自己地方文化特点的预设。对于并非自身所在的中国其他地方文化的迷恋，促进了对幅员辽阔的各地的异域情趣化（exoticization），特别是那些对长江三角洲和更南方地区着迷的北方精英士人来说。北方边境的诗歌催生了关于边塞（由长城所划界）流放生活的词这一整个文学门类。从唐代（618—907）开始，以文言文写成的故事和传说集经常会关涉到中国各地的怪异现象和事件。

十五世纪开始，具有地方化内容的白话小说从冯梦龙（1574—1646）等作者笔下源源不断地出现，而这些作家的许多作品似乎也是采自其他书面和口头材料，基本上描写的都是长江三角洲的社会（扬州、苏州和杭州等）。从十六世纪的《金瓶梅》，到十八至
【1016】十九世纪的后世作品如《浮生六记》（沈复）和《九尾龟》，甚至1920年代上海的鸳鸯蝴蝶派小说（在中国传统中，鸳鸯蝴蝶是爱情的象征）等各种白话长篇小说，都展现了长江三角洲城市的生活，对地方色彩有诸多关注，有时还混合以不少当地的吴方言。

上溯至元朝时期的地方戏，在许多地方都发展起来了，尤其是在长江三角洲以及往南直到福建广东，往西直到四川的广大地区。到十六世纪，随着中国印刷业的发展，戏本开始在各地流行起来。以广东潮州的地方戏潮州戏为例，为数不多的戏本的刊印一直持续到二十世纪，这些戏本经常在识字的当地妇女群体中传看。在很多情况下，当地书商刊刻的是如《唐诗三百首》这样标准的诗歌集和故事集，以及《三国演义》《西游记》和《红楼梦》等小说名著。当地文人的许多诗歌和笔记（见第三编第六章）也在全国各地得到小范围的刊印。全国各地的诗人一般都以古典文体创作诗歌为主，其中经常会涉及地方历史、地点和习俗。

除了在封建时代受到不限于当地的关注的这些著名文学传统，还存在着当地之外少有人知的地方传统遗绪。其中一些是混合了标准汉字和用来表示当地方言的特定字的刊本或手抄本。还有一些以白话化的文言文写成，不过在内容、形式、传统以及读者和流传等因素方面都具有地方性。在湖南江永县，有一种秘密的女书文字被用来记录各种故事和歌谣，且仅为女性所知晓（见第一编第一章和第七编第三章）。至于少数民族的地方文化，我们会在第七编第五章讨论。

和大多数中国白话文学一样，与口头传统在文体上具有类似特征这层意义上说，许多地方叙事传统用约翰·迈尔斯·弗里（John Miles Foley）的术语来说，是“与口头相联系的”。在一些例子中，文本以实际说书人的表演为基础，有时候是由识字的说书人自己所编的。在某些地方，文本的刊刻是为了满足故事表演的赞助者和观众的需要，他们对这些文本的使用就像欧洲人使用歌剧剧本一样。不过，可能这些文本中的绝大多数都以类口语化的文体写成，使用口头传统的一些惯例，如诗句、散文以及对话段落的混合。手抄本或印数很少的刊本的流传范围是在朋友之间，有时候也包括文人圈子或接受过良好教育的女性圈。文本可以用来默读、读给自己听，或者在熟人中背诵和吟唱。这些作品经常配有木刻插图，其作用是使文本更易于理解，对读者而言也更生动。

【1017】这些地方作品只有在五四时期（约1919—1927）后才开始得到学术审视——这一运动激发了追求民主自由的年轻一代学者开始研究中国的民间文化。这些地方的白话叙事作品经常被归类在俗文学门下，有时候在中国文献中被描述为以地方方言或“土音”写成的文学，而其绝大部分在形式上都属于说唱文学。接下来，我们将对作为中国主要地方文学的一些说唱传统进行考察。

· 说唱传统

佛教缓慢地从印度传播开来，穿过层峦叠嶂以及中亚沙漠的寸草不生之地，进入中国的西北边陲，在公元前一世纪传入东亚，最后在六世纪崛起为中国、朝鲜半岛和日本列岛极富影响力的宗教。僧人所携带的梵文佛经在都城长安（现在的西安）和其他地区的译经场中被译成中文。这一崭新宗教，以及它所带来的印度和中亚文化形式，将对东亚各个社会带来难以估量的影响。雕刻、绘画、寺庙建筑、音乐、舞蹈、戏剧、烹饪和服饰对社会的精英与平民各个阶层都产生了巨大影响。到三世纪末，与罗马帝国同时的汉帝国灰飞烟灭。中国北部，国与国林立，这些国家经常由来自中亚的大部落所统治。在这一个动荡的时代，随着王国的不断兴起陨落，在希望寻求心灵安慰和庇护的人群中，佛教为自己找到了扩张的丰沃土壤。

在老百姓中宣传令人激动且具有启发性的佛教故事的方法之一是使用一种韵白段落交替的表演文体，讲故事的同时用打击乐器或弹拨乐器伴奏。在二十世纪早期，匈牙利裔的英国探险家奥雷尔·斯坦因（Aurel Stein）和法国汉学家伯希和（Paul Pelliot）在位于西安西北部数百英里的敦煌一间石窟中发现了封存近九百年的一大批手抄本（敦煌文学的更详细梳理参见第七编第二章）。以中文、吐蕃文、契丹文、粟特文和回鹘文等文字写成的超过三万件抄本重见天日。它们通常是手抄本，偶尔有少量刻印的卷和单页，几乎很少有装订成册的。这批文献中的绝大多数是佛教经文，不过还有一些经济文件，和从如此早的时代就存在的，来自中国其他地方实际上未知的各种珍贵文本。对于中国民间文学的学生来说，最激【1018】
动人心的发现是大约可分为不少于六种独特文类的一百种抄本。这些是中国文学史上早期说唱叙事的最早也是最丰富的活例。二十世纪的中国、日本和西方学者的理论结论是，从公元前一世纪佛教的扩张期开始，说唱文体也深入扩展到东亚各地。

该理论认为，敦煌发现的佛教说唱文本促进了许多其他地方叙事文体的发展。这些地方叙事文体几乎都是说唱形式的，一些可能由灭佛运动时生计无着的僧人所创造，这场运动因各朝想要切断寺庙对珍贵金属和奴隶的垄断而发起。不论如何，到十世纪，说唱叙事这一文体似乎在中国各地都蓬勃发展起来了。然而因为口头表演传统的传播性质以及知识社会对白话书面叙事的甚低评价，说唱形式的强有力的具体证据只能追溯到十五世纪。

1967年，上海近郊嘉定地区出土了明成化年间的一部说唱刊本。这部刊本是宣姓人家一位妇女墓葬的随葬品，它为了解这一地区的知识女性中的曲艺品味提供了早期的证据。这些文本以词话格式写成。词话这一术语可应用于数种白话小说文体。刊本中的故事包括早期皇帝和将领的《白兔记》和《花关索》等。这些文本帮助学者填充了中国的地方文学中的一些空白。但这一领域仍然迷雾重重，因为文人士大夫不看重这些文本，导致其流传下来的很少，也因为缺乏这些作品的使用语境或作者情况（关于嘉定的说唱词话的更多讨论，参见第七编第三章）。

这些地方文学最流行的时代从晚明延续到清朝（1644—1911），在一些情况下甚至延续到二十世纪前几十年。这些文本传统包括宝卷（在许多地区尤其东部流行的宗教叙事）、弹词（流行于长江三角洲的几种叙事类型）、鼓词、北方和东北的满族子弟书，以及木鱼书（见第七编第三章）。这些地方传统的名字应该以一种宽泛的方式来理解，因为学者们并没有为这些大量文本作品发展出严格的经典作品定义或者一套术语。这一部分是因为这些文学的民间（因此不规律）性质，也因为文本从一个地区传播到其他地区——特别是北
【1019】方的鼓词和子弟书传播到南方。对这些传统进行描述的研究经常就各种文本应该如何被命名和归类而聚讼不已。将相互冲突的命名和分类法进行整理，经常是极其让人困惑头疼的工作。

这些文本吸引的似乎主要是城市低级到中级文人士大夫阶层和商人阶层的读者，不过它们在一些农村地区也很流行。如上所述，越来越多的证据提示，这些传统许多来自女性，特别在南方更是如此。在长江三角洲，女性在创作和编辑说唱作品中非常积极。下面介绍几大主要的地方叙事传统。

长江三角洲地区的弹词传统

“弹词”用来描述曾经在长江三角洲地区和更南方地区流行过、有时候非常不同的几种说唱叙事。这个术语并非确切，对弹词文本的归类继续困扰着学者们。弹词一词早在十二世纪就被使用了，金朝（1115—1234）的一版《西厢记》中曾提及这个词。不过十八到十九世纪似乎是弹词（无论何种风格类型）创作的黄金时代。

虽然一些明代的弹词文本是讲史的，不过绝大多数故事都是关于才子佳人之间的爱情故事。弹词在二十世纪初仍然有所出产，有时这些作品会有关于民族主义和包括妇女解放在内的政治主题。

在二十世纪二三十年代，以及五十年代，如郑振铎、阿英（钱杏邨）、李家瑞和赵景深等中国学者对于如变文、诸宫调和后来明清的弹词等早期说唱形式的演变提出了各种理论，但是在这些说唱形式之间还是没有建立起明显的遗传关系。

明显标明为弹词（通常在标题中）的文本能够被区分为两大类，或者更准确地说两大文类。第一类是用官话写成，运用一定程度上的类口头惯例。另一类至少部分用一种或另一种吴方言写成（通常是苏州方言）。吴方言文本与口头表演传统联系在一起——该传统在这一领域仍然很常见，不过这一口头传统在许多吴方言文本得以出版的二十世纪以前是什么样子的还不是很清楚。因此，这些当地的吴方言文本最多能够被认为是与表演“有关”。

在官话作品中，长江三角洲地区的“女性弹词”在历史上显示出了最强的持久性和流行性，许多作品在一九四九年后的中国大陆重印过多次，而还有一些作品自八十年代后也纷纷再版。这些文本 【1020】
是帝国晚期长江三角洲的知识女性文化的一部分，是由如苏州和杭州城中精英家族的女性所创作、编辑和出版的。其中一些作品字数超过百万，有几部甚至花费作者几十年的时间完工。题材包括才子佳人故事、女扮男装以获得功名的故事，偶尔会出现女将的故事。这些文本以受白话风格影响的文言文写成，由很长的一系列七言—十言句构成，中间杂以简短的散文段落。最早的女性弹词之一有《天雨花》，讲述了明末几个遗民家族的故事。

成就斐然的作者兼编订家侯芝（侯香叶，生于1766）将其他女性作家的一些作品攒集成册刊刻出版，其中最著名的作品有陈端生（1751—约1796）所写而数十年后才由梁德绳完成的《再生缘》。在序（写于1821年）中，侯芝说自己多年来一直投身于儒家散文写作，但后来转向了创作和编订以精英阶层女性以及其他市民和商人为读者的说唱作品。她认为，“诗以言情，史以记事”，而刊刻野史弹词的目的在于“或代前人补恨，或恐往事无传”。侯芝在序中进一步提出，《再生缘》文本已经“传抄数十载，尚无镌本”。《再生缘》的作者陈端生1751年出生于杭州附近的一个官宦家庭。有一些证据表明，她也许从母亲（可能是《玉钏缘》这部较早弹词的佚名作者）那里学到创作弹词的艺术。《再生缘》故事设置在元朝，讲述了一个共续前缘的爱情故事。

故事的主要情节是云南（这是西南一个充满异域风情的地区，陈氏家族有几位成员曾在此任职）总督之子皇甫少华，和卸职龙图阁大学士之女孟丽君之间的爱情故事。在婚事的安排过程中，出了状况。孟丽君被许配给元戎侯爵刘奎璧这个远近闻名的浪荡子。孟丽君相信自己应该许配的是皇甫少华，她让乳母之女、少时玩伴苏映雪扮作她，代她嫁入刘家。孟丽君于是改换男装，带着另一位婢女一起潜逃，途中被一位地方官收养，这位老人的儿子不久前刚溺
【1021】水而亡。孟丽君改名为郦君玉，不久通过了各级科举考试，最后一举高中状元。在京城举办的盛大宴会上，地位显赫的梁家刚刚收养的女儿被许配给女扮男装的孟丽君。

在新婚之夜，“他”发现新娘居然就是以前的婢女苏映雪（她嫁时刺刘奎璧不成，跳入昆明湖自尽，被一阵奇怪的大风卷到文华殿大学士梁鉴之妻的船边而被救，梁家收她为义女，改名梁素华）。在婚房相遇的她们决定继续保守这个秘密，将这个假夫妻做下去，以希望终有一天孟丽君能与皇甫少华重修旧好。

二人相互诉说分别后的各自遭遇这一场面中的几行文字，能帮助我们领略到官话弹词以及类似讲唱传统的一般文体特征。第一行是散文式对话，而接下来的几行都是韵文。孟丽君（“丽君”的字面意思是美丽的君子）正在向苏映雪倾诉过往。她暗示，在最早的射柳比武中，是皇甫少华夺魁，却被刘奎璧设计陷害。

呵唷我的苏娘呵：今日有缘得能重见。

我因射柳定姻缘，不肯贪荣顺圣宣。手执真容留别念，男装假扮出家园。因思奎璧还非俗，故将君，承继奴家父母前。何意苏娘心不愿，你竟是一命赴清泉。在外忽得闻音信，恨杀我，断送芳容一旦捐。只道今生从永诀，谁知此日诉离情……

在“伉俪”之间的这段感人对话后，作者以一段散文文字结束了洞房场景：

君玉含欢低语道，芳卿将假当为真。下官本是真男子，谁 【1022】
晓何人唤丽君。夜分已深灯欲暗，卿卿与我快成亲。素华小姐羞还笑，低说千金莫哄人。言讫相携同入寝，绣帏春暖麝兰温。两人同睡鸳鸯枕，好似莲花并蒂生。说到四更方始倦，梦中犹似诉离情。迟眠犹觉春宵短，起来时，晓日含枝映满庭。夫妇临妆梳洗罢，一齐缓步出房门。

后来，郦君玉治愈了太后的恶疾，官拜兵部尚书。她建议皇帝发动力量抵御朝鲜的侵略，获准开榜招贤。这样就使得在南方山中避难的皇甫少华前来应募。刘氏家族最终受到惩罚，郦君玉也恢复了孟姓。不过仍旧女扮男装的她引起了皇帝的怀疑。为了弄清真相，皇帝邀请这位能干的宰相入宫画观音，希望将她灌醉后脱靴，发现传说中的缠脚。陈端生在写了第十七卷后，便搁笔了，为读者留下一桩悬案：孟丽君是否会暴露女人真相，而被皇帝收为后宫妃子，还是继续担任宰相，或最终为家族恢复名誉并与命中注定的皇甫少华重新团圆？在陈端生去世二十多年后，另一位女性作家梁德绳补缀了全书的最后三卷，其结局为皇帝发现了孟丽君的女扮男装，要处决她，但后来又撤回了处决，并允许她嫁给皇甫少华，而苏映雪则许配给皇甫少华为妾。

侯芝在序中强调，这篇故事不应该仅仅从娱乐角度来评价，而应在“忠孝节义之名，政事文章之品”的框架内进行考量。虽然孟丽君逃婚是对父母的不孝之行，但她对皇甫少华“金石盟心”般【1023】的执著爱情（以及她自己的幸福快乐）是另一种孝行——这也反映了帝国晚期女性的生活两难困境。在二十世纪五十年代和六十年代初，包括陈寅恪和郭沫若在内的知名批评家将孟丽君的行为描写为进步女性之举。而海内外的数代批评家和评论人也以各种方式对它的主题进行了探索考察。

大量主题类似以及续写《再生缘》的女性作品在十九世纪纷纷涌现，其中包括邱心如《笔生花》、侯芝《再造天》（主角为孟丽君之女）。作者佚名的《十粒金丹》这部清代弹词是更明显的以男扮女装为特点的军事主题。该作品背景设置在北宋神宗年间，描写出身上流阶层的女主角高梦鸾与一位高级军事将领的婚事因皇帝敕令而受阻。她女扮男装横枪跃马、杀敌立功，不意后来居然遇到以前的未婚夫男扮女装，最后二人终成眷属。

长江三角洲的官话弹词能让其他地方的知识阶层容易阅读。与之不同的另一种也叫做弹词的叙事传统，在同一地区创作和流传着。它们的文体风格特点是汉字与吴语中的专用字（特别是苏州方言）的混合。这些文本只有熟悉此独异文字的读者能完全读懂。

这些书面的吴语弹词与苏州弹词这种口头表演艺术以及该地区（特别是扬州和杭州）的类似表演传统有关。在这些口头形式中，长篇故事要持续表演数天甚至数周，表演中混合了对话、唱词和叙事。虽然这些口头表演甚至在十八世纪晚期的面貌如何目前也还不清楚，不过似乎是在这一时期的几十年前，一种明显是从当地昆曲（见第五编第一章）中借用的对话风格丰富了这种文类，使之成为一种戏剧性叙事。表演时通常是一至两位说书人，在唱时用三弦和琵琶伴奏。这些长篇叙事作品的表演环境很广泛，比如私人院宅、茶馆、特别的说书场所。苏州弹词到现在依然在这一地区的上海、苏州、无锡等城市的老年观众中流行。

许多书面吴语弹词都能够在口头表演传统中找到对应。大多数都是关于才子佳人的爱情。书面弹词和口头弹词表演中都有的著名故事，包括《三笑姻缘》《珍珠塔》《玉蜻蜓》《白蛇传》
《描金凤》《倭袍》和《杨乃武与小白菜》。当时的书商将一些 【1024】
书面弹词创作归在具体的表演者名下。喜剧《三笑姻缘》是得到最广泛研究的书面吴语弹词，讲述了才子唐伯虎（唐寅）的爱情故事。

马如飞是一位以弹唱《珍珠塔》闻名的苏州说书人之子。《珍珠塔》讲述了穷书生方卿与他那可爱、聪明、出身富家的表妹陈翠娥的爱情故事，在十八世纪末乾隆时期（1736—1795）就已经出现在刊本中。马如飞年轻时接受过为参加科举考试而准备的四书五经和诗歌的训练，并通过了县试。后来从表兄桂秋荣处学习弹词，对《珍珠塔》的叙事、歌词和音乐作了大量创新。马如飞的名字出现在《珍珠塔》的多种刻本中。他活跃在苏州的曲艺班社光裕社中，也是刊刻于1886年的一部弹词开篇集（共收录三千篇作品）的作者及编者。在苏州弹词的表演中，开篇是故事正式开讲之前的热身作品。这些开篇中的大多数都以官话写成，茶馆中的年轻女子也会拿它们来表演。在一些情况下（如马如飞的开篇集的书名），它们也被称为南词——该词也被用来描述南方的几种讲唱文体。和吴方言的弹词一样，这些开篇经常反映出来自具有更高文学性的文类，特别是古典诗的强烈影响。

扬州和苏州当代说书人所讲故事的几个书面版本，在二十世纪五十年代末起陆续得到出版，有些是官话作品，有些则是苏州方言作品。这些更近期的文本在形式上与较早的方言弹词刻本有所不同，反映了表演艺术和书面艺术中的变迁，以及印刷惯例的变迁。这些作品中包括以扬州说书人王少堂口头表演为基础的《武松》，讲述了著名传统长篇小说《水浒传》中好汉武松赤手空拳打虎的故事。《武松》代表的是平话这一说书风格，几乎不包括任何音乐，通常由一位说书人完成。十八世纪陈端生《再生缘》的苏州弹词版本出现于1981年。这个文本以苏州说书人秦纪文的口头表演和记录为底本，用官话形式出版，以吸引苏州地区以外的更多读者（但许多当地人认为这样一种翻译丢失了原文的味道）。

【1025】 以张如君和刘韵若的表演为基础的《描金凤》出版于1990年（存世的最早刻本问世于1876年）。故事背景部分设置在明代苏州一个天寒地冻的冬天，讲述了穷书生徐惠兰和江湖术士之女钱玉翠之间的婚姻。在下面这一情节中（本段文字是说白而非唱词）中，钱志节从隆兴当深夜返家，他刚刚把女儿许配给一位当地商人。这场订婚后来被取消（虽然阻碍重重），这样他女儿才能嫁给她深爱并以家传御赐描金凤相送的徐惠兰。对地名的使用将故事当地化，使熟悉老苏州街道与河道的读者倍感亲切。这样的描写细节在许多书面和口头吴语弹词中是很常见的。

在隆兴当，喝得醉醺醺的钱志节，“暖锅为媒”，把他的女儿许配给商人汪宣。破晓时分，他准备回家睡觉。此时雪已经停了，地上结了冰，走在路上直打滑。他住在盘门外，回家要经过吴门桥。但是因为他醉了，所以搞不清在哪里转弯，便走错了路，走到了胥门的渡口。在明代的嘉靖年间（1522—1566），胥门还没有桥。钱志节把胥门误当成了盘门。他站在渡口，疑惑为什么吴门桥不见了。他大声叫：“桥！桥！”对岸突然传来一声“哎——哎——”钱志节觉得非常奇怪，桥怎么还能说话了。“我的桥，你在哪里？”“我在对岸——”“快点，快过来！”“马上就来——”真的是一座桥在对岸应答？不是。对岸是一只渡船，船夫是一对兄弟陶大和陶二。

· 广东的木鱼传统

在中国南部的粤语地区（现在的广东和广西地区），名为木鱼歌或木鱼书的讲唱叙事刻本或抄本的年代在明末清初。最早的存世文本问世于1731年。这些叙事主要分为两类，虽然许多术语（有些术语多少有些模糊不清）与刊本作品及其风格非常类似的口头形式之间都有关联。这两类即龙舟歌和南音故事。龙舟歌是由最多为数百行不规则长度的句子构成的民谣。似乎从明末清初就有失明的歌女经常在大街上表演龙舟歌，还有歌女在船上和广东各城市花柳巷的茶馆中的表演。一些街边表演者使用锣鼓，而娱乐场所的表演则使用各种弹拨乐器，如琵琶、三弦和二胡等。在农村地区，村民会在业余时间唱木鱼，为大家提供娱乐。还有一些证据表明，女性有时在节日里也会加入盲歌手的表演。在一些地区，女性似乎有相互之间大声朗读作品的传统。这是晚明说唱词话表演语境的一种遗绪。（见第七编第三章） 【1026】

木鱼一词暗示着，佛教仪式中所使用的木鱼曾被采用为这一表演传统的一部分，但是佛教中的这一打击乐器与木鱼歌的关系目前还不清楚，学者们对此最多只是猜测。在南音传统中，故事篇幅更长，有时包含多卷。南音中的主要句子长度为七言，并通过使用额外的"枕词"使句子长短发生变化。一些南音文本在形式上与长江三角洲地区的弹词非常接近。比如，十九世纪中期刊刻于广州的南音《再造天》，据说是对该故事的弹词本（见上）的逐字再译。而且，虽然全部南音作品中相当多的一部分起源于本地，但许多故事明显改编或照搬自其他叙事传统——这一现象在中国地方文学中相当普遍。

南音和表演之间的关系还不是很清楚，虽然有证据提示口头演唱者有时会通过对南音文本的改编来扩展他们的表演曲目。现在看起来，如果确实曾经存在一种基于南音文本的表演传统，那它的音乐和步速在生动性上应该逊色于龙舟歌表演。一些龙舟歌以广东白话刊印或手抄，还有一些作品甚至同时出现官话和粤语两个版本。不过南音文本通常都以官话写成。如果它们曾被用来表演，就需要将其即席转换为广东白话。在一些南音文本中也收
【1027】录了龙舟歌，这暗示在某些情况下，二者可能会一起表演（龙舟歌可能是用来暖场），或者它们被认为是互相联系的两种传统，因此被汇编在一起。

木鱼歌的起源不明，但是这一术语可以追溯到十五世纪。它通常被认为是由唐代广西地区传说中的歌仙刘三姐所创造，但这种说法显然不可信。刘三姐据说是两广的轮唱民谣、粤讴、木鱼歌、采茶歌的远祖。刘三姐的传说在粤语地区流传相当广，所以毫不奇怪她会被认为是木鱼歌的创制者。还有一种解释将木鱼歌的起源与清朝时期满族官员来到粤语地区关联在一起，一些学者甚至认为这些作品是对北方子弟书的模仿。虽然许多北方的讲唱叙事、地方戏和白话小说应该影响过木鱼歌，但是它的形式极有可能出自广东口头传统和影响过中国其他地区的同一（或类似）讲唱传统的混合。

英国学者杜德桥（Glen Dudbridge）曾对木鱼歌《沉香太子》的内容进行过一番研究。据他考证，《沉香太子》的多个刻本至少出自三家广州书商，并推论它的最早刻本（现已亡佚）可能出现于明代。这个故事背景设定在宋代，其情节展开于中国大江南北，里面充满了丰富的社会风俗习惯描写。

故事的主线包括了仙界与人间之间的互动关系，并以各种亲缘关系（特别是仙界母亲与她在凡间所生之子之间的关系）为中心。故事从一位上了年纪的官员陈瑞仙尚未许配人家的女儿被神仙附体

开始。陈老先生不惜耗尽家资聘请各种法师做法，以求治愈女儿，甚至连皇帝都惊动了，但是情况越来越坏。最后华岳三娘下凡，与陈家女儿结拜，为她成功驱妖。在三娘的要求下，陈瑞仙建起一座庙报华岳三娘之恩。陈家的财富由于庙里的贡品而得到恢复。后来，一位叫做刘锡的读书人赴京赶考途中经过庙旁。他受到化身凡人的三娘的迷惑，而与之做了三年夫妻，并生下一子。儿子沉香最后由父亲刘锡带大，此时他已经通过科举考试。三娘受玉帝之命，嘱刘锡携子往婚于陈瑞仙之女陈家娇。沉香长大见母，得兵书宝剑，值宋帝为海盗所杀，沉香平定篡位的海盗，自为宋帝。

《沉香太子》的下面一小段摘录能帮助我们领略木鱼书的文体 【1028】
风格。

> 小生居住江西省，南昌府内我家庭。姓刘名锡攻书子，因为求名上帝京。祈请三娘来下降，真言答过我知情。今科若有功名分，小生即便赴登程。若是不该子弟中，路途早得返归旌。

·北方的鼓词和满族的子弟书

十六世纪左右，有三类与表演相关的讲唱白话叙事在北方和东北地区流行开来。这三类都是属于鼓词，虽然只有一种以鼓词为名。像弹词传统一样，这些鼓词文本与实际表演的确切关系尚不清楚，虽然许多作品肯定被读者和口头表演者根据他们自己的需要使用过。正如其他形式的中国白话小说中以说书人作为叙事者一样，许多鼓词作品也模仿（有些是间接模仿）了口头风格。这三类鼓词（这一分类是大体上的，因为对一些作品难以进行严格分类）为鼓子词、满族的子弟书和鼓词。虽然这几种书面文体风格类似，其故事经常也是互相改编，但是三者在形式和发展历史方面存在着显著不同。

根据赵景深的研究，鼓词传统的主要特征在于它们盛行于北方，特别是从北京到东北地区。鼓词一词似乎比鼓子词更古老，也叫做鼓儿词（名词结尾的儿化音是北京方言中的常见做法）。由于鼓词和鼓子词都提到鼓，可能鼓这样的打击乐器是该地区早期表演传统（包含一位或多位乐师和一位演唱者/说书人）的一部分。这些传统可能类似于仍然活跃在北方大鼓表演这一口头传统。

鼓词的全部作品可以划分为两大类：第一类是大书，如《胡家传》《回龙传》《二度梅》这类将叙事段落与唱段混合的长篇作品；第二类是小段，一般而言是简短而生动的故事或更长作品的选段。后者据称在文本风格上与鼓词的活传统更为接近，不过篇幅较长的书面文本可以像其他白话小说和戏剧中的故事那样被改编为活的鼓词传统。虽然口头鼓词表演的不同风格在于各自独特的音乐
【1029】风格，不过鼓词文本和大书唱文却经常很难区分，而分类也经常困难重重。《长坂坡》是一篇流行的鼓词故事，并且仍然存在于活的大鼓传统中。故事讲述了严重受伤的糜夫人意识到自己已经成为护送她和刘备亲骨肉阿斗的赵子龙将军的负担，便毅然选择自杀，以便赵子龙能够成功杀敌突围。这篇鼓词故事以著名京韵大鼓表演家刘宝全（1869—1942）的作品为基础，而刘宝全的版本则是从满族的子弟书作品中改编而来。这一故事也能在鼓词文本传统中找到。石清照（Kate Stevens）的英译本则基于刘宝全的女弟子张翠凤（1909—1975，活跃于二十世纪上半叶）所表演的刘氏版本。文本的语言是相当文学化的，刘宝全对原来的子弟书的遣词用句几乎没有做任何改动。石清照指出，除了使用白话叙事艺术的“共同词汇”而使其通俗化之外，表演者至少还能指望一些听众已经对这些故事比较熟悉（听过其他演出版本或甚至借书读过）。另外，一些

鼓词表演者习惯于在表演前，对作品的内容进行很详细的介绍。因此，这段选文是中国的书面传统和口头传统之间经常复杂多样互动关系的一个很好的例子：

> 见夫人怀揣公子低头坐，惨凄凄蓬头垢面她减去了芳容。那赵子龙忙下雕鞍，戳枪拴马，赶上前撩袍跪倒忙把礼行。连叩首，啊，说主母受惊小主无恙？这都是臣赵云之罪下将无能。糜夫人悲喜交加问道，皇叔在否？子龙说，闯出重围扑奔正东。夫人说，这国家之幸乃天下之幸也。又问道，你们谁同去？

1644年清朝统一中原后，在北京及其周边城市为官的八旗子弟群体的重要娱乐形式的一种便是子弟书。虽然子弟书在形式上与鼓词类似，不过它的最突出特征在于它是一种满族的文学形式，以满语进行表演，（在发展的早期阶段）有时还以满文写成。在后期发展阶段中，汉文作品或偶然的满汉夹杂的作品成为主流。不过这一满族鼓词传统是否由满人带给中国，还是受到了中国早期鼓词传统的启发，这些尚都不清楚。仍然十分繁荣的朝鲜本土鼓词传统盘索【1030】
里（与韩国萨满传统有关）表明由鼓伴奏的白话叙事在中朝边境的满洲是相当常见的。虽然与子弟书中的鼓不同，但这种鼓是满族萨满仪式中的正式乐器。因此，很有可能通古斯（满族）和朝鲜的鼓词传统（二者都来自阿尔泰文化，且与广泛持久的萨满仪式密切联系）是在中国的鼓词之外独立发展起来的。它们或者它们的祖先形式也许为中国北方的鼓词提供了最重要的灵感——否则后者的起源依然渺不可考。

在子弟书传统盛行的十八世纪和十九世纪初，似乎其书面形式和口头形式存在平行关系，不过正像其他鼓词传统一样，这一关系很复杂，并包含了双向的影响。表演文体方面，主要有两种调式传统，即东城调和西城调。

许多子弟书作品由知名作者所写，其中成就最高的是生活于十八世纪中期乾隆年间的满族文人罗松窗。约有二十种罗松窗的作品存世。活跃于十八世纪末嘉庆年间的韩小窗是另一位满族知识分子，因将清代伟大长篇小说《红楼梦》中的一些情节成功改编为子弟书格式而闻名。韩小窗的全部作品据说多达约五百种，而只有几十种存世。根据帝国晚期民间文学领域的现代学者关德栋的说法，满族子弟书文本创作的黄金时代是这两位作家所身处的时代直到十九世纪中期。在这一时期，它的书面和口头传统应该都达到了最丰沃和最充分的形式。如上所述，子弟书文本先是以满文写成，偶尔会有满汉杂糅的形式，后来则以汉文为主，而汉文作品占了存世子弟书的绝大多数。它们一般是手抄本，不过到了十八世纪末，由于读者需求量的提高，也出现了一些刻本。这些刻本大多数由文粹堂所刊行，而最早的存世刻本年份为1795年。在存世的全部四百种子弟书作品中，只有约二十种是刻本。

《拿螃蟹》是满汉文字杂糅的子弟书的一例，成书年代在十八世纪末。这篇喜剧作品讲述了一对新婚夫妇在市场里买了几只螃蟹，但是因为以前从来没见过螃蟹，所以不知道怎么处理。在第一段中，一只螃蟹钳住了汉人媳妇，满人丈夫拼命想把螃蟹扯掉。在第二段，媳妇的姐姐听到一位仆人的报信之后，打扮穿戴完毕赶过来，引得路上男子纷纷回头看佳人。她向夫妇二人解说如何吃螃
【1031】蟹，并同时臭骂了妹妹一顿。下面选文中的黑框内文字表示原来是满文，而余下部分则是汉文：

这佳人【心思聪明又】嘴头儿巧，半年的工夫【就拿了他】，也是个【有趣的奶奶】好玩笑的妇，竟成了个半满半汉的【颠婆妈妈】。不成望【那年】这旱水，这佳人说饥寒二字【实在

> 烦难】。他夫妻【无法】才搬进了城内，【住的】不远就在【大街】。这一日【戏谑阿哥无事】出去门，抬头瞧见【买卖市场】……【几】斤螃蟹【买了】拿到家，【进家中解开两个】倒在盆内，【颠婆】一见【哎呀这是什么东西】，【戏谑阿哥笑着说】休问我，【我也稀罕】不认得他呀。他夫妻【正自猜疑】胡捣鬼，那螃蟹【噼啦啪啦顺里】往外爬。这佳人一见说【吆喝】你往哪里跑，挽了一挽袖子【急忙】下把抓，反被那【螃蟹夹子】夹住了，【颠婆】说【砍头地】猴儿把我夹。【夹的他】受不了忙抬玉腕，那螃蟹【往死夹着】把腿儿扎煞。【阿哥】一见【嗳哟完了】往上跑。

· 结论

以上是一些地方性的口头艺术、与口头相关艺术和表演艺术，它们在中国不同时代和地区繁荣过。虽然这里所描写的文类实现了某些书面形式，但从历史记录和见证性报道来看，很明显还存在许多其他的地方表演传统。然而，它们几乎从未以一种真实传递其语言特征的形式被写下来。在地方表演文类发展出一套书面传统的那些罕有例子中，它也毫无例外地被严重地官话化和古典化了。在这一意义上，虽然在幅员辽阔的中国大地存在着大量语言和方言，但是与南亚的印地语、乌尔都语、孟加拉语、古吉拉特语、奥里亚语、尼泊尔语、马拉地语、泰米尔语和特拉古语，或者非常繁荣的欧洲各民族和地方的白话书面文学相比，中国的书面地方文学可谓逊色不少。

马克 · 本德尔（Mark Bender）

【1032】第五章　少数民族文学

在二十世纪五十年代初，中华人民共和国新政府学习苏联，对中国的民族构成和各族人口规模展开了调查。根据语言亲缘性、地方风俗、历史上的生活领域、民族身份感等标准，民族总数超过四百个的备选池被简化为今天的五十六个民族。中国最大的民族——操各种汉语方言的汉族，现在构成了中国总人口的近百分之九十一。剩下的五十五个民族叫做少数民族，由非汉民族所构成。如赫哲族、鄂伦春族、鄂温克族、塔塔尔族、基诺族等这些民族的人口只有数千，而如壮族、满族、蒙古族、藏族、维吾尔族、苗族和彝族等民族人口则数以百万计。许多少数民族还能再细分出不同名字的子类，有时使民族范畴成为覆盖相互联系的许多群体的一张大网。

比如有研究者指出，西南地区的彝族由说彝族方言和地方风俗各异的八十多个地方部落所构成。按他们自己的说法，没有哪个部落称呼自己为彝族（见下）。彝族这个名称是二十世纪五十年
【1033】代末由政府提议，并得到彝族领导人的接受和毛泽东的批准。虽然“彝”字听起来像历史上曾用来指称非汉族野蛮人的“夷”，而“彝”字之所以被选用是因为它带有表示谷和丝的偏旁，象征了繁荣。于是，这一明显中立的名字就被中国政府推动，使得哪个部落

的自称都不会代替其他部落之名。苗族的情况也类似。“苗”这个字实际上是不充分的汉语转译，用来指称广泛分布于中国南部和东南亚广大地区的一个民族（Hmong或Hmu［b］）。

虽然政府的分类有时在民族学上不那么准确，但中央政府的认可为以前没有被正式承认存在，或者仅仅被认为不开化（即非儒家化）蛮夷的许多民族赋予政治合法性。今天，这些少数民族中的大多数生活在超过一百个“自治”区域中。这些自治区域，有些是省级的，有些是镇级的，位于中国大部分内陆地区。较大的自治区域包括北部的内蒙古自治区、南部的广西壮族自治区、西北边陲的新疆维吾尔自治区和位于西藏高原的西藏自治区。位于与缅甸和老挝接壤的西南边境上的云南，共生活着二十八个少数民族，它们分布在各级自治州、县和镇。

少数民族绝大多数具有丰富的口头文学传统，它们的书面文学和汉民族的地区文学一样，传播范围几乎不会超出其故乡。这些民族中最著名的文学传统，由藏族、蒙古族、满族、维吾尔和生活于中国东北的朝鲜族以各自的书面文字创造。而在如纳西族、彝族和壮族等民族，土生土长的书写系统或体系采用了本地化的汉字，主要使用者为萨满法师或其他专门人士。傣族的情况则有不同。傣族拥有几套字母书写体系，这些体系又像傣族一样分布于中国西南地区、缅甸、老挝和泰国北部以及印度西北部。这些书写体系中有两套在中国有所重叠。在十九世纪，云南西双版纳的傣族识字率为百分之三十至五十，应该比其他地方的傣族识字率略高。傣族的阅读能力并不仅限于僧侣，而是拓展到各个层次的大多数成年男子。

许多少数民族的作家，或者与少数民族有密切关系的汉人，也创作了文言的诗歌、文章和小说（十七世纪以后，更多的是以白话官话写成，见第一编第一章）。其中最著名的有十八世纪伟大长篇小说《红楼梦》的作者曹雪芹（约1724—1764）。虽然他并不属于

【1034】满族血统，但他生长于一个与满族有延续数代密切关系的家族。而满族的文康（1798—1872）创作了著名的白话长篇小说《儿女英雄传》。二十世纪三四十年代以《边城》等作品而蜚声文坛的沈从文（1902—1988），从小成长于湖南西北的苗族和土家族地区。满族后裔老舍（舒庆春，1899—1966）是一位享有国际声誉的小说家，他在三四十年代创作了《骆驼祥子》和《鼓书艺人》等作品。许多少数民族作家和诗人在五十年代起开始活跃，其中有些人专注于民族主题，而还有一些人则关注更为宽泛的主题。西藏作家协会主席扎西达娃，以及中国最受尊敬的当代文学批评家之一李陀（达斡尔族）都专以中文写作。下文会再介绍其他几位作家。

许多少数民族口头传统作品在五四运动（见第四编第七章）召唤下的二十年代，以及五十年代和八十年代，纷纷以书面文字形式问世，其中尤以五十年代最为突出。曾经严格限制读者的一些文本（如萨满法师所使用的文本）通过翻译、出版和学者的研究，而得到了更广泛公众的注意。这些作品的数量如果没有上千的话，至少也有数百，它们同文学作品一起，从根本上开创了中国文学中的新文类：翻译而来的少数民族文学。这是国家致力于记录、归类和“发展”少数民族的事业的一部分。民间传说的收集极少直接使用少数民族文字。在大多数情况下（特别是五十年代早期），只会给出汉语译本，其翻译质量经常不敢恭维。

出版于1949年至八十年代早期的少数民族民间传说文本，和汉族民间传说文本一样，都为了服从政治内容的正确性而进行过编辑和修改。“封建迷信”内容（包括佛教和其他宗教）、民族间的冲突和偏见、对政府的批评等经常遭删改。该时期的一些作品被改动不大，但也有一些作品则几乎改得面目全非。在“文化大革命”期间（1966—1976），少数民族的文学的压制情况比汉族文学更甚，许多珍贵的学术著作和表演的书面文本被毁。随着七十年代末的拨乱反正，许多少数民族文本再度出现在市面上。曾初版于五十年代和六十年代初的一些作品得到了再版，还有研究者在十年浩劫中 【1035】
不顾个人安危保存的许多从未出版过的材料也终于与读者见面。在八十至九十年代，有社论呼吁适度放松，以前内部出版的许多作品得以与公众见面。

本章将挑选几个少数民族的传统文学进行介绍。这些选中的少数民族在历史上就有书面作品，有时作为一种重要的文学形式，有时作为对口头表演的支持。然而，基于少数民族的丰富口头传统的文本只在近年才出现。比如，语言学家马学良和苗族民俗专家金丹所搜集的轮唱史诗《苗歌选唱》，以及如赫哲族、鄂伦春族和达斡尔族等东北少数民族的许多英雄（mergen）故事。另外，少数民族中也出现了许多以中文写成的现代文学作品。下文仅会讨论这些口头传统作品集和现代作品中的一些例子。

· 西南地区

生活于西南各省和自治区的大量少数民族是移民、入侵者和各种文化互动的复杂网络的结果。这一地区所使用的语言包括侗台语族、苗瑶语族以及藏缅语族中的分支。西南的地貌很复杂，有破碎的山地、喀斯特地貌的山峰以及喜马拉雅山脚下河谷沿岸很罕见的平原。少数民族就分布在这一地貌多样化的区域中。这些地区的文学由萨满法师、讲故事人及其赞助者、佛教僧侣和官员所创造。许多文本由当地文字写成，还有一些作品则用中文或混合以常规汉字或变异汉字。

萨满法师所创造的当地文字传统是相当伟大的。在过去，这些仪式专家使用不同文字体系来记录唱诵、史诗、历史和其他文化数据（如天文学和草药疗效）。今天，仅有一小部分萨满法师能阅读这些通常如秘本般的文本。经常（不过并非总是如此）只有法师及其弟子才能将其解密。许多尝试将这些文本翻译为法语、英语、汉语等语言的研究者经常指出，要搞清这些文本的意思，必须邀请法师帮助。为了让文本变得晦涩难解，文字常常缺乏标准化，甚至一地的文字只能在当地才能读懂。

【1036】 ## 壮族

壮族人口超过一千五百万，是中国人口最多的少数民族，生活在广西壮族自治区以及其周边省份。大多数壮族人传统上都是种植稻米的农民。虽然广西的壮族和汉族在数百年的接触中相互影响，但是壮族在建筑、习俗和语言上都区别于邻近的汉族，以及包括苗族、侗族和仫佬族在内的另外十个广西少数民族。壮族人物进入当代中国民间想象的最著名人物当属刘三姐。刘三姐在传说中是一位唐代民歌手，在一次赛歌会中因为嘲笑地方豪绅的歌手而被豪绅处决。这一现象可能与遍布于东南亚的歌唱决斗有关系。在其中，歌手们即兴对对方挖苦嘲弄，努力得到官方支持。宫廷歌唱是存在于傣族、布朗族和苗族等少数民族中的相关文类。

壮族的一些仪式专家（当地叫做师公的道士）传统上使用书面文本来记载神话史诗和历史史诗的概略。这些有时为长达数小时的叙事，在农历年的不同时间的盛大歌圩上和造房子、婚宴等社会场合上表演。文本所使用的文字通常为土俗字——用来代表壮族发音而忽略其字义的汉字。这些文本中的一些分别在五十年代和“文化大革命”结束后的八十年代，得到翻译和编订出版。根据民俗专家陈驹，包括黄勇刹和兰鸿恩在内的一些壮族和汉族学者在五十年搜收集了大量故事歌谣手抄本，并有选择地加以翻译。

他们所翻译的神话故事中，主要有英雄布伯为了人类福祉而同天上雷王作斗争的故事。在编写过程中，他们将这个故事的多个版本结合起来，以丰富故事情节。几位天神和角色的名字被列在故事开头。研究者将这些名字的呈现以轮唱形式展现。轮唱曾经在农村壮族人民中很常见，歌手分成各个小组，以歌唱的形式进行问答。编者们还加入了一些变化与加工，以保留核心内容的前提下提高叙事的艺术性。叙事的增色也要靠向壮族的师公就这个故事进行咨询，以及对这个故事的各个口头版本的考察来实现。《唱离乱》是基于多个书面文本和口头版本的叙事故事。它在广西贵溪的歌会上进行表演，并长达数小时。这一故事讲述的是恋人之间的离别，以【1037】
明代1499至1528年间发生的真实历史事件为基础。宋代狄青平定侬智高之乱后开始定下的土地制度在这一时期被改变，激起了“八寨之乱”，当局纷纷强征壮族调往八寨平息暴乱，造成大批男子背井离乡，妻离子散，家破人亡，田地荒芜。《唱离乱》用嘹歌的方式进行演唱，即每段都以“嘹”字结尾。

中华人民共和国建立以后，壮族有了一套罗马化的文字，广泛用在报纸杂志、教学材料和文学作品中。

彝族

彝族是中国西南的云南、四川和贵州等地超过八十个支系构成的少数民族。他们的语言属于藏缅语族彝语支。彝族可能是唐代和吐蕃在当地的长久竞争对手南诏国国民的后裔，总数超过七百万，各个支系分别有诺苏、纳苏、罗武、米撒泼、撒尼、阿西等不同自称。大多数彝族人生活在云南省，不过吸引最多民族志注意力的支系是独立部落——倮倮人。直到二十世纪五十年代早期，倮倮人一直生活在四川省西南大凉山深处的独立王国中。虽然彝族在传统上都是农民和牧人，不过近年来，彝族自治州县的城市彝族人也开始从事其他职业。

彝族众多创世故事中，有一则讲述了大洪水时期，洪水泛滥时，天神派了三个毕摩带着彝文经书来拯救民众，三个毕摩各骑一头黄牛，把经书挂在牛角上，渡汪洋大水时，把经书浸湿了。毕摩下到凡世后，便把经书放在青树枝上晒，飞来的老鹰抓破了一些书页，粘在青树枝上又撕坏了一些书页，故而彝文经书不全了。现在毕摩念经作法时，都带着牛角、鹰爪和竹签作为法器，并在祭坛上插青树枝，意即弥补经书之不足。

根据历史猜测，彝族的经书（除了少量以汉文所写经书）所
【1038】使用的特殊文字至少可以追溯到明朝（若非更早的唐朝）。今天的彝族文字经常被描述为音节文字（以前被认为是象形文字），使用与标准汉字非常不同的几千个彝文字。不幸的是，因为对以前的符号缺乏标准化，所以一个地区的文本或者某个家族的文本在另一个地方就变得不可读。传统上，人们对每个文本的学习都是在毕摩的帮助下，由毕摩们将阅读惯例传给他们的弟子。这些文字中的八百多个异体字在现代彝字的创造中被标准化。1957年彝文规范方案通过，在四川的彝族流行开来。

有许多彝族文本存世，但是大多数都在研究机构或私人手中。五十年代末，一些文本开始被编译为中文。这些译作都是地方学者和学生共同努力的结晶。它们中的一些在中国享有盛誉，并构成了公共意识对彝族印象的重要组成部分。

这些作品中最为重要的当属阿诗玛的故事。这个故事在1954年首先以阿诗玛为标题出现在当地报纸上，后来成为一本书流行全国。阿诗玛的故事原先是云南南部石林（原路南县）撒尼人的民间创作，但这个故事经常被用来代替彝族文学。在翻译和编写过程中，人们参阅了多个书面和口头版本。中文版的阿诗玛后来由戴乃迭（Gladys Yang）翻译为英文，并成为几十年间世界上流传最广的彝族文本。这个故事讲述了少女阿诗玛被头人劫走。她和青梅竹马爱人阿黑双双被杀，而阿诗玛化为一座巍峨的石像，千年万载，长留

人间。在叫做石林的旅游胜地，有一座山峰据说就是阿诗玛所化。

还有两部与此同时的作品，虽没有阿诗玛的故事那么出名，但是内容上更加丰富。《查姆》以在楚雄彝族自治州双柏县搜集到的彝族文本为基础，五十年代末由毕摩施学生翻译成中文。这个文本详细讲述了彝族人的宇宙创世的几个过程，先是天地的起源，然后是三个人类原型时代：独眼睛时代、直眼睛时代、横眼睛时代。横眼睛时代讲述了大洪水的故事，一对兄妹在大洪水中利用葫芦幸存，结婚而生下了子女。这些子女相互婚配，成为不同地方部落的祖先。后面这几个关于洪水和葫芦的母题在南方少数民族的创世神话中十分盛行。《查姆》后面的篇幅还讲述了各种金属的起源、纸火的起源、病种的起源、种子的起源、纸书的起源以及长生不老药的起源等。

这些文本的翻译绝非易事。据说虽然毕摩施学生精通当地彝族方言且可以阅读彝族文本，但是需要教给他汉语，以便他完成初步【1039】
的翻译。《查姆》以毕摩施学生的文本笔记，以及在楚雄民间传统考察队成员帮助下的逐词口头翻译为基础。由中国作家协会昆明分会和昆明师范学院组成的云南民族民间文学楚雄调查队成立于1955年，是五十年代末在中国农村地区开展民俗学田野工作的众多调查队之一。《查姆》译本先是内部出版，经过中国作家协会昆明分会成员的大量修改后，1981年由云南人民出版社公开出版。

另外一个基于口头传统的文本，即楚雄彝族自治州的姚安和大姚一带搜集到的民歌集，其搜集年代与《查姆》相同。云南民族民间文学楚雄调查队的汉族和彝族搜集者用笔记下了讲述天地屈原和传统彝族习俗的民歌。三位老萨满法师（当地叫做多西）是主要的歌唱者。翻译非常困难，以至于不时需要手语比划。中国作家协会昆明分会成员也在这一文本的编辑工作中提供了帮助。最后润饰完成的作品起名为《梅葛》，以当地所用的一种民歌曲调梅葛调为名。

虽然一些段落在准备出版的过程中被编辑或删除了，但是作品中所描述的许多风俗多少准确地反映了彝族当地人民的生活方式。作品中每个部分都专门用来讲述传统的劳作，如养蚕、用网狩猎和煮盐等。中译本的艺术质量是相当高的，没有染上当时不少民间传说文本都会犯的对歌词进行过度美饰或者明显政治化的毛病。《梅葛》创世传说中的许多神话母题在其他彝族地区的书面文本中都能得到呼应，不过在细节上各地有所不同。在《梅葛》中，创世时期天地间万物都由巨大的虎尸所化生（虎是许多彝族部落的图腾，也据称是倮倮一词的含义）。《梅葛》被称为彝文化的“百科全书”，被拿来与芬兰史诗《卡莱瓦拉》（*Kalevala*）相提并论。

如上所述，彝族的书面作品只能由毕摩来阅读。不过，在节日场合，毕摩会进行公开表演，有时用记忆，有时拿着书本进行吟唱。训练成合格的毕摩，需要花费三到五年。学生会在白天跟随师傅，为师傅提供合唱，在晚上则研读文本。通常的过程是，毕摩背诵文本段落，而学生则赶紧记在脑海里。只有学生完成了所有学习过程，他才被允许抄写老师的文本，而这时他已经能够完全背诵
【1040】整书了。而当毕摩去世，他随身携带的书会被殉葬或焚烧。不过在四十年代末，著名语言学家马学良在云南北部搜集了一千二百多种毕摩文本。在五十年代云南省和地方研究者又搜集了数百种。但是毕摩及其文本在“文化大革命”期间都被视为封建余孽，许多文本遭毁。幸运的是，数百种文本被毕摩及其家人藏匿起来，他们有时将其包裹在油纸中，或者藏在洞穴或屋瓦中。云南某县的一个家族就以这种方式挽救了三百多种毕摩文本。

八十年代中期到九十年代初，各个彝族地区的许多史诗作品都纷纷出版，包括云南省红河文化局的涅努巴西所翻译的作品。红河位于云南中西部，是彝族文化和哈尼族文化的交汇地。涅努巴西出生于毕摩世家，祖上五代毕摩，并在“文化大革命”期间跟随藏身

于深山的古老传统传承人学习当地彝族文字。他最重要的译作当属《南诏国灯》。该作品一般认为出自明初，虽然涅努巴西所凭借的版本的年代不可考。《南诏国灯》讲述了古南诏国的一位国王。南诏国在唐代曾统治中国西南地区和东南亚部分区域，不过后来被大理国所灭，而大理国则于1253年亡于蒙古人铁蹄之下。

除了这些较具文学性的叙事诗歌之外，还有不少篇幅很长的丧歌。丧歌在葬礼上以复杂的系列唱起，目的是安慰亡者，并将其引导向身后世界。有一些丧歌被当地研究者和国家机构翻译为中文，绝大多数仅仅是内部出版，不过近年来对“封建迷信”的出版限制有所放松。

出版于1982年的《西南彝志选》是贵州西部的彝族典籍译本，由贵州省民族研究所毕节地区彝文翻译组编译。它以大方县1664年至1729年的一部作品集为基础，是对数十种彝族作品的选本，包括了天地创世、六个彝族部落的祖先历史，以及对地理、天文占星和哲学等方面的解说。叙事唱诵包括了各种文化现象的起源，如铁壶、荞麦和十二种谷物的起源，还有特别的牛、马和狗等。在编译过程中，编译组成员咨询了当地毕摩，因为文本中充斥了各种晦涩难考的人名、风俗和地名等。

纳西族 【1041】

生活在云南省西北部的纳西族，可以在以古建筑闻名的旅游胜地丽江古城城内和周边找到他们的身影。他们的祖先，和其他藏缅语族的少数民族一样，都是数千年前从中亚大草原迁居而来。直到十三世纪被蒙古人占领之前，纳西人有自成一体的独立王国。在明清时期，中央政府认可纳西族为拥有领土边境的进贡国。木氏家族是纳西族具领导地位的贵族，其后代仍然生活在俯瞰纳西全景的雪峰玉龙山脚下。丽江是通往西藏的重要贸易中心，也是当地农牧民和山区居民交换食物的市场。

由于奥地利探险家和植物学家J.F.洛克（J.F.Rock）的著述，纳西族及其独一无二的象形文字在二十世纪二十至三十年代得到世界的注意。J.F.洛克在丽江城外的村子里生活了数十年，搜集和翻译纳西族的“祭司”（被称为东巴）的宗教文献。纳西的书面传统得到了丽江的东巴文化研究院的延续。

东巴教发源于藏族先民崇信的原始宗教苯教（在佛教八世纪抵达西藏之前盛行于藏民中）。东巴们所使用的象形文字写成的文本，似乎是对东巴及其徒弟起到辅助记忆的作用。在各种民间场合的法仪和表演中，他们大声诵读经文。这些象形文字看上去像是卡通一样的符号，以从左到右的方向书写。这些作品的主题包括仪式性唱诵、创世神话、纳西部落历史，以及鬼神故事（如盘亘在深山中的龙）。

创世神话描写了天地和人类的起源。其中一个传世神话中，黑暗与光明从原初的混沌中分裂开来，早期各种各样的天神孕育而生。有一位女神变成了白母鸡，产下白蛋。从这些白蛋中，孵
【1042】出九男七女，而另一只白蛋则孵出黑眼眶的牛。九兄弟和七姊妹肩负起了擎天固地的重任。通过一系列转化，元初的白气和美丽的声音变成了雨露，雨露又一变而为海洋。第一批人类便从海洋中孕育而出。然而，这些早期人类却因为犯了兄妹结婚的禁忌，而招致天神震怒。洪水滔天卷走了所有人，只剩下纳西族祖先从忍利恩孑然一身，藏身于牦牛皮革囊，用九条铁链子固定住，才得以死里逃生。他在黑白分界的地方，与天神女儿“衬红褒白”相遇相爱，却遭天神强烈反对。然而依靠其他神灵的帮助，有情人终成眷属，他们生下三个孩子。每个孩子都说一种语言，他们成为传统纳西宇宙中三个民族（藏族、白族和纳西族）的祖先。擎天固地、兄妹乱伦、大洪水（经常以葫芦作为救生器具）以及

当地民族和语言等主题，在中国西南地区许多少数民族的创世神话中是十分常见的。

白族

生活在云南北部、丽江西南的洱海地区的白族，曾经被附近的汉人称为“民家”（区别于被称为“夷户”的少数民族）。白族主要所在地大理城曾经是古代南诏国的国都，屹立于西南地区长达八百年，直到1253年被蒙古人征服。大理是中国境内为数不多的有保留城墙的城市，也是当地著名的旅游景点。白族总人数在一百多万，信仰大乘佛教，不过同时也信奉各种村社神（本主）。农业、渔业和贸易是传统的三大职业。白族的语言被中国语言学家尝试性地归在藏缅语族中，不过它似乎与任何地方语言都没有关系，其起源仍然未知。

白族文学曾长时间受到汉文化影响，包含了以南诏国曾使用过的废弃文字写成的早期石板文本，以及明清时代用汉文写成的大量诗歌散文。有一种叫做“大本曲”的官话讲唱叙事形式在表演时，有三弦伴奏。许多白族故事以特别异体化的汉字（这一现象在西南的一些少数民族中很常见）记录在歌谣本中供讲书人参阅，有时候在表演时翻阅。白族口头叙事和戏剧传统中最流行的故事之一，当属唐代火烧松明楼的故事，这一事件在中国史书中也有记录。汉族著名爱情故事梁山伯与祝英台也是大本曲的流行曲目。出生于十九世纪末的杨汉是近世最著名的大本曲歌唱者和【1043】作家之一。他虽然没有接受过正式的学校教育，但是与多位文化水平很高者合作创作了许多为自己表演之用的故事书，并训练出了一批从事大本曲表演的后代。

傣族

傣族的故乡在云南南部的西双版纳傣族自治州，所操语言接近于泰语，叫做傣泐。泰语和傣泐都属于泰语系，该语系广泛传播于印度的阿萨姆、缅甸、老挝、泰国和中国西南地区。傣族是虔诚的小乘佛教徒。他们的作品包括了佛经、当地历史、叙事和抒情诗、医药文本、天文学、文学批评，其四种主要地方文字都基于古代巴利文。二十世纪五十年代开始，许多长篇叙事诗得以出版，其中《苏文娜和她儿子》讲述了受孕于月王子的普通女子苏文娜生下一个小儿，后来这个小儿成为傣人的统治者；还有一千六百行悲剧诗《娥并与桑洛》，讲述真心相爱的一对恋人为求挣脱包办婚姻的束缚而不得的悲剧故事。一篇英文名为*Not a Dog*，*An Ancient Tai Ballad*的傣族叙事诗由新西兰人路易·艾黎（Rewi Alley，1949年以后留在中国大陆的少数几位非外交人员的外国人）于1962年翻译为英文。这首叙事诗以云南大学中文系一九五六级学生所搜集的口头版本为底本。这是新中国成立以后培育和搜集“民间文学”工作的一部分。

这篇故事因其政治性主题而被选中，描写了一个叫做Meaung Balanasi（在民间传说中，这个名字既代表乌托邦也代表西双版纳）的地方。当地人民在一位暴君统治下怨声载道。在一次大饥荒中，这位暴君霸占了所有甜瓜。而在他被杀之后，甜瓜藤开始疯长，威胁到老百姓的生命安全。最后一位名叫Sitaga的英雄制服了疯长的瓜藤。人民请求他留下来统治当地。多年过去后，仍然没有子嗣的他作出决定，一次能吃下一千只螃蟹的男女将在他去世后登上宝座，但是没人敢接受挑战。最后，一位叫做Gamesi的女孩子被一纸诏书带到宫中成为王后，她招致了大臣和六位王妃的妒忌，被人设计陷害。他们将Gamesi生下的一百个儿子和一个女儿扔进井里，用一只幼犬代替国王的骨肉。而国王的亲骨肉们被一对老夫妇所救，最后，年轻的王后戳破了佞臣奸妃们的诡计，离开王宫生活在老百姓中间。

虽然，这首叙事诗是为了新中国而编译出来，但是其分节的 【1044】
格式，以及隐喻性的内容在一定程度上反映了傣文叙事诗风格，而傣文在主题和风格上都受到印度传统的强烈影响。这些拥有清晰政治信息的文本（这首叙事诗中便有傣族封建社会中的阶级斗争）在八十年代初之前的北京外语出版社所出版的外文作品中很常见，而八十年代之后，面向海外市场的中国出版社开始推出政治意味不那么浓的作品。少数民族语言中的名字通常在汉译本中被汉化，而不幸的是，在转译为外国文字时，翻译所采用的正是汉化的名字而非原名。

· 西部和北部边境

在不同的历史时期，由于被征服或作为进贡国（有时向汉统治者进贡，而常见的则是向周边部落的进贡），西部和北部边陲的文化与中国联系在了一起。虽然吐蕃对中国的突袭在八世纪短暂攻陷唐代都城长安后急速停止了（唐朝在回鹘的帮助下才成功光复长安），但是契丹人（可能是今天达斡尔族的祖先）、蒙古人和满人在十至二十世纪的大部分时间里，统治了全中国，或者至少占据半壁江山。宋朝初期和明朝是汉人统治全中国的不多的两个时期。今天，西藏成为中国的一部分。而内蒙古自治区横亘在中国与蒙古边境之间。满族自从1911年拱手让出帝位之后，在重新成为少数民族的过程中，并没有完全同化为汉族。建立于七世纪的回鹘汗国的后代居住在新疆维吾尔族自治区。

藏族

吐蕃在七至八世纪成为中亚的一支侵略性力量，在这一时期如松赞干布等国王统治了包括中国、尼泊尔和中亚的部分地区。现存早期藏族文学的主体保存在中国西北地区的敦煌藏经洞中，于二十世纪初重见天日。这批为数不少的以藏文（起源于印度文字）写成的作品，年代在七至九世纪，这些作品基本上都是佛经的翻译，不过还包括一些极其重要的社会、历史和地理文献（见第七编第二章）。

【1045】 几乎所有藏文作品都是宗教作品，早期萨满式的苯教和后来佛教各派的主题渗透于书面和口头传统中，包括文学史诗、诗歌以及接近于西方“小说”概念的散文作品。宗教作品和翻译（特别是对印度佛教故事和经文的翻译）的巨大传统在一代代佛教僧侣的努力下不断积累，而这些佛教僧侣在传统西藏占据了识字民众中的大部分。

民间文学中最重要的一部，是据称有史以来最长的史诗《格萨尔王》。它与口头传统的关系比书面传统更强。格萨尔王的故事在西藏（以及周边如尼泊尔和印度的达拉克）家喻户晓，而在蒙古族、土族、裕固族和纳西族等其他少数民族中也非常著名。格萨尔王史诗的产生明显在公元十一至十三世纪左右，但是其起源可以追溯到更早，其故事通过多种版本的口头传唱得到传播，有些部分在不同时期和地点以藏文、蒙文和土耳其文的方式被记录下来，而近年也被翻译为中文。完整的格萨尔王史诗还没有得到整理记录，不过据推测有超过一百个互相独立的部分。

格萨尔王史诗讲述了七至八世纪、可能活动于西藏东部康巴地区的传奇英雄人物。这个故事是一系列叙事歌，由格萨尔与佛法的敌人（化身为几个地方的王）进行斗争的主题联系在一起。它显示了在印度佛教之外，也受到藏族早期的苯教信仰的影响。史诗的基本主题包括：格萨尔神奇的出生和长大成人，他获得超自然的武器、盔甲、战马、美丽的妻子以及众神的守护。其中的一些重要事件包括格萨尔的赛马称王，及其与邪恶势力的战争。因此，格萨尔王被视为宗教的保护者，生活准则的楷模，也是藏族人民的楷模。二十世纪二十年代在康巴地区生活多年的亚历山大莉娅·大卫·妮尔（Alexandra David-Neel）曾报道，在一些地方，她见到藏民在经过山中不安全区域的时候，会口诵格萨尔王史诗以求获得保护，而一些史诗演唱者在表演时似乎进入狂喜出神状态。一位演唱者在大卫·妮尔在场时，连续演唱了六个星期，每天六个小时，然而仅仅唱出了格萨尔王《霍岭大战》的一部分，并且据说为格萨尔王的首席大臣辛巴所附体。

格萨尔王史诗是亚洲民间传说、传奇、神话、历史的一座宝库，而对它的研究并不仅仅与西藏有关。这部史诗的起源很复杂，这从其主人公的名字起源于拉丁词caesar（凯撒）这一事实上可见一斑。

密勒日巴（1039—1122）是影响最大以及最受爱戴的西藏诗人
之一。根据传说，密勒日巴年幼时被贪婪狠毒的叔婶夺走了继承的 【1046】
家产，母亲送他去学习各种法术咒语。据说，他回来后便用咒语降下冰雹等一系列灾难。但他厌倦了这些，开始寻访能够指引他求得心灵平静的上师。最后他终于结识了“译者玛帕”。在深入掌握了玛帕引进西藏的“噶举”（Kargyupa，白教）知识之后，密勒日巴在深山洞穴中独居静修。经过长时间的苦行（梵文为Tapas），能够承受各种极端气候。

密勒日巴经常在雕刻和绘画中被描绘为坐在豹皮上，以手支耳作聆听状，穿着普通的棉袍的形象。他的诗歌集《十万歌集》共收录数千首诗作。他的诗作语言简单到每个人都能理解，以书面和口头形式流行于西藏和邻近地区。这些作品描写了高山冰川的壮美，还包括了与空行母的对话。还有一些作品描写了他与阻碍自己修行的各种恶魔的对话。1947年，西藏一个贸易代表团访问美国，礼物之一正是一部密勒日巴诗集。这部诗集印有红边，表示印刷地在西藏拉萨。它被保存在哥伦比亚大学，后来AntoinetteK.Gordon将其选译为《十万歌集：西藏诗圣密勒日巴诗选》（*The Hundred Thousand Songs*：*Selections from Milarepa, Poet-Saint of Tibet*）。

另一位著名诗人当属六世达赖喇嘛仓央嘉措（在位时期：1683—1706）。他在诗歌中把自己描述为“青蜂”，这暗示了他的放荡性生活。仓央嘉措出生于十七世纪六十年代初，是第五世达赖阿旺洛桑嘉措的转世灵童。第五世达赖圆寂后，第巴桑结嘉措秘不发丧长达十五年。而事发之后，激怒了藏传佛教的热情支持者——蒙古汗王，以及将西藏视为属国的康熙皇帝（在位时期：1662—1722）。这导致转世灵童的教育拖到十二岁才正式开始。当仓央嘉措成年后，他对诗歌兴趣与日俱增，布达拉宫（修建于五世达赖期间）之外的世俗世界也让他情不自已。据说他经常夜晚乔装溜出布达拉宫，在拉萨城中醉饮，寻找肉体的欢愉——这些都成为他诗歌的重要灵感来源。仓央嘉措也对上层阶级的女子着迷。他以西藏民歌的四行抒情诗风格写成的许多诗作，都描写了一位沉迷于同女性错综复杂关系的年轻男子，并伴有对佛法、美色、本然清新、生命
【1047】教训等的自我意识。下面的诗句展示了仓央嘉措使用传统民歌的母题来描写他对转瞬即逝的爱情的态度：

> 野鹅同芦苇发生了感情，虽想少住一会儿。湖面被冰层盖了以后，自己的心中乃失望。

根据传说，六世达赖某次出宫偷欢，因雪上的足迹而被宫中使者跟随而至，这给他的夜游画上了句号。当第巴向班禅喇嘛请求让年轻的仓央嘉措受具足戒时，二十岁的他又有了惊人之举。他以死

相逼坚持放弃僧侣生活。在高僧与贵族苦求无效下，他成了第一位在家的达赖喇嘛。妄图控制西藏的蒙古王拉藏汗杀死西藏专权的第巴桑结嘉措，废黜后者拥立的六世达赖仓央嘉措。这位伟大的诗人和情圣1706年死于被军事押解到北京的途中。

十八世纪初，著名文学家和政治家策仁旺杰（1697—1763）创作了长篇小说《旋努达美》。策仁旺杰接受了梵文诗歌和散文的正规训练，这是当时的教育惯例。《旋努达美》是西藏的第一部长篇小说，是为了西藏社会中宗教和政治精英的启蒙和娱乐而写的。在结构上，它受到印度史诗《罗摩衍那》以及乔达摩·悉达多生平故事的影响。

故事讲述了印度北方贡格蔡（普喜园）有个司毕坚国，国王因无子请人诵经念佛，生得一个才貌双全、能文能武的王子旋努达美。已到结婚之年的旋努达美向邻国公主意翁玛求婚，无奈意翁玛从小被父王许配给一位品行不端的王子。经过密谋和血战，旋努达美赢得了公主，但是却开始怀疑起她的贞操，想对她进行考验。与此同时，旋努达美的父王被一位美人迷住，她后来也试图勾引旋努达美。最后，美人设计将旋努达美流放出境，而意翁玛因为寻找夫君而在森林中迷路。她在一处偏远的佛教修炼场所找到了旋努达美和他忠实的朋友司巴勋努。一天，司巴勋努摔断了腿骨。王子听说菩萨的骨髓可以医治断骨创伤，便把自己的腿折断，用骨髓医好了司巴勋努的伤，他自己的伤腿则由神佛之力为之复原。之后，夫妻王臣三人又回到了司毕坚王城，向父母和臣民宣讲佛法，使国民都成为佛教的崇信者。因此，这部作品揭示了佛教的美德，以及如何抵御世俗生活的邪恶和诱惑。

西藏的面具戏是书面文学的另一种形式，最好以表演方式欣
赏。它们在节日（特别是收获季节）期间进行表演，是对古典印度 【1048】
故事或者早期西藏传说的改编，比如七世纪上半叶的帝国奠基者松赞干布的故事等。

维吾尔族

超过七百万维吾尔族人生活在中国西北的新疆维吾尔自治区。维吾尔语属于阿尔泰语系突厥语族西匈语支。维吾尔人崛起的历史巅峰是在公元八世纪，此时的突厥帝国控制了北方丝绸之路的大部分区域，成为唐朝的马匹提供者，有时候也是其军事同盟。从九至十一世纪，虽然突厥人的主要宗教是佛教，但也有民众信仰景教和波斯的摩尼教。十二至十五世纪，伊斯兰教通过军事征服和政治控制而成为这一领域居统治地位的宗教。

以维吾尔文写成的书面作品非常广泛，包括宗教、历史和文学作品等。突厥帝国的最早书写是发现于蒙古西部鄂尔浑峡谷的突厥石碑，年代在八至九世纪。石碑铭文详细讲述了第二位回纥汗国国君磨延啜的统治（《英武威远毗伽阙可汗碑》），以及简要介绍了摩尼教。铭文以古突厥文、中文和粟特文写成，并混杂以叙利亚的阿拉米文字——福音体（Estrangelo）。回纥人采用了阿拉米文字，并从自己的使用需要出发将它改造。这一文字被蒙古人借用来形成了蒙文，而后来的满族人也如法炮制，借鉴蒙文而创造了满文。不过到了十一世纪末和十二世纪，伊斯兰从新疆西部东扩，阿拉伯文字逐渐随着伊斯兰教而呈一统江湖之势。虽然阿拉伯文字并不适合传达回纥的语音，但是改良后的阿拉伯文字成为中国的维吾尔族书面文字，不过中亚以前的一些苏维埃加盟共和国（他们也是突厥人后裔）现在则使用西里尔文字。拉丁字母在这两个区域内也不时被使用。

维吾尔族的许多历史作品（有些以浪漫风格写成，但提示传说内容）存世，其中年代最早的当在公元十一世纪，还有一些作品年代在十五至十八世纪。最早的诗歌总集是回鹘诗人优素甫创作于1069年的教化作品《福乐智慧》。这首长诗正文长达一万三千余行

（六千五百对对偶行），旨在对统治者的行为进行正确指导。

1949年开始，维吾尔作家同时以汉文和维吾尔文写作。这时期出现了影响广泛的作家，其作品多反映了近代新疆的发展状况。【1049】

毫无疑问，中国老百姓最为熟悉的维吾尔文学非《阿凡提的故事》莫属。阿凡提（突厥语中为efendi［绅士］，来源于希腊语），字面意思为老师、先生，或者“有趣的怪人”。他实际上是许多穆斯林民族传说中的一位幽默的下层神学家。在波斯人中，他叫做纳西尔丁，在土耳其人那里叫霍加，在阿拉伯人中为久哈。有时候，阿凡提被表现为苏菲派苦行僧或者皇家顾问，而他的性格是大智若愚。他用机智而大众化的语言，揭露了各种故作神秘的胡话，讽刺了统治者的荒唐残暴。典型的阿凡提故事如下：

> 一天，阿凡提在街上走，头上戴着一顶学者帽。一个人走过来说：“先生，你能为我写一封信吗？”阿凡提回答：“为什么你希望我为你写信？”这个人回答：“因为你戴着学者帽，所以你肯定能写信。”阿凡提听到后，把帽子摘下，戴在对方头上，然后对他说：“先生，现在你可以自己写信了。”

蒙古族

十二至十四世纪，蒙古大军南下并统一了中国。蒙古帝国的建立者为成吉思汗（1162—1227）。在成吉思汗之孙元世祖忽必烈（1215—1294）统治时期（1260—1294），戏剧、诗歌和表演艺术都得到了繁荣（见第二编第六至八章）。然而，蒙古文学遗产中的大多数却毁于明朝初期的大清洗。蒙古最主要的文学作品——至少在现代以前的书面传统中——当属以生动散文写成的著名《蒙古秘史》，讲述了帖木真（即后来的成吉思汗）的丰功伟绩。这部作品

是成吉思的儿子之一窝阔台下令编写的。在1240年蒙古汗王的会议
【1050】上（此时距成吉思汗去世已经过去十三年），窝阔台下令将其父崛起及其在西伯利亚大草原的政府军事组织都详情记录下来，为蒙古后代统治者提供秘密参考。这就是《蒙古秘史》成书的来龙去脉。原书以回鹘体蒙古文即古蒙文写成。因为当时识字的蒙古人极少，所以有人认为其作者也许是一位回鹘人，是在蒙古人的监督下完成的。不管怎样，早期蒙古版本都亡佚了。

在忽必烈的统治时期，一种新的蒙古文字产生了。这种叫做八思巴的文字脱胎于古藏文字母，并且不再像回鹘体蒙古文那样水平书写，而是学习中文从上到下竖写，这样方便在双语文件中使用。《蒙古秘史》有八思巴文底本存世，但文本中使用一套以汉字严格作为转译中的表音的书写体系。这些编写于元朝晚期的文本之所以免于被毁，可能因为它们看上去像中文，而非蒙文。十九世纪末二十世纪初的俄国和欧洲学者在早期中东和欧洲历史文献的帮助下，结合中文译本和蒙文残本，重新整理出蒙文版的《蒙古秘史》。

《蒙古秘史》以生动和诗性的语言，讲述了一位蒙古酋长之孙帖木真如何克服重重艰难险阻而最终抵达权力顶峰的故事。帖木真年幼时，其父被毒死，身为长子的帖木真，携母亲和弟妹们逃避塔塔儿族追捕长达数年，自此形成他刚毅忍辱的性格。成年以后的帖木真在复仇中获得了追随者，南征北战，最后统一蒙古草原的众部族，并得到了“成吉思可汗”（蒙古语意为四海之内的大汗）的封号。《蒙古秘史》不仅讲述了成吉思汗崛起的历史（虽然有一些传说成分），而且也揭示了蒙古人的价值观，特别是忠诚，以及信守或背叛誓言和结盟的后果。

近年来，许多与西藏格萨尔王史诗类似，并与成吉思汗故事有很多共同点的传统蒙古史诗出现在中文译本中。这些史诗的主要主题是关于与残害人类的多头魔怪“蟒古思”（manggus）作战并将之

铲除的伟大英雄。来自哈萨克斯坦和吉尔吉斯斯坦的类似史诗也都推出其母语版和中文版。

满族

满族是曾经统治东北地区（满洲）的女真人的后代。自从上古以来，这个区域就被不同部落控制，有些部落来自西伯利亚，也有一些部落来自中亚、蒙古和朝鲜。满族在十七世纪初崛起为一支侵略性力量，给西南方向的明朝和东边的朝鲜王朝带来了巨大威胁。【1051】
满人征战过程中的第一位领导人是努尔哈赤，他的父亲和祖父都在辽东半岛被明军所杀。努尔哈赤非常精通中国和蒙古文化，他建立了一支多部落的军事和行政系统，即八旗制度。满人于1644年攻陷明朝都城北京，并在接下来的几百年间将中国的版图扩张到有史以来最大规模。到清帝国在1911年画上句号之际，汉族和满族文化已经相互交融，只有在东北极端偏远的地区以及皇宫中，清晰可辨的满族习俗和语言才仍然在使用。但是文化影响是双向的：中国文化，特别是北方的中国文化烙上了很强烈的满族习俗、服饰和语言的烙印。

满族文学的作品有满文和中文两种。满文起源于蒙文，而蒙文自身则基于八世纪的早期回鹘文字。我们在介绍维吾尔族文学时已经提到，早期回鹘文字仿效了丝绸之路的遥远西方所带来的闪族文字。十七世纪之前，中国文学传统中的许多作品都翻译为满文，而在此之后，满人开始习惯于直接使用中文，虽然朝廷文件和一些文学作品仍然用满文书写。因为精通双语的满族学者将大量中文作品翻译为满文，所以在十九世纪，对欧洲汉学家而言，必备的学术训练之一便是学习满文。满文在语法上比中文更加直白明晰，特别是文学作品中更是如此。满族的文人士大夫勤奋地学习中国的诗歌和散文文体，而如子弟书（第七编第四章）等满族民间叙事传统则基本上用中文写成。

最著名的满族作品包括尼山萨满的故事。故事主人公尼山萨满虽是一位普通的乡野寡妇，但更是一位身藏高超神技的萨满，她救回被阎罗王掠走的无辜爱子，最终使员外家皆大欢喜。这一故事在各地萨满口中以多个版本流传，并且在东北地区的如达斡尔族、锡伯族，以及鄂伦春族、赫哲族和鄂温克族等各个通古斯民族中广泛流行。朝鲜萨满传统中巴里公主在一定程度上是一个与之相仿的传说，讲述了一位孝顺的公主为了救父母的命，而费尽千辛万苦到来生寻找不死药。

朝鲜族

早期的朝鲜王国，特别是高句丽（前37—668）控制了现在中国东北的大部分地区，不过今天中国的朝鲜族仅栖居在与朝鲜接壤的
【1052】一些地区。最大的朝鲜族聚居地（超过二百万朝鲜族人）是位于吉林省和黑龙江省交界处的延边朝鲜族自治州。十三世纪蒙古人统治中国时期，成群结队的朝鲜人从高丽进入中国。在满人进攻明朝和定鼎中原的十七世纪，仍有源源不断的朝鲜人抵达中国。一些朝鲜移民是为了逃避故国的严峻生活环境，还有一些是战俘或奴隶，成千上万朝鲜人成为八旗中的士兵。十九世纪下半叶，为了逃避贫困生活或日本的殖民统治，也出现了大规模难民的移民潮。

十九世纪以及之前大规模涌向东北的朝鲜移民带来了与北京的大鼓（见第七编第四章）非常类似，并且可能对大鼓的发展起到一定影响的一种叙事演唱传统。

在1949年以前，朝鲜移民的文学基本上也是属于他们朝鲜祖先的文学。而中华人民共和国建立之后，朝鲜族的文学发展和创作路径便与中国其他地区的发展类似。诗人、小说家和剧作家纷纷创作“革命”题材，并且创立了文学刊物《延边文学》。中国作家协会

延边分会成立于1956年8月。各个领域的艺术的整理工作开始得到推进，包括口头文学的搜集。1966年“文化大革命”的到来，使这个发展与活跃的时期戛然而止。十年动荡中，朝鲜族的文学和其他少数民族文学一样，遭受了严重压制和倒退，直到七十年代末八十年代初才逐渐恢复。恢复过程开始于《延边文学》的新生（1985年改名为《天池》），以及其他几种文学刊物的诞生。

和全国范围内以及各地的文坛一样，朝鲜族的诗歌、小说和剧本回忆了“文化大革命”期间的种种罪恶，形成了朝鲜当地的“伤痕文学”（见导论部分）。后来的长篇小说开始从文化和历史角度探索朝鲜族的经历和身份认同之根。文学作品的出版包括中文版和朝鲜文版，而朝鲜文则是十五世纪著名的世宗大王时代所发展起来的谚文文字。

· 当地士人的作品

在许多少数民族地区，有一些少数民族士人精通中文，甚至可以通过各级科举考试，并且赋诗写文，撰写表奏。这些士人来自满 【1053】
族、侗族、土家族、苗族、白族、纳西族、彝族、壮族、布依族、藏族、回族、维吾尔族、哈萨克族、蒙古族、达斡尔族、锡伯族和朝鲜族等。

少数民族士人首先出现于明末的贵州、湖南和广西地区的侗族中。根据贵州一些县志的记载，为科举考试做准备的书院最早在宋末的1225年就建立起来了，并在明清两朝一直延续。其中的一座书院在清朝的嘉庆年间（1522—1566）建立于贵州的黎平县。晚明的一些文献记载数十名侗族士人通过了各级科举考试，虽然他们的文学创作基本不存。在清朝年间，士人的数量有显著增加。根据《三江县志》（三江县位于广西北部），当地士人的数量超过三百名。著名诗歌作品的少数民族士人作者包括如湖南的姚复旦（1824—1917）。他在担任多年低级官员之后，回到老家村子中兴办教育，所有愿意学习的学生不管背景如何都可以跟他学习。另外还有贵州榕江县的杨廷芳、贵州东南天柱县的杨昭敏等。这几位侗族士人都像以上提到的其他少数民族士人一样留下了古典诗词，如姚复旦的《春晓望金碧山》等。

· 结论

正如汉族的地方文学并未广泛地发展起来也没有得到很好研究，许多少数民族的文学也亟需学术界的历时研究和共时研究。关
【1054】于这些传统的历史，我们缺乏可信的材料，而具体作品的学术研究也是几近空白。最缺乏的是对少数民族原汁原味的作品而非中文译本的文献学研究。另外还需要对汉语文学和少数民族文学之间的主题、母题，以及其他文学元素和语言特征的跨文化借用，进行一番彻底考察。只有这样，中国各民族文学的所有各种脉络之间复杂而微妙的关系，才可以慢慢呈现在我们面前。

马克 · 本德尔（Mark Bender）

第六章　译者的转向：现代中国语言和小说的诞生 【1055】

十九世纪末二十世纪初，中国开始了一个语言和文化革命的时代，对中国人公共的社会、文化和政治生活产生了深远影响。这一革命的重要性可与中国历史中的另一重大篇章进行比较，那就是佛教在汉代（前206—220）第一次踏上中国大地之后，中国学者开始投身于数个世纪的系统翻译和研习梵文佛经。这也引发研究者将明代以及清代早期耶稣会传教士的活动与之比较，传教士们使明清宫廷以及中国文人士大夫第一次接触到了西方和现代科学的基本知识。不过，虽然有这些明显的类似之处，但在中国，早期与外来宗教的接触和与现代西方的现代碰撞之间，还是有重大区别的。

· 翻译和文化相遇

当晚清和现代中国知识分子肩负其翻译工作，希望向西方学习时，他们是在帝国主义和民族建构的全球语境中进行的。因此，他们对西方知识的兴趣几乎完全是在世俗方面的，这与历史中佛教僧侣和文人士大夫有根本的不同。更重要的是，现代的中西方的国与国以及社会与社会之间相遇而建立的结构性关系，不同于以前的文

【1056】化接触（可能包括十六世纪下半叶开始的耶稣会士试图影响宫廷以及士人的努力）。这些新的全球结构关系在某种程度上继续在塑造着整个世界，它是欧洲殖民运动、资本积累以及帝国主义扩张的历史产物。它们构成了现代世界体系，在全世界许多地方推动产生新的民族自我认同和新的历史感受性。

晚清时期，鸦片战争（1839—1842）、甲午战争（1894—1895）以及半殖民的屈辱经历让中国的知识分子精英痛苦地意识到民族建构的重要性，以及中国迫切需要从西方借鉴科学技术和新的语言。1911年辛亥革命和清政府的垮台，加速了已经在清廷和知识分子精英中获得根基的近代化进程，这也导致了“革命”在二十世纪中国的第一次合法性地位。实际上值得指出的是，“革”与“命”这两个汉字的结合，直到日本人赋予它现代意义之前，并不含现在的“革命”（revolution）之词义。传统的革命指的是“革除天命”，这一概念得到儒家思想家孟子（前371—前289）的赞同。

白话文（见第一编第一章和第二编第三章至第四编第七章）的诞生是中国革命以及中国寻找新的民族自我身份的过程中的一个重大事件。不过白话文一词不应该与当时已经存在的白话文相混淆起来，后者包括如明清等时期产生了《水浒传》《西游记》和《红楼梦》等经典作品的流行小说。白话文严格说来也非胡适（1891—1962）等人的新文化运动（1915年，五四运动的前奏，见第三编第七章和第四编第六至七章）干将们在1911年之后号召语言改革时所构想的普通老百姓日常言语。实际上，这一新的书写媒介具有一种极端杂糅的混血形式，至少包括四个来源：一、文言；二、前现代的白话文（以过去的北方方言为基础）；三、当时的口语（普通话或北方方言）；四、来自欧洲和日本的借词、新词和句法结构。以此为基础，现代白话文可以用来指现代汉语中丰富的各种语言和文体创新，以书写的各种形式，这些书写形式尝试以一种中外杂糅的语言来刻画现代（基本上是都市）的体验。

新的白话文的一个突出特征是来自日本和欧洲的借词和新词数量的空前激增。虽然这些舶来词在语言中已经完全汉化，中国人 【1057】在说汉语时也许很难辨识出它们，而现代中国文体学依靠的正是中外不同元素糅合在一起使用的程度、方式和技巧。我们可以在用白话文创作的著名文学作品中发现大量文体实验，如从鲁迅（1881—1936）受文言遣词造句影响的简练散文文体风格，到丁玲（1904—1986）作品中高度欧化的句法，再到张爱玲（1920—1996）以都市口语的精神对前现代白话的天才再创造。再仅举数例，沈从文（1902—1988）和其弟子汪曾祺（1920—1997）可以被称为现代汉语的文体大师。吊诡的是，虽然二人并没有回避外来的借词或者句法结构，但是他们在现代散文中成功地传递了一种古典的审美感受性。而郁达夫（1896—1945）、巴金（李芾甘的笔名，1904—2005）和茅盾（沈雁冰的笔名，1896—1981）等则不同，他们代表了中日欧混血的一极。他们的特征经常被概括为其散文和文学感受的高度可转译性。而这些五四作家中的大多数自己便是外国文学的出色译者。

白话文是如何在中国革命中成为社会目标的重要一部分？对这一问题的梳理，不能孤立于现代翻译的更大语境，或者更准确地说，不能离开中文与现代欧洲语言首次相遇时发生的历史来讲述。在双语词典还不那么容易获得时，这些操着完全不同语言的人是如何成功理解对方的呢？一百多年之后的人们能够预设在汉语、现代日语和现代欧洲语言之间具有某种水平上的可转译性，但是在十九世纪中期，情况可并非如此。比如，我们现在知道“专利”是英语中rights的对译。但是当美国传教士丁韪良（W.A.P.Martin，1827—1916）在1864年首次将惠顿（Henry Wheaton）《万国公法》（*Elements of International Law*）翻译成中文时，他和中国助手在为

rights等术语找到合适的中文对译词时绞尽了脑汁。由于难以在现成词汇中找到这个英文词的对应，他们决定使用“专利”这一临时造的复合词（“专”指权威、权力，而“利”指利益），将其词义训为rights——在他们另一部国际法译著中，他们对此作了歉意式的注释。十九世纪中期到二十世纪初，数千个新词通过这一方式，或者通过借用日本的汉字进入了汉语中。这些新词中，每一个的背后都藏着颇有意思的故事，值得用整章或甚至一部专著娓娓道来。

【1058】十九世纪时，中西语言由于历史上基本上没什么接触，所以相互之间横亘着巨大的理解障碍。为了克服这些障碍，中文里面产生了大量临时的复合词和句法结构——其中许多通过报纸和大众出版物得到广泛传播，并最终进入现代白话文。不过，为了实现中西语言之间方便的可互译性或者对应性的这些原初努力，其意义所在不仅仅是对借词和新词的引进。它代表了一种知识论的跳跃。这是人类历史上少有的几次知识论跳跃之一。在人们尝试着学习讲另外一种语言，将自己的语言根据其他语言模型进行转化时，这一切深刻地改变了人们对自己的文明和其他文明的理解。这一现象为我们提供了对一个古老问题的新提问方法：世界两大主要文明（中国文明和欧洲文明）是如何首次在公共话语中开始相互对话的？这些对话一旦开启，便无法停止，也始终并未停止。这就是知识论跳跃的所指。这一跳跃将人们以前对异域文化的好奇心——将异域风光向其同胞描述——带往相互发现、相互解释这一新的阶段，其结果就是文化与文化之间的相互交织。实际上在十六至十七世纪，耶稣会会士对于明清宫廷以及他们所接触的一些知识分子精英，也作了类似的尝试，不过西方文化及其文本作品的全面翻译，直到十九世纪才正式拉开帷幕。

· 传教士的事业

这一新阶段的开启时刻——如果一定要确定具体事件的话——可以追溯到1807年马礼逊（1782—1834）抵达中国。马礼逊接受伦敦传教会的派遣，是进入中国传教的第一位新教传教士。在他抵达之后，特别是鸦片战争之后，清朝向外国的贸易和传教开放了几个港口和内陆地区，大量新教传教士来到中国，开始系统的圣经翻译和出版工作。马礼逊的助手、基督教皈依者梁阿发撰写出版了《劝世良言》，这是基于马礼逊文言译本《圣经》的《新约》部分的通俗布道书。经过一系列因缘际会，梁阿发的《劝世良言》成为洪秀全的圣经。自称为耶稣之弟的洪秀全以上帝之名领导了著名的太平天国起义（1851—1864）。到十九世纪中期，大量中文版《圣经》被刊印，【1059】
传教士们自己将其分为深文理（高度文言）和浅文理（通俗化的文言）。同时，西方的传教士也用各种当地语言翻译《圣经》，一些使用汉字，还有一些使用罗马化的粤语或闽南语文字。

引起中国知识分子精英热情回应的西方传教工作，并不仅限于启发了太平天国起义的宗教精神，还包括涵盖各种主题的世俗翻译，如世界地理、医药、通俗的科学技术、经济、政治和国际法。上文中提到的美国长老会传教士丁韪良1864年在恭亲王和总理衙门支持下，翻译出版了西方第一部国际法著作《万国公法》。这部作品被选用为官方外交手册，代表了中国与外部世界外交关系中的转折点。在该书出版一年后的1865年，日本便推出了《万国公法》的汉文（日式中文文言）版，并出其不意地使用在朝鲜事务（东学党起义）以及随之而来1894至1895年的甲午战争中。汪凤藻是协助丁韪良进行翻译工作的中国助手之一，他成为中国首任驻日公使，并在甲午战争期间直接参与了外交斡旋。

虽然传教士译者在进行世俗作品的翻译和出版时，背后隐藏着宗教意图，但是他们的宗教信息经常被受过教育的中国读者所忽略，因为他们追求的是科技等世俗领域的西方知识。丁韪良、傅兰雅（John Fryer，1839—1928）和林乐知（Young John Allen，1836—1907）堪称当时中文翻译的最著名译者。他们各自进行了大量翻译计划，在中国人中传播西方知识和进步观念，并使其合法化。傅兰雅是江南制造局的资深译者，后来担任加州大学伯克利分校东方语言系第一位首席教授。他将数百种西方著作翻译为中文，其中包括了为化学元素等科技新词创造出中文对应字，这些新术语流传至今。出生于印度的林乐知是《教会新报》的创立者。1874年，《教会新报》出至三百期时改名为《万国公报》，康有为（1858—1927）和梁启超（1874—1930）等清末著名改革家都是该报的热心读者。

早在十九世纪中期，传教士们就开始尝试使用白话文，并创
【1060】立了致力于以白话文写成的宗教期刊的几个白话社团。不久，报纸也试图通过使用白话文吸引更广泛读者。比如，《申报》于1872年创刊时，编辑宣布他们服务的群体，不仅包括“学士大夫”，而且“下至农工商贾”。1876年，《申报》为妇女和底层老百姓开辟的通俗增刊《民报》，可能是中国第一份成熟的白话文报纸。但是必须指出的是，文言文和白话文在十九世纪都经历了重大变迁，吸收了许多新词和借词。

· 中日欧杂交词

中日甲午战争以及百日维新（1898，见下）将整个历史局势完全改变。让包括欧洲人在内的许多人大跌眼镜的是，中国海军面对日本人溃不成军。甲午海战的一败涂地对中国人自信心不啻为一记重创，这不仅因为中国人历来将日本视为中华文化的小学生，更重要的是，清政府曾经耗费巨帑向西方购买军舰、以西方先进知识训

练海军将士，希望将海军力量现代化。中国的战败引发了一系列心灵追问以及自我反思。改革派知识分子开始将建立中国自己的政治和社会系统视为积贫积弱的中华民族的主要事业。1868年日本明治维新的成功激励这些知识分子精英效仿日本的决心，随之产生了著名的百日维新。康有为、梁启超、谭嗣同（1865—1898）和严复（1853—1921）是百日维新的开路先锋。慈禧太后（1835—1908）发动宫廷政变，使百日维新戛然而止，一些知识分子仓皇逃亡到日本，并在日本开始激进的出版事业。梁启超密切关注日本知识分子的热点议题，并敦促国人立即开始对日本作品的翻译。

十九世纪末，日本在其书面作品以及对西方作品的翻译中仍然使用大量汉字，这使得中国人能够相对容易地在不熟悉日语的情况下抓住日文作品的内容大概。也是在这一时期，第一批留日学生在日本学习西方科技、医药、经济和政治（开始于1896年）（仅在1906至1907学年，中国留日学生的数量就超过一万）。西方著作的日文译本使这些留学生很快熟悉了日本汉字对欧洲文本的转译。当他们自己在《译书汇编》中着手准备翻译这些作品时，便将大量新的词汇引进汉语的口语和书面语中。

于是，世纪之交在对西方知识的翻译上出现了重大转向，即 【1061】
从西方传教士的直接翻译转向了日译西方著作的二手翻译。当然，在中国的传教士继续进行着文化中介人的工作，但是这一角色开始让位于大大小小出版社推出的大量和大范围的二手翻译和出版物。梁启超虽然流亡日本，但却鼓励对西方著作日文译本的二手中文翻译，将它视为掌握西方技术的方便快捷方法。由日本留学生创办于二十世纪初刊物《译书汇编》，在帮助中国读者接触德法英美和日本重要政治思想家和经济学家作品的过程中，起到了火种般的作用——所有这些作品（除了日本人自己的原著）都二手地取自于日文译本。历史证明，这些二手翻译是从第三方那里吸收和传播西方的便利方法，其发展势头迅速超过了传教士的一手翻译。它们也为现代汉语注入了大量新词汇。这些新词汇可以被称为中日欧的杂交词，它们开始与之前传教士所生造的词汇进行竞争，并逐渐流行开来。比如，“万国”（字面意思为一万个国家），变成了来自日本词汇的“国际”；economy一词以前的译法“富国策”（字面意思为使国家富裕的策略）被日本的舶来词“经济”取代。中日欧杂交词最终在出版界流行开来，并成为清末刊物语言中的标准词汇。

中日欧杂交词提示了一种高度中介的翻译过程，其中至少同时包括三种语言：中文、日文和一种欧洲语言。这一现象是东亚社会独有的现象，因为文言中文在过去曾经是中、日、韩、越南等国共同的书写载体（与宗教改革之前拉丁文在欧洲的角色类似）。在十九世纪，日本用汉字以及生造新词来翻译欧洲作品时，将它们改换成中日欧杂交词。来自这一过程的新词，从知识论角度看已不再是纯粹的中文词汇，而是中日欧词汇的杂交化。这些杂交词反过来又再度输入中国，成为中文词汇。在报章杂志和日常会话写作中存活至今的这些杂交词总数约在一千八百个（除了科技医药中的专用词）。

语词借用或者借用翻译既不是中国独有，也不是现代独有的
【1062】现象。日语长久以来就从中文文言中借词，直到二十世纪初才出现相反的趋势。来自中亚、阿拉伯和北亚语言的外国词直译而得新义的仿造词（Calque）、语义借用等借用现象，早在汉代（前206—220）就开始了。正如上文提到的，佛教经文的翻译为文言文和白话文带来了大量新词。尽管新词的输入在历史上并非没有先例，但是中文与欧洲语言和现代日语相遇给现代汉语带来的渗透性和影响力，则是绝无仅有的。实际上，中日欧杂交词几乎彻底使汉语改头换面，如果要将“外来”元素剔除，将会对汉语的可理解性造成致命损害。

· 严复和林纾

作为一种通用散文语言的文言文的衰落，回过头来看，似乎是不可避免的。然而，清末最出色的翻译家却用文言进行翻译，而且语言造诣出类拔萃。来自福建的严复和林纾（1852—1924）被视为文言散文的大师。他们优雅的翻译为对西方知识的领略建立了比传教士译作水平高得多的标准，并且在提升受过教育的中国人对西方哲学和文学的了解方面功莫大焉。

严复来自福建侯官的一个士绅家庭。1866年，他在福州船政学堂开始英语和西方科学的正式训练。1877至1879年，他被派往英国学习海军，先是在朴茨茅斯，后来又转到格林威治海军学院。严复在英国学习时的一个迫切问题是："西方富强的秘密是什么？"由于大不列颠是当时国家富强的典范，所以严复特别热切地想在英国的政治、经济、社会制度和当时思想中找到答案。1879年回国后，严复到福州船政学堂任教习，不久又被清廷重臣李鸿章（1823—1901）调往天津北洋水师学堂任总教习（教务长）。爆发于1894年的中日甲午战争成为严复生命的转折点。正是在这个时期，他开始历史性地肩负起对十八至十九世纪欧洲思想家作品的翻译工作。

《天演论》是严复对赫胥黎（Huxley）*Evolution and Ethics*（1893）的中文翻译。这部完成于1896年、出版于1898年的译著，基本上是对原著的改写，其中穿插了严复的评论和脚注。它随即的成功为严复奠定了当时最重要的翻译家和文体家地位。同一年，严复还将亚当·斯密的经典之作《国富论》部分迻译为中文，即《原
富》第一卷。《国富论》的全译本直到1900年才问世。严复翻译于 【1063】
1898年至1909年的其他重要西方作品还包括约翰·穆勒（John Stuart Mill）的 *On Liberty*（《群己权界论》）和 *A System of Logic*（《穆勒名学》），斯宾塞（Herbert Spencer）的 *Study of Sociology*（《群

学肄言》），孟德斯鸠的 *Spirit of the Laws*（《法意》），甄克思（Edward Jenks）所著 *A History of Politics*（《社会通诠》），耶方斯（William S. Jevons）的 *Primer of Logic*（《名学浅说》）。作为翻译实践家和理论家的严复有着巨大而持久的影响力。祖国在西方列强和日本面前溃不成军之后，对于经历着一系列生存危机的中国知识分子而言，严复译著的出版正逢其时。甲午战争中的失败是特别痛苦的经历，因为中国政府被迫与日本签订割让辽东半岛、台湾和澎湖列岛的条约，并且支付两亿两白银战争赔款（一两等于一又三分之一盎司或三十七克）。中华民族和中华文明濒临灭亡的恐慌感弥漫着华夏大地。严复对进化哲学和社会达尔文主义的解读，为发生在中国和世界上的前所未有的变化提供了一个答案，也为中国为何如此沦落到如此境地提供了一个回答。像梁启超、蔡元培（1868—1940）、鲁迅、胡适和毛泽东（1893—1976）等民族主义者和社会改革者都是严复译著的热心读者，也都曾被后者的"适者生存"理论所说服。虽然鲁迅等人后来因为严复在共和时代的"保守派"政治观而批评他，但几乎所有批评者都是阅读他振聋发聩的译著长大的。

在进行这些翻译之时，严复深切地关心西方军事、经济和政治力量的秘密，但是和怀有同样关切的先行者和同时代人不同，严复也极其关心西方知识分子对于这些问题的观点。严复作品在现代中国思想史和世界史语境下的重大意义在于，严复可谓为中国文人士大夫中如此严肃和彻底的研究现代西方社会政治思想的第一人。

严复在哲学思想和社会改革领域的深远影响力，只有他的同时代人兼好友林纾在外国文学中的惊人成就可以媲美。不过和严复不一样的是，林纾不懂外语，他的翻译方式可以被称为"反转的传教士翻译模式"，即他与通晓外语的助手合作翻译。林纾开始翻译工作之前，西方传教士自己就已经作为通晓外语者，依赖中国助

手写下或润色他们的翻译。虽然，“中国助手”偶然会得到提及与 【1064】
感谢，但传教士经常宣称自己为唯一译者。林纾倒转式地复制了译者和语言助手间的这种关系。林纾的助手一般会给林纾提供口头翻译，而林纾则以优雅的古文写下来。小仲马的 *La Dame aux camélias*（《茶花女》）被翻译为《巴黎茶花女遗事》（1899）。这部林纾的第一部也是最流行的翻译作品，是与好友兼法语助手王子仁合作完成的。《巴黎茶花女遗事》的大获成功为林纾开启了极其多产的文学翻译之路。1894至1924年，他翻译了一百八十一部外国文学作品（包括十八种未刊作品），并且是中国翻译巴尔扎克和狄更斯的第一人。林纾及其语言助手偏好于选择具有强烈感情和道德吸引力的小说。林纾自己经常为正在翻译的作品中主人公遭受的痛苦和不公而流下眼泪。据说林纾和王子仁在翻译《巴黎茶花女遗事》时，为女主人公玛格丽特·戈蒂耶的不幸遭遇泪流不已。他们的哽咽哭声甚至在屋外都能听到。不过，林纾的“情”世界，不仅仅只关涉到感情，而总是与儒家的“礼”密切关联。林纾以这种精神翻译了狄更斯（林译为迭更司）的五种小说，即《滑稽外史》（*Nicholas Nickleby*）、《孝女耐儿传》（*The Old Curiosity Shop*）、《块肉余生述》（*David Copperfield*）、《贼史》（*Oliver Twist*）和《冰雪因缘》（*Dombey and Son*），以及包括如哈葛德（H.Rider Haggard；林纾翻译了他的二十五种小说）等畅销作者在内的十八位其他英国作者的小说。林纾对狄更斯等作家的饱含感情与道德的翻译，提出了关于原著中道德感情的位置这一重要问题。

除了饱含情感和道德的小说之外，侦探小说和冒险小说也是林纾译著中的重要组成部分。他翻译的《鲁滨孙飘流记》（*Robinson Crusoe*）及其续集，和福尔摩斯系列的作者柯南道尔的十七种小说，激起了中国读者对冒险小说和侦探小说的浓厚兴趣。虽然这些小说大多具有娱乐性，有助于提高通俗文类的地位，但林纾似乎以一种远比读者所认同的更为严肃的态度处理它们：他在所有冒险故事（从个人到国家乃至大洲层面的掠夺行为）中都发现一种共同的弱肉强食理念。在林纾看来，冒险小说体现了西方国家的帝国主义本性。这一掠夺本性从最早哥伦布对美洲的探险，到最近对中国的侵略。1906年在《雾中人》序中，他提醒读者："须知白人可以并吞
【1065】斐洲，即可以并吞中亚。"在哈葛德小说的序中，林纾指出这些冒险小说激励了白人在野蛮地区掠夺的探险精神，中国却无视自己的利益，并把它们拱手交给外国人，使得外国人反客为主凌辱国人，四万万中国人成为一小撮白人奴役的对象。

林纾生活在一个内外交困的时代。外国人控制了中国自己的海关，外国的蒸汽轮船在中国的内河横行无阻。林纾三十二岁时，在福建周边海域目睹了中法战争（1884）的激战，当时停泊在福州马尾港的法国军舰突然向中国军舰开炮，击沉中国军舰十多艘，中国官兵死伤七百多人。中国军事将领的颓弱无能让林纾十分气愤，他在福州街头拦马向钦差大臣左宗棠（1812—1885）请愿，请求查办当初谎报军情、掩盖损失的军务官员。1895年，在北京最后一次参加礼部会考时，他上书清廷，强烈抗议将台湾和辽东半岛割让给日本。和严复一样，林纾也曾尝试理解中国，并为民族振兴出谋划策，但随着中国在中日战争中一败涂地，他也转向了翻译事业。林纾也许并不反对严复对国家富强的追求，但是他不会接受后者关于西方如何富强的解释。他的道德视域导致了对进化论和社会达尔文主义的深刻怀疑。比如林纾认为，白人的种族主义是世界许多地方的人民苦难根源。林纾在斯陀夫人（Harriet Beecher Stowe）《黑奴吁天录》（*Uncle Tom's Cabin*，1901，今译为《汤姆叔叔的小屋》）这部广受赞誉的译著序言中，陈述了作为《1882年排华法案》牺牲品的在美华工被美国资本家虐待，指出此乃"黄人受虐，或加甚于黑人"的现实，并警告如果不从中吸取教训并进行抵抗，那么在非

洲人民身上发生的一切将会在亚洲重演。林纾的民族主义中，永远贯穿着对弱者的同情和对强权的道德谴责这一条主线。

反讽的是，林纾对中华亡国亡种的担忧成为一种别样的现实：他在翻译西方文学时所使用的并为他赢得大量拥趸的文言文，遭到中国的语言改革者的大肆攻击，后者将白话文作为一种更加进步的书面载体，甚至呼吁仿效欧洲语言，用罗马字母代替汉字。实际上，在语言改革者登上历史舞台之前，清末的知识分子就已经在报刊和教育中使用书面白话文。比如，林纾虽然在自己的文学写作中喜欢使用文言文，但是也在朋友林白水等人创办的《杭州白话报》上开辟专栏，作“白话道情”，风行一时。然而在文学和非文学领域，以及书面和口头领域，越来越需要一种更具弹性的【1066】
适合于交流的语言。1911年辛亥革命爆发前几个月在北京召开的“中央教育会议”，通过了《统一国语办法案》，形成了“国语”这一现代观念。

在新文化运动和五四运动（1919）的风起云涌中，严复和林纾被新一代激进知识分子贴上了“保守派”的标签。这群以胡适、陈独秀（1879—1942）和鲁迅为领袖、围绕在北京大学《新青年》周围的五四知识分子，在民族主义和国际主义的鼓舞下，为了复兴中华文化并提高其国际地位，决然地丢弃了文言文，转而寻找新的思想资源。他们再一次转向了外国文学，正如林纾之前所做的那样，掀起了翻译英法德俄等外国作品的一股新浪潮。在此过程中，他们发展出了一种“欧化”的书面白话文，然后将它运用在自己的新文学创作中。在这一意义上，现代书面白话文无论在其起源还是在后来的发展中，正如其得益于现代中国文学一样，也从外国文学那里受益匪浅。

刘禾（Lydia H. Liu）

【1067】第七章　朝鲜对于中国文学的接受

文言汉语是朝鲜半岛上最早的文学典范。由于“谚文”（hangŭl）这种可表征朝鲜语的本土书写，是在十五世纪以后才出现的，十九世纪晚期之前，都未被当作是知识交流的媒介，故而直到二十世纪，文言汉语依然是著作中主要的形式。公元四至七世纪，三国——指高句丽（前37—668）、百济（前18—660）及新罗（前57—935）——争夺对朝鲜半岛的军事和文化控制权，鲜有文学作品存留。有记载表明，早在372年，高句丽就建起了一所国立儒学书院，由此可断定三国中已出现了不少文学创作，只是战乱关头，极少传世而已。

现存最早的朝鲜汉文诗歌，出现于高句丽时期，其中有一首《黄鸟歌》，被认为出自琉璃王（King Ryuri，卒于18年）之手，共四行，每行四字，但非常可能是后来人的作品。还有些零星的诗作，比如《咏孤石》（凡八行，每行五字），被认为是定法师（Chŏngbŏpsa）所作，音律上不甚讲究，学的是唐以前汉诗的榜样。尽管高句丽与中国的往来比南方的新罗要多些，最可能有实质性的文学作品集问世，却只留下零散的篇什。

621年，新罗与中国取得直接的联系，随后便臣服于唐王朝的统
【1068】治（618—907）。640年唐太宗（在位时期：626—649）扩充太学规

模之后，新罗鼓励自己的学者到中国去学习，允许百济、新罗和高句丽来的学生们在最杰出的中国文人身边效力。650年，新罗女王真德（Chindŏk）以五言古体草拟的一首诗作，连同多样织物一起被送往中国[①]。此后有大批朝鲜士人在唐土学习，并且许多人在那里通过了科举考试。甚至有一首汉文的《愤怨诗》，作者是新罗学者王巨仁（Wang Kŏ-in），却被收入中国的文学总集《全唐诗》中。新罗及后来高丽朝的诗歌严守六朝（220—589）的“绮丽”诗风，文章则尊崇六朝的骈体文（朝鲜语称作pyŏrryŏ-mun），这二者在唐代考试制度中都居中心地位。因为《文选》在中国为诗文写作的主要典范，所以此书在当时的朝鲜也是最有影响的作品集。诗歌大多以“悔恨”（怨恨官场上的失败）和“怀古”为题材。此外，也有证据显示晚唐诗对整个高丽时期诗风的影响。

新罗王国最重要的诗人，是崔致远（Ch'oe Ch'i-wŏn，生于857年），他于十二岁时即来到中国旅行，并于874年通过了科举考试，被指派到中国的宣州去做官。崔致远在中国居留了三十多年，写作了大量的骈文和近体诗[②]。他的《桂苑笔耕集》，是那时留存下来最大的一部骈文与诗歌文献。他对于绝句有强烈的偏好，虽说最为人称道的还是其七言律诗。另一位诗人崔承老（Ch'oe Sŭng-no，927—989）也曾在中国学习，著有一部值得关注的诗集。尽管汉文的学问在整个新罗时期蓬勃发展，却有理由相信某些本土形式的歌谣，诸如“乡歌”，一直都在社会中占据重要地位，不过只有少数作品保存到今日。

高丽王朝（918—1392）受到了宋代（960—1279）诗歌的全面冲击，特别是苏轼（1037—1101）所代表的诗风，在其去世后数十

①史料上说，永徽元年，真德女王“织锦作五言《太平颂》”，见《旧唐书》卷199上。——译者注

②原文后并列“七言律诗”，似不知七律属于近体诗，故而删去不译。——译者注

年中尤其明显。由题为《东坡文集》的苏轼作品集在朝鲜的通行便可见一斑，此书成为当地诗歌创作的重要模范。与这时期对宋诗的普遍关注相伴出现的，就是对唐诗之高贵传统的发现。

如吴世才（生于1133年）和李仁老（1152—1220）这样的大诗人，既崇尚杜甫（712—770）和韩愈（768—824），也推重宋诗。李仁老组织了个诗社，名为“竹林高会”，这显示出与苏轼相关联
【1069】的文人审美理想。虽然这二位诗人均将诗歌视为独立于政治之外的一个世界，但是对宋诗的兴趣，无疑是同宋代儒学的振兴有直接的关联，在1231年蒙古人占领朝鲜以后更是如此。李齐贤（1287—1367）依照宋诗风格写诗，又试图赋予朝鲜本土歌谣以文学的合法地位，便将之译为汉文，收入一部主要汇集汉文乐府诗的作品集，题为《小乐府》。

《山海经》中有关奇异地域的传说，在公元三世纪被介绍到百济国中，结合了中国六朝的志怪故事集，为雏形中的小说提供了早期的文学摹本。朴寅亮（卒于1096年）所著题为《殊异传》的早期历史叙事作品中，还有些节选文字留存在后世的文集中。朴寅亮运用了中文的模式和情节结构，来讲述朝鲜的怪异事件。

高丽历史学家金富轼（1075—1151）是最早运用汉语古文来著述的学者之一，其史著如《三国史记》（1146）即是这样的作品。金富轼是属于高级的翰林院中的学者，他采用苏轼的文风，试图叙述朝鲜半岛的复杂史事。在这部历史巨著中，金富轼援用的历史评判之修辞手段，乃是汉代（前206—220）的史学家司马迁（约前145—约前86）在《史记》中所建立的。

宋代的文学掌故总集《太平广记》（978），十二世纪时已在朝鲜流传，成为汉文叙事文学情节与母题的主要来源，另一部记灵

异故事的汉文小说集《搜神记》也是如此待遇。这些中文典范刺激出了一部重要的朝鲜志怪故事集，即李仁老所撰的《破闲集》（*P'a hanjip*，1214）。

“稗官”（p'aegwan）一词通常被用来指野史和志怪故事，这是汉文原词的朝鲜语读法，汉文原词源于《汉书·艺文志》，本来指的是从民间采集故事，令当政者了解下层之需要的低阶官员。后来，在中国和朝鲜都被用以作为民间虚构作品的统称[①]。高丽朝流传下来一部重要的汉语文章与民间故事集，即《白云小说》（*Paegun sosŏl*，1214），通常认为编者是李奎报（Yi Kyu-bo，1168—1241）。

高丽时期，古文主要被官员们应用于朝廷场合，与骈文争夺着合法地位。就知识阶层而言，悉心掌握汉语文章成为一个重要目标，这 【1070】
在贵族出身不再决定官职高低的时候尤为显著。李奎报在故乡全州刊印了苏轼的作品集，为的是引入苏轼丰富的词藻和老练的语言用法。他还认真地将韩愈的理论性著作纳入到他对唐宋学术的全面发扬中来。李奎报的门人崔滋（Ch'oe Cha，1188—1260）将韩愈的文章立为其《补闲集》所师法的楷模。

蒙元入侵带来了宋代朱熹（1130—1200）学派的新儒学思想，以及该学派对于学术、文学、意识形态之相互关系更为僵化的阐述，尤其又经由国家科举考试来加以巩固。学者李齐贤鼓吹“古文之学”，并依照上述观点来重估朝鲜的叙事文学传统。然而他反对宋儒对于文学的狭隘界定，其思想灵感多得自佛教和道教，所撰《栎翁稗说》（*Yŏgong p'aesŏl*）即是最好的证明。此书包涵了小品、札记、文学批评，以及动用了一切所知中文术语而

①朝鲜传统文学中，实际使用的是“稗说”（p'aesŏl），且有研究者提出此名最初与诗话多有关系，故与中国的“稗官”之概念亦不能说就是相同的。读者可参看韦旭升《朝鲜文学史》第三编第十一章。——译者注

写的诗话。

李穑（Yi Saek，1328—1396）写作所采用的古文体，其措词近乎《朱子语类》中的半文半白风格。朝鲜传统中更具创造力和超自然的部分，诸如文字始源、灵异故事及警世传说，都不见容于官方史家著述，僧人一然（Ilyŏn）于忠烈王（King Ch'ungyŏ）在位期间（1275—1308）将这些文本搜辑起来，略以文笔润饰，编成《三国遗史》一书。

在李氏朝鲜时代（1392—1910），宋代儒学思想占据绝对核心地位，由此被过滤干净的中国古典传统，被理解作“两班”贵族须恪守的训令。“两班”通常指两组高级的行政与军事官员，但此时这个名称产生争议，已开始专指贵族阶层了。“两班”阶层按照他们自己的道德与知识上的优势来确立其法令的正当性，因此与宋儒正统思想相悖的观点是尤其危险的，结果造成中文经典著作变得非常有限。

在倚仗官方的国家儒学院“成均馆”，程颐（1033—1107）的“文以载道”说被大力推行开来。朝鲜时期，出于同中国公函来往的需要，骈体文在馆阁中得以存在，在集贤殿尤是如此，而恰在此时，古文体在士林圈子里获得了威信，以古文所作的规范化文章在科举考试中占了中心地位。碑志、序文、政论和书志也都属于主要的文类。科举制艺检查的是汉文诗、赋、表、策的写作，于是确保
【1071】了这些文体在朝鲜时期的不断实践。

《东文选》（1478）是一部朝鲜汉文学的大型选集，有一百三十卷，纂辑工作主要由徐居正（Sŏ Kŏ-jŏng，1420—1488）完成，另外还有二十二位学者参与其事。《东文选》收录的文类范围宽泛，碑志和正规文章占主要篇幅，涉及自新罗朝代至朝鲜初期以汉文写作的五百位作者，五十五个文类。遵从《文选》的模式，《东文选》自诗文至科举制艺的“道场文”

（*toryangmun*）[①]，无所不收；诗、文所占卷数的比例为一比四，文则以骈文为主。《东文选》展示了朝鲜贵族阶层精巧的文思，这些绚丽的诗文篇章是中国六朝文学典范的回响。由于这个缘故，金宗直（Kim Chong-jik，1431—1492）后来认为此书算不得是写作的范文选集，而只是一部便览，他认为文学创作需要符合“载［政府的］道之器”的作用。

李朝时代的文人一直都兼作近体诗和古体诗。曾有对于以李白、杜甫为代表的唐诗和以苏轼为代表的宋诗之价值的论争，基本沿袭了晚期中华帝国中这类讨论的方向。宋诗派占了上风，于是朝鲜文人开始了解到更多当时中国诗风的详细情况。这一诗歌创作群体也便成长和分化开来，自十七世纪以降出现了许多非贵族阶层的诗人，还有为数甚众的女性诗人。本土的诗歌形式，“时调”（shijo）[②]，采用了汉诗传统的主题和词藻，将之融入朝鲜歌曲的写作中，遂令这些形式容易为女性作者所驾驭。

有一种以汉文写作的朝鲜本土诗歌形式，被称作“朝鲜风”，忽略了形式上的音韵安排，使用朝鲜地名，同时引入朝鲜民歌的元素，在十八世纪时确立为一种独立的文类。通过《昭代风谣》这样专收非两班及“中人”（中层阶级）人物作品的选集，出身于“两班”阶级之外的都市诗人，便以此种诗歌形式提高了自己的知名度。金昌协（Kim Ch’ang-hyŏp，1651—1708）便以提倡诗歌描绘朝鲜的真实环境而闻名，这样的诗，被称作“真诗”。申光洙（Sin Kwang-su，1712—1775）所作的《关山戎马》，是一篇“律唱”的长诗[③]，是以杜甫诗作的

①“toryangmun”书后未附译名对照，查《东文选》目录，知此为“道场文”。按“道场文”指李氏朝鲜时代斋醮仪式上所用的文体，与科举根本无关。——译者注

②原著书后译名表中写作“诗调”，是错误的。——译者注

③“律唱”，指将汉文律诗改成歌曲演唱的一种形式。——译者注

一幕作为素材[①]，这显示出汉诗特色向朝鲜文学风格的延伸。

如郑士龙（Chŏng Sa-ryŏng，1491—1570）这样的诗人，对宋
【1072】诗表示强烈兴趣，但并不拘囿于苏轼及其追从者，他特别爱好的是宋代大诗人黄庭坚（1045—1105）所代表的修辞考究、富于实验精神的"奇异"诗风。此外，对于袁宏道（1568—1610）及晚明时期[②]"性灵"诗风及其倡导者们，也留存有一定的空间。

英祖王在位期间（1724—1776），诗人李书九（Yi Sŏ-gu，1754—1825）、李德懋（Yi Tŭk-mu，1741—1793）、柳德恭（Yu Tük-gong，生于1749年）与朴齐家（Pak Che-ga，1750—1805）确立了诗坛四杰的地位。与中央政权治下的学院与"实学"相联系，他们都注意到自己的诗歌作品背后的政治改革风气。除了正统的汉诗作品外，他们也乐于创作"竹枝词"，这是一种即兴的诗体，是以典雅的汉文转写出的朝鲜民歌。李德懋师法的是清初诗人王士禛（1634—1711）。柳德恭撰写了一部汉诗集，题为《二十一都怀古诗》[③]。

李朝时代后期的诗人姜玮（Kang Wi，1820—1884），也是出自"中人"阶层，其创作追摹的是当时的中国诗人黄遵宪（1848—1905）。他在诗人中对苏轼深为推重，而在书画方面，则崇拜晚明文人董其昌（1555—1636）。

金泽荣（Kim T'aek-yŏng，1850—1927）是朝鲜古典传统中的最末一位伟大人物，他对于晚清的古文著作烂熟于心，极为推重明代诗人与文章家归有光（1506—1571）。后来，晚清改革家梁启超（1874—1930）对他产生了直接的影响。他编选了朝鲜汉文诗学传

①《登岳阳楼》有"戎马关山北，凭轩涕泗流"一联。实际上申光洙的二十二联长诗几乎每句都化用杜诗而成，参看牛林杰先生的《杜诗在韩国的传播及其影响》一文，收入《中韩人文社会科学研究》第一辑。——译者注

②此处原文有括弧标注"(1644—1911)"，这与通书所用的"晚明"(late Ming)的概念相矛盾，故删去。——译者注

③此书收入商务印书馆《丛书集成初编》，作者署名为"柳得恭"。——译者注

统的作品集，题为《丽韩十家文钞》（1921），即由梁启超作序。《丽韩十家文钞》郑重地以中国文学传统来树立朝鲜文学的正典，就在此时，朝鲜被日本兼并，汉文传统遂开始失去其权威地位。

在李朝时代初期，政府之外的文学一直受到压制。至中宗在位时（1506—1544），有“士林派”这样独立的儒学文士集团兴起，随之而来的是对文学更自由的阐释，还有一类更宽泛的叙事文体凸显出来，取法的是宋代的“语录”传统，尽管如此，古文仍是显要的权威。受宋代儒学刺激而生的哲学论著、“山水游记”“梦游录”和个人传记，均在李朝时代大量涌现出来，尤多见于地方的儒家学院，或称“书院”之中。

有关叙事文辞的记录大量地留存了下来，包括取法四六文（见第二编第一章）范本的骈体文，以及取法宋代作家的古文。考试制度要求的是一种独特的体裁，是服从朝鲜国情的汉文言散文，被称作“科文”。在十九世纪，学者卢兢（Ro Kyŏng）编选了一部科文
选，名为《汉源集》，正式将“科文”确立为一种文类。尽管古文 【1073】
一直地位至高，但还是有相当多的著作采用了科文的体裁，有的还采用“吏文”，这种文体以汉字书写结合朝鲜语的用法和句式，被用于日常交流之中。

十六世纪初期，学者柳希春（Yu Hŭi-ch’un，1513—1577）从诸多汉籍之中选择出下列文本，以作为掌握汉文写作的必备资料：宋代的《文章规范》《古文真宝》及明代的《剪灯新话》。柳希春选择此书，表现出不同寻常的见识，因为瞿佑（1347—1433）的《剪灯新话》是一部通俗的传奇故事集，其内容常被视为伤风败俗。但此书仍被当成是文学创作的一个模范。

明宗在位期间（1545—1567），早期复古派诗人李东阳

（1447—1516）的诗集《拟古乐府》在朝鲜刊行，后来，尹根寿（Yun Kŭn-su）为朝鲜读者编选的李东阳诗集在1580年问世，这两件事使明代复古主义理论为朝鲜作家们所接受。明代的复古说，由素具雅望的文学批评家王世贞（1526—1590）和李攀龙（1514—1570）提出，重点在于古文辞，便有别于宋代的复古运动。他们提出，文学创作的关键，是使作者内在地全然认同于古代写作（汉代古文与唐代诗歌）的深层结构（deep structure）[①]。复古运动（见第二编第九至十章）严格地限定了何者可被视为文学的标准，但又提供了引导手册，使得任何人都能够仅凭照葫芦画瓢的本事就写得出第一流的文学作品。朝鲜提倡明代古文风格的主要人物，是学者崔岦（Ch'oe Rip，1539—1612），他先以个人的文学才能而得到认可。崔岦享有声誉的工作，是注释韩愈著作与用朝鲜语翻译汉文古典诗歌。他将文学看作是牢牢植根于散文体裁的“文章之文”（munjang chimun）说，在他选注的一部《汉书》范文选集中表述得最为妥当，此集题为《汉史列传钞》。重点被强调为要老练地掌握古风的语言，形成简明、省约的文体。

正祖（在位时期：1776—1800）的登基，造成正规文体之狭隘范本的重新确立，以及对不规范之文风的批判，这位君主将此二者视为保存正统儒学血脉和匡正天下的途径。正祖建立了一个新的国家级儒学院，即“奎章阁”，来推行学术和文风的这些法则。他还针对被认定为脱离规范的文学形式，发动了一次彻底的清算，这是
【1074】一场被称为“文体反正”的文学变革，来自中国的反正统思想的著作如洪流般涌入朝鲜，变革即是出于对此的深刻忧虑。异端的著作，包括了晚明的“小品”及其他非正式的随笔文章。正祖对明清

① “深层结构”在此是借用语言学家乔姆斯基提出的概念，表示语言使用中抽象的语法关系，区别于根据句式语序而确立的“表层结构”。——译者注

散文、通俗小说以及西洋著作的翻译都设立了严苛的限定，之所以如此，是因为他将汉文的经典看作是一切著述的根基。

作家金时习（Kim Si-sŭp，1435—1493）编撰了一部谈怪异的故事集，题为《金鳌新话》（金鳌乃金鳌山之谓），所包括的五个故事，见于日本留存的一部文集中[①]。金时习的笔下人物出身于朝鲜“两班”之贵族阶层，他们遭遇到怪异事件，且有机会通过汉诗来表现他们的才学及教养。浪漫的爱情裹挟着灵异的女子，乃是其中三篇故事的主题。《金鳌新话》师法的是明初《剪灯新话》，此集在整个东亚地区都非常流行。尽管《金鳌新话》中的故事在语言上显示出径直抄袭的痕迹，但它们全都重新安排了一个朝鲜的故事背景，这就不同于后来几个世纪里以朝鲜语写作的其他小说作品，通常都是把故事专门安排在中国。金时习在《金鳌》中所经营的诗作，要比《剪灯新话》的中国作者更为用心。这部作品，对于一位流离于金鳌山的文人而言，是展示其才华的大好良机。

十七世纪中期形成了一股独特的朝鲜叙事文学传统，其作品聚焦于家庭关系和礼仪规矩的灵活应对。这些朝鲜小说中对于礼节的注重，缘于它们作为“两班”贵族女性之读物的首要功能。通过悉心制定礼仪来得体地解决家庭冲突，这种作品在其中起到了信息来源的作用。这类小说大多兼有汉语文言和朝鲜语两个写本，它们广为流传，但是并不刊行，只有抄本的形态。

除了具备取自当时中国的“才子佳人”小说（见第四编第四章）的情节因素外，这些小说还吸收了中国叙事文学如《列女传》（据言最早引入于1404年）、《孝经》和《诗经》及其他汉文史籍的因素。这些小说的内容里，大多都含有这类情节：即通过对汉籍

①原作已亡佚。——译者注

经典中得体行为的先例加以创造性的阐释，从而解决了复杂的家庭矛盾。这类型最有名的小说，有十七世纪后期的《彰善感义录》和十八世纪中期的《玩月会盟宴》。后者是一部数千页篇幅的巨型小说，完全以“谚文”写成，描述了一个家庭中围绕着承继世系而展开的诸多冲突，以及女人们通过其子实现权势的企图。掌握其词汇是非常费力的事，就女性读者而言，需要有对中国传统细致入微的
【1075】了解。《玩月会盟宴》明显地间接效仿了诸如《水浒传》《三国演义》这样的中国小说作品。

学者金万重（Kim Man-jung，1637—1692）写了一部最著名的朝鲜小说《九云梦》，大概是为了取悦其生病的母亲而作。如大多前现代朝鲜小说一样，此书也是兼有朝鲜语和汉文两个版本[①]，并且将故事设置在中国。《九云梦》以僧人性真为中心人物，讲述他与八位仙女因调情而犯过，从天界被贬谪到人间的经历。性真投胎于一个读书人家庭，在国家的科举考试中脱颖而出。八位仙女却分别转世到从公主到娼妓各种不同的社会阶层。小说有很大篇幅在处理繁复的言谈来往，性真打算将这八个女子一并娶到手，尽管阶层不同，却可以依据习俗而实现。针对“礼”而展开的精彩纷呈的谈话，部分源自清初的一些“才子佳人”故事。尽管“才子佳人”小说往往将一个男性主人公与他经历中所遇到的数位女子连缀起来，但《九云梦》里一个读书人与八位女子的姻缘仍堪称匠心独运。神异的故事框架及其他某些片段，可在《西游记》中找到渊源，此外还吸收了其他“传奇”小说的一些因素。

自十七世纪后期开始，中国通俗小说的朝鲜语译本在“两

①此处论者说得不清楚，朝鲜语的版本（version）是金万重的原作，所谓汉文本，是他堂孙金春泽（1670—1717）的译本。——译者注

班”贵族女性中广为流传。这些小说有一处著名的庋藏地，即在皇宫附属“乐善斋”之图书室中，这些书属于宫廷仕女们的读物。这部分藏书，有四十多种译本，包括某些已在中国亡佚了的中国小说，大部分故事脱胎于才子佳人系统，并讲述女子们通过抗争而克服苦难，实现理想的婚姻。多数译本虽然表面上使用了朝鲜语，但是很大程度上是在转写汉文词汇，这就需要具备丰富的汉文知识。

自正祖于1786年取缔中国小说的输入以后，朝鲜的中国舶来小说数量可能有所减少。但大多中国小说是通过非正规渠道输入进来的，这得力于随朝贡使团而旅行到中国的翻译家和商贾。早在1423年，一部题为《朴通事》[①] 的汉语入门课本中，就采用了一段《西游记》文字，作为汉语白话用法的例子。十九世纪以前，中国白话小说无论汉文本还是朝鲜译本都没有在朝鲜刊印过，极可能流布很广，但是只能私下里偷偷阅读。

取材于中国小说的戏剧表演，虽然相关记录不多，但可能存在于整个李朝时代的后期。在一处原始资料中，谈到专业的讲书人，称作“传奇叟”[②]，他们在汉城四处流浪，口诵朝鲜所流行的中国小说。戏剧化的诵读，则称作“盘索里”（*p' ansori*），剧目中有诸如《三国 【1076】
志演义》“赤壁之战”这类故事的表演。

朝鲜传统小说中最著名的叙事作品是《春香传》，此书有为数众多的版本（汉语文言、朝鲜语小说以及“盘索里”脚本），以至于不能认定何为原始文本。春香是一位善良的艺妓，由于品格出众、通晓礼仪，受到一位“两班”青年士子的注意和青睐，从此春香自以正妻身份事之，尽管有恶官费尽工夫，要逼之为妾，但她始

①原书的译名表写作“朴通使”，误。——译者注

②此译名表中未收。“传奇叟”的说法，当见于赵秀三的《秋斋集》卷七。——译者注

终坚贞不渝。故事讲述了一个艺妓的英雄事迹，通过对道德形象的仔细分析，使她所属的社会阶层得以重新定义。《春香传》所吸纳的要素来自中国的戏剧《西厢记》和描写正直的妓女李娃的传奇小说《李娃传》，还有对中国列女传一类道德故事的综合参考。《春香传》的版本中，最有趣的可能是一种汉文白话译本，其中夹杂着一位匿名作者老辣的评注，此本题作《广寒楼记》（1845）。注者在他对这部朝鲜经典文学作品的评论中，采用的是清代学者张竹坡鉴赏中国通俗小说的“评点”（见第六编第四章）之法。

十九世纪朝鲜的伟大小说作品，是《玉楼梦》，作于十九世纪四十年代，作者是南永鲁（Nam Yŏng-no，1810—1858）。《玉楼梦》将才子佳人小说与《红楼梦》的要素结合起来，还加入了对朝鲜本土小说如《九云梦》的借鉴。《玉楼梦》中有关在虚构的异国旅行的细节，或许与当时中国李汝珍（约1763—1830）所作的《镜花缘》有些关系。十九世纪还有一部小说《九云记》，则兼有《九云梦》的要素和《红楼梦》中借来的人物与事件。

十八世纪有位名叫朴趾源（Pak Ch’i-wŏn，1737—1805）的学者，致力于研究清代制度与十八世纪中期“北学”运动[①] 所涉及的学术原则问题。对于晚明思想家袁宏道和李贽（1527—1602）等富有创新精神的文学著作，他有深入的思考，并如饥似渴地阅读中国通俗小说。朴趾源是个不同寻常的朝鲜人，他从整个古典中文传统里精挑细选，特别是在如《左传》《史记》这样的历史著作中广泛地摘录有特色的词语，用以提高他个人的叙事水平。他的故事生动鲜活，描摹浏亮，笔意精准，这使得他从同时代一般文学作品中凸显出

①当时朝鲜士人有感于清代政府礼待其国使节的行为和清初中国的社会安定繁荣，从原来反清复明的“北伐”论转为破除夷夏观念，广泛吸收外族文化的论调，促进了朝鲜国内实学的兴起（当时西洋文化也是从中国传入朝鲜的）。“北学”者，源于《孟子·滕文公》楚人而能“北学于中国”的话。虽说是改变了闭关锁国的观念，但他们主要师法的，依然只是（略加改良的）中国儒学传统。——译者注

来。他精心地构思了诸多故事，都是涉及朝鲜不久前发生的社会事件，其创作旨在开阔朝鲜人的视野，推动祖国的发展。朴趾源记述个人经历的《热河日记》，其中一些片段采用了通俗小说为基础的【1077】
汉文文体。

十七世纪后期有一位名叫许筠（Hŏ Kyun，1569—1618）的人物，他对中国通俗小说怀有浓厚兴趣，将之视为对朝鲜社会及其严苛的等级制度所作深入批判的一个组成部分。许筠以文言汉语写了一部关于当时盗贼领袖洪吉童（Hong Kil-dong）的故事，现已亡佚。传世的是朝鲜语译本《洪吉童传》，很可能出自十八世纪后期一位匿名作家之手。《洪吉童传》中富于幻想的因素取自《西游记》，对于军事征伐及韬略的叙述则依靠的是《水浒传》和《三国志演义》。

还有位不出名的"两班"文人洪羲福（Hong Hŭi-bok，1794—1859），在1838年，将巴洛克风格的晚清小说《镜花缘》（1828）翻译成朝鲜语，改题为《第一奇谚》。洪羲福在序言中提出了依据汉文和朝鲜语两部分著作而形成的小说理论，这篇序言成为现存最早的以"谚文"形式书写的文学批评案例。洪羲福自命为文学改良家，试图通过翻译这部中国小说，而在朝鲜叙事文学传统中引入更为重要的现实主义风格和道德宗旨。

十九世纪中叶被翻译成朝鲜语的中国叙事文学作品中，有如《再生缘》（见第七编第四章）一类的"弹词"作品。这些民间谣曲以妇女之艰辛生活为题材，旨在吸引女性读者群。大约1884年时，作为朝鲜沿着中国路线迈向近代化的一个表现，学者李锺泰（Yi Chong-t'ae，1850—1908）主持了一个庞大的翻译计划，要制作出《红楼梦》以及其他作品高度精确的译本，以供宫廷妃嫔们消遣。当时的记录显示，《红楼梦》及其所有续作的朝鲜语译本都可以在供外借的图书馆中找到手抄本。二十世纪初，《三国志演义》的选段被摘录并改写成个别人物的“传”，作为廉价的平装本出售。当时所流行的《三国志演义》则是朝鲜语译本（“谚吐”，*ŏnt’o*）。

在二十世纪初期，中国一直是朝鲜近代化进程的榜样。一场由改良小说实现改良朝鲜社会的运动，被称作“新小说”运动，在世纪之交迅速发动起来。直接影响这场新小说运动的，是梁启超等晚清改良派作家的理论著作与文学实践。运动的宗旨是提出合理行动的典范，并为了近代化的目的而抨击“封建的”习俗。尽管这类小说宣称要与过去彻底决裂，但它们强烈的说教与指示性策略，都仍是在延续朝鲜叙事文学的传统。李海朝（Yi Hae-jo，1869—1927）在他众多效仿中国范本的小说作品中，写有一部谴责小说，题为《驱魔
【1078】剑》（*Ku’magŏm*），其蓝本直接取自晚清中国的改良派小说《扫迷帚》，其作者化名为“壮者”。

此后一代人中，梁白华（Yang Paek-hwa，1889—1944）复将如《红楼梦》（1918）和《水浒传》（1926）这样的中国小说翻译成易读的朝鲜语，此外还介绍了当时的中国作家们。二次世界大战以后，经历了一段超乎寻常的美国影响阶段，当西方文学涌入韩国之时，对于中国小说的兴趣，便与想象中落后的过去紧密结合起来，而急遽衰退下去。然而，自1990年代以来，中国文学开始重获其先前的地位：翻译成韩文的《三国志演义》和《水浒传》已经成为风靡大众的畅销书了。

贝一明（Emanuel Pastreich）

第八章　日本对于中国文学的接受 【1079】

汉字及与之相伴的中国文献何时首度传入日本？无人说得清楚。最可能者，乃是首先经由朝鲜继而到达日本。起初日本人未能充分了解汉字的功用，因为此前日语并无属于自己的书写系统。后来的日文记录里提到，在四世纪晚期，有学问的文化事务顾问从朝鲜的百济国来到日本的王庭之中。他们带来了汉文经典，并为天皇充当官方文书的记录员。这等朝鲜文士形成了世袭的书记官员家族，他们专为天皇服务。除此之外，日本一直极为罕有能书者。写有文字题铭的器具，日本留存下来的最早可至五世纪初期，然而有些不易确定的是：它们究竟是产生于日本，还是从朝鲜半岛运送来的。

589年，隋朝（581—618）的一统大陆为中华帝国带来更大的文化威望，也使得日本人有机会旅行于禹域。668年，新罗国一统朝鲜半岛，导致战败的百济国有不少文人学士逃亡到日本。这种文化移民，被称为“归化人”（kikajin），他们在对日本介绍和推广实用技术、中国文化以及佛教方面起到了关键的作用。飞鸟时代（552—645）的日本王庭，已在587年接受佛教为官方宗教，并致力于将汉文学识融入于新贵族政治集团的活动中去， 【1080】
甚至自630年以后便派遣使团前往中国。三部佛经的注解，题为《三经义疏》——传说系圣德太子（574—622）所作——即传自此时期，显示了一位日本作者对于汉文的成熟掌握。这种以中国为中心的治国体系，在645年的大化改新时期被发挥到极致，这些存在于纸面上的改革措施，是否能够彻底贯彻落实，还是个未知数。

710年帝京在奈良建立，完全陷为一个汉文朝廷，这引起汉字文章的泛滥。日本第一部以古典汉文写成的历史为《日本书纪》（720），在对以往天皇的记录中，采用了阴阳理论，并仿照了“史记”（指史家之记录）的儒家道德判断，但是，与此同时，它也涵盖了本土的神话和传奇，这与中国的史学笔法大相径庭。日本神话有激动的、暴力的、或谓非理性的一面，这尤其体现于《古事记》（约712）中，此书杂以汉文言与日语而写成，以具有崇高儒家理想的词语来表述；关于古代诸教仪与母系社会的痕迹有所收敛，因作者有意将中国文化模式强加于本土之历史。奈良时代还产生了一部《风土记》，系应元明女皇于713年首道诏谕，在此之后编写的，受到中国六朝时期（220—589）那些记录各省地貌以及当地传闻掌故的汉文学范本的启发。《风土记》各篇界定并记载了日本各地的风貌和习俗，也是以汉字写成的（固然其中存有某些日语的段落）。

七世纪后期在贵族阶层愈发提高的文学才能，及佛教僧职人员的增多，孕育了不同于官府公文事务的“汉诗”之实践。汉诗作为汉文疆域之内文化精熟境界的最高展现，给予那些修习者以文化上的合法地位，但是它也承载着实用的功能，可作为与朝鲜半岛各国外务交流或遣使于唐代中国（618—907）的社交内容。古典汉语是东亚地区国务事业的通用语，汉语文学作为一种“法定”语言，使古典汉语所传递的主题得以转化。

八世纪间，奈良的贵族阶层身体力行所实践的诗歌产物，便由一部一百二十首汉诗总集而为人所知，此集于751年由一不知姓名的

编者纂辑而成，题为《怀风藻》。该集收录的作者包括了僧侣、贵
族和诸王，皆有一定社会地位。作品全都是中国的古体诗，多为八
行的五言诗，但也有些篇幅有所延长，序以四六骈文写成（见第二
编第一章）。诗歌以大量的对句和华丽的词藻为特点。这极可能是
以齐（479—502）、梁（502—557）诗风为规范。同时代已有所节 【1081】
制的唐诗作品，在此集中毫无影响的迹象。或许经历变革的诗歌还
未在中国达到决定性的创作规模，遂不能对海外发生显著的影响。
支配《怀风藻》诗风的因素，与修辞表达方式有关，其中重视的是
社交语境中的机智答问，还有对筛选自《文选》或《玉台新咏》之
汉文习语的精炼改写。《怀风藻》成就斐然，作为一部独一无二的
诗集，未引起直接的效仿。

这些诗作大多将背景设定于社交场合，诸如酒宴，通常包括诸臣子与天皇在场。作诗之人乃是公认的贵族，具有一定影响力，因而诗歌的搜集与当时的政治关系紧密。诗篇紧随中国的规范之作，几乎未有作者个人的表达空间。诗句的特点包括了对经籍典故必要的暗引，以及汉诗中儒、释、道题材的烂熟之转义比喻。鲜有日本本土文化的痕迹散布于其中。因为《怀风藻》的诗篇通过其对句的修辞方式，强行建立了一套清晰的理智秩序，并通过它们对统治者地位的认可，从而增强统治者的地位，所以这些诗作与中国同类型诗歌在社会功能上是非常接近的。

出自奈良时代早期（八世纪初期）的一些后来的诗作，就出现了个人表达的例子，这些诗作在长屋王（Nagaya no Ōkimi，684—729）的恩顾之下写成，显示出初唐诗歌的因素，特别是初唐诗人骆宾王（约619—约687）和王勃（649—676）的影响。石上乙麻吕（Isonokami no Otomaro，卒于750年）写的诗歌颇为复杂，他使用了更为精巧的词汇，有些取自《游仙窟》，乃是当时在日本流行的唐传奇作品。长屋王关于自己放逐经历的诗歌具有一种辛酸的况

味，这在较早先的作品中从未出现。

《万叶集》（编辑时间略晚于759年）是第一部和歌总集，先前被作为诗歌保存，而具有了纂辑的合法理由。与《怀风藻》专注于世俗权力的最高阶层相比，《万叶集》则是一部体现大伴氏（ōtomo clan）、特别是编者大伴家持（ōtomo no Yakamochi）之心血的作品，此氏族出了不少学者，在政治失势之际，获得了文学领域上的显著成就。《万叶集》松散地以《文选》为框架，然而它缺乏一种稳固的条理结构。诗歌以混合的语言写成。它们一部分是古代的措词用语，这些用语可追溯至神话和巫术的史前世界，其中主要是对“言灵”（*kotodama*，宗教仪式上语言的灵验力）的运用，另一部分，则是经过渲染的修辞妙喻和对偶骈句，径取自中国的六朝诗歌。《万叶集》
【1082】收录数千首和歌，它们来自于古时之教仪和神话歌曲，还有匿名作者的民间歌谣，以及柿本人麻吕（Kakinomoto no Hitomaro）风格明晰的文学创作。人麻吕将以《文选》之摹本为基础的诗歌主题完美融入日本的语境，使得日本读者在这些诗作上再见不到任何异国意味。山上忆良（Yamanoue no Okura，660—733）生于朝鲜的新罗国，曾作为701年的遣唐使成员到中国旅行。他的诗章以对个体形象所作的生动描绘，以及沉郁哀婉的情调，显示了对汉诗之常法的熟稔，尤其是他对陶潜（365—427）诗歌的了解。

日本人接触到汉文学的选集，从而启发了他们以较为严肃的态度对待本国的歌谣，这一现象在越南或朝鲜并未发生过。日本的和歌作为一种新文学领域发展了起来，它吸收了中国诗传统的修辞和命题，而又和实际的汉语保持距离。日本作家们在和歌与中国诗传统之间建立了一套精巧的比拟方法，其中，日文和歌保持着独立性，汉诗的词汇不会直接进入和歌，但是汉文的文学表达模式则仅经过一层半渗透性的文体之膜，即得到许可而注入和歌之中。汉诗中的表达方式，诸如“血泪（带血的眼泪）”未作为外来词汇而直接进入和歌；相反的是，人们构思出新的表达方式，全然由本土日文词语组成，用以翻译那些汉诗里的字眼。“血の涙”，即“血泪”的日文直译，已出现于和歌传统之中。这是从前未曾存在于日语中的词，却又不像从中国传入的舶来词那样引起过分的注意。

当日本歌谣接受了根基牢固的“诗”传统，它就转化成了诗歌。另外，尽管附着于和歌之重要词句上的“枕词”与“序”[①]，俱从史前之日本寻到其在巫术符咒中的起源，但它们并不是由于被中国化了便脱离了和歌的传统，毋宁说，他们转化成了富于修饰、文采斐然的表达方式，这种变化恰似六朝诗歌在词藻风格上的转变。

另有一位藤原浜成（Fujiwara no Hamanari，724—790）也将本土的日本和歌视为诗歌，他在772年写作了一部谈诗歌规律的论著，以指导写作，题为《歌式》（亦名《歌经标式》），书中依照诗歌写作的八种缺陷，将汉文的声韵与结构之概念应用于日文的和歌中。这八种缺陷显然是受汉籍中的“八病”说所启发，而“八病”，则又是取自印度诗论中的“诗病”概念（见第二编第二章）。《歌经标式》乃是现存最早的日本文学批评著作。

平安时代（794—1185）由嵯峨天皇（786—842）所开创，他将唐代文化与制度立为政治体制的核心。自嵯峨天皇（809—823）至仁明天皇（833—850）的四十年，无疑为日本汉诗创作的高峰时期。在嵯峨天皇的赞助下，诗人小野岑守（Ono no 【1083】
Minemori，778—830）编纂了三部“敕撰诗”中的第一部，题为《凌云集》（*Ryōunshū*，814）。该集乃是日本诗人的汉诗作品集，具有使嵯峨天皇之规章合法化的功能，因而其中收录许多

①指“序词”，其与“枕词”都属于和歌的修辞方式。——译者注

对他的称颂之作。大多数诗作记录了皇室成员及高级廷臣们在公开场合外出游宴的情形。作品多以陶潜诗作和乐府的题材为基础，此外还有以女子视角所作的怨情诗，具有唐诗的某种典型笔调。

嵯峨天皇赞助下的第二部敕撰诗集乃是《文华秀丽集》（818），收录未入《凌云集》的作品。诗作不以作者分类，而以主题分类，更进一步效仿汉文总集诸如《文选》的体例。题材更为雅致，便比较不易关涉到皇权的直接描绘。这些作品将同时代之唐诗和六朝诗歌的词藻组合起来，还使用了当时汉语中的白话。该集之中有七言诗，甚而还有赋体的作品。

最后一部敕撰诗集是《经国集》（827），其标题体现了诗歌作为支持政府之工具所具有的政治功能，盖取自魏文帝（187—226，在位时期：220—226）著作之中。《经国集》的序文对于日本的诗传统作了番简短的论述，乃将这类诗歌视为本土固有之体裁，显露出一股新生的历史自觉。除了产生于宫廷雅集的诗作外，该集还出现了一些新的专门类型，诸如“奉诗”，原是用于唐代科举制度中的种类。为响应皇室的支持，绝大多数的诗作都题献给嵯峨天皇。

唐代诗人白居易（772—846）的诗歌与散文，由广泛流传的《白氏文集》而为人熟知，在日本诗人中得到一大群拥护者。最早关于《白氏文集》入日本的记载，出现于838年，此集被进献给了仁明天皇（在位时期：833—850）。由于白氏的作品属于汉诗中通俗易懂的类型，写寻常之事，具体可感，全无此前诗歌的增饰，故而在日本具有无限的吸引力，此集很快成为日本文学中最具影响的中国作品集。白氏的诗作在平安时代的诗歌艺术之诗“题”（指定之题材）方面，操纵了自九世纪以降和歌与诗之间的交流。甚至有人向他献祭，将之视为神明。偷师白居易，暗用其诗法，在平安时代主要作家中比比皆是，如菅原道真（Sugawara no Michizane，845—903）便是其中之一，还有像日语的叙事文学作品《源氏物语》，创作灵感便来自白氏的《长恨歌》。《文选》自798年以后已成为官学中的基础教科书，而《白氏文集》与之比肩，成为日本诗歌创作的【1084】两大传统源泉。

空海（Kūkai，774—835），乃日本密传佛教之真言宗的开山祖师，是一位思想独立的僧人，他曾于804年旅行至中国，在长安学习佛教。在旅华期间，空海吸收了大量的中国语言与文学的知识，特别是声韵、音调和文法，他用以修习梵语相关的悉昙学。后来，他在一家接受嵯峨天皇直接赞助的寺院中担任住持，编写了一组论宗教与语言的理论作品。在《文镜秘府论》（820）中，空海从汉籍摘录留存了一大批有关六朝以降之文学的批评著作。此书之序引，为空海所撰，然而正文则系当时中国各种理论著作的精心选粹，尤其偏重从语言学角度研究诗歌的制作。空海所引六朝及唐时之文本，许多都是“全文毕录”（in extenso），而未见于他处，这使得《文镜秘府论》成为极有价值的文献依据，来重建中国文学理论与实践之历史。在空海的时代，这部意义重大的理论批评作品集影响不广，其流传范围主要限于对语言研究怀有兴趣、将之作为研修内容的佛教僧侣。空海的诗文则收入《遍照发挥性灵集》（835）中。里面还有精妙的骈体文随笔和书信，也有哲学主题的诗歌（作者在这些作品中背离了严格的音声格律）。

命运乖舛的学者菅原道真（845—903）是日本汉文研究的守护神，他凭着自己的文才而从帝国官僚系统中迅速崛起，在877年成为一名文学教授[①]。作为其职责之一，他受命去接待外国使节。行政

①时兼任文学博士。——译者注

与文学上的才能使道真得到宇多天皇（在位时期：887—897）的信任，但是因生于学者之家庭，他没有后援能抵抗强有力的藤原氏所策划的政治阴谋。道真失官后，流谪九州的太宰府，在此地度过了他的余生。尽管曾被指派为遣唐使，他却反对出使中国，并提出取消遣唐使制度。

道真之诗作大多由家集（包括其祖、其父及其本人的作品）而传世，该书题为《菅家文草》（900），收录五言与七言的近体诗（格律诗）。尽管道真诗多游宴之作，然而集中也有题画诗和怨
【1085】诗，也有抒情诗和时令诗。诗风隐晦蕴藉，显示出对晚唐诗歌的熟稔，但同时又掺杂了大量的日式语句，表明诗人要将其感遇写出一种日本风格。他有许多纪事之作，比如与外国使节赠答应酬，以及为宇多天皇登基节日写的贺诗。道真诗中具新意者，乃是模仿李白（701—762）或杜甫（712—770）而创立自我写照的一段连贯的文学之历史。道真失势后，在流亡中自伤于个人之不幸，此情显露于作品集中，其文字感人深挚，成为他个人在历史上所留下的典型形象。经由这些诗性的转义，道真遂将自己塑造为日本文化传统的一大偶像。

藤原明衡（Fujiwara no Akihira，约989—1066）也是位著名的学者，其文学成就补偿了官场的失意。他编纂了一部晚近的日本诗与汉语文章选集，题为《本朝文粹》（1037），其中看重的是富有修养的学者之诗，比如对于曾供职翰林院（即中文之“翰林”）的菅原道真，就给予显要之位置，而对于身居高位的廷臣们写的诗，此前收入敕撰诗集的那些作品，几乎全弃置不顾。藤原明衡将诗文按主题分成三十九类。选集里的诗，袭承柳宗元（773—819）和白居易之唐代后期风格相当明显。书中所选美文和骈体文写的政治奏议也属佳作。

平安时代的和歌选集，影响最大的是《古今（和歌）集》

（905），所收之内容囊括了整个日本和歌史，但着重于三部敕撰诗集编纂之后的诗作。《古今集》的序文，由其编选者纪贯之（Ki no Tsurayuki，约868—约945）撰写，即引述《诗经》之《大序》，阐发为使和歌之文学创作具有合法地位的意义。重典雅优美及润饰工巧，显示出当时对整个六朝及唐代早期诗歌领域更为充分的接受。《古今集》的和歌主题，常间接模仿典型的六朝后期之“倚傍”。诗歌不直写其对象，而是宁可列出其他要素来暗示从未明确提及的真正主题。

藤原公任（Fujiwara no Kintō，966—1041）的《和汉朗咏集》（1013）是一部新形式的诗歌选集，将日本和歌传统中的诗作与汉诗传统的诗作相对比，由此改变和歌与汉诗分庭抗礼的局面，在两者文学母题上建立新层次的相互综合之影响。该集看重元稹（779—831）的作品，而其友人白居易的诗作收录得更多[①]，此书有一部分使得对后者产生持久的尊崇。这部选集第一部分以岁时编排目次，第二部分【1086】
则纳入了各色的杂题。《和汉朗咏集》也收录了大量日本作者写的汉诗，成为后世作家寻求诗歌灵感的主要来源。

· 叙事文学与杂著

“物语”作为日本本土之叙事文学的形式，展现出与中国“志怪”传统相类似的题材，后者可以《太平广记》中的记录异闻的故事为证，“物语”有可能即模仿此书而成。举例来说，《竹取物语》（约880）叙月宫之一公主因触犯天界戒律而遭贬黜，降生人间，最终又返回月宫，而不顾养育她的父母如何涕泪纵横，其场景即是取材自中国的“志怪”小说。

①收白氏诗一百三十九首，为最多，其次即元稹诗，十一首。——译者注

在中国传奇小说《游仙窟》中，一读书人游访至仙女的洞府，在那儿发生了一段姻缘，这对日本的叙事文学和诗歌都发生了极大影响，甚至于原本在中国很快就亡佚了，唯在日本流传下来。《游仙窟》表现了一位优雅的主人公如何通过诗歌酬答向一群有修养的姬妾展示其文才。其对诗歌的影响，可最早从《万叶集》中寻见端倪，特别是山上忆良的诗作，而在《和汉朗咏集》及其他众多著作中则隐蔽不显。《游仙窟》所采用第一人称的叙事方式和对衣饰的细致描绘，为日本作家提供了一个新的示范。叙事每每在关键时刻被诗歌酬答所截断，《游仙窟》的这种模式形成了日本“物语”叙事文学的核心，自《伊势物语》（约915）以降，便被沿用下来。

传统叙事文学的巅峰之作，乃是紫式部（Murasaki Shikibu）的杰作《源氏物语》（约1005），其内容丰富、情节复杂，围绕着具有典型日本特点的政治、情感和家庭之冲突而展开。《源氏物语》糅合了诸如传奇小说《任氏传》和《列女传》的中国叙事文学，以及白居易诗歌的主题与诗句等因素。其中将白居易《长恨歌》的情节铺陈于日本宫廷的背景中。《长恨歌》记述了杨贵妃由于得到玄宗皇帝的深宠，从原本的社会阶层飞升至宫廷的高位（参看第一编第十一章及第二编第三章）。尽管《源氏物语》从该诗中吸纳了人
【1087】生情爱与不可避免的社会阻碍这样的题材，用以贯穿其全部五十四卷，但是它有另辟蹊径之处，因为紫式部是女性作家，把女性主人公及其对手们的心理之创伤与矛盾描绘得有血有肉，这一点在白居易作品中仍显得含糊不清；《源氏物语》详尽记述了为争夺天皇宠爱而引发的宫廷争斗，令读者感到杨贵妃与其情敌或许也是如此盘算的，但在白居易的原诗里也寻不见痕迹。

平安时代后期的文士大江匡房（Ōe no Masafusa，1041—1111），撰有关于当时之大众文化的杂记，以汉语文言写成，灵感

来自日本流行的同类汉籍。他的《游女记》（1090）记叙当时寻欢作乐之场所，吸收了诸多汉文学的源泉，其中便包括传奇小说《游仙窟》。

一直主宰文化事业发展的贵族阶层，自平安时代以后，就被崛起的武士阶层夺去了政治和经济的权力，这一情形贯穿于镰仓（1185—1333）、战国（1482—1558）及桃山（1573—1603）诸时代，派系间的武装冲突愈演愈烈，以致最终毁掉了京都。支撑汉文学问的是日本的寺院。与寺院在文化生活中的新主导地位相呼应，十三世纪以降，日本与大陆的交流有所发展，而这最突出的例证，便是宋代中国传入日本的禅宗。个别的武士家庭对寺院有所资助，他们成为中世时代的文化中心人物。京都和镰仓的五山诸刹制度正式成立于1342年，成为汉文化的新重镇。元代有为数众多的日本见习僧人入华，同时也有中国僧侣旅居日本，其交流之情况，可谓空前繁盛。相较于德川（Tokugawa，1603—1868）时代遥隔千里的中国研究，镰仓与室町时代直接与中国僧人的交流远更频繁。

在儒学方面，宋代朱熹学派（见第六编第一章）的新儒家学说在十四世纪由访华的僧侣连同禅宗一起带回日本。在五山制中，儒家学说与佛教研究并存。五山诸刹之僧众写作了各种的佛教随笔，即“法语”；还有日常谈话的记录“语录”；以及对偶散文，即“四六疏”（日文作“shirokuso”）。这都以佛学或玄理命题。如“三体诗”这类的选集，多收晚唐之作，便于这时期首度传入日本。汉诗在寺院的精神生活和日常交流中都起到核心作用。镰仓时代所传世的诗作多数都关注于佛教方面。

在武士家族足利（Ashikaga）氏的支持下，五山寺院文化在【1088】
十四世纪达到鼎盛，这一时代为人所熟知的是京都的北山文化，其间汉语产生了深刻的影响，涌现出许多具有天赋的诗僧，他们的诗作已脱离佛教的范围。由于僧侣们去揣摩五花八门的当代汉诗，诗歌与理智才学的关系变得更为密切，佛教的色彩愈发消褪；这些人当之无愧地成了文学名家。例如，梦窗疏石（Musō Soseki，1275—1351）就致力于引介佛理与玄学以外领域的其他诗风。雪村友梅（Sesson Yūbai，1290—1346）十八岁游学禹域，因日本与蒙元关系恶化，十年间困不能返。其诗集名为《岷峨集》（1324—1328），即作于他客居时期，用字与风格完全与汉文学相同。

梦窗疏石的门人绝海中津（Zekkai Chūshin，1336—1405）在明代中国（1368—1644）的两座寺院中度过了九年时光，回日本后，扩大了诗歌实践的领域。绝海的诗集题为《蕉坚稿》（1403），不少诗篇系旅华期间所作，其中有五言、七言律诗、七言绝句及疏体书信。

室町时代晚期的一位重要诗人，是一休宗纯（Ikkyū Sōjun，1394—1481），他生活的时代值逢1467年的应仁战乱，京都及其精致的文化遭到毁坏。一休在他的诗作中表达了一种自相矛盾的佛教哲学，即寻求内心启迪的同时去拥抱物欲的世界。他记叙在妓院中的性爱经历及其他方面无节制的纵欲生涯，以作为他寻求佛理真如的内容。一休奉行宋诗的观念，其中包括了口语体。他的诗集题为《狂云集》，所收几乎全是七绝。一休在诗中时而流露出渴望由佛教得解脱的意愿，时而呵佛骂祖，言辞倨傲。他悉心地建构了一种无所挂碍的独立人格形象，与早先诗人们超然物外的姿态形成对照，为此后德川时代诗歌中人格形象的发展指出了方向。

源自唐朝中国丰富多样的民间音乐、哑剧、幻术、歌谣及杂耍，一般被称作“散乐”，八世纪时，或由朝鲜、或径直自大陆传至日本，得到了皇家的宠遇，并成为佛教集会的内容（可在图画中寻见踪迹）。尽管管理“散乐”的皇家机构在奈良时代就被废止了，但是“散乐”在民间继续受到强大的拥护。后来，“散乐”采用了滑稽闹剧的形式，融入日本传统中，成为寺庙和神道教仪庆典中民间娱乐的一部分。后来的散乐通常具体指猿乐（或申乐），可能是两名之间发音混淆所致。剧作家和戏剧理论家世阿弥元清（Zeami Motokiyo，约1364—1443）将散乐与雅乐即 【1089】
宫廷音乐融入日本的“能”剧的表演形式中。雅乐者，是与“散乐”同时自中国传播到日本的。能剧曾献演于幕府将军足利义满（Ashikaga Yoshimitsu），作为一种受到知识分子轻视的民间娱乐形式，于是获得了新的合法地位。世阿弥及其伙伴们所作能剧的脚本吸收了汉诗和文人传统的一些因素，尤其是对白居易作品的引述，以求赋予此对象一种新鲜、高尚的庄重面貌。针对剧本开篇所题写的汉文学作品中的一句引语，往往会附有详赡的注解。

德川时代对中国文学的接受，显示出新的关注点，一方面将中国传统恰当地理解为异于日本的外国文化，另一方面又创造性地将中国传统中的因素融汇到截然不同的日语文学表达中去。使日本的汉文阅读者变得更为敏感的，是汉语文学的语体，以及日常口语和文学写作的差别，十八世纪以来，他们面临着空前繁多的舶来书籍的影响。

德川儒学传统的奠基人，藤原惺窝（Fujiwara Seika，1561—1619）将诗歌作为他精神活动的一大门类，但是他对朱熹思想的拥护，确实使他脱离了继承自五山传统的唐宋诗学之混合风格。惺窝之门人林罗山（Hayashi Razan，1583—1657），作出了严格的道德定义，来约束诗歌在社会中的角色，将之置于精神活动的边缘地位。但是印刷术的传播使人们很容易获得汉文的诗集及资料读物，其中包括那些十七世纪晚期以前日人所编选的书籍，这一切都确保汉诗写作的实践不受罗山之学派的节制。石川丈山（Ishikawa Jōzan，1583—1672）是罗山的同事，在退隐到京都城外山林中后，即专心致力于诗歌写作，他在那里建立了一座祠堂以供奉中国的伟大诗人们。佛家僧人元政（Genzei，1623—1668）曾向一位明流民学习汉诗，此后全力发展以明代诗人袁宏道（1568—1610）为楷模的诗歌表达风格。据传说，元政反复通读袁宏道诗文集，若掌握自由表达的要旨，便焚其书。两个人物都是先驱者，引导后世作家们努力摆脱惺窝与罗山著作里儒家道德条律的严苛束缚。

伊藤东涯（Itō Tōgai，1670—1736）是早期一位崇尚诗歌表达自由而不受教条规范的儒家学者，他在京都自己的学院中，允许诗歌的风格灵活变化。特别值得一提的是，东涯在研究《诗
【1090】经》的论著《读诗要领》中，强调诗歌表达的源泉在于人民日常之思想与言词，这就意味着诗歌具有更多普适性且更少探索性的社会功能。东涯的诗论解除了诗歌主题上的约束，转为强调自我表达的重要。

在德川日本的首都江户，儒家学者荻生徂徕（Ogyū Sorai，1666—1728）推出一家新的外来诗论，系出自明代复古派人物王世贞（1526—1590）与李攀龙（1514—1570），此二人将盛唐诗歌作为他们激进的风格保守论的模拟对象（见第二编第九至十章）。尽管采用这一观念，徂徕仍将诗歌写作视为掌握汉语的一种方法，而不是像从前的儒学作家们那样将之当成道德意图的表述。他为模仿“古文辞”而制定的简要规则，沿袭自明代的复古派。规则许可将更多的作者列入诗人行列，而同时又将怀抱远大的诗人置于思想崇高的境地：他们宣称要以纯粹的盛唐风格来写作，这是以前那些愚蠢的诗人所不知道的。徂徕之后，李攀龙的《唐诗选》广为流行，主导着江户时代自此以降的诗学榜样。徂徕最有名的学生，是服部

南郭（Hattori Nankaku，1683—1759），他将诗歌创作与绘画及其他文化事务都作为一类审美鉴赏活动，汇入他自己独特的文人生活方式中。尽管南郭可能过着如他拟古诗作中所描绘的那种幽雅生活，但不同于以往的诗人，他一直都清楚自己的位置，即作为著作家，其刊行的作品拥有大量的读者。

十八世纪七十年代，日本诗歌的俳谐或俳句这一文类，以对周遭所见进行精炼、直白的描述为追求，开始溢出原本的范围，进入汉诗写作的领域中。俳谐诗常常采用极为俚俗的日语，所描述的主题范围较从前诗传统所能及者更为宽阔。在松尾芭蕉（Matsuo Bashō，1644—1694）的俳谐诗理论中，提出的强调雅俗混一之主张，在后来得到了如与谢芜村（Yosa Buson，1716—1738）等诗人的复兴和发展，恰恰正在当时，徂徕的“古文辞”运动所倡导诗歌写作及意旨的刻板规则不再为人们所拘守。宋诗被认为具有盛唐诗歌所缺乏的纷繁错杂之表达（gritty expressiveness），这便迅速地覆没了“古文辞”运动的诗歌主张。

诗僧六如（Rikunyo，1734—1801）引介宋人诗学见解的同时，也带来一种新式的摹拟现实主义，最为合适的例证，即一首诗中对观察蝇虫在窗外攀爬的描述，这是前所未见的主题。这进一步提升了宋诗对日常易见、烂熟于心之事物的审美采景，其中使用的诗之镜头源自俳谐诗学。当时，十八世纪中国诗人袁枚（1716—1797）提倡的对诗歌表达不加约束的理论，也促进了这股潮流的发展。总体说来，这场倡导更深入的摹拟描述的运动，导致了完全异于汉文传统的词藻与主题的引入。【1091】

十八世纪末期，汉诗的最大一派是江户的江湖社，其领袖为市河宽斋（Ichikawa Kansai，1794—1820），他在宋诗的传统中大力倡导自由表达。及转入十九世纪之际，江户已然取代了京都的地位，成为集中最多汉诗读者的重镇。同时，致力于诗歌研究的重要学校遍布日本西部；其中有不少就规模而言可以与儒家学院相匹敌。有些学校建于乡村地区；最大的一家在神边町，为菅茶山（Kan Chazan，1748—1827）创立。

十九世纪之初，由于诗人们在国内的旅行得到保障，汉诗界出现了新一代的游历诗人，他们奔走于各家富有的赞助人和学院之间。女性在诗歌活动中扮演了显著的角色，她们首先是诗歌学校的学生，有些人，例如江马细香（Ema Saikō，1787—1861），凭自己的才学占据了一席之地。到1830年代，汉诗已取代了俳谐与和歌，成为日本最有生气的诗歌形式。老成纯熟的诗人通晓汉诗的措辞，甚至通晓中文的音韵，如江户之玉池吟社中的柳川星岩（Yanagawa Seigan，1789—1861），与同时之清代的诗歌学问及创作比肩而立，毫不逊色于那些中国诗人。直到十九世纪末，汉诗在日本一直都是富有活力的文学传统。

自十七世纪以降，明初的怪异小说集《剪灯新话》，无论其原作还是日文的改写本，都获得了广多的日本读者。此书最著名的改写本是《伽婢子》（1666），以易懂的日本土语向不解汉文言的读者介绍故事。作者浅井了意（Asai Ryōi，卒于1691年）彻底将《剪灯新话》的情节改写到一个日本的语境中，以至大多数读者不能察觉这六十八个故事有着中国渊源。浅井了意是一位通俗作家，也是位无甚文学抱负的道德家，他的活动从未远离过佛教徒的圈子，其创作用心一直都限于取悦和教化这两方面。得浅井了意翻译之推助，《剪灯新话》诸故事成为日本平民文化不可缺少的一部分，反复出现在“浮世草子”的民间故事中、“读本”的叙事文学、“歌舞伎”的表演中。

通过长崎港与中国日益发展的贸易，尤其是进入十七世纪以来，引入了许多中国通俗小说作品，诸如《水浒传》《三国演义》
【1092】《金瓶梅》，及其他此前未被日本读者所知者。由于日本的学术团

体发展到了更高的智识水平，赖有一百五十年的和平岁月使他们得以重建其精神根基，他们越来越不满于两件事，一是从前过分简单化的“浮世草子”故事，一是早先德川之朱熹学僵化的道德观，后者出于严肃的态度，排斥了不少中国叙事文学的作品。汉文通俗小说在日本获得了现成的读者群。

江户学者荻生徂徕给予中文白话的研究以空前显著的地位，将之作为他教授学生的课程之一，使他们恰当地将汉语当作一门语言来掌握。徂徕以为，中文口语提供了对中国文化传统的直接理解。学习白话汉语，从前仅只为好奇，后来被徂徕赋予了新的知识合法性，演进为学院研究的一片广大领域。

徂徕聘请长崎的学者兼翻译家冈岛冠山（Okajima Kanzan，1674—1728）至其学院，采用中国通俗叙事文学作品为课本来教授汉语。1724年，冠山离开江户去往京都，在那里编写了一系列的汉语白话入门教材和词汇表，旨在使日本儒门之外受教育的知识人能够独立阅读充满趣味的中国小说新作，并使这些作品能够流行起来。此外，冠山还将日本历史经典著作《太平记》译成汉语白话，他采用了一种摹仿自《水浒传》的风格，将此书题为《太平记演义》（1719）。这部历史小说，令读者透过汉文风格的叙事镜头来观看日本之传统。《太平记演义》是一部在日本历史语境中改写中国白话作品的重要先驱之作，这将成为十八世纪后期叙事文学的主流。自此以后，中国情节（趣向）置于日本环境（世界）里的例子便多了起来。

十八世纪初，京都古义堂的山长伊藤东涯，也将白话汉文学纳入其教学之中，造就了多位致力于推广汉语小说的门人。其中最著名的是冈白驹（Oka Hakku，1692—1767），他编辑并注释收罗白话短篇故事的明代“话本”集，如《小说精言》（1743）和《小说奇言》（1753）之类，使汉语白话小说连业余人士也看得懂。由于汉语的白话中有些难解的俗语，起初令一般日本读者很难读懂，现在却广为流行，被更多人欣赏。

当对中文小说的学习逾出儒学门墙之外，其读者群里便出现了都贺庭钟（Tsuga Teishō，1718—1794）这样的人物，他是大阪的医生、自学成才的中文学者，其志趣不在学说汉语或是彻底地读懂汉文
【1093】经籍。庭钟为中文小说的魅力所吸引，其目的根本与儒学宗旨无关。他按照元杂剧的风格，改写了一组能剧和净琉璃人偶戏，合为一集，题作《四鸣蝉》（1771）。《四鸣蝉》是一次深奥的文学实验，因为庭钟面向的是具有鉴识力的读者。尽管中国的戏剧在德川日本并无明显的读者群，但是在十九世纪后期，由著名的中国通俗小说《水浒传》、《西游记》和《三国演义》改写的净琉璃和歌舞伎表演，一直都广受欢迎。

都贺庭钟也将中文的古典和白话故事与日本的民俗与历史要素结合起来，产生出两部短篇故事集，《英草纸》（1749）与《繁野话》（1766）。庭钟写这些故事时，使用了一种混杂的语言，兼有来自汉语及日语中的白话与文言表达。这种文言形式后来构成了“读本”的文体基础，这一文类在十八世纪后期最为流行。

都贺庭钟最著名的学生，是作家上田秋成（Ueda Akinari，1734—1809），此人与儒家各学院毫无瓜葛，倒是“国学”（国粹主义）学者贺茂真渊（Kamo Mabuchi，1697—1769）的追随者。真渊提倡彻底排斥整个中国的传统，将这观点作为他文学思想的组成部分。上田秋成将取自中国话本小说中的情节与部分语词，滴水不漏地纳入到日本叙事文学的散句零篇以及能剧的文本中去，组成了颇具文学繁复性的灵异鬼怪故事集，题为《雨月物语》（1776）。秋成完全将中国白话小说本土化，这也更符合他对“日本特色”的理解。

都贺庭钟与上田秋成致力于将中国小说的因素纳入肌理细腻的文本中，以此作为他们更庞大之文学活动的一部分，与此同时，如西田维则（Nishida Korenori，卒于1765年）这样的职业翻译家以直率、明晰的风格译出了《西游记》这样的著作（1758），其目的在于吸引那些鉴赏力不高的读者。唯有在十九世纪之始，江户的泷泽马琴（Takizawa Bakin，1767—1848）完成了一批中国通俗小说与文言叙事文学作品的广义译本及改写本，这样做的目的在于争取广大读者，但这些作品依旧是严肃的文学作品，这也是庭钟、秋成赖以成名之根本。马琴最著名的作品是《南总里见八犬传》（1814），这是一部长达一百零六册的历史小说，大略以《水浒传》为蓝本，但他也借鉴了《平妖传》《水浒后传》《金瓶梅》及其他小说的日译本。他给早期一些中国小说的译者写过品第赏鉴的文字，可见他是自觉地以日本作家的传统来重写中国文学的主题。马琴在江户有个首要的对手，即山东京传（Santō Kyōden，1761— 【1094】
1816），无论就生活之淫逸还是学问之渊博而论都无出其右者，此人撰有一系列同类型改编作品，其中包括一部《忠臣水浒传》（Chūshin Suikoden，1799），将《水浒传》重置于民间净琉璃戏剧的语境之中。进入十九世纪之际，汉文小说的许多词汇与手法都已为日本读者所熟悉，这些读者中女性的比例愈加增高。一度为日本读者不能理解的汉文白话变得亲切起来，以至于被用来解说新近的西洋舶来词汇。

不仅仅是中文小说被翻译成日语，由金圣叹、张竹坡等人提出的通俗小说理论，也在日本流行起来（见第六编第四章）。十八世纪中叶，京都学者清田儋叟（Seida Tansō，1719—1785）写了一篇《源氏物语》的短评，援用金圣叹的结构批评法，来分析日本古典文学传统中的这部杰作。沿此思路，十九世纪的荻原宏道（Hagiwara Hiromichi，1815—1863）以中文叙事学的模式悉心解读

《源氏物语》，撰成《源氏物语评释》（1861），受启发于汉文学的批评手法，别具新意地侧重《源氏物语》的结构布局和作者意图之问题。

清人关于烟花场所的记述在日本也产生了仿效之作，比如寺门静轩（Terakado Seiken，1796—1868）所撰的花柳业史志《江户繁昌记》（1832—1836）。此书以汉文写成，除偶尔掺杂几句汉语白话和日语外，大多采用汉语文言，这便于以一种新奇的客观态度来重构过于熟悉的社会现象。

十九世纪晚期，中文小说是最为熟悉的外国文学形式。明治维新（1868）之后，当西洋文学进入日本，小说家坪内逍遥（Tsubouchi Shōyō，1859—1935）试图在其《小说真髓》（1885）中介绍西洋小说理论，仍要转而求助于中国叙事文学的模式。著名的日本作家，诸如夏目漱石（Natsume Sōseki，1867—1916）和森鸥外（Mori Ōgai，1862—1922），将西洋文学翻译成日文的时候，也采用了汉语白话和文言著作的词汇及情节结构。二次世界大战之后，井上靖（Inoue Hisashi，生于1934年）以汉文学古典传统中丰富的典故来写中国题材的小说。尤其重要的是，日本在中国文学所
【1095】有领域的学术研究都跻身世界一流行列。在二十世纪，通过日本汉学家的努力，使得日本人阅读涵盖中国文学所有领域的各类译本成为可能，这些译本都是公开发行的专业译本，有的还大量注释和点评。可以断定，中国文学在日本的被认知程度，胜过中国以外的其他任何地方。

贝一明（Emanuel Pastreich）

第九章　越南对于中国文学的接受 【1096】

现在越南北部的地区，曾经是一个独立自主的古国南越[1]，该国在公元前111年后被汉朝军队征服，归顺中国的统治。这导致的结果是，尽管此前可能存在某种本土的传统，但是越南文化在起初发展的一千年中无法摆脱与中国文化的联系。越南人采纳了中国的习俗，直到939年越南获得独立前自然就一直书写汉文。有不少越南人在唐时（618—907）至中国旅行，还通过了中国的科举考试。其中最有名的是姜公辅（Khuong Cong Phu），曾成为唐朝廷的宰相。即使在越南独立于中国之后，汉文依然是该国主要的书写语言。

1009至1225年间，李朝统治越南，尽管当时的越南国家性质要复杂些，不是用所谓简单移植中国体制就可以解释清楚的，但通常都认为这是一个以儒家思想为主导的中央集权政府，采用的是中国模式的标准化考试制度。越南人考试要求的就是对汉语文言的熟练领会，一直都行之有效，偶有几次中断。直到1919年，法国殖民政府掌控了越南的教育，这一局面才发生改变。而就在同一年里，中国人自己终于坚决地放弃了文言汉语， 【1097】

①南越的疆域，除了越南北部一块区域外，还包括广西、广东及云南、福建、贵州等一部分地区。首都在今广东番禺。建国者赵佗也并非当地土人，而是秦朝开边的将领，恒山郡（今河北）人，他在公元前214年于秦置三郡的基础上建立南越国。原本的秦军戍卒，大多与岭南越人通婚。故而很难将南越国等同于南越族，更不可能全然归属于越南。——译者注

转而提倡白话文学。因此，越南的整个前现代史中，有相当数量的一批学者精通汉文古典诗歌的写作。陈朝（十三至十四世纪）诸王都热衷作诗，也大力支持汉诗的写作。然而几乎所有越南人著作或早期自中国输入的作品文本在后世都亡佚了。明初中国对越南的侵略，发生于1407至1428年间，导致越南书写文字的全面毁灭。

“古风”与“律诗”都得到越南诗人的采用，后一类创作由于国家科举考试要求必修而得以强调。后来的越南诗人们将本土民谣改作为汉诗，特别是加工那些越南歌谣中的“双七”对句，遂将文言汉诗的创作予以调适。十八世纪有诗人阮辉莹（Nguyen Huy Oanh）、十九世纪有诗人丁日慎（Dinh Nhat Than），都曾以典雅的汉文写作了大量的诗歌，其中采用了越南“六八”和“双七六八”的韵步，然而，这些诗属于异类作品。

因创立越南风格的格律诗而得大名的诗人是阮诠（Nguyen Thuyen），他主要活跃于十三世纪的下半叶，以改革越南的诗歌为自己重要的文化使命。经由国王批准，他改姓韩，来表达对中国唐代复古文学大家韩愈（768—824）的敬仰。阮诠在汉文格律诗中引入了越南语的押韵方法，从而创造出一种新韵体，称为“韩律”。由于明成祖（在位时期：1403—1424）命军队入侵，造成书籍文献的彻底损毁，这些企图发展出一种越南语的诗体以摆脱古典汉诗约束的尝试，其精确性究竟如何，绝大部分已无从认知了。

除了那些援借来的汉文词汇外，汉语与越南语，从类型学上看具有相似性，这使得将汉文韵法运用于越南诗歌上比在东亚其他地方容易得多。汉语与越南语都有音调，便出现了歌谣中的平仄交错。两种语言都有若干的单音节语素，故而在作诗时都可以不用小品词，而简省至由动词和名词组成。汉文词汇大多固定地用越南语的“㗂喃”（从汉字中化用而来）音标法表示，即使在诗歌作品里也是如此。在日本或韩国，汉诗的形式需要翻译另外一种句式，而在越南，汉诗便得以维持其原状，而不用作彻底的调整。

越南文学的演进史中，有一个重要时刻，即诗人流派“骚坛”在黎圣宗（Le Thanh Tong，在位时期：1460—1497）的支持下得以建成。这个杰出的团体所贡献最著名的作品就是《洪德国音诗 【1098】
集》，被题献给国王圣宗和他的朝廷。该集收入三百二十八首作品，按照天地、人事、风景、草木禽兽及杂类等标目组织起来。这部诗集宣告了越南文化独立于中国而存在的讯息，然而大多题材还遗留着汉诗的传统。不过，《洪德国音诗集》中的作品，例如有一篇槟榔颂，就在很大程度上脱离了汉诗的传统母题，代表着本土诗歌的一种尝试①。

“国音”一词，指的是“㗂喃”书，主要用汉字标识读音②，在十九世纪引入拉丁字母之前，成为书写越南语白话的唯一方式。后来，越南的㗂喃发展出数百个字，都是专门用以指代越南语诸语素的。“㗂喃”书所作的诗歌，与汉文诗相抗衡至十九世纪末期。而即使是在这种文字的诗作里，许多词汇仍是直接从汉诗传统里输入的，而并非翻译成越南语。许多汉字一直用以表示原本的意义。从整体上来审视“㗂喃”书的性质，要是我们希望在其中保持“越南语”与“汉语”两个范畴的特征，我们就不得不认为，汉字符号、文字、词语在“㗂喃”书中完全地“越南化”（即口语化）了。

近代的爱国评论家和历史学家们，宣称在越南诗歌中有对军

①论者似乎不知道司马相如《上林赋》中的“仁频”就是槟榔，而《异物志》《南方草木状》等大量的古籍中都已称作“槟榔”了，左思的《吴都赋》就提到了“槟榔无柯”，南北朝时沈约写过《谢赐交州槟榔启》，庾信写过《忽见槟榔诗》，后来李白有“何如黄金盘，一斛荐槟榔”，苏轼有《咏槟榔》，黄庭坚、朱熹也都有这类的槟榔诗。——译者注

②“喃”字一半表音，一半表意。——译者注

戎与家国主题的强烈表现，诡称是缘于越南历来备受侵略的经历。实际上可能越南诗歌中这方面的主题并不比其他国家多，不过其中有些诗歌属于反抗中国统治的抗战英雄所作，比如阮廌（Nguyen Trai，1380—1442），他在大克明军、建立后黎朝（1428—1789）的过程中表现出了过人韬略。他的诗作《平吴大诰》庆贺越南脱离中国而独立，故在越南文学史中地位显赫。被认为出自民族英雄们之手的许多诗篇，很可能是嗣德帝（King Tu Duc，1847—1883）在位时的十九世纪建国时期之作品。

邓陈琨（Dang Tran Con，1710—1745）官至御史，当时因后黎朝的政府军与叛乱者为争夺国家控制权而战乱无休，他写作了著名的诗篇《征妇吟曲》。作品以戍卒之弃妇的视角写出，满篇都是中国地名以及古典中国传统的典故，从诗歌比兴上看，则基本上追摹唐诗，比如韦庄（约836—910，见第七编第三章和第二编第二章）
【1099】著名的《秦妇吟》[①]。现存该诗的越南语译本是以双七六八体写的，很可能出自潘辉益（Phan Huy Ich，1750—1822）之手。此诗频频被译成越南语，至少可见到七个译本。

男性作家摹拟怨妇口吻写的诗歌，在越南是一种流行的文类。阮嘉韶（Nguyen Gia Thieu，1741—1798）是一位身份尊贵的北方贵族，以女性角度创作了另外一篇著名的哀怨诗，题为《宫怨吟曲》。此诗记述了宫中一位妃嫔失去君宠的故事，对于一位不能得到君主器重的大臣而言，也是一种常见的比兴之法。《宫怨吟曲》也有一个越南语译本，而原诗的古典典故占了很大分量，这使得无充足中国文学背景知识的读者几乎看不懂了。

陈济昌（Tran Te Xuong，1870—1907）这位儒学家，未能生于

①此说不确，《秦妇吟》在宋代就失传了，二十世纪初才在敦煌文献中发现唐人写本。——译者注

古典传统时代，在法国殖民者统治时期不得其用，而近代化的过程也使他的学术训练无处施展。他以文言汉文写的诗句，尖锐地质疑着当时的俗见。他摆出一副玩世轻薄的姿态，来作为他身处社会边缘地位的一种文学性的回应。

关于小说方面，早期越南文学史中留存下来的乏善可陈。现存最古老的文本是一部故事集，大量摹仿了中国文学，题为《粤甸幽灵集》（1329），作者是李济川（Ly Te Xuyen）。以传记的形式记述了二十七个传奇故事。

现存越南最早的大规模虚构作品，是《传奇漫录》（最早版本出自1712年）。作者阮攸（Nguyen Du），是十六世纪初期的人。他出身书香门第，家世显赫，生值国民起义和宫廷政变引发的乱世。他隐居乡野，逃避世间的喧闹，从此写作《传奇漫录》。此书效仿中国的志怪文言小说瞿佑的《剪灯新话》。阮攸从越南史书中吸取素材，将有关细节与中国小说集的想象因素和情节结构编织在一起。这些故事表现的主题具有强烈的道德意识，举例而言，有一篇故事中，一个狐狸变成一个士大夫官员，亲自到皇帝面前讲授道德观点。

1783年的一个《传奇漫录》版本里，有用“㝵喃”书写的文本注释，这意味着此书在那些不谙汉文学的人们中间也有广泛的读者。此书的一部续作，题为《传奇新谱》，作者被认为是一位名叫段氏点（Doan Thi Diem，1705—1748）的女作家，她也因用“㝵喃”书翻译汉诗而出名。

越南读者们对于“才子佳人”小说兴味特别浓厚，喜读英俊【1100】
的青年男子科举高中，又与一位年轻貌美的女孩子克服种种障碍结成良缘的经历。这类浪漫故事在中国整个十八世纪的读者群中也极为流行，现在由于相似的科举文化在越南又受到欢迎。李文馥（Ly Van Phuc，1785—1849）将著名的才子佳人小说《玉娇梨》翻译成越南语，采用的是六八韵体，题为《玉娇梨新传》。在越南，汉文小说译本的接受者大体上是越南人，这与东南亚其他地区不同，马来西亚或印尼群岛的汉文小说马来语译本，其读者都主要是华人族群。

有关小说具体是怎样在越南流传的情况，几乎一无所知，不过1734年郑朝一部（北越南）规定书籍必须本地刊印的法令，说明存在与中国的大规模交易。当时与广东出版商们有密切的关系，有时这些商人与西贡的书坊进行联合出版，甚至有的“𡨸喃”书籍是在广东刊印专供出口越南的。生活在越南的华人族群在中国小说的翻译和输入上起到多大作用，目前尚无答案。“𡨸喃”书系统在十八世纪以前使用并不频繁，但到此时，为了获得广泛的读者，采用“𡨸喃”书翻译的中文作品迅速繁荣起来。

十九世纪所见越南语译（采用“𡨸喃”书）中国小说作品以手抄本和木版刊本的大肆风行，可能在十八世纪就已出现。这样作品通常被称为“传”，大多情况下被译成韵文而非散文。这类叙事文学有两种主要的韵体——六八和双七六八。这些长篇的韵文小说在越南极为流行，直到现代依然如此。其特色大约与中国小说的弹词形式的受欢迎有关，后者风靡于南部中国，并推动了十八、十九世纪之交中国小说作品在民间的流行（见第七编第四章）。举例来说，有一部著名的文人阮辉似（Nguyen Huy Tu，1743—1790）写的越南语韵文小说《花笺传》，其蓝本便是出自一部题为《花笺记》的广东弹词集。异乎朝鲜和日本的同行，越南男性作家们积极参与了这个在中国多出自女性手笔的文类。

著名的“传”体故事常涉及中国，往往清楚地体现了越南相对于中国处于文化边缘地带的状况，因而在内容里也就重述
【1101】了越南相对于中国大传统之下的地位情况。现存最早的“传”

是《王嫱传》（可能问世于十八世纪之前，作者不详），记述了远嫁北方匈奴首领的汉代妃子王昭君含泪出塞的命运。作品看起来好像粗劣地将王昭君悲剧故事的不同版本补缀在一起，可能还掺入了元曲作者马致远（1260—1325）的《汉宫秋》，或许效仿了某些不能确定的中国故事。通过将中国文化权威之中心的人物移植到其边缘，越南作家们不曾一字提及越南，就营造出了越南的文化气氛来。一个类似的主题，激发了《苏公奉使》的问世，这部作品看来完全是出自于《汉书》的一节篇目。这部韵文小说记述了公元前99至前81年间中国使臣苏武被囚于匈奴的经历。

在越南获得最大声誉的中国小说是《金云翘传》，一部十八世纪早期的才子佳人小说，其广为人知的越南语译本是一部六八韵体的长篇叙事诗，题为《金云翘》（英译本题作 *The Tale of Kieu*）。越南语译本出自阮攸（Nguyen Du，1765—1820，与上文论及的同名作家并非一人），他是阮朝一位副宰相，参加了1813年赴华使团。现存最早的《金云翘》之版本，是1815年前后在河内刊行并广泛流传的。

小说讲述了一个女子在两股强权威逼之下被迫陷于道德窘境的悲剧故事，这个题材已被视为越南历史遭遇的本质。现代时期许多越南人还能凭记忆背诵其中的文字。《金云翘》的女主人公王翠翘（Vuong Thuy Kieu）被逼为娼，以求救出陷入冤狱中的父兄。她后来遇到叱咤于中国南部沿海的海盗徐海（Tu Hai），成了他的夫人。地方官员要翠翘招安徐海，她照办了，却不知其中有诈，导致徐海被杀。

阮攸削减了冗长情节中的事件数目，营造成一篇相对紧凑的叙事诗。主人公翠翘以汉诗写了一些绝句和古诗，作为小说中自表心迹的方式。作品中有六十多个中国诗歌里的典故，其中包括了唐代名妓薛涛（770—830）的诗作。阮攸还改变了原本的情节，令王翠翘与徐海成为故事中不折不扣的主人公。

中国小说里，王翠翘在断送其夫性命的过程中是不知情的，这
【1102】一点在十九世纪越南读者中引发了深刻的政治共鸣。当王翠翘在中国官员和海盗之间谈判时，这隐喻着政治中心与边缘的叛乱。这可解读成越南文化地位的一个寓言，将之放在中国以及后来法国的文化与政治侵略背景上。翠翘代表了正直的越南人，在蒙受欺诈后背叛了自己的祖国。

以上所述，至少是对此篇长诗一种现代民族主义式的典型解读，尽管可能还存在着其他细致且差别更为微妙的观点。

十九世纪，越南作家们掌握了中国白话小说所具有的叙事方式，采取合体的语言来记述越南反抗中国获得政治独立的战争史。有趣的是，尽管这些小说带有民族主义的立场，却不用越南俗语写作，而是选取了非常典型的汉语白话。这些历史小说的年代，可能都属于嗣德帝在位时期。

这类叙事作品的一个代表作，是作者佚名、年代不确的一部十九世纪作品《皇越春秋》，记述了1400年至1428年间中越冲突的历史。十九世纪另一部这类的白话汉文小说是《越南开国志传》，作者是阮榜中（Nguyen Bang Trung），涵盖了1567年直到1802年以越南之名立国的历史。小说全然以汉语白话写成，不过行间注里用越南语提供了汉文词的解释。所有汉语白话小说里标准的说书人套路都得以采纳。面临法兰西侵略者的隐隐威胁时，以上两部小说都试图建立一种民族共同体的神话。然而，中国，而不是法国，却成为了小说家笔下明确的外来势力。

中国史书的框架，被越南人拿来当成充实其历史大片空白处的方法。阮文名（Nguyen Van Danh）在1846年著作了《大南行义列女

传》①，即为了填补史书记录上的空白：有关越南贞节女性事迹之著作的阙如。《大南行义列女传》是为数不多几部格外关注女性的前现代叙事作品之一。

以越南语翻译中国小说的黄金时代，出现于二十世纪初交。起初由法国人引入的拉丁字母，在当时被接受为举国通行的书写方式，越南人称之为“国语”，与帝国主义并无关系。事实上，法国人1858年首度侵入越南，至1884年控制全国，这时的“国语”成为 【1103】
了民族主义者们抵抗法国人的有力武器。既然拉丁字母比以前的“宁字喃”系统更适合表达越南话，这种书写就迅速地取代了旧的文字体系。自世纪初至十九世纪三十年代，有上百种中国小说被首度翻译成“国语”体的越南文。于是产生了一种极具讽刺意味的事实，即以拉丁字母为基础的新书写方式在翻译中文小说时比过去以汉字为模板的书写方式显然更有效。古典汉学专家潘继炳（Phan Ke Binh，1875—1921）曾将许多中文小说译成越南语，包括了《三国演义》。1920年代，李玉雄（Ly Ngoc Hung，极可能是一位华裔侨民）翻译了若干种“武侠”小说，在西贡及河内的都市中受到欢迎。二十世纪初期中国“鸳鸯蝴蝶派”的爱情小说（见第四编第六章），其翻译作品的市场也有一定规模。这些翻译家，很多都是记者出身。

越南的讽刺戏剧传统充满生机，被称为“咭嘲”（*hat cheo*），其中一个渊源，可追溯到1005年，越南君主聘用一名中国伶人在国中教习演戏。越南的古典戏剧，被称作“咭□從”（hat boi）②，则是直接由皇帝和学者们所支持的，在宫廷演出。现存的作品都是以中

①陈庆浩等先生主编的《越南汉文小说丛刊》，第1辑第7册收录了这部排印本不足10页的作品，并明确说到，该书的编者是“菊侣黄新”，“阮文名”是其中一篇同题作品的主人公，1846年，是此篇结束处所记“绍治六年旌”的时间，“旌”是旌表的意思。实际上该书分成“行义传”（记男子事迹）、“列女传”两部分，这里论者误解成“行义列女”之传，从英译题名上就可以看出来。——译者注

②“咭□從”对应的“国语”应该写作hat tuong，跟hat boi是一个意思，为方便通用，就翻译成更常见的这个写法了。或者直接译成“嘲剧”。上文的“咭嘲”，也可以译成“嘲剧”。——译者注

国戏剧为蓝本的。史书上记载中国戏剧首度输入，出现在1285年，一个戏班随蒙古侵略军而到达了越南。由此推测，那些伶人余生可能都在越南以传艺的方式度过的。还有1350年的一条记载，提到越南北方宫廷中服务的一位中国改良家。尽管起初都限于皇家宫廷演出，到十六世纪时，“咭□從”经由陶维慈（Dao Huy［？］）Tu）[①] 的努力而成为民间娱乐的一部分。现存的“咭□從”作品大多出自嗣德帝在位时期，当时出现了输入中国戏剧的热潮。越南人对中国文化的接受，是将之当成更为摩登和先进的。尽管以越南语演出，“咭□從”却采用了很多来自中国的外来语。“咭□從”里的曲目，被分成军戎类和家庭类。《三国演义》是“咭□從”剧场中一个常见的题材。

1919年，法国殖民势力接管了学校体制，开始了清除越南过去有关中国的文化遗产的漫长过程。中国文学在二次世界大战以前对于越南的深刻影响，被高涨的民族主义呼声消泯殆尽，这种呼声要求文学突出越南民间传统的独创性，将一切文学创作归功于本土的源头。许多学者摒弃了文言汉语著作，视为无益于严肃思想之物。大量保存在越南的汉文文献，由不通汉语的图书馆人员所看管。在这些材料被彻底研究之前，我们对于越南传统的理解都将一直是不
【1104】完整的。时至今日，中国的武术传奇，中国文学中有关现代性的观念，仍在不断渗透进越南，只不过现在全是以拉丁字母译成的越南语加以表达的。

越南与中国文学传统面对面的经验，在许多方面都与日本和朝鲜的情况相似。起初先有一个辅导和效仿的阶段，主要体现在文言汉语方面。然而渐渐便形成向日益兴盛的通俗书写文体方面的转移，反映出中国国内所发生的同一进程。继而有一个语言技

①应是 Dao Duy Tu。——译者注

巧提升阶段，出现了本土语言和本土文字（非汉字系统）写作文学的趋势。然后，随着西方文明来到东亚，在词汇、语法、文体、文类和内容上造成更为激烈的调适。可是，既然中国目前开始再度运转其经济、政治和文化上的力量，那么中国在文学上的影响究竟如何，是否不仅令其东亚邻邦们有所感知，甚而撼动世界，我们拭目以待。

贝一明（Emanuel Pastreich）

绿杧文库

见珍于世

附录

哥伦比亚中国文学史

[美] 梅维恒 主编

马小悟 张治 刘文楠 译

新星出版社 NEW STAR PRESS

目 录

中国朝代表

夏（未完全证实） 约公元前2100－约前1600

商或殷（基本上证实） 约公元前1600－约前1045

周　约公元前1045－前256

　　西周　约公元前1100－前771

　　东周　约公元前770－前256

春秋　公元前722－前481/403

战国　公元前481/前403－221

秦　公元前246/221－前207

汉　公元前206－220

　　西汉　公元前206－8

　　新　9－23

　　刘玄（汉）23－25

　　东汉 25－220

三国　220－265

　　魏（中国北方） 220－265

　　蜀（四川） 221 －263

　　吴（长江下游） 222－280

晋　265－420

　　西晋　265－316

　　东晋　317－420

南北朝 420－589

十六国（中国北方） 304－439

北朝[1] 386－581

北魏（拓跋氏） 386－534

东魏 534－550

西魏 535－557

北齐 550－577

北周 557－581

南朝[2] 420－589

宋（刘宋） 420－479

齐 479－502

梁 502－557

陈 557－589

隋 581－618

唐 618－684，705－907

周 （武则天） （684） 690－705

五代[3] 907－960

后梁 907－923

后唐 923－936

后晋 936－946

后汉 947－950

后周 951－960

宋（赵宋） 960－1279

北宋 960－1127

南宋 1127－1279

辽（契丹） 916－1125

西辽 1125-1201

西夏（党项）1032-1227

金（女真）1115-1234

元（蒙古）1260-1368

明 1368-1644

清 1644-1911

---

①北朝由非汉民族统治。

②吴、东晋再加上南朝，是为六朝。

③五代由非汉政权统治，同时并存的还有如走马灯般林立的各个小国。

推荐阅读

总集

Birch, Cyril, ed. *Anthology of Chinese Literature*. 2 vols. New York: Grove, 1965, 1972.

Giles, Herbert A., ed. and trans. *Gems of Chinese Literature*. 1st ed., Shanghai: Kelly and Walsh, 1923; 2nd rev. ed. in 2 vols., London: Quaritch, 1926.

Knechtges, David R., trans. and annot. *Wen xuan, or Selections of Refined Literature*. 3 vols. (8 projected). Princeton: Princeton University Press, 1982, 1986, 1996.

Mair, Victor H., ed. *The Columbia Anthology of Traditional Chinese Literature*. New York: Columbia University Press, 1994.

——. *The Shorter Columbia Anthology of Traditional Chinese Literature*. New York: Columbia University Press, 2000.

Minford, John, and Joseph S. M. Lau, ed. *Classical Chinese Literature: An Anthology of Translations*. Vol. 1. *From Antiquity to the Tang Dynasty*. New York: Columbia University Press; Hong Kong: Chinese University Press, 2000.

Owen, Stephen, ed. *An Anthology of Chinese Literature*. New York: W. W. Norton, 1996.

Zach, Erwin von. *Die chinesische Anthologie*. 2 vols. Cambridge: Harvard University Press, 1958.

诗

· 古体诗

Birrell, Anne. *Chinese Love Poetry: New Songs from a Jade Terrace; A Medieval Anthology*. 1st ed., 1982, 1986; 2nd ed., London: Penguin Books, 1995.

Cai, Zongqi. *The Matrix of Lyric Transformation: Poetic Modes and Self-Presentation in Early Chinese Pentasyllabic Poetry*. Ann Arbor: Center for Chinese Studies, University of Michigan, 1996.

Chan, Marie. *Kao Shih*. Boston: Twayne, 1978.

Chang, H. C., ed. and trans. *Chinese Literature*. Vol. 2. *Nature Poetry*. Edinburgh: Edinburgh University Press, 1977.

Chang, Kang-i Sun. *Six Dynasties Poetry*. Princeton: Princeton University Press, 1986.

Chaves, Jonathan, ed. and trans. *The Columbia Book of Later Chinese Poetry: Yuan, Ming, and Ch'ing Dynasties (1279–1911)*. New York: Columbia University Press, 1986.

——. *Mei Yao-ch'en and the Development of Early Sung Poetry*. New York: Columbia University Press, 1976.

——. *Pilgrim of the Clouds: Poems and Essays from Ming China*. New York and Tokyo: Weatherhill, 1978.

——. *Singing of the Source: Nature and God in the Poetry of the Chinese PainterWu Li*. Honolulu: University of Hawaii Press, 1993.

Chou, Chih-p'ing. *Yuan Hung-tao and the Kung-an School*. Cambridge: Cambridge University Press, 1988.

Chou, Eva Shan. "Allusions and Periphrasis as Modes of Poetry in Tu Fu's 'Eight Laments.' " *Harvard Journal of Asiatic Studies*, 45 (1991): 5–53.

——. *Reconsidering Tu Fu: Literary Greatness in a Cultural Context*. Cambridge: Cambridge University Press, 1995.

——. "Tu Fu's Social Conscience: Compassion and Topicality in His Poetry." *Harvard Journal of Asiatic Studies*, 51 (1985): 77–128.

Davis, A. R. *T'ao Yuan-ming* (a.d. *365–427*): *His Works and Their Meaning*. 2 vols. Cambridge: Cambridge University Press, 1983.

Davis, A. R., ed.; Robert Kotewall and Norman L. Smith, trans. *The Penguin Book of Chinese Verse*. Harmondsworth: Penguin, 1962.

Duke, Michael S. *Lu Yu*. Boston: Twayne, 1977.

Eide, Elling O. "On Li Po." In Arthur Wright and Denis Twitchett, ed., *Perspectives on the T'ang*, pp. 367–403. New Haven: Yale University Press, 1973.

Frankel, Hans H. *The Flowering Plum and the Palace Lady*. New Haven: Yale University Press, 1976.

Frodsham, J. D. *The Murmuring Stream: The Life and Works of the Chinese Nature Poet Hsieh Ling-yun (385–433), Duke of K'ang-lo*. 2 vols. Kuala Lumpur: University of Malaya Press, 1967.

Frodsham, J. D., trans. *The Poems of Li Ho (791–817)*. Oxford: Oxford University Press, 1970.

Frodsham, J. D., and Ch'eng Hsi, trans. *An Anthology of Chinese Verse: HanWei Chin and the*

Northern and Southern Dynasties. Oxford: Oxford University Press, 1967.

Fuller, Michael. *The Road to East Slope: The Development of Su Shi's Poetic Voice*. Stanford: Stanford University Press, 1990.

Goldin, Paul Rakita. "Reading Po Chü-i." *T'ang Studies*, 12 (1996): 57–95.

Graham, A. C., trans. *Poems of the Late T'ang*. Harmondsworth: Penguin, 1965.

Hawkes, David. *A Little Primer of Tu Fu*. Oxford: Oxford University Press, 1967.

Hightower, James R., trans. and annot. *The Poetry of T'ao Ch'ien*. Oxford: Oxford University Press, 1970.

Holzman, Donald. *Poetry and Politics: The Life and Works of Juan Chi,* a.d. *210–263*. Cambridge: Cambridge University Press, 1976.

Hsieh, Daniel. "The Origin and Nature of the 'Nineteen Old Poems.' " *Sino-Platonic Papers*, 77 (January 1998): 1–49.

Hung, William. *Tu Fu: China's Greatest Poet*. 2 vols. Cambridge: Harvard University Press, 1952.

Kroll, PaulW. "Lexical Landscapes and Textual Mountains in the High T'ang." *T'oung Pao*, 84.1–3 (1998), 62–101.

——. *Meng Hao-jan*. Boston: Twayne, 1981.

Kubin, Wolfgang. *Das lyrische Werk des Tu Mu (803–852): Versuch einer Deutung*. Wiesbaden: Otto Harrassowitz, 1976.

Kwong, Charles Yim-tze. *Tao Qian and the Chinese Poetic Tradition: The Quest for Cultural Identity*. Ann Arbor: Center for Chinese Studies, University of Michigan, 1995.

Levy, Dore J. *Chinese Narrative Poetry: The Late Han Through T'ang Dynasties*. Durham: Duke University Press, 1988.

Lin, Shuen-fu, and Stephen Owen, ed. *The Vitality of the Lyric Voice:* Shih *Poetry from the Late Han to the T'ang*. Princeton: Princeton University Press, 1986.

Liu, James J. Y. *The Art of Chinese Poetry*. Chicago: University of Chicago Press, 1962.

——. *The Poetry of Li Shang-yin, Ninth-Century Baroque Chinese Poet*. Chicago: University of Chicago Press, 1967.

Liu, Wu-chi, and Irving Y. C. Lo, ed. *Sunflower Splendor: Three Thousand Years of Chinese Poetry*. Bloomington: Indiana University Press, 1975.

Lo,Irving Y. C., and William Schultz, ed. *Waiting for the Unicorn: Poems and Lyrics of China's Last Dynasty, 1644–1911*. Bloomington: Indiana University Press, 1986.

Lynn, Richard John. *Kuan Yun-shih*. Boston: Twayne, 1980.

——. "Orthodoxy and Enlightenment: Wang Shih-chen's (1634–1711) Theory of Poetry and Its Antecedents." In W. T. deBary, ed., *The Unfolding of Neo-Confucianism,* pp. 215–269. New York: Columbia University Press, 1975.

——. "Tradition and the Individual: Ming and Ch'ing Views of Yuan Poetry." *Journal of*

Oriental Studies (University of Hong Kong), 15 (1977): 1–19.

——. "Traditional Chinese Poetry Societies: A Case Study of the Moon Spring Society (Pujiang, Zhejiang, 1286/7)." In Léon Vandermeersch, ed., *La société civile face à l'état dans les traditions chinoise, japonaise, coréenne et vietnamienne,* pp.77–108. Paris:É cole Francaise d'Extrême-Orient, 1994.

Mair, Victor H. *Four Introspective Poets: A Concordance to Selected Poems by Roan Jyi, Lii Bor, Chern Tzyy-arng, and Jang Jeouling.* Monograph Series, 20. Tempe: Arizona State University Center for Asian Studies, 1987.

——. "Scroll Presentation in the T'ang Dynasty." *Harvard Journal of Asiatic Studies*, 38 (1978): 35–60.

Mair, Victor H., and Tsu-Lin Mei. "The Sanskrit Origins of Recent Style Prosody." *Harvard Journal of Asiatic Studies*, 51.2 (1991): 375–470.

Marney, John. *Beyond the Mulberries: An Anthology of Palace-Style Poetry by Emperor Chien-wen of the Liang Dynasty.* Asian Library Series, 17. San Francisco: Chinese Materials Center, 1982.

——. *Chiang Yen.* Boston: Twayne, 1981.

——. *Liang Chien-wen Ti.* Boston: Twayne, 1976.

Mather, Richard B. *The Poet Shen Yüeh (441–513): The Reticent Marquis.* Princeton: Princeton University Press, 1988.

McCraw, David R. *Du Fu's Laments from the South.* Honolulu: University of Hawaii Press, 1992.

Mei, Tsu-Lin, and Yu-kung Kao. "Tu Fu's 'Autumn Meditations': An Exercise in Linguistic Criticism." *Harvard Journal of Asiatic Studies*, 28 (1968): 59–67.

Mote, Frederick W. *The Poet Kao Ch'i, 1336–1374.* Princeton: Princeton University Press, 1962.

Nienhauser, William H., Jr. *P'i Jih-hsiu.* Boston: Twayne, 1979.

Owen, Stephen. *The End of the Chinese "Middle Ages": Essays in Mid-Tang Literary Culture.* Stanford: Stanford University Press, 1996.

——. *The Great Age of Chinese Poetry: The High T'ang.* New Haven: Yale University Press, 1981.

——. *Poetry of the Early T'ang.* New Haven: Yale University Press, 1977.

——. *The Poetry of Meng Chiao and Han Yü.* New Haven: Yale University Press, 1975.

Palandri, Angela Jung. *Yüan Chen.* Boston: Twayne, 1977.

Rouzer, Paul. *Writing Another's Dream: The Poetry of Wen Tingyun.* Stanford: Stanford University Press, 1993.

Schmidt, J. D. *Stone Lake: The Poetry of Fan Chengda (1126–1193).* Cambridge: Cambridge University Press, 1992.

——. *Within the Human Realm: The Poetry of Huang Zunxian, 1848–1905.* Cambridge: Cambridge University Press, 1994.

——. *Yang Wan-li*. Boston: Twayne, 1976.

Scott, John. *Love and Protest: Chinese Poems from the Sixth Century* b.c. *to the Seventeenth Century* a.d. London: Rapp and Whiting; New York: Harper and Row, 1972.

Stimson, Hugh M. *Fifty-five T'ang Poems: A Text in the Reading and Understanding of T'ang Poetry*. New Haven: Yale University Press, 1976.

Tu, Kuo-ch'ing. *Li Ho*. Boston: Twayne, 1979.

Wagner, Marsha L. *Wang Wei*. Boston: Twayne, 1981.

Waley, Arthur. *The Life and Times of Po Chü-i, 772–846* a.d. London: George Allen and Unwin, 1949.

——. *The Poetry and Career of Li Po, 701–762* a.d. London: George Allen and Unwin, 1950.

Watson, Burton. *Chinese Lyricism:* Shih *Poetry from the Second to the Twelfth Century, with Translations*. New York: Columbia University Press, 1971.

——. *The Columbia Book of Chinese Poetry from Early Times to the Thirteenth Century*. New York: Columbia University Press, 1984.

Wong, Shirleen S. *Kung Tzu-chen*. Boston: Twayne, 1973.

Yates, Robin D. S. *Washing Silk: The Life and Selected Poetry of Wei Chuang (834?–910)*. Cambridge: Harvard University Press, 1988.

Yoshikawa, Kōjirō . *Gen Min shi gaisetsu* (General History of Classical Verse During the Yüan and Ming Eras). Translated by J. Timothy Wixted as *Five Hundred Years of Chinese Poetry*. Princeton: Princeton University Press, 1989.

Yu , Pauline. *The Poetry of Wang Wei: New Translations and Commentary*. Bloomington: Indiana University Press, 1980.

Zach, Erwin von, trans. *Han Yü's Poetische Werke*. Cambridge: Harvard University Press, 1952.

——.*Tu Fu's Gedichte*. 2 vols. Cambridge: Harvard University Press, 1952.

· 词与曲

Bryant, Daniel. *Lyric Poets of the Southern T'ang: Feng Yen-ssu, 903–960, and Li Yü,937–978*. Vancouver: University of British Columbia Press, 1982.

Chang, Kang-i Sun. *The Evolution of Chinese* Tz'u *Poetry: From Late T'ang to Northern Sung*. Princeton: Princeton University Press, 1980.

Chu, Madeline Men-lin. *Expanded Lyricism: Ch'en Wei-sung's (1626–1682)* Tz'u *Poems*. Amherst: Asian Studies Committee of the University of Massachusetts, 1988.

Ch 'üan Yüan san-ch' ü (The Complete Yüan *san-ch' ü*). Sui Shu-shen, ed. 2 vols. Peking: Chung-hua, 1964, 1981.

Crump, James I. *Song-Poems from Xanadu: Studies in Mongol-Dynasty Song-Poetry (San-ch'ü)*.

Ann Arbor: Center for Chinese Studies, University of Michigan, 1993.

——. *Songs from Xanadu*. Ann Arbor: Center for Chinese Studies, University of Michigan, 1983.

Dolby, William. "Kuan Han-ch'ing." *Asia Major*, 16 (1971): 1–60.

——." 'Tea-Trading Ship' and the Tale of Shuang Chien and Su Little Lady." *Bulletin of the School of Oriental and African Studies*, 60.1 (1997): 47–63.

Fong, Grace S. *WuWenying and the Art of Southern Song* ci *Poetry*. Princeton: Princeton University Press, 1987.

Fu, Sherwin. "Ma Chih-yuan's San Ch'ü." *Tamkang Review*, 4.1 (1975): 1–17.

Fusek, Lois. *Among the Flowers: The* Hua-chien chi. New York: Columbia University Press, 1982.

Hightower, James R., and Florence Chia-ying Yeh. *Studies in Chinese Poetry*. Cambridge: Harvard University Asia Center, 1998.

Hoffmann, Alfred. *Die Lieder des Li Yü, 937–978, Herrscher der Südlichen T'ang Dynastie, Als Einführung in die Kunst der chinesisichen Lieddichtung aus dem Urtext vollstä ndig übertragen und erlä utert*. Cologne: Greven, 1950.

Hu Pin-ching. *Li Ch'ing-chao*. New York: Twayne, 1965.

Jao, Tsong-yi. *Airs de Touen-houang (Touen-houang k'iu): Textes à chanter des VIIIe-Xe siècles*. Paul Demiéville, trans. Mission Paul Pelliot. Documents conservés à la Bibliothèque nationale, 2. Paris: Editions du Centre National de la recherche scientifique, 1971.

Johnson, Dale R. *Yuan Music Drama: Studies in Prosody and Structure and a Complete Catalogue of Northern Arias in the Dramatic Style*. Ann Arbor: Center for Chinese Studies, University of Michigan, 1980.

Lin, Shuen-fu. *The Transformation of the Chinese Lyrical Tradition: Chiang K'uei and Southern Sung* Tz'u *Poetry*. Princeton: Princeton University Press, 1978.

Liu, James J. Y. *Major Lyricists of the Northern Sung,* a.d. *960–1126*. Princeton: Princeton University Press, 1974.

Lo, Irving Yucheng. *Hsin Ch'i-chi*. New York: Twayne, 1971.

Lynn, Richard John. "Some Attitudes of Yüan Critics Toward the San-ch' ü ." *Literature East and West*, 16.3 (September 1972): 950–960.

M c Craw, David R. *Chinese Lyricists of the Seventeenth Century*. Honolulu: University of Hawaii Press, 1990.

Metzger, Charles R., and Richard F. S. Yang. *Fifty Songs from the Yuan*. London: George Allen and Unwin, 1967.

Picken, L. E. R. "Secular Chinese Songs of the Twelfth Century." *Studia Musicologica Academiae Scientiarum Hungaricae*, 8 (1966): 125–146.

Schlepp, Wayne. *San-ch'ü: Its Technique and Imagery*. Madison: University of Wisconsin Press, 1970.

——. "Sanqu." In Chan Sin-wai and David E. Pollard, ed., *An Encyclopaedia of Translation: Chinese-English/English-Chinese,* pp. 807–826. Hong Kong: Chinese University Press, 1995.

Wagner, Marsha. *The Lotus Boat: The Origins of Chinese* Tz'u *Poetry in T'ang Popular Culture.* New York: Columbia University Press, 1984.

Waley, Arthur. "The Green Bower Collection." In Waley, *The Secret History of the Mongols,* pp. 89–107. London: George Allen and Unwin, 1963.

Wixted, John Timothy. *The Song-Poetry ofWei Chuang (836–910* a.d.*).* Tempe: Center for Asian Studies, Arizona State University, 1979.

Yu , Pauline, ed. *Voices of the Song Lyric in China.* Berkeley and Los Angeles: University of California Press, 1994.

· 楚辞与赋

Erkes, Eduard. "*Shen-nü-fu*, The Song of the Goddess." *T'oung Pao*, 25 (1928): 387–402.

Fusek, Lois. "The 'Kao-t'ang *Fu.*' " *Monumenta Serica*, 30 (1972–73): 392–425.

Graham, William T., Jr. *The Lament for the South: Yu Hsin's "Ai Chiang-nan fu."* Cambridge: Cambridge University Press, 1980.

Gulik, R. H. van, trans. and annot. *Hsi K'ang and His Poetical Essay on the Lute.* Tokyo: Sophia University, 1941.

Hawkes, David, trans. and annot. *Ch'u-tz'u: The Songs of the South; An Ancient Chinese Anthology.* Oxford: Clarendon, 1959; rev. ed. as *The Songs of the South: An Anthology of Ancient Chinese Poems by Qu Yuan and Other Poets.* Harmondsworth: Penguin, 1985.

Hervouet, Yves. *Le chapitre 117 du* Che-ki *(Biographie de Sseu-ma Siang-jou).* Paris: Presses Universitaires de France, 1972.

——. *Un poète de cour sous les Han: Sseu-ma Siang-jou.* Paris: Presses Universitaires de France, 1964.

Hightower, James R. "Chia I's Owl *Fu.*" *Asia Major*, 7 (1959): 125–130.

——. "Ch'ü Yüan Studies." In *Silver Jubilee Volume of the Zinbun-Kagaku-Kenkyusyo*, pp. 192–223. Kyoto: Kyoto Daigaku, Jinbun Kagaku Kenkyūjo, 1954.

——. "The *Fu* of T'ao Ch'ien." *Harvard Journal of Asiatic Studies*, 17 (1954): 169–230. Also in John L. Bishop, ed., *Studies in Chinese Literature,* pp. 45–106. Cambridge: Harvard University Press, 1965.

Hughes, E. R. *Two Chinese Poets: Vignettes of Han Life and Thought.* Princeton: Princeton University Press, 1960.

Knechtges, David R. *The Han Rhapsody: A Study of the* Fu *of Yang Hsiung (53* b.c.– a.d. 18). Cambridge: Cambridge University Press, 1976.

——. “To Praise the Han: The Eastern Capital *Fu* of Pan Ku and His Contemporaries.” In Wilt L. Idema and E. Zürcher, ed., *Thought and Law in Qin and Han China,* pp. 118–139. Leiden: E. J. Brill, 1990.

——. “Riddles as Poetry: The ‘*Fu* Chapter’ of the *Hsün-tzu*.” In Tse-tsung Chow, ed., *Wen-lin*, Vol. 2. *Studies in the Chinese Humanities*. Madison: University of Wisconsin Press, 1989.

——. “Ssu-ma Hsiang-ju’s ‘Tall Gate Palace Rhapsody.’ ” *Harvard Journal of Asiatic Studies*, 41 (1981): 47–64.

Knechtges, David R., trans. *The* Han-shu *Biography of Yang Xiong*. Tempe: Center for Asian Studies, Arizona State University, 1982.

Kopetsky, Elma C. “Two *Fu* on Sacrifices by Yang Hsiung: ‘The *Fu* on Kan-ch’ üan’ and ‘The *Fu* on Ho-tung.’ ” *Journal of Oriental Studies*, 10 (1972): 85–118.

Kroll, Paul W. “Seven Rhapsodies of Ts’ao Chih.” *Journal of the American Oriental Society,* 120.1 (2000): 1–13.

Mair, Victor H. *Mei Cherng’s “Seven Stimuli” andWang Bor’s “Pavilion of King Teng”: Chinese Poems for Princes*. Calligraphy by Jiang Chunbin; Plastercuts and Woodcuts by Daniel Heitkamp. Studies in Asian Thought and Religion, 2. Lewiston/Queenston: Edwin Mellen, 1988.

Waley, Arthur. *The Nine Songs: A Study of Shamanism in Ancient China*. London: George Allen and Unwin, 1955.

Waley, Arthur, trans. *The Temple and Other Poems*. London: Allen and Unwin, 1923.

Waters, Geoffrey R. *Three Elegies of Ch’u: An Introduction to the Traditional Interpretation of the Ch’u-tz’u*. Madison: University of Wisconsin Press, 1985.

Watson, Burton. *Chinese Rhyme-Prose: Poems in the* Fu *Form from the Han and Six Dynasties Periods*. New York: Columbia Press, 1971.

Whitaker, K. P. K. “Tsaur Jyr’s *Luoshern Fuh*.” *Asia Major*, 4 (1954): 36–56.

· 乐府、民歌与叙事诗

Allen, Joseph R. *In the Voice of Others: Chinese Music Bureau Poetry*. Ann Arbor: Center for Chinese Studies, University of Michigan, 1992.

Birrell, Anne. “Mythmaking and Yüeh-fu: Popular Songs and Ballads of Early Imperial China.” *Journal of the American Oriental Society*, 109.2 (1989): 223–235.

——. *Popular Songs and Ballads of Han China*. 2nd ed. Honolulu: University of Hawaii Press, 1993.

Diény, Jean-Pierre. *Aux origines de la poésie classique en Chine: É tude sur la poésie lyrique à l’époque des Han*. Leiden: E. J. Brill, 1968.

. *Pastourelles et Magnanarelles: Essai sur un thème littéraire chinois*. Geneva: Librairie Droz, 1977.

Evans, Marilyn Jane Coutant. "Popular Songs of the Southern Dynasties: A Study in Chinese Poetic Style." Ph.D. dissertation, Yale University, 1966.

Frankel, Hans H. "The Chinese Ballad 'Southeast Fly the Peacocks.' " *Harvard Journal of Asiatic Studies*, 34 (1974): 248–271.

——. "The Formulaic Language of the Chinese Ballad 'Southeast Fly the Peacocks.'" *Chung-yang yen-chiu-yüan, Li-shih yü -yen yen-chiu-so chi-k'an* (Bulletin of the Institute of History and Philology, Academia Sinica), 39 (1969): 219–244.

——. "The Relation Between Narrator and Characters in *Yuefu* Ballads." *Chinoperl Papers*, 13 (1984–85): 107–127.

——. "*Yüeh-fu* Poetry." In Cyril Birch, ed., *Chinese Literary Genres,* pp. 69–107. Berkeley and Los Angeles: University of California Press, 1974.

Hartman, Charles. "Stomping Songs: Word and Image." *Chinese Literature: Essays, Articles, Reviews*, 17 (1995): 1–49.

Holzman, Donald. "Folk Ballads and the Aristocracy." *Études chinoises*, 13.1–2 (1994): 345–360.

Hsieh Sheau-mann. "The Folk Songs of the Southern Dynasties (318–589 a.d.)." Ph.D. dissertation, University of California at Los Angeles, 1973.

Kern, Martin. "In Praise of Political Legitimacy: The *miao* and *jiao* Hymns of the Western Han." *Oriens Extremus*, 39 (1996): 29–67.

Knechtges, David R. "A New Study of Han *Yüeh-fu*." *Journal of the American Oriental Society*, 110.2 (1990): 310–316.

Mayhew, Lenore, and William McNaughton. *A Cold Orchid: The Love Poems of Tzu Yeh*. Rutland, VT: Charles E. Tuttle, 1972.

· 现代诗

Acton, Harold, and Ch'en Shih-hsiang, trans. *Modern Chinese Poetry*. London: Duckworth, 1936.

Birch, Cyril. "English and Chinese Metres in HsüChih-mo." *Asia Major*, 8 (1960): 258–293.

Cheung, Dominic. *Feng Chih*. Boston: Twayne, 1979.

Cheung, Dominic, trans. and ed. *The Isle Full of Noises: Modern Chinese Poetry from Taiwan*. New York: Columbia University Press, 1987.

Haft, Lloyd, ed. *A Selective Guide to Chinese Literature, 1900–1949*. Vol. 3. *The Poem*. Leiden: E. J. Brill, 1989.

Hsu, Kai-yu, trans. *Twentieth-Century Chinese Poetry: An Anthology*. Garden City, NY: Doubleday, 1963; reprint, Ithaca: Cornell University Press, 1970.

——. *Wen I-to*. Boston: Twayne, 1980.

Lee, Gregory. *Dai Wangshu: The Life and Poetry of a Chinese Modernist*. Hong Kong: Chinese University Press, 1989.

Lin, Julia C. *Modern Chinese Poetry: An Introduction*. Seattle: University of Washington Press, 1972.

Morin, Edward, ed. *The Red Azalea: Chinese Poetry Since the Cultural Revolution*. Fang Dai, Dennis Ding, and Edward Morin, trans. Honolulu: University of Hawaii Press, 1990.

Palandri, Angela Jung, trans. *Modern Verse from Taiwan*. Berkeley and Los Angeles: University of California Press, 1972.

Payne, Robert, ed. *Contemporary Chinese Poetry*. London: Routledge, 1947.

Yeh, Michelle, ed. and trans. *Anthology of Modern Chinese Poetry*. New Haven: Yale University Press, 1992.

——. *Modern Chinese Poetry: Theory and Practice since 1917*. New Haven: Yale University Press, 1991.

· 诗与画

Bickford, Maggie. *Ink Plum: The Making of a Chinese Scholar-Painting Genre*. Cambridge and New York: Cambridge University Press, 1996.

Bush, Susan. *The Chinese Literati on Painting: Su Shih (1037–1101) to Tung Ch'i-ch'ang (1555–1636)*. Cambridge: Harvard University Press, 1971.

Bush, Susan, and Hsio-yen Shih, ed. *Early Chinese Texts on Painting*. Cambridge: Harvard University Press, 1985.

Chaves, Jonathan. "Reading the Painting: Levels of Poetic Meaning in Chinese Pictorial Art." *Asian Art*, 1.1 (Fall/Winter 1987–88): 7–29.

Egan, Ronald C. *Word, Image, and Deed in the Life of Su Shi*. Harvard-Yenching Institute Monograph Series, 39. Cambridge: Council on East Asian Studies Publications, Harvard University, 1994.

Hartman, Charles. "Literary and Visual Interactions in Lo Chih-ch'uan's 'Crows in Old Trees.' " *Metropolitan Museum Journal*, 28 (1993): 129–167.

Levy, Dore J. "Transforming Archetypes in Chinese Poetry and Painting: The Case of Ts'ai Yen." *Asia Major*, 3rd series, 2 (1993): 147–168.

Murck, Alfreda, andWen C. Fong, ed.*Words and Images: Chinese Poetry, Calligraphy, and Painting*. New York: Metropolitan Museum of Art, 1991.

Murray, Julia K. *Ma Hezhi and the Illustrations of the* Book of Odes. Cambridge and New York: Cambridge University Press, 1993.

Silbergeld, Jerome. "Back to the Red Cliff: Reflections on the Narrative Mode in Early Literati Landscape Painting." *Ars orientalis*, 25 (1995): 19–38.

Wu, Hung. *Monumentality in Early Chinese Art and Architecture*. Stanford: Stanford University Press, 1995.

——. *The Wu Liang Shrine: Ideology of Early Chinese Pictorial Art*. Stanford: Stanford University Press, 1989.

散文

· 前现代时期

Allen, Joseph Roe, III. "An Introductory Study of Narrative Structure in the *Shi ji*." *Chinese Literature: Essays, Articles, Reviews (CLEAR)*, 3 (1981): 31–66.

Bokenkamp, Stephen R. "The Peach Flower Font and the Grotto Passage." *Journal of the American Oriental Society*, 106 (1986): 65–77.

Chang, H. C. *Chinese Literature*. Vol. 3. *Tales of the Supernatural*. New York: Columbia University Press, 1984.

Chavannes, É douard. *Les Mémoires historiques de Se-ma Ts'ien*. 6 vols. 1st ed., 1895–1905; reprint, Paris: Adrien-Maisonneuve, 1967–69.

Chen, Yu-shih. *Images and Ideas in Chinese Classical Prose*. Stanford: Stanford University Press, 1988.

Connery, Christopher Leigh. *The Empire of the Text: Writing and Authority in Early Imperial China*. Lanham, Boulder, New York, Oxford: Rowman and Littlefield, 1998.

Crump, James, trans. *Chan-kuo ts'e*. Oxford: Oxford University Press, 1970.

——. *Intrigues: Studies of the Chan-kuo Ts'e*. Ann Arbor: University of Michigan Press, 1964.

DeWoskin, Kenneth J. *Doctors, Diviners, and Magicians of Ancient China: Biographies of* Fang-shih. New York: Columbia University Press, 1983.

Dubs, Homer H. *The History of the Former Han Dynasty by Pan Ku*. 3 vols. Baltimore: Waverley, 1938–55.

Durrant, Stephen W. *The Cloudy Mirror: Tension and Conflict in the Writings of Sima Qian*. Albany: State University of New York Press, 1995.

Egan, Ronald. *The Literary Works of Ou-yang Hsiu (1007–72)*. Cambridge: Cambridge University Press, 1984.

——. "Narrative in the *Tso chuan*." *Harvard Journal of Asiatic Studies*, 37 (1977): 323–352.

Frankel, Hans H. "T'ang Literati: A Composite Biography." In Arthur Wright and Denis Twitchett, ed., *Confucian Personalities,* pp. 65–83. Stanford: Stanford University Press, 1962.

Gardner, Charles S. *Chinese Traditional Historiography*. Cambridge: Harvard University Press, 1938.

Giles, Lionel, trans. *A Gallery of Chinese Immortals*. London: John Murray, 1948.

Güntsch, Gertrud, trans. *Das* Shen-hsien chuan *und das Erscheinungsbild eines Hsien*. Wü rzburger Sino-Japonica, 16. Frankfurt: Peter Lang, 1987.

Hartman, Charles. *Han Yü and the T'ang Search for Unity*. Princeton: Princeton University Press, 1986.

Henricks, Robert G. *Philosophy and Argumentation in Third-Century China: The Essays of Hsi K'ang*. Princeton: Princeton University Press, 1983.

Hightower, James R. "Han Yüas Humorist." *Harvard Journal of Asiatic Studies*, 44.1 (June 1984): 5–27.

——. "Some Characteristics of Parallel Prose." In Soren Egerod and Elsa Glahn, ed., *Studia Serica Bernhard Karlgren Dedicata,* pp. 60–91. Copenhagen: Ejnar Munksgaard, 1959. Also in John Lyman Bishop, ed., *Studies in Chinese Literature,* pp. 108–139. Cambridge: Harvard University Press, 1965.

Holzman, Donald. *La vie et pensée de Hi K'ang (223–262* a.d.*)*. Leiden: E. J. Brill, 1957.

Johnson, David. "Epic and History in Early China: The Matter of Wu Tzu-hsü." *Journal of Asian Studies*, 40.2 (February 1981): 255–271.

Kaltenmark, Max, trans. *Le Lie-sien tchouan*. Peking: Université de Paris, Publications du Centre d'É tudes sinologiques de Pékin, 1953.

Knechtges, David R. "Han and Six Dynasties Parallel Prose." *Renditions* (Special Issue: Classical Prose), 33–34 (1990): 63–110.

Lewis, Mark Edward. *Writing and Authority in Early China*. Albany: State University of New York Press, 1999.

Liu, Shih Shun. *Chinese Classical Prose: The Eight Masters of the T'ang-Sung Period*. A *Renditions* Book. Hong Kong: Chinese University Press, 1979.

Mair, Victor H. "Li Po's Letters in Pursuit of Political Patronage." *Harvard Journal of Asiatic Studies*, 44 (1984): 123–153.

Maspero, Henri. "Historical Romance and History." Frank Kierman, Jr., trans. In Maspero, *China in Antiquity,* pp. 357–365. Amherst: University of Massachusetts Press, 1978.

Moloughney, Brian. "From Biographical History to Historical Biography: A Transformation in Chinese Historical Writing." *East Asian History*, 4 (1992): 1–30.

Nienhauser, William H., Jr. "Literature as a Source for Traditional History: The Case of Ou-yang

Chan." *Chinese Literature: Essays, Articles, Reviews (CLEAR)*, 12 (1990): 1–14.

Nienhauser, William H., Jr., et al. *Liu Tsung-yüan*. New York: Twayne, 1973.

Nivison, David S. "Aspects of Traditional Chinese Biography." *Journal of Asian Studies*, 21 (1962): 457–463.

Olbricht, Peter. "Die Biographie in China." *Saeculum*, 8 (1957): 224–235.

Paper, Jordan D. *Guide to Chinese Prose*. Boston: G. K. Hall, 1973.

Pulleyblank, E. G. "Chinese Historical Criticism: Liu Chih-chi and Ssu-ma Kuang." In E. G. Pulleyblank and W. G. Beasley, ed., *Historians of China and Japan,* pp.135–166. London: Oxford University Press, 1961.

Ssu-ma Ch'ien. *The Grand Scribe's Records*. Vol. 1. *The Basic Annals of Pre-Han China*. Vol. 7. *The Memoirs of Pre-Han China*. William H. Nienhauser, Jr., ed.; Tsai-fa Cheng, Zongli Lü, William H. Nienhauser, Jr., and Robert Reynolds, trans. With Chiu-ming Chan. Bloomington: Indiana University Press, 1994.

Twitchett, Denis. C. "Biography." In Twitchett, *The Writing of Official History Under the T'ang,* pp. 62–83. Cambridge: Cambridge University Press, 1992.

——. "Chinese Biographical Writing." In Pulleyblank and Beasley, ed., *Historians of China and Japan,* pp. 95–114.

Wang, John C. Y. "Early Chinese Narrative: The *Tso-chuan* as Example." In Andrew Plaks, ed., *Chinese Narrative: Critical and Theoretical Essays,* pp. 3–20. Princeton: Princeton University Press, 1977.

Watson, Burton. *Early Chinese Literature*. New York: Columbia University Press, 1962.

——. *Records of the Grand Historian of China, Translated from the* Shih chi *of Ssuma Ch'ien*. 2 vols. New York: Columbia University Press, 1961; rev. and enlgd. ed. in 3 vols., Hong Kong and New York: *Renditions*–Columbia University Press, 1993.

——. *Ssu-ma Ch'ien: Grand Historian of China*. New York: Columbia University Press, 1958.

Wright, Arthur F. "Biography and Hagiography: Hui-chien's *Lives of Eminent Monks*." In *Silver Jubilee Volume of the Zinbun-Kagaku-Kenkyusyo,* pp. 383–432. Kyoto: Kyoto University, Jinbun Kagaku Kenkyū jo, 1954.

Wu, Pei-yi. *The Confucian's Progress: Autobiographical Writings in Traditional China*. Princeton: Princeton University Press, 1990.

Yang, Lien-sheng. "The Organization of Chinese Official Historiography: Principles and Methods of the Standard Histories from the T'ang through the Ming." In Pulleyblank and Beasley, ed., *Historians of China and Japan,* pp. 31–43.

Yu , Anthony C. "History, Fiction and the Reading of Chinese Narrative." *Chinese Literature: Essays, Articles, Reviews (CLEAR)*, 10 (1988): 1–19.

Zurndorfer, Harriet. "Biography in China: Past and Present." In Zurndorfer, *China Bibliography,* pp. 137–169. Leiden: E. J. Brill, 1995.

· 现代时期

Barmé, Geremie, and John Minford, ed. *Seeds of Fire: Chinese Voices of Conscience*. New York: Hill and Wang, 1988; Noonday (Farrar, Straus, and Giroux), 1989.

Berninghausen, John, and Ted Huters, ed. *Revolutionary Literature in China: An Anthology*. White Plains, NY: M. E. Sharpe, 1976.

Gunn, Edward. *Rewriting Chinese: Style and Innovation in Twentieth-Century Chinese Prose*. Stanford: Stanford University Press, 1991.

Hsia Tsi-an. *The Gate of Darkness: Studies on the Leftist Literary Movement in China*. Seattle: University of Washington Press, 1968.

Hsu, Kai-yu, and Ting Wang, ed. *Literature of the People's Republic of China*. Bloomington: Indiana University Press, 1980.

Larson, Wendy. *Literary Authority and the Modern Chinese Writer: Ambivalence and Autobiography*. Durham: Duke University Press, 1991.

Lau, Joseph S. M., and Howard Goldblatt, ed. *The Columbia Anthology of Modern Chinese Literature*. New York: Columbia University Press, 1995.

Lee, Leo Ou-fan, ed. *Lu Xun and His Legacy*. Berkeley and Los Angeles: University of California Press, 1985.

Liu Kuo-hui and Ts'ao Fu-chih, ed. *Chin-wen kuan-chih* [Pinnacles of the Modern Essay]. 2 vols. Shenyang: Shenyang ch'u-pan-she, 1993.

Martin, Helmut, and Jeffrey C. Kinkley, ed. *Modern Chinese Writers: Self-Portrayals*. Armonk, NY: M. E. Sharpe, 1992.

Nieh, Hualing, ed. *Literature of the Hundred Flowers*. Vol. 1. *Criticism and Polemics*. Vol. 2. *Poetry and Fiction*. New York: Columbia University Press, 1981.

Pollard, David. *A Chinese Look at Literature: The Literary Values of Chou Tso-jen in Relation to the Tradition*. Berkeley and Los Angeles: University of California Press, 1973.

Pollard, David, ed. and trans. *The Chinese Essay*. New York: Columbia University Press, 2000.

Siu, Helen F., ed. *Furrows; Peasants, Intellectuals, and the State: Stories and Histories from Modern China*. New Haven: Yale University Press, 1990.

Soong, Stephen C., and John Minford, ed. *Trees on the Mountain: An Anthology of New Chinese Writing*. Hong Kong: Chinese University Press, 1984.

Wagner, Rudolf. *Inside a Service Trade: Studies in Contemporary Chinese Prose*. Cambridge: Harvard University Press, 1992.

Wolff, Ernst. *Chou Tso-jen*. New York: Twayne, 1971.

小说

· 古典小说

Barr, Allan H. "Pu Songling and *Liaozhai zhiyi*: A Study of Textual Transmission, Biographical Background, and Literary Antecedents." Ph.D. dissertation, Oxford University, 1983.

Campany, Robert Ford. *Strange Writing: Anomaly Accounts in Early Medieval China*. Albany: State University of New York Press, 1996.

Chan, Leo Tak-hung. *The Discourse on Foxes and Ghosts: Ji Yun and Eighteenth-Century Literati Storytelling*. Hong Kong: Chinese University Press, 1997.

Chang, H. C., trans. *Chinese Literature*. Vol. 3. *Tales of the Supernatural*. New York: Columbia University Press, 1984.

Cohen, Alvin P. *Tales of Vengeful Souls: A Sixth-Century Collection of Chinese Avenging Ghost Stories*. Variétés Sinologiques, n.s. 68. Taipei: Institut Ricci; Chinese Materials Center, 1982.

DeWoskin, Kenneth J. "The Six Dynasties *Chih-kuai* and the Birth of Fiction." In Andrew Plaks, ed., *Chinese Narrative: Critical and Theoretical Essays,* pp. 21–52. Princeton: Princeton University Press, 1977.

DeWoskin, Kenneth J., and J. I. Crump, Jr., trans. *In Search of the Supernatural: The Written Record*. Stanford: Stanford University Press, 1996.

Dudbridge, Glen. *Religious Experience and Lay Society in T'ang China: A Reading of Tai Fu's* Kuang-i chi. Cambridge: Cambridge University Press, 1995.

——. *The Tale of Li Wa, Study and Critical Edition of a Chinese Story from the Ninth Century*. London: Ithaca Press, 1983.

Edwards, E. D., trans. *Chinese Prose Literature of the T'ang Period*. 2 vols. London: Probsthain, 1937–38.

Kao, Karl S. Y. *Classical Chinese Tales of the Supernatural and the Fantastic: Selections from the Third to the Tenth Century*. Bloomington: Indiana University Press, 1985. (See also Victor H. Mair's review in *CLEAR*, 9 [1986]: 99–102.)

Levy, Howard S., trans. *China's First Novelette: The Dwelling of the Playful Goddesses by Chang Wen-ch'eng (ca. 657–730)*. Tokyo: Dai Nippon Insatsu, 1965.

Louie, Kam, and Louise Edwards, trans. *Censored by Confucius: Ghost Stories by Yuan Mei*. Armonk, NY: M. E. Sharpe, 1996.

Ma, Y. W., and Joseph S. M. Lau, ed. *Traditional Chinese Stories: Themes and Variations*. New York: Columbia University Press, 1978.

Mair, Victor H. "The Narrative Revolution in Chinese Literature: Ontological Presuppositions."

Chinese Literature: Essays, Articles, Reviews (CLEAR), 5 (1983): 1–28.

Mair, Victor H., and Denis Mair, trans. *Strange Tales from Make-Do Studio*. Peking: Foreign Languages Press, 1989.

Mather, Richard B., trans. *Shih-shuo hsin-yü: A New Account of Tales of the World by Liu I-ch'ing, with Commentary by Liu Chün*. Minneapolis: University of Minnesota Press, 1976.

Nienhauser, William H., Jr. "The Origins of Chinese Fiction." *Monumenta Serica*,38 (1988–89): 191–219.

Rotours, Robert des. *Courtisans chinois à la fin des T'ang, entre circa 789 et le 8 janvier881; Pei-li tche (Anecdotes du quartier du Nord) par Souen K'i*. Paris: Presses Universitaires de France, 1968.

Spring, Madeleine. *Animal Allegories in T'ang China*. New Haven: American Oriental Society, 1993.

Yang, Hsien-yi, and Gladys Yang, trans. *The Dragon King's Daughter: Ten T'ang Dynasty Stories*. Peking: Foreign Languages Press, 1954.

——. *The Man Who Sold a Ghost: Chinese Tales of the 3rd–6th Centuries*. Peking: Foreign Languages Press, 1958; Hong Kong: Commercial Press, 1974.

Yu, Anthony C. " 'Rest, Rest, Perturbed Spirit!': Ghosts in Traditional Chinese Fiction." *Harvard Journal of Asiatic Studies*, 47 (1987): 397–434.

Zeitlin, Judith T. *Historian of the Strange: Pu Songling and the Chinese Classical Tale*. Stanford: Stanford University Press, 1993.

· 白话小说

Barr, Allan H. "The Wanli Context of the 'Courtesan's Jewel Box' Story." *Harvard Journal of Asiatic Studies*, 57.1 (June 1997): 107–141.

Berry, Margaret. *The Chinese Classic Novels: An Annotated Bibliography of Chiefly English-Language Studies*. New York: Garland, 1988.

Birch, Cyril. "Feng Meng-lung and the *Ku-chin hsiao-shuo*." *Bulletin of the School of Oriental and African Studies*, 18.1 (1956): 64–83.

——. "Some Formal Characteristics of the *Hua-pen* Story." *Bulletin of the School of Oriental and African Studies*, 17.2 (1955): 346–364.

Birch, Cyril, trans. *Stories from a Ming Collection: Translations of Chinese Short Stories Published in the Seventeenth Century*. Bloomington: Indiana University Press, 1958.

Bishop, John Lyman. *The Colloquial Short Story in China: A Study of the San-yen Collections*. Cambridge: Harvard University Press, 1956.

Brandauer, Frederick W. *Tung Yüeh*. Boston: Twayne, 1978.

Buck, Pearl S., trans. *All Men Are Brothers* (*The Water Margin; Shui-hu chuan*). 2 vols. New York: John Day, 1933; reprint, New York: Grove, 1957.

Carlitz, Katherine. *The Rhetoric of* Chin p'ing mei. Bloomington: Indiana University Press, 1986.

Chang, Shelley Hsüeh-lun. *History and Legend: Ideas and Images in the Ming Historical Novels*. Ann Arbor: University of Michigan Press, 1990.

Crawford, William Bruce. " 'The Oil Vendor and the Courtesan' and the *Ts'ai-tzu chia-jen* Novels." In William H. Nienhauser, Jr., ed., *Critical Essays on Chinese Literature,* pp. 31–42. Hong Kong: Chinese University of Hong Kong Press, 1976.

Dolby, William, trans. *The Perfect Lady by Mistake and Other Stories by Feng Menglong (1574–1646)*. London: P. Elek, 1976.

Dudbridge, Glen. *The* Hsi-yu chi: *A Study of the Antecedents to the Sixteenth-Century Chinese Novel*. Cambridge: Cambridge University Press, 1970.

Egerton, Clement, trans. *The Golden Lotus*. 4 vols. London: Routledge, 1939; reprint, New York: Paragon, 1962.

Hanan, Patrick. "The Authorship of Some *Ku-chin hsiao-shuo* Stories." *Harvard Journal of Asiatic Studies*, 29 (1969): 190–200.

——. *The Chinese Short Story: Studies in Dating, Authorship, and Composition*. Cambridge: Harvard University Press, 1973.

——. *The Chinese Vernacular Story*. Cambridge: Harvard University Press, 1981.

——. "The Early Chinese Short Story: A Critical Theory in Outline." *Harvard Journal of Asiatic Studies*, 27 (1967): 168–207.

——. "The Making of *The Pearl-sewn Shirt* and *The Courtesan's Jewel Box*." *Harvard Journal of Asiatic Studies*, 33 (1973): 124–153.

——. "Sources of the *Chin P'ing Mei*." *Asia Major*, n.s. 10.2 (1963): 23–67.

——. "Sung and Yüan Vernacular Fiction: A Critique of Modern Methods of Dating." *Harvard Journal of Asiatic Studies*, 30 (1970): 159–184.

——. "The Text of the *Chin P'ing Mei*." *Asia Major*, n.s. 9.1 (1962): 1–57.

——. "The *Yün-men chuan*: From *Chantefable* to Short Story." *Bulletin of the School of Oriental and African Studies*, 36.2 (1973): 299–308.

Hanan, Patrick, trans. *The Carnal Prayer Mat*. New York: Ballantine, 1990.

Hawkes, David, trans. *The Story of the Stone: A Chinese Novel by Cao Xueqin*. 5 vols. Harmondsworth: Penguin, 1973–86. (Vol. 5 trans. John Minford.)

Hegel, Robert. *The Novel in Seventeenth-Century China*. New York: Columbia University Press, 1981.

Hsia, C. T. *The Classic Chinese Novel: A Critical Introduction*. New York: Columbia University Press, 1968; Ithaca: Cornell University Press, 1996.

——. "Society and Self in the Chinese Short Story." In Hsia, *The Classic Chinese Novel,* pp.

299–321. Bloomington: Indiana University Press, 1980.

Huang, Martin. *Literati and Self-Re/Presentation: Autobiographical Sensibility in the Eighteenth-Century Chinese Novel.* Stanford: Stanford University Press, 1995.

Idema, Wilt L. *Chinese Vernacular Fiction: The Formative Period.* Leiden: E. J. Brill, 1974.

Irwin, Richard G. *The Evolution of a Chinese Novel:* Shui-hu chuan. Cambridge: Harvard University Press, 1953.

——. "Water Margin Revisited." *T'oung Pao*, 58 (1960): 393–415.

Jenner, W. J. F., trans. *Journey to the West.* 3 vols. Peking: Foreign Languages Press, 1982–86.

Lévy, André. *Le Conte en langue vulgaire du XVIIe siècle: vogue et déclin d'un genre narratif de la littérature chinoise.* Lille: Université de Lille, Service de reproduction des thèses, 1974; Paris: Collège de France, 1981.

——. *É tudes sur le conte et le roman chinois.* Paris: É cole Francaise d'Extrême-Orient, 1971.

——. "É tudes sur trois recueils anciens de contes chinois." *T'oung Pao*, 52.1–3 (1965): 110–137.

Levy, Dore J. *Ideal and Actual in* The Story of the Stone. New York: Columbia University Press, 1999.

Li,Wai-yee. *Enchantment and Disenchantment.* Princeton: Princeton University Press, 1993.

Li , Yu. *Silent Operas* (Wusheng xi). Patrick Hanan, trans. and ed. Hong Kong: Chinese University of Hong Kong Press, 1990.

——. *A Tower for the Summer Heat.* Patrick Hanan, trans. New York: Ballantine Books, 1992.

Lin Tai-yi, trans. *Flowers in the Mirror* [Ching hua yüan]. Berkeley and Los Angeles: University of California Press, 1965.

Liu, Ts'un-yan. *Buddhist and Taoist Influences on Chinese Novels.* Vol. 1. *The Authorship of the* Feng Shen Yen I. Wiesbaden: Otto Harrassowitz, 1962.

Lu, Hsiao-peng. "The Fictional Discourse of *pien-wen*: The Relation of Chinese Fiction to Historiography." *Chinese Literature: Essays, Articles, Reviews (CLEAR)*, 9 (1987): 49–70.

LuHsün. *A Brief History of Chinese Fiction.* Yang Hsien-yi and Gladys Yang, trans. Peking: Foreign Languages Press, 1959.

Ma, Y.W. (Yau-Woon). "The Knight-errant in *Hua-pen* Stories." *T'oung Pao*, 61 (1975): 266–300.

——. "The Textual Tradition of Ming *Kung-an* Fiction: A Study of the *Lung-t'u kung-an.*" *Harvard Journal of Asiatic Studies*, 35 (1975): 266–300.

——. "Themes and Characterization in the *Lung-t'u kung-an.*" *T'oung Pao*, 59.1–5(1973): 179–202.

Mair, Victor H. "Parallels Between Some Tun-huang Manuscripts and the Seventeenth Chapter of the Kōzanji *Journey to the West.*" *Cahiers d'Extrême-Asie*, 3 (1987): 41–54.

——. "Suen Wu-kung _ Hanumat? The Progress of a Scholarly Debate." *Chungyangyen-chiu-yüan ti-erh-chieh kuo-chi Han-hsü eh hui-yi lun-wen-chi* [Papers from the Second

International Conference on Sinology at Academia Sinica], pp. 659–752. Taipei: Chung-yang yen-chiu-yüan, 1989.

McLaren, Anne E., trans. *The Chinese Femme Fatale: Stories from the Ming Period.* University of Sidney East Asian Series, 8. Broadway, NSW: Wild Peony, 1994.

M c Mahon, Keith. *Causality and Containment in Seventeenth-Century Chinese Fiction.* Leiden: E. J. Brill, 1988.

Nyren, Eve Alison, trans. *The Bonds of Matrimony,* Hsing-shih yin-yüan chuan: *A Seventeenth-Century Chinese Novel.* Lewiston, ME: Edwin Mellen, 1995.

Plaks, Andrew. *Archetype and Allegory in the Dream of the Red Chamber.* Princeton: Princeton University Press, 1972.

——. *The Four Masterworks of the Ming Novel.* Princeton: Princeton University Press, 1987.

Plaks, Andrew, ed. *Chinese Narrative: Critical and Theoretical Essays.* Princeton: Princeton University Press, 1977.

Prusek, Jaroslav. *Chinese History and Literature: Collection of Studies.* Dordrecht, the Netherlands: D. Reidel, 1970.

Roberts, Moss, trans. *The Three Kingdoms: A Historical Novel, Attributed to Luo Guanzhong.*

Berkeley and Los Angeles: University of California Press, and Peking: Foreign Languages Press, 1991.

Roddy, Stephen J. *Literati Identity and Its Fictional Representations in Late Imperial China.* Stanford: Stanford University Press, 1998.

Ropp, Paul S. *Dissent in Early Modern China:* Ju-lin wai-shih *and Ch'ing Social Criticism.* Ann Arbor: University of Michigan Press, 1981.

Roy, David T., trans. *The Plum in the Golden Vase, or Chin P'ing Mei.* Vol. 1. *The Gathering.* Princeton: Princeton University Press, 1993.

Rushton, Peter H. *The* Jin Ping Mei *and the Nonlinear Dimensions of the Traditional Chinese Novel.* Lewiston, ME: Edwin Mellen, 1994.

Scott, John, trans. *The Lecherous Academician and Other Tales by Master Ling Menchu.* London: Rapp and Whiting, 1973.

Seaman, Gary. *Journey to the North: An Ethnohistorical Analysis and Annotated Translation of the Chinese Folk Novel* Pei-yu chi. Berkeley and Los Angeles: University of California Press, 1987.

Shang, Wei. "Ritual, Ritual Manuals, and the Crisis of the Confucian World: An Interpretation of *Rulin waishi.*" *Harvard Journal of Asiatic Studies*, 58.2 (1998): 373–424.

Shapiro, Sidney, trans. *Outlaws of the Marsh.* 3 vols. Peking: Foreign Languages Press, 1980.

Waley, Arthur, trans. *Monkey.* London: John Day, 1942.

Wang, Chi-chen, trans. *Traditional Chinese Tales.* New York: Columbia University Press, 1944; reprint, New York: Greenwood, 1968.

Wang, Jing. *The Story of Stone: Intertextuality, Ancient Chinese Stone Lore, and Stone Symbolism in* Dream of the Red Chamber, Water Margin, *and* Journey to the West. Durham: Duke University Press, 1992.

Widmer, Ellen. *The Margins of Utopia:* Shui-hu hou-chuan *and the Literature of Ming Loyalism.* Cambridge: Council on East Asian Studies, Harvard University, 1987.

Wivell, Charles J. "The Term 'Hua-pen.' " In David Buxbaum and Frederick W. Mote, ed., *Transition and Permanence: Chinese History and Culture—A Festschrift in Honor of Dr. Hsiao Kung-ch'ü an,* pp. 295–306. Hong Kong: Cathay, 1972.

Wong, Timothy C. *Wu Ching-tzu.* Boston: Twayne, 1978.

Yang, Hsien-yi, and Gladys Yang, trans. *The Courtesan's Jewel Box: Chinese Stories of the Tenth–Seventeenth Centuries.* Peking: Foreign Languages Press, 1957.

——. *A Dream of Red Mansions.* 3 vols. Peking: Foreign Languages Press, 1978–80.

——. *Lazy Dragon: Chinese Stories from the Ming Dynasty.* Hong Kong: Joint Publishing Company, 1981.

——. *The Scholars* (Ju-lin wai-shih). Peking: Foreign Languages Press, 1957.

Yang, Winston L. Y., Peter Li, and Nathan K. Mao. *Classical Chinese Fiction: A Guide to Its Study and Appreciation; Essays and Bibliographies.* Boston: G. K. Hall, 1978.

Yen, Alsace. "The Parry-Lord Theory Applied to Vernacular Chinese Stories." *Journal of the American Oriental Society*, 95 (1975): 403–416.

Yu, Anthony C., trans. and annot. *The Journey to the West.* 4 vols. Chicago: University of Chicago Press, 1977–83.

——. *Rereading the Stone: Desire and the Making of Fiction in* Dream of the Red Chamber. Princeton: Princeton University Press, 1997.

· 现代小说

Anderson, Marston. *The Limits of Realism: Chinese Fiction in the Revolutionary Period.* Berkeley: University of California Press, 1990.

Birch, Cyril. "Change and Continuity in Chinese Fiction." In Merle Goldman, ed., *Modern Chinese Literature in the May Fourth Era,* pp. 385–404. Cambridge: Harvard University Press, 1977.

. *Chinese Communist Literature.* New York: Praeger, 1963.

Dolezelova-Velingerova, Milena, ed. *The Chinese Novel at the Turn of the Century.* Toronto: University of Toronto Press, 1980.

——. "Narrative Modes in Late Qing Novels." In Dolezelova-Velingerova, ed., *The Chinese Novel at the Turn of the Century*, pp. 57–75.

——. "The Origins of Modern Chinese Literature." In Goldman, ed., *Modern Chinese Literature in the May Fourth Era,* pp. 17–35 (see Birch entry above).

——. "Typology of Plot Structures in Late Qing Novels." In Dolezelova-Velingerova, ed., *The Chinese Novel at the Turn of the Century*, pp. 38–56.

——. "Understanding Chinese Fiction 1900–1949." In Dolezelova-Velingerova, ed., *A Selective Guide to Chinese Literature, 1900–1949*. Vol. 1. *The Novel*, pp. 3–45. Leiden: E. J. Brill, 1988.

Duke, Michael S. *Blooming and Contending: Chinese Literature in the Post-Mao Era*. Bloomington: Indiana University Press, 1985.

Duke, Michael S., ed. *Worlds of Modern Chinese Fiction*. Armonk, NY: M. E. Sharpe, 1991.

Egan, Michael. "Characterization in *Sea of Woe*." In Dolezelova-Velingerova, ed., *The Chinese Novel at the Turn of the Century*, pp. 165–176.

Faurot, Jeannette L., ed. *Chinese Fiction from Taiwan: Critical Perspectives*. Bloomington: Indiana University Press, 1980.

Feuerwerker, Yi-tsi. *Ding Ling's Fiction: Ideology and Narrative in Modern Chinese Literature*. Cambridge: Harvard University Press, 1982.

Fong, Gilbert Chee Fun. "Time in *Nine Murders*: Western Influence and Domestic Tradition." In Dolezelova-Velingerova, ed., *The Chinese Novel at the Turn of the Century*, pp. 116–128.

Galik, Marian. "On the Influences of Foreign Ideas on Chinese Literary Criticism, 1898–1904." *Asian and African Studies* (Bratislava), 2 (1966): 38–48.

Gibbs, Donald A. *Subject and Author Index to Chinese Literature Monthly (1951–1976)*. New Haven: Far Eastern Publications, 1978.

Gibbs, Donald A., and Yun-chen Li. *A Bibliography of Studies and Translations of Modern Chinese Literature, 1918–1942*. Cambridge: Harvard University Press, 1975.

Goldblatt, Howard. *Hsiao Hung*. Boston: Twayne, 1976.

Goldblatt, Howard, ed. *Chairman Mao Would Not Be Amused: Fiction from Today's China*. New York: Grove, 1995.

——. *Worlds Apart: Recent Chinese Writing and Its Audiences*. Armonk, NY: M. E. Sharpe, 1990.

Gunn, Edward. *Unwelcome Muse: Chinese Literature in Shanghai and Peking, 1937–1945*. New York: Columbia University Press, 1980.

Hagenaar, Elly. *Stream of Consciousness and Free Indirect Discourse in Modern Chinese Literature*. Leiden: Centre of Non-Western Studies, 1992.

Hanan, Patrick, trans. *Two Turn-of-the-Century Chinese Romantic Novels:* Stones in the Sea *by Fu Lin and* The Sea of Regret *by Wu Jianren*. Honolulu: University of Hawai'i Press, 1995.

He, Yuhai. *Cycles of Repression and Relaxation: Politico-Literary Events in China, 1976–1989*. Bochum: Universitatsverlag Dr. Brockmeyer, 1992.

Hinrup, Hans J. *An Index to* Chinese Literature*, 1951–1976*. London: Curzon, 1978.

Holoch, Donald. "A Novel of Setting: *The Bureaucrats*." In Dolezelova-Velingerova, ed., *The Chinese Novel at the Turn of the Century*, pp. 76–115.

——. "*The Travels of Laocan*: Allegorical Narrative." In Dolezelova-Velingerova, ed., *The Chinese Novel at the Turn of the Century,* pp. 129–149.

Hsia, C. T. *A History of Modern Chinese Fiction*. 1st ed., New Haven: Yale UniversityPress, 1961; 2nd ed., 1971; 3rd ed., Bloomington and Indianapolis: Indiana University Press, 1999.

——. "Yen Fu and Liang Ch'i-ch'ao as Advocates of New Fiction." In Adele Austin Rickett, ed., *Chinese Approaches to Literature from Confucius to Liang Ch'i-ch'ao,* pp. 221–257. Princeton: Princeton University Press, 1978.

Hsia, C. T., and Joseph S. M. Lau, ed. *Twentieth-Century Chinese Stories*. New York: Columbia University Press, 1971.

Huters, Theodore. "A New Way of Writing: The Possibilities for Literature in Late Qing China, 1895–1908."

Modern China, 14.3 (July 1988): 243–276.

——. *Qian Zhongshu*. Boston: Twayne, 1982.

James, Jean M., trans. *Rickshaw: The Novel* Lo-t'o Hsiang Tzu. Honolulu: University of Hawaii Press, 1979.

Jenner, W. J. F., ed. *Modern Chinese Stories*. London: Oxford University Press, 1970.

Kinkley, Jeffrey C., ed. *After Mao: Chinese Literature and Society, 1978–1981*. Cambridge: Harvard University Press, 1985.

——. *Chinese Justice, the Fiction: Law and Literature in Modern China*. Stanford: Stanford University Press, 2000.

——. *The Odyssey of Shen Congwen*. Stanford: Stanford University Press, 1987.

Král, Oldrich, et al. *Contributions to the Study of the Rise and Development of Modern Literatures in Asia*. 3 vols. Prague: Academia, 1965, 1969, 1970.

Lancashire, Douglas. *Li Po-yuan*. Boston: Twayne, 1981.

Lang, Olga. *Pa Chin and His Writings: Chinese Youth Between the Two Revolutions*. Cambridge: Harvard University Press, 1967.

Larson, Wendy, and Anne Wedell-Wedellsborg, ed. *Inside Out: Modernism and Postmodernism in Chinese Literary Culture*. Aarhus: Aarhus University Press, 1993.

Lau, Joseph S. M., ed. *The Unbroken Chain: An Anthology of Taiwan Fiction Since 1926*. Bloomington: Indiana University Press, 1983.

Lau, Joseph S. M., C. T. Hsia, and Leo Ou-fan Lee, ed. *Modern Chinese Stories and Novellas, 1919–1949*. New York: Columbia University Press, 1981.

Lee, Leo Ou-fan, ed. *Lu Xun and His Legacy*. Berkeley and Los Angeles: University of California Press, 1985.

——, ed. *The Lyrical and the Epic: Studies of Modern Chinese Literature*. Bloomington:Indiana

University Press, 1980.

——. *The Romantic Generation of Modern Chinese Writers*. Cambridge: Harvard University Press, 1973.

——. *Voices from the Iron House: A Study of Lu Xun*. Bloomington: Indiana University Press, 1987.

Lee, Peter. "The Dramatic Structure of *Nie hai hua*." In Dolezelova-Velingerova, ed., *The Chinese Novel at the Turn of the Century*, pp. 150–164.

Link, Perry. *Mandarin Ducks and Butterflies: Popular Fiction in Early Twentieth-Century Chinese Cities*. Berkeley and Los Angeles: University of California Press, 1981.

——. "Traditional-Style Popular Urban Fiction in the 'Teens and Twenties.' " In Goldman, ed., *Modern Chinese Literature in the May Fourth Era*, pp. 327–349 (see Birch entry above).

Liu, Lydia H. *Translingual Practice: Literature, National Culture, and Translated Modernity—China, 1900–1937*. Stanford: Stanford University Press, 1995.

Liu T'ieh-yün. *The Travels of Lao Ts'an*. Harold Shadick, trans. Ithaca: Cornell University Press, 1952, 1966.

Liu Wu-chi. *Su Man-shu*. New York: Twayne, 1972.

Louie, Kam. *Between Fact and Fiction: Essays on Post-Mao Chinese Literature and Society*. Broadway, NSW: Wild Peony, 1989.

Louie, Kam, and Louise Edwards, ed. *Bibliography of English Translations and Critiques of Contemporary Chinese Fiction, 1945–1992*. Taipei: Center for Chinese Studies, 1993.

Lundberg, Lennart. *Lu Xun as a Translator: Lu Xun's Translation and Introduction of Literature and Literary Theory, 1903–1936*. Stockholm: Orientaliska Studier, Stockholm University, 1989.

Lyell, William A., Jr. *Lu Hsün's Vision of Reality*. Berkeley and Los Angeles: University of California Press, 1976.

Mao, Nathan K. *Pa Chin*. Boston: Twayne, 1978.

Martin, Helmut. "A Transitional Concept of Chinese Literature, 1897–1917: Liang Ch'i-ch'ao on Poetry Reform, Historical Drama and Political Novel." *Oriens Extremus*, 20 (1973): 175–217.

McDougall, Bonnie S., and Kam Louie. *The Literature of China in the Twentieth Century*. New York: Columbia University Press, 1997.

Nieh, Hua-ling. *Shen Ts'ung-wen*. New York: Twayne, 1972.

Perng, Ching-hsi, and Chiu-kuei Wang, ed. *"Death in a Cornfield" and Other Stories from Contemporary Taiwan*. Hong Kong: Oxford University Press, 1994.

Prusek, Jaroslav. "The Changing Role of the Narrator in Chinese Novels at the Beginning of the Twentieth Century." *Archiv Orientá lni*, 38 (1970): 169–178.

——. "Lu Hsün's 'Huai Chiu': A Precursor of Modern Chinese Literature." *Harvard Journal of*

Asiatic Studies, 29 (1969): 169–176.

——. *The Lyrical and the Epic: Studies of Modern Chinese Literature*. Leo Ou-fan Lee, ed. Bloomington: Indiana University Press, 1980.

Qian, Zhongshu. *Fortress Besieged*. Jeanne Kelly and Nathan K. Mao, trans. Bloomington: Indiana University Press, 1979.

Semanov, V. I. *Lu Sin' i ego predshestvenniki* (Lu Hsün and His Predecessors). Moscow: Nauka, 1967; English translation by Charles J. Alber. White Plains, NY: M.E. Sharpe, 1980.

Slupski, Zbigniew. *The Evolution of a Modern Chinese Writer: An Analysis of Lao She's Fiction with Biographical and Bibliographical Appendices*. Prague: Czechoslovak Academy of Science, 1966.

Slupski, Zbigniew, ed. *A Selective Guide to Chinese Literature, 1900–1949*. Vol. 2. *The Short Story*. Leiden: E. J. Brill, 1988.

Tsau, Shu-ying. "The Rise of 'New Fiction.' " In Dolezelova-Velingerova, ed., *The Chinese Novel at the Turn of the Century*, pp. 18–37.

Vohra, Ranbir. *Lao She and the Chinese Revolution*. Cambridge: Harvard University Press, 1974.

Wang, C. C., trans. *Contemporary Chinese Stories*. New York: Columbia University Press, 1944.

Wang, David Der-wei. *Fictional Realism in Twentieth-Century China: Mao Dun, Lao She, Shen Congwen*. New York: Columbia University Press, 1992.

——. *Fin-de-Siecle Splendor: Repressed Modernities in Late-Qing Fiction, 1849–1911*. Stanford: Stanford University Press, 1997.

Wang, David Der-wei, and Jeanne Tai, ed. *Running Wild: New Chinese Writers*. New York: Columbia University Press, 1994.

Wang, Jing, ed. *China's Avant-Garde Fiction: An Anthology*. Durham: Duke University Press, 1998.

——. *High Culture Fever: Politics, Aesthetics, and Ideology in Deng's China*. Berkeley and Los Angeles: University of California Press, 1996.

Widmer, Ellen, and David Der-weiWang, ed. *From May Fourth to June Fourth: Fiction and Film in 20th-Century China*. Cambridge: Harvard University Press, 1993.

Williams, Philip F. *Village Echoes: The Fiction of Wu Zuxiang*. Boulder: Westview Press, 1993.

Yang, Hsien-yi, and Gladys Yang, trans. *Selected Works of Lu Hsun*. 4 vols. Peking: Foreign Languages Press, 1956–60.

Yang, Winston, and Nathan Mao, ed. *Modern Chinese Fiction: A Guide to Its Study and Appreciation: Essays and Bibliographies*. Boston: G. K. Hall, 1981.

Zhang Yingjin. *The City in Modern Chinese Literature and Film: Configurations of Space, Time, and Gender*. Stanford: Stanford University Press, 1996.

Zhao, Henry Y. H., ed. *The Lost Boat: Avant Garde Fiction from China*. London: Wellsweep, 1993.

——. *The Uneasy Narrator: Chinese Fiction from the Traditional to the Modern*. Oxford: Oxford University Press, 1995.

戏剧（同时参考“口头表演艺术、变文及谚语”部分）

· 概论

Chang, H. C. *Chinese Literature*. Vol. 1. *Popular Fiction and Drama*. Edinburgh: Edinburgh University Press, 1973.

Chu Kun-liang. *Les aspects rituels du thea tre chinois*. Paris: College de France, 1991.

Dolby, William. *Eight Chinese Plays*. London: Paul Elek, 1978.

——. *A History of Chinese Drama*. London: Paul Elek, 1976.

Gimm, Martin. *Das Yüeh-fu Tsa-lu des Tuan An-chieh: Studien zur Geschichte von Musik, Schauspiel und Tanz in der T'ang Dynastie*. Wiesbaden: Otto Harrassowitz, 1966.

Hung, Josephine Huang. *Ming Drama: Drama of the Ming Dynasty*. Taipei: Heritage Press, 1966.

Idema, Wilt, and Stephen H. West. *Chinese Theater 1100–1450: A Source Book*. Wiesbaden: Franz Steiner, 1982.

Johnson, David, ed. *Ritual Opera, Operatic Ritual: "Mulian Rescues His Mother" in Chinese Popular Culture*. Berkeley: Institute for East Asian Studies, 1989.

Judd, Ellen R. "Ritual Opera and the Bounds of Authority: Transformation and Transcendence." In Bell Yung, Evelyn S. Rawski, and Ruby B. Watson, ed., *Harmony and Counterpoint: Ritual Music in a Chinese Context,* pp. 226–246. Stanford: Stanford University Press, 1996.

Kuzay, Stefan. *Dan Nuo von Guichi: Eine Untersuchung zu religiosen Maskenspielen im südlichen Anhui*. Frankfurt: Peter Lang, 1995.

Lopez, Manual D. *Chinese Drama: An Annotated Bibliography of Commentary, Criticism and Plays in English Translation*. Metuchen, NJ: Scarecrow Press, 1991.

Lu, Tina. *Persons, Roles, and Minds: Identity in "Peony Pavilion" and "Peach Blossom Fan."* Stanford: Stanford University Press, 2001.

Mackerras, Colin. *Chinese Drama: A Historical Survey*. Peking: New World Press, 1990.

——. *Chinese Drama: From Its Origin to the Present Day.* Honolulu: University of Hawaii Press, 1983.

Riley, Jo. *Chinese Theatre and the Actor in Performance*. Cambridge: Cambridge University Press, 1997.

van der Loon, Piet. "Les origines rituelles du theatre chinois." *Journal Asiatique*, 265 (1977):

141–163.

Wang, Kefen. *The History of Chinese Dance*. Peking: Foreign Languages Press, 1985.

· 诸宫调和其他早期形式

Chen, Fan Pen. "Yang Kuei-fei in *Tales from the T'ien-pao Era: A Chu-kung-tiao*." *Journal of Sung-Yuan Studies*, 22 (1990–92): 1–22.

Ch'en, Li-li. "Outer and Inner Forms of *Chu-kung-tiao*, with Reference to *pien-wen, tz'u* and Vernacular Fiction." *Harvard Journal of Asiatic Studies*, 32 (1972): 124–149.

——. "Some Background Information on the Development of *Chu-kung-tiao*." *Harvard Journal of Asiatic Studies*, 33 (1973): 224–237.

Dolezelova-Velingerova, Milena, and J. I. Crump, trans. *Ballad of the Hidden Dragon* (Liu Chih-yüan chu-kung-tiao). Oxford: Oxford University Press, 1971.

Idema, Wilt L. "Data on the *Chu-kung-tiao*: A Reassessment of Conflicting Opinions." *T'oung Pao*, 79 (1993): 69–112.

——. "Performance and Construction of the *Chu-kung-tiao*." *Journal of Oriental Studies*, 16 (1978): 63–78.

——. "Satire and Allegory in All Keys and Modes." In Hoyt C. Tillman and Stephen H. West, ed., *China Under Jurchen Rule,* pp. 238–280. Albany: State University of New York Press, 1995.

West, Stephen H. *Vaudeville and Narrative: Aspects of Chin Theater*. Wiesbaden: Franz Steiner, 1977.

· 杂剧

Besio, Kimberly. "Zhang Fei in Yuan Vernacular Literature: Legend, Heroism, and History in the Reproduction of the Three Kingdoms Story Cycle." *Journal of Sung-Yuan Studies*, 27 (1997): 63–98.

Crump, James I. *Chinese Theater in the Days of Kublai Khan*. Tucson: University of Arizona Press, 1981.

Crump, James I., trans. "Wang Chiu-ssu: The Wolf of Chung Shan." *Renditions*, 7 (1977): 29–38.

Dolby, A. E. W. "Kuan Han-ch'ing." *Asia Major*, 16 (1971): 1–60.

——. "Wang Shifu's Influence and Reputation." *Ming-Qing yanjiu*, 3 (1994): 19–45.

Du, Wenwei. "*The Chalk Circle* Comes Full Circle: From Yuan Drama Through the Western Stage to Peking Opera." *Asian Theater Journal*, 12.2 (1995): 307–325.

Forke, Alfred, trans. *Chinesische Dramen der Yuan-Dynastie*. Wiesbaden: Franz Steiner, 1978.

Hart, Henry H., trans. *The West Chamber: A Medieval Drama*. Stanford: Stanford University Press, 1936.

Hayden, George A., trans. *Crime and Punishment in Medieval Chinese Drama: Three Judge Pao Plays*. Cambridge: Harvard University Press, 1978.

Hsiung, S. I., trans. *The Romance of the Western Chamber* (Hsi Hsiang Chi). London: Methuen, 1935; reprinted (with a preface by C. T. Hsia), New York: Columbia University Press, 1968.

Idema,W. L. *The Dramatic Oeuvre of Chu Yu-tun, 1379–1439*. Leiden: E. J. Brill, 1985.

——. "Emulation Through Readaptation in Yüan and Early Ming *tsa-chü*." *Asia Major*, 3rd series, 3 (1990): 113–128.

——. "The Orphan of Zhao: Self-Sacrifice, Tragic Choice and Revenge, and the Confucianization of Mongol Drama at the Ming Court." *Cina*, 21 (1988): 159–190.

——. "Why You Never Have Read a Yuan Drama: The Transformation of *zaju* at the Ming Court." In S. M. Carletti, M. Sacchetti, P. Santangelo, ed., *Studi in onore di Lanciello Lanciotti*, pp. 765–791. Naples: Istituto Universitorio Orientale, Dipartimento di Studi Asiatici, 1996.

——. "*Yüan-pen* as a Minor Form of Dramatic Literature in the Fifteenth and Sixteenth Centuries." *Chinese Literature: Essays, Articles, Reviews (CLEAR)*, 6 (1984): 20–42.

Liu, Wu-chi. "Kuan Han-ch'ing: The Man and His Life." *Journal of Sung-Yuan Studies*, 22 (1990–92): 163–188.

——. "The Original Orphan of China." *Comparative Literature*, 5 (1953): 193–212.

Panish, Paul Z. "Trembling Pearls: The Craft of Imagery in Po P'u's 'Rain on theWut'ung Tree.' " *Monumenta Serica*, 12 (1976): 355–373.

Shih, Chung-wen. *The Golden Age of Chinese Drama: Yüan Tsa-chü*. Princeton: Princeton University Press, 1976.

——. *Injustice to Tou O* (Tou O yuan): *A Study and Translation*. Cambridge: Cambridge University Press, 1972.

Wang, Pi-twan H., trans. "The Revenge of the Orphan of Chao, by Chi Chun-hsiang." *Renditions*, 9 (1978): 103–131.

Wang, Shifu. *The Moon and the Zither: The Story of the Western Wing*. Stephen H. West and Wilt L. Idema, ed. and trans. Berkeley and Los Angeles: University of California Press, 1991; reissued by the same publisher in 1995 as *The Story of the Western Wing*.

West, Stephen H. "Jurchen Elements in the Northern Drama *Hu-t'ou-p'ai*." *T'oung Pao*, 63 (1977): 273–295.

——. "A Study in Appropriation: Zang Maoxun's Injustice to Dou E." *Journal of the American Oriental Society*, 111.1 (1991): 283–302.

Yang, Hsien-yi, and Gladys Yang, trans. *Selected Plays of Kuan Han-ch'ing*. Shanghai: New Art and Literature Publishing House, 1958; reprinted as *Selected Plays of Guan Hanqing* (Peking:

Foreign Languages Press, 1979).

Yen, Yuan-shu. "Yellow Millet Dream: A Translation" and "Yellow Millet Dream: A Study of Its Artistry." *Tamkang Review*, 6 (1975): 205–249.

Yu, Shao-ling. "Tears on the Blue Gown, by Ma Chih-yuan (fl. 1251)." *Renditions*, 10 (1978): 131–154.

· 传奇与其先声、继承者

Birch, Cyril, trans. *The Peony Pavilion* (Mudan Ting). Bloomington: Indiana University Press, 1980.

——. *Scenes for Mandarins: The Elite Theater of the Ming*. New York: Columbia University Press, 1995.

Chang, Chun-shu, and Shelley Hsüeh-lun Chang. *Crisis and Transformation in Seventeenth-Century China: Society, Culture and Modernity in Li Yü's World*. Ann Arbor: University of Michigan Press, 1992.

Chen Shih-hsiang, Harold Acton, and Cyril Birch, trans. *The Peach Blossom Fan,* by K'ung Shang-jen. Berkeley and Los Angeles: University of California Press, 1976.

Hanan, Patrick. *The Invention of Li Yü*. Cambridge: Harvard University Press, 1988.

Henry, Eric P. *Chinese Amusement: The Lively Plays of Li Yu*. Hamden, CT: Archon Books, 1980.

Leung, K. C. *Hsu Wei as Drama Critic: An Annotated Translation of the* Nan-tz'u hsü-lu. University of Oregon, Asian Studies Program, no. 7. Eugene: University of Oregon, 1988.

Mao, Nathan, and Wu-chi Liu. *Li Yu*. Boston: Twayne, 1979.

Martin, Helmut. *Li Li-weng über das Theater*. Heidelberg: privately printed, 1966; reprinted, Taipei: Mei Ya, 1968.

Mulligen, Jean, trans. *The Lute: Kao Ming's* P'i-p'a chi. New York: Columbia University Press, 1980.

Strassberg, Richard E. *TheWorld of K'ung Shang-jen: A Man of Letters in Early Ch'ing China*. New York: Columbia University Press, 1983.

Struve, Lynn A. "History and *The Peach Blossom Fan*." *Chinese Literature: Essays, Articles, Reviews (CLEAR)*, 2.1 (1980): 55–72.

——. " 'The Peach Blossom Fan' as Historical Drama." *Renditions*, 7 (1977): 99–113.

Yang, Hsien-yi, and Gladys Yang, trans. *Fifteen Strings of Cash,* by Chu Su-chen. Peking: Foreign Languages Press, 1957.

——. *The Palace of Eternal Youth,* by Hung Sheng. Peking: Foreign Languages Press, 1955.

Zbikowski, Tadeusz. *Early Nan-hsi Plays of the Southern Sung Period*. Warsaw: Wydawnictwa Universytetu Warszawskiego, 1974.

· 京剧

Arlington, L. C. *The Chinese Drama from the Earliest Times Until Today: A Panoramic Study of the Art in China, Tracing Its Origin and Describing Its Actors (in Both Male and Female Roles) . . . Concluding with Synopses of Thirty Chinese Plays*. Shanghai: Kelly and Walsh, 1930.

Cosdon, Mark. " 'Introducing Occidentals to an Exotic Art': Mei Lanfang in New York." *Asian Theater Journal*, 12.1 (1995): 175–189.

Hsu, Tau-Ching. *The Chinese Conception of the Theater*. Seattle: University of Washington Press, 1985.

Jones, Irmgard. "The Reform of Peking Opera in Taiwan." *China Quarterly*, 57 (January–March, 1974): 140–146.

Mackerras, Colin P. *The Rise of the Peking Opera, 1770–1870: Social Aspects of the Theatre in Manchu China*. Oxford: Oxford University Press, 1972.

Pan Xiafeng. *The Stagecraft of Peking Opera: From Its Origins to the Present Day*. Peking: New World Press, 1995.

Schonfelder, Gerd. *Die Musik der Peking Oper*. Leipzig: Deutscher Verlag für Musik, 1972.

Scott, A. C. *The Classical Theatre of China*. London: Allen and Unwin, 1957.

——. *Traditional Chinese Plays*. 3 vols. Madison: University of Wisconsin Press, 1967, 1969, 1975.

Wichmann, Elizabeth. *Listening to Theater: The Aural Dimension of Beijing Opera*. Honolulu: University of Hawaii Press, 1991.

Wichmann, Elizabeth, trans. *The Phoenix Returns to Its Nest: A Beijing Opera Created by Mei Lanfang*. Peking: New World Press, 1986.

Yang, David Shih-p'eng. *An Annotated Bibliography of Materials for the Study of Peking Opera*. Madison: University of Wisconsin Press, 1967.

Yang, Hsien-yi, and Gladys Yang. *Selected Plays of Kuan Han-ch'ing*. Peking: Foreign Languages Press, 1958.

Zung, Cecilia. *Secrets of the Chinese Drama: a Complete Explanatory Guide to Actions and Symbols as Seen in the Performance of Chinese Dramas, with Synopses of Fifty Popular Chinese Plays and 240 Illustrations*. London: G. G. Harrap, 1937.

· 地方戏剧

Chan, Sau Y. *Improvisation in a Ritual Context: The Music of Cantonese Opera*. Hong Kong: Chinese University Press, 1991.

Gamble, Sidney D., ed. *Chinese Village Plays from the Ting Hsien Region*. Amsterdam: Philo Press, 1970.

Johnson, David, ed. *Ritual Opera: Operatic Ritual: "Mu-lien Rescues His Mother" in Chinese Popular Culture*. Publications of the Chinese Popular Culture Project, 1. Berkeley: IEAS Publications, University of California, 1989.

Kalvadova, Dana. "The Origin and Structure of Szechwan Theatre." *Archiv Orientá lni*, 34 (1966): 503–523.

Mair, Victor H., and Li-ching Chang, trans. and intro. "*The Wall,* A Folk Opera, by Pu Songling." *Chinoperl Papers,* 14 (1986): 97–152.

Mark, Lindi Li. "*Kunqu* and Theater in the Transvestite Novel *Pinhua Baojian* [Mirror of Flowered Ranks]." *Chinoperl Papers*, 14 (1986): 37–59.

Sutton, Donald S. "Ritual Drama and Moral Order: Interpreting the God's Festival Troupes of Southern Taiwan." *Journal of Asian Studies*, 41 (1990): 535–554.

van der Loon, Piet. *The Classical Theatre and Art Song of South Fukien: A Study of Three Anthologies*. Taipei: Southern Materials Center, 1992.

Ward, Barbara E. "Regional Operas and Their Audiences: Evidence from Hong Kong." In David Johnson, Andrew J. Nathan, and Evelyn S. Rawski, ed., *Popular Culture in Late Imperial China,* pp. 161–187. Berkeley and Los Angeles: University of California Press, 1985.

Yung, Bell. *Cantonese Opera: Performance as Creative Process*. Cambridge: Cambridge University Press, 1989.

· 木偶戏与皮影戏

Broman, Sven. *Chinese Shadow Theatre*. Stockholm: Etnografiska Museet, 1981.

——. "Eight Immortals Crossing the Sea." *Bulletin of the Museum of Far Eastern Antiquities*, 50 (1978): 25–48.

——. "Notes on Chinese Puppetry." *Bulletin of the Museum of Far Eastern Antiquities*, 55 (1983): 89–163.

Cohen, Alvin P. "A Taiwanese Puppeteer and His Theater." *Asian Folklore Studies* (Nagoya), 50.1 (1981): 33–49.

Dolby, William. "The Origins of Chinese Puppetry." *Bulletin of the School of Oriental and African Studies*, 41 (1978): 97–120.

Grube, Wilhelm, et al. *Chinesische Schattenspiele*. Munich: Verlag der Koniglichen Bayerischen Akademie der Wissenschaften, 1916.

March, Benjamin. *Chinese Shadow-Figure Plays and Their Making*. With three Pieces from the Chinese: Visiting Li Er Ssu, Fox Bewitchment, The Exorcism, ed. With notes by Paul

McPharlin. Detroit: Puppetry Imprints, 1938.

Obraztsov, Sergei. *The Chinese Puppet Theatre*. London: Faber and Faber, 1961.

Pimpaneau, Jacques. *Des poupés à l'ombre: Le théâtre des ombres et de marionettes en Chine*. Paris: Université Paris VII, Centre de Publication Asie Orientale, 1977.

Schipper, K. M. "The Divine Jester: Some Remarks on the Gods of the Chinese Marionette Theater." *Chung-yang yen-chiu-yüan, Min-tsu-hsüeh yan-chiu-so chik'an* (Bulletin of the Institute of Ethnology, Academia Sinica), 21 (1966): 81–96.

Stalberg, Roberta Helmer. *China's Puppets*. San Francisco: China Books, 1984.

· 现代戏剧、电影

Berry, Chris. *Perspectives on Chinese Cinema*. London: British Film Institute, 1991.

Brown, Nick, et al., ed. *New Chinese Cinemas: Forms, Identities, Politics*. Cambridge: Cambridge University Press, 1994.

Chow, Rey. *Primitive Passions: Visuality, Sexuality, Ethnography, and Contemporary Chinese Cinema*. New York: Columbia University Press, 1995.

Clark, Paul. *Chinese Cinema, Culture and Politics Since 1949*. Cambridge: Cambridge University Press, 1987.

Eberstein, Bernd. *Das chinesische Theater im 20. Jahrhundert*. Wiesbaden: Otto Harrassowitz,1983.

——. *A Selective Guide to Chinese Literature, 1900–1949*. Vol. 4. *The Drama*. Leiden: E. J. Brill, 1990.

Ehrlich, Linda C., and David Dresser, ed. *Cinematic Landscapes: Observations on the Visual Arts of China and Japan*. Austin: University of Texas Press, 1994.

Gunn, Edward M. *Twentieth-century Chinese Drama: An Anthology*. Bloomington: Indiana University Press, 1983.

Guo, Moruo. *Five Historical Plays*. Fumin Peng, Bonnie S. McDougall, Yang Xianyi, and Gladys Yang, trans. Peking: Foreign Languages Press, 1984.

Holm, David L. *Art and Ideology in Revolutionary China*. Oxford: Oxford University Press, 1991.

Hu, John Y. H. *Ts'ao Yü*. New York: Twayne, 1972.

Lao She. *Teahouse: A Play in Three Acts*. John Howard-Gibbon, trans. Peking: Foreign Languages Press, 1980.

Lau, Joseph S. M. *Ts'ao Yü, The Reluctant Disciple of Chekhov and O'Neill: A Study in Literary Influence*. Hong Kong: Hong Kong University Press, 1970.

Levenson, Joseph R. *Revolution and Cosmopolitanism: The Western Stage and the Chinese*

Stages. Berkeley and Los Angeles: University of California Press, 1971.

Leyda, Jay. *Dianying/Electric Shadows: An Account of Films and the Film Audience in China*. Cambridge: MIT Press, 1972.

Mackerras, Colin. *The Chinese Theatre in Modern Times: From 1840 to the Present Day*. London: Thames and Hudson, 1975.

Meserve, Walter J., and Ruth I. Meserve, ed. *Modern Drama from Communist China*. New York: New York University Press, 1970.

Mitchell, John D., ed. *The Red Pear Garden: Three Great Dramas of Revolutionary China*. Boston: David R. Godine, 1973.

Roy, David T. *Kuo Mo-jo: The Early Years*. Cambridge: Harvard University Press, 1971.

Semsel, George S., Chen Xihe, and Xia Hong. *Film in Contemporary China: Critical Debates, 1979–1989*. Westport, CT: Praeger, 1993.

Su, Xiaokang, and Wang Luxiang. *Deathsong of the River: A Reader's Guide to the Chinese TV Series "Heshang."* RichardW. Bodman and Pin P.Wang, trans. Cornell East Asia Series. Ithaca: East Asia Program, Cornell University, 1991.

Tay, William, ed. *Filming Modern Chinese Literature*. Special issue, *Modern Chinese Literature*, 7.2 (1993).

Wagner, Rudolf G. *The Contemporary Chinese Historical Drama: Four Studies*. Berkeley and Los Angeles: University of California Press, 1990.

Yan, Haiping, ed. *Theater and Society: An Anthology of Contemporary Chinese Drama*. Armonk, NY: M. E. Sharpe, 1998.

十三经

· 周易（易经）

Legge, James, trans. *The Yi King*. Vol. 2 of *The Sacred Books of China*. 2nd ed. The Sacred Books of the East, 16. Oxford: Clarendon, 1899; reprint (as *The I-ching*), New York: Gramercy, 1996.

Wilhelm, Richard, trans. *The I-ching or Book of Changes*. Trans. from the German into English by Cary F. Baynes. 3rd ed. Bollingen Series, 19. 2 vols. Princeton: Princeton University Press, 1977.

Lynn, Richard John, trans. *The Classic of Changes: A New Translation of the I Ching as Interpreted by Wang Bi*. New York: Columbia University Press, 1994.

Shaughnessy, Edward L., trans. *I Ching: The Classic of Changes: The First English Translation of the Newly Discovered Second-Century* b.c. *Mawangdui Texts*. New York: Ballantine, 1996.

Wilhelm, Richard, trans. *I Ging: Text und Materialien*. 22nd ed. Gelbe Reihe, 1. Munich: Diederichs, 1998.

· 尚书（书经）

Legge, James, trans. *The Shoo King or the Book of Historical Documents*. Vol. 3 of *The Chinese Classics*. 2nd ed. Oxford: Clarendon, 1895; reprint, Taipei: Southern Materials Center, 1992.

Couvreur, S., trans. *Chou King*. 4th ed. Sien Hien: Mission catholique, 1934; reprint, Paris: Cathasia, 1950.

Karlgren, Bernhard, trans. *The Book of Documents. Bulletin of the Museum of Far Eastern Antiquities*, 22 (1950): 1–81; reprint, Gö teborg: Elanders, 1950.

· 毛诗（诗经）

Legge, James, trans. *The She King or the Book of Poetry*. Vol. 4 of *The Chinese Classics*. Couvreur, S., trans. *Cheu King*. 3rd ed. Sien Hien: Mission catholique, 1934.

Waley, Arthur, trans. *The Book of Songs*. Boston and New York: Houghton Mifflin, 1937; reprint (ed. Joseph R. Allen), New York: Grove, 1996.

Karlgren, Bernhard, trans. *The Book of Odes. Bulletin of the Museum of Far Eastern Antiquities*, 16–17 (1944–45); reprint, Stockholm: Museum of Far Eastern Antiquities, 1950.

Pound, Ezra, trans. Shih-ching: *The Classic Anthology Defined by Confucius*. Cambridge: Harvard University Press, 1954.

· 周礼

Biot, Edouard, trans. *Le Tcheou-li ou Rites des Tcheou*. 3 vols. in 2. Paris: Imprimerie Nationale, 1851; reprint, Taipei: Ch'eng-wen, 1975.

· 仪礼

Steele, John, trans. *The I-Li, or Book of Etiquette and Ceremonial*. 2 vols. Oriental Series, 8–9. London: Probsthain, 1917.

Couvreur, S., trans. *Cérémonial*. 2nd ed. Sien Hien: Mission catholique, 1928; reprint, Paris: Cathasia, 1951.

· 礼记

Legge, James, trans. *The Li Ki*. Vols. 3 and 4 of *The Sacred Books of China*. The Sacred Books of the East, 27–28.

Couvreur, S., trans. *Li Ki ou Mémoires sur les bienséances et cérémonies*. 2nd ed. 2 vols.

Ho Kien Fou: Mission catholique, 1913; reprint, Paris: Cathasia, 1950.

Wilhelm, Richard, trans. *Li Gi: Das Buch der Riten, Sitten und Bräuche*. Gelbe Reihe, 31. 2nd ed. Munich: Diederichs, 1994.

· 春秋左传

Couvreur, S., trans. *Tch'ouen ts'ieou et Tso tchouan*. 3 vols. Ho Kien Fou: Mission catholique, 1914; reprint, Paris: Cathasia, 1951.

Legge, James, trans. *The Ch'un Ts'ew with the Tso Chuen*. Vol. 5 of *The Chinese Classics*. Watson, Burton, trans. *The Tso chuan: Selections from China's Oldest Narrative History*. New York: Columbia University Press, 1989.

· 春秋公羊传、春秋谷梁传

Malmqvist, Gö ran. "Studies on the Gongyang and Guuliang Commentaries I–III." *Bulletin of the Museum of Far Eastern Antiquities*, 43 (1971): 67–222; 47 (1975): 19–69; 49 (1977): 33–215.

· 论语

Legge, James, trans. *Confucian Analects, the Great Learning, and the Doctrine of the Mean*. Vol. 1 of *The Chinese Classics*.

Giles, Lionel, trans. *The Sayings of Confucius: A Translation of the Confucian Analects*. London: John Murray, 1907; reprint, Twickenham, Middlesex, UK: Tiger Books International, Senate, 1998.

Couvreur, S., trans. *Entretiens de Confucius et de ses disciples*. In *Les quatre livres*. 3rd ed. Sien Hien: Mission catholique, 1930; reprint, Paris: Cathasia, 1949.

Waley, Arthur, trans. *The Analects of Confucius*. London: George Allen and Unwin, 1938; reprint, New York: Vintage, 1989.

Lau, D. C., trans. *Confucius: The Analects*. New York: Penguin, 1979.

Huang, Chichung, trans. *The Analects of Confucius*. New York and Oxford: Oxford University Press, 1997.

Leys, Simon. *The Analects of Confucius*. New York and London: W. W. Norton, 1997.

Brooks, E. Bruce, and A. Taeko Brooks, trans. *The Original Analects: Sayings of Confucius and His Successors*. New York: Columbia University Press, 1998.

· 孝经

Legge, James, trans. *The Hsiao King*. Vol. 1 of *The Sacred Books of China*. The Sacred Books of the East, 3.

Wilhelm, Richard, trans. *Hiau Ging: das Buch der Ehrfurcht*. Kleine Bücher, 6. Peking: Pappelinsel, 1940.

Makra, Mary Lelia, trans. *The Hsiao ching*. Paul K. T. Sih, ed. Asian Institute Translations, 2. New York: St. John's University Press, 1961.

· 尔雅

无

· 孟子

Legge, James, trans. *The Works of Mencius*. Vol. 2 of *The Chinese Classics*.

Couvreur, S., trans. *Oeuvres de Meng Tzeu*. In *Les quatre livres*.

Wilhelm, Richard, trans. *Mong Dsï: Die Lehrgespräche des Meisters Meng K'o*. Gelbe Reihe, 42. 2nd ed. Jena: Eugen Diderichs, 1921; reprint, 1982, and Munich: Diderichs, 1994.

Ware, James R., trans. *The Sayings of Mencius*. New York: Mentor, 1960.

Dobson, W.A.C.H., trans. *Mencius*. Toronto: University of Toronto Press, 1963.

Lau, D. C., trans. *Mencius*. Harmondsworth and New York: Penguin, 1970.

· 研究著作

Broman, Sven. *Studies on the* Chou li. Stockholm: Museum of Far Eastern Antiquities, 1961.

Creel, H. G. *Confucius: The Man and the Myth*. New York: John Day, 1949; reprint (as *Confucius and the Chinese Way*), New York: Harper and Row, 1960.

Ess, Hans van. *Politik und Gelehrsamkeit in der Zeit der Han: Die Alttext/Neutext Kontroverse*. Wiesbaden: Harrassowitz, 1993.

Fingarette, Herbert. *Confucius—The Secular as Sacred*. New York: Harper and Row, 1972.

Gardner, Daniel K. *Chu Hsi and the* Ta-hsüeh*: Neo-Confucian Reflections on the Confucian Canon*. Harvard East Asian Monographs, 118. Cambridge: Harvard University Press, 1986.

Granet, Marcel. *Fêtes et chansons anciennes de la Chine*. Bibliothèque de l'É cole des HautesÉ tudes: Sciences réligieuses, 34. Paris: Ernest Leroux, 1919.

Hightower, James Robert. Han Shih wai-chuan*: Han Ying's Illustrations of the Didactic Application of the* Classic of Songs. Cambridge: Harvard University Press, 1952.

——. "The *Han-shih wai-chuan* and the *San chia shih*." *Harvard Journal of Asiatic Studies*, 11 (1948): 241–310.

Jensen, Lionel. *Manufacturing Confucianism: Chinese Traditions and Universal Civilization*. Durham: Duke University Press, 1997.

Karlgren, Bernhard. "The Authenticity and Nature of the *Tso Chuan*." *Göteborgs HögskolasA rsskrift*, 32.3 (1926): 1–65.

——. "The Early History of the *Chou Li* and *Tso Chuan* Texts." *Bulletin of the Museum of Far Eastern Antiquities*, 3 (1931): 1–59.

——. *Glosses on the Book of Documents*. Gö teborg: Elanders, 1970.

——. *Glosses on the Book of Odes*. Stockholm: Museum of Far Eastern Antiquities, 1964.

Maspero, Henri. "La composition et la date du *Tso tchouan*." In *Mélanges chinois et bouddhiques*. Brussels: Institut Belge des HautesÉ tudes Chinoises, 1931–32. I, 137–215.

Nylan, Michael. *The Shifting Center: The Original "Great Plan" and Later Readings*.

Nettetal, Germany: Steyler, 1992. [A study of the "Hung-fan," a chapter of the *Shuching*]

Peterson, Willard J. "Making Connections: 'Commentary on the Attached Verbalizations' of the *Book of Changes*." *Harvard Journal of Asiatic Studies*, 42.1 (1982): 67–116.

Queen, Sarah A. *From Chronicle to Canon: The Hermeneutics of the* Spring and Autumn*, According to Tung Chung-shu*. Cambridge: Cambridge University Press, 1996.

Shaughnessy, Edward. *Before Confucius: Studies in the Creation of the Chinese Classics*. Albany: State University Press of New York, 1997.

Shchutskii, Iulian K. *Researches on the I Ching*. William L. MacDonald and Tsuyoshi Hasegawa, trans., with Hellmut Wilhelm. London and Henley: Routledge and Kegan Paul, 1980.

Smith, Kidder, Jr., et al. *Sung Dynasty Uses of the* I Ching. Princeton: Princeton University Press,

1990.

Waley, Arthur. "The Book of Changes." *Bulletin of the Museum of Far Eastern Antiquities*, 5 (1933): 121–142.

Wang, C. H. *The Bell and the Drum:* Shih Ching *as Formulaic Poetry in an Oral Tradition.* Berkeley and Los Angeles: University of California Press, 1974.

Wilhelm, Hellmut. *Change: Eight Lectures on the I ching*. Trans. Cary F. Baynes. London: Routledge and Kegan Paul, 1961.

——. *Heaven, Earth and Man in the* Book of Changes. Seattle: University of Washington Press, 1977.

思想

Bol, Peter K. *"This Culture of Ours": Intellectual Transitions in T'ang and Sung China.* Stanford: Stanford University Press, 1992.

Chan, Wing-tsit. *A Source Book in Chinese Philosophy*. Princeton: Princeton University Press, 1963.

Creel, Herrlee G. *Chinese Thought from Confucius to Mao Tse-tung*. Chicago: University of Chicago Press, 1953.

de Bary, Wm. Theodore, and Irene Bloom, ed. *Sources of Chinese Tradition*. Vol. 1, 2nd ed. New York: Columbia University Press, 1999.

de Bary, Wm. Theodore, and Richard Lufrano, ed. *Sources of Chinese Tradition*. Vol.2. 2nd ed. New York: Columbia University Press, 2000.

de Bary, Wm. Theodore, Wing-tsit Chan, and Burton Watson, ed. *Sources of Chinese Tradition*. 2 vols. New York: Columbia University Press, 1960.

Denma Translation Group. *The Art of War: A New Translation*. Boston and London: Shambhala, 2001.

Elman, Benjamin. *From Philosophy to Philology: Intellectual and Social Aspects of Change in Late Imperial China*. Cambridge: Council on East Asian Studies, Harvard University, 1984.

Forke, Alfred, trans. and annot. *Lun-hêng. Part I. Philosophical Essays ofWang Ch'ung.*

Part II. Miscellaneous Essays of Wang Ch'ung. 1st ed., 1907; reprint, New York: Paragon, 1962.

Fung, Yu-lan. *A History of Chinese Philosophy*. Derk Bodde, trans. 2 vols. Peking, 1937; reprint, Princeton: Princeton University Press, 1953.

——. *A Short History of Chinese Philosophy*. Derk Bodde, ed. New York: MacMillan, 1948.

Goldin, Paul Rakita. *Rituals of the Way: The Philosophy of Xunzi*. Chicago and La Salle: Open Court, 1999.

Graham, A. C. *The Book of Lieh-tzu*. London: John Murray, 1960.

Henricks, Robert, trans. and annot. *Lao Tzu: Te Tao Ching*. New York: Ballantine, 1989.

Knobloch, John. *Xunzi: A Translation and Study of the Complete Works*. 3 vols. Stanford: Stanford University Press, 1988, 1990, 1994.

Liao, W. K., trans. *The Complete Works of Han Fei Tzu*. 2 vols. London: Arthur Probsthain, 1939.

Mair, Victor H., ed. *Experimental Essays on Chuang-tzu*. Honolulu: University of Hawaii Press, 1983.

Mair, Victor H., trans. *Tao Te Ching: The Classic Book of Integrity and the Way*. New York: Bantam, 1990.

——. *Wandering on the Way: Early Taoist Tales and Parables of Chuang Tzu*. New York: Bantam, 1994; Honolulu: University of Hawaii Press, 1998.

Moore, Charles A. *The Chinese Mind: Essentials of Chinese Philosophy and Culture*. Honolulu: University of Hawaii Press, 1967.

Mote, Frederick W. *Intellectual Foundations of China*. New York: Alfred A. Knopf, 1971.

Nivison, David. *The Ways of Confucianiam: Investigations in Chinese Philosophy*. Bryan W. Van Norden, ed. Chicago and La Salle: Open Court, 1996.

Nylan, Michael. "Confucian Piety and Individualism in Han China." *Journal of the American Oriental Society*, 116.1 (1996): 1–27.

Richards, I. A. *Mencius on the Mind: Experiments in Multiple Definition*. New York: Harcourt, Brace, 1932.

Schwartz, Benjamin. *In Search ofWealth and Power: Yen Fu and theWest.* Cambridge: Harvard University Press, 1964.

Watson, Burton. *The CompleteWorks of Chuang Tzu*. New York: Columbia University Press, 1968.

神话与广义的宗教

Allan, Sarah. *The Heir and the Sage: Dynastic Legend in Early China*. San Francisco: Chinese Materials Center, 1981.

Birrell, Anne. *Chinese Mythology: An Introduction*. Baltimore: Johns Hopkins University Press, 1993.

——. "The Four Flood Myth Traditions of Classical China." *T'oung Pao*, 83 (1997): 213–259.

——. "Studies on Chinese Myth Since 1970: An Appraisal." Part I, *History of Religions*, 33.4 (1994): 389–393; Part II, *History of Religions*, 34.1 (1994): 70–94.

Birrell, Anne, trans. *The Classic of Mountains and Seas*. London: Penguin, 1998.

Bodde, Derk. *Festivals in Classical China: New Year and Other Annual Observances During the*

Han Dynasty, 206 b.c.–a.d. *220*. Princeton: Princeton University Press, 1975.

——. "Myths of Ancient China." In Samuel Noah Kramer, ed., *Mythologies of the Ancient World,* pp. 367–408. Garden City, NY: Anchor Books, Doubleday, 1961.

Boltz, William G. "Kung Kung and the Flood: Reverse Euhemerism in the *Yao tien*." *T'oung Pao*, 67.3–5 (1981): 141–153.

Cahill, Suzanne E. *Transcendence and Divine Passion: The Queen Mother of the West in Medieval China*. Stanford: Stanford University Press, 1993.

Greatrex, Roger. *The Bowu Zhi: An Annotated Translation*. Stockholm Skrifter utgivna Fö reningen fö r Orientaliska Studier, 20. Stockholm: Orientaliska Studier, 1987.

Groot, J. J. M. de. *The Religious System of China, Its Ancient Forms, Evolution, History and Present Aspect: Manners, Customs, and Social Institutions Connected Therewith*. 6 vols. Leiden: E. J. Brill, 1892–1910.

Hansen, Valerie. *The Changing Gods of Medieval China*. Princeton: Princeton University Press, 1990.

Holzman, Donald. "Songs for the Gods: the Poetry of Popular Religion in Fifth-Century China." *Asia Major*, 3rd series, 1 (1990): 1–20.

Horman, André d'. *Guoyu: Propos sur les principautés*. I: *Zhouyu*. Compléments par Rémi Mathieu. Mémoires de l'Institut des Hautes É tudes Chinoises, 25.1. Paris: Collège de France, 1985.

Karlgren, Bernhard. "Legends and Cults in Ancient China." *Bulletin of the Museum of Far Eastern Antiquities*, 18 (1946): 199–365.

LeBlanc, Charles, and Rémi Mathieu, ed. *Mythe et philosophie à l'aube de la Chine impériale:É tudes sur le* Huainan Zi. Montreal: Presses de l'Université de Montreal; Paris: De Boccard, 1992.

Loewe, Michael. *Chinese Ideas of Life and Death*. London: Allen and Unwin, 1982.

Lopez, Donald S., Jr., ed. *Religions of China in Practice*. Princeton: Princeton University Press, 1996.

Mathieu, Rémi. *Anthologie des mythes et légendes de la Chinese ancienne: textes choisis, présentés, traduits et indexés*. Paris: Gallimard, 1993.

——.*É tude sur la mythologie et l'ethnologie de la Chine ancienne: traduction annotée du* Shanhai jing. 2 vols. Mémoires de l'Institut des HautesÉ tudes Chinoises, 22.1–2. Paris: Institut des HautesÉ tudes Chinoises, 1983.

——. *Le Mu Tianzi zhuan: traduction annotée, étude critique*. Paris: Collège de France, 1978.

Porter, Deborah Lynn. *From Deluge to Discourse: Myth, History, and the Generation of Chinese Fiction*. Albany: State University of New York Press, 1996.

Shahar, Meir, and Robert Weller, ed. *Unruly Gods: Divinity and Society in China*. Honolulu: University of Hawaii Press, 1996.

Tu, Wei-ming. *Centrality and Commonality: An Essay of Confucian Religiousness*. Albany: State University of New York Press, 1989.

Ware, James. *Alchemy, Medicine, Religion in the China of* a.d. *320: The* Nei P'ien *of Ko Hung* (Pao-p'u tzu). Cambridge: MIT Press, 1966.

Werner, E. T. C. *A Dictionary of Chinese Mythology*. Shanghai: Kelly and Walsh, 1932; numerous reprints.

Williams, C. A. S. *Encyclopedia of Chinese Symbolism and Art Motives*. 3rd ed. Shanghai: Kelly and Walsh, 1941; numerous reprints.

Yearley, Lee. *Mencius and Aquinas: Theories of Virtue and Conceptions of Courage*. Albany: State University of New York Press, 1990.

Yü, Ying-shih. "O Soul, Come Back! A Study in the Changing Conceptions of the Soul and Afterlife in Pre-Buddhist China." *Harvard Journal of Asiatic Studies*, 47 (1987): 363–395.

Yuan, Ke. *Dragons and Dynasties: An Introduction to Chinese Mythology*. New York: Penguin, 1993.

佛教

Bantly, Francisca Cho. "Buddhist Allegory in *Journey to the West*." *Journal of Asian Studies*, 49 (1989): 512–524.

Chavannes, É douard, trans. *Cinq cents contes et apologues*. 4 vols. Paris: Librairie Ernest Leroux, 1910–34.

Ch'en, Kenneth K. S. *Buddhism in China: A Historical Survey*. Princeton: Princeton University Press, 1964.

——. *The Chinese Transformation of Buddhism*. Princeton: Princeton University Press, 1973.

Demiéville, Paul. *L'oeuvre de Wang le Zélateur (Wang Fan-tche), suivi des Instructions domestiques de l'aïeul (T'ai-kong kia-kiao). Poèmes populaires des T'ang (VIIe–Xe siècles), édités, traduits et commentés d'après des manuscrits de Touen-houang*. Paris: Collège de France, 1982.

——. "Le Tch'an et la poésie chinoise." *Hermès*, 7 (1970): 123–136. Also included in Demiéville, *Choix d'études bouddhiques*, pp. 456–469. Leiden: E. J. Brill, 1973.

Dudbridge, Glen. *The Legend of Miao-shan*. London: Ithaca Press, 1978.

Gjertson, Donald E. "The Early Chinese Buddhist Miracle Tales: A Preliminary Survey." *Journal of the American Oriental Society*, 101 (1981): 287–301.

——. *Ghosts, Gods, and Retribution: Nine Buddhist Miracle Tales from Six Dynasties and Early T'ang China*. Asian Studies Committee Occasional Papers Series, 2. Amherst: University of Massachusetts, 1978.

Grant, Beata. *Mount Lu Revisited: Buddhism in the Life and Writings of Su Shih*. Honolulu: University of Hawaii Press, 1994.

Hurvitz, Leon. *Scripture of the Lotus Blossom of the Fine Dharma. Translated from the Chinese of Kuma rajiva*. New York: Columbia University Press, 1976.

Jenner, William J. F. *Memories of Loyang: Yang Hsüan-chih and the Lost Capital (493–534)*. Oxford: Oxford University Press, 1981.

Kroll, Paul W. *Dharma Bell and Dharani Pillar: Li Po's Buddhist Inscriptions*. Kyoto: Italian School of East Asian Studies, 2001.

Mair, Victor H. "Lay Students and the Making of Written Vernacular Narrative: An Inventory of Tun-huang Manuscripts." *Chinoperl Papers*, 10 (1981): 5–96.

——. "A Partial Bibliography for the Study of Indian Influence on Chinese Popular Literature." *Sino-Platonic Papers*, 3 (March 1987): i–iv, 1–214.

Mather, Richard B. "The Landscape Buddhism of the Fifth-Century Poet Hsieh Lingyun." *Journal of Asian Studies*, 18 (1958): 67–79.

——. "Wang Chin's 'Dhuta Temple Stele Inscription' as an Example of Buddhist Parallel Prose." *Journal of the American Oriental Society*, 83 (1963): 338–359.

Mensikov, Lev N. "Les paraboles bouddhiques dans la littérature chinoise." *Bulletin de l'É cole française d'Extrême-Orient*, 67 (1980): 303–336.

Nielsen, Thomas P. *The T'ang Poet-Monk Chiao-jan*. Tempe: Center for Asian Studies, Arizona State University, 1972.

Overmyer, Daniel L. *Precious Volumes: An Introduction to Chinese Sectarian Scriptures from the Sixteenth and Seventeenth Centuries*. Cambridge: Harvard University Asia Center, 1999.

Red Pine. *Han-shan: The Collected Songs of Cold Mountain*. Port Townsend, WA: Copper Canyon Press, 1983.

Robinson, Richard, trans. *Chinese Buddhist Verse*. London: John Murray, 1954.

Shih, Robert, trans. *Biographies des moines eminents (Kao Seng Tchouan) de Houeikiao*. Première partie:

Biographies des premiers traducteurs. Bibliothèque du Muséon, 54. Louvain: Institut Orientaliste—Bibliothèque de l'Université, 1968.

Teiser, Stephen F. " 'Having Once Died and Returned to Life': Representations of Hell in Medieval China." *Harvard Journal of Asiatic Studies*, 48 (1988): 433–464.

——. *The Scripture of the Ten Kings and the Making of Purgatory in Medieval Chinese Buddhism*. Honolulu: Kuroda Institute Studies in East Asian Buddhism, Universityof Hawai'i Press, 1994.

Tsai, Kathryn Ann, trans. *Lives of the Nuns: Biographies of Chinese Buddhist Nuns from the Fourth to Sixth Centuries*. Honolulu: University of Hawaii Press, 1994.

Waley, Arthur, trans. *Ballads and Stories from Tun-huang*. London: Allen and Unwin, 1960.

Wang Yi-t'ung, trans. *A Record of Buddhist Monasteries in Lo-yang*. Princeton: Princeton University Press, 1984.

Watson, Burton, trans. *The Lotus Sutra*. New York: Columbia University Press, 1993.

Wright, Arthur F. *Buddhism in Chinese History*. Stanford: Stanford University Press, 1959.

道教

Bokenkamp, Stephen R., with Peter Nickerson. *Early Daoist Scriptures*. Berkeley: University of California Press, 1997.

Boltz, Judith M. *A Survey of Taoist Literature, Tenth to Seventeenth Centuries*. China Research Monograph, 32. Berkeley: Institute of East Asian Studies, 1987; reprint (with Corrigenda), 1995.

Cadonna, Alfredo. *"Quali Parole vi Aspettate che Aggiunga?": Il* Commentario al Daodejing *di Bai Yuchan, Maestro Taoista del XIII Secolo*. Orientalia Venetiana, 9.

Florence: Leo S. Olschki, 2001.

Creel, Herrlee G. *"What Is Taoism?" and Other Studies in Chinese Cultural History*. Chicago and London: University of Chicago Press, 1970, 1977.

Girardot, N. J. *Myth and Meaning in Early Taoism: The Theme of Chaos* (hun-tun). Berkeley, Los Angeles, London: University of California Press, 1983.

Hansen, Chad. *A Daoist Theory of Chinese Thought: A Philosophical Interpretation*. New York, Oxford: Oxford University Press, 1992.

Kohn, Livia, ed. *Daoism Handbook*. Handbook of Oriental Studies (Handbuch der Orientalistik), Section 4: China, Vol. 14. Leiden, Boston, Cologne: Brill, 2000.

Kroll, Paul W. "Body Gods and Inner Vision: The Scripture of the Yellow Court." In Donald S. Lopez, Jr., ed., *Religions of China in Practice*, pp. 149–155. Princeton: Princeton University Press, 1996.

——. "In the Halls of the AzureLad." *Journal of the American Oriental Society*, 105.1 (1985): 75–94.

——. "Li Po's Purple Haze." *Taoist Resources*, 7.2 (1997): 21–37.

——. "The Light of Heaven in Medieval Taoist Verse," *Journal of Chinese Religions*, 27 (1999): 1–12.

——. "Seduction Songs of One of the Perfected." In Lopez, ed., *Religions of China in Practice*, pp. 180–187.

——. "Spreading Open the Barrier of Heaven." *Asiatische Studien*, 40.1 (1986): 22–39.

——. "Szu-ma Ch'eng-chen in T'ang Verse." *Society for the Study of Chinese Religions Bulletin*, 6 (1978): 16–30.

Lagerwey, John. *Wu-shang pi-yao, somme taoïste du VIe siècle*. Paris:É cole Française d'Extrême-Orient, 1981.

Maspero, Henri. *Taoism and Chinese Religion*. Frank A. Kierman, Jr., trans. Amherst: University of Massachusetts, 1981.

Needham, Joseph, and Lu Gwei-Djen. *Science and Civilisation in China*. Vol. 5. *Chemistry and Chemical Technology: Spagyrical Discovery and Invention*, Part 5:*Physiological Alchemy*. Cambridge: Cambridge University Press, 1983.

Robinet, Isabelle. *La révélation du Shangqing dans l'histoire du taoïsme*. 2 vols. Paris: École Française d'Extrê me-Orient, 1984.

——. *Taoism: Growth of a Religion*. Phyllis Brooks, trans. Stanford: Stanford University Press, 1997.

Schafer, Edward. *Mirages on the Sea of Time: The Taoist Poetry of Ts'ao T'ang*. Berkeley: University of California Press, 1985.

Schipper, Kristofer M. *Concordance du Houang-t'ing king*. Paris: É cole Française d'Extrême-Orient, 1975.

——. *L'empereur Wou des Han dans la légende taoïste*. Paris: É cole Française d'Extrême-Orient, 1965.

——. *Indexe du Yunji qiqian*. 2 vols. Paris: É cole Française d'Extrême-Orient, 1981–82.

——. *The Taoist Body*. Karen C. Duval, trans. Berkeley: University of California Press, 1993.

Seaton, Jerome P. *The Wine of Endless Life: Taoist Drinking Songs from the Yuan Dynasty*. Buffalo: White Pine Press, 1985.

Seidel, Anna K. "Chronicle of Taoist Studies in the West, 1950–1990." *Cahiers d'Extrême-Asie*, 5 (1989–90): 223–347.

——. *La divinisation de Lao Tseu dans le Taoïsme des Han*. Paris:É cole Française d'Extrême-Orient, 1969; reprint, 1992.

Strickmann, Michel. *Le taoïsme du Mao Chan: chronique d'une révélation*. Paris: Collège de France, 1981.

——. "The Mao Shan Revelations: Taoism and the Aristocracy." *T'oung Pao*, 63 (1977): 1–64.

van der Loon, Piet. *Taoist Books in the Libraries of the Sung Period: A Critical Study and Index*. Oxford Oriental Institute Monograph, 7. London: Ithaca Press, 1984.

Verellen, Franciscus. *Du Guangting (850–933): taoïste de cour à la fin de la Chine médiévale*. Paris: Collège de France, 1989.

——. "Taoism." In "Chinese Religions: The State of the Field (Part II)." *Journal of Asian Studies*, 54.2 (1995): 322–346.

Waley, Arthur, trans. *The Travels of an Alchemist: The Journey of the Taoist Ch'angch'un from China to the Hindukush at the Summons of Chingiz Khan*. London: George Routledge and Sons, 1931.

Welch, Holmes, and Anna Seidel, ed. *Facets of Taoism: Essays in Chinese Religion*. New Haven: Yale University Press, 1979.

Weng Tu-chien, comp. *Tao-tsang tzu-mu yin-te* (Combined Indices to the Authors and Titles of Two Collections of Taoist Literature). Harvard-Yenching Institute Sinological Index Series, 25. Peking: Yenching University Library, 1935; reprint, Taipei: Ch'eng-wen, 1966. Cited as "HY" in chapter 10 of this volume.

注疏、批评与理论

Bailey, Alison. "Microstructure and Macrostructure: Mao Zonggang's Critical Discourses on *The Romance of the Three Kingdoms*." *Poetics East and West*, 4 (1988–89): 159–168.

Bawden, Charles R. "The First Systematic Translation of *Hung-lou meng*: Qasbuu's Commented Mongolian Version." *Zentralasiatische Studien*, 15 (1981): 241–306.

Bonner, Joey. *Wang Kuo-wei: An Intellectual Biography*. Cambridge: Harvard University Press, 1986.

Bush, Susan, and Christian Murck, ed. *Theories of the Arts in China*. Princeton: Princeton University Press, 1983.

Cai, Zongqi, ed. *A Chinese Literary Mind: Culture, Creativity, and Rhetoric in*Wenxin diaolong. Stanford: Stanford University Press, 2001.

Campbell, Duncan M. "The Techniques of Narrative: Mao Tsung-kang (fl. 1661) and *The Romance of the Three Kingdoms*." *Tamkang Review*, 16.2 (1985): 139–161.

Chan Hing-ho. *Le* Honglou meng *et les commentaires de Zhiyanzhai*. Paris: Collège de France, 1982.

Chen, Xiaomei. *Occidentalism: A Theory of Counter-Discourse in Post-Mao China*. New York: Oxford University Press, 1995.

Debon, Günther. *Ts'ang-lang's Gespräche über die Dichtung: Ein Beitrag zur chinesischen Poetik*. Wiesbaden: Harrassowitz, 1962.

Denton, Kirk A., ed. *Modern Chinese Literary Thought: Writing on Literature, 1893–1945*. Stanford: Stanford University Press, 1996.

Ding, Naifei. "Tears of Resentment; or Zhang Zhupo's *Jin Ping Mei*." *positions: east asia cultures critique*, 3.3 (Winter 1995): 663–694.

Dolezˇelová-Velingerová, Milena. "Pre-modern Chinese Fiction and Drama Theory." In Michael Groedon and Martin Kreisworth, ed., *The Johns Hopkins Guide to Literary Theory and Criticism,* pp. 132–129. Baltimore: Johns Hopkins University Press, 1994.

——. "Seventeenth-Century Chinese Theory of Narrative: A Reconstruction of Its System and Concepts." *Poetics East and West*, 4 (1988–89): 137–157.

——. "Traditional Chinese Theories of Drama and the Novel." *Archiv Orientá lni*, 59.2 (1991): 132–139.

Egan, Ronald C. "On the Origins of the 'Yu Hsien K'u' Commentary." *Harvard Journal of Asiatic Studies*, 36 (1976): 135–146.

Fang, Achilles. "Rhyme-Prose on Literature: The *Wen-fu* of Lu Chi." *Harvard Journal of Asiatic Studies*, 14 (1951): 527–566.

Feng, Liping. "*The Scholars* and Its Qing Commentators." *Discours social/Social Discourse*, 1.1 (1988): 59–67.

Fenollosa, Ernest F. *The Chinese Written Character as a Medium for Poetry*. 1st ed., 1936; reprint, San Francisco: City Lights Books, 1968.

Führer, Bernhard. *Chinas erste Poetik: Das* Shipin (Kriterion Poietikon) *des Zhong Hong (467?–518)*. Edition Cathay, 10. Dortmund: Projekt, 1995.

Galik, Marian. *The Genesis of Modern Chinese Literary Criticism (1917–1930)*. London: Curzon, 1980.

Gibbs, Donald A. "Liu Hsieh, Author of the *Wen-hsin tiao-lung*." *Monumenta Serica*, 29 (1971): 117–141.

Henderson, John B. *Scripture, Canon, and Commentary: A Comparison of Confucian and Western Exegesis*. Princeton: Princeton University Press, 1991.

Hightower, James. "The *Wen Hsüan* and Genre Theory." *Harvard Journal of Asiatic Studies*, 20 (1957): 512–533.

Holzman, Donald. "Literary Criticism in China in the Early Third Century a.d." *Asiatische Studien/É tudes asiatiques*, 28.2 (1974): 113–149.

Huang, Martin W. "Author(ity) and Reader in Traditional Chinese *Xiaoshuo* Commentary." *Chinese Literature: Essays, Articles, Reviews (CLEAR)*, 16 (1994): 41–67.

Hughes, E. R. *The Art of Letters: Lu Chi's "Wen Fu."* a.d. 203: *A Translation and Comparative Study*. New York: Pantheon, 1951.

Jahshan, Shaun Kelly. "Reader-Oriented Polyphony? Zhang Zhupo's Commentary on the *Jin Ping Mei*." *Modern Language Quarterly*, 56 (March 1995): 1–29.

Jones, Andrew. "The Poetics of Uncertainty in Early Chinese Literature." *Sino-Platonic Papers*, 2 (December 1986): 1–45.

Jullien, François. *La Valeur Allusive: des catégories originales de l'interprétation poé-tique dans la tradition chinoise (contribution à une reflexion sur l'altérité interculturelle)*. Paris:É cole Française d'Extrême-Orient, 1985.

Liu, David Jason. "The Chih-yen Chai Commentary: An Analysis in the Perspectives of Western Theories of Literature." *Tamkang Review*, 10.4 (1980): 471–494.

Liu, David Palumbo. *The Poetics of Appropriation: The Literary Theory and Practice of Huang Tingjian*. Stanford: Stanford University Press, 1993.

Liu, James J. Y. *Chinese Theories of Literature*. Chicago: University of Chicago Press, 1975.

——. *The Interlingual Critic: Interpreting Chinese Poetry*. Bloomington: Indiana University Press, 1982.

Lu, Sheldon Hsiao-peng. *From Historicity to Fictionality: The Chinese Poetics of Narrative*. Stanford: Stanford University Press, 1994.

McDougall, Bonnie S. *The Introduction of Western Literary Theories into Modern China, 1919–1925*. Tokyo: Center for East Asian Cultural Studies, 1971.

——. *Mao Zedong's "Talks at the Yan'an Conference on Literature and Art": A Translation of the 1943 Text with Commentary*. Ann Arbor: Center for Chinese Studies, University of Michigan, 1980.

McMullen, David. "Historical and Literary Theory in the Mid-Eighth Century." In Arthur Wright and Denis Twitchett, ed., *Perspectives on the T'ang*, pp. 307–342. New Haven: Yale University Press, 1973.

Miao, Ronald C., ed. *Studies in Chinese Poetry and Poetics*. San Francisco: Chinese Materials Center, 1978.

Owen, Stephen. *Readings in Chinese Literary Thought*. Cambridge: Harvard University Press, 1992.

——. *Traditional Chinese Poetry and Poetics: Omen of the World*. Madison: University of Wisconsin Press, 1985.

Plaks, Andrew H. "The *Chongzhen* Commentary on the *Jin Ping Mei*." *Chinese Literature: Essays, Articles, Reviews (CLEAR)*, 8.1–2 (1986): 19–30.

——. "Conceptual Models in Chinese Narrative Theory." *Journal of Chinese Philosophy*, 4.1 (1977): 25–47.

Rickett, Adele Austin, ed. *Chinese Approaches to Literature from Confucius to Liang Ch'i-ch'ao*. Princeton: Princeton University Press, 1978.

——. *Wang Kuo-wei's* Jen-chien Tz'u-hua: *A Study in Chinese Literary Criticism*. Hong Kong: Hong Kong University Press, 1994.

Robertson, Maureen. " . . . Convey What Is Precious: Ssu-k'ung T'u's Poetics and the *Erh-shih-ssu Shih P'in*." In David C. Buxbaum and Frederick W. Mote, ed., *Transition and Permanence: A Festschrift in Honor of Dr. Hsiao Kung-ch'üan*, pp. 321–357. Hong Kong: Cathay Press, 1972.

Rolston, David L. " 'Point of View' in the Writings of Traditional Chinese Fiction Critics." *Chinese Literature: Essays, Articles, Reviews (CLEAR)*, 15 (1993): 113–141.

——. *Traditional Chinese Fiction and Fiction Commentary: Reading and Writing Between the Lines*. Stanford: Stanford University Press, 1997.

Rolston, David L., ed. *How to Read the Chinese Novel*. Princeton: Princeton University Press, 1990.

Roy, David T. "Chang Chu-p'o's Commentary on the *Chin P'ing Mei*." In Andrew Plaks, ed. *Chinese Narrative: Critical and Theoretical Essays*, pp. 115–123. Princeton: Princeton University Press, 1977.

Saussy, Haun. "The Prestige of Writing: *Wen*2: Letter, Picture, Image, Ideography." *Sino-Platonic Papers*, 75 (February 1997): 1–40.

——. *The Problem of a Chinese Aesthetic*. Stanford: Stanford University Press, 1993.

Shan Te-hsing. "The Aesthetic Response in *Chin-p'i Shui-hu*: An Iserian Reading of Chin Sheng-t'an's Commentary Edition of the *Shui-hu chuan*." In JohnWang, ed., *Chinese Literary Criticism of the Ch'ing Period*, pp. 171–209. Hong Kong: Hong Kong University Press, 1993.

——. "A New Approach to *Hsiao-shuo p'ing-tien: Hsiao-shuo p'ing-tien* and Aesthetic Response." *National Chengchi University Journal*, 55 (1987): 39–60.

Shih, Vincent Yu-cheng, trans. and annot. *The Literary Mind and the Carving of Dragons*. New York: Columbia University Press, 1959; rev., bilingual ed., Hong Kong: Chinese University Press, 1983.

Tokei, Ferenc. *Genre Theory in China in the 3rd–6th Centuries*. Budapest: Academie Kiado, 1971.

Van Zoeren, Steven. *Poetry and Personality: Reading, Exegesis and Hermeneutics in Traditional China*. Stanford: Stanford University Press, 1991.

Waley, Arthur. *Yüan Mei: Eighteenth-Century Chinese Poet*. London: George Allen and Unwin, 1956.

Wang, John C. Y. "The *Chih-yen Chai* Commentary and the *Dream of the Red Chamber*." In Rickett, ed. *Chinese Approaches to Literature: From Confucius to Liang Ch'i-ch'ao*, pp. 189–220.

——. *Chin Sheng-t'an*. New York: Twayne, 1972.

Widmer, Ellen. "*Hsi-yu cheng-tao shu* in the Context of Wang Ch'i's Publishing Enterprise." *Chinese Studies*, 6.1 (1988): 37–64.

Wixted, John Timothy. "The *Kokinshū* Prefaces: Another Perspective." *Harvard Journal of Asiatic Studies*, 43.1 (1983): 215–238.

——. *Poems on Poetry: Literary Criticism by Yuan Hao-wen (1190–1257)*. Wiesbaden: Franz Steiner, 1982.

Wong, Shirleen. *Kung Tzu-chen*. Boston: Twayne, 1975.

Wong, Siu-kit. *Early Chinese Literary Criticism*. Hong Kong: Joint Publishing Company, 1983.

Wu, Fusheng. *The Poetics of Decadence: Chinese Poetry of the Southern Dynasties and Late Tang Periods*. Albany: State University of New York Press, 1998.

Wu, Hua L. "The Concept of Parallelism: Jin Shengtan's Critical Discourses on *The Water Margin*." *Poetics East and West*, 4 (1988–89): 169–179.

Wu, Laura Hua. "From *Xiaoshuo* to Fiction: Hu Yinglin's Genre Study of *Xiaoshuo*." *Harvard Journal of Asiatic Studies*, 55.2 (December 1995): 339–372.

Wu, Shih-ch'ang. *On the Red Chamber Dream: A Critical Study of Two Annotated Manuscripts of the XVIIIth Century*. Oxford: Clarendon, 1961.

Wu, Yenna. "Repetition in *Xingshi yinyuan zhuan*." *Harvard Journal of Asiatic Studies*, 51.1 (1991): 55–87.

Yu, Pauline. *The Reading of Imagery in the Chinese Tradition*. Princeton: Princeton University Press, 1987.

——. "Ssu-k'ung T'u's *Shih-p'in*: Poetic Theory in Poetic Form." In Miao, ed., *Studies in Chinese Poetry and Poetics*, pp. 81–103.

Yu, Pauline, Peter Bol, Stephen Owen, and Willard Peterson, ed. *Ways with Words: Writing About Reading Texts from Early China*. Berkeley and Los Angeles: University of California Press, 2000.

口头表演艺术、变文及谚语

Bordahl, Vibeke. *The Eternal Storyteller: Oral Literature in Modern China*. Richmond: Curzon, 1999.

——. *The Oral Tradition of Yangzhou Storytelling*. Richmond: Curzon, 1996.

Ch'en, Li-li. *Master Tung's Western Chamber Romance* (Tung Hsi-hsiang chu-kungtiao). Cambridge: Cambridge University Press, 1976; reprint, New York: Columbia University Press, 1994.

Eberhard, Wolfram. "Notes on Chinese Storytellers." *Fabula*, 11 (1970): 1–31.

——. "Proverbs in Selected Chinese Novels." *Proverbium,* 2 (1985), 21–57.

Hrdlickova, Vera. "The Professional Training of Chinese Story-Tellers and the Story-Tellers' Guilds." *Archiv Orientalni*, 33 (1965): 225–248.

Hung, Chang-tai. *Going to the People: Chinese Intellectuals and Folk Literature, 1918–1937*. Cambridge: Harvard University Press, 1985.

Josephs, H. K. "The Chanda: A Sung Dynasty Entertainment." *T'oung Pao*, 62 (1976): 167–198.

King, Gail, trans. *The Story of Hua Guan Suo*. Tempe: Center for Asian Studies, Arizona State University, 1989.

Lévy, André. "Un document unique sur un genre disparu de la littérature populaire." In Lévy,*É tudes sur le conte et le roman chinois*, pp. 187–210. Paris:É cole Française d'Extrême Orient, 1971.

Link, Perry, ed. *Stubborn Weeds: Popular and Controversial Chinese Literature After the Cultural Revolution*. Bloomington: Indiana University Press, 1983.

Link, Perry, Richard Madsen, and Paul C. Pickowicz, ed. *Unofficial China: Popular Culture and Thought in the People's Republic*. Boulder: Westview, 1989.

Ma, Yau-woon. "The Beginnings of Professional Storytelling in China: A Critique of Current Theories and Evidence." In *É tudes d'histoire et de littérature chinoises offertes au Professeur Jaroslav Průšek*, pp. 227–245. Bibliothèque de l'Institut des HautesÉ tudes chinoises, 24. Paris: Presses Universitaires de France, 1976.

Mackerras, Colin. *The Performing Arts in Contemporary China*. London: Routledge and Kegan Paul, 1981.

Mair, Victor H. "The Contributions of T'ang and Five Dynasties TransformationTexts (*pien-wen*) to Later Chinese Popular Literature." *Sino-Platonic Papers*, 12 (August 1989): 1–71.

——. *Painting and Performance: Chinese Picture Recitation and Its Indian Genesis*. Honolulu: University of Hawaii Press, 1988.

——. "The Prosimetric Form in the Chinese Literary Tradition." In Joseph Harris and Karl Reichl, ed., *Prosimetrum: Cross-cultural Perspectives on Narrative in Prose and Verse*, pp. 365–385. Cambridge: D. S. Brewer, 1997.

——. *T'ang Transformation Texts: A Study of the Buddhist Contribution to the Rise of Vernacular Fiction and Drama in China*. Cambridge: Council on East Asian Studies, Harvard University, 1989.

Mair, Victor H., trans. and annot. *Tun-huang Popular Narratives*. Cambridge: Cambridge University Press, 1983.

M c Dougall, Bonnie S., ed. *Popular Chinese Literature and Performing Arts in the People's Republic of China 1949–1979*. Berkeley and Los Angeles: University of California Press, 1984.

McLaren, Anne E. *Chinese Popular Culture and Ming Chantefables*. Leiden: E. J. Brill, 1998.

——. "Women's Voices and Textuality: Chastity and Abduction in Chinese *Nüshu* and Prosimetric Narratives." *Modern China*, 22.4 (October 1996): 382–416.

Pai, Hua-wen. "What Is *pien-wen*?" Victor H. Mair, trans. *Harvard Journal of Asiatic Studies*, 44.2 (1984): 493–514.

Pimpaneau, Jacques. *Chanteurs, conteurs, bateleurs: littérature orale et spectacles populaires en Chine*. Paris: Université Paris 7, Centre de publication Asie orientale, 1977.

Rohsenow, John S. *ABC Chinese-English Dictionary of Proverbs*. Honolulu: University of Hawai'i Press, 2001.

——. *Chinese-English Dictionary of Enigmatic Folk Similes (Yanyu)*. Tucson: University of Arizona Press, 1991.

Smith, Arthur H. *Proverbs and Common Sayings from the Chinese*. Shanghai: American Presbyterian Mission Press, 1902; New York: Paragon, 1965.

Ting, Nai-tung. *A Type Index of Chinese Folktales in the Oral Tradition and Major Works of*

Non-Religious Classical Literature. Helsinki: Suomalainen Tiedeakatemia, 1978.

Ting, Nai-tung, and Lu-hsia Hsu Ting. *Chinese Folk Narratives: A Bibliographical Guide*. San Francisco: Chinese Materials Center, 1975.

游记与笔记

Bodman, Richard. "[On a UFO]." In Victor H. Mair, ed., *The Columbia Anthology of Traditional Chinese Literature,* p. 593. New York: Columbia University Press, 1994.

Bol, Peter K. "A Literary Miscellany and Sung Intellectual History: The Case of Chang Lei's *Ming-tao tsa-chih*." *Journal of Sung-Yuan Studies*, 25 (1995): 121–151.

Boulton, Nancy Elizabeth. "Early Chinese Buddhist Travel Records as a Literary Genre." 2 vols. Georgetown University, Ph.D. dissertation, 1982.

Chang, Chun-shu, and Joan Smythe, trans. *South China in the Twelfth Century: A Translation of Lu Yu's Travel Diaries, July 3–December 6, 1170*. Hong Kong: Chinese University Press, 1981.

Chaves, Jonathan. "The Yellow Mountain Poems of Ch'ien Ch'ien-i (1582–1664): Poetry as *Yu-chi*." *Harvard Journal of Asiatic Studies*, 48.2 (December 1988): 465–492.

Franke, Herbert. "Some Aspects of Chinese Private Historiography in the Thirteenth and Fourteenth Centuries." In E. G. Pulleyblank and W. G. Beasley, ed., *Historians of China and Japan*, pp. 115–134. London: Oxford University Press, 1961.

——. "Sung Embassies: Some General Observations." In Morris Rossabi, ed., *China Among Equals: The Middle Kingdom and Its Neighbors, 10th–14th Centuries,* pp. 116–148. Berkeley and Los Angeles: University of California Press, 1983.

Franke, Wolfgang. *An Introduction to the Sources of Ming History,* pp. 98–118. Kuala Lumpur: University of Malaya Press, 1968.

FuDaiwei. " A Contextual and Taxonomic Study of the 'Divine Marvels' and 'Strange Occurrences' in the *Mengxi bitan*." *Chinese Science*, 11 (1993–94): 3–35.

Hargett, James M. *On the Road in Twelfth-Century China: The Travel Diaries of Fan Chengda (1126–1193)*. Stuttgart: Franz Steiner, 1989.

——. "Some Preliminary Remarks on the Travel Records of the Song Dynasty (960–1279)." *Chinese Literature: Essays, Articles, Reviews (CLEAR)*, 7 (1985): 67–93.

Legge, James, trans. *A Record of Buddhist Kingdoms; Being an Account by the Chinese Pilgrim Fâ-hsien of His Travels in India and Ceylon (*a.d. *399–414) in Search of the Buddhist Books of Discipline*. Oxford: Clarendon, 1886.

Li Chi, trans. *The Travel Diaries of HsüHsia-k'o*. Hong Kong: Chinese University of Hong Kong, 1974.

Ma, Y. W. "Pi-chi." In Nienhauser et al., ed., *The Indiana Companion to Traditional Chinese Literature*, pp. 650–652 (see last section of bibliography).

Mirsky, Jeannette. *The Great Chinese Travelers*. Chicago and London: University of Chicago Press, 1964.

Naquin, Susan, and Chün-fang Yü, ed. *Pilgrims and Sacred Sites in China*. Berkeley and Los Angeles: University of California Press, 1992.

Strassberg, Richard E., trans. *Inscribed Landscapes: Travel Writings from Imperial China*. Berkeley and Los Angeles: University of California Press, 1994.

少数民族地区文学

Alley, Rewi, trans. *Not a Dog: An Ancient Tai Ballad*. Compiled by Students of the Chinese Department of Yunnan University (Class of 1956). Peking: New World Press, 1962.

Bender, Mark. *Seventh Sister and the Serpent: A Narrative Poem of the Yi People*. Peking: New World Press, 1982.

David-Neel, Alexandra, and the Lama Yongden. *The Superhuman Life of Gesar of Ling*. New York: Claude Kendall, 1934.

Dudbridge, Glen. "The Goddess Hua-yüeh San-niang and the Cantonese Ballad *Ch'en-hsiang T'ai-tzu*." *Chinese Studies*, 8.1 (June 1990): vol. 2, 627–646.

Duncan, Marion H. *Harvest Festival Dramas of Tibet*. Hong Kong: Orient, 1955.

Eberhard, Wolfram. *China's Minorities: Yesterday and Today*. Belmont, CA: Wadsworth, 1982.

Fields, Rick, Brian Cutillo, and Mayumi Oda. *The Turquoise Bee: Love Songs of the Sixth Dalai Lama*. New York: HarperCollins, 1993.

Gordon, Antoinette K., trans. *The Hundred Thousand Songs: Selections from Milarepa, Poet-Saint of Tibet*. Rutland, VT: Charles E. Tuttle, 1961.

Johnson, David, Andrew J. Nathan, and Evelyn S. Rawski, ed. *Popular Culture in Late Imperial China*. Berkeley and Los Angeles: University of California Press, 1985.

Li, Shuijiang, and Karl W. Luckert. *Mythology and Folklore of the Hui, a Muslim Chinese People*. New York: State University of New York Press, 1994.

Lister, R. P. *Genghis Khan*. New York: Barnes and Noble, 1993.

Mackerras, Colin. *China's Minority Cultures: Identities Since 1912*. New York: St. Martin's Press, 1995.

Mackerras, Colin, trans. and ed. *The Uighur Empire: According to T'ang Dynastic Histories*. Columbia: University of South Carolina Press, 1972.

Nowak, Margaret, and Stephen Durrant. *Tale of the Nisan Shamaness, a Manchu Folk Epic*. Seattle: University of Washington Press, 1977.

Olson, James S. *An Ethnohistorical Dictionary of China*. Westport, CT: Greenwood, 1998.

Rossabi, Morris. *Khubilai Khan: His Life and Times*. Berkeley and Los Angeles: University of California Press, 1988.

Schwarz, Henry G. *The Minorities of Northern China*. Studies on East Asia, 17. Bellingham, WA: WesternWashington University, Center for East Asian Studies, 1984.

Stein, R. A. *Tibetan Civilization*. J. E. Stapleton Driver, trans. London: Faber and Faber, 1972.

Stevens, Kate. "*The Slopes of Changban*, A Beijing Drumsong in Liu Style." *Chinoperl Papers*, 15 (1990): 69–83.

Tshe ring dbang rgyal. *Tale of the Incomparable Prince*. Beth Neuman, trans. New York: HarperCollins, 1996.

Yang, Gladys, trans. *Ashima*. Peking: Foreign Languages Press, 1957.

Zhao, Chengri. "An Overview of Contemporary Korean Literature in China." In Daesook Suh and Edward J. Schultz, ed., *Koreans in China*, pp. 144–163. Honolulu: Center for Korean Studies, University of Hawaii, 1990.

性别

Barlow, Tani, ed. *Gender Politics in Modern China: Writing and Feminism*. Special issue, *Modern Chinese Literature*, 4 (1988). Durham: Duke University Press, 1993.

Birrell, Anne. "In the Voice of Women: Chinese Love Poetry in the Early Middle Ages." In Lesley Smith and Jane H. M. Taylor, ed., *Women, the Book and the Worldly: Selected Proceedings of the St. Hilda's Conference* (Oxford, 1993), pp. 49–59. Cambridge: D. S. Brewer, 1995.

——. "The Psychology of the Couple: An Assessment of Early Medieval Chinese Love Poetry with Comparative References to Christine's [de Pizan] *Le Livre des Trois Vertus*." In Bernard Ribémont, ed., *É tudes Christiniennes*, pp. 13–24. Paris: Honoré Champion, 1998.

Chang, Kang-i Sun. *The Late Ming Poet Ch'en Tzu-lung: Crises of Love and Loyalism*. New Haven: Yale University Press, 1991.

Chang, Kang-i Sun, and Haun Saussy, ed. *Women Writers of Traditional China: An Anthology of Poetry and Criticism*. Stanford: Stanford University Press, 1999.

Chen, Yu-shih. "The Historical Template of Pan Chao's *Nüchieh*." *T'oung Pao*, 82.4–5 (1996): 229–257.

Chow, Rey. *Women and Chinese Modernity: The Politics of Reading BetweenWest and East*. Minneapolis: University of Minnesota Press, 1991.

Duke, Michael S., ed. *Modern Chinese Women Writers: Critical Appraisals*. Armonk, NY: M. E. Sharpe, 1989.

Edwards, Louise P. *Men and Women in Qing China: Gender in* The Red Chamber Dream. Leiden: E. J. Brill, 1994.

Frankel, Hans H. "Cai Yan and the Poems Attributed to Her." *Chinese Literature: Essays, Articles, Reviews (CLEAR)*, 5 (1983): 133–156.

Hu, Ying. *Tales of Translation: Composing the New Woman in China, 1898–1918*. Stanford: Stanford University Press, 2001.

Idema, Wilt. *Vrouwenschrift: Vriendschap, huwelijk en wanhoop van Chinese vrouwen, opgetekend in een eigen schrift* (Women's Script: Friendship, Marriage, and Despair of ChineseWomen, Recorded in a Script of Their Own). Amsterdam: Meulenhoff, 1996.

Larsen, Jeanne. *Brocade River Poems: Selected Works of the Tang Dynasty Courtesan Xue Tao*. Princeton: Princeton University Press, 1987.

Lin, Julia, trans. *Women of the Red Plain: An Anthology of Contemporary Chinese Women's Poetry*. Peking: Chinese Literature Press and Penguin, 1992.

Lu, Tonglin, ed. *Gender and Sexuality in Twentieth-Century Chinese Literature and Society*. Albany: State University of New York Press, 1993.

——. *Misogyny, Cultural Nihilism, and Oppositional Politics: Contemporary Chinese Experimental Fiction*. Stanford: Stanford University Press, 1995.

Mann, Susan. *Precious Records:Women in China's Long Eighteenth Century*. Stanford: Stanford University Press, 1997.

McMahon, Keith. *Misers, Shrews, and Polygamists: Sexuality and Male-Female Relations in Eighteenth-Century Chinese Fiction*. Durham and London: Duke UniversityPress, 1995.

McLaren, Anne, and Chen Qinjian. "The Oral and Ritual Culture of Chinese Women: Bridal Lamentations of Nanhui." *Asian Folklore Studies,* 59 (2000), 205–208.

Nan Nü: *Men, Women and Gender in Early and Imperial China*. A Journal. Leiden: Brill, 1999– .

O'Hara, Albert Richard. *The Position of Women in Early China According to* Lieh nü chuan. 1st ed., 1945; 2nd ed., Hong Kong: Orient Publishing, 1955.

Rexroth, Kenneth, and Ling Chung, trans. *Li Ch'ing-chao: Complete Poems*. New York: New Directions, 1979.

Ropp, Paul S. "Love, Literacy and Laments: Themes of Women Writers in Late Imperial China." *Women's History Review*, 2.1 (1993): 107–141.

Schafer, Edward H. *The Divine Woman: Dragon Ladies and Rain Maidens in T'ang Literature.* Berkeley and Los Angeles: University of California Press, 1973.

Silber, Cathy. "From Daughter to Daughter-in-law in theWomen's Script of Southern Hunan." In Christina K. Gilmartin, et al., ed., *Engendering China: Women, Culture and the State*, pp. 47–68. Cambridge: Harvard University Press, 1994.

Swann, Nancy Lee. *Pan Chao: Foremost Woman Scholar of China, First Century* a.d.: *Background, Ancestry, Life, and Writings of the Most Celebrated Chinese Woman of Letters.*

New York: Century, 1932.

Walls, Jan W. "The Poetry of YüHsüan-chi: A Translation, Annotation, Commentary and Critique." Ph.D. dissertation, Indiana University, 1972.

Wang, Jiaosheng. "The Complete *Ci*-poems of Li Qingzhao: A New English Translation." *Sino-Platonic Papers*, 13 (October 1989): i–xii, 1–122.

Widmer, Ellen. "Martyred Matrons, Martial Maidens, and theWoman Reader: Some Sino-Japanese Comparisons." *International Journal of Social Education*, 6.1 (Spring 1991): 60–82.

Widmer, Ellen, and Kang-i Sun Chang, ed. *Writing Women in Late Imperial China*. Stanford: Stanford University Press, 1997.

Wu, Yenna. *The Chinese Virago: A Literary Theme*. Cambridge: Council on East Asian Studies, Harvard University, 1995.

——. *The Lioness Roars: Shrew Stories from Late Imperial China*. Ithaca: Cornell University East Asia Series, 1995.

——. "Venturing Beyond the Domestic Sphere: Suggestions of Proto-Feminist Thought in Ming-Qing Fiction." *Journal of the Chinese Language Teachers Association*, 32.1 (February 1997): 61–94.

语言与文本

· 专著

Boltz, William G. *The Origin and Early Development of the Chinese Writing System*. American Oriental Series, 78. New Haven: American Oriental Society, 1994.

Chen, Ping. *Modern Chinese: History and Sociolinguistics*. Cambridge: Cambridge University Press, 1999.

Chiang, William W. "*We Two Know the Script; We Have Become Good Friends": Linguistic and Social Aspects of the Women's Script Literacy in Southern Hunan, China*. Lanham, MD: University Press of America, 1995.

DeFrancis, John. *The Chinese Language: Fact and Fantasy*. Honolulu: University of Hawaii Press, 1984.

——. *Nationalism and Language Reform in China*. Princeton: Princeton University Press, 1950. New York:

Octagon (Farrar, Straus, & Giroux), 1972 rpt.

——. *Visible Speech: The Diverse Oneness of Writing Systems*. Honolulu: University of Hawaii

Press, 1989.

Hannas, Wm. C. *Asia's Orthographic Dilemma*. Honolulu: University of Hawaii Press, 1997.

Karlgren, Bernhard. *Philology and Ancient China*. Oslo: H. Aschehoug; Cambridge: Harvard University Press, 1926.

——. *Sound and Symbol in Chinese*. London: Oxford University Press, 1929; rev. ed., Hong Kong: Hong Kong University Press, 1962.

Liu, Lydia, ed. *Tokens of Exchange: The Problem of Translation in Global Circulations*. Durham: Duke University Press, 1999.

Masini, Federico. *The Formation of Modern Chinese Lexicon and Its Evolution Toward a National Language: The Period from 1840 to 1898*. Journal of Chinese Linguistics Monograph Series, 6. Berkeley: Project on Linguistic Analysis, University of California, 1993.

Norman, Jerry. *Chinese*. Cambridge Language Surveys. Cambridge: Cambridge University Press, 1988.

Ramsey, S. Robert. *The Languages of China*. Princeton: Princeton University Press, 1987.

Wang, William S-Y., ed. *The Ancestry of the Chinese Language*. Journal of Chinese Linguistics Monograph Series, 8. Berkeley: Project on Linguistic Analysis, University of California, 1995.

· 期刊

Cahiers de Linguistique Asie Orientale

International Review of Chinese Linguistics

Journal of Chinese Linguistics

Journal of the Chinese Language Teachers' Association

Linguistics of the Tibeto-Burman Area

· 书目

Wang, William S-Y., and Antaole Lyovin, comp. *CLIBOC: Chinese Linguistics Bibliography on Computer*.

Cambridge: Cambridge University Press, 1970.

Yang, Paul Fu-mien. *Chinese Dialectology: A Selected and Classified Bibliography*. Hong Kong: Chinese University Press, 1981.

——. *Chinese Lexicology and Lexicography: A Selected and Classified Bibliography*. Hong Kong: Chinese University Press, 1985.

——. *Chinese Linguistics: A Selected and Classified Bibliography*. Hong Kong: Chinese University of Hong Kong, 1974.

工具书

Dillon, Michael. *China: A Cultural and Historical Dictionary*. Richmond, Surrey, UK: Curzon, 1998.

Feifel, Eugen. *Bibliographie zur Geschichte der chinesischen Literatur*. Hildesheim, Zurich, New York: Georg Olms, 1992.

Hightower, James Robert. *Topics in Chinese Literature: Outlines and Bibliographies*. Harvard-Yenching Institute Studies, 3. Cambridge: Harvard University Press, 1950; rev. 1971.

Lynn, Richard John. *Chinese Literature: A Draft Bibliography in Western European Languages*. Canberra: Faculty of Asian Studies in association with the Australian National University Press, 1979.

Nienhauser, William H., Jr., ed. *Bibliography of Selected Western Works on T'ang Dynasty Literature*. Taipei: Center for Chinese Studies, 1988.

Nienhauser, William H., Jr., ed.; Charles Hartman, Y. W. Ma, and Stephen H. West, assoc. ed. *The Indiana Companion to Traditional Chinese Literature*. 2 vols. Bloomington: Indiana University Press, 1986, 1998.

Perkins, Dorothy. *Encyclopedia of China: The Essential Reference to China, Its History and Culture*. Chicago, London: Fitzroy Dearborn, 1999.

Wilkinson, Endymion. *Chinese History: A Manual*. Harvard-Yenching Institute Monograph Series, 46, 52. Cambridge: Harvard University Asia Center, 1998; rev. and enlgd., 2000.

Wylie, A. *Notes on Chinese Literature: with Introductory Remarks on the Progressive Advancement of the Art; and a List of Translations from the Chinese into Various European Languages*. 1st ed. Shanghai, 1867; reprint, New York: Paragon, 1964.

索引

（索引中的页码为原书页码，本书边码）

译后记

1901年，剑桥大学汉学教授翟理斯（Herbert Giles，1845—1935）著出西方世界的第一部《中国文学史》后，在整个20世纪中，有多部中国文学通史问世。进入新世纪以来，在西方学术界影响力最大的应该当属2001年梅维恒教授与中国文学史各研究领域的顶尖学者合作的《哥伦比亚中国文学史》，以及2010年孙康宜和宇文所安共同主编的《剑桥中国文学史》。本书主编梅维恒（Victor H. Mair），是中国语言及文学、考古、比较文化研究方面的海外代表人物。生于1943年的梅维恒早年毕业于达特茅斯学院，主修英国中世纪文学。1965年加入美国和平队（US Peace Corps），在尼泊尔服役两年的经历，使他对东方文明产生兴趣。后进入哈佛大学东亚语言及文明系学习，对敦煌变文进行深入研究，并于1976年获得博士学位。1979年起，他长期任教于宾夕法尼亚大学，主攻佛教通俗文学和中印文化交流史。

本书的翻译出版过程可谓周折。2009年秋，时任新星出版社副总编的刘雁女士因先前谈定的译者难以拨冗完成，在中国社会科学院外文所赵稀方教授的介绍下与马小悟进行联系。马小悟则开始与素未谋面的张治（北京大学文学博士，时任教于厦门大学文学院）、刘文楠（加州大学伯克利分校历史学博士，现就职于中国社会科学院近代史所）合作，张治负责小说部分和最后三章（朝鲜、日本和越南对于中国文学的接受），刘文楠则负责散文部分。第二编第十四章“诗与画”，则邀请专治中国美学史的张建军（北京大学哲学博士，现就职于中国社会科学院美学所）帮忙译出。其他部分和附录、索引、原书边码以及统一全稿等工作均由马小悟负责。

译文定稿在2011年5月完成。由于全书部头太大（原书共1342页），编辑难度自然可以想象，所以又隔了几年才终于能够付梓，实在感谢新星出版社的时任社长谢刚先生对这本书的关心，刘雁女士对译者的信任，数位编辑以及社科院文学所刘倩女士对全书质量的把关。

新版译后记

上一个十年里，海外两部中国文学史的经典之作（《剑桥中国文学史》和《哥伦比亚中国文学史》）先后移译成中文出版，当属中国学术出版的一件大事，学界对此也颇为重视：2019年，在詹福瑞和陈文新两位学者的牵头下，武汉大学和《光明日报》联合举办了一次小型的学术研讨会，以“文学史的另一种写法——关于《剑桥中国文学史》和《哥伦比亚中国文学史》”为题，讨论“他山之石”的与众不同之处及其对中国文学史研究带来的启发。在这次研讨会上，我作为译者代表谈了一点个人对这部大作品的阅读心得，如今节选过来，权作为新版译后记。

在西方学术界，类似于companion（阅读伴侣）这样的参考书很多，比如哈佛学者、曾任欧盟驻中国大使的魏根深先生的《中国历史研究手册》这部百万字的大书是以一人之力完成的，是在美国的中国历史研究生手头必备的工具书，也适合一般的中国历史爱好者，几乎每一页都能让读者读得津津有味。而《哥伦比亚中国文学史》的定位，在我看来，类似于“中国文学史”和“中国文学研究手册”在某种意义上的结合。这就是说，它的读法不是像寻常的文学史那样，必须从第一页读到最后一页。这是由读者来决定读法的一部案头参考书，是一种类似于百科全书式的存在，其参考性大于灌输性、说教性，按流行的说法，就是这部书贯彻了解构主义的去中心化。

其实早于《哥伦比亚中国文学史》但与之系出同门的《哥伦比亚美国文学史》也是采用的传统按年代编排的方式，因此该书的特异体例，是主编梅维恒特意为之的，考虑到他并非纯粹的文学史专家的身份，这也契合了中国传统古代文史哲不分家的传统，尽量免除了西方定义下的文学对中国文学造成的削足适履，同时主题与年代并重，就好比经线与纬线，密密匝匝编织起了中国文学史这一张横看成岭侧成峰的胜景，你可以说它在章与章之间有裂痕、有矛盾、有重复，我可以举几个例子：小品在绪论部分被梅维恒作为一个重要例证提到之后，到后面却几乎失踪了，再未被好好地处理，而基础篇的神话部分与后面的志怪章节似乎重复又失去了有机感，清代王士祯的论述篇幅大大超过李白或杜甫，但这是它作为肉骨凡胎之学者写出来的不完美之处，而似乎不太好径直断定为这是它必然的先天缺陷。

最重要的是，套用王国维先生的话并稍微改头换面一些，一代有一代之文学史，这是一部根据当下的需求和文学史研究的自身发展水平应运而生的中国文学史，就像梅维恒所说，“《哥伦比亚中国文学史》要做的，就是将最新的学术成果聚拢在一个框架中，其编排方式兼取年代和主题，追求以超越时间与文类的全新棱镜来审视中国文学史”，它的特点就在于很少有平铺直叙的地方，大到对一个时代文学的概述，小到评价一篇具体的文学作品，都突出问题意识，也毫不犹豫地切入该领域的最新学术前沿，这样保持了文本的开放性，一般读者读起来津津有味，而专业读者也不会觉得读起来每一行都是自己已经了解到的常识内容，处处都有新发现。

世间的机缘仿佛总是带着某种巧合，《哥伦比亚中国文学史》中译本的译文完成于2011年5月，五年后的2016年初版问世，而受到新星出版社编辑之邀，写下这篇新版译后记，竟然正好是时隔十年后的又一个明媚5月里，特此志之，是为新版译后记。

著作版权合同登记号：01-2020-5962

图书在版编目（CIP）数据

哥伦比亚中国文学史：全8卷 / (美) 梅维恒主编；马小悟，张治，刘文楠译. -- 2版. -- 北京：新星出版社，2021.7

ISBN 978-7-5133-4174-5

Ⅰ.①哥… Ⅱ.①梅… ②马… ③张… ④刘… Ⅲ.①中国文学—文学史 Ⅳ.①I209

中国版本图书馆CIP数据核字（2020）第195391号

绿杧文库

哥伦比亚中国文学史（全8卷）

[美]梅维恒　主编；马小悟　张治　刘文楠　译

责任编辑： 白华昭
责任印制： 李珊珊
装帧设计： 董茹嘉

出版发行： 新星出版社
出 版 人： 马汝军
社　　址： 北京市西城区车公庄大街丙3号楼　100044
网　　址： www.newstarpress.com
电　　话： 010-88310888
传　　真： 010-65270449

读者服务： 010-88310811　service@newstarpress.com
邮购地址： 北京市西城区车公庄大街丙3号楼　100044

印　　刷： 北京盛通印刷股份有限公司
开　　本： 910mm × 1230mm　1/16
印　　张： 99
字　　数： 1022千字
版　　次： 2021年7月第二版　2021年7月第一次印刷
书　　号： ISBN 978-7-5133-4174-5
定　　价： 268.00元（全8卷）